黒田　彰著

孝子伝図の研究

汲古書院

妻へ

1

村上英二氏蔵 後漢孝子伝図画象鏡

和林格爾後漢壁画墓　図１　舜

図２　閔 子 騫

図3　曾　参

図4　董　永

図5　老 萊 子

図6　丁　蘭

図7　刑　渠

図8　慈　烏

図9　伯　瑜

図10　魏　陽

図11　原　谷

図12　趙　苟

図13　金 日 磾

図14　三老、仁姑等

ミネアポリス美術館蔵北魏石棺　図１　丁蘭（右幫）

図２　韓 伯 瑜

図3　郭　巨

図4　閔 子 騫

図5　眉間尺（一）

図6　眉間尺（二）

図 7　伯奇（一）（左幫）

図 8　伯奇（二）

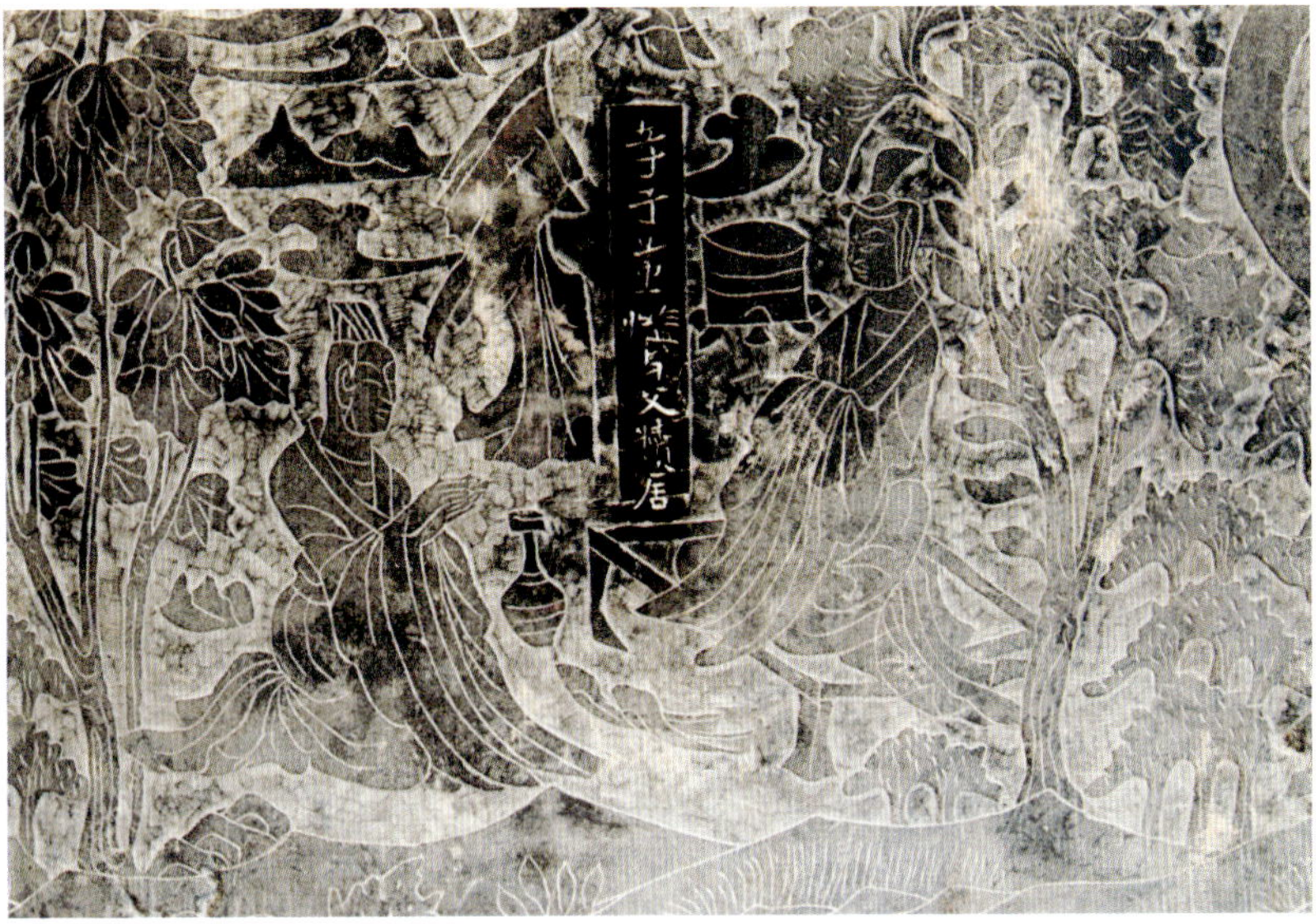

図9　董　黯

図10　老 萊 子

図11　舜

図12　原　谷

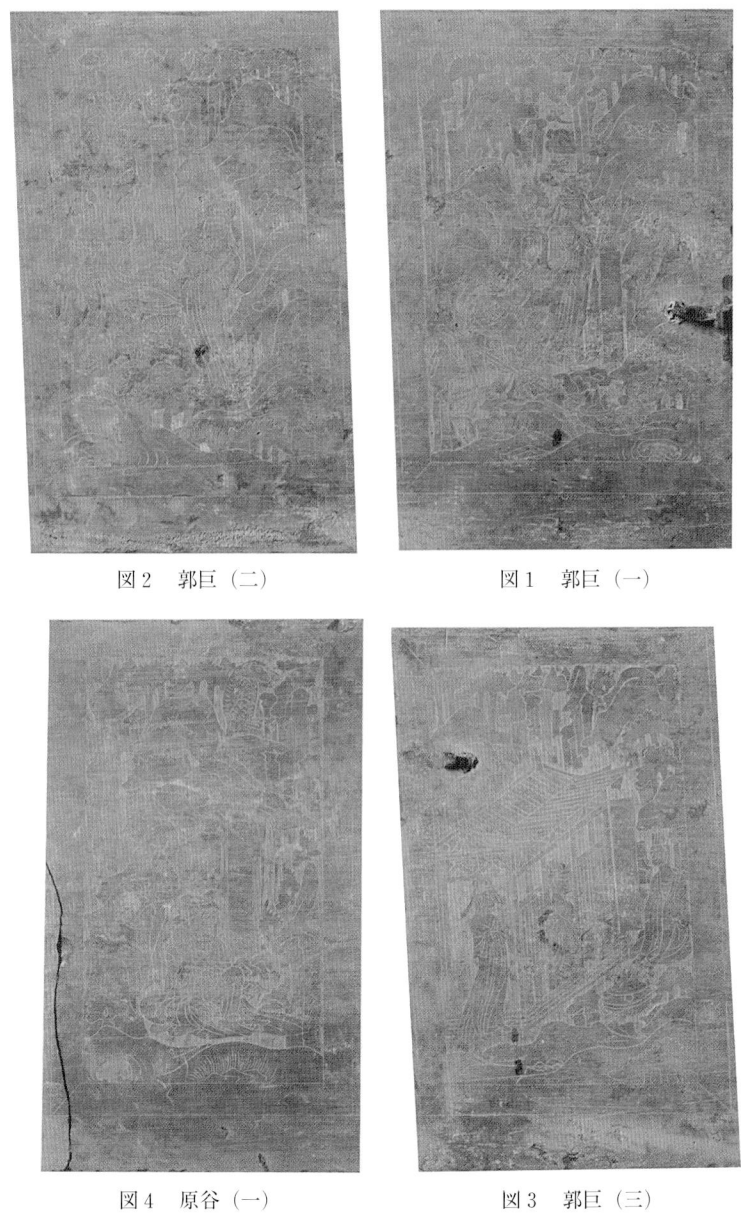

図2　郭巨（二）

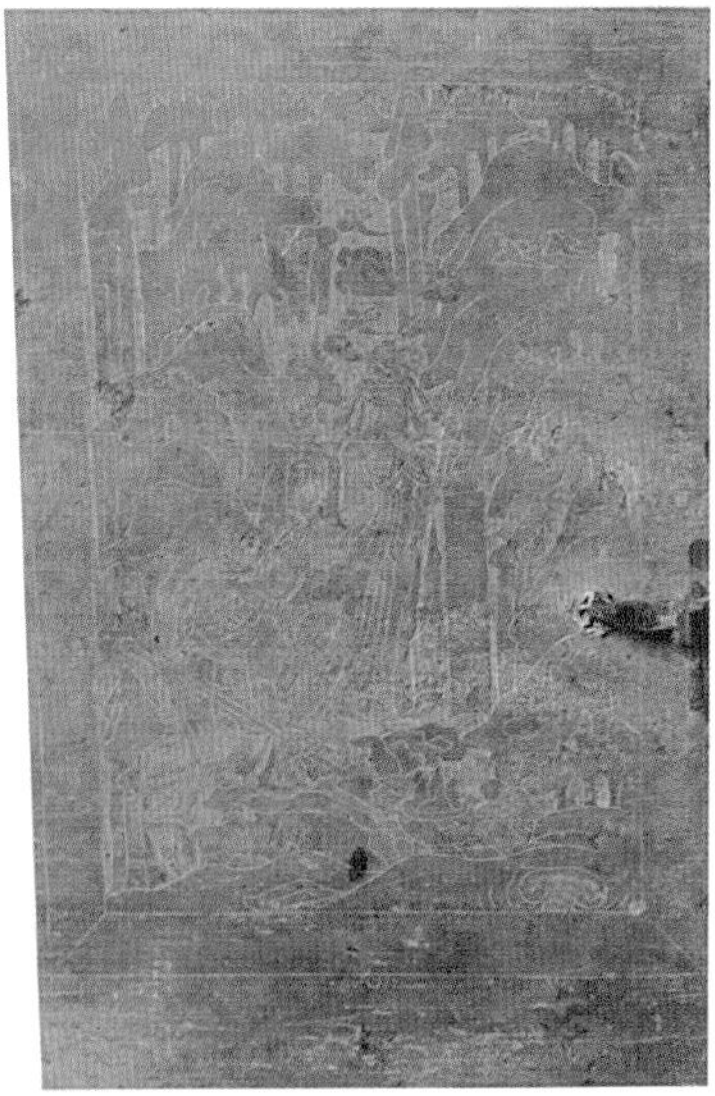

図1　郭巨（一）

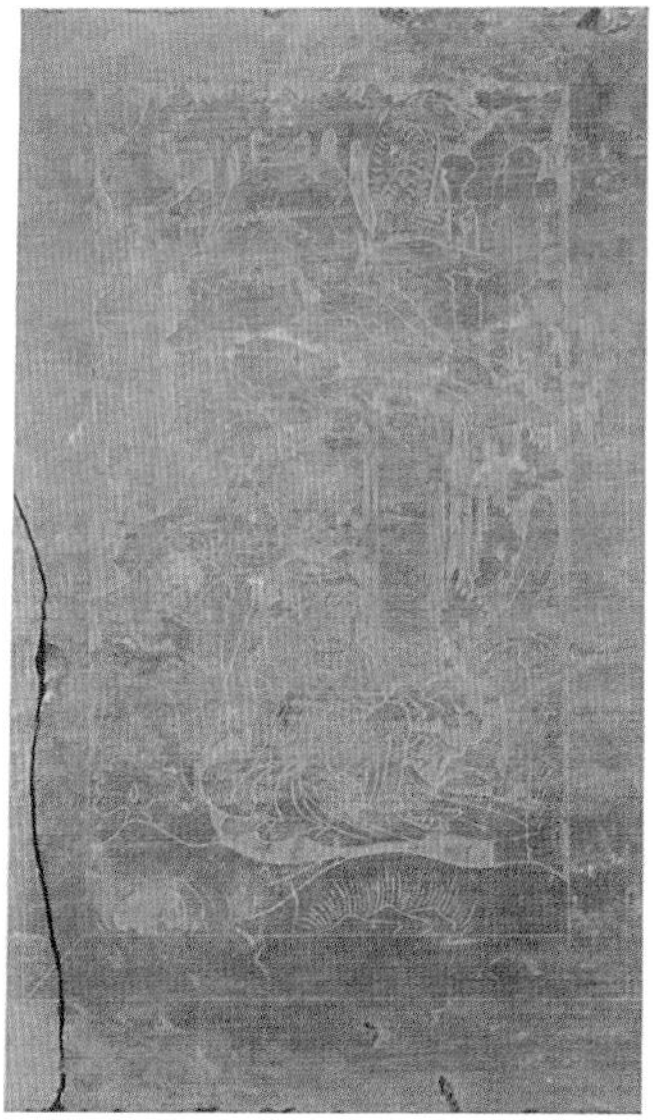

図4　原谷（一）

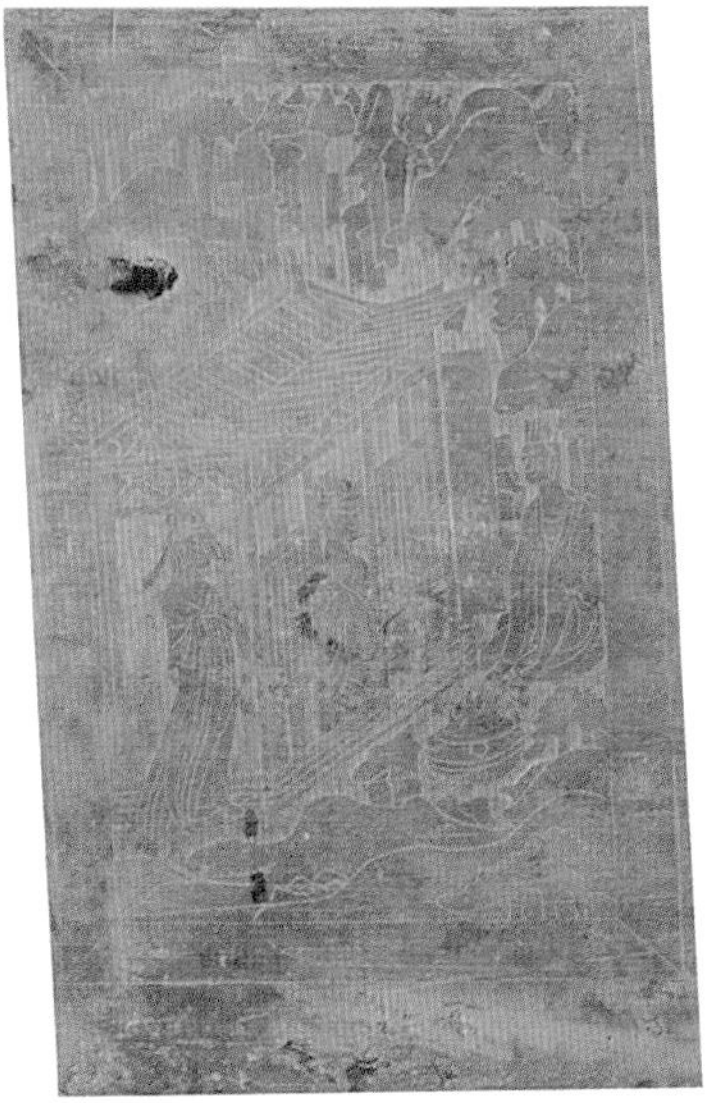

図3　郭巨（三）

和泉市久保惣記念美術館蔵 北魏石床

図5　原谷（二）

図6　丁　蘭

図7　伯　瑜

図8　老 萊 子

《孝子传图的研究》序文

赵　超

黑田彰教授的大作《孝子传图的研究》即将问世，特地来信命我作序。承蒙青目，不胜惶恐。我主要从事中国历史考古学的研究，对于孝子传与孝子图像的研究只是偶有涉及。近年来，蒙黑田彰教授将他的大量研究成果示教，承泽良多。但要为黑田彰教授的大作作序，才力远远不及。盛意难却，谨不揣鄙陋，将中国文物中有关孝子图画的内容简介于下，庶几有助于认识黑田彰教授研究成果的重要学术价值，增进日中两国的学术交流与合作，则幸甚幸甚。

《孝子传图的研究》是黑田彰教授专注于孝子传与孝子图的研究以来出版的第三本重要学术著作，集中了黑田彰教授近年来的研究成果。近十年来，对孝子思想的研究热情日益高涨，在日本与中国学术界中，有不少学者从各个角度进行了有关中国古代孝义思想与孝子传的研究，但是就本人所见，在研究深度、研究方法的新颖程度与涉及资料的广泛程度上，都无人可及黑田彰教授之项背。

黑田彰教授研究中国古代的孝子图画，是从研究日本流传的孝子故事、孝子传开始的，进而去追寻它的源头，就必然要涉及到中国古代的孝义文化，注意到中国古代文物中表现出来的孝子故事，从而深入到这个具有典型东方文化特色的学术专题——孝义思想的研究中去。

在世界飞速发展的今天，人们在日益注重文化的地区性与民族性，注重保护与研究各种宝贵的人类文化遗产。众所周知，中国的古代文明源远流长。是人类文明宝库中的重要组成部分。美国芝加哥大学的何炳棣教授在他《东方的摇篮》一书中指出：『中国的文明是与两河流域文明一样有原始性的……就象两河流域很合适地被称作西方的摇篮一样，华北的黄土地区也当称为东方的摇篮。实际上，在这两个原始文明当中，不妨把中国文明认为更值得注意。这是由于它独一无二的长命，它日后内容的丰富，以及它在人类三分之一居住的东亚的优势的影响力。』

在这历史悠久的中华古代文明中，保存了大量独特的具有东方色彩的文化思想，孝义思想就在其中具有突出的代表性。中国古代长期讲求『孝』，是与中国古代长期独特的农业社会结构分不开的。追溯起来，代表西方文化的古代地中海文明基本上属于商业社会，其政治、法律、宗教等意识形态与古代中国社会明显不同。农与商，这两种不同的经济方式造就了东西古文明不同的面貌，也是西方没有明显的『孝』这一观念的根本原因。

在古代中国农业社会中，宗法家族关系占有非常重要的地位。美国哈佛大学的张光直教授曾经对比了中国古代文明与西方古代文明演进过程之间的重要差异，特别指出『中国古代的宗法制度在国家形成以后不但没有消失，反而加强了。即亲族、氏族、宗族制度与国家政治之间有统一的关系。』中国古代的宗法制度，就是『孝』这种思想长期存在的社会基础。由于农业生产需要家庭合作，聚落定居，在共同劳动与分配产品的过程中都需要比较密切的家族与家庭关系。正因为这一农耕社会的特点，中国古代社会走的是一条发展血缘宗法家族结构的道路。中国古代传说西周的『周公制礼』。他制定的就是一套在宗法家族制度基础上形成的礼仪制度。这种制度强调长老在家族中的地位，并且将家族成员按照血缘远近分成等级，形成『长幼有序，尊卑有别』的等级制度。『孝』就是维系这种制度的思想基础。

就现在所能见到的文物资料，在西周青铜器上的金文中已经有了『孝』字，例如著名的『颂鼎』、『散盘』等。在春秋时期产生的《诗经》、《左传》等古代典籍中，也有了很多对『孝』的描写。例如《左传》郑伯克段于鄢一节中『孝子不匮，永锡尔类』的说法。说明『孝』的思想在那时已经形成了。这样，儒家经典中就出现了一种主要讲『孝道』的《孝经》。《孝经》传说是由孔子的学生曾参所作，里面主要记录孔子对于『孝』这种伦理道德的讲解，论述『孝』的社会作用。现在的学者认为，《孝经》这部书可能产生于战国时期，而我们现在所看到的《孝经》应该是经过了汉代儒家学者的加工。以后，又有郑玄、陆德明等学者给它作注释。到了唐代，唐玄宗特别推崇《孝经》，专门要学者邢昺等人整理、注疏，形成一个定本。并且自己亲自书写，刻写成巨形碑石，树立在当时的太学中。这件石刻现在还完好地保存在陕西西安的碑林博物馆里。说明一千多年来，在中国封建社会中，《孝经》一直是人们从小就要学习的一种重要经典。

就中国古代文献与考古发现来看，至少在汉代，帝王们已经大力提倡孝道，尊崇老人，鼓励奖赏孝子。在这方面我们有考古发现的实例。一九五九年，在甘肃省武威县城南磨嘴子清理了一座汉代单室土洞墓，出土了缠在鸠杖上的十枚木简。在这些木简上抄写了西汉宣帝、成帝时关于优待老人的诏书、给老人授予王杖的文书、还有几个犯不敬罪的罪犯案例。处罚这些罪犯是由于他们不尊敬持有王杖的老人。一九八二年九月在甘肃省武威县还有类似的发现。通过这些实物材料，我们可以了解到汉代有关尊老、养老的法律制度。王杖是一枝顶端刻成鸠鸟的手杖，又叫作鸠杖。被授予这种鸠杖的老人，可以享受相当于六百石官员的待遇。在近年来发掘的汉代墓葬中，多次发现这种鸠杖或者鸠鸟形状的杖首。在四川省出土的东汉画像砖《敬老图》里面也有手持鸠杖的老人形象。说明给老人授予王杖是当时普遍实行的一种法律制度。

古代帝王提倡孝道的方法主要有：任用有孝行的人作官，象汉代选拔孝廉；用法律惩罚不孝的人，象上述的磨嘴子出土木简有关案例；同时大力宣扬一些著名的孝子事迹，让人们仿照他们的榜样学习。在这种社会风气中，当时就产生了专门记录孝子故事的《孝子传》。在现在流传着的一些古代类书中，如《太平御览》、《古今图书集成》、《全芳备祖》等，保存了数十种汉代、六朝以来的古代孝子传佚文。在《后汉书》中，首先收录了一些具有孝弟德行的人，如毛义、赵孝等人。从《晋书》开始，在官修的史书中出现了专门的孝子传部分。像后来人们极其熟悉的王祥、董永、黄香、丁兰、郭巨等孝子故事都是那时的产品。这些孝子故事在民间传播得非常普遍，也就成为当时画家的主要绘画题材。在壁画中绘制孝子隐士的题材，是自汉代以来十分流行的艺术作品。它与汉代以来儒家思想占据了统治地位，大力宣扬忠臣孝子，推崇文人高士的社会风气是一致的。试从文献中留存的古代画家作品中大致归纳一下，就可以看到忠臣、孝子、列女、名士等是当时画家创作的一个主要题材，从而使这些形象大量流传于世。例如：

《历代名画记》卷三、『述古之秘画珍图』记载有：『忠孝图、二十卷』

《历代名画记》卷四、『叙历代能画人名』载：『后汉、赵歧，字邠卿，京兆长陵人，多才艺，善画。自为寿藏于郢城，画季札、子产、晏婴、叔向四人居宾位，自居主位，各为赞颂。』

《历代名画记》卷五载『史道硕，（古贤图、……七贤图、……酒德颂图。）谢稚，（列女母仪图、……孝子图、……楚令尹泣歧蛇图。）夏侯瞻，（高士图。）』

《历代名画记》卷七载『南齐、范怀珍，（孝子屏风行于代。）王殿，（列女图、母仪图……传于代。）戴蜀，（孝子图、息妫图传于代。）陈公恩，（列女贞节图、列女仁智图、朱买臣图传于代。）』

这些文献的记载，今天有了大量宝贵的实物发现来加以证明。

从中国的考古发现中得知，中国古代建筑宫殿时，有在室内墙壁上绘制人物壁画的习惯。在近年发掘的陕西咸阳秦代宫殿遗址与长安汉代宫殿遗址中，都出土过一些彩色壁画的残片。值得注意的是，根据文献记载，古代宫殿的壁画中历代忠臣孝子的故事画占有很大比重。《文选》卷十一载汉代王逸《鲁灵光殿赋》称：『图画天地，品类群生。……忠臣孝子，烈士贞女，贤愚成败，靡不载述。恶以诫世，善以示后。』同卷收录曹魏时何晏的《景福殿赋》上也有类似的记载。这些记载告诉我们，在古代宫室壁画中，孝子故事画是经常出现的。这些图画样本被当时的画工应用到各种实用装饰中去，普遍使用，于是我们就在古代文物中看到了很多的孝子故事图画。

这些图画有些是历代保存下来的文物，更多的是在近代以来通过考古发掘发现出来的重要实物材料。早在东汉的各种墓葬壁画与画像石中，就出现了大量的孝子故事图画。分布也十分广泛，如四川乐山柿子湾1区

1号东汉墓、山东泰安大汶口东汉画像石墓、河南开封白沙东汉画像石墓、朝鲜的东汉乐浪郡壁画墓（彩箧冢）等。孝子故事画最为集中的表现是山东嘉祥的东汉武氏石室画像。这里的画像石上专门刻绘了成排的孝子图画，并且有文字题榜予以确定，上面出现了曾子，闵子骞，老莱子，丁兰，董永，章孝母，邢渠、忠孝李善等孝义人物像。这些孝子人物是历代大量孝子故事中影响最大的，绝大部分直至后来的各种二十四孝中依然存在。此外，在汉代的人物画铜镜上也出现了曾参等人的孝子故事画。

南北朝时期的孝子图画材料更加丰富多样，在近代的中国古墓葬发掘中有过大量精彩的发现，如宁夏固原北魏墓中出土的孝子漆棺、山西大同北魏司马金龙墓中的漆画列女屏风、河南洛阳出土的北魏孝子石棺、孝子图石棺床等。图像生动，刻绘精细，具有极高的艺术价值与学术意义。其中一些精美的石刻图画保存在日本、美国等地的博物馆中，如北魏孝子石棺等。

唐代的文物中，以往很少见到孝子故事图画。记得黑田彰教授第一次询问我有关唐代孝子图画的情况时，我还找不到确切的资料来回答。以后，在陕西咸阳的唐代契苾明墓葬中发现了塑有孝子像并且书写了孝子故事的三彩罐。我通过研究，又提出在太原地区唐墓中多次发现的『树下老人』壁画中存在着孝子故事。可见在唐代民间也依然绘制着孝子故事图画。我们发现在唐代末年，已经出现了二十四孝这种说法。而且这种说法还是由僧人编纂出来的。在敦煌藏经洞发现的唐五代文书中，有三件基本相同的抄本，现在分别收藏在英国大英图书馆与法国图书馆，编号是S七，S三七二八与P三三六一，叫作《故圆鉴大师二十四孝押座文》，里面收录了舜、王祥、郭巨、老莱子等孝子，说明孝子故事在当时是非常流行的。

宋代考古资料中有相当数量的孝子故事图画，主要出现在北宋晚期以来的北方墓葬中，包括墓葬内的壁画与砖雕，都是当时民间工匠的创作。把这些图画安置在墓葬中，可能主要是想表示墓主人的子孙们非常孝顺，符合当时社会注重孝义思想的风气。也有的学者认为，由于人们看重孝，把这些孝子故事神化。所以表现孝思想的图画与著作在墓葬中都能起到驱逐邪恶，赶走鬼怪的作用。带有古代方术的实用意义。

在二十世纪五十年代以来发掘的宋代墓葬中，曾经多次发现了孝子题材的墓室壁画和石棺线刻画。例如：重庆井口宋墓的石浮雕孝子图等十一幅，河南荥阳司村宋代壁画墓的墓室壁画十九孝子图，河南林县城关宋墓的墓室砖雕壁画二十四孝，河南洛阳北宋张君墓画像石棺线刻二十四孝，河南嵩县北元村宋代壁画墓十五幅壁画孝子图，河南巩县西村宋墓的石棺线刻二十四孝图，河南洛宁北宋乐重进画像石棺线刻二十二幅孝子图，山西长治市五马村宋墓的砖雕孝子图十二件，河南宜阳北宋画像石棺的十幅孝子线刻等。这些孝子图画的内容和构图都比较相似，说明当时在民间画工中已经流行着一些孝子图画的范本了。这正是孝子图画日益普及开来的确证。

我们还可以看到，在辽、金、元时期，北方一带，即今天的河南、山西、河北、辽宁、内蒙古、甘肃等地，都曾经流行过这一类具有孝子图画的砖室墓。例如：河南焦作金代邹琼画像石墓中的十一幅孝行故事图，山西绛县裴家堡金墓的砖室壁画郭巨行孝，孟宗行孝，韩氏节孝，董永行孝四图，山西垣曲东铺村金墓以孝义故事为主的十二幅壁画，山西长治安昌金墓的二十四孝图壁画，山西芮城永乐宫旧址宋德方，潘德冲和吕祖墓的石椁线刻二十四孝图，山西新绛寨里村元墓的孝子石雕十二幅，北京市斋堂辽壁画墓的墓中彩绘壁画孝子图，辽宁辽阳县金厂辽墓的石雕孝子故事，兰州中山林金代雕砖墓的砖雕孝子图孟宗、王祥、郭巨等，甘肃漳县元代汪世显家族墓葬模制花砖孝子图等。

特别是山西长子县石哲金代砖墓壁画二十四孝图，其内容与常见的北宋墓中壁画二十四孝完全一致，并且有题榜，将人物姓名与事迹说明清楚，具有较大的参考价值。

另外，根据鸟居龙藏教授的记录，在二十世纪三，四十年代，辽宁鞍山也出土过辽代的砖雕孝子图。在内蒙古还出土过雕刻精美的辽代孝子图银壶，上面有王祥、郭巨等多幅孝子故事画。它表明在当时还广泛地用孝子图画来装饰日用器物，孝子故事得到了空前的普及。

以后直至清代末年，孝子故事画还在中国民间流行，以二十四孝图为主要的代表。近年来在陕西省大荔县发掘的一批清代墓葬中，还出土了大量雕刻精美的二十四孝石浮雕，就是生动的例证。

就现在可以见到的材料来推测，大约在唐代甚至更早的时期，即公元六世纪左右，中国的孝子故事作为传播孝义思想的重要载体已经传入了日本。在日本广泛流传的《孝子传》对日本古代思想的形成曾发挥过相当大的影响。现存很多日本古代的传说、故事中都可以看出中国孝子故事的痕迹。日本古代还流行一些将中国孝子故事加工后形成的说唱形式，见于《孝行集》、《童子教谚解》等。正如三木雅博教授指出的：古《孝子传》一类的书籍在中国、朝鲜、日本等古亚洲汉字文化圈的国家中作为儿童的教科书被广泛使用着，体现了东亚社会相通的人际关系概念与伦理思想。这应该是古代思想研究中值得注意的一个方面。

黑田彰教授在《孝子传图的研究》一书中，广泛收集了有关中国古代孝子图的文物资料，并且详细记录了他亲身到中国、日本、美国等收藏有古代孝子图像文物的博物馆与古迹遗址去考察访问的经过，特别是结合中国古代孝子图像中表现的历代孝子人物进行深入的考证与研究，在梳理大量中日古文献资料的基础上，取得了一系列对古代孝子人物的考证结果，如『伯奇赘语』、『魏阳赘语』等重要论文。这些研究，不仅让我们看到了以往被湮没在尘封历史中的古代孝子故事的本来面目，而且考证出一些人们已经不能确认的古代孝子故事图画，特别是将孝子传、孝子图画与孝义思想的研究有机结合起来，向我们生动地展现了东亚地区古代孝子思想的传播过程。这一著作的出版，在东亚古代文化思想的研究史，特别是孝义思想的研究史上，具有重要的意义。我相信，随着时间的流逝，随着人们对古代思想文化遗产的怀念与珍视，它也必将闪烁出越来越明亮的光芒。

二〇〇六年五月书于北京

『孝子伝図の研究』への序文

趙　超
陳　齢　訳

黒田彰教授が大著『孝子伝図の研究』を上梓されるに際し、序文を請われる旨の丁重な書簡を賜った。教授の懇情を思うと恐惶に耐えない。私は主に中国の歴史考古学の研究に携わる者で、孝子伝と孝子図像の研究には時折触れるに過ぎない。近年、黒田教授の夥しい研究成果から教示を賜り、偏にその恩恵に浴しているが、教授の大著に序文を認めるに至っては私の力及ばぬことである。しかし、厚意は辞し難く、学識の浅薄を顧みず、中国文物中の孝子伝図に関連する内容を、以下の如く、簡単に紹介しようと思い至った。これにより黒田教授の研究成果の重要な学術的価値が認識され、日中両国間の学術交流、協力に寄与することが協えば、この上なく幸甚に思う。

『孝子伝図の研究』は、黒田教授が孝子伝と孝子伝図の研究に専心して以来、出版された三冊目の重要な学術書であり、教授の近年における研究成果を集大成したものである。ここ十年、孝に対する研究気運は日増しに高まっており、日中の学界では、少なからぬ学者が様々な角度から中国古代の「孝」思想や孝子伝の研究を行っている。しかし、私見では研究の深さ、研究方法の斬新さや言及される資料の広範さなどの面において、黒田教授に及ぶ学者は皆無である。

黒田教授は中国古代の孝子伝図を研究するに当たり、日本に流伝する『孝子伝』を基点として、そこから更にその源流を求める方法を用いられた。そのため、中国古代の「孝」文化に触れ、中国古代の文物の中に表現された孝子故事に注目し、ひいては東アジアの文化の中でも典型的な特色を持つこの学術テーマ――「孝」思想の研究へと必然的に深く立ち入ることになった。

世界がダイナミックに発展する今日、人々は文化の地域性や民族性、人類の様々な文化遺産の保護やその研究を、日を逐って重視するようになってきている。周知の如く中国古代の文明は、その始源より長期間に亙り、全人類の文明の中の重要な部分を形成している。米国シカゴ大学の何炳棣教授は、その著書『東方の揺りかご』において、次のように指摘している。「中国文明はチグリス・ユーフラテス文明と同様に始源的である……チグリス・ユーフラテス流域が「西洋の揺りかご」と呼ばれるのに相応しいのと同様に、華北の黄土地域も東方の揺りかごと称されるべきである。実際に、双方の文化を較べてみると、中国文明の方がより注目に値すると言って差し支えない。これは、中国文明だけが現在まで唯一長い命脈を保っていることや、その後代における内容の豊かさ及び、三分の一の人類が居住する東アジアにおける、絶大な影響力などに起因する」。

このような悠久の歴史を有する中国古代文明には、東方的色彩に富んだ独特な文化や思想が大量に含まれ、「孝」思想は正しくその突出した典型となっている。古代中国において長期間「孝」が講じられ求められたことは、その長期に亙る農業社会の仕組みと切り離すことが出来ない。溯ると、西洋文化を代表する地中海文明は、基本的に商業社会に属していて、その政治、法律、宗教などには、イデオロギーの面で中国社会と顕著な違いが認められる。農業と商業、この二種の違った経済の形態こそが、東西の二つのパターンの古代文明を醸成したのであり、西洋にあって「孝」という観念が明確に成立しなかった根本的な要因ともなっている。

古代中国の農業社会においては、宗法制度による家族関係が重要な位置を占めていた。米国ハーヴァード大学の張光直教授は、かつて中国古代文明と西洋古代文明の変遷過程の差異について比較し、「中国古代の宗法制度は、国家が形成された後も失われるどころか、逆に強まり即ち、親族、氏族、宗族制度と国家政治との間に一致した関係を齎した」と論じている。中国古代の宗法制度においては、他でもなく「孝」の思想こそが、長期に亙ってその社会基盤となっていたのである。農業生産には家族の連携が不可欠であり、群居定住、協働、生産物の分配に至るあらゆる過程において、より密接な家族と家庭の関係が前提とされている。正にこうした農耕社会の特徴によって、中国社会は血縁宗法に基づく家族制度の道を歩んできたと言えよう。中国古代に伝承される西周の「周公制礼」に定められたのは、他でもなく、宗法による家族制度の上に形成された礼の制度である。この制度は家族内での長老の地位を強調し、家族のメンバーは血縁の遠近によって等級に分けられ、「長幼の序、尊卑の別」といった階級制が構築されたのであり、「孝」がこうした制度を維持する思想的基盤になっていたのである。

現在見られる文物資料では、西周の青銅器に刻まれた金石文に既に「孝」の文字があり、「頌鼎」「散盤」等に記された例が良く知られている。春秋時代に生まれた『詩経』『左伝』等の古典の中にも数多くの「孝」に対する言及が存在する。例えば、『左伝』の鄭伯の鄢における「克段」の一節に、「孝子匱かず、永く爾類に錫う」の文言があることは、「孝」の思想がこの時代には既に形成されていた証左と見られる。やがて儒家の経典中に主として「孝道」を説く『孝経』が出現するのだが、『孝経』は孔子の弟子曾参の作とされ、大旨孔子の「孝」の倫理道徳に対する談義や、その社会的効用に対する論述が記録されている。今日の学者は、『孝経』が戦国時代の書物である可能性を示唆し、現在我々が目にする『孝経』は漢の儒学者の編纂によるものらしい。以後、鄭玄、陸徳明等の学者がそれに注釈を施し、唐に至って玄宗は特にこれを推奨し、邢昺等の学者に整理、注疏を命じて、一つの定本を作らせた（『御注孝経』）。また、玄宗は自ら書写したものを巨石に刻み、当時の太学に建てた。この石刻は今でもほぼ完全な状態で陝西省西安の碑林博物館に保存されている。即ち、中国封建社会において、『孝経』は一千年以上に亙って、人々が幼少から学習すべき重要な経典だったのである。

中国古代の文献や考古学的研究から、皇帝らが遅くとも漢代までには、孝道を提唱し、老人への尊崇や、孝子への奨励に対して大いに尽力してきたことが分かる。これについて、我々の考古学上の発見の実例を上げよう。一九五九年、甘粛省武威県城南磨嘴子において漢の単室土洞墓を調査した際、鳩杖に関する十枚の木簡が出土した。これらの木簡には、前漢の宣帝、成帝の治世における、老人を優遇する内容の詔書や老人に王杖を授ける文書また、不敬罪を犯した案例が記されている。これらの罪人が処罰されたのは、王杖を所持する老人を尊敬しないためであった。また、一九八二年九月にも同じ甘粛省武威県において同様の発見がなされた。こうした一連の文物を通して、漢の尊老、養老に関する法律制度が瞥見出来る。王杖は、杖首に鳩の形を象っていることから鳩杖とも呼ばれ、これを授かった老人は、六百石に相当する官員の待遇が受けられた。近年発掘された漢の墓葬中からは、このような鳩杖もしくは、鳩状の杖首が何例も出土している。一方、四川省出土の後漢の画像石「敬老図」にも、鳩杖を手に持つ老人が描かれている。これは、老人に王杖を授与することが、当時ごく一般的な法律制度として施行されていたことを物語る。

古代の帝王が孝道を提唱する主な方法として、漢代の孝廉選抜に見られるような、孝子を官吏に任用する制度や、上述の磨嘴子出土の木簡が示す事例に見られるような、不孝者を法律で裁くこともまた、同時に、有名な孝子の事跡を大いに世間に布告して、人々が見習うべき手本を示すことなどが上げられる。専ら孝子の故事を記録する『孝子伝』は、正にこのような社会的風潮の中で生まれた。現在に伝わる古代類書の『太平御覧』『古今図書集成』『全芳備祖』などの中には、数十種類の漢魏六朝以来の古孝子伝の逸文が含まれている。『後漢書』には早くも孝徳に優れた人物、例えば毛義、趙孝などが収録され、『晋書』以降始めて官修の史書に専門の孝子の部立てが登場する。後に有名となる王祥、董永、黄香、丁蘭、郭巨等の孝子故事は、いずれもその時代の産物である。これらの孝子故事は民間に広く伝承され、当時の画家たちの主要な絵画の題材にもなっていた。壁画に孝子や隠者を用いたのは、漢代以降に盛んに流行した芸術作品である。これは、漢代以降に儒家思想が支配的地位を占め、忠臣孝子や文人高士を大いに顕揚していた当時の社会の風潮と一致する。文献に残された古代画家の作品を概括すると、忠臣、孝子、列女、名士などが当時の画家の創作の主なテーマになっており、そこからこれらのモチーフが次第に世間に広がっていたことを窺い知ることが出来る。例えば、『歴代名画記』巻三の「古えの秘画珍図を述ぶ」に、「忠孝図、二十巻」の記載があり、巻四の「歴代の能画の人名を叙ぶ」に、「後漢、趙岐、字は邠卿、京兆長陵の人なり。才芸多く、画を善くす。自ら寿蔵を郢城につくり、季札、子産、晏嬰、叔向の四人を画きて賓位に居らしめ、自らは主位に居る。各の讃と頌とをつくる」とある。また、巻五に言うには、「史道碩（古賢図……七賢図……酒徳頌図）謝稚（列女母儀図……孝子図……楚令尹の岐蛇に泣くの図）夏侯瞻（高士図）」とあり、巻七に、「南斉、範懐珍（孝子屏風、代に行わる）王殿（列女図、母儀図……代に伝わる）戴蜀（孝子図、息嬀図、代に伝わる）陳公恩（列女貞節図、列女仁智図、朱買臣図、代に伝わる）」などの記載がある。

これらの文献の記載に対し、今日では考古発掘に見る大量の貴重な実物の出土による裏付けが可能である。

また、考古発掘の資料から、古代に宮殿を造営した際、内壁に人物画を描く習慣があったことが分かる。近年、陝西省咸陽の秦代宮殿遺跡と長安の漢代宮殿遺跡より、いずれも彩色壁画の残片が出土している。注目すべきは、文献の記載によれば、古代宮殿の壁画において、歴代の忠臣孝子の物語の占める比重が大きいことである。『文選』巻十一には、漢代王逸の「魯霊光殿賦」が載せられ、「天地を図画し、群生を品類す……忠臣孝子、烈士貞女に及ぶまで、賢愚成敗、載叙せざるは靡し。悪は以って世を誡め、善は以って後に示す」と言う。同じ巻に載せられた三国魏、何晏の「景福殿賦」にも、同様の記述が見られる。これは、古代の宮殿壁画に孝子の物語が常に存在し、その図像は後世、画工たちによって種々の実用的装飾品の中に応用され、次第に定着したことを物語っており、我々が古代文物の中に数多くの孝子伝図を見掛ける所以ともなっている。

これらの図像には、古くから保存されてきた文物もあるが、多くは近代以降の考古発掘を通して発見された、貴重な実物そのものである。早くも後漢時代の複数の墓葬の壁画や画像石から、大量の孝子伝図が出現している。これらは、四川省楽山柿子湾一区一号後漢墓、山東省泰安大汶口後漢画像石墓、河南省開封白沙後漢画像石墓、朝鮮の後漢楽浪郡壁画墓（彩篋塚）などに広く分布している。孝子伝図は山東嘉祥の後漢武氏石室画像に最も集中的に表現されている。武氏の画像石には孝子伝図が何面も連なって描かれており、榜題も確認出来る。石面に描かれている曾子、閔子騫、老萊子、丁蘭、董永、章孝母、邢渠、忠孝李善などの孝子は、皆歴代の多くの孝子故事の中で最も影響力のあったもので、その大多数は後の二十四孝にも名を連ねている。この他、後漢の人物図が描かれた銅鏡にも、曾参などの故事が刻まれている。

南北朝に入ると、孝子伝図の題材がより豊富になり、近代の中国古墓の発掘によって大量の驚くべき発見がなされた。例えば、寧夏固原の北魏墓から出土した孝子漆棺、山西大同の北魏司馬金龍墓中漆画の列女屏風、河南洛陽から出土した北魏の孝子石棺、孝子図石棺床などである。それらは図画が清新で、彫刻が精緻であり、極めて高い芸術的価値と学術的意義を持っている。北魏の孝子石棺などの如く、日本、米国等の博物館に保存されている精美な石刻図画もこれに含まれる。

唐代の文物の場合、これまで孝子図は極稀にしか見られなかった。かつて黒田教授から唐代孝子図について尋ねられた時、私は即答できる確実な資料を把握していなかった。以後、陝西省咸陽の唐代契苾明墓から孝子図と孝子伝の書写された三彩缶が発見されたのに加え、私自身も研究を通して、太原地区の唐墓に屢々見受けられる「樹下老人」の壁画中に孝子図を見出し得たことから、唐代の民間にも孝子伝図が流布していたことを知った。唐の末期には既に二十四孝の話本があり、しかもこの話本は僧侶によって編纂されている。敦煌の蔵経洞で発見された唐五代文書の中に、概ね同類の抄本が三件あって、現在はそれぞれ大英図書館とフランス国立図書館に収蔵され（番号はＳ七、Ｓ三七二八、Ｐ三三六一）、その名も「故円鑑大師二十四孝押座文」と言い、舜、王祥、郭巨、老萊子などの孝子が収録されていて、孝子伝図の流布を看て取ることが出来る。

宋代の考古資料中にも、相当数の孝子伝図が存在する。それは主として北宋後期以降の北方の墓中に見られるものである。墓中の壁画や甎彫を含め、それらは全て当時の民間工匠の手によっている。これらの図像を墓に設けた理由は、墓主の子孫が極めて孝順であることを表わすことにあり、孝悌思想を重んずる当時の社会気風に符合するものであろう。一部の学者は、人々は「孝」を重要視することから孝子伝説を神格化し、よって、「孝」思想を表現する図像や作品は、墓の中で邪悪を駆除し、怪鬼を退治する役割を果たす古代方術の実用味を帯びていると指摘する。

二十世紀一九五〇年代以降に発掘された宋代の墓葬中に、これまでにも孝子を題材とした墓室壁画や石棺線刻画が度々発見されている。例えば、重慶井口宋墓の石造浮彫孝子図等十一面、河南滎陽司村宋代壁画墓の墓室壁画十九孝子図、河南林県城関宋墓の墓室甎彫壁画二十四孝、河南洛陽北宋張君墓画像石棺線刻二十四孝、河南嵩県北元村宋代壁画墓の十五面の孝子図、河南鞏県西村宋墓の石棺線刻二十四孝図、河南洛寧北宋楽重進画像石棺線刻二十二面の孝子図、山西長治市五馬村宋墓の甎彫孝子図十二件、河南宜陽北宋画像石棺の孝子線刻十面などが上げられる。これらの孝子図は、内容と構図が共に類似していることから、当時の民間画工の間には孝子図像の手本が既に流伝し、時と共に孝子図が普及していたと考えられる。

また、遼、金、元期に北方一帯即ち、今日の河南、山西、河北、遼寧、内モンゴル、甘粛などの地方において、このような孝子図を含んだ甎室墓の存在が確認出来る。例えば、河南焦作の金代鄒瓊画像石墓中の十一面の孝子伝図、山西絳県裴家堡金墓中の甎室壁画の郭巨孝行、孟宗孝行、韓氏節孝、董永孝行の四図、山西垣曲東鋪村金墓の孝義故事を主とする十二面の壁画、山西長治安昌金墓の二十四孝図壁画、山西芮城永楽宮旧趾宋徳方、潘徳冲と呂祖墓の石槨線刻二十四孝図、山西新絳寨裏村元墓の孝子石彫十二面、北京市斎堂遼壁画墓中の彩色壁画孝子図、遼寧遼陽県金遼墓の石彫孝子図、蘭州中山林金代彫甎墓の孟宗、王祥、郭巨等の甎彫孝子図と甘粛漳県元代汪世顕一族の墓葬模制花甎孝子図等がある。

特に、山西長子県石哲金代甎墓壁画の二十四孝図は、その内容が一般的に見る北宋墓中壁画の二十四孝と完全に一致する上に榜題があって、人物名と事跡に関する分かり易い説明があるなど、比較的大きな資料価値を有する。

この他、鳥居竜蔵教授の記録によれば、二十世紀三、四十年代に遼寧鞍山からも遼代の甎彫孝子図が出土している。更に内モンゴルでは、精美な彫刻の施された遼代孝子図の銀壷が出土している。表面に王祥、郭巨等複数の孝子図があり、日用品の装飾にも孝子図が広汎に用いられ、孝子故事が空前の普及の様相を呈していたことを物語っている。

以後、清代末期に至っても、中国民間において孝子伝図が流布していたが、二十四孝図がその代表的なものである。近年、陝西省大茘県で発掘された、一連の清代墓から大量に出土している彫刻、精緻な二十四孝の石造浮彫もその典型的な事例である。

現在眼にすることの出来る材料から推測すると、およそ唐代或いは、更に早い時期即ち、紀元六世紀頃から、中国の孝子故事は「孝」思想を宣伝する重要な手段として、既に日本に伝来していた。そして、日本に広く伝わる『孝子伝』は、日本古代思想の形成に大きな影響を及ぼした。現存する日本の昔話には、中国の孝子伝説の痕跡が多数見られる。また、日本の古代では、中国の孝子伝説に手を加えて形成された、一種の民間伝承のような作品が『孝行集』、『童子教諺解』等に見られる。正に三木雅博教授の御指摘どおり、古『孝子伝』に分類される書籍が中国、朝鮮、日本などアジア漢字文化圏の国々において、児童の教科書として広く使用されていたことは、東アジアの社会に共通する人間関係と倫理思想が根底に存在するからである。これは東アジアにおける古代思想の研究の中で、注目に値する分野だと言える。

黒田教授の『孝子伝図の研究』には、広汎に収集された中国古代の孝子伝図等の文物資料に加え、古代孝子伝図が所蔵されている中国、日本、アメリカ等の博物館や旧跡への自らの訪問踏査の成果に基づき、中国古代の孝子伝図に表現された歴代の孝子人物に関する、大量の日中古文献資料の考証と研究を深化させ、それらを整理分類した上で、一連の古代の孝子に対し論証された成果が収められている。例えば、「伯奇贅語」「魏陽贅語」などの主要論考がそれである。これらの研究は、これまで長い間、歴史の塵埃に閉じ込められ、埋もれていた古代の孝子に本来の面目を甦らせた。中でも、人々がもはや確認出来なくなっている古代の孝子の故事を描いた図像、特に孝子伝や孝子図を「孝」思想の研究と有機的に結び付けられたことによって、古代東アジア地域の孝子思想の伝播過程が、見事に生き生きと再現されたのは、特筆すべき成果である。この著書の刊行は、古代東アジアの文化思想研究史、特に「孝」思想の研究史上において、重要な意義をもつに違いない。時代の変遷に伴い、人々の古代思想や文化遺産への興味と関心が高まるにつれ、この書物が燦燦と耀く珠玉の一冊になることを信じて止まない。

二〇〇六年五月北京にて記す

（ちょう・ちょう　中国社会科学院考古研究所　教授）

目　次

孝子伝図の研究

序章　孝子伝への招待
——昔話と孝子伝

昔話と孝子伝——孝子伝の受容——

一

万葉集巻十六、竹取翁歌（三七九一）の末尾に、

　古の賢《さか》しき人も後の世の鑑《かがみ》にせむと老人《おいひと》を送りし車持ち帰りけり

と詠まれているのは古来、所謂孝孫原谷の話であるとされる（西野貞治氏「竹取翁歌と孝子伝原穀説話」〈『万葉』14、昭和30年1月〉、三木雅博氏「「竹取翁歌」臆解―現存の作品形態にもとづく主題の考察―」〈『井手至先生古稀記念論文集国語国文学藻』所収、和泉書院、平成11年〉参照）。その原谷譚とは、以下のようなものである。我が国にのみ伝存する、完本の古孝子伝二種（陽明本、船橋本）の内、陽明本孝子伝第6条原谷の本文を示せば、次の通りである（返り点、句読点を施す）。

　楚人、孝孫原谷者至孝也。其父不孝之甚、乃厭二患之一。使三原谷作レ輦祖父送二於山中一。原谷復将レ輦還。父大怒曰、何故将二此凶物一還。答曰、阿父後老復棄レ之、不レ能二更作一也。頑(顔)父悔レ悞、更往二山中一、迎レ父率還。朝夕供養、更為二孝子一。此乃孝孫之礼也。於レ是閨門孝養、上下无レ怨也

幼学の会における陽明、船橋本両孝子伝の輪読の終盤、適々原谷を担当した関係で、その原稿を整理していて、原谷譚については、有名な昔話「姥棄山」のあったことを思い出した。早く柳田国男が、「これは古い輸入らしい。この

話に二通りありて……第二類は、山へ親を捨てに行った子が、親の愛に感動して志を翻す更級式ともいえるもの」とし、

岩手県・上閉伊郡　　老媼夜譚　九六

我子の「朸を持って帰ろう」の言葉から、親を捨てるのを思いかえす。

これなど大分話らしくなっている

などと指摘したものである（『日本昔話名彙』完形昔話、知慧のはたらき）。『日本昔話大成』9では、五二三C「親棄畚」（笑話）とし、『日本昔話通観』28昔話タイプ・インデックスでは、四一〇B「姥捨て山―もっこ型」（むかし語り）としている。今その『通観』9茨城むかし語り、4「姥捨て山―もっこ型」（原題「舅入り」）の梗概を示せば、以下の如くである。

茨城県行方郡北浦村行戸・女

息子と孫が二人でもっこに老父を乗せて捨てにいく。息子がもっこもろとも捨てて帰ろうとすると、孫が「もっこは捨てるには惜しいから持って帰ろう。またお父さんを捨てにくるときに役にたつから」と言う。息子は年寄りを捨てないことにして、もっこに老父を乗せて帰った

この梗概を見るに、殆どそのまま両孝子伝6原谷と同じであることが知られよう（両孝子伝については、拙著『孝子伝の研究』〈佛教大学鷹陵文化叢書5、思文閣出版、平成13年〉Ⅰ一2「陽明本、船橋本孝子伝について」参照）。

昔話の資料を繰っていて驚いたのは、「継子の井戸掘り」という話を見た時である（『日本昔話名彙』完形昔話、まま子の話、『日本昔話大成』5本格昔話、二二〇A「継子と井戸」、『日本昔話通観』28むかし語り、一八二）。『名彙』は、「継子話の一……「横穴」」として、

井戸に入れられた継子が、下から上げる畚の土に、近所の爺から教えられた通り金を一つずつのせて上げ、そのひまに横穴を掘って逃げる話

と言う。『大成』は、

1、継母が継子に井戸を掘らせる。

2、隣の爺が金をくれたので、それを土の中に入れてやる。

3、継母が喜んでいる間に横穴を掘ってのがれ、爺に助けられる。

4、旅に出て侍になり、後に爺に金をやる。継母はこれを知って後悔する

とし、『通観』は、

①継母が継子に井戸掘りを命じると、継子は神の教えのままにもっこにお金を入れて継母の気をそらし、横穴を掘って、落とされた石をのがれる。

②継母が継子に屋根をふかせて火をかけると、継子は隣人の教えで持参した傘で飛び去る。

③継子は飛び降りた広野で爺に会い、教えに従い広野を拓いて成功する。

④盲目となった父は継子と再会して目が開き、父子は幸せに暮らす

と述べて、

（1）援助者には神の他に亡母・隣人なども登場する。（2）継子は井戸の横穴を掘り進んで広野に出、そこで成功することも多い。異郷への脱出と思われる。また、②のモチーフはもっぱら沖縄で付け加えられる。離れ島へ飛行する点は、やはり異郷へおもむくのである。（3）継子の名は「シャイン」「シュン」「スン」などで、伝承の経過が推測される

と注している。今例えば、『通観』26沖縄むかし語り、七一「継子の井戸掘り　出世型」と名付けられた話を示せば、左のようである。

那覇市真嘉比・女

昔はね、継親と継子との大変な区別があったって。それでね、この継親はね、いつでも自分が生んだ子はかわいがってね、継子は憎んでね、それでどうしたら、この継子（殺せる）かねーといってね、いつもこの継親はこの子殺す（計画）しているわけさ。

それで、井戸を掘らせてね、井戸掘り、井戸を掘らせたらね、この者達の子は、とても頭が切れ者だったわけ。「私の親は、また私を殺そうとしているな」と思いながら井戸を掘っていたら、神がね、「お前はね、井戸掘るならね、井戸は掘って、それから側にまた穴を掘っておきなさいよ、上から石を落とされたらね、そこに入りなさいよ」と、このようにいったらしい。「はい」といって、神様が教えた通りに、この子はね穴を掘ったわけ。すると、いわれた通り、井戸掘って、井戸は掘って、また逃げ道を作って、また井戸を掘って逃げ道を作っているわけ。そしたら、「どのくらいまで掘ったか」といっては、見たりしいしいしているわけ、実子と手を取っている悪魔（意地悪者）は、そして、三尋掘った時に、また側に逃げ道は作ってはあるんだけどね、三尋掘った時、上から、まー石を、パンといって落とされたわけ。「ああ、やっぱりだ」といって、側になってかくれてね、そこで助かって、それから、外が静かになってから這い出したって。

それで、（そのまま）そこにいたら、その後から、今度は、屋根を葺かせたって。茅葺き屋、葺かせたって。そして、茅葺き屋、葺かせてね、継子は屋根の上に登っているさーね、下から火をつけたらすぐバーバーバー燃えるさーね。それで、屋根を上まで葺いた時に、下から火をつけたので、「ああー、やっぱりだ」といって、パンと飛びおりて、その時からずーと逃げっぱなしだったって。ずーと逃げてね、それからこれは田舎に行ってそこで学問をして妻を娶って、大きな店をかまえているわけ。

するると、継子をいじめたあの親はね、貧乏人になって、また、男親は、目がみえなくなったって、目くらになったって。そして、継母は毎日、店に買物に行くわけ。するとね、この店で物を買うのだが、この子がわかるわけね、子がわかるわけ、「これは、私の継親だなー」とわかるからね、金を持って買物はするのだが、これが買うだけの品物はわたしてね、お金は（取らないで）そのまま入れてあるって。それで、「珍しいことだ。この店は、私がいうだけ品物は持たせるがね、お金は取ってないさ」というと、「そうか」といって、この男の親がね、「それでは、これは、私の子ではないかな」といって、「そこに、私をつれていってくれ」というので、そこにつれていったら、男の親がこのようにしてね、〈ここに、小さなこぶがあったって。小さな印が小さい時からあったって〉。それで、「あなたの頭、私に調べさせて下さい」と、この男の親はいったらしい。すると、「はい」といって調べさせたわけ、すると、こんなこんなしてみると、小さなこぶがあるので、「すん」と呼んだって。この子は「すん」という名前だったらしいさ。

そして、はい、その時にね、親子の名のりを上げてね、この男の親は悪くはないのだがね、女の親がすべて悪だくみしたのだから。それで、親子名のりをして泣いている間に、その目が開いたという話があった

右記は、継子の主人公を「すん」（舜）と呼んでいることからも分かるように、両孝子伝1舜の話に外ならない。二十四孝（御伽草子『二十四孝』など。二十四孝の第一話も舜の話である）から昔話への影響も、十分に考えられるのだが、「継子の井戸掘り」と呼ばれる舜の話の場合、二十四孝は象耕鳥耘譚しか載せないので（舜をめぐる象耕鳥耘譚に関しては、坪井直子「舜子変文と『二十四孝』―「二十四孝」の誕生―」〈『佛教大学大学院論集』29、平成13年

3月〉参照〉、その話は、二十四孝より出たものではあり得ない。両孝子伝1舜の本文を示せば、次の通りである。

陽明本

帝舜重花、至孝也。其父瞽瞍、頑愚不レ別二聖賢一。用二後婦之言一、而欲レ殺レ舜。便使レ上レ屋、於レ下焼レ之。乃飛下、供養如レ故。又使レ治レ井没レ井、又欲レ殺レ舜。々乃密知、便作二傍穴一。父畢以二大石一塡レ之。舜乃泣東家井出。因投二歴山一、以躬耕種レ穀。天下大旱、民無二収者一、唯舜種者大豊。其父塡レ井之後、両目清盲。至レ市就レ舜羅米、舜乃以レ銭還置二米中一。如レ是非レ一。父疑二是重花一。借レ人看二朽井一、子无レ所レ見。後又羅米、対在二舜前一。論レ賈未レ畢、父曰、君是何人、而見レ給レ鄙。将非二我子重花一耶。舜曰、是也。即来二父前一、相抱号泣。舜以レ衣拭二父両眼一、即開明。所謂為二孝之至一。尭聞レ之、妻以二二女一、授二之天子一。故孝経曰、事二父母一孝、天地明察、感二動乾霊一也。

船橋本

舜字重華、至孝也。其父瞽叟、愚頑不レ知二凡聖一。爰用二後婦言一、欲レ殺二聖子一。舜或上レ屋、叟(聖)取レ橋、舜直而落如二鳥飛一。或使下堀二深井一出上。舜知二其心一、先掘二傍穴一、通二之隣家一。父以二大石一塡レ井。舜出二傍穴一、入遊二歴山一。時父塡レ石之後、両目精盲也。舜自耕為レ事。于レ時天下大旱。黎庶飢饉、舜稼独茂。於レ是羅米之者如レ市。舜後母来買。然而不レ知レ舜。々不レ取二其直一、毎レ度返也。父奇而所レ引二後婦一、来至二舜所一問曰、君降レ恩再三、未レ知有二故旧一耶。舜答云、是子舜也。時父伏レ地、流涕如レ雨。高声悔叫、且奇且恥。爰舜以レ袖拭二父涕一。而両目即開明也。舜起拝賀。父執二子手一、千哀千謝。孝養如レ故、終無二変心一。天下聞レ之、莫レ不二嗟嘆一。聖徳無レ匿、遂践二帝位一也

前掲、那覇市真嘉比の「継子の井戸掘り」の、両孝子伝とよく一致していることが、分かるであろう。「継子の井戸掘り」は、全国的に流布しているが、中で、柳田国男が、「近所の爺から教えられた通り金を一つずつのせて上げ、そのひまに横穴を通って逃げる話」と述べるように、例えば、

継母が継息子を殺そうとして井戸を浚えさせる。隣の爺に相談して金を持って入り畚に入れてやる。継母が喜んでいる間に横穴を掘って逃げる。金がなくなると石を投げ込むが命は助かる

とか（鹿児島県大島郡喜界島。『大成』）、或いは、

継母が井戸がえをするから井戸に入れという。隣の爺が変に思って継子に百文やり、井戸の中に銭がたくさんあるといって釣瓶の中に一文ずつ入れて引き上げさせろという。継母が銭に気をとられているすきに隣の爺が横穴を掘って逃がす。継母は銭が出なくなったので、大石を井戸に落として子が死んだと空泣き

とか（岩手県遠野市。同上）などとされるように、「継子の井戸掘り」の内にはしばしば、舜の説話における、所謂銀銭のプロットを有するものがある。これは、両孝子伝には見えないプロットだが、例えば、太平記巻三十二に、

堅牢地神モ孝行之志ヲ哀トヤ思召ケン、井ヨリ上ケケル土ノ中ニ、半金ヲ交リケル。父瞽瘦弟ノ象、欲ニ万事ヲ忘ケレハ、土ヲ揚ル度毎ニ、是ヲ諍ア事無レ限リ（西源院本）

とか、或いは、敦煌出土の舜子変に、

天界の帝釈天密かに銀銭五百文を降し、井戸の中に入れたもう。舜子は泥罇《どろがめ》の中に銀銭を入れ、継母に引き上げさせる（上界帝釈、密降銀銭伍伯文、入於井中。舜子便於泥罇中置銀銭、令後母挽出。入矢義高氏の現代語訳に拠る）

などと見えるものである。ところが、この銀銭のプロットを持つ孝子伝が、我が国には早くから伝えられていたらしい。寛治二（一〇八八）年序、長承二、三（一一三三、四）年写、釈成安の手に成る三教指帰注集下に引かれた、逸名孝子伝を示せば、次の通りである（大谷本に拠り、天理本、尊経閣本を参照した）。

孝子伝云、虞舜字重花。父名二鼓叟一。々更娶二後妻一生レ象。々敖。舜有二孝行一。後母疾レ之、語レ叟曰、与レ我殺レ舜。

叟用㆓後妻之言㆒、遣㆓舜登㆒㆑倉。舜知㆓其心㆒、手持㆓両笠㆒而登。叟等従㆑下放㆑火焼㆑倉。舜開㆑笠飛下。又使㆓舜濤㆒㆑井。舜帯㆓銀銭五百文㆒、入㆓井中㆒穿㆑泥、取㆑銭上㆑之。父母共拾㆑之。舜於㆓井底㆒鑿㆓匿孔㆒、遂通㆓東家井㆒。便仰告㆓父母㆒云、井底銭已尽。願得㆑出。爰父下㆑土塡㆑井、以㆓一盤石㆒覆㆑之。駆㆑牛践㆓平之㆒。舜従㆓東井㆒出。父坐㆑塡㆑井、以両眼失明。亦母頑愚、弟復失㆑音。如㆑此経㆓十余年㆒。家弥貧窮無㆑極。後母負㆑薪〔詣㆑〕市易㆑米。値㆔舜糴㆓米於市㆒。舜見㆑之、便以㆑米与㆑之、以㆑銭納㆓母帒米中㆒而去。叟怪㆑之曰、非㆓我子舜㆒乎。妻曰、百大《文歟》井底、大石覆至、以㆑土塡㆑之。豈有㆑活乎。叟曰、卿将㆑我至㆓市中㆒。妻牽㆓叟手㆒詣㆑市、見㆓糴㆑米年少㆒。叟曰、君是何賢人、数見㆓饒益㆒。舜曰、翁年老故、以相饒耳。父識㆓其声㆒曰、此正似㆓吾子重花声㆒。舜曰、是也。即前攬㆓父頭㆒、失㆑声悲号。以㆑手拭㆓父眼㆒、両目即開。母亦聡㆑耳、弟復能言。市人見㆑之、莫㆑不㆓悲歎㆒也。史記云、尭老、令㆔舜摂㆓行天子之政㆒。尭知㆘子丹朱不肖不㆖㆑足㆑授㆓天下㆒。於㆑是権授㆑舜。則天下得㆓其利㆒、而丹朱病。授㆓丹朱㆒則天下病、而丹朱得㆓其利㆒。卒授㆑舜以㆓天下㆒。舜践㆓天子位㆒。是為㆓虞舜㆒。廿以㆑孝聞。年卅尭挙㆑之。在位卅九年也

この逸名孝子伝は、注好選上・45の重華（舜）譚と密接に関わり、且つ、舜子変の典拠となったと思しい、注目すべきものであるが、両孝子伝不見の銀銭のプロットをもつ孝子伝の、かつて我が国に存したらしいことが知られよう（三教指帰覚明注にも引かれる。なお陽明本と同文の、普通唱導集下末所引の孝子伝には、「々〔舜〕已密知、帯㆓銀銭五百文㆒、作㆓傍穴㆒」とあるので、陽明本は、傍線部の銀銭のプロットを脱落させたものらしい。重華譚については、前掲『孝子伝の研究』Ⅲ二「重華外伝—注好選と孝子伝—」、及び、本書Ⅱ二1参照）。また、「継子の井戸掘り」諸話において、例えば鹿児島県大島郡沖永良部島のそれに、

　しゅんは土地を拓き田をつくると鳥が援助し、たくさんの米をとり、後に偉くなる

とあるのは（『大成』）、前述象耕鳥耘譚における、舜子変の、

天その至孝を見そなわしたもうや、群なす猪が口で耕やし畝《うね》作り、百鳥は種子をくわえて畑に播き、天は雨ふらせて灌漑してくれます（天知至孝、自有群猪与觜耕地開壟、百鳥銜子抛田、天雨澆漑。入矢義高氏訳）

や、全相二十四孝詩選1大舜の、

舜耕㆓於歴山㆒、有㆑象為㆑之耕、鳥為㆑之耘。其孝感如㆑此

そして、草子『二十四孝』1大舜の、

ある時歴山と云所に耕作しけるに、かれが孝行を感じて、大象が来つて田を耕し、又、鳥飛来つて田の草をくさぎり、耕作の助をなしたるなり

等と明らかに関わるであろう。さらに、広島県深安郡のそれにある、

父は盲目になる。継子〔のしゃいん〕は後に出世し継母に父を連れてこさせ目を吸ってやるとあく

というプロット（『大成』）は、舜子変の、「やがて父の涙を拭い、舌で目を舐めてやれば、父の両眼は元通り回復」（入矢義高氏訳）と共通する（敦煌本「孝子伝」、劉向孝子伝〈法苑珠林四十九、繹史十所引〉にも）ことなども、非常に興味深い事実とすべきである。加えて、「継子の井戸掘り」には、孟仁譚（両孝子伝26）に続くもの（『通観』26沖縄むかし語り、一三九類話1、4など）、閔子騫譚（両孝子伝33）を挿入するもの（『城辺町の昔話』上〈南島昔話叢書7、同朋舎出版、平成3年〉本格昔話一八「継子の泰信」）、伯奇譚（両孝子伝35）に続くもの（同上一九「継子と蜻蛉」）、中生、東帰節女譚（両孝子伝38、43）を挿入するもの（『大成』5、二二〇A本文、山形県最上郡など）等があって、昔話と孝子伝の関係の深さを物語る（なお昔話「継子の井戸掘り」について論じたものに、平山輝男氏編『薩南諸島の総合的研究』〈明治書院、昭和44年〉2編6章2、澤田瑞穂氏「厄井の話」〈『中国の伝承と説話』口碑拾遺所収、研文選書38、研文出版、昭和63年〉、伊藤清司氏「継子の井戸掘り」〈『昔話 伝説の系譜―東アジアの

比較説話学―』Ⅲ章Ⅲ所収、第一書房、平成3年。初出昭和60年〉などがある。伊藤氏の論考は、舜子変を上げつつ、それを孝子伝ではなく、孟子、史記、列女伝等で説明される点が、遺憾に思われる)。

二

『日本昔話通観』28昔話タイプ・インデックスのむかし語り、一八二「継子の井戸掘り」を見ていて、改めて驚いたのは、その隣に記載されている一八三「継子と王位」の項目に、

①継母の妃が体に蜜を塗り、継子がそれにとまった蜂を払うと、継母は王に、継子が乳房をつかむ、と讒言する

とあるのを目にした時である。例えば、その資料篇として上げられている『通観』26沖縄むかし語り、三三二「継子と王位」を示せば、次の如くである。

具志川市赤道・女

後妻が自分の子供に王の位を継がせようと思い、自分の体に蜂蜜を塗る。親思いの継子が母親の体にとまった蜂を追い払うと、継母は王に「継子が自分の乳をつかもうとする」と言いつける。王は家来に長男を殺しにいかせるが、家来は長男を山奥に連れていき人に養わせる。人々が次男に王位を継がせることを非難したので、王が「長男を殺さなければよかった」と言うと、家来は長男が生きていることを告げる。王は使いをやって長男に「もどってくれ」と頼むが、長男は「殺された立場だから」とことわる。王があまり何度も願ったので、長男は「死にに行く道と生きていく道とが一つではいけない」と言って一日で橋を作らせ、その橋を渡っていった。その橋が「一日橋」だ

前述『通観』28、一八三の①に該当する話は、両孝子伝35伯奇における、蜂の話に外ならない（「妃が体に蜜を塗る」のは、所謂王舎城の悲劇〈観無量寿経序分〉における、酥蜜を体に塗った韋提希夫人の故事の影響であろう。或いは、下記船橋本の「母蜜取レ蜂」などの誤読か）。両孝子伝35の中の、その蜂の話の本文を示せば、次の通りである。

陽明本

伯奇者、周茶相尹《（伊尹）》吉甫之子也。為レ人慈孝。而後母生二一男一、仍憎二嫉伯奇一……母曰、君若不レ信、令下伯奇向二後薗一取上レ菜。君可三密窺一レ之。母先賷レ蜂置二衣袖中一、母至二伯奇辺一白、蜂螫レ我。即倒レ地、令二伯奇為一レ除。奇即低頭捨レ之。母即還白二吉甫一、君伺見否。父因信レ之。乃呼二伯奇一曰、為二汝父一上不レ慙レ天、娶二後母一如レ此。伯奇聞レ之、嘿然无レ気、因欲二自殞一。

船橋本

伯奇者、周烝相尹吉甫之子也。為レ人孝慈、未二嘗有一レ悪。於レ時後母生二一男一、始而憎二伯奇一……母曰、若不レ信者、妾与二伯奇一、往二後《（収）》園一採レ菜。君窺可レ見。於レ時母蜜取レ蜂、置二袖中一至レ園。乃母倒レ地云、吾懐入レ蜂。伯奇走寄、探レ懐掃レ蜂。於レ時母還問、君見以乎。父曰、信レ之。父召二伯奇一曰、汝我子也。上恐二于天一、下恥二乎地一。何汝犯二後母一耶《（砌）》。伯奇聞レ之、五内無レ至、既而知レ之。後母譏謀也、雖レ諍難レ信。不レ如自殺

平安時代の今昔物語集や注好選などにも録され（共に船橋本系）、西鶴も本朝二十不孝四「木陰の袖口」に利用した（西鶴は一条兼良の語園上・71「蜂ヲ以テ継子ヲ譏スル事」〈「事文」〉に拠ったとされる。佐竹昭広氏『絵入本朝二十不孝』〈シリーズ古典を読む26、岩波書店、平成2年〉などに詳しい）、伯奇譚の蜂の話が、現代になお語り継がれているることは、非常に驚くべきことであろう（なおこの話は、譬喩尽に採られている〈はの部。白氏文集の「掇蜂」句を引き、説明する〉ことが興味深い）。さらに蜂を蜻蛉に変えたもの（前述『城辺町の昔話』「継子と蜻蛉」。舜の話

を続けている）などもあって、注意する必要があるが、右の「継子と王位」の例は、昔話と孝子伝との関わりが決して単純ではないことを示す、恰好の例となっている（伯奇譚については、本書Ⅱ二2参照）。

『日本昔話通観』26沖縄むかし語り、二七「天人女房―天人降下―星由来型」の類話7に、次のような話が載る。

島尻郡粟国村・男　子供のいない老夫婦がお宮に祈願をして、爺が八十歳、婆が七十歳で男の子が生まれる。子供はトウイと名づけられ親孝行な子になるが、まだ幼いうちに父も母も死ぬ。トウイは親の医者代や葬儀の費用を返すために奉公するが、なかなかお金が返せない。トウイが大みそかに主人に暇をもらって家へ帰り、荒れた家の掃除をしていると、若い女が来て宿を乞う。トウイが「敷き物もなくてよければ」と承知すると、女はふところから何か取り出してくばの葉を畳にし、湯を沸かさせてかんざしで掻きまわしてごちそうにする。トウイが、女に言われて主人に「奉公をやめる」と言うと、主人は怒って、「残った借金の代わりにンスタリ七反、イシチヌチンダンを持ってこい」と言う。トウイが帰って女に言うと、女は天から六人の天女を呼んで機を織らせ、できた織物を主人のところへ持っていかせる。主人は驚いて、「トウイにやめてもらいたくなくて言ったのだ」と言い、一反だけ取ってあとは返す。トウイと女は仲よく暮らすが、ある日女は「私は『親孝行な子供を救いなさい』と言われて降りてきた北斗七星の姉星だ。あなたの子供をやどしたために、二番目に坐る星になる。その子が男なら右の膝に、女の子なら左の膝に坐らせる。旧の七月十五夜の晩には雨を降らせるから私の別れの涙と思ってくれ」と言って天に帰った

これは、董永の話であり（両孝子伝2また、二十四孝系にも）、話中の「トウイ」は、董永に相違ない。今仮に、全相二十四孝詩選により、その董永譚の本文を示せば、次の通りである（竜大乙本13に拠り、甲本を参照した）。

董永

葬レ父貸二方兄一　天姫陌上迎
織レ絹償二債主一　孝感尽知レ名

董永字延年、後漢人。家貧傭力。父死、貸二銭一万一而葬。道遇二一婦人一。求レ為二永妻一、倶詣二主人家一。令レ織二絹三百匹一、一月而畢。輒辞レ永曰、我天上之織女。聞二君至孝一、天帝令二我助レ君償レ債。言訖、凌レ空而去

『通観』28むかし語りの二二二は、これらを「星女房」と呼んでいるが、『日本昔話名彙』、『日本昔話大成』における、有名な「天人女房」を分立させたものである（「星女房」については、福田晃氏『南島説話の研究』〈法政大学出版局、平成4年〉四篇三章に詳しい）。本話のトウイが「父も母も死」なせてしまうことについては（母を亡くすとする昔話も多い。通常は父）、『孝子伝の研究』Ⅱ二及び、その注㉗を参照されたい。当話の天女が「あなたの子供をやどした」と言うプロットは、類話に頻出する趣向であるが、それは御伽草子『二十四孝』董永などの挿絵に描かれた、董永の子供（董仲）であることに、注意する必要がある（草子の本文には不見。『孝子伝の研究』Ⅱ二注㉑参照）。『通観』6の二五五「天人降下―孝子援助型」等に、

　元来た道端さ休んだところぁ、「今日、お別れだ」「いや、そう言わねで、今迄俺の妻になるどていたもの、居て呉ろ」

などとある、織女との出合い（全相二十四孝詩選「天姫陌上迎」等）、別れの場所の問題に関しては、金田純一郎氏「董永遇仙伝覚書」（『女子大国文』9、昭和33年6月）に詳しい。なお本話は、王祥譚（両孝子伝27）を戴くことがある（『通観』7の二二八、25の二〇〇など）。三浦俊介氏「昔話「観音女房」と中国孝子譚」（『伝承文学研究』34、昭和62年7月）は、昔話「天人女房」と董永譚の関わりを論じる。飯倉照平氏「董永型説話の伝承と沖縄の昔話」（『人文学報』213、平成2年3月）は、沖縄におけるその源流を扱って詳細に亙る。

『日本昔話大成』7本格昔話、新話型一一A、B、Cに、「孫の生き肝・三夫婦型」、「孫の生き肝・観音信仰型」、「孫の生き肝・複合型」と呼ばれるものがある（『日本昔話通観』28むかし語り、四一三「孫の生き埋め」、四六「孫の生き肝」、一九「末期の乳」）。その『大成』の一一A、鹿児島県大島郡奄美大島に伝わる話は、次のようなものである。

昔、あるところに息子を三人持っている老人があった。息子三人のうち嫁の気立てのやさしい者に介抱されたいと望んで、どうかして三人の嫁を試そうと一策をめぐらした。老人は仮病をつかって寝こみ、三人の嫁御を枕辺に呼んで、自分の病気は人間の乳以外には何によっても助かる見込みはない。それでおまえたちに頼みがあるといって、まず兄嫁から順に「おまえたちは自分の子供を殺して、その代わりに乳をわれに飲ませてくれないか」とたずねた。兄嫁は自分の子供を殺してまで、義父に乳を上げることはできません。そうしなくともほかに養生の方法もありましょうと答えた。つぎに次男の嫁にたずねると、お父様の申すことなら何でも致しましょう。子供は一人や二人なーなっても、また生みかえることもできます。お父さんの命はいまなくなると、もういつまでも二度とお目にかかる節はないでしょう。乳で病気がなおるのでしたら仰せのとおり致しましょうと答えた。これをきいて老人は大いに喜んだ。つぎに末子の嫁にたずねると、末子の嫁は兄嫁と同じ返事であった。そこで老人の腹はすぐきまり、次男の嫁を呼んで、それでは何日の日におまえの子供を殺すからとあらかじめ知らせた。その日になると次男夫婦は殺す段取りをたずねた。父のいうことには、天道様の明かりのあるところでは殺されない。ずっと山奥に行って殺さねばならぬから、鍬や斧を持たねばならぬとのことで、夫は鍬斧をもち、父が先に立って三人して山奥に入って行った。中途まで行くと、次男はここら辺でよかろうというと、父はきかないで、わしがここと決めたところで殺せといった。そこで、父が合点の行くところまで行くと、ここだ、ここでこの子を殺して埋めねばならぬから、まず穴を掘れと命じた。次男が穴を掘り始めると、岩のようなものがあって、どうしても穴が掘れない。掘れなければ岩の横合から掘って、その岩を掘り出せと父はいった。次男はそうしてやっとのことで岩を掘り出すと、岩と思ったのは大きな金塊であった。そのとき父はいった。よろしい、親孝行というものはいくらしても限りのあるものではない。この金塊は天がおまえたち二人の孝心に報いたのじゃ。わしは病気でも何でもない。おまえたちの本性をさぐるために仮病をつかったのじゃ。この子を殺すといったのは、わしの策謀じゃ。祖父たる者が、どうしてかわいい孫が殺せるものか。おまえたちの本心をたしかめたうえは、何も隠すことはない、おまえたちこそ、本心からわしのことを思っているのだ。おまえたちはこれから楽しいものになるぞ。そこで次男は金塊をかつぎ、嫁は鍬斧を持ち、老人は孫をいだいて山を降りた。それから次男夫婦は
　大金持ちになったということである

右は郭巨（両孝子伝5）の話に基づく（土橋里木氏「孝子金壷譚」〈『日本民俗学』4・2、昭和32年1月〉、福田晃氏『南島説話の研究』三篇四章、五章参照）。今例えば蒙求271「郭巨将坑」の新注（徐子光注）に引かれる逸名孝子伝を示せば、次の通りである（古注、準古注も略同文）。

旧注引二孝子伝一云、後漢郭巨家貧養二老母一。妻生二一子一。三歳。母常減レ食与レ之。巨謂レ妻曰、貧乏不レ能二供給一。共レ汝埋レ子。子可二再有一。母不レ可二再得一。妻不二敢違一。巨遂掘レ坑二尺餘、忽見二黄金一釜一。釜上云、天賜二孝子郭巨一。官不レ得レ奪、人不レ得レ取

なお全相二十四孝詩選16郭巨等、この逸名孝子伝に酷似する（『孝子伝の研究』Ⅲ四参照）。その本文を示せば、次の通りである。

郭巨、字文挙。妻生二一子一、三歳。母常減レ食与レ之。巨謂レ妻曰、貧乏不レ能二供給一。共レ汝埋レ子。子可二再有一、母

不レ可二再得一。妻泣而従レ之。遂掘レ坑三尺、得二黄金一釜一。上云、天賜二孝子郭巨一、官不レ得レ奪、民不レ得レ取(得)

乳の代わりに、求められるものが孫の生き肝、血（大島郡菴美大島）、眼（一一B）などとされる等、昔話に種々のヴァリエーションのあることについては、『大成』の一一Cの注に、

この昔話は「猿の生肝」などによっても知られるように、人の肝や眼球が生命の恢復力をもつという信仰を基本理念として形成されたものであろう。第一は、親が病気をよそおい三人兄弟夫婦が親にどれだけの孝養心を持つかを試して相続人を決定しようとするものである。第二はこの信仰と観音信仰と結びついた形式で、第三はこの二つが融合したものであろう

と言われ、「嫁の乳」で老母（老父）を養うことに関しては、全相二十四孝詩選11唐夫人における、乳姑譚からの影響も指摘されている（土橋氏前掲論文など）。ところで、昔話と孝子伝の関わりを考える時、興味深いのは、「孫の生き肝」には、「息子を三人持っている老人」（右記菴美大島。二人〈大島郡沖永良部島〉、一人〈一一B〉とするものもある）と設定するものの圧倒的に多いことで、単に郭巨一人の話ではなさそうなことである。現に例えば二十巻本捜神記十一253など、「兄弟三人」の分財を前提とする、郭巨譚を載せている。その本文を示せば、次の通りである。

郭巨、隆盧人也。一云、河内温人。兄弟三人、早喪レ父。礼畢、二弟求レ分。以二銭二千万一、二弟各取二千万一。巨独与レ母居二客舎一、夫婦傭賃、以給二公(供)養一。居有レ頃、妻産レ男。巨念与レ児妨レ事レ親、一也。老人得レ食、喜分二児孫一、減レ饌、二也。乃於レ野鑿レ地、欲レ埋レ児、得二石蓋一、下有二黄金一釜一。中有二丹書一、曰、孝子郭巨、黄金一釜、以用賜レ汝。於レ是名振二天下一

ところが、その二十巻本捜神記は、何らかの孝子伝を出典とするものと考えられ（本書Ⅱ一5参照）、捜神記の郭巨譚に酷似する、孝子伝逸文が伝存する。その一例が劉向孝子伝(図)（法苑珠林四十九、敦煌本北堂書鈔体甲、太平御覧四

一一、令集解十三所引）で、その本文を示せば、次の通りである（太平御覧に拠る〔　〕は令集解所引）。

郭巨、河内温人。〔其家〕甚富。父没分レ財。二千万、為二両分一、与二両弟一。己独取レ母、供養寄住。隣有二凶宅一、無二人居者一。共推与レ之居、無二禍患一。妻産レ男。慮三養レ之則妨二供養一、乃令二妻抱レ児、欲三〔已〕掘レ地理（埋）二之於土中一。得二金一釜一。上有二鉄券一云、賜二孝子郭巨一。巨還二宅主一、宅主不二敢受一。遂以聞（問）レ官。官依二券題一、還レ巨。遂得二兼養レ児

面白いのは、金釜に態々鉄券（劉向孝子伝）、丹書（捜神記）、銘（「この銭をやると書いてある」とする昔話〈島根県邑智郡〉もある）などが添えられているのは、それが他人（宅主）の土地から出現すること（つまり郭巨が他人の家に「寄住」していること）に起因することが、知られることである。すると、一一A「孫の生き肝・三夫婦型」が、「親が……三人兄弟夫婦がどれだけの孝養心を持つかを試して相続人を決定しようとする」（『大成』）話となっていることも、決して理由のないことではなく、三人兄弟の「父没分レ財」（劉向孝子伝）を、言い換えた可能性があるだろう。また、郭巨は母を養うのが通例であるのに対し、昔話に父が登場していることは、例えば米国ミネアポリス美術館蔵北魏石棺の郭巨図に父の描き添えられていることが思い併され（本書I二4及び、口絵ミネアポリス美術館蔵北魏石棺図三参照）、彼我の民衆の想像力の無関係でないことを、改めて考えさせるものがある。ともあれ、昔話「孫の生き肝」の背景にあった郭巨譚の形については、なお孝子伝における郭巨譚の成立とその展開、流布を確認する必要がある（橋本草子氏「「郭巨」説話の成立をめぐって」〈『野草』71、平成15年2月〉参照）。

三

『日本昔話大成』10、補遺四「孟宗竹」に、「孝子を主題として四つの話を枠物語風に語っている」と言われる（注）、山形県上山市に伝わる昔話が載っている（原話は、武田正氏『佐藤家の昔話』〈桜楓社、昭和57年〉伝説㈡、576「二十四孝(1)」）。その四つの話とは、次のようなものである。

第一話。孟宗の親が病気になる。寒中に筍を食いたがる。雪の中を探して一本見つける。食べさせると不治の病が治る。孟宗筍の名の由来。

第二話。明国の夫婦。父親が病気になって食べ物が食べられない。慣習に従って父に母乳を飲ませるために生まれたばかりのわが子を埋めに行く。土を掘ると音がして後光がさす。拾ってみると金の茶釜。これを売って羊の乳を買って父に飲ませる。

第三話。親孝行な若者。病気の父に鯉を食べさせるために氷の張った池の表面を自分の体温でとかして鯉を取る。

第四話。親孝行な若者の父が病気になる。占い師が狼の出る険しい山にのみ咲く夕顔を煎じて飲ませれば治るという。花を取りに行く途中で日が暮れて狼が現われる。口を開いて苦しそうにしているので、見ると骨が刺さっている。とってやると、頂上までついてきて守ってくれる。後日、戸口で大きな音がする。行ってみると大猪が死んでいる。助けた狼がおとりになって、猪を戸口に突進させたとわかる。夕顔の花と猪の肉で父親の病気が全快する

第一話が、「孟宗竹」の話である。注に、「「継子の苺拾い」(『大成』5本格昔話二一三)も同一系統の話である」と指摘されるように、『日本昔話通観』28昔話タイプ・インデックスむかし語り、一九二「継子のいちご取り」と関係が深く、その注には、「継母の酷薄な課題を押しつけられた継子が、神などの援助で成功するタイプ群の一つで、たけのこ取り、鯉取りなど類似の想の話が多い。単純な構成のために調査資料としては記録されない場合も考えられ、実際の伝承は少なくないであろう」と言われている。「孟宗竹」は、明らかに孟宗譚に基づく。両孝子伝26孟仁の本文を示せば、次の通りである。

陽明本

孟仁字恭武、江夏人也。事レ母至孝。母好食レ笋、仁常懃採レ笋供レ之。冬月笋未レ抽、仁執レ竹而泣。精霊有レ感、笋為レ之生。乃足レ供レ母。可レ謂下孝動二神霊一感中斯瑞上也。

船橋本

孟仁《宗歟》者江夏人也。事レ母至孝。母好食レ笋、仁常勤供養。冬月無レ笋。仁至二竹園一、執レ竹泣。而精誠有レ感、笋為レ之生。仁採供レ之也

『通観』23佐賀むかし語り、一二〇「冬のたけのこ」(原題「二十四孝の竹の子掘り」)の、

佐賀県佐賀市金立町上九郎・女

むかし、むかし。親孝行息子が、婆さんと住んでいた。雪のチラチラ、降っていたある日、婆さんが、「竹の子たぶっ」と言った。今ごろ、雪の降っとき、竹の子のあんもんか、と思ったけれど、本当に親孝行息子だったので、「そいぎにゃ、山さい行たて、竹の子のあっちゃいきゃん、探してくっ」と言って、山奥の竹藪で探し回っていたら、一本の竹の子が見つかった。それを取って帰り、婆さんに食べさせたげな。親孝行息子だったので、

神さんが、雪の降る時は、竹の子は立たないけど竹の子ば立たせてあったそうな。そいぎ、ばっきゃ

等は、その典型とすべきものであろう。そして、「孟宗竹」の、「親が病気になる」、「食べさせると不治の病が治る」などは、むしろ二十四孝系に近い。例えばその全相二十四孝詩選4孟宗の本文を示せば、次の通りである。

孟宗、字恭武。母年老病篤。冬月思二筍食一。宗往二竹林中一、泣レ竹而告レ天。有レ頃地《（池）》上、（出二）笋数茎一。持帰作レ羹供レ母。食畢而病愈

なお、昔話における、

親孝行息子が母親の臨終のとき、「たけのこがほしい」と言われて雪の日に捜しにいく。山奥にたけのこが出ているのを見つけ、持って帰って食べさせた

とか（『通観』23佐賀、一二〇の類話2佐賀県佐賀市高木瀬町、女）、或いは、

継母が継子に「たけのこを捜してこい」と言う。継子はいくら捜しても見つからず、涙を流すと、涙の落ちたところからたけのこが生えてきたので、持って帰る

など（『通観』26沖縄むかし語り、一三九「継子のたけのこ取り」の類話1具志川市安慶名、女）、母の死亡、或いは、母を継母とすることについては、「及二母亡一」（芸文類聚八十九所引楚国先賢伝）、或いは、

孟宗後母好レ筍。令二宗冬月求一レ之。宗入二竹林一慟哭。筍為レ之出

など（祖庭事苑五所引逸名孝子伝。白氏六帖七にも同文が見える）、孝子伝孟仁譚の成立をめぐる問題が存することに、注意しなければならない（『孝子伝の研究』Ⅰ三参照）。第二話は、前述郭巨譚を粉本とすることが明らかである。第三話は、王祥譚に基づく。両孝子伝27王祥の本文を示せば、次の通りである。

陽明本

呉時人、司空公王祥者、至孝也。母好食レ魚、其恒供足。忽遇二氷結一。祥乃抧レ氷而泣、魚便自出躍二氷上一。故曰、孝感二天地一、通二於神明一也。

船橋本

王祥者、至孝也。為二呉時司空一也。其母好二生魚一。祥常懃仕。至二于冬節一、池悉凍、不レ得レ要レ魚。祥臨レ池、扣レ氷泣。而氷砕、魚踊出。祥採レ之供レ母

二十四孝系に現われる、「解レ衣臥レ氷」（孝行録9）、「双鯉躍出」（全相二十四孝詩選7）などのプロットも、「解レ褐叩レ氷……有二双鯉出游一」（初学記三等所引師覚授孝子伝）、「臥二于堅氷之上一……有二鯉躍出一」（陳検討集二所引逸名孝子伝）など、やはり孝子伝に淵源が求められる。さて、右記第二話に、「父に鯉を食べさせる」というのは珍しく（通常は母または、継母）、父に鯉を供養する王祥資料は、管見に入らない。興味深いのが注好選上・51「王祥抧氷」に、「此人父《ノ》、无《レハ》二鮮魚一不レ食」と見えることで、注好選の王祥譚は、或いは、昔話のような口頭伝承を介した資料に拠ったのかもしれない。ところで、王祥の母が継母とされるのは、孝子伝（師覚授孝子伝等）、二十四孝系において一般であり、例えば『日本昔話通観』26沖縄むかし語り、二一二「継子の鯉取り」の、

具志川市川崎・男

継母が寒いときに継子に「鯉を取ってこい」と言う。いくら捜しても鯉がおらず、継子が泣いていると、川から鯉がとび出してくる。継子が鯉を持って帰ると、継母に「どこで盗んできたか」とまた叱られた

など、継子譚となっていることとの関連が、前述「継子の苺拾い」との関係共々、注目されよう。なお右の、「鯉を持って帰ると、継母に……叱られ」る話は、これも「孟宗竹」、「継子の苺拾い」との関わりの深さから考えて、孟仁が池魚を司る役にあり乍ら、母に鮓を贈って母に叱られる話（太平御覧六十五所引逸名孝子伝、蒙求204「孟宗寄鮓」

注など）を、換骨奪胎した可能性がある。

第四話は、『日本昔話大成』6本格昔話、二二八「狼報恩」（『日本昔話通観』28むかし語り、三八九「狼の守護」、三九〇「狼の徳利」など）に当たるものである。本話は、両孝子伝11蔡順を源流とする話と思われる（「二十四孝という、二十と四の孝行の方法あったんだけど」〈『佐藤家の昔話』伝説㈡576〉と言われるにも関わらず、二十四孝系の蔡順譚には、この話は見当たらない。二十四孝のそれは分椹譚及び、畏雷譚〈孝行録11〉である。山本則之氏「昔話「狼報恩」と唱導文芸と」〈『国学院雑誌』94・5、平成5年5月〉参照）。両孝子伝の本文を示せば、次の通りである。

陽明本

淮南人蔡順至孝也。養レ母菼々……其母既没、順常在二墓辺一。有二一白虎一、張レ口向レ順来。順則申レ臂採レ之、得二一横骨一。虎去後、常得二鹿羊一報レ之。所謂孝感二於天一、禽獣依レ徳也。

船橋本

蔡順者〔汝〕南人也。養母丞々……其母没後、順常居二墓辺一、護二母骨骸一。時一白虎、張レ口而向レ順来。順知二虎心一、申レ臂探二虎喉一、取二出一横骨一。虎知レ恩、常送二死鹿一也。荒賊猛虎、猶知二恩義一。何況仁人乎也

虎が狼に変わっているが、もし本話が両孝子伝の蔡順譚を原拠とするものであるならば、本話は、昔話と孝子伝との関係を考える上で、非常に重要な位置を占めるものとなる。即ち、上掲両孝子伝の助虎譚は目下、両孝子伝以外、中国における資料が全く管見に入らず、或いは、その蔡順の助虎譚は、両孝子伝個有の説話かと思われるからである。助虎譚で知られるのは、晋の郭文で（晋書九十四）、例えば太平御覧八九二所引逸名孝子伝に、

郭文挙、為レ虎探二鯁骨一。虎常銜レ鹿、以報レ之

等と見える（鯁《こう》は、魚の骨）。文挙は、郭文の字であるが、埋児で有名な郭巨と共に河内（河南省）の出身者である

ためか、何時しか文挙は郭巨の字とされ（敦煌本事森「郭巨、字文挙、河内人也」等。前掲全相二十四孝詩選16郭巨にも）、同様にその助虎譚も、蔡順のものへと転じられたらしいのである。従って、昔話「狼報恩」が蔡順譚に基づくものならば、それは昔話と孝子伝、殊に両孝子伝との関わりを確実に示す、頗る貴重な例となるであろう。『通観』26沖縄昔がたり、三三九「息子の花」（原題、孝行息子の話）も、蔡順譚に拠る。長い話なので、関連部分のみを示せば、以下の如くである。

宮古郡城辺町長間・男

昔、夫婦が二人家族で生活しておられたようです。けれども、年を取るまで、子供を生めなかったので、その夫婦は、子供のない人は、非常に、誰でも自分の後継ぎがなくて死んでしまうのかと、悩まれて、毎日、神様に、「どうぞ、子供一人は授けて下さい」と、毎日、念願しておられたようですが、その念願が叶って、男の子が生まれたそうです。いよいよ、その男の子供が、七つ、八つ、九つとこういうふうに育ちなされたそうですが、運の悪いときは悪いことだけ続くのか、母親がなくなられたそうです。けれども、また、その翌年には、父親が盲目になり、九つ、十の子供だけれども、父親も働く事ができないので、自分が働いて（食事を）あげなければならないような立場になったようです。ですから、この子供が、隣から食べ物を乞い、食べさせては、親に、お父さんに、孝行をつくしていたそうですが、隣も、毎日、あげるだけあげつくし、あとは、いやがられるようになったそうで、この男の子は、物乞いして食べるだけではいけないので、たまにはなんとか考え出さなくてはいけないと思い、（そうだなぁ、私が最近草刈りに、私が草刈りに行ったけれど、今、桑の実が実っていたから、ちょうど今ごろだったのでしょう）。そのころは山がたくさんあって、桑の木もたくさんあって、それはもう、桑の木の実が実っていたようです。それを、赤い物（赤く熟した実）は別に、まっ黒な物（十分に熟した実）は別にもぎとって、黒い実は父親にあげ、赤い実は自分が食べて、毎日生活していたそうです。ところが、ある日、昔は、そうしていたのか、船人たちが、航海人たちが、生けにえとして生きた人間を神様に、何か年かごとに、捧げなければならないような祭りが、風習があったようです。この船人たちは、どんな（親でも）子供を売るような人は、いないはずだけれども、どうすればよいのだろうかと、どこでもよいからまずは回っていればよい知恵がうかぶであろうと、回ってみていると、ある子供が、赤い実は別に、黒い実は別にと袋を二つ持って、（桑の実を）もぎとっているので、この人たちは、「どうして、お前はこのように別々に（実を）もぎとっているのか」と聞くと、「実は、お母さんは去年なくなり、お父さんは今年目が見えなくなったので、誰が働いて食べさせてくれるあてもないので、隣からも親類からも乞うだけは乞うて、後にはいやがられているので、こうでもして、この命、お父さんの命は、持たさなければいけないので、私はこのように（実を）もっているのです」と言ったので、ああ、これは感心な子供だと、「それでは、私が、私たちが、おまえのお父さんが一生食べていくだけのお金を差しあげるから、お金をさえあげれば、隣人は一升米などを買って差しあげるだろうから、おまえを買おうと思うがどうか」と……

上記は、蔡順の分椹譚に基づく（椹《しん》は、桑の実）。両孝子伝のその本文を示せば、次の通りである。

陽明本

時遭二年荒一、採二桑椹赤黒二藍一。逢二赤眉賊一。々問曰、何故分二別桑椹二種一。順答曰、黒者飴レ母、赤者自供。賊（或白米二斗）還（牛蹄一双与順）放レ之、賜二完十斤一。

船橋本

於レ時年不レ登、不レ免二飢渇一。順行採二桑実一、赤黒各別レ之。忽赤眉賊来、縛《（傳）》レ順欲レ食。乃賊云、何故桑実別二両色一耶。答曰、色黒味甘、以可レ供レ母。色赤未レ熟、此為二己分一。於レ時賊歎云、我雖レ賊、也亦有二父母一。汝為レ母有レ心、何殺食哉。即放二免之一、便(使)与二完十斤一

昔話「息子の花」が、蔡順の分椹譚に拠っていることが分かるであろう。なお二十四孝系も、蔡順分椹譚を内容としている。『通観』26沖縄むかし語り、一七二「金生み猫」（原題、「黄金小猫」）には、雷を畏れる母親が登場する。その部分を示せば、左のようである。

中頭郡与那城村宮城・女

昔、たいそう雷を怖がっていた母親が、二人の男の子を残して死んでしまいました。ある日のこと、大雨が降って雷がゴロゴロゴロゴロ鳴り続けました。次男は長男の所へ行って、「ヤッチー（長兄）、今日はあんなに大きな雷が鳴って、近ごろ後生（あの世）にいらしたばかりのかあさんは、さぞ怖がっていることでしょう。さあ、一緒にかあさんのお墓へ行ってみようよ」と誘いました。けれども、長男は、「なんだと、死んだ人が怖がるものか。お前一人で行くがいいさ！」と言って、とりあってくれませんでした。そこで、次男は、一人でかあさんのお墓へ行き、「かあさん、今日はとっても大きな雷が鳴りましたが、驚きませんでしたか？」と言いながら、お墓を開けて中に入ってみました。すると、かあさんの棺箱の上に、猫が坐っていました……

右記も、蔡順譚に該当話があるのだが（二十四孝系孝行録11等）、この話は、むしろ王裒譚に基づくものと見た方が良いように思われる。参考までに、例えば全相二十四孝詩選15王裒の本文を示せば、次の通りである。

王裒

慈母怕レ聞レ雷　氷魂宿二夜台一

阿香時一震　到レ墓遶千廻

王裒、字偉元、至孝奉レ母。平生畏レ雷、既死而葬。毎レ遇二雷震一、即至レ墓曰、裒在レ此、勿レ懼

阿香は、雷の別称、夜台は、長夜の台で、墓を指す（『孝子伝の研究』Ⅲ四参照）。

四

『日本昔話通観』24長崎動物昔話、五八一「ほととぎすと兄弟」、類話37における、

長崎県下県郡厳原町久根浜・男　弟が目の見えぬ兄に桑の実を食べさせていた。弟は自分は未熟な赤いのを、兄には熟した黒いのを食べさせているのに、見えない兄が疑うので腹を切る。誤解に気づいた兄は、罪ほろぼしのために「オトトキタカ」と日に四万八声鳴かねばならぬ

などは、明らかに前述、蔡順分椹譚の影響を受けているが、一方、「ほととぎすと兄弟」の昔話は、趙孝譚と関わるようである。そのことを述べる前に、趙孝譚、王巨尉譚と昔話との関係を見ておきたい。『通観』25鹿児島むかし語り、二六三「兄弟と虎」は、左のような話である。

大島郡大和村津名久・女

兄弟二人が山越えをしていると、虎が現われ、前を歩いている弟を襲おうとする。兄が「私を先に食え」と弟の前に立ちふさがる。虎が兄を食おうとすると、弟が「食わないでくれ」と兄をかばう。神様が現われ、「お前たちはよい人間だ。虎は食わないので生け捕りにして連れ帰り、見世物にして金をもうけて暮らせ」と言った。これが動物屋のはじまり

この話は、虎を盗賊（赤眉の賊）と考えれば、両孝子伝12王巨尉の話と酷似している。陽明本の本文を示せば、次の

通りである。

王巨尉者汝（淮）南人也。兄弟二人。兄年十二、弟年八歳。父母終没、哭泣過レ礼。聞者悲傷。弟行採レ薪、忽逢二赤眉賊一。縛欲レ食レ之。兄憂二其不一レ還、入レ山覓レ之。正見三賊縛将二殺食一。兄即自縛、往二賊前一曰、我肥弟痩。請下以二肥身一易中痩身上。賊則嗟レ之、而放二兄弟一。皆得レ免レ之。賊更牛蹄一双、以贈レ之也

ところで、王巨尉譚と非常によく似た話として、趙孝譚がある（両話は共に、東観漢記十七、後漢書三十九を源泉とする）。趙孝譚は両孝子伝に見えないので今、類林雑説一・4に引かれる逸名孝子伝を示せば、次の通りである（嘉業堂叢書本に拠り、陸氏十万巻楼本影金写本を参照した）。

趙孝宗〈長平人也。弟礼為二餓賊捉一。将レ欲レ食レ之。宗聞レ之走、謂レ賊曰、礼痩、不レ如二孝宗肥一。請二代レ弟死一。賊相謂曰、此義士也。賊遂共釈レ之。漢明帝時、為二長楽尉一。出二孝子伝一〉

当話は二十四孝にも受け継がれる。参考までに、二十四孝系の孝行録20「趙宗替痩」、全相二十四孝詩選22張孝張礼の本文を示せば、次の通りである。

孝行録

趙孝宗、弟孝礼為レ賊所レ劫。欲レ烹レ之。孝宗詣レ賊言、弟孝二養老母一、且身痩。不レ如二己肥一。請代烹。其言哀切。賊曰、此孝子也。皆釈レ之。　（南葵本）

全相二十四孝詩選

張孝張礼家貧、兄弟二人。礼養レ母拾レ菜。於レ路遇レ賊、将二烹食一レ之。礼云、乞回レ家、供レ母早食、却来就レ死。孝聞自詣レ賊、曰、礼痩、不レ如二孝肥一。願代二弟命一。礼曰、礼本許レ殺。勿レ殺二吾兄一。賊見二二人孝義一、倶捨レ之　（竜大本）

趙孝の名が、趙孝宗、張孝と変化している（金文京氏「『孝行録』の「明達売子」について―「二十四孝」の問題点―」〈『汲古』15、平成元年6月〉、橋本草子氏「「日記故事」の版本について―二十四孝図研究ノート その三―」〈『人文論叢』46、平成10年1月〉参照）。さて、『通観』の「兄弟と虎」は、趙孝譚の方との関係を考えるべきかもしれない。何故なら、前述「ほととぎすと兄弟」が、趙孝譚と深く関わっているからである。昔話「ほととぎすと兄弟」（『日本昔話名彙』派生昔話、鳥獣草木譚「時鳥と兄弟」、『日本昔話大成』1動物昔話、四六「時鳥と兄弟」、『通観』28昔話タイプ・インデックス動物昔話、四四二「ほととぎすと兄弟」）は、青森から沖縄まで、全国的に幅広く分布する話だが、仮に『名彙』によりその梗概を示せば、以下の如くである。

親子三人の時鳥があつた。兄は生れて間もなく盲目となつた。母と弟とは毎日美味さうなものを探して来ては兄に食べさせて居ると、その中母が亡くなつた。弟はそれからは自分が木の実の皮や草の根の尻尾などを食べて、い丶所を兄にやる様にして居たが兄は段々ひがむ様になつて、或日遂に弟の咽喉を突いて殺してしまつた。すると今まで見えなかつた眼が急に見える様になつて、弟の咽喉からは迚も食へさうも無いやうなものばかり出て居て、自分の食べて居た様なものは少しも見えなかつた。兄は大変後悔し悲しんで死骸にすがりついて「のどつつきつた〳〵」と叫んでのどが破れ、血を吐き〳〵啼きつゞけた。之を見兼て神様が、これから毎日朝から晩まで一日に八千八声鳴いて、弟にあやまつたら弟も許してくれるだらうと云はれた。それから時鳥は「のどつつきつたよ〳〵」と咽喉から血を吐くまで鳴きつゞけるのだといふ

この昔話は、東観漢記に載る、次の趙孝譚とよく似る。

趙孝、字長平、沛国蘄人……建武初、天下新定、穀食尚少。孝得レ穀、炊将熟、令二弟礼夫妻倶出一レ外、孝夫妻共蔬食、比二礼夫妻帰一、即曰、我已食訖。以二穀飯一独与レ之。礼心怪疑、後掩伺二見之一。亦不レ肯レ食、遂共蔬食。兄

弟怡怡、郷里帰レ徳

本条は、孝子伝、二十四孝には見えないが、例えば北堂書鈔一四三、初学記十七、類林雑説一・3（西夏本無）、太平御覧四一六、八四七（共に東観漢記を引く）、また、敦煌本不知名類書丙、語対21・1等に見え、有名なものであったらしい。

昔話の中には、明らかに閔子騫譚の影響を受けていると見られるものが、可成りある（「米埋め籾埋め」「お銀こ銀」など）。その確実な例を一つ示す。次に掲げるのは、『日本昔話通観』10新潟むかし語り、一八五「継子いじめ」（原題「千太郎万太郎」）の梗概である。

佐渡郡相川町外海府・女

ダンとウメの夫婦がいて、生まれた男の子を千年も生きるようにと千太郎と名づける。ウメが死んで後妻が来、生まれた男の子に万年も生きるようにと万太郎と名づける。ある日父親が千太郎に馬を引かせていくと、寒さにふるえるので、調べるとかんなくずを入れた着物を着せられている。万太郎の着物を調べるとことこした綿が入っていたので、怒って後妻を追い出そうとする。千太郎が父親をとりなし、後妻は心を打たれて以後千太郎もかわいがって暮らした

この例など、閔子騫譚の影響が顕著に認められよう。今例えば両孝子伝33閔子騫の本文を示せば、次の通りである（陽明本に拠る）。

閔子騫魯人也。事二後母一（後々）。々々（母々）无道、子騫事レ之无レ有二怨色一。時子騫、為二父御一失レ轡。父乃怪レ之、仍使二後母子御一レ車。父罵レ之、騫終不二自現一。父後悟、仍持（投）二其手一、々冷。看レ衣々薄、不レ如二晩子純衣新綿一。父乃凄愴、因欲レ追二其後母一。騫涕泣、諫曰、母在一子単、去二子寒（騫）一。父遂止。母亦悔也。故論語云、孝哉、閔子騫、人〔不レ〕得レ

間二於其《(於是)》母又昆弟之言一。此之謂也

前述『日本昔話大成』5本格昔話、二二〇A「継子と井戸」の本文（山形県最上郡）中に、継母が毒を入れた握り飯を、継子の食べようとするのを「寺子屋のお師匠さま」が制止して、

「お前、だめだ。その弁当食わねでおげよ」て、いうけど。「そごの犬こさ食えろ」て、いうど。ほんで、庭前の犬こ、やったれば、ペロっと、食ったけ、クリクリど、回ったけど、ひっくりけって、トンと、死んだけど

とするプロットが見える（また、『大成』5本格昔話、二〇七「お銀小銀」の岐阜県吉城郡〈おしんとこしん〉以下にも）。同じ趣向は、例えば『日本昔話通観』2青森昔がたり、一一二「米福粟福―本子の援助」、六四「おりん子・こりん子」（また、『通観』5秋田むかし語り、一一六「おりんこ・こりんこ」類話3）、『通観』12山梨むかし語り、一八八「俊徳丸」、『通観』18島根むかし語り、一二四「本子の援助」（原題「お月とお星」）類話1等に散見するが、これは、両孝子伝38申生における、継子の申生が父献公に奉った食事（胙《ひもろき》）に、継母の驪姫が毒を入れ、献公の前で驪姫がそれを改めさせる話と関わる。例えば類林雑説一・1所引の逸名孝子伝の本文を示せば、次の通りである。

申生欲レ上二公祭肉一。姫謂レ公曰、蓋聞食従レ外来、可レ令三人嘗二試之一。公以レ肉与レ犬、犬死。与レ婢婢死

原話は、例えば史記晋世家に、「献公欲レ饗レ之。驪姫従レ旁止レ之曰、胙所二従来一遠。宜レ試レ之。祭レ地、地墳。与レ犬、犬死。与二小臣一、小臣死」、春秋穀梁伝僖公十年に、「君将レ食。麗姫跪曰、食自レ外来者、不レ可レ不レ試也。覆二酒於地一、而地賁。以レ脯与レ犬、犬死」などと見える。ところで、この犬による毒改めの記述は、両孝子伝に見えず、陽明本の早い段階における脱落が疑われるのだが、我が国においてもかつて、そのプロットを有する孝子伝の行われたことは、例えば、東京大学文学部国語研究室蔵、和漢朗詠集見聞上、春、躑躅「寒食家応」注に、

献公大ニ喜テ、服セントシ玉フ。時ニ后ノ玉ヒケルハ、外ヨリ来リタルニ、何ナル物ニテカ有覧。先犬ニ与テミ玉ヘトテ、

犬ニ与《ル》ニ、后、兼毒ヲ入玉ヒシカハ、死ヌ。サレハコソトテ、小臣《ニ》与ル《ニ》、小臣則死と見え、「孝子伝《ニ》ノセタリ」とすることから確認出来ることに、注意する必要があるだろう（申生譚については、拙著『中世説話の文学史的環境』〈和泉書院、昭和62年〉Ⅱ二2、及び、本書Ⅱ二3参照。なお、東大本和漢朗詠集見聞は、伊藤正義氏監修『磯馴帖』村雨篇〈和泉書院、平成14年〉「和漢注釈資料」に、三木雅博氏による翻刻が収められる）。

『日本昔話通観』16兵庫むかし語り、七七「本子の援助」（原題「継子の話」）の第一段に、左のような話が採られている。

養父郡大屋町・女

姉と妹とあって、そして姉が継子なんかいな。継母が、姉の方が継子で妹の方がわが子なんで、どないぞ継子を殺しとうてなーあ、ほうでまあ隠してお母さんが、オトコいって昔は女中じゃのオトコじゃのいうものよう使いよったよ、身上のええ家はな。そしたら下男がおいてあったんですが、そしてその下男にな、わが子が聴いとったらな、「どないぞあの子を、あすこへ中の間へ寝とるで、あの子をどないぞ殺いてくれ」言って話をしよるのを聴いて。ほうで妹の方がな、大けな雛さんをなこれを寝さしてえて、そして「他のとけえ行て、姉さんは寝とれ」言って教《おせ》たんじゃって。ほうで、その下男がな行て、その女子の子をギューと刀で刺すじゃかどないして殺いて、ほしてまあ、こう包んで持って出て、まあどこへ捨てたんじゃなあ。ほしたら、朝ま起きてみたら、出りゃへん思うんに起きて出て来て、他寝とるで。ほうで顔洗いに行てな御飯食べる。ほうで不思議に思っとったらな、そしたらまあ、「またこんなことがあった」、そない言っては、姉の方はそないして、妹はそないして

この話は、どうやら両孝子伝43東帰節女と関わりがあるように思われる（なお『通観』28むかし語り、一八七「人形

の身替わり」、一八八「おぎん・こぎん」、四一九「孝女の犠牲」参照）。その陽明本の本文を示せば、次の通りである（源流は劉向列女伝五・15「京師節女」）。

東帰節女者、長安大昌里人妻也。其夫有レ仇。々人欲レ殺二其夫一、聞三節女孝令而有二仁義一。仇人執二縛女人父一、謂レ女曰、汝能呼レ夫出者、吾即放二汝父一。若不レ然者、吾当レ殺レ之。女歎曰、豈有二為レ夫而令一レ殺レ父哉。豈又示二仇人一而殺レ夫。乃謂二仇人一曰、吾常共レ夫、在二楼上一寝。夫頭在レ東。密以二方便一、令二夫向一レ西、女自在レ東。仇人果来、斬二将女頭一去。謂是女夫。明旦視レ之、果是女頭。仇人大悲嘆、感二其孝烈一。解レ怨无二復来懐一レ殺レ夫。其夫之心、論語曰、有二殺レ身以成一レ仁、无二求レ生以害一レ人。此之謂也

東帰節女譚は、注好選上・67、今昔物語集十・21、私聚百因縁集六・11、延慶本平家物語二末、源平盛衰記十九等に喧伝する他、昔話との関係については、孝行集15、金玉要集「夫妻事」など、唱導資料に見えることに注意すべきである（拙著『中世説話の文学史的環境 続』〈和泉書院、平成7年〉I三2参照）。

最後にもう一つ、『日本昔話通観』9千葉むかし語り、二一四「孝行息子と蚊」（原題「シナの孝行息子」）の梗概を見ておく。それは以下のような話である。

千葉県安房郡三芳村（旧滝田村下滝田）・男

中国に孝行な息子がいて、病気の親を看病していた。夏で蚊がいてかゆくてならないので、「病気の親を蚊に食わせるわけにいかないから」と言って、自分が酒を飲んで、自分に蚊が集まるようにした

これは明らかに、有名な呉猛譚を伝えるものである。例えば逸名孝子伝（太平御覧九四五所引。両孝子伝に不見）、二十四孝系の全相二十四孝詩選21呉猛の注文（竜大本。『佐藤家の昔話』伝説㈡、577「二十四孝⑵」に、「……蚊帳の代役をつとめだていうのも二十四孝の一つだど」とある。近時、呉猛を論じたものとして、梁音「二十四孝の孝 そ

の二―黄香・呉猛孝行説話を中心に―〈『名古屋大学中国哲学論集』1、平成14年3月〉がある）を併せて示せば、次の通りである。

逸名孝子伝

孝子伝曰、呉猛年七歳。時夏日伏㆓於母牀下㆒。恐㆔蚊虻及㆓父母㆒。

全相二十四孝詩選

呉猛年八歳、有㆓孝行㆒。家貧无㆓帷帳㆒。夏不㆑駆㆑蚊、恐㆔去㆑己而齧㆓其親㆒也

以上、昔話と孝子伝との関係について気の付いた例を上げ、取り敢えず対応関係にあると思しい孝子伝（また、二十四孝等）の本文を比較してみた。各話の個別、具体的な検討や、両者の源泉また、介在資料等の問題などについては殆ど触れず、小論は飽くまで昔話と孝子伝との関わりを確認、報告するに留まる。従って、それらの全てはさらに後考に委ねられることとなるが、それにしても孝子伝は幼学書なのであって、両者の関連は、かつて西野貞治氏が、

孝子伝・孝子図などと題する書が、孝経と共に童蒙の必修書とされ……盛行した

と指摘された（「陽明本孝子伝の性格並に清家本との関係について」、『人文研究』7・6、昭和31年7月）制度が、驚くべきことに現在の我が国において、なお機能し続けていることを意味する。幼学と民話との関係は、改めて今後解明されるべき、大きな課題を幾つも内包しているのである（その一例として、唱導書における孝子伝の享受を扱った拙稿「金玉要集と孝子伝―孝子伝の享受―」〈『京都語文』13、平成18年11月〉の参照を乞いたい。なお金玉要集は、前掲『磯馴帖』村雨篇「説話唱導資料」に翻刻されている）。次頁以下に、小論で扱った昔話と孝子伝との関係を、一覧として纏めておく。

孝子伝、昔話対応一覧

柳田国男『日本昔話名彙』（日本放送出版協会、昭和23年）
関敬吾氏『日本昔話大成』1―11（角川書店、昭和54年―55年。11は、野村純一、大島廣志氏と共編）
稲田浩二、小沢俊夫氏『日本昔話通観』1―27、研究篇Ⅰ、Ⅱ（同朋舎出版、昭和52年―平成10年。27、研究篇は、稲田氏の単著）

1舜（両孝子伝）
『日本昔話名彙』完形昔話、まゝ子話「継子の井戸掘」
『日本昔話大成』5本格昔話、10継子譚二二〇A「継子と井戸」
『日本昔話通観』28昔話タイプ・インデックスむかし語り、Ⅷ継子話一八二「継子の井戸掘り」

2董永
『名彙』――
『大成』――
『通観』28むかし語り、Ⅸ婚姻〈異類女房〉二二二「星女房」

5郭巨

『名彙』――

『大成』７本格昔話、16新話型一一Ａ「孫の生き肝・三夫婦型」、Ｂ「同・観音信仰型」、Ｃ「同・複合型」。同10、7補遺四「孟宗竹」第2

『通観』28むかし語り、XIII社会と家族四二三「孫の生き埋め」、Ⅱ超自然と人〈授福〉四六「孫の生き肝」、〈来訪神〉19「末期の乳」

6原谷

『名彙』完形昔話、知慧のはたらき「姥棄山」

『大成』９笑話、３巧智譚Ｂ和尚と小僧五二三Ｃ「親棄畚」

『通観』28むかし語り、XIII社会と家族四一〇Ｂ「姥捨て山―もっこ型」

11蔡順（分椹）

『名彙』――

『大成』――

『通観』26沖縄むかし語り、孤立伝承話三三九「息子の花」

○（助虎）

『名彙』――

『大成』10、7補遺四「孟宗竹」第4。同6本格昔話、12動物報恩二三八「狼報恩」

『通観』28むかし語り、XII動物の援助三八九「狼の守護」、三九〇「狼の徳利」
○（畏雷〈孝行録11等〉）
『名彙』――

『大成』――

『通観』26沖縄むかし語り、一七二「金生み猫」

†王裒参照。

12王巨尉
『名彙』――

『大成』――

『通観』25鹿児島むかし語り、孤立伝承話二六三「兄弟と虎」

†趙孝参照。

26孟仁
『名彙』――

『大成』10、7補遺四「孟宗竹」第1。同5本格昔話、10継子譚二一三「継子の苺拾い」

『通観』28むかし語り、VIII継子話一九二「継子のいちご取り」

27王祥
『名彙』――
『大成』10、7補遺四「孟宗竹」第3
『通観』26沖縄むかし語り、二一二「継子の鯉取り」
†26孟仁参照。

33閔子騫
『名彙』完形昔話、まゝ子話「お月お星（お銀小銀ともいふ）」
『大成』5本格昔話、10継子譚二〇五B「米埋糠埋」、二〇七「お銀こ銀」
『通観』10新潟むかし語り、一八五「継子いじめ」。同28むかし語り、Ⅷ継子話一八八「おぎん・こぎん」、一九五「米埋め籾埋め」

35伯奇（蜂の話）

『名彙』――

『大成』――

『通観』26沖縄むかし語り、孤立伝承話三三二「継子と王位」。同28むかし語り、Ⅷ継子話一八三「継子と王位」

†『城辺町の昔話』上（南島昔話叢書7、同朋舎出版、平成3年）本格昔話一九「継子と蜻蛉」参照。

38申生（犬の毒見）

『名彙』――

『大成』5、本格昔話、10継子譚二〇七「お銀小銀」岐阜県吉城郡以下、二二〇A「継子と井戸」

『通観』2青森むかし語り、一二「米福粟福―本子の援助」、六四「おりん子・こりん子」等。同12山梨むかし語り、孤立伝承話一八八「俊徳丸」。同18島根むかし語り、一二四「本子の援助」類話1等

43東帰節女

『名彙』完形昔話、ま、子話「お月お星（お銀小銀）」

『大成』5本格昔話、10継子譚二〇七「お銀こ銀」。同10、7補遺二〇「寝床の場所を代わる」

『通観』16兵庫むかし語り、七七「本子の援助」。同28むかし語り、Ⅷ継子話一八七「人形の身替わり」、一八八「おぎん・こぎん」、ⅩⅢ社会と家族四一九「孝女の犠牲」

○王裒

『名彙』――

『大成』――

『通観』26沖縄むかし語り、一七二「金生み猫」

○趙孝（替瘦）
『名彙』――
『大成』――
『通観』25鹿児島むかし語り、孤立伝承話二六三「兄弟と虎」

○（食蔬）
『名彙』派生昔話、鳥獣草木譚「時鳥と兄弟」
『大成』1動物昔話、9小鳥前生四六「時鳥と兄弟」
『通観』28動物昔話、XV動物前生四四二「ほととぎすと兄弟」

○呉猛
『名彙』――
『大成』――
『通観』9千葉むかし語り、孤立伝承話二一四「孝行息子と蚊」

補記　三木雅博氏「『竹取物語』と孝子董永譚―日中天女降臨譚における『竹取物語』の位置づけの試み―」（『国語国文』76・7、平成19年7月）は、董永をめぐる最新の論である（本書「あとがき」参照）。また、水上勲氏「エゾと刀と眉間尺―津軽の民話伝承から―」（『帝塚山大学人文科学部紀要』15、平成16年3月）は、眉間尺と民話の驚くべき関係を報告する。

Ⅰ　孝子伝図の研究

——文献学から図像学へ

一　孝子伝の研究

1　古孝子伝作者攷

一

漢から魏晋南北朝時代に掛けて、十種類以上出現した孝子伝には、我が国に伝存する陽明本、船橋本孝子伝（以下、両孝子伝と称する）のように、作者名を記さぬ所謂、逸名孝子伝を除き、その殆どに作者がある。それら古孝子伝の作者については、かつて略述を試みたことがあるが[①]、ここで改めて孝子伝の作者に関する基礎的事実を確認し、再検討を加えておきたいと思う。

ここに取り上げる、作者名を冠する孝子伝は、以下の十一本である。

1 劉向孝子伝
2 蕭広済孝子伝
3 王歆孝子伝
4 王韶之孝子伝

5 周景式孝子伝
6 師覚授孝子伝
7 宋躬孝子伝
8 虞盤佑孝子伝
9 鄭緝之孝子伝
10 梁元帝孝徳伝
11 徐広孝子伝

1 劉向孝子伝（図）

中国においては、全ての孝子伝の類は早くに滅び、目下逸文の形を通じてしか、その面影を偲ぶ術がない。それらの内、最古の孝子伝と考えられるものは前漢、劉向（前七七—前六）の作と伝えられる孝子伝であろう。劉向孝子伝（法苑珠林四十九等）はまた、劉向孝子図（太平御覧四一一等）と称されることもあって、孝子伝と孝子伝図との密接な関係を示唆していることが、非常に興味深い。一方、劉向は列女伝七巻を著すと共に、列女伝頌図を作り（漢書芸文志）、また、列女伝七編を屏風四堵に画いたとも言うから（初学記二十五所引劉向七略別録）、劉向孝子伝と劉向孝子図との関わりについては、重要な文学史的課題としてなお今後、注意する必要がある。ところが、列女伝の場合とは異なり、遺憾なことに、劉向が孝子伝を書いたことには確証がない。劉向孝子伝に関する最も早い言及は、文苑英華五〇二に収められる唐、許南容及び、李令琛の対策に、

劉向修「孝子之図」

と言うものらしい（章宗源、隋書経籍志考証十三）。このことから、劉向が孝子伝を書いたことには疑いが持たれ、例えば西野貞治氏は、劉向孝子伝について、

例えば漢志にも隋唐志にも著録されず、六朝の仮託かと思われる

と述べられ[2]、通説とすべき見解となっている。

劉向孝子伝の逸文とされるものの数は、余り多くない。しかし、それらは、いずれの話も他の孝子伝とは一風異なる、極めて特徴的なものであることもまた、確かである。そこで、始めに劉向孝子伝について、仮託説の検討も兼ね、その内容を簡単に紹介、吟味しておきたい。法苑珠林、太平御覧等を通じ目下、劉向孝子伝の内容が知られるものは、左の四つの話である（参考までに、両孝子伝の条数を掲げる）。

1舜（両孝子伝1）
2郭巨（5）
3丁蘭（9）
4董永（2）

まず劉向孝子伝1舜の逸文の本文を、法苑珠林四十九に拠って示せば、次の通りである（〔　〕は広博物志四十四、繹史十に拠る）。

舜父有二目失一、始時微微。至二後妻之言一、舜有二井穴一乏(之)。舜父在(狂)レ家貧厄、邑市而居。舜父夜臥、夢見二一鳳皇(凰)一。自名為レ鶏、口銜レ米以哺已。言鶏為二子孫一。視レ之〔是〕鳳皇(凰)。〔以〕黄帝夢書言(占)レ之、此子孫当レ有二貴者一。舜占猶也(之)。比年羅稲、穀中有レ銭。舜也乃三日三夜、仰レ天自告レ過。因至レ是聴下常与二市者一声上、故一(二)人。舜前舐レ之、目霍然開。見三舜感二傷市人一。大聖至孝道、所二神明一矣

右は、章宗源が、「舜父一事、珠林原本有二訛舛一、文句多レ有レ不レ可レ通」と疑ったように（隋書経籍志考証）、一部文意の通じ難い所がある。その内容は、掩井と歴山で耕すことの一部、及び、易米、開眼譚を記したものと見られるが、中で、舜の父の夢見の話は、他に類を見ない、独特なものである。また、易米、開眼においても、「舜也乃三日三夜、仰レ天自告レ過」とか、「舜前舐レ之、目霍然開」などとする点が特異で、殊に後者は、舜子変や我が国の昔話「継子の井戸掘り」などに遍く受け継がれる、注目すべき要素となっている。③ 次いで、2郭巨の話も、興味深いものである。その逸文の本文を、太平御覧四一一に拠って示せば、次の通りである④（〔 〕は法苑珠林四十九に拠る）。

劉向孝子図曰、郭巨河内温人。甚富。父没分レ財、二千万（余）為二両分一。与二両弟一、己独取レ母供養。寄四住〔比〕隣有三凶宅無二人居者一、共推与レ之居無二禍患一。妻産レ男。慮三養（挙）レ之則妨二供養一。乃令二妻抱レ児、欲三掘レ地埋二之於土中一。得二〔黄〕金一釜、〔金〕上有二鉄券一云、賜二孝子郭巨一。巨還二宅主一、宅主不二敢受一。遂以聞レ官、官依二券題一還レ巨。遂得二兼養一レ児

右は、郭巨を「河内温人」（河南省温県）としている。埋児を中心とする大筋は、他の孝子伝類と違いがないが、特異なのは、その冒頭に、意外にも郭巨が、

甚富。父没分レ財、二千万為二両分一。与二両弟一、己独取レ母供養

とすることと、家財を全て失った郭巨が、

寄四住〔比〕隣有三凶宅無二人居者一、共推与レ之居無二禍患一

としていることである。前者は、孝子伝類にそれを記すものを見ず、独り二十巻本捜神記十一283に、

郭巨隆慮人也。一云、河内温人。兄弟三人、早喪レ父。礼畢、二弟求レ分。以二銭二千万一、二弟各取二千万一

とあるもののみが、それと酷似する⑤（隆慮は、河南省林県）。また、後者も、孝子伝類にそのことを記すものを見ず、

ただ二十巻本捜神記に、

巨独与レ母居二客舎一、夫婦傭賃、以給二公《(供)》養一

と見えるものだけが、それと共通している。面白いのは、後者が、郭巨の掘り出した黄金の所有権を廻る伏線となっていることで、郭巨は他人の土地に寄宿しているだけであって、すると、人の土地から偶々掘り出した黄金が、郭巨のものである保証は何処にもない訳で、だからこそ、黄金の上に「鉄券」が添えられている必要があり、且つ、その鉄券には、「賜二孝子郭巨一」と明記されていなければならなかったのである。現に郭巨は、その黄金を自分のものとは思わず、

巨還二宅主一、宅主不二敢受一

とされており、このことも、劉向孝子伝の独自記事となっている。考えてみれば、後者を欠く他の孝子伝類などは、鉄券（「丹書」〈捜神記〉等とも言う）の添えられている理由が判然とせず、劉向孝子伝や二十巻本捜神記は、郭巨譚の発生期の形を伝えている可能性がある。例えば二十巻本捜神記の郭巨譚を晋、干宝のものと即断することは出来ないが、それにしても、二十巻本捜神記と酷似することの多い劉向孝子図の成立は、六朝の早い時期に溯るのではないか。ところで、郭巨に関する後漢以前の資料は管見に入らず、漢代の孝子伝図（榜題のあるもの）にも絶えてその姿を現わさない。そのことから近時、橋本草子氏は、「郭巨を後漢の人とする伝承には疑問があると言わざるを得ない」として、「郭巨が後漢の人であるという伝承は孝堂山石祠が郭巨の墓とされた北斉以後に広まったのではあるまいか」という、注目すべき見解を提出されている[6]。従って、おそらく劉向孝子伝の郭巨譚の場合も、その成立が後漢以前に溯るものではあり得まいが、その発生については、六朝の早い時期のものと見ておきたい。3丁蘭に関しても、現劉向孝子伝が漢代のものではないらしいことを示す、際立った特徴を指摘することが出来る。今、法苑珠林四十九に拠

り、その逸文本文を示せば、次の通りである。

又、丁蘭、河内野王人也。年十五喪レ母。刻レ木作レ母、事レ之供養如レ生。蘭妻夜火灼ニ母面一、母面発レ瘡。経ニ二日一、妻頭髪自落、如ニ刀鋸截一。然後謝レ過。蘭移ニ母大道一、使ニ妻従服三年拝伏一。一夜忽如ニ風雨一、而母自還。隣人所ニ仮借一、母顔和即与、不レ和即不レ与

右を見ると、丁蘭の作った像は、「年十五喪レ母。刻レ木作レ母、事レ之供養如レ生」とあるから、明らかに母の像であったことが分かる（右はまた、太平御覧四八二所引捜神記逸文に酷似する）。ところが、丁蘭については、数多くの漢代の孝子伝図の遺品が残されており、それらの榜題を見る限り、丁蘭の作った像は、父の像らしいのである。例えば、有名な後漢武氏祠画象石の丁蘭図（武梁祠一石）には、

丁蘭二親終歿、立レ木為レ父、隣人仮レ物、報乃借与

とあり、開封白沙鎮出土後漢画象石（上層）には、

丈人為レ像
野王丁蘭

と見え（左から。野王は、河南省沁陽県。丈人は、岳父〈妻の父〉、また、老人の意）、後漢楽浪彩篋には、

木丈人
丁蘭

とあり（左から）、和林格爾後漢壁画墓（中室北壁一層）には、

□（木）丈人
□（野）王丁蘭

と見え（左から）、泰安大汶口後漢画象石墓（二石）には、

　孝子丁蘭父

　此丁蘭父

と記す（右から）。漢代の丁蘭図においては、蘭が母の像を作ったとするものは見当たらず、それらの粉本となった、漢代孝子伝中の丁蘭譚は、おそらく丁蘭が父の像を作ったとするものであっただろうと思われる。そもそも丁蘭の話は、丁蘭が木像に仕えるという異様な話であるが、漢代のそれは、その木像が実父のものですらなく、妻の父（丈人）の像であるという点で、さらに異様なものであった可能性が高い。残念ながら、そのような孝子伝類、文献資料は、管見に入らない（孫盛逸人伝〈太平御覧四一四所引〉等、「少喪㆓考妣㆒……刻㆑木為㆑人、髣㆓髴親形㆒。事㆑之若㆑生」とする例はある。考妣は、亡き父母）。ところが、六朝期に入ると、例えばボストン美術館蔵北魏石室の丁蘭図（左石上）が、

　丁蘭事㆓木母㆒

と榜題する以下、現存する遺品の全ては、丁蘭の作った像は、母の像であるという風に、像が母へと変わってゆく。このことは、孝子伝類においても同様なのである。すると、丁蘭譚における木像の父（丈人）から母（また、二親）への変化は、漢から六朝への境目辺りで起きたものと思われ、前掲劉向孝子図の丁蘭譚は、丁蘭の作った像を、父でなく母の像としている点、その成立が漢代に溯るものとは一寸考え難く、やはり六朝以降のものとすべきことが明らかであろう。さて、前述ボストン美術館蔵北魏石室の丁蘭図と、劉向孝子伝の丁蘭譚との関係は、なお一考の余地がある。最後に、4董永に関しては、例えば法苑珠林四十九（古今図書集成明倫・家範・父子19、夫婦93にも）、句道興捜神記、太平御覧四一一に引かれる、それぞれの劉向孝子伝の逸文間における、行文の異同が大きい。三者の本文

を併せ示せば、次の通りである。

法苑珠林所引

又、董永者、少偏孤与レ父居。乃肆二力田畝一、鹿車載レ父自随。父終。自売二於富公一、以供二喪事一。道逢二一女一。呼与語云、願為二君妻一。遂倶至二富公一。富公曰、女為レ誰。答曰、永妻、欲レ助レ償レ債。公曰、汝織二三百匹一、遣レ汝。一旬乃畢。女出レ門謂レ永曰、我天女也。天令四我助三子償二人債一耳。語畢忽然不レ知二所在一。

句道興捜神記所引

昔劉向孝子図曰、有二董永者一。千乗人也。小失二其母一、独養二老父一、家貧困苦。至二於農月一、与二轆車一推二父於田頭樹蔭下一、与二人客一作、供養不レ闕。其父亡歿、無二物葬送一。遂従二主人家典一レ田、貸二銭十万文一。語二主人一曰、後無三銭還二主人一時、求二与レ歿レ身主人為レ奴一世常（償）一レ力。葬レ父已了、欲下向二主人家一去上。在三路逢二一女一。願与レ永為レ妻。永曰、孤窮如レ此。身復与二他人一為レ奴、恐レ屈二娘子一。女曰、不レ嫌二君貧一、心相願矣。不レ為レ恥也。永遂共到二主人家一。主人曰、本期二一人一、今二人来何也。主人問曰、女有二何技能一。女曰、我解レ織。主人曰、与レ我織二絹三百疋一、放二汝夫妻一帰レ家。女織経二一旬一、得二絹三百疋一。主人驚怪、遂放二夫妻一帰還。行至二本相見之処一、女辞レ永曰、我是天女。見二君行孝一、天遣三我借二君償一レ債。今既償了、不レ得二久住一。語訖、遂飛上レ天。前漢人也。

太平御覧所引

又曰、前漢董永千乗人。少失レ母、独養レ父。父亡、無二以葬一。乃従レ人貸二銭一万一。永謂二銭主一曰、後若無二銭還一、君当三以レ身作二奴主一。甚慜（愍）レ之。永得レ銭葬レ父畢、将二往為一レ奴。於レ路忽逢二一婦人一。求レ為二永妻一。永曰、今貧若是身復為一レ奴、何敢屈夫人之為レ妻。婦人曰、願レ為二君婦一、不レ恥二貧賤一。永遂将二婦人一至。銭主曰、本言二一人一、今何有レ二。永曰、言レ一得レ二、理何乖乎。主問二永妻一曰、何能。妻曰、能織耳。主曰、為レ我織二千疋絹一、即放二爾夫妻一。於レ是索レ糸、十日之内、千疋絹足。主驚、遂放二夫婦二人一。而去行、至二本相逢処一。乃謂レ永曰、我是天之織女。感二君至孝一、天使二我償レ之。今君事了、不レ得二久停一。語訖、雲霧四垂、忽飛而去

右の三通りの劉向孝子伝の内、第一の法苑珠林所引の本文は、例えば二十巻本捜神記一28の董永譚と酷似する。第三の太平御覧所引のものも、後半の一部が二十巻本捜神記とよく似るが、このことについては、かつて西野貞治氏が、「これ〔劉向孝子伝〕を引用した捜神記も必ずしも干宝原著のままでない」ことを断わりつつ、「或は捜神記が劉向孝子伝（図）の説話をそのまま引いたかと推測される」とし、さらに第二の句道興捜神記所引のそれに言及して、「このことは近年敦煌から発見された句道興撰といふ捜神記の俗本の中に、この説話が見えて劉向孝子図の引用を明示してゐることから傍証される」と述べられたことがある。[7] また、西野氏は、第二の、「御覧巻四一一に引かれた劉向孝子図に「前漢の董永」といふ表現の見える如きは、「前漢」とは後漢に対する前漢であつて前漢の人物がかかる称呼を用ひる筈がないといふ点からもこの書は偽託でないかとも思はれ」るとされている（句道興捜神記末尾にも、「前漢人也」と見える）。さらに、氏が、後漢武氏祠画象石[8]（武梁祠三石、榜題「永父」「董永千乗人也」）。千乗は、山東省高苑県北）、曹植の霊芝篇、ボストン美術館蔵北魏石室（右石上、「董永看レ父助《（鋤）》時」）、ネルソン・アトキンズ美術館蔵北魏石棺（左幫、「子董永」）などとの対照を通じ、「董永の父の生存中に天の織女が天降つてその孝をたすけた事を意味するに違いない」という点を踏まえて、

董永の説話にしても、元来は霊芝篇に詠まれたように、董永が父に孝養をつくす為に起きた借財の為に困苦してゐたところ、天から織女が降つて機織によつて借財償却を助けたといふ伝説があつたものを、その孝行を誇張する為に織女下降の原因として父の歿後葬式の費用に困つて身を奴に売つてその葬式を終へたといふ孝行実施に伴ふ困難さを誇張し補塡したものと思はれる。そしてこの誇張し補塡された伝承と元来の伝承との二の伝承がある

時期には並んで伝はつたが、やがて元の型のものが失はれたものと思ふという、非常に興味深い仮説を提示されるに至っている。[9]西野氏の仮説、或いは、董永譚の元型即ち、その漢代以前の形に関しては、近時見出だされた泰安大汶口後漢画象石墓の董永図（上部に三人の羽人、鹿車の左に子供〈董永変に言う、董仲か〉等が見える）なども含め、なお今後のさらなる検討が俟たれよう。[10]

二

2蕭広済孝子伝

蕭広済孝子伝については、隋書経籍志（以下、隋志と称する）に、

孝子伝十五巻晋輔国将軍蕭広済撰

旧唐書経籍志（旧唐志）に、

孝子伝十五巻蕭広済撰

新唐書芸文志（新唐志）に、

蕭広済孝子伝十五巻

などと見え、十五巻のものであったらしい。[11]作者の蕭広済に関しては、晋の輔国将軍であったことの外は、姚振宗が「蕭広済始末未レ詳」（隋書経籍志考証）と言うように、不明である。輔国将軍は、晋代の将軍号の一で、三品官に当たる。現在三十条余りの逸文が確認出来る。

3王歆孝子伝

この書は、茆泮林の古孝子伝（十種古逸書所収）に、王歆孝子伝の項を立てて、「案王歆孝子伝、隋唐志皆不二著録一」と言い、太平御覧引書目に、「王歆孝子伝」を上げる（但し、太平御覧本文に、「王韶之孝子伝」、「王韶孝子伝」が引かれるにも拘らず、引書目に王韶之孝子伝はなく、歆を韶に作る本もある）。また、近時の孫啓治、陳建華氏『古佚書輯本目録附考証』史部伝記類「王歆孝子伝」の注には、「王歆、生平不詳。《隋志》史部謂梁有王歆〔韶〕《後漢林》二百巻、置蕭子顕《後漢書》之後、疑即此人。若是、則歆為梁人」とされている[12]。しかし、この王歆という人物また、その孝子伝に関しては、疑問が多いのである。例えば茆泮林が、「御覧十三。初学記一引二王歆孝子伝一末、有二遂憂卒三字一、余並同」と注して、王歆孝子伝の逸文として掲げたのは、左の笁弥（笁禰とも）の一条である（殆ど同じものが、広博物志十八、淵鑑類函八、佩文韻府十一・五などにも見える）。初学記一、太平御覧十三の笁弥の本文を併せて示せば、次の通りである。

初学記

王歆孝子伝曰、笁禰、字道綸。父生時畏レ雷。毎レ至二天陰一、輒馳至レ墓、伏レ墳哭。有三白兎在二其左右一。遂憂卒。

太平御覧

王歆孝子伝曰、笁弥、字道綸。父生時畏レ雷。毎レ至二天陰一、輒馳至レ墓、伏レ墳哭。有三白兎在二其左右一

ところが、右の「王歆」孝子伝笁弥条は、殆ど全く同じものが、「王韶」孝子伝として芸文類聚二、白氏六帖一等に見えるのである（茆泮林古孝子伝不見）。両者の笁弥の本文を併せ示せば、次の通りである[13]。

芸文類聚

王韶孝子伝曰、笁弥、父生時畏レ雷。毎レ至二天陰一、輒至レ墓、伏レ墳悲哭。有三白兎在二其左右一。

白氏六帖

王韶孝子伝、竺珍、字道倫。父生時畏レ雷。毎レ至二天陰一、輒伏レ墳而泣

そして、それらに「王韶」孝子伝と称されているのは、次に述べる王韶之孝子伝のことらしい。と言うのも、竺弥についてはもう一条、北堂書鈔に「王韶孝子伝云」とする逸文が伝わっていて、茆泮林は、こちらは王韶之孝子伝の方に入れている（出典注記「書鈔」）。北堂書鈔一二九襦二十四「道倫冬不レ服レ襦」注に引かれた逸文の本文を示せば、次の通りである。

王韶孝子伝云、竺禰、字道倫、本外国人。居二呉興一、遂為レ民。父母亡。道倫瘠毀、冬不レ服二襦袴一

右は、明らかに同じ人物の話であって（呉興は、浙江省呉興県、瘠毀《せきき》は、喪中に痩せ細ること、襦袴《じゅこ》は、上下の肌着）、先の伏墳譚共々、一つの王韶之孝子伝の竺弥の条が分かれたものと推定される（因みに、王韶之は、呉興太守であった）。さて、茆泮林は、北堂書鈔に引く竺弥条に、周青（出典注記「御覧四百十五、六百五十六」）[四]、李陶（「類聚九十二」）の二人を加え、

周青
李陶
竺弥

の計三条を王韶之孝子伝としているが、前述竺弥の場合同様、周青、李陶に関しても、王韶之孝子伝を「王韶孝子伝」と略称することが、圧倒的に多い。今、その周青、李陶の場合の出典表記を一覧として示せば、左の如くである（†は、茆泮林の出典注記。周青は、天中記二十四に「王紹之孝子伝」、淵鑑類函二七一に「王紹孝子伝」とするものもある。なお太平御覧五五五には、呉逵に関連して、「亦出二……王韶孝子伝一」とも見える）。

周青　王韶之孝子伝（†太平御覧415）
　　　王韶孝子伝（†太平御覧646）
李陶　王韶孝子伝（†芸文類聚92）
　　　王韶孝子伝（広博物志45）
　　　王韶孝子伝（淵鑑類函423）
　　　王韶之孝子伝（令集解13）
　　（参考、孝子伝〈太平御覧920、韻府拾遺19〉）

このことから、王歆孝子伝については、王韶之の孝子伝が何時しか王韶孝子伝とも称され、それが誤って王歆孝子伝と表記されるに至ったものと推考出来る。すると、上掲初学記一、太平御覧十三などの「王歆孝子伝」は、表記が誤っていることになるが、例えば章宗源がその初学記一の笇弥条を、北堂書鈔一二九の同条などと共に王韶之孝子伝のものとし、

　王韶孝子伝韶、初学記作㆑歆

と言い（隋書経籍志考証）、姚振宗も同様で、なお「章氏考証」を引いて、

　王韶之孝子伝、韶、初学記作㆑歆案作㆑歆者非也

と述べているのは、流石と言うべきである。すると、茆泮林が初学記一、太平御覧十三を出典とした王歆孝子伝唯一の笇弥条は、王韶之孝子伝の逸文と認めて差支えなく、従って、王歆孝子伝というものは、存在しないということになるであろう。

4王韶之孝子伝

王韶之孝子伝に関しては、隋志に、

孝子伝讃三巻王韶之撰

旧唐志に、

孝子伝讃十五巻王韶之撰

新唐志に、

王韶之孝子伝十五巻
又讃三巻

とある。劉宋の王韶之（三八〇—四三五）は、字休泰、琅邪臨沂（山東省臨沂県）の人で、呉興太守であった（宋書六十）。宋書、南史に伝がある。宋書六十列伝二十の王韶之伝を示せば、次の通りである[14]。

王韶之字休泰、琅邪臨沂人也。曾祖廙、晋驃騎将軍。祖羨之、鎮軍掾。父偉之、本国郎中令。韶之家貧、父為㆓烏程令㆒、因居㆓県境㆒。好㆓史籍㆒、博渉多聞。初為㆓衛将軍謝琰行参軍㆒。偉之少有㆓志尚㆒、当世詔命表奏、輒自書写、太元、隆安時事、小大悉撰㆓録之㆒、韶之因㆑此私撰㆓晋安帝陽秋㆒。既成、時人謂宜㆑居㆓史職㆒。即除㆓著作佐郎㆒、使㆘続㆓後事㆒訖㆗義熙九年㆖。善㆓叙事㆒、辞論可㆑観、為㆓後代佳史㆒。遷㆓尚書祠部郎㆒。晋帝自㆓孝武㆒以来、常居㆓内殿㆒、武官主㆑書於㆑中通呈、以㆓省官一人㆒管㆓司詔誥㆒、任在㆓西省㆒、因謂㆓之西省郎㆒。傅亮、羊徽相代在㆑職、義熙十一年、高祖以㆔韶之博学有㆓文詞㆒、補㆓通直郎㆒、領㆓西省事㆒。転㆓中書侍郎㆒。安帝之崩也、高祖使㆘韶之与㆓帝左右㆒密加㆗酖毒㆖。恭帝即位、遷㆓黄門侍郎㆒、領㆓著作郎㆒、西省如㆑故。凡諸詔黄、皆其辞也。高祖受㆑禅、加㆓驍騎将軍本郡中正㆒、黄門如㆑故、西省職解、復掌㆓宋書㆒。有司奏東冶士朱道民禽㆓三叛士㆒、依㆑例放遣。韶之啓曰、尚書金部奏事如㆑右、斯誠検忘一時権制、懼非経国弘本之令典。臣尋旧制、以罪補士、凡有十余条、雖同異不案、而軽重実殊。至於詐列父母死、誣罔父母淫乱破義反逆此四条、実窮乱抵逆、人理必尽、雖復殊刑過制、猶不足以塞莫大之罪。既獲全首領、大造已隆、寧可復遂拔徒隷、緩帯当年、自同編戸、列歯斉民乎。臣懼此制永行、所虧実大。方今聖化惟新、崇本棄末、一切之令、宜加詳改。愚謂此四条不合加贖罪之恩。侍中褚淡之同韶之三条、却宜仍旧。詔可。又駁員外散騎侍郎王寔之請仮事曰、伏尋旧制、群臣家有情事、聴併急六十日。太元中改制、年賜仮百日。又居在千里外、聴併請来年限、合為一百日。此蓋一時之令、非経通之旨。会稽雖塗盈千里、未足為難、百日帰休、於事自足。若私理不同、便応自表陳解、豈宜名班朝列、而久淹私門。臣等参議、謂不合開許。或家在河洛及嶺沔漢者、道阻且長、猶宜別有条品、請付尚書詳為其制。従之。坐璽封謬誤、免黄門、事在謝晦伝。韶之為晋史、序王珣貨殖王廞作乱。珣子弘、廞子華、並貴顕、韶之懼為所陥、深結徐羨之傅亮等。少帝即位、遷侍中、驍騎如故。景平元年、出為呉興太守。羨之被誅、王弘入為相、領揚州刺史。弘雖与韶之不絶、諸弟未相識者、皆不復往来。韶之在郡、常慮為弘所縄、夙夜勤厲、政績甚美、弘亦抑其私憾。太祖両嘉之。在任積年、称為良守、加秩中二千石。十年、徴為祠部尚書、加給事中。坐去郡長取送故、免官。十二年、又出為呉興太守。其年卒、時年五十六。七廟歌辞、韶之制也。文集行於世。子曄、尚書駕部外兵郎、臨賀太守

王韶之には、孝子伝の他、晋紀十巻（隋志）、崇安記十巻（唐志。隆安紀十巻〈南史五十一〉とも）などの著作もある⑮。王韶之孝子伝は、前述のように、周青、李陶、竺弥（二種）の逸文三条が確認し得る。また、上述太平御覧五五五によれば、かつて呉逵条も存したらしい。

5周景式孝子伝

周景式孝子伝については、茆泮林の古孝子伝に、

案周景式孝子伝、隋唐志皆不㆓著録㆒

と言う如く、太平御覧引書目にも、「周景式孝子伝」を上げるが、詳しいことは全く分からない。初学記二十九に、「周索氏孝子伝曰」とするものは、字形の類似による誤記であろう。三条（右の初学記所引を加えれば、四条）の逸文が確認出来る。⑯

6師覚授孝子伝

師覚授孝子伝に関しては、隋志に、

孝子伝八巻師覚授撰

旧唐志に、

又〔孝子伝〕八巻師覚授撰

新唐志に、

師覚授孝子伝八巻

とある。また、後掲南史にも、師覚授が、

孝子伝八巻

を撰んだことが見える。劉宋の師覚授（―四三五頃）は、名を咼《へい》、字を覚授と言い、南陽の涅陽の人である（南史七十三、宋書五十一、元和姓纂十。涅陽《でつよう》は、河南省鄧県東）。南史七十三列伝六十三孝義上の師覚授伝を示せば、次の

通りである。

師覚授字覚授、南陽涅陽人也。与㆓外兄宗少文㆒並有㆓素業㆒、以㆓琴書㆒自娯。於㆑路忽見㆔一人持㆓書一函㆒、題曰、至孝師君苫前。俄而不㆑見。捨㆑車奔帰、聞㆓家哭声㆒、一叫而絶、良久乃蘇。後撰㆓孝子伝八巻㆒。宋臨川王義慶辟為㆓州祭酒主簿㆒、並不㆑就。乃表薦㆑之、会卒

師覚授の外兄、宗少文（三七五―四四三）については、宋書九十三列伝五十三隠逸に伝があり（「宗炳字少文、南陽涅陽人也……母同郡師氏」と見え、師覚授の父の姉妹が宗少文の母であったのだろう）、そこにも師覚授に関する、やや簡略な記述があって、

炳外弟師覚授亦有㆓素業㆒、以㆓琴書㆒自娯。臨川王義慶辟為㆓祭酒主簿㆒、並不㆑就。乃表薦㆑之、会病卒

とされる。宋書五十一列伝十一宗室における、元嘉十二（四三五）年の臨川王劉義慶（武帝〈劉裕〉弟、道隣の二子）の上表中にも、師覚授についての言及がなされ、

処士南郡師覚、才学明敏、操介清修、業均㆓井渫㆒、志固㆓氷霜㆒。臣往年辟為㆓州祭酒㆒、未㆑汚㆓其慮㆒。若朝命遠暨、玉帛遐臻、異人間出、何遠之有

と述べている。師覚授は、おそらく生涯仕えることがなかったのであろう。また、元和姓纂十「帥」182に、

状云、本姓師氏。避㆓晋景王諱㆒、改為㆓帥氏㆒

183に、

南陽涅陽。宋有㆓帥覚授㆒、一云名昺、著㆓孝子伝㆒。臨川王義慶辟為㆓州祭酒㆒、不㆑就。入㆓宋書孝義伝㆒。案南史作㆓師覚授㆒。宋書不㆑載

とある。元和姓纂に見える師覚授の帥、師字の違いに関し、章宗源は、「愚按元和姓纂、覚授、一名昺。姓帥、在㆓入

声質部」。据ㇾ此則師乃帥字之誤。然諸書皆作ㇾ師」と指摘している[17]（隋書経籍志考証）。師覚授孝子伝は、十条近くの逸文が現存している[18]。中で、後漢武氏祠画象石（武梁祠二石。榜題「趙□駱」）、和林格爾後漢壁画墓（中室北壁一層。榜題左から「□□」「□句」）に描かれた趙苟など、我が国伝存の両孝子伝また、他の古孝子伝の逸文類には見当たらない話を含む点、殊に貴重とすべきである[19]。

三

7宋躬孝子伝

宋躬孝子伝については、隋志に、

　孝子伝二十巻宋躬撰

旧唐志に、

　孝子伝十巻宋躬撰

新唐志に、

　宗躬孝子伝二十巻

とある。宋躬はまた、宗躬とも綴られるが（唐志）、どちらが正しいのか、分からない。宋躬のことは、南斉書四十八列伝二十九孔稚珪伝における、永明九（四九一）年の稚珪の上表中に、

　監臣宋躬

また、南史二十六列伝十六袁彖伝に、

　江陵令宗躬

と見え（江陵は、湖北省江陵県）、なお隋志に、

　斉平西諮議宗躬集十三巻

が著録されている。これらに基づき、姚振宗は、

　然則躬在㆓南斉時㆒、為㆓廷尉監江陵令平西将軍府諮議参軍㆒者也

と述べている（隋書経籍志考証）。その廷尉監は、獄訟、郡国の疑獄を掌る廷尉の属官で、廷尉三官と呼ばれる廷尉正、監、平（評）の正に次ぐものである。また、平西将軍は、四平将軍の一、諮議参軍は、将軍の属僚である参軍の一種で、公府、督府の佐として二人が置かれ、長史、司馬に次いだ（南斉書十六百官志）。宋躬孝子伝の逸文として残るものは、二十条近い[20]。

8 虞盤佑孝子伝

虞盤佑孝子伝に関しては、隋志には見えず、旧唐志に、

　孝子伝一巻虞盤佐撰

新唐志に、

　虞盤佐孝子伝一巻

とある。この虞盤佑についても、分からないことが随分と多い。例えば名前からして、何通りかの説がある。まず虞字を盧に作るものがあるが（通志七十一等）、これは、姚振宗が「一本虞作レ盧誤」と言うように（隋書経籍志考証二十「高士伝二巻虞槃佐撰」）、虞を書き誤ったものであろう。次に、盤字を槃に作るもの（隋志「集議孝経一巻」、経

典釈文叙録）、般に作るもの（太平御覧五一〇）がある。また、佑字を佐に作るもの（隋志「高士伝二巻虞盤佐撰」）、旧唐志、新唐志）があって、これらに関しては、どれが正しいのか、不明とせざるを得ない（佑字を佔に作るもの〈太平御覧引書目〉もあるが、これは誤りであろう。佶も同じ）。今は仮に茆泮林に従っておく。さて、新唐志に、

　虞盤佐孝子伝一巻

　又高士伝二巻

と記すように（隋志「高士伝二巻虞槃佐撰」、旧唐志「高士伝二巻虞盤佐撰」）、虞盤佑には高士伝の著作があったらしい。その高士伝は太平御覧五一〇に、「虞般佑高士伝曰」として皇甫士安、朱沖、劉兆（淵鑑類函二八九にも）、伍朝、郭文挙の五条が、騈字類編一一八に、南公の一条が、内府本史記八十一張照の考証（四庫全書所収）に、鶡冠子の一条（太平御覧によれば、「袁淑真隠伝」の一条である。引き誤りであろう）が見えている。㉑ところが、高士伝にはまた、虞孝《（考）》叔高士伝、虞孝敬高士伝というものがあって（隋志、両唐志不見）、例えば前者は、太平御覧四七四に、「虞考《（老）》叔高士伝曰」として、先に触れた宋《（宗）》少文のことが、後者は、文選六十「斉竟陵文宣王行状」の李善注に、「虞孝《（老）》敬高士伝曰」として、何点のことが見えるのである（章宗源、隋書経籍志考証十三「高士伝二巻虞槃佐撰」参照）。虞盤佑と虞孝叔、虞孝敬との関係がまた、問題となる。ところで、虞盤佑については、姚振宗が指摘するように（隋書経籍志考証七「梁又有㆓処士虞槃佐注孝経一巻㆒亡」）、唐、陸徳明の経典釈文叙録に、

　虞槃佑〈字弘猷、高平人。東晋処士〉

とあるのが非常に貴重で（姚振宗は、「按陸氏叙録、作㆓槃佑㆒、未㆑詳㆓孰是㆒」と言う。因みに、姚振宗や章宗源は、「虞槃佐」と表記している）、ここから虞盤佑は、東晋（三一七—四二〇）の処士であり、字を弘猷と言い、高平（未詳）の人であったことが、判明するのである。故に、姚振宗は、「案虞槃佐、東晋人」として、例えば虞孝叔高士伝

（太平御覧四七四所引）の宋少文は、宋文帝の元嘉二十（四四三）年に没しており（宋書九十三列伝五十三）、また、虞孝敬高士伝（文選六十李善注所引）の何点は、梁の天監三（五〇四）年に没しているから（梁書五十一列伝四十五）、年代から見て「皆虞〔盤佑〕所レ不レ及」と述べて、

虞（孝）敬叔、虞孝敬、蓋在二槃佐之後一、別有二其人一、非二一人一也。虞孝敬、又別有二高僧伝一、亦称二高士伝一。見レ後。其非二此書一、尤信

と指摘している[22]（隋書経籍志考証二十）。従うべきであろう。虞盤佑孝子伝の逸文は極めて少なく、管見に入ったものは、曾参と華光の二条に過ぎない（共に、太平御覧九九八、四一三所引）。

9　鄭緝之孝子伝

鄭緝之孝子伝については、隋志に、

孝子伝十巻宋員外郎鄭緝之撰

旧唐志に、

孝子伝讃十巻鄭緝之撰

新唐志に、

鄭緝之孝子伝讃十巻

と見える。法苑珠林四十九は、「鄭緝之孝子伝」（丁蘭条）、「鄭緝之孝子感通伝」（董永条）、「鄭緝之伝」（呉逵、蕭固条）と呼んでいて、特に董永条のそれに関し、姚振宗は、「案法苑珠林忠孝篇、引二鄭緝之孝〔子〕感通伝一、則其書有二篇目一」と言っている（隋書経籍志考証二十）。茆泮林は、世説新語一劉孝標注所引に従って、「鄭緝孝子伝」と呼ん

でいる（古孝子伝）。員外郎は、定員外の官のことだが、ここでは員外散騎侍郎を指し、劉宋では散騎常侍を長官とする集書省に属した。鄭緝之のことは、例えば姚振宗が、「鄭緝之、始末未レ詳」と述べているように、よく分からない。鄭緝之孝子伝の逸文は、五条が確認出来る[23]。

10梁元帝孝徳伝

梁元帝孝徳伝については、隋志、旧唐志に、

　孝徳伝三十巻梁元帝撰

新唐志に、

　梁元帝孝徳伝三十巻

とあり、また、金楼子五著書篇十に、

　孝徳伝三袟三十巻〈原註、金楼合二衆家孝子伝一成レ此〉

梁書五本紀五元帝繹に、

　所レ著孝徳伝三十巻

と見える（金楼子は、梁元帝〈五〇八―五五四〉の号。なお旧唐志には、「孝友伝八巻梁元帝撰」も載る）。茆泮林の古孝子伝には採られていない。梁元帝孝徳伝の逸文に関しては目下、序が一種（金楼子五、芸文類聚二十所引。清、王仁俊の玉函山房輯佚書続編、史編総類に、金楼子所引のものを収める）、賛が二種（皇王篇賛が、芸文類聚二十に、天性篇賛が、芸文類聚二十及び、初学記十七に引かれる）伝わる他、繆斐等五条の伝存が確認し得る[24]。

11徐広孝子伝

徐広孝子伝については、隋志に見えず、旧唐志に、

又〔孝子伝〕三巻徐広撰

新唐志に、

徐広孝子伝三巻

とある。また、唐、劉知幾の史通十雑述に、

徐広孝子

とある。茆泮林は、逸書と見なかったためか、古孝子伝には採っていない。徐広（三五二—四二五。宋書による）は、字を野民と言い、東莞姑幕（山東省諸城県西）の人である。その伝記が晋書八十二列伝五十二、宋書五十五列伝十五、南史三十三列伝二十三に載る。三書を併せて示せば、次の通りである。

・晋書

徐広字野民、東莞姑幕人、侍中邈之弟也。世好レ学、至レ広尤為二精純一、百家数術無レ不二研覧一。謝玄為二兗州一、辟従レ事。譙王恬為二鎮北一、補二参軍一。孝武世、除二秘書郎一、典二校秘書省一。増二置省職一、転二員外散騎侍郎一、仍領二校書一。尚書令王珣深相欽重、挙為二祠部郎一。会稽世子元顕時録尚書、欲レ使二百僚致一レ敬、内外順レ之、使二広為一レ議、広常以為愧焉。元顕引為二中軍参軍一、遷二領軍長史一。桓玄輔レ政、以為二大将軍文学祭酒一。義熙初、奉レ詔撰二車服儀注一、除二鎮軍諮議一、領二記室一、封二楽成侯一、転二員外散騎常侍一、領二著作一。尚書奏、左史述レ言、右官書レ事、乗志顕二於晋鄭一、春秋著二乎魯史一。自下聖代有中造二中興記一者上、道風帝典、煥二乎史策一。而太和以降、世歴二三朝一、玄風聖跡、倏為二疇古一。臣等参詳、宜下敕二著作郎徐広一撰中成国史上。於レ是敕レ広撰集焉。遷二驍騎将軍一、領二徐州大中正一、転二正員

常侍大司農㆒、仍領㆓著作㆒如㆑故。十二年、勒成㆓晋紀㆒、凡四十六巻、表上㆑之。因乞㆑解㆓史任㆒、不㆑許。遷㆓秘書監㆒。初、桓玄簒㆑位、帝出㆑宮、広陪列、悲動㆓左右㆒。及㆓劉裕受㆒㆑禅、恭帝遜㆑位、広独哀感、涕泗交流。謝晦見㆑之、謂曰、徐公将㆑無㆓小過㆒也。広收㆑涙而言曰、君為㆓宋朝㆒佐㆑命、吾乃晋室遺老、憂喜之事固不㆑同㆑時。乃更歔欷。因辞㆓衰老㆒、乞㆑帰㆓桑梓㆒。性好㆓読書㆒、老猶不㆑倦。年七十四、卒㆓于家㆒。広答礼問行㆓於世㆒。

・宋書

徐広字野民、東莞姑幕人也。父藻、都水使者。兄邈、太子前衛率。家世好㆑学、至㆑広尤精、百家数術、無㆑不㆓研覧㆒。謝玄為㆑州、辟㆓広従事西曹㆒。又譙王司馬恬鎮北参軍。晋孝武帝以㆓広博学㆒、除為㆓秘書郎㆒、校㆓書秘閣㆒、増㆓置職僚㆒。転㆓員外散騎侍郎㆒、領㆓校書㆒如㆑故。隆安中、尚書令王珣挙為㆓祠部郎㆒。李太后薨、広議㆑服曰、太皇太后名位允正、体同㆓皇極㆒、理制備尽、情礼弥申。陽秋之義、母以㆑子貴、既称㆓夫人㆒、礼服従㆑正、故成風顕㆓夫人之号㆒、文公服㆓三年之喪㆒。子於㆓父之所生㆒、体尊義重。且礼㆑祖不㆑厭㆑孫、固宜㆓遂㆑服無㆒㆑屈。而縁㆑情立㆑制、若嫌㆓明文不㆒㆑存、則疑斯従㆑重。謂応㆑同㆘於為㆓祖母後㆒斉衰三年㆖。時従㆓其議㆒。時会稽王世子元顕録尚書、欲㆑使㆓百僚致㆒㆑敬、台内使㆓広立㆒㆑議、由㆑是内外並執㆓下官礼㆒、広常為愧恨焉。元顕引為㆓中軍参軍㆒、遷㆓領軍長史㆒。桓玄輔㆑政、以為㆓大将軍文学祭酒㆒。義熙初、高祖使㆑撰㆓車服儀注㆒、乃除㆓鎮軍諮議参軍㆒、領㆓記室㆒。封㆓楽成県五等侯㆒。転㆓員外散騎常侍㆒、領㆓著作郎㆒。二年、尚書奏曰、臣聞左史述㆑言、右官書㆑事、乗志顕㆓於晋鄭㆒、陽秋著㆓乎魯史㆒。自㆕皇代有㆔造㆓中興晋祀㆒、道風帝典、煥㆓乎史策㆒。而太和以降、世歴㆓三朝㆒、玄風聖跡、倏為㆓疇古㆒。臣等参詳、宜㆘敕㆓著作郎徐広㆒撰㆗成国史㆖。詔曰、先朝至徳光被、未㆑著㆓方策㆒、宜㆘流㆓風緬代㆒永貽㆗将来㆖者也。便敕撰集。六年、遷㆓散騎常侍㆒、又領㆓徐州大中正㆒、転㆓正員常侍㆒。時有㆓風雹為㆒㆑災、広献㆓書高祖㆒曰、風雹変未㆓必為㆒㆑災、古之聖賢輒懼而修㆑己、所㆘以興㆓政化㆒而隆㆗徳教㆖也。嘗忝㆓服事㆒、宿眷未㆑忘、思㆘竭㆓塵露㆒率㆗誠于習㆖。明公初建㆓義旗㆒、匡㆓復宗社一、神武応レ運、信宿平夷。且恭謙倹約、虚レ心匪レ懈、来蘇之化、功用若レ神。頃事故既多、刑徳並用、戦功殷レ積、報叙難レ尽、万機繁湊、固応レ難レ速、且小細煩密、群下多懼。又穀帛豊賤、而民情不レ勧、禁司互設、而劫盗多有、誠由二俗弊未レ易レ整而望深未一レ易レ炳。追二思義熙之始一、如レ有レ不レ同、何者。好レ安願レ逸、万物之大趣、習レ旧駭レ新、凡識所レ不レ免。要当下俯順二群情一抑揚随上レ俗、則朝野歓泰、具瞻允康矣。言無レ可レ採、願矜二其愚款之志一。又転二大司農一、領二著作郎一皆如レ故。十二年、晋紀成、凡四十六巻、表上レ之。遷二秘書監一。初、桓玄簒レ位、安帝出レ宮、広陪列悲慟、哀動二左右一。及三高祖受二レ禅恭帝遜一レ位、広又哀感、涕泗交流。謝晦見レ之、謂レ之曰、徐公将レ無二小過一。広収レ涙答曰、身与レ君不レ同。君佐レ命興レ王、逢二千載嘉運一、身世荷二晋徳一、実眷二恋故主一。因更歔欷。永初元年、詔曰、秘書監徐広、学優行謹、歴位恭粛、可二中散大夫一。広上レ表曰、臣年時衰耄、朝敬永闕、端二居都邑一、徒増二替怠一。臣墳墓在二晋陵一、臣又生二長京口一、恋レ旧懐レ遠、毎感二暮心一。息道玄謬荷二朝恩一、忝宰二此邑一、乞相随之レ官、帰二終桑梓一、微志獲レ申、殞没無レ恨。許レ之、贈賜甚厚。性好レ読レ書、老猶不レ倦。元嘉二年、卒、時年七十四。答礼問百余条、用二於今世一。広兄子豁、在二良吏伝一。

・南史

徐広字野人、東莞姑幕人也。父藻、都水使者。兄邈、太子前衛率。家世好レ学、至レ広尤精。百家数術、無レ不二研覧一。家貧、未下嘗以二産業一為上レ意、妻中山劉謐之女忿レ之、数以相譲、広終不レ改。如レ此十数年、家道日弊、遂与レ広離。後晋孝武帝以二広博学一、除為二秘書郎一、校二書秘閣一、増二置職僚一。隆安中、尚書令王珣挙為二祠部郎一。李太后崩、広議レ服曰、太皇太后名位既正、体同二皇極一、理制備尽、情礼弥申。陽秋之義、母以レ子貴。既称二夫人一、礼服従レ正。故成風顕二夫人之号一、文公服二三年之喪一、子於二父之所生一、体尊義重。且礼レ祖不レ厭レ孫、固宜二遂レ服無一レ屈。而縁レ情立レ制、若嫌二明文不一レ存、則疑斯従レ重。謂応レ同下於為二祖母後一斉衰三年上。時従二其議一。及二会稽王世子元顕録尚書一、欲レ使二百僚致一レ敬、台内使二広立一レ議、由レ是内外並執二下官礼一、広常為愧恨。義熙初、宋武帝使レ撰二車服儀注一、仍除二鎮軍諮議参軍一、領二記室一。封二楽成県五等侯一。転二員外散騎常侍一、領二著作郎一。二年、尚書奏広撰二成晋史一。六年、遷二驍騎将軍一。時有二風雹為一レ災、広献二言武帝一、多レ所二勧勉一。又転二大司農一、領二著作郎一、遷二秘書監一。初、桓玄簒レ位、安帝出レ宮、広陪列悲慟、哀動二左右一。及二武帝受一レ禅、恭帝遜レ位、広又哀感、涕泗交流。謝晦見レ之、謂曰、徐公将レ無二小過一。広收レ涙答曰、身与レ君不レ同、君佐レ命興レ王、逢二千載嘉運一。身世荷二晋徳一、眷二恋故主一。因更獻欷。永初元年、詔除二中散大夫一。広言墳墓在二晋陵丹徒一、又生二長京口一、息道玄忝宰二此邑一、乞随之レ官、帰二終桑梓一。許レ之、贈賜甚厚。性好レ読レ書、年過二八十一、猶歳読二五経一遍一。元嘉二年卒。広所レ撰晋紀四十二巻、義熙十二年成、表上レ之。又有二答礼問百余条一、行二於世一

四

現在、一般に徐広孝子伝として知られているものとしては、張宗祥校説郛七、諸伝摘玄及び、重較説郛五十八（清、黄奭の漢学堂知足斎叢書、子史鉤沈）に収められる、二つの孝子伝を上げることが出来よう。前者は三条、後者は十六条の記事を収めるが、内容はそれぞれ異なっている。それらの内容を、孝子名によって示せば、以下の如くである。

徐広孝子伝（張宗祥校説郛七）

1 郭原平

2 華宝

3a 展勤

徐広孝子伝（重較説郛五十八）

4 老莱子
5 呉坦之
6 羅威
7 杜孝
8 陳遺
9 郭巨
10 閔子騫
11 管寧
12 文譲
13 陽公
14 王虚之
15 呉猛
3b 鄧展
16 陳玄
17 蕭芝
18 猴母

右は、例えば両唐志に言う「三巻」と較べて、如何にも条数が少な過ぎ、共に後世の輯本と見るべきものである。加えて、それらが果して晋の徐広のものかどうか、幾つかの疑問が存し、それらをそのまま徐広孝子伝とすることには問題がある。ここで少し、そのことを検討しておきたい。

今、二種の説郛に収められた、徐広孝子伝十九条の本文を併せ示せば、次の通りである（標目として孝子名を添え、通し番号を付す。4老莱子以下の重較説郛所収本文に対しては、漢学堂知足斎叢書との異同を〈　〉で示した）。

徐広孝子伝（張宗祥校説郛七）

1郭原平

原平、墓下有二数十畝田一、不レ属二原平一。毎二農月一、耕者袒裸。原平不レ欲レ使レ慢二其墳墓一、乃帰売二家資一、買二此田一。三農之月、輒束帯垂泣、躬自耕墾。

2華宝

義熙中、華宝父従レ軍。時宝八歳。其父語レ宝曰、吾還、当レ営二婚冠一。値二咸陽喪乱一、吉凶両絶。宝年六十、不二冠妻一。挙レ言流涕。

3a展勤

展勤少失レ父、与レ母居。時多レ蚊。勤臥二母牀下一、以レ身当レ之。

徐広孝子伝（重較説郛五十八〈　〉漢学堂知足斎叢書）

4老莱子

老莱子至孝、奉二親一。行年七十、著二五綵褊襴衣一、弄二鶵鳥於親側一。

5 呉坦之

呉坦(恒)之性至孝。母葬之夕、設二九飯祭(茶)一。毎レ臨二一祭一、輒号慟断絶。至二七祭一、吐レ血而死。

6 羅威

羅威母年七十。天寒、常以レ身温レ席、而後授二其処一。

7 杜孝

杜孝巴郡人也。少失レ父、与レ母居。至孝称。後在二成都一。母喜レ食二生魚一。孝於レ蜀截二大竹筒一、盛二魚二頭一、塞レ之以レ草。祝曰、我母必得レ此。因投二中流一。婦出汲、乃見二筒横来触一レ岸。異而取視、有二二魚一。含〈舎〉レ笑曰、必我婿所レ寄。熟而進レ之。聞者嘆駭。

8 陳遺

呉人陳遺為二郡吏一。母好レ食二鍋底焦飯一。遺在レ役、恒帯二一嚢一。毎レ煮レ食、取二焦者一以貽レ母。

9 郭巨

郭巨河内温人也。妻生レ男。謀曰、養レ子則不レ得レ営レ業、妨二於供養一。当二殺而埋一レ焉。鍤入レ地、有〈存〉二黄金一釜一。上有二鉄券一曰、黄金一釜、賜二孝子郭巨一。

10 閔子騫

閔子騫事二後母一極孝。騫衣以二蘆花一。御レ車失レ靷。父怒笞レ之、撫二背之衣一単。父欲レ去二后妻一。騫啓レ父曰、母在一子寒〈×〉、母去三子単。

11 管寧

管寧避二地遼東一、遇レ風。船人危懼、皆叩頭悔過。寧惟二僣咎（僣言咎）一、念常如レ廁（厮）不レ冠而已。向レ天叩頭、風亦尋静。

12文譲

巴郡文譲（壌）、母死。墳土未レ足、耕二一畝地一為レ壌。群鳥数千銜二所レ作壌一、以著二墳上一。

13陽公

北平陽公輦レ水作レ漿、以給二過者一。兼補二履屩（僑）一、不レ取二其直一。天神化為二書生一問云、何不レ種レ菜。曰、無二菜種一。即与二数升一。公種レ之。化為二白璧一、余皆為レ銭。公得二以娶一レ婦。

14王虚之

王虚（霊）之廬陵西昌人。喪二父母一二十年、塩酢不レ入二其口一。所レ住屋夜有レ光。庭中橘樹、隆冬二実。

15呉猛

呉猛年七歳時、夏日伏二於親牀下一、恐三蚊虻及二父母一。

3b鄧展

鄧展、父母在二牖下一、臥多レ蚊。展伏二牀〈×〉下一、以レ膚飼レ之。

16陳玄

陳玄陳太子也。後母譖レ之。陳侯令三自投〈提〉二遼水一、魚負レ之以出。玄曰、我罪人也。故求レ死耳。魚乃去。

17蕭芝

蕭芝忠孝。除二尚書郎一。有二雉数十頭一、飲啄宿止。当二上直一、送至二岐路一、下直及レ門、飛鳴二車側一。

18猴母

余嘗至二綏安県一、逢二途逐一レ猴。猴母負レ子没レ水。水雖レ深而清。乃以レ戟刺レ之。自レ脇以下中断、脊尚連レ肹、着二船中一。

子随二其傍一、以レ手捫レ子而死

上掲、徐広孝子伝十九条の本文に関しては全て、何らかの既存古孝子伝類の逸文中に、殆ど同じものを見出だすことが出来る。換言すれば、独自の条が一つもないということで、ここがまず、徐広孝子伝なるものに疑問を感じさせる点となっている。上掲十九条と同文を有する、他の古孝子伝名及び、その出典を示せば、左のようである。

1郭原平――蕭広済孝子伝（芸文類聚65、太平御覧821所引）
2華宝――宋躬孝子伝（芸文類聚20）
3a展勤――蕭広済孝子伝（芸文類聚97）
4老萊子――逸名孝子伝（初学記17）
5呉坦之――逸名孝子伝（初学記17。参考、宋躬孝子伝〈芸文類聚20〉）
6羅威――逸名孝子伝（山堂肆考13）
7杜孝――蕭広済孝子伝（初学記17、太平御覧411、錦繡万花谷後集15、古今合璧事類備要前集25）
8陳遺――宋躬孝子伝（法苑珠林49、初学記26、太平御覧411、職官分紀42）
9郭巨――宋躬孝子伝（初学記17、太平御覧811、事類賦9、幼学指南鈔23）
10閔子騫――逸名孝子伝（太平御覧34）
11管寧――周景式孝子伝（芸文類聚8、太平御覧60、事類賦6）
12文譲――蕭広済孝子伝（太平御覧37）
13陽公――逸名孝子伝（太平御覧976）

14王虚之—宋躬孝子伝（太平御覧966）
15呉猛—逸名孝子伝（太平御覧945、古今図書集成明倫・家範・父母14）
3b鄧展—蕭広済孝子伝（太平御覧945。参考、古今図書集成明倫・家範・父母14、人事・七歳36〈孝子伝〉）
16陳玄—蕭広済孝子伝（芸文類聚96、太平御覧935。参考、古今図書集成明倫・家範・父母14〈孝子伝〉）
17蕭芝—蕭広済孝子伝（芸文類聚90、太平御覧917）
18猴母—周景式孝子伝（太平御覧910、古今図書集成博物・禽虫・猿猴86。参考、初学記29〈周索氏孝子伝〉、天中記60〈周索《（茅）》氏孝子伝〉、白氏六帖29、太平御覧910〈共に、孝子伝〉）

さらに右記を、各古孝子伝の側から眺めてみると、左の如くなるであろう。

・蕭広済孝子伝—1郭原平、3a展勤、7杜孝、12文譲、3b鄧展、16陳玄、17蕭芝
・周景式孝子伝—11管寧、18猴母
・宋躬孝子伝——2華宝、8陳遺、9郭巨、14王虚之
・逸名孝子伝——4老萊子、5呉坦之、6羅威、10閔子騫、13陽公、15呉猛

即ち、所謂徐広孝子伝の十九条は、蕭広済孝子伝以下四種の古孝子伝と深く関わり、内、七条が蕭広済孝子伝と、二条が周景式孝子伝と、四条が宋躬孝子伝と、残る六条が逸名孝子伝と、それぞれ密接な関係をもっていることが知られる。さて、それら四種の古孝子伝逸文と徐広孝子伝との関係は、一体どうなっているのであろうか。

　一見して不審を抱かざるを得ないのは、その宋躬孝子伝との関わりである。例えば徐広孝子伝2華宝と、宋躬孝子伝逸文（芸文類聚二十所引）との本文を併せ示せば、次の通りである。

・徐広孝子伝

義熙中、華宝父従レ軍。時宝八歳。其父語レ宝曰、吾還、当レ営二婚冠一。値二咸陽喪乱一、吉凶両絶。宝年六十、不二冠妻一。挙レ言流涕。

・宋躬孝子伝

又〔宋躬孝子伝〕曰、華宝八歳。義熙中、父従レ軍。語レ宝曰、吾還当レ営二婚冠一。値二咸陽喪乱一、吉凶両絶。宝年六十、遂不二冠娶一。挙レ言流涕

華宝のことは、南斉書五十五列伝三十六孝義に伝が見え、

華宝、晋陵無錫人也。父豪、義熙末、戍二長安一、宝年八歳。臨レ別、謂レ宝曰、須レ我レ還、当レ為二汝上頭一。長安陥虜、豪歿。宝年至二七十一不二婚冠一、或問レ之者、輒号慟弥レ日、不レ忍レ答也

とある（南史七十三にも。無錫は、江蘇省無錫県。上頭は、加冠の礼）。それによれば、徐広孝子伝に言う「咸陽喪乱」とは、東晋末義熙十四（四一八）年に、匈奴族赫連勃勃《かくれんぼつぼつ》の夏国が長安を奪ったことを指していることが明らかで、この話はさらにその五十二年後のこととなる（南斉書、南史によれば、六十二年後）。従って、南斉の宋躬ならばともかく、早く元嘉二（四二五）年に没している徐広が、この話を記せる筈はなく、上掲の徐広孝子伝2華宝は、宋躬孝子伝を引いたものと考えるのが自然であろう。宋躬孝子伝との関わりにおいてはもう一つ、同様の例を指摘することが出来る。徐広孝子伝14王虚之と、宋躬孝子伝逸文（太平御覧九六六所引）との本文を併せ示せば、次の通りである。

・徐広孝子伝

王虚（霊）之盧陵西昌人。喪二父母一二十年、塩酢不レ入二其口一。所レ住屋夜有レ光。庭中橘樹、隆冬二実。

・宋躬孝子伝

宋躬孝子伝曰、王虚（霊）之廬陵西昌人。喪二父母一二十年、塩酢不レ入二其口一。所レ住屋夜有レ光。廷中橘樹、隆冬三実

徐広孝子伝と太平御覧が共に、虚字を霊に誤ることも興味深いが、同じ宋躬孝子伝ながら、芸文類聚八十六、法苑珠林四十九等所引のそれは聊か複雑で、例えば南史七十三列伝六十三孝義上に見える、王虚之伝に遥かに近い。芸文類聚所引の宋躬孝子伝及び、南史の本文を併せ示せば、次の通りである。

・宋躬孝子伝（芸文類聚所引〔 〕法苑珠林）

宋躬孝子伝曰、王虚之、〔廬陵西昌人。年〕十三喪レ母、三十三〔×〕喪レ父、二十年塩酢不レ入レ口。病著レ床。忽有二一人来問レ疾〔病〕。謂レ之曰、君〔病〕尋差。俄而不レ見。〔又所レ住屋夜有レ光。〕庭中橘樹、隆冬而〔三〕実。病果尋愈。咸以至孝所レ感。

・南史

王虚之字文静、廬江石陽人也。十三喪レ母、三十三喪レ父、二十五年塩酢不レ入レ口。疾病著レ牀。忽有二一人来問レ疾。謂レ之曰、君病尋差。俄而不レ見、病果尋差。庭中楊梅樹、隆冬三実。又毎夜所レ居有レ光如レ燭。墓上橘樹、一冬再実。時人咸以為二孝感所レ致。斉永明中、詔榜レ門、蠲二其三世一

南史に見える石陽は、江西省吉安県北（西昌は、江西省泰和県西）、蠲《けん》は、税を免除することである。徐広孝子伝は、省略型の宋躬孝子伝に酷似していることが分かる。そして、南史の末尾に、「斉永明中、詔榜レ門、蠲二其三世一」とあることから、王虚之の孝行が表彰されたのは、南斉の永明（四八三―九三）年間、武帝（蕭賾《しょうさく》）の時代のことであり、王虚之の話が知られるようになったのも、おそらくその前後からのことであって、宋躬は自分の在世中の奇瑞を書き留めたものと思われるが、一方、徐広がこの話を知ることは、あり得ないこととすべきだろう。従って、例えば徐広孝子伝において、宋躬孝子伝と同文関係の認められる、2華宝、8陳遺、9郭巨、14王虚之などは、宋躬の孝子

伝逸文を、徐広のそれと称したものと断じて良いであろう。

徐広孝子伝はまた、周景式孝子伝との関わりにおいても、興味深い問題を惹起する。徐広孝子伝18猴母と、周景式孝子伝逸文（太平御覧九一〇所引。古今図書集成博物・禽虫・猿猴86にも）との本文を併せ示せば、次の通りである。㉕

・徐広孝子伝

余嘗至二綏安県一、逢二途逐一レ猴。猴母負レ子没レ水。水雖レ深而清。乃以レ戟刺レ之。自レ脇以下中断、脊尚連レ䏚、着二船中一。子随二其傍一、以レ手捫レ子而死。

・周景式孝子伝

周景式孝子伝曰、余嘗至二綏安県一、逢二徒逐一レ猴。猴母負レ子没レ水。水雖レ深而清。乃以レ戟刺レ之。自レ協以下中断、脊尚連レ䏚〔抄〕、着二船中一。子随二其傍一、以レ手捫レ子而死

本話は、如何にも哀れな話ではあるが、孝子伝としての意味が今一つ摑みにくい（綏安県《すいあんけん》は、福建省建寧県西南か。䏚《びょう》は、脇腹、捫《もん》は、撫でること）。いずれ禽獣における母子の繋がりを物語ろうとしたものであろう。さて、この話は周景式の見聞譚を記したものの如く、その孝子伝中の「余」は、周景式自身を指すものである。すると、徐広孝子伝の「余」はおかしく、それは、上掲の徐広孝子伝が18猴母として、周景式孝子伝を不用意に引用した結果であろうと考えられる。そこから、徐広孝子伝は、11管寧も含め、周景式孝子伝の二条を引用したものと推定することが出来る。このように、例えば徐広孝子伝の2華宝以下四条や11管寧、18猴母の二条が実は宋躬孝子伝、周景式孝子伝を引いたものであるならば、残る蕭広済孝子伝、逸名孝子伝と同文を有する1郭原平以下の七条及び、4老萊子以下の六条も、やはり徐広のものとは見做し難く、それぞれ蕭広済孝子伝、逸名孝子伝を引いたものと見るべきであろう。つまり徐広孝子伝の逸文は、所謂徐広孝子伝と称されるものの内には一条も存在せず、目下の所、その逸文の現存は、

確認し得ないということになる。最後に、徐広孝子伝において蕭広済孝子伝及び、逸名孝子伝と同文関係にあるものの内、それぞれ一つを例示して、小論の結びとしよう。

徐広孝子伝1郭原平と蕭広済孝子伝、郭原平（芸文類聚六十五所引（太平御覧八二一所引））の逸文の本文を併せ示せば、次の通りである。

・徐広孝子伝

原平、墓下有二数十畝田一、不レ属二原平一。毎二農月一、耕者袒裸。原平不レ欲レ使レ慢二其墳墓一、乃帰売二家資一、買二此田一。三農之月、輒束帯垂泣、躬自耕墾。

・蕭広済孝子伝

蕭広済孝子伝曰、（郭）原平、墓下有二数十畝田一、不レ属二原平一。（至）毎二農月一、耕者恒裸（裸袒）。原平不レ欲レ使レ慢二其墳墓一、乃帰売（貨）二家資一、買二此田一。三農之月、輒束帯垂泣、躬自耕墾（之）。

徐広孝子伝は、蕭広済孝子伝を引いたものであることが明らかだろう。3a展勤以下も同様である[26]。

徐広孝子伝4老莱子と逸名孝子伝、老莱子（初学記十七所引）の逸文本文を併せ示せば、次の通りである。

・徐広孝子伝

老莱子至孝、奉二二親一。行年七十、著二五綵褊襴衣一、弄二鶵鳥於親側一。

・逸名孝子伝

孝子伝曰、老莱子至孝、奉二二親一。行年七十、著二五綵褊襴衣一、弄二鶵鳥於親側一。

両者は全く同文となっている（似た逸名孝子伝は、古今図書集成経済・礼儀・衣服337等にも見える）。徐広孝子伝は、逸名孝子伝を引いていることが分かる。5呉坦之以下も同様に見て良い[27]。これらのことから考えて、現在徐広孝子伝とされているものの内には、徐広孝子伝の本文と見なければならないものは、存在しないと言うことが出来よう。そして、二つの唐志に録されたその三巻の書は、後に散逸して今に伝わらぬものとすべきである。

注

① 拙著『孝子伝の研究』（佛教大学鷹陵文化叢書5、思文閣出版、平成13年）Ⅰ一1
② 西野貞治氏「陽明本孝子伝の性格並に清家本との関係について」（『人文研究』7・6、昭和31年7月）
③ 舜については、本書Ⅱ二1、また、昔話「継子の井戸掘り」など、孝子伝と昔話との関連については、本書序章参照。
④ 例えば敦煌本北堂書鈔体甲に引く「劉向孝子〔伝〕」は、破損が甚だしいが、行文が大幅に異なるようである。王三慶氏『敦煌類書』（麗文文化事業股份有限公司、一九九三年）録文篇321―01―03参照。
⑤ 捜神記については、西野貞治氏「捜神記攷」（『人文研究』4・8、昭和28年8月）、「敦煌本捜神記の説話について」（『人文研究』8・4、昭和32年4月）、「敦煌本捜神記について」（『神田博士還暦記念書誌学論集』、神田博士還暦記念会、昭和32年）などに詳しい。
⑥ 橋本草子氏「「郭巨」説話の成立をめぐって」（『野草』71、平成15年2月）
⑦ 西野貞治氏「董永伝説について」（『人文研究』6・6、昭和30年7月）
⑧ 西野氏が、後漢武氏祠画象石の董永図について、「武梁祠画像石に見える樹の右に一小児の攀援して上らんと欲するもののあるのは、孝子伝に見えぬもので小児に関する伝承があるのでなからうかといふ先にあげた疑問が解決されて、董永と天女の間に董仲といふ子のあつた伝承を後漢まで引上げ得るのである」（注⑦前掲論文）と指摘されていることは、注意を要する。注①前掲拙著Ⅱ二、注㉑参照。
⑨ 西野氏注⑦前掲論文
⑩ 藤原佐世の日本国見在書目録の雑伝家に、「孝子伝図一巻。々々々讃十巻」と見えるものが劉向のそれであるとすれば、劉

向孝子伝は、早くから我が国に齎されていたことになる。令集解十三賦役令「有二精誠通感一」注所引の古記にも、「劉向孝子図」郭巨条の引用が見えるが、直接引用ではない。注①前掲拙著Ｉ二また、東野治之氏「律令と孝子伝—漢籍の直接引用と間接引用—」（『万葉集研究』24、平成12年6月。同氏『日本古代史料学』〈岩波書店、平成17年〉一章5に再録）参照。

⑪ 章宗源の隋書経籍志考証に、「孝子伝十巻晋輔国将軍蕭広済撰」とあり、姚振宗の隋書経籍志考証二十に、「案章氏載二是書一止二十巻一。不レ知三所レ見為二何本一」と言う。我が国の具平親王撰弘決外典鈔、外典目にも、

孝子伝十五巻蕭尭(広)済撰

と見え、巻二に、三州義士（両孝子伝8）、五郡孝子などを引く（共に、摩訶止観四下「更結二三州一還敦二五郡一」の注として、湛然の止観輔行伝弘決四之三に見える）。

⑫ 孫啓治、陳建華氏『古佚書輯本目録附考証』（中華書局、一九九七年）。なお姚振宗は、「梁有二王詔後漢林二百巻一亡」とし、「王詔始末未レ詳」と述べている（隋書経籍志考証十一）。

⑬ なお事類賦三、幼学指南鈔二などにも、「孝子伝曰」として同文の逸文が見える（北堂書鈔一五二、山堂肆考六、古今図書集成暦象・乾象・雷電78などにも）。参考までに、両書の本文を併せ示しておく。

事類賦

孝子伝曰、笁弥、字道綸。父生時畏レ雷。毎レ至二天陰一、輒馳至レ墓、伏レ墳哭。有三白兎在二其左右一。

幼学指南鈔

孝子伝曰、笁弥、字道倫。父生時畏レ雷。至二天陰一、輒馳至レ墓、伏レ墳哭百日。(有)白兎在二其左右一。遂以憂卒也

⑭ 南史二十四列伝十四の王韶之伝を示せば、次の通りである。

王韶之字休泰、胡之従孫而敬弘従祖弟也。祖羨之、鎮軍掾。父偉之、少有志尚、当世詔命表奏、輒手自書写。太元、隆安時事、大小悉撰録。位本国郎中令。韶之家貧好学、嘗三日絶糧而執巻不輟、家人誚之曰、困窮如此、何不耕。答曰、我常自耕耳。父偉之為烏程令、韶之因居県境。好史籍、博渉多聞。初為衛将軍謝琰行参軍、得父旧書、因私撰晋安帝陽秋。及成、時人謂宜居史職。即除著作佐郎、使続後事、訖義熙九年。善叙事、辞論可観。遷尚書祠部郎。晋帝自孝武以来常居内

殿、武官主書於中通呈、以省官一人管詔誥、住西省、因謂之西省郎。傅亮、羊徽相代在職。義熙十一年、宋武帝以韶之博学有文辞、補通直郎、領西省事、転中書侍郎。晋安帝之崩、武帝使韶之与帝左右密加酖毒。恭帝即位、遷黄門侍郎、領著作、西省如故。凡諸詔黄皆其辞也。武帝受命、加驍騎将軍、黄門如故。西省職解、復掌宋書。坐璽封謬誤、免黄門、事在謝晦伝。韶之為晋史、序王珣貨殖、王廞作乱。珣子弘、廞子華並貴顕、韶之懼為所陥、深附結徐羡之傅亮等。少帝即位、遷侍中。出為呉郡太守。羡之被誅、王弘入相、領揚州刺史。弘雖与韶之不絶、諸弟未相識者皆不復往来。韶之在郡、常慮為弘所縄、夙夜勤励、政績甚美、弘亦抑其私憾、文帝両嘉之。韶之称為良守。徴為祠部尚書、加給事中。坐去郡長取送故、免官。後為呉興太守、卒。撰孝伝三巻、文集行於世。宋廟歌辞、韶之所制也。子曄、位臨賀太守

⑮ 章宗源の隋書経籍志考証二、姚振宗の隋書経籍志考証十二の「晋紀十巻」に詳しい。隆安紀の隆安（三九七―四〇一）は東晋、安帝の年号だが、唐、玄宗の諱劉（劉基）を避けて、唐志が崇に改めたものであろう（陳新会、史諱挙例三・二十八、八・七十六）。

⑯ 章宗源、隋書経籍志考証十三参照。

⑰ 晋の景帝の諱、師を避けて、姓の師を帥と改めたもの（史諱挙例二・五、八・七十四）。景帝は、司馬師、懿（宣帝）の長子。正元二（二五五）年に没した後、昭（文帝）により、咸熙元（二六四）年五月に晋景王、炎（武帝）により、泰始元（二六五）年十二月に景帝と追号された（晋書二、三）。

⑱ 章宗源の隋書経籍志考証、姚振宗の隋書経籍志考証十三参照。

⑲ 注①前掲拙著Ⅱ一参照。なお和林格爾後漢壁画墓の趙苟図また、その孝子伝図の詳細については、本書Ⅰ二2参照。

⑳ 章宗源の隋書経籍志考証、姚振宗の隋書経籍志考証参照。

㉑ なお孫啓治、陳建華氏注⑫前掲書史部伝記類「虞般佑高士伝」に、「《元晏遺書》〔上海図書館蔵清抄本〕輯有一則、叙皇甫謐事跡、未注出処」と言う。

㉒ 虞孝敬高僧伝は、隋志、旧唐志に、「高僧伝六巻虞孝敬撰」、新唐志に、「虞孝敬高僧伝六巻」とある。虞孝敬のことは、法苑珠林一〇〇伝記篇雑集部三に、「内典博要四十巻」の説明中に、

右此一部四十巻、湘東王記室虞孝敬撰

と見える。湘東王は、蕭繹（梁元帝。在位五五二—五五四）であろう。章宗源の隋書経籍志考証十三「高士伝二巻虞槃佐撰」、姚振宗の隋書経籍志考証二十「高僧伝六巻虞孝敬撰」参照。

㉓ 章宗源の隋書経籍志考証十三参照。

㉔ 章宗源の隋書経籍志考証、姚振宗の隋書経籍志考証参照。なお宋、孫逢吉の職官分紀六等に、「梁湘東王繹孝子伝」の陳群の話を引くが、これも梁元帝孝徳伝の逸文であろう。本書Ⅰ一2参照。

㉕ 以下のことは、かつて指摘したことがある（注①前掲拙著Ⅰ一1）。なお初学記二十九に見える、

周索氏孝子伝曰、蝯（猿）寓属也。或黄黒通ㇾ臂。軽巣善縁、能於ㇾ空輪転。好ㇾ吟。雖為二人所ㇾ得、終不二徒生一

は、これだけでは孝子伝としての意味をなさず、「雖為二人所ㇾ得、終不二徒生一」とある所から考えて、元来は本条の一部であったものと思われる（天中記〈周索氏茅子伝〉、白氏六帖二十九、太平御覧九一〇〈共に孝子伝〉などに類文が見える。蝯は、手長猿、寓属は、木の上に住む類のこと）。

㉖ 郭原平については、宋書九十一列伝五十一孝義に、

原平……墓前有二数十畝田一、不ㇾ属二原平一。毎ㇾ至二農月一、耕者恒裸袒。原平不ㇾ欲ㇾ使三人慢二其墳墓一、乃販二質家貲一、貴二買此田一。三農之月、輒束帯垂泣、躬自耕墾

と、蕭広済孝子伝に酷似する文章が見え（南史七十三にも）、且つ、宋書によれば、郭原平は、劉宋の元徽元（四七三）年に卒しているので、果してそれが晋の蕭広済のものかどうかは疑わしいが、今は立ち入らない。また、例えば徐広孝子伝3a展勤（張宗祥校説郛所収）及び、3b鄧展（重較説郛所収）は、それぞれ芸文類聚九十七、太平御覧九四五等所引の蕭広済孝子伝逸文にほぼ同文が見えるが、それらの本文を併せて示せば、次の通りである。

・徐広孝子伝3a（張宗祥校説郛）

展勤少失ㇾ父、与ㇾ母居。時多ㇾ蚊。勤臥二母牀下一、以ㇾ身当ㇾ之。

・同3b（重較説郛）

鄧展、父母在二牖下一、臥多レ蚊。展伏二牀〈×〉下一、以レ膚飼レ之。

・芸文類聚

蕭広済孝子伝曰、展勤少失レ父、与レ母居。傭作供養。天多レ蚊。臥二母床下一、以レ身当レ之。

・太平御覧

蕭広済孝子伝曰、鄧展、父母在二牖下一、臥多レ蚊。展伏二牀下一、以レ自当レ之

さて、3a3bがどうやら同じ話らしいことは、例えば章宗源の隋書経籍志考証に、「初学記人事部……鄧展勤」とし、姚振宗の隋書経籍志考証に、「茆輯古孝子伝……其以二鄧展展勤一為二両人一則誤也」と指摘する如くである。すると、二種の説郛が同話の異文を採り分けていることになるが、このことなども、徐広孝子伝の後出性を思わせる（古今図書集成明倫・家範・父母14、博物・禽虫・蚊173は、徐広孝子伝3bを引いたものであろう）。

㉗ 徐広孝子伝6羅威のみは目下、宋以前の逸名孝子伝の逸文が見当たらず、明、彭大翼の山堂肆考十三に、

孝子伝、羅威字徳行。少喪レ父、事レ母至孝。母年七十。天大寒、嘗以レ身自温レ席、而後授二其処一

とあるものが、よく似る。所謂温席譚であるが、羅威のそれは、七家後漢書の一、袁山松後漢書（初学記十七所引）に、

羅威母年七十。天寒。常以レ身温レ席、而後授二其処一

と見えるものが古いらしい。それはまた、二十巻本捜神記十一287に、

羅威字徳仁、八歳喪レ父、事レ母性至孝。母年七十。天大寒、常以レ身自温レ席、而後授二其処一

とあり（初学記三、太平御覧七〇九等にも）、広州先賢伝（重較説郛五十八所収）に、

羅威性至孝。遇レ寒、常以レ身温レ席。母乃寝

などと見える。陳検討集十一に引く逸名孝子伝（茆泮林古孝子伝）は、母のため自らは蚊屋を用いず、進んで蚊に食われた話で、このことは、前掲広州先賢伝や陳留耆旧伝（淵鑑類函四四七所引）に見える。また、羅威の話は、陸徹広州先賢伝（初学記十七等所引）、広州先賢伝（太平御覧四〇二、九〇〇等所引）、皇甫山逸士伝（白氏六帖二十九60等所引）などにも見えるが、別の話である（百越先賢志四参照）。

2　新出の古孝子伝逸文について

一

近時の一般社会における情報化の進展には、目を見張らせるものがある。そのことは一見、情報化とは比較的縁の薄そうな文学研究の領域にあっても、丸切り無関係という訳にはゆかない。私が孝子伝研究における古孝子伝逸文の蒐集の重要さに気付いたのは、十年以上前、静嘉堂文庫蔵孝行集に興味をもった時である。以来、その折のメモを頼りに、中国における先人の研究を辿り、我が国に残る若干の資料を加えて、私なりの整理を試みたのが、旧稿の「古孝子伝逸文一覧」〈拙著『孝子伝の研究』〈佛教大学鷹陵文化叢書5、思文閣出版、平成13年〉Ⅰ一所収〉であった。ところが、その後、急速な情報化の進展に伴い、例えば『文淵閣四庫全書電子版』〈上海人民出版社、迪志文化出版、一九九九年〉、『四部叢刊電子版』〈万方数拠電子出版社、北京書同文数字化技術有限公司、二〇〇一年〉、『古今図書集成電子版』〈得泓資訊有限公司〉、などが相次いで刊行、流布したことは、従来の逸文蒐集の方法を一変させるに至る。即ち、原文及び、全文検索の機能を具えたそれらを使うことにより、例えば今までの古孝子伝逸文の蒐集という仕事が、単にコンピューターに「孝子伝」と入力して、検索を掛けるだけの作業と化してしまったのである〈実際はもう少し複雑であるが〉。このことは、専ら記憶とメモに頼らざるを得なかったこれまでの逸文蒐集から見ると、隔世の感がある。旧稿「古孝子伝逸文一覧」が将来的に補われるべき性格をもつものであることは、作成当初から無論承知していたことであるが、この度、文淵閣本四庫全書、四部叢刊（初編、続編、三編）、古今図書集成から古孝子伝の逸文を抽出、旧稿「古孝子伝逸文一覧」所収のそれと比較してみた結果、四百条近い旧稿未収の逸文を得ることが出来た。それらの大半は既知の逸文であったが、一方、その内にはこれまで全く名前の知られていない、約十名程の極めて珍しい孝子のそれや、非常に貴重な逸文も幾つか含まれていた。そこで、この機会に旧稿を増補し、形も改めることとした。末尾「付」に掲げたのが、今回見出した、旧稿未収の「新出古孝子伝逸文一覧」である。併せて、一覧の増補に際し、改訂版の解題を兼ねて、これまで殆ど内容の知られていない十名の孝子の逸文や、貴重な新出逸文のことなど、この度の増補資料に顕著に認められる特徴について、簡単な紹介、報告をしておこうと思うのである。

職官分紀という書物がある。職官に関する類書で五十巻、宋の孫逢吉の撰に掛り、北宋元祐七（一〇九二）年の秦観の序を有するが、孫逢吉は南宋の人らしい（宋史四〇四）。さて、職官分紀は、四庫全書珍本初集に収められる稀覯書に外ならないが、と同時にまた、この書に引かれる古孝子伝の逸文四条は、いずれも全て、他に類を見ない珍しいものばかりとなっている。その四条を孝子名によって紹介すれば、左の如くである。

・何烱（蕭広済孝子伝。職官分紀四十九所引）
・許武（蕭広済孝子伝。職官分紀四十二所引）
・陳群（梁湘東王繹孝子伝。職官分紀六所引）
・劉虬（梁湘東王繹孝徳伝。職官分紀四十二所引）

以下、職官分紀に引かれた右記四条の古孝子伝逸文の内容を具体的に紹介、若干の検討を加えておく。

まず職官分紀四十九に引く蕭広済孝子伝、何烱の逸文本文を示せば、次の通りである。

蕭広済孝子伝、何炯遷二治書御史一、以二父疾一陳レ辞（「父疾陳辞」注）

この何炯の話については、例えば南史三十列伝二十に、

何炯字士光、胤従弟也。父撙……年十九……累遷二梁仁威南康王限内記室書侍御史一。以二父疾一陳レ解

と見える（梁書四十七列伝四十一孝行にも、「何炯字士光、盧江灊人也。父撙……年十九……還為二仁威南康王限内記室一、遷二治書侍御史一。以二父疾一経レ旬、衣不レ解レ帯、頭不二櫛沐一、信宿之間、形貌頓改」と言うが、陳辞のことは見えない。治書侍御史は、疑獄を評決し、六品以下の官を糾察する官名）。さて、蕭広済は晋の人であって（隋書経籍志に、「孝子伝十五巻晋輔国将軍蕭広済撰」とある）、果してその孝子伝に梁代の何炯のことを記し得たか、疑問が残るが、今は立ち入らないこととしたい。

次に、職官文紀四十二に引く、蕭広済孝子伝、許武の逸文本文を示せば、左の通りである。

蕭広済孝子伝、許武為二湖陰令一。永平中、大蝗経二湖陰界一、飛去不レ入（「大蝗経界飛去」注）

許武は、後漢書七十六列伝六十六循吏の許荊伝に、許荊の祖父としてその名が見え、二弟と財産を三分した話などが載っているが、大蝗のことは見えない（湖陰は、湖の南の意）。この話に関しては目下、類話が管見に入らず、さらに今後の再考を要する逸文とすべきであろう。

職官分紀六には、「梁湘東王繹孝子伝」に記す話として、魏の陳群に纏わる、左のようなエピソードが載っている。梁湘東王繹とは、梁元帝（蕭繹。湘東〈湖南省衡陽県〉に封ぜられた）のことであるが、この話のみは、同じ「梁湘東王繹孝子伝」を出典とする、殆ど同文が天中記三十二、広博物志十八、淵鑑類函八十六にも載る。今、四書の逸文本文を併せて示せば、次の通りである。

・職官分紀

梁湘東王繹孝子伝、陳紀、父寔、紀子群、魏使持節給事中。文帝曰、卿何二如祖父一。群曰、臣父有レ言、則治。臣有レ言、而不レ治（「父有言則治臣有言而不治」注）

・天中記、広博物志

陳紀、父実、実子群、魏使持節給事中。文帝曰、卿何二如祖父一。群曰、臣父有レ言、而治。臣有レ言、而不レ治〈梁湘東王繹孝子伝〉（「有言而治」）

・淵鑑類函

梁湘東王繹孝子伝曰、陳実、子紀、紀子群、魏使持節給事中。文帝曰、卿何二如祖父一。群曰、臣父有レ言、而治。臣有レ言、而不レ治（「有言而治」注）

この話は、

陳寔――陳紀――陳群

という、陳群の父祖三代を廻る話で、陳寔、陳紀については、後漢書六十二列伝五十二に伝があり、また、陳群に関しては、三国志二十二魏書二十二に伝がある。文帝は、魏文帝（曹丕）を指し、一方、陳群は、九品官人法の創設者として、その名を知られた人物である（使持節は、総督、給事中は、天子に近侍して、宮中の奏事を掌る役）。上掲の四書は殆ど同文であるが、中で、天中記以下の三書は、陳寔の寔字を実に綴り、陳群を寔（実）の子と誤っている（紀の子に当たり、孫である。淵鑑類函のみは、その誤りを正している）。この話は、陳群の行徳の父祖に及ばぬことを意味するものであるが、本話の場合も、同じ話が見当たらない。ただ晋、張華の博物志六人名考206に、

太丘長陳寔、寔子鴻臚卿紀、紀子司空群、群子泰、四世於二漢魏一朝一有二重名一、而其徳漸小減。故時人為二其語一曰、公慚レ卿、卿慚レ長

などとする話は（後漢書にも、「〔紀〕子群、為二魏司空一。天以為二公慙レ卿卿慙一レ長」と見える）、同工異曲の類話と言えよう。「梁湘東王繹孝子伝」は、梁元帝の孝友伝八巻（旧唐書経籍志）の逸文かとも思われるが、次に取り上げる劉虬の例や、本話の内容から考えて、梁元帝の孝徳伝三十巻（隋書経籍志等）の逸文と見るべきではなかろうか。

梁元帝に関わるものとしては、もう一例、職官分紀四十二に引かれた、孝徳伝の劉虬条を上げることが出来る。その「梁湘東王繹孝徳伝」の逸文本文を示せば、次の通りである。

梁湘東繹孝徳伝、劉虬為二当陽令一、莅レ任明察、人不レ能レ欺（「莅任明察人不能欺」注）

孝徳伝の逸文としては従来、序、皇王篇賛、天性篇賛の他、繆斐、張楷、陽公条の伝存が知られているが、当条（また、前記陳群条）は、それらに新たに加えるべき資料として、非常に貴重なものである。劉虬については、南斉書五十四列伝三十五高逸、南史五十列伝四十などに伝があり、南陽涅陽《でつよう》（河南省鄧県東）の人で、字を霊預（また、徳明）と言い、劉宋の泰始（四六五―四七一）年間、当陽令であったことが知られるものの（当陽は、湖北省当陽県）、本話の如きエピソードは見当たらない。この話は、孝行であった県令の劉虬が、何人にも欺かれなかったことを意味するようで（涖任《りじん》は、任務に涖《のぞ》むこと）、劉虬が孝行であったことは、梁書四十七列伝四十一孝行の韓懐明の伝などに見えている（南史七十四列伝六十四孝義下にも。劉虬に師事した韓懐明の前で、外祖の命日に劉虬が「一日廃レ講、独居涕泣」していた話。それを見ていた懐明が、学を廃して故郷に帰り、母に孝養を尽くしたのを、劉虬が誉めた話）。ところで、この劉虬という人は、大変興味深い人物である。例えば南史七十三列伝六十三孝義上、庾震の伝に、左のような記事が載っている。

〔庾〕震字彦文、新野人。喪二父母一、居レ貧無二以葬一。賃書以営レ事、至二手掌穿一。然後葬事獲レ済。南陽劉虬因レ此為撰二孝子伝一

新野は、河南省新野県南、賃書は、賃労働として物書きをすることである。注目されるのが、右の末尾に、

　南陽劉虬因レ此為撰二孝子伝一

と記す点で、劉虬が何らかの「孝子伝」の制作に携わったことが分かる。思うに、劉虬孝子伝なるものは管見に入らないから、ここに言う「孝子伝」は、書冊としてのそれではなくて、劉虬による震孝子の伝、即ち、庾震個人の孝行の行跡を認めた文章のことを指しているのではないか。そして、成書としての孝子伝の出現する前提として、そのような個々の孝子の伝の存在が想定されるのだが、この問題に関しては、いずれ機会を改めて述べることとしたい。また、かつて西野貞治氏は、陽明本孝子伝42羊公条における、仏教の福田思想の影響や（このことについては、本書Ⅱ—5参照）、船橋本孝子伝の改修成立に際する、俗講僧の参与の想定など、我が国にのみ伝存する完本古孝子伝二種に看取される、仏教との深い関連を指摘されたことがあるが（西野貞治氏「陽明本孝子伝の性格並に清家本との関係について」、『人文研究』7・6、昭和31年7月）、孝子伝と仏教の具体的な関係を考える上で、非常に示唆的な記述が、南斉書及び、南史の劉虬伝に見えるのである。南斉書のその該当箇所を掲げれば、左の如くである。

　虬精二信釈氏一、衣二麤布衣一、礼仏長斎。注二法華経一、自講二仏義一

自らも孝人であり、孝子伝を撰した劉虬は、一方、仏義を講じ、法華経を注する程、仏教に通じていたことが知られるであろう。六朝から隋唐にかけて展開した孝子伝と仏教との関連が、なお今後、その実態を追尋する必要のある、重要な課題であることは、言を俟つまい。

二

全芳備祖という書物がある。南宋、陳景沂の撰んだ植物についての類書で、前集二十七巻、後集三十一巻から成り、宝祐元（一二五二）年の韓鏡の序がある。この本も稀覯書で、四庫全書珍本五集に収められる他、我が国の宮内庁書陵部に宋版、静嘉堂文庫に鈔本が伝えられるのみの珍しい書物である。その後集にはまた、二条の目新しい古孝子伝の逸文を見ることが出来る。その二条とは、左のようなものである。

・劉平（逸名孝子伝。全芳備祖後集二十二所引）

・方儲（逸名孝子伝。全芳備祖後集十四所引）

前者は新出の、後者はこれまで敦煌本李嶠百二十詠注所引一例が知られるのみの、いずれも極めて貴重な逸文資料である。そこで、次にこの二条を紹介することにしよう。

まず全芳備祖後集二十二に引かれる逸名孝子伝、劉平の逸文本文を示せば、次の通りである（宮内庁書陵部蔵宋版（）、静嘉堂文庫蔵鈔本〈〉を併せ参照した）。なお本条は、古今合璧事類備要別集五十八「摭以謝恩」注及び、山堂肆考一九五「摭豆謝恩」注にも殆ど同じものが見えるので、それらも併せ掲げる。

・全芳備祖後集

劉平嘗為二餓賊一所レ劫。叩頭曰、老母饑（飢）〈飢〉少二気力一、恃レ平為レ命。願得三還飯二食母一馳来就レ死。涕泣発二于（於）肝胆一。賊即遣レ去。乃摭二三斗豆一、以謝レ賊〈孝子伝〉

・古今合璧事類備要別集、山堂肆考

劉平嘗為二餓賊一所レ劫。叩頭曰、老母饑少二気力一、恃レ平為レ命。願得二還飯一レ母、馳来就レ死。涕泣発二於肝胆一。賊即遣レ去。乃―(摭)二三斗豆一、―(以)二―(謝)賊―(恩)一〈孝子伝〉（「摭以謝恩」注）

この劉平のことは、後漢書三十九列伝二十九に伝がある。それによれば、劉平は、字を公子と言い、楚郡彭城（江蘇省銅山県）の人である。本話は、更始（二三―二四）年間の赤眉の乱に際するエピソードで、東観漢記十七列伝十二や後漢書にも見えるが、当条に酷似するのは、芸文類聚八十五（及び、太平御覧八四一）に引かれる東観漢記である。今、芸文類聚所引のその本文を示せば、次の通りである。

又〔東観漢記〕曰、劉平嘗為二餓賊一所レ劫。叩頭曰、老母飢少二気力一、待レ平為レ命。願得二還飯二食母一、馳来就レ死。涕泣発二於肝胆一。賊即遣レ去。乃摭二三升豆一、以謝二賊恩一

豆の量が三斗、三升と異なるが（一斗は、一・九八一リットル。一升は、その十分の一）、全芳備祖後集以下に引く逸名孝子伝、劉平条は、どうやら東観漢記を源泉とするものらしい。

次いで、全芳備祖後集十四に引かれる逸名孝子伝、方儲の逸文本文を示せば、次の通りである（宮内庁書陵部蔵宋版は欠巻）。

後漢方儲居二母喪〈憂〉一。負レ土成レ墳、松柏数十株、鸞鳥栖二其上一、白兎遊二其下一〈孝子伝〉

本条は、例えば敦煌本李嶠百二十詠注祥獣十首、兎（P三七三八）に引く逸名孝子伝と明らかに関わりがある。敦煌本李嶠百二十詠注の本文を示せば、次の通りである。

孝子伝、謝方儲至孝。感白兎馴二其廬一。有レ賊入避レ之不レ入レ塁

陽明本、慶応大学本（天理本）李嶠百二十詠注にも、この話はあるが、「後漢方儲」云々と言うのみで、出典名を記さない（慶大本には、「後漢方諸居レ喪。孝感白兎来、盗賊美レ之不レ入二其里一也」とある）。敦煌本は、「謝方儲」に作

るが、それは方儲が正しい。本話は、謝承後漢書を源泉とするものであろう（初学記二十八、芸文類聚八十八、九十、九十五、太平御覧四一一等所引。七家後漢書参照）。太平御覧に引くそれを示せば、次の通りである。

　謝承後漢書曰、方儲字聖明、丹陽歙人。幼喪レ父事レ母。母終。自負レ土成レ墳、種二奇樹千株一、白兎遊二其下一

記纂淵海百巻は、南宋の潘自牧撰に掛る類書だが、例えばその巻七十九に引かれる「宋躬（郭）孝子伝」も、大変珍しいものと言わなければならない。記纂淵海には、次のようにある（万暦七年刊本を併せ参照した）。

　晋許孜親没、柴毀、負レ土成レ墳〈晋書〉。負レ土作レ墳〈宋郭（躬）孝子伝〉

孝子伝に録された許孜の話は、これまで両孝子伝31に収めるものが、唯一知られるに過ぎなかった。参考までに、両孝子伝31許孜の本文を示せば、次の通りである。

　陽明本

　許牧（孜）者呉寧人也。父母亡没。躬自負レ土、常宿二墓下一。栽二松柏一八行、造二立大墳一。州郡感二其孝一、名二其郷一曰二孝順里一。郷人為レ之立レ廟、至レ今在レ焉也。

　船橋本

　許牧（孜歟）呉寧人也。父母滅亡。収自負レ土作レ墳、墳下栽二松柏一八行、遂成二大墳一。爰州県感レ之、其至孝郷名曰二孝順里一。々人為レ之立レ廟、于レ今猶存也

記纂淵海に、「晋書」と注する部分は、晋書八十八列伝五十八孝友の、「許孜……二親没、柴毀……建レ墓……躬自負レ土……方営二大功一」を指すものであろうが（柴毀《さいき》は、枯枝の如く痩せ衰えること。白氏六帖七・七「感鳥獣」注に、「晋許孜……親没、柴毀、負レ土成レ墳」と見える）、注目すべきは、続けて、「宋躬（郭）孝子伝」と注して、「負レ土作レ墳」という四文字を録していることで、このことは、かつて宋躬孝子伝に許孜条が備わっていたことを意味する（宋郭は、

宋躬の誤字であろう)。さらに注意を惹くのは、その宋躬孝子伝の許孜が、「負レ土作レ墳」という本文をもっていたらしいことであって、それは、船橋本と一致しているのである。隋以前成立の陽明本孝子伝(また、船橋本)は、唐撰の晋書に拠っている筈がなく、その出典は目下不明とせざるを得ないが(西野貞治氏は、「唐撰の晋書は言う迄もなく六朝撰述の諸家の晋書に材を仰いだものであり、晋書の許孜伝も劉宋の人鄭緝之の東陽記(御覧五五九)を資料としているようであつて……この〔陽明本〕孝子伝は東陽記或は彼の撰と隋志に見える孝子伝の記載とによつたものかと思われる」と言われている〈前掲論文〉)、記纂淵海の逸文の出現は、鄭緝之孝子伝以外に、宋躬孝子伝の一流もあったこと、或いは、両孝子伝、殊に船橋本の許孜条が、その流れに連なっている可能性などを、考えさせずにおかないものがある。中国における孝子伝の消長に関し、西野氏はかつて、

家族制度が極めて古くから発達した中国では、その維持のために孝行の教化が徹底され、孝行の実践例を掲げた孝子伝・孝子図などと題する書が、孝経と共に童蒙の必修書とされ、六朝末迄に十種以上も出現した。此等の書が盛行したことは種々の資料から偲ばれるが、伝存の記録は南宋の鄭樵の通志略を下限とし、稍後の晁公武・陳振孫らの博捜家にも見られていぬようで、或は南宋の兵燹に佚われたものが多いかと考える

と述べられたことがある(前掲論文)。上記の職官分紀、全芳備祖、記纂淵海などに残された、珍しい古孝子伝の逸文はやはり、六朝撰述の孝子伝類が、南宋までは伝存していたことの証跡なのであろう。

三

明以降の書物に引かれた古孝子伝逸文の中にも、この度の調査で明らかとなった、新出の孝子が数名いる。そこで、

最後に、

・楽恢（逸名孝子伝。広博物志十八所引）

・范宣（逸名孝子伝。編珠四所引）

・庾子輿（逸名孝子伝。全蜀芸文志三、蜀中広記二十一、明文海三六二、四川通志三十九所引）

・李鴻（逸名孝子伝。古今図書集成理学彙編学行典孝弟部一八〇所引）

の四条の逸名孝子伝逸文を紹介し、小論の結びとしたい。

まず始めに明、董斯張撰の広博物志十八に引かれた逸名孝子伝、楽恢の逸文本文を示せば、次の通りである。

楽恢、年十一、父為二県吏一、得レ罪将レ殺。恢伏二市中一、昼夜号哭。令哀レ之、而赦二其父一。孝子伝

楽恢については、後漢書四十三列伝三十三に伝があり、字を伯奇と言い、京兆長陵の人である（長陵は、陝西省咸陽県東）。楽恢に関する右の話は、東観漢記十九列伝十四（太平御覧四八八にも）、司馬彪後漢書（太平御覧三八四所引）、後漢書などに見ることが出来る。東観漢記（太平御覧所引）、司馬彪後漢書、後漢書三書の本文を併せ示せば、次の通りである。

・東観漢記

又曰、楽恢字伯奇、父親為二県吏一、有レ罪、令欲レ殺レ之。恢年十一、常伏二寺東門外凍地一、昼夜啼泣。令乃出レ親

・司馬彪後漢書

又曰、楽恢字伯奇、京兆長陵人。父為二県吏一得レ罪、令収将レ殺レ之。恢時年十一、常于二府寺門一、昼夜号泣。令聞レ之、即解出レ父

・後漢書

楽恢字伯奇、京兆長陵人也。父親為二県吏一、得二罪於令一、収将レ殺レ之。恢年十一、常俯二伏寺門一、昼夜号泣。令聞而矜レ之、即解出レ親

逸名孝子伝と三書とには、いずれも小異があるが、強いて言えば、後漢書が近いか（府寺は、役所。寺も役所の意）。

次に、編珠四（清、高士奇補）に引く逸名孝子伝、范宣の本文を示せば、次の通りである。

孝子伝曰、范宣挑レ菜傷レ指大哭。人問二其故一、答曰、身体髪膚、不二敢毀傷一、故啼（「挑菜棄蔬」注）

編珠は、四庫全書珍本四輯に入る稀覯書である。范宣については、晋書九十一列伝六十一儒林に伝が載り、字は宣子、陳留（河南省陳留県）の人である。范宣に関する右の挿話も、晋書に見えているが、編珠所引の逸名孝子伝に酷似するのは、世説新語一徳行一及び、太平御覧四一二に引かれる、劉宋、何法盛の晋中興書である。二書の本文を併せて示せば、次の通りである。

・世説新語

范宣年八歳、後園挑レ菜、誤傷レ指、大啼。人問二痛邪一、答曰、非レ為レ痛。身体髪膚、不二敢毀傷一、是以啼耳。

・晋中興書

又曰、范宣八歳、後園挑レ菜、誤傷レ指、大啼。問二痛邪一、答曰、非レ為レ痛。身体髪膚、不二敢毀傷一、是以啼也

また、芸文類聚八十二に引く、

范宣挑レ菜傷レ指。大啼曰、身体髪膚、不二敢毀傷一、故啼

もより近いが、芸文類聚は出典を記さない。それらに対し、晋書に、

范宣字宣子、陳留人也。年十歳、能誦二詩書一。嘗以レ刀傷レ手、捧レ手改レ容。人問二痛邪一。答曰、不レ足レ為レ痛、但受レ全之体而致二毀傷一、不レ可レ処耳。家人以二其年幼一而異レ焉

とあるものは、同じ話ながら、年を十歳とすることを始め、行文が大きく異なる（なお太平御覧三七〇、三八四に引く晋中興書は、右の晋書に近い。また、世説新語の劉孝標注に引く「宣別伝」にも、「年十歳、能誦二詩書一。児童時、手傷改レ容。家人以二其年幼一、皆異レ之」と、本話の簡略なものが見えている）。

第三に、庾子輿の話を取り上げよう。明、周復俊撰全蜀芸文志三、明、曹学佺撰蜀中広記二十一、清、黄宋義撰明文海三六二（王嘉言「灩澦堆記」）、四川通志三十九に引かれる逸名孝子伝の本文を示せば、次の通りである（全蜀芸文志については嘉慶二十二年刊本（　）を、四川通志については雍正十一年刊本を、また、明文海については静嘉堂文庫蔵鈔本（　）をそれぞれ併せ参照した）。

・全蜀芸文志（蜀中広記、四川通志〔　〕）

孝子伝、庾子輿扶二父柩一過二瞿塘一。六月水泛。子輿禱而遂平。既過泛溢如（レ故）。人歌レ之曰、灩〔澦〕与如レ牛本不レ通、瞿塘水退為二庾公一（「灩澦歌」）

・明文海

又考二梁孝子伝一、庾子輿扶二父柩一至二瞿唐（塘）一也。時維六月、禱而水平、過而復溢。時人謌（歌）曰、灩与如レ牛本不レ通、瞿塘（唐）水退為二庾公一

右四書の内、蜀中広記は、四庫全書珍本初集、明文海は、四庫全書珍本七集に入る稀覯書となっている。庾子輿については、南史五十六列伝四十六に伝があり、それによれば、庾子輿は、庾域の子で、字を孝卿と言う。上掲逸名孝子伝の庾子輿の話も、梁武帝の天監三（五〇四）年の出来事として、南史五十六に見えている。その本文を示せば、次の通りである。

天監三年、父出守二巴西一、子輿以二蜀路険難一、啓求二侍従一、以二孝養一獲レ許。父遷二寧蜀一、子輿亦相随。父於レ路感二

心疾一、毎二痛至一必叫、子輿亦悶絶。及二父卒一、哀慟将レ絶者再。奉レ喪還レ郷、秋水猶壮。巴東有二淫預一、石高出二十許丈。及二秋至一、則纔如レ見レ焉。次有二瞿塘大灘一、行旅忌レ之。部伍至レ此、石猶不レ見。子輿撫心長叫、其夜五更水忽退減、安流南下。及レ度、水復レ旧。行人為レ之語曰、淫預如レ幞本不レ通、瞿塘水退為二庾公一

瞿塘《くとう》は、三峡の一の瞿塘峡（四川省奉節県）で、また、灔澦《えんよ》は、淫預などとも綴る灔澦堆のことであって、瞿塘峡にある岩の名を指している。南史の、巴西は、四川省綿陽県、巴東は、同省奉節県で、一丈は、約二・四米、部伍は、軍の部隊のことである。撫心は、胸を叩くこと、五更は、午前五時、幞《ぼく》は、頭巾のことである。全蜀芸文志等所引の逸名孝子伝と南史とは、明らかに同じ話であるが、末尾の灔澦歌が異なるなど、異同も目立ち、逸名孝子伝が南史を出典とするものとは考え難い。おそらく両者は同源に出るのであろう。

最後に、古今図書集成理学彙編学行典孝弟部一八〇に引く逸名孝子伝、李鴻の逸文本文を示せば、次の通りである。

按二孝子伝一、李鴻字太孫、上蔡人。閨門孝友。弟仲、為二従父一非二報讐一繋レ獄。鴻便剖レ髪詣レ県、乞レ代レ弟即自殺。仲得レ減レ死。子先亦以レ孝称。父喪嘗於二牀間一得二父乱髪一、投而狂走、号叫擗踊。先後坐レ事当レ刑、詔以二鴻先孝義一、一切減レ死

李鴻とその弟の仲、また、李鴻の子供の先をめぐる孝悌譚である。従父は、父の兄弟を指す。擗踊《へきよう》は、手で胸を叩き足で地を蹴って、激しく泣き悲しむことである。李鴻についてのこの話は、魏、周斐撰の汝南先賢伝に見える。太平御覧四一四に引くその本文を示せば、次の通りである。

又曰、李鴻字太孫、上蔡人。閨門孝友。弟仲、為二従父一非二報讎一繋レ獄。鴻便割レ髪、詣レ県通レ記乞レ代レ弟即自殺。仲得レ減レ死。子先亦以レ孝称。父喪嘗於二牀間一得二父乱髪一、投而狂走、号叫躃踊。先後坐レ事当レ刑、詔以二鴻先義孝一、一切減レ死

同じ話の簡略なものが、魏、陳群の汝潁士論（太平御覧四四七所引）にも見え、

　汝南李鴻為二太尉掾一。弟殺レ人当レ死。鴻自縛詣レ門、乞レ代レ弟。命使レ飲レ鴆而死。弟因得レ全

とある。古今図書集成所引の逸名孝子伝は、汝南先賢伝に行文が酷似し、おそらく汝南先賢伝が出典であろう。

以上、旧稿「古孝子伝逸文一覧」の増補、改訂を目的とする、この度の調査で判明した、新出の古孝子伝逸文について、気の付いた範囲の事柄を二、三述べてみた。かつて中国には十種類以上の孝子伝が存在したが、南宋以後その尽くが滅びてしまったことは、周知の事実である。しかし、孝子伝の滅亡は、単に孝子伝自体の滅亡だけを意味していたのではないらしい。職官分紀や全芳備祖等、孝子伝の言わば外側にあってそれを引用した書物もまた、同様に滅びていたのである。滅亡は二重、三重の規模で起きたものと考えられる。中国本土で姿を消した孝子伝は、例えば漢代以降数多く残された孝子伝図の解読に際する、大きな障害となっている。そのためにも古孝子伝逸文の蒐集は欠かせない作業であるが、ここに取り上げた幾つかの逸文の場合、そのような二重、三重の滅亡を奇跡的に免れた、貴重な上になお貴重なものばかりのように思われ、また、書物の運命について考えさせずにはおかないものがある。

十輯に及ぶ全文検索版『中国基本古籍庫』の発刊も仄聞する。古孝子伝逸文の蒐集にはなお果てのないことを、改めて痛感する。左に「付」として、今般見出だした「新出古孝子伝逸文一覧」を掲げる。当一覧は、孝子伝別とした旧稿の形を改め、新たに五十音順の孝子名によることとし、その孝子名の下に、劉向孝子伝以下、各孝子伝別の資料名を配する。なお、旧稿を増補し、同様の方式による「改訂古孝子伝逸文一覧」を、本書I一3に収めた。両孝子伝下の略号「金」は、金沢文庫本孝子伝抜書（及び、その条数）である。併せて参照されたい。

付 新出古孝子伝逸文一覧

あ

殷惲（憚）
【蕭広済孝子伝】庾開府集箋註8、続編珠1、淵鑑類函271
【逸名孝子伝】古今図書集成理学・学行・孝弟180（殷燀）
尹伯奇→伯奇
猿（蝯）→猴母
王鷟
【逸名孝子伝】古今図書集成理学・学行・孝弟180
王虚之
【徐広孝子伝】淵鑑類函271（王霊之）、分類字錦16
王脩（修、循）
【蕭広済孝子伝】北堂書鈔94、記纂淵海79
【逸名孝子伝】古今合璧事類備要前集66、淵鑑類函181、古今図書集成経済・礼儀・忌日136
王祥

【蕭広済孝子伝】天中記52、続編珠1、編珠3、格致鏡原24、淵鑑類函402、424、424（注）、分類字錦22、古今図書集成博物・禽虫・鼠83
【師覚授孝子伝】淵鑑類函16
【逸名孝子伝】白氏六帖30・15（白孔六帖99）、記纂淵海2、歳時広記4、天中記46、山堂肆考13、広博物志45、編珠4、広群芳譜55、佩文韻府82・1、月令輯要23、古今図書集成暦象・歳功・晨昏昼夜112、博物・草木・李221
応枢
【逸名孝子伝】分門古今類字15、古今合璧事類備要前集32、広博物志22、庾子山集1
王霊之↓王虚之

か

噲参
【逸名孝子伝】通志28・氏族4、名賢氏族言行類稿44、五音集韻10、佩文韻府69・2、康熙字典4、古今図書集成明倫・氏族・氏族総9、叶韻彙輯37
隗通
【逸名孝子伝】蜀中広記56
楽恢
【逸名孝子伝】広博物志18
郭巨

【劉向孝子伝】金石録22、六芸之一録61
【宋躬孝子伝】天中記50
【逸名孝子伝】白氏六帖2・59（白孔六帖8）、古今図書集成方輿・職方・懐慶府421、経済・食貨・金337、駢字類編74、河南通志49

霍子
【逸名孝子伝】北堂書鈔160、淵鑑類函26

何炯
【蕭広済孝子伝】職官分紀49

華光
【逸名孝子伝】古今図書集成明倫・人事・七歳36

何子平
【宋躬孝子伝】続編珠1、淵鑑類函16
【逸名孝子伝】記纂淵海2

管寧
【周景式孝子伝】白氏六帖2・39（白孔六帖6）、天中記9、15、山堂肆考20、淵鑑類函36
【逸名孝子伝】古今合璧事類備要前集8、韻府拾遺40、古今図書集成暦象・乾象・風68

嫣皓
【蕭広済孝子伝】太平御覧413（浙江通志183）、淵鑑類函271

魏湯→魏陽
紀邁
【逸名孝子伝】天中記5、駢志13、淵鑑類函19、佩文韻府74・4、古今図書集成暦象・歳功・端午52
繆斐
【宋躬孝子伝】三国志補注3
【梁元帝孝徳伝】古今図書集成理学・学行・隠逸262
魏陽
【蕭広済孝子伝】淵鑑類函224
【逸名孝子伝】淵鑑類函312
許孜
【宋躬孝子伝】記纂淵海79
許武
【蕭広済孝子伝】職官分紀42
魏連
【師覚授孝子伝】淵鑑類函450
禽賢
【逸名孝子伝】名賢氏族言行類稿33、古今図書集成明倫・氏族・禽姓365
虞舜→舜

荊樹連陰→田真

元覚→原谷

原谷(穀)

【逸名孝子伝】太平御覧519(琴堂諭俗上)、古今合璧事類備要前集24、天中記17、古今図書集成明倫・家範・祖孫9

呉隠之

【鄭緝之孝子伝】古今図書集成明倫・家範・母子32、明倫・閨媛・閨淑31

江革

【逸名孝子伝】佩文韻府23・5、44・1

黄香

【逸名孝子伝】古今図書集成理学・文学・文学名家19

緱玉

【逸名孝子伝】名賢氏族言行類稿32、五音集韻6、古今韻会挙要9、授経図義例17、康熙字典23、古今図書集成明倫・氏族・氏族総9

緱氏女→緱玉

猴母

【周景式孝子伝】白氏六帖29・64(「好吟」「通臂」、孝子伝。白孔六帖97)、天中記60(猿。周索氏孝子伝)、淵鑑類函431(猿。周索氏孝子伝)、格致鏡原87(猿。周索氏孝子伝)、古今図書集成博物・禽虫・猿猴86(孝子伝)

呉逵
【王韶之孝子伝】太平御覧555
呉恒之→呉坦之
伍襲
【蕭広済孝子伝】天中記54、淵鑑類函430
【逸名孝子伝】白氏六帖29・60（白孔六帖97〈五襲〉）、姓氏急就篇上、山堂肆考218、古今図書集成明倫・氏族・氏族総8、博物・禽虫・麋鹿74
呉従健→呉叔和
呉叔和
【師覚授孝子伝】広博物志45、淵鑑類函423
【逸名孝子伝】永楽大典一二三四五、佩文韻府13・4、18・1
呉坦之
【宋躬孝子伝】淵鑑類函271
呉猛
【逸名孝子伝】事文類聚後集49、古今合璧事類備要別集94、韻府群玉4、古今図書集成明倫・家範・父母14、明倫・人事・七歳36

さ

蔡順
【逸名孝子伝】佩文韻府55・2、韻府拾遺37、分類字錦16、古今図書集成経済・食貨・酒280
三州（洲）
【蕭広済孝子伝】古今図書集成方輿・山川・河236（異苑）
【逸名孝子伝】万姓統譜131、庾開府集箋註1（万姓統譜）、2（張英曰）、庾子山集2、古今図書集成明倫・氏族・
三州姓593
施延
【蕭広済孝子伝】永楽大典一〇八一二（孝子伝）
竺弥
【王歆孝子伝】広博物志18、淵鑑類函8、佩文韻府11・5
【王韶之孝子伝】白氏六帖1・16（白孔六帖2）
【逸名孝子伝】北堂書鈔152、姓氏急就篇下、山堂肆考6、古今図書集成暦象・乾象・雷電78、明倫・氏族・氏族総
9
周青
【王韶之孝子伝】天中記24、淵鑑類函271
宿倉舒
【逸名孝子伝】太平寰宇記1（宿蒼舒）、姓氏急就篇下、古今図書集成理学・学行・孝弟180
舜

汝郁
【劉向孝子伝】広博物志44、韻府拾遺34上、古今図書集成明倫・皇極・聖寿215、明倫・家範・父子18、尚史2

焦華
【逸名孝子伝】通志28氏族4
【逸名孝子伝】天中記53、駢志14、広群芳譜67、月令輯要19、分類字錦48、古今図書集成暦象・歳功・仲冬86、博物・草木・瓜46

蕭国
【蕭広済孝子伝】淵鑑類函430

蕭芝
【蕭広済孝子伝】九家集注杜詩33、36、補注杜詩36、分門集註杜工部詩18、杜詩詳註21、淵鑑類函421
【逸名孝子伝】広事類賦6（蕭望之）、35（蕭望之）、淵鑑類函421、佩文韻府34・5、古今図書集成博物・禽虫・雉19、駢字類編155

申屠勲
【蕭広済孝子伝】古今図書集成理学・学行・孝弟180

薛包
【逸名孝子伝】古今図書集成博物・草木・漆257

桑虞
【逸名孝子伝】永楽大典一〇八一三

【宋躬孝子伝】北堂書鈔144（孝子伝）、古今図書集成経済・食貨・糁268

曾子→曾参

宗承

【宋躬孝子伝】白氏六帖19・43（白孔六帖66）

【逸名孝子伝】白氏六帖8・7（白孔六帖25）、庾開府集箋註4

曾参

【蕭広済孝子伝】竜筋鳳髄判2、佩文韻府41

【逸名孝子伝】佩文韻府6・1、尚史83、四書逸箋5、6

孫元覚→原谷

た

仲子崔

【師覚授孝子伝】弇州四部稿163、天中記17、淵鑑類函224

【逸名孝子伝】繹史95・3、尚史83、四書逸箋6

趙苟（狗）

【師覚授孝子伝】淵鑑類函271（趙狗）、分類字錦16、古今図書集成理学・学行・孝弟180

趙徇→趙苟

張密

【逸名孝子伝】佩文韻府37・3（魏書孝子伝）、99・1（孝子伝）
陳遺
【宋躬孝子伝】職官分紀42、格致鏡原22、古今図書集成明倫・家範・母子32（宋射孝子伝）
【逸名孝子伝】天中記17、佩文韻府74・1
陳群
【梁元帝孝徳伝】職官分紀6、広博物志18、淵鑑類函86
陳玄（元）
【蕭広済孝子伝】広博物志18、淵鑑類函442、古今図書集成明倫・家範・兄弟65、駢字類編221
【逸名孝子伝】古今図書集成明倫・家範・父母14、淵鑑類函243
陳留緱氏女→緱玉
程曾
【師覚授孝子伝】広博物志18、徐孝穆集箋注3、淵鑑類函271
【逸名孝子伝】永楽大典一〇八一三
丁蘭
【劉向孝子伝】古今図書集成明倫・家範・母子31
【鄭緝之孝子伝】古今図書集成明倫・家範・母子31
【逸名孝子伝】永楽大典一八二二三
展勤→鄧展

田真
【周景式孝子伝】九家集注杜詩3、記纂淵海40、補注杜詩3、分門集註杜工部詩9、白孔六帖19、集千家註杜工部詩集4、山堂肆考96、庾子山集15、杜詩詳註2、6、淵鑑類函249、416、佩文韻府7・2
【逸名孝子伝】格致鏡原65、広群芳譜79、古今図書集成方輿・職方・開封府379、明倫・家範・兄弟66、博物・草木・荊270

董永
【劉向孝子伝】古今図書集成明倫・家範・父子19、明倫・家範・夫婦93
【逸名孝子伝】天中記49、銭通18、淵鑑類函356、365、佩文韻府69・1、古今図書集成経済・食貨・絹316、湖広通志62

鄧展（展勤）
【蕭広済孝子伝】広事類賦40（展禽）、淵鑑類函447
【逸名孝子伝】佩文韻府12・1、古今図書集成明倫・家範・父母14、博物・禽虫・蚊173

滕曇恭
【逸名孝子伝】古今合璧事類備要前集25

杜牙
【蕭広済孝子伝】白氏六帖29・60（白孔六帖97）、淵鑑類函430

杜孝
【蕭広済孝子伝】太平寰宇記72、古今合璧事類備要前集25、山堂肆考97、続編珠1、淵鑑類函272、442、韻府拾遺78、

分類字錦16
【逸名孝子伝】永楽大典一〇八一二、佩文韻府6・1、74・1、古今図書集成明倫・家範・夫婦87、博物・禽虫・魚135、駢字類編201
【徐広孝子伝】駢字類編221

は

伯奇
【逸名孝子伝】升菴集79、広博物志42、広群芳譜28、康熙字典14、古今図書集成博物・草木・棠梨233（丹鉛総録）
范宣
【逸名孝子伝】編珠4
閔子騫（損）
【蕭広済孝子伝】竜筋鳳髄判2、佩文韻府41
【逸名孝子伝】記纂淵海67、古今合璧事類備要前集25、天中記50、繹史95・2、広群芳譜90、淵鑑類函243、佩文韻府41、65・3、駢字類編79、187、古今図書集成暦象・歳功・寒暑100、明倫・家範・母子31、博物・草木・蘆109、経済・食貨・綿312、山東通志11・2
文譲
【蕭広済孝子伝】白氏六帖8・7（白孔六帖25）、広博物志45
【逸名孝子伝】佩文韻府12・2

【徐広孝子伝】淵鑑類函271

方儲
【逸名孝子伝】全芳備祖集後集14

ま

孟仁(宗)
【逸名孝子伝】太平御覧65、太平寰宇記125、庾開府集箋註6、古今図書集成博物・禽虫・魚135、理学・学行・孝弟180

や

庾子輿
【逸名孝子伝】全蜀芸文志3、蜀中広記21、明文海362、四川通志39

楊香
【逸名孝子伝】古今合璧事類備要別集77

羊公（陽公）
【梁元帝孝徳伝】増広箋註簡斎詩集14
【逸名孝子伝】広博物志37、編珠4、淵鑑類函391、駢字類編4、分類字錦21、48、古今図書集成方輿・職方・順天府54、明倫・家範・夫婦93、博物・草木・蔬42、日下旧聞考144

養奮
【逸名孝子伝】名賢氏族言行類稿39、韻府群玉11、古今韻会挙要15、康熙字典33、古今図書集成明倫・氏族・氏族
総7
陽雍→羊公

ら

羅威
【逸名孝子伝】山堂肆考13
楽恢→楽恢《がくかい》
李鴻
【逸名孝子伝】古今図書集成理学・学行・孝弟180
李陶
【王韶之孝子伝】広博物志45、淵鑑類函423
【逸名孝子伝】韻府拾遺19、古今図書集成博物・禽虫・烏23
劉虬
【梁元帝孝徳伝】職官分紀42
劉平
【逸名孝子伝】全芳備祖集後集22、古今合璧事類備要別集58、山堂肆考195

老萊子

【逸名孝子伝】北堂書鈔129、増広箋註簡斎詩集6、古今合璧事類備要別集72、淵鑑類函271、373、佩文韻府10・4、102・5、古今図書集成明倫・家範・父母14、理学・学行・孝弟179、経済・礼儀・衣服337、駢字類編97

【徐広孝子伝】分類字錦16

梁元帝孝徳伝

【序】梁文紀4、漢魏六朝百三家集84、淵鑑類函271、佩文韻府34・9、36・2、50・1、古今図書集成理学・学行・孝弟225、理学・文学・伝165

【皇王篇賛】梁文紀4、漢魏六朝百三家集84、佩文韻府37・7（孝徳伝賛）、韻府拾遺78、古今図書集成理学・学行・孝弟225

【天性篇賛】困学紀聞20、梁文紀4、漢魏六朝百三家集84、淵鑑類函271、佩文韻府4・7、90・8、韻府拾遺78、古今図書集成理学・学行・孝弟225

3　改訂　古孝子伝逸文一覧

あ

韋俊
【宋躬孝子伝】太平御覧411
殷惲（憚）
【蕭広済孝子伝】初学記17、類林雑説1・1、庾開府集箋註8、続編珠1、淵鑑類函271
【逸名孝子伝】錦繡万花谷後集15、広事類賦16（茆泮林による）、古今図書集成理学・学行・孝弟180（殷燀）
殷高宗→高宗
殷陶
【陶潜孝伝18】
尹伯奇→伯奇
禹
【陶潜孝伝2】
穎孝叔

【陶潜孝伝10】
猿(蝯) →猴母
王延
【逸名孝子伝】祖庭事苑5、三教指帰敦光注2、覚明注2
王巨尉
【逸名孝子伝】太平御覧548
【両孝子伝12】
王鷲
【蕭広済孝子伝】太平御覧413
【逸名孝子伝】古今図書集成理学・学行・孝弟180
王虚之
【宋躬孝子伝】芸文類聚86、法苑珠林49、太平御覧411（王霊之）、966（王霊之）、事類賦27（王霊之）
【逸名孝子伝】太平広記162
【徐広孝子伝11】淵鑑類函271（王霊之）、分類字錦16
王脩(修、循)
【蕭広済孝子伝】北堂書鈔94、太平御覧562、記纂淵海79
【逸名孝子伝】敦煌本事森（王循）、古今合璧事類備要前集66、淵鑑類函181、古今図書集成経済・礼儀・忌日136
王祥

【蕭広済孝子伝】世説新語1劉孝標注、北堂書鈔145、芸文類聚86、92、陽明本李嶠百詠雀注、太平御覧922、970、天中記52、編珠3、続編珠1、格致鏡原24、淵鑑類函402、424、424（注）、分類字錦22、古今図書集成博物・禽虫・鼠83

【師覚授孝子伝】初学記3、太平御覧26、淵鑑類函16

【逸名孝子伝】白氏六帖30・15（白孔六帖99）、敦煌本籯金、敦煌本新集文詞九経鈔、太平御覧863、事類賦5、26、祖庭事苑5、記纂淵海2、歳時広記4、天中記46、山堂肆考13、広博物志45、陳検討集2、編珠4、広群芳譜55、佩文韻府82・1、月令輯要23、古今図書集成暦象・歳功・晨昏昼夜112、博物・草木・李221

【両孝子伝27】

欧尚

【両孝子伝19】金6

応枢

【逸名孝子伝】太平広記137、分門古今類字15、錦繡万花谷前集18、古今合璧事類備要前集32、広博物志22、庾子山集注1

王裒

【逸名孝子伝】陳検討集2

王琳→王巨尉

王霊之→王虚之

か

噲参
【逸名孝子伝】重修広韻4、姓解1、古今姓氏書弁証31、通志28氏族4、名賢氏族言行類稿44、五音集韻10、姓氏急就篇上、佩文韻府69・2、康熙字典4、古今図書集成明倫・氏族・氏族総9、叶韻彙輯37

隗通
【蕭広済孝子伝】太平御覧411
【逸名孝子伝】太平御覧389、蜀中広記56

夏禹→禹

賈恩
【宋躬孝子伝】太平御覧415

河間恵王
【陶潜孝伝7】

楽恢
【逸名孝子伝】広博物志18

郭巨
【劉向孝子伝】法苑珠林49、敦煌本北堂書鈔体甲、太平御覧411、金石録22、六芸之一録61、令集解13
【宋躬孝子伝】初学記27、太平御覧811、事類賦9、天中記50、幼学指南鈔23

【逸名孝子伝】蒙求271注（古注、新注）、白氏六帖2・59（白孔六帖8）、敦煌本事森、敦煌本新集文詞九経鈔、君臣故事2、古今図書集成方輿・職方・懐慶府421、経済・食貨・金337、駢字類編74、河南通志49、三教指帰成安注上末
【徐広孝子伝6】
【両孝子伝5】金1
郭原平↓原平
霍子
【逸名孝子伝】北堂書鈔160、白帖石（茆泮林による）、淵鑑類函26
楽正子春
【陶潜孝伝12】
郭世道
【蕭広済孝子伝】太平御覧413
郭文挙
【逸名孝子伝】太平御覧892、事類賦20
何炯
【蕭広済孝子伝】職官分紀49
華光
【虞盤祐孝子伝】太平御覧413

【逸名孝子伝】太平御覧385、古今図書集成明倫・人事・七歳36

夏侯訢
【宋躬孝子伝】太平御覧411
【逸名孝子伝】敦煌本籝金（夏侯許）

何子平
【蕭広済孝子伝】太平御覧413
【宋躬孝子伝】芸文類聚20、太平御覧22、26、事類賦4、続編珠1、淵鑑類函16
【逸名孝子伝】記纂淵海2

華宝
【宋躬孝子伝】芸文類聚20
【徐広孝子伝18】

顔烏
【両孝子伝30】

管寧
【周景式孝子伝】芸文類聚8、白氏六帖2・39（白孔六帖6）、太平御覧60、186、事類賦6、天中記9、15、山堂肆考20、淵鑑類函36
【逸名孝子伝】古今合璧事類備要前集8、韻府拾遺40、古今図書集成暦象・乾象・風68
【徐広孝子伝8】

韓伯瑜→伯瑜
韓霊珍
【宋躬孝子伝】太平御覧411
嫣皓
【蕭広済孝子伝】芸文類聚20、太平御覧413（浙江通志183）、淵鑑類函271
魏達
【逸名孝子伝】太平御覧742
魏湯→魏陽
紀邁
【宋躬孝子伝】太平御覧411
【逸名孝子伝】太平御覧31、事類賦4、天中記5、駢志13、淵鑑類函19、佩文韻府74・4、古今図書集成暦象・歳功・端午52
邱傑
【宋躬孝子伝】太平御覧411
繆斐
【宋躬孝子伝】太平御覧411、644、三国志補注3
【梁元帝孝徳伝】太平御覧510、古今図書集成理学・学行・隠逸262
魏陽

【蕭広済孝子伝】太平御覧352、淵鑑類函224
【逸名孝子伝】太平御覧482、淵鑑類函312
【両孝子伝7】

姜詩
【逸名孝子伝】広事類賦16（茆泮林による）
【両孝子伝28】金4

許孜
【宋躬孝子伝】記纂淵海79
【両孝子伝31】

許武
【蕭広済孝子伝】職官分紀42

魏連
【師覚授孝子伝】芸文類聚100、淵鑑類函450

禽堅
【両孝子伝40】

禽賢
【逸名孝子伝】通志28氏族4、名賢氏族言行類稿33、古今図書集成明倫・氏族・禽姓365

虞舜→舜

刑渠
【蕭広済孝子伝】太平御覧411
【両孝子伝3】
京師節女→東帰節女
荊樹連陰→田真
元覚→原谷
原谷(穀)
【逸名孝子伝】太平御覧519(琴堂諭俗上、事文類聚後集4)、古今合璧事類備要前集24、天中記17、古今図書集成明倫・家範・祖孫9、令集解13、万葉代匠記16
【両孝子伝6】
原平
【蕭広済孝子伝】芸文類聚65、太平御覧821
【徐広孝子伝17】
呉隠之
【鄭緝之孝子伝】世説新語1劉孝標注、古今図書集成明倫・家範・母子32、明倫・閨媛・閨淑31
江革
【逸名孝子伝】佩文韻府23・5、44・1
【陶潜孝伝15】

黄香
【逸名孝子伝】陳検討集10、広事類賦16、古今図書集成理学・文学・文学名家19
【陶潜孝伝14】
緱玉
【逸名孝子伝】元和姓纂5、重修広韻2、姓解2、名賢氏族言行類稿32、五音集韻6、姓氏急就篇下、古今韻会挙要9、授経図義例17、康熙字典23、古今図書集成明倫・氏族・氏族総9
高柴
【逸名孝子伝】三教指帰成安注上末、覚明注2、太子伝玉林抄6
【陶潜孝伝11】
【両孝子伝24】
孔子
【陶潜孝伝8】
緱氏女→緱玉
高宗（殷―）
【陶潜孝伝3】
孔奮
【陶潜孝伝13】
猴母

【周景式孝子伝】初学記29（蝯。周索氏孝子伝）、白氏六帖29・64（「好吟」「通臂」、孝子伝。白孔六帖97）、太平御覧910（猴母）、910（猿。孝子伝）、天中記60（猿。周索氏孝子伝）、淵鑑類函431（猿。周索氏孝子伝）、格致鏡原87（猿。周索氏孝子伝）、古今図書集成博物・禽虫・猿猴86（孝子伝）

【徐広孝子伝16】

呉逵

【王韶之孝子伝】太平御覧555

【鄭緝之孝子伝】法苑珠林49（鄭緝之伝）

五郡孝子

【蕭広済孝子伝】止観輔行伝弘決四之三、太平御覧372、弘決外典鈔2、文粋願文略注

呉恒之→呉坦之

【蕭広済孝子伝】太平御覧906、天中記54、淵鑑類函430

伍襲

【宋躬孝子伝】太平御覧411

【逸名孝子伝】白氏六帖29・60（白孔六帖97〈五襲〉）、事類賦23、姓氏急就篇上、山堂肆考218、古今図書集成明倫・氏族・氏族総8、博物・禽虫・麋鹿74

呉従健→呉叔和

呉叔和

【師覚授孝子伝】芸文類聚92、広博物志45、淵鑑類函423

【逸名孝子伝】稽瑞、太平御覧920（呉叔和）、永楽大典二三四五、佩文韻府13・4、18・1
顧秦
【逸名孝子伝】李嶠百詠兊注（陽明本、慶大本。天理本は孝伝）
呉坦之
【宋躬孝子伝】芸文類聚20、淵鑑類函271
【逸名孝子伝】初学記17
【徐広孝子伝2】（呉恒之）
呉猛
【逸名孝子伝】類林2・9（類林雑説1・4）、敦煌本事森、太平御覧945、事文類聚後集49、古今合璧事類備要別集94、韻府群玉4、古今図書集成明倫・家範・父母14、明倫・人事・七歳36
【徐広孝子伝12】

さ

蔡順
【逸名孝子伝】太平御覧845、広事類賦16（類林2・8〈類林雑説1・2〉）、佩文韻府55・2、韻府拾遺37、分類字錦16、古今図書集成経済・食貨・酒280
【両孝子伝11】金3
蔡邕

【逸名孝子伝】太平御覧414、平氏伝雑勘文上二、太子伝玉林抄5

三邱氏

【逸名孝子伝】元和姓纂5

三州（洲）

【蕭広済孝子伝】止観輔行伝弘決四之三、太平御覧61、古今図書集成方輿・山川・河236（異苑）、弘決外典鈔2、文粋願文略注

【逸名孝子伝】止観輔行伝弘決四之三（孝伝）、太平広記161、事類賦6、通志27氏族3、万姓統譜131、庾開府集箋註1（万姓統譜）、2（張英曰）、庾子山集注2、古今図書集成明倫・氏族・三州姓593、弘決外典鈔2、文粋願文略注

【両孝子伝8】

慈烏

【逸名孝子伝】世俗諺文、三教指帰成安注下、覚明注5

【両孝子伝45】

施延

【蕭広済孝子伝】太平御覧414、永楽大典一〇八一二（孝子伝）

笠弥

【王歆孝子伝】初学記1、太平御覧13、広博物志18、淵鑑類函8、佩文韻府11・5

【王韶之孝子伝】北堂書鈔129、芸文類聚2、白氏六帖1・16（白孔六帖2）

【逸名孝子伝】北堂書鈔152、事類賦3、姓氏急就篇下、山堂肆考6、古今図書集成暦象・乾象・雷電78、明倫・氏族・氏族総9、幼学指南鈔2

謝弘微

【両孝子伝22】

謝方储→方储

周公旦

【陶潜孝伝5】

周青

【王韶之孝子伝】太平御覧415、646、天中記24、淵鑑類函271

周文王→文王

叔先雄

【両孝子伝29】

宿倉舒

【蕭広済孝子伝】太平御覧413

【逸名孝子伝】太平寰宇記1（宿蒼舒）、姓氏急就篇下、古今図書集成理学・学行・孝弟180

朱百年→百年

朱明

【両孝子伝10】

舜
【劉向孝子伝】法苑珠林49、広博物志44、繹史10注、韻府拾遺34上、古今図書集成明倫・皇極・聖寿215、明倫・家範・父子18、尚史2
【逸名孝子伝】三教指帰成安注下、覚明注5
【陶潜孝伝1】
【両孝子伝1】
汝郁
【逸名孝子伝】元和姓纂6、通志28氏族4
【陶潜孝伝17】
焦華
【逸名孝子伝】事類賦27、天中記53、駢志14、広群芳譜67、月令輯要19、分類字錦48、古今図書集成暦象・歳功・仲冬86、博物・草木・瓜46
蔣詡
【両孝子伝34】
蕭国(固)
【蕭広済孝子伝】芸文類聚95、天地瑞祥志19、太平御覧907、淵鑑類函430
蕭芝
【鄭緝之孝子伝】法苑珠林49（鄭緝之伝）

【蕭広済孝子伝】芸文類聚90、蒙求36注（古注、亀田本、新注）、太平御覧917、九家集注杜詩33、36、補注杜詩36、分門集註杜工部詩18、杜詩詳註21、淵鑑類函421

【逸名孝子伝】蒙求36注（準古注〈応安頃五山版、国会本、細合方明校本、林述斎校本〉）、広事類賦6（蕭望之）、35（蕭望之）、淵鑑類函421、佩文韻府34・5、古今図書集成博物・禽虫・雉19、駢字類編155

【徐広孝子伝15】

子路→仲由

申生

【逸名孝子伝】類林雑説1・1

【両孝子伝38】

辛繕

【蕭広済孝子伝】太平御覧411

申屠勲

【蕭広済孝子伝】太平御覧413、766、古今図書集成理学・学行・孝弟180

【逸名孝子伝】古今図書集成博物・草木・漆257

申明

【両孝子伝39】

薛包

【逸名孝子伝】永楽大典一〇八一三

曹娥
【両孝子伝17】
桑虞
【蕭広済孝子伝】太平御覧413
【宋躬孝子伝】北堂書鈔144（孝子伝）、芸文類聚20、太平御覧859、古今図書集成経済・食貨・糝268
【逸名孝子伝】敦煌本籯金
曾子→曾参
宗承
【宋躬孝子伝】白氏六帖19・43（白孔六帖66）、太平御覧37、411
【逸名孝子伝】白氏六帖8・7（白孔六帖25）、庾開府集箋註4、陳検討集1
宗勝之
【両孝子伝14】
曾参
【蕭広済孝子伝】竜筋鳳髄判2、初学記17、佩文韻府41
【虞盤祐孝子伝】太平御覧998
【逸名孝子伝】敦煌本新集文詞九経鈔、敦煌本不知名類書甲、太平御覧370、862（敦煌本籯金）、佩文韻府6・1、尚史83、四書逸箋5、6、曾子家語6（「御覧引」）
【両孝子伝36】

孫棘
【宋躬孝子伝】太平御覧416
孫元覚→原谷

た

獺
【蕭広済孝子伝】玉燭宝典1
仲子崔
【師覚授孝子伝】太平御覧352、482、弇州四部稿163、天中記17、淵鑑類函224
【逸名孝子伝】繹史95・3、尚史83、四書逸箋6
仲由
【両孝子伝20】
張楷
【梁元帝孝徳伝】太平御覧616
趙苟（狗）
【師覚授孝子伝】初学記17、太平御覧414、淵鑑類函271（趙狗）、分類字錦16、古今図書集成理学・学行・孝弟180
【逸名孝子伝】錦繡万花谷後集15（趙恂）
張景胤（允）→張敷

張行

【逸名孝子伝】敦煌本籯金

趙孝宗

【逸名孝子伝】類林2・9（類林雑説1・4）

趙徇→趙荀

張敷

【宋躬孝子伝】芸文類聚20

【両孝子伝25】

張密

【逸名孝子伝】佩文韻府37・3（魏書孝子伝）、99・1（孝子伝）

陳遺

【宋躬孝子伝】法苑珠林49、初学記26、太平御覧411、職官分紀42、格致鏡原22、古今図書集成明倫・家範・母子32

（宋射孝子伝）

【逸名孝子伝】太平広記162、太平御覧389、757（陳遵）、天中記17、佩文韻府74・1

【徐広孝子伝5】

陳群

【梁湘東王繹孝子伝】職官分紀6、広博物志18、淵鑑類函86

陳玄（元）

【蕭広済孝子伝】芸文類聚96、太平御覧416、935、広博物志18、淵鑑類函442、古今図書集成明倫・家範・兄弟65、駢字類編221
【逸名孝子伝】古今図書集成明倫・家範・父母14、淵鑑類函243
【徐広孝子伝14】

陳寔
【両孝子伝15】

陳留緱氏女→緱玉

程曾
【師覚授孝子伝】芸文類聚20、太平御覧413、広博物志18、徐孝穆集箋注3、淵鑑類函271
【逸名孝子伝】敦煌本不知名類書甲、永楽大典一〇八一三

丁蘭
【劉向孝子伝】法苑珠林49（三教指帰成安注上末、覚明注2）、古今図書集成明倫・家範・母子31
【鄭緝之孝子伝】法苑珠林49、古今図書集成明倫・家範・母子31
【逸名孝子伝】類林2・8（類林雑説1・2）、蒙求415注、敦煌本新集文詞九経鈔、太平御覧396、永楽大典一八二二三、弘決外典鈔3、文粋願文略注
【両孝子伝9】金2

展勤→鄧展

田真

【周景式孝子伝】芸文類聚89、初学記17、太平御覧416、959、九家集注杜詩3、記纂淵海40、補注杜詩3、分門集註杜工部詩9、白孔六帖19、集千家註杜工部詩集4、山堂肆考96、庾子山集注15、杜詩詳註2、6、淵鑑類函249、416、佩文韻府7・2

【逸名孝子伝】事類賦24、格致鏡原65、広群芳譜79、古今図書集成方輿・職方・開封府379、明倫・家範・兄弟66、博物・草木・荊270

董黯

【両孝子伝37】〈類林2・7〈類林雑説1・1〉〉

董永

【劉向孝子伝】法苑珠林49、敦煌本句道興捜神記、太平御覧411、古今図書集成明倫・家範・父子19、明倫・家範・夫婦93

【鄭緝之孝子伝】法苑珠林49〈鄭緝之孝子感通伝〉

【逸名孝子伝】敦煌本新集文詞九経鈔、敦煌本語対26、敦煌本北堂書鈔体甲、太平御覧817、826、君臣故事2、天中記49、銭通18、淵鑑類函356、365、佩文韻府69・1、古今図書集成経済・食貨・絹316、湖広通志62、三教指帰成安注下、覚明注5〈類林2・8〈類林雑説1・2〉〉

【両孝子伝2】

東帰節女

【両孝子伝43】

鄧展（展勤）

【蕭広済孝子伝】芸文類聚97、太平御覧945、広事類賦40（展禽）、淵鑑類函447
【逸名孝子伝】佩文韻府12・1、古今図書集成明倫・家範・父母14、博物・禽虫・蚊173
【徐広孝子伝13、19】

滕曇恭
【逸名孝子伝】古今合壁事類備要前集25、陳検討集13

杜牙
【蕭広済孝子伝】白氏六帖29・60（白孔六帖97）、淵鑑類函430

杜孝
【蕭広済孝子伝】芸文類聚96、初学記17、太平御覧411、935、太平寰宇記72、事類賦29、錦繡万花谷後集15、類林雑説1・2、古今合璧事類備要前集25、山堂肆考97、続編珠1、淵鑑類函272、442、韻府拾遺78、分類字錦16
【逸名孝子伝】永楽大典一〇八一二、広事類賦16、佩文韻府6・1、74・1、古今図書集成明倫・家範・夫婦87、博物・禽虫・魚135、駢字類編201
【徐広孝子伝4】駢字類編221

杜羔
【逸名孝子伝】佩文韻府19

は

伯奇

【逸名孝子伝】類林2・9（類林雑説1・4、西夏本2・9・5）、丹鉛総録4、升菴集79、広博物志42、広群芳譜28、康熙字典14、古今図書集成博物・草木・棠梨233（丹鉛総録）
【両孝子伝35】

百年
【蕭広済孝子伝】太平御覧413
【両孝子伝23】金7

伯瑜
【逸名孝子伝】平氏伝雑勘文上一、太鏡底容鈔2
【両孝子伝4】

范宣
【逸名孝子伝】編珠4

閔子騫（損）
【蕭広済孝子伝】竜筋鳳髄判2、初学記17、佩文韻府41
【師覚授孝子伝】太平御覧413
【逸名孝子伝】太平御覧34、819、記纂淵海67、事文類聚後集5、古今合璧事類備要前集25、君臣故事2、天中記50、繹史95・2、陳検討集8、広群芳譜90、淵鑑類函243、佩文韻府41、65・3、駢字類編79、187、古今図書集成暦象・歳功・寒暑100、明倫・家範・母子31、博物・草木・蘆109、経済・食貨・綿312、山東通志11・2
【徐広孝子伝7】

【両孝子伝33】

伏恭

【蕭広済孝子伝】太平御覧413

文譲（壌）

【蕭広済孝子伝】白氏六帖8・7（白孔六帖25）、太平御覧37、411、広博物志45

【逸名孝子伝】敦煌本語対26、佩文韻府12・2

【徐広孝子伝9】淵鑑類函271

文王（周——）

【陶潜孝伝4】

鮑山

【逸名孝子伝】類林3・13（西夏本類林3・13・1）

方儲

【逸名孝子伝】敦煌本李嶠百詠兊注、全芳備祖集後集14

鮑昂（昂）

【逸名孝子伝】太平御覧414

北宮氏女

【師覚授孝子伝】太平御覧415

ま

眉間尺（赤）
【逸名孝子伝】類林2・7（類林雑説1・1）、太平御覧343、祖庭事苑3

毛義
【両孝子伝44】

【両孝子伝18】

孟仁（宗）
【逸名孝子伝】敦煌本新集文詞九経鈔、敦煌本語対26、太平御覧65、太平寰宇記125、祖庭事苑5、庾開府集箋註6、陳検討集4、古今図書集成博物・禽虫・魚135、理学・学行・孝弟180、三教指帰成安注上末、覚明注2

【両孝子伝26】

孟荘子
【陶潜孝伝9】

や

庾子輿
【逸名孝子伝】全蜀芸文志3、蜀中広記21、明文海362、四川通志39

陽威

【両孝子伝16】金5

楊香

【逸名孝子伝】太平御覧892、事文類聚後集36、古今合璧事類備要別集77

羊公（陽公）

【梁元帝孝徳伝】太平広記292（陽雍）、増広箋註簡斎詩集14

【逸名孝子伝】北堂書鈔144、芸文類聚82、敦煌本新集文詞九経鈔、太平御覧861、976、広博物志37、編珠4、淵鑑類函391、駢字類編4、分類字錦21、48、古今図書集成方輿・職方・順天府54、明倫・家範・夫婦93、博物・草木・蔬42、日下旧聞考144

【徐広孝子伝10】

【両孝子伝42】

養奮

【逸名孝子伝】重修広韻3、名賢氏族言行類稿39、姓氏急就篇上、韻府群玉11、古今韻会挙要15、康熙字典33、古今図書集成明倫・氏族・氏族総7

陽雍→羊公

ら

羅威

【逸名孝子伝】山堂肆考13、陳検討集11

【徐広孝子伝3】

楽恢→楽恢《がくかい》

陸仲元

【逸名孝子伝】太平御覧519

李鴻

【逸名孝子伝】古今図書集成理学・学行・孝弟180

李善

【逸名孝子伝】瑚玉集12

【両孝子伝41】

李陶

【王韶之孝子伝】芸文類聚92、広博物志45、淵鑑類函423、令集解13

【逸名孝子伝】太平御覧920、韻府拾遺19、古今図書集成博物・禽虫・鳥23

劉殷

【逸名孝子伝】敦煌本語対26

劉虬

【梁元帝孝徳伝】職官分紀42

劉敬宣

【両孝子伝21】

劉平
【逸名孝子伝】全芳備祖集後集22、古今合璧事類備要別集58、山堂肆考195

廉範
【陶潜孝伝16】

老萊子
【師覚授孝子伝】太平御覧413
【逸名孝子伝】北堂書鈔129、初学記17、敦煌本事森、太平御覧689、事類賦12、増広箋註簡斎詩集6、事文類聚後集44、古今合璧事類備要別集72、淵鑑類函271、373、佩文韻府10・4、102・5、古今図書集成明倫・家範・父母14、理学・学行・孝弟179、経済・礼儀・衣服337、駢字類編97
【徐広孝子伝1】分類字錦16
【両孝子伝13】金8

魯義士
【両孝子伝32】

魯孝公
【陶潜孝伝6】

梁元帝孝徳伝
【序】金楼子5、芸文類聚20、梁文紀4、漢魏六朝百三家集84、淵鑑類函271、佩文韻府34・9、36・2、50・1、

古今図書集成理学・学行・孝弟225、理学・文学・伝165

【皇王篇賛】芸文類聚20、梁文紀4、漢魏六朝百三家集84、佩文韻府37・7（孝徳伝賛）、韻府拾遺78、古今図書集成理学・学行・孝弟225

【天性篇賛】芸文類聚20、初学記17、困学紀聞20、梁文紀4、漢魏六朝百三家集84、淵鑑類函271、佩文韻府4・7、90・8、韻府拾遺78、古今図書集成理学・学行・孝弟225

二　孝子伝図成立史攷

1　武氏祠画象石の基礎的研究
——Michael Nylan "Addicted to Antiquity" 読後——

一

Michael Nylan 女史の "Addicted to Antiquity" (*nigu*): A Breif History of the Wu Family Shrines, 150-1961CE (Re-carving China's Past: Art, Archaeology, and Architecture of the "Wu Family Shrines" 所収、Princeton University Art Museum, 2005) を読んだ。驚いたのは米国における東洋学（聊か古風な言い方をすれば、支那学）の水準の高さである。読み進むにつれ、そこで自在に使い熟《こな》されてゆく、圧倒的な漢籍の質と量には、ただただ舌を巻いた。取り分けニラン女史の論攷内容は、中国美術史、特に石刻芸術史に屹立する古典中の古典、後漢武氏祠画象石を対象とするものであって、その形成史を批判的に顧みようとする点、一読者に過ぎない私に対しても、それを基本から捉え直す機会を与えてくれた。そして、武氏祠画象石に注ぎ掛ける、女史の視線の真摯さに、深い畏敬の念を抱かずにはいられなかった。

しかしながら、研究水準の高いことと論の当否とはまた、自ずから別の問題である。ニラン論文は、

Ⅰ．Introduction

Ⅱ．Stele Summary

Ⅲ．The Wu Liang Pictorial Stones: The Literary Evidence

と題した三つの章から成っている。二章は石碑（武斑碑、武栄碑、武開明碑、武梁碑、西闕銘の五つ）を扱い、三章は所謂、武梁画象（武氏祠画象）を論じたものである。そして、その二章は、武斑碑を始めとする五つの碑文に基づく、従来の通説を痛烈に批判したもので、結論的に、五つの碑文は武梁画象から切り離され、武梁画象との関係を否定されるに至っている。ニラン女史の論文は、従来の通説をこのように言わば木端微塵としてしまう方向性をもっているので、例えばもしその二章を正しいものとするならば、これまでの私達の武氏一族に関する概念は、その意味を全て失って解体し、武梁画象は、幾つかの無名の軍人（即ち、武人）貴族の祠堂を寄せ集めたものに帰することになる。さて、ニラン論文のその方向は、果して正しいのであろうか。或いは、女史の主張するように、従来の通説は、もはや生き延びることが許されないのであろうか。小論の目的は、取り敢えずニラン論文の二章を対象として、女史の行論を具体的に検証することであり、併せて、通説との対比を試みつつ、五つの碑文に関する、女史の見解の当否を明らかにすることである。

そこで、ニラン論文の検討に先立ち、女史によって批判の的とされた、従来の通説のあらまし、即ち、五つの碑文から概念的に帰納される武氏一族の構成、また、その武氏一門と武梁画象との関係、そして、存否も含めた五つの碑文の文献上の所在などの事柄に、簡単に触れておく。まず次頁左上に掲げるのは、武斑碑を始めとする、五つの碑文から概念的に再構成された、武氏一族の系図である（後述、関野貞の著作に拠る）。ところで、次頁左上の系図に表

われた武氏一族と、所謂武梁画象との関わりについて、E・E・シャヴァンヌなどと前後して、親しく中国山東省を訪れた、我が国の関野貞は、古典的名著『支那山東省に於ける漢代墳墓の表飾』（『東京帝国大学工科大学紀要』8冊1号、大正5〈一九一六〉年3月）三章乙の中で、次のように述べている。

武梁の石室に関しては、早くより隷釈は前掲碑文の義を推して、金石録に唯武氏石室画像と載せし者を、始めて武梁祠堂画像を以て之に名づけたり。後世亦、之に頼りて改めず。確証あるにあらざれども、姑く之に従ふこと、すべし。開明武斑武栄皆碑ありたれば、此等亦、各石祠を有せしなるべく、又、他にも石祠石碑を有せし者も、或は之あるべし。黄易の記によりて、石碑及び武梁祠の外に、彼が前石室及び後石室を発掘し、後李鉄橋等左石室を発掘せしことを知るを得たれども、此等石室が何人に属すべき者なりや明かならず。今此等出土の画象石には、一一何石室第何石と陰刻し、出処を明かにしたれども、往々他の石室に用ひられし画象石の混在せるを免れず。例へば後石室の第六石第七石は、左石室の第三石と同形式同手法にして、当初は前記の諸石室と異り、別に他の石室を構成せし者たること明かなるが如し。此等石室の何人に属すべき者たるやは明かならざれども、其の何れかが開明、武斑、武栄等の者に該当すべく、皆後漢末即、大要桓霊間（約千七百五十六十年前）に成りし者と推定せ

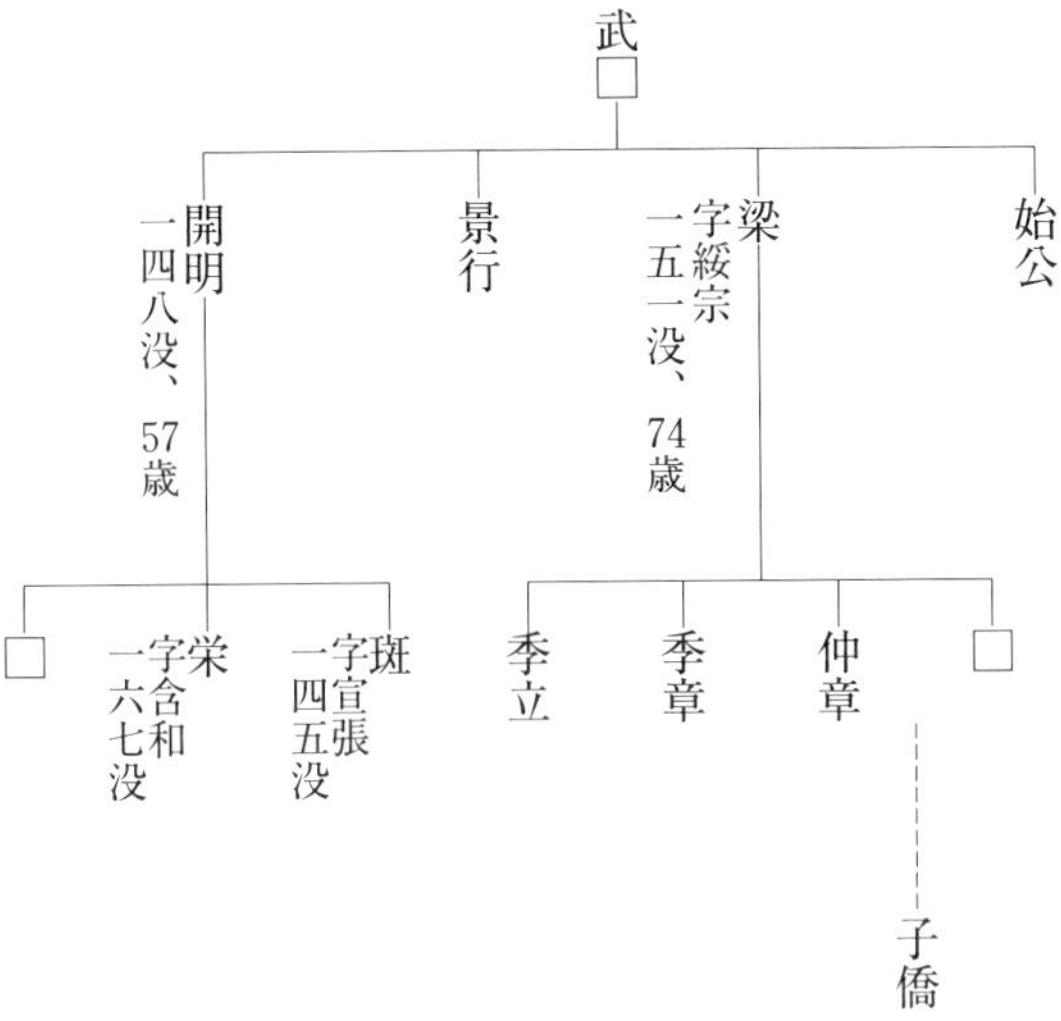

んも、敢て不当にはあらざるべし

そして、右に示した武氏一族の系図など、現代の武氏祠画象石研究の大きな成果である、蔣英炬、呉文祺氏『漢代武氏墓群石刻研究』（山東美術出版社、一九九五年）三章に殆どそのまま受け継がれるに至っている（その成果として従来、後石室とされてきたものの存在が否定された）。なお同時期、大村西崖による『支那美術史彫塑篇』（仏書刊行会図像部、大正4〈一九一五〉年）五十六頁が、

武栄の享堂は、黄小松以来武氏前石室とのみ称し来りしものにして、これを武栄の祠堂と定むるは本書を初めとす。何に由りてこれを知るかと云ふに、武栄の碑〈隷釈十二。金薤琳琅に出づ。金石録十四亦これを記せり。〉に曰はく、

仕為㆓州書佐郡曹史主簿督郵五官掾功曹守従事㆒。年卅六。汝南蔡府君。察挙㆓孝廉㆒。□□郎中。遷㆓執金吾丞㆒。

而して謂はゆる前石室画象中の題榜に「君為㆓都□㆒時。」「五官掾車。」「君為㆓市掾㆒時。」〈第九石。〉「主簿。」「為㆓督郵㆒時。」「行㆑亭。」〈第十石。〉等の刻記ありて、栄の閲歴を録したるに外ならざること、碑文に照して明かなりとす

と指摘していることも重要で、容庚『漢武梁祠画像録』（考古学社専集13種、北平燕京大学考古学社、民国25〈一九三六〉年）考釈四の参看する所となっている。さて、例えば武梁画象のことを、関野は、「確証あるにあらざれども、姑く之に従ふことゝすべし」と言い、また、武梁祠以外の石室のことを、「此等石室が何人に属すべき者なりや明かならず」と述べているが、これらの事実は、今日においても何ら変わる所がない。故に、武梁画象に纏わる通説は、それを踏まえつつ、さらに上引関野の、

此等石室の何人に属すべき者たるやは明かならざれども、其の何れかが開明、武斑、武栄等の者に該当すべく、

皆後漢末即、大要桓霊間……に成りし者と推定せんも、敢て不当にはあらざるべし

と言う地平に成り立ってくる訳だが、ニラン女史の批判は、正しくその間隙を衝いたものであることに、注意を払う必要がある。また、武氏祠からは往時、五つの碑文が出土したと言われている。その五つとは、

1武斑碑
2武栄碑
3武開明碑
4武梁碑
5西闕銘

のことであるが、現存するのは1、2及び、5の三つで（それぞれ傷みがある）、残る3武開明碑と4武梁碑の二つは、何時しか失われ、今に伝わらない。それらの碑文の内容に関しては、集古録（宋、欧陽脩撰。また、子の棐《ひ》の撰んだ集古録目）、金石録（宋、趙明誠撰）、隷釈（宋、洪适《こうかつ》撰。また、同撰の隷続）などに記載されている。参考までに、それら諸書における五つの碑文の記載状況を、一覧としておく（空欄は、その書物に記載のないことを示す）。

	斑碑	栄碑	開明碑	梁碑	西闕銘
集古録	○	○			
金石録	○	△†	○	○	○
隷　釈	○	○	○		
（存否）	○	○			○

†目録二一五に碑名のみあり

それでは、ニラン論文のII. Stele Summary〔石碑概要〕において述べられている、幾つかの点について、以下少し具体的に、考察を廻らしてみたい。その二章は、上記の斑碑に始まって西闕銘に終わる五つの碑文を、順番に論じてゆく形で進められている。考察の対象となる五つの碑文は、それが原石からのものであれ、或いは、文献に記載されたものであれ、原則的に一旦、拓本の形を取った資料を、私達は常時扱うことになる。この対象資料の特殊な性格は、武梁画象を論じたニラン論文の三章においても変わりがない。このことに関して、ニラン女史は、一章の五一五頁左に、女史の考え方というものをはっきりと表明している。

Where rubbings bear no seals or identifying marks, the main methodological rule has been this: the greater the damage to the stone revealed by the rubbing, the newer the rubbing is likely to be.

〔落款印、或いは、〔制作年代を〕識別する特徴の全くない拓本の場合、〔それを判定する〕主たるやり方の約束事は、こうである。即ち、拓本を取ることによって石の表面に現われた摩耗の度合いが大きい程、その拓本はより新しいであろう〔ということだ〕。〕

そして、女史はまた、五一五頁右に、次の如く付け加えている。

But because such rules were known to ardent antiquarians and capable forgers alike, this essay takes another tack.

〔しかし、そのような約束事は、熱心な古物収集家や腕の良い贋物作りにも等しく熟知されていたので〔彼等に掛かれば殆ど役に立たず〕、この試論では別の方針を採る。〕

この女史の考え方、方針は、ニラン論文全体を貫くものと見受けられるが、まず始めに、ニラン論文を批評する私の、拓本についての考え方を明らかにしておく。時の経過と共に、原石が摩滅することによって、拓本は判読し難いものとなるという、女史の考え方は、一般論として確かに間違いではない。しかし、私は、その一般論を、欧陽脩により金石学が創始され、趙明誠、洪适らへとそれが継承、発展してゆく北宋後期、南宋前期に対し、無限定に当嵌めようとは思わない。成程、金石学の興隆と共に、拓本の概念が一般化するのは、宋代と言えようが、欧陽脩から洪适に至る金石学の謂わば黎明期、原石が摩滅に瀕するまで、何百回となく拓本の作られるような光景が、日常的に見られたとは聊か考え難いからである。先の一般論が該当するのは、宋代以降、特に金石学が隆盛を迎える清代と考えるべきであろう。また、拓本や原石の偽造が常に問題となる時期も、同じく清代である。従って、私は、女史の言う一般論を否定するものではないが、さらに柔軟に、金石学の黎明期であればこそ、拓本の内容が後々徐々に詳しくなってゆくような過程も、想定し得るものと考え、余程の事情がない限り、その過程を、直ちに贋作の問題へと結び付けようとは思わない。欧陽脩から洪适に至る、金石学の古典において、贋作を論じようとするなら、それなりに別途、考証の用意が必要であると思うからである。そこで、小論の使命は、以上のような、女史とは少し異なる考え方に基づいて、且つ、私の専攻する文献学（Philologie）的立場から、ニラン論文二章における、五つの碑文に向けられた、女史の方針に添う考察の跡を、具体的に辿りつつ、そこから導き出された、幾つかの女史の結論の当否を、改めて検証することになるであろう。

　まず斑碑に関する論を見ると、それは、次のように展開されている。注9を併せ掲げる（原文左に、拙訳を添えた。斑碑は現存するが、現状は、「由于長期風化、歴代捶拓、石面漫泐、文字剥落、絶大部分字跡模糊不清。碑額題字也模糊難弁」であるという〈蔣英炬、呉文祺氏前掲書三章三〉。なお欠落部分の字数は、「《隷釈》原注下缺、字数不知。拠碑文所缺的字距、約為八字」とされている〈同上注②〉）。

According to the *Jigu lu* (compiled 1045-1061; preface 1062), Ouyang Xiu and his son Ouyang Fei had in their possession a single rubbing dedicated to a man whose personal name was Ban. An appended notice in some editions refers to a second version of the same rubbing, which supplies the individual named Ban with the family name of Wu. This appended notice appears to be an interpolation.[9] In any case, the version(s) of the Ban rubbing known to the Ouyangs had no stele heading, and it lacked, by Ouyang's estimation, some 80-90 percent of the original stele inscription. No home province, district, or official rank could be read, and no dates for the death and burial. An incomplete date could be seen, transcribed in nine characters. As the second of the two characters making up one part of the date was illegible, Ouyang concluded that the stele for Ban must have been carved on the *dinghai* day of the first year of Jianhe(147 CE). The Ouyangs gave no indication that Ban and Rong might be related, though the *Jigu lu* groups family inscriptions elsewhere.

9. See *Jigu lu*, *juan* 2/8a-8b (p. 17847). An appended notice there mentions a second, slightly better rubbing of the Ban stele inscription, found supposedly a decade later, in 1068, which gave the family name as Wu. There are at least three reasons to believe that the relevant passage represents an interpolation: (1) The note about the second rubbing is appended *after* the notation referring to the *jiben* edition of 1209; (2) Neither Ouyang Fei's abbreviated catalogue nor the *Sibu congkan* edition of *Li shi*, *juan* 21 (which presumably copies the Ouyangs' work as known to a later, possibly early Qing editor of Hong's classic) mentions a second, better rubbing; (3) The (Song) *Hanli ziyuan* (*Siku* edition), *juan* 1/16a-b, clearly states that the Ouyangs' *Jigu* "did not know the family name [for Ban]." Also, Ouyang Xiu typically comments on its existence if a second version of an inscription is known to him. One may also ask why Zhao Mingcheng would have taken such pride in supplying Ban with the Wu family name, if one or more of the Ouyangs had already ascertained the family name on the basis of a second rubbing of the stele in their possession. 〔下略〕

（集古録（一〇四五年―一〇六一年間成立、一〇六二年序）によれば、欧陽脩とその息子欧陽棐は、彼等の所蔵品の中に、斑という名前の一人の男性に捧げられた、ただ一本の拓本を持っていた。幾つかの版に見られる一付注は、斑と名付けられた個人に、武という家族姓を与える、同じ拓本の別本について言及している。この付注は、一つの改変であるように見える。[9] いずれにせよ、とにかく欧陽親子が知っていた、斑の拓本の版には、碑額がなく、そして、それは欧陽の見る所、原碑の約八―九割を欠くものであった。出身地や治所、或いは、公的身分は全く読み取れず、死亡や埋葬に関する日付も、欠けていた。九文字で筆録された、不完全な一つの年紀のみが看て取れた。年紀を構成する二つの文字の二番目のものは判読し難かったが、欧陽は、斑の碑文が、建和元年（一四七年）の丁亥に当たる年に、彫られたに違いないと結論付けた。欧陽親子は、集古録が他の箇所で同じ家族の碑文を一つに纏めているにも関わらず、斑と栄とが同じ家族である旨の指摘を、一切しなかった。

9・集古録、巻2／8a―8b（一七八四七頁）を見よ。そこの付注が、おそらく十年後の一〇六八年に見出された、僅かに良好な、武斑碑拓本の別本に言及しており、それは武という家族姓を与えるものだった。当該の一節が、一つの改変であると信じるに足る、少なくとも三つの理由が存在する。(1)第二の拓本についての注記は、一二〇九年の集本版に関する注記の後に添えられている。(2)欧陽棐の略目録にも、四部叢刊版の隷釈、巻二十一（それは、おそらく欧陽の作品を書き写したもので、後の時代、おそらく清代初期の洪作品の編者に知られていただろう）にも、第二のより良好な拓本に対する言及がない。(3)（宋）漢隷字源（四庫版）、巻1／16a―bは、欧陽の集古が「〔斑の〕家族姓を知らなかった」ときっぱり明言している〔ことである〕。さらに、欧陽脩は通常、仮に碑文の別本が彼に知られていたとすると、その本に関する注記を行う〔筈だ〕。人はまた、〔次のことを〕問うだろう、もし欧陽親子の一人或いは、二人ともが、彼らの所蔵品中の第二の碑文の拓本に基づいて、既にその家族姓を突き止めていたとするならば、何故趙明誠は、斑に武氏姓を付与することを、あのように誇ろうとしたのか、と。〔下略〕）

ニラン女史が問題としているのは、集古録巻二の、次の斑碑の記述である。

後漢武班碑建和元年 元第五百五十一

右漢班碑者、蓋其字画残滅、不㆓復成㆑文。其氏族州里官閥卒葬、皆不㆑可㆑見。其僅見者曰、君諱班。爾其首書云、建元年太歳在㆓丁亥㆒。而建下一字、不㆑可㆑識。以㆓漢書㆒考㆑之、後漢自㆓光武㆒至㆓献帝㆒、以㆑建名㆑元者七。謂、建武、建初、建光、建康、建和、建寧、建安也。以㆑暦推㆑之、歳在㆓丁亥㆒、乃章帝章和元年、後六十一年、桓帝即位之明年、改㆓本初二年㆒、為㆓建和元年㆒。又歳在㆓丁亥㆒。則此碑所㆑缺一字、当㆑為㆓和字㆒〈真跡無㆓此六字㆒〉、建和元年也。碑文缺滅者、十八九。惟亡者多、而存者少。尤為㆑可㆑惜也。故録㆑之。治平元年四月二十日書〈右集本〉。後得㆓別本㆒、摸搨粗明。始弁㆓其一二㆒。云、武君諱班。乃易㆓去前本㆒。熙寧二年九月朔日記（孫谿朱氏金石叢書本）

加えて、欧陽棐の手に成る集古録目一にも、次の斑碑の記述が存する（但し、欧陽棐撰の集古録目は散逸しており、清、黄本驥や繆荃孫などの輯本に拠らざるを得ない〈三長物斎叢書、雲自在龕叢書所収〉。武斑碑に関するその逸文としては、隷釈巻二十三所引のものなどが最古に属する）。

武班碑

右、不㆑著㆓撰人名氏㆒、厳祺字伯魯、隷書。君名班、字宣〈下一字缺〉、敦煌人。碑以㆓建和元年㆒立。今其文字磨滅、姓名郷里、粗得㆓其髣髴㆒。而官爵事跡、皆不㆑可㆓復知㆒矣〈隷釈〉（雲自在龕叢書本）

まずニラン女史は、集古録の「後得㆓別本㆒」以下を、後人の改変と考えている。理由は、情報量が増えていることで、一般的な拓本のあり方としては、時の経過と共に原石が傷み、拓本の情報量が減る筈だからである。考えてみると、何十年、何百年のスパンから見れば、確かにそれは正しい。しかし、集古録の二つの記述は、僅か五年を隔てるのみの話であって（治平元〈一〇六四〉年―熙寧二〈一〇六九〉年）、そのように大きな時の経過を前提とする場合には該当しない。また、「後得㆓別本㆒」以下は、後人の改変であることの確証が存在している訳ではないから、ここでは、女史とは別の考え方も成り立つ。例えば集古録の二つの記述を、疑わず素直に解釈すると、どうなるのであろうか。欧陽脩が最初の拓本について記述したのは、治平元（一〇六四）年四月のことであり、別の拓本を入手して、そのことを記述したのが、熙寧二（一〇六九）年九月のことであった。集古録の成立は、嘉祐治平間（一〇五六―一〇六六）とされるので（四庫提要）、欧陽脩が「後得㆓別本㆒」以下を書き込んだのは、集古録が一旦成立して後、脩の没する僅か三年前のことである（大野修作氏「欧陽脩『集古録跋尾』の成立とその書論」〈『東洋芸林論叢』所収、平凡社、昭和60〈一九八五〉年〉参照）。そして、このことは、脩の最晩年、集古録に、「後得㆓別本㆒」以下のあるものとないものとの、二種類の本が生じたことを示している。そもそも欧陽の家には、斑碑の拓本が二つあったらしいことを物語るのが上掲、棐の集古録目の記述である。拓本の別本が、前本と較べ、余程状態の良かったことは、集古録の追記に、武姓が明記されていることに加え、「厳祺字伯魯」「字宣□」「敦煌」等が、集古録目に引用されていることから、明らかである。そして、その拓本は、以前に入手した拓本（前本）より遥かに金石録、隷釈に近いものであったが、おそらく「敦煌□□《長史》」が読み取れず、棐はその箇所を「敦煌人」と解釈したのであろう。このように、集古録目は、確実に前本とは異なる斑碑の拓本のことを記述しており、その事実は、治平元年以後、いずれかの時点で欧陽の家に別本が齎されたことと、よく符合する。ところで、欧陽棐が父から目録の編纂を命じられたのは、集古録の成った八年後、そして、棐の集古録目の成立したのは、熙寧二（一〇六九）年二月のことだから（棐序）、棐は、集古録の、父による「後得㆓別本㆒」の記事を見ておらず、おそらく父子ともに別途、各自で別本に関する記述をなしたものと思われる。このように考えるならば、集古録の「後得㆓別本㆒」以下を、女史の如く、敢えて後人の改変と捉える必要はない。引き続き、注9を検討してみる。

注9冒頭、集古録巻二の丁数表示、8a―8bは、7b―8aが正しい。さて、ニラン女史は、集古録「後得㆓別

本二」以下の、後人による改変を疑う、三つの理由を上げている。(1)は、件の記述が、「治平元年四月二十日書〈右集本〉」の後に来ていることを言うのであろうが（the *jiben* edition of 1209不明）、それは、「後得二別本一」以下を、欧陽脩の書き加えとして採録したことを示すに過ぎず、後人による改変とは、何の関わりもないことである。(2)の、欧陽棐の集古録目についての女史の見解は、明らかに間違いである。集古録目には一見、別本に関する言及がないように見えるが、その内容は、前述の通り前本ではなく、別本によってなされているからである。女史の見解とはむしろ逆に、集古録目の記述こそは、録目の編纂時、欧陽の家に確実に別本が存在していたこと、即ち、「後得二別本一」以下が改変などではないことを示す、証左と見ることが出来よう。四部叢刊本隷釈巻二十一に件の記述がないのは、その底本とした集古録が、「後得二別本一」以下の書き加えのない系統のものだったからだろう。(3)の、婁機、また、趙明誠の見た集古録も、同系統のものであったと考えられる。さて、北宋の後半、武氏祠が発見されたとすると、武氏祠をめぐる情報が順次増加、蓄積されてゆく時期があった筈だ。一般に時を経て悪化してゆく拓本の状態も、原石の手入れや拓本の取り方によっては、以前読めなかったものが読めるようになったりすることが、あったに違いない。欧陽の家に齎された二つの斑碑の拓本は、そのような武氏祠研究史における黎明期の産物として、理解することが出来る。そして、それは趙明誠や洪适の時代まで続いたのである。

次に、ニラン論文における、隷釈の武斑碑の記述の矛盾――特に武斑の出自をめぐる、その記述の矛盾を指摘した部分について、考えてみる。

Following this lengthy date, the *Li shi* gives a ten-character title for Wu Ban, after which a single character, *tong*, dangles, alerting readers to the possibly of a corrupt text. The *Li shi* then proceeds with the same thirty-two character passage with which Zhao began his entry, to which it appends more than two hundred characters, which include probable anachronisms (see below).[13] Moreover, the Wu Ban of *Li shi*, *juan* 6, is a native of Rencheng serving as Senior Officer in Dunhuang, while a second Wu Ban, mentioned in another chapter included in present editions of the *Li shi*, is said to be a *native* of Dunhuang, thousands of miles from Rencheng. At first glance, the problem seems easy to resolve: the Wu Ban entry in *Li shi*, *juan* 23, is simply corrupt and/or less reliably old.

（この長ったらしい日付に続き、隷釈は、武斑に対し、十文字の肩書を付与するが、その後には、ただ一文字の「同」がぶら下がり、読者に本文改変の可能性を告げている。隷釈はさらにまた、趙〔明誠〕が彼の記載を始めたのと同じ、三十二字の一段を続けていて、そこに、時代錯誤の可能性を含んだ、二百を越える文字を付け加えている（以下を見よ）[13]。その上に、隷釈の巻六の武斑は、敦煌長史として仕えた、任城出身の人であり、一方、第二の武斑は、隷釈の現在の版に含まれた、もう一つの巻で述べられていることだが、任城から数千マイルも離れた敦煌出身の人であると言われている。一見、問題の解決は容易そうに見える。即ち、隷釈巻二十三における武斑の記載は、単に改悪されたものに過ぎず、且つ、信頼するに足る程古いものでもない。）

まず、Following this lengthy date 以下とされるのは、隷釈巻六、武斑碑の冒頭部分、

建和元年大歳在㆓丁亥㆒二月辛巳朔廿三日癸卯、長史同闕下

敦煌長史武君諱斑、字宣張（下略。王雲鷺本）

のことを指している。女史の言う a ten-character title の ten は、何を指すのかよく分からない。その「下闕」注記の前後は文章が続かず、ここに欠落（判読不能部分）のあったことを示している。建和元年は一四七年で、武斑が卒した永嘉元（一四五）年の二年後に当たり、おそらく碑を作った年紀を述べたものであろうが、不審が残る。ただこの年紀に関しては、金石録には見えないが、前述の集古録巻二に、

其首書云、建元年太歳在㆓丁亥㆒。而建下一字、不㆑可㆑識

と見えた、由来の古いものであることに、注意しなければならない。そして、ニラン女史は、そこに碑文本文の改変の可能性を指摘するが、この問題については、後程武梁碑、西闕銘との関連において、具体的に詳述しよう（なお女史は、注13の中で、隷釈に見える「顕宗」の語が、後漢の明帝〈治五十八—七十五〉の廟号、また、東晋の成帝〈治三二六—三四三〉等の廟号を指すかとするが、碑文の前後の文脈から見て、一寸考え難い）。ところで、ニラン女史の指摘する、隷釈における、武斑の出自に関する記載の矛盾というのは、具体的には、例えば隷釈巻六の注に、

　右故敦煌長史武君之碑、隷額在㆓済州任城㆒。武君名斑、字宣張、従事梁之猶子、呉郡府丞開明之元子、執金吾丞栄之兄也

等とあることと（任城は、山東省済寧県）、隷釈巻二十三所収「欧陽棐集古録目」武斑碑に、

　君名班、字宣下一字缺。敦煌人

とあることとの食い違いを指している。そして、後者は先述、欧陽棐の著作、集古録目を洪适が転載したものに過ぎず、両者の違いは、隷釈自体の矛盾なのではない。つまり、武斑を「敦煌人」としたのは、欧陽棐であり、それは、棐がおそらく、「今其文字磨滅、姓名郷里粗得㆓其髣髴㆒、而官爵事跡皆不㆑可㆓復知㆒矣」という状態の拓本を判読し、解釈した結果を記したものに外ならず、「敦煌人」は、碑文の写しと見るよりも、むしろ棐の注釈と見るべきものなのである。従って、隷釈の記述に矛盾がある訳ではなく、また、碑文に矛盾がある訳でもない。食い違いは、洪适の筆録した碑文と欧陽棐の解釈との間に生じているのであって、碑文をめぐる解釈上の誤解は、常に起こり得る事柄である。文献学的に矛盾を見る場合、碑文とその解釈という、位相を混同してはならない。隷釈における斑碑の記述について、ニラン論文は、さらに次の如く続ける（注15も併せ示す）。

Juan 20-27, consisting of parts of the epigraphical classics compiled by Ouyang Xiu and Zhao Mingcheng, represents Ming or even early Qing versions of those classics. The record may well point to a conflation of two or even three different Wu Ban steles, just as the sources list multiple Wu Kaimings, with their own biographical similarities (see below). The Wu Ban stele inscription, as transcribed in the *Li shi*, is one of the very few texts to include mention of the calligrapher.[14] It also contains an unmistakable interpolation.[15]

15. Li shi, juan 6/13b. Five characters (*Yan Qi zi Bolu*) come from another entry, probably from *juan* 29/10b. An entry for Yan Qi may be found in *Jinshi lu* (no. 65).

（〔隷釈〕巻20—27は、欧陽脩と趙明誠〔達〕の編纂した、金石学の古典を収録する部分部分から成っているが、それは上記作品に関する、明時代或いは、清朝初期の版を表わしている。その記録は、二つないし、三つもの武斑の碑文の合成をよく示すものと見て良い。ちょうどそれは、幾つもの資料が、各々伝記として類似する、多くの武開明〔の記事〕を列挙することと同じである（以下を見よ）。隷釈に書き写された武斑の碑文は、書家への言及を含む、数少ない本文の一つである。[14] それはまた、見間違えようのない改変を有している。[15]

15・隷釈巻6／13b。五つの文字（厳祺字伯曾）は、他の記述から来たもので、おそらく巻29／10bからであろう。厳祺という一語は、金石録（65番）に見出だされよう。）

隷釈巻二十以下、即ち、「酈道元水経注」その他を再収録した巻々を以って、直ちに斑碑の合成の証左とする、ニラン女史の見解には同じ難い。それは例えば上述の、欧陽の家にあったと考えられる、斑碑の二つの拓本の場合を見ても、分かることである。また、武開明のことは、後述に従うとして、斑碑に碑文の書家に関する言及のあることも、斑碑の後世における合成、改変の決め手となり得ないことは、例えば武梁碑中の珍しい画工（「良匠衛改」）への言及例が、近時やはり後漢の薌他君石祠堂石柱にも見出だされたことを想起すべきである（長廣敏雄氏編『漢代画象の研究』〈中央公論美術出版、昭和40〈一九六五〉年〉一部四章参照）。ニラン女史の言うan unmistakable interpolationは、注15によれば、隷釈巻6／13bの、

……防東長斉国臨菑闕紀伯允書此碑、厳祺字伯曾（四庫本）

を指している。そして、女史は、その末尾の「厳祺字伯曾」五字（Five characters（*Yan Qi zi Bolu*））が他書からの剽窃であり、おそらく巻29／10bから採られたものであろうと主張する。その巻29／10bが不審で（隷釈は巻二十七までしかない）、それは多分、巻23／14aの誤りではないかと思われる。隷釈巻23／14aは、前述のように欧陽棐の集古録目を転載したもので、そこには、

武班碑

右、不レ著二撰人名氏一。厳祺字伯魯、隷書。君名班、字宣〈下一字缺〉（下略。四庫本）

という記述が見えている。ところが、女史の上げる五文字は、集古録目から隷釈へと、簡単には転じ得ない事情がある。何故かと言うと、集古録目と隷釈とでは、その五文字目が、

厳祺字伯魯（集古録目）

厳祺字伯曾（隷釈）

と異なっているからである（隷釈巻六は、王雲鷺本、汪日秀本も、「曾〈zeng, ceng〉」に作る）。両字は字形が近いので、いずれかの誤字であろうが、それにしても両字が異なっている以上、当句が集古録目から隷釈へと、直線的には転じ得ないことが分かるだろう。なお一層認め難いのは、その内の「厳祺（Yan Qi）」という語が、金石録（65番）に見出だされるとする、女史の指摘である。金石録巻一、目録一の、

第六十五、漢祝長厳訢碑和平元年

を見れば明らかなように、ここでも、

厳訢（金石録）

厳祺（隷釈）

と、やはり二字目が異なっており（訢は xin）、金石録のそれは、隷釈の直接の出典ではあり得ない。金石録の厳訢碑は、第六十六の武梁碑に接していて、確かに目に止まり易いものではあるが（碑文は巻十四に収める）、ともあれ、女史の指摘は、思い付きの域を出ないものと言わざるを得ない。

武斑碑に関連してもう一点、ニラン論文の参照した、葉奕苞の金石録補続跋のことに触れておく。ニラン女史は、次のように述べている。

Ye Yibao's (act. 1697) classic work, *jinshi lu xuba* (*Further notes on* [*Zhao's*] "*Records of metal and stone*") states that the donor list includes a reference to the post of *fucheng* (Assistant in the *fu*) that almost certainly indicates a Tang date for the Wu Ban stele inscription.[17]

（葉奕苞の（一六九七刊）古典的作品、金石録続跋（趙の金石録にさらに注を加えたもの）は、石碑の寄進者の名簿中に、府丞という役職（府の補佐役）に関する言及が含まれており、それはほぼ確実に、武斑碑の〔制作〕年代が唐時代であることを示す、と明言している。[17]）

ニラン論文が参照したのは、金石録補続跋巻四、「漢敦煌長史武斑碑」中の左の記事である。

秦置二郡守一。景帝中二年、更名二太守一。凡郡有レ丞。至レ唐始以二大州一為レ府。後遂以レ府易レ郡。両漢領レ県者、非レ国則郡。如二陳留之丞一宜レ曰二郡丞一。而此碑曰、陳留府丞。武斑之父開明碑、除二呉郡府丞一。高頤碑、蜀郡北部府

丞

府丞は、通常、役所の次官を言うが（郡丞は、郡の次官。その辺境にあるものが長史）、斑碑に記された陳留（郡）府丞や、開明碑に記された呉郡府丞など、それが郡と関係した場合に、問題が生じる。漢代には、郡府丞の官職名が見当たらないからである。郡は、言うまでもなく漢代の行政区画の称であるが、府も行政区画を指す時があって、例えば清、顧炎武の日知録巻八に、「漢曰レ郡、唐曰レ州。州即郡也。惟建都之地乃曰レ府……至レ宋而大郡多升為レ府」と言う如く、一般に行政区画としての府（即ち、旧来の郡を府と称すること）は、唐代以後の制度と理解されているので、陳留府丞（斑碑）や呉郡府丞（開明碑）など、郡丞を府丞と称することは、唐代以降の制度を踏まえた結果と解釈されることになる。葉奕苞が、「凡郡有レ丞。至レ唐始以二大州一為レ府。後遂以レ府易レ郡……而此碑曰、陳留府丞。武斑之父開明碑、除二呉郡府丞一」と言うのは、そのことを指したものである。そして、ニラン女史は、その葉奕苞の言を、斑碑（また、開明碑）の制作時期を唐代とするものと理解したのであった（因みに、葉奕苞は、決してそのようには述べていない）。すると、斑碑、開明碑は紛れもなく唐以降の偽作となってしまう訳だが、例えば「郡府丞」（開明碑）などの語の用例は、本当に唐以降のものなのだろうか。後漢、建安十四（二〇九）年の高頤碑に「蜀郡北部府丞」と記す用例があることは、既に葉奕苞自身が指摘しているが（隷釈巻十一参照。ニラン女史も留意している）、なお任伯嗣碑には、「蜀郡府丞」と記す用例も見える（金石録巻十五、隷続巻十五参照）。さらに郡府丞という語は、東観漢記巻十四列伝九鮑永、謝承後漢書（羊続。太平御覧巻四二五所引）等にも散見するのである（後漢書の鮑永伝、羊続伝では共にそれを、「府丞」に改めている）。すると、郡府丞などとあることを以って、直ちに斑碑や開明碑を、漢代のものではないと断言することは出来ないことになる。ニラン女史の主張は、強引過ぎるものとすべきだろう。

さて、漢代の郡府丞の実体に関しては、後考に俟つべきものと思われる。

二

ニラン論文は、武斑碑に次ぎ、武栄碑、武開明碑の論評へと移ってゆくが、ここでは、武栄碑、武開明碑のそれぞれについて一点だけ、ニラン女史の見解を糺しておく。ニラン論文が、例えば問題提起の意外さ、鋭さにおいて、読む者に武氏祠への新たな関心を呼び起こす、所謂労作であることは間違いない。しかし、その面白さはともかく、女史の論述の方向は、殆ど一千年近い中国の学統が生んだ、武氏祠の通説を否定するものだけに、まず読者は、女史の議論を直ちに鵜呑みにしてはならない。何故なら、第三者による客観的な検証を経る前のそれは、真実であるという保証が、未だ何処にもないからである。そして、女史の主張は、その一一の論拠の当否が、これから厳しく吟味されることになるだろう。誰の目にも明らかと見えた通説を、誤りとして覆す訳だから、今度は逆に、女史の取った手段の正しさが、十分な証明を求められることは、ごく標準的な学問上の手続きと言って良い。小論は、そのための一階梯に過ぎないが、それにしても気になるのは、ニラン女史の筆の荒さ、或いは、細部に対する気配りの欠如であろう。とにかくニラン論文には、記述の誤りが多いのである。そのために意味が汲めず、立ち往生することも一再ではない。以下、その一、二に触れよう。

次に掲げるのは、ニラン論文五二三頁左の、武栄碑のことを述べた一節である。

> The *Li shi* text supplies a greatly expanded version of the Wu Rong stele. To the total of 74 characters that had been legible to Ouyang, *Li shi* added 148, 11 of which give the names and titles of Wu Kaiming and Wu Ban, all of which is very odd for a stele text dedicated to Wu Rong.〔中略〕These eleven characters most probably represent commentary that has been

interpolated into the main text.

（隷釈の本文は、武栄碑の大規模に増補された版を提供するものだ。欧陽達が判読し得た計七十四文字に対し、隷釈は一四八字を加えたが、その内の十一字は、武開明と武斑とに名前と肩書とを与えるもので、武栄に捧げられた碑文の本文としては、その全てが非常に奇妙なものだ。〔中略〕これら十一の文字は、本文本体に挿入された注釈を表わすものと見て、まず間違いない。）

まずニラン女史は、欧陽脩（即ち、集古録）の採録した武栄碑の字数を、七十四字と数える。問題は、次の洪适（隷釈）の記した字数で、私が王雲鷺本でそれを数えると、二五五字となる（図一参照。四庫本、汪日秀本も同じ）。従って、そこから集古録の七十四字を引くと、隷釈が増益したのは一八一字となって、女史の言う一四八字と合わないのである。その一四八という数字が何処から出て来たのか、私には分からない。次に、女史は隷釈の増益分の内の十一字が、武開明と武斑の二人に名前と肩書とを与えるものだとするが、その原文は、

君即呉郡府卿之中子、敦煌長史之次弟也

と言うもので、字数は十七字、しかも肩書は与えるが、名前は与えていない（名前を与えているのは、洪适の注文「武君、名栄。呉郡君、名開明。敦煌君、名班」である）。この十一という数字も何処から出たのか、私には理解出来ない。さて、その十一字（十七字か）が挿入された注釈かどうか、肝心のテーマを考える以前に、隷釈諸本の字数を幾度も数えることになる。改めて隷釈栄碑の記述全体を眺めるに、女史の言う一四八字は、栄碑に対する洪适の注釈（「右漢執金吾丞……鮮双寡匹也」）を指し、同じく十一字は、その中における、前述注文の傍線部（「呉郡君……名班」）を指すものらしい。すると、両者は、隷釈の引く碑文本文について言われたものでなく、洪适の注文に関して言われたものであるから、やはり栄碑の碑文本文とは、全く関わりのない主張となってしまう。そして、洪适が碑文本文に

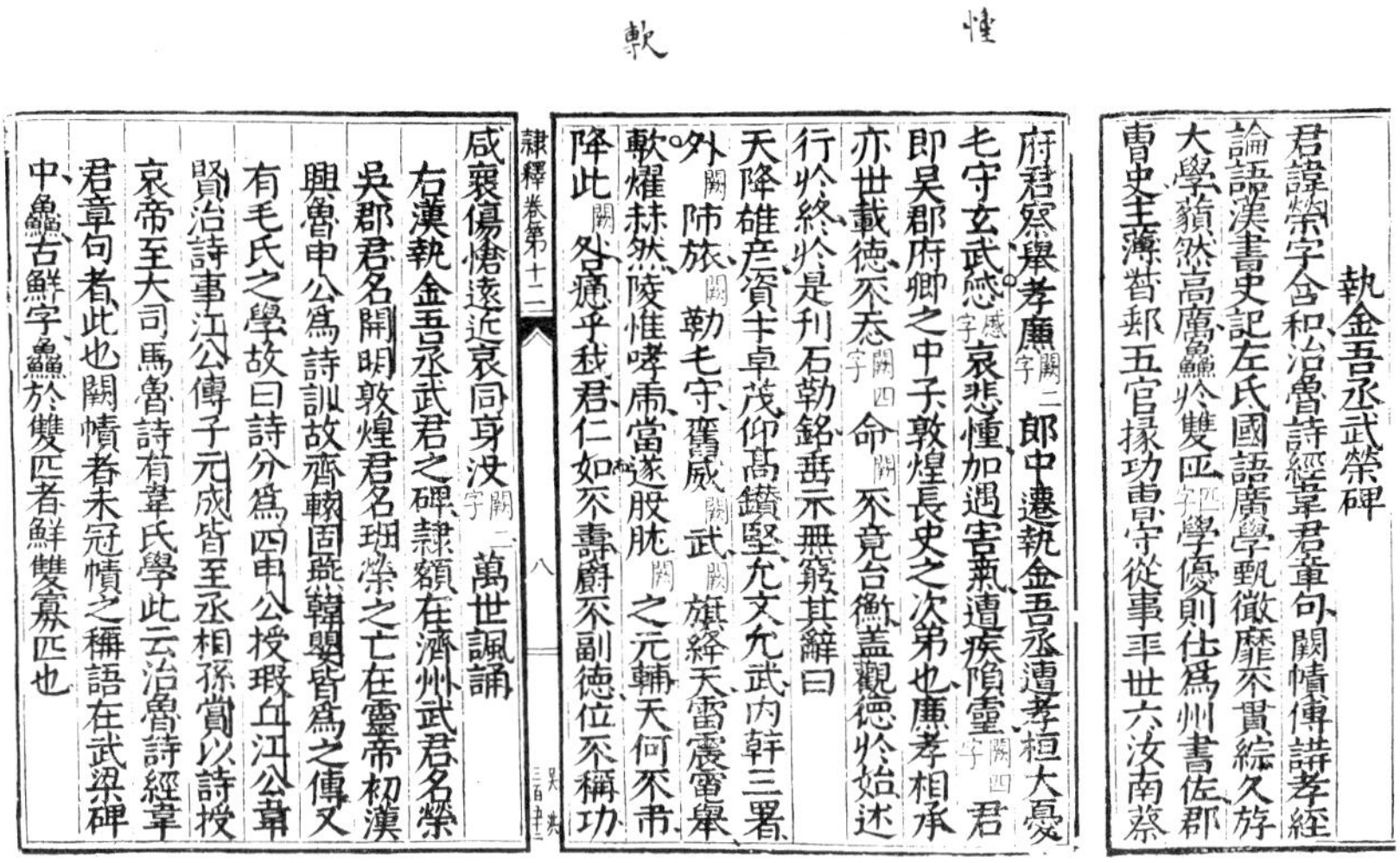

執金吾丞武榮碑
君諱榮字含和治魯詩經韋君章句闕幘傳講孝經
論語漢書史記左氏國語廣學甄微靡不貫綜久游
大學蘋然高厲鱻於雙匹（匹字）學優則仕為州書佐郡
曹史主簿督郵五官掾功曹守從事年卅六汝南蔡
府君察舉孝廉（闕二字）郎中遷執金吾丞遭孝桓大憂
屯守玄武慼（感字）哀悲惶加遇害氣遺疾隕靈（闕四字）君
即吳郡府卿之中子敦煌長史之次弟也廉孝相承
亦世載德不忝（闕四字）命（闕）不竟台衡蓋觀德於始述
行於終於是刊石勒銘垂示無窮其辭曰
天降雄彥資才卓茂仰高鑽堅允文允武内幹三署
外（闕）帥旅（闕）勒屯守舊威（闕）武（闕）旗絳天雷震電舉
軟燿赫然陵惟孝肅當遂股肱（闕）之元輔天何不弔
降此（闕）咎癒乎哉君仁如不壽爵不副德位不稱功
隷釋卷第十二　八
咸襃傷憯遠近哀同身沒（闕二字）萬世諷誦
右漢執金吾丞武君之碑隷額在濟州武君名榮
吳郡君名闕明敦煌君名珝榮之亡在靈帝初漢
興魯申公為詩訓故齊轅固燕韓嬰皆為之傳又
有毛氏之學故曰詩分為四申公授瑕丘江公韋
賢治詩事江公傳子元成皆至丞相孫賞以詩授
哀帝至大司馬魯詩有韋氏學此云治魯詩經韋
君章句者此也闕幘者未冠幘之稱語在武梁碑
中鱻古鮮字鱻於雙匹者鮮雙寡匹也

図一　王雲鷺本隷釈巻十二　武栄碑

一四八字を加えた事実などはなく（洪适の加えたのは、一八一字である）、ましてその内の十一字が、碑文本文に対する改変を示すなどという筈はあり得ないことが、自ずと明らかである。或いは、女史は、洪适の注文を碑文本文と勘違いしたのであろうか。碑文の本文批判において、その本文と注文とを混同すべきでないことは、前に述べた。なお後にも問題となるだろう。

武開明碑の内容を紹介し、その没年（建和二〈一四八〉年）に付けられた、ニラン論文の注30も、大変分かりにくいものである。

30. *Shandong tongzhi*（*Siku* edition）, *juan* 9/110b, under the heading "Changshi Wu Ban," citing *Jinshi lu*, says that the "old records" "write Wu Kaiming［instead?］…." Cf. Wang Jian（Ming dynasty）, whose record of Suzhou, *Gusu zhi*（*Siku* edition）, *juan* 37/9a, has Wu Kaiming dying in 197 CE（not 148）; cf. *Wanxing tongdian*（*Siku* edition）, *juan* 78/9a, which assigns Wu Kaiming a Jin-dynasty date of Yonghe 2（347）.（Yonghe 1 corresponds to 346, 417, 434, or 936 CE.）

（30・山東通志（四庫版）、巻9／110 bは、「長史武斑」の標題下に、金石録を引用し、「旧志」は「武開明と書く［代わりに?］……」。

比較せよ、王鏊（明時代）、彼の蘇州の記録、姑蘇志（四庫版）、巻37／9aは、武開明の死を一九七年とする（一四八でなく）。比較せよ、万姓統譜（四庫版）、巻78／9aは、武開明を晋時代の永和二（三四六）年に配する。（永和二年は、三四六年、四一七年、四三四年、または、九三六年に該当する。））

まず始めに参照を指示されているのが、山東通志（四庫版）巻9／110bの、

長史武班碑〈漢建和元年立。金石録云、額題敦煌長史武君之碑。旧志作二呉郡丞武開明碑一〉

である。その内容は、旧本の山東通志が、「長史武班碑」を「呉郡丞武開明碑」と記していたことの注記であろう。それだと建和二（一四八）年になるので（開明は建和二年十一月十六日没）、金石録によって標記を武斑碑に改めたということらしい。それに対して、比較を指示されているのが、王鏊（ニラン女史が王鑒〈Wang Jian〉とするのは誤り、鑒〈Jian〉は、鏊〈Ao〉が正しい。明史巻一八一列伝六十九参照）撰の姑蘇志（四庫版）巻37／9aの、

武開明、永和二年挙二孝廉一除二郎中謁者一。漢建安二年遷二大長秋丞長楽太僕丞一。永嘉元年喪レ母去レ官、復拝二郎中一除二呉郡府丞一。建安二年卒

である。幾つかの年号には注意が必要で、永和二年は一三七年、建安二年は一九七年（漢安二年なら一四三年）、永嘉元年は一四五年である。これらの年号を、例えば金石録所引の武開明碑の碑文と較べると、二度出てくる建安二年の内、前のそれは漢安二年を誤ったものであり、もと漢安二年とあったらしい痕跡が、姑蘇志の「漢建安二年」という表記に残されている。また、後ろのそれは、建和二（一四八）年が正しい。つまり王鏊（或いは、四庫版姑蘇志）は、開明の大長秋丞、長楽太僕丞に遷った年（漢安二年）と、没した年（建和二年）を、共に建安二年と誤っているのである。次に、比較指示されるのが清、凌迪知撰、万姓統譜（四庫版。Wanxing tongdian〈万姓通典〉は、Wanxing tongpu〈万姓統譜〉の誤り）巻78／9aの、晋に配された、

武開明〈永和二年挙㆓孝廉㆒除㆓郎中謁者㆒、歴㆓呉郡府丞㆒〉
である。武開明は晋に配されているから、その永和二年は、東晋の永和二（三四六）年を指すが（ニラン論文の Yonghe 2 （347） は、（346） の誤り）、それは、万姓統譜が後漢の永和の年号を、誤って晋の永和と取り違えただけのことである（因みに、永嘉にも、晋のそれがある）。ニラン論文注30末の、

Yonghe 1 corresponds to 346, 417, 434, or 936 CE.

も全て誤りである。永和元年は、三四五、四一六、四三三、九三五年だからである（それぞれ東晋、後秦、北涼、十国の閩《びん》の康宗の年号）。ところで、このように誤りの多い、ニラン論文の注30は、一体何の目的で置かれているのであろうか。

……He lived to the age of fifty-seven sui, dying in? 148 CE.[30]

という原文の主旨から考えて、それは、武開明碑に記された、開明の没年を始めとする、幾つかの年紀に対し、疑いを表するためであろう（但し、武開明碑に登場する永和、漢安、永嘉、建和の四つの年号の内、漢安〈一四二―一四四〉は後漢にしかない）。ならば、その疑いは、学問的に成立しているかと言うと、そうではない。何故なら、武開明碑という一級資料（但し、原石は現存しない。金石録所引による）に対して、ニラン女史の適用した資料（山東通志、姑蘇志、万姓統譜等）がこの場合、いずれも遥かに時代の降る二級、三級資料となっているからである。そして、例えば姑蘇志等が碑文と異なる年紀を記すのは、その碑文の年紀を誤って解釈したに過ぎず、そのことは碑文自体とは何の関わりもないことで、例えば金石録所掲の碑文の一字も変えることはなさそうだ。換言すれば、山東通志以下の資料は、武開明碑の年紀に何ら疑いを挿む資料とはなり得ないということである。同じことは、武斑碑における隷釈と集古録目との関係において述べた通りであるが、比較、対照しようとするテキスト間の位相のずれをまず考慮す

べきことは、本文批判（Textkritik）の常識に属する事柄だろう。人の書くものに誤りは付きものだから、そのこと自体は取り立てて言う程のことでもないが、それにしても、やはり小さな誤りの積み重なりが、やがて論旨そのものに疑いを招く結果となることも、事実である。この点を、ニラン論文のために惜しむものである。

次に、武梁碑に関するニラン女史の捉え方を、少し纏まった形で、検討してみる。ニラン論文二章「武梁」の主要部分と、その注34、36、37、38（両注は後半を略した）、39、40及び、注36に参照指示のある注55を、左に掲げる。

Zhao Mingcheng remarks that he loves this inscription for its "completeness," yet of the verse encomium he quoted only twenty-eight or thirty-two characters[34]（four lines with eight characters each）. "It is in many characters, which I do not record in full."[35] One authoritative version of the extant *Li shi* begins the Wu Liang entry with a six-character passage that is either out of place or interpolated from a commentary.[36] The lengthy inscription found in *Jinshi lu* has gone missing; only twenty-eight characters of the lengthy verse encomium are found in both the *Jinshi lu* and the *Li shi*. The *Li shi*, in commenting on the Wu Liang pictorial carvings, relates in addition the careful manner in which unidentified family members selected stones for the Wu memorial, set up an altar（*tanshan*）in back, and a worship hall（*citang*）（aboveground hall for worship, thus a "shrine"）in front, which were decorated by the artist Wei Gai—though the main entry for Wu Liang does not name the artist.[37] Modern readers have assumed that this passage represents part of the text of the Wu Liang stele inscription, but that assumption flatly contradicts Hong's own assessment:

> When speaking about funerary and burial matters, one should not be as verbose as this. The stone［attributed to Wu Liang］is not very long or wide, and since it has neither skillfully carved inscriptions nor images, not to mention nicely arranged rows, the phrases quite definitely were not composed for a stele. In mulling it over carefully, it seems that this［the afore-

mentioned passage] refers only to the pictorial stones in the stone chamber (*shishi*) [of Wu Liang].[38]

If not part of the stele inscription, what was the identity of this appended passage? Certainly, if the Song epigraphical masters could not answer this question, modern scholarship will not be able to. Mei Dingzuo (1553-1619) *Donghan wenji* (*Collected writings of the Eastern Han*) seems to know two versions of the stele inscription, and to believe the shorter version that does not mention Wei Gai to be the "original text" (*yuan wen*).[39] Gu Aiji's *Li bian* (*Discerning remarks on clerical-script inscriptions*; compiled 1717) notes that the Wu Liang stele, once in Jining, is missing.[40]

34. Twenty-eight characters, beginning with *yide xuantong* and ending with *shenmuo mingcun*, are given in the Ming Wanli and the *Siku* editions of Zhao Mingcheng. But when we look at the encomium as quoted in *juan* 6 of *Li shi*, eight characters—not four—are missing, which means that the phrase "the missing four characters" (used alike in the *Jinshi lu* and the *Li shi*) need not refer to the *same* four characters. As the particle *xi* can occur either in the middle of a line of verse or at the end, one cannot use its placement to decide whether the inscription should begin with the phrase *yide xuan tong*. Perhaps those four characters belong after *chuan wu jiang xi*.

35. 〔略〕

36. *Li shi*, *juan* 6/14a (vol. 681, p. 515). This *Siku quanshu* version matches the 1588 version (16/13a). The Wang Rixiu edition of *Li shi*, *juan* 6/13a supplies the "full text" of the Wu Liang inscription, which is not surprising, given its provenance and dating. [The *Siku* and 1588 editions of the *Li shi* conflate parts of the Wu Liang stele inscription and Hong Gua's commentary on the Wu Ban stele. This probably was the result of scribal omission in the Ming dynasty. A manuscript copy of two leaves from a Yuan-dynasty Taiding edition is appended to the end of *juan* 6 in the *Sibu congkan sanbian* edition, and

apparently represents the entire missing section. Based on another Ming manuscript, Wang Rixiu reinserted the text in his 1777-1778 edition. This lacuna was also noted by Mei Dingzuo (1553-1619), Fu Shan (1607-1684), and other scholars before the eighteenth century. See n. 55 below. CYL and EHH〕

37. Compare (*Song ben*) *jinshi lu*, *juan* 14/3b; *Li shi*, *juan* 6/14b-15b (main text vs. commentary); and ibid., *juan* 16/5a-b. Note that Hong's text (*Li shi* 6/14a) contains a passage of several lines, beginning *guanshou canshi* ("official lifespan cut short"), that are presented as part of the stele inscription, but they may represent commentary instead. (Wei Bo, *Ding'an leigao*, *juan* 4/20b, repeats Hong Gua's commentary to the Wu Liang stele inscription.) 〔下略〕

38. *Li shi*, *juan* 6/15a (vol. 681, pp. 515-16), gives the precise measurements of the stele: half a *xun* in length and about one *qi* wide, which I do not include in my translation. Note that the binome *tanshan* ("altar") is typically used in connection with the imperial rituals at Mount Tai and Mount Liangfu, not for low-ranking local officials like Wu Liang. The phrase *citang* deserves separate consideration, and it will be addressed in an essay in the symposium volume. 〔下略〕

39. Mei Dingzuo, *Donghan wenji*, *juan* 28/10a-10b. He also assumes mistakes in copying by which the main text and commentary were conflated.

40. Gu Aiji, *Li bian*, *juan* 7/11a, 8/15b-16a.

55. Compare *Li shi* 6/1a and 6/15a. Other questions arise: for example, why does the *Li shi* transcription of the Wu Liang stele delete the poetic *xi* (repeated four times in *Jinshi lu* transcription) in its text of the verse encomium? (The particles missing from the 1588 *Li shi* reappear in the *Siku quanshu* version.) The *Jinshi lu* comments that one of the two known versions of the rubbing is missing the last four characters, but the lacuna occurs at different points in different versions of the inscription. See n. 12 above. Those rubbing the stele or copying the inscription may have sensed the problem and come up with varying solutions. One logical explanation is that Hong Gua or an unknown later source tried but failed to make sense

of the verses, given that one of the two rubbings linked to Wu Liang and said to be in Zhao Mingcheng's possession began with four characters that were different. As if such confusions were not enough, the earliest extant edition of the *Li shi* (the Ming Wanli edition of 1588) inserts an additional two pages of text (labeled as *bu*, "supplement"), right in the middle of *juan* 6, on pages 13a-b, in the all-important entry on Wu Liang, with the result that a single four-character phrase (*luo lie chenghang*) is repeated no fewer than three times. See the Beiping Rare Books Library microfilm of the 1588 edition (mf 9101, vol. 522).

（趙明誠は、彼はその「完好」さの故に、この碑文を愛すると述べている。にも関わらず、彼の引用した韻文の賛辞は、ただの二十八または、三十二文字に過ぎない（各八文字ずつの四行分）[34]。「多くの文字がある。私はその全てを記すのではない[35]。」現存する隷釈の内、一本の権威ある版は、置き違えたか、または、注釈から改竄されたかした六文字節で、武梁の記述を始めている[36]。金石録に備わっていた長い碑文は、失われてしまっている。非常に長い韻文賛辞中のただ二十八文字だけが、金石録と隷釈との両方に見出される。隷釈は、武梁の画象石に関する論評の中で、目下身元の知れない一族の成員が、武氏を記念する建物用の石を選び、後方に祭壇（壇墠）、前方に祭祀堂（祀堂）（廟のような、祭祀のための地上施設）を築き、それらが彫刻家の衛改によって装飾を施されたことを、付け加え述べている――しかし、梁のための碑文本文は、彫刻家の名を上げていない[37]。現代の読者はこの一節を、武梁碑の本文部分を表わすものと思ってしまうだろう。しかし、それは〔下記の〕洪自身による評価とはっきりくい違う。

葬儀や埋葬のことを言う場合、このように冗長であるべきではない。その〔武梁に属すると考えられる〕石は、そんなに長くも広くもない。そして、精密に配列された並びは言うまでもなく、巧みに彫られた文字や像もない所から、その句が碑のために書かれたものでないことは、全く明快である。それをよくよく熟考するに、これ〔前述の一節〕は、〔武梁〕の石の部屋（石室）における、画象石のことを専ら言っているだけのように思われる[38]。

もし碑文の一部でないとすると、この付け加えられた一節の正体は、何だったのだろう。確かなのは、もし宋代の碑文研究者がこの疑問に答えられなかったとすれば、現代の学者にも無理であるということだ。梅鼎祚（一五五三—一六一九）の東漢文紀（後漢の文章を集めたもの）は、碑文における二つの型を知っており、そして、衛改のことに言及しない、短い方を、本来のもの（原文）と信じたようだ[39]。顧藹吉の隷弁（隷書の碑文を〔字毎に〕分別して論評したもの、一七一七年編）は、かつて任城にあった武梁碑は、行方不明であると注している[40]。

34・「懿徳玄通」に始まり、「身没名存」に終わる二十八文字は、趙明誠の〔金石録の〕明、万暦版及び、四庫版によって齎されている。しかし、隷釈巻六に引用されたその賛辞を見ると、八文字——四でなく——が欠けていて、このことは、〔金石録と隷釈とに等しく用いられた〕「四字を欠く」という句が、必ずしも同じ四文字のことを言っているとは限らないことを意味している。接辞の兮は、詩の句中のみならず、句末にも使われ得るから、碑文が果して「懿徳玄通」で始まっていたかどうか、その〔兮の〕置かれた位置によって判断することは出来ない。おそらくその四文字は、「伝無疆兮」の後に来るものだったろう。

35・〔略〕

36・隷釈、巻6／14a（巻681、515頁）。この四庫全書版は、一五八八年版（16／13a）と合致する。汪日秀版隷釈、巻6／13aは、驚くことはないが、その来歴と年紀の記入を伴った、武梁碑文の「全文」を提示している。〔四庫版および、一五八八年版の隷釈は、武梁碑の一部と、洪适の武斑碑に関する注の一部とが、混じってしまっている。これは多分、明代の書写者が写し落とした結果である。元代泰定年間版からの二葉の手書き複写が、四部叢刊三編版の巻六の末尾に添えられており、明らかに欠落部分全体を表わしている。別の明代写本に基づき、汪日秀は、彼の一七七七—一七七八年版において、その本文を再挿入した。この脱落は、梅鼎祚（一五五三—一六一九）、傅山（一六〇七—一六八四）、そして、十八世紀以前のその他の学者達によってもまた、気付かれていた。以下の注55を見よ。〔YL and EHH〕

37・（宋本）金石録、巻14／3b、隷釈、巻6／14b―15b（本文対注釈）、そして、同書、巻16／5a―bを比較せよ。洪の本文（隷釈6／14a）が、「官寿残失」（「公的な寿命は短く切られた」）に始まる何行かの節を含むこと、〔そして、それらが〕碑文の一部として提示されていることに注意せよ。しかし、そうではなく、それらは注釈を示すものであろう。（衛博の定庵類稿、巻4／20bは、武梁碑についての洪の注釈を復唱している。）〔下略〕

38・隷釈、巻6／15a（巻681、515―16頁）は、長さ半尋、広さ約一尺という、碑の正確な寸法を提示しているが、私の訳文にはそれを含めていない。壇墠（祭壇）という用語は、泰山や梁父山における皇帝の儀式にいつも決まって用いられ、武梁のような身分の低い地方官には用いないことに注意せよ。祀堂という語は、これとは切り離して考察するに値する、十分な理由がありそのことはシンポジウムの冊中の試論の中で述べられるであろう。

39・梅鼎祚、東漢文紀、巻28／10a―10b。彼はまた、本文と注文とが混じったことによる、書写中の誤りであると見做している。

40・顧藹吉、隷弁、巻7／11a、8／15b―16a。

55・隷釈6／1aと6／15aとを比較せよ。別の疑問が生じる。例えば、何故隷釈は、武梁碑を筆写する時、その韻文の賛辞中から、詩に特有の「兮」（金石録における筆写では四回繰り返されていた）を削除するのだろうか？（一五八八年版隷釈から消えた接辞は、四庫全書版の中に再び現われる。）金石録は、拓本の諸版として知り得た、二つの版の内の一つは、最後の四文字を欠くと言っているが、しかし、脱落は、異なる版の異なった点に生じているのである。上の注12を見よ。拓本を取ったり、或いは、碑文を筆写したりする、そうした作業は、ひょっとすると問題に気付かせ、そして、別の解決を思い付かせたかもしれない。一つの論理的な説明は、次のようなものである。武梁と関連し、且つ、趙明誠の所有するものの中にあると言われた、二つの拓本の内の一つが、異なる四文字で始まると仮定すると、洪适または、我々の知らない、後の資料は、その韻文の意味を取ろうと試みたが、しかし、失敗した〔というものである〕。そのような混乱ではまだ足りないかのように、現存する隷釈の最も早い版（一五八八年の明、万暦版）は、後から付け加えられた、（「補」〈補足〉と標示される）本文二頁を挿入している。それは正しく巻六の半ば、13ａ—ｂの頁に当たり、武梁に関する全ての重要な記載中におけるもので、結果的に、一つの四文字句（「羅列成行」）は、三回も繰り返されることになる。一五八八年版の北平図書館善本書マイクロフィルム(mf9101, 巻552）を見よ。）

武梁碑は原石が失われているため、その考察は専ら文献を廻るものとなる。ニラン女史がまず指摘するのは、金石録巻十四「漢従事武梁碑」の、次の記事である。全文を掲げる。

右、漢従事武梁碑云、故従事武掾、掾諱梁、字綏宗。掾体徳忠孝、岐嶷有レ異。治二韓詩一、闕幘伝講、兼通二河洛諸子伝記一。又云、州郡召、辞レ疾不レ就。安二衡門之陋一、楽二朝聞之義一。又云、年七十四、元嘉元年季夏三日、遭レ疾隕レ霊。其後有レ銘云、懿徳玄通、幽以明兮。隠二居靖処一、休二曜章一兮。楽レ道忽栄、垂二蘭芳一兮。身没名存、伝無レ疆兮。其他刻画、皆完可レ読。文多不二尽録一。碑在二済之任城一。余崇寧初、嘗得二此碑一、愛二其完好一。後十餘年、再得二此本一、則欠二其最後四字一矣（宋本金石録に拠る）

また、以下問題となる隷釈巻六「従事武梁碑」の諸本を、図二に示す。図二は、それぞれ隷釈の四庫本（四庫提要に、「此本為二万暦戊子王鷺所レ刻」と言う）、王雲鷺本（明、万暦十六〈一五八八〉年序刊本。現存最古の版）、汪日秀本（清、乾隆四十三〈一七七八〉年刊、銭塘汪氏楼松書屋本に拠る）となっている（図三は、参考までに掲げた、同じ三本の武斑碑で、武梁碑はこれに続く。図四は、米国国会図書館蔵、旧北平図書館旧蔵王雲鷺本隷釈巻六、第十丁裏から十四丁表で、王雲鷺本の原姿をよく留める。女史が注55末で参照を指示した本である。国会図書館蔵北平図書館善本書マイクロフィルム〈ＹＤ—75。リール番号522、コマ477—1069〉に拠る）。さて、ニラン論文の注34（二、三行目の、the Ming Wanli and *Siku* editions of Zhao Mingcheng はおかしい。金石録の明、万暦版は管見に入らない）は、

図二　隷釈巻六諸本（武梁碑）

四庫本（斑碑）

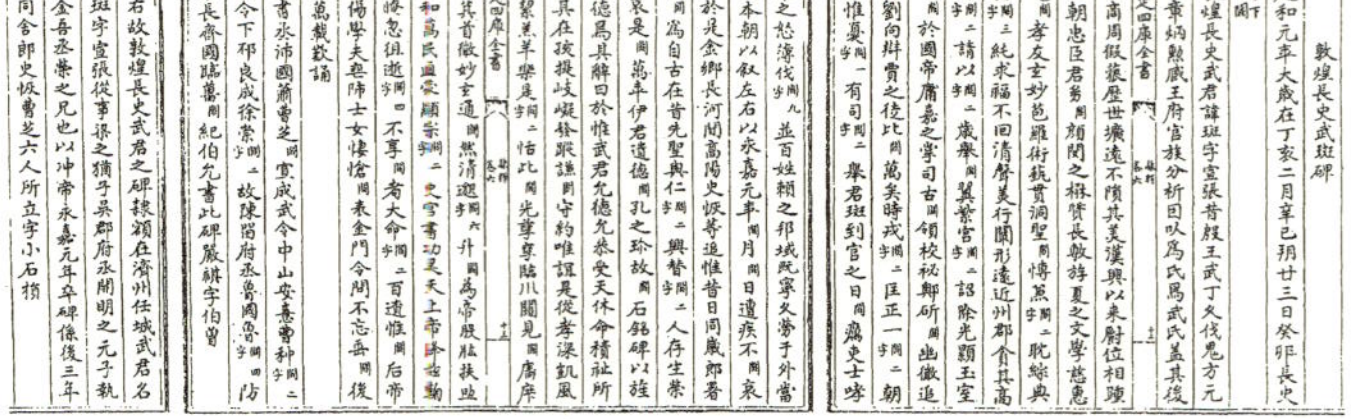

王雲鷺本（斑碑）

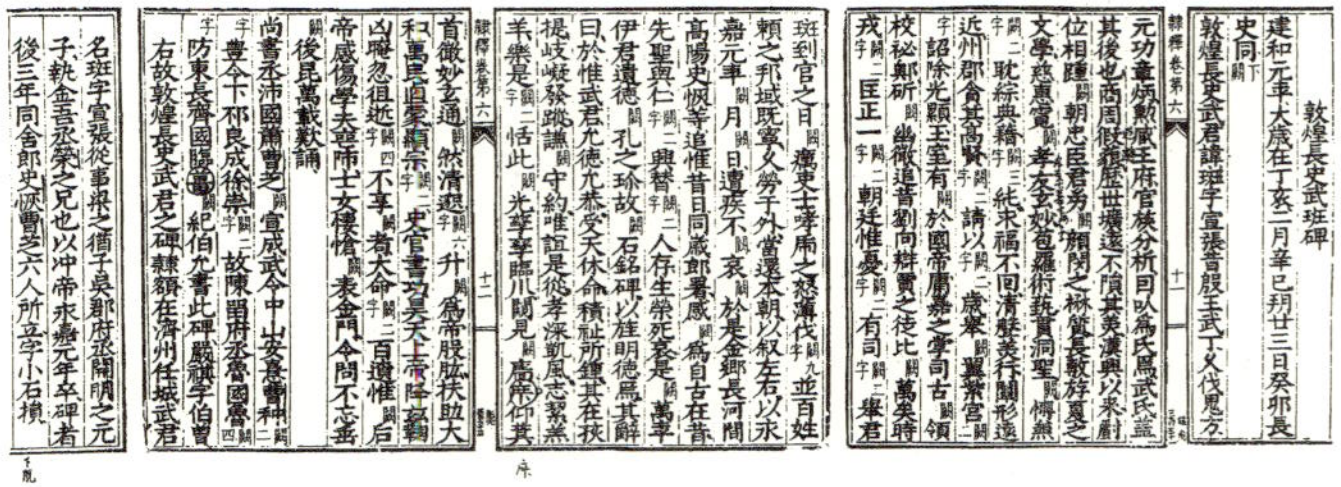

汪日秀本（斑碑）

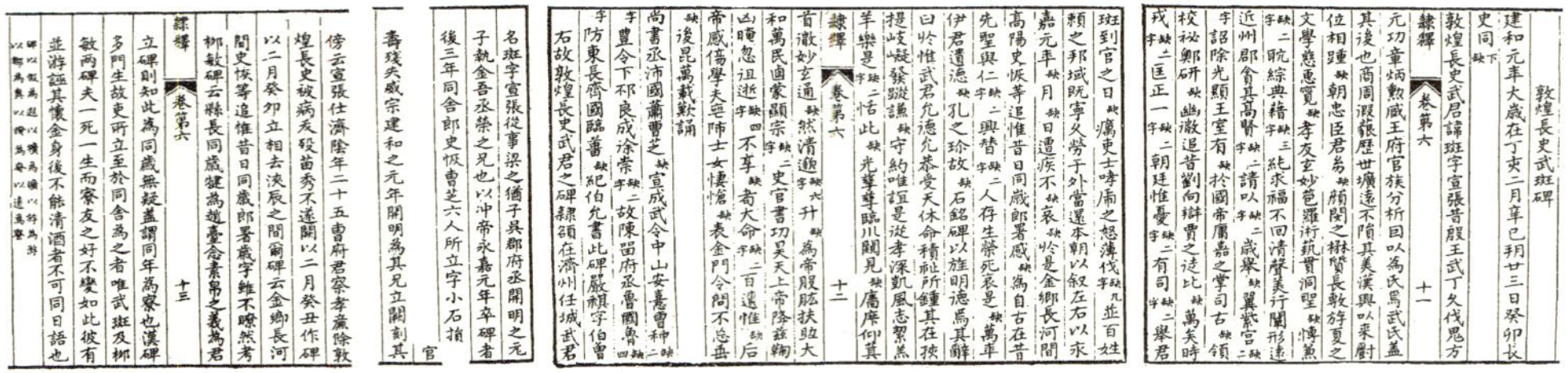

図三　隷釈巻六諸本（武斑碑）

図四　旧北平図書館蔵王雲鷺本隷釈巻六

梁碑の銘「懿徳玄通……身没名存、伝無㆑疆兮」（金石録）三十二字の末尾が、金石録と隷釈とでは、

……身没名存、伝無㆑疆兮（金石録）

……身歿名存、〈闕四字〉（隷釈）

と異なり、且つ、金石録に、「余崇寧初、嘗得㆓此碑㆒……後十餘年、再得㆓此本㆒、則欠㆓其最後四字㆒矣」と言うことを、問題化したものである（崇寧は、北宋の年号で、一一〇一年―一一〇六年間）。そして、ニラン女史は、金石録の「欠㆓其最後四字㆒」と隷釈の「闕㆓四字㆒」とは、同じ「四字」と記されるものながら、各々指すものが違うとし、助辞の兮は句中にも使われることから（後述、注55には、王雲鷺本の銘では、金石録の四つの兮が削除されているとある）、隷釈の「闕㆓四字㆒」の四字は、「伝無㆑疆兮」の後に続く四字を指すと主張する。私にはこの論理の運びが殆ど理解出来ない。加えて、隷釈の「闕㆓四字㆒」の四字が、「身歿名存」に続く筈の「伝無㆑疆兮」でなく、さらにそれの後に続く、従来、未知の四字であろうとする、ニラン女史の主張は、誠に奇矯なもののように思われる。もっと一般的な理解を示そう。それは、金石録と隷釈の四字は同じもの、即ち、「伝無㆑疆兮」の四字を指すとするものである。金石録の記述から、梁碑の拓本に二つの形――銘の末尾に「伝無㆑疆兮」四字のあるものと、ないもの――のあったことが知られよう。そして、隷釈即ち、洪适の手許にあった拓本は、後者つまり、「伝無㆑疆兮」のないものだったらしい。洪适は、それを隷釈に記録したが、一方では、金石録によって（隷釈巻二十四所収趙明誠金石録上「従事武梁碑」）、自分の拓本に「伝無㆑疆兮」四字の欠けていることも、承知していた。だから、隷釈巻六梁碑の筆録末尾に、「闕㆓四字㆒」と注したのである（この拓本には別本に存する四字が欠けている意）。梁碑の銘における、金石録と隷釈との二様の末尾については、このように捉えて、特に矛盾はないように思う。

次に、ニラン論文が、

One authoritative version of extant *Li shi* begins the Wu Liang entry with a six-character passage that is either out of place or interpolated from a commentary.[36]

と言うのは、四庫版隷釈のことであるが、具体的にはそれは、

従事武梁碑

^A^官寿残失。威宗建和之元年、開明為二其兄一立レ闕。刻其／^D^成行、攄二騁技巧一、委蛇有レ章。垂二示後嗣一、万世不レ亡。

其辞曰、

懿徳玄通、幽以明兮。隠二居靖処一、休二曜章一兮。楽レ道忽栄、垂二蘭芳一兮。身歿名存〈闕四字〉

と記されたものである（図二の四庫本参照。威宗は、後漢の桓帝の廟号）。まず、begins……with a six-character passage が分からない。右を見ても、六文字節はない。それはそれとして、上記の四庫本隷釈（及び、王雲鷺本）の梁碑に関する記述は、ニラン論文も置き違え、注釈からの改竄を疑うように、全く訳の分からないものとなっている。それは、汪日秀本と較べてみれば明確なように、四庫本（及び、王雲鷺本）のAは、武斑碑の注釈の一部に外ならず、続くDが、武梁碑の記述の内の本文の末尾（その後さらに注釈が続く）となっているためである（図二参照）。ニラン論文の注36を見ると、このことが指摘されている（注36［　］末尾の署名略号 CYL と EHH は、ニラン女史の研究仲間、Cary Y. Liu 氏と Eileen H. Hsu 女史を指す。以下、ニラン論文の略記に従い、［CYL and EHH］と記す）。その事実から、四庫本、王雲鷺本の梁碑の記述の不完全極まりないものであることが確認出来る。即ち、四庫本、王雲鷺本の梁碑の記述は、冒頭に他注（斑碑の注の一部）を混じ、本文の前半を欠くのである。同時に、四庫本、王雲鷺本の武斑碑の記述が、その注釈の後半（図二のB）を欠く、これも不首尾なものとなっていることを、ここで確かめておきたい（図三の斑碑参照。さらに斑碑の注末尾〈A〉も、次の梁碑の冒頭へ回されている。見方を変えれ

ば、四庫本、王雲鷺本の「従事武梁碑」標題が、斑碑注の末尾に移ったと見ることも出来る）。ニラン論文の武梁を廻る見解に関し、私が不思議に思うのは、例えばニラン女史が終始、上述の如く非常に不完全な四庫本、王雲鷺本を拠り所とし、殆どと言って良い程、汪日秀本を顧慮しないことである。具体的に見てゆく。例えば注36において、ニラン女史（或いは［CYL and EHH］）は次のように述べている。

> A manuscript copy of two leaves from a Yuan-dynasty Taiding edition is appended to the end of *juan* 6 in the *Sibu congkan sanbian* edition, and apparently represents the entire missing section. Based on another Ming manuscript, Wang Rixiu reinserted the text in his 1777-1778 edition.

女史（［CYL and EHH］）がまず述べるのは、四部叢刊三編所収の隷釈即ち、王雲鷺本のことで、それが十三丁の次に元、泰定（一三二四―一三二八）年間版を補入（図二王雲鷺本のB、C。B、Cは巻六巻末に付され、右欄外下に「拠二泰定本一写補」とあり、版心丁付に「十三補」とある）すべきものとなっていることである（to the end of juan 6は、誤りではないが、このことについてのニラン女史の認識に問題があることは、後に述べる）。訝しいのは、女史（［CYL and EHH］）が汪日秀本の武梁碑の記述を、そのような王雲鷺本を前提として、再挿入（reinsert）したものと述べることである。さて、汪日秀の基づいた本は、その跋に、

> 余従二金閶一借二得伝是楼鈔本一。悉心讎勘、較二之明季鏤版一、大相径庭

とあって、清、徐乾学の蔵書（伝是楼）中の写本であったことが分かる（金閶は、蘇州の通称。徐乾学の生地）。そして、それは「明季鏤版」（万暦刊行の王雲鷺本であろう）と大きく異なる本で、何より特に、武梁碑についての記述が、両書の間で異なっていたことも、汪日秀自身が正しく、

> 至二武梁碑一、明刻脱二去碑一、止存二其末数語一。及二銘文一而誤以二武斑碑釈文一闌入。又欠二其後一段一（跋）

と指摘している通りなのである。故に、汪日秀本は、梁碑の記述を再挿入した訳ではない。成程汪日秀本は、刊行時期こそ降るが、例えば梁碑の記述に関し、四庫本、王雲鷺本と較べ、特にそれを斥けなければならない理由は、何ら見当たらないように思われる。それどころか武梁碑の場合、むしろ逆に、汪日秀本の方が四庫本等より、格段に優れているものと判断されるのである。例えば王雲鷺本（四部叢刊本）におけるB、Cの補入の背景を考えてみよう。その補入は見易いものではあるが、その校勘記に、「十三、前三「字小石損」」と場所を示した後、

下接二前五行「官寿残失」至「立闕刻其」一行一、無二「従事武梁碑」一行一。「立闕刻其」下、欠二一葉一。見レ後

と記されるように、本文を復原するためには、ABCDEの順序を辿らなければならないことを考えると一面、大変分かりにくい、不親切なものとせざるを得ない。それはさて置き、王雲鷺本の補入を、A―Eの順に理解すべきことは、何処から分かるのであろうか。それは、BCに用いられた泰定本の記述からであろう（張元済跋）。おそらく泰定本のA―Eとなっていたことが、王雲鷺本における、BCの補入の根拠なのである。そして、汪日秀本は、その泰定本と同じ記述を有しているのであって、そのことは、汪日秀本が王雲鷺本より優れていることの証左と見られよう。にも関わらず、ニラン女史［CYL and EHH］の如く、優れた汪日秀本を斥けて、極めて不完全な四庫本、王雲鷺本に固執すれば、論旨が狭く、奇矯な方向へと向かうことは、やがて避け難いものとなるだろう。

三

ニラン論文注36の終わりに、さらに後注、注55への参照指示がある。ここで、その注55を検討しておく。注55は、西闕銘を論じた一文、

The rubbing for the Wu Kaiming stele has gone missing, just as the rubbing for Wu Rong has reappeared.[55]

（武栄碑の拓本が再現された丁度その時、武開明碑の拓本は行方不明となった。[55]）

に対するものだが、例によって、その冒頭、

Compare *Li shi* 6/1a and 6/15a.

の意図が不明である。さらに注55は、前掲金石録巻十四の銘における、四つの「兮」が、隷釈では削除されていると主張するが、それらの「兮」は、隷釈の四庫本、王雲鷺本、汪日秀本のいずれにあっても、削除はされていない（もっとも、四つ目の兮は、隷釈に「伝無㆑疆兮」句がないため、当然不見）。従って、以下の注55における、

but, the lacuna occurs at different points in different versions of the inscription.

という説は成り立たないし、同時に前述、「伝無㆑疆兮」の後に、未知の四字句があったとする想定も、やはり成立しないことになる。続く、See n. 12 above. の参照指示も、甚だ理解し難いものである。それは、武斑を論じた一文、

Zhao could also make out both characters of Wu Ban's style name, Xuanzhang;[12]

（趙はまた武斑の字、宣張の二字を判読することも出来た。[12]）

に対する、

12. Gu Aiji, *Libian*（*Siku* edition）, *juan* 7/12a, points out that it is very unusual for a Han stele to provide both the family and style name of the individual.

（12・顧藹吉の隷弁（四庫版）、巻7／12aは、漢の碑文において、個人の姓と字との両方を記すことは、極めて異常なことだと指摘している。）

と言う内容の注となっている。私にはこの注が、「闕㆓四字㆒」（隷釈）の問題とどう関わっているのか、皆目分からな

い。加えて、その注自体が間違っている。注12は、隷弁巻七の、

後有㆓題名㆒六人、其一曰、防東長斉国臨菑□紀伯允書㆓此碑㆒。漢碑有㆓書人姓字㆒者絶少。惜闕㆓其姓㆒

を指すが（丁数は12ａでなく、12ｂ）、隷弁は、ニラン女史が言うような、斑碑において武斑の姓と字とが記されていることを問題としているのではない。隷弁が指摘しているのは、漢代の碑文で、碑文を書いた者（書人）の姓字を記す例が、極めて少ないということなのである（斑碑には、上引「書㆓此碑㆒」の後に、なお「厳祺字伯曾」五字があるが〈隷釈〉、この部分の斑碑の解釈は非常に難しい。例えば高文氏は、翁方綱の両漢金石記巻十五に、「小欧陽集古録目云、厳祺字伯魯、隷書。今不㆑見㆓此文㆒久矣。据㆔洪氏隷釈載㆓是碑㆒。末云、紀伯允書㆓此碑㆒。下乃云、厳祺字伯曾。曾魯二字未㆑知㆓熟是㆒。然験㆓其文勢㆒、則書者紀伯允、而非㆓厳祺㆒也。紀伯允三字上有㆓闕文㆒。或是□紀伯允、則紀字是其名、伯允是其字、未㆑可㆑知也。今不㆑能㆓臆定㆒矣」と述べるのを引いて、参考としている〈『漢碑集釈』「武斑碑」注六一、河南大学出版社、一九九七年〉）。とは言え、注12と注55の関係は、やはり判然としないことに変わりはない。強いて想像すれば、相互対照を意図した、注36または、34の誤りだろうか。また、注55の、One logical explanation is that 以下の仮説も、無効である。

　さて、注55の As if such confusions were not enough 以下に見られる、ニラン女史の記述には、大きな問題がある。それは主として、女史の隷釈の認識に関わる問題である。女史は一体、どのように隷釈を認識し、論述に臨んでいるのであろうか。例えば女史は、「そのような混乱 confusions ではまだ足りないかのように」と半ば皮肉を籠めて、隷釈の混乱を述べ立てているが、私の見る所、隷釈に混乱はない。ニラン女史が混乱しているのである。とても不思議な論法と言うべきだろう。筆者の混乱が、何時しか対象のそれに転嫁されてしまっている。どうしてこのようなことが起きるのか。ニラン論文二章の半分を過ぎ、女史の論法の輪郭が、漸く私にも見えて来たようだ。読後感の見通

しを兼ねつつ、この辺りで若干、私の感想を纏めておくことも、強ちに意味のないことではないだろう。以下、隷釈に対する女史の混乱について、少し考えてみよう。

ニラン女史の混乱を考えるためには、始めに我々が通常目にする、隷釈諸本のことを、一瞥しておくのが便利である。今、一般書誌学（Bibliographie）、文献学的理解に沿って、現存する隷釈の諸本を一覧に纏めると、次の五本となる。

1王雲鷺本
2四庫本
3汪日秀本
4四部叢刊本
5泰定本

1王雲鷺本は明、万暦十六（一五八八）年に版行されたもので、現存最古の隷釈刊本である。2は、文淵閣本の四庫全書に収められた隷釈で、1の王雲鷺本を底本としている（四庫全書総目提要八十六）。3は、汪日秀が清、乾隆四十二（一七七七）年に刊行したもので（銭塘汪氏楼松書屋本と呼ばれる）、その底本には前述、徐乾学の伝是楼鈔本が用いられた（汪日秀跋）。清、洪汝奎による洪氏晦木斎叢書所収本（同治十〈一八七一〉年刊）も流布している。4は、四部叢刊三編に収められた隷釈で、1の王雲鷺本（明、傅山旧蔵）を底本とし、四部叢刊の編者、張元済による次の泰定本との周到な校勘を経て、初版が民国二十四（一九三五）年、上海商務印書館から刊行されたものである。5は元、泰定二（一三二五）年重刊本のことを指すが、原本は現存しない。4を編集した張元済が、その明代写本を見て、底本の王雲鷺本と対校している。5泰定本は、原本こそ存在しないものの、現存隷釈諸本はおそらく殆ど全てそこから出ており、現存本の祖本の一を指す点、5泰定本のみは1―4とは範疇を異にする重要な概念で（1―4は、広義には全て5に含まれる）、隷釈のテキストを考える際の基本概念の一つと捉えるべきであろう。後述、明抄本を中心とする隷釈の諸写本もまた、それに従う。これらの事実を考察の基本として、As if such confusions were not enough 以下に見える、女史の記述の混乱を、出来るだけ具体的に分析してみたい。

まずニラン女史は、「現存する隷釈の最も早い版（一五八八年の明、万暦版）は、後から付け加えられた（「補」〈補足〉と標示される）本文二頁を挿入している the earliest extant edition of *Li shi* (the Ming Wanli edition of 1588) inserts an additional two pages of text (labeled as *bu*, “supplement”)」と指摘しているが、そのような事実はなく、女史の誤りとすべきである。何故なら、女史の言う、the earliest extant edition of *Li shi* (the Ming Wanli edition of 1588）は、1王雲鷺本のことを指しており、その王雲鷺本には、欠落はあっても、補足はないからである。そして、正しく女史の指摘するような、二頁分の補足があるのは、4四部叢刊本であって、ニラン女史は明らかに、王雲鷺本と四部叢刊本とを混同している。ところで、現存する王雲鷺本は、確かにその巻六「従事武梁碑」の記述の中の第十三―十四丁間に、大きな脱落を有している（図二、中段の王雲鷺本B、C）。幸い、四部叢刊本の隷釈が、その脱落部分の内容を、巻六末尾に補ってくれているので、今日では誰でも容易に、その欠落を埋めることが出来る。けれども、四部叢刊本の隷釈というものは勿論、当初からそのような形をしていた訳ではない。ここで私が注目したいのは、四部叢刊本において、現存王雲鷺本の欠落が見出だされ、さらに補足されるに至った、その過程である。そのことを知るには、少し隷釈の研究史を顧みる必要がある。

そもそも四部叢刊が、数多くの叢書を生み出した中国にあって、極めて特徴的な叢書と位置付けられようことは、夙に武内義雄氏が、其中に収めらる、書籍の選択、標準が従来の叢書と全く異つてゐるのは大に注意すべきであると思ふ……殊に注目に価する点は原本の選択に細心の注意を払つて、宋元明初の旧刻若しくは名家の手校本などの中で最も本文《テキスト》の正確なものをと心懸けてゐる

と述べられた通りである（「「四部叢刊」」、『支那学』1・4、大正9〈一九二〇〉年12月）。そして、武内氏が言われたことは、四部叢刊三編所収の隷釈に関しても、そのまま当て嵌まる。例えば、洪适の隷釈を本叢刊に編入するに際し、現存最古の刊本、王雲鷺本（固安劉氏蔵）が選ばれ、しかもその本は、「清初大儒」たる傅山の旧蔵書に外ならず、傅山による点校、手校本を兼ねるという由緒深いものが用いられた（張元済跋）。その傅山による手校が相当に精確なものであったことは、編者張元済が、「王本雖レ有二疵類一、得二傅氏手校一、而転増二其価値一。巻六脱文……傅氏均已校出」（跋。疵類《しらい》は、傷）と述べている如くで、例えば巻六三丁a、三行目、五行目の下欄外に見える、「下脱」や印などが、傅山の書入れなのであって（図二、三参照）、このことは、早くから傅山が、そこに脱文のあること、つまり図二におけるB、Cの欠けていることに、気付いていたことを示している。さて、ニラン女史が、

an additional two pages of text (labeled as “bu”, supplement)

と言っているのは、四部叢刊本の補足以外にあり得ないが、ここで見過越してならない点は、それを付け加えたのが、王雲鷺ではなく、また、汪日秀でもないということである（ニラン女史は、王雲鷺〈本〉が insert したと述べている。また、注36〈[CYL and EHH]〉は、汪日秀が reinsert したと言っている。共に、明らかに事実に反する）。四部叢刊本に補足を付け加えたのは、編者の張元済なのである。このことを確認しよう。前述のように、四部叢刊本隷釈の巻六末尾には、版心丁付に「十三補」、また、右下欄外に「拠二泰定本一写補」と記す一丁（二頁。図二、王雲鷺本B、C）が付してある。四部叢刊三編の刊行時、その処置を施すに至った経過については、張元済の跋文に窺うこ

とが出来る。即ち、張元済はかつて、巻六と七の末尾に、

泰定乙丑寧国路儒学重刊

という刊記を有する（泰定乙丑は元、泰定二〈一三二五〉年に当たる）、「常熟瞿氏所蔵明人抄本」の隷釈を見たことがあり（常熟は、江蘇省常熟県。瞿氏は、瞿紹基、鏞（子雍）父子を指し、蔵書を鉄琴銅剣楼と号し、呉県の黄丕烈の蔵書を受け継いだ、清朝屈指の収蔵家の一人とされる）、その本が王雲鷺本とよく似た本文をもっていることに、大きな関心を寄せた。これが後述、5泰定本である。そこで、張元済は、その跋文に、

其他闕佚、余亦各拠二泰定本一写補。有レ不レ宜二写注一者、或与二泰定本一異同者、別撰二校記一附レ後

と記すように、王雲鷺本における欠落を、泰定本を使って写し補ったことが知られる。一方、張元済は、写補に適さない、泰定本との異同などに関しては、別途一巻の校記を作成し、それを全巻の末尾に置いて、隷釈校勘記と題することにした（また、校勘記の前には、傅山による改字の内、読みにくいものを集めて一覧とした、隷釈校改字表も付している）。驚くべきことに、張元済は、王雲鷺本巻六、梁碑の記述における脱落が丁度、元時代の刊本の一丁分に相当することを計算し、結果としてそれが、泰定本の第三十二葉目に該当することを、突き止めていたらしい（跋に、「巻六従事武梁碑所レ闕、適当二泰定本第三十二葉一」とある）。その計算は、まず王雲鷺本が毎半葉（一頁）九行、毎行二十字であるのに対して、泰定本は毎半葉十行、毎行二十字となっている。だから、泰定本一丁当たりの行数（10×2）は、王雲鷺本のそれ（9×2）に較べ、一丁につき、二行ずつ多いことになる。次に、王雲鷺本が脱落を起こした箇所、つまりその巻六、十三丁の五行目（傅山が「下脱」と注し、印を付けた箇所）は、王雲鷺本巻六における、当行までの総行数を数えてみると、

18行×12丁＋5行＝221行

である。しかし、その総行数二二一は、まだ斑碑の記述の途中であるにも関わらず、既に梁碑の標目「従事武梁碑」一行分を、数えてしまっていることに注意しなければならない。つまりその標目は、欠落部に属する筈の一行だから、総行数を見るためには、それを差し引いてやる必要がある。すると、総行数は結局、

221行－1行＝220行

となる。そして、このようにして得られた二二〇行は丁度、泰定本一丁の行数二十により、割り切ることの出来る数に外ならない。従って、王雲鷺本巻六における欠落は、泰定本においては、

220行÷20行＝11丁

に相当し、正しく泰定本十一丁の切れ目に当たる、次丁の十二丁目に生じていることが、了解されるのである。つまり、王雲鷺本巻六、十三丁右五行目の「官寿残失……立闕刻其」は、泰定本巻六、十一丁の最終行（左十行目）に当たっており、従って、王雲鷺本が脱落させたのは、続く泰定本十二丁目の一丁（二頁）分であったと考えられる。ところで、張元済は泰定本における、欠落の該当箇所を十二丁とはせず、三十二丁（葉）としている（跋「巻六従事武梁碑所レ闕、適当二泰定本第三十二葉一」）。これは一体、どういうことなのであろうか。さらに考察を進めてみる。周知のように隷釈は、全二十七巻から成っているが、ここで問題とすべきは、泰定本の冊数であろうと思われる。例えば張元済が底本とした王雲鷺本の隷釈は、六冊本であった（固安劉氏跋）。そして、泰定本を同じ六冊本と仮定するなら、その一冊はいずれ四、五巻分を纏めたものに違いない。そこで、今泰定本の第一冊が、隷釈巻一―四の四巻を収めたものとすれば、その第二冊は、巻五以降を収めるものとなる。この推定に沿って、王雲鷺本の総行数を計算してみると、その巻五は、全二十三丁を数えるが、最終の二十三丁目は、僅かに四行を存するに過ぎない。すると、王雲鷺本巻五の丁数は、二十二丁（＋四行）なので、巻五の総行数は、

18行×22丁＋4行＝400行

となる。さらに、総行数の四〇〇から、一丁二十行の泰定本の丁数を求めるには、総行数を一丁の行数で割れば良いから、

400行÷20行＝20丁

の丁数が得られ、泰定本巻五の丁数は、丁度二十丁であったらしいことが知られる。そして、泰定本巻六の欠落に該当する丁数が、十二丁であったことを合わせれば、

20丁＋12丁＝32丁

となって、張元済が跋文に記した如く、泰定本第二冊における、三十二葉（丁）という結果を得ることが出来る（また、王雲鷺本巻十九「魏公卿上尊号奏」「魏受禅表」〈第七―十丁〉における錯簡〈校勘記十九、七―十参照〉も、張元済の「亦適為二泰定本第七八九葉一」〈跋〉と言う通り、泰定本の第六―十丁の順序を、六、九、八、七、十丁の順に誤ったものと考えることが出来る）。これは飽くまで推測に過ぎないが、王雲鷺本の欠落をめぐって、張元済の推論が辿った筋道も、およそ上記のようなものではなかったかと思われる。

ところで、張元済が用いた泰定本とは、一体どのような本であったのか。張元済の跋文によれば、それは「常熟瞿氏所蔵明人抄本」であろうとしか考えられないが、この本は現在、北京図書館（中国国家図書館）に所蔵され、例えば『北京図書館善本書目』（中華書局、一九五九年）三、史部下金石類に、

隷釈二十七巻　宋洪适撰　明万暦四年抄本　孫従沾跋　周棨校並跋四冊　三七六一

『中国古籍善本総目』（線装書局、二〇〇五年）二、史部金石類総類七三六頁上段に、

隷釈二十七巻　宋洪适撰　明万暦四年抄本　清孫従沾跋周棨校並跋　（45）

とされるものが、それに当たる。本書は明、万暦四（一五七六）年に某氏が銭穀の本を写したもので（巻二十七奥書）、毎半葉十行行二十字、巻四末に「乙亥《（酉）》年重校」、巻六末に、「丁亥年重校」また、巻六、七末に、「泰定乙丑寧国路儒学重刊」と記す、四冊本である（第一冊に、目録と巻一―六、第二冊に、巻七―十四、第三冊に、巻十五―二十一、第四冊に、巻二十二―二十七を収める）。本書は、孫従沾が毛氏の汲古閣から得たもので（巻二十七識語）、周榘の校を経、常熟瞿氏の鉄琴銅剣楼に入ったものである（瞿子雍『鉄琴銅剣楼蔵書目録』十二、瞿良士『鉄琴銅剣楼蔵書題跋集録』二参照）。張元済がかつてこの本を閲したことは、巻七内題下に、

　民国二十四年、余獲見傅青主手校明万暦本、略有残缺。因従鳳起世兄借此讐対。原闕半葉、用代補抄。

張元済

という識語、署名、押印があり、張元済自身がその巻七第一丁表の半葉を補写していることから見て、確実である（瞿鳳起は、鏞〈子雍〉の曾孫啓甲〈良士〉の子）。王雲鷺本の欠落との関係で言えば冒頭、目録巻の斑碑、梁碑標題の上に、周榘が、

　武斑、武梁二碑、万暦時刻本多脱乱。当此本添正

と書入れていることに注意されるが、図五に、北京図書館（中国国家図書館）蔵、鉄琴銅剣楼旧蔵万暦四年抄本隷釈巻六の斑碑、梁碑（第一冊巻六、第十丁裏六行目―十四丁表七行目）を掲げる。張元済は、王雲鷺本巻三「楚相孫叔敖碑」（第六丁裏）、巻七「車騎将軍馮緄碑」（十三丁表）の欠落、巻十九「魏公卿上尊号奏」「魏受禅表」（七―十丁）の錯簡などと共に、巻六斑碑、梁碑の欠落を、この鉄琴銅剣楼旧蔵本により補入、訂正したものと思われるが、張元済の言う「泰定本」を、鉄琴銅剣楼旧蔵本と断定するには、若干の疑問が残る。

　四部叢刊本巻六末に補写された「十三補」（図二、王雲鷺本B、C）と、鉄琴銅剣楼旧蔵本巻六、十二丁（図五、

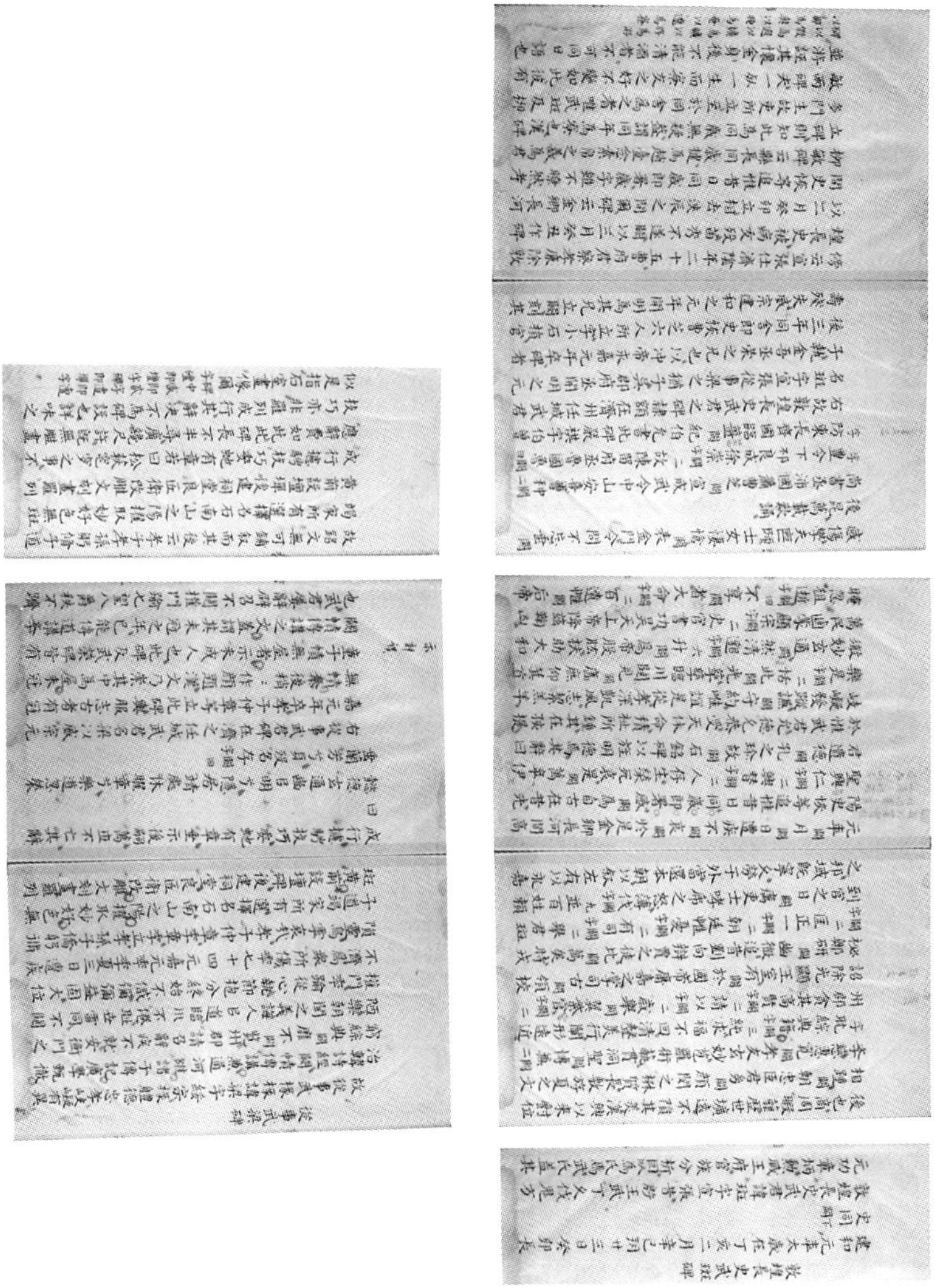

図五　鉄琴銅剣楼旧蔵万暦四年抄本隷釈巻六

上段左端、下段右端の半葉参照）とを、比較してみよう。例えば「十三補」二行目、

闕以二二月癸丑一作

の「二月」が、鉄琴銅剣楼旧蔵本では、

闕以二三月癸丑一作

と「三月」になっている。これは、例えば黄丕烈の汪本隷釈刊誤に、「洪跋闕以二三月癸丑一作、三誤作レ二」とあるように、三月が正しい。すると、張元済による「十三補」は、その鉄琴銅剣楼旧蔵本の正しい三月を、態々誤った二月に改めたことになってしまう。また、「十三補」梁碑の六行目、

弥弥蓋固

も、鉄琴銅剣楼旧蔵本の

弥弥益固

の正しいこと（汪本隷釈刊誤に、「弥弥益固、益誤作レ蓋」とある）、同断である。また、「十三補」末行の、「前設二磴砠一」の表記が、鉄琴銅剣楼旧蔵本に、「前設二壇磾一（碑）」となっていることも、不審である。或いは、「十三補」梁碑第二行一字目の「闕」が、鉄琴銅剣楼旧蔵本にはなく、空白となっており、また、なお訝しいことに、「十三補」梁碑の各行末が、最後の二行を除き、鉄琴銅剣楼旧蔵本のそれとは一致していない。即ち、「十三補」各行末は、「有、甄、衡、不、大、遭、躬、無、列」で終わっているが、鉄琴銅剣楼旧蔵本のそれは、「異、徹、之、闕、位、疾、脩、無、列」で終わっており、各行一、二字のずれが認められる。つまり鉄琴銅剣楼旧蔵本は、行二十字で一定しているのに対し（但し、梁碑二行目は、冒頭空白を数えれば、二十一字となる）、「十三補」梁碑の方は、四行目が十九字、五行目が二十一字、九行目が二十一字と一定していないのである。もし、「十三補」が鉄琴銅剣楼旧蔵本を写したも

のであるならば、どうして態々、このように整然とした行二十字を崩すのであろうか。さらに、「十三補」の全二十行は、鉄琴銅剣楼旧蔵本巻六の十二丁目に当たり（版心部分に、「十二」の丁付がある。なお、序、目録巻、巻一―二、巻七―十、巻十五―十八には、通しの寸付がなされる）、また、巻六は第一冊に含まれていて、どのように考えても、張元済が「巻六従事武梁碑所レ闕、適当二泰定本第三十二葉一」（跋）と言う、三十二葉に該当しないのである。「十三補」が鉄琴銅剣楼旧蔵本の写しなら、張元済は、何故単に「十二葉」と言わないのだろうか。例えば張元済による巻六の「十三補」を、鉄琴銅剣楼旧蔵本であるとすると、思い浮かぶ主要な疑問点を上げれば、以上のようになる（なお校勘記との比較においても、一、二の疑問が存する）。

そこで、次に張元済の言う「泰定本」を具体的に考えるために、現存する隷釈の明代写本を中心として、少し諸本のことを振り返っておく。今仮に、張元済が跋文で指摘する、王雲鷺本の欠落、錯簡から諸本を眺めてみよう。張元済が指摘しているのは、王雲鷺本における以下の、大きな三つの欠落と一つの錯簡である。

a、巻三孫叔敖碑の欠落（六丁裏、三十八字分）
b、巻七馮緄碑の欠落（十三丁表、三十字分）
c、巻六武梁碑の欠落（図二、B、C）
d、巻十九魏公卿上尊号奏、魏受禅表の錯簡（七―十丁）

このa―dから、現存隷釈の写本を眺めると、その諸本は、次のように分かれる（行、字数を記さないものは、毎半葉十行行二十字である。末尾（　）内に、線装書局二〇〇五年版『中国古籍善本総目』二、史部金石類七三六頁の書名編号を添えた）

一㈠①明無錫泰氏玄覧中区抄本（清周治校徐波跋本。北京大学図書館蔵）、八冊、毎半葉九行行二十四字
②清抄本（清李文藻校跋本。上海図書館蔵）、五冊（巻一―三欠）、毎半葉九行行二十字（56）
㈡①明抄本（清呉焯等校跋本。北京図書館蔵）、十冊（46）
②清乾隆抄本（清王鳴盛校跋本。上海図書館蔵）、六冊（55）
③清竹声共雨山房抄本（清周星詒跋本。上海図書館蔵）、八冊（巻二十以下欠）、毎半葉九行行十八字（58）
㈢①明抄本（清黄丕烈旧蔵本。上海図書館蔵）、八冊（巻四―六、嘉慶二年補写）（47）
②清抄本（清龔橙校本。上海図書館蔵）、八冊（七、八冊は隷続巻一―七）（57）
㈣①明嘉靖四十年抄本（明朱衣抄本〈明盛時泰跋、清何焯校跋本〉。上海図書館蔵）、十冊（44）
二　①明万暦四年抄本（鉄琴銅剣楼旧蔵本。北京図書館蔵）、四冊（45）
②清抄本（清影抄元泰定二年刻本。上海図書館蔵）、六冊（第六冊は巻二十五―二十七、隷続巻一―四）（73）
③清初抄本（上海図書館蔵）、六冊（第六冊は隷続巻一―四）、毎半葉九行行二十字（54）

右の分類における一は、何らかの形で王雲鷺本と関わりを持つ諸本で、二は、所謂泰定本と見られる諸本である。まず一㈠は、a―d四つの欠落、錯簡を全て有するもので、その点、王雲鷺本と変わりのないものである（㈠①は、李盛鐸旧蔵本。『北京大学図書館李氏目録』〈北京大学図書館、一九五六年〉二、史部金石類参照）。一㈡は、a―c三箇所の欠落を有するが、dの錯簡がないものである。錯簡が起きる前の王雲鷺本系のものに拠るか、王雲鷺本巻十九の錯簡を訂正したのであろう。㈡②のように毎半葉十行行二十字の場合、内容を知っていれば、丁を入れ替えるだけの、その訂正は、比較的容易であったと見られる。一㈢は、a、b二つの欠落を有するが、c即ち、巻六の欠落と

dの錯簡とが認められないものである。中で、㈢①は、隷釈の研究史上、非常に重要な本で、黄丕烈の汪本隷釈刊誤の序文に、

> 乾隆甲寅歳〔乾隆五十九（一七九四）年〕、予得崑山葉文荘六世孫九来所蔵旧抄本、闕第四第五第六三巻。今年〔嘉慶二（一七九七）年〕秋、借貞節居袁氏所有抄本補全。復借周香厳家隆慶四〔一五七〇〕年銭氏抄本勘正

と言い（また、顧広圻の思適斎書跋二「隷釈二十七巻鈔本」、鈕樹玉の非石日記鈔乾隆五十九年九月二十八日条参照）、譚献の復堂日記一に、

> 旧抄隷釈出于元本。為葉九来故物、後帰黄蕘圃。有袁又愷顧千里両君詳校。巻末有陳仲魚先生戴笠小象印記

とあるものが、この本である（李慶氏『顧千里研究』〈上海古籍出版社、一九八九年〉三六四頁に、「以上両種〔周錫瓚所蔵の影宋抄本及び、本書〕現倶不知尚存人間否」と言う。なお非石日記鈔に、「丁卯」とある年は、前後の「丙辰」「戊午」の干支年紀から「丁巳」の誤りで、嘉慶二年丁巳のことであろうと思われる。また、その十一月二十五日に、顧広圻「所校隷釈八十五葉」と言うのは、汪本隷釈刊誤を指すものであろう）。黄丕烈始め、陳鱣、顧広圻、袁廷檮、魏錫曾など名家の手校を有することも貴重である。即ち、本書は、葉奕苞の旧蔵本であり、巻四―六の三巻が欠けていたが、袁廷檮所蔵の朱文游家本を以ってそれを補い、周錫瓚所蔵の隆慶四年銭氏抄本を校合したものである（巻六末顧広圻識語）。袁廷檮はまた、黄丕烈の汲古閣毛氏影宋本を校している（巻三末、巻二十七末袁廷檮識語）。そして、本書巻四末には「乙酉年重校」、巻六末には「丁亥年重校」、また、巻六、七末には、「泰定乙丑寧国路儒学重刊」の刊記が写されているので、本書はそもそも王雲鷺本と同様の泰定本の系統に属し（但し、dの錯簡はない）、

さらにc即ち、巻六の欠丁のない（但し、cの欠落部に当たる、十二丁目の一丁は、全体が前後より一字低く写されているなど、欠落を補った形跡がある）、別の泰定本によって、巻四―六を補ったことが知られる。本書と同じ形をしているのが㈢②で、隷続巻四末に、「泰定乙丑寧国路儒学重刊」とある。一㈣は、a、b、dの欠落、錯簡はないが、cの巻六、一丁分の欠落しているものである。その㈣①は、書写の年紀を有する隷釈最古の抄本で、明、嘉靖四十（一五六一）年に杜村原により写されたものである（同年の盛時泰の跋もある）。本書は、王雲鷺本の刊行に先立って書写されており、その写しなどではあり得ないから、王雲鷺本a、bの欠落以前、泰定本における巻六欠丁時の姿を留める可能性が高い。さて、a―dの欠落、錯簡から現存隷釈写本を眺めた場合、予想外に王雲鷺本或いは、その基となった泰定本の影響の極めて大きいことが看て取れる。例え最古の明抄本と言えども、その影響を免れることは出来ず、明抄本の内でa―dの欠落、錯簡を全て免れているのは、僅かに鉄琴銅剣楼旧蔵本の一本に過ぎない。二は、その鉄琴銅剣楼旧蔵本を含め、a―dの欠落、錯簡の見当たらないものである。注目すべきは、②の清抄本で、巻四末に「乙酉年重校」、隷続巻三、四末に、「泰定乙丑寧国路儒学重刊」とあって、この本は、清抄本ながら、隷続四巻を伴った泰定本の写しと見られ、今後注意されるべき本である。③の清初抄本も殆ど同じだが、毎半葉九行行二十字となっていることや、泰定の刊記が記されないことなど、原姿が大きく崩れている。また、②③共に、一㈢①と同様、cの欠落部に当たる、巻六の一丁分は、全体が前後より一字低く写され、後補の可能性を示している。なお『中国古籍善本総目』（48）にはもう一本、湖北省図書館蔵の明抄本が著録されているが（『中国古籍善本書目』に、清王萱鈴跋とある）、湖北省図書館本も、巻六の一丁分（c）を欠いている（趙超教授教示）。また、同書七三五頁（43）の明、呉氏叢書堂抄本（北京図書館蔵）も、巻四までの残闕本ながら、やはり巻三の三十八字（a）を欠く。

隷釈の写本を明抄本を中心にかく眺めてみると、前述の如く元、泰定本の影の大きさに改めて驚くと共に、張元済の泰定本に注目したことの至当さに納得がゆく。さて、中国において隷釈の宋本は早くに滅び、明代には泰定本が細々と伝わっているのみの状況だったのであろう。王雲鷺の選んだ泰定本は、決して良本ではなかったが、それも止むを得ぬことだったらしい。一方で、汪日秀の底本とした伝是楼本を含め、鉄琴銅剣楼旧蔵本や二②清抄本など、a—dの欠落、錯簡を免れた今一つの泰定本の微細な流れがあって、それが張元済の注目する所となったものと思われる。張元済の言う「泰定本」を考える上で興味深いのは、まず二②の清抄本で、この本の第二冊は、隷釈巻五—九を一冊としており、例えばc、巻六の欠丁が正しく第三十二葉目に当たることである（寸付はない。また、一㈢②、㈡①、③なども同様、巻五で始まり、六を従える冊をもつ）。しかし、二②清抄本における巻六第十二丁の内容は、鉄琴銅剣楼旧蔵本巻六の十二丁のそれと変わりがなく、張元済による「十三補」とはやはり上記の諸点が一致しない（二③また、一㈢①も同様である）。その「十三補」から見て非常に面白い本が一つあって、それが一㈢②の清抄本である。この本も泰定本の一種だが、a、bの欠落を有している。その巻六、十二丁目が張元済による「十三補」と極めてよく一致するのである。例えばその二行目は、

　闕以㆓二月癸丑㆒作

とあって、その「二」を後から「三」に訂正している（他の写本は全て「三月」）。また、梁碑の六行目は、

　弥弥蓋《益》固

とあり、右傍に「益」と訂正するが、本文は「蓋」である（他の写本は全て「益」）。梁碑の末行は、「前設㆓礓砠㆒」とあり、また、二行一字目を、「闕」とすることなど、この本は、その悉くが張元済の「十三補」と符合している。さらに梁碑の各行末も、「有、甄、門、不、大、遭、躬、無、列」となっていて、三行目の「門」を除き、九行目が二十一字となっていることも、「十三補」に同じい。さて、この本は、汪日秀本（図二B、C）と酷似する。加えて、

㈢②は、第二冊に巻五—九を収め、cの欠丁が三十二葉目に当たることも、前述の如くである（但し、巻六「十二」の丁付もある）。張元済による「十三補」が、果してこの本に拠るものかどうかは、不明とせざるを得ないが、その「十三補」と㈢②の清抄本が殆ど一致していることから考えて、張元済の言う「泰定本」が、どうやら鉄琴銅剣楼旧蔵本一本のみを指す訳ではないことが判明する。すると、張元済の言う「泰定本」は、鉄琴銅剣楼旧蔵本も含めた一種の汎称であり、イメージとして二②のような本が思い描かれていた可能性がある。そして、例えば張元済による「十三補」の補写に際しては、鉄琴銅剣楼旧蔵本以外の、別の一本が用いられたように思われるのである。

以上が、四部叢刊本の隷釈において、王雲鷺本の脱落が見出だされ、やがて補足されるに至った過程に対する私見の概略である。このことが大変重要なのは、張元済が、

王本巻末、自識謂レ得二元人手抄一（王雲鷺本末尾に、「余……偶得二隷識一集于真州僧舎一。乃写冊也。或曰、此元人手抄。亡二其姓氏一」とあるのを指す）。蓋必与二泰定本一同出二一源一。故前後如レ此相合。特不レ知下抄者何以改二半葉十行一為中九行上。致三王氏暗蹈二其覆轍一耳（跋）

と言うように、王雲鷺本が単に明の刊本であるに留まらず、元刊本の隷釈を忠実に受け継ぐことを意味しているからで、延いてはさらに、それが宋本へ溯る可能性を強く示唆する点、王雲鷺本の価値を左右する、決定的な要素の一つとなり得ることだからである。

さて、張元済は、底本の致命的な欠陥に気付き、底本とほぼ同等の由緒をもつ泰定本に拠って、それを補うことに成功した。ここに、現存隷釈最古の刊本である王雲鷺本は、張元済の周到な校勘を経て、「疵類」を復し、以後、世界的に通用する本として、再び生まれ変わることになる。もし張元済による本文復元の努力がなかったならば、最古版王雲鷺本といえども、なお長く致命的な欠陥を抱え続けたことであろう。このことを思えば、例えば張元済が元刊

本（一般に毎半葉十行。泰定本も同じ）と明刊本の王雲鷺本（毎半葉九行）との両刊本間に見出される、一丁当たりの行数差に着目し、王雲鷺本巻六に生じた欠落の原因を、王雲鷺本の基づいた元刊本段階の落丁の現象に求め、遂にそれを究明した業績は、不朽のものとすべきである。そして、その恩恵は、今日隷釈を手にする者の全てに及んでいることを、決して忘れてはならない。

4四部叢刊本をこのように理解する時、前述したニラン女史の、

the earliest extant edition of the *Li shi*（the Ming Wanli edition of 1588）inserts an additional two pages of text（labeled as bu, "supplement"）

とする記述の、如何に混乱したものであるかということが、漸く明白となる。そして、その女史の混乱が我々に示唆していることは、ニラン女史には、隷釈の研究に不可欠な二つの本、即ち、1王雲鷺本と4四部叢刊本とを、区別することが出来ないということである。そのことを一層、明確な形で示すのが、続く、「それは正しく巻六の半ば、13a―bの頁に当たる right in the middle of *juan* 6, on pages 13a-b」とする一節で、それはまず、王雲鷺本巻六における、補足の insert された場所を具体的に指摘したものである。しかし、王雲鷺本に補足や insert のあり得ないことは、既に確認した通りである。にも関わらず、一体どのようにすれば、そのありもしないものの insert された場所が、指摘し得るのか。おそらくそれは、次のようなことであろう。二つの本の区別が付かない女史が、四部叢刊本（のようなもの）を、王雲鷺本と勘違いした。このことは研究者にはよくあることである。しかし、女史は、始め女史の頭の中にしかなかった、その勘違い、仮想現実を或る時、現実へと転じてしまう。そして、最終的に、その勘違いが何のチェックもないまま、不動の事実として、読者の前へ提示されることになった。問題は、勘違いであれ、何であれ、女史の説得力に富む名文で提示されたそれが、読者の受け容れざるを得ないものとなっていることだ。余程

厳しくチェックしない限り、善意の読者は、女史の述べることを、そのまま事実と受け取ることだろう。次に、その女史の指摘は、外でもない本注（注55）を見るように指示した、注36における［CYL and EHH］の、

> A manuscript copy of two leaves from a Yuan-dynasty Taiding edition is appended to the end of *juan* 6 in the *Sibu congkan sanbian* edition, and apparently represents the entire missing section.

と言う所と、覆い難く矛盾する。例えば注36のそれは、女史の指摘する王雲鷺本を、四部叢刊三編のこととするなど、両者の認識の食い違いは、決定的な落差を示し、注意深い読者を、出口のない混乱に陥らせる。第三に、その食い違いから予測される如く、ニラン女史は上記、四部叢刊本における補足の経過及び、その意義を、殆ど理解していない。その結果、王雲鷺本と四部叢刊本との区別が付かない、女史の念頭に残ったのは、女史の批判に好都合な、欠落と補足の見掛けだけとなっている。そして、女史は軽率にも、その見掛け上の欠落と補足とを、ただそれが欠落と補足に見えるというだけの理由で、批判の俎上に載せるに足るものと速断し、なお女史の罵言に説得力を付与すべく、具体的なその場所までを、上げることにしたのである。それにしても、女史の指摘する、

> right in the middle of *juan* 6, on pages 13a-b

に補足を insert した本とは、一体何を指しているのであろうか。ひょっとして、それは、内野熊一郎氏編『漢魏碑文金石文鏡銘索引（隷釈篇）』（極東書店、昭和41年。補訂版、高文堂出版社、昭和53年）のことであろうか。この本は、四部叢刊本隷釈を覆印したもので（別篇本文篇。なお本文篇のみの単行本〈極東書店、昭和41年〉もある）、その本文篇七十二、三頁を見ると、そこには正に、女史の言うものが見出だされる。さて、女史の言うのが、この本のことかどうかは、何も言及がないので、不明とせざるを得ない。もしこの本のことだとすると、やはり四部叢刊本を指すことになってしまう。

注55において、女史はまた、続けて次のように述べている。

in the all-important entry on Wu Liang, with the result that a single four-charcter phrase（*luo lie chenghang*）is repeated no fewer than three times.

これは、上記の補足に対する、女史の疑問点をもう一つ上げたもので、王雲鷺本の梁碑の記述に見える、「羅列成行」の句が、補足を加えることによって、合計三回繰り返されることを、非難したものである。右の一節は、二つの本の区別が付かず、混乱した状況にあるニラン女史が、一体どのようにして、梁碑の記述へアプローチし得たのか、その実情を知る上で、恰好の例を提供するものとなっている。即ち、ここでは隷釈の諸本をめぐる女史の混乱が、必然的に本文解釈の次元にまで及び、その次元にあってもやはり、昏迷の深まりを招く結果となっている様子を、具体的に観察することが出来る。さて、ニラン女史はここまで、四部叢刊本の補足を、その外見上、あれこれ批判し、言わば嘲笑して来た。そして、ここでは、女史はその補足によって、「羅列成行」句の繰り返しが増えることを、非難し、中傷している。隷釈における梁碑の記述に向けられた、このような女史の批判は、果たして正当なものなのであろうか。女史の嘲笑、中傷には、学問的な根拠が全く見当たらず、それらはいずれも極めて不当なものとすべきである。以下、理由を述べよう。前述の如く、王雲鷺本には欠落があり（図二、B、C）、汪日秀本によるか、或いは、四部叢刊本の補足に従わない限り（上掲、張元済による校勘記「十三、前三「字小石損」」参照）、隷釈における梁碑の記述は、我々には読むことが出来ない。例えば女史の非難する、「羅列成行」の句で言えば、その「羅列成行」句は、三回繰り返されなければ、本文上の意味が通らないのである。女史の擁護する、四庫本、王雲鷺本をよく見て欲しい。（図一、上、中段参照。四庫本の本文と王雲鷺本の本文が一致することは、女史も認めている〈注36〉）。まず、「羅列成行」句は、その二本の場合、一字下げ注記部、即ち、洪适による注釈部分にしか出て来ない（D、E）。しかるに、洪适は、碑文を引用していることが確実だから（「而其後云」とある。D）、これは非常に奇妙である。何故、「羅列成行」句は、碑の本文（「官寿残失……身歿名存」）に出て来ないのだろうか。加えて、もっと奇妙なことがある。それは、碑の本文「立闕刻其」の後に記された、「成行」二文字である（D、冒頭。四庫本は行二十一字なので、「成」字が前行末に回され、もはや斑碑注と梁碑本文を分けていた、別行の指標もなくなっていて、このことが一層分かりにくくなっている。図二、上段の四庫本参照）。この「成行」二文字は、一体何なのか。碑の本文中にあることからも知られるように、その「成行」こそは、前半「羅列」二字を失った、問題の碑の本文の残滓と言うべきものに外ならない。そして、注意すべきことは、残された「成行」は、かつてその上に「羅列」二字のあったこと、つまり四庫本と王雲鷺本の「成行」の前に、欠落の存しようことを、明示していることである。即ち、四庫本も王雲鷺本も、言わば自らが、それ自身の本文の不完全であること、換言すれば、そのままでは読めないことを、問わず語りに証言しているのであり、例えば上記、張元済の仕事は、その問題に対する一つの答えであったのだ。私が不思議でならないのは、女史がそのことに全く気付かないことである。女史は、

□成行（本文。D冒頭）
「羅列成行」（注。D末、E冒頭）
「羅列成行」（注。E）

と、二・五回繰り返された句が、補足により□部に「羅列」が入って、三回と成ることを怒る。□部が埋まり、注にそれが引かれた謎も解け、意味が通って、全体が読めるようになるにも関わらずである。女史の非難を、中傷とする所以である。女史の興味はここでも、「羅列成行」の回数という外面にしか向かず、その繰り返しの示す内容上の真の問題に、関心が向くことはない。そして、その繰り返しに対する、女史の解釈の混乱が、例の如く王雲鷺本の

混乱へと転嫁され、外ならぬ隷釈の混乱として、読者に提示される結果となっている。私は、このことからまず、ニラン女史は、隷釈をきちんと読んでいないと結論したい。或いは、より厳しい言い方をするなら、女史には隷釈がよく読めないのではないかと思われる節がある。二つ、理由を上げる。一つは、外でもない、右の「羅列成行」句に関する、女史の解釈である。例え欠落を有する四庫本であっても、それをきちんと読むことさえ出来れば、「成行」句（D冒頭）の異常さに気付く筈であり、女史のようにその回数を非難するなど、思いも付かないことだからである。そして、もう一つは、我々を注36へ、さらにこの注55へと導くことになった、ニラン論文の本文である。それは、

One authoritative version of the extant *Li shi* begins the Wu Liang entry with a six-character passage that is either out of place or interpolated from a commentary.[36]

と記す一文であった。その一文は、四庫本（王雲鷺本）における、梁碑の始まりに言及している。四庫本は王雲鷺本を底本とするものだから、今原本の王雲鷺本を用いて、その一文の意味する所を考えてみる。王雲鷺本の当該部分を再掲出して示せば、次の通りである（訳文を添えた。」は、行の切れ目を示す）。

後三年、同舎郎史恢、曹芝六人所立。字小石損、
　　従事武梁碑
官寿残失。威宗建和之元年、開明為其兄立闕刻。其（A）
†成行。攄騁技巧、委蛇有章。垂示後嗣、万世不亡。其辞（D）
曰、

〔斑碑は〕その三年後に、かつて郎官として〔武斑と〕部屋を同じくした史恢や曹芝ら六人が建てたものである。
字は小さく石が損傷していて、」

従事武梁碑

〔武斑の〕官歴や寿命の記事は損ない失われている。威宗（桓帝の廟号）の建和元（一四八）年に、武開明は、その兄〔梁〕のために石闕を建てた。その（A）」†〔並び連なって〕列を成している。凝った技巧が画面一杯に広がって、ゆったりと綾をなす。子孫に教え示して、永遠に滅びることがない。その賛辞に、（D）」次のように言う）

ニラン女史の、王雲鷺本（四庫本）が六文字節 a six-character passage で梁碑の記載を始めているとする、その六文字節が、上引の何処にも見当たらないことは、前述した。それは、「官寿残失」以下のことに違いないが、問題は女史の、王雲鷺本が梁碑の記載を始めている begins という文辞にあって、実は女史自身がそこに梁碑の始まりを見ている事実を認識せず、言わば無意識裏にそのことを王雲鷺本へと転嫁することから、重大な解釈上の混乱が生じることである。例の不思議な論法、即ち、女史の混乱とその波及の形成に繋がる、基本的な図式がこれである。実際、上引の王雲鷺本は、「従事武梁碑」の標目こそは置いているが、梁碑の記述を始めてなどはいないことが、一目瞭然なのである。まず標目の前行「後三年」以下は、言うまでもなく斑碑の注であって、上に一字空いていること、つまり一字下げ注記の形式が、分かり易い形でそのことを示している。しかし、標目の後の一行、「官寿残失」以下（A）は内容上、明らかに標目前の「後三年」の行から続いており、従って、「官寿残失」の行は、斑碑の注以外のものではあり得ない。だから、ここは、一字下げ注記の形になっていないことがおかしいのである。そして、†部、「立闕刻其」（A）と「成行攄騁《ちょてい》」（D）との間には、どうしようもない断絶があって、前行からの意味が全く続かない。加えて、その行頭を見ると、後々注釈中に繰り返し引用される、「羅列成行」句後半の「成行」二文字が、如何にも落ち着き悪く、取り残された形になっている（前述のように四庫本は、行二十一字なので、「成」字は前行末にあり、このことすら一層分かりにくく、女史の混乱を助長したことだろう)。即ち、†部には欠落が存し、そのために王雲鷺本は、梁碑の記述を始めようにも、始めることが出来なかったのである。ところが、ニラン女史は、「官寿残失」(A)が、梁碑の記載の始まりだと言っている。それが、明らかに梁碑の本文ではなく、洪适による斑碑の注釈以外のものではあり得ないにも関わらずである。begins が、単に王雲鷺本における梁碑の記述冒頭を指すものでないことは、「置き違えたか、または、注釈から改竄されたかした(六文字節) that is either out of place or interpolated from commentary」と記す一文が、そのことをよく表している。即ち、王雲鷺本の「官寿残失」の行は、斑碑注であることが明らかだから、その一文こそは、「官寿残失」云々が、注釈なのか、それとも本文なのか、女史自身、判断の付かなかったことを告白するものだ。この混乱の主要因は、女史の依拠する四庫本が、王雲鷺本を底本としていたことである。そして、女史自身が、件の「官寿残失」の行を、梁碑の記載の始まりと見ていたことは、幾つか徴証がある。明徴を一つ上げる。例えばニラン論文二章 The pillar-gate inscription 五二六頁右に、

> Furthermore, a second passage, this time in the *Li shi* entry for Wu Liang, says that Wu Kaiming erected the pillar-gates for his elder brother, Wu Liang—
>
> (その上、今度は、隷釈の武梁碑の記載における第二節は、武開明が兄武梁のために、その闕を建てたと言っている—)

とする記述がそれである。西闕銘に関わる委細は後述に従うが、その「隷釈の武梁碑の記載における第二節 a second passage in the *Li shi* entry for Wu Liang」は、王雲鷺本(四庫本)の、

> 威宗建和之元年、開明為㆓其兄㆒立㆑闕(A)

を指している。これは、実は斑碑注の一部なのだが、女史は、それを梁碑の第二節と明言しているから、女史自身が「官寿残失」の行(A)を、梁碑の記述の始めと見ていたことは間違いない。このことはまた、引き続き、驚くべき

事実を明らかにする。即ち、ニラン女史は、隷釈における梁碑の記述が、一体何処から始まるのか、知らなかったという事実である。そして、女史に梁碑の記述の始めが見分けられないのであれば同様に、女史には斑碑の記述の終わりも見分けられないのではないかという、第二の事実が浮き彫りとなる。混乱の波及は、留め処がない。しかし、注目されるのは、そこに一定の秩序があって、その体系がニラン女史の論法を形成しているらしいことだ。まず隷釈などへの浅い理解、無知が第一の混乱を生む。それは、次々波及して第二の混乱、第三の混乱を生み出す。一方、武氏祠への敵意ある女史の視線が、間断なく走査を繰り返していて、時に好機と見るや、自身の混乱を対象に転嫁し、忽ち論点化してしまうという体系に基づく、あの論法である。そのような、殆ど粗捜しとも言うべき女史の論法は到底、正常なものとは認め難い。次に第二の事実を確認する。ニラン論文二章 The pillar gate inscription 二五七頁の終わり近くに、次の一文がある。

and a lengthy description is used once in the pillar-gate inscription and once in the Wu Liang commentary but applied to different subjects.

（そして、非常に長い記述が、一度は西闕銘に、一度は武梁の注釈に使われているけれども、異なった主題に利用されている。）

西闕銘との関連はなお後述するが、その「武梁の注釈における長ったらしい記述 a lengthy description in the Wu Liang commentary」とは、上掲王雲鷺本「官寿残失」行末の†部に続く、四部叢刊本（泰定本）の、

（傍云）、宣張仕㆓済陰㆒。年二十五、曹府君察㆓孝廉㆒、除㆓敦煌長史㆒。被㆑病夭歿、苗秀不㆑遂（B）

のことを指している。女史による王雲鷺本と四部叢刊本との混同は、既述の如くだが、ここでは、それこそ女史が As if such confusions were not enough（注55）と皮肉った、四部叢刊本における斑碑注の補足が、武梁の注釈 Wu Liang commentary と見做されている。このことは即ち、ニラン女史が斑碑注の終わりを見分けられなかったことを

示すものである。女史の言葉通り、その混乱は、余りにも深いと言うべきである。さて、隷釈における、王雲鷺本（四庫本）と四部叢刊本（泰定本）との区別が付かず、また、斑碑、梁碑の既述の終わり、始めが見分けられず、結局、隷釈をきちんと読んでいない、または、隷釈がよく読めないニラン女史に、隷釈の梁碑、斑碑を批判する資格が、本当にあるのだろうか。さて、洪适の隷釈は、碑の本文と洪适の注釈とから成るという意味では、大変読み易い本である。且つ、女史が最も力を籠めて批判しようとしている本でもある。しかし、その隷釈に対する女史の理解が、かくいい加減なものだとすると、一方、より複雑な形式で書かれた、金石録や集古録などに関する女史の主張は果して、そうではないという保証が何処にあるのだろうか。

ニラン女史の隷釈のテキスト観は、極めてシンプルなものである。即ち、四庫本しか信じないというものだ。女史から見ると、王雲鷺本は欠落、補入があって、混乱しており（注55）、四部叢刊本（泰定本）も欠落、補入があるので、その同類と見られる。汪日秀本は、あろうことか、その欠落を再挿入している（注36）。そして、おそらく女史は、誤って四庫本にはそれがないものと信じ込んだのである。そのことが、混乱を増幅する陥井となり得ることは、先に述べた。さて、一般的な本文批評から考えて、原本である王雲鷺本以下の価値しか持ち得ない筈の四庫本に、他本を全て排除する程の価値を付与する、ニラン女史の学問的な根拠とは、一体どのようなものなのであろうか。ニラン論文二章注2が、その根拠と思しきものを示している。その注2の関連部分を示せば、次の通りである。

All citations for Hong Gua's *Li shi* and *Li xu* use the *Yingyin Wenyuange Siku quanshu* version of 1983, which is based on the Ming Wanli edtion of 1588.〔中略〕This essay assumes that the *Li shi* is generally reliable, though the *Siku* editors comment that the Yangzhou edition on which it is principally based "had comparatively few mistakes but a very considerable number of lacunae." See the *Yingyin Wenyuange Siku quanshu* edition（Taipei: Taiwan shangwu yinshuguan, 1983-1986）, vol. 681, P. 780.

（洪适の隷釈と隷続の全ての引用は、景印文淵閣四庫全書一九八三年版を使用する、それは一五八八年の明、万暦版に基づいている〔中略〕四庫全書の編者達は、それ〔四庫全書〕が主として基づいた揚州本は、「欠落が極めて多いが、誤りが比較的稀であった」と評しているけれども、この小論は、隷釈は一般的に信頼出来るものと考える。景印文淵閣四庫全書版（台北、台湾商務印書館、一九八三―一九八六）、巻六八一、七八〇頁を参照せよ。）

この注2を読んで、最初に気が付くことは、一五八八年の明、万暦版が存するのは、隷釈だけであり、隷続には、万暦版などというものはないということである。次に、女史が、the *Siku* editors comment と言うのは、四庫全書総目提要のことである。屈折の多い構文によって示された女史の主張は、例によって大変理解しにくいが、要するに女史は、四庫提要の批評とは逆に、四庫本隷釈を信頼するに足る reliable ものと見做すということである。女史が引用しているのは、隷続の四庫提要で、前後を含めたその原文を示せば、次の通りである。

考㆓彝尊所㆑云七巻之本㆒、乃元泰定乙丑寧国路儒学所㆑刻、較㆓今所㆑行揚州本㆒訛誤差少、然残闕太甚。今仍録㆓揚州之本㆒、而以㆓泰定本㆒詳㆓校異同㆒、其残闕者無㆑可㆓考補㆒、則姑仍㆑之焉

この四庫提要原文を見ると、またもや女史の記述が根本から誤っていることに気付く。まず四庫提要は、隷続のことを述べているのであって、女史が記すように、隷釈のことを述べているのではない。従って、揚州本と言うのは、隷続を指していて、それは清、康熙帝に命じられた曹寅が、全唐詩を刊行した揚州詩局から、康熙四十五（一七〇六）年に出した揚州使院刻本隷続二十一巻のことに外ならず（王澄氏『揚州刻書考』〈広陵書社、二〇〇三年〉二章一節一参照）、汪日秀本隷続公刊以前の所謂流布本をなした隷続のことである。そして、隷釈の揚州本などというものは存在せず、まず根本的にここがおかしい。次に、女史は、四庫提要を引用して、提要は、揚州本が "had comparatively mistakes but a very considerable number of lacunae” と評していると言うが、四庫提要をよく読むと、提要は、「泰定本は、現在行われている揚州本と較べ、訛誤はやや少ないが、しかし、残闕が極めて多い」と述べているのであり、提要が、「訛誤差少、然残闕太甚」と評したのは、泰定本（隷続）のことであって、女史が言うように、揚州本のことを指している訳ではない。さて、この誤りだらけの注2を見ると、女史には、隷釈は言うに及ばず、四庫提要を満足に読むだけの基礎的な語学力さえ欠けているのではないか、と疑わせるに足るものがある。かくして、その注2は、饒舌ながら支離滅裂な内容しか持たず、女史の四庫本隷釈依拠の学問的根拠など、何一つ示し得てはいない。大体、そのようなものは、そもそも存在せず、女史にもそれを示すことは出来なかったものと思われる。そして、残るのは、四庫本に対する、

> This essay assumes that the *Li shi* is generally reliable,

という、何も根拠のない、女史の独断だけとなる。

注55の末尾には、次のような、これもまた、看過し難い参照指示が置かれている。

> See the Beiping Rare Books Library microfilm of the 1588 edtion（mf 9101, vol. 522）.

この一文は、王雲鷺本の巻六半ば、十三丁に、一丁（2頁）分の補足が挿入されているという、女史の主張を裏付ける事実を、例証として上げたものである。ところが、旧北平図書館蔵王雲鷺本に、女史の言うような、補足の挿入などのないことは、図四を見れば明瞭である。この注が看過し難いのは、研究者に禁じられている、虚偽を恰も事実のように見せ掛ける記述がなされていることである。女史の一文を素直に読んだ読者は、旧北平図書館蔵王雲鷺本に、そのような補足の挿入があるものと、信じてしまうことだろう。そして、その故に、王雲鷺本一般にそれがあるとする、女史の主張を正しいものと考えることだろう。私は、研究のルールに背いてまで、自らの説を主張しようとする

女史のその姿勢を、極めて残念に思う。或いは、右の一文に言う隷釈は、ニラン論文三章注46に、隷続巻六（武梁祠堂画）に関連して、

See also the Beijing tushuguan, Rare Books microfilm of the 1588 version of the *Li shi*; the crucial descriptions occur in pages marked as "supplements."

（北京図書館、一五八八年版隷釈の善本書マイクロフィルムを参照せよ、「補足」とされた頁の中に極めて重要な記述が見出だされる。）

とあるもののことかもしれない。注46の隷釈は、一五八八年版即ち、王雲鷺本のことではなく、前述一㈡①の明抄本（巻六に、「脱去一葉」をめぐる頭書がある）か、二①明万暦四年抄本（鉄琴銅剣楼旧蔵本。目録巻巻六部分に、「脱乱」をめぐる頭書がある）かの、どちらかのことではないかと思われるが、残念ながら、注46の記述からそれを窺い知ることは全く不可能である。さて、右の一文が事実に反し、それを支えとする女史の主張もまた、事実に反することは、上述の通りである。そして、この注55を導いた、ニラン論文の本文自体が、果して隷釈のどの部分を問題としているのか、判然としない記述であることは、既に確認した。結局、女史自身、何を論じているのか、よく分からない本文に対し、それを支える筈の注が、As if such confusions were not enough, どこまでも事実に背いてゆくとすれば、女史の混乱は、もはや混乱の域に留まらず、限りなく虚言癖に近いものとなることが、予測される。

ニラン女史は、I. Introduction の二段落において、碑文の捉え方に対する自らの抱負を、次のように述べている（五一三頁左）。

At every point, the customary criteria for perception, judgement, argumentation, and textual reproduction will be queried,

（あらゆる点において、洞察、判断、議論、そして、原文の再建のための、通例の評価基準が問われることになるだろう、）

女史が通例の評価基準 the customary criteria を問い直す query ことは、果して可能なのであろうか。女史の抱負は無論、武氏祠についての新機軸となる学説を打ち出すことにあるが、それは、私には余りにも無謀な企てのように思われる。むしろ現在の女史に必要とされるのは、何よりもまず、the customary criteria 自体に関し、よりよく学ぶことである。隷釈を例に取れば、隷釈を批判するためには、従来の隷釈理解に通暁する必要があることは、常識に属する。そうでなければ、隷釈を問い直す query ことなど出来る筈がない。さて、ここまでの範囲で、ニラン女史の武氏祠批判に対する、私の見通しを記すならば、女史が前述のような隷釈の認識を有し、論述に臨む限り、或いは、そのアプローチ法を改めない限り、女史の目論見は、おそらく成就しないであろうということである。そして、言わば逆に、通説の方がニラン論文を問い正す query ことになると推測される。

四

ニラン論文の本文へ戻る。

The lengthy inscription found in *Jinshi lu* has gone missing; only twenty-eight characters of the lengthy verse encomium are found in both the *Jinshi lu* and the *Li shi*.

この主張は、非常に奇妙である。金石録における the lengthy inscription は、具体的には、

㈠漢従事武梁碑云、「故従事武……諸子伝記」

㈡又云、「州郡召……朝聞之義」

㈢又云、「年七十四……遭疾隕霊」

㈣其後有銘云、「懿徳玄通……伝無疆兮」

の四つを指している。そして、金石録と隷釈とに共通する二十八字とは、㈣のことだから、失われてしまった has gone missing 金石録の長い碑文というのは、㈠㈡㈢のことになる。㈠㈡㈢は全て、図二のCにあるものなので、BCを欠く四庫本、王雲鷺本に、それらが見当たらないのは当然だろう。しかし、それらが四庫本、王雲鷺本に見えないからといって、隷釈からそれらが失われてしまったことにはならないのである。何故なら、㈠㈡㈢は全て、汪日秀本（また、泰定本）に備わっているからである。金石録との間に示される、その事実も、欠落のある四庫本、王雲鷺本より汪日秀本に就くべきことを、何より有弁に物語る例であろう。また、汪日秀本が㈠㈡㈢を含みつつ、金石録よりさらに長く碑文の本文を録することに関しては、趙明誠自身が「文多不レ尽レ録」と、金石録における省略を明言していることと、冒頭の「漢従事武梁碑云」の引用の後、「又云」「又云」「其後有レ銘云」等の言わば引用符が、それらの間の省略を半ば明示していることとを、考え併せなければならない。そして、記し方は各自、二様ながら、趙明誠と洪适は、同じ拓本を見ていた可能性が極めて高いと言える。さて、ニラン女史が、金石録、隷釈共通の碑文を、二十八字のみに限るのも、大きな欠落を抱える四庫本、王雲鷺本に固執した結果である。

> ……by the artist Wei Gai—though the main entry for Wu Liang does not name the artist.[37]

も、四庫本（王雲鷺本）に依拠することによる誤りである。衛改の名は、その欠落部の碑文本文に含まれている（図二、王雲鷺本C。また、汪日秀本参照）。なお衛改に関しては前述、薌他君石祠堂石柱を、再び想起したい。その注37も、納得し難い点が多い。Compare（*Song ben*）*Jinshi lu, juan* 14/3b; *Li shi, juan* 6/14b-15b の丁数表示もおかしい（14／3b不明、10b—11aか。6／14b—15bは、6／14a—15aが正しい）。そして、

> Note that Hong's text（*Li shi* 6/14a）contains a passage of several lines, beginning *guanshou canshi*（"official lifespan cut

short”), that are presented as part of the stele inscription, but they may represent commentary instead.

も、極めて不正確な主張となっている。「官寿残失」以下が、まるで梁碑についての本文の如く、また、注釈のようにも見えるのは、欠落のある四庫本（王雲鷺本）の表記の曖昧さに起因するのであって、そのような紛れは、汪日秀本には認められないからである。それよりむしろ問題なのは、「官寿残失……立闕刻其」を梁碑に関わるものの如く扱う女史の筆致で、ここは何よりもまずそれを斑碑の注釈の混入と認め、「成行攄騁……身歿名存」を、梁碑本文の後半末尾に相当するものと判断することが、重要なことは前述した。この想定がないため、ニラン女史は、「成行攄騁……身歿名存」をも洪适の注釈と見做すという、大きなミスを犯す結果となっている。だから、

Wei Bo, *Ding'an leigao, juan* 4/20b, repeat Hong Gua's commentary to the Wu Liang stele inscription.

も、およそ事実に反する指摘になってしまう。定庵類稿巻四の、

按二従事梁碑一云、前設二壇墠一、後建二祠堂一。良匠衛改雕レ文刻レ画、羅二列成行一、攄二騁技巧一、委蛇有レ章。似レ謂二此画一

は、「按二従事梁碑一云」と言うことから明らかなように、梁碑の本文を引いているのであって、洪适の注釈を引く訳ではないからだ（末尾四字のみが洪适の注に似る）。

さて、ニラン女史は、四庫本隷釈から二つの記述を取り上げ、問題化している。検討の便宜上、女史の取り上げた二つの記述を、碑文本文を含め、汪日秀本によって示せば、次の通りである。

甲C孝子仲章、季章、季立、孝孫子僑、躬脩二子道一。竭二家所有一、選二択名石一。南山之陽、擢二取妙好一、色無二斑黄一。前設二礓砠一、後建二祠堂一。良匠衛改、雕レ文刻レ画。羅二列

D成行一、攄二騁技巧一、委蛇有レ章。垂二示後嗣一、万世不レ亡。其辞曰〔中略〕

其后云、孝子孝孫、躬脩二子道一。竭二家所有一、選二択名石一。南山之陽、擢二取妙好一、色無二斑黄一。前設二壇墠一、後建二祠堂一。良匠衛改、雕レ文刻レ画。羅列

E　成行、攄二騁技巧一、委蛇有レ章。若曰二松萩窀穸之事一、不レ応二辞費如一レ此。此碑長不レ半レ尋、広纔尺許。既无二雕画技巧一、亦非二羅列成行一。其辞決不二為レ碑設一也。詳二味之一、似三是指二石室画像一爾

右の引用におけるC、D、Eは、図二のそれに対応し、甲（甲´、甲″）は――部、乙は「若曰」以下、引用の終わりまでを指している。また、女史が見た隷釈は、四庫本なので、右記Cを存せず、D以下のみとなる（王雲鷺本も同じ）。まずニラン女史は、Dにおける甲´を隷釈の付け加えた一節とし、そこに═部「良匠衛改」の名が見えることを取り上げる。そして、その衛改の名が碑文本文（D。「成行」以下）に見えないことを、問題としている。しかし、その名は、Cにおける甲の═部に見えており、隷釈の方に何も問題とすべきことはない。女史の使う四庫本はCを欠くので、甲の═部が見当たらないのは当然である。次に、女史は、現在の隷釈読者がその甲´を碑の本文と思ってしまう、と論難している。これは読者を馬鹿にした話であって、少なくとも一定の素養を備えた読者ならば、甲´を碑文本文と思う者は、おそらく一人もいないであろう。何故なら、甲´は一字下げ注記部に書かれていて、それが洪适の注釈であることは、言わば自明の理に属するからだ。そして、女史が混乱したように、甲´が正しく碑文本文かと思えるのは、それが「其後云」と明示された、碑文の引用に外ならないからである。即ち、甲´は、C、Dにおける甲の引用であることは、一見して明らかで、より正確に言うなら、注釈に引用された碑の本文と言うべきだろう。けれども、四庫本はCを欠くため、そのことが非常に分かりにくくなっている。とは言え、四庫本においても甲´は一字下げ注記部にあり、それを碑の本文と見誤ることは、まずあり得ない。ところで、先にニラン女史の栄碑の論を検討した際、一度念頭を過ぎったことだが、女史のこの混乱は、紛れもなく次の事実を示している。即ち、女史は、書物における一

字下げ注記部が、本文に対する注釈を表わしていることを、全く知らないということである。もし女史が、文献学のその初歩的知識をもっていたなら、甲´をめぐってこのように混乱するようなことは、決してなかった筈だ。さらに、女史は、甲´と乙以下とが食い違うと主張している。しかし、女史は、何が食い違うのか、一切指摘していないから、女史の言う食い違いの内容を、具体的にここで検討することは出来ないが、少なくとも、甲´と乙との間に、何も食い違いのないことは、ほぼ断言し得る。勿論、甲´と乙とは、同じものではない。即ち、甲´は、甲つまり碑文の忠実な引用に過ぎないのに対し、乙は、洪适の注釈であって（乙における引用は、僅か甲″二文節のみである）、甲´即ち、甲に関する、洪适の意見を述べたものとなっている。そして、乙において、洪适は、甲´（甲）が、梁碑のことでなく、石室画像のことを指すのであろうと、自身の見解を開陳している。さて、乙を読めば、洪适は何故、一字下げ注記部つまり、注釈の中で、長々と再度甲´を引用する必要があったのかが明快に分かる。即ち、洪适は、甲が何のことを述べているのか疑問を抱き、だから、甲´にそれを引用して、乙で答えたのである。このように、甲´と乙との間には、引用と注釈という以外に、食い違いと言ったものが見られる訳ではない。しかし、女史はなお、甲´の正体 identity を問題とし続ける。そして、最後に女史は、女史自身、その正体が分からなかったことを、次のような興味深い表現で読者に告げている。

Certainly, if the Song epigraphical masters could not answer this question, modern scholarship will not be able to.

甲´の正体は、はっきりしている。既述の通り、それは乙を導くため、注釈に引用された碑文である。このことは、宋代の碑文研究者には分かり切ったことであったし、現代の学者も同様であろう。その甲´の正体が分からないのは、おそらくニラン女史一人に過ぎまい。ここでも結局、隷釈に対する理解の浅さ、無知のため、四庫本のよく読めないことに苛立ち、混乱した女史が、それを隷釈のせいにして問題化するという、例の女史特有の論法の見られることは、もはや確認するまでもないだろう。

次いで、ニラン女史は、明、梅鼎祚の東漢文紀巻二十八「従事武梁碑」を引いて、梅鼎祚が梁碑の二つの型（四庫本等と汪日秀本）を知っており、その内の短い方（即ち、四庫本、王雲鷺本）を、本来のもの（「原文」）と認めたと述べている。また、注39において、梅鼎祚がその短い方を、書写中に誤って、本文と注文を混じえたもの、と見做したとも述べている。その東漢文紀を示せば、次の通りである（「従事武梁碑」と題し、四庫本、王雲鷺本系の隷釈全文を引用しているが〈碑文本文の冒頭四字を、「官寿残失」と改め、下を二、三字分の空格とする。また、碑文本文「刻其」の下、「成行」の上に小字の「闕」を置く〉、今、省略に従う）。

○鼎按二此釈一、乃碑原文、今本首有二官寿残失四字一。必洪後幷失二前文一段一。校刻者写二此四字於首一、抄伝者誤混二大字一耳。刻其下有二闕文一。而孝子孝孫至二羅列一一段、則在二成行之上一也

梅鼎祚の言う所は、頗る明快である。ただ論旨が少し複雑なので、それを箇条書きにして示す。

㈠梅鼎祚の見た隷釈（「今本」と呼んでいる）は、四庫本、王雲鷺本系であり、汪日秀本系ではない（図二参照）。従って、その梁碑の記述は、「官寿残失」で始まる。

㈡洪适の時代には、その「官寿残失」の箇所（即ち、「威宗建和」の前）に、梁の官寿を記した「前文一段」があっただろう。

㈢その前文は、洪适以後、きっと他の部分共々、失われたに違いない（梅鼎祚は、「威宗建和」の前に二、三字分の空格を設ける）。

㈣隷釈の刊行時、その校訂並びに、版刻担当者（「校刻者」）が、梁の官寿を記している筈の、冒頭前文の欠落に気付き、その位置に、碑文本文と区別すべく、小字を用いて、「官寿残失」という、四字の注記を書き入れた。

㈤ところが、刊本が転写され伝流してゆく過程にあって、書写者（「抄伝者」）の何人かが、冒頭の「官寿残失」を、碑文の本文と誤解して、大字で書写し、それを本文に混入させてしまう（四庫本、王雲鷺本がこの形を取る。梅鼎祚は、それを小字に復し、「官寿残失」という形の割注として、「威宗建和」上の空格の前へ置く）。

㈥碑文の本文「刻其」の下、「成行」の上にも、欠文が存する（梅鼎祚は、そこにも、小字の「闕」を補っている）。

㈦隷釈を注意深く見るならば、その欠落は、注文に引かれた碑文本文から、復原することが出来る。それはおそらく、「而其後云」に引用された、「孝子孝孫」から「羅列」までの一段だろうと考えられる。だから、注文中のその一段を、本文の「刻其」と「成行」の間に補えば、欠落を復原したことになる。


梅鼎祚の言う所は結果として、大体汪日秀本の内容と一致しており、その読解力の深さには、流石と思わせるものがある。但し、梅鼎祚は、「官寿残失」また、「威宗建和……立闕刻其」が武斑碑の注文であることを見抜けず（東漢文紀の梁碑の前には、斑碑に関する記述がある）、それを梁碑の本文に属せしめている点や、隷釈の注文である「孝子孝孫」を本文と認めている点（「孝子孝孫」は、碑文「孝子仲章季章季立、孝孫子僑」を、洪适が略記したもの。汪日秀本参照）から判断されるように、梅鼎祚が汪日秀本系の隷釈を参照していたとは考え難い。もし梅鼎祚が汪日秀本系の記述を知っていたなら、決して㈠―㈦のような、緻密で手間の掛かる考証をする必要はなかったであろう。知らなかったからこそ、欠落を抱えた四庫本の系統の範囲内で、何とかそれを正しい形に近付けようと苦心したのである。さて、㈠―㈦を見ると、ニラン女史は、東漢文紀を全く読み損っていることが、よく分かる。例えば梅鼎祚は、梁碑の記述における二つの系統を知っていた訳ではないし、ましてその一方（四庫本の系統）を、本来のものと認めた事実もない（東漢文紀の「原文」という語は、女史の想定するような意味で使われているのではない。それはただ、梅鼎祚が注文と区別して、碑の本文のことを、そのように呼んだに過ぎない）。また、注39において、女史が述べていることにも、実際の東漢文紀との、大きな隔たりが認められる。東漢文紀は、「官寿残失」の四字を、注釈としただけである。それを含む一行（「官寿残失……立闕刻其」）。これは、実は斑碑の注であった）を注釈としたのではなく、或いは、以下の数行を、注釈としたのでもないことに、注意しなければならない（注37において、女史は、「官寿残失」に始まる何行かの節は、注釈であろうと述べていた）。不可解なことに、このような、およそ学問的とは言い難い、不条理極まる東漢文紀の引用を敢えて行ってまでニラン女史は、一体何を主張しようとしたのであろうか。女史の主張の狙いは、まず四庫本、王雲鷺本を隷釈の正統な本文と位置付けること（即ち、汪日秀本を斥けること）であり、次いで、四庫本、王雲鷺本の本文内容に対し、疑問を提起することであったように思われる。そして、後者は例えば先々、

If all the passages attributed to Hong were indeed composed by him, which seems doubtful, ……(p. 528)
（もし、洪に属すると考えられる全ての引用部分が、実は彼によって創作されたものだったとしたら、それは疑わしいが、……〈528頁〉）

と総括される、梁碑のみならず、武氏祠に関連した、五つの碑文全ての歴史資料性を否定し、そこから従来の武氏一門の概念を解体しようとする、女史の結論を支えるものとなっている。

換言すれば、ニラン論文二章の「武梁」を通して指摘し得ることだが、東漢文紀の引用に限らず、それらの目的は、総じて梁碑の「良匠衛改」以下また、「孝子仲章」以下（金石録不見）、或いは、ＢＣなどを注釈、付加、改竄、挿入と規定することで、前述の如く四庫本、王雲鷺本を擁護すること、即ち、汪日秀本を斥けることにあったと考えられる。そもそも武梁碑は、原石が失われており、その存在は、文献上にしか根拠をもたない、半ば仮構ともすべき、甚だ危ういものである（幸いなことに、私達には、汪日秀本が残されているが――）。そして、ニラン女史のように、

汪日秀本を視野に入れず、四庫本、王雲鷺本のみに固執して、梁碑を論じようとするならば、そこから導かれる結論は、先に見た通りの四庫本、王雲鷺本のもつ、極めて重大な欠陥故に、必然として私達の前提としてきた梁碑の歴史資料性の否定、さらに武梁という人物概念の解体へと、向かうことにならざるを得ないだろう。さて、梁碑に関する、ニラン女史の筆致からは、しばしば目前の事実を無視する、非常に頑なな印象を受ける。女史は何故、汪日秀本を斥けようとするのだろう。もしかすると、武梁碑の存在自体を否定しようとする、結論が先にあったのだろうか。事実を離れて理屈に奉仕する論証は、所謂イデオロギーの名で呼ばれ、もはやそれを学問と呼ぶことは許されまい（注40の、隷弁巻7／11a、巻8／15b―16aの丁数表示は、巻7／15b―16a〈武梁碑〉、巻7／12a―b〈武斑碑〉の誤り）。

西闕銘は、金石録巻十四に、「漢武氏石闕銘」としてその銘文全文が録されて以来、内容が知られるようになったもので、武氏祠関係の五つの碑文の内、最後の五つ目に当たっている。原石は、黄易の修武氏祠堂記略に、

双闕南北対峙、出㆑土三尺。掘㆓深八九尺㆒、始見㆓根脚各露㆒

と記す如く、東闕に相対するものとして、乾隆五十一（一七八六）年、黄易により現存が確認された。今、その銘文を示せば、次の通りである（改行は拓本及び、原石に従うが、字体は通行のものに改める。また、句読点、返り点を付した銘文を添えておく）。

建和元年大歳在丁亥三月庚
戊朔四日癸丑孝子武始公弟
綏宗景興開明使石工孟孚李

弟卯造此闕直銭十五万孫宗
作師子直四万開明子宣張仕
済陰年廿五曹府君察挙孝廉
除敦煌長史被病芺没苗秀不
遂嗚呼哀哉士女痛傷

（建和元年大歳在二丁亥一、三月庚戌朔四日癸丑、孝子武始公弟綏宗景興開明、使三石工孟孚李弟卯造二此闕一、直銭十五万。孫宗作二師子一、直四万。開明子宣張、仕二済陰一。年廿五、曹府君察挙二孝廉一、除二敦煌長史一。被レ病芺没、苗秀不レ遂。嗚呼哀哉、士女痛傷）

最後に、この西闕銘についてのニラン女史の見解を検討する。女史は、二章の The pillar-gate inscription（西闕銘）と題する節において、左のように述べている。

Be that as it may, the pillar-gate inscription ends with four sentences devoted to Wu Ban（i.e., about half the entire text）, whom convention identifies as Kaiming's son. Why would "filial sons" erect a memorial gate whose inscription gives no information about the older generations but focuses instead on a single member of the younger generation? A more general question may be lodged: why do later traditions reflect so much confusion about the identity of the makers and dedicatees of the pillar-gates, if those identities were plain for all to see? Furthermore, a second passage, this time in the *Li shi* entry for Wu Liang, says that Wu Kaiming erected the pillar-gates for his elder brother, Wu Liang—a statement flatly contradicting the pillar-gate inscription transcribed in *Jinshi lu*, which has Wu Kaiming and his three brothers, as "filial sons," erecting the gates.[46]（Readers will recall that the *Li shi* does not itself contain a transcription of the pillar-gate inscription.）According to the standard genealogy devised for members of the family, Wu Kaiming died three years before his elder brother Wu Liang, in which case we must either credit Kaiming with astounding prescience in building the pair of pillar-gates or presume that they were not erected in a funerary context. But the very materiality of the pillar-gate inscription, which was readily decipherable at the turn of the twentieth century, as the volumes of Chavannes and Sekino attest, has apparently precluded any consideration of these internal contradictions. (As the inscription has now been rubbed entirely away, we must rely upon these photos.) We do know that Fang Ruo's (1869-1954) *Jiaobei suibi* (*Notes comparing steles*) records that existing rubbings of the pillar-gate inscription present markedly different carving styles and formats, "with not a single stroke in a similar place."[47] The *Jinshi suo* (*Index to metal and stone carvings*; compiled 1821) shows an inscription with six lines per column, but Fang's text records an inscription with twelve lines per column.[48]

46. *Li shi* 6/14a (vol. 681, p. 515). Hypothetically, two sets of pillar-gates could have been built in the single cemetery, one set sponsored by four filial sons for their parent(s), and one set by Wu Kaiming for his older brother, but this seems unlikely.
47. Fang Ruo, *Jiaobei suibei* (Shanghai: Shanghai shuhua chubanshe, 1981), *juan* 1/9a.
48. Compare ibid., and Feng Yunpeng and Feng Yunyuan. *Jinshi shuo* (Shanyang: Ziyang Xian shu cang ban, 1821), "Shisuo," *juan* 3/3a.

（いずれにせよ、西闕銘は、武斑に捧げられた四つの文で終わっている（即ち、全体の約半分）。これまでの慣らわしでは、彼は開明の子ということになっている。何故孝子達は、その碑文が前世代の人々に関する何の記事も含まず、代わりに、より若い世代の一人の成員に焦点を当てたような、記念の闕を建てようとしたのだろうか？　もっと一般的な疑問を提示することも可能である。もしその由来が誰の目にも明らかだったのであれば、後世の伝承が何故、西闕の記録者及び、被奉呈者は誰だったのかという判断をめぐり、かくも多くの混乱を伝えているのだろうか？　その上、今度は、隷釈の武梁碑の記載における第二節は、武開明が兄武梁のために、その闕を建てたと言っており——その記述は、武開明と彼の三人の兄弟に「孝子」として闕を建てさせている、金石録に筆録された西闕銘と明らかにくい違う。[46]（読者は、隷釈がそれ自身としては、西闕銘の筆記をもたないことを思い出すだろう。）その家族の成員を考案した、標準的な系図によると、武開明は、彼の兄武梁より、三年早く死んでいる。その場合、我々は、開明が驚くべき予知能力を用いて、一組二柱の闕を建てたと信じるか、それとも、それらの闕は、埋葬用に建てられたのではない、と推定するかしなければならない。しかし、西闕銘の原石は、シャヴァンヌと関野の書物にある通り、二十世紀への移り目には、容易に判読し得るものであったけれども、現在ではこれらの内部矛盾に関する、如何なる考察を行うことも、外見的には難しい。（銘文は、現状においては完全に摩滅してしまっているので、我々はこれらの写真に頼らざるを得ない。）我々は、方若（一八六九―一九五四）の校碑随筆（碑文を比較した注釈）が、西闕銘の現存する拓本は、彫刻の様式や構成において、際立った異同を示す、即ち、「一筆として似た所がない」と記すことを、知っているではないか。[47]金石索（金石彫刻の索引、一八二一年編）は、一行六字の銘文を掲げ示しているが、しかし、方の本文は、銘文が一行十二字で書かれていると記すのである。[48]

46・隷釈6／14ａ（巻681、515頁）。仮定として、二組の闕が一つの墓地に建てられることも、可能だったろう。一組は、四人の孝行息子による、彼らの親（達）のためのもので、そして、一組は、武開明による彼の兄のためのものであった。しかし、これはありそうもない。

47・方若、校碑随筆（上海、上海書画出版社、一九八一年）、巻1／9ａ。

48・前掲書と比較せよ、そして、馮雲鵬と馮雲鵷、金石索（審陽、滋陽県署蔵板、一八二一年）、『石索』、巻3／3ａとも。）

ニラン女史の叙述によると、西闕銘は恰も合理的に説明することが不可能なものの如く、殆ど出鱈目な内容をもつ資料であるかのような記され方をしている。西闕銘をめぐる、かくも多くの混乱 so much confusion の内実は、後程整理を試みるが、まず女史の指摘について、一、二の補足、訂正を加えておく。

ニラン女史の言う、隷釈の武梁碑における a second passage とは、上記四庫本、王雲鷺本巻六「従事武梁碑」冒

頭の、

官寿残失。威宗建和之元年、開明為二其兄一立レ闕

を指すが、これは前述の通り、実は武梁碑の碑文ではなく、武梁碑に対する洪适の注文の一部であったことに注目したい（図二、汪日秀本参照）。それが武梁碑のものとされているのは、例によって女史が専ら四庫本、王雲鷺本に拠った結果に外ならない。皮肉なことに、ただでさえ混乱を招きがちな西闕銘に、誤りを含む四庫本、王雲鷺本を関連させる女史の不用意さが、ここでは本当の混乱を惹き起こしている。武斑碑注の問題は、後述する。

さて、ニラン女史は、上掲論文の終わりに、校碑随筆と金石索の二つの文献を引いて、拓本批判を通した西闕銘批判を行っているが、その批判は、果して正しいのであろうか。ここで、その当否を少し考えておく。女史が援用した、方若の校碑随筆巻一の原文を示せば、次の通りである。

武氏石闕銘。隷書八行、行十二字、上層画象。在二山東嘉祥一。建和元年三月。

拓本非レ難レ致、不レ過道光以後拓本無二旧拓清晰一。乃近有三摹刻竟無二一筆似処一、且毎行作二十字一、是幷原拓整張未レ見者耳

方若が、「無二一筆似処一」と述べたのは、西闕銘の拓本に関してではなく、その「摹刻」であることに注意しなければならない。だから、女史がそれを existing rubbings のこととするのは、全くの見当外れとすべく、従って、女史による校碑随筆の引用は、西闕銘はおろか、その拓本の批判にさえなり得ないことが、了解されるだろう。

石索の引用についても、ほぼ同じことが言える。成程、石索巻三「漢武氏祠石闕」に、四葉に分けて掲出された図版は、行六字、十六行に亙っていて（四、五、五、二行。末行のみ三字）、西闕銘原石並びに、その拓本とは大きく異なっている。しかし、その図版は、当然のことながら、拓本なのではない。図版の元は拓本であろうが、版本化さ

れた段階で、それは改めて彫り直され、拓本とは質的に異なったものとなっているのである。そして、原拓が版面に合っていなければ、版面に合わせてそれを適宜改変することは、珍しくも何ともない現象で（例えば容庚の『漢武梁祠画像録』十、十一丁は、銘文の原拓を収めるものではあるが、やはりそれを各三行の四葉に分け、十二行、行八字〈末行五字〉に改変している）、書誌学の初歩的知識に属する事柄である。加えて、女史が方若を引いて石索を批判するのは、さらにおかしい。何故なら、石索の図版四葉目左に、

闕高一丈二尺、半淤二于土一。此銘在二西闕之第六層一。予掘レ土出レ字拓レ之。銘八行、々十二字、末行九字

とあって、原石が八行、行十二字であることは、方若を俟つまでもなく、石索自身が明記していることだからである。故に、女史の石索の引用もまた、西闕銘やその拓本の批判としては、全然的外れなものとなっている。要するに、これらのこともまた、例によって前述、資料の位相を無視した結果に外ならず、ニラン女史が引く校碑随筆や石索は、西闕銘やその拓本に対し、本文批判の地平において、何ら関わりをもたない資料であることは、改めて確認するまでもないことだろう。

さて、西闕銘は、例えば作者や被奉呈者の問題で、ニラン女史が言うように、本当に混乱しているのであろうか。確かに西闕銘の内容を資料として見る時、他資料との関係が聊か複雑なことは、否定出来ない事実だろう。しかし、複雑であることと混乱していることとは、明らかに違う。そこで、以下、ニラン女史とは別途、もう少し一般的な観点から、西闕銘と他資料との関連を整理してみる。西闕銘をめぐる関連事項を年表風に纏め、左に一覧として示す。

145（永嘉元年）　開明母没（開明碑）
斑没（斑碑）

147（建和元年）2・23　斑碑を建てる（汪日秀本隷釈斑碑注）
　　　　　　　3・4　開明、兄梁のために闕を建てる（汪日秀本隷釈斑碑注）
　　　　　　　3・4　武始公等兄弟四人、闕を建てる（西闕銘）
148（建和二年）11・16　開明没（開明碑）
151（元嘉元年）6・4　梁没（梁碑）
167（永康元年）頃　栄没（栄碑）

まず、ニラン女史が、明らかにくい違っている flatly contradicting と指摘する、隷釈巻六と金石録（西闕銘）とは、本当にくい違っているのだろうか。金石録巻十四は、西闕銘（の拓本）と一致しているから、問題となるのは隷釈である。女史の言う隷釈のそれが、四庫本、王雲鷺本巻六「従事武梁碑」冒頭に記された第二節、

官寿残失。威宗建和之元年、開明為二其兄一立レ闕

の傍線部であり、また、それが汪日秀本（泰定本）の斑碑における、洪适の注釈の一部であることは、既述の通りである。その本文を改めて確認すれば、左の如くである（汪日秀本）。

敦煌長史武斑碑

建和元年大歳在二丁亥一、二月辛巳朔廿三日癸卯、長史同（下缺）

敦煌長史武君諱斑、字宣張〔碑文下略〕

右、敦煌長史武君之碑、隷額在二済州任城一。武君名斑、字宣張、従事梁之猶子、呉郡府丞開明之元子、執金吾丞栄之兄也。以二冲帝永嘉元年一卒。碑者、後二年、同舎郎史恢曹芝六人所レ立。字小石損、官寿残失。威宗建

和之元年、開明為二其兄一立レ闕。刻二其傍一云、宣張仕二済陰一。年二十五、曹府君察二孝廉一、除二敦煌長史一。被レ病夭歿、苗秀不レ遂。闕以二二月癸丑一作、碑以二二月癸卯一立。相去浹辰之間〔下略〕

右は、汪日秀本であるが、泰定本（また、現存分の王雲鷺本）も異同はない。斑碑が「建□（和）元年太歳在丁亥」で始まっていたらしいことは、欧陽脩の集古録巻三（「首書云」とある）や棐の集古録目一（雲自在龕叢書本）に、早くから記載された事実で（金石録には言及がない）、斑碑の本文は実際、建和元（一四七）年の斑碑の制作を記すことから、書き始められていたのだろう。武斑は永嘉元（一四五）年に亡くなっているので、それは二年後のことであった（上掲の斑碑注に、「後三年……所レ立」とする）。そして、右の斑碑注において、第一に問題となるのが傍線部、

威宗建和之元年、開明為二其兄一立レ闕

と記されていることで、兄は、武梁を指している（斑碑注の猶子は、兄の子つまり甥のことで、元子は、長子の意）。すると、この闕は、同じ建和元（一四七）年に作られた西闕銘と、一体どういう関係にあるのだろうか。次に問題となるのが波線部、その闕に彫られていたと思しい、「宣張仕二済陰一」以下の句であろう（済陰郡は、山東省曹県西北）。この「宣張」云々の句は、全く同じものが西闕銘に見えており、それは大体、何を意味するのだろうか。二つの問題の内、前者が即ち、ニラン女史により、金石録とのくい違いを指摘された問題に当たっていて、女史はその前提として、斑碑注に言う闕を、西闕銘と考えていることが分かる。ここで、西闕銘を論じるニラン女史の立場を確認したい。不思議なことに前者、つまり隷釈の斑碑注を上げて、その金石録とのくい違いを鋭く追及する女史が、どういう訳か、後者の問題には触れようとしないのである。その理由を慮るにやはり、女史が四庫本、王雲鷺本に拠ったことだろうと思われる。何故なら、四庫本、王雲鷺本には、前者はあるが（但し、「従事武梁碑」の記述に誤る。図二、A）、後者はないからである（同、B）。このことが、おそらく女史の後者を無視する原因となっている。そして、汪日秀本

を改竄本と見做し、汪日秀本に拠って図二、A―Eの復原手続きを踏まない女史は、多分、後者（「宣張」云々句。B）が前者（武開明が兄武梁のために作った闕。A）の句であることを、知らなかったのではないかと思われる。そのように考える時、Aを上げれば、当然言及せざるを得ないBを、女史の無視する不自然さも、理解出来る。しかし、女史は、AとBの関係に気付かなかったにせよ、斑碑注におけるB（「宣張」云々句）と西闕銘との関係には、気が付いていたようだ。それは前述の如く、女史が全然別の箇所、五二七頁の終わりの部分で、

and a lengthy description is used once in the pillar-gate inscription and once in the Wu Liang commentary but applied to different subjects.

と述べているからである。女史がそこで、Wu Liang commentary と言っている点に、注目したい。女史は、B（「宣張」云々句）が、斑碑注以外のものではあり得ないにも関わらず、斑碑注とは決して言わない。そのことが問題なのは、その事実自体が、ニラン女史がB即ち、四部叢刊所収の隷釈において、王雲鷺本の欠落を補うべく挿入された泰定本を、殆ど無批判に梁碑注と見做したことを示している。文献に対するそのような女史の無定見さは、例えば西闕銘を論じる女史の立場に、結果として強い疑いを抱かせずにはいないだろう。

さて、斑碑注の続きには、注意すべき一節があって、

闕以㆓二月癸丑㆒作、碑以㆓二月癸卯㆒立。相去浹辰之間

と記している。まず浹辰《しょうしん》は、十二支の一廻りで、普通十二日間のことを言うが、ここは、十干の一廻り（癸卯―癸丑）、十日間のことを指している。また、二月癸卯は、二月二十三日のことだから（斑碑）、「闕以㆓二月癸丑㆒作」の二月は、三月でなければならず、前述、鉄琴銅剣楼旧蔵本以下の明抄本及び、清抄本が、「三月」と作るのに従うべきである。そして、右の一節から、武開明が兄梁のために作った闕は、斑碑が出来て十日後、三月四日に完成してい

ることが分かる。その日はまた、西闕銘の完成した日に当たっているが、もし隷釈の「開明為二其兄一立レ闕」が誤りでなければ、西闕銘とは別の闕が、同じ日に作られたことになるだろう（誤りだとすると、右の一節は、西闕銘のことを記したことになる）。このことは女史もまた、仮定として hypothetically ではあるが、認めている（注46）。そして、もう一つの闕の「傍」には、西闕銘の後半と同じ、「宣張」云々の句が刻されていたとしなければならない（「傍云」の傍は、側面か）。即ち、隷釈の斑碑注によれば、西闕銘の作られた建和元年三月四日には、西闕銘とは別の闕が、武開明によって兄梁のために作られており（傍線部）、さらにその闕の「傍」にも、西闕銘後半に見えるのと同じ、「宣張」云々の句（波線部）があったということになる。

上掲年表の若干立て込んだ、建和元年の項は、このように理解することが出来よう。ここで、二月に斑碑が作られ、三月に二つの闕が作られた、その年の武氏一門の情況を考えてみる。建和元年の前後は、金郷の武氏が大きな変化を迎えた時期のようだ。まず二年前の永嘉元（一四五）年には、武開明の母即ち、武始公達四兄弟の母が没し（開明碑）、さらに武開明の長子、武斑が亡くなるという悲運に見舞われている（斑碑）。そして、翌建和二年（一四八）年には、武開明も没し（開明碑）、その三年後の元嘉元（一五一）年には、武梁が亡くなっている（梁碑）のである。所謂武梁画象は、そのことと深く関係するが（梁碑）、一方、武氏祠の成立を考える上で、興味深いのは、武氏関連の五つの碑文が、この時期に集中して作られていることだろう（武栄碑のみやや遅れる）。さて、元嘉元年に没した武斑を傷み、同僚の史恢等が碑を作り、また、亡き母を偲んで、武始公等兄弟四人が西闕銘を作り、さらに趣旨は不明ながら、武開明が兄梁のために闕を作っているが、それらはおそらく同時に計画され、進行したに違いない。そして、それらは共に建和元年に完成し、碑は二月二十三日に、二つの闕は十日後の三月四日に、それぞれ竣工を遂げている。碑はその年紀を首書し、二つの闕は、同時に進行した武斑の閲歴を、同文で書き加えることによって、建和元年における各事業の相関性を、明らかにしようとしたものと思われる（清、桂馥の札樸巻八「武氏石闕」に、「其碑先レ闕十日立、与レ闕同時起工、故闕文牽連及レ之」とある。また、補記に紹介した白謙慎説参照）。

ニラン論文二章の結論は、武氏に関わる五つの碑文が、歴史資料たり得ないことを主張している。そして、ニラン女史は、取り分け洪适に対して辛辣な批判を浴びせ、加えて、洪适による碑文の捏造をさえ、強く示唆するのである。その五二七頁以下の結論部から二、三、気の付いた問題を上げて、小論の結びとする。

次に掲げるのは、斑碑に関する、女史の批判である。

The relevant gazetteers further increase our perplexity: the *Jizhou jinshi zhi*（*Record of bronzes and stones in Jizhou*; compiled 1843）, for example, places a Wu Ban stele at Jiaxiang, with a stele head in two lines of seal script, even though Hong Gua specifically stated that the Wu Ban stele head was written in clerical script.[52]

52. *Jizhou jinshi zhi*, comp. Xu Zonggan（n.p., 1843）, *juan* 7. 3b-6b.

（関連する地志類が我々の混乱をなお一層深める。済州金石志（済州における金石の記録、一八四三年刊）は、例えば、篆書二行の碑額をもつ武斑碑を、嘉祥に配置する。洪适が、武斑の碑額は隷書で書かれていたと、特に言明していたにも関わらずである。[52]）

52・済州金石志、全。徐宗幹（刊行地記載なし、一八四三年）、巻7。3b—6b。）

右の記述で、女史が指摘しているのは、清、徐宗幹撰、済州金石志巻七「嘉祥石」に、

故敦煌長史武君之碑篆額二行

とあることと（3b—6bの丁数表示は、1a—3bが正しい）、隷釈巻六の斑碑注に、

隷額在二済州任城一

と記すこととの、矛盾を衝いたものである。女史の言い分によれば、斑碑の碑額には、恰も篆書で書かれたものと隷書で書かれたものと、全く異なる二種の碑額をもつものがあるかの如き印象を受ける。しかし、同じ済州金石志、斑碑の末尾に、

按、此刻八分書、文十三行、題名五行。在二嘉祥城南二十八里武翟村紫雲山武氏祠内一

とあることが非常に重要で（山左金石志巻七、斑碑にも、「八分書、篆額」とある）、関野貞は、「圭首にして穿あり。穿の上に八分書「故敦煌長史武君之碑」の題額を二行に記し、穿下に文を刻せり」と言っている（前掲書十三章丁(イ)）。そもそも斑碑の書体は、八分書《はっぷんしょ》（秦の書体。篆書と隷書の中間の字体。『大字源』『新字源』の「八分」参照）で書かれており、それは、見方によって篆書とも隷書とも言い得るものなのであって、「篆額」（済州金石志）や「隷額」（隷釈）の呼称は、必ずしも斑碑が二種類あったことを意味しない。斑碑の碑額は、現在読み取り得ないものながら、右の女史の批判は、例によって斑碑そのものとは関わらぬ事柄とすべきである。

次に掲げるのは、ニラン論文二章の注53、54である。

53.〔前略〕*SJZ*, p.68, in noting an instance of misidentification by Hong Gua, criticizes him for "crudely making them [pieces of evidence] fit together"（*cuwei fuhe*）. The careful editors of the *Siku quanshu* would condemn Hong's quite tentative talk about Wu Liang; in their view, Hong had "not avoided stretching the wording"（*weimian qianhe qi ci*）. See their Preface to the *Li shi*（*Siku* edition）, vol. 681, p. 444（3a-3b）.

54. The phrase *que ze chuan jiang*（"Before he was capped, he transmitted and lectured."）, which does not appear in *Jigu lu*, *juan* 3/21a, is said of both Wu Rong and Wu Liang. A second formula employed in Wu Rong's inscription *guang*

xue chen che …(“His broad learning was thorough; all the canonical texts he had read.”), becomes in Wu Liang’s inscription (“His broad learning was thorough; not one field of study had he failed to penetrate.”).

（53・〔前略〕水経注碑録（SJZ）68頁は、洪适による事実誤認の或る実例を指摘して、「それら〔証拠の断片〕が荒っぽく辻褄を合わされている（粗為符号）という理由で、彼を非難している。四庫全書の慎重な編者達は、洪の武梁に関する全く不確かなお喋りを責めた。彼らの見地からすれば、洪は「言い回しの拡大解釈を避けなかった。」（未免牽合其詞）。隷釈に対する彼等の序文（四庫版）、巻681、444頁（3a—3b）を見よ。

54・「闕幘伝講」（「〔有資格者の印である〕帽子を冠る以前に、彼は伝達講義を行った。」）の句は、集古録巻3／21aには見えないものだが、武栄と武梁の両方で言われている。武栄碑に用いられた第二の常套句、「広学甄徹」（「彼の幅広い学問は徹底したものだった。彼は全ての聖典を読破した。」）は、武梁碑のものとなっている（「彼の幅広い学問は徹底したものだった。どの分野であれ、理解出来ないものはない。」）。）

注53のSJZは、施蟄存氏『水経注碑録』（天津古籍出版社、一九八七年）のことである。その巻二、四一「漢司隷校尉魯峻碑及石室画像」に記された、洪适（隷続）への評語「粗為符合」の意味を、女史は、

crudely making them〔pieces of evidence〕fit together

と、まるで洪适が証拠の断片を無造作に継ぎ合わせ、自分にとって都合の良い証拠を作り上げたかのように解している。ところが、それは、女史による「粗為符合」原文の、全くの誤読であろうと思われる。『水経注碑録』巻二、六十八頁の一部を示せば、次の通りである（隷続巻十七「魯峻石壁残画象」、隷釈巻九「司隷校尉魯峻碑」参照）。

《隷続》又著録《魯峻石壁残画像》三幅、幷広三尺、高二尺、有題字四十八榜。洪氏云、『蔵此者不知為何人碑、既有九江標榜、又有屯騎職掌、更有先賢形像、定為魯峻石壁所刻、其誰曰不然。』又云、『又有二石、長過于此、所画冠剣人物、絶類九江石壁、因疑此二石亦是魯祠四壁者。』可知洪氏僅拠石画題榜『君為九江太守時』諸語、

考之魯峻碑文、粗為符合、遂断定其所得者為魯峻祠石壁所刻、竊恐其猶有可疑也。惜趙明誠于其所得画像無跋、遂不克為洪説参証。呉玉搢云、『石祠画像、久矣不存。』故洪氏以後、不更見著録。然今山東博物館中漢画残石累累、恐其間猶有魯祠旧刻、一失其所、夷于隠淪、物与人有同然矣

『水経注碑録』の傍線部「粗為符合」は、洪适が、或る画象について、魯峻碑の記す官歴、「九江太守」や「屯騎校尉」などが、画象中の榜題と一致する所から、その画象を魯峻石壁画象と判断したことに対し、言われたものである。その意味は、「〔洪适の考えは〕おおよそは合っているが、その結果、洪适の入手した画象を、魯峻祠の石壁に彫られたものだと断定してしまうのは、実際の所、まだ疑問の残ろうことが気に掛かる」ということであろう。

同じ注53の中で、次に取り上げられているのは、隷釈の四庫提要である。ニラン女史は、四庫提要から、洪适に関する「未免牽合其詞」という句を引用し、それを、

Hong had "not avoided stretching the wording"

と理解して、洪适が原文の言い回しを拡大解釈し、根拠のない余計な意味を付け加えたことに対する、提要編者の批判の如くに捉えている。これも、女史が「未免牽合其詞」を誤読したものと思われる。四庫提要の該当部を示せば、次の通りである。

武梁祠堂画象、武氏本不レ著二名字一、适因三武梁碑有二後建祠堂雕文刻画之語一、遂定為二武梁祠堂一。按、梁卒二於桓帝元嘉元年一、而画像文中有二魯荘公字一、不レ二諱改一レ厳、則当二是明帝以前所一レ作。金石録作二武氏石室画象一、較為二詳審一。适未レ免三牽二合其詞一

The careful editors of the *Siku quanshu* という筆致から、女史は、四庫提要を肯定しているかのように見えるが、実は、四庫提要の言わんとしていることは、単純ではない。提要は、まず武梁画象中の「魯荘公」の榜題（第一石第

三段、曹沫図）に着目し、それが以前に触れた後漢明帝（治五七―七五）の諱、荘を避けて厳と改めるべき所を、そのままにしていることから、武梁画象は「明帝以前所レ作」に違いないと主張している。ところが、武梁は元嘉元（一五一）年に没しているので、それを洪适の如く、「武梁祠堂画像」（隷釈巻十六、隷続巻六）とすると、時代が合わなくなってしまう。そこで、提要は、金石録の「漢武氏石室画像」（巻二、巻十九）の呼称を是とし、洪适の説を斥けたのである。そして、洪适は、梁碑に「後建祠堂」「雕文刻画」などの語のあることを以って、件の画象を「武梁祠堂画像」と命名しているので（隷釈巻十六）、提要は、その洪适の説の根拠を否定すべく、「适未レ免レ牽二合其詞一」（洪适は、単に見掛け上、関連がありそうな梁碑の表現を、画象に引き合わせただけのことだ）と批判したのである。

さて、例えば女史の如く、不用意に四庫提要の洪适批判を肯定すると、それに付随して、武梁画象を明帝以前、一世紀に制作されたものとせざるを得なくなってしまう点が、聊か厄介である。武梁画象が明帝以前のものとは、到底思われないからである。この問題については、陳垣の史諱挙例が参考となる。その巻一「避諱改字例」に、後漢明帝の諱、荘を避けない例として、

和平元（一五〇）年厳訢碑曰「兆自楚荘」、延熹三（一六〇）年孫叔敖碑曰「荘王置酒以為楽」、中平元（一八四）年郭究碑曰、「厳荘可畏」、是不レ避レ荘

とあって、「則漢時避諱之法亦疏、六朝而後、始漸趨二厳密一耳」と言う。武梁画象の「魯荘公」も、同様の例に属するものと考えたい。ところで、四庫提要の洪适批判を引用する女史は、その批判を前提として導かれた、提要の結論をも認めているのであろうか。不可解なことに、女史は、提要の結論を認めるどころか、提要とは全く正反対の見解を取っているようだ。と言うのは、ニラン論文三章の注48（556頁）を見ると、

The *Siku quanshu* editors adopted Gu's view in the preface to Hong Gua's work.

（四庫全書の編者達は、洪适の作品〔隷釈〕への序文〔提要〕において、顧〔藹吉〕の見方を採用した。）

とあって、女史は、顧藹吉の隷弁巻八の、

愚按、画象中所レ題魯荘公荘字、不レ避二明帝諱一、似レ非二武梁祠堂所一レ刻。梁蓋卒二於桓帝時一也……武氏有二数墓一、不レ能レ定三此刻為二何人墓前者一。当下従三金石録題為二武氏石室画象一可上耳（同治十二年重刊本。四庫本も同じ

を、提要の「按」以下が基づく所であると指摘しており（注48には、Gu Aiji, *Li bian, juan* 8/38b-40a. の参照指示〈四庫本〉がある）、さらにその隷弁の記述について、三章五三五頁右に、

Instead, he states plainly that the labels he knows, which include a reference to Duke Zhuang of Lu, cannot date from Eastern Han,

（そうではなくて、彼〔顧藹吉〕は、彼の手許にある、魯の荘公への言及を含んだ榜題〔を有する画象石の制作年代〕は、後漢には溯り得ないとはっきり明言している）

と述べているからである。つまり女史は、提要の前提とする洪适批判は引用するが、武梁画象を明帝以前とする結論は認めず、逆に、それを後漢にさえ溯り得ないとする、顧藹吉の説を支持していることが分かるだろう。このような、女史の提要の引き方は、自説に都合の良い部分だけを引用して、あとを無視する、聊か恣意的な面が目立ち、信用し難いのだが、さらに問題なのは、顧藹吉が武梁画象を「後漢には溯り得ない cannot date from Eastern Han とはっきり明言している states plainly」と、女史が主張することである。何故なら、上記隷弁が述べているのは、「私〔顧藹吉〕が思うに、〔武梁〕画象中に榜題された、魯荘公の荘の字は、明帝の諱〔荘〕を避けておらず、〔その榜題は〕武梁祠堂に彫られたものではないようだ。梁は大体、桓帝の時に亡くなっている……武氏には幾つもの墓がある〔と金石録に言う通り〕、この彫り物を、誰の墓前のものと決定することは不可能である。およそ金石録が武氏石室画象

と名付けているのに従うのがよかろう」ということに過ぎず、顧藹吉は、「後漢には溯り得ない」などとは、少しも述べていないからである。加えて、隷弁巻二、平声下陽第十の「荘」を開くと、そこには、

　武梁祠堂画象、魯｜公。按、後漢明帝諱荘。故若二荘周荘助一、皆改為レ厳。諸碑荘字、亦従二変体一……惟此作レ荘。不レ著二年月一、其在二明帝前一乎。金石録名レ此為二武氏石室画象一、未レ定二武氏何人一。隷釈以二武梁碑一……遂定為二武梁祠堂画象一、武梁卒二於桓帝元嘉元年一。恐未二必是一也

とあって、顧藹吉の武梁画象に対する捉え方は、「其在二明帝前一乎」、即ち、後漢の明帝以前かというものであり、まず提要の「明帝以前所レ作」は、これも顧藹吉の説に沿うものであったことが知られる。そして、女史の、顧藹吉が武梁画象を「後漢には溯り得ない cannot date from Eastern Han と、はっきり明言している states plainly」という主張は、全く事実に反していることが分かる。従って、女史の右の主張は、学問的にあってはならない嘘である、とされても仕方のないものとなっている。ともあれ、女史は、隷弁を正しく読んでいないことが、確かである。私が甚だ理解し難く思うのは、ニラン論文二章注53に指摘された『水経注碑録』にせよ、四庫提要にせよ、或いは、右の顧藹吉（隷弁）にせよ、その片言隻句を摑まえて、資料から見れば、大変無理のある洪适批判、武梁画象批判を展開しようとする、女史の姿勢なのである。さて、ニラン論文注53以下における洪适、また、武梁画象に対してなされた非難は、いずれも洪适、また、武梁画象にとって本来謂われのない、迷惑千万な言い掛かりに過ぎないことを、洪适、そして、武梁画象のために、ここに明らかにしておく。

　最後に、注54は、「闕幘伝講」、「広学甄徹」という二句が、栄碑と梁碑とに共通して現われることを、問題としたものである（集古録の丁数表示は、22aが正しい。また、女史は、栄碑の「広学甄徹、靡レ不二貫綜一」と、梁碑の「広学甄徹、窮綜典闕、靡不闕覧」とを取り違えているようだ）。栄碑は、集古録と隷釈にのみ記載されるが、集古録

に二句の見えないのは、拓本が悪かったのだろう（「其餘文字残缺」等とある）。梁碑は、金石録と隷釈とに記載され、二句の前者（「闕幘伝講」）は、両書に見えている。後者が金石録に見えないのは、おそらく省略されたためである。武栄、武梁の二人は、共に学問に精励した点、非常によく似ており、そのことを叙した措辞が、たまたま一致しただけのことと思われる。

ニラン論文二章の結論部において、女史は、武氏一族に関する歴史資料としての、五つの碑文を否定し（527頁左）、それらは、武氏一族の実在を証明するものではないと言う（527頁右）。また、特に洪适の隷釈を中心とする記録類には、歴史資料として重大な欠陥が予想されると述べ（同）、剰え女史は、それらが洪适ないし、南宋以降の何人かにより偽造されたものである可能性をさえ、強く示唆している（528、529頁）。そして、女史はその結果として、所謂武梁画象を始めとする武氏祠画象石を、従来の武氏一門から切り離し、複数の軍人（武人）貴族のための記念物の集合体と見做すに至っている（528頁）。

私なりにニラン論文 II. Stele Summary の結論を要約すれば、以上のようになる。では、ニラン論文の二章は、正しいのであろうか。即ち、これまでの武氏祠画象石に関する通説は、学問的にもはや成り立たないものとなってしまったのであろうか。答えは、否である。むしろ逆に、成り立たないのは、ニラン女史の主張の方である、とすべきだろう。以下にその理由を述べる。

まずニラン女史の、歴史資料としての五つの碑文に対する批判は、上に見て来た如く、諸資料の位相を見誤ったものである場合が多く、ために批判が批判として成り立っておらず、結果としてその歴史性を否定することに、完全に失敗している。問題提起として興味深いことは、数多いのだが、目下、研究上の論証として、取り上げるに足る点は、皆無に近い。そして、五つの碑文を批判することは、それらの主要な提供者でもある洪适を批判することへと、必然的に繋がってゆく。しかし、女史の洪适批判は、そもそも文献学的な手続きから見て、甚だ疑問とすべきものが過半を占めている。例えば女史は、洪适の隷釈の本文を使うに際し、基本的に四庫全書本に拠っているが（二章注2）、一方で汪日秀本を軽視また、無視することを意味する、その女史の方針が、果してどのような論証の結果を招くか、これも上に見た通りである。それは、武斑碑、武梁碑の本文を見失うことから始まって、出口のない迷路へ足を踏み入れる、第一歩に外ならない。また、女史は、恰も洪适に当て付ける如く、記録類の欠陥を指摘し、さらに、洪适による碑文テキストの偽造の可能性をさえ示唆している。所謂五つの碑文に関する限り、それでは余りに洪适が気の毒というものだ。これまで見てきた通り、少なくとも女史の主張する点において、洪适の方に非は認め難いためである。欠陥があるのは、むしろ女史の批判の方である。さらに捏造を非難されるべきは、これまた、女史の批判の方なのではないか。例えば隷釈について言えば、女史は隷釈に対し、極めて浅薄な理解、殆ど無知に近い認識しかもっていない。だから、女史は、それをきちんと読むことが出来ないし、その内容を正確に把握することも出来ない。その女史の繰り出す隷釈批判が如何に出鱈目で非学問的なものであるか、ということに関しては、女史の論法を具体的に考察した、小論の三章で見た通りである。故に、女史の洪适批判は、学問的に全く成立しておらず、その殆どが言い掛りの域を出ないものばかりである。結局、舌鋒鋭い女史の批判にも関わらず、五つの碑文が歴史性を失った訳ではなく、また、洪适にも言われるような非がないとするならば、従来の武氏の概念は、なお生きているものとすべきであろう。従って、武梁画象を武氏から切り離す理由はないとしなければならない。また、それを敢えて軍人（武人）貴族へ結び付ける必要も全くない。

武氏祠画象石は、並ぶもののない極めて貴重な、中国古代の文化遺産であり、武氏一門は、そのロマンを象徴するものである。その「確証あるにあら」ず、「此等石室の何人に属すべき者たるやは明かならざれども」「姑く之に従ふ」という、冒頭に引いた関野の言葉通り、通説は最初から資料のミッシングリンクを認めている。ニラン論文 II. Stele Summary を、例えば通説の側から眺めると、女史は、その「確証あるにあらざ」る一面を、忠実に反復したものと映るに違いない。

私の心から尊敬する、中国古代石刻の専門家、趙超教授は、現存する武斑碑、武栄碑、西闕銘が、宋以来の記録に残ること、漢碑としての正しい様式に則っていることから、偽刻とは考えられないと言う。私も趙教授の意見に従いたい。ニラン論文の III. The Wu Liang pictorial Stones: The Literary Evidence も、非常に興味深いものである。その三章については、また機会を改めて述べることにしよう。

補記　小論校正時の二〇〇六年十月、米国ボストン大学の白謙慎 Bai Qianshen 教授より丁重な便りがあり、教授の論攷 "The Intellectual Legacy of Huang Yi and His Friends: Reflections on Some Issues Raised by *Recarving China's Past*（黄易とその友人達の残した知的遺産—*Recarving China's Past* の提起した諸問題への反論）" を示された上で、その高論に対する、私の意見を求められたことは、私にとって非常に嬉しい驚きであった。白教授の論攷は、小論の扱ったニラン論文に、Cary Y. Liu 論文を加え、鋭い反駁を試みられた大作で、殊にニラン論文についての教授の論旨は、私の主張と一〇〇パーセント一致する旨、教授に早速返事を送ったことである。白教授の立場は、私のそれに較べ、清朝の乾嘉学派（所謂考証学）の学問から筆を起こす、広く且つ、深いもので、論攷一読後、私は大きな感動に襲われた。教授のその論攷は、二〇〇六年十一月二日、シカゴ大学芸術史学系において発表され、大方の支持を得たこと、また、その論攷がプリンストン大学美術館 "Recarving China's Past" 協議会報（the "Recarving China's Past" conference proceedings, Princeton University Art Museum）次号に掲載予定の旨、追伸を賜った。白教授の論攷が公刊されたなら、小論と共に是非、併読を乞いたく思う。教授の論攷においては、小論で曖昧とした幾つもの論点が、さらに深く掘り下げられ、時に目の醒めるような、明快な答えを得ることが出来るであろう。特に半ば当事者の立場におられた教授の指摘は、その一々が甚だ説得力に富んだものとなっている。一つだけ私を刮目させた白教授の主張の例を引用すれば、隷釈巻六の斑碑注における、

威宗建和之元年、開明為㆓其兄㆒立㆑闕……闕以（二）㆓三月癸丑㆒作

とする記述と、同年同月同日に作られた西闕銘との関係を、私は二つの闕と解さざるを得なかったが、教授は、斑碑注の傍線部「為」字を、字形の類似によって、「及」字を誤写したものと考え、「開明及其兄立㆑闕」とあるべきものと喝破して、斑碑注と西闕銘との間の矛盾を完全に解消し、斑碑注の文言は西闕銘を指すものと見做されたことである。白教授のこの指摘は、私を心底驚かせた。ただ、鉄琴銅剣楼旧蔵本以下、管見に入った隷釈の明抄本、清抄本中に、「為」を「及」に作るものが見当たらず、この事実は既に元、泰定本の段階において、「及」字が「為」字となっていたらしいことを示しており、教授の指摘される、及→為の誤記は、早くも泰定本以前に生じていたものと思われる。小論には、なお私の説を一説として留めたが、実際の所、白教授の主張に賛意を表したい。さらに鉄琴銅剣楼旧蔵本隷釈に関しても、教授は詳細に報告されるであろう。さて、白教授との出会いは、旧年中の私の最も嬉しい出来事の一つであった。

小論の旧稿においては、末尾にそれなりの結論を示しはしたが、紙幅の関係から、その結論を導く中核となった、私の考え方は、全て省略に従った。また別の機会があろうと思ってのことである。今般旧稿を本書に収録するに際し、それを復活させて、新たな一章を増補することにした。小論の三章がそれに該当している。また、その一章のための基本調査――在中国の明抄本を中心とする、隷釈写本の諸本調査に当たり、中国社会科学院の趙超教授、上海古籍出版社の江建忠氏、上海図書館の陳先行氏から賜った厚誼は、肝に銘じて忘れ難いものがある。心から御礼申し上げたい。そもそも三年前、M・ニラン説の可否について私に質問し、私が小論を草する動機を与えて下さったのが、趙超氏である。氏は、小論執筆中の私の厄介な質問にも一々深切な教示を惜しまれず、また、今回三章に使用した、北京図書館（現、中国国家図書館）蔵、鉄琴銅剣楼旧蔵本隷釈巻六斑碑、梁碑の美しいリヴァーサル・フィルムを、私のために入手して下さった。氏の助力がなければ、小論は決して成ることがなかったであろう。

気の付く範囲で、日本語の訳文を始めとする、旧稿の誤りを訂正したが、なお全てではないだろう。例えばニラン論文二章注36［CYL and EHH］における、四部叢刊本隷釈巻六、一丁分の補入位置は、巻六末尾とある注36の方が正しく、私の思い違いであった。お詫びしたい。また、掛け替えのない旧友山中満喜子氏は、私の不慣れなニラン論文の全訳文を点検、訂正してくれた。私の訳文が、旧稿より幾分か正確なものになり得ているとすれば、それは山中氏のお蔭としなければならない。私の乏しい英語力のせいで、ニラン論文を読み誤り、間違った批評をしていたら、女史にお詫びする。ただ旧稿を届けた女史からは、何の返事もなかったことが残念である。何分、女史は世界的な大家であり、批判に際し、一切手心は加えていない。万一、礼を欠く節があったなら、女史の寛恕を乞いたい。

付　武氏祠画象石は偽刻か
――Michael Nylan "Addicted to Antiquity" への反論――

一

近時、M・ニラン女史による"Addicted to Antiquity"が米国において公刊され[①]、そこで中国が世界に誇る至宝、武氏祠画象石に対する偽刻説が提唱されたことは、斯界に大きな衝撃を与えた。私もニラン論文を非常に大きな驚きをもって受け止めつつ、しかし、偽刻説に至るニラン女史の論証には、学問的に極めて深刻な誤りがあることに気付き、ニラン論文II. Stele Summary を批評したことがある[②]。そして、その III. The Wu Liang Pictorial Stones: The Literary Evidence は、従来誤解の多い「唐拓」批判などを通じ、所謂武梁祠画象石の偽刻の可能性を提示している。ところで、その武梁祠の画象石には、私の近年関心を寄せる孝子伝図が含まれており、私にはその孝子伝図の考察を通じ、偽刻の可否を判断する用意がある。加えて、近時和林格爾後漢壁画墓の孝子伝図を考察する機会に恵まれ、その孝子伝図が唯一、武梁祠のそれに匹敵し得る体系的なものであることから、両者の比較を通じ、女史の偽刻説に対して強力な反論を提出する用意もある。そこで、小論において、武梁祠画象石の孝子伝図を検討することで、その偽刻説の当否を考えてみることにした。さて、小論は、先の批評とは異なり、ニラン論文三章を逐条的に批評する方法を採らない。女史による偽刻説の提示を認め、直接武梁祠画象石の孝子伝図に就くことによって、その偽刻の可否を問う形を、小論は採りたい。武梁祠画象石における孝子伝図の偽刻の可能性を考えるに当たっては、取り敢えず次の二つの視角が有効なように思われる。一つは、前述和林格爾後漢壁画墓における孝子伝図との比較関連から見る場合、もう一つは、該墓のそれとは関連しない、武梁祠画象石のその図像自身から見る場合である。以下、右記の二つの視角から、武梁祠画象石の孝子伝図に対する偽刻説の当否を考えてみる。

第一に、和林格爾後漢壁画墓における孝子伝図との比較関連を見る上で、まず該墓中室の西北壁第一層に描かれた孝子伝図全十四図を、孝子名による一覧として示せば、次の如くである③（左から。通し番号を付し、（　）内に榜題を示す）。

1舜（「舜」）
2閔子騫（「騫父」「閔子騫」）
3曾参（「曾子母」「曾子」）
4董永（「孝子□《（父）》」。以上、西壁）
5老萊子（「来子父」「来子母」「老来子」）
6丁蘭（「□《（木）》丈人」「□《（野）》王丁蘭」）
7刑渠（「刑渠父」「刑渠」）
8慈烏（「孝烏」）
9伯瑜（「伯禽」「伯禽母」）
10魏陽（「魏昌父」「魏昌」）
11原谷（「孝孫父」「孝孫」）
12趙苟（「□《（趙）》句」）

13金日磾（「甘泉」「休屠胡」）

14三老、仁姑等（「三老」「三老」「慈父」「孝子」「弟者」、「仁姑」「慈母」。以上、北壁）

次いで武梁祠第一―三石に描かれた孝子伝図全十七図を、同じく孝子名により一覧として示し、該墓のそれと重複するものを○印で表せば、次のようである④（右から。孝子名下の数字は、陽明本孝子伝の条数を示す。榜題略）。

○曾参36
○閔子騫33
○老萊子13
○丁蘭9（以上、第一石）
○伯瑜4
○刑渠3
○董永2
章孝母
朱明10
李善41
○金日磾（以上、三石）
三州義士8
羊公42
○魏陽7

○慈烏45
○趙苟
○原谷6（以上二石）

さて、該墓の孝子伝図との比較関連から見た、全体的な状況については、上掲武梁祠の孝子伝図一覧の○印に見るように、その全十七図の三分の二強に当たる十二図が、該墓の孝子伝図と共通するというものである。因みに、武梁祠の配列が一部を除き、該墓のそれと一致しないのは、該墓と違って武梁祠が漢代孝子伝の配列を、独自に変更したためと思われる。⑤そのことは、武梁祠の列女伝図がやはり、現行の古列女伝の配列を、巻五を中心に大きく変えていることから推測出来る。⑥そして、該墓の孝子伝図と共通する、武梁祠の十二図における、各図の偽刻の可否に関しては、図像の基づいた孝子伝テキストとの関連から、⑦それらを左の三点に纏めることが出来る。

㈠中国本土に孝子伝が伝存せず、我が国の両孝子伝中にのみその本文が存する――曾参、伯瑜、慈烏図など
㈡中国に孝子伝（逸文）があっても、図像の類例がない――刑渠、魏陽、趙苟図など
㈢孝子伝そのものが伝存せず、図像の類例もない――丁蘭、金日磾図

以下、その三点を順次、具体的に検討してゆこう。

㈠は、いずれも日本伝存の両孝子伝を通じてしか、孝子伝図であることが、確認し得ないものである。特に慈烏図（本書Ⅰ一2、図二十三〈口絵図8〉、図二十四及び、注㉞付図四参照）は、該墓のそれ以外、先例となる図像がなく、該墓の慈烏図との比較対照により、始めて漢代孝子伝図の極めて貴重な遺品であることが確定される点（両者の榜題「孝烏」も一致している）、このような図像を偽刻することは、ほぼ不可能と言って良い。投杼譚を描く曾参図（本書Ⅰ一2、図四〈口絵図3〉、図五、図六〈口絵〉）も同様で、武梁祠のそれが該墓の曾参図、村上英二氏蔵後漢孝子伝

図画象鏡の曾参図と酷似する点、漢代孝子伝図固有の特徴を備えることが明らかで（例えば嚙指譚を内容とする二十四孝図とは、図像内容の系統を全く異にする）、その偽刻も一寸考え難い⑧。さらに、武梁祠が曾参、閔子騫図（後述）で始まっていることは、村上英二氏蔵後漢孝子伝図画象鏡が同じ両図から成り、また、該墓の冒頭部に閔子騫、曾参図の配されることから推して、漢代孝子伝冒頭部の配列を襲ったものと思われ⑨、従って、武梁祠のその始めの二図の配列も、偽刻からは生じ得ないものと言える。同じことは、武梁祠の続く、老萊子、丁蘭図の配列などについても指摘出来る。伯瑜図（本書Ⅰ二2、図二十五〈口絵図9〉、図二十六、図二十七、図二十八）も該墓及び、開封白沙鎮出土後漢画象石に漢代の図像が残り、漢代孝子伝に拠る図像と見るのが妥当であろう。

㈡は、六朝期以降の遺品を見ず、二十世紀出土の漢代孝子伝図中にしか、その類例のないケースである。特に趙苟図など、該墓と泰安大汶口出土後漢画象石墓に類例を見るのみの非常に珍しい図像となっており（本書Ⅰ二2、図三十六〈口絵図12〉、図三十七、図三十八）、また、武梁祠の魏陽図（本書Ⅰ二2、図二十九〈口絵図10〉、図三十、図三十一）の図柄が該墓のそれに酷似することは（後漢楽浪彩篋の魏陽図の図柄は、両者と聊か異なる）、該墓の魏陽図を、摸刻したのでない限り、武梁祠のそれが漢代の遺品に外ならないことを証明している⑩。刑渠図（本書Ⅰ二2、図十九〈口絵図7〉、図二十、図二十一、図二十二）も、後漢武氏祠画象石の前石室（二図）、左石室のそれを別として、該墓及び、開封白沙鎮出土後漢画象石、後漢楽浪彩篋にしか類例を見ず、その刑渠図は、漢代のものである可能性が極めて高い。共に、偽刻の想定し難い所以である。加えて、少し細部に亙る話となるが、武梁祠の閔子騫図に、車に乗った後母の子が描き込まれていることも（前石室、後石室のそれにも）、開封白沙鎮出土後漢画象石の閔子騫図と一致し（「後母子御」の榜題もある。本書Ⅰ二3、図一、図四参照）、例えば陽明本孝子伝33閔子騫に、

仍使㆓後母子御㆒車

などと見える（船橋本不見。宋、師覚授孝子伝逸文〈太平御覧四一三所引〉にも、「後母子御則不㆑然」とある）、漢代孝子伝に拠る図像の特徴を、顕著に示すものと考えられる[11]（六朝期以降の図や、他文献には不見）。或いは、その董永図（本書Ⅰ二2、図七〈口絵図4〉、図九、図八、図十）も、董永が父の方へ振り返っていることを始めとして（両孝子伝にのみ、「一鋤一廻（顧）」とある）、該墓や泰安大汶口後漢画象石墓のそれと極めてよく似ており、漢代孝子伝図の様式を備えたものと捉えることが出来る（但し、その様式は、六朝の図にも受け継がれる。しかし、天女との別離を描く、二十四孝図のそれなどとは、はっきりと異なっている）。また、武梁祠の老萊子図（前石室にも。本書Ⅰ二2、図十一〈口絵図5〉、図十二、図十四、図十三）なども、該墓の孝子伝図中に唯一、酷似する図像の見出だされたことで、その漢代孝子伝図である可能性が高まった点に、注意を払っておきたい。ほぼ同様の事情から、武梁祠の原谷図（本書Ⅰ二2、図三十二〈口絵図11〉、図三十三、図三十四、図三十五）も、漢代孝子伝図の範疇に入れて良いであろう[12]。

武梁祠の孝子伝図において偽刻の可否を考える際、偽刻説を否定する最大の論拠となるのが、孝子伝本文が失われ、類似の図像も見当たらない、㈢の場合である。例えばその金日磾図（本書Ⅰ二2、図三十九〈口絵図13〉、図四十、図四十一）は、中国、日本に逸文の断片すら伝わらず、図像の類例も皆無であるため、まずその図を孝子伝図と認識する術がない。つまり金日磾図を孝子伝図として武梁祠の図像中に偽刻することは、不可能なのである。そして、その図は、該墓の金日磾図と比較対照することによって、始めて漢代孝子伝図であることが確定されることは、慈烏図の場合と同じく、一方、その孝子伝本文は現在、散逸してしまっていることが確認できるのである[13]。武梁祠の丁蘭図（本書Ⅰ二2、図十五〈口絵図6〉、図十六、図十七、図十八、図三十七）に関しても、同様のことが指摘し得る（丁蘭図は、前石室、左石室にもある）。その丁蘭図は、榜題中に、「丁蘭二親終歿、立㆑木為㆑父」の文言があることから、丁蘭は父の像を作ったことが知られるが、そのように記す孝子伝（また、文献）は、中国、日本を通じ、もはや伝存しない。ただ丁蘭図の場合、二十世紀に出土した漢代の遺品が複数報告され、例えば開封白沙鎮出土後漢画象石のその榜題に、「丈人為レ像」、後漢楽浪彩篋及び、該墓のその榜題に、「木丈人」などとあることは（丈人は、岳父即ち、妻の父のこと。また、後漢孝堂山下小石室画象石にも、丁蘭図があるが、榜題はない）、漢代孝子伝の丁蘭譚が父の像を作る話であったことを示唆し、武梁祠の丁蘭図がやはり、漢代孝子伝に則るものであることを傍証していたが、武梁祠のそれが漢代の遺品であることを、より明確に印象付けたのが、近時広く知られるに至った、泰安大汶口後漢画象石墓の榜題「孝子丁蘭父」「此丁蘭父」に外ならない。その両榜題こそは、武梁祠丁蘭図の「立レ木為レ父」が、紛れもなく漢代の説であることを裏付けるものだったからである。さて、父の像をめぐる孝子伝（また、文献）は存在せず、母の像をめぐるものが殆どで、また、六朝期以降の丁蘭図も母を描く[14]（後世、二十四孝図の一部には、両親の像を描くものもある〈全相二十四孝詩選系また、日記故事系の挿絵〉）。このようなテキストと図像の状況を考慮すると、「立レ木為レ父」と明記する、武梁祠の丁蘭図は、およそ偽刻し得ないものであることが了解されよう。

以上、該墓の孝子伝図との比較関連を軸として、武梁祠の各図像における、偽刻の可否を検討した。武梁祠三石の全十七図は、前掲一覧の○印に見る通り、その三分の二を越える十二図が、該墓の孝子伝図と共通している。しかも武梁祠の十七図は、該墓の孝子伝図十二図を全て内包する形で、その十二図を共有するのである（舜の図は、帝皇図の内にある）。該墓の孝子伝図は、その体系的である点において、唯一武梁祠と比較が可能な漢代の遺品であることを、改めて想起する必要がある。だから、該墓のそれと共通する、武梁祠の十二図は、およその所で漢代のものと認めて差支えのないものとなっている。即ち、武梁祠と該墓とが共有する十二図は、そもそもその事実自体が、漢代の遺品としての武梁祠の特徴を示すものとなっているのである。加えて、該墓と武梁祠の共有する十二図の段階において、各図像の内容を検討し、それらを三つの点に纏めて、偽刻の可否を検討したのが、右記㈠—㈢の趣旨であった。その結論は、偽刻の不可能な例二、三を含め、いずれのケースを見ても、偽刻の可能性は、極めて低いとせざるを得ないものばかりであった。このことから、該墓の孝子伝図との比較関連において武梁祠のそれを眺めた場合、武梁祠の偽刻説は成立しないと判断して良いだろう。

二

第二に、該墓と関連のない、武梁祠の図像自体から、偽刻の可否を検討しておく。武梁祠第一—三石の十七図から、該墓と共通する十二図を除くと、左の五図が残ることになる。

章孝母
朱明
李善
三州義士
羊公

これら五図には全て、際立った特徴がある。いずれも他に漢代及び、六朝期の類例を見ない、武梁祠固有の孝子伝図なのである（李善図のみは、後漢楽浪彩篋及び、一九六六年出土、北魏司馬金竜墓出土木板漆画屏風に描かれている）。このことからも一般的に、上記五図の偽刻の可能性の薄いことは指摘し得るが、ここでは、朱明、李善二図を取り上げて、なお具体的に偽刻の可否を考えてみたい。

図一は、後漢武氏祠画象石の朱明図を掲げたものである⑮（武梁祠第三石。榜題「朱明」「朱明弟」「朱明児」「朱明

図一　後漢武氏祠画象石（朱明）

妻」）。朱明図の基づいたであろう、陽明本孝子伝10朱明の本文を示せば、次の通りである。

陽明本10朱明

朱明者、東都人也。兄弟二人。父母既没、不レ久遺財各得二百万一。其弟驕奢、用二財物一尽、更就レ兄求レ分。兄恒与レ之。如レ是非レ一。嫂便忿怨、打二罵小郎一。明聞レ之曰、汝他姓之子、欲レ離二我骨肉一耶。四海女子、皆可レ為レ婦。若欲レ求レ親者、終不レ可レ得。即便遣レ妻也

この陽明本（また、船橋本）は、図一の朱明図の図像内容を説明し得る、ほぼ唯一の文献であることに注目する必要がある。というのは、目下中国本土には、呉地記、朱明張臣尉讃（初学記十七）以外、朱明に関する、孝子伝逸文などの古文献が殆ど残っておらず（容庚『漢武梁祠画像考釈』六）、しかもそれらでは、図一の朱明図を説明することが出来ないからである。[16] そして、この朱明図の内容は、ただ陽明本孝子伝を使うことによってしか説明出来ないことを、始めて発見されたのが西野貞治氏であった。[17] 暫く西野氏と共に、当図の解釈に苦しんだ研究史を辿ってみよう。

先ず朱明の条について見ると、これは武氏祠堂の画像にも見える古い説話であるが、武氏祠画像の最初の専著を出した瞿中溶の言葉によつてその画像を説明すると「冠服して左を向き手は剣を以て地に

楷く者は榜題の朱明である。その前左に、左手を胸間に出し、右手を前に向け左方を指し、首は後の朱明をふりかえるのが榜題の朱明の弟である。その左前に一小婦人が、左手に嬰児を抱き、右手は前に朱明の妻の袖を拽く者に、今朱明の児と榜題する。蓋し抱かれた嬰児を指すのである。其の左に左を向いて行き、身を廻して右を向き、右手を胸間に出し、右袖を下に垂れ嬰児を抱く婦人に拽かれるのが榜題の朱明の妻である。其の右上の空処を鳥が朱明の妻に向つて飛ぶ」（漢武梁祠堂石刻画像攷巻六）という配置である。この画像の画題に関して瞿中溶は全く不明とし、シアバンヌは朱明の右手に章孝母と榜題された一婦人の像のあるのも同一の画題を扱つたものとする混乱を示しながら、やはり画題にはふれていない（E. Chavannes, *Mission archéologique dans la Chine Septentrionale*, Paris 1913, P. 147）。陳培寿氏は章孝母を戦国策に見える斉の章子の母として、この画像より分離して、朱明に関する次の二条を指摘し、この画題の解明を試み（漢武梁祠画像題字補考）、容庚氏も亦同じ二条を引用している（漢武梁祠画像考釈二三丁表）、その一は撰者不明の朱明張臣尉賛（初学記十七）で、「詩詠張仲、今也朱明、軽財敦友、衣不表形、寡妻屛穢、裳棣増栄、臣尉邈然、醜類感誠」とあり、朱明が財欲に恬淡で兄弟愛あつく、己が衣服を質素にし、賢明な妻が弟の醜行を秘すようにしたので、兄弟相和の誉を増したという意である。今一は、後人が唐人陸広微に仮託した（四庫全書総目提要七十）呉地記に「朱明寺、晋隆安二年郡人朱明孝義立身、而家大富、与弟同居、弟妻曰、樹壊、欲棄兄異居、明知弟意、乃以金帛余穀尽給与弟、惟留室宅、忽一日、狂風驟雨悉吹財帛、還帰朱明宅、弟与妻羞見郷里自尽、明乃舎宅為寺、号朱明寺」とあり、これは弟の妻の貪慾の為に兄弟の同居同財が破綻する事を述べてかなり委細に亙つているが、前掲の賛に見える所とかなりモチーフを異にしていて、武氏祠画像の画題として採るには、時代が東晋であるから後漢の画像にある訳はなく呉という地域にも無理があるようであり、また朱明の妻が主要なプロットにあると思われる画像から見ても不適当である。一方賛は甚だ簡略に過ぎ、画像が朱明の妻が義弟のことに関して紛争を起しているかと思われる構図を持つのを説明すべくもない。ところでこの孝子伝には「朱明者東都人也、兄弟二人、父母既没不久、遺財各得百万、其弟驕奢、用財物尽、更就兄求分、兄恒与之、如是非一、嫂便忿怨、打罵小郎、明聞之曰、汝他姓之子、欲離我骨肉耶、四海女子皆可為婦、若欲求親者終不可得、即便遣妻也」とあり、これによつてはじめて、左端の威気高になるは朱明の妻が義弟を責めて、そのため離別を申渡される姿勢で、その右の小婦人を瞿中溶は朱明の子を負う者としたが、シアバンヌも言う如く（シアバンヌ前掲書）朱明の子で、母にすがつて別を惜しむ姿であり、その右の朱明の弟は兄に向つて嫂の仕打を告げる所で、朱明は弟への仕打ちを聞いて離別を妻に申渡すところという画題の説明が可能になる。節義の高揚された後漢には、兄弟の争財が極めて不道徳とされ、その事は分財に関する説話の類型が、続斉諧記（御覧四二一）や周景式孝子伝（芸文八九、初学記十七、御覧四一六・九五九）に見える荊樹連陰の説話の外、数多く見出される事実によつて傍証される。然るに、朱明の説話は何時か転訛し、遂にその伝承を失つたものであるが、幸にこの孝子伝によつて後漢の伝説が明らかにされ、武氏祠画像の未解決の画題を解明し得たのである。

長らく謎に包まれてきた当図の内容を、孝子伝図として闡明された西野氏の業績は、不朽のものと思われる[18]。

さて、図一、朱明図に彫られた図像内容から考察する時、その偽刻の難しさを推し量ることが出来よう。図像の類例もなく、孝子伝を始めとする文献において、「遂にその伝承を失つた」（西野論文）状態の当図を偽刻することは、まず不可能と考えられるからである。

図二は、武梁祠第三石の李善図を示したものである。現石は、右半分から上部にかけて破断が甚だしいので、図三に、隷続六に拠る同図を掲げた[19]（榜題「李氏遺孤、忠孝李善」）。

図二　後漢武氏祠画象石（李善）

図三　後漢武氏祠画象石（李善、隷続六）

当図の基づいたであろう、陽明本孝子伝41李善条の本文を示せば、次の通りである。

陽明本41李善

李善者南陽家奴也。李家人並卒死、唯有二一児新生一。然其親族、无レ有二一遺一。善乃歴二郷隣一、乞レ乳飲二哺之一。児飲恒不レ足。天照二其精一、乃令二善乳自汁出一、常得二充足一。児年十五、賜二善《（姜）》姓李氏一。治レ喪送葬、奴礼无レ廃。即郡県上表、功《（加）》二其孝行一、拝為二河内太守一。百姓咸歓。孔子曰、可三以託二六尺孤一、此之謂也

李善譚は、我が国に伝存する琱玉集十二に、逸名孝子伝が引用される他、源泉が後漢書八十一独行列伝七十一、東観漢記十七、謝承後漢書（太平御覧三七一所引）、楚国先賢伝（重較説郛五十八所収）等に見える。さて、両孝子伝にせよ、逸名孝子伝にせよ、李善譚の孝子伝本文は、我が国の文献にしか伝わらないことに注意すべきである[20]。

当図（図二、図三）は、例えば瞿中溶が、後漢書独行伝によって（「諸奴私共計議、欲下謀二殺続一分中其財産上」とある。続は、孤児の名）、

則跪者、当是李善。立而拖二小児一者、恐是奴婢也。蓋奴婢欲下取二其孤一去上。故善乃長跪哀二求之一意耳（『漢武梁祠堂石刻画像攷』六）

と解釈して以来、研究史的にそれに倣い、後漢書によって当図を解釈しようとするものが、圧倒的に多い[21]。しかも同じ後漢書によりながら、例えば当図の左右二人の人物をめぐり、どちらを李善と見るのか、図像解釈の揺れがある[22]。ところで、東観漢記等に同文があるとは言え、劉宋、范曄の撰する後漢書で、後漢時代の図像を解釈する瞿中溶説には、まず一抹の疑問を抱かざるを得ないのだが、それはともあれ、孝子伝図の解釈には、一次資料として孝子伝を使うのが、図像解釈の常道であろうと思うのである[23]。そこで問題が生じれば、次の段階において始めて二次資料、三次資料へと範囲を広げるべきであろう。さて、李善図解釈の通説において気に掛かるのが、例えば瞿中溶の、「立而拖二

図四　後漢楽浪彩篋（李善）

小児㆒者、恐是奴婢也。蓋奴婢欲㆘取㆓其孤㆒去㆖」と言う場面が（拖《た》は、引くこと）、両孝子伝及び、逸名孝子伝に見えないことである。とすれば、当図は、一案として、陽明本の、

善乃歴㆓郷隣㆒、乞㆑乳飲㆓哺之㆒

と記す場面を、表わしたものではないかと考えられる。左が李善、中央が孤児、右が隣人の婦人であろう。当図が「蓋奴婢欲㆘取㆓其孤㆒去㆖」（瞿中溶）という場面を描いたものと限らないことは、漢代のもう一例の李善図と一致しないことからも分かる。図四は、後漢楽浪彩篋の李善図を掲げたものである[24]。その李善図の範囲をめぐっては、従来異論が存するが、今、前述魏陽図の範囲と併せ、図四の四人を、後漢楽浪彩篋における李善図の範囲と認定したい[25]（榜題「善大家」「李善」「孝婦」「孝孫」〈左から〉。大家は、家奴から見た主人の呼称）。図四の李善図は、決して瞿中溶の指摘するような、後漢書に記す場面を描いたものではない。

さて、武梁祠の李善図の場合も、中国にはその孝子伝の本文が伝わらない。即ち、李善の話は、そもそもそれを孝子伝図として描き得る、前提が欠如しているのである。加えて、主従をめぐる話である李善譚は、一見して孝行譚と分かる話でもなく[26]、それを孝子伝図

として偽刻することは、まず不可能とすべきである。そして、二十世紀に出土した後漢楽浪彩篋の李善図など、逆に武梁祠のそれが、漢代孝子伝図の真刻に外ならないことを、傍証するものと考えられるのである。

該墓の孝子伝図に見えない、武梁祠固有の前掲五図の内、既述の朱明、李善図を除くと、

章孝母
三州義士
羊公

の三つが残ることになるが、始めの章孝母図のみは、両孝子伝を含む孝子伝の逸文、また、他文献に所見がなく、武梁祠の孝子伝図十七図中、唯一の原拠不明図となっている㉗。残る三州義士、羊公図のことは、省略に従い、ここでは立ち入らないこととするが㉘、前述の如く両図共、図像の類例が一つも見当たらず、その点、偽刻の極めて難しいものであることを、重ねて指摘するに留めたい。さて、典拠未詳の章孝母を除く四図の内容が、頗る興味深い。即ち、朱明が兄弟、李善が主従をめぐるものでまた、三州義士の三人に血の繋がりはなく、羊公は困窮者に奉仕している（因みに、武梁祠の榜題「羊公」の表記の見える孝子伝は、両孝子伝のみ）。つまりそれら四図は、いずれも直接的な親子の孝を扱っていない点、非常に分かりにくいものとなっている。しかし、その四図は、全て陽明本（また、船橋本）孝子伝に含まれるので、孝子伝図であることに疑いはなく、魏陽図などに見る復讐の概念共々、むしろ漢代における孝概念の形成を、具体的に反映する資料として、今一つの重要な課題を提起することになるのだが、それにしても、その分かりにくさが、それら四図を武梁祠における孤例に留める一因をなしており、また、如何にも偽刻に不向きな図像群を形作っているように思われるのである。

以上、武梁祠第一―三石における孝子伝図全てについて、一つは、該墓のそれとの関連、一つは、武梁祠固有のそ

れという、二つの視角から偽刻の可否を、聊か具体的に検討してみた。二つの視角のいずれを通じても、個々の図像の偽刻が至って困難なことは、上述の如くである。このことから、ニラン女史による偽刻説は、成立しないと断じて良いと思われる。

注

① Michael Nylan 女史 "Addicted to Antiquity" (*nigu*): A Breif History of the Wu Family Shrines, 150-1961 CE（Recarving China's Past: Art, Archaeology, and Architecture of the "Wu Family Shrines" 所収、Princeton University Art Museum, 2005）

② 本書I二1参照。

③ 該墓の孝子伝図については、本書I二2参照。

④ なお後漢武氏祠画象石には、武梁祠以外にも、以下のような孝子伝図が見える。

・前石室七石1層（右から。以下同）

閔子騫33

刑渠（「孝子刑□」「刑渠」）3

・同2層

伯瑜（「伯游也」「伯游母」）4

老萊子（「老萊子」「萊子父母」）13

・前石室十一石3層

刑渠3

丁蘭9

・左石室七石1層

舜、伯奇1 38
・左石室八石1層
丁蘭9
刑渠3
・後石室八石1層
閔子騫33

⑤ 本書Ⅰ二2、3参照。
⑥ 本書Ⅰ二3注⑳参照。
⑦ 孝子伝のテキストについては、拙著『孝子伝の研究』（佛教大学鷹陵文化叢書5、思文閣出版、平成13年）Ⅰ一参照。また、日本に伝存する両孝子伝の本文は、幼学の会『孝子伝注解』（汲古書院、平成15年）に、影印、翻刻、注解を収める。
⑧ 曾参については、本書Ⅱ一1参照。
⑨ 本書Ⅰ二3参照。
⑩ 魏陽については、本書Ⅱ一4参照。
⑪ 本書Ⅰ二3参照。
⑫ 六朝時代の原谷図については、本書Ⅰ二5参照。
⑬ 金日磾については、本書Ⅱ一2参照。
⑭ 六朝時代の丁蘭図については、本書Ⅰ二5参照。
⑮ 図一は、容庚『漢武梁祠画像録』（考古学社専集13、北平燕京大学考古学社、民国25〈一九三六〉年）に拠る。
⑯ 参考までに、船橋本孝子伝10朱明の本文も掲げておく。

朱明者、東都人也。有㆓兄弟二人㆒。父母没後、不㆑久分㆑財、各得㆓百万㆒。其弟驕慢、早尽㆓己分㆒、就㆑兄乞求。兄恒与㆑之。如㆑之数度、其婦忿怒、打㆓罵小郎㆒。明聞㆑之曰、汝他姓女也。是吾骨肉也。四海之女、皆了為㆑婦。骨肉之復不㆑可㆑得。遂

追二其婦一、永不二相見一也

朱明譚は比較的、日本において広く伝わり、日本霊異記中巻序（矢作武氏「日本霊異記と漢文学―孝子伝を中心に・再考―」〈和漢比較文学叢書10『記紀と漢文学』所収、汲古書院、平成5年〉参照）、金沢文庫本釈門秘鑰「兄弟儀重釈」、言泉集兄弟姉妹帖（竜谷大学本、東大寺北林院本）、孝行集8、源平盛衰記二「清盛息女」などに見えている。

⑰　西野貞治氏「陽明本孝子伝の性格並に清家本との関係について」（『人文研究』7・6、昭和31年6月）

⑱　不幸なことに西野氏の業績は、以後の研究史においても十分に参看されているとは言い難い。例えば長廣敏雄氏編『漢代画象の研究』（中央公論美術出版、昭和40年）二部81頁は、船橋本孝子伝を引きつつ、「朱明の妻は子供を打擲しようとするのである」などの誤った見解が目立つ（執筆者は長廣敏雄氏）。これは、船橋本の、「其婦忿怒、打二罵小郎一」を間違えて解釈したものである（小郎は、朱明の弟を指す）。巫鴻（Wu Hung）氏“The Wu Liang Shrine : The Ideology of Early Chinese Pictorial Art”（Stanford University Press, Stanford, California, 1989, 中国語版『武梁祠―中国古代画像芸術的思想性』〈柳揚、岑河氏訳、三聯書店、二〇〇六年〉）付録A、292―295頁（中国語版、附録一303、304頁）も船橋本を引く。また、賈慶超氏『武氏祠漢画石刻考評』（山東大学出版社、一九九三年）269、270頁、蔣英炬、呉文祺氏『漢代武氏墓群石刻研究』（山東美術出版社、一九九五年）五章一88頁注40、朱錫禄氏『武氏祠漢画像石中的故事』（山東美術出版社、一九九六年）25なども、容庚説に従い、朱明張臣尉讚、呉地記の二つを上げるに止まる。

⑲　図二は、注⑮前掲書に拠る。図三は、揚州使院刻本隷続六に拠る。

⑳　参考までに、船橋本及び、逸名孝子伝（琱玉集十二所引）の本文を示せば、次の通りである。

船橋本

李善者南陽李孝家奴也。於レ時家長、家母、子孫、駆使、遭レ疫悉死。但遺二嬰児幷一奴名善一。爰乞二隣人乳一、恒哺二養之一。其乳汁不レ得レ足レ之、児猶啼（懸）之。於レ時天降二恩（息）命一、出二善乳汁一、日夜充足。爰児年成長、自知下善為二父母一而生長之由上。至二十五歳一、善賜二李姓一。郡県上表、顕二其孝行一。天子諸侯、誉二其好行一、拝為二河内大守一。善政踰レ人、百姓敬仰。天下聞レ之、莫レ不二嗟歎一云云

逸名孝子伝

李善南陽人也。本是李父家奴。李父合㆑家、死亡蕩尽。唯有㆓一子㆒、生始数月。李善抱懐、不㆑捨㆓昼夜㆒。歴㆑隣乞㆑乳、得㆑済㆓朝夕㆒。時既経㆑久、隣里厭㆑之、不㆑肯㆑与㆑乳。児遂損痩、命在㆓須臾㆒。李善感結、悲不㆓自勝㆒。号泣呼㆑天、求㆑哀請㆑救。天感㆓其志㆒、両乳汁流。児得乳飲、遂便得㆑活。年既長大、李善拝為㆓曹主㆒。朝夕参奉、不㆑失㆓時節㆒。郡県奏聞、達㆓天聴㆒。上感㆓其義㆒、賜㆓善姓李㆒。表㆓之朝野㆒、遷㆓堂邑令㆒。孝行之至、四海流㆑名。故孔子曰、可㆔以託㆓六尺之孤㆒、此之謂也。出㆓孝子伝㆒

㉑　巫鴻（Wu Hung）氏注⑱前掲書、付録A295頁（中国語版、附録一305、306頁）、賈慶超氏注⑱前掲書238、239頁は、瞿中溶説に従う。長廣氏注⑱前掲『漢代画象の研究』二部82頁（執筆者は、林巳奈夫氏）、朱錫禄氏注⑱前掲書26も、後漢書を引くが、画面右の人物を李善とする。容庚『漢武梁祠画像考釈』六（「左一人右向長跪而拱手者李善也」と言う）、蔣英炬、呉文祺氏注⑱前掲書五章一注39も、後漢書を引いている。

㉒　瞿中溶、容庚、巫鴻（Wu Hung）氏、賈慶超氏は、左の人物を李善とする。それに対し、林巳奈夫氏、朱錫禄氏は、右の人物を李善と見ている。注㉑参照。

㉓　例えば六朝期の北魏司馬金竜墓出土木板漆画屏風に描かれた、李善図の榜題に、「長大、賜㆓善姓㆒為㆑李。郡表㆑上、詔拝㆓河内太守㆒」と言う、善に李姓を賜わったことや、善の河内太守となったことは、後漢書などに見えず、両孝子伝としか一致しないことは（前者のみは、逸名孝子伝にも見える）、かつて指摘したことがある（注⑦前掲拙著Ⅱ一参照）。

㉔　図四は、朝鮮古跡研究会『楽浪彩篋冢』（便利堂、昭和9年）図四十八に拠る。

㉕　例えば吉川幸次郎氏は、図四左半の二人を李善図と見、右半の二人を別図として、「未詳」とされた（「楽浪出土漢匧図像考証」、吉川幸次郎全集6〈筑摩書房、昭和43年〉所収。初出昭和9年）。それに対し、浜田青陵氏は、「李善の話と丁蘭のそれとを界する為に、雲形の衝立様のものが使用せられてゐる」と指摘され（「楽浪の彩絵漆篋」、『思想』155、昭和10年4月）、柳宗悦氏も、一応、右半の「孝婦と孝孫」を、「物語りは詳かでない」としつつ、「あいた空間を充たす心からか、唐草模様が添えてある。若し之が話のくぎりを示すとすれば、孝婦も孝孫も前述の李善の物語に関係する人物となる」とされている（「挿

絵小註」、『工芸』57、昭和10年10月）。私はかつて吉川氏説に倣い右半を別図と見て、それを「孝孫」題から原谷図と考えたことがあるが（注⑦前掲書など）、謹んで訂正しておきたい。その右半を原谷図とするには、孝孫に対応すべき祖父や父が見当たらないからである。孝子伝図中に、必ずしも孝子伝に登場しない人物が描き込まれることは、例えば安徽馬鞍山呉朱然墓出土伯瑜図漆盤に、「楡母、伯楡、孝婦、楡子、孝孫」が描かれていることや（注⑦前掲拙著Ⅱ一参照）、ミネアポリス美術館蔵北魏石棺の眉間尺図に、「眉間赤妻」が描かれている等の例がある（本書Ⅰ二4参照）。魏陽図の範囲については、本書Ⅱ一4参照。

㉖ 注⑦前掲『孝子伝注解』41李善、注四（240—241頁）参照。

㉗ 「章孝母」図について、巫鴻（Wu Hung）氏注⑱前掲書、付録A291、292頁（中国語版、附録一302、303頁）は、船橋本孝子伝34蒋詡に、「蒋章訓、字元卿」云々とあるを以って、蒋詡図かとするが、蒋詡が章訓と称した形跡はなく、認め難い。陽明本「蒋詡、字券《(元)》卿」等から考えて、「章訓」は、船橋本の誤記であろう。

㉘ 羊公図については、本書Ⅱ一5参照。

2　漢代孝子伝図攷
――和林格爾後漢壁画墓について――

一

一九七一年秋、内蒙古和林格爾《ホリンゴル》県新店子において、前、中、後室三室及び、三つの耳室から成る、後漢時代の彩色壁画墓が発見された。和林格爾県は古えの盛楽の故地である。墓は盗掘、破壊を蒙っており、墓主は不明ながら、その生涯を描いた墓室壁画の榜題から、かつて孝廉に挙げられ、郎となり、西河長史（西河郡は、山西省離石県。長史は、郡太守の属官）、行上郡属国都尉（上郡属国は、漢武帝の元狩三〈前一二〇〉年秋、匈奴の昆邪王が休屠王を殺して漢に降った時、置かれた五つの属国の一。上郡は、陝西省綏徳県東南。都尉は、郡の次官）、繁陽令（繁陽県は、河内省内黄県。令は、県の長官）、護烏桓校尉（烏桓を監領し、匈奴との交通を防いだ官。上谷郡寧城を治所とした）などを歴任した人物であったことが知られる。当墓の造られた時期は、確証はないが、およそ二世紀、一四〇―一七〇年間であろうとされている。

さて、当墓の中室には、優に十図を越える孝子伝図が描かれている。漢代の孝子伝図の遺品としては従来、後漢武氏祠画象石のそれが有名であるが、当墓の孝子伝図は、体系的に描かれている点、後漢武氏祠画象石のそれと並び、さらに後漢武氏祠画象石については現在、偽刻説（後述 M. Nylan 論文）が提出されている状況にあっては、当墓のそれは、むしろ後漢武氏祠画象石以上の価値をもっている。漢代の孝子伝図を体系的に今日に伝える遺品は目下、後漢武氏祠画象石と当墓との二つしかないと言っても過言ではなく、以って当墓の極めて高い文化財的価値を、推し測ることが出来よう。当墓の孝子伝図に関しては、これまで幾つかの報告書が出されており、私もそれによって以前、当墓の孝子伝図のことを論じたことがある①。但し、当墓の孝子伝図をめぐるこれまでの報告は、いずれも十全とは言い難く、かねてより二、三の不審が気に掛かっていた。幸運なことに、内蒙古文物考古研究所副所長、陳永志氏の格別なる御好意によって、二〇〇四年以来、内蒙古文物考古研究所と幼学の会との日中共同研究を発足させることが叶い、その一環として、当墓の孝子伝図の内容を知ることが出来た。かねてからの私の疑問は、ここに氷解したのである。本書の口絵に掲げた、和林格爾後漢壁画墓図1―図14が、その成果の一端で、口絵図1―図14及び、小論引用の当墓の孝子伝図は、内蒙古文物考古研究所より提供された資料に基づき、当墓の孝子伝図の全容を示している。そして、小論は、和林格爾後漢壁画墓の孝子伝図について、その共同研究の結果を報告し、併せて、当墓の孝子伝図の有する美術史、文学史的価値に触れようとするものである。

和林格爾後漢壁画墓は、西に向かって前述の如く前、中、後室の三室から成るが、その内の中室、西、北壁の第一層には、孝子伝図が描かれている。さらに中室、西、北壁の第二層には、孔子弟子図、三、四層には、列女伝図が描かれ、その下層は墓主夫妻（男性墓主が西壁、女性墓主が北壁に描かれる）の燕居図となっている。当墓の壁画に関しては、発掘当時に摸写図が作成されているので（現内蒙古博物館蔵）、まず当墓の孝子伝図全体を、その摸図によって示そう。図一は、和林格爾後漢壁画墓の中室、西、北壁第一層の孝子伝図の摸図である②（概ね上が西壁、下が北壁に該当する。なお摸図には描かれないが、北壁の孝子伝図は、これが全てではない）。

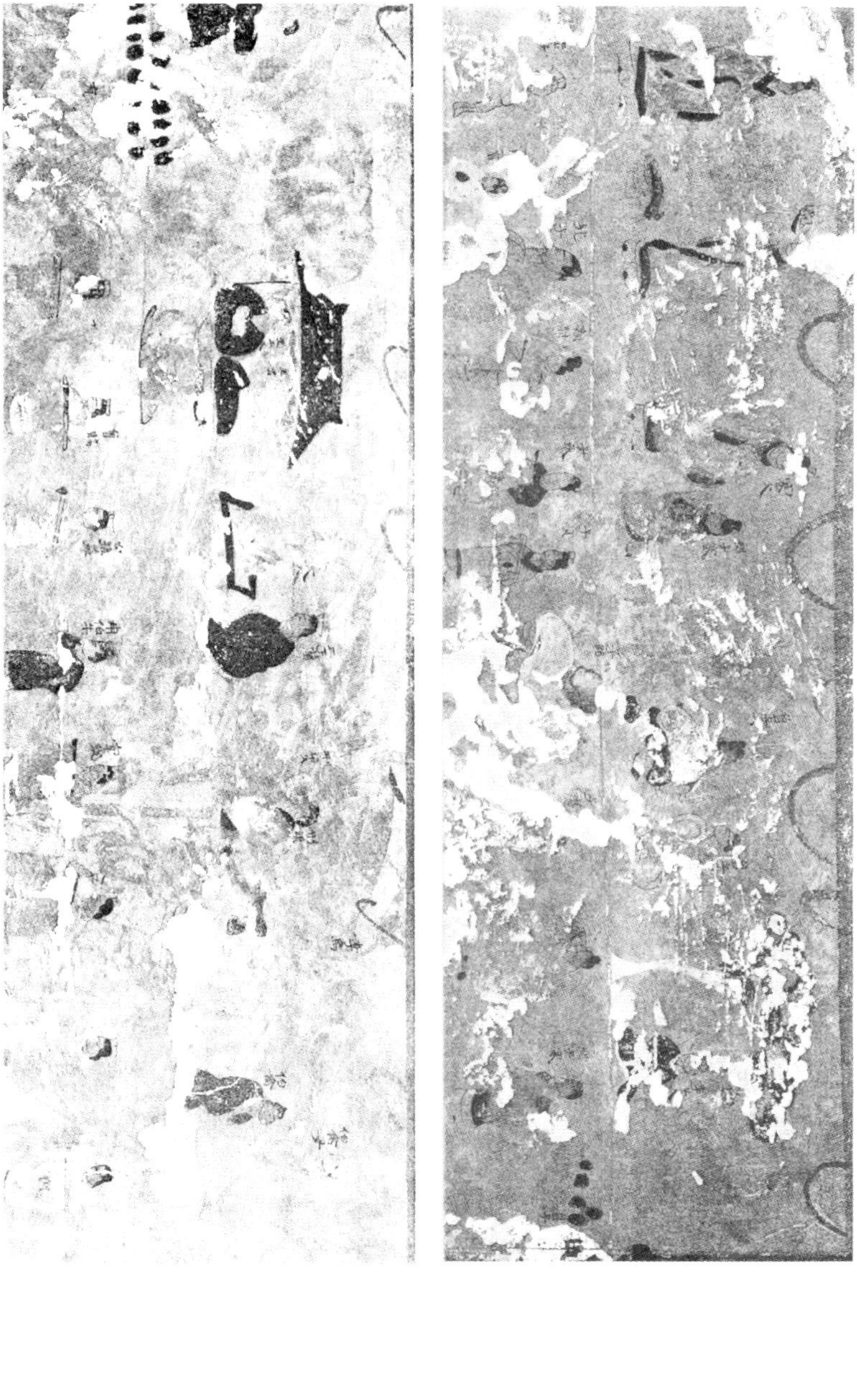

図一　和林格爾後漢壁画墓孝子伝図（摸図）

次に、今般の共同研究により明らかとなった、和林格爾後漢壁画墓の孝子伝図の全体を、孝子名によって示せば、次の通りである（口絵、和林格爾後漢壁画墓図1―図14参照）。

1舜
2閔子騫
3曾参
4董永（以上、西壁）
5老萊子
6丁蘭
7刑渠
8慈烏
9伯瑜
10魏陽
11原谷
12趙苟
13金日磾
14三老、仁姑等（以上、北壁）

和林格爾後漢壁画墓の孝子伝図は、左始まりで描かれているが、今それを逆にして、右始まりに改めた。以下、右記

1—14の順序に従って、各図像を紹介、それらの内容を解説してみたい。また、当墓の孝子伝図と非常に深い関係をもつものに、後漢武氏祠画象石（武梁祠）のそれがある。例えば当墓の孝子伝図の全体（十三図）が、後漢武氏祠画象石に含まれることから分かるように、両遺品の関わりは、個々の図像の段階に始まって漢代孝子伝図の体系としての側面にまで及んでおり、当墓の孝子伝図の考察にとって、後漢武氏祠画象石は、不可欠の基礎資料となっている。そして、その後漢武氏祠画象石に対しては現在、M. Nylan 女史による偽刻説が提示されているが[③]、例えば当墓の孝子伝図は、Nylan 女史の偽刻説への最も強力且つ、具体的な反論の素材ともなり得るものである（本書I二1付参照）。当墓の図像紹介に入る前に、これまでに公刊された、当墓の報告書について触れておく。当墓に関する報告書として管見に入ったものに、次の三つがある。

A「和林格爾発現一座重要的東漢壁画墓」[④]（『文物』74・1）

B『和林格爾漢墓壁画』[⑤]（文物出版社、78年）

C蓋山林氏『和林格爾漢墓壁画』[⑥]（内蒙古人民出版社、78年）

例えば壁画中の榜題について、Bには「壁画情況一覧表」（「榜題」欄）、Cには「壁画榜題一覧表」が掲げられ、見易いが、A—C三者には微妙な違いも存する。以下、必要に応じ、参照してゆきたい（A、B、Cの略号を用いる）。ところで、上記当墓の孝子伝図1—14と、例えば図一の摸図とを較べてみると、摸図には10魏陽以下の欠けていることが分かる。一方、Bの原画カラー図版「燕居、歴史人物（之二）」（91頁）を見ると、10魏陽の一部が写っているが（以下を欠く）、しかし、西壁1舜—4董永の原図に関しては、A—Cいずれも収載したものがないなど、和林格爾後漢壁画墓の孝子伝図については、従来きちんと紹介、報告されたことがない。このことは、当墓の孝子伝図が、前述のように後漢武氏祠画象石のそれと並び、或いは、目下それ以上の、殆ど唯一無比の研究史的価値をもつことを思え

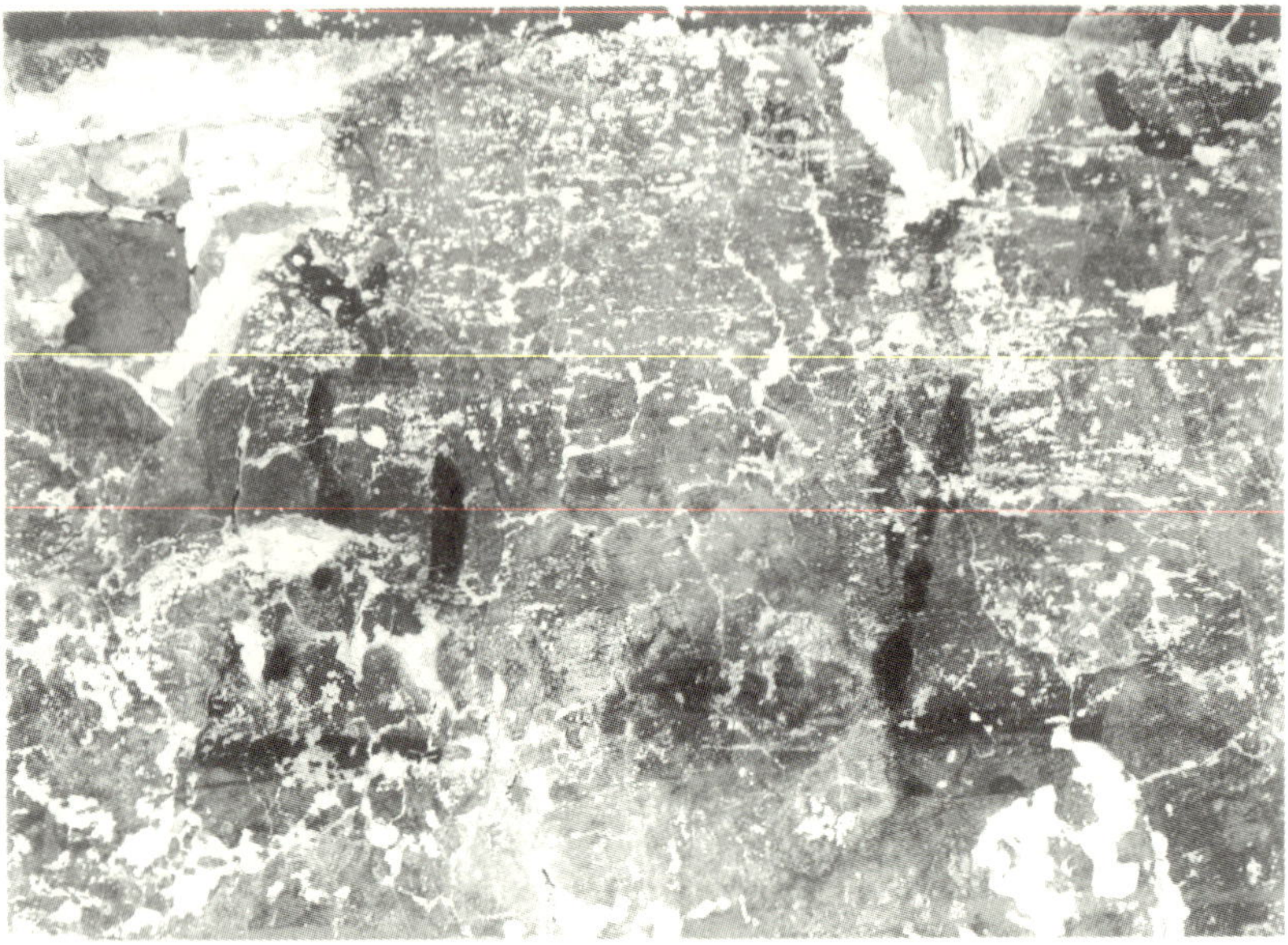

図二　舜

ば、極めて遺憾なこととすべきであろう。

1舜

和林格爾後漢壁画墓の舜図を、図二（口絵図1）に掲げる。右側、舜の顔の左に、榜題「舜」がある。

舜図の基となったと思しい、孝子伝の舜譚が、我が国に伝存する二本の完本孝子伝（陽明本、船橋本）の冒頭条に見える⑦。その内の陽明本孝子伝1舜の本文を示せば、次の通りである。

陽明本1舜

帝舜重花、至孝也。其父瞽瞍、頑愚不㆑別㆓聖賢㆒。用㆓後婦之言㆒、而欲㆑殺㆑舜。便使㆑上㆑屋、於㆑下焼㆑之。乃飛下、供養如㆑故。又使㆑治㆑井没㆑井、又欲㆑殺㆑舜。々乃密知、便作㆓傍穴㆒。父畢以㆓大石㆒塡㆑之。舜乃泣東家井出。因投㆓歴山㆒、以躬耕種㆑穀。天下大旱、民無㆓収者㆒、唯舜種者大豊。其父塡㆑井之後、両目清盲。至㆑市就㆑舜糴米、舜乃以㆑銭還㆓置米中㆒。如㆑是非㆑一。父疑㆓是重花㆒。借㆑人看㆓朽井㆒、子无㆑所㆑見。後又糴米、対在二舜前一。論レ賈未レ畢、父曰、君是何人、而見レ給レ鄙。将非二我子重花一耶。舜曰、是也。即来二父前一、相抱号泣。舜以レ衣拭二父両眼一、即開明。所謂為二孝之至一。尭聞レ之、妻以二二女一、授二之天子一。故孝経曰、事二父母一孝、

天地明察、感二動乾霊一也

重花は、重華とも書き、舜の字（船橋本）、歴山は、山東省歴城県の南にある山を言う。清盲は、明盲（あきしい）、糴米《てきべい》は、米を買うこと、鄙は、自分の謙称である。右記の焚廩、掩井を中心とする、継子いじめ型の孝子伝の舜譚は、史記五帝本紀を始めとして、雑伝（隋書経籍志）に分類される劉向列女伝巻一母儀伝1にも見え、漢代に既に存在していたことは間違いない⑧。劉向孝子伝(図)の舜譚の逸文も伝わるが（法苑珠林四十九）、不完全で、陽明本のそれの一部に過ぎず、加えて、劉向孝子伝(図)は六朝仮託の可能性が高い⑨。

図二は、漢代の孝子伝図として、榜題による確証のある、唯一の舜の図である点、非常に貴重な遺品としなければならない（例えば後漢武氏祠画象石の舜図〈武梁祠第一石〉にも、榜題はあるが、孝子伝図でなく、帝皇図の一となっている）。本図は、上記陽明本の如き舜譚を踏まえて描かれたものであろう。図二は、右に舜を描く。左は、おそらく舜の父、瞽瞍である。「舜父」等の榜題のあったものと思われるが、摸図にも見えない所からして、早くに剝落したか。二人共立っている。さて、舜の足許左を見ると、もう一人、人物の描かれていた痕跡が認められる。瞽瞍の後婦、即ち、舜の継母であろうか。

2 閔子騫

次いで、当墓の閔子騫図を図三（口絵図2）に掲げる。榜題に、「騫父」「閔子騫」とある（左から）。

閔子騫図の基となったと思われる、陽明本孝子伝33閔子騫の本文を示せば、次の通りである。

図三　閔子騫

陽明本33閔子騫

閔子騫魯人也。事二後々(母)一。母々(後母)无道、子騫事レ之无レ有二怨色一。時子騫、為二父御一失レ轡。父乃怪レ之、仍使二後母子御レ車。父罵レ之、騫終不二自現一。父後悟、仍持(投)二其手一、々冷。看レ衣々薄、不レ如二晩子純衣新綿一。父乃凄愴、因欲レ追二其後母一。騫涕泣、諫曰、母在一子単、去二子寒(騫)。父遂(又)止。母亦悔也。故論語云、孝哉、閔子騫、人〔不レ〕得レ間二於(於是)其母又昆弟之言一。

此之謂也

魯は、曲阜（山東省曲阜県）を都とした、春秋の国名、純衣は、一色の絹織の衣である。凄愴は、嘆きの深い様を言う。

図三は、左に、立った父、右に、跪く閔子騫を描いている。父は、左手を閔子騫に差し伸べているが、或いは、本図は、陽明本の、

仍持二其手一、々冷

という場面を表わしているのであろう。

因みに、上記陽明本の、「仍使二後母子御レ車」とある

箇所は、大変重要で、この表現は、陽明本（及び、師覚授孝子伝逸文〈太平御覧四一三〉）にしか見えないものとなっているが（船橋本には不見）、後漢武氏祠画象石の閔子騫図は、驚くべきことにこの表現に従って、馬車に乗る後母の子を描いているのである（武梁祠第一石。車上の二人の人物に対し、「子騫後母弟、子騫父」の榜題がある。本書Ⅰ二3参照）。この図柄はまた、武氏祠の前石室七石、後石室八石を暫く別にして、目下原石の行方の知れない、開封白沙鎮出土後漢画象石の閔子騫図にしか見出だせないものとなっている（榜題「後母子御」）。そして、この事実は、陽明本（及び、師覚授孝子伝）が、漢代孝子伝の流れを受け継ぐ側面を有していることを、物語るものと考えられよう[10]。

3 曾参

図四（口絵図3）は、当墓の曾参図である。榜題に、「曾子母」「曾子」とある（左から）。

本図の基づいたと思しい、陽明本孝子伝36曾参の本文を示せば、次の通りである。

陽明本36曾参

孔子使㆓参往㆒レ斉、過レ期不レ至。有㆓人妄言㆒、語㆓其母㆒曰、曾参殺レ人。須臾又有レ人云、曾参殺レ人。如レ是至レ三、母猶不レ信。便曰、我子之至孝、践レ地恐痛、言レ恐レ傷レ人。豈有レ如レ此耶。猶織（識）如レ故。須臾参還至了、无㆓此事㆒。所謂讒（纔）言至レ此、慈母不レ投レ杼、此之謂也

曾参の投杼譚である（斉は、春秋時代の国名で、山東省にあった。須臾は、暫時の意、杼《ひ》は、横糸を通すための機織道具）。投杼譚の源泉は、戦国策四秦策や史記甘茂伝などに見える。さて、ここで注意しておきたいのが、逸文も含め、投杼譚を記す孝子伝は、目下陽明本一本しか、管見に入らないことである（船橋本には不見）。ところが、後掲後漢武氏祠画象石を始め、漢代の孝子伝図には、投杼譚を図象化したものが幾つかあって、漢代孝子伝における曾参

図四　曾　参

が、投杼譚を内容としていたであろうことは、ほぼ間違いない。従って、右記陽明本の曾参条は、漢代の曾参図を考える上で、比類のない貴重なものであることが分かる。そして、陽明本のそれは、前述閔子騫の場合と同じく、やはり漢代孝子伝の流れを汲むものと捉えて良い[11]。

図四の参考として、図五に、後漢武氏祠画象石（武梁祠第一石。榜題「曾子質孝、以通神明、貫感神祇、著号来方、後世凱式、□□（以正）撫綱」「讒言三至、慈母投杼」）、図六（また、口絵参照）に、村上英二氏蔵後漢孝子伝図画象鏡（榜題「曾子母」「曾子」）を掲げる[12]。図四の左が、曾参の母で、体を左に向けて、振り返った所を描いている。母の左には、擦れてしまってはいるが、織機の輪郭が明瞭に残っている。両足が左へ突き出され、斜めに浮いて見えるのは、腰掛け織機に足を乗せて動かしている所を、描いているからであろう。右手にあるのが杼か。一方、曾参は、母の方を向いて跪いている。すると、図四の曾参図は、例えば図五、図六のそれと全く同じ図柄となっていることが知られる。特に図六とは、二つの榜

題までぴたりと一致していることが注目される。但し、図四の向きが図五、図六と逆になっているのは、前に触れたように、和林格爾後漢壁画墓の孝子伝図が、左始まりであることによる（後漢武氏祠画象石は右始まり）。ところで、図五の曾参図を考察した『漢代画象の研究』が、

話は『戦国策』に見えている……母が杼を落した時には、曾子は側にいない。したがつて、この図柄は一おうは不都合な点をもつ

と指摘されていることは[13]、本図や図六にも、そのまま当て嵌まる。確かに戦国策や史記等には、曾参の帰国のことが記されておらず、機を織る母の傍らに曾参を描くのは一見、不合理なように思われる。しかし、陽明本孝子伝を見る

図五　後漢武氏祠画象石

図六　後漢孝子伝図画象鏡

と、

参……過レ期不レ至……母……猶織如レ故。須臾参還至了

とあって、図四以下、三つの曾参図の図柄と、正しく一致する。この事実は、本図以下が戦国策等によって描かれたものではなく、飽くまで漢代の孝子伝を踏まえた、孝子伝図に外ならないことを、はっきりと物語っている。そして、その漢代孝子伝は、極めて早い時期に滅びてしまったものと思われる。

4 董永

図七（口絵図4）は、当墓の董永図を掲げたものである。中室西壁一層の最後の図に当たる。榜題は、左側の人物の顔の右に、「孝子□（父）」とある。

陽明本孝子伝2董永の本文を示せば、次の通りである。

陽明本2董永

楚人董（薫）永至孝也。少失レ母、独与レ父居。貧窮困苦、傭賃供二養其父一。常以二鹿車一載レ父、自随二着陰涼樹下一。一鋤一廻、顧二望父顔色一。供養蒸々、夙夜不レ懈。父後寿終、无レ銭不二葬送一。乃詣二主人一、自売（買）為レ奴、取二銭十千一。葬送礼已畢。還二売主家一、道逢二一女人一。求レ為二永妻一。永問レ之曰、何所二能為一。女答曰、吾一日能織二絹十疋一。於レ是、共到二売主家一。十日便得レ織二絹百疋一。用レ之自贖。々畢、共辞二主人一去。女出レ門語レ永曰、吾是天神之女。感二子至孝一、助レ還二売身一。不レ得三久為二君妻一也。便隠不レ見。故孝経曰、孝悌之志、通二於神明一。此之謂也。賛曰、董永至孝。売レ身葬レ父。事畢无レ銭。天神妻レ女。織レ絹還レ売。不レ得二久処一。至孝通レ霊、信哉斯語也

本図に酷似する董永図を、図八に示そう。図八に掲げるのは、泰安大汶口後漢画象石墓に描かれた董永図である。⑭

図七　董　永

また、その図八の左右を丁度反転させた形のものが、図九の後漢武氏祠画象石の董永図となっている[15]（榜題「董永千乗人也」「永父」）。本図を含めこれら三図は、上引陽明本の、

董永……独与レ父居。貧窮困苦、傭賃供二養其父一。常以二鹿車一載レ父、自随二着陰涼樹下一。一鋤一廻、顧二望父顔色一。供養蒸々、夙夜不レ懈

また、船橋本の、

董永……与レ父居也。貧窮困苦、僕賃養レ父。爰永常鹿車載レ父、着二樹下蔭涼之下一。一鋤一顧、見二父顔色一、数進二餚饌一。少選不レ緩

と記す場面を、図像化したものであることが分かる（傭賃は、雇われ仕事をすること。僕賃も同じ。鹿車は、小さな車。蒸々は、孝行を尽くす様。餚饌は、御馳走。少選は、少しもの意）。

本図の左側には、まず一本の大きな樹が描かれ、画面上方を右へと枝を張って、葉を繁らせている。その下に、董永の父が右を向いて坐っている（父の下に車輪らしき

図八　泰安大汶口後漢画象石墓

図九　後漢武氏祠画象石

ものが見える)。父は鳩杖を持っており(図八、図九参照)、父の左肩の上に、杖の痕跡がはっきりと残っている。これが陽明本に、「自随㆓着陰涼樹下㆒」と言う場面を表わしたものであろう。本図右端の、立っている人物が董永である。注意して見ると、董永の右手の袖口は、腹部辺に描かれ、左手のそれは、その右に描かれているので、董永の体は、右を向いていることが分かる。つまり、董永は頭を廻らせて、父の方(左)を振り返っているのである。このことは、図八、図九を通じても確認出来る。そして、そのような董永の様子は、陽明本、船橋本の、

・一鋤一廻、顧㆓望父顔色㆒(陽明本)

・一鋤一顧、見㆓父顔色㆒(船橋本)

とする文辞を、図像化したものに外ならない。注意すべきは、上記両孝子伝の如き、董永の様子を述べた文辞は現在、他の古孝子伝逸文、また、董永関連文献には一切見当たらないことで、本図や図八、図九の董永の様子は、両孝子伝によらなければ、説明出来ないのである。これも、陽明本等が漢代孝子伝の古態を存する、一例であろうと思われる。父を顧る董永の図像は、さらに後代まで受け継がれたらしい。例を一つ上げよう。図十は、ネルソン・アトキンズ美術館蔵北魏石棺左幫頭側に描かれた董永図の一部である⑯。図十を見ると、董永図の基本的構図は、漢代の構図から殆ど変化していないことが知られる⑰。上掲図七、本図の董永も鋤《すき》を持っていた筈で、左肩の上に、柄の痕跡が認められる。図八には、木から右に伸びた枝に、二つの器物が下げられているが、食物や飲料を入れたものであろう(注⑰に掲げた、付図二、三にも同じものが見える)。図九では、それは父の右、鹿車の上に描かれている。これらは、船橋本の、

　数進㆓餚饌㆒、少選不㆑緩

に当たる場面かと思われる。この行文はまた、船橋本にしか、見えないものであることに注意したい。さて、図九の

図十　ネルソン・アトキンズ美術館蔵北魏石棺

董永に関し、『漢代画象の研究』に、

> その左に何か器が地上に在り、右手でその蓋をもっているのは董永で

とされることについては、[18]疑問があり、董永が手にしているのは、やはり鋤（臿）であろう。[19]董永の足許、左に描かれているのは、木（切株）か。同書が、続けて、

> かれの右上の空中に在るのは織女である

と言われることも、一考の必要がある。図八を見ると、それは羽人と解釈される。[20]また、図九の榜題に、「董永、千乗人也」と記されることは（千乗は、山東省高苑県北）、両孝子伝に見えず（両孝子伝には、「楚人」とする）、この説は、劉向孝子伝（太平御覧四一一、句道興捜神記所引）、鄭緝之孝子伝（「鄭緝之孝子感通伝」、法苑珠林四十九所引）、二十巻本捜神記一28などと一致する。[21]古い説と言うべきであろう。

二

5老莱子

当墓中室、北壁一層の老莱子図を、図十一（口絵図5）に掲げる。中室の孝子伝図は本図以下、西壁に接する北壁

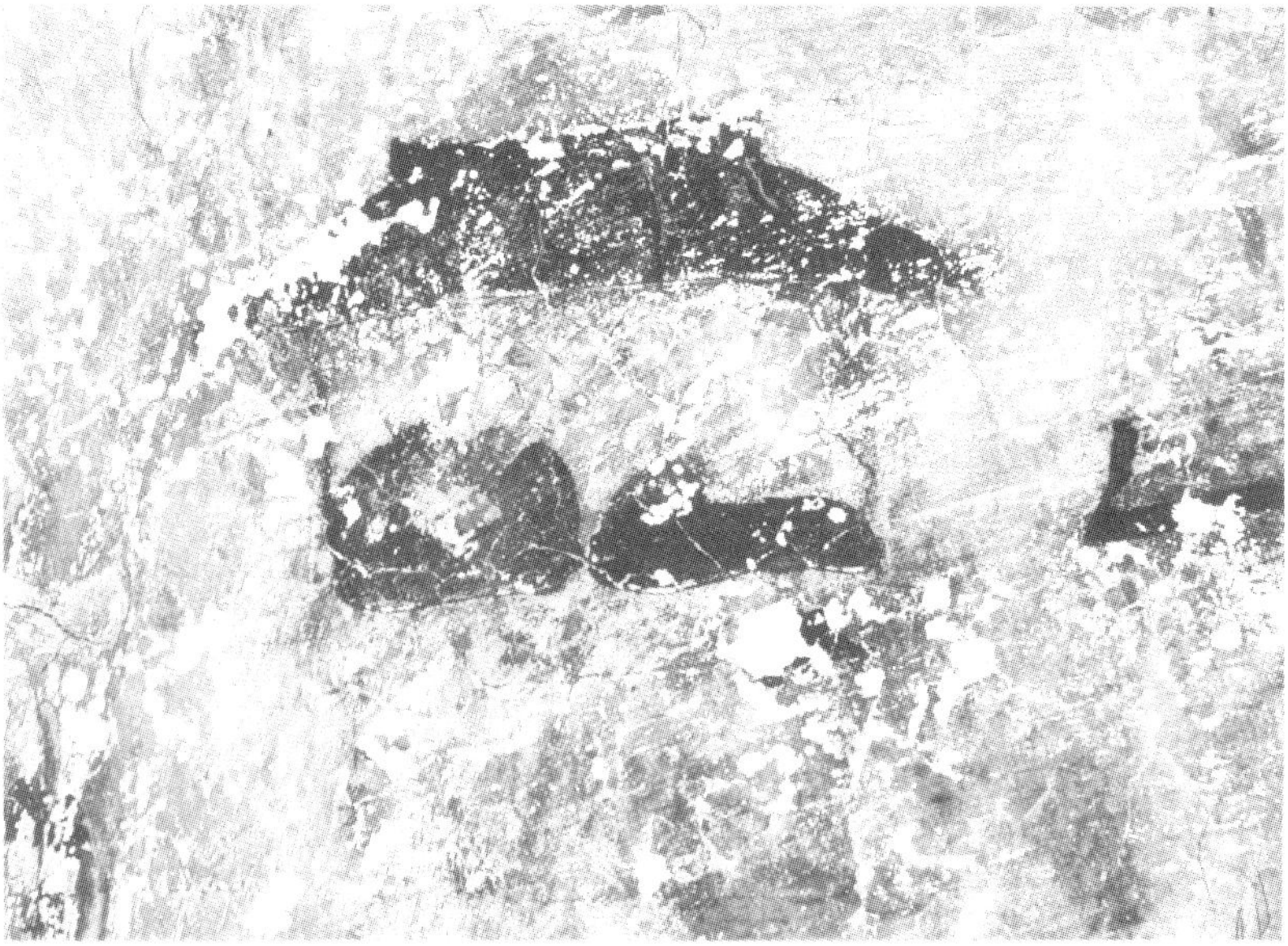

図十一　老萊子

に描かれたものとなっている。榜題はまず、前述A、B、Cいずれにも報告されず、図一の摸図にも写されていないが、図十一の左下、堂屋の左の柱の下辺に、「老来子」と書かれていることから（図十二参照）、本図は、老萊子図であることが確認される。この「老来子」三字は、Bの壁画カラー図版にも写っているから、当墓の発見以後、今日まで見逃されてきたものらしい。次に、堂内の二人の人物に関わる榜題として、Bに、「李□」「□君」とし、Cに、「李□□君」とされるものは、実際に見ると、「来子父」「来子母」と判読出来る（左から。後掲図十四下部参照）。

陽明本孝子伝13老萊之《(子)》の本文を示せば、次の通りである。

陽明本13老萊之

楚人老萊之者至孝也。年九十、猶父母在。常作㆓嬰児㆒、自家戯以悦㆓親心㆒。着㆓斑《(班)》蘭之衣㆒而坐㆓下竹馬㆒。為㆓父母㆒上㆑堂取㆓漿水㆒、失脚倒㆑地、方作㆓嬰児啼㆒、以悦㆓父母之懐㆒。故礼曰、父母在言不㆑称㆑老、衣不㆓

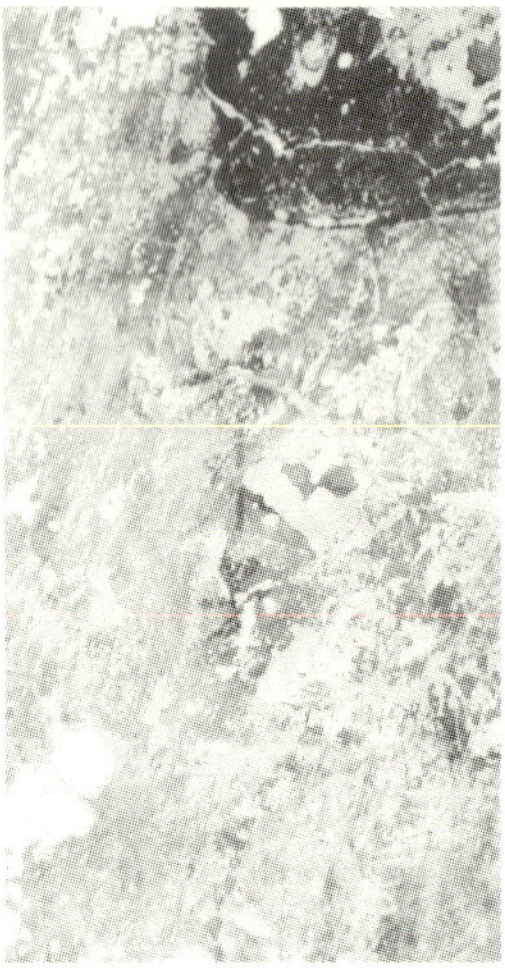

図十二　老来子榜題

純素(絶純)一、此之謂也。賛曰、老萊至孝(老)、奉二事二親一。晨昏定省、供謹弥懃。戯倒二親前一、為二嬰児身一。高道兼備、天下称レ仁

斑蘭は、煌びやかなこと、漿水は、こんずで、重湯である。純素は、衣冠の縁飾り（純）が白いことで、喪を表わす。

漢代の老萊子図は、非常に珍しく、管見に入ったそれは、後漢武氏祠画象石の二例（武梁祠第一石、前石室第七石）に過ぎない。その意味で、本図は、大変貴重な遺品と言えよう。参考までに、図十三に、後漢武氏祠画象石前石室七石の老萊子図（榜題「老萊子」「萊子父母」）、図十四に、同、武梁祠一石の老萊子図（榜題「老萊子楚人也、事親至孝、衣服斑連、嬰児之態、令親有驩、君子嘉之、孝莫大焉」「萊子母」「萊子父」）を掲げる[22]。さて、本図は、上部に屋根のある堂を描き、屋内に老萊子の父（左）と母（右）とを並び描く。老萊子の両親は坐っている。図十三、図十四においては、画面上部から下がる幔幕様の垂れなどが、当場面の屋内であることを表わしているのであろう。本図の建物には、上り口らしきものがあって（船橋本に、「倒レ階」と見える）、老萊子は、その下に描かれている。これは、陽明本の、

為二父母一上レ堂取二漿水一、失脚倒レ地、方作二嬰児啼一、以悦二父母之懐一

と言う場面を、忠実に再現したものに違いない。老萊子自身は、摸図を見ても、発見当初から相当傷んでいたものの如く、その姿形ははっきりしないが、おそらく図十三の老萊子のように、転倒した姿を描いたものと思われる。母親の右下にも、何かの描かれていた跡がある。図十三に見える、漿水を運ぶ器であろうか。

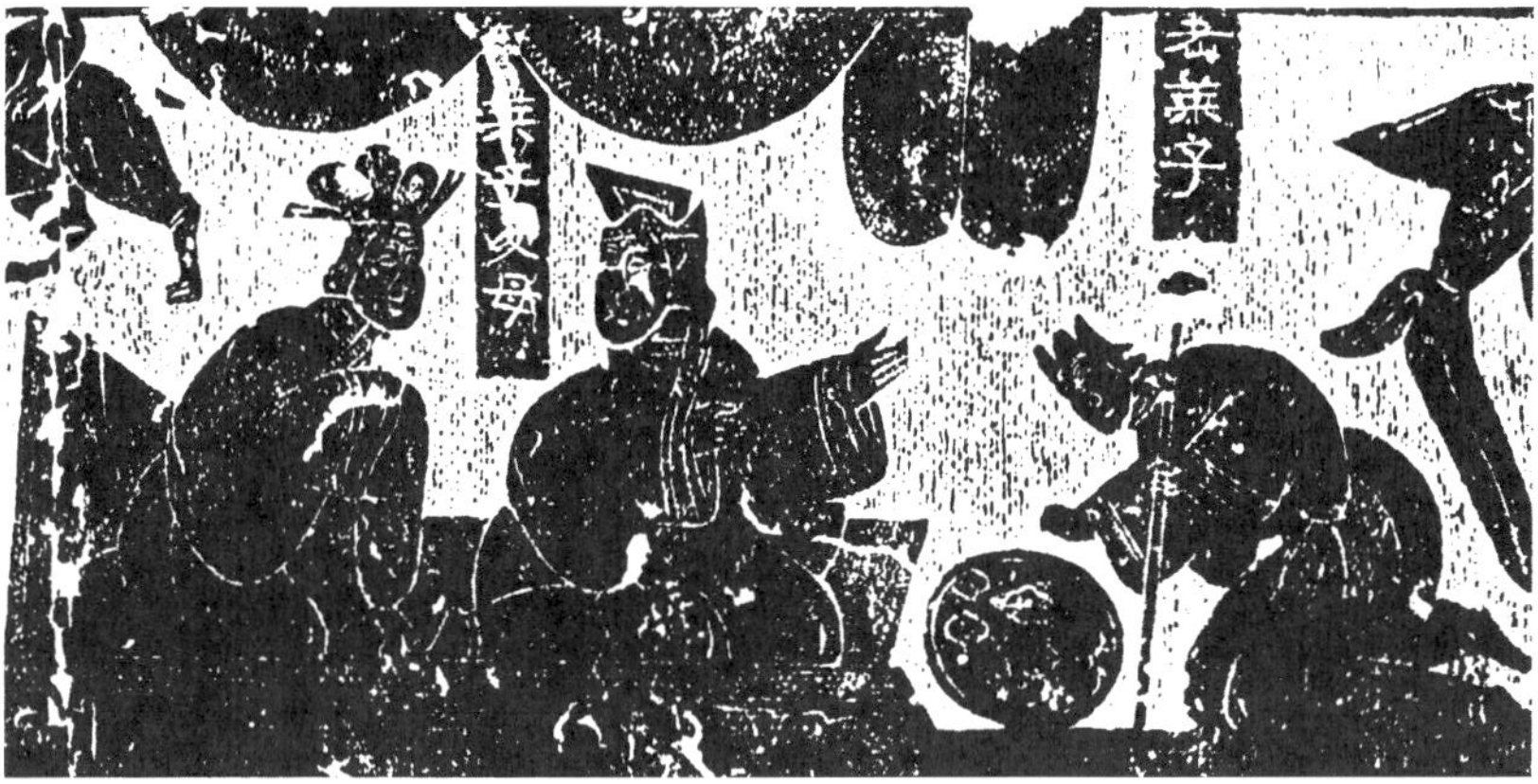

図十三　後漢武氏祠画象石（前石室七石）

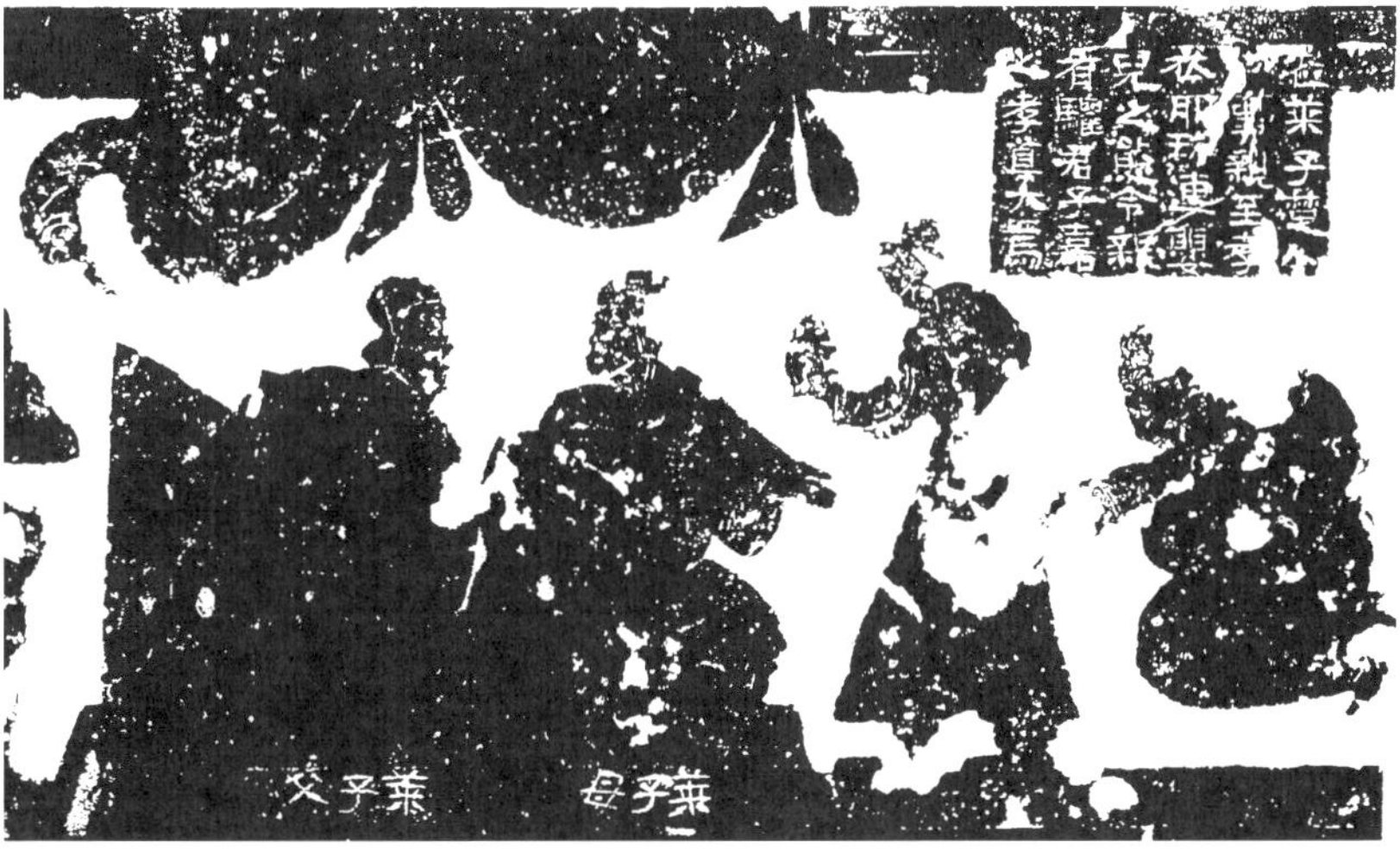

図十四　後漢武氏祠画象石

図十五　丁　蘭

6丁蘭

図十五（口絵図6）は、当墓の丁蘭図を掲げたものである。榜題に、「□《（木）》丈人」「□《（野）》王丁蘭」とある（左から。Bに、「木□人」「丁蘭」、Cに、「木丈人」「野王丁蘭」とする）。後述するように、孝子伝図としての丁蘭図には、本図を始めとする、漢代の遺品が幾つも含まれているが、遺憾なことに、漢代の丁蘭図に対応する、丁蘭譚の孝子伝テキストは、夙に滅びてしまい、現存しないものと考えられる。参考までに、陽明本孝子伝9丁蘭の本文を示せば、次の通りである。

陽明本9丁蘭

河内人丁蘭者至孝也。幼失レ母、年至二十五一、思慕不レ已。乃剋レ木為レ母、而供二養之一如下事二生母一不上異。蘭婦不孝、以レ火焼二木母面一。蘭即夜夢語二木母一。言、汝婦焼二吾面一。蘭乃笞二治其婦一、然後遣レ之。有二隣人借レ斧。蘭即啓二木母一。々顔色不レ悦。便不レ借レ之。隣人瞋恨而去。伺二蘭不在一、以レ刀斫二木母一臂一。流血満レ地。蘭還見レ之、悲号叫慟、即往斬二隣人頭一以祭レ母。官不レ問レ罪、加二禄位其身一。賛曰、丁蘭至孝、少喪二亡親一、追慕无レ及、立二木母人一、朝夕供養、過二於事レ親（生親）、身没名在、万世惟真

丁蘭が作ったのは、「刻レ木為レ母」とある通り、母の像であって、このことは、劉向孝子伝、鄭緝之孝子伝、逸名孝子伝等、他の古孝子伝逸文や捜神記の逸文等にあっても変わりがない。しかし、漢代の丁蘭が作ったのは、母の像ではなかった。

ここに、三つの漢代孝子伝図を示す。図十六は、後漢武氏祠画象石[23]（武梁祠第一石。榜題「丁蘭二親終殁、立木為父、隣人仮物、□（報）乃借与」）、図十七は、開封白沙鎮出土後漢画象石[24]（榜題「丈人為像」「野王丁蘭」）、図十八は、後漢楽浪彩篋[25]（榜題「木丈人」「丁蘭」）の丁蘭図を掲げたものである。図十六、後漢武氏祠画象石の丁蘭図は、榜題に、「立レ木為レ父」と記すから、丁蘭が作ったのは、明らかに父の像である（丁蘭図は、前石室、左石室にも描かれているが、榜題はない。また、前石室のそれは、左右が反転している）。この榜題が誤記などでないことは、前述、泰安大汶口後漢画象石墓の榜題に、

孝子丁蘭父

此丁蘭父

と記すことを見ても分かる。すると、漢代孝子伝における丁蘭の話は、丁蘭が父の像を作ったとするものでなければならないことになる。且つ、榜題後半から、それが、隣人への物の貸与を、像に伺うモチーフを含む点、現行の丁蘭譚と、共通するものだったらしいことも、非常に重要である。図十五の本図に酷似するのが、図十七開封白沙鎮出土後漢画象石の丁蘭図である。図十七の丁蘭についての榜題、

野王丁蘭

図十六　後漢武氏祠画象石

は、本図のそれと一致する（野王は、河南省沁陽県。河内郡の内）。また、丁蘭を野王の人とするものに、劉向孝子伝、捜神記の逸文があって、一見、本図や図十七との関連を窺わせる。法苑珠林四十九所引、劉向孝子伝逸文を示せば、次の通りである。

又、丁蘭、河内野王人也。年十五喪レ母。刻レ木作レ母、事レ之供養如レ生。蘭妻夜火灼二母面一、母面発レ瘡。経二二日一、妻頭髪自落、如二刀鋸截一。然後謝レ過。蘭移二母大道一、使二妻従服三年拝伏一。一夜忽如二風雨一、而母自還。隣人所二仮借一、母顔和即与、不レ和即不レ与

捜神記逸文（太平御覧四八二所引）も、右記と殆ど違いがない。ところが、両逸文共、丁蘭が作ったのは、母の像となっていて、やはり劉向孝子伝を本図などの出典に措定することは出来ないのである。捜神記は、劉向孝子伝を引いたもので、また、その劉向孝子伝は、例えば丁蘭を野王出身者とする点等、部分的に漢代孝子伝を受け継ぐ、古態を存するものと捉えるべきであ

図十七　開封白沙鎮出土後漢画象石

図十八　後漢楽浪彩篋

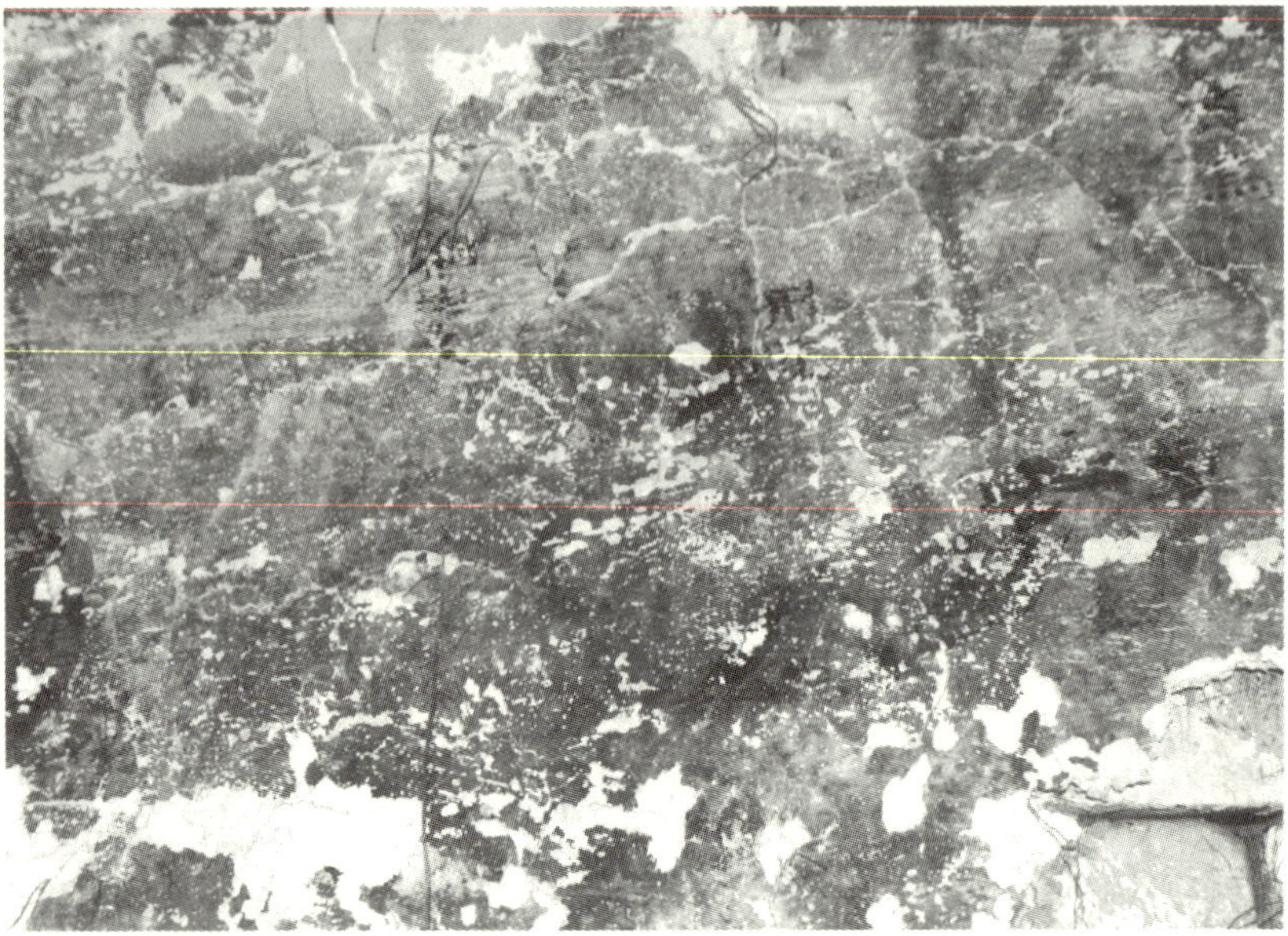

図十九　刑　渠

る。図十七の丁蘭の前（左）には、供物らしきものが描かれているが、左の像の木であることを考えると、彫刻のための道具のようだ。本図の丁蘭の足許左にも、同様のものが描かれている。但し、本図の父の形が、薄れていてはっきりしないが、それは或いは、図十七の如き、彫刻道具であったかもしれない。一方、供物であるならば、そちらは、後漢孝堂山下小石室画象石の丁蘭図に見えている。図十七のもう一つの榜題は、摸写図に、「木人為像」とするが、その「木人」は、「丈人」の誤写と見る。さて、丈人は、岳父即ち、妻の父のことであって、漢代孝子伝の丁蘭の話は、妻の父をめぐる、さらに複雑な話であった可能性が高い[26]。図十八後漢楽浪彩篋の丁蘭図も、本図とよく似ている。その榜題「木丈人」「丁蘭」は、前者が本図と一致する。

7刑渠

図十九（口絵図7）は、当墓の刑渠図である。榜題に、「刑渠父」「刑渠」とある。

陽明本孝子伝３刑渠の本文を示せば、次の通りである。

陽明本３刑渠

宜春人刑渠、至孝也。貧窮无レ母、唯与二父及妻一共居。傭賃養レ父。々年老、不レ能レ食。渠常哺レ之。見二父年老一、夙夜憂懼、如レ履二氷霜一。精誠有レ感、天乃令二其髪白更黒歯落更生一也。賛曰、刑渠養レ父、単独居レ貧、常作二傭賃一、以養二其親一、躬自哺レ父、孝謹恭懃、父老更壮、感二此明神一

宜春は、河南省汝南県西南に当たる。刑渠に関しては、蕭広済孝子伝の逸文（太平御覧四一一所引）が残り、父の名を仲と記すが、大筋は、陽明本孝子伝と変わりがない。

図二十　後漢武氏祠画象石

図二十に掲げるのは、後漢武氏祠画象石の刑渠図である㉗（武梁祠第三石。榜題「渠父」「邢渠哺父」）。なお前石室七石（榜題「孝子刑□《（渠）》」「刑渠」）、十三石、左石室八石にも刑渠図が描かれているが、前石室七石及び、左石室のそれは、左右が反転している。図二十一に、開封白沙鎮出土後漢画象石の刑渠図（榜題「邢渠父身」「偃師邢渠至孝其父」。左から）、図二十二に、後漢楽浪彩篋の刑渠図（榜題「渠孝子」「孝婦」）を掲げた㉘。両図共、図二十に較べ、左右が反転しているが、おそらく本図（図十九）は、両図の如き図柄をもっていたに違いない。父親の姿の確認し難いのは、摸図でも同じで、出土当時既に失われていたものであろうが、坐っている形と考

図二十一　開封白沙鎮出土後漢画象石

図二十二　後漢楽浪彩篋

えられる。対する刑渠は、跪いているのであろう。図二十一開封白沙鎮出土後漢画象石、一層左端の榜題に、丸々一行を使って、

　偃師邢渠至孝。其父

と記すのは、画中詞として聊か異様で、途中で書き止した感がある。[29] これは、漢代孝子伝の刑渠の本文冒頭を写したものと捉えられ、今日全く失われてしまった、その実在を裏付ける一証となっている点、極めて貴重なものとしなければならない。そして、図二十一の基づいた孝子伝は、刑渠を偃師（河南省偃師県）の人とする異伝を含んでいたらしい。また、図二十二に、「孝婦」即ち、刑渠の妻の描かれていることが興味深い。刑渠の妻は、後漢武氏祠画象石の前石室七石、十三石にも見えるが、それらは、陽明本孝子伝に、

　唯与二父及妻一共居

とあるのに基づくものであろう（船橋本また、蕭広済孝子伝、不見）。さて、管見に入った刑渠図は、全て漢代の遺品に属し、六朝以降のものはない。

8 慈烏

図二十三（口絵図8）は、当墓の慈烏図を掲げたものである。榜題に、「孝烏」とある。本図の典拠をなしたと思しい、陽明本孝子伝45慈烏条の本文を示せば、次の通りである。

陽明本45慈烏

慈烏者鳥也。生二於深林高巣之表一。銜レ食供二鶵口一、不レ鳴自進。羽翮劳悴、不二復能飛一。其子毛羽既具、将到二東西一、取レ食反二哺其母一。禽鳥尚爾。況在二人倫一乎。鴈亦銜レ食飴レ児、〔児〕亦銜レ食飴レ母。此鳥皆孝也

図二十三　慈　烏

漢代の孝子伝図たる本図に描かれた孝烏は、正しくこの慈烏を図像化したものと考えられる。注意すべきは、孝子伝テキストとして現在、慈烏を存するのは、我が国の陽明本のみとなっており（船橋本は、慈烏を「鴈烏」に作る等、やや本文が乱れる）、中国におけるそれは、悉く堙滅に帰したと見做されることである。換言すれば、孝子伝としての慈烏の本文内容を、今に伝えるのは、唯一陽明本を措いて他にはなく、その意味で、陽明本の資料的価値は、量り知れぬものがある。ともあれ、陽明本は、慈烏条を明らかに独立した一伝として記載しており㉚、それが孝子伝図の一図として描かれることは、十分に理解し得ることである。

これまで管見に入った孝子伝図の中に、もう一例、慈烏図の作例がある。それが図二十四に掲げた、後漢武氏祠画象石の慈烏図（武梁祠第二石。榜題「孝烏」）である㉛。図二十四について、例えば『漢代画象の研究』において、

一樹に鳥が一羽だけとまつている図である。画面と

してまとまりが悪いが、独立の情景とみるほかない

と述べた上で、「説話は京都大学図書館本〔船橋本〕の孝子伝に次のごとくみえている」として、船橋本孝子伝30顔烏条を引かれるのは、従来、図像内容の未詳とされてきた慈烏図を、「独立の情景とみる」とした点に関し、高く評価出来るものの[32]、後者は全くの失考とすべきである。[33]孝子伝図として顔烏が図像化されたことはなく、且つ、図二十四は、陽明本により当然、慈烏図と認定すべき一図であることが明瞭なためである。但し、「孝烏」の榜題は、はっきりと確認し得るものの、当墓の慈烏図の図柄は、剥落が進んでいて殆ど視認し難いことは（摸図も同じ）、如何にも残念である。ところで、当墓の慈烏図の場合、一つ注目しておきたいのは、本図が刑渠図の次に配されていることで、それは、両図が反哺のモチーフを共有するためらしい。そして、後漢武氏祠画象石の慈烏図（図二十四）が、左の趙苟図（後述）へと続いているのも、同じ理由による図像配置であろう。すると、泰安大汶口後漢画象石墓、後掲趙苟図の右（中生図上部）に描かれた、嘴を合わせる二羽の鳥が、或いは、榜題こそないものの、慈烏図である可能性が高いのである。[34]さて、例えば図二十四の図柄が、「一樹に鳥が一羽だけとまつている」（『漢代画象の研究』）というのは、「取㆑食反㆓哺其母㆒」（陽明

図二十四　後漢武氏祠画象石

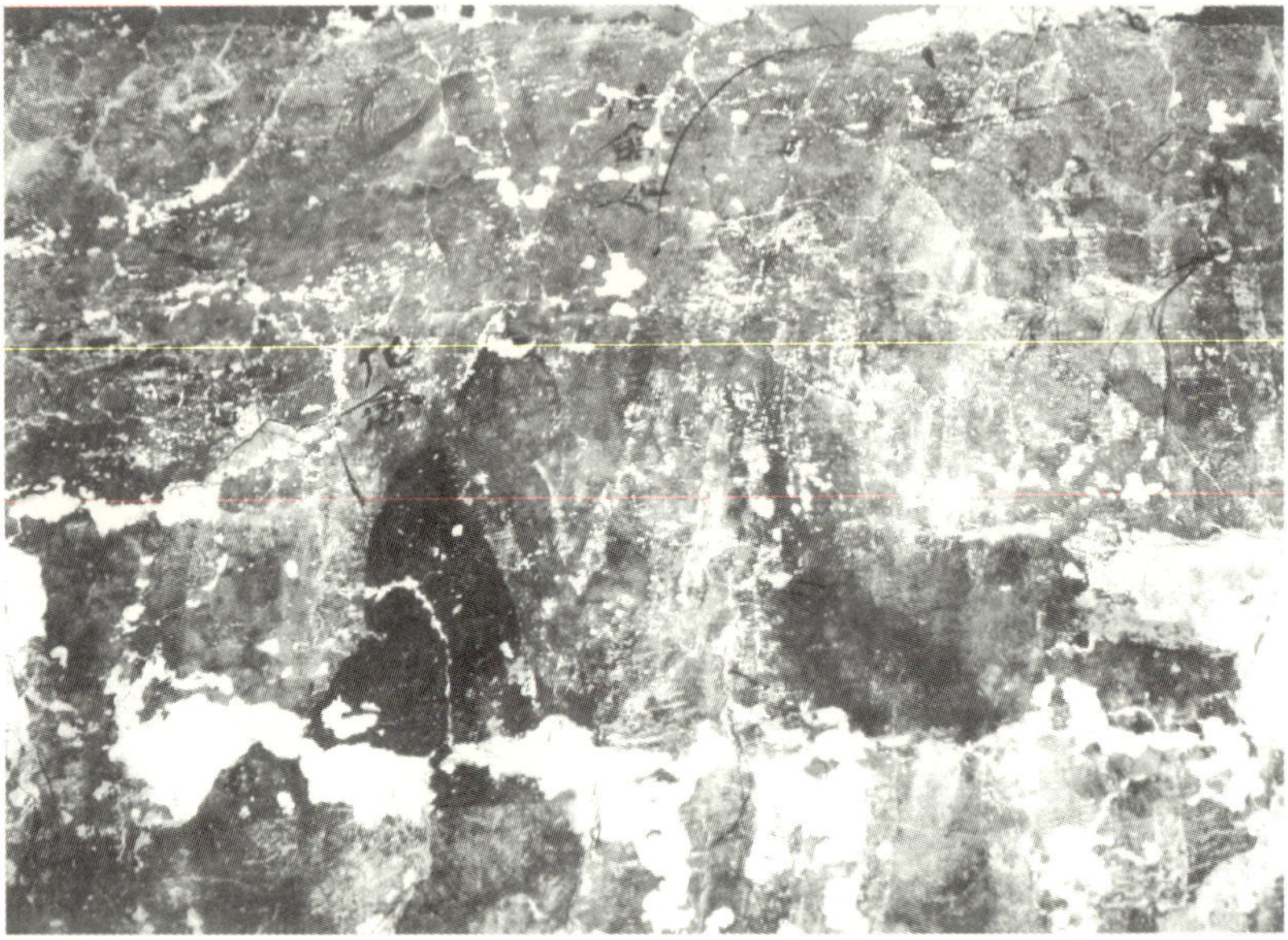

図二十五　伯　瑜

本）と記された、慈烏の反哺を表わす図柄として、聊か不自然とせざるを得ない。改めて図二十四を眺めると、丁度「孝烏」榜題の左下に、烏の尾らしき部分が残っていることから推測して、左の烏と対になるもう一羽が、嘴を接する形に描かれていたのではなかろうか。そして、当墓の慈烏図も、同様の図柄を有したものと思われる。

三

9伯瑜

当墓の伯瑜図を図二十五（口絵図9）に掲げる。榜題に、「伯禽」「伯禽母」とある。禽は、B、Cに「禽」とある通り、禽の古形だが、これは、禹の古体「禸」と見たい㉟（禸〈禹〉は、兪、瑜と音が通じる）。

陽明本孝子伝4伯瑜の本文を示せば、次の通りである。

陽明本4韓伯瑜

韓伯瑜者宋《（字）》都人也。少失㆑父、与㆑母共居。孝敬烝々。若有㆓少過㆒、母常打㆑之。和顔忍㆑痛。又得㆑杖、忽然

悲泣。母怪問レ之曰、汝常得レ杖不レ啼。今日何故啼怨耶。瑜答曰、阿母常賜レ杖、其甚痛。今日得レ杖不レ痛。憂二阿母年老力衰一。是以悲泣耳。非二敢奉一レ怨也。故論語曰、父母之年、不レ可レ不レ知。一則以喜、一則以懼。讃曰、惟此伯瑜、事レ親不レ違、恭懃孝養、進二致甘肥一、母賜二笞杖一、感二念力衰一、悲二之不一レ痛、泣啼湿レ衣

伯瑜譚の源泉は、古く説苑三に見えるが（韓詩外伝にもあったらしい〈類林雑説一・二、古注蒙求416等〉）、孝子伝におけるその所伝は、両孝子伝以外に管見に入らず、例によって右記陽明本の伯瑜条は、漢から六朝に掛けて描かれた、孝子伝図中の伯瑜図を考察する上で、唯一の基礎資料となっている。

本図（図二十五）は、左に跪く伯瑜、右に立った母を描く。母は、杖を持っている筈だが、確認し難い（摸図にも写されていない。なお摸図が存するのは、本図までである）。当墓の孝子伝図はこれまで、原則的に父または、母を左に配し、子供を右に配するものであったが（5老莱子のみ、父母を上、子供を下とする）、本図は、始めてそれを逆転している。図二十六、図二十七に、後漢武氏祠画象石の伯瑜図を二つ掲げた㊱。図二十六は、後漢武氏祠画象石の伯瑜図（武梁祠第三石。榜題「柏榆傷親年老、気力稍衰、笞之不痛、心懐楚悲」「榆母」）を示したものである。図二十七は、同（前石室七石。榜題「伯游也」「伯游母」）である。伯瑜に、柏、榆、游など様々な文字の用いられているのが分かる。両図共、母は曲杖を持つ。また、共に、本図（図二十五）とは、左右が逆転している。図二十七の、伯瑜の右に立っている人物は、不明である。本図（図二十五）に酷似する図像を、もう一つ示す。図二十八は、開封白沙鎮出土後漢画象石二層に描かれた伯瑜図である㊲（榜題「伯臾母」「伯臾身」）。ここでは、伯瑜の瑜字に、臾が使われている。伯瑜が袖を顔に押し当てているのは、「又得レ杖、忽然悲泣」（陽明本）の様を表わすのであろう。管見に入った漢代の伯瑜図は、本図（図二十五）を含めて、上掲の僅か四図に過ぎないが、基本的な構図に余り変化はなかったものと思われる。

図二十六　後漢武氏祠画象石

図二十七　後漢武氏祠画象石（前石室七石）

図二十八　開封白沙鎮出土後漢画象石

10魏陽

図二十九（口絵図10）は、当墓の魏陽図である㊳（榜題「魏昌父」「魏昌」）。榜題の魏昌は、後述のように、魏陽、魏湯とも書く㊴。

魏陽図を考える上で、基礎資料となる陽明本孝子伝7の本文をまず示せば、次の通りである。

陽明本7魏陽

沛郡人魏陽至孝也。少失レ母。独与レ父居。孝養烝々。其父有二利戟一。市南少年、欲レ得二之於路一、打二奪其父一。陽乃叩頭。県令召問曰、人打二汝父一、何故不レ報。為力不レ禁耶。答曰、今吾若即報二父怨一、正有二飢渇（湯）之憂一。県令大諾レ之。阿父終没。即斬二得彼人頭一、以祭二父墓一。州郡上表、称二其孝徳一、官不レ問二其罪一、加二其禄位一也

沛郡は、安徽省宿県の西北に当たる。戟《げき》は、枝刃のある矛を言う。

魏陽譚を記す文献は、極めて少なく、両孝子伝の他、蕭広済孝子伝（太平御覧三五二、淵鑑類函二二四所引）と逸名孝子伝（太平御覧四八二、淵鑑類函三一二所引）の逸文を合わせ、計四点を数えるに過ぎない。今、残る三点を全て掲げよう。蕭広済孝子伝と

図二十九　魏　陽

逸名孝子伝は、共に太平御覧に拠り、（　）内に淵鑑類函との異同を示した（×は、その文字のないことを表わす）。

・船橋本

魏（槐）陽者、沛郡人也。少而母亡、与レ父居也。養レ父蒸々。其父有二利戟一。時壮（牡）士、相二市南路一、打奪レ戟矣。其父叩頭。於時県令聞レ之、召レ陽問云、何故不レ報二父仇一。陽答云、如今報二父敵者一、令三父致二飢渇之憂一。父没之後、遂斬二敵頭一、以祭二父墓一。州県聞レ之、不レ推二其罪一、称二其孝徳一、加二以禄位一也。

・蕭広済孝子伝

蕭広済孝子伝曰、魏陽、不レ知二何処人一、独与レ父居。父有二刀戟一、市南少年求レ之。陽曰、老父所レ服、不二敢相許一。少年怒、道逢陽父打（撃殴之）。陽叩頭請レ罪。父没。陽断二少年頭一、以謝二父冢前一。

・逸名孝子伝

孝子伝曰（×）、魏湯、少失二其母一、独与レ父居。色養蒸蒸（××××）、尽二於孝道一（××××）。父有二所レ服刀戟一、市南少年欲レ得レ之。

湯曰、此老父所レ愛、不二敢相許一。於(×)是(×)少年、殴二撾湯父一。湯叩頭拝二謝之(×)一、不レ止。行路書生牽二止之一、僅而得レ免。
後父寿終。湯乃殺二少年一、断二其頭一、以謝二父墓一焉(×)

図像の解釈とも関わるので、上記四つの資料それぞれの特徴を、以下に略記しておこう。便宜的に、陽明本以下を次のa―dで呼ぶこととする。

陽明本――――a
船橋本――――b
蕭広済孝子伝――c
逸名孝子伝――d

まず、魏陽をdのみ魏湯と表記していることに気付く。次いで、cdは、魏陽の出身地を記さない。特にc、蕭広済の頃（晋）には、出身地が分からなくなっていたようだ。また、父の持ち物を、abは「利戟」、cdは「刀戟」と言い、それを奪ったのは、acdが「市南少年」となっているのに対し、bのみ「壮士」とする。また、叩頭したのは、acdでは魏陽だが、bのみは父としている。さらに、少年の暴力の引止め役としてdにのみ、「行路書生」が登場する。最後に、abは、父を守って少年に立ち向かわなかった魏陽に対し、県令が召問する件りを載せている（cd不見）。これらを念頭に置いて、次に、幾つかの魏陽図を眺めてみたい。

孝子伝図としての魏陽図も、文献資料と同様、決して多くない。右掲の本図を含め、管見に入った魏陽図は、下記の三点に過ぎない。

⑴和林格爾後漢壁画墓（図二十九）
⑵後漢武氏祠画象石

(3)後漢楽浪彩篋

(1)―(3)の魏陽図は、全て漢代の遺品であり、六朝以降に描かれたものは見当たらない。従って、目下の所、魏陽図は、前述の刑渠図や慈烏図などと共に、漢代固有の孝子伝図と捉えて良いであろう。図三十に、(2)後漢武氏祠画象石の魏陽図（武梁祠第二石。榜題「湯父」「魏湯」）、図三十一に、(3)後漢楽浪彩篋の魏陽図（榜題「侍郎」「魏（魏）湯」「湯父」「令君」「令妻」「令女」「青（書）郎」）を示す。[40] 図三十の図柄については、例えば『漢代画象の研究』に、

右端に立っている人物は、杖または剣らしいものを振りあげている。上体はほぼ正面向きであるが、足は左向きであり、顔も左向きである。これは話に出てくる市南の若者であろう。しかし、冠をかぶつた士人の姿をしめしている。中央に跪いて拱手している人物は「湯父」すなわち魏湯の父である。これは、ただしく側面形の姿をとつている。その左に、やはり顔は正側面に向け、長跪（腰をあげたまま膝を地に折る姿勢）をし、両手を高くあげ、おどろきの意を表しているのが、魏湯である

と説明される通りである。[41] さて、その榜題の表記「魏湯」は、上引ｄ逸名孝子伝とのみ一致する。右端の人物は、市南の少年（ａｃｄ）であろうが、「しかし、冠をかぶつた士人の姿をしめしている」（『漢代画象の研究』）点を考慮すると、「壮士」（ｂ船橋本）が相応しいかもしれない。興味深いのが図三十一、後漢楽浪彩篋で、中央、「湯父」と向き合う「令君」は、魏陽を召問した県令としか考えられないが（すると、図三十右端の人物は、県令である可能性も出てくるが、暫く市南の少年と考えておきたい。なお図三十一は、図三十に対し、魏陽と父とが反転している）、その県令は、ａｂの両孝子伝にしか登場せず、このことは、両孝子伝の伝承が、漢代に溯ることを示すものである。一方、右端の「青（書）郎」が、父を殴撾《おうか》する（撾は、打つこと。擿《てき》〈擲《なげうつ》こと〉に作る本もある）市南の少年を止めに入った、「行路書生」を表わすものだとすると、「行路書生」は、ｄ逸名孝子伝にしか登場せず、且つ、「魏湯」等の榜題

図三十　後漢武氏祠画象石

図三十一　後漢楽浪彩篋

表記も、逸名孝子伝とのみ一致していることになる。故に、逸名孝子伝も、漢代孝子伝の流れを受ける資料と見なければならないであろう。そして、やや図柄を異にする、漢代の両魏陽図（図三十、図三十一）との関係から考えて、漢代孝子伝の魏陽条の内容は、部分的に両孝子伝（ａｂ）また、逸名孝子伝（ｄ）にそれぞれ分かれて、今日に伝承されていることが判明するのである。

ここで、本図（図二十九）の図柄を、上述二図と対比しつつ考えてみる。まず、右側に描かれているのは、跪いて拱手する魏陽である。魏陽は、左を向いている。次いで、中央には立った父が描かれていて（両手は下がっている）、この配置は、図三十一と同じであり、図三十を反転させたものとなっている。ただ叩頭しようとするのは、魏陽と見られ、これは、陽明本（ａ）また、ｃ、ｄと一致する。さて、注目したいのは、擦れてはいるが、父の左に明らかにもう一人の人物が描かれていることである。この人物に関しては、赤い唇、頭部、襟元、裾などが確認し得る。さらによく見ると、右を向いたその人物の一本の手は、父に掛かっており、もう一本の手は、左上方向に振り上げられていて（頭部の左に袖口が残っている）、その手の先にはまた、横様に描かれた杖が見える。即ち、本図左端の人物は、図三十の「杖または剣らしいものを振りあげている」「右端に立つている人物」（『漢代画象の研究』）に、正しく該当することが分かるのである。すると、父が立ったり坐ったりするなどの小異はあるが、本図と図三十とは、左右の反転していることを除けば、構図的に酷似したものと結論することが出来る。換言すれば、これまで類似する図柄のなかった、後漢武氏祠画象石の魏陽図（図三十）と殆ど同様の構図をもつ遺品がもう一例、新たに出現したことになるであろう。

図三十二　原　谷

図三十二（口絵図11）は、当墓の原谷図を掲げたものである。榜題は、左側の人物の顔の右に、「孝孫父」と記される（A、B、C）外、右側の人物の頭の右に、「孝孫」とあるのが確認出来る（但し、孫字の旁りは破損している）。本図は、画面右下に大きな剥落がある。

原谷図の基づいたであろう、陽明本孝子伝6原谷条の本文を示せば、次の通りである。

陽明本6原谷

楚人、孝孫原谷者至孝也。其父不孝之甚、乃〔祖父年老〕厭二患之一。使下原谷作レ輦〔扛二〕祖父一送中於山中上。原谷復将レ輦還。父大怒曰、何故将二此凶物一還。答曰、阿父後老復棄レ之、不レ能二更作一也。頑（顔）父悔レ悞、更往二山中一、迎レ父率還。朝夕供養、更為二孝子一。此乃孝孫之礼也。於レ是閨門孝養、上下无レ怨也

輦《れん》は、手車だが、ここでは、輿《よ》に同じく、人が手で舁《か》く輿《こし》（手輿《たごし》、腰輿）のこと、扛《こう》は、担《かつ》ぐ意である。原谷の話も、文献資料が非常に乏しく、両孝子伝の他、管見に入ったものとしては、太平御覧五一九などに逸名孝子伝

の逸文一種が伝わり、また、敦煌本句道興捜神記（「史記曰」とする、元覚の話。元覚は、P五五四五に「元穀」とも作る）及び、令集解賦役令17条「釈」に対する書入れとして見える「先賢伝」（晋、張方の楚国先賢伝か）辺りが全てで、両孝子伝6原谷条の貴重なものであることが知られる[42]。参考として、逸名孝子伝（太平御覧五一九所引）の本文を示せば、次の通りである。

　孝子伝曰、原穀者不レ知二何許人一。祖年老。父母厭二患之一、意欲レ棄レ之。穀年十五、涕泣苦諫、父母不レ従。乃作レ輿、舁棄レ之。穀乃随、収レ輿帰。父謂レ之曰、爾焉用二此凶具一。穀云、後父老、不レ能二更作得一、是以取レ之耳。父感悟愧懼、乃載レ祖帰侍養。剋己自責、更成二純孝一。穀為二純孫一

両孝子伝と逸名孝子伝に話柄の違いは認められないが、ただ逸名孝子伝は、原谷を「原穀」に作り（谷は、穀に通じる）、両孝子伝が原谷を「楚人」と記すのに対し、逸名孝子伝は、「不レ知二何許人一」とし、また、原谷の年齢を、「年十五」と明記する等の小異がある。

　本図（図三十二）を含め、漢代の原谷図と目されるものは、現在四図程ある。まず、図三十三に、後漢武氏祠画象石の原谷図（武梁祠第二石。榜題「孝孫父」「孝孫」「孝孫祖父」）、図三十四に、開封白沙鎮出土後漢画象石（榜題「原穀親父」「孝孫原穀」「原穀泰父」。泰父は、太父で祖父のこと）を掲げる[43]。図三十三、図三十四は、共に本図の左右を反転したものとなっているが、本図に読取り得る榜題「孝孫父」「孝孫」が、図三十三の榜題にも見える所から、本図を原谷図と断じて良いことが分かる。また、そもそも孫（孝孫）を主人公とする、孝子伝の話は珍しいもので、目下、原谷のそれしか見当たらないことも、このことを裏付けている。さて、図三十三には、原谷の名は見えないが、図三十四の方には、三箇所に「原穀」の名が記されていて、逸名孝子伝（太平御覧五一九所引）の表記に一致し、原穀（谷）の名がやはり漢代に溯る、古いものであることを示している。図三十三、図三十四は、おそらく漢代の原谷

図三十三　後漢武氏祠画象石

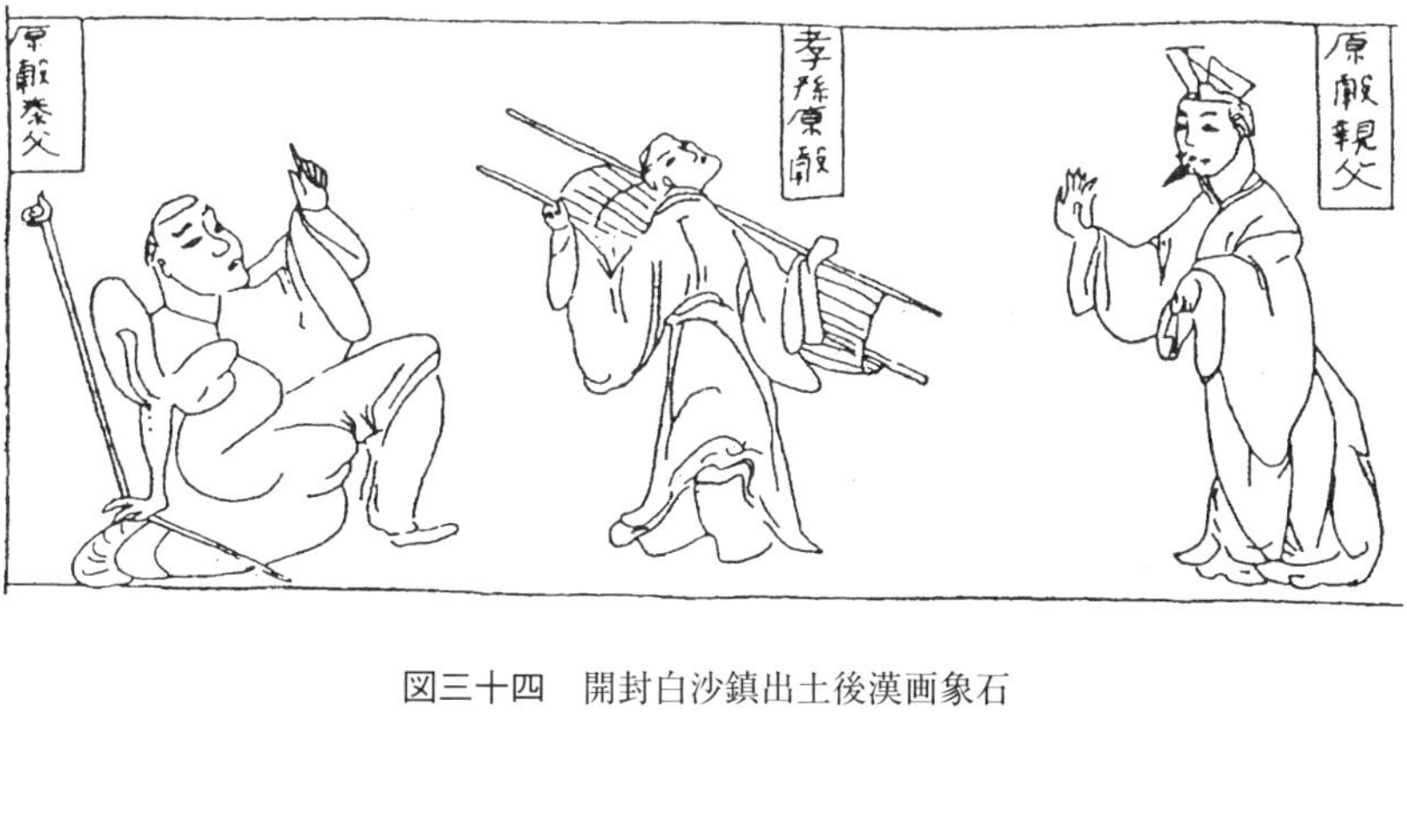

図三十四　開封白沙鎮出土後漢画象石

図三十五　楽山柿子湾Ｉ区１号墓

図の典型的な形と見られ、この構図は、六朝期のそれへと受け継がれてゆくが、[44]本図（図三十二）も、基本的にこの形を取っていたものと考えられる。但し、右半の原谷と祖父とは、破損が甚だしく、その姿形を見定め難い。ところで、『漢代画象の研究』が図三十三を解説して、

> 右端に立つて両手を前にあげているのは原穀の父。彼は左を向いている。原穀の父の前に小さくえがかれた人物は原穀で、身体は左を向くが、振りかえつて父の顔をみあげ、右手を前にさしだして、前の輦を指さす。輦は車輪がなく、二本の棒に布を張つたタンカのごとき形である……しかしこの画象では孝孫原穀のはなしを知らないと、タンカが祖父をはこぶ輦だとは分かりにくい

と留意された点は、テキスト（孝子伝）が図像（孝子伝図）に先行することを示す、重要な点とすべきだが、また、原谷図において、「タンカ」（輿）の果たす象徴的役割に言及したものと捉えることが出来る。[45]そして、本図（図三十二）中央上部には、薄れているが、輿の輪郭が残されていることに、注意すべきである。本図に酷似する、漢代の原谷図がもう一例存する。図三十五に掲げたのは、楽山柿子湾Ｉ区１号墓に彫られた原谷図である。[46]図三十五は本図と共に、図三十三、図三十四の左右を反転したものとなっている。およそ上掲四つの原谷図は、例えば陽明本の、

> 原谷復将㆑輦還。父大怒曰、何故将㆓此凶物㆒還

と記す場面を、図像化したものに外ならない。中で、興味深いのが、図三十四右端の父の両手の描き方で、右手は、

原谷が輿を持ち帰ろうとするのを制止し、左手は、輿をその場へ置いてゆくように指示していることが明らかである（六朝期の例えばC. T. Loo旧蔵北魏石床PLATE XXII中央にも、この父の描き方を踏襲する図柄が見出だされる。但し、右手と左手の仕草が逆になっている）[47]。すると、図三十三右端の父の両手の動きも、本来そのような仕草を表わしていたのかもしれない。不思議なのは、本図及び、図三十五左端の父の体の向きや両手の様子で、図三十三、図三十四に対し、三人の人物の配置が反転しているにも関わらず、それら自体は反転していないのである。同じことは、例えば図三十三と図三十五の輿が、共に原谷の左にあることについても、より明確に指摘出来よう。このことから推して、或いは、本図や図三十五に見る、父の手の不思議な動きなどは、図三十三等を全体的に左右反転させた時、部分的にそれをそのまま残した結果かとも思われるのである。また、図三十三の原谷は、「右手を前にさしだして、前の輦を指さす」（『漢代画象の研究』）のではない。図三十五や図三十四に見る如く、原谷は輿を摑んでいるのである。

四

12趙荀

図三十六（口絵図12）は、当墓の趙荀図であろう。榜題は、画面左、突き出た屋根の下、人物の肩の右に、「□句」一字が確認されるのみである。右側の人物が左向きであること（左手の袖口が左を向いている）、画面の左にもう一人、人物が描かれていること（大きな剝落の右下に両袖口の跡が残っている）、また、当墓の孝子伝図は、原則的に親と子の二人を一組として描いていること等から、本図を趙荀図と考えておきたい。因みに、後漢武氏祠画象石の趙荀図が原谷図へ続いていること（さらに慈烏図を隔てるが、その前は魏陽図である。共に、武梁祠第二石）も参考と

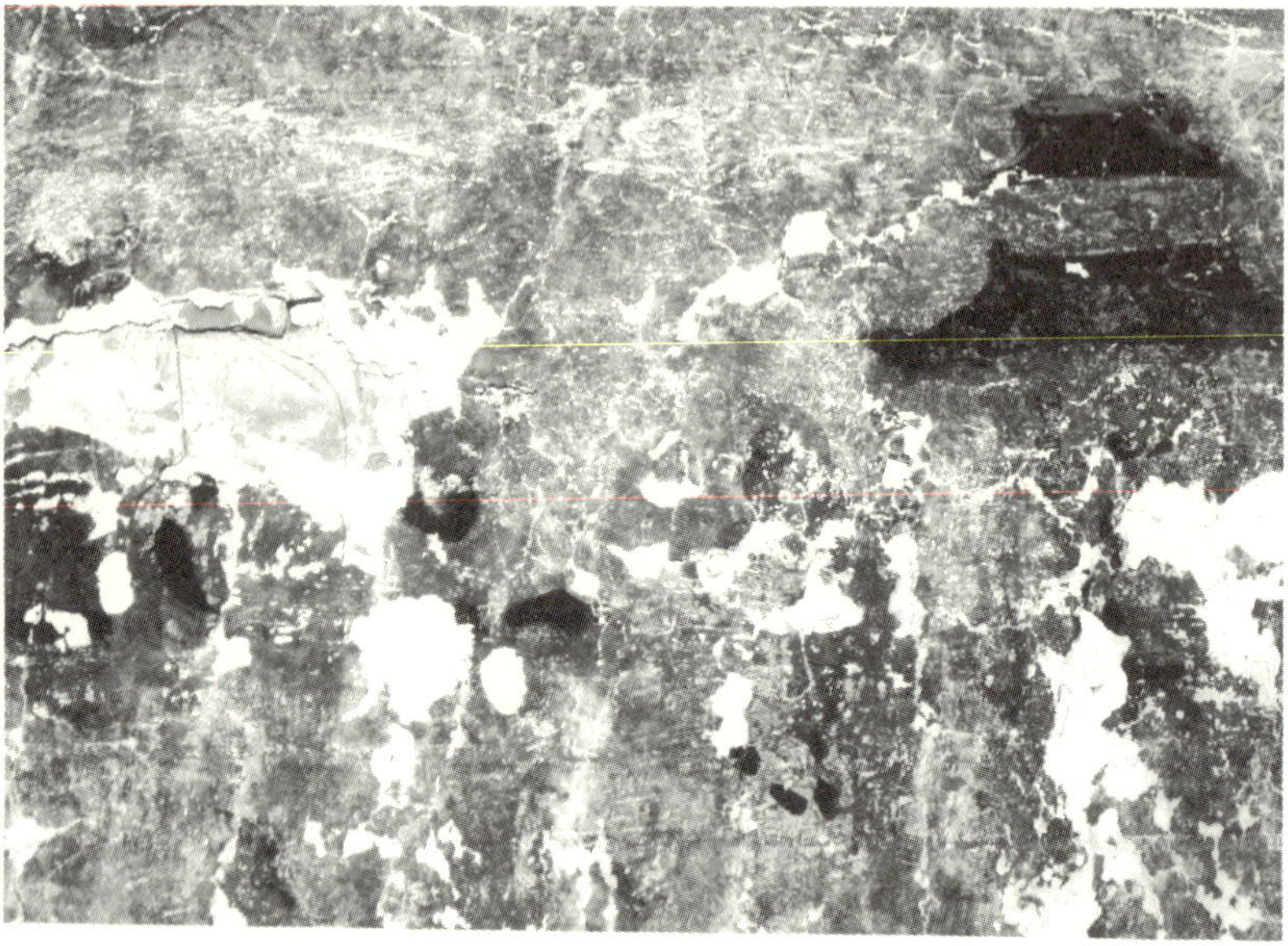

図三十六　趙　苟

なる。

趙苟の話は、稀覯に属し、両孝子伝にも見えない。目下確認し得るのは、劉宋、師覚授の孝子伝逸文のそれのみとなっており、且つ、他の文献資料も管見に入らない所から見ると、趙苟譚は、漢代孝子伝に存していたが、一旦滅び、師覚授孝子伝に採録された形のそれだけが、今に伝わったものらしい。師覚授孝子伝逸文の本文を示せば、次の通りである（初学記十七に拠る）。

趙狗幼有㆓孝性㆒。年五六歳、時得㆓甘美之物㆒、未㆓嘗敢独食㆒、必先以㆑哺㆑父。出輒待㆑還而後食。過㆑時不㆑還、則倚㆑門啼以俟㆑父。至数年父没。狗思慕羸悴、不㆑異㆓成人㆒。哭泣哀号、居㆓於塚側㆒。郷族嗟称、名聞流著。漢安帝時、官至㆓侍中㆒

趙苟の苟字は、仮に後掲泰安大汶口後漢画象石墓に拠るが、右記の狗の他、恂、徇に作るものもある。

本図の他、趙苟図と確認し得る遺品が二つある。図三十七は、泰安大汶口後漢画象石墓の趙苟図（榜題「孝子趙苟」「此苟⿰舌各《とう》父」。⿰舌各は、䑜の異体で、歠、即ち、哺に

図三十七　泰安大汶口後漢画象石墓

図三十八　後漢武氏祠画象石

同じ〈王恩田説〉)、図三十八は、後漢武氏祠画象石の趙荀図(榜題「趙□(荀)駱□(父)」)を掲げたものである。[48] 図三十八は従来、その図像内容が「不明」(『漢代画象の研究』)とされてきたものだが、新たに報告された図三十七との類似に鑑み、趙荀図と判断して良いだろう。[49] 本図(図三十六)は、右側に趙荀、左側にその父(薄れて両袖口しか残っていないが、坐っている図であろう)を描いたものと思われる。

13 金日磾

当墓の孝子伝図の最後に位置するのが、図三十九(口絵図13)に掲げた金日磾図である。[50] 榜題は、「甘泉」「休屠胡」である(甘泉は、漢武帝の離宮、甘泉宮のことで、図中の建物がそれであろう。休屠胡は、金日磾の属した、匈奴の一族、休屠族を指し、休屠の胡《えびす》の意)。

本図の極めて稀覯に属することは、後述の如くであるが、文献資料の方も同様の状況で、まず本図の典拠をなしたであろう、孝子伝の本文は、両孝子伝にも見えず、逸文も全く残っていない。即ち、僅かとは言え、漢代の金日磾図が伝存することから考えて、かつて漢代孝子伝に金日磾の話のあったことは確かだが、それは疾くに滅び、図像のみが今日に伝わったものと思われる。故に、本図はそもそも、孝子伝なき孝子伝図という特徴をもつことに、注意する必要がある。金日磾に関する、六朝以前の文献資料は、漢書と論衡との二点しか管見に入らない。始めに、漢書六十八金日磾伝三十八に見えるそれを示せば、次の通りである。

金日磾字翁叔、本匈奴休屠王太子也。武帝元狩中、票騎将軍霍去病将レ兵撃二匈奴右地一、多斬レ首、虜二獲休屠王祭天金人一。其夏、票騎復西過二居延一、攻二祁連山一、大克獲。於レ是単于怨下昆邪休屠居二西方一多為中漢所上レ破、召二其王一欲レ誅レ之。昆邪休屠恐、謀レ降レ漢。休屠王後悔、昆邪王殺レ之、幷二将其衆一降レ漢。封二昆邪王一為二列侯一。日磾以二

図三十九　金日磾

父不レ降見レ殺、与二母閼氏弟倫一倶没二入官一、輸二黄門一養レ馬、時年十四矣。久レ之、武帝游宴見レ馬、後宮満レ側。日磾等数十人牽レ馬過二殿下一、莫レ不二窃視一、至二日磾一独不レ敢。日磾長八尺二寸、容貌甚厳、馬又肥好、上異而問レ之、具以二本状一対。上奇レ焉、即日賜二湯沐衣冠一、拝為二馬監一、遷二侍中駙馬都尉光禄大夫一。日磾既親近、未三嘗有二過失一、上甚信二愛之一、賞賜累二千金一、出則驂乗、入侍二左右一。貴戚多窃怨、曰、陛下妄得二一胡児一、反貴二重之一。上聞、愈厚焉。日磾母教二誨両子一、甚有二法度一、上聞而嘉レ之。病死、詔図二画於甘泉宮一、署曰、休屠王閼氏。日磾毎レ見レ画常拝、郷レ之涕泣、然後乃去

本図は、末尾の、「日磾母教二誨両子一」以下に記される話を、図像化したものであることが分かる（閼氏《えんし》は、匈奴の王后を指す匈奴語。閼氏《あつし》とも）。この話は、後漢、王充の論衡にも見え、小異がある。次いで、論衡乱竜篇の本文を示せば、次の通りである。

金翁叔、休屠王之太子也。与レ父倶来降レ漢。父道死、

与レ母倶来、拝為二騎都尉一。母死、武帝図二其母於甘泉殿上一、署曰、休屠王焉提。翁叔従レ上上二甘泉一、拝謁起立、向レ之泣涕沾レ襟、久乃去

焉提《えんてい》は、閼氏に同じく、匈奴の王后を意味する匈奴語である㊿（Cに、榜題「翁叔」が報告されるが、確認出来ない〈翁叔は、金日磾の字〉。或いは、前図の「□句」のことか）。

本図（図三十九）を別にすれば、金日磾図と確認出来る図像は、一例しかない。図四十に掲げるのが、その後漢武氏祠画象石の金日磾図である[52]（武梁祠第三石）。但し、現在のそれには破断が存し、画面の過半を失っているので、破断以前のその姿を留めるとされる、宋、洪适の隷続六所収のそれを、図四十一に示した[53]（榜題「休屠像」「騎都尉」）。図四十（図四十一）は、例えば『漢代画象の研究』に、左のように説明されている。[54]

（銘）

休屠像

騎都尉

原石の右の方は欠けている。右側の銘文は石の欠ける以前の宋時代の写生図から転写した。画面の上に屋根があり、左に一本の柱だけが残存している。柱の右に、右向きにおじぎをしてゐる姿勢の人物の左半分がみえる。柱の左にも右に向いた人物が立つ。この画面は左に居る騎都尉、すなわち金日磾が母なる休屠王の妻閼《えん》氏の肖像をみて涙をこぼした話をえがいたものである。漢書巻六八の金日磾伝によれば、物語のあらましは次のごとくである。中国の北部にいて漢をなやました遊牧民族の匈奴は、漢の武帝の攻撃を受けて大敗した。匈奴の大王はこれを一族の昆邪王、休屠王が負けたせいにして、これを殺そうとした。二人は相談して漢に降服しようとはかつたが、休屠王が意をひるがえしたので昆邪王は休屠王を殺した上で降服した。休屠王の妻閼氏とその子の金日磾は

図四十　後漢武氏祠画象石

図四十一　後漢武氏祠画象石（隷続六）

> 役所の奴隷にされ、金日磾は馬の飼育係をしていた。ある日武帝は沢山の女官をひきつれて馬を見物した。馬方たちはみな馬を引いて前を通りながら横目で女の方をちらちらみたが、長身の金日磾は謹厳な顔つきをしてわき見もせずに通つて行つた。その飼い馬も大層肥えていた。武帝は目にとめて、早速おそばの者に話をきき騎都尉の官にとりたてた。母親の閼氏の教育が良かつたのである。金日磾はその後気まじめ一本に武帝に仕え、甚だお気に入りであつた。母の閼氏が死ぬと、武帝はその肖像を甘泉宮の壁に画かせた。金日磾はこの肖像に向かうといつもおじぎをして涙を流した。画象の左手の騎都尉、すなわち金日磾の右の方、石の欠けた所には、宋時代の写生図によると、女の人が左向きに坐つた図があつたらしい。これが休屠王の妻の閼氏の像と思われ、金日磾がこれに向かつておじぎをして涙を流している図柄である。榜題に「休屠王像」というのは「休屠王閼氏像」とあるべきものである

右記の説明について、一、二気の付いたことを述べておく。「武帝は目にとめて、早速おそばの者に話をきき騎都尉の官にとりたてた」とされるのは無論、後漢武氏祠画象石（図四十）の榜題「騎都尉」に関する説明となっているが、「漢書巻六八の金日磾伝によれば」という断わり書からすると、漢書には「騎都尉」でなく「駙馬都尉」とあるから、この説明はおかしい（騎都尉《きとい》は、宮中警護の騎馬兵を掌る官であり、駙馬都尉《ふばとい》は、天子の副車に付ける駙馬《そえうま》を掌る官であって、両者に奉車都尉〈乗輿車を掌る〉を加え、三都尉と通称される、それぞれ別の官）。即ち、榜題「騎都尉」は、漢書の金日磾伝からは説明出来ず、それが一致するのは、論衡乱竜篇なのである。従って、図四十の拠ったであろう、漢代孝子伝の金日磾条は、漢書でなく、論衡の系統に属したらしいことに、注意しなければならない。また、

> 榜題に「休屠王像」というのは「休屠王閼氏像」とあるべきものである

と言われるのは、図四十一の第二の榜題を問題化したものだが、まずそれは「休屠王像」でなく、図四十一に見るよ

うに、「休屠像」とするのが正しい。そして、「休屠像」では、金日磾の父休屠王の像を指すこととなって、意味が通じない点は、林氏の説の通りであるが、「休屠王閼氏像とあるべき」かと言うと、「休屠像」三字に対するものとしては、少し字数が多過ぎる気がするのである。一方、「休屠像」（隷続）は、宋、史縄祖の学斎佔畢三には、「休屠象」に作っている。そして、象の異体「𤉣」は、焉とよく似るので、或いは、榜題「休屠象」は、論衡の「休屠王焉提」に同じく、休屠の王后を意味する、「休屠焉提(支)」とあったのではなかろうか。

後漢武氏祠画象石の金日磾図（図四十、図四十一）は、金日磾（左）と母焉提（右）が坐って向き合い、対面する図柄であったらしい。本図（図三十九）は、二層の建物が、母の肖像を安置した甘泉宮を表わし(55)（すると、図四十〈図四十一〉の瓦葺の建物も、甘泉宮を表わすものと考えられる）、その中に立つ金日磾を描いたものであろう。本図が人物（金日磾）を一人しか描かないのは、母が亡くなっているためと思われる。ともあれ、本図が金日磾図であることは間違いないから、本図の出現により、これまでただ一例しか知られることのなかった、後漢武氏祠画象石の金日磾図は、もう一つの類例を得たことになる。このことは、孝子伝図としての金日磾図が漢代、確かにあったことを物語り、また、それが現在、孝子伝なき孝子伝図という特徴を有することを、より一層明らかにするものである。その意味で、当墓の金日磾図（図三十九）は、量り知れぬ重要さをもつと言って良い。

14三老、仁姑等

当墓中室西、北壁二層に描かれた孝子伝図は、西壁の1舜に始まり、北壁の13金日磾に終わるものと考えられるが、北壁右端、13金日磾図の右に、「三老」「仁姑」等と榜題された、謂わば孝悌図と仮称すべき一図が描かれている。図四十二（口絵図14）に掲げたものが、それである。本図は、13金日磾まで一段に描かれてきた第二層が、さらに上下

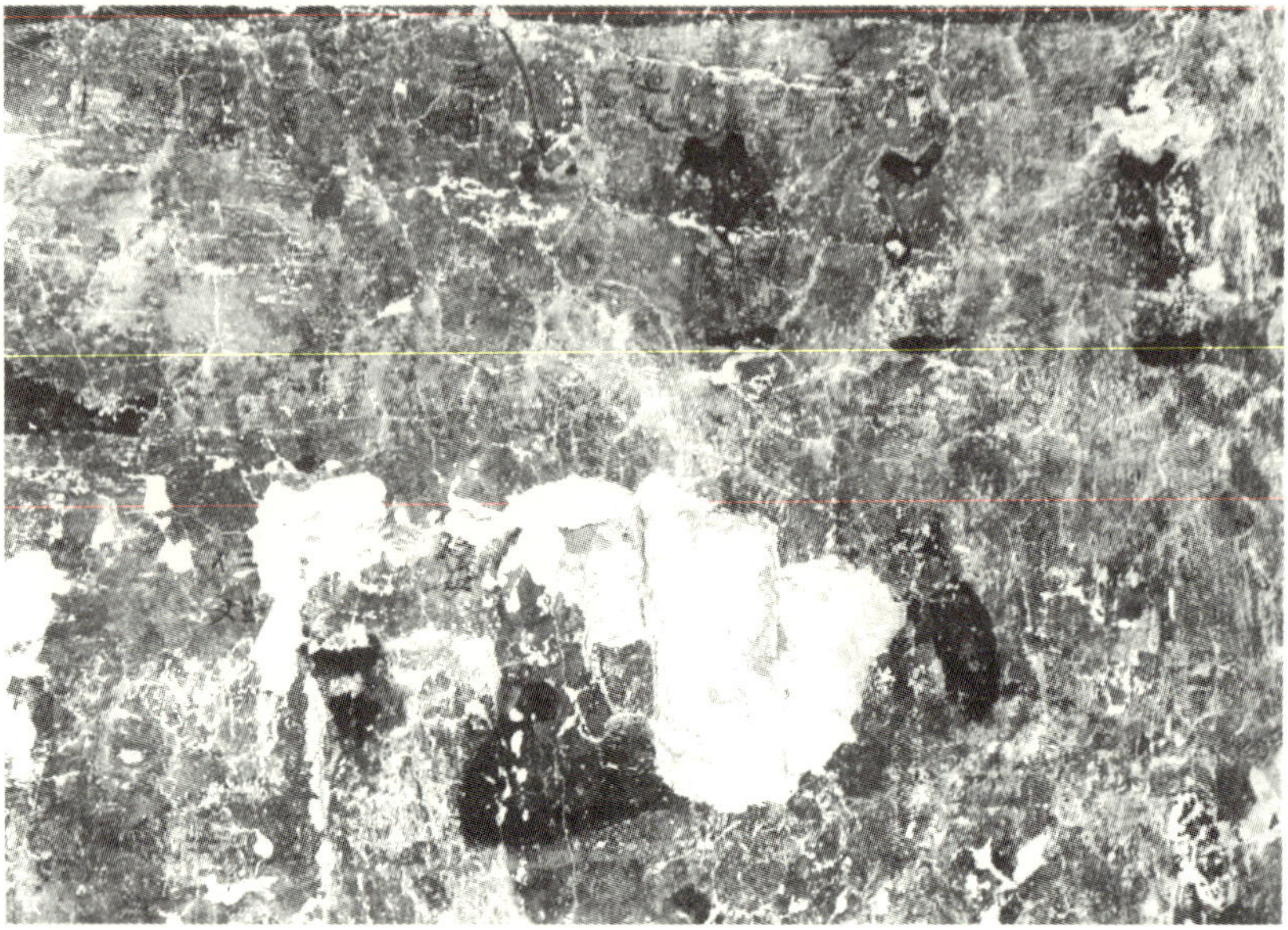

図四十二　三老、仁姑等

二段に分けられ、各段に男性五人（上段）、女性五人（下段）計十人の人物図が描かれていたものと思われる。榜題は、右から「三老」「三老」「慈父」「孝子」「弟者」（上段）、「仁姑」「慈母」の七つが確認される（ＡＢＣには、さらに「賢婦」が報告されているが、確認出来ない）。

上段に見える、二箇所の「三老」及び、「孝子」「弟者」は、三老孝弟力田と通称される、漢代の郷官（一郷を治める役人）であろう。即ち、鎌田重雄氏が、「三老は漢書〈巻一〉高帝紀の条に初めて郷官として表はれて来る……人民の内から、五十才以上にして善行あり、よく民衆の師たるべき者一人を択んで郷の三老とし、更に郷の三老の中より一人を択んで県の三老とし県の長官たる令、及びその下にある丞、尉と共に民衆の教化に当るのである」、「又此の三老と共に教化に当る者に、孝弟力田なるものがある。孝者は親に善く仕ふる者、弟者は長幼の序を弁へたる者、力田は農耕励精者である」、「文帝の時常置された三老孝弟力田は之より後前後漢を通じて常に存し、特に三老は一般農民の指導者として農民から多大の尊敬を払はれてゐた」と言われたものである。[56] 特に、三老の民衆「教化の具体的方法」について、鎌田氏が、後漢書志二十八、百官五に、

三老掌㆓教化㆒。凡有㆘孝子順孫貞女義婦譲㆑財救㆑患及学士為㆓民方式㆒者㆖、皆扁㆓表其門㆒、以興㆓善行㆒

とあるのを上げ（扁表は、札を掲げて表すること）、「民衆の模範たる者を其の家の門前に表彰して善行の奨励をなすのである」と指摘されたことは重要で、そこで表された孝子の行状こそが、漢代孝子伝成立の基礎的素材をなしたものと思われるのである。二箇所の「三老」右下には、薄れてしまって確認し難いが、それぞれ一人ずつの三老が描かれていたのであろう。[57]「三老」が二人なのは、郷三老、県三老を表わすか。

下段の「仁姑」「慈母」などに関しては、当墓中室西、北壁の三、四層に描かれた列女伝図と関わる可能性があり、例えば古列女伝の篇目、母儀、賢明、仁智等との関連においても、考えてみる必要があろう。なお後世のものながら、潘岳の「南陽長公主誄」に、「国之仁姑、家之慈母」と、仁姑、慈母を対にする用例が見える。ともあれ、上下二段の本図（図四十二）は、未知の要素が多く、改めて考察する機会を俟ちたい。

小論を終えるに当たり、結びとして二つの課題を提示しておきたい。一つは漢代孝子伝の問題、もう一つはM・ニラン女史による、後漢武氏祠偽刻説の問題である。

まず、以上に述べきたった和林格爾後漢壁画墓中室西、北壁の孝子伝図を、榜題も含め改めて確認すれば、次のようになるであろう（左から。「　」は、榜題）。

1舜（「舜」）

2閔子騫（「騫父」「閔子騫」）

1舜
2閔子騫
3曾参
4董永
5老莱子
6丁蘭
7刑渠
8慈烏
9伯瑜
10魏陽
11原谷
12趙苟
13金日磾

図四十三　漢代孝子伝の形

3曾参（「曾子母」「曾子」）

4董永（「孝子□《父》。以上、西壁）

5老莱子（「来子父」「来子母」、「老来子」）

6丁蘭（「□《木》丈人」「□《野》王丁蘭」）

7刑渠（「刑渠父」「刑渠」）

8慈烏（「孝烏」）

9伯瑜（「伯㐫」「伯㐫母」）

10魏陽（「魏昌父」「魏昌」）

11原谷（「孝孫父」「孝孫」）

12趙苟（「□《趙》句」）

13金日磾（「甘泉」「休屠胡」）

14三老、仁姑等（「三老」「三老」「慈父」「孝子」「弟者」、「仁姑」「慈母」。以上、北壁）

右の1舜から13金日磾に至る、当墓の孝子伝図十三面について、ここで指摘しておきたいのが、その1舜―13金日磾は、漢代孝子伝の配列をそのまま踏襲している可能性が、極めて高いということである。その根拠の一は、当墓中室の孝子伝図の下、第三、四層に亙って描かれている列女伝図が、現存する漢、劉向撰古列女伝巻一―巻五の配列を忠実に反映しているためである[58]。当墓の列女伝図が、文献としての当時の列女伝の配列を忠実に反映する方針で描かれている以上、その上部の孝子伝図もまた、同様の方針によって描かれていることは、十分に考え得ることであろう。すると、当墓の孝子伝図は、現存しない漢代孝子伝の形を、体系として今日に伝える、非常に貴重な、しかも唯一の遺品ということになる。当墓の孝子伝図は、個々の図が重要なことは勿論、その全体がまた、比類のない文化財的価値を有することを、見落としてはならないのである。さて、参考までに、当墓の孝子伝図から推定し得る漢代孝子伝の形を、重ねて図四十三として掲げておく。この表こそは、従来数多の遺品が伝わり、さらに今後も出現が十分に期待し得る、漢代孝子伝図について、それらを解読するための基礎的文献即ち、幻の漢代孝子伝を再建する鍵となる、重要なものである。この表に、後漢武氏祠画象石その他の孝子伝図を考え併せ、得られる漢代孝子伝再建の一案は、次章（本書Ⅰ二3）において述べることにしよう。

次に、M・ニラン女史による武氏祠画象石の偽刻説をめぐり、武氏祠関連の五つの碑文に関する、ニラン論文二章への批判は、前章（Ⅰ二1）に記した如くである。そして、当墓の孝子伝図が導くことの出来る、その三章への反論については、前章付「武氏祠画象石は偽刻か—Michael Nylan "Addicted to Antiquity" への反論—」に記しておいた。併せて参照されたい。

付記　小論を成すに際し、図像資料の提供を始めとして、内蒙古文物考古研究所副所長陳永志教授から賜った御好意は、肝に銘じて忘れ難い。陳永志氏に心から御礼申し上げる。

注

① 本書Ⅰ二3

② 図一は、注⑤後掲書の図版「歴史人物」（138、139頁）に拠る。

③ Michael Nylan 女史の "Addicted to Antiquity" (*nigu*): A Breif History of the Wu Family Shrines, 150-1961 CE (Recarving

China's Past : Art, Archaeology, and Architecture of the "Wu Family Shrines" 所収、Princeton University Art Museum, 2005). ニラン女史は、そのIII. The Wu Liang Pictorial Stones : The Literary Evidence において、後漢武氏祠画象石を漢代の遺品と見ることに対し、極めて強い疑問を提示されている（今、それを分かり易く偽刻説と捉えておく）。そのII. Stele Summary（石碑概要）に関しては、かつて反論を試みたことがある（本書I二1）。また、本書I二1付は、その三章に対し、反証を試みたものだが、小論は、I二1付の基礎をなし、前提となるものである。

④ 内蒙古文物工作隊、内蒙古博物館「和林格爾発現一座重要的東漢壁画墓」（『文物』74・1）。なお『文物』本号には、呉栄曾氏「和林格爾漢墓壁画中反映的東漢社会生活」以下、当墓についての重要な論考四編も収められる。

⑤ 内蒙古自治区博物館文物工作隊『和林格爾漢墓壁画』（文物出版社、78年）

⑥ 蓋山林氏『和林格爾漢墓壁画』（内蒙古人民出版社、78年）

⑦ 陽明本、船橋本両孝子伝については、幼学の会『孝子伝注解』（汲古書院、平成15年）参照。

⑧ 拙著『孝子伝の研究』（佛教大学鷹陵文化叢書5、思文閣出版、平成13年）III二、及び、本書II二1参照。

⑨ 西野貞治氏「陽明本孝子伝の性格並に清家本との関係について」（『人文研究』7・6、昭和31年7月）、また、本書I一1参照。

⑩ 本書I二3参照。

⑪ 本書I二3、及び、II一1参照。

⑫ 図五は、容庚『漢武梁祠画像録』（考古学社専集13、北平燕京大学考古学社、民国25〈一九三六〉年）に拠る。

⑬ 長廣敏雄氏編『漢代画象の研究』（中央公論美術出版、昭和40年）二部「武梁石室画象の図象学的解説」74頁（執筆者は、平岡武夫氏）。なお本書II一1参照。

⑭ 図八は、『山東石刻芸術選粋』漢画像石故事巻（浙江文芸出版社、一九九六年）に拠る。榜題「此苟貉父」「孝子趙苟」は、右図の趙苟図のそれが誤って付けられたものである。注⑧前掲拙著II一参照。

⑮ 図九は、注⑫前掲書に拠る。

⑯　図十は、奥村伊九良氏「孝子伝石棺の刻画」（『瓜茄』4、昭和12年5月）図二に拠る。同様の図柄は、C. T. Loo旧蔵北魏石床、ネルソン・アトキンズ美術館蔵北斉石床にも見られる。

⑰　なお南方の四川省においても、幾つかの董永図と思しい漢代画象石が報告されており（付図一、二、三参照）、面白いことに董永は徐々に父の方を向いている（付図一は、高文氏編『四川漢代画像石』〈巴蜀書社、一九八七年〉石闕画像24、付図二は、唐長寿氏『楽山崖墓和彭山崖墓』〈電子科技大学出版社、一九九三年〉図版12、付図三は、『文物』64・6、図版弐3に拠る）。両孝子伝に董永を、「楚人」とすることとの関連が注目される、図像資料である。

⑱　長廣氏注⑬前掲書、二部80頁（執筆者は、小川環樹氏）

⑲　缶については、林巳奈夫氏『漢代の文物』（京都大学人文科学研究所、昭和51年）六Ｉ（一）1（図版6—1、2、6）参照。

⑳　むしろ図八における、鹿車左の子供、図九における画面右端、木の右の小人が問題であろう。西野貞治氏は、図九のそれを、董永と天女の子董仲かとし、董永譚の古い形について、興味深い仮説を提出されている。西野氏「董永伝説について」（『人文研究』6・6、昭和30年7月）、また、本書Ｉ一1参照。

付図一　渠県蒲家湾無銘闕

付図二　楽山柿子湾Ｉ区１号墓

付図三　渠県蒲家湾無名闕

㉑　本書I一1参照。

㉒　図十三は、劉興珍、岳鳳霞氏編、邱茂氏訳『中国漢代の画像石—山東の武氏祠』（外文出版社、一九九一年）図114、図十四は、注⑫前掲書に拠る。

㉓　図十六は、注⑫前掲書に拠る。

㉔　図十七は、シャヴァンヌ、Mission archéologique dans la Chine septentrionale, Tome I, Premièle partie, La sculpture a l'époque des Han, Paris, 1913, 図二二七に拠る。

㉕　図十八は、朝鮮古跡研究会『楽浪彩篋冢』（便利堂、昭和9年）図四十八に拠る。

㉖　晋、孫盛撰の逸人伝に載る丁蘭の話は、大変興味深い。今、初学記十七孝四「丁蘭図形」に引くその逸文を示せば、次の通りである。

孫盛逸人伝曰、丁蘭者、河内人也。少喪㆓考妣㆒、不㆑及㆓供養㆒。乃刻㆑木為㆑人、髣㆓髴親形㆒。事㆑之若㆑生、朝夕定省。其後隣人張叔妻、従㆓蘭妻㆒有㆑所㆑借。蘭妻跪㆓報木人㆒。木人不㆑悦、不㆓以借㆒㆑之。叔酔疾来、誶㆓罵木人㆒、杖敲㆓其頭㆒。蘭還見㆓木人色不㆑懌。乃問㆓其妻㆒、妻具以告㆑之。即奮㆑剣、殺㆓張叔㆒。吏捕㆑蘭、蘭辞㆓木人㆒去。木人見㆑蘭、為㆑之垂㆑涙。郡県嘉㆔其至孝通㆓於神明㆒、図㆓其形像於雲台㆒也

考妣は、亡き父母を指す。定省は、昏定晨省（礼記曲礼）で、朝夕よく父母に仕えること、雲台は、漢の南宮にあった台の名で、後漢明帝が功臣二十八人の像を掲げたことで知られる。因みに、丁蘭は、前漢宣帝（治前七四—前四九）の時の人と言う（鄭緝之孝子伝逸文）。さて、逸人伝は、丁蘭が「少喪㆓考妣㆒」「刻㆑木為㆑人」とするのみで、その像も「木人」と呼ばれ、丁蘭が作った像は、父、母いずれであったのか、はっきりしない。或いは、漢代の、父（岳父）の像を作ったとする丁蘭伝承は、逸人伝のような、父母いずれとも取れる段階を経て、母の像を作るとする、六朝期の丁蘭譚へと推移していったのかもしれない（後代、二十四孝になると、さらに父母の像を作ったとする説〈全相二十四孝詩選〉が出現する）。ところで、丁蘭に言及する最も古い資料の一、後漢、応劭の風俗通義三愆礼に、

謹按、礼、継母如㆑母、慈母如㆑母。謂継父之室、慈㆓愛己㆒者、皆有㆓母道㆒、故事㆑之如㆑母也。何有㆓道路之人㆒而定省。世

間共伝二丁蘭剋レ木而事レ之、今此之事　豈不二是似一。如二仁人惻隠一、哀二其無レ帰、直可二収養一、無下事二正母一之号上耳
と見え（慈母は、父の妾で、乳母）、そこに、

　世間共伝二丁蘭刻レ木而事レ之

とある記事が、簡潔過ぎて、父母どちらの像とも明示しないのは、いかにも残念である。文脈からすると、母、それも継母のことらしい。すると、後漢末には、母（継母）の像を作ったとする丁蘭伝承も、併せ広まっていたことになるだろう。梁音「丁蘭考―孝子伝から二十四孝へ―」（『和漢比較文学』27、平成13年8月）参照。

㉗ 図二十は、注⑫前掲書に拠る。

㉘ 図二十一は、注㉔前掲書に、図二十二は、注㉕前掲書に拠る。

㉙ 次行の、「此上人馬皆食大倉急如律令」は、刑渠図に掛かるものではない。食大倉については、佐伯有清氏「食大倉考―徳興里高句麗壁画古墳の墓誌に関連して―」（同氏『古代東アジア金石文論考』〈吉川弘文館、平成7年〉八所収。初出昭和62年）に詳しい。

㉚ 注⑦前掲『孝子伝注解』における影印篇330頁参照。なお陽明本の慈烏には、鴈に対する言及もある。鴈も孝烏と考えられていたことは、例えば敦煌本故円鑑大師二十四孝押座文に、「慈烏返哺猶懐感、鴻鴈纔飛便孝行」などと見える。また、陽明本慈烏条の引用は、世俗諺文、三教指帰成安注下などに見られるが、いずれも、上掲本文の「況在二人倫一乎」までとなっており、以下の鴈についての言及を含まない。

㉛ 図二十四は、注⑫前掲書に拠る。

㉜ 例えば瞿中溶は、慈烏図（図二十四）を、その右に描かれた魏陽図の続きと見、魏陽図に含めて、一図としている（『漢武梁祠堂石刻画像攷』四）。この見方は、最近の蒋英炬、呉文祺氏『漢代武氏墓群石刻研究』（山東美術出版社、一九九五年）五章一55頁や、朱錫禄氏『武氏祠漢画像石中的故事』（山東美術出版社、一九九六年）35などに受け継がれ、共に慈烏図を魏陽図の一部として扱う。しかし、容庚は、「孝烏」及び、その左の榜題を独立のものと見て第四段とし、「案両榜題字半泐、本事未レ詳」と言っている（『漢武梁祠画像考釈』〈注⑫前掲書所収〉六、16丁裏）。なお容庚の見方を継ぎ、陽明本の慈烏条によっ

て図二十四を、独立した慈烏図と捉える嚆矢とすべきは　西野氏注⑨前掲論文（44頁）における指摘であろう。

㉝　長廣氏注⑬前掲書、二部86頁（執筆者は、長廣敏雄氏）。これはおそらく、船橋本孝子伝の慈烏条が、43東帰節女に続け書きされ、独立した一伝として見分け難くなっている上、その書き出しを「鴈烏」とすることによる、顔烏条との混同、勘違いかと思われる（注⑦前掲『孝子伝注解』影印篇390頁、369頁参照）。なお、後漢武氏祠画象石の慈烏図（図二十四）を、船橋本の顔烏条で解釈しようとする、この誤った捉え方は、例えば近時の巫鴻（Wu Hung）氏の、"The Wu Liang Shrine : The Ideology of Early Chinese Pictorial Art"（Stanford University Press, Stanford, California, 1989. 中国語版『武梁祠—中国古代画像芸術的思想性』〈柳揚、岑河氏訳、三聯書店、二〇〇六年〉）付録A303頁（中国語版、附録一311—312頁）などが、採用するに至っていることも、大変遺憾とすべき、研究史上の事実である。

㉞　付図四に、泰安大汶口後漢画象石墓、趙芶図右にある、その図像を示す（付図四は、注⑭前掲書に拠る）。なお洪适の隷続（汪日秀本）六に、図二十四の烏を、左下向きに描くのは、瞿中溶が「汪氏刻本、棲樹之烏以向レ後、下垂之尾為二烏首一、誤也」（注㉜前掲書四）と指摘するのに従い、右上向きと考えておきたい（この誤りは、隷続の明代刻本や清の影元抄本以来のものである。注(53)参照）。

付図四　泰安大汶口後漢画象石墓

㉟　伯禽ならば、周公旦の子の伯禽がいる。伯禽は、魯公に封ぜられた周公の代理として魯に赴くが、その際の周公の言葉、「周公戒二伯禽一曰、我文王之子、武王之弟、成王之叔父。我於二天下一亦不レ賤矣。然我一沐三捉レ髪、一飯三吐レ哺、起以待レ士。猶恐レ失二天下之賢人一」（史記魯周公世家）は、非常に有名である。しかし、伯禽には、母に対する孝子としての、著名な事跡が見当たらない。

㊱　図二十六は、注⑫前掲書、図二十七は、注㉒前掲書に拠る。

㊲　図二十八は、注㉔前掲書に拠る。

㊳　魏陽については、本書Ⅱ一4参照。

㊴　陽、昌両字の混用については、魏昌県（水経注二十八。河北省無極県西）に関する、趙一清の水経注釈二十七に、「魏昌県界……一清按、晋志新城郡有二昌魏県一。宋志云、魏立、即魏昌也。而三国志魏明帝紀作二魏陽一。疑彼文為レ誤」などと指摘する例がある。

㊵　図三十は、注⑫前掲書、図三十一は、注㉕前掲書に拠る。図三十一、後漢楽浪彩篋の魏陽図については、東野治之氏「律令と孝子伝―漢籍の直接引用と間接引用―」（『万葉集研究』24、平成12年6月。後、同氏『日本古代史料学』〈岩波書店、平成17年〉一章5に再録）が画期的な見解を示す。また、本書Ⅱ一4参照。

㊶　長廣氏注⑬前掲書、二部85頁（執筆者は、森三樹三郎氏）。但し、同書が、

この図の内容にあたる話が、晋の蕭広済の孝子伝（太平御覧巻三五二・四八二引）に見えている。魏湯は幼いときに母を失い、父とともに暮らしていたが、たいへん孝行者であつた。あるとき、市南にすむ若者が、魏湯の父が持つている刀戟をみて、これをほしがつた。父が「これは私の老父が大切にしていたもので、お譲りすることはできぬ」と断ると、その若者は怒つて父に打つてかかつた。これをみた魏湯は、若者に向かい、しきりに叩頭拝謝して赦しを乞うた。折りよく通りすがりの書生が引き留めてくれたので、その場を無事にすますことができた。のち父が天寿を終えてから、魏湯はその若者を殺し、その首を斬り取つて父の墓に謝した

とされるのは、蕭広済孝子伝（太平御覧三五二所引）でなく、逸名孝子伝（同四八二）を引いたものである点、従い難い。また、一般的に考えて、後漢の図像たる図三十は、後の晋、蕭広済の孝子伝を参照した筈がないことも、留意する必要がある。

㊷　令集解に引く「先賢伝」については、本書Ⅰ二5参照。

㊸　図三十三は、注⑫前掲書に、図三十四は、注㉔前掲書にそれぞれ拠る。

㊹　六朝期の原谷図の構図については、本書Ⅰ二5参照。

㊺　長廣氏注⑬前掲書、二部86頁（執筆者は、長廣敏雄氏）

㊻　図三十五は、唐長寿氏注⑰前掲書、図版13に拠る。

㊼　C. T. Loo旧蔵北魏石床の原谷図については、本書Ｉ二5参照。

㊽　図三十七は、注⑭前掲書に、図三十八は、注⑫前掲書にそれぞれ拠る。図三十七の榜題が丁蘭のそれと入れ違っていることについては、注⑭及び、注⑧前掲拙著Ⅱ一参照。

㊾　泰安市文物局、程継林氏「泰安大汶口漢画像石墓」（『文物』89・1）、王恩田氏「泰安大汶口漢画像石歴史故事考」（『文物』92・12）参照。図三十八は、かつて瞿中溶が「趙氏遺孤」の図と誤り（『漢武梁祠堂石刻画像攷』四）、容庚が慈烏図共々、「本事未詳」（『漢武梁祠画像考釈』六。蔣英炬、呉文祺氏注㉜前掲書、五章一注26も同じで、瞿中溶の説を引く）、『漢代画象の研究』が「この説話は不明である」（二部86頁）などとされてきた。一方、図三十八を趙苟図とするものとして、古く陳培寿『漢武梁祠画像題字補攷』（「此条各家無レ考。余案、唐徐堅初学記巻十七引二師覚授孝子伝一云、趙徇」云々と言う）や、シャヴァンヌ注㉔前掲書（補遺 Addenda 286、287頁）などがあり、また、近時の巫鴻（Wu Hung）氏注㉝前掲書（付録Ａ303、304頁。中国語版、附録一312頁）、朱錫禄氏注㉜前掲書36等がある。

㊿　金日磾図については、本書Ⅱ一2参照。

51　闞氏、焉提などの語義については、本書Ⅱ一2参照。金日磾譚はまた、後漢、荀悦の漢紀十三（元狩二年条）や、梁武帝の孝思賦にも見えるが、共に漢書に拠ったものと見られる。参考までに、梁武帝孝思賦の本文を示せば、次の通りである（全梁文一に拠り、広弘明集二十九を参照した）。

観二休屠之日磾一、豈教義之所レ及。見二甘泉之画像一、毎二下拝一而垂レ泣。忽心動而不レ安、遽入二侍於帝室一。値二何羅之作一レ難、乃捨（検）レ之以投レ瑟。超二王臣之称一レ首、冠二誠勇而無一レ匹

なお降って、敦煌本励忠節抄（Ｐ三八七一）や宋、林同の孝詩「休屠王子金日磾」等にも、金日磾が見える。

52　図四十は、注⑫前掲書に拠る。

53　図四十一は、揚州使院刻本（康熙四十五〈一七〇六〉年刊）隷続六に拠る。この本は、揚州本と呼ばれるもので（四庫提要八十六。王澄氏『揚州刻書考』〈広陵書社、二〇〇三年〉二章一節一参照）、例えば文淵閣本四庫全書は、この本を底本としている。この本の図の源は、北京図書館（現、中国国家図書館）蔵の明抄本（清朱彝尊等校跋本）へ溯る。一方、汪日秀本（乾

隆四十三〈一七七八〉年刊）の図の源は、その巻三、四の末尾に、「泰定乙丑寧国路儒学重刊」の刊記が写されることからも知られるが、北京図書館蔵の明代刻本、北京図書館、上海図書館等蔵の清、影元抄本などを介し元、泰定本へと溯る。

(54) 長廣氏注⑬前掲書、二部82、83頁（執筆者は、林巳奈夫氏）

(55) 甘泉宮はまた、漢武帝が反魂香を焚いて、亡き李夫人と対面した、招魂の場としても知られる。本書Ⅱ一2参照。

(56) 鎌田重雄氏「漢代郷官考」（『史潮』7・1、昭和12年2月）。なお漢書一上高帝紀に、

挙二民年五十以上有レ脩レ行能帥レ衆為レ善、置下以為二三老一郷一人上。択二郷三老一人一為二県三老一、与二県令丞尉一以レ事相教、復勿二繇戍一。以二十月一賜二酒肉一

とある。

(57) 桜井芳郎氏は、「既に漢代に於いて三老の原義は明かでなく、説明しにくかつたやうであるが、それは漢代の三老が三人でなく一人であつたがためである。一人であることは前にあげた漢書高帝紀に明記するばかりでなく、漢書百官公卿表や続漢書百官志をみても疑ないのである」とされている（「漢代の三老について」、『加藤博士還暦記念 東洋史集説』〈冨山房、昭和16年〉所収）。なお三老には、郷三老、県三老の他、郡三老、国三老などのあったことについても、桜井論文に詳しい。

(58) その詳細については、本書Ⅰ二3を参照されたい。因みに、後漢武氏祠画象石の列女伝図の場合は、古列女伝の配列と一致しないことに注意する必要がある。

3　北魏時代の孝子伝図
——林聖智氏の説をめぐって——

一

ここに四枚の図がある。継子譚として知られる閔子騫の話を描いた、いずれも漢代の孝子伝図である①（図一—図四）。図の基となった閔子騫の話を、以下に掲げよう。例えば幼学、四部の書の一として有名な蒙求、296「閔損衣単」の徐子光注を示せば、次の通りである②（返り点、句読点を施す）。

旧注云、閔損字子騫。早喪レ母。父娶二後妻一、生二二子一。損至孝不レ怠。母疾二悪之一、所レ生子以二綿絮一衣レ之、損以二蘆花絮一。父冬月令二損御一レ車。体寒失レ靷。父責レ之。損不二自理一。父察知レ之、欲レ遣二後母一。損泣啓レ父曰、母在一子寒、母去三子単。父善レ之而止。母亦悔改、待二三子一平均、遂成二慈母一。

図一は、後漢武氏祠画象石（武梁祠）、図二は、同（前石室七石）、図三は、同（後石室八石）、図四は、開封白沙鎮出土後漢画象石の閔子騫図である。図一と図四には榜題があり、それぞれ、「子騫後母弟、子騫父」「閔子騫与仮母居、愛有偏移、子騫衣寒、御車失棰」（図一。右から。棰《すい》は、鞭）、「子愆《（騫）》車馬」「後母子御」「敏《（閔）》子愆」「敏子愆父」「後母身」（図四。左から）と読める。図柄は、後母の子、閔子騫、閔子騫の父、後母を描き（図四）、父が車に乗っていたり降りていたりするものの（図一は図三の左右を逆にする）、四者共、共通している。注目すべきは、四図に共通し

図一　後漢武氏祠画象石

図二　後漢武氏祠画象石（前石室七石）

図三　後漢武氏祠画象石（後石室八石）

図四　開封白沙鎮出土後漢画象石

て登場する、車上前方の人物である。この人物は、例えば図四の榜題に、

後母子御

とある所から、後母の子が馬車を御している場面を、描いたものであることが分かる。さて、これら四枚の図は、孝子伝図なのであって、その構図の基となる孝子伝が当然、存在した筈である。③しかし、そのような孝子伝のテキストが、果して実在するのであろうか。閔子騫譚の古い形は、聊か辿りにくい。例えば前掲徐子光の蒙求注に、「旧注云」とあるのは、徐注以前の旧注（古注、準古注）の、「史記」と記す注文を引いたものだが、現行の史記には上掲のような閔子騫譚は見当たらない。④最古の閔子騫譚は、かつて西野貞治氏が指摘されたように、韓詩外伝の逸文に見えるそれであろうか。⑤今例えば宋、曾慥の類説三十八に収める韓詩外伝の本文を示せば、次の通りである。⑥

閔子騫母死、父更娶。子騫為レ父御レ車、失レ轡。父持二其手一、衣甚単。父帰、呼二其後母児一、持二其衣一甚厚。即謂レ婦曰、吾所二以娶一、乃為二吾子一。今汝欺レ我、去無レ留。騫曰、母在一子単、母去三子寒。父曰、孝哉

或いは、閔子騫譚は、古く劉向の説苑にも記し留められていたらしい。例えば芸文類聚二十に引く、説苑逸文の本文を示せば、次の通りである（類文が淵鑑類函二七一にも見える）。

閔子騫、兄弟二人。母死。其父更娶、復有二二子一。子騫為二其父一御レ車、失レ轡。父持二其手一、衣甚単。父則帰、呼二其後母児一、持二其手一、衣甚厚温。即謂二其婦一曰、吾所二以娶一レ汝、乃為二吾子一。今汝欺レ我、去無レ留。子騫前曰、母在一子単、母去四子寒。其父黙然。故曰、孝哉、閔子騫。一言其母還、再言三子温

ところで、蒙求注また、韓詩外伝や説苑の逸文などを閲しても、図一―図四に描かれた、問題の後母の子が馬車を御する話は、出て来ないことに気付く。そこで、目を孝子伝の方に転じると、中国には現在、その逸文が幾つか伝存している。例えばまず太平御覧三十四、八一九に引かれた逸名孝子伝の本文を示せば、次の通りである（太平御覧三十

四所引の類文が、擬徐広孝子伝〈重較説郛等所収〉に、八一九所引のそれが、事文類聚後集五などに見える）。

・孝子伝曰、閔子騫事二後母一。絮二騫衣一以二蘆花一。御レ車寒失レ紖。父怒笞レ之。後撫二背之衣一単。父乃去二其妻一。騫啓レ父曰、母在一子寒、母去三子単（太平御覧三十四所引）

・孝子伝曰、閔子騫幼時、為二後母一所レ苦。冬月以二蘆花一衣レ之以代レ絮。其父後知レ之、欲レ出二後母一。子騫跪曰、母在一子単、母去三子寒。父遂止（太平御覧八一九所引）

また、君臣故事にも、蒙求注等に酷似する逸名孝子伝が見える。君臣故事中に引かれるその逸文の本文を示せば、次の通りである。

閔損字子騫。早喪レ母。父娶二後妻一生二二子一。損孝心不レ怠。母疾レ之、所レ生子衣二綿絮一。衣レ損以二蘆花絮一。父冬月令二損御一レ車、体寒失レ靷。父察知レ之、欲レ遣二後母一。損啓レ父曰、母在一子寒、母去三子単。父善レ之。母亦悔改、遂成二慈母一

しかしながら、上記逸名孝子伝の逸文のいずれにも、件の図一―図四に描かれた、後母の子が馬車を御することは、見当たらない。その話が見えるのは宋、師覚授撰の孝子伝である。太平御覧四一三に引かれる、師覚授孝子伝逸文の本文を示せば、次の通りである。

閔損字子騫。魯人、孔子弟子也。以二徳行一称。早失レ母、後母遇レ之甚酷。損事レ之弥謹。損衣皆稿枲為レ絮。其子則綿纊重厚。父使二損御一、冬寒失レ轡。後母子御則不レ然。父怒詰レ之、損黙然而已。後視二二子衣一、乃知二其故一。将レ欲レ遣レ妻、諫曰、大人有二一寒子一、猶尚垂レ心。若遣レ母、有二二寒子一也。父感二其言一、乃止

右の師覚授孝子伝には、後母の子の車を御したことが、

後母子御則不レ然

と見え、図一―図四のその構図に符合する。⑦しかも図四の榜題「後母子御」が、師覚授孝子伝の――線部と一致しているのは、誠に驚くべきことと言わなければなるまい。とは言え、図一―図四は全て後漢の閔子騫図なのであって、それらが後の六朝劉宋の師覚授孝子伝に拠った筈はない。師覚授孝子伝の――線部などはむしろ逆に、漢代孝子伝の流れを受け継いだ部分と見るべきである。さて、後母の子の馬車を御する話を載せた孝子伝が、もう一点存する。それが、我が国にのみ伝存する、完本の古孝子伝二種（陽明本、船橋本。以下二本を一括して、両孝子伝と称する）の内の陽明本である。⑧両孝子伝33閔子騫の本文を示せば、次の通りである（船橋本の送り仮名等は暫く省く）。

陽明本

閔子騫魯人也。事二後々（母）一。母々（後母）无道、子騫事レ之无レ有二怨色一。時子騫、為二父御一失レ轡。父乃怪レ之、仍使二後母子御レ車。父罵レ之、騫終不二自現一。父後悟、仍持（投）二其手一、々冷。看レ衣々薄、不レ如二晩子純衣新綿一。父乃凄愴、因欲レ追二其後母一。騫涕泣、諫曰、母在一子単、去二子寒（騫）。父遂（又）止。母亦悔也。故論語云、孝哉、閔子騫、人〔不レ〕得レ間（於是）二於其母又昆弟之言一。此之謂也。

船橋本

閔子騫魯人也。事二後母一蒸々。其母無道悪レ騫。然而無二怨色一。於レ時父載レ車出行。子騫御レ車、数落二其轡一。父怪執二騫〔手二〕。寒如二凝氷一。已知二衣薄一。父大慱（博）々、欲レ逐（遂）二後母一。騫涕諫曰、母有一子苦（若）、母去者二子寒也。父遂留レ之。母無二怨心一也

陽明本にも、

仍使二後母子御レ車

とあり、図四の榜題と一致していることが分かる。なお両孝子伝の内、船橋本は、この部分を欠いていることに、改

めて注意すべきであろう。陽明本の方が明らかに古いのである[9]。そして、陽明本の閔子騫譚は、漢代孝子伝の面影を伝えているものと見られ、図一―図四の閔子騫図は、例えば陽明本のそれの如き、孝子伝のテキストに基づいて描かれたものと考えられる[10]。

漢代孝子伝と陽明本との関わりを示す明徴が、もう一つある。図五は、図一の閔子騫図に先立つ、後漢武氏祠画象石の曾参図で、その孝子伝図の冒頭図に該当する[11]（榜題「曾子質孝、以通神明、貫感神祇、著号来方、後世凱式、□□《以正》撫綱」、「讒言三至、慈母投杼」）。図六上は、村上英二氏蔵後漢孝子伝図画象鏡（口絵参照）の曾参図で、閔子騫図（図六下）を従えていること、図五に同じい[12]（榜題「曾子母」「曾子」、「閔騫父」）。上掲の二つの曾参図は、図五の榜題に、「讒言三至、慈母投杼」と記すように、投杼図であって、戦国策四秦策、陸賈の新語上弁惑、史記甘茂伝、劉向の新序二雑事二等を淵源とする、曾参の母の投杼譚を描く[13]。ところが、この投杼譚を載せる孝子伝の逸文は、中国にも伝存せず、目下両孝子伝の陽明本の中にしか、その記載を見ないのである（船橋本には不見）。陽明本孝子伝36曾参条における、投杼譚の本文を示せば、次の通りである。

孔子使㆓参往㆒㆑斉、過㆑期不㆑至。有㆓人妄言㆒、語㆓其母㆒曰、曾参殺㆑人。須臾又有㆑人云、曾参殺㆑人。如㆑是至㆑三、母猶不㆑信。便曰、我子之至孝、践㆑地恐痛、言㆑恐㆑傷㆑人。豈有㆑如㆑此耶。猶織《識》如㆑故。須臾参還至了、无㆓此事㆒。所謂讒《纔》言至㆑此、慈母不㆑投㆑杼、此之謂也

例えば、図五、後漢武氏祠画象石下欄の榜題、

讒言三至、慈母投杼

が、陽明本に殆どそのままの形で、

所謂讒言至㆑此、慈母不㆑投㆑杼

と見出だされることを始め⑭、漢代の曾参図と陽明本との間には、なお興味深い問題が残されるが、ともあれ、図五、図六などの曾参図を説明し得るのは、陽明本の曾参条のみということになる。さて、例えば後漢武氏祠画象石の孝子伝図劈頭に位置する、曾参図、閔子騫図等と陽明本との密接な関わりは、動かし難いものであることが確認出来る。

近時、林聖智（LIN, Sheng-chih）氏による、「北朝時代における葬具の図像と機能―石棺床囲屏の墓主肖像と孝子伝図を例として―」と題する、優れた論攷が発表されたが⑮、その二章の末尾で、林氏は、後漢武氏祠画象石の曾参図、閔子騫図について、「武梁祠の孝子図の順序を内蒙古ホリンゴル新店子一号漢墓〔和林格爾後漢壁画墓〕のものと比較すると、意外に類似する部分が多い。武梁祠の場合は、舜が古代帝王の図に配されており、孔子の弟子の曾子と閔子騫が孝子図の最初に登場している。新店子一号漢墓の孝子図では、最初から舜、閔子騫、曾子の順序となって」いるとして、それらの

孝子図の順番には纏まった典拠があったと推定される。新店子一号漢墓に見られる孝子の順序は、孔子の弟子である閔子騫と曾子が、舜に続いて第二、三番目の孝子となる。もしこれが後漢時代の孝子伝の目次の順序を反映するとするならば、これは儒教支配の漢代において自然の成り行きと考えられる。しかし、儒教が絶対的な優位を占めていない南北朝時代に入ると、おそらく曾子と閔子騫がそれほど重視されることはなくなったのであろう。清原家本と陽明本の『孝子伝』では、二人の人物はそれぞれ下巻の三三番目と三六番目とに置かれている。これは古代から中世への転換、南北朝時代の文化背景と無関係な現象ではないであろう

と結論されるに至っている。すると、図一（また、図二、図三）、図五の後漢武氏祠画象石の曾参図、閔子騫図や、図四の開封白沙鎮出土後漢画象石の閔子騫図などは、正しく漢代孝子伝の冒頭部を図像化したものということになる。特に図六の後漢孝子伝図画象鏡における二つの図像は、その孝道から見た、孔門の二弟子を切り取った遺品であるこ

図五　後漢武氏祠画象石

図六　後漢孝子伝図画象鏡

とが、始めて判明するのである。小論は、林聖智氏の説を検討し、取り分け後漢、北魏期の孝子伝図に関する林氏の説を私なりに応用、展開しようとするものだが、その手始めとしてまず、右に触れた漢代孝子伝の問題を考えてみる。

二

漢代孝子伝について論じた林氏の説を、改めて全体的に紹介すれば、次の通りである。

清原家本〔船橋本〕の目次の編成の特徴に関しては、これと比較しうる文献はないものの、漢代画像石と壁画の表現が手掛かりを提示してくれる。佐原康夫氏は武梁祠の研究を通して、漢代の孝子伝の類はまだ形成過程にあり、様々な異伝や誤伝が整理されていなかったという結論を出した。六朝時代の孝子伝と比較すると、漢代の展開に関しては確かに氏の指摘した通りである。ところが、武梁祠の孝子図の順序を内蒙古ホリンゴル新店子一号漢墓のものと比較すると、意外に類似する部分が多い。武梁祠の場合は、舜が古代帝王の図に配されており、孔子の弟子の曾子と閔子騫が孝子図の最初に登場している。新店子一号漢墓の孝子図では、最初から舜、閔子騫、曾子の順序となっており、続いて、場面が直接に接続するわけではないが、丁蘭、刑渠、孝烏の順序が武梁祠と一致している。しかも、新店子一号漢墓の列女図の順序が現行『古列女伝』とよく合っていることから見ると、その壁画の孝子図の順番には纏まった典拠があったと推定される。新店子一号漢墓に見られる孝子の順序は、孔子の弟子である閔子騫と曾子が、舜に続いて第二、三番目の孝子となる。もしこれが後漢時代の孝子伝の目次の順序を反映するとするならば、これは儒教支配の漢代において自然の成り行きと考えられる

さて、林氏の言及された、佐原康夫氏の論とは、佐原氏がかつて、その「漢代祠堂画像考」三章1③「孝子図」にお

いて、

> このように、孝子の図は列女の図に比べてわかりにくい点が多い。これは漢代の『孝子伝』の類がまだ形成過程にあり、様々な異伝や誤伝が整理されていなかったためだと考えられる

と述べられたことを指すが⑯、それに対し、林氏は、

> 新店子一号漢墓……の壁画の孝子図の順番には纏まった典拠があったと推定される

と反論された訳で、この場合は、林氏の論が強い説得力をもっている。その理由は、林氏が根拠とされた、

> 新店子一号漢墓の列女図の順序が現行『古列女伝』とよく合っていること

にある。それはまた、佐原氏の、

> 図27〔和林格爾漢墓中室北側の画像配置〕では登場人物がずっと増えている。上から三段目は左から『古列女伝』巻一母儀伝に見える女性、並ぶ順も現行本とほぼ一致する。同じ段の右端の二人は巻二賢明伝に見える。四段目は両端の三人が巻五節義伝、許穆婦人から晋氾氏母までは巻三仁智伝にこの順で登場する。二世紀後半と推定される和林格爾漢墓の列女図の顔ぶれと順番が、現行『古列女伝』と符合することは、現行本と似たテキストがこの時代にすでに存在したことを物語っている

という指摘を踏まえたものに他ならないが⑰、このことを今、少し検討しておく。

和林格爾後漢壁画墓の中室西壁、北壁の第三層、四層には、列女伝図が描かれている⑱（図七）。列女伝図のそれぞれには榜題があって、その図の内容が分かる。中室両壁の三、四層の榜題の配置は、次の如くである（原画は傷みが甚だしいので、専ら摸図により、一部推定を含む。□は、判読不能を示す。なお当墓のデータは、平成18年7月時点のものに基づく）。

	（北壁）	（西壁）
（三層）	秦穆姫（征） □ 斉桓衛姫 □ 魯師春姜 魏芒慈母 斉田稷母 魯之母師 鄒孟軻母	楚子発母 魯季敬姜 斉女傅母 衛姑定姜 武王母大姒 文王母大任 王季母大姜 □ □ 契母簡狄 后稷母姜原
（四層）	代趙夫人 蓋将之妻 楚昭越姫 魯孝義保 梁寡高行 楚昭貞姜 □	晋范氏母 晋陽叔姫 □ 孫叔敖母 曹僖氏妻 許穆夫人 □ □ 周主忠妾 秋胡子妻 魯秋胡子

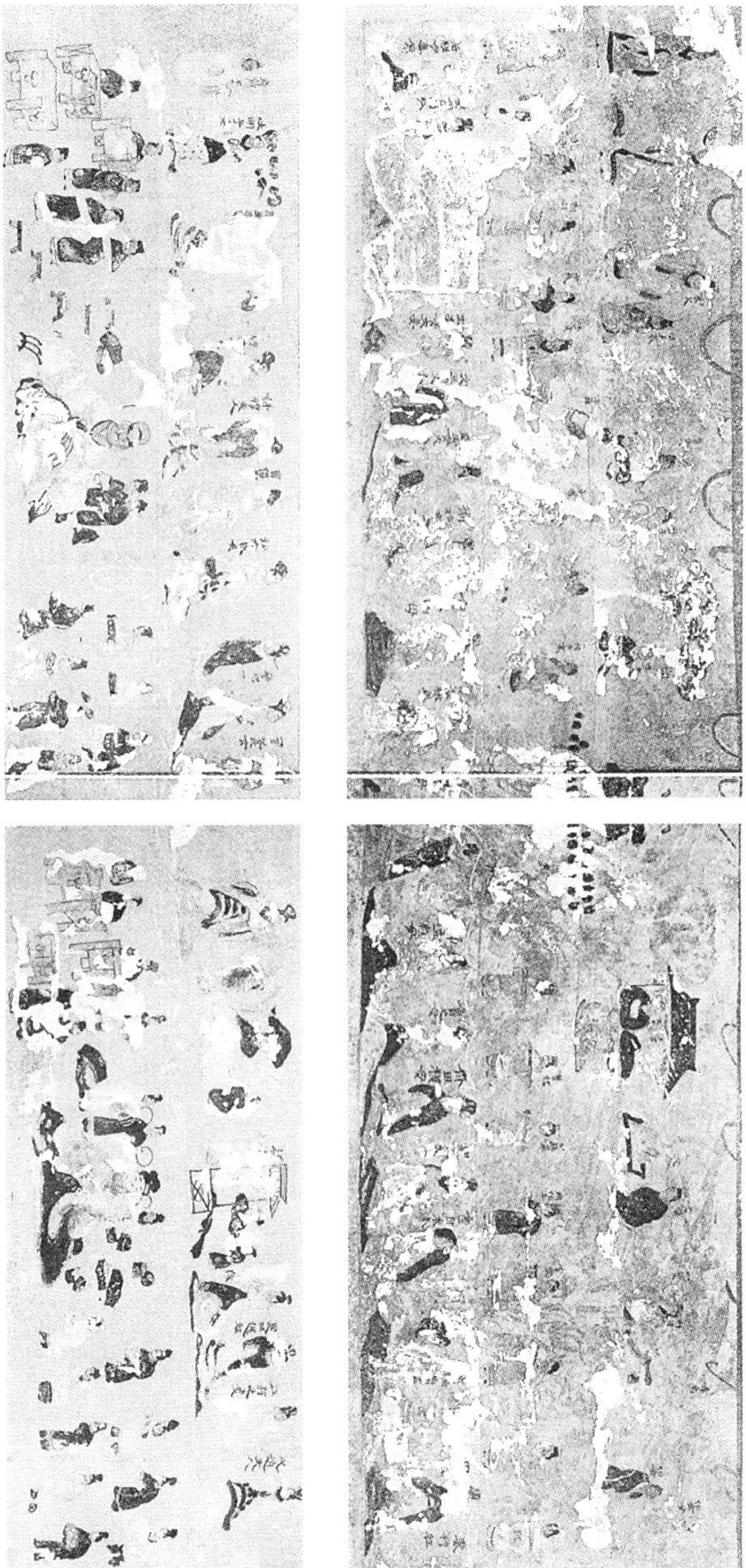

図七　和林格爾後漢壁画墓（中室西、北壁。摸図）

前掲両層の列女伝図は、劉向の列女伝に基づいている。男性の墓主が西壁五層、女性の墓主が北壁五層に描かれるので、両層の図は、左から始まることになる。図八は、上掲両層における列女伝図と列女伝との対応を示したものである[19]（各榜題の下に、列女伝の巻話数、標目を示す。参考として、列女伝全百五話中における各話の通し番号を、標目下に記した）。図八の列女伝図と列女伝との対応を見ると、和林格爾後漢壁画墓における図の並びは、列女伝の編次に従って、整然と配されたものであることが知られる。それは、まず西壁三層と北壁三層左に列女伝巻一母儀伝2―15を配し、北壁三層右に、巻二賢明伝2―4を、次いで、西壁四層右に、巻三仁智伝3―11、北壁四層左に、巻四貞順伝14まで、北壁四層右に、巻五節義伝1―7を配し、さらに北壁四層右の末尾は西壁四層左に戻って、巻五の続き9、10を配したものである[20]。西壁三層の契母簡狄の右には、列女伝巻一・4啓母塗山と、5湯妃有㜪が描かれ、北壁三層魯師春姜の右には、巻二・1周室姜后、斉桓衛姫の右には、同3晋文斉姜が描かれていたものと考えられる。図八の列女伝図の並びを、さらに列女伝の巻の並びとして示せば、次のようになるであろう。

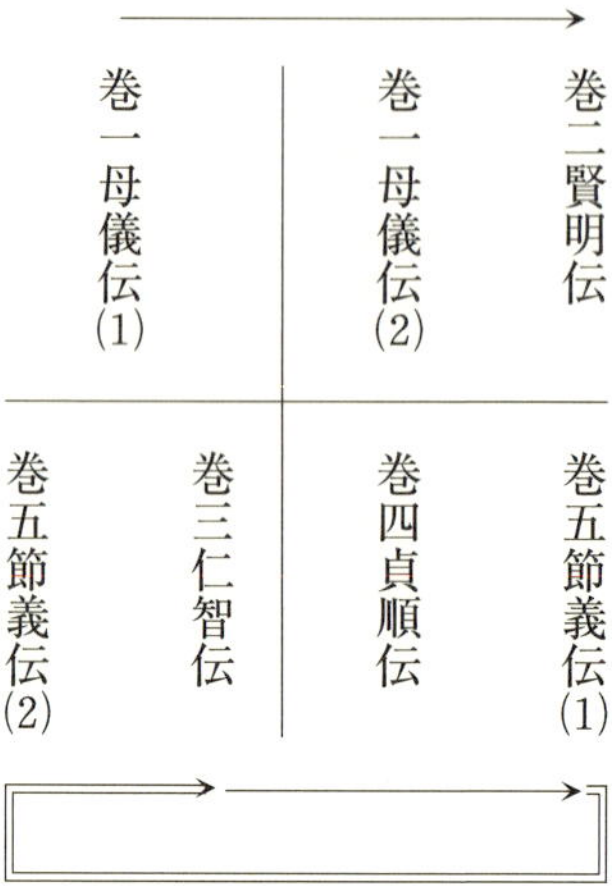

（北　壁）

秦穆姫	4 秦穆公姫 19
□	（3 晋文斉姜 18）
斉桓衛姫	2 斉桓衛姫 17
□	（巻二・1 周室姜后 16）
魯師春姜	15 魯師春姜 15
魏芒慈母	13 魏芒慈母 13
斉田稷母	14 斉田稷母 14
魯之母師	12 魯之母師 12
鄒孟軻母	11 鄒孟軻母 11

（西　壁）

楚子発母	10 楚子発母 10
魯季敬姜	9 魯季敬姜 9
斉女傅母	8 斉女傅母 8
衛姑定姜	7 衛姑定姜 7
武王母大姒	6
文王母大任	6
王季母大姜	6 周室三母 6
□	
□	
契母簡狄	3 契母簡狄 3
后稷母姜原	巻一・2 棄母姜源 2
（三層）	列女伝

（北　壁）

代趙夫人	7 代趙夫人 67
蓋将之妻	5 蓋将之妻 65
楚昭越姫	4 楚昭越姫 64
魯孝義保	巻五・1 魯孝義保 61
梁寡高行	14 梁寡高行 59
楚昭貞姜	巻四・10 楚昭貞姜 55
□	

（西　壁）

晋范氏母	11 晋范氏母 41
晋陽叔姫	10 晋羊叔姫 40
□	
孫叔敖母	5 孫叔敖母 35
曹僖氏妻	4 曹釐氏妻 34
許穆夫人	巻三・3 許穆夫人 33
□	
□	
周主忠妾	10 周主忠妾 70
秋胡子妻	9
魯秋胡子	巻五・9 魯秋潔婦 69
（四層）	列女伝

図八　和林格爾後漢壁画墓の列女伝図と列女伝

このことから、和林格爾後漢壁画墓における列女伝図は、列女伝に基づいて、その列女の並びをほぼ忠実に踏襲したものであると見て、まず間違いないであろう。

　さて、和林格爾後漢壁画墓西壁、北壁の列女伝図の上層、第一層には、孝子伝図が描かれている。それぞれの図には榜題があって、各図に描かれた図の内容が判明する。和林格爾後漢壁画墓の孝子伝図の並びを、その榜題によって示せば、次の如くである（参考として、榜題下の（　）内に、両孝子伝全四十五条中の通し番号と孝子名を掲げた）。

（北　壁）

休屠胡
甘泉（金日磾）
□(趙)句（趙荀）
孝孫
孝孫父（6原谷）
魏昌(陽)
魏昌(陽)父（7魏陽）
伯禽母
伯禽（4伯瑜）
孝烏（45慈烏船44）
刑渠
刑渠父（3刑渠）

□（野）王丁蘭
□（木）丈人（9丁蘭）
老来子
来子母
来子父（13老萊子）

孝子□（父）（2董永）
曾子
曾子母（36曾参）
閔子騫
騫父（33閔子騫）
舜（1舜）

（西　壁）

便宜上、これを分かり易く左からの順序に改め、孝子名によって示せば、図九のようになる（図九の（　）内に榜題、その下に両孝子伝の番号を添えた。以下、一覧と称する）。併せて、林氏が、「順序を内蒙古ホリンゴル新店子一号漢墓のものと比較すると、意外に類似する部分が多い」とされた、後漢武氏祠画象石（武梁祠）の孝子伝図の並びを、孝子名と両孝子伝の番号によって示せば、次の如くである。[21]

曾参
36

閔子騫33
老萊子13
丁蘭9（以上、第一石）
伯瑜4
刑渠3
董永2
章孝母
朱明10
李善41
金日磾（以上、三石）
三州義士8
羊公42
魏陽7
慈烏45
趙苟
原谷6（以上、二石）

両孝子伝、殊に陽明本には、例えば前述33閔子騫や36曾参について見たような、漢代孝子伝との関連を窺わせる部分が多々あって、かねてより漢代孝子伝の形というものが、気に掛っていた㉒。さて、和林格爾後漢壁画墓の孝子伝図は、その列女伝図と列女伝との密接な関わりから推して、林氏の指摘されたように、漢代孝子伝の並びを反映している可能性が、極めて高い。そこで、次に、林氏の説をさらに一歩進めて、和林格爾後漢壁画墓の孝子伝図から、漢代孝子伝の形を復元することを考えてみたい。まず、林氏が、

> ところが、武梁祠の孝子図の順序を内蒙古ホリンゴル新店子一号漢墓のものと比較すると、意外に類似する部分が多い。武梁祠の場合は、舜が古代帝王の図に配されており、孔子の弟子の曾子と閔子騫が孝子図の最初に登場している。新店子一号漢墓の孝子図では、最初から舜、閔子騫、曾子の順序となっており、続いて、場面が直接に接続するわけではないが、丁蘭、刑渠、孝烏の順序が武梁祠と一致している

と指摘されたことに関しては、氏の言われる通りである。漢代孝子伝の冒頭部は、和林格爾後漢壁画墓の図のそれの如く、舜、閔子騫、曾参となっていた可能性が大きい。しかし、漢代孝子伝における、閔子騫と曾参の順序は、後漢武氏祠画象石における二人のそれが、曾参、閔子騫となっており（上掲図五、図一）、また、母、曾参という、同じ図柄の曾参図を有する後漢孝子伝図画象鏡が、やはり曾参図から閔子騫図へと続いていることから考えて（図六。和林格爾

舜（「舜」）1
閔子騫（「騫父」「閔子騫」）33
曾参（「曾子母」「曾子」）36
董永（「孝子父」）2
老莱子（「来子父」「来子母」「老来子」）13
丁蘭（「□《木》丈人」「□《野》王丁蘭」）9
刑渠（「刑渠父」「刑渠」）3
慈烏（「孝烏」）45
伯瑜（「伯禽」「伯禽母」）4
魏陽（「魏昌《陽》父」「魏昌《陽》」）7
原谷（「孝孫父」「孝孫」）6
趙荀（「□《趙》句」）
金日磾（「甘泉」「休屠胡」）

図九　和林格爾後漢壁画墓孝子伝図一覧

後漢壁画墓の曾参図も、「曾子母」「曾子」）、曾参、閔子騫だったのではないか。さらに、林氏が、「続いて、場面が直接に接続するわけではないが丁蘭、刑渠、孝烏の順序が武梁祠と一致している」とされた点も重要で、漢代孝子伝においては、丁蘭以下の三者が、その順序で曾参、閔子騫の後に来ていたことも、間違いないと思われる。のみならず、前掲一覧として示した、和林格爾後漢壁画墓の孝子伝図は、基本的にその全体が、漢代孝子伝の形を映したものと考えられる。以下、この仮説について、他の漢代の孝子伝図との関連を中心に、少し検証してみたい。

和林格爾後漢壁画墓の孝子伝図は、舜から始まっている。それは、漢代孝子伝の冒頭がそうであったためである。そして、それは曾参または、閔子騫へと続いているが、漢代孝子伝における舜に関しては、ここで一考しておきたいことがある。それは、後漢時代の孝子伝図には、伯奇図と番いになった舜の図（焚廩図）が、後漢武氏祠画象石左石室七石以下、六例程現存すると考えられることとの関連である㉓。和林格爾後漢壁画墓の舜図における、舜の相対する左の人物は多分父の瞽瞍であり、孝子伝図としての当図も、おそらく焚廩や掩井などを意味していたことが確かで、上記六例程の伯奇を伴う図像の伝存から考えて、漢代孝子伝の舜は、共に継子譚として高名な、伯奇を従えていた可能性がある。さて、泰安大汶口後漢画象石墓（二石）は、目下唯一榜題をもつ申生図を伝える点、貴重な遺品であるが、その孝子伝図の成り立ちは、聊か複雑である㉔。その榜題（（　）内）を見ると、右から、

・申生（「此浅《献》公前婦子」「此晋浅《献》公見離《麗》算」「此後母離居《麗姫》」）38
・丁蘭（「孝子丁蘭父」「此丁蘭父」）9
・趙苟（「孝子趙苟」「此苟[illegible]父」）

となっている。今この榜題の順序を、図を右からのものとして、図九の前掲一覧と対照すると、申生が丁蘭に先立っている。すると、申生は、一覧における丁蘭より右の位置に入ることになるが、その位置は、孝子伝の申生譚がこれ

また著名な継子譚であることから推して、上述舜、伯奇の次であろうと考えられるのである㉕。そして、例えば、後漢、王延寿の「魯霊光殿賦一首并序」（文選十一所収）における、

下及㆓三后婬妃乱主忠臣孝子烈士貞女㆒賢愚成敗、靡㆑不㆓載叙㆒

の「孝子」に対し、晋の張載が、

孝子、中生伯奇之等

と注していることも（李善注等所引）、そのような漢代孝子伝の冒頭の形を示唆している。つまり漢代孝子伝の冒頭部というものは、まず中国古代における五帝、西周、春秋時代をそれぞれに代表する、継子譚として有名な舜、伯奇、中生の三人から始まり、そこに孔子の時代の曾参、閔子騫、老莱子（後述）が続いていたのであろう。

また、後漢武氏祠画象石と上掲一覧とを見較べると、一覧の、閔子騫と曾参に次ぐ、

董永―老莱子―丁蘭―刑渠

は、後漢武氏祠画象石の、同じ、

老莱子―丁蘭―（伯瑜）―刑渠―董永

の一群と共通、酷似していることが分かる。後漢武氏祠画象石は、一覧の董永を刑渠の後ろへ回し、丁蘭、刑渠間に伯瑜を補ったものと考えられる。そして、――部の三図、老莱子、丁蘭、刑渠は、両者の順序が一致している。また、続く一覧の、

慈烏―（伯瑜）―魏陽―原谷―趙荀

も、後漢武氏祠画象石の、

魏陽―慈烏―趙荀―原谷

舜1
伯奇35
申生38
曾参36
閔子騫33
董永2
老莱子13
丁蘭9
刑渠3
慈烏45
伯瑜4
魏陽7
原谷6
趙苟
　章孝母†1
　朱明10
　李善41
金日磾
　三州義士8†2
　羊公42

図十　漢代孝子伝復元案

の一群と共通、酷似する。この両者も、到底無関係とは思われず、おそらく後漢武氏祠画象石は、一覧の——部における、原谷と趙苟を入れ替え、慈烏を趙苟の前へ置いたのであろう。そして、——部の魏陽と原谷（または、趙苟）は、両者の順序が一致していることになる。一覧と後漢武氏祠画象石とを比較し得る図像の中で、あと金日磾が残るが、これも一覧、即ち、和林格爾後漢壁画墓の位置を原形と考えておきたい。さて、前述泰安大汶口後漢画象石墓は、趙苟図の右に慈烏図を描き、その左に董永図を描くので（榜題は丁蘭とし、それが趙苟の榜題と入れ替わる）、一覧から、

　申生—董永—丁蘭—慈烏—趙苟

とあった粉本に対し、まず慈烏、趙苟図を丁蘭に先立って画面上部に配し、左に丁蘭図を描こうとして誤って董永図を描いた上、榜題はそのまま丁蘭、趙苟のそれとしたものらしい。一覧における董永と丁蘭との位置の近さから見て（老莱子を挟むのみ）、図像或いは、榜題の取り違えは、十分に起こり得ることであろう。このように見て来ると、和林格爾後漢壁画墓と後漢武氏祠画象石の孝子伝図は、林氏が指摘されたより順序の一致するものが多く且つ、思いの外、共通するものも多いことに気付く。この二つが無関係なものとは考え難く、共に同じ母胎、同じ粉本から出たものと想定するのが自然であろう。そして、その粉本こそが漢代孝子伝であったに相違ない。以上の仮説を、一覧に後漢武氏祠画象石を加味して、現時点における漢代孝子伝の復元案として示せば、図十の如くである（†1、2は、後漢武氏祠画象石にのみ存する、位置未詳の五図で、暫くその原石の配列に従い、金日磾の前後に置いて

おく）。

最後に、上掲一覧、案から見た、他の漢代の孝子伝図について、簡単に触れておく。まず開封白沙鎮出土後漢画象石の上段、中段には、五幅の孝子伝図が描かれている（榜題、左から、閔子騫「子愆車馬」「後母子御」「敏子愆」「敏子愆父」「後母身」、丁蘭「丈人為像」「野王丁蘭」、刑渠「邢渠父身」「偃師邢渠至孝其父」〈以上、上段〉、右から、伯瑜「伯臾母」「伯臾身」、原谷「原穀親父」「孝孫原穀」「原穀泰父」〈以上、中段〉）。その五幅を、孝子名で示せば、次の如くである。

（上段）	（中段）
刑渠3	伯瑜4
丁蘭9	原谷6
閔子騫33	

開封白沙鎮出土後漢画象石は、上段が左から始まり、下段が右から始まるものとすると、一覧、案と合う。そのように見るべき遺品なのであろう。特に丁蘭、刑渠が一覧、案にそのままの形で見えることに注目したい。次に、後漢楽浪彩篋の長方形の篋身上部、立ち上がりの両長側には、各二幅、計四幅の孝子伝図が描かれている㉖（榜題、左から、李善「善大家」「李善」「孝婦」「孝孫」、丁蘭「木丈人」「丁蘭」。魏陽「青〈書〉郎」「令女」「令妻」「令君」「湯父」「魏湯」「侍郎」、刑渠「渠孝子」「孝婦」）。その両長側を仮にA、Bとして、孝子名で示せば、次の如くである。

（A）　　　（B）
丁蘭9　　刑渠3
李善41　　魏陽7

後漢楽浪彩篋の図像は、かつて浜田青陵氏が、「どの側が初めかが分かりませんので」と言われたことがあるように[27]、甚だ捉えにくいものであるが、一覧、案によれば、A、Bの順に、且つ、共に右から見るべき図となる。さらに、Aにおける、「孝孫」榜題の図は、独立した図と見れば、或いは、原谷図とも取れる図柄であるが、その父と祖父とが描かれていないこと、また、魏陽図との関連から、李善図に添えられたものと考えた方が良い[28]。

上掲の一覧、案は、いずれも仮説である。しかし、漢代孝子伝の形を知る手立てが殆ど皆無に等しい現在、例えば図九の一覧は、その骨格を伝える、同時代の一級資料として、極めて信憑性の高いもので、単なる仮説に留まらない価値を有している。また、図十の復元案は、和林格爾後漢壁画墓の孝子伝図（即ち、一覧）が、例えば後漢武氏祠画象石（武梁祠）のそれに比して、数が少なく、漢代孝子伝の抄録と思われる所から（その列女伝図も、列女伝の三分の一弱を録するのみ）、後漢武氏祠画象石その他の孝子伝図を加え、一覧のより具体的な肉付けを試みたものである。一覧を漢代孝子伝の実態に近付けることにより、今後の研究に対し、幅広い応用性をもたせることを目指したが、なお私案の域に留まり、さらに大方の批正を必要としている。以上、漢代孝子伝に関する二つの仮説を、孝子伝の基礎的研究の一環として、ここに提示しておきたい。

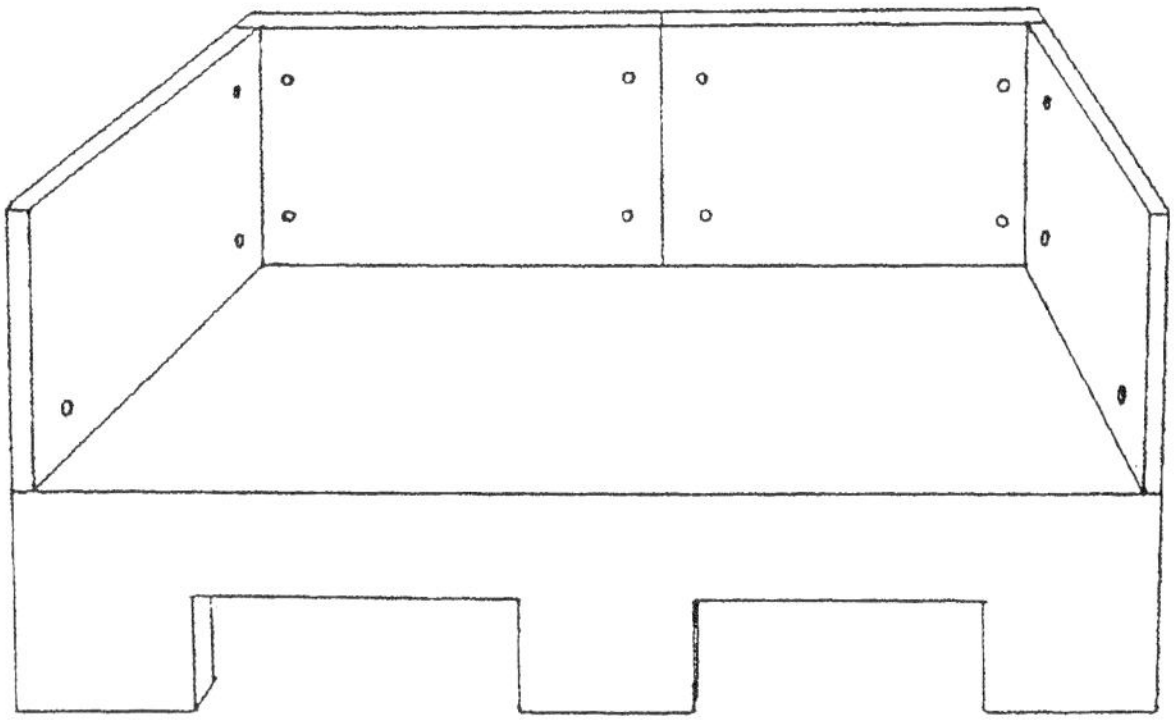

図十一　石棺床囲屏復元図

三

林聖智氏「北朝時代における葬具の図像と機能—石棺床囲屏の墓主肖像と孝子伝図を例として—」第一章は、これまでの北魏を中心とする孝子伝図と孝子伝との関連に対する見方、取り分け両孝子伝（陽明本）との関係についての考え方を、一変させる可能性を孕んでいる。その一章における林氏の説は、専ら石棺床囲屏に描かれた孝子伝図を対象とするものであるが、その林氏の説の検討に入る前にまず、石棺床囲屏の図像に関する氏の捉え方を、簡単に紹介しておきたい。

氏によれば、石棺床囲屏とは、「死者の身体を納める棺など」の葬具の一で、「床の形態を取る棺床」の内、北魏に入って「初めて登場し」た、「新しい類型の葬具—囲屏を付す石棺床」のそれを指し、「新しい図像の構成原理をも表す」ものである㉙。氏の作成された石棺床囲屏の復元図を、そのまま転載すれば、図十一の如くである㉚。そして、「台座と囲屏との二つの部分に配され」た図像において、

上の囲屏の図像は墓主夫婦の肖像をはじめ、墓主に仕える侍者、孝子伝図などが挙げられる。そして、石棺床の図像は囲屏の部分を主体とし、

そのなかでもっとも重要なものは墓主肖像と孝子伝図と考えられるとされている。ところで、石棺床上部の四枚の石板から成る、石棺床囲屏の伝世品は、その四枚の石板が、いずれも切り離され、ばらばらとなってしまっているために、そこに描かれた図像の考察に際しては、前提としてその復元が、不可欠のものとならざるを得ない。林氏の論攷の第一章は、「出土品であるため復元の基準となる」とされた、一九八三年出土の河南省沁陽県石棺床囲屏を考察の始めとし、次いで、

1、天理参考館とサンフランシスコ美術館蔵の石棺床囲屏

2、洛陽古代芸術館蔵の石棺床囲屏

3、C. T. Loo 氏旧蔵の石棺床囲屏

4、ネルソン・アトキンズ美術館蔵の石棺床囲屏

の、四組の伝世品について、それぞれの復元、並びに、「墓主肖像と孝子伝図との関係性及び孝子伝図の構成原理を解明する」ことを目差されたものである。以下、その五組の石棺床囲屏に関する、氏の見解の結論部分を順次紹介しつつ、必要に応じて、私見を挿んでゆく。

氏が最初に取り上げられた、河南省沁陽県石棺床囲屏は、「現在、北魏において唯一出土状態が確認できる囲屏が付属し、ほかの石棺床囲屏を復元するための基準となる」作例であるため、当然復元を必要としない。また、本囲屏及び、前掲1の囲屏は、孝子伝図を含まない。当囲屏の図像について、氏は、次のように述べておられる。

石棺床の四枚の……それぞれの囲屏の石板には、四つの枠が設けてあり、人物などの図像が施されている。この囲屏の奥側の図像構成は、中央に墓主夫婦の肖像があり、男性の墓主は向かって右、女性は向かって左に坐っている。その石板の両端には、右に馬、左に牛車が見える。このような男性の墓主は右、女性の墓主は左に配され、

またそれぞれに馬と牛車の図が伴なう構成は、五世紀後半と思われる北魏大同智家堡墓の石槨の壁画に初めて見られるものであり、のちには北魏における墓主の図像を表現する定式となる。また、左右の外側の石板には、それぞれの枠に一人ずつが配置され、中央の墓主の方向に向いている

次に、1は、現在所蔵先を異にする、一具の石棺床囲屏を復元したもので（便宜的に、天理参考館蔵と称される）、本囲屏、また、3、4の囲屏に関する、氏の復元手順は、いずれの場合においても厳密、周到を極め、結果は十分納得出来るものとなっている。当囲屏の図像について、氏は、次のように述べておられる。

天理参考館蔵の奥側における二石の画面構成は、囲屏の枠で区切られてはいるが、中央の墓主に向いており連続的な関係が見られる。男女の墓主は互いに向かい合っており、男性は右、女性は左に坐っている。墓主の左右には、それぞれ男性と女性の奏楽の画面があり、中央の墓主に向いている。女性の奏楽の画面に、向かって一番右側に袖を挙げて踊っている女性の姿が見えており、また一番右側に侍女が食べ物を用意する画面がある

また、本囲屏に孝子伝図のないことに関し、

河南省沁陽県と天理参考館蔵の石棺床には、孝子伝図こそないが、死者を慰めるほかの具体的な営みによって死者への孝養・弔問を表しているのであろう

とされる。（註（11））。

また、2の囲屏について、氏は、次の如く説明されている。

洛陽古代芸術館の石棺床では、墓主の夫婦は正面向きの姿で真ん中の二つの枠に置かれ、石棺床の形態に類似した屏風が付く床に坐っている。ほかの囲屏の画面では、それぞれ複雑な樹石の表現を背景にして、二人三人の人物が坐ったり、立ったりしている。榜題の枠が付いているが、題記は刻まれていない。このような構図は、ミネ

アポリス美術館の石棺の孝子伝図中の人物対面図に類似するところが少なくないので、おそらくこれらの人物も孝子伝図の表現であろう……洛陽古代芸術館の孝子伝図の表現はすでに省略化と類型化が進んでおり、それぞれの故事の異なる特徴よりも、むしろ表現上の共通性が一層強調されているのである。それぞれの故事の内容に当てはまる特徴的な表現は、ほかの石棺・石棺床の孝子伝図と比較すると、曖昧なところが極端に多い……おそらく洛陽古代芸術館の石棺床の場合は、葬家が各故事の特徴を明確に表現するよりも、むしろ孝子伝図の主題としての重要性及び孝子伝図と墓主肖像との組み合わせに一層注目したのであろう

氏の説明が、聊か抽象的な内容に留まり、具体性を欠くのは、偏に当囲屛に描かれた孝子伝図の同定の難しさによる。

3は、C.T.Loo旧蔵北魏石床を扱ったものである。本囲屛からは、孝子伝図が登場し、取り分けその配列、順序が問題となるため、ここで、両孝子伝の編目を紹介しておく。以下に掲げるのは、陽明本の目録に基づく、その編目である（通し番号を付す）。

両孝子伝編目

序

1舜　2董永　3刑渠　4伯瑜　5郭巨　6原谷　7魏陽　8三州義士　9丁蘭　10朱明　11蔡順　12王巨尉　13老萊（子）之　14宗勝之　15陳寔　16陽威　17曹娥　18毛義　19欧尚　20仲由　21劉敬宣　22謝弘微　23朱百年　（以上、上巻）

24高柴　25張敷　26孟仁　27王祥　28姜詩　29叔先雄　30顔烏　31許孜　32魯義士　33閔子騫　34蔣詡　35伯奇　36曾参　37董黯　38申生　39申明　40禽堅　41李善　42羊公　43東帰節女　44眉間尺船45　45慈烏船44　（以上、下巻）

さて、3に関し、林氏は、まず次のように言われている。

> C. T. Loo氏が旧蔵する石棺床の石板は四つあり、現在の収蔵地は不明である。この石棺床の囲屏はそれぞれの画面には榜題が付いているため、『孝子伝』のどの物語に当るかが明確に分かっており、石棺床囲屏の孝子伝図において貴重な作例である。一九四〇年に出版された図録の図版の順番にしたがって、四つの石板を仮に第一石から第四石と称する。各石板は三つの画面がある。第一石には向かって右側から左側にしたがって、それぞれの榜題は「孝子郭巨」、「孝子郭巨天賜皇（黄）金」、無銘（馬）であり（「　」内は榜題銘）、第二石には「老萊子父母在堂」、「孝子蔡順」、「丁蘭士木母時」が、第三石には「舜子入井時」、「舜子謝父母不死」、「孝子董永与父独居」が、第四石には、無銘（牛車）、「孝孫父轝還家」、「孝孫父不孝」がある。ただし、盗掘品のため、石板同士の位置関係が分かっていないので、まずこの石棺床の復元を考えておきたい。第一石と第四石は比較的幅が広いため、内側の部分である可能性が高い。墓主の肖像は刻まれていないが、墓主を孝養するのに伴う牛車と馬の図がある。牛車と馬の図像は左右対称と推定され、第一石と第四石は奥の内側の右と左にそれぞれ置くことができる。問題になるのは、第二石と第三石の位置である。それぞれの石板に二つの穴が空いているが、どちらが右側か左側かが分からない。復元の問題を解決するため、これらの物語表現に清原家旧蔵の『孝子伝』（京都大学附属図書館蔵）の故事の順番にしたがって番号を付けて考えてみたい。一つの物語に二つの画面がある場合は、物語の前後関係によって、先に登場するのをA、次をBとする

図十二に、C. T. Loo旧蔵北魏石床を掲げる。[31] 図十二の、四枚の石板の配置は、後述林氏の復元案に従ったものである。氏の言われる、第一石が右上、二石が左下、三石が右下、四石が左上に当たっている。次いで、氏は、当囲屏について、次のように述べておられる。

その物語の順番にしたがうと、石棺床の復元は次のような結果となる。右側の一番外側から内に行くにしたがって、1A（舜）、1B（舜）、2（董永）、5A（郭巨）、5B（郭巨）、6B（孝孫原穀）、6A（孝孫原穀）。また、左側の側面は外から内に行くにしたがって、9（丁蘭）、11（蔡順）、13（老莱子）となる。孝子伝図の順序は基本的には右から左へ進んでいくが、牛車の画面からは、向って左外側から内側へ逆に進んでいることがわかる。要するに、両側の孝子伝図は中心の牛車と馬に向いている。これは単に牛車と馬に集中するのではなく、ここでは省略された墓主の肖像に向いている構成といえよう。さらに、もし柩を載せる石棺床の機能を合わせて考えるならば、柩は墓主の肖像を代替していたと考えられる

5A郭巨　5B郭巨　馬　　牛車　6B原谷　6A原谷

2董永　　　　　　　13老莱子
1B舜　　　　　　　 11蔡順
1A舜　　　　　　　 9丁蘭

本囲屏に関する、右の氏の説を踏まえて、図十二を再度、分かり易く概念図化して示せば、上掲の如くなるであろう。河南省沁陽県石棺床囲屏や1から導かれる、囲屏の図像の「構成原理」に従い、3の場合も二石、三石の復元に、両孝子伝の順序を適用することによって、その孝子伝図がやはり、右左それぞれの「外から内に」、つまり中心（墓主夫婦、或いは、馬と牛車）へと向かって収束するという、氏の論旨は、甚だ明快且つ、説得力に富んだものとなっている。私が驚いたのは、例えば3のC. T. Loo旧蔵北魏石床における、孝子伝図の配列の復元に、両孝子伝の順序が適用し得るとされた、その林氏の観点で、このことは即ち、C. T. Loo旧蔵北魏石床の孝子伝図の配列が、テキストとしての両孝子伝の編目と一致ないし、その編目に従うことを意味している。と同時に、そのことはまた、従来知られた北魏期の孝子伝図全てが、新たな見直しの対象となることをも、直ちに意味するのである。[32]美術史の立場から、文学（文献学）の成果を取り入れ、それを統一的に方法論化された、

図十二　C.T.Loo旧蔵北魏石床

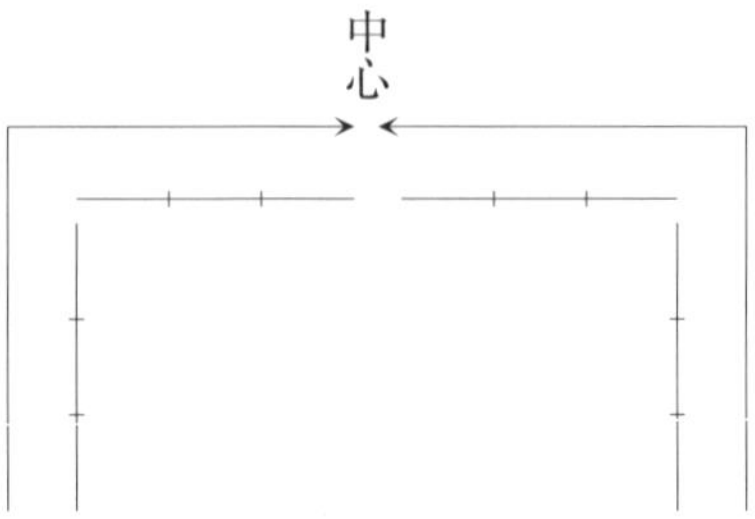

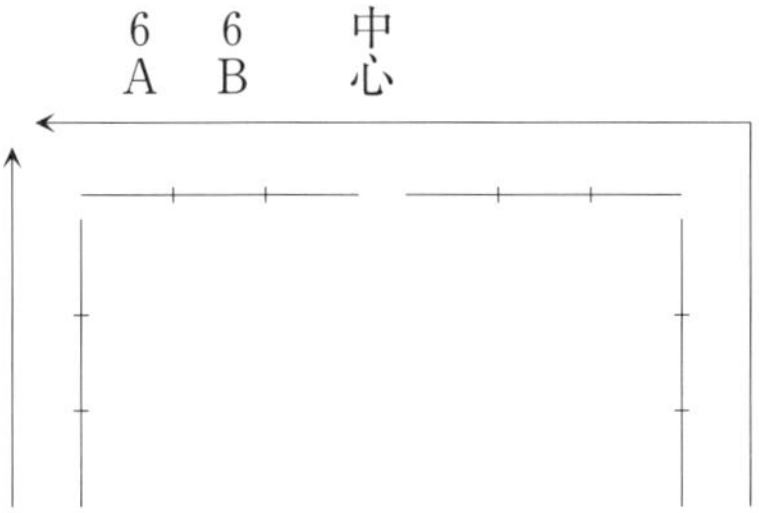

林氏の着眼点は、これまでの北魏時代の孝子伝図研究に、一時期を画するものと評価して良いであろう。

ところで、上掲林氏の説には一箇所、検討を要する部分がある。今、石棺床囲屏における、「両側の孝子伝図は」「外から内に」「中心の牛車と馬に向いている」とされる、氏の説をさらに分かり易く簡略化して図示すれば、上掲の上図のようになる。ところが、3の孝子伝図についての、氏の説明、

> 右側の一番外側から内に行くにしたがって、1A（舜）、1B（舜）、2（董永）、5A（郭巨）、5B（郭巨）、6B（孝孫原穀）、6A（孝孫原穀）。また、左側の側面は外から内に行くにしたがって、9（丁蘭）、11（蔡順）、13（老萊子）となる

には、上掲の上図と合わない箇所がある。それが6B、6Aの原谷の部分で、氏の説明を上図に当て嵌めると、その下図のようになってしまう。即ち、右左の孝子伝図の進行方向を表わす矢印は、中心に収束しない。そして、右から来た矢印は、中心を通り過ぎ、左上角で左下からの矢印と出会うことになるのである。このことは、後段における氏の説明、

> 孝子伝図の順序は基本的には右から左へ進んでいくが、牛車の画面からは、向って左外側から内側へ逆に進んでいることがわかる。要するに、両側の孝子伝図は中心の牛車と馬に向いている

と、明らかに矛盾している。同様のことは、4ネルソン・アトキンズ美術館蔵北斉石床の場合にも起きているが、換

言すれば、6A、6B二つの原谷図においては、右からの孝子伝図の順序と、左からの図の向きとが合わないのである。さて、6A、6Bの原谷図の榜題を見ると、6Aに、「孝孫父不孝」、6Bに、「孝孫父轝還家」とあるから、二つの図の向きは、A→Bであることが間違いない。従って、当囲屏における、右からの孝子伝図の順序は、

1A→1B→2→5A→5B

また、左からのそれは、

9→11→13→6A→6B

とするより他ない。そして、13→6の箇所は当然、孝子伝の編目と合わないことになる。すると、林氏の説は誤っているということになるのであろうか。そうではあるまい。何故なら、13→6の一箇所を除き、残る全ての部分、

・1A→1B→2→5A→5B

・9→11→13

は、圧倒的に林氏の説の正しさを証しているからである。ここは、むしろ13→6を例外と捉えるべきである。氏の言われる、北朝時代における孝子伝図の「構成原理」は、元より原則的なものなのであって、多少の例外の存在を、許容しないものではなかったと思われる。そして、C. T. Loo旧蔵北魏石床における、6原谷図などが、正しくそれに当たっているのではないか。おそらく当時、孝子伝図の実際的な配列に臨んでは、画工の裁量に委ねられた部分もあったに違いない。ともあれ、本囲屏の場合、言わば孝子伝図の描き終わり、墓主（牛車）の近くで、その例外が生じていることに、注目しておきたい。

四

最後に林氏の取り上げられたのが、4のネルソン・アトキンズ美術館蔵北斉石床である。当囲屏について、氏はまず、次のように言われている。

ネルソン・アトキンズ美術館蔵石棺床の囲屏は四枚の石板が揃っている。石棺床板の寸法が二種類あり、幅九三センチ、高四五・五センチ（二枚）及び幅一〇九センチ、高四五センチ（二枚）である。囲屏の背面には畏獣図がある。正面に榜題の枠が複数存在するが、銘記が書かれているのは「不孝王寄」（董黯）の一つしかない。ほかには図像の特徴によって同定できる故事は郭巨・孝孫原穀・老莱子・蔡順・申明、そして二つの董永の故事がある。すべての故事は対面図ではなく、物語性の表現となっている。また、復元の問題については、これらの故事の間にC. T. Loo氏旧蔵囲屏のような整然とした順序がなく、天理参考館本の石棺床の墓主を中心とする対称的な構図も見られない。文献資料によって同定できないものが多いため、単純に各物語の順番にしたがって石棺床の構造を復元することができない

この後、氏は慎重な手続きを踏んで、四枚の石板の囲屏を復元されている[33]。図十三は、氏の復元案に従って、それらを配置したものである[34]。そして、その復元案に関し、氏は、次のように述べておられる。

したがって、ネルソン・アトキンズ美術館の石棺床の復元は挿図15〔14であろう〕のように考えられる。さらに、もしこの復元案を清原家本の『孝子伝』の各故事の順序に合わせて考えるならば、どのような結果になるだろうか。故事の内容が分かっている画面に限って言うと、右側の一番外側から内に行くにしたがって、5（郭巨）、

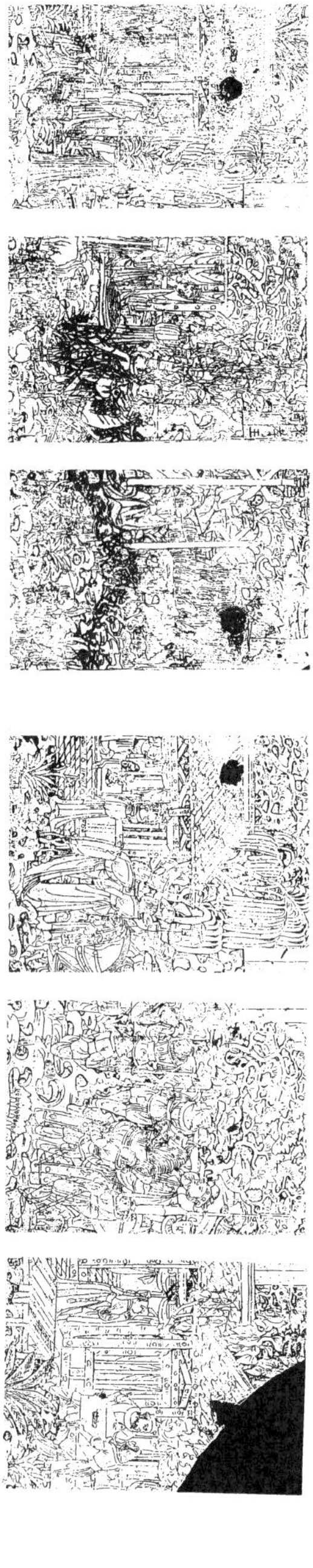

図十三　ネルソン・アトキンズ美術館蔵北斉石床

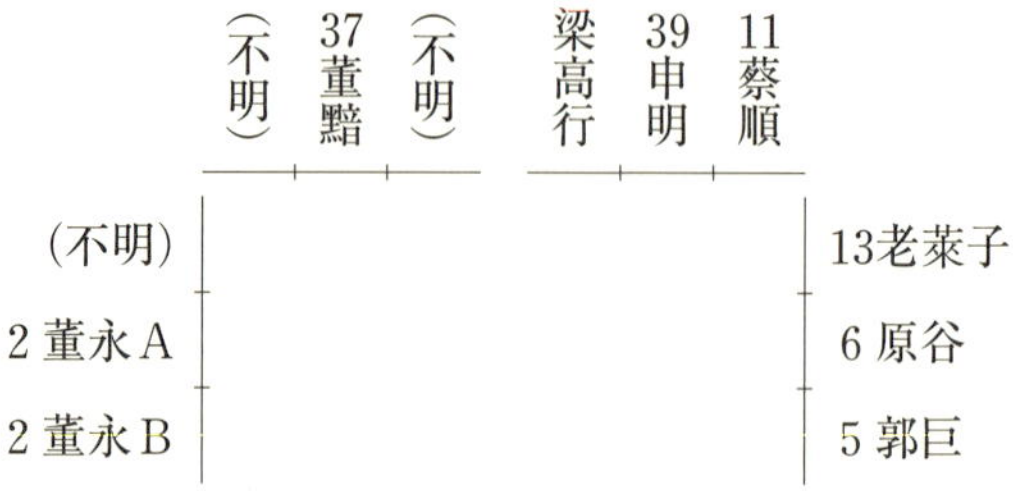

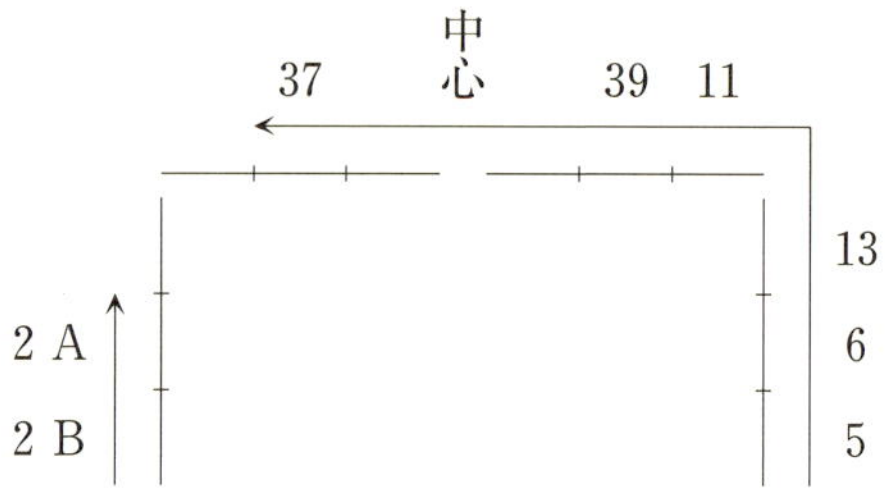

6（孝孫原穀）、13（老萊子）、11（蔡順）、39（申明）、37（董黯）となる。また、左側の側面は外から内に行くにしたがって、2B（董永）、2A（董永）となる。つまり、『孝子伝』に比較的早く登場する故事が左右外側に置かれ、番号が大きいものは奥の二石に配置されている。左右の外側から奥の内側に進んでいく傾向が見られる。しかも、画面の榜題は、すべて内側の枠に沿って置かれている。墓主の肖像がないが、中央に収束する方向性は、C.T.Loo氏旧蔵のものと共通している

以上、氏の言われたことを、順を追って、少し具体的に検討してみたい。

まず氏が、「不孝王寄」の榜題を持つ一図（両孝子伝37董黯）の他、「図像の特徴によって同定できる故事」として、郭巨、原谷、老萊子、蔡順、申明及び、董永（二図）を上げられたことには、先学による研究があって、それは、長廣敏雄氏『六朝時代美術の研究』九章「KB本孝子伝図について」二に基づいたものである㉟。今、その長廣氏の説を、先に倣って概念図化して示せば、上掲の上図の如くである（右下から一石〈1、2、3。以下同〉、二石、四石、三石）。林氏はこの内、右奥の梁高行（列女伝巻四・14「梁寡高行」）を、「〔長廣〕氏の梁高行の同定には疑問が残されている」として、不明図に含められた㊱。一連の孝子伝図の途中に、列女伝図の混じり込むことは、聊か考えにくいことで、林氏の措置はその点、納得のゆくものである。故に、氏が、

故事の内容が分かっている画面に限って言うと、右側の一番外側から内に行くにしたがって、5（郭巨）、6（孝孫原穀）、13（老萊子）、11（蔡順）、39（申明）、37（董黯）となる。また、左側の側面は外から内に行くにしたがって、2B（董永）、2A（董永）となる

とされた復元の結果は、上掲、上図の概念図の梁高行を、不明に変えただけのものとなる。ところで、右の氏の説明には、幾つか不審な点が見受けられるのだが、暫く氏の言われる所に従い、それを矢印で表わせば、上掲の下図のようになるであろう。即ち、当囲屏における、右からの孝子伝図の順序は、

5→6→13→11→39→37

また、左からのそれは、

2B→2A

となる。まず、矢印が中心を通り過ぎてしまうことは、3のC. T. Loo旧蔵北魏石床の場合と同じである。次に、右からの13→11、39→37の二箇所は、両孝子伝の順序と合わない。さらに、左側の2B、2A二つの図の向きは、董永譚の流れから見て、明らかにA→Bなのであって、2Bから2Aに、即ち、「外から内に」という方向性は、事実上成り立ち得ない。3における、原谷図の部分で述べたように、例外を認めることに吝かではないとしても、これでは余りに矛盾が多過ぎると言うべきである。さて、ネルソン・アトキンズ美術館蔵北斉石床については、林氏が根拠とされた、長廣氏の説に戻って、検討してみる必要があるように思われる。以下、上掲、上図の概念図に示した長廣氏の説を、もう一度確認してみたい。

右側の石板（第一石）が、5郭巨、6原谷、13老萊子であることは、図柄に照らしてまず動かない。また、右奥（二石）の右の図が、11蔡順であることも、同様に確実である。しかし、その中央を、39申明とすることに関しては、

図十四　蔡順、王巨尉図（ネルソン・アトキンズ美術館蔵北魏石棺）

疑問が残る。例えば申明図というものは、目下管見に入らず、余程の根拠がない限り、それを申明図と認定することは難しい。その図はおそらく、右の11蔡順図との続きから考えて、12王巨尉図であろうと思われる[37]。参考までに、両孝子伝12王巨尉の本文を示せば、次の通りである。

陽明本

王巨尉者汝（淮）南人也。〔有二〕兄弟二人一。兄年十二、弟年八歳。父母終没、哭泣過レ礼。聞者悲傷。弟行採レ薪。忽逢二赤眉賊一。縛欲レ食レ之。兄憂二其不還一。入レ山覓レ之、正見三賊縛将二殺食一。兄即自縛、往二賊前一曰、我肥弟痩。請以二肥身一易二痩身一。賊則嗟レ之、而放二兄弟一、皆得レ免レ之。賊更牛蹄一双、以贈レ之也。

船橋本

王巨尉者汝南人也。有二兄弟二人一。兄年十二、弟八歳也。父母亡後、泣血過レ礼。聞者断レ腸。爰弟行レ山採レ薪。忽遭二赤眉賊一。欲レ殺二食之一。兄憂二弟不レ来、走行二於山一。乃見二為レ賊所レ食。兄即自縛、進跪二賊前一云、我肥弟痩。乞以レ肥替レ痩。賊即嘆レ之、兄弟共免。更贈二牛蹄一双一。仁義故忽免二賊害一乎

図の左下の、跪いて手を合わせているのが、王巨尉であろう。本図と酷似する王巨尉図が、ネルソン・アトキンズ美術館蔵北魏石棺左幫にあって、その王巨尉図が蔡順図から続いていることも、非常に参考となる[38]（図十四）。また、長廣氏が梁高行とされた、右奥左の図は、子供や馬が見える所から、暫く33閔子騫辺りと推定して

おく。次いで、左奥の石板（四石）に描かれた、「不孝王寄」図を中心とする三枚の図は、37董黯の話を内容とする、三連図であろうと考えられる。両孝子伝37董黯の本文を示せば、次の通りである。

陽明本

董《（薫）》黯、家貧至孝。雖㆘与㆓王奇㆒並居㆖、二母不㆓数相見㆒。忽会㆓籬辺㆒、因語㆓曰黯母㆒、汝年過㆓七十㆒、家又貧。顔色乃得㆓怡悦㆒、如㆑此何。答曰、我雖㆘貧食㆑肉麁《（鹿）》衣薄㆖、而我子与㆑人无㆑悪。不㆑使㆓吾憂㆒故耳。王奇母曰、吾家雖㆓富食㆑魚又嗜㆒㆑饌、吾子不孝、多与㆑人恐、懼㆑罹㆓其罪㆒。是以枯悴耳。於㆑是各還。奇従㆑外帰。其母語㆑奇曰、汝不孝也。吾問㆓見董《（薫）》黯母㆒、年過㆓七十㆒、顔色怡悦。猶其子与㆑人无㆑悪故耳。奇大怒、即往㆓黯母家㆒、罵云、何故譏㆓言我不孝㆒也。又以㆑脚蹴㆑之。帰謂㆑母曰、児已問㆓黯母㆒。其云、日々食㆓三斗㆒。阿母自不㆑能㆑食、導㆓児不孝㆒。黯在㆓田中㆒、忽然心痛、馳奔而還。又見㆓母顔色惨々㆒、長跪問㆑母曰、何所不㆑和。母曰、老人言多㆑過矣。黯已知㆑之。於㆑是王奇日殺㆓三牲㆒。旦起取㆓肥牛一頭㆒、殺㆑之取㆓佳肉十斤㆒、精米一斗熟而薦《（鷹）》㆑之。日中又殺㆓肥羊一頭㆒、佳肉十斤精米一斗、熟而薦《（鷹）》㆑之。夕又殺㆓肥猪一頭㆒、佳肉十斤精米一斗、熟而薦《（鷹）》㆑之。便語㆑母曰、食㆑此令㆑尽。若不㆑尽者、我当㆘用㆑鉾刺㆓母心㆒由《（曲）》㆑戟鉤㆗母頭㆖。得㆓此言㆒終不㆑能㆑食、推㆑盤擲㆑地。故孝経云、雖㆔日用㆓三牲養㆒、猶為㆓不孝㆒也。黯母八十而亡、葬送礼畢。乃嘆曰、父母讎不㆓共戴㆒㆑天。便至㆓奇家㆒斫㆓奇頭㆒、以祭㆓母墓㆒。須臾監司到縛㆑黯。々乃請㆓以向㆑墓別㆒㆑母。監司許㆑之。至㆑墓啓㆑母曰、王奇横苦㆓阿母㆒。黯承㆓天志《（士）》㆒、忘㆑行㆓己力㆒。既得㆑傷㆑讎、身甘㆓葅醢㆒。甘㆓監司見㆒㆑縛、応㆓当備㆒㆑死。挙㆑声悶《（聞）》哭、目中出㆑血。飛鳥翳㆑日、禽鳥悲鳴、或上㆓黯臂㆒、或上㆓頭辺㆒。監司具如㆑状奏㆑王。々聞㆑之嘆曰、敬㆓謝孝子董《（薫）》黯㆒。朕寡徳統㆓荷万機㆒、而今凶人勃逆、又応㆓治剪㆒。令㆑労㆓孝子㆒、助㆓朕除㆒㆑患。賜㆓金百斤㆒、加㆓其孝名㆒也。

船橋本

董黯、家貧至孝也。其父早没也。二母並存。一者、弟王奇之母。董黯有レ孝也、王奇不孝也。於レ時黯在二田中一、忽然痛レ心。奔還二于家一、見二母顔色一。問曰、阿嬢有二何患一耶。母曰、無レ事。於レ時王奇母語レ子曰、吾家富而無レ寧。汝与レ人悪、而常恐レ離二其罪一。寝食不レ安、日夜為レ愁。董黯母者、貧而無レ憂。為レ人無レ悪。内則有レ孝、外則有レ義。安心之喜、実過二千金一也。王奇聞レ之大忿、殺二三生一作レ食、一日三度、与二黯之母一。爾即曰、若不二喫尽一、当三以レ鋒突二汝胸腹一。転載二刺母頸一。母即悶（問悶）絶、遂命終也。時母年八十、葬礼畢。後黯至二奇家一、以二其頭一祭二母墓一。官司聞レ之曰、父母与レ君敵不レ戴レ天。則奏二具状（四）一曰、朕以二寛徳一総二荷万機一。今孝子致レ孝、朕可二助恤一。

則賜以二金百斤一也

本囲屏左奥の中央、左（四石2、3）と酷似するのが、ボストン美術館蔵北魏石室右側下の董黯（晏）図である[39]（図十五。榜題「董晏母供王寄母語時」）。左奥の中央、左の図を右からのものとして見ると[40]（図十六）、その両図は、ボストン美術館蔵北魏石室の董黯図と、殆ど同じ構図をもっていることが分かる。今、考証を一切省き[41]、結論のみを言えば、図十五は、右から董黯、黯母、王奇、奇母、侍女であり、図十六右は、屋内に坐すのが黯母、その手前に跪くのが董黯で、左は、帳前に坐すのが奇母、その前に剣を帯して立つのが、王奇であろうと思われる。残る左奥右の一図は、母の墓前で合掌する董黯を描いたものであろう[42]。さて、ここで一つ注意しておきたいことは、長廣氏にせよ、林氏にせよ、北魏期の孝子伝図を説明するに際し、船橋本（清家本）を使われることが多いことである。しかし、例えば図十五、図十六の場合など、上掲のような改変を蒙った船橋本の本文によって、それを説明することは、殆ど不可能とすべきであろう。船橋本の成立は、おそらく唐代にまで降り[43]、その本文を用いて北魏時代の孝子伝図を説明することは、適当とは思われない。陽明本によるべきである。また、左側の石板（三石）において、長廣、林両氏が不明とされた右の図は、9丁蘭であろう。中央は、2董永で良いが、問題は、長廣氏が「続・董永図」、林氏が「2B（董永）」

図十五　ボストン美術館蔵北魏石室

図十六　ネルソン・アトキンズ美術館蔵北斉石床（四石２、３）

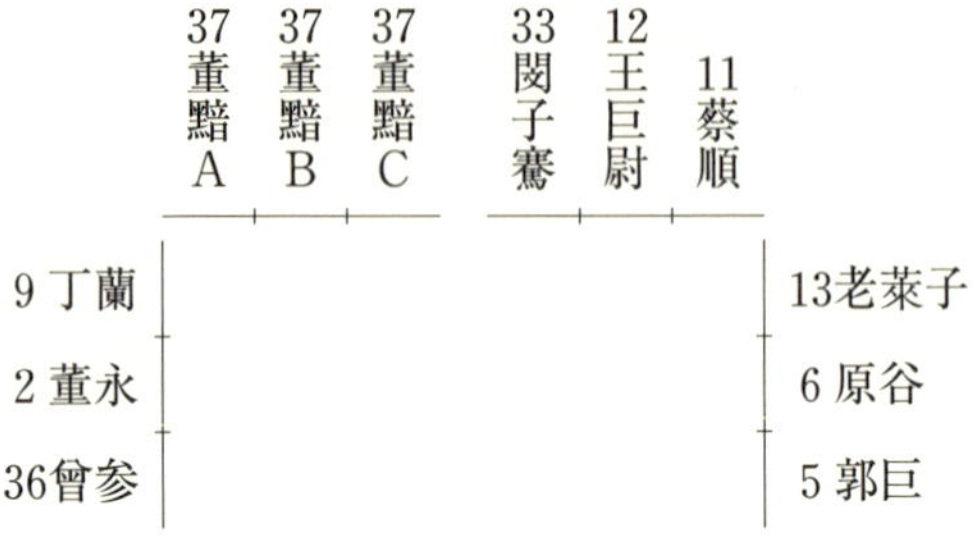

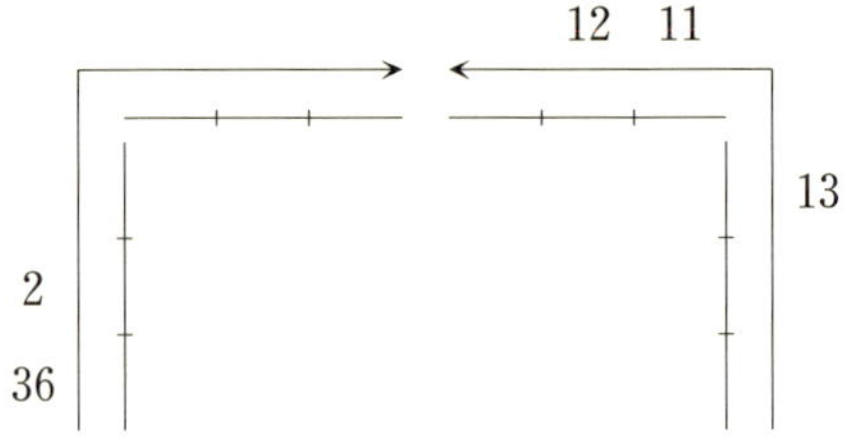

とされた、左の図である。林氏の言われるように、当囲屏の「左側の側面」が「外から内に行く」ものであるならば、その図は董永図ではあり得ない。ところが、両孝子伝において2董永より若い数字をもっているのは、1舜だけであり、しかし、本図は舜の図ではない。さて、その図は、機を織る図柄から考えて、両孝子伝36曾参の投杼図であろう。図の右端の薪を持つ男性は、その嚙指譚を描いたものらしい[44]。以上を改めて概念図として示せば、上掲、上図の如くである。さらに、その孝子伝の順序を、矢印によって表わせば、上掲、下図となって、林氏の説をほぼ満たしていることが分かる。中で、13→11→12、36→2の二箇所は、孝子伝の順序と異なるが、例によって画工の意匠に委ねられた部分なのであろう。前者は或いは、11、12を一連として同じ石板上で扱おうとしたものの如く、後者は、言わば孝子伝図の描き始めに当たっていることに、注意を払っておきたい。

さて、林氏は、その論攷一章の結びとして、次のように述べておられる。

> したがって、北朝の石棺床の構成原理は次のように考えられる。つまり、石棺床の中心となる図像は墓主の肖像であり、その他は墓主を養う図像と孝子伝図である。故事の順序からみると、両側から中央に向って収束するという整合性が見られる

氏の説に対し、重ねて全面的に賛意を表すべく、また、その研究史における、具体的な価値に関しては、既述の通り

である。

小論の最後に、二つの事柄を付け加えておきたい。一つは、林氏の論文に言及のない、和泉市久保惣記念美術館蔵北魏石床の孝子伝図のことであり、もう一つは、北魏時代の、石床以外の石室、石棺に見える孝子伝図のことである。それらは共に、従来不明とせざるを得なかった、両孝子伝、特に陽明本の成立時期について、貴重な手掛りを提供するものと思われるのである。

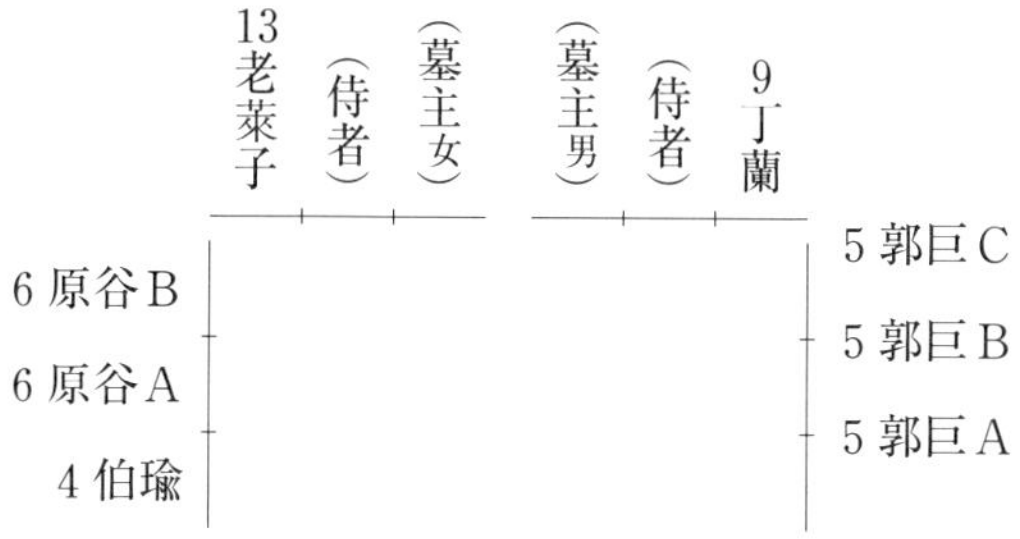

和泉市久保惣記念美術館に、一組の北魏石床が所蔵されている（右側の石板は元、個人蔵、河田昌之氏教示。本書I二5参照）。北魏正光五（五二四）年の匡僧安墓誌を伴い、彩色、鍍金跡の微かに残る、北魏石床の優品で、図十七に、その囲屛の部分を掲げた[45]。囲屛は、四枚の石板から成り、それを各々三面に区切って、中央四面に墓主夫婦、侍者を描き、残る八面に孝子伝図を描いている。全ての孝子伝図は、榜を有しているが、文字はない。彩色跡からすると、或いは、刻むのではなく、書かれてあったのかもしれない。右側の石板の5郭巨（三連）、左側の6原谷（二連）以外は、その図柄の判断が難しいが、林氏の説を援用すれば、当囲屛の孝子伝図の内容は、上掲のように推定することが出来るであろう。右奥の右、9丁蘭などは、ネルソン・アトキンズ美術館蔵北斉石床（左側の石板右）等に、酷似する図柄が見えている。

ところで、前述石床以外の石室、石棺に描かれた孝子伝図の配列、順序はどうなっているのであろうか[46]。石床（囲屛）における、孝子伝図の順序と、両孝子伝の編目との関係に

図十七　和泉市久保惣記念美術館蔵北魏石床

着目された、林氏の説を念頭において、以下、いずれも北魏期の孝子伝図を代表する、次の四つの遺品、

(1)ボストン美術館蔵北魏石室
(2)ミネアポリス美術館蔵北魏石棺
(3)ネルソン・アトキンズ美術館蔵北魏石棺
(4)寧夏固原北魏墓漆棺画

を取り上げてそのことを検討し、小論の結びとしたい㊼。

(1)ボストン美術館蔵北魏石室は、孝昌三（五二七）年の寧懋石室と考えられるもので、石室左右の両側壁上下に、各二幅の孝子伝図を有している㊽。両孝子伝における番号、孝子名によってそれを示せば、次の如くである。

（右側、上）――（右側、下）
2董永――37董黯
（左側、上）――（左側、下）
9丁蘭――1舜

榜題は、2（「董永看父助時」）、37（「董晏《（黯）》母供王寄母語時」、以上、右側）、9（「丁蘭事木母」）、1（「舜従東家井中出去時」、以上、左側）である。さて、本石室の孝子伝図は、両孝子伝の編目によれば、1→9、2→37、つまり左下→左上、右上→右下と見るべきものと思われる。

(2)ミネアポリス美術館蔵北魏石棺は、正光五（五二四）年の元謐石棺と考えられるもので、左右両幫に各六幅、計

十二幅の孝子伝図を有する㊾（二連図二例を含む）。両孝子伝の番号、孝子名により、それを示せば、次の如くである。

（右幫）	（左幫）
44眉間尺B（足側）	6原谷（頭側）
44眉間尺A	1舜
33閔子騫	13老萊子
5郭巨	37董黯・（檻）
4伯瑜	35伯奇A
9丁蘭（頭側）	35伯奇B（足側）

榜題は、各幫の頭側から、9（「丁蘭事木母」）、4（「韓伯余母与丈和弱」）、5（「孝子郭巨賜金一釜」）、33（「孝子閔子騫」）、44（「眉間赤妻」「眉間赤与父報酬」、以上、右幫）、6（「孝孫棄父深山」）、1（「母欲殺舜々即得活」）、13（「老来子年受百歳哭悶」）、37（「孝子董檻与父犢居」）、35（「孝子伯奇耶父」「孝子伯奇母赫児」、以上、左幫）である。当石棺の孝子伝図の順序は、いずれも頭側を始まりとして、

6→1→13→37→35A→35B（左幫）

9→4→5→33→44A→44B（右幫）

となっている。興味深いのは、左幫、右幫共、6→1、9→4と、被葬者の頭に近い部分が、その順序を違えていることで、このことは、やはり孝子伝図の描き始めが、画工の裁量に任されていたことを物語っているようだ。さらに、

37↓35の一箇所もそれを違えているが、あとは全て両孝子伝の順序と一致している。

(3)ネルソン・アトキンズ美術館蔵北魏石棺は、非常に有名なものであるが、残念ながら、その制作年代は、よく分からない。例えば奥村伊九良氏は、「先づ東魏おそくて北斉、或は六世紀中葉のもの、と云つておかう」とされている[50]。本石棺は、左右両幫に各三幅、計六幅の孝子伝図を有している。両孝子伝の番号、孝子名により、それを示せば、次の如くである。

（右幫）	（左幫）
6原谷（足側）	2董永（頭側）
5郭巨	11蔡順
1舜（頭側）	12王巨尉（足側）

榜題は、頭側から、1（「子舜」）、5（「子郭巨」）、6（「孝孫原穀」、以上、右幫）、2（「子董永」）、11（「子蔡順」）、12（「尉」、以上、左幫）である。当石棺の孝子伝図の順序は、

1↓5↓6（右幫）

2↓11↓12（左幫）

となっていて、(2)同様、頭側を始めとし（左右は異なる）、両孝子伝の編目と一致しており、しかも本石棺の場合、両孝子伝における5↓6や11↓12、また、1、2など、奇数起こしの連続した番号を多く採っていることが分かる（但し、11蔡順の飛火譚は、両孝子伝に不見）。これは大変驚くべきことで、例えばネルソン・アトキンズ美術館蔵北

魏石棺の孝子伝図と両孝子伝、殊に陽明本との深い関わりを示す、注目すべき現象と言わなければならない（但し、左幫の2董永、11蔡順、12王巨尉図は、孝子伝図としての配置が右から左へと配されるのに対し、各図中の流れは左から右へと流れていることに、注意すべきである〈図十四参照〉。右幫は、図の配置も図中の流れも、左から右となっている。この問題は、なお一考を要する）。

（4）寧夏固原北魏墓漆棺画は、太和（四七七—九九）頃の作とされるもので、(51) 甚だしく傷んではいるが、左幫の上欄に二幅（八面、三面）、右幫の上欄に三幅（三面、三面、一面）、計五幅の孝子伝図が現存している。両孝子伝の番号、孝子名によって、それを示せば、次の如くである。

（右幫）
11蔡順（足側）
9丁蘭（3面）
35伯奇（3面。頭側）

（左幫）
1舜（8面。頭側）
5郭巨（3面。足側）

榜題は、頭側から、1（「舜後母将火焼屋欲殺舜時」、「使舜逃井灌徳《(得)》金銭一枚銭賜□石田《(塡)》時」、「舜徳急従東家井里《(裏)》出去」、「舜父開萌《(盲)》去」、「舜後母負菩互易市上売」、「舜来売菩」「応直米一斗倍徳二十」、「舜母父欲徳見舜」「市上相見」、「舜父共舜語」「父明即聞時」）、5（「孝子郭距《(巨)》供養老母」、「以食不足敬□□母」「相将夫土塚天賜皇今《(黄金)》一父《(釜)》」、「□《(官)》不徳脱《(奪)》私不徳与」、以上、左幫）、35（「尹吉符《(甫)》詣聞□喚伯奇化作非《(飛)》鳥」「上肩上」、「将仮鳥□□□樹上射入□」）、9（「供養老母」「死」等）、11（「東家失火蔡順伏身官《(棺)》上」、以上、右幫）である。当漆棺画の孝子伝図の順序は、

1→5（左幫）
35→9→11（右幫）

となり、頭側を始まりとして、両孝子伝の編目と一致するが（1→5の組み合わせは、ネルソン・アトキンズ美術館蔵北魏石棺右幫に、また、9→11の組み合わせは、C. T. Loo旧蔵北魏石床左側の石板に見える）、ただ35→9の一箇所のみ、その編目と異なっているのは、やはり35が冒頭図に当たるからであろう。このように見てくると、林氏の着目された、両孝子伝の編目は、北魏時代の石床の孝子伝図のみならず、同時期の石室、石棺などの孝子伝図においても、概ね踏襲され、且つ、可成り強い支配力をもっていたらしいことが、確認し得る。そして、両孝子伝の内、陽明本（ないし、陽明本系）のそれが、北魏期を通じ、孝子伝図の制作過程に深く関与していたことは、間違いのない事実と言うことが出来るであろう。

かつて西野貞治氏は、陽明本の記載人物及び、その出典に関する綿密な考証に基づき、陽明本の成立時期について、次のように述べられたことがある㊿。

出典の最も新しいものは梁の沈約の宋書であり、この出典関係と、先の記載人物から、この孝子伝は梁陳隋の間の成立かと推考される

西野氏は、陽明本が、梁、沈約（四四一—五一三）撰の宋書を出典とする、21劉敬宣、22謝弘微、23朱百年、25張敷などの話を収載することから、その成立時期を、「梁陳隋〔五〇二—六一八〕の間」と推測されたのである。しかし、陽明本の成立時期は、上述北魏時代の孝子伝図との関係から考えて、梁以後に降ることはないと思われる。故に、陽明本の成立は、沈約の宋書の完成した斉、永明六（四八八）年の後間もなく、おそらく北魏、太和年間（四七七—四九九）の半ば頃であろうと考えられる。また、陽明本の成立に関しては、その母胎となる、漢代孝子伝の一本のあっ

たことが確実で、陽明本の成立時期は、なお改編時期を意味していることに、注意すべきであろう。

注

① 図一は、容庚『漢武梁祠画像録』（考古学社専集13、北平燕京大学考古学社、民国25年）、図二は劉興珍、岳鳳霞氏編、邱茂氏訳『中国漢代の画像石―山東の武氏祠』（外文出版社、一九九一年）図一一一、図三は、漢代画像全集（巴黎大学北京漢学研究所、図譜叢刊之一、一九五一年）二編図一四四、図四は、シャヴァンヌ、Mission archéologique dans la Chine septentrionale, Tome I, Premiéle partie, La sculpture a l'époque des Han, Paris, 1913, 図一二七一に拠る。

② 四部の書については、太田晶二郎氏「「四部ノ読書」考」（太田晶二郎著作集一所収、吉川弘文館、平成3年。初出昭和34年）参照。

③ 孝子伝図の概要については、拙著『孝子伝の研究』（佛教大学鷹陵文化叢書5、思文閣出版、平成13年）Ⅱ一、また、孝子伝については、Ｉ一を参照されたい。

④ 参考までに、蒙求古注（故宮博物院本）の本文を示せば、次の通りである（返り点、句読点を施し、送り仮名等を省く）。

史記、閔損字子騫。早喪レ母。父娶二後妻一、生二二子《（字）》一。子騫孝心不レ怠。母疾レ之悪レ之、所レ生子以二綿絮一衣レ之。騫即以二蘆花一。父冬《（日月）》月令二騫御一レ車。体寒失レ靷。父責レ之。騫不二自理一。父察密知レ之、欲レ遣二後母一。騫跪泣白レ父曰、母在一子寒、母去三子単。父善レ之而止。母悔改レ之、後三子均平、遂成二慈母一也

また、敦煌本孝子伝（事森。P二六二一）の閔子騫譚末尾には、「出二春秋一也」と言うが、無論春秋にもそれは見えない。敦煌本孝子伝については、注③前掲拙著Ｉ一3参照。

⑤ 西野貞治氏「陽明本孝子伝の性格並に清家本との関係について」（『人文研究』7・6、昭和31年7月）

⑥ なお例えば朱熹の四書或問に見えるそれは、少し文章が異なり、聊か簡略なものとなっている。御車のこともなく、むしろ蒙求注や敦煌本事森などの本文に近い。参考までに四書或問十六の「呉氏詳矣」の注に、「呉氏曰」として引かれる韓詩外伝逸文の本文を示せば、次の通りである。

韓詩外伝、子騫早喪レ母。父娶二後妻一、生二二（三）子一。疾二悪子騫一、以二蘆花一衣レ之。父察知レ之、欲レ逐二後母一。子騫啓曰、母在一子寒、母去三子単。父善レ之而止。母悔改レ之。後至二均平一、遂成二慈母一

⑦ 長廣敏雄氏編『漢代画象の研究』（中央公論美術出版、昭和40年）二部「武梁石室画象の図象学的解説」19は、図一を説明して、

車の上に乗り込んでのうのうとしているのが継母の子である

と述べ、「話は師覚授の孝子伝に見える」と指摘している（平岡武夫氏解説）。

⑧ 両孝子伝については、注③前掲拙著Ｉ一２及び、幼学の会『孝子伝注解』（汲古書院、平成15年）参照。

⑨ 陽明本が古態を留めることについては、西野氏注⑤前掲論文及び、注③前掲拙著Ｉ四参照。

⑩ 例えば図一―図四における、父が閔子騫を抱くようにしている仕草と、陽明本の、「仍持二其手一、々冷」と言う記述との関連にも、注意すべきである（師覚授孝子伝等不見。韓詩外伝、説苑「父持二其手一、衣甚単」、太平御覧三十四所引逸名孝子伝「撫二背之衣一単」）。

⑪ 図五は、容庚注①前掲書に拠る。

⑫ 図六は、写真に拠る。村上英二氏蔵後漢孝子伝図画象鏡については、山川誠治「曾参と閔損―村上英二氏蔵漢代孝子伝図画像鏡について―」（『佛教大学大学院紀要』31、平成15年３月）参照。

⑬ 本書Ⅱ一１参照。

⑭ 本書Ⅱ一１及び、その注㉝参照。

⑮ 林聖智氏「北朝時代における葬具の図像と機能―石棺床囲屏の墓主肖像と孝子伝図を例として―」（『美術史』154〈52・２〉、平成15年３月）

⑯ 佐原康夫氏「漢代祠堂画像考」（『東方学報　京都』63、平成３年６月）

⑰ 佐原氏注⑯前掲論文三章１②「列女図」。氏は、さらに続けて、

『漢書』芸文志には、劉向が序をつけた書物として『列女伝頌図』があげられている。『七略別録』によれば、劉向父子は

列女伝七篇とともに、その画像を描いた屏風も作ったらしい。『列女伝頌図』はこの屏風絵に賛をつけたものかもしれない。『列女伝』の図は当初から存在したことになる。後漢代の画像の粉本が劉向の時代そのままとは思えないが、かなりまとまったものがあり、見る者によく知られていたことは確かだろう

とされている。

⑱ 図七は、内蒙古自治区博物館文物工作隊『和林格爾漢墓壁画』（文物出版社、一九七八年）所収の摸図に拠る。なお和林格爾後漢壁画墓については、上掲書の他、内蒙古文物工作隊、内蒙古博物館「和林格爾発現一座重要的東漢壁画墓」（『文物』74・1）、蓋山林氏『和林格爾漢墓壁画』（内蒙古人民出版社、一九七八年）などに詳しい。

⑲ 列女伝の標目は、山崎純一氏『列女伝』上中下（新編漢文選、思想・歴史シリーズ、明治書院、平成8—9年）の目次に拠る。なお中室南壁の甬道門上方に、

□義□□
魯漆室女
□□夫人
□□之妻
□□□
□《（高）》行処梁

と榜題する図があるが（文物出版社版『和林格爾漢墓壁画』所収の壁画情況一覧表に拠る）、後考を期したい。魯漆室女は、列女伝巻三仁智伝13魯漆室女43に当たっている。

⑳ この和林格爾後漢壁画墓の列女伝図については、唐、張彦遠の歴代名画記五、晋に、謝稚の描いた作品として、「列女」「列女伝一」「列女画」「列女図」「大列女図」等と共に、

列女母儀図、列女貞節図、列女賢明図、列女仁智図……列女弁通図

が上げられていることとの関連が頗る興味深い（なお同書六の濮道興、七の王殿、陳公恩参照）。その列女母儀図以下は、そ

れぞれ列女伝一母儀、同四貞順及び、五節義、また、同二賢明、同三仁智、同六弁通に該当し、和林格爾後漢壁画墓の列女伝図は、それらの漢代における前身をなすものと考えられ、同時代の北魏司馬金竜墓出土木板漆画図屛風共々、注目すべきものである。一方、謝稚には、「孝子図」「孝経図」などの作品もあった。さて、後漢武氏祠画象石（武梁祠）にも列女伝図がある（長廣氏注⑦前掲書二部参照）。その列女伝図について、佐原氏は、次のように指摘されている（注⑯前掲論文三章1②）。

武梁祠の画像では、『古列女伝』に見える女性が八人登場する。このうち図9〔武梁祠の画像配置〕の11梁の高行と14楚昭貞姜が現行本巻四の貞順伝に、43の鍾離春が巻六弁通伝に見えるほかは、すべて巻五の節義伝に見える。女性の徳として、節義が特に重んじられていることがわかる。43鍾離春だけは、画像の位置だけでなく説話の内容も少し異質だが

今改めて、後漢武氏祠画象石（武梁祠）三石、二石の一層（鍾離春のみは、三層の孝子伝図の後）に描かれた、列女伝図の並び、及び、その列女伝との対応を示せば、次の如くである（後漢武氏祠画象石の列女伝図の場合は、右から始まる）。

（一層）	（列女伝）
梁高行	巻四・14梁寡高行59
魯秋胡妻	巻五・9魯秋潔婦69
義姑姉	6魯義姑姉66
楚昭貞姜（以上、三石）	巻四・10楚昭貞姜55
梁節姑姉（三、二石）	巻五・12梁節姑姉72
斉継母	8斉義継母68
京師節女（以上、二石）	15京師節女75
鍾離春（二石三層）	巻六・10斉鍾離春85

後漢武氏祠画象石の列女伝図は、一応列女伝巻四貞順伝、巻五節義伝（鍾離春のみは巻六弁通伝）から集中的に取材しているものの、そこには、例えば和林格爾後漢壁画墓の列女伝図に見るような、整然とした列女伝との対応関係は、認め難い。

㉑　なお後漢武氏祠画象石には、武梁祠以外にも、以下のような孝子伝図が見える。

・前石室七石一層（右から。以下同）
閔子騫33
刑渠（「孝子刑□」「刑渠」）3
・同二層
伯瑜（「伯游也」「伯游母」）4
老萊子（「老萊子」「萊子父母」）13
・前石室十一石三層
刑渠3
丁蘭9
・左石室七石一層
舜、伯奇1 38
・左石室八石一層
丁蘭9
刑渠3
・後石室八石一層
閔子騫33

㉒　陽明本と漢代孝子伝の関連については、本書Ⅱ一5参照。

㉓　舜と伯奇の図は、
(1)後漢武氏祠画象石（左石室七石）
(2)嘉祥南武山後漢画象石（二石3層）
(3)嘉祥宋山一号墓（四石中層）

(4)　同　　　　　　　（八石2層）
(5)松永美術館蔵後漢画象石（上層）
(6)南武陽功曹闕東闕（西面一層）
などに見える。なお伯奇譚と伯奇図、舜譚と舜図については、本書Ⅱ一1、2をそれぞれ参照されたい。
㉔　注③前掲拙著Ⅱ一参照。
㉕　申生図は、泰安大汶口後漢画象石墓（二石）の他、
(1)後漢武氏祠画象石（武梁祠三石4層）
(2)嘉祥宋山一号墓（二石3層）
(3)嘉祥宋山二号墓（一石3層）
(4)山東肥城後漢画象石墓（東壁4層）
などにも見える。なお申生譚と申生図については、本書Ⅱ二3参照。
㉖　後漢楽浪彩篋の魏陽図については、東野治之氏「律令と孝子伝—漢籍の直接引用と間接引用—」（『万葉集研究』24、平成12年6月。同氏『日本古代史料学』〈岩波書店、平成17年〉一章5に再録）また、注③前掲拙著Ⅰ四及び、本書Ⅱ一4参照。
㉗　浜田青陵氏「楽浪の彩絵漆篋」（『思想』155、昭和10年4月）
㉘　注⑧前掲『孝子伝注解』41李善、図像資料参照。なお、例えば吉川幸次郎氏「楽浪出土漢篋図像考証」（吉川幸次郎全集6〈筑摩書房、昭和43年〉所収、初出昭和9年）は、「孝孫」「孝婦」を、未詳としつつも、独立したものとされており、注⑧前掲『孝子伝注解』「図像資料　孝子伝図集成稿」6原谷、図三においては、それを仮に原谷図と見做したが、ここに訂正しておきたい。
㉙　林氏注⑮前掲論文「はじめに」及び、その註（1）（2）。さらに、氏が、従来「墓室の装飾の範疇で理解され」る「漢代における墓の画像」と、「墓室ではなく、すべて葬具に集中して刻まれている」「北朝時代の孝子伝図」との区別を提言されていることは、孝子伝図の研究上、非常に重要である。

㉚ 図十一は、林氏注⑮前掲論文挿図6に拠る。

㉛ 図十二は、C. T. Loo & Co, An Exhibition of Chinese Stone Sculptures (New York, 1940) Plates XXIX—XXXII (Catalogue No. 36）に拠る。

㉜ その内には、編目との関わりのみならず、第二の課題として、北魏期の孝子伝図と両孝子伝、特に陽明本との内容的な関わりを見直すことが、含まれるであろう。それは、西野貞治氏の早くから提起されていた問題である（西野氏注⑤前掲論文）。

㉝ ネルソン・アトキンズ美術館蔵北斉石床の復元に際し、林氏の取られた手続きは、次のようなものである。

ここでは、石板の物理的な状態から復元案を考えてみたい。幅がより長い二つの石板は奥に位置すべきものである。ただし、どちらが右か左かは、単に図像を見ただけでは確認できない。注意すべきところは、これらの石板は穴と縁との間の距離が一定ではなく、長短の二種類がある。これはおそらく石板の繋がり方に二種類あることを物語っている。つまり、石板が水平及び直角に繋げられているのである。奥の中央で二つの石板が水平に繋げられているが、左右両側の石板は直角に奥の石板に繋げられている。石板はかなり重いため、水平の繋がりと比べると、直角の部分の方がより大きな負荷がかかっていたと考えられる。おそらく、そのため、直角の繋ぎの鉄棒がより長く作られているのであろう。また、原石の画面において、本来、鉄棒で繋がれていた部分に、図像が刻まれていないところと錆びの痕跡が見られる。そうすると、鉄棒の状態は、挿図14〔挿図15であろう〕のように推測することができ、本来鉄棒は画面に沿って繋げられていたのであろう

㉞ 図十三は、長廣敏雄氏『六朝時代美術の研究』（美術出版社、昭和44年）図版45—56に拠る。

㉟ 長廣氏注㉞前掲書

㊱ 林氏注⑮前掲論文註（17）

㊲ 長廣氏は、本図が王巨尉図である可能性を一旦示唆しつつ、以下のような理由で、当図を申明図とされた（注㉞前掲書）。

赤眉の賊は正史の記載から判断してもわかるが、本図のような堂々たる兵団ではありえない。それにまた、本図には王巨尉のはなしの主役たる二人の少年は描かれていなく、反対に引き立てられているのは、一人の壮年または老年者である。

したがって本図は赤眉の賊と王巨尉の説話を以て解釈することが困難である

㊳　図十四は、『瓜茄』４（昭和12年５月）図版二に拠る。なお本囲屏右側の石板における、５郭巨、６原谷二図の組み合わせも、ネルソン・アトキンズ美術館蔵北魏石棺の右幇に見えている。

㊴　図十五は、中国美術全集絵画編19石刻線画（上海人民美術出版社、一九八八年）図六に拠る。

㊵　図十六は、長廣氏注㉞前掲書図版56、55に拠る。

㊶　董黯譚及び、董黯図については、本書Ⅱ一３参照。

㊷　本囲屏の左奥に描かれた、三枚の図（四石１、２、３）を、三連の董黯図と見る、私の考え方は、その三枚の図が左からのもの（３→２→１）とする場合、成り立つが、右からのもの（１→２→３）とする場合には、当然成り立たない。林氏の説は、全く別の論拠から、その三枚の図を左からのものとする点、上記の考え方の支証となる説と捉えることが出来る。

㊸　船橋本の成立については、注③前掲拙著Ⅰ四参照。

㊹　本書Ⅱ一１参照。

㊺　図十七は、和泉市久保惣記念美術館提供の写真に拠る。参考までに、その基誌銘の本文を示せば、次の通りである。

唯大魏正光五年歳次甲
辰十一月丁未朔徐州蘭
陵郡永県都郷里人匡僧
安名寧在京士至殿中将
軍主食左右十月廿五日
辞世十一月十五日葬在
洛陽西界北山中墓記

この墓誌銘については、木島史雄氏「匡僧安墓誌小考」（『北魏棺床の研究　和泉市久保物記念美術館石造人物神獣図棺床研究』〈和泉市久保惣記念美術館、平成18年〉所収）、また、彩色その他のデータについては、橋詰文之氏「石造人物神獣図棺床の構造と細部の観察」（同上）を参照されたい。

㊻ 林氏は、注⑮前掲論文註（1）で、

北朝時代において、葬具とは主に棺・槨、屋形槨、石棺床の三種類に分けられる。本稿は著者の北朝時代の葬具に関する一連の考察の第一部であり、石棺床の問題を扱い、北朝時代における棺・槨と屋形槨の図像の考察については、別稿に譲りたい

また、註（32）で、

先述した石棺床囲屛のほか、ミネアポリス美術館蔵の石棺やネルソン・アトキンズ美術館蔵の石棺の孝子伝図も一定の順序を呈しており、陽明本の故事の順序と一致する部分も多く見られる

と言われている。

㊼ なお、北魏司馬金竜墓出土木板漆画図屛風なども、1舜、41李善（その榜題と両孝子伝の記述との関わりについては、注③前掲拙著Ⅱ一、また、注⑧前掲『孝子伝注解』41李善、注五参照）等の孝子伝図を含むが、本屛風に描かれた列女伝図、孝子伝図と列女伝、孝子伝との関係については、さらに別途の考察を必要とする。

㊽ ボストン美術館蔵北魏石室及び、⑵ミネアポリス美術館蔵北魏石棺については、本書Ⅰ二4参照。なお林氏は近時、「北魏寧懋石室的図像与功能」（国立台湾大学『美術史研究集刊』18、民国94〈二〇〇五〉年3月）を公刊されている。

㊾ 本書Ⅰ二4参照。また、その董黯《（慍）》図については、本書Ⅱ一3参照。

㊿ 奥村伊九良氏「孝子伝石棺の刻画」（『瓜茄』4、昭和12年5月。同氏『古拙愁眉　支那美術史の諸相』〈みすず書房、昭和57年〉に再録）。また、近時、それを王悦（正光五〈五二四〉年没、婦人郭氏永熙二〈五三三〉年没）のものかと推定する説などもある（宮大中氏「邙洛北魏孝子画像石棺考釈」、『中原文物』84・2、一九八四年6月）。

(51) 例えば、蘇哲氏「北魏孝子伝図研究における二、三の問題点」（実践女子大学『美学美術史学』14、平成11年10月）には、本漆棺画制作の「実年代も太和十八〈四九四〉年洛陽遷都に近いと思われる」とされている。

(52) 西野氏注⑤前掲論文

4　鍍金孝子伝石棺続貂
——ミネアポリス美術館蔵北魏石棺について——

一

今昔物語集九・20「震旦周代臣伊尹子伯奇、死成レ鳥《(鳴)》報二継母怨一語」の冒頭に、次のような話が出てくる。

伯奇童子ノ時、継母此レヲ憎ミ懐ム事無限《かぎりな》シ。或ル時ニハ、蛇ヲ取テ、瓶ニ入レテ伯奇ニ令持《もたし》メテ、継母ガ子ノ小児ノ所へ遣ル。小児此レヲ見テ恐ヂ怖レテ、泣キ迷テ音ヲ高クシテ叫ブ。其ノ時ニ、継母父ノ大臣ニ告テ云ク、伯奇常ニ我ガ子ノ小児ヲ殺サムトス。君此ノ事ヲ不知《しら》ズヤ。若シ此レヲ疑ハヾ、速ニ行テ其ノ実否ヲ可見《みるべ》シト云テ、瓶ノ中ノ蛇ヲ令見《み》シム。父此レヲ見テ云ク、我ガ子伯奇、幼シト云ヘドモ、人ノ為ニ悪キ事ヲ未ダ不見《み》ズ。豈ニ此レ僻事ナラムト

この話は、我が国にのみ伝存する完本の孝子伝、陽明本船橋本孝子伝35伯奇に基づく①（注好選上・66にも）。両孝子伝の本文を示せば、次の通りである。

・後母……仍憎二嫉伯奇一。乃取二毒蛇一、納二瓶中一。呼二伯奇一将レ殺、小児戯。小児畏レ蛇、便大驚叫。母語二吉甫一曰、伯奇常欲レ殺二我小児一。君若不レ信、試往二其所一看レ之。果見レ之、伯奇在二瓶蛇一焉　（陽明本）

・後母……始而憎二伯奇一。或取レ蛇入レ瓶、令レ賚二伯奇一、遣二小児所一。小児見レ之、畏怖泣叫。後母語レ父曰、伯奇常欲レ

殺二吾子一。若君不レ知乎、往見二畏物一。父見二瓶中一、果而有レ蛇。父曰、吾子為レ人、一無レ悪。豈有レ之哉（船橋本）

右は、伯奇譚における蛇の話であるが、説苑、琴操上以下に喧伝する伯奇譚において、その蛇の話は極めて稀覯に属し、文献上、例えば唐、于立政の撰と伝える類林所引の孝子伝以外、全く管見に入らない[2]。ところが、右の蛇の話は、孝子伝図としてミネアポリス美術館蔵北魏石棺（「孝子伯奇母赫児」と榜題する）また、洛陽古代芸術館蔵洛陽北魏石棺床に見え[3]、その説話の成立が北魏時代、六世紀前半以前に溯ること等について、最近述べたことがある[4]。

さて、在米の孝子伝図資料としてはミネアポリス美術館蔵北魏石棺の他、ボストン美術館蔵北魏石室、ネルソン・アトキンズ美術館蔵北魏石棺、同北斉石床などを上げることが出来るが、例えばボストン美術館蔵北魏石室に関しては、中国美術全集絵画編19石刻線画等[5]、また、ネルソン・アトキンズ美術館蔵北魏石棺については、奥村伊九良氏の先駆的労作「孝子伝石棺の刻画」[6]以下、同北斉石床に関しては、長廣敏雄氏『六朝時代美術の研究』[7]に就くことにより、それぞれ鮮明な図版を得ることが可能であるのに比して、前述ミネアポリス美術館蔵北魏石棺については、奥村伊九良氏「鍍金孝子伝石棺の刻画に就て」[8]以下に拓本等を用いた一応の紹介があるものの、遺憾ながら肝心のその孝子伝図に関しては、目下鮮明な図版を見出し得ない。幸いなことに私は平成十三年十二月、十四年八月と昨年八月、米国ミネアポリス美術館を訪れ、その北魏石棺の孝子伝図を撮影することが出来た。ミネアポリス美術館蔵北魏石棺（図一―四）の右幫、左幫に描かれた孝子伝図は、細部を実見するに見事なもので、その雄勁且つ、典雅な落着きを湛えた画風というものは、例えばネルソン・アトキンズ美術館蔵北魏石棺などと共に、北魏時代の孝子伝図を代表する、優品の一とすべきものであることが間違いない。そして、これまでミネアポリス美術館蔵北魏石棺の孝子伝図が十分に紹介されてこなかったことは、極めて残念なことと思われる。そこで、この機会を借りて、その十二幅の孝子伝図を紹介することとした（口絵図1―12。口絵図1―6は右幫、口絵図7―12は左幫を、それぞれ左から見たもの

図一　ミネアポリス美術館蔵北魏石棺　右幫
The Minneapolis Institute of Arts. The William Hood Dunwoody Fund.

図二　左幫
The Minneapolis Institute of Arts. The William Hood Dunwoody Fund.

図四　後檔
The Minneapolis Institute of Arts.
The William Hood Dunwoody Fund.

図三　前檔
The Minneapolis Institute of Arts.
The William Hood Dunwoody Fund.

である）。また、ミネアポリス美術館蔵北魏石棺（さらに、ボストン美術館蔵北魏石室）については、日米中三国の研究者間の理解に重大な齟齬があり、この機会に、併せてその齟齬を糾しておきたく思う。

まず日本、米国、中国における、ミネアポリス美術館蔵北魏石棺に関する、これまでの研究史を点綴しておきたい。我が国において、戦前の昭和十四年の段階で逸速くその北魏石棺について紹介、報告された奥村伊九良氏は、次のように述べられた⑨。

前にネルソン美術館所蔵の孝子伝石棺を紹介してその刻画を論じたが⑩、其節之に似た石棺が他にもう一箇あるらしいといふ噂を耳にしたので注意してゐた所、上海の古田福三郎氏にその拓本のあることを知つた。此棺は数年前日本へも売込みの話があつた由で、東京方面には或は知つてゐる人が少くないであらう。今はアメリカのどこかの（フィラデルフィア？）美術館に買はれてゐる筈であるが、同国へ問合せても所在が判明しない。当石棺は出土地が河南省であつたと云はれてゐることゝ、前述ネルソン美術館孝子伝石棺と前後して支那の骨董市場に出たことゝの外に、同石棺との関係は全く報告せられてゐないが、恰好も大さも刻法も殆ど同一で、やはり孝子伝の場面其他が一面に刻んである。そしてその刻画面には金箔の痕跡がのこつてゐたといふ。精しいことは報告を得ないが、或は平脱〔平文《ひようもん》のこと。漆地の紋〕の様に画像の箇所だけを金色にしてあつたものであらうか。この二つの孝子伝石棺を所蔵者によつて某美術館孝子伝石棺という風に呼び分ければよいが、今それが出来ないから、彼をネルソン美術館孝子伝石棺とよび、これを鍍金孝子伝石棺と仮に呼ばう。大さはネルソン美術館のものと殆ど同一で、幾らか大きいかと思はれるが明かでない*（*高さ二尺五寸、幅二尺一寸とも伝へてゐる。長さは人を容れるだけある）。四面の刻画は……石面を水磨きした上、筋彫りをなし、図像をのこして空白を薄くけづり去り浅浮彫の如く仕上げたものである。蓋については報告を得てゐない。普通の棺の様に一方が高くなつた形であるから画面は互に皆ちがつた形であるが、最も大形で、図柄も復雑で且つ骨折つてあるのは、左右両側面でこれに孝子伝が刻してある。頭部側面には門が、足部側面には鬼神が刻してある……拓本によつて判断すると偽物ではなく、時代も推定するに難くない。ネルソン美術館石棺刻画の様に類例の極めて少い様式とちがつて、当石棺刻画は云はゞありふれた様式に属するからである

そして、氏は当石棺の制作年代について、

> 大体六世紀中頃或は東魏といふことになる

とされた。氏が、「此棺は……今はアメリカのどこかの（フィラデルフィア？）美術館に買はれてゐる筈であるが、同国へ問合せても所在が判明しない」と疑問視された、当石棺の収蔵先は、結局ミネアポリス美術館となった訳である。さらに氏が、

> 鍍金孝子伝石棺に刻された孝子伝は、丁蘭、韓伯瑜、郭巨、閔子騫、眉間赤、伯奇、董□、老来子、舜、孝孫の十人の伝説である

と説かれた当石棺の内容は、大旨正しいが、中で、「閔子蹇」に関し、「石棺の絵は何れの物語か明かでない」とされたのは、閔子騫（榜題）の単衣の物語の方とすべく（両孝子伝33閔子騫参照）、口絵図4の左は継母を描いたものであろう。また、眉間赤の榜題について、「眉間赤為父報酬らしい七字が書いてある」とされるのは、「眉間赤与父報酬」が正しい（口絵図6参照）。老萊子の榜題に関し、「老来子年受百歳哭□」とされた末字は、「悶」であろうか（口絵図10参照）。また、伯奇について、

> 以上は琴操に出てゐる物語の大略であるが、此物語は当石棺の絵と合はない。絵には孝子伯奇母赫児とあつて、母の横の壷から蛇らしいものが出てゐる様が描いてあるが、幼年の伯奇を蛇でおどしたとでも云ふ別の伝説が、

　六朝にはあつたのかと思はれる

と言われた（口絵図7）ことに関しては、冒頭で述べた通りである。但し、その右の、「蛇でおど」されている子供は、「幼年の伯奇」でなく、義弟の「小児」（両孝子伝）である。孝孫について、

　孝孫棄父深山といふのは原穀の話であらうか。よくわからない

と言われるのは、原穀（また、原谷）で正しい（両孝子伝6原谷参照）。また、「董□」に関し、「孝子董のことは不明である。董永のことではなさ相に思はれる」とされたのは、董黯で（榜題「孝子董黯与父犢《独》居」。口絵図9参照）、それはどうやら董黯のことらしい[11]（両孝子伝37董黯参照）。

奥村氏に次いで、ミネアポリス美術館蔵北魏石棺のことを論じられたのは、長廣敏雄氏である。長廣氏は、昭和四十四年に刊行された『六朝時代美術の研究』において、

　北魏孝子伝石棺画象石の……一つはミネアポリス美術館へ帰したことは、戦後になって知ることをえた

と述べ（序文）、同書八章でそれをM本と略称し、その詳細な考察を展開されるに至っている。氏の論は、我が国における当石棺についての研究の、最高水準を示すものと思われ、聊か長くなるが、氏の考察全文を引用しておきたい。長廣氏は、ミネアポリス美術館蔵北魏石棺に関し、次のように述べられた[12]。

　一　M本画象石（ミネアポリス美術館）

　年代の確証はないが、北魏洛陽時代の貴族墳墓の画象石棺である。棺蓋は所在不明。一般に石棺は被葬者の頭部に相当する部分の高さを高くし、足部相当の部分は低くなっている。この石棺の前、後、左、右の四側面には線刻画がある。被葬者頭部を正面、足部を背面と仮りに名づけ、仰臥体位の左と右をそれぞれ左側面、右側面と名づける。一般に漢代以来の伝統として、石棺四側面の画象には四神を配することが多い。両側面が各々青竜と白

虎、正面に朱鳥、背面に玄武（亀蛇）となる。北魏石棺にもしばしばこの例がある。M本をみるとこの原則にかなりの変化がある。右側面の竜、左側面の虎は原則通りだが、正面に朱鳥はなく、背面に玄武はない。正面画象は門をかたどる。尖拱形（石窟の門口や龕形をおもわせる）を頂き、両門柱があり、両扇の門扉があり、両側に文吏の守門者が立つ。門の下（前方）に蓮花のみえる濠をしめし橋が架してある。門の上方、中央に宝珠、左右に一双の鬼神をえがく。この正面の門の意匠は、のち隋唐へつづくものである。一方、背面には蹲る鬼神の正面形をあらわす。その上方と下方の山と樹林・土坡の意匠もみのがせない。両側面の画象は複雑であって、竜虎はそのうち、ほんの一部分のモチーフになっている。両側面画象は上半と下半とに分けられる。上半部はいずれも、中心に獣面と環（すなわち舗首）を置いて図を左右に二分する。更に、その左半・右半が方格の二人物図を塡入することによって二分される。かくして上半部は四つのスペースとなるが、各々のスペースには枠取りはない。

右側面画象（上半部）頭部位より右へ

(1)〝丁蘭事木母〟銘とその画象(2)青竜(3)鳳凰(4)男女二天人が各々鳥に駕す

左側面画象（上半部）頭部位より左へ

(1)〝孝孫棄父深山〟銘とその画象(2)白虎(3)鳳凰(4)男女二天人が各々鳥に駕す

すなわち(3)(4)が両側面に共通し、(1)(2)が違っている。そして全体としては雲やパルメットや遠山（最上部）文様を散布して、天空または神霊界をえがく。その精緻で計画的な意匠はまことにみごとである。こういう上半部に対して、両側面下半部は総計十の孝子伝画象を配して統一している。そして両側面ともに頭部位（第一）の孝子伝図は棺側上下を通じて描いてある。すなわち右側は〝丁蘭〟、左側は〝孝孫〟である。

右側の画象テーマ（左より右へ）

⑴丁蘭⑵韓伯瑜⑶郭巨⑷閔子騫⑸眉間赤（眉間赤のみは傍題が二カ所ある）。これは左にあげる銘文にもとづく。

⑴丁蘭事木母⑵韓伯爾（余《ママ》）母与丈知弱⑶孝子郭巨賜金一釜⑷孝子閔子騫⑸眉間赤／眉間赤与父報酬

左側の画象テーマ（右より左へ）

⑴孝孫原穀⑵舜⑶老莱子⑷董晏⑸伯奇（伯奇のみは傍題が二カ所ある）。これは左にあげる銘文にもとづく。

⑴孝孫棄父深山⑵母欲殺舜々即得活⑶老莱子年受百歳哭□⑷孝子董晏父《？》□□⑸孝子伯奇□父／孝子伯奇母赫《ママ》児

これら十個の孝子図の描写上の特色は、左のごとくまとめることができる。(a)つねに人物対面図の形式をとる。孝子の父母は矩形の座または牀上に坐している。これに対する孝子は坐位または立位であらわされる。どの図も類似した形式である。そして余計な人物は一切描いていない。(b)したがって刻銘にたよる以外、説話内容は判断できない。しかし説話を熟知するものには、孝行親子の身辺にあるわずかな小道具が、孝子たる特徴を象徴的に巧みにしめすことが分るのである。たとえば、

郭巨　金釜及び幼児。

韓伯瑜　母の右手にもつ杖。

丁蘭　仏像風のムードラをしめす母の木像。また丁蘭が綱で自分の首を木にむすぶ。

老莱子　紐でひく鳩の小車。

伯奇　母がおどしに使う蛇のいる壷。

こういう、小道具のみで説話を象徴する描写法は、のちに述べるK本・KB本〔ネルソン・アトキンズ美術館蔵北魏石棺・同北斉石床〕とまったく異る。むしろ〝竹林七賢と栄啓期〟画のごとき肖像画描写の伝統に依ることが多いと考えられよう。(C)孝行親子の背景も前景も、一律に樹石・山水・土坡をえがく。画面の大部分が山水・

樹石に被われている。孝子図に直接関係する人物や小道具はむしろ山岳・樹石・土坡のなかに没しているかの感さえある。しかも、人物のすわる方形の座以外に、遠近法的に構図を統一する意図は少い。山岳・樹石・土坡が全画面を象嵌的に飾るのである。しかもそれらモチーフが濃い密度で文様的・装飾的にばらまかれている。ただ左棺左右端にあたって山を重畳させる形式は、文様風ではあるが、いくらか遠近感があるといえる。また大きな樹木によって、各孝子図間の区分をはかっている

二

長廣氏の論は大旨従うべき優れたものと思われ、特に当石棺の制作年代を、「年代の確証はないが、北魏洛陽時代の貴族墳墓の画象石棺である」と言われていることに注意しておきたい（北魏の洛陽遷都は、永明十一〈四九三〉年）。以下、氏が「両側面下半部は総計十の孝子伝画象を配」するとされた、当石棺の内容についての説に、聊かコメントを加えておく。まず氏が「右側の画象テーマ」とされる、「⑵韓伯爾母与丈知弱」の榜題は、「韓伯余母与丈和弱」が正しい（氏は前の部分では、「韓伯余《ママ》」とされている。口絵図2参照）。また、「⑸眉間赤／眉間赤与父報酬」は、「眉間赤妻／眉間赤与父報酬」とすべきである（口絵図5参照）。次いで「左側の画象テーマ」の、「⑶老萊子年受百歳哭□」は、「老来子年受百歳哭悶」であろう（口絵図10参照）。また、「⑷孝子董晏父□□」は、ボストン美術館蔵北魏石室の、「董晏母供王寄母語時」を勘案されたものらしいが、「孝子董懢与父犢居」が正しい（口絵図9参照）。「⑸孝子伯奇□父」は、「孝子伯奇耶父」である。（耶父は、父耶〈父爺〉で、父のこと。口絵図8参照）。さて、氏が「これら十個の孝子図の描写上の特色」として上げられた、

(a)つねに人物対面図の形式をとる。孝子の父母は矩形の座または牀上に坐している。これに対する孝子は坐位または立位であらわされる。どの図も類似した形式である。

(b)したがって刻銘にたよる以外、説話内容は判断できない。しかし説話を熟知するものには、孝行親子の身辺にあるわずかな小道具が、孝子たる特徴を象徴的に巧みにしめすことが分るのである

という二つの点は、当石棺の孝子伝図の内容を検討するポイントを衝くものとして、重要である。但し、(a)において、「そして余計な人物は一切描いていない」とされることは、一考を要する。例えば上述「眉間赤妻」（口絵図5）に関して言えば、眉間尺の妻《赤》が登場する眉間尺譚は存在せず[13]、本図は修飾的に描き加えられたものと考えられるからである[14]。郭巨図（口絵図3）における、牀上中央の郭巨の父と見える人物も同様である。また、(b)の丁蘭の例として上げられた、「丁蘭が綱で自分の首を木にむすぶ」ということも非常に奇妙で、丁蘭図（口絵図1）をよく見ると、丁蘭の首の紐様のものは、木の手前で靡いているようで、同じものが郭巨図（口絵図3）の父と思しき人物の首にも見えている。我が国の輪袈裟に似るが、当時の装身具の一種であろう。

平成十三年の暮れにミネアポリス美術館を訪れ、最も驚いたことの一つは、当石棺が、貞景王（元謐）の石棺 Sarcophagus of Prince Cheng Ching（Yuan Mi）として展示され、同時に貞景王（元謐）の墓誌 Epitaph Tablet of Prince Cheng Ching（Yuan Mi）及び、貞景王（元謐）の墓誌蓋 Epitaph Cover of Prince Cheng Ching（Yuan Mi）が共に展示されていたことであった（図五、六参照）。調べてみると、このことは既に一九四八年、リチャード・S・ディヴィス氏による「北魏の石棺（A Stone Sarcophagus of Wei Dynasty）[15]」が報告している。即ち、同論文によれば、ミネアポリス美術館はダンウッディ基金を通じ、石棺の四面と墓誌、墓誌蓋とを購入したことが述べられており、その石棺は五二四年に没した貞景王のものとされているのである（但し、同論文には、「元謐」のことが記されない

大魏故使持節征南将軍侍中司州牧趙郡貞景王
誌銘
君諱謐字道安河南洛陽人也　太祖獻文　皇帝
之孫　考使持節車騎大将軍都督中外諸軍事特
進司州牧趙郡王之世子　帝緒綿宗備聞於金經
瓊枝寶茂騰芳於玉牒世載高範義光賓籙鐫石圖
徽剋茲休烈其詞曰
皇矣締構悠哉綿緜有命自天載懷明喆且君且王
迺神迺傑如彼諸姬世濟芳烈周公之胤有凡有蔣
昭昭我王騰風邁響豈伊内潤亦惟外朗爰初禱翮
陵虚迁上言瞻拜後爰自龜象執玉茲礼飲酎斯恭
来朝肅肅在廟雍雍白珩朱紱委他有容冠冕稱珎
於斯得人令望令問載楢載薪睠然西顧駕此朱輪
式清氓俗克静風塵　帝曰欽哉唯民重食以德以
親作乎農隸我叅出内匪永彫飭思媚一人勞心盡
力在昔元愷唯允納言龍飛建礼如彼翔鵷循途未
極中路摧輈國沉梁棟家喪璵璠長梢高寢永即泉
官文物備典礼數加隆宛其若此何始何終第銘玄
石敬累清風
正光五年歳次甲辰閏二月壬午朔三日甲申葬

図五　元謐墓誌

図六　元謐墓誌蓋

ようで、His familiar name was Mien とする。Mien は謐の如く見えるが、謐は Mi（mi）であり、或いは、墓誌の「帝緒綿宗」の「綿」などを、名前と取り間違えたものであろうか）。そして、以後米国において、当石棺を貞景王元謐の石棺として扱うことは、例えば最近の、当石棺の図様の意味を論じた、ユージン・Y・ワン氏による「柩と儒教―ミネアポリス美術館蔵北魏石棺（Coffins and Confucianism—The Northern Wei Sarcophagus in The Minneapolis Institute of Arts）」[16]に至るまで変わりがない。

さて、貞景王元謐については、魏書二十一上、献文六王伝九上（北史十九列伝七、献文六王）に伝がある。元謐は、北魏五代顕祖献文帝弘の三男、趙郡王幹の次男で、趙郡王を継ぎ、貞景と謚したこと等が分かる。墓誌には、

正光五年歳次甲辰閏二月壬午朔三日甲申葬

とあるのみで、元謐の卒年が記されないが、魏書に、「正光四年薨」とあり、さらに魏書九、粛宗紀には、正光四年の「冬十有一月丙申、趙郡王謐薨」とあって（北史四にも）、元謐は正光四（五二三）年十一月に没したことが知られる。

現在ミネアポリス美術館に所蔵される元謐墓誌に関し、最も早く言及するものの一は、民国二十五（一九三六）年に刊行された、李健人氏『洛陽古今談』[17]であろうか。その四編七、二、北魏墓誌銘には、

魏元謐墓誌　正光五年閏二月三日　正書大字　拓本極少

元謐妻馮会萇墓誌　熙平元年八月二日

とある。次いで、民国三十（一九四一）年刊、郭玉堂氏の『洛陽出土石刻時地記』[18]の語る所は、大変貴重である。同書の北魏二十八丁には、

魏使持節征南将軍侍中司州牧趙郡貞景王元謐墓誌正光五年潤二月三日

民国十九年陰暦又六月十六日、洛陽城西東陡溝村東北李家凹村南出土。無塚。与妃馮氏合葬。妃誌亦同時出土。
後与寧懋墓中所出石房同售之外国

とあり、また、二十一丁裏には、

魏元謐妃馮氏墓誌 熙平元年八月二日
与元謐誌同時出土。合葬。所出陶器値千元

とある。右記により、元謐墓誌は民国十九（一九三〇）年六月、洛陽西方から妃誌（元謐妃馮会蕽墓誌。妃は、熙平元〈五一六〉年八月没）と共に出土、後に寧懋石室（即ち、ボストン美術館蔵北魏石室のこと）と同時に、国外へ売られた経緯が判明する。元謐墓誌並びに、妃誌は、趙万里氏『漢魏南北朝墓誌集釈』[19]巻四図版171 172（元謐墓誌蓋巻十一579）などに収められ、比較的容易に披見することが出来る。米国においては、この元謐墓誌が石棺と一具の形でミネアポリス美術館の所蔵に帰し（東方美術部主任ロバート・D・ヤコブセン博士によれば、ネルソン美術館のL・シックマン氏の勧めによるという）、一九四八年にそのことが公表されて以来、当石棺は貞景王元謐のものと認識され、今日に至っているということになる。

最後に、中国における当石棺についての理解の仕方を、研究史的に見ておく。当石棺に関する中国側の状況をよく物語るのは、例えば一九八七年刊、黄明蘭氏による『洛陽北魏世俗石刻線画集』[20]などの記述であろう。その図版説明の「四、元謐石棺画像」は、次のように言う。

解放前洛陽出土、今下落不明、現只存石棺拓片。拓片封套墨書元謐石棺、其根据待考。石棺両幫各刻孝子故事六図、図旁有題銘。左幫有『丁蘭事木母』、『韓伯余母与丈和顔』、『孝子郭巨賜金一釜』、『孝子閔子騫』『眉間志妻』、『眉間志与父報酬（仇）』、右幫有『孝子伯奇母赫児』、『孝子伯奇耶父』、『孝子董篤父贖身』、『老莱子年受百歳哭

　　内』、『母欲殺舜焉得活』、『孝孫棄父深山』

右により、当石棺は中国で「元謐石棺」として知られていたことが分かる。しかし乍ら、その事情は少しく複雑で、まず当石棺が民国時代洛陽から出土したことは、既に明らかであったらしいが、当石棺そのものの行方は不明で、ただ拓本のみが残されていたようだ。そして、その拓本が元謐石棺と認識されたのは、拓本の外包みに「元謐石棺」と墨書されていたためで、その墨書の根拠は目下未詳であると、黄明蘭氏は言われているのである。中国において当石棺の行方が不明とされ、根拠も未詳のままそれが元謐石棺と称されているなどの状況は、なお現在にあっても変わりがない。そのことは例えば最近の中国画像石全集（中国美術分類全集）8石刻線画㉑に収める、周到氏の「中国石刻線画芸術概論」三に、

　　亦有原物不知去向而僅存拓片的、如一九三〇年出土的元謐石棺

とし、また、その図版説明63「元謐石棺　丁蘭事木母」に、「河南省洛陽博物館蔵拓」と拓本の所蔵先のみを記し、原物の所蔵者を記さず（例えばボストン美術館蔵北魏石室などの場合、「美国波士頓芸術博物館蔵、河南洛陽市博物館蔵拓」〈図版説明3—10〉と、それを明記している）、

　　石棺原物已佚、現存両幫拓片

等とされていることを見ても明らかであろう。なお右記榜題の説明にも幾つか誤りがある。まず幫の左右が入れ違っている（同書図版35—44の方が正しい）。「韓伯余母与丈和顔」は、「韓伯余母与丈和弱」である（口絵図2参照）。「眉間志妻」「眉間志与父報酬」は、「眉間赤妻」「眉間赤与父報酬」が正しい（口絵図5、6参照）。「孝子董篤父瀆身」は、「孝子董檻与父犢居」である（口絵図9参照）。「老萊子年受百歳哭内」は、「老来子年受百歳哭悶」のようだ（口絵図10参照）。「母欲殺舜焉得活」は、「母欲殺舜々得活」であろう㉒（口絵図11参照）。

このように、日米中三国の研究者間における、ミネアポリス美術館蔵北魏石棺についての理解は様々であり、各々大きな齟齬を生じているのが現状ということになる。以上を纏めてみると、まず米国においては、戦後間もなく当石棺は元謐墓誌と一具のものとして、ミネアポリス美術館の所蔵に帰したことが公表され（ディヴィス論文）、以来当石棺は一貫して北魏の元謐石棺と認識され、今に至っていること、前述の通りである。一方、我が国においては、興味深いことに当石棺は戦前、日本への売込みもあったらしいが、やがて行方不明となって拓本のみが知られる状況が続いた（奥村論文）。そして、昭和四十年代に当石棺の所蔵先はミネアポリス美術館であることが報告されたが（長廣氏前掲書）、遺憾ながらミネアポリス美術館にあって当石棺と一具に扱われている元謐墓誌のことは知られないまま、現在に至っている。さらに中国においては、戦後「元謐石棺」と記された外包みを伴う拓本のみが残され、それとは別途元謐墓誌のことは、拓本を始めとする詳細が早くから知られていたものの、両者が結び合わされることは遂になく、当石棺が「元謐石棺」と伝えられる根拠は不明とされ、なお石棺、元謐墓誌共にその本体の行方も不明とされた状態で（黄明蘭氏前掲書）、つまり両者はミネアポリス美術館の所蔵に帰したことがこれまで知られることなく、今に至っているということになるだろう。

さて、上記を総合、勘案すると、結論的にミネアポリス美術館蔵北魏石棺は一体何時頃のものとなるのであろうか。そのことを述べる前にもう一つ、来歴を確認しておくべき孝子伝図の遺品が存する。それはかつて元謐墓誌と同時に外国へ売られたと言われ（『洛陽出土石刻時地記』）、さらに奥村氏が

当石棺と最も近いものはボストン博物館の北魏画象石室であらう。石室には遺憾乍ら年号がないと指摘された、ボストン美術館蔵北魏石室である(23)（図七、八）。

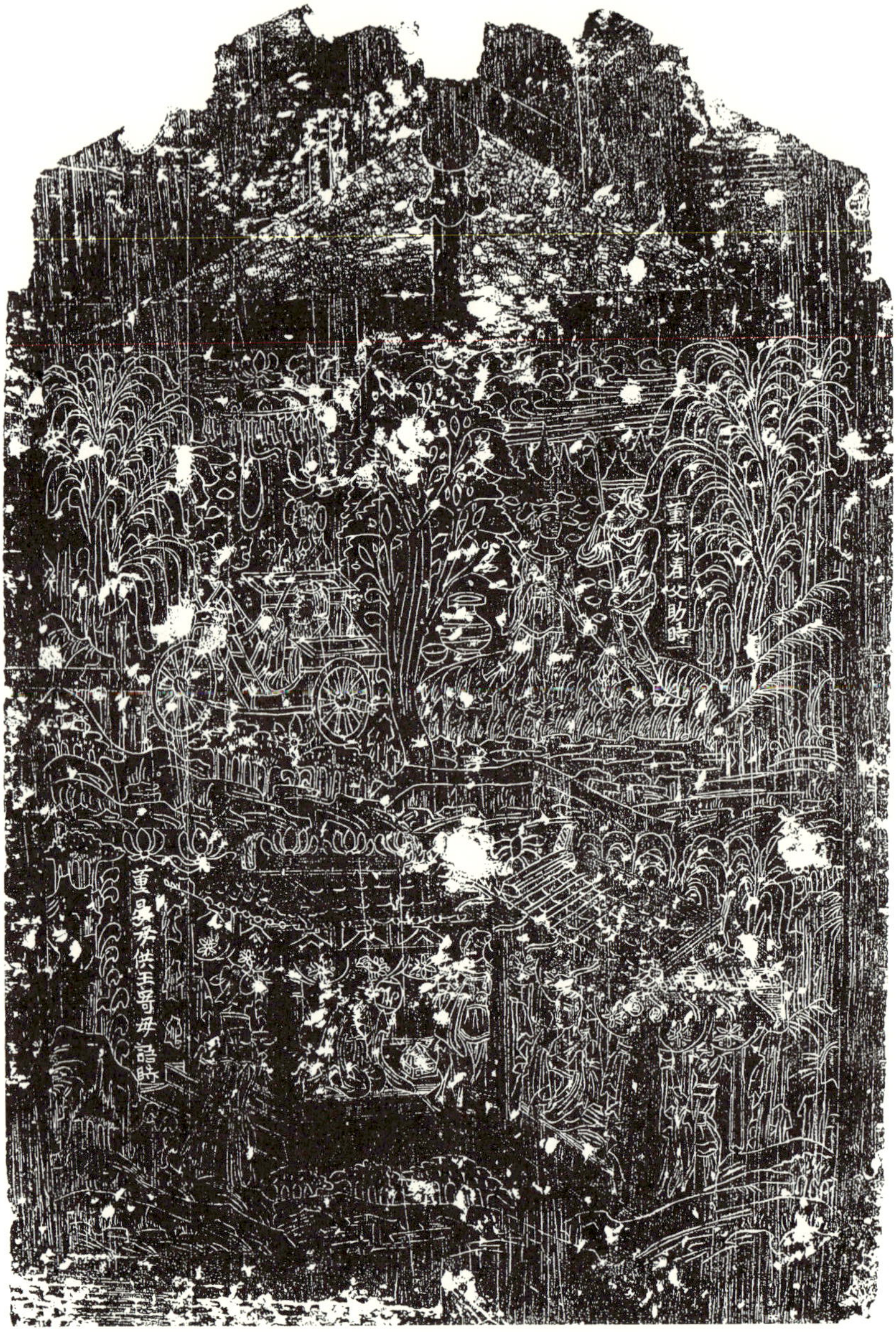

図七　ボストン美術館蔵北魏石室（右石）

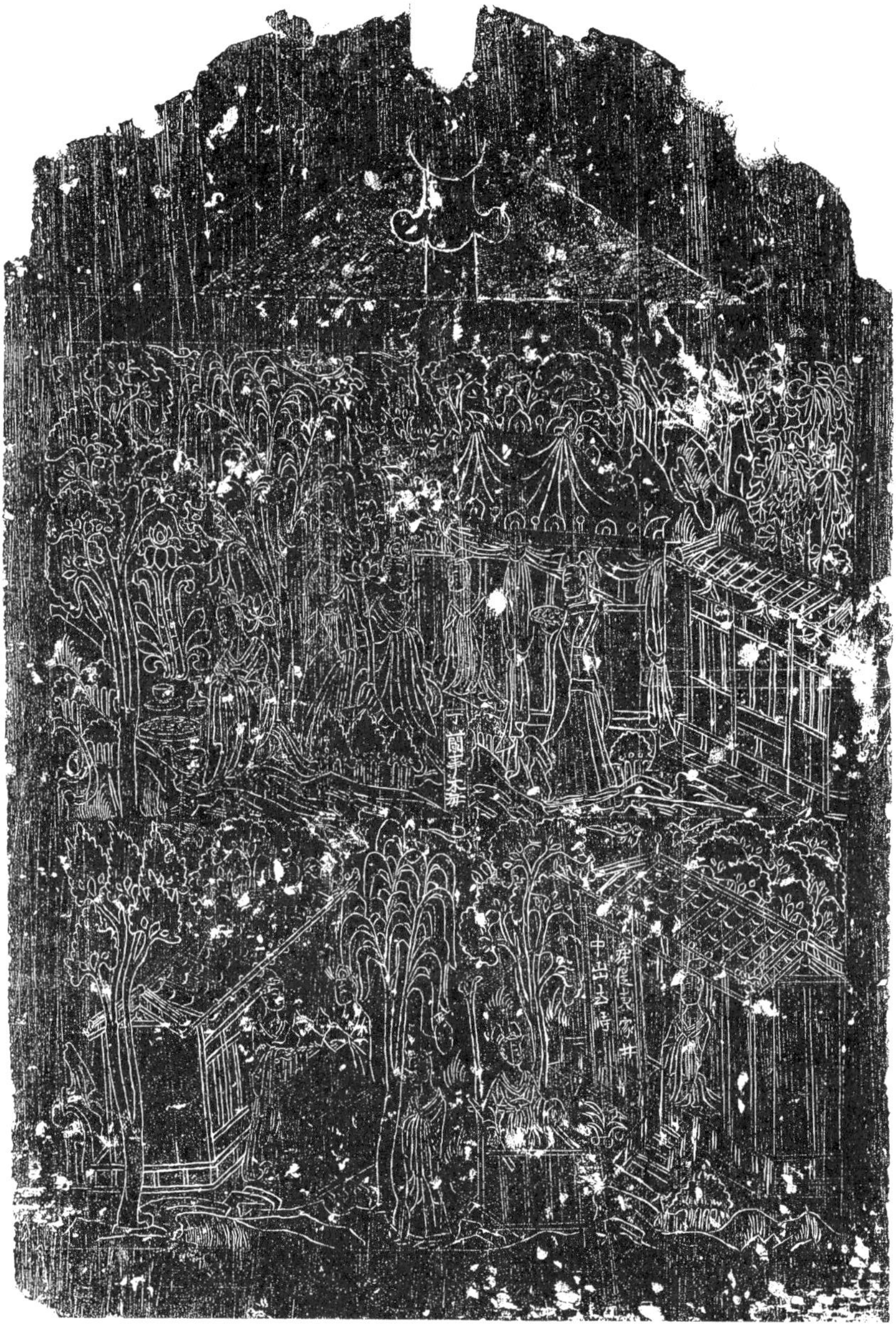

図八　ボストン美術館蔵北魏石室（左石）

三

孝行集第十三話に「薫黯《クムアムノ》 孝《ノ》コト」と題する次のような説話がある。[24]

薫黯《クムアムノ》 孝《ノ》コト。去《ハ》、彼薫黯《ノクムアム》、慈孝世《ニシ》无比類。其《ソノ》故《ハ》、彼《ノ》貧《ノ》乏ナル事無《シ》極。然《ニ》、一人《ノ》悲母《ヲ》持ケルカ、貧家ナレハ、衣食モ不自由。悪衣悪食サヘ、時々ハ絶ル事アリケレトモ、此《ノ》母就《テモ》衣食《ニ》、少《モ》不足《ノ》思《モ》无シ。常《ニシテ》結句、喜《ヘ》ル気色計也。サテ亦、隣家《ニ》王奇《キト》テ、无《キ》並祐福人《ノ》アリキカ、彼《レ》モ老母《ヲ》一人持タルカ、亦、引カヘテ、常《ニ》愁色《ノ》不断。然《ハ》、哀《ル》事、全体餓鬼《ノ》如。在時、薫之カ母、与《ト》王之カ母行合、様々ノ物語《ノ》次《ニ》、薫カ母《ノ》問ケルハ、サテ、御自《ミ》何迚、左様ニハヤセテ、亦、常《ニ》思《イ》物気色在スヤト問《ハ》、答云、去ハ、其《ノ》御事《ニ》テ候。語《レ》ハハツカ敷候ヘ共、御尋ナレハ、ツ、マス語《リ》申ン。我《レ》加様《ニ》ヤセ哀《ル》事、別義《ニ》非ス。衣食《モ》、指《ル》事ハ无レトモ亦、サノミ至テノ乏《トボ》キ事ナシ。粤《コヽニ》一《ッ》、深歎《キ》キアリ。我カ子、不孝邪見ニテ、三宝ヲモ不信、増テ、ヲヤニモ不孝ナレハ、今社《コソ》富祐ナリトモ、終《ニ》ハ天道責《ノ》ニソ会《イ》テ、今ノ生善共《ハ》、后生ハ悪カルヘシト、思事《フ》不断間、加様《ニ》ヤセケル也《ト》。其上薫ガ母、涙流シ云ケルハ、サテ〳〵御イタワシキ哉。自ハ、如《ク》御存知家《ヘ》貧《ニシテ》、衣食《ノ》乏《シ》ケレトモ、此《ノ》様ニ思モナク候《ハ》、我子《カ》、孝行至深《キ》ト云、剰《ヘ》道有テ、佗人《ニ》モ随《ヒ》ヌレハ、見聞ニ付テ、喜事《ヨリ》外《ハ》无《キ》間、貧乏ナレ共、全《ク》不歎ト、如《ク》此語《ヲ》、カタカケニテ王聞《テ》腹立《シ》、言語道断之事哉。我カ后《ロ》事ソシル迚、我カ母《ヲ》モ薫ガ母《ヲ》モ、散々打《ニ》ハリケルニ、薫、是ヲ聞トモ、少《モ》不為腹立、結句、母《ニ》向テ云ケルハ、加様《ノ》ワサハイ在《ノ》スハ、我《レ》無道ナルニヤ、天道ヨリトカメニテヤ候ラム。无《キ》面目《ノ》候。乍去、御堪忍候へ。向后ハ、ツ、シミ可申《シト》云々。仍、彼《ノ》母、無程一年過テ死シケルニ、思《ノ》間々《ニ》致喪《ヲ》、中陰過、即彼王《ノ》害《ヲシ》頸取《ヲリ》、母塚《ノツカニ》懸《ケ》、所存ヲ散《シ》ケル処《ニ》、無《ク》程従大王、可被所罪過《ニ》之勅使来《ル》ニ、薫、従本所構存《エル》ナレハ、少《モ》サワス《カ》、尤《モ》参ン事《ヲ》不レ歎。乍レ去、旁々奉《ヲル》レ頼、少《ノ》暇ヲタヒ下へ。母《ノ》墓参《ヘリ》度候ト申ハ、勅使《ノモ》、不木石《ハ》一、中々《ノ》事也迚、片時《ノ》暇《ヲ》許シケレハ、喜テ墓処行《ヘキ》、カキクトキ云ケルハ、我王《レヲ》、御存生之時、欲《セ》レ害《セント》カトモ、如レ此可レ有二罪過一思《テ》、無心恥ヲモ堪忍申モ、非別義《ニ》一。我既《レニ》死ナハ、誰亦《カ》、如我《カ》一母仕《ニヘ》申ン。縦亦《ヒ》、如《ク》レ我仕者《カルノ》アリトモ、母慈《ノ》悲《ニ》テ、定テ自《ミ》ヲ悲《ミ》玉ハン時ハ、親ニ苦労ヲ懸《ケ》申サンハ、不孝之至《ト》存知《ヲ》キ、恥《ヲ》モカヘリミス、没后迄、延引仕候キ。今《ハ》ハヤ、思ヒヲク事候ハス。是カ、今生之孝行、終也迚、音ヲモ不レ惜悲泣シケ《リ》。時《ニ》、官人以下《ノ》諸人、孰人《ノ》歟、薫ガ孝《ヲ》不レ感乎。サテ、薫《ヲ》大裏ヘツレテ参《リ》、勅使、薫之カ孝行ノ様体、詳《ニ》奉レ奏ハ、大王聞食分《ケ》玉イテ、結句、禄位《ヲ》被レ下、一期富祐自在也。是則、親孝行徳《ノカ》ト、無《シ》レ不レ感レ者《モ》。哥《ニ》、

ナテシコノ花心《ニノ》ナクサメハアレタル宿《モ》サモ有《ラ》ハアレ

右は両孝子伝37董黯の内、陽明本系のそれに拠ったものと思しい。陽明本孝子伝の本文を示せば、次の通りである。

董(薫)黯、家貧至孝。雖下与二王奇一並居上、二母不二数相見一。忽会二籬辺一、因語二曰黯母一、汝年過二七十一、家又貧。顔色乃得二怡悦一、如レ此何。答曰、我雖下貧食レ肉麁(鹿)衣薄上、而我子与レ人无レ悪。不レ使二吾憂一故耳。王奇母曰、吾家雖二富食レ魚又嗜レ饌、吾子不孝、多与レ人恐、懼レ罹二其罪一。是以枯悴耳。於レ是各還。奇従レ外帰。其母語レ奇曰、汝不孝也。吾問二見董(薫)黯母一、年過二七十一、顔色怡悦。猶其子与レ人无レ悪故耳。奇大怒、即往二黯母家一、罵云、何故讒二言我不孝一也。又以レ脚蹴レ之。帰謂レ母曰、児已問二黯母一。其云、日々食二三斗一。阿母自不レ能レ食、導二児不孝一。黯在二田中一、忽然心痛、馳奔而還。又見二母顔色惨々一、長跪問レ母曰、何所不レ和。母曰、老人言多レ過矣。黯已知レ之。於レ是王奇日殺二三牲一。旦起取二肥牛一頭一、殺レ之取二佳肉十斤一、精米一斗熟而薦(鷹)レ之。日中又殺二肥羊一頭一、佳肉十斤精米一斗、熟而薦(鷹)レ之。夕又殺二肥猪一頭一、佳肉十斤精米一斗、熟而薦(鷹)レ之。便語レ母曰、食レ此令レ尽。若不レ尽者、我当下用レ鉾刺二母心一由(曲)レ戟鉤中母頭上。得二此言一終不レ能レ食、推レ盤擲レ地。故孝経云、雖二日用三牲養一、猶為二不孝一也。

黯母八十而亡、葬送礼畢。乃嘆曰、父母讎不二共戴一レ天。便至二奇家一斫二奇頭一、以祭二母墓一。須臾監司到縛レ黯。々乃請二以向一レ墓別一レ母。監司許レ之。至レ墓啓レ母曰、王奇横苦二阿母一。黯承二天志《（士）》一、忘レ行二己力一。既得レ傷レ讎、身甘二葅醢一。甘二監司見一レ縛、応二当備一レ死。挙レ声悶《（聞）》哭、目中出レ血。飛鳥翳レ日、禽鳥悲鳴、或上二黯臂一、或上二頭辺一。監司具如レ状奏レ王。々聞レ之嘆曰、敬二謝孝子董黯《（薫）》一。朕寡徳統二荷万機一、而今凶人勃逆、又応二治剪一。令レ労二孝子一、助二朕除一レ患。賜二金百斤一、加二其孝子名一也

右は、董黯譚を伝える現存唯一の孝子伝となっている（船橋本は改変が著しい）。類文が類林（類林雑説一）、敦煌本事森などに見えるが、前者は出典不記、後者は「会稽（典）録」を出典とする。西野貞治氏はかつて、ボストン美術館蔵北魏石室右石下（図七下）に描かれた、「董晏母供王寄母語時」と榜題する孝子伝図が、陽明本孝子伝董黯譚における、王奇の母に対する三牲強要を中心とする記述を粉本としていることを、論証されたことがある㉕。その三牲強要の説話がまた、稀覯に属し、目下敦煌本事森、古賢集33句などを数え得るに過ぎない。そして、私も最近、ネルソン・アトキンズ美術館蔵北斉石床第4石1、2、3（2に「不孝王寄」と榜題する）について、4石3、2がボストン美術館蔵北魏石室の董黯図を左右に振り分けたものとなっており、1もまた、陽明本孝子伝董黯譚の、董黯による黯母の葬礼の場面と捉えられようことを、指摘したことがある㉖。ミネアポリス美術館蔵北魏石棺の「董黯」（口絵図9）がその董黯と見られようことは前述の如く、奥村氏の指摘された当石棺とボストン美術館蔵北魏石室との関わりは、文献学から見ても、理由のあることと言わなければならない。

さて、そのボストン美術館蔵北魏石室をめぐっても、日米中三国における研究者間の理解に、覆い難い齟齬がある。殊にボストン美術館蔵北魏石室の場合は、日本と米中両国との間におけるそれが大きい。以下、そのことに少し触れておく。

まず日本においては、戦前奥村氏が当石室に関し、次のように述べられた[27]。

石室は人の入り得る位の大きいもので、内外各三面に刻画がある。刻画は、実物を見ないが、拓本写真でみると偽刻とは思ひ難い。若し疑ふなれば背後の大形人物であるが、これも必しも疑へない。しかし、全部偽刻のできる性質のものであるにはある。やはり洛陽附近より出土したと云ふ

氏は、当石室の画象の偽刻である可能性をも示唆しつつ、真刻と信じたようで、その制作年代を六世紀前半とされた（『瓜茄』4、二八九、九〇頁〈『古拙愁眉』四七一、七二頁〉挿絵十一、十二キャプション）。これに対し、奥村氏が、「しかし、全部偽刻のできる性質のものであるにはある」と示唆的に述べられた事柄を、自身の立場として全面的に採用し、偽刻説を強く打ち出されたのが長廣敏雄氏である。長廣氏は前掲書八章において、

Ｂ本（ボストン美術館、北魏石室）

右石　(上)　丁蘭事木母　(下)　舜従東家井中出去時

左石　(上)　董永看父助時　(下)　董晏母供王寄母語時

と紹介した上で（上記は右左が入れ替わる）、次のように言われた[28]。

一九四二年、ボストン美術館冨田幸次郎氏はＢ本〔ボストン美術館蔵北魏石室〕について解説をこころみた（Bulletin of the Museum of Fine Arts, Boston, No. 242, Vol. XL）。このＢ本はボストン美術館に所蔵される以前、大阪山中商会において私は調査したことがあった。冨田論文は同作品の有する多くの疑問点に関して、なんら検索しようとせず、それを西紀五二九年画象石室として公表した。私の結論をのべると、この石室画象は、彫刻手法、描写様式に腑におちぬ点があり、孝子伝内容と画面構成の齟齬・撞著（この石室にはほかに貴族風俗や人物の線刻もあり）、諸画象間の様式の混合と錯雑など、多くの疑わしい点があり、北魏画象を充分にこなし

ていない後世後人の偽刻だと信ずるものである。特に孝子伝画象はデタラメがひどい。したがって、資料として削除することにしたい

以後我が国においては、氏の偽刻説が無視し得ないものとなってゆく㉙。

一方、米中両国における当石室の理解は、全く異なる。併せて述べよう。当石室について最も早く触れるものは、民国三十（一九四一）年刊の『洛陽出土石刻時地記』であろうか。その北魏36丁表に、次の如く言う㉚。

魏横野将軍甄官主簿寧懋墓誌孝昌三年十二月十四日

民国二十年二月二十日、洛陽故城北半坡出土。無塚。同時出石製陰宅。宅門上刻孝子寧万寿孝子寧双寿。「壁（壁）上刻有丁蘭事母図」舜従東家井中出去時図」董永看父助図」董宴母供王寄母語時図」。室頂似今人房式。初出価六百元、某客又以七千元市得、售之国外得二万元。元謐誌石亦与此器同時出国

右の記述により、当石室が民国二十（一九三一）年二月、寧懋墓誌（図九）と共に洛陽の北から出土したことなどが分かる。特に重要なのは、門（の右左）に、「孝子寧万寿」「孝子（弟）寧双寿（造）」銘刻のあることもさりながら、「董永看父助（時）」「董宴（晏）母供王寄母語時」図、「丁蘭事（木）母」「舜従東家井中出去時」図の描かれていることを、述べている点であろう。加うるに、上掲『洛陽出土石刻時地記』の記述に関連する、非常に貴重な資料が残されている。それが郭建邦氏の紹介された、民国二十年八月の王広慶（『洛陽出土石刻時地記』の校録者）氏による寧懋墓誌拓本跋語である㉛（図九参照）。その跋語に次のように言う。

石於民国二十年二月出土。此最初拓本也。出土地在洛陽翟泉鎮北坡、同時尚有石陰宅一座、並於是年四月運之海上。臨発、翰臣於車上急遽拓此。二十年八月新安王広慶記

跋語の記す所によると、寧懋墓誌及び、石室は民国二十年二月（二十日）、洛陽で出土したが、四月にそれらを国外

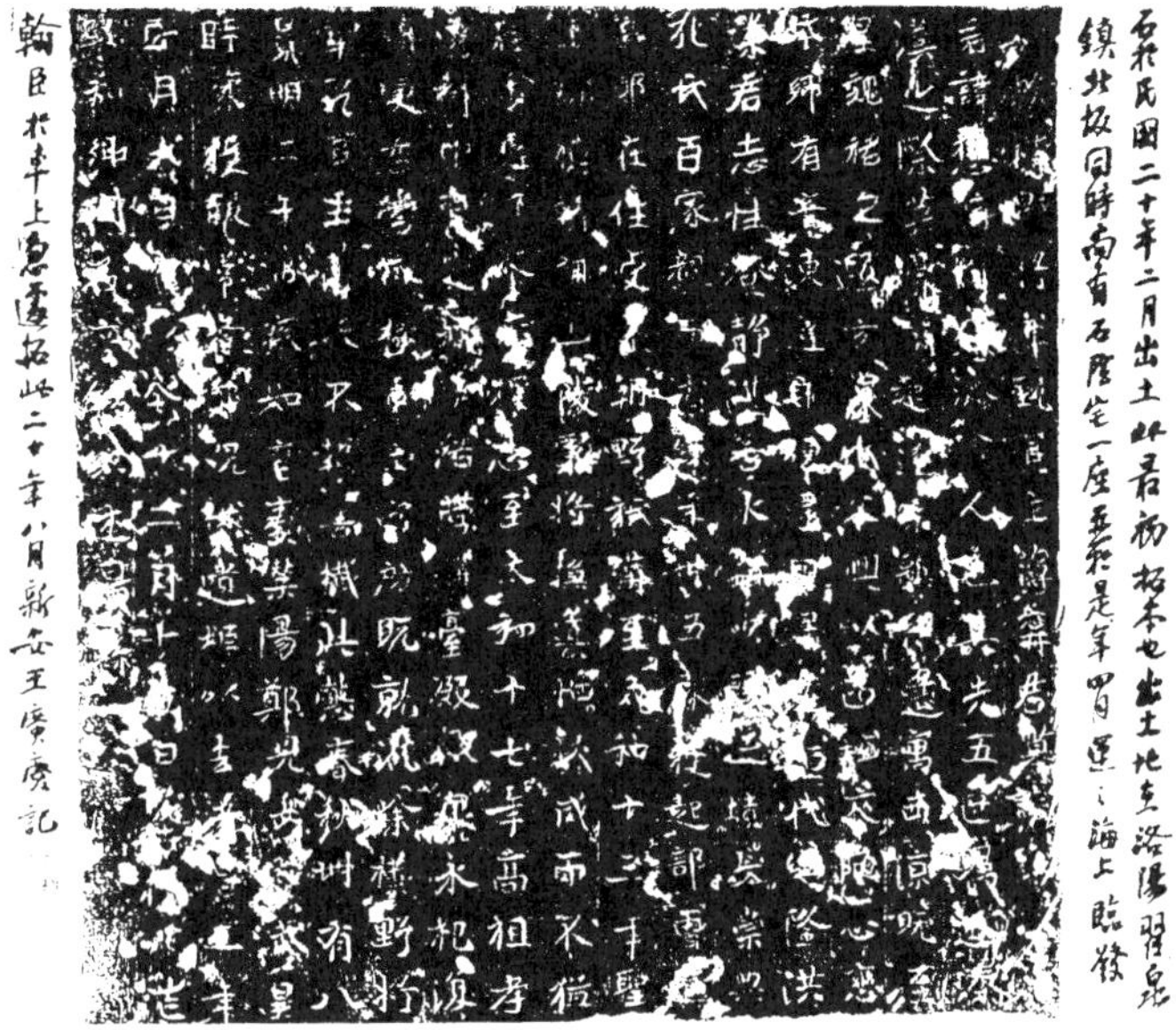

図九　寧懋墓誌

へ運び出すことになった。そこで、翰臣（郭玉堂のこと）は急遽、洛陽の駅を発車する直前の貨車上において、それらの拓本を採った。これがその寧懋墓誌等の始めて採られた拓本である、と言うのである。それから四箇月後の八月に、この跋語は認められている。すると、上掲『洛陽出土石刻時地記』に述べられた、当石室についての事柄を郭玉堂氏が知ったのは、石室等が出土してから僅か四十—七十日以内のことになる。そして、出土時期に間違いがないならば、出土後に偽刻が施された可能性は、殆どないように思われる。

かくして元謐墓誌と共に国外に出た当石室は、ボストン美術館の所蔵に帰すが、そのことを明らかにしたのが、長廣氏も触れられた一九四二年の富田幸次郎氏による「六世紀の中国祀堂石室（A Chinese Sacrifical Stone House of the Sixth Century A. D.)」[32]である。富田論文によると、ボストン美術館は一九三七年、アンナ・ミッチェル・リチャーズ基金とマーサ・シルスビー基金により当石室を購入したという。そして、富田氏は寧懋墓誌の拓本により、当石室を五二九年のものと考証している（氏は、判読しにくい懋字を想 hsiang と推定する）。氏は、墓誌の記載から、寧懋の妻鄭氏が去年（last year）、孝昌三（五二七）年一月に没し、今年（this year）の五二八年十二月十五日に埋葬されたものと考え、それを陰暦（the lunar calendar）から陽暦に換算して、五二九年の一月十日とされたものらしい。氏の見た墓誌の拓本は、ネルソン美術館のL・シックマン氏から提供されたもので、シックマン氏は一九三三年に開封において当石室を目にしたようだ（一〇九頁下欄左注1）。すると、当石室は一九三三―三七年の間に海外へ出たものらしく、一時日本の大阪山中商会にあって、長廣氏が調査を手掛けられたのも、その頃のことであろう。一方、寧懋墓誌の行方はその後不明となる（富田氏は開封博物館に蔵されるかと言う）。さて、富田論文は四幅の孝子図（丁蘭、舜、董永、董晏(黯)）にも言及するが、それらの原拠の考証は全て正しい。取り分けその内の董晏に関し、董黯譚を探り当てていることは、驚くべきことである[33]。

ところで、中国においては、一九五六年刊行の『漢魏南北朝墓誌集釈』巻六に「寧想暨妻鄭氏墓誌並墓窟画象孝昌三年十二月十五日」として、墓誌、石室の拓本が収められ[34]、ミネアポリス美術館蔵元謐墓誌、石棺の場合とは対照的に、一九六〇年には寧懋石室がボストン美術館に所蔵されることが、広く知られるに至っている（『文物』、『考古』等に記事が載る[35]）。その後、一九八〇、八七年に郭建邦氏の「北魏寧懋石室和墓志」論文、『北魏寧懋石室線刻画』が出版され[36]、当石室を寧懋石室とすることが不動となり、現在に及ぶのである。しかし、その寧懋墓誌によると、難読ながら、寧懋は景明二（五〇一）年に没し、妻鄭氏は孝昌三（五二七）年に没して、共に北芒山に葬られたようだ。そこで、当石室の制作年代に関し、例えば寧懋の亡くなった景明二年説（中国画像石全集8）、妻鄭氏の亡くなった孝昌説（中国美術全集絵画編19）、或いは、孝昌三年説（『漢魏南北朝墓誌集釈』、黄明蘭氏「従洛陽出土北魏石棺和石棺床看世俗芸術中的石刻線画[37]」等）などが生じることになってしまう。

とは言え、近時の諸説は全て、以前当石室について奥村氏の提示された六世紀前半とする見解に包含されることになる。そして、長廣氏の偽刻説は暫く保留すべきかと思われるのである。当石室出土後の偽刻の可能性が低そうなことは、前に述べた。また、文献学的立場から見ても、例えば当石室右石下に描かれた董晏《（黯）》図における、王寄《（奇）》の三牲強要の場面など、素材的にた易く偽刻出来る性質のものとは思えない。少なくとも中国本土から孝子伝が姿を消した、宋代以降の偽刻ではあり得ないだろう。また、例えばかつて西野氏が、

また変文〔舜子変〕には舜が掩井の厄に遭うた時東家の井から脱れたという部分があるが、それはこの孝子伝にもあり〔陽明本孝子伝1舜「舜乃泣東家井出」〕、北朝頃に発生した民間伝説であったかと思われる

とされた[38]、当石室左石下に描かれる「舜従東家井中出去時」の図（図八下）に関しても、全く同様のことが指摘出来る。だから、奥村氏が当石室について、「しかし、全部偽刻のできる性質のものであるにはある」とされたことは、なお一考の余地があるだろう。そこで、氏が「偽刻とは思ひ難い」とされた[39]原点に立ち返り、長廣氏が偽刻とされる論点についても、奥村氏が当「石室に於る二様式の存在」を問題視し、そのことに関して、例えば正光三（五二二）年頃に一旦石室が出来、その後「また葬られた人のあつた時」即ち、「新しい南方様式のネルソン美術館石棺や同石牀ができ」た頃に、「先に作つた石室の裏面の空白であつた所へ、新様式の人物が刻られた」のであろうという見解を示された[40]辺りを穏当として、当石室については、米国、中国における理解に従って六世紀前半、おそらく孝昌三（五二七）年の寧懋のものと見ておきたい。

さて、そのボストン美術館蔵寧懋石室と「最も近い」（奥村氏）とされたミネアポリス美術館蔵北魏石棺も、同じく六世紀前半のものと見るべきである。奥村氏は、当石棺が例えばネルソン・アトキンズ美術館蔵北魏石棺と較べ、古様であることを示す点として、「構図……の仕方が併列的分散的なる点」、「縁《ふち》……に替はるものとして横長い山水

が用ゐられている……点」、「孝子伝の諸場面を区切つてゐる……樹の姿、樹葉の描法などボストン美術館の北魏画象石室と似……花、石、雲などで空間を埋めてゆく」こと、「人物はみな台に膠着けされた人形の様に、たゞ並んでゐるだけで、動いてゐないのみならず、どれも同じ様な組合せで、物語の意味が殆んど表現せられてゐない。人物は多く坐つてゐる。しかしその坐りかたが落ち着いてゐないで、何だかもじ〳〵してゐる人の様である」ことなどを上げられた[41]。それらを踏まえ、当石棺に関しても、米国及び、中国の理解に添って、正光五（五二四）年の元謐のものと考えておきたい。元謐墓誌と石棺との同時出土は確認出来ないが、中で中国側の根拠とされる、拓本外包みの墨書（未見）は、やはり由緒深い貴重なものと思われる。ただ墓誌蓋と当石棺とは雲の形などが異なり、別工人の手に成るものの如く、元謐墓誌と当石棺の関係については、例えば『漢魏南北朝墓誌集釈』に、

此誌文字結体方整、与粛宗昭儀胡明相、馮邕妻元氏、元譚妻司馬氏、元暐、元纂諸誌相似、殆出一手歟？

と指摘されること（上記の五墓誌は、いずれも正光三〈五二二〉年から孝昌三〈五二七〉年にかけてのものである）なども含め、なお専門家による今後の検討を俟ちたい。

付記　小論は、米シタデル大学のキース・ナップ博士の変わらぬ友情がなければ、決して成らなかった。種々御尽力下さったナップ博士と（旧稿の校正中に教示頂いた、P・E・カレッキー、A・C・ソーパー氏による、寧夏固原北魏墓漆棺画に関する論文〈Patricia Eichenbaum Karetzky and Alexander Coburn Soper 'A Northen Wei Painted Coffin' in *Artibus Asiae* 51, no. 1/2(1991), pp. 5-29〉における当石棺の偽刻説については十分に反論可能なものながら、本論の中に取入れることが出来なかった。他日を期したい〈その後、谷川博美氏による邦訳—カレッキー、ソーパー「北魏漆画棺」㈠㈡、『佛教大学大学院紀要』34、35、平成18年3月、19年3月—が出された〉）、二度に亙る、図版の撮影、掲載に協力を惜しまれなかったミネアポリス美術館、また、DeAnn M. Dankowski女史に対し、心から御礼申し上げたい。

注

①　孝子伝については、拙著『孝子伝の研究』（佛教大学鷹陵文化叢書5、思文閣出版、平成13年）Ⅰ一、また、陽明本、船橋本孝子伝の本文については、幼学の会『孝子伝注解』（汲古書院、平成15年）を、それぞれ参照されたい。

②　類林雑説一孝友篇四に見える蛇の話を示せば、次の通りである（嘉業堂叢書本に拠り、陸氏十万巻楼本影金写本を参照した）。

伯奇至孝、後母嫉レ之、欲レ殺レ奇。乃取レ蛇、密安二瓮中一、命レ奇圭視レ之。圭年小、見レ蛇乃驚。便号叫走、称二奇打一レ我。母問二吉甫一、甫不レ信……出孝子伝

③　孝子伝図については、注①前掲拙著Ⅱ一参照。

④　本書Ⅱ二2参照。

⑤　中国美術全集絵画編19石刻線画（上海人民美術出版社、一九八八年）図版六、七

⑥　奥村伊九良氏「孝子伝石棺の刻画」（『瓜茄』4、昭和12年5月）図版一、二（同氏『古拙愁眉　支那美術史の諸相』〈みすず書房、昭和57年〉Ⅴ、図版2、3に再録）

⑦　長廣敏雄氏『六朝時代美術の研究』（美術出版社、昭和44年）図版43―56

⑧　奥村伊九良氏「鍍金孝子伝石棺の刻画に就て」（『瓜茄』5、昭和14年2月）。なお他にもその図版公刊の例は上げ得る。

⑨　奥村氏注⑧前掲論文。氏の言われる金箔跡や朱などは、現在も確認し得る。

⑩　奥村氏注⑥前掲論文のことを指している。

⑪　董黯のこと、また、本図のもつ問題については、本書Ⅱ一3を参照されたい。

⑫　長廣氏注⑦前掲書八章

⑬　眉間尺譚については、拙著『中世説話の文学史的環境』（和泉書院、昭和62年）Ⅱ二2参照。

⑭　同様の例として、安徽馬鞍山呉朱然墓伯瑜図漆盤に描き加えられた、「孝婦、楡《（瑜）》子、孝孫」、後漢楽浪彩篋魏湯図に描き加えられた「侍郎、令妻、令女」（東野治之氏「律令と孝子伝―漢籍の直接引用と間接引用―」〈『万葉集研究』24、平成12年6月。

同氏『日本古代史料学』〈岩波書店、平成17年〉一章5に再録〉参照）などを上げることが出来る。なお西野貞治氏が、眉間尺譚の成立史的観点から、「眉間赤妻」の榜題を伍子胥（の妻）と解釈されたのは、甚だ示唆的な説ながら、当たらないように思われる（西野氏「「鋳剣」の素材について」〈『新中国』3、昭和32年2月〉参照）。

⑮ Richard S. Davis, 'A Stone Sarcophagus of Wei Dynasty', in *The Bulletin of The Minneapolis Institute of Arts* 37, no. 23 (June 1948), pp. 110–16. 図五は、洛陽市文物局『洛陽出土北魏墓誌選編』（洛陽文物与考古、科学出版社、二〇〇一年）図版九一に拠る。図六は、注⑲後掲『漢魏南北朝墓誌集釈』巻十一図版五七九に拠る。

⑯ Eugene Y. Wang, 'Coffins and Confucianism—The Northern Wei Sarcophagus in The Minneapolis Institute of Arts', in *Orientations* 30, no. 6 (June 1999), pp. 56–64.

⑰ 李健人氏『洛陽古今談』（史学研究社、各大書局、民国二十五〈一九三六〉年）。洛陽市文物管理局、洛陽市文物工作隊『洛陽出土墓志目録』（朝華出版社、二〇〇一年）三北魏164（101）参照。但し、同書に、「石存洛陽」とするのは誤りであろう。

⑱ 郭玉堂氏『洛陽出土石刻時地記』（洛陽商務印書館、洛陽中華書局、民国三十〈一九四一〉年）。本書は稀覯書に属するが、近時、氣賀澤保規氏編『復刻 洛陽出土石刻時地記—附解説・所載墓誌碑刻目録』（明治大学東洋史資料叢刊2、明治大学文学部東洋史研究室、平成14年）、また、郭培育、郭培智氏編『洛陽出土石刻時地記』（大象出版社、二〇〇五年）が相次いで刊行され、見易くなった。前者は民国三十年の忠実な復刻版、後者は未刊の下冊（唐以降）を併せた改編本となっている。この二書の関係については、前者所収の氣賀澤氏の解説（初出は、平成6年）及び、同氏による後者の書評「旧中国洛陽の墓誌石刻の保存整理にかけた一市井人の記録」（『東方』311、平成19年1月）を参照されたい。

⑲ 趙万里氏『漢魏南北朝墓誌集釈』（科学出版社、一九五六年）。元謐墓誌と魏書との比較、墓誌の独自の記事などについては同書所引、羅振玉氏の遼居乙稿（「趙郡貞王元謐墓誌跋」）に詳しい。なお氏の遼居乙稿は民国二十（一九三一）年に刊行されており（同年正月の首署がある）、氏はほぼ出土と同時にその墓誌に接したようで、それが元謐墓誌に関する最も早い記述となっているのは、流石と言うべきである。末尾に、「此誌今在上海估人手。外間未見伝本也」とある（外間は、世間のこと）。参考までに元謐墓誌の銘文を示せば、次の通りである。

大魏故使持節征南将軍侍中司州牧趙郡貞景王誌銘

君諱謐、字道安、河南洛陽人也。太祖献文皇帝之孫。考使持節車騎大将軍、都督中外諸軍事、特進司州牧、趙郡王之世子。帝緒綿宗、備聞於金経。瓊枝宝茂、騰芳於玉牒。世載高範、義光実籙、鐫石図徽、刊茲休烈。其詞曰、

皇矣締構、悠哉綿瓞、有命自天、載懐明哲。且君且王、廼神廼傑、如彼諸姫、世済芳烈。周公之胤、有凡有蔣、昭昭我王、騰風邁響。豈伊内潤、亦惟外朗、爰初嬌翮、陵虚迅上。言瞻拝後、爰自亀蒙、執玉茲礼、飲酎斯恭。来朝粛粛、在廟雍雍、白珩朱紱、委他有客。冠冕称珍、於斯得人、令望令問、載楢載薪。睠然西顧、駕此朱輪、式清氓俗、克静風塵。帝曰欽哉、唯民重食、以徳以親、作乎農棘。我吝出内、匪求彫飾、思媚一人、労心尽力。在昔元愷、唯允納言、翻飛建礼、如彼翔鵷。循途未極、中路摧轅、国沈梁棟、家喪璵璠。長捐高寝、永即泉宮、文物備典、礼数加隆。宛其若此、何始何終、苐銘玄石、敬累清風。

正光五年歳次甲辰閏二月壬午朔三日甲申葬

⑳ 黄明蘭氏『洛陽北魏世俗石刻線画集』（人民美術出版社、一九八七年）

㉑ 中国画像石全集8石刻線画（中国美術分類全集、河南美術出版社、二〇〇〇年）

㉒ 参考までに、注㉑前掲中国画像石全集8石刻線画、図版説明63の榜題説明を次に示す。

　毎幫刻孝行故事六幅、均有榜題。左幫為『丁蘭事木母』、『韓伯余母与杖和顔』、『孝子郭巨賜金一釜』、『孝子閔子騫』、『眉間赤妻』、『眉間赤与父報酬（仇）』、右幫有『孝子伯奇母赫児』、『孝子伯奇耶父』、『孝子董永篤父贖身』、『老莱子年受百歳哭内』、『母欲殺舜焉得活』、『孝孫棄祖深山』

右の記述には混乱、誤りが目立つ。まず、幫の左右が間違っているのは、黄明蘭氏注⑳前掲書の図版でなく、その説明文を用いたためであろう。次に、「韓伯余母与杖和顔」は、「韓伯余母与丈和弱」が正しい（口絵図2参照）。「孝子董永篤父贖身」は、「孝子董懺与父犢居」である。（口絵図9参照。因みに、ユージン・Y・ワン氏注⑯前掲論文も、本図を董永 Dong Yong のことと解する。本書Ⅱ一3参照）。また、「老莱子年受百歳哭内」、「母欲殺舜焉得活」も黄明蘭氏説を踏襲する（口絵図10、11参照）。さらに「孝孫棄祖深山」は、「孝孫棄父深山」が正しい（口絵図12参照）。

㉓ 奥村氏注⑧前掲論文。図七、八は、中国美術全集絵画編19石刻線画に拠る。

㉔ 孝行集については、拙稿「静嘉堂文庫蔵孝行集」（『愛知県立大学文学部論集（国文学科編）』39、平成3年2月）及び、拙著『中世説話の文学史的環境 続』（和泉書院、平成7年）Ⅰ三参照。

㉕ 西野貞治氏「陽明本孝子伝の性格並に清家本との関係について」（『人文研究』7・6、昭和31年7月）。なおボストン美術館蔵北魏石室の董晏（黯）図について、後掲の郭建邦論文以下、黄明蘭氏注⑳前掲書解説6頁、注㉑前掲中国画像石全集8図版説明9、また、加藤直子氏「魏晋南北朝墓における孝子伝図について」（『東洋美術史論叢』〈雄山閣出版、平成11年〉所収。本論文は注番号が本文と合わず、理解し辛い）一2などに、漢書東方朔伝等に記される董偃と館陶公主の話として説明されるのは、失考とすべきである。

㉖ 本書Ⅱ一3

㉗ 奥村氏注⑥前掲論文

㉘ 長廣氏注⑦前掲書

㉙ 例えば川口久雄氏は、「私がボストンでみた時には、富田氏によりA.D. 527年の製作と題してあったが、最近時代がもっと後だという説がある。たぶんそうであろう、しかし、説話の上から、この時代にこうした説話画ができることに不審はないように思う」と言われる（同氏『敦煌と日本の説話』〈敦煌よりの風2、明治書院、平成11年〉Ⅱ二。初出昭和45年）。

㉚ 郭玉堂氏注⑱前掲書

㉛ 郭建邦氏「北魏寧懋石室和墓志」（『河南文博通訊』80・2、一九八〇年6月）、同氏『北魏寧懋石室線刻画』（人民美術出版社、一九八七年）。図九は、同書に拠る。参考までに、寧懋墓誌の銘文の試読を示せば、次の通りである（郭建邦氏前掲書六浅釈、注⑮前掲『洛陽出土北魏墓誌選編』孝昌四一等を参照した）。

魏故横野将軍甄官主簿寧君墓誌

君諱懋、字阿念、済陰人也。其先五世属□。秦漢之際、英豪競起、遂爾離邦、遥寓西涼。既至皇魏、祐之遐方。慕化父興、以西域夜陋、心恋本郷、有意東遷、即便還国、居住恒代、定隆洪業。君志性澄静、湛若水鏡、少習三墳、長崇典、孔子百家、覩而尤練。年卅五、蒙獲起部曹通事郎。在任虔恭、朝野祇粛。至太和十三年、聖上珍徳、転補山陵軍将。撫導恤民、威而不猛、矜貧恵下、黎庶釈心。至太和十七年、高祖孝、遷都中京、定鼎伊洛、営構台殿、以康永祀。復簡授右宮戍極軍主。宮房既就、汎除横野将軍、甄官主簿。天不報善、殲此懿。春秋卅有八、景明二年、遇疾如喪。妻滎陽鄭児女。太武皇時、蒙授散常侍。鄭児女遺姫以去。孝昌三年正月六日喪。以今十二月十五日、葬於北芒□和郷。刊石立銘、以述景行

㉜ Kojiro Tomita, 'A Chinese Sacrifical Stone House of Sixth Century A.D.', in *Bulletin of the Museum of Fine Arts* 40, no. 242 (December, 1942), pp. 98–110.

㉝ 富田氏は董晏について、次のように言われている。

The scene on the lower half of the wall is inscribed with the legend "Tung Yen's mother conversing with Wang Chi's mother" (The character *yen* in the inscription differs from another of the same sound with which the name Tung Yen is usually written. There are several inaccurately written characters among the titles that accompany the scenes of filial piety, due perhaps to the ignorance of the stone carver who copied them from the original draft). Tung Yen (first to second century) was a dutiful son to his mother. The mother of a neighbor by the name of Wang Chi remonstrated with her son for his careless behaviour, pointing out Tung Yen's devotion to his mother. Angered by this unfavorable comparison with the exemplary son, Wang Chi went to Tung's house while he was absent from home and insulted Tung's mother. Later when death came to his mother, Tung Yen, remembering the unhappy incident, killed Wang Chi, and after offering the head at her grave, gave himself up to the authorities. The Emperor Ho Ti, however, not only pardoned Tung Yen's guilt but appointed him to an official post which he declined. Within each of the houses, diagonally facing one another, sit respectively the mother of Tung Yen and the mother of Wang Chi, engaged in conversation. Tung Yen stands between them, while two servants are seen approaching, one from the corner of each house.

但し、当石室の董晏《（黯）》図（図七下）に関して、黯母と奇母はともかく、中央に立っている人物を董黯、両端の二人を従者とする

のは当たらない。中央の人物は王奇、右端は董黯、左端が侍女である（本書Ⅱ一3参照）。氏の拠られた董黯譚の出典は不明であるが、おそらく純徳彙編辺りかと思われる。そして、西野貞治氏も指摘されたように（西野氏注㉕前掲論文）、陽明本孝子伝を用いない限り、当石室の董晏《（黯）》図は説明出来ないのである。なお、ボストン美術館は現在、当石室を「北魏時代 六世紀」のものとし、「正面の番人の横には銘文があり……一緒に発見された墓碑銘との関連を指摘する向きもある。その墓碑銘は、五二七年に没した寧懋という役人の生前の活動を記録したものであるが、正面の銘文の仕上げは粗く、追刻とも考えられる」と説明している（ボストン美術館東洋部『ボストン美術館東洋美術名品集』131、ボストン美術館、一九九一年）。

㉞　注⑲前掲『漢魏南北朝墓誌集釈』巻六図版二六二

㉟　「掲露美帝国主義一貫掠奪我国文物的無恥罪行」（『文物』60・4）、「掲露美帝一貫劫奪我国文物的罪行」（『考古』60・4）等。なおこれらは当石室を五二九年のものとしている。

㊱　注㉛参照。さらに郭建邦論文に関しては、胡順利氏「北魏寧懋墓志釈補」（『中原文物』81・1、一九八一年3月）が出され、それに応えた、郭建邦氏「北魏寧懋墓志再釈—答胡順利同志」（『中原文物』81・2、一九八一年6月）などもある。また、林聖智氏は近時、「北魏寧懋石室的図像与功能」（国立台湾大学『美術史研究集刊』18、民国94〈二〇〇五〉年3月）を公刊された。

㊲　黄明蘭氏「従洛陽出土北魏石棺和石棺床看世俗芸術中的石刻線画」（『中原文物』84・1、一九八四年3月）

㊳　西野氏注㉕前掲論文

㊴　奥村氏注⑥前掲論文

㊵　奥村氏注⑧前掲論文

㊶　奥村氏注⑧前掲論文

5　和泉市久保惣記念美術館蔵 北魏石床攷

一

和泉市久保惣記念美術館に、一俱の北魏石床（館称、石造人物神獣図棺床。以下、仮に北魏石床と呼ぶ）が蔵されている（図一）。囲屏に孝子伝図の描かれる点が大変貴重で、我が国に現存する、目下唯一の北魏時代、孝子伝図石床の遺品となっている。北魏正光五（五二四）年の匡僧安墓誌を伴うが（補記参照）、同時購入されたものながら、その墓誌が石床と共に出土したものかどうかは、不明であるという（河田昌之館長教示）。全面に彩色跡、台座に鍍金跡（金また、赤、緑、黒、白〈下地を兼ねる〉）が確認される優品で（東野治之氏教示。同じく孝子伝を描く、ミネアポリス美術館蔵北魏石棺にも、かつて「その刻画面には金箔の痕跡がのこつてゐた」という伝えがあり、奥村伊九良氏は、それを鍍金孝子伝石棺と呼ばれた①）、加うるに、当石床は、一九七七年洛陽出土の洛陽北魏石棺床（洛陽古代芸術館蔵）と酷似することなどから②、私は、当石床を北魏正光頃（五二〇―五二五）の真刻と見て良いと思う。特に、当石床に極く微かに残る鍍金跡など、偽刻したものとは、一寸考え難いからである。美術品の場合、偽作説が出ることは、避けられない宿命らしく、例えば、私が孝子伝図を蒐集していて廻り会った、ボストン美術館蔵北魏石室（景明―孝昌〈五〇〇―五二七〉頃の寧懋石室と考えられる）然り③、前述のミネアポリス美術館蔵北魏石棺（正光五〈五二四〉年の元謐石棺と考えられる）然りで④、驚くべきことに近時、孝子伝図研究の古典、後漢武氏祠画象石に

図一　和泉市久保惣記念美術館蔵北魏石床

ついても、偽刻説が提出されるに至っている。[5] それらは、いずれも美術史的な観点からなされる偽作説であるが、後述の如く、孝子伝図が描かれる際には、まず文字テキストである孝子伝が、その源泉にあったものと考えられる。そして、中国における孝子伝のテキストは、南宋を境に滅びてしまい、その内容はもはや知られないものとなってしまう[6]。例えばミネアポリス美術館蔵北魏石棺には、伯奇の図が描かれ[7]（「孝子伯奇耶父」、「孝子伯奇母赫児」と榜題される〈榜は、画中の長方形の仕切りで、中に文字の入ったものが榜題。図の内容を知る上で、極めて重要な働きをする〉、左幫の二図。洛陽北魏石棺床にも）、ボストン美術館蔵北魏石室には、董黯図が描かれているが[8]（「董晏（黯）母供王寄母語時」と榜題される、左側下の一図。ネルソン・アトキンズ美術館蔵北斉石床にも）、それらの内容を伝える孝子伝の本文は、中国で夙に失われてしまっており、孝子として有名な丁蘭や郭巨ならばともかく、その伯奇や董黯など、後世に偽刻することはまず不可能であろうと思われる。これらは目に付いた一例に過ぎないが、孝子伝図を内容とする遺品に関する偽作説は、図と一体であった筈の孝子伝を視野に入れない主張に基づき、文献学的に容認出来ないものが多いのである。私は、取り立ててそれらの遺品を擁護すべき立場にいる訳ではないが、偽作を言う場合、余程の確証があるのでなければ、その証明は、印象批評の域に留まることなく当然、学問的になされるべきであろうと思う⑨。

当石床においてもう一つ興味深いのは、例えば女性の唇に今も鮮やかな朱を留める、その彩色跡である。さらに、当石床の図像中には、文字囲いとしての榜はあるが、肝心の文字がない。同様の例は、前述洛陽北魏石棺床などにも散見する。このことに関しては、様々な考え方が出来ようが、私が当石床から思うのは、その榜題は、顔料の上に書き込まれていたのではないか、ということである。そして、時の経過により、顔料と共に剝落して消えてしまったのではなかろうか。榜題こそないものの、鍍金を施した、見事な彩色石床の例は、近時西安市で出土した、北周安伽墓（五七九年）のそれなどが上げられる⑩。また、孝子伝図に彩色した例としては、一九五七年に出土した鄧県彩色画象甎（郭巨図、老萊子図）が、参考となるだろう⑪。このことは、飽くまで仮説の域を出るものではないが、如何にも不自然な榜のみを残す幾つかの例を、巧く説明出来そうな気がするのである。ともあれ、今後の検証を俟つべき一つの説として、ここに提示しておく。

小論は、和泉市久保惣記念美術館蔵北魏石床の囲屛に描かれた、計八面の孝子伝図の図像内容を、解説しようとするものである（口絵図1―図8）。まず始めに、当石床囲屛における、孝子伝図の配置を、概念図化して示せば、次頁上の如くである⑫。

右側板から右奥板へ、また、左側板から左奥板へ、当石床の孝子伝図に仮に①―④、⑤―⑧の番号を付けた（以下、

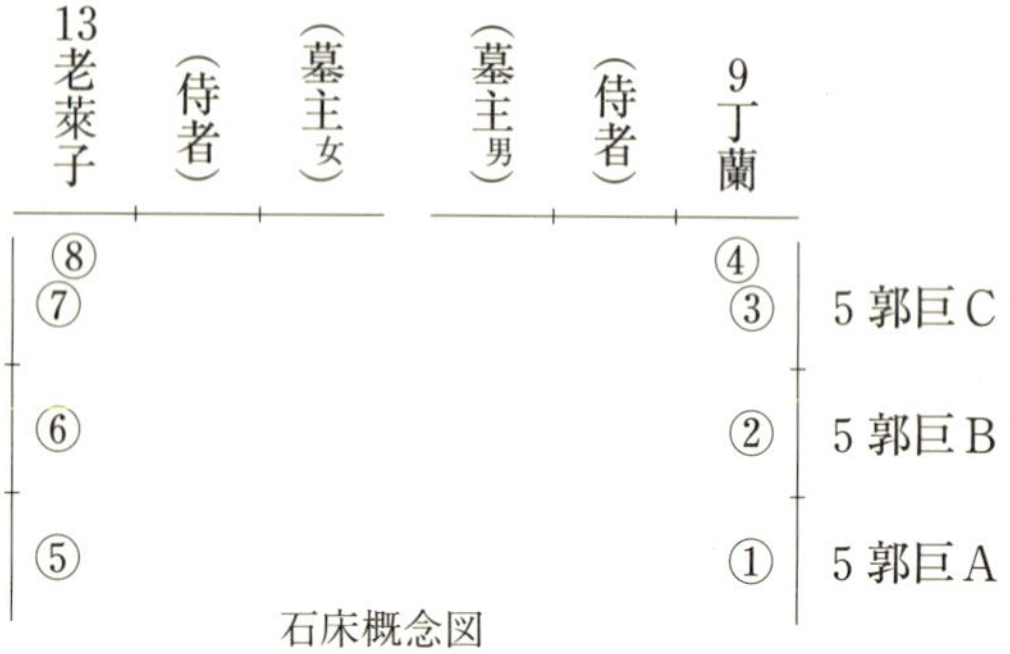

石床概念図

本文や図版中の丸囲み数字は、この概念図における各図を示す）。郭巨等、孝子名の前の数字は、我が国にのみ伝存する完本孝子伝二本（後述の陽明本、船橋本。以下、両孝子伝と称する）の目録の番号で[13]、後ろのアルファベットは、図像の展開する順序を示している。ここで、孝子伝と孝子伝図について、簡単な概説を試みておく[14]。

中国における、孝の思想は、有名な孝経の存在が示すように、儒教の徳目の一つとして、長くその命脈を保ち、教育、文学、芸術などに大きな影響を及ぼした。そのことは、かつて西野貞治氏が、

> 家族制度が極めて古くから発達した中国では、その維持のために孝行の教化が徹底され、孝行の実践例を掲げた孝子伝・孝子図などと題する書が、孝経と共に童蒙の必修書とされ、六朝末迄に十種以上も出現した

と指摘された如くである[15]。そして、テキストとしての孝子伝は、おそらく漢代、遅くとも二世紀半ば以前には、成書としての出現を見ていたものと思われる。例えば後漢武氏祠画象石や和林格爾後漢壁画墓に見る、整然と体系的に描かれた孝子伝図像群は、そうでなければ、説明が付かないからである。それはおそらく科挙の前身、孝廉制の施行などを直接の動機とし、二世紀中頃から盛んに編纂され始める先賢、耆旧、烈士伝等と称される名士伝の展開と、軌を一にしつつ、本格的に成立したものと考えられる[16]（その生成は、さらに前漢に溯るであろう）。そして、例えば漢代の孝子伝図が閔子騫、曾参で始まるのも（後漢武氏祠画象石、和林格爾後漢壁画墓、村上英二氏蔵後漢孝子伝図画象鏡など）[17]、多分漢代孝子伝の序列を襲うものである。但し、漢代孝子伝そのものは現存しない。前漢の劉向撰と

伝える孝子伝（図）の逸文が残されるが、「六朝の仮託」の疑いが強い[18]。さらに六朝以降に簇出した、晋の蕭広済孝子伝など、十種を越える古孝子伝は、南宋を境としてその全てが散逸し、目下逸文を通じてしか、それらの内容を窺う術がない[19]。ところが、シルクロードの吹き溜まりに例えられる我が国には、奇跡的に散逸を免れた完本の孝子伝が、二本現存している。それが前述、陽明本（陽明文庫蔵）と船橋本（旧船橋家蔵、現京都大学附属図書館清家文庫蔵）の両孝子伝に外ならない。その両孝子伝は、作者名を冠しない、所謂逸名孝子伝に属し、両本の内容は殆ど同じものながら、互いに行文を異にする、恰も兄弟の如き異本関係にあるものと捉えられる[20]。さて、両孝子伝は、例えば古代から近世を貫く、我が国の孝子文学史の原点に位置し、中で、船橋本が今昔物語集に大きな影響を与えたことなど、かねてより名高い事実となっている。ともあれ、両孝子伝は、日中両国において、何よりもまず幼学書であったことに注意しておきたい。左に、両孝子伝の内容を紹介する。以下に掲げるのは、陽明本の目録に基づく、その編目である（通し番号を付す）。

両孝子伝編目

序

1舜　2董永　3刑渠　4伯瑜　5郭巨　6原谷　7魏陽　8三州義士　9丁蘭　10朱明　11蔡順　12王巨尉　13老萊（子）之　14宗勝之　15陳寔　16陽威　17曹娥　18毛義　19欧尚　20仲由　21劉敬宣　22謝弘微　23朱百年（以上、上巻）

24高柴　25張敷　26孟仁　27王祥　28姜詩　29叔先雄　30顔烏　31許孜　32魯義士　33閔子騫　34蔣詡　35伯奇　36曾参　37董黯　38申生　39申明　40禽堅　41李善　42羊公　43東帰節女　44眉間尺船45　45慈烏船44（以上、下巻）

中国においては、孝子伝の滅亡に伴い、大体宋代以降、二十四孝がそれに取って代わる。[21]二十四孝の文献資料としては、最も早いものの一つとして、敦煌出土の変文の一類、二十四孝押座文（五代宋初）を上げることが出来る。我が国における孝子伝と二十四孝との交代時期は、およそ室町時代と見て良いであろう。

一方、孝子伝図は、前述のように、中国漢代のテキストは伝わらないが、後漢の遺品が数多く残り、漢代孝子伝の形を考える、重要な資料となっている。[22]後漢武氏祠画象石の如き画象石の様式のものを主流とし、和林格爾後漢壁画墓のような彩色壁画や、後漢楽浪彩篋の如き彩色漆画、村上英二氏蔵後漢孝子伝図画象鏡のような画象鏡などの形態を取るものもある。六朝時代になると、石室、石棺、石床に数多く孝子伝図が描かれる外、鄧県彩色画象甎の如き、画象甎に彩色を施したものや、北魏司馬金竜墓出土木板漆画屏風、寧夏固原北魏墓漆棺画のような、彩色漆画の様式の孝子伝図も描かれた。六朝時代の孝子伝図に関しては、注意すべき問題点が二つある。一つは、当石床を含めて、現存する六朝期孝子伝図の遺品の制作時期が、概ね北魏時代の五世紀後半から六世紀前半に集中していることであり、且つ、洛陽（洛陽は四九三年、北魏の都となる）と関わるものの多いことである。このことは、六世紀前後に、洛陽を中心として孝子伝図を描くことが一時大流行を見た可能性を示し、また、例えば当石床と洛陽北魏石棺床との、様式上の著しい類似その他、洛陽の地に、孝子伝図を描く工房の存在したことを、考えさせずにおかないものがある。もう一つは、六朝時代の孝子伝図が孝子伝、特に我が国伝存の陽明本孝子伝と、非常に深い関わりをもつことである。例えば寧夏固原北魏墓漆棺画に描かれた、八面に及ぶ重華図は、陽明本孝子伝１舜（また、三教指帰成安注所引逸名孝子伝。重華は、舜の字）と、ものの見事に一致している。[23]それら八面の一図ずつは、孝子伝テキストによって、所謂絵解が出来る体のものなのである。加えて、驚くべきことに、その孝子伝テキストはまた、敦煌出土の唐代の語り物の台本とされる、舜子変の出典をなしていることも、既に明らかとなっている（董永変も同じ。変は、変文で、変文は、変相図から派生したという、有力な一説がある）[24]。また、孝子伝図と孝子伝との、言わば一話単位の密接な関係は勿論のこと、さらに重要な点は後述、林聖智氏が明らかにされた、遺品毎の孝子伝図の編成そのものが、上掲両孝子伝（陽明本）の編目に倣うという、瞠目すべき事実である。このことは、我が国伝存の両孝子伝が、六朝期の孝子伝図の解明に不可欠な、一級資料であることを物語っている。以上の二点は、六朝時代の孝子伝図研究の現在の問題であると同時に、なお将来的な課題とすべき、未解明の領野が多く残ることに留意したい。また、テキストとしての孝子伝が伝存しない、漢代の孝子伝図については、現段階における、最も重要な問題を、ここで一つ提示しておこう。一九七一年に出土した、内蒙古和林格爾県新店子にある和林格爾後漢壁画墓は、三室から成っているが、その中室西、北壁には、第一層に孝子伝図、二層に孔子弟子図、三、四層に列女伝図その他が描かれている[25]。その三、四層に描かれた列女伝図は、現行の劉向撰、古列女伝巻一―五における列女の配列を、忠実に踏まえたものであることが、既に指摘されている[26]。私は以前、その事実に基づいて、和林格爾後漢壁画墓第一層の孝子伝図も、当時の孝子伝の配列を踏まえたものと考え、そこから、現存しない漢代孝子伝の形の復原にまで、推測を及ぼしたことがある[27]。そのこと自体に誤りはないが、その後、平成十六年以来、内蒙古文物考古研究所副所長、陳永志氏の御好意により、日中の共同研究を組織する機会に恵まれた。その結果、該墓の孝子伝図は、従来報告されていたものとは、大きく異なることが判明した。それはそれとして、ここで改めて提示したいのは、やはり該墓の孝子伝図の配列が、漢代孝子伝の配列を襲っている可能性が非常に高く、その辺りにまず、従来杳として実体の摑めない、漢代孝子伝の姿に迫る手掛りが、存しようことである。そして、陽明本を始めとする、六朝期の孝子伝は、その漢代孝子伝を継承、再編成する過程を通じ、成立したものと考えられるのである。だから、例えば陽明本孝子伝には、漢代孝子伝の形を留めると考えられる部分が、随所に残っている筈で、その幾つかの例に関しては、かつて述べたことがある[28]。その和林格爾後漢壁画墓の孝子伝図については、本書Ⅰ二2の「漢代孝子伝図攷―和林格爾後漢壁画墓について―」を参照願いたい。さて、北魏時代を中心として、盛行した孝子伝図だが、不思議なことに、次の隋唐期に入ると、ふっつりとその消息を断ってしまう。私が確認し得た、当代の遺品は唐、契苾明墓出土の陝西歴史博物館蔵三彩四孝塔式缶一点に過ぎない。(29)この謎についても、色々な捉え方があり得るが、その問題を解く鍵の一つになるであろう、重要な報告を、ここで紹介しておく。唐代墓室壁画の一類として、屛風式と呼ばれる、連図がある。近時、趙超氏は、その屛風式連図の中に描かれた、所謂「樹下老人」図において、曾参、王裒、孟宗、伯奇などの孝子伝図を発見されるに至っている。(30)この発見は非常に重要で、なお今後、宋代を境として二十四孝図が孝子伝に取って代わる、その移行期における事実として、研究史の上に位置付けられなければならないであろう。隋唐を過ぎると、やがて孝子伝図は終焉期を迎え、代わって二十四孝図の時代がやってくる。テキストとしての二十四孝の成立は、目下元代まで降らざるを得ないが、宋、遼、金墓から陸続と発見される、二十四孝図の流行振りは、漢代に始まる孝子伝図の長い命脈を、前提として捉えることなしに、それを正しく理解することは難しい。中で、二十四孝図の最も早い遺品は目下、一九九二年耶律羽之墓出土、鎏金鏨孝子図銀缶（九四一年）となっている(31)（金文京氏教示）。

二

さて、当石床の囲屛には、一体何が描かれているのであろうか。前掲の石床概念図を見ると、まず奥の両石板中央に描かれているのは、墓主の夫婦である。右が男性、左が女性の墓主となっている。また、それぞれの左右に描かれているのは、侍者の像である。そして、①―④、⑤―⑧の八面に描かれているのが、孝子伝図である。以下、石床概念図に従って、それら八面の孝子伝図の内容を、孝子伝のテキストと照らし合わせながら、説明してみたい。

当石床囲屏には、一見してそれと分かる孝子伝図が、二図存在している。それは、後掲図二①—③の郭巨図と、⑥⑦の原谷図である。始めに、その二つの図像のことから、述べてゆくことにする。

図二（口絵図1—3）に、当石床囲屏の郭巨図を掲げる。当石床囲屏を構成する四枚の石板は、全て三面に区切られているが、郭巨図は、その内の右側板三面全部を使って描かれていて（図二①②③）、極めて珍しい三連図となっている㉜。

この郭巨図のような孝子伝図は、文献としての孝子伝に基づいて描かれたものであり、決してその逆ではあり得ないことに注意したい。左に、陽明本孝子伝5郭巨条の本文を示す㉝（書き下し文による。原文を後に添えた）。

5郭巨

郭巨は、河内の人なり。時に年荒る。夫妻昼夜懃作し、以って母に供養す。其の婦忽然として一男子を生む。便ち共に議して言わく、今此の児を養わば、則ち母に供うる事を廃せむと。仍りて地を掘りて之を埋む。忽ちに金一釜を得たり。釜の上に題して云わく、黄金一釜、天、郭巨に賜うと。是に於いて遂に富貴を致し、孝に転じて蒸々たり。賛に曰わく、孝子郭巨、純孝至真なり。夫妻心を同じくして、子を殺し親を養わんとす。天、黄金を賜い、遂に明神を感ぜしむ。善き哉孝子、富貴にして身を栄えしむと。

（郭巨者、河内人也。時年荒。夫妻昼夜懃作、以供養母。其婦忽然生一男子。便共議言、今養此児、則廃母供事。仍掘（堀）地埋之。忽得金一釜。々上題云、黄金一釜、天賜郭巨。於是遂致富貴、転孝蒸々。賛曰、孝子郭巨、純孝至真。夫妻同心、殺子養親。天賜黄金、遂感明神。善哉孝子、富貴栄身）

文中の河内は、河内郡で、河南省泌陽県付近、蒸々は、孝行を尽くす様を言う。

右の陽明本孝子伝の本文に就けば、図二の三図は、右から石床概念図及び、図二の①—③の順序で、見るべきものであることが分かる。即ち、第一図（図二①）では、画面の中央に、子供を抱いた郭巨の妻が立ち、左下の郭巨が黄金を掘り出している。二人は、共に右向きである。第二図（②）では、画面の左に、郭巨が黄金を両手に捧げ（左向き。但し、振り返っている）、右に、妻が子供を抱いて（左向き）、二人は家路を辿る。第三図（③）では、画面の中央、屋内に母が坐り（右向き）、その前に黄金が据えられている。右に、郭巨が坐り（左向き）、左に、妻が立っている（右向き）。子供の姿は見当たらない。三面全てに各一榜を有するが、それらに文字のないことについては、前述した。

当囲屛の郭巨図に酷似するものとしては、例えばC. T. Loo旧蔵北魏石床のそれを、上げることが出来る。図三(1)(2)は、そのPLATE XXIXの全三面中の、右と中央の二面を示したものである。[34]本図は、二図から成っていて、各々に、「孝子郭巨」、「孝子郭巨天賜皇《（黄）》金」の榜題がある。本図と当囲屛のそれとを較べてみると、図二の②に当たる場面つまり、家路を辿る郭巨夫婦を描いた場面がない。おそらく省略されたものと思われる。しかし、図三の(1)を見ると、夫婦の位置が左右入れ替わっているものの、例えば郭巨とその妻の描き方に、両者殆ど違いのないことが、看て取れるであろう（また、例えば鄧県彩色画象甎の郭巨図も、黄金を挟んで、図二の①の妻を左向きにしただけのものとなっている）。図三の(2)と図二の③も同様で、家屋が方形の台座になり、妻が郭巨の左に坐るなどしているが、子供も見当たらず、両者のよく似ていることが知られるであろう。特に面白いのが、図三の(2)、画面左の母の冠が、明らかに男の冠になっていることで、これはC. T. Loo旧蔵北魏石床の描き間違いである。本図の誤りは、その制作者が、郭巨譚の内容におそらく無頓着に、郭巨図を彫ったことを想像させ、背後に形式化を伴う孝子伝図制作の、或る程度の量産体制のあったことを示唆している。そして、何故このような誤りが起きるのか、その事情の解明に際し、

③ ② ①

図二 郭巨（①—③）

一つの手掛かりを提供してくれるのが、本図に酷似する、ミネアポリス美術館蔵北魏石棺の郭巨図である（「孝子郭巨賜金一釜」の榜題がある）。

図四に掲げるのは、ミネアポリス美術館蔵北魏石棺の右幫、頭側から三番目に描かれた郭巨図である。図四を当団扉の郭巨図（図二）と比較すると、図四は、図二の①、②を省略した体の郭巨図となっていることが、興味深い。従って、図四は、C. T. Loo旧蔵北魏石床の(2)に似ることが当然で、実際に両者は酷似し、大きな違いと言えば、図四で、子供が母の左に坐っていることと、郭巨の左にいる妻が（図三(2)）、母の右に移っていること位であって、両図間では、妻が画面右（郭巨側）にいたり、左（母側）にいたり、移動していることが分かる。そして、注目すべきことに、図四においても、母の冠が男のそれになっている。このことは、ミネアポリス美術館蔵北魏石棺と、C. T. Loo旧蔵北魏石床との深い関係を示すもので、郭巨の母の頭部に男の冠を描いてしまうような誤りは、例えば図三(2)や図四に見る、妻を郭巨の左に描いたり、母の右に描いたりしている内に、母を郭巨（男性）と取り違えてしまったのではないかと想像される。

図二の如き、三連の郭巨図の成立を考える上で、興味深い遺品をもう一例だけ紹介する。図五に掲げるのは、ネルソン・アトキンズ美術館蔵北魏石棺の右幫、第二番目に描かれた郭巨図である㉟（榜題「子郭巨」）。図五の郭巨図は、図二、図三に見られる場面の区切りこそないが、画面の左下から始まる、紛れもない三連図となっていることが、分かるであろう。図二と較べ、人物の向きが全て逆になっているのは、図二は右から左へ場面が進行するのに対し、図五は左から右へそれが進行しているためである。郭巨の母が孫を抱いている（図五）等の相違はあるが、図二は図五によく似ていることが確かで、おそらく両図は、同じ源に出るものと思われる。

図二、図三―五を通覧する時、それらの類似性の高さから、おそらく郭巨図には、共通の粉本のあったことが推測

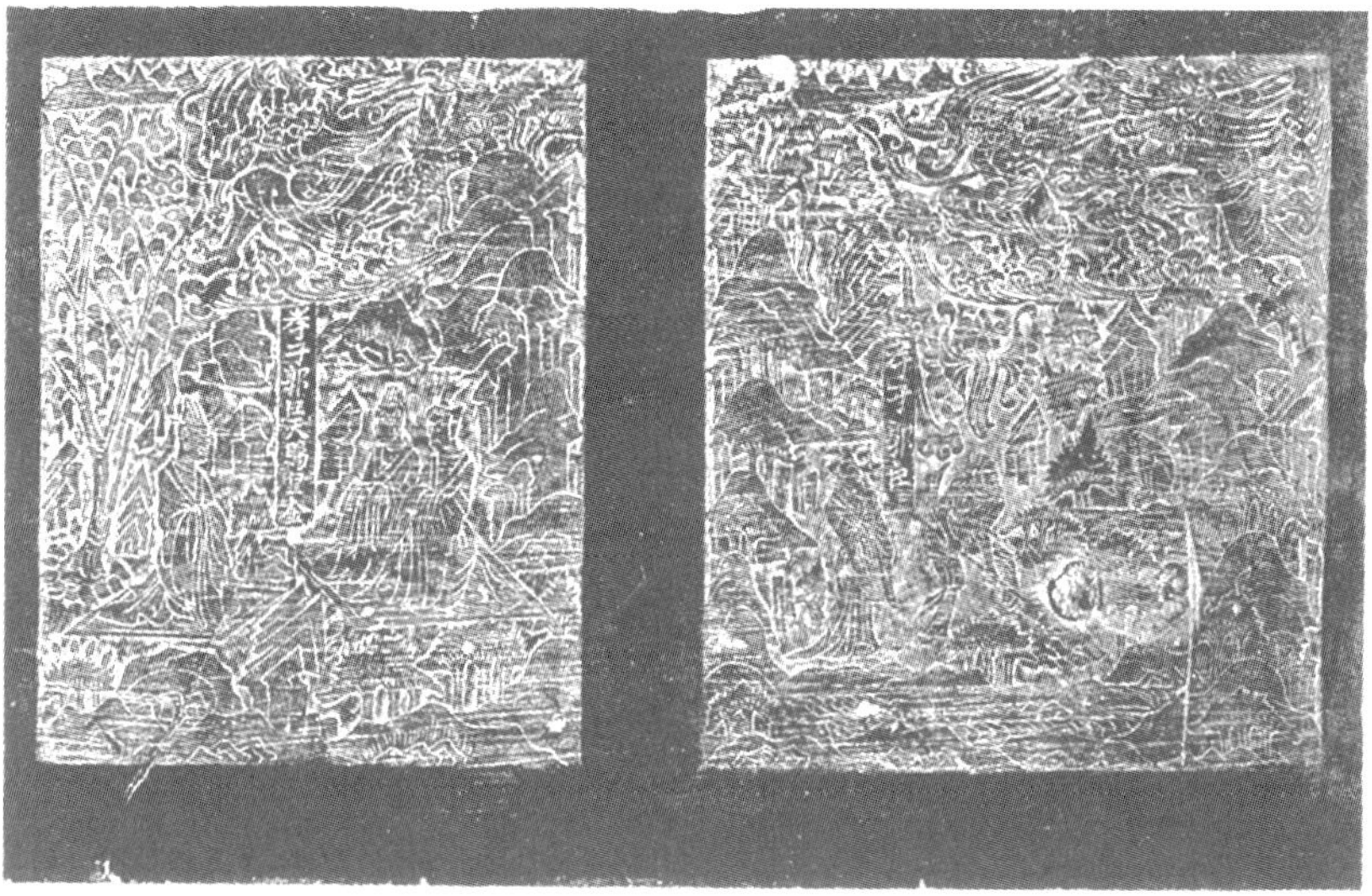

(2)　　　　(1)

図三　C. T. Loo旧蔵北魏石床（郭巨）

図四　ミネアポリス美術館蔵北魏石棺（郭巨）

図五　ネルソン・アトキンズ美術館蔵北魏石棺（郭巨）

される。文献としての孝子伝との関係は、その粉本段階におけるものと考えるべきである。そして、一定の制約の下、図二、図三—五に表われた、例えば場面数の違いなど、様々な意匠を凝らし得る、画面構成の緩やかな自由さの幅が存在したことに、改めて注目しておきたい。

ところで、郭巨が掘り出した「金一釜」（陽明本）については、様々な捉え方がある。郭巨図によれば、「金一釜」は、釜一杯の黄金の意に解するのが良いようだ。そして、孝子伝には、その釜の「々《（釜）》上題云、黄金一釜、天賜㆓郭巨㆒」（陽明本）とあって、この文言は、例えば図三や図四の榜題の典拠をなしたものと考えられる、重要なものだが、さて、それは一体何を言おうとしたものなのであろうか。最後に、その点を補説して、郭巨図の説明を締め括りたい。

六朝仮託を指摘される、劉向孝子伝《（図）》に収められた郭巨条は、異彩を放つ内容をもっている。[36]その逸文の本文を太平御覧四一一に拠って示せば、次の通りである（〔一〕は法苑珠林四十九に拠る）。

劉向孝子図曰、郭巨河内温人。甚富。父没分レ財、二千万為（余）二両分一。与二両弟一、己独取レ母供養。寄四住〔比〕隣有三凶宅無二人居者一、共推与レ之居無二禍患一。妻産レ男。慮三養（挙）レ之則妨二供養一。乃令二妻抱レ児、欲三掘レ地埋二之於土中一。得二〔黄〕金一釜一。〔金〕上有二鉄券一云、賜二孝子郭巨一。巨還二宅主一、宅主不二敢受一。遂以聞レ官、官依二券題一還レ巨。遂得二兼養一レ児

右は、郭巨を「河内温人」（河南省温県）としている。埋児を中心とする大筋は、他の孝子伝類と違いがないが、特異なのは、その冒頭に、意外にも郭巨が、

甚富。父没分レ財、二千万為二両分一。与二両弟一、己独取レ母供養

とすることと、家財を全て失った郭巨が、

寄四住〔比〕隣有三凶宅無二人居者一、共推与レ之居無二禍患一

としていることである。前者は、孝子伝類にそれを記すものを見ず、独り二十巻本捜神記十一283に、

郭巨隆慮人也。一云、河内温人。兄弟三人、早喪レ父。礼畢、二弟求レ分。以二銭二千万一、二弟各取二千万一

とあるもののみが、それと酷似する[37]（隆慮は、河南省林県）。また、後者も、孝子伝類にそのことを記すものを見ず、ただ二十巻本捜神記に、

巨独与レ母居二客舎一、夫婦傭賃、以給二公養（供）一

と見えるものだけが、それと共通している。面白いのは、後者が、郭巨の掘り出した黄金の所有権をめぐる伏線となっていることで、郭巨は他人の土地に寄宿しているだけであって、すると、人の土地から偶々掘り出した黄金が、郭巨のものである保証は何処にもない訳で、だからこそ、黄金の上に「鉄券」が添えられている必要があり、且つ、その鉄券には、「賜二孝子郭巨一」と明記されていなければならなかったのである。現に郭巨は、その黄金を自分のものと

は思わず、

　巨還二宅主一、宅主不二敢受一

とされており、このことも、劉向孝子伝の独自記事となっている。考えてみれば、後者を欠く他の孝子伝類などは、鉄券（「丹書」〈捜神記〉等とも言う）の添えられている理由が判然とせず、劉向孝子伝や二十巻本捜神記は、郭巨譚の発生期の形を伝えている可能性がある。例えば二十巻本捜神記の郭巨譚を晋、干宝のものと即断することは出来ないが、それにしても、二十巻本捜神記と酷似することの多い劉向孝子図の成立は、六朝の早い時期に遡るのではないか。ところで、郭巨に関する後漢以前の資料は管見に入らず、漢代の孝子伝図（榜題のあるもの）にも絶えてその姿を現わさない。そのことから近時、橋本草子氏は、「郭巨を後漢の人とする伝承には疑問があると言わざるを得ない」として、「郭巨が後漢の人であるという伝承は孝堂山石祠が郭巨の墓とされた北斉以後に広まったのではあるまいか」という、注目すべき見解を提出されている[38]。従って、おそらく劉向孝子伝の郭巨譚の場合も、その成立が後漢以前に遡るものではあり得まいが、その発生については、六朝の早期のものと見ておきたい。

三

前述のように、当石床囲屏に描かれた孝子伝図の内には、郭巨図と共に、比較的容易にその図像内容を判断し得るものが、もう一図ある。それが、石床概念図における、⑥⑦の原谷図である。図六（口絵図4、5）に、当囲屏の原谷図を掲げる。図六の原谷図は、当囲屏の左側板三面における中央及び、右の二面を使って描かれたものである。その二面が、右から左へ展開する郭巨図とは墓主像を挟み、左から右へと逆に展開している理由については、後述する。

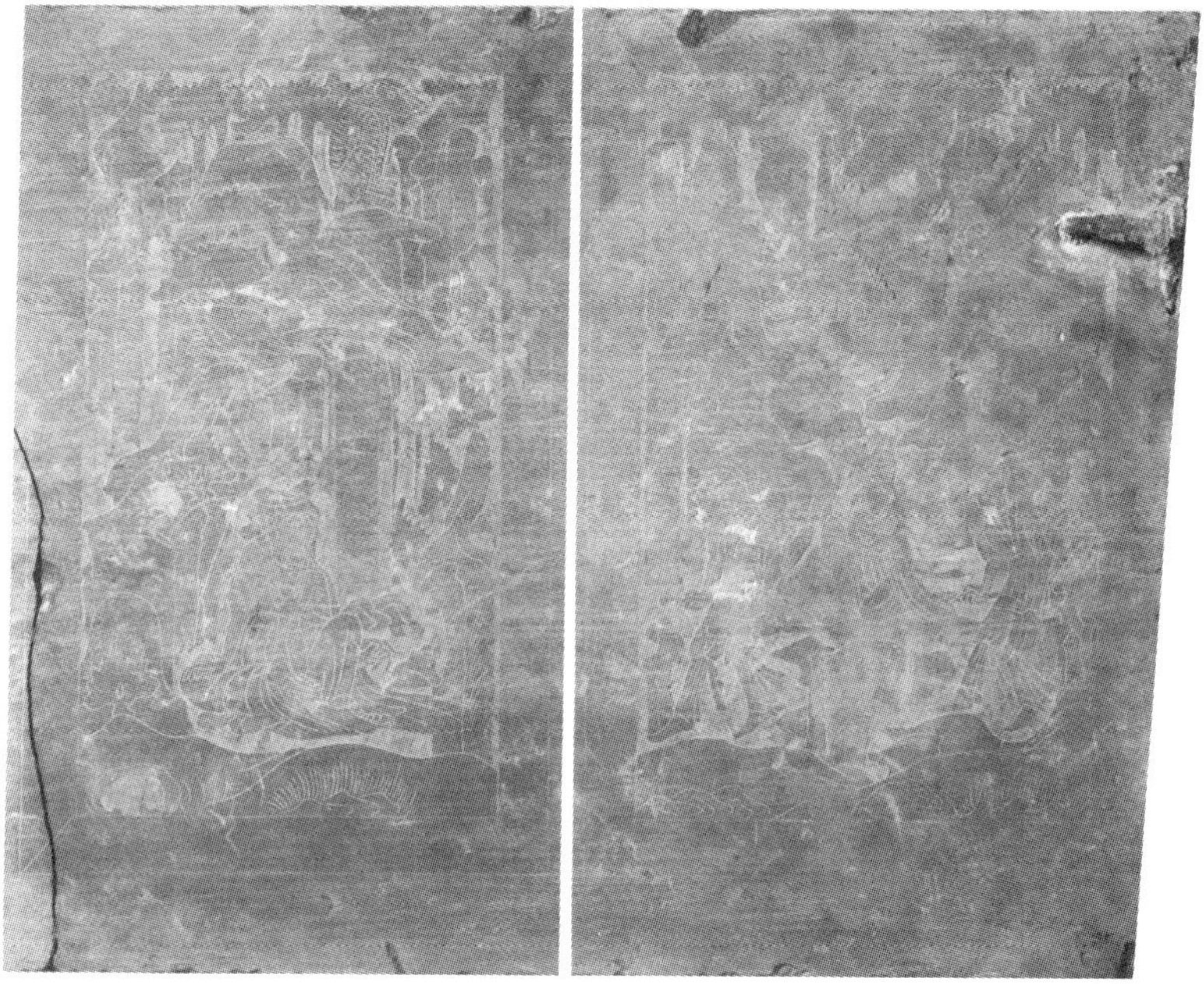

⑥　⑦

図六　原　谷（⑥、⑦）

本図を始めとする原谷図の典拠をなしたと思しい、陽明本孝子伝6の本文を示せば、次の通りである[39]（原文における×は、底本の欠字部を、紅葉山文庫本令義解裏書などにより補ったことを表わしている）。

6原谷

楚人、孝孫原谷は至孝なり。其の父不孝の甚だしき、乃ち祖父の年老ゆる之を厭い患う。原谷をして輦を作り祖父を扛《かつ》ぎ山中に送らしむ。原谷また轝を将て還る。父大いに怒りて曰わく、何故に此の凶なる物を将て還ると。答えて曰わく、阿父後に老い復之を棄てんとするに、更に作ること能わざればなりと。頑なる父悞《あやま》ちを悔い、更に山中に往き、父を迎え率て還る。朝夕に供養し、更に孝子と為る。此れ乃ち孝孫の礼なり。是に於いて閨門に孝養し、上下怨み无きなり。

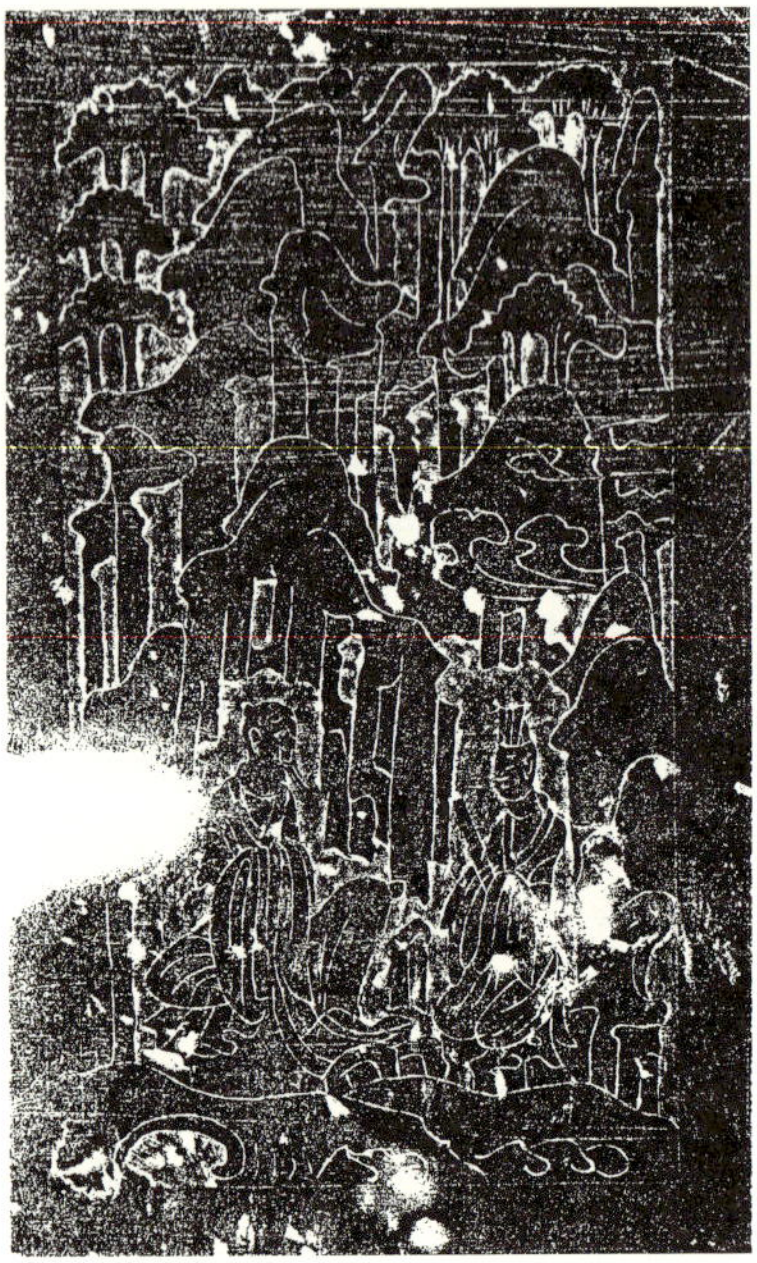

図七　洛陽北魏石棺床（原谷）

（楚人、孝孫原谷者至孝也。其父不孝之甚、乃祖父年老厭患之。使原谷作輦扛祖父送於山中。原谷復将輦還。父大怒曰、何故将此凶物還。答曰、阿父後老復棄之、不能更作也。頑（顔）父悔悞、更往山中、迎父率還。朝夕供養、更為孝子。此乃孝孫之礼也。於是閨門孝養、上下无怨也）

文中の輦は、手車だが、ここでは輿に同じく人が手で舁く輿（手輿《たごし》、腰輿）のことである。さて、原谷（原穀とも書く）に関する文献資料は、中国においては殆ど失われてしまい、僅かに太平御覧五一九などに、逸名孝子伝の逸文一種を伝えるのみであることを考え併せると（また、敦煌本句道興捜神記に、「史記曰」とする元覚譚がある〈P五五四五には、「元穀」と記す〉）、右の完本両孝子伝に収められた原谷の条は、誠に貴重なものとしなければならない。

図六⑥は、山中に遺棄された、原谷の祖父を描いたものである。場面中央に、見るからに情ない表情をした老人が坐っている（後述、C.T.Loo旧蔵北魏石床も同じ）。右上に描かれた獣（熊か）が、寂しさを際立たせる。興味深いのは、本図一図を以って、原谷図とする例の存することである。図七に掲げた洛陽北魏石棺床がそれである。[40] 図七は、構図その他、本図に酷似するが、右下に、対座する一人の男性（原谷または、その父であろう）を描き加える（ミネアポリス美術館蔵北魏石棺の原谷図〈左幫、頭側の第一図。「孝孫棄父深山」と榜題する〉も同じだが、人物は入れ替わっている）点が、本図とは異なる。図六⑦は、手輿に祖父を載せて、家に帰る原谷父子を描く。手前（左）が父、

後方（右）が原谷である。下方に兎が一羽描かれている。さらに本図を以って原谷図とするものに、洛陽北魏石棺（後檔。昇仙石棺とも。洛陽古代芸術館蔵）がある。[41] ところで、図六⑦は、見様によって或いは、原谷父子が祖父を担《かつ》いで家に帰る所でなく、祖父を棄てに向かう所と取れなくもないが、例えば図八に示す、C. T. Loo旧蔵北魏石床の原谷図（PLATE XXXII. 左、中央）(1)(2)の榜題に、

孝孫父不孝(1)

孝孫父轝還家(2)

とあることなどから推して、[42] 図六⑦は、棄てられた祖父の場面に続く、その祖父を再び手輿に乗せて、家に帰る場面とすべきことが知られよう。図八を見ると、その(1)に、銀杏の木の下、方形の座に坐る祖父、(2)に、互いに向かい合って立った、空の手輿を肩に担ぐ原谷（左）と、それを指差す父（右）とを描き（(2)の右下に猪が一頭いる）、(2)は、父の両手の様子から、陽明本孝子伝の、「原谷復将レ轝還。父大怒曰、何故将二此凶物一還。答曰、阿父後老復棄レ之、不レ能二更作一也」という場面を、描いたものであることが分かる。注目すべきは、図八が、(1)(2)の二面を合わせて、人物が三人しか登場しないことで（(1)に祖父、(2)に原谷と父）、例えば図八の(1)と(2)との場面の区切りを取り払えば、そのまま一つの場面となってしまうことだろう。そして、C. T. Loo旧蔵北魏石床の原谷図二面を合わせ、一つの場面とした遺品が、現存する。図九に示す、ネルソン・アトキンズ美術館蔵北魏石棺の原谷図（右幫、第三番目〈足側〉）がそれである[43]（榜題「孝孫原穀」）。図九は、中央の岩を境とする、二つの場面から成る原谷図と捉えられる。その左方の図を見ると、左に銀杏の木の下に坐る、右向きの祖父、中央に手輿を持ち帰ろうとする、同じ向きの原谷、右に、同じ向きながら、振り向いてそれを見る父が描かれていて、恰も図八(1)(2)の区切りを取り去ったような構成となっている。さらにそのような図八との関連において興味深いのは、例えば図九の左の場面から、原谷と父とを省略すれば、

(1)　　(2)

図八　C. T. Loo旧蔵北魏石床（原谷）

図九　ネルソン・アトキンズ美術館蔵北魏石棺（原谷）

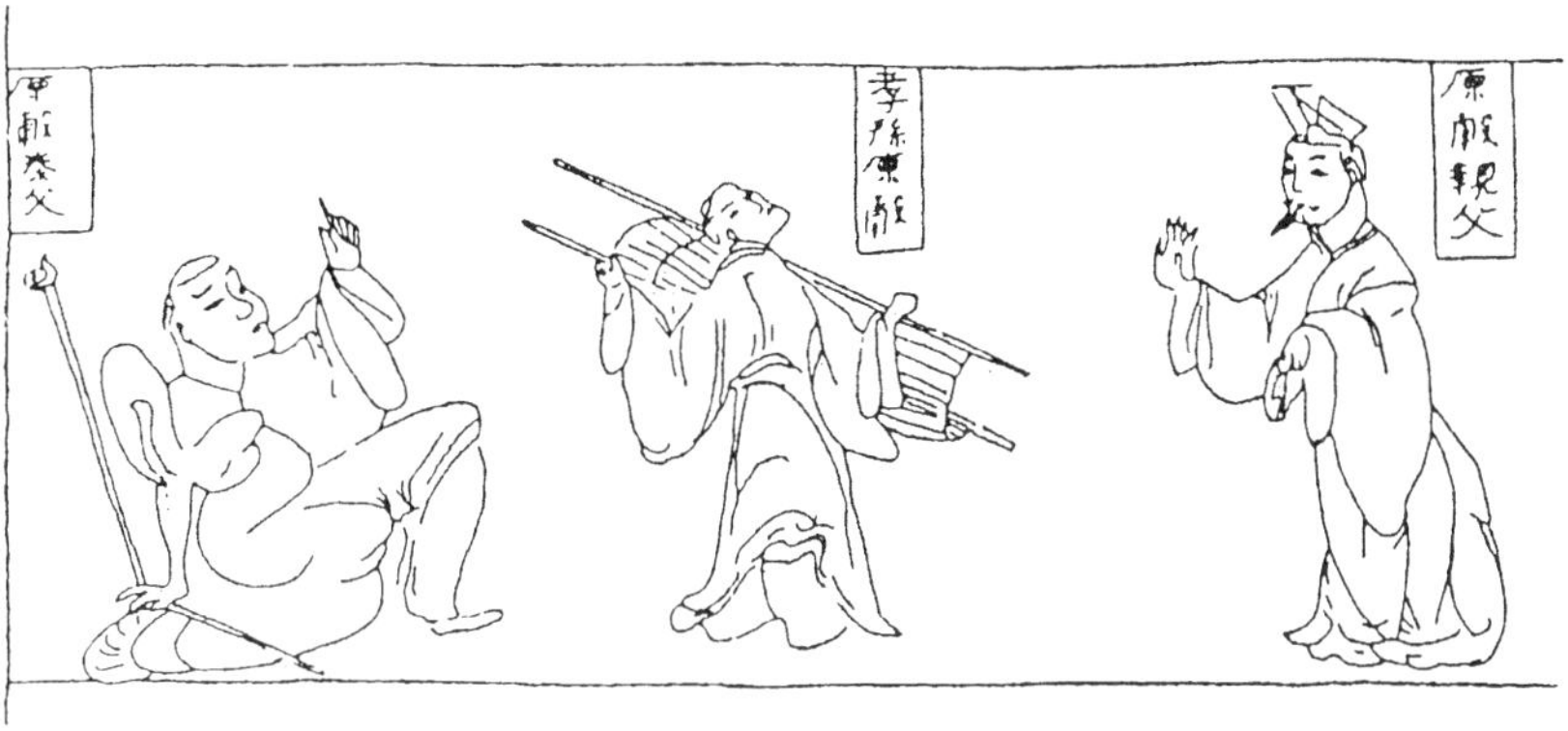

図十　開封白沙鎮出土後漢画象石（原谷）

残る二つの図が、丁度図六⑥⑦の二図となってしまうことである（但し、図九では、図六⑦の手輿の前後の父と原谷とが入れ替わっている）。

ところで、C. T. Loo旧蔵北魏石床（図八⑴⑵）や、ネルソン・アトキンズ美術館蔵北魏石棺（図九）左などに見られるような、遺棄された祖父、手輿を持ち帰ろうとして担ぐ原谷、それを見咎める父の三人を、構図とする原谷図は、古く漢代の孝子伝図に溯るものらしい。例えば図十に示すのは、開封白沙鎮出土後漢画象石、中段左に描かれた原谷図である㊹（榜題「原穀親父」「孝孫原穀」「原谷泰父」）。図十は、図八⑴⑵と全く同じ構図をしていることが、知られるであろう。また、図十は、後漢武氏祠画象石、第二石左端の原谷図（榜題「孝孫父」「孝孫」「孝孫祖父」）などと完全に構図を等しくしているので、図十のそれは、漢代における原谷図の、典型的な形であることが推定される。図十、左に描かれた父親の、両手の動きが面白い。その右手は、原谷の手輿を持ち帰ることを制止し、左手が手輿を置いてゆくよう指示するかの如くである（図八⑵では、両手の動きが逆になっている）。そして、このことは、例えば前述、陽明本孝子伝の、「原谷復将レ轝還。父大怒曰、何故将二此凶物一還」云々の記述が、やはり漢代孝子伝に溯ることを物語っている。さらにまた、それは、例えば C. T. Loo 旧蔵北魏石床の原谷図（図八⑴⑵）などが、漢代孝子伝図の形を継承する

図十一　ネルソン・アトキンズ美術館蔵
北斉石床（原谷）

ものである可能性をも、併せ示している。すると、当囲屏の原谷図右（図六⑦）等に描かれた、原谷父子が手輿で祖父を担ぐ構図などは、六朝期に考案された原谷図の意匠なのかもしれない。

最後に、当囲屏の原谷図と酷似する遺品を、もう一点紹介しておく。図十一に掲げるのは、ネルソン・アトキンズ美術館蔵北斉石床、右側板中央に描かれた原谷図である。[45] 図十一が、当囲屏のそれに対し、人物の向きが全て逆になっているのは、当囲屏の場面が左から右へと進むのに対し（図六⑥→⑦）、図十一が右（右下）から左へと逆に進むためである（但し、手輿の前後の父と原谷とが、両図では入れ替わっている）。かつて長廣敏雄氏は、図十一の原谷図を説明して、

したがって本図は、二つのシーン（一つは祖父がタンカによって山へ運ばれるシーン。一つはその結果、祖父は山中に捨てられるシーン）を同一画面中に描写したことになる。そして二つのシーンは樹石によって対角線的に区分される

と述べられたことがあるが、[46] 失考とすべきである。図十一左の図像が、「祖父がタンカによって山へ運ばれる」場面ではなく、山から家へ連れ帰られる場面としなければならないことは、前述した。さて、図十一を二つの図と見れば、当囲屏の原谷図（図六⑥⑦）となることが分かる。

後漢時代の遺品が伝わる図像に比して、原谷に関する文献資料は現在、殆ど伝存せず、その意味で両孝子伝6原谷条は、大変重要なものだが、左に、原谷に纏わる、極めて珍しい文献資料を、もう一つ紹介しておこう。以下に掲げるのは、令集解賦役令17条「釈」に対する書入れに引かれた、「先賢伝」（晋、張方撰の楚国先賢伝か）の逸文である。

先賢伝曰、幽州迫二近北狄一。其民賤レ老貴レ少。州人原孝才者。其父年及レ耄。孝才悪レ之、欲レ棄二之於中野一、輿而出。孝才少子名穀、歳初十歳、因諫不レ能レ止。穀涕泣曰、穀不レ悲三大人之棄二其父一、唯悲三大人年老穀之棄二于大人一、故悲慟而已。孝才感悟、亦輿而帰、終為二孝子一、是也

右によると、原谷の父の名は、孝才といったようだ（耄《もう》は、七十歳また、八、九十歳の老人の意。幽州は、今の北京市）。

四

当石床囲屏に描かれた孝子伝図の内、郭巨図、原谷図については、例えば図二①（子供を抱く妻、黄金を掘り出す郭巨）や、図六⑦（祖父を載せた手輿を担ぐ原谷父子）など、幸いその図像内容を端的に示す、特徴的な場面が含まれていることから、孝子伝によるそれらの図像内容の同定は、それ程難しい訳ではない。それに対し、前掲石床概念図における、当囲屏右奥板の右端④、左側板の左端⑤、左奥板の左端⑧の三面は、それらが孝子伝図であろうとは予測し得るものの、極めて類型的に描かれた図像の中に、その内容を示唆する特徴（例えば、洛陽北魏石棺床に描かれた蛇〈伯奇図であることを示す〉など）[47]が、殆ど描き込まれていないため、孝子伝による図像内容の同定は、頗る困難なものとなっている。ところが、最近、これまで全く知られることのなかった、北朝期の石棺床囲屏における、孝

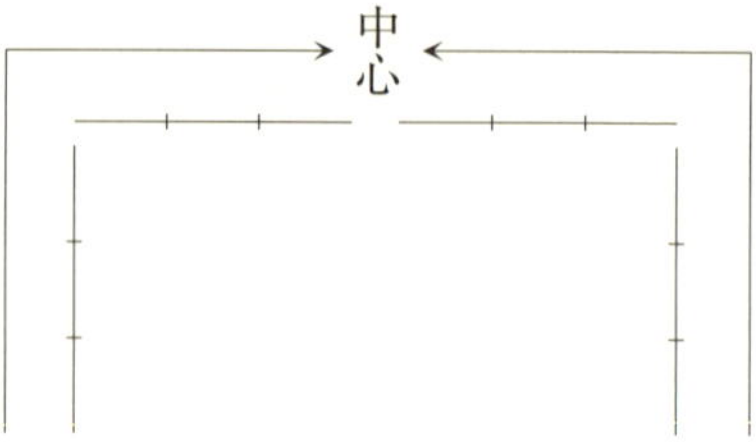

囲屛における図の配列と展開概念図

子伝図の配列に関し、それらの配列には一定の原則があるという、驚くべき事実が明らかとなった。その事実を指摘したのが、林聖智（LIN, Sheng-chih）氏の「北朝時代における葬具の図像と機能―石棺床囲屛の墓主肖像と孝子伝図を例として―」（平成15年）である。[48]林氏の説を簡単に紹介すると、石棺床囲屛に描かれた孝子伝図は、両外側から中心（墓主肖像）へ向かって配列されており、その配列の順序は、原則として前掲、両孝子伝の配次（目次）に従うというものである。そのことを概念図として示せば、上のようになる。二本の矢印は、両孝子伝の配次を踏まえた、各囲屛における、孝子伝図の展開方向を表わしている（矢印が進むに従い、両孝子伝の編目番号が大きくなってゆく）。林氏によると、中心の墓主肖像は、馬、牛など、墓主を象徴するもので代用される場合もあれば、それら全てが、省略されてしまうこともあると言われる。氏の説は、孝子伝及び、孝子伝図の研究史上、画期的なものとすべく、取り分け、石床囲屛における孝子伝図の配列が、両孝子伝の配次（目次）に基づくことを解明された点は、文献の孝子伝と一体であった、当時の孝子伝図の本質を衝くものと評価出来よう。私も最近、氏の説の有効性を確認、六朝時代の孝子伝図についての氏の説が、漢代の孝子伝図及び、漢代孝子伝の問題に直結することを、私見として述べたことがある。[49]

そして、林氏の説を援用すれば、当石床囲屛の残る孝子伝図、石床概念図の④⑤⑧の内容に関し、或る程度理論的に孝子伝との比較、同定作業を行うことが可能になる。即ち、両孝子伝の編目を見ると、

1舜　2董永　3刑渠　4伯瑜　5郭巨　6原谷　7魏陽　8三州義士

9丁蘭　10朱明　11蔡順　12王巨尉　13老萊之（子）　14宗勝之　15陳寔

以下となっていて、林氏の説に従えば、当囲屏の右奥板右端④は、右の編目の5郭巨以後、左側板左端⑤は、6原谷以前、左奥板左端⑧は、6原谷以後の孝子図でなければならないことが分かる（前述、郭巨図①―③と、原谷図⑥⑦との進行方向が逆になるのは、両図が墓主像を挟み、それぞれが墓主に向かって進むためである）。すると、例えば⑤（後掲図十五）の場合、⑤に比定し得るのは、右の編目6原谷以前の、

1舜
2董永
3刑渠
4伯瑜

の四人（既出の5郭巨を除く）となるが、⑤（後掲図十五）において、孝子らしい男性（右下）の前に立っているのは、女性（中央）であって、父をめぐる話の2、3ではあり得ず、且つ、1舜（これも父、及び、継母をテーマとする話）でもないから、⑤は結局、4伯瑜の図と同定されることになる。同様に、母を描いた④は、右の編目5郭巨以後においては、9丁蘭にしか比定し得ないし（後掲図十二。11蔡順も、母をめぐる話だが、少しく図柄が違う）、両親を描いた⑧は、13老莱子に比定して（後掲図十七）、ほぼ間違いないものと思われる。故に、当囲屏の残る④⑤⑧三面に描かれた孝子伝図は、

④丁蘭図
⑤伯瑜図
⑧老莱子図

であろうと同定しておきたい。以下、それら三つの図と両孝子伝との関係を、簡単に述べよう。

図十二　丁　蘭（④）

まず図十二（口絵図6）に掲げるのは、当囲屏の④丁蘭図である。また、本図に対応する、両孝子伝の陽明本9丁蘭の本文を示せば、次の通りである[50]。

9丁蘭

河内の人丁蘭は至孝なり。幼くして母を失い、年十五に至るも、思慕已まず。乃ち木を刻みて母と為し、之を供養すること、生ける母に事うるに異ならざるが如し。蘭の婦不孝にして、火を以って木母の面を焼く。蘭即ち夜、夢に木母と語る。言わく、汝が婦、吾が面を焼くと。蘭乃ち其の婦を笞治し、然る後に之を遣る。隣人の斧を借らんとすること有り。蘭即ち木母に啓す。母顔色悦ばず。便ち之を借さず。隣人瞋り恨みて去る。蘭の不在を伺いて、刀を以って木母の一臂を斫《き》る。流血地に満つ。蘭還りて之を見、悲号叫慟して、即ち往きて隣人の頭を斬り、以って母に祭る。官罪を問わず、禄位を其の身に加う。賛に曰わく、丁蘭至孝にして、少くして親を喪亡《うしな》う。追慕するも及ぶこと无し。木母人を立て、朝夕供養し、親に事うるに過ぎたり。身没するも名在り、万世惟真なりと。

（河内人丁蘭者至孝也。幼失母、年至十五、思慕不已。乃剋木為母、而供養之如事生母不異。蘭婦不孝、以火焼木母面。蘭即夜夢語木母。言、汝婦焼吾面。蘭乃笞治其婦、然後遣之。有隣人借斧。蘭即啓木母。々顔色不悦。

便不借之。隣人瞋恨而去。伺蘭不在、以刀斫木母一臂。流血満地。蘭還見之、悲号叫慟、即往斬隣人頭以祭母。官不問罪、加禄位其身。賛曰、丁蘭至孝、少喪亡親、追慕无及、立木母人、朝夕供養、過於事親（生親）、身没名在、万世惟真）

類話は、晋、孫盛の逸人伝逸文（初学記十七等所引）などに見える。

図十二は、屋内に坐る木母とその右に立つ丁蘭を描いている。本図に酷似するのが、C. T. Loo旧蔵北魏石床、PLATE XXX 左端の丁蘭図（図十三。榜題「丁蘭士（仕）木母時」）及び、ボストン美術館蔵北魏石室、左石上の丁蘭図（榜題「丁蘭事木母」）である。[51] 両図共、木母は屋内（図十三では、方形華蓋内）に坐し、丁蘭はその外、右に坐る（ボストン美術館蔵北魏石室のそれでは、立っており、二人共、左を向く）。また、C. T. Loo旧蔵北魏石床の丁蘭図と全く同じ構図をもつものに、ミネアポリス美術館蔵北魏石棺、右幇の第一図（頭側）に描かれたそれがある（但し、華蓋はない）。

図十三　C. T. Loo 旧蔵北魏石床（丁蘭）

さて、漢代孝子伝においては、丁蘭が作ったのは、母の木像ではなく、父の像であったらしい。そのことを示す一証として、有名な後漢武氏祠画象石、第一石左端の丁蘭図を、図十四に掲げる[52]（榜題「丁蘭二親終歿、立木為父、隣人仮物、報乃借与」）。その榜題（賛）に、

丁蘭二親終歿、立レ木為レ父

と記す所から、図十四左の像は、父の像と見なければ

図十四　後漢武氏祠画象石（丁蘭）

ならない。なお開封白沙鎮出土後漢画象石、上段中央の丁蘭図その他の榜題に、「丈人」と記すによれば、丈人は、岳父、即ち、妻の父のことであって、その父は、舅であった可能性が高く、漢代の丁蘭譚は、さらに複雑なものであったことを窺わせる。ところが、残念なことに、丁蘭が父の像を作ったとする孝子伝は目下、全く管見に入らないのである。故に、図十四などは、現存孝子伝に比して（逸文も含む）、明らかに図の方が古い一例となっており、孝子伝本文の研究に、図像資料が不可欠である理由を、具体的に物語っている。さて、漢代孝子伝の丁蘭譚は、疾くに滅びてしまったのであろう。六朝期に入ると、丁蘭譚は、母の像を作ったとする形で安定し、図像の方も、大体その形に倣う。それが再び変化するのは、二十四孝の時代になってからで、本文、図像共に、丁蘭は両親の像を作ったとするものが出現する[53]（全相二十四孝詩選3丁蘭など）。

　図十五（口絵図7）は、当囲屏の⑤伯瑜図である。本図に対応する、陽明本孝子伝4韓伯瑜の本文を示せば、

次の通りである。[54]

４韓伯瑜

韓伯瑜は宋都の人なり。少くして父を失い、母と共に居り。孝敬烝々たり。若し少過有れば、母常に之を打つ。和顔して痛きを忍ぶ。又杖を加う、忽然として悲泣す。母怪しんで之に問いて曰わく、汝常に杖を得るも啼かず、今日何故に啼き怨むやと。瑜答えて曰わく、阿母常に杖を賜う。其れ甚だ痛し。今日杖を得るも痛からず、阿母の年老い力衰えたるを憂う。是を以って悲泣するのみ。敢えて怨みを奉ずるに非ざるなりと。故に論語に曰わく、父母の年、知らざるべからず。一つには則ち以って喜び、一つには則ち以って懼ると。讃に曰わく、惟此の伯瑜、親に事えて違わず、恭懃孝養して、甘肥を進め致す。母笞杖を賜う、力の衰えたるを感念し、痛からざるを悲しみ、泣啼して衣を湿すと。

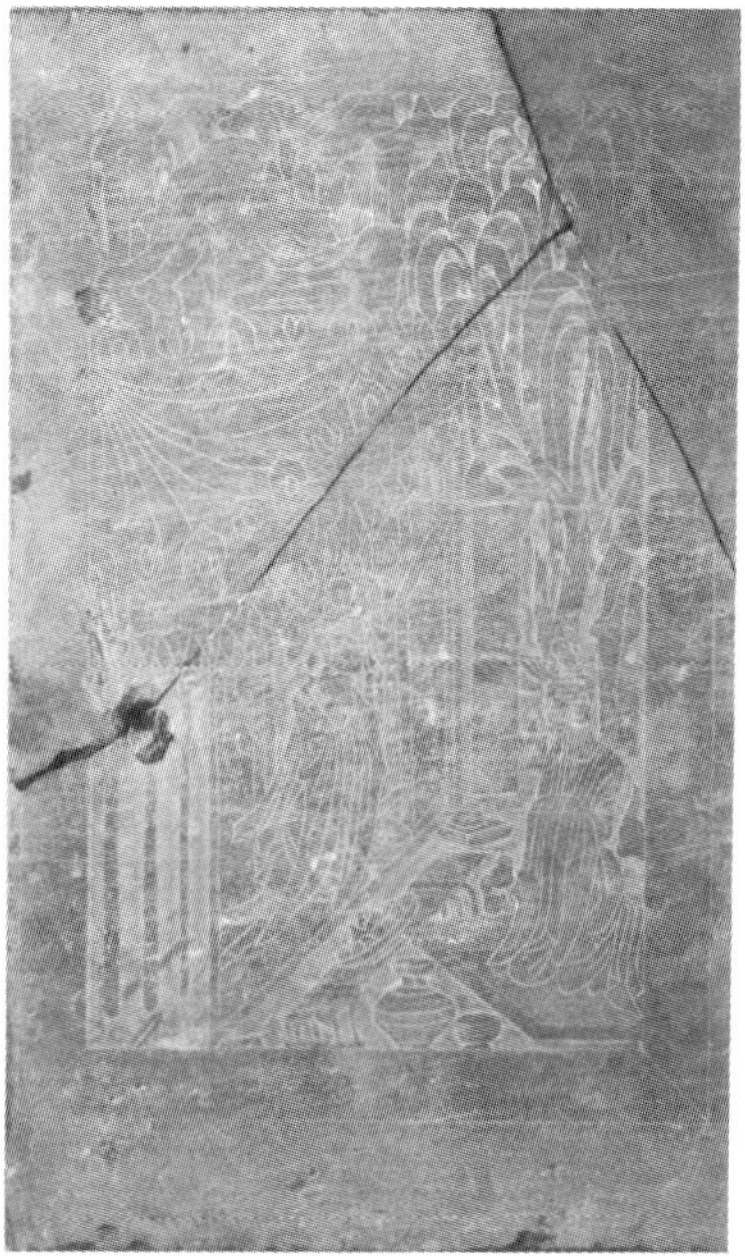

図十五　伯　瑜（⑤）

（韓伯瑜者宋都（字）人也。少失父、与母共居。孝敬烝々。若有少過、母常打之。和顔忍痛。又得杖、忽然悲泣。母怪問之曰、汝常得杖不啼。今日何故啼怨耶。瑜答曰、阿母常賜杖、其甚痛。今日得杖不痛。憂阿母年老力衰。是以悲泣耳。非敢奉怨也。故論語曰、父母之年、不可不知。一則以喜、一則以懼。讃曰、惟此伯瑜、事親不違、恭懃孝養、進致甘肥、母賜笞杖、感念力衰、悲之不痛、泣啼湿衣）

図十六　後漢武氏祠画象石（伯瑜）

文中の宋は、春秋時代の国名で、都は商邱（河南省商邱県）にあった。甘肥は、美味で肥えた肉のことである。伯瑜譚の源泉は、説苑三に見える。

図十五は、中央、方形華蓋下に立つ母と（坐っているか）、右に、方形座に坐る伯瑜を描く。同じような伯瑜図が、ミネアポリス美術館蔵北魏石棺右幫、前述丁蘭図の次（右）に見え（榜題「韓伯余母与丈和弱」）、母は、杖を手にし、方形の台座に坐っている。一九八四年に発掘された、安徽馬鞍山呉朱然墓出土伯瑜図漆盤は、「楡母、伯楡、孝婦、楡子、孝孫」などの榜題を有する、三世紀三国時代の遺品であったが[55]、空気に触れ残片化、今日に伝わらないことは、孝子伝図の研究上、極めて遺憾なこととしなければならない。さて、伯瑜図は、漢代以来、変わらぬ構図を受け継ぐようだ。図十六に、後漢武氏祠画象石、第三石右端の伯瑜図を示す[56]（図十四丁蘭図の左に位置する。榜題「柏楡傷親年老、気力稍衰、笞之不痛、心懐楚悲」「楡母」）。

図十七（口絵図8）は、当囲屏の⑧老萊子図である。

本図に対応する、陽明本孝子伝13老萊子本文を示せば、次の通りである。[57]

13老萊子

楚人老萊之（子）は至孝なり。年九十、猶父母在り。常に嬰児と作り、自家《みずから》戯れて以って親の心を悦ばしむ。斑蘭の衣を着て竹馬に坐下す。父母の為めに堂に上り漿水を取り、失脚して地に倒れ、方に嬰児の啼を作し、以って父母の懐を悦ばしむ。故に礼に曰わく、父母在りては言に老を称せず、衣は純素ならずとは、此の謂なり。賛に曰わく、老萊至孝、二親に奉事す。晨昏に定省し、供謹弥懃ろなり。戯れて親の前に倒れ、嬰児の身と為る。高道兼備し、天下仁を称すと。

図十七　老萊子（⑧）

（楚人老萊之者至孝也。年九十、猶父母在。常作嬰児、自家戯以悦親心。着斑（班）蘭之衣而坐下竹馬。為父母上堂取漿水、失脚倒地、方作嬰児啼、以悦父母之懐。故礼曰、父母在言不称老、衣不純（絶純）素、此之謂也。賛曰、老萊至孝（老）、奉事二親、晨昏定省、供謹弥懃、戯倒親前、為嬰児身、高道兼備、天下称仁）

文中の漿水は、こんず（粟米を煮たスープ）で、重湯《おもゆ》のことである。源泉は、列女伝（芸文類聚二十等所引）、孟子万章章句趙岐注などに散見する。

図十八は、C. T. Loo旧蔵北魏石床、PLATE XXX

図十八　C. T. Loo 旧蔵北魏石床（老莱子）

図十九　洛陽北魏石棺床（老莱子）

右端の老莱子図を掲げたものである。[58] 榜題に、

老来子父母在レ堂

と記し、図左の屋内に父母の立つことや（陽明本「上レ堂」とある）、中央の老莱子が竹馬に乗ることは、両孝子伝とよく一致する。それに対し、本図（図十七）の父母は、樹下に立ち（坐っているか）、老莱子は座上に坐っている。本図に酷似するのは、洛陽北魏石棺床の老莱子図である。図十九に、それを掲げる。[59] 面白いことに、図十九では、銀杏の下に、父母が座上に坐り、老莱子が立っている。孝子伝図の中で、老莱子図は、余程人気のあったものと見え、その遺品は、まだ幾らも上げ得るが、父母を前にした、その構図は、漢代以来、余り変化しなかったらしい。

付記　当石床の全般、孝子伝図以外の部分については、『北魏石床の研究　和泉市久保惣記念美術館石造人物神獣図棺床研究』（和泉市久保惣記念美術館、平成18年）を参照されたい。特に当石床に伴う墓誌、また、構造その他のデータに関しては、該書所収の木島史雄氏「匡僧安墓誌小考」、橋詰文之氏「石造人物神獣図棺床の構造と細部の観察」に詳しく、併読を乞う。なお当石床の真偽について、小論の付章「真刻と偽刻―偽毛宝石函について―」中に触れる所がある。当石床のことを御教示下さった、和泉市久保惣記念美術館館長河田昌之氏の、知音として変わらぬ学恩に対し、心から御礼申し上げたい。また、主任学芸員橋詰文之氏の御芳情は、忘れ難いものがある。末尾となったが、本書口絵及び、Ⅰ二3また、小論に、館蔵北魏石床の図版を貸与の上、掲載を御許可下さった和泉市久保惣記念美術館に対し、重ねて深謝申し上げる。

注

① 奥村伊九良氏「鍍金孝子伝石棺の刻画に就て」（『瓜茄』5、昭和14年2月）

② 中国画像石全集8石刻線画（中国美術分類全集、河南美術出版社、山東美術出版社、二〇〇〇年）図版六八―七八参照。また、黄明蘭氏『洛陽北魏世俗石刻線画集』（人民美術出版社、一九八七年）図版81―84などにも収められる。

③ 長廣敏雄氏『六朝時代美術の研究』（美術出版社、昭和44年）八章

④ P.E.Karetzky and A.C.Soper, A Northen Wei Painted Coffin（Artibus Asiae, vol.51, no1/2, 1991）. 邦訳に、谷川博美氏訳「北魏漆画棺」㈠㈡（『佛教大学大学院紀要』34、35、平成18年3月、19年3月）がある。

⑤ M.Nylan, “Addicted to Antiquity”（*nigu*）: A Brief History of the Wu Family Shrines, 150-1961 CE（Recarving China's Past. Art, Archaeology, and Architecture of the “Wu Family Shrines”, Princeton University Art Museum, 2005）

⑥ 西野貞治氏「陽明本孝子伝の性格並に清家本との関係について」（『人文研究』7・6、昭和31年7月）

⑦ 本書Ⅰ二4及び、Ⅱ二2また、趙超氏「関于伯奇的古代孝子図画」（『考古与文物』04・3。補記〈付図二、四〉）参照。

⑧ 本書Ⅱ一3参照。

⑨ 例えば注⑤前掲Nylan論文については、文献学的立場からの反論を試みたことがある。本書Ⅰ二1参照。

⑩ 陝西省考古研究所「西安北郊北周安伽墓発掘簡報」（『考古与文物』00・6）、陝西省考古研究所「西安発現的北周安伽墓」、韓偉氏「北周安伽墓囲屏石榻之相関問題浅見」（『文物』01・1）、陝西省考古研究所『西安北周安伽墓』（陝西省考古研究所田

野考古報告21、文物出版社、二〇〇三年）。また、鄭岩氏『魏晋南北朝壁画墓研究』（文物出版社、二〇〇二年）上編四㈣、下編八参照。当遺品については、ソグド人とその文化に留意する必要がある。
⑪　河南省文化局文物工作隊『鄧県彩色画象甎墓』（文物出版社、一九五八年）
⑫　当石床囲屏の図像内容については、かつて分析と説明を試みたことがある。本書Ⅰ二3参照。
⑬　両孝子伝については、幼学の会『孝子伝注解』（汲古書院、平成15年）に、影印、翻刻また、図像資料等を収めたので、参照されたい。
⑭　孝子伝と孝子伝図について、詳しくは拙著『孝子伝の研究』（佛教大学鷹陵文化叢書5、思文閣出版、平成13年）Ⅰ一、Ⅱを参照されたい。
⑮　西野氏注⑥前掲論文
⑯　孝廉制の沿革については、福井重雅氏『漢代官吏登用制度の研究』（創文社、昭和63年）などに詳しい。また、名士伝の展開に関しては、渡部武氏「「先賢伝」「耆旧伝」の流行と人物評論との関係について」（『史観』82、昭和45年12月）を始めとする諸論があり、渡邉義浩氏『三国政権の構造と「名士」』（汲古書院、平成16年）に詳しい。なお、川勝義雄氏『魏晋南北朝』（中国の歴史3、講談社、昭和49年〈講談社学術文庫の一冊として、平成15年再刊〉）十五―十七頁（文庫版二十三―二十六頁）参照。
⑰　本書Ⅰ二2参照。
⑱　西野氏注⑥前掲論文
⑲　散逸した古孝子伝の作者及び、それらの逸文の所在については、本書Ⅰ一1、2、付、3参照。
⑳　両孝子伝の関係については、西野氏注⑥前掲論文及び、注⑭前掲拙著Ⅰ四参照。
㉑　二十四孝については、注⑭前掲拙著Ⅰ二参照。
㉒　注⑭前掲拙著Ⅱ一参照。
㉓　注⑭前掲拙著Ⅲ二及び、本書Ⅱ二1参照。

㉔　梅津次郎氏「変と変文―絵解の絵画史的考察 その二―」（『国華』64・7、昭和30年7月。後、同氏『絵巻物叢考』〈中央公論美術出版、昭和43年〉に再録）

㉕　内蒙古自治区博物館文物工作隊『和林格爾漢墓壁画』（文物出版社、一九七八年）

㉖　佐原康夫氏「漢代祠堂画像考」（『東方学報 京都』63、平成3年6月）三章1②「列女図」

㉗　本書Ⅰ二3

㉘　本書Ⅰ二3また、Ⅱ一1、4、5、二3など。

㉙　注⑭前掲拙著Ⅱ二参照。

㉚　趙超氏「〝樹下老人〟与唐代的屏風式墓中壁画」（『文物』03・2）及び、同氏注⑦前掲論文。補記参照。

㉛　中国歴史博物館、内蒙古自治区文化庁『契丹王朝―内蒙古遼代文物精華』（中国蔵学出版社、二〇〇二年）二一〇―二一二頁、蓋之庸氏『探尋逝去的王朝 遼耶律羽之墓』（内蒙古大学出版社、二〇〇四年）六十一―六十三頁参照。

㉜　ネルソン・アトキンズ美術館蔵北斉石床、左奥の三面の図像について（内、中央の図に、「不孝王寄」の榜題が存する）、当囲屏の郭巨の三連図を根拠として、それを両孝子伝第37話董黯に纏わる三連図であろうことを、かつて考証したことがある。本書Ⅱ一3及び、Ⅰ二3参照。

㉝　両孝子伝の本文は、注⑬前掲書に拠る。参考までに、船橋本孝子伝の本文も、次に掲出しておく（原文を掲げ、返り点を施す）。

郭巨者、河内人也。父無母存。供養懃々。於㆑年不㆑登、而人庶飢困。爰婦生㆓一男㆒。巨云、若養㆑之者、恐有㆓老養之妨㆒。使㆓母抱㆑児、共行㆓山中㆒、掘（堀）㆑地将㆑埋㆑児。底金一釜、々上題云、黄金一釜、天賜㆓孝子郭巨㆒。於㆑是因㆑児獲㆑金、不㆑埋㆓其児㆒。忽然得㆓富貴㆒、養㆑母又不㆑乏。天下聞㆑之、俱誉㆓孝道之至㆒也

㉞　図三は、C. T. Loo & Co, An Exhibition of Chinese Stone Sculptures (New York, 1940) Plates XXIX-XXXII (Catalogue No. 36) に拠る。

㉟　図五は、奥村伊九良氏「孝子伝石棺の刻画」（『瓜茄』4、昭和12年5月。同氏『古拙愁眉 支那美術史の諸相』〈みすず書房、

昭和57年〉に再録）図一に拠る。

㊱　例えば敦煌本北堂書鈔体甲に引く「劉向孝子〈伝〉」は、破損が甚だしいが、行文が大幅に異なるようである。王三慶氏『敦煌類書』（麗文文化事業股份有限公司、一九九三年）録文篇321―01―03参照。なお以下のことは、本書I一1において述べたことがある。

㊲　捜神記については、西野貞治氏「捜神記攷」（『人文研究』4・8、昭和28年8月）、「敦煌本捜神記の説話について」（『人文研究』8・4、昭和32年4月）、「敦煌本捜神記について」（『神田博士還暦記念書誌学論集』、神田博士還暦記念会、昭和32年）などに詳しい。

㊳　橋本草子氏「「郭巨」説話の成立をめぐって」（『野草』71、平成15年2月）

㊴　船橋本の本文を示せば、次の通りである。

孝孫原谷者楚人也。其父不孝、常厭二父之不一レ死。時父作レ輦入レ父、与二原谷一共担、棄二置山中一還レ家。原谷走還、賷下来載二祖父一輦上。呵嘖云、何故其持来耶。原谷答云、人子老父棄レ山者也。我父老時、入レ之将レ棄。不レ能二更作一。爰父思二惟之一更還、将二祖父一帰レ家。還為二孝子一。惟孝孫原谷之方便也。挙レ世聞レ之。善哉原谷、救二祖父之命一、又救二父之二世罪苦一。可レ謂二賢人一而已

㊵　図七は、注②前掲中国画像石全集8、図版七六に拠る。

㊶　注②前掲中国画像石全集8、図版六二参照。

㊷　図八は、注㉞前掲書に拠る。

㊸　図九は、注㉟前掲論文、図一に拠る。

㊹　図十は、シャヴァンヌ、Mission archéologique dans la Chine septentrionale, Tome I, Premiéle partie, La sculpture a l'époque des Han, Paris, 1913. 図一二七一に拠る。

㊺　図十一は、長廣氏注③前掲書図版46に拠る。

㊻　長廣氏注③前掲書九章（一九〇頁）

㊼　本書Ⅱ二2図三参照。

㊽　林聖智氏「北朝時代における葬具の図像と機能—石棺床囲屏の墓主肖像と孝子伝図を例として—」（『美術史』52・2、平成15年3月）

㊾　本書Ⅰ二3

㊿　船橋本の本文を示せば、次の通りである。

丁蘭者河内人也。幼(劣)少母没、至二十五歳一、忍二慕阿嬢一、不レ獲二忍忘一。剋レ木為レ母、朝夕供養、宛如二生母一。出行之時、必諮而行、還来亦陳。懃懃不レ緩。蘭婦□性而常此為レ厭。不在之間、以レ火焼二木母面一。蘭入レ夜還来、不レ見二木母顔一。其夜夢木母云、汝婦焼二吾面一。蘭見二明日一、実如二夢語一。即罰二其婦一、永悪莫レ寵。又有二隣人借レ斧。蘭啓二木母一、見二知木母顔色不レ悦、不二与借一也。隣人大忿、伺二蘭不在一、以二大刀(力)一斬二木母一臂一。血流満レ地。蘭還来見レ之、悲傷号哭。即往斬二隣人頭一、以祭二母墓一。官司聞レ之、〔不〕レ問二其罪一、加以二禄位一。然則雖二堅木一、為レ母致レ孝、而神明有レ感。亦血出レ中、至孝之故、寛二宥死罪一。孝敬之美、永伝二不朽一也

㊿①　図十三は、注㉞前掲書に拠る。ボストン美術館蔵北魏石室の丁蘭図については、本書Ⅰ二4図二十参照。その図像内容に関しては、劉向孝子伝(図)（法苑珠林四十九所引）などとの関連を考える必要がある。

㊿②　図十四は、容庚『漢武梁祠画像録』（考古学社専集13、北平燕京大学考古学社、民国25年）図八に拠る。さて、陽明本における賛の末尾に、「身没名在、万世惟真」とある類同のものが、後漢武氏祠画象石と関わりの深い（件の画象石は、武梁画象として知られる）、武梁碑の賛の末尾に、「身没名存、伝無レ疆兮」（金石録十四所引）と見えるのは、慣用句とは言い条、注意すべきである。

㊿③　孝子伝、二十四孝や、それらの図における、複雑な丁蘭譚（図）の流れについては、梁音「丁蘭考—孝子伝から二十四孝へ—」（『和漢比較文学』27、平成13年8月）参照。

㊿④　船橋本の本文を示せば、次の通りである。

韓伯瑜者宋(宗)人也。少而父没、与レ母共居。養レ母蒸々。瑜有二少過一、母常加レ杖。痛而不レ啼。母年老衰、時不二罰痛一、而瑜啼

之。母奇問云、我常打レ汝。然不レ啼。今何故泣。瑜諾云、昔被レ杖、雖レ痛能忍。今日何不レ痛。爰知二母年衰弱一レ力。以レ是悲啼。不二敢有一レ怨。母知二子孝心之厚一、還自共哀痛之也

⑸5 安徽省文物考古研究所、馬鞍山市文化局「安徽馬鞍山東呉朱然墓発掘簡報」（『文物』86・3）参照。

⑸6 図十六は、注52前掲書図三十九に拠る。

⑸7 船橋本の本文を示せば、次の通りである。

老（云）萊之者楚人也。性至孝也。年九十而猶父母存。爰萊着二斑蘭之衣一、乗二竹馬一遊レ庭。或為レ供二父母一賚二漿堂上一、倒レ階而啼。声如二嬰児一。悦二父母之心一也

⑸8 図十七は、注34前掲書に拠る。

⑸9 図十八は、注②前掲中国画像石全集8、図版七七に拠る。

補記　趙超氏が、「〝樹下老人〟与唐代的屛風式墓中壁画」（『文物』03・2）及び、「関于伯奇的古代孝子図画」（『考古与文物』04・3）二論文において、唐代の屛風式墓中壁画中、従来「樹下老人」図と通称される、数多の図像の内に見出だされた、孝子伝図の主要なものを列挙すれば、左の如くである（（　）内に陽明本孝子伝の条数、孝子名を示す）。

・太原金勝村四号唐墓壁画北壁東（26孟仁）
　北壁中東（36曾参）
・太原金勝村六号唐墓壁画北壁西（11蔡順）
　西壁（26孟仁）
　北壁中東（35伯奇）
　北壁中西（36曾参）
・太原金勝村南郊唐墓壁画西壁北（11蔡順）
　北壁東（26孟仁）

・太原金勝村337号唐墓壁画東壁北（35伯奇）

付図一に、太原金勝村四号唐墓の孟仁、曾参図（山西省文物管理委員会「太原南郊金勝村唐墓」〈『考古』59・9〉図版伍6、5に拠る）、付図二に、太原金勝村六号唐墓の蔡順、孟仁、伯奇、曾参図（山西省文物管理委員会「太原市金勝村第六号唐代壁画墓」〈『文物』59・8〉図版10、4、2、3に拠る）、付図三に、太原南郊唐墓の蔡順、孟仁図（山西省考古研究所「太原市南郊唐代壁画墓清理簡報」〈『文物』88・12〉図六、八に拠る）、付図四に、太原金勝村337号唐墓の伯奇図（山西省考古研究所、太原市文物管理委員会「太原金勝村337号唐代壁画墓」〈『文物』90・12〉図版伍1に拠る）を掲げる。付図二、三の蔡順図は、趙超論文に王裒の母が生前雷を畏れた話を描くものとされるが、王裒の畏雷譚が孝子伝にないため（二十四孝にはある）、今暫く蔡順図と見ておく（C. T. Loo旧蔵北魏石床に、蔡順の畏雷譚を描いた図がある。本書Ｉ二3、図十二参照）。右の四墓は全て初唐、七世紀後半の則天武后の時代に掛けてのものとされる。その屛風式が、例えば六朝期の石棺床囲屛の画面を区切る様式を継承しようことは、極めて見易い。しかし、付図一―四に描かれた、

蔡順図（王裒図）

孟仁図

伯奇図

曾参図

の四図の内、伯奇図を除き、残る三図は後漢、六朝期の孝子伝図に見えない孝子図であることが、非常に興味深い。蔡順図がもし王裒図であるとすると、それは孟仁図同様、二十四孝図固有のものとなるし、曾参図も薪をモチーフとする囓指譚は、二十四孝図の定型となるものである（本書Ⅱ一1参照）。このことは、唐代の孝子伝図が六朝以来の範疇を超えて、大きく動いている状況を示すものと考えられる。同じような傾向は、やはり武后期のものらしい三彩四孝塔式缶の曾参図などにも、顕著に認められる（注⑭前掲拙著Ⅱ二及び、本書Ⅱ一1参照）。則天武后と言えば、武后が、

武后列女伝一百巻

又孝女伝二十巻（新唐書芸文志）

付図一　太原金勝村四号唐墓壁画（孟仁左、曾参右）

付図二　太原金勝村六号唐墓壁画（蔡順、孟仁、伯奇、曾参左から）

付図三　太原南郊唐墓壁画（蔡順左、孟仁右）

付図四　太原金勝村337号唐墓壁画（伯奇）

を著していることも注意を惹くが、同じ頃、例えば仏教の剡子経で有名な印度の剡子が、二十四孝固有の孝子となる前史の出来事として、その剡子を中国の丁蘭、董黯、郭巨などと並べて記述する、丁蘭本父母恩重経が出現し（開元釈教録十八。丁蘭本父母恩重経は、敦煌文書中に現存する）、また、敦煌本孝子伝（『敦煌変文集』下輯所収）の丙巻、丁巻（P三五三六V、P三六八〇V。共に変文系断簡。注⑭前掲拙著Ⅰ一3参照）には、舜、王裒、丁蘭、王武子等と並び、やはり剡《（閃）》子が登場するのである。これらはその時期、後世の二十四孝が形成されつつあることの徴証に外ならないが、同時に、孝子伝、孝子伝図の転換、終焉を表わすものと思われる。未解明の部分の多い唐代の孝子伝図に対し、趙超論文が大きな光を投げ掛け、その実態を明らかにした価値は量り知れないが、なお今後に向けて発せられた問いも、極めて重要なものと言うべきである。さらに趙超論文（「関于伯奇的古代図画」）が、唐代における伯奇図二図を指摘したことに加え、後漢武氏祠画象石の左石室五石に描かれた伯奇図を指摘することも、画期的な業績であることを付言しておきたい（本書Ⅱ二2参照）。また、近く趙超氏「太原金勝村唐墓屏風式壁画と唐代孝子図」（陳齢女史訳）が、我が国において公刊されるので（『説話文学研究』42、平成19年7月）、併読を乞う。

付　真刻と偽刻

――偽毛宝石函について――

日本文学における孝子文学史の源流をなす孝子伝には、漢代以来の図像資料が豊富に残り、テキストの成立を考える上で、参考となることが多い。そして、石刻の図像資料を追い掛けていると、屢々出合うのが偽刻説である。例えばボストン美術館蔵北魏石室、ミネアポリス美術館蔵北魏石棺などには、かねてより偽刻説が存するし、つい最近、後漢武氏祠画象石についても、偽刻説が提示されるに至っている。対象が値段に敏感な古美術品のためであろうが、文献学としての国文学研究においては、余り目にすることのない光景と言えよう。

昨年の四月、和泉市久保惣記念美術館の河田昌之館長から、館蔵の北魏石床の孝子伝図の考証を草する機会を与えられた（拙稿「和泉市久保惣記念美術館蔵　北魏石床攷」、『北魏棺床の研究　和泉市久保惣記念美術館　石造人物神獣図棺床研究』所収、和泉市久保惣記念美術館、平成18年。本書Ⅰ二5）。当該石床は、北魏正光五（五二四）年の匡僧安墓誌を伴い、また、孝子伝図を有する本邦唯一の遺品として、非常に貴重なものであるが、当石床にも偽刻説のあることは、既に数年前、武蔵野美術大学の朴亨國氏を通じ、仄聞していた。上記拙稿は、その図像内容、彩色跡その他から、北魏の真刻であることを前提として書いたものだが、一方、心の隅で件の偽刻説の気になっていたことも事実である。折節昨年六月、古代石刻の専門家、中国社会科学院考古研究所の趙超教授を日本へ招くことがあったので、少々恐かったものの、教授を美術館へお連れして当石床を見て貰い、その真偽に関する意見を伺った所、石床、墓誌共、北魏期のものとして良いという、教授の返答に接したことで、積年に亙る私の胸の支えが下りたのである。

偽毛宝石函の閔子騫、丁蘭図

驚いたのは、振り向くとそこに、毛宝石函が陳列されていたことだ。

何年か前、幼学の会の終了後、東野治之氏から、内藤乾吉氏による「東晋征虜将軍毛宝火葬墓石函」（『佛教民俗 元興寺仏教民俗資料研究所年報 一九七五』〈昭和51年3月〉）を手渡され、その閔子騫、丁蘭図の拓本（挿図参照）を見て唖然としている私に、東野氏がにっこりしながら、「真っ赤な偽物ですよ」と仰しゃったことを思い出す。内藤論文に、大阪の阿形邦三氏の蒐集品とされる（序）、その原物を目にしていた訳である（寄託品の由。その一部図版は、大阪市立美術館編『六朝の美術』〈平凡社、昭和51年〉290〈図録『六朝の美術』《中国美術展シリーズ2》では、4の5〉、『中国古式金銅仏と中央・東南アジアの金銅仏』〈昭和63年度特別展示目録、和泉市久保惣記念美術館、昭和63年〉7に載る。仮に、毛宝石函と呼ぶ。毛宝は、蒙求262「毛宝白亀」、和漢朗詠集雑、白「毛宝亀帰」句以下、幼学を通じ、古代文学に喧伝する人物）。

毛宝石函の四周には、帝尭（前面。榜題「帝尭放勲、其仁如天、其知如神、望之如雲」）、閔子騫（左。「閔子騫御車」）、丁蘭（右。「丁蘭共二木、人為親孝敬」）、曹沫（後面。「管仲、斉桓公、曹子劫桓」）の四図が描かれている。今、その閔子騫、丁蘭図の拓本を掲げよう（挿図は、内藤論文に拠る）。さて、文献学的な観点から、この二図が偽刻であることを見分けるのは、そんなに難しいことではない。まず丁蘭図の親の像の描き方が明らかにおかしい。例えば漢代の丁蘭図は父の像を描き（漢代の孝子伝は存在しない）、六朝期のそれは母の像を描く（陽明本孝子伝に、「剋㆑木為㆑母」などと記す。後の宋、遼・金期の二十四孝図も同じ）のが一般であって（本書Ⅰ二5参照）、毛宝石函の如く丁蘭の二親像を描くのは、元代に出現し明、清以降に通行した全相二十四孝詩選（「刻㆑木為㆓父母㆒」と記す）また、日記故事系の挿絵の特徴に他ならない。従って、当石函のそれは、後漢、六朝期の丁蘭図の通例に外れ、おそらく明、清に流行した書物の挿絵に拠ったものと断じて良い。

面白いのは、閔子騫図である。車の前方に坐る後母の子は、紛れもなく漢代孝子伝図の特徴を示すものである（本書Ⅰ二3参照）。一見、漢代のものに見える曲者の本図だが、思えば武梁祠の閔子騫図に余りにも酷似している所から（武氏祠後石室八石のそれは、左右を反転する。前石室七石また、開封白沙鎮出土後漢画象石も同じく且つ、父が車から降りている）、武梁祠のそれを偽刻したものと直ちに結論出来る。すると、残る帝尭、曹沫図も同様、榜題共々、高名な武梁祠の両図（帝皇図の第七、列士図の第一番目の図）を、それぞれ摸刻したものであることが、明瞭に見通せるだろう。このことは近時、中国の鄭岩氏も問題とし（「〝毛宝画像石炬〟弁偽」、『文博』01・5。趙超教授教示）、鄭岩氏は、五鳳二（前五六）年石函との類似、特にその「皇帝万歳万万歳」図両側の人物と毛宝石函の帝尭図両側の人物との類似から、両者を「出自同一人之手、或者至少是同一作坊的産品」とし、「骨董商的偽作」と結論して、なお件の五鳳石函の「内重小棺所刻〝四少年嬉戯要鬧〟的画像、実抄襲武梁祠東壁〝梁節姑姉〟一図」と指摘されている（また、同氏「漢画像石拓片弁偽例説」〈『故宮文物月刊』190《60・10》、民国88年1月〉参照）。さて、趙超教授に伺うと、教授は毛宝石函に関する幾つかの不審な点を上げられ、その制作時期を清代であろうとされた。大雨の止まぬ一日の、忘れ難い出来事である。

Ⅱ　孝子伝図叢攷

――漢代孝子伝について

一　孝子伝図と孝子伝

1　曾参贅語――集成される孝子伝――

一

十訓抄六・20に、

孔子の弟子に曾参といひけるは、父いかりてうちけるに、にげずしてうたれけるをば、孔子聞給ひて、もしうち殺されなば、親の悪名をたてむ事、いみじき不孝なりといましめたまへり（岩波文庫版）

とされる、曾参説話の出典は明らかでなく、例えば近時の小学館版新編日本古典文学全集の頭注に、孔子家語六本を上げられる辺りを穏当とすべきであろう①。さて、右に酷似する曾参説話を、「孝子伝」に拠るとする例がある。一条兼良の語園上・93「曾子父ニ打ル、事　孝子伝」に、

曾子、瓜田ノ草ヲキル。アヤマツテ瓜ノ根ヲキリケリ。父ノ曾晳怒テ、大キナルツエヲ以テ曾子ヲウツ。曾子絶入シテ、シハラク死シテ蘇ヘリヌ。孔子聞テ、門弟子ニ告テ曰、曾子不孝也。舜ノ瞽叟ニツカヘシ時、小ナル杖ヲハウケ、大キ成杖ヲハウケスシテニケタリ。ウタレテ若死ハ、父ヲ不義ニ落スニアラスヤ。不孝是ヨリ勝ルハ

無シ

とするものがそれである。今その孝子伝の素姓を審らかにしないが、例えば左に掲げる注好選の曾参説話の場合、その原拠が孝子伝であることは、確実であろうと思われる。注好選上「曾参《ソウシムハ》奏《ス》琴《ヲ》レ」第五十二の本文を示せば、次の通りである（岩波新日本古典文学大系に拠り、末尾に原文を添えた）。

此の人、父と鋤を同じうして薗に行く。父嗔りて、鋤を以て其の頭を打ち破りて血流る。即ち、曾参琴を引く。時に父吟《なげ》く思ひを散ず。是第一の孝なり。若し琴を引かずは、父が吟き深くして不孝の子と成るべし（此人与父同《シテ》鋤《ヲ》レ行《ユク》薗レ。父嗔《テ》以鋤レ打破《テ》其頭《ヲ》レ血流《ル》。即《ソ》曾参引琴《ヲ》レ。時《ニ》父散《スク》吟《ケク》思《ヲ》レ。是第一孝也。若不引琴《ヲ》レ、父吟深《カキテ》可成不孝之子《ト》レ矣）

注好選の曾参説話において特徴的なのは、その曾参の弾琴譚を、

是第一の孝なり（是第一孝也）

と称している箇所であって、この文辞こそは、例えば我が国にのみ伝存する完本の古孝子伝二種（陽明本、船橋本。以下、両本を一括して呼ぶ時には、両孝子伝と称する）の第36条曾参に、曾参の五つの孝（五孝）を数え、その第一に弾琴譚を上げて、

是一孝也（両孝子伝）

とする結びを、受けたものに外ならないと考えられるからであり、曾参の五孝を数え上げる資料は目下、両孝子伝以外、管見に入らないからである。② しかしながら、例えば注好選の冒頭部、

此人与父同《シテ》鋤《ヲ》レ行《ユク》薗レ

など、「続教訓鈔散佚部を介して孫引きする」と言われる（岩波新日本古典文学大系脚注）、体言鈔八上の、

注好選ニ云ク、曾参父ト同ク苒ヲ鋤クトキ、其根ヲ切キ。父嗔テ、鋤ヲモテ其頚ヲ打破天血流ル。曾参琴ヲ引。時父嗔思ヲ散ス。是第一ノ孝ナリト云々。若琴ヲヒカサラマシカハ、父吟深クシテ不孝ノ子トナルヘシト云々（日本古典全集に拠る）

と較べても（苒《ぜん》は、草の盛んに茂る様）、現行本（観智院本）には脱落があるらしく、また、岩波新日本古典文学大系の脚注に、「船橋家本、陽明文庫本各孝子伝……が原拠に近いか」と指摘されるように、両孝子伝冒頭部の、

・曾参……与二父母一共鋤レ苽、誤傷二株一株一（陽明本）

・曾参……除二苽草一、誤損二一株一（船橋本）

とある、いずれとも一致せず、むしろ陽明本に近い所（圏点部）もあって、両孝子伝の中間的な本文形態を取ることに注意すべきであろう。さて、渋川版御伽草子『二十四孝』にも、曾参説話が収められている。その6曾参の本文を示せば、次の通りである。[3]

母指纔方噛
児心痛不レ禁
負レ薪帰来晩
骨肉至情深

曾参ある時、山中へ薪を取りに行き侍り。母留守にゐたりけるに、親しき友来れり。これをもてなしたく思へども、曾参は内にあらず、もとより家貧しければかなはず、曾参が帰れかしとて、みづから指を噛めり。曾参、山に薪を拾ひゐたるが、にはかに胸騒ぎしけるほどに、急ぎ家に帰りたれば、母ありすがたをつぶさに語り侍り。かくのごとく指を噛みたるが、遠きにこたへたるは、一段孝行にして、親子の情深きしるしなり。総じて曾参の

ことは、人に変りて、心と心との上のことをいへり。奥深き理あるべし

これは、両孝子伝36曾参における、五孝の第二孝に該当する（但し、後述二十四孝系の全相二十四孝詩選を介する）。或いは、伝長明作、海道記、四月十五日の車返《くるまがえし》（現沼津市大字三枚橋辺）の条、「若又勝母ノ里ナラバ、曾参ニ非ズトモイカヾ通ラム」（尊経閣本）の付注、

曾子ハ孝心ノ深キ人ニテ、不孝ノ者ノ居タル所ヲバ車ヲ返シテトホラズ

が、両孝子伝36曾参の第四孝と関わろうことについては、かつて述べたことがある。④ また、言泉集亡父帖「曾参」の、

曾参魯《ロ》人也。父亡《シテ》七日、水漿不《ス》レ歴《ヘ》レ口《ニ》一。孝切《ナリ(物)》於心《ニ》、遂《ニ》忘《ル》飢餲《カツニ》一也

や、普通唱導集下末孝父篇の、

曾参魯人也。父亡七日、水漿不歴口。孝切於心、遂忘飢渇也

や、類雑集五・三十三「曾参忘《ル》レ飢事」の、

曾参魯人也。父亡《シテ》七日、水漿不レ歴レ口。孝切《ナリ》於心《ニ》一。遂《ニ》忘《ル》飢渇《ヲ》一也。言泉集《ニ》アリ

などは、両孝子伝の曾参五孝の次に記される絶漿譚の内、特に陽明本系のそれを引いたものと認められる（類雑集は言泉集を介する）。

両孝子伝の曾参譚は、このように大変複雑な構成を取っている。西野貞治氏は、陽明本の曾参譚に関し、

曾子の八条の孝の内、初めの五条を五孝として数え、後の三条を数えぬ

と指摘されたことがあるが⑤（「陽明本孝子伝の性格並に清家本との関係について」）、例えば両孝子伝2董永、3刑渠、4伯瑜、5郭巨、6原谷以下、一孝子一話柄を基本とするのに対し、八つの話柄を擁する曾参譚（陽明本）は、両孝子伝中、1舜（六話柄）、11蔡順（三話柄）、35伯奇（六話柄）等と共に、最も大規模且つ、複雑な構成をもつものと

言えよう⑥。それはおそらく、孝経の作者とも伝えられる曾参に対する、例えば陽明本編者の、敬愛の深さを表わすものであろうが、或る意味で多面性に富むその曾参譚はまた、幾つもの問題を孕む。西野氏はかつて、陽明本一般の成立について、

その編纂方法についても看過し得ぬ特色が存する。即ち前の表に掲げた所の出典関係は二十九種に及ぶが（氏は、陽明本全条に関する、人物、時代、出典表を作成され、例えば「1帝舜」の「孟子万章、史記五帝本紀、劉向孝子伝（法苑珠林49）」以下の出典を掲げられた）、実際は更に少いものと思われ、その種類が雑種の伝記類や小説が大部分で正統な古典と見られるものの占める比率が少い

こと、また、

この孝子伝の編者は説話の全てを原典より引いたという訳でなく、孝子の説話を抜萃した類書の如きものにも拠つた部分があるかということも考えられる

さらに、

此の孝子伝の成立問題と関連して、その記載に転訛したと思われる古い伝説が原の形で伝えられているものがあること、現存の書に見えぬものがあること、また北朝の俗説と思われるものがあること

などを指摘されたことがある（前掲論文）。小論は、両孝子伝において聊か特異な位置を占める、その曾参譚を取り上げ、複雑な構成とそれらの素材との関わり、また、孝子伝図との関係を中心に、西野氏の指摘されたことも含め、曾参譚の背景に点在する二、三の問題について、さらに具体的に報告しようとするものである。

まず両孝子伝の曾参譚を紹介しておく。両孝子伝36曾参の本文を示せば、次の通りである（返り点、句読点を施し、送り仮名等を省く）。

陽明本

曾参魯人也。其有二五孝之行一、能感二通霊聖一。何謂為二五孝一。い与二父母一共鋤レ芃、誤(設)傷二株(林)一株一。叩其父頭見レ血恐、父憂悔。乃弾レ琴自悦レ之。是一孝也。ろ父使二入レ山採一レ薪、経停未レ還。時有二楽成子来覓一レ之、参母乃嚙(歯)二脚指一。参在二山中一、心痛恐二母乃不一レ和。即帰問レ母曰、太安善不。母曰、无レ他。遂具如レ向所説。参乃尺然。所謂孝感二心神一。是二孝也。は母患、参駕レ車往迎。帰中途渇之、遇見二枯井一、猶来无レ水。参以レ瓶臨、水為レ之出。所謂孝感二霊泉一。是三孝也。に時有二隣境兄弟二一。人更曰、食レ母不レ令二飴肥一。参聞レ之、乃廻レ車而避、不レ経二其境一。恐レ傷二母心一。是四孝也。ほ魯有二鴞梟之鳥一。反食二其母一、恒鳴二於樹一。曾子語二此鳥一曰、可レ呑レ音、去勿二更来一レ此。鳥即不二敢来一。所謂孝伏二禽鳥一。是五孝也。へ孔子使二参往一レ斉、過レ期不レ至。有二人妄言一、語二其母一曰、曾参殺レ人。須臾又有レ人云、曾参殺レ人。如レ是至レ三、母猶不レ信。便曰、我子之至孝、践レ地恐痛、言レ恐レ傷レ人。豈有レ如レ此耶。猶織(識)如レ故。須臾参還至了、无二此事一。所謂讒(纔)言至レ此、慈母不レ投レ杼、此之謂也。と父亡七日、漿水不レ歴レ口。孝切二於心一、遂忘二飢渇一也。ち妻死不二更求一レ妻。有人謂レ参曰、婦死已久、何不二更娶一。曾子曰、昔吉甫(補)用二後婦之言一、喪二其孝子一。吾非二吉甫一、豈更娶也。

船橋本

曾参者魯人也。性有二五孝一。い除二芃草一、誤損二一株一。父打二其頭一、々破出レ血。父見憂傷、参弾レ琴。時令二父心悦一(之令父悦日心)、是一孝也。ろ参往レ山採レ薪、時朋友来也。乃嚙二自指一、参動レ心走還。問曰、母有二何患一。母曰、吾無レ事、唯来二汝友一。因レ茲吾馳レ心耳。是二孝也。は行レ路之人渇而愁レ之、臨レ井無レ水。参見レ之、以レ瓶下レ井。水満レ瓶出、以休二其渇一也。是三孝也。に隣境有二兄弟二一。或人曰、此人等、有二飢饉一之時、食二己母一。参聞レ之、乃廻レ車而避、不レ入二其境一。是四孝也。ほ(曾)魯有二鴞梟一。聞二之声一者、莫レ不レ為レ厭。参至レ前曰、汝声為二諸人一厭。宜レ韜レ之勿レ出。鳥之聞レ

之遠去、又不レ至二其郷一。是五孝也。と参父死也。七日之中漿不レ入レ口、日夜悲慟也。ち参妻死、守レ義不レ娶（嫁）。或人曰、何娶（嫁）耶。参曰、昔者吉甫、誤信二後婦言一、滅二其孝子一。吾非二吉甫一、豈更娶（聚子）乎。終身不レ娶云云

今仮に上掲両孝子伝の曾参譚を、曾参に纏わる、

い弾琴譚
ろ噛指譚
は感泉譚
に避境譚
ほ鴉梟譚
へ投杼譚
と絶漿譚
ち不娶譚

の八つの話柄に分けよう⑦（船橋本はへ投杼譚を欠く）。以下、その八つの話柄に従って、考察を加えてゆくことにする。

二

両孝子伝36曾参はそれぞれ、

・曾参魯人也。其有二五孝之行一、能感二通霊聖一。何謂為二五孝一（陽明本）

・曾参者魯人也。性有二五孝一（船橋本）

と前置きして、い弾琴譚などの五孝の内容に入ってゆく。以下、曾参譚の八つの話柄を、改めて示しつつ、論を進めよう。

い

陽明本
与二父母一共鋤レ芁、誤（設）傷二株（林）一株一。叩其父頭見レ血恐、父憂悔。乃弾レ琴自悦レ之。是一孝也。

船橋本
除二芁草一、誤損二一株一。父打二其頭一、々破出レ血。父見憂傷、参弾レ琴。時令二父心悦一（之令父悦日心）、是一孝也

い弾琴譚について早く記すのは、韓詩外伝であろう。韓詩外伝八の本文を示せば、次の通りである（〔　〕は、説苑三に拠り補う）。

曾子有レ過、曾晳引レ杖撃レ之仆レ之。有レ間乃蘇。起曰、先生得レ無レ病乎。魯人賢二曾子一、以告二夫子一。夫子告二門人一、参来〔勿レ内也。曾子自以レ無レ罪、使三人謝二孔子一。孔子曰、〕汝不レ聞昔者舜為二人子一乎。小箠則待レ笞、大杖則逃。索而使レ之、未二嘗不一レ在レ側。索而殺レ之、未二嘗可一レ得。今汝委レ身以待二暴怒一、拱立不レ去。非二王者之民一、其罪何如。詩曰、優哉柔哉、亦是戻矣。又曰、載色載笑、匪怒伊教

韓詩外伝には弾琴のことがなく、両孝子伝からやや遠い⑧（曾晳《そうせき》は、曾参の父の曾蒧《そうてん》のことで、晳は字。晳は、晳《せき》に作るものもある〈史記六十七等〉。箠《すい》は、竹の笞）。韓詩外伝の末尾には、「詩曰」として、詩経魯頌「泮水」及び、小雅「釆菽」が引かれている。曾参の弾琴のことが記されるのは、説苑、孔子家語である。両書の曾参譚は、大変よく

似ている。説苑三建本、孔子家語四、六本の本文を併せ示せば、次の通りである。

・説苑

曾子芸㆑瓜而誤斬㆓其根㆒。曾晳怒、援㆓大杖㆒撃㆑之。曾子仆㆑地、有㆑頃、乃蘇。蹷然而起、進曰、曩者、参得㆓罪於大人㆒、大人用㆑力教㆑参、得㆑無㆑疾乎。退屏鼓㆑琴而歌、欲㆑令㆔曾晳聴㆓其歌声㆒、令㆑知㆓其平㆒也。孔子聞㆑之、告㆓門人㆒曰、参来勿㆑内也。曾子自以㆑無㆑罪、使㆔人謝㆓孔子㆒。孔子曰、汝不㆑聞瞽叟有㆑子名曰㆑舜。舜之事㆑父也、索而使㆑之、未㆓嘗不㆒㆑在㆑側。求而殺㆑之、未㆓嘗不㆒㆑得。小箠則待、大箠則走、以逃㆓暴怒㆒也。今子委㆑身以待㆓暴怒㆒、立㆑体而不㆑去。殺㆑身以陥㆓父不義㆒、不孝孰是大乎。汝非㆓天子之民㆒邪。殺㆓天子之民㆒罪奚如。以㆓曾子之材㆒、又居㆓孔氏之門㆒、有㆑罪不㆓自知㆒、処㆑義難乎。

・孔子家語

曾子耘㆑瓜、誤斬㆓其根㆒。曾晳怒、建㆓大杖㆒以撃㆓其背㆒。曾子仆㆑地而不㆑知㆑人久㆑之。有㆑頃、乃蘇。欣然而起、進㆓於曾晳㆒曰、嚮也参得㆓罪於大人㆒。大人用㆑力教㆑参、得㆑無㆑疾乎。退而就㆑房、援㆑琴而歌、欲㆑令㆔曾晳而聞㆑之知㆓其体康㆒也。孔子聞㆑之而怒。告㆓門弟子㆒曰、参来勿㆑内。曾参自以為㆑無㆑罪、使㆔人請㆓於孔子㆒。子曰、汝不㆑聞乎。昔瞽叟有㆑子曰㆑舜。舜之事㆓瞽叟㆒、欲㆑使㆑之、未㆓嘗不㆒㆑在㆓於側㆒。索而殺㆑之、未㆓嘗可㆒㆑得。小棰則待㆑過、大杖則逃走。故瞽叟不㆑犯㆓不父之罪㆒、而舜不㆑失㆓烝烝之孝㆒。今参事㆑父、委㆑身以待㆓暴怒㆒、殪而不㆑避。既身死而陥㆓父於不義㆒、其不孝孰大㆑焉。汝非㆓天子之民㆒也。殺㆓天子之民㆒、其罪奚若。曾参聞㆑之曰、参罪大矣。遂造㆓孔子㆒而謝㆑過

陽明本「与㆓父母㆒共鋤㆑苽」の、「父母」は存疑で（船橋本欠。苽は、菰の俗字で、うり〈類聚名義抄〉）、説苑、孔子家語また、注好選（「与父同《シテ》鋤《ヲ》㆓」）。体言鈔所引「父ト同ク苒ヲ鋤クトキ」）などによれば、「母」は衍字かもしれな

い。父が曾参の頭を叩いたことについては、大杖（韓詩外伝「杖」）で撃ったとし（説苑、孔子家語）、撃った所は背中である（孔子家語「撃㆓其背㆒」）。出血したことは、いずれにも見えない。また、説苑、孔子家語等においては、父の「暴怒」を逃げようとしなかった曾参が、孔子から厳しく叱責されており、本来この話は、単純に曾参の孝行を褒めた話ではなかったことに注意すべきである。そして、両孝子伝は、その結末を省略することにより、弾琴譚を曾参の孝行譚へ転換させたものと思われるのである⑨。ところで、一九七三年に発掘された、河北省定県四十号漢墓出土の竹簡、『儒家者言』（仮題）には、説苑、孔子家語などに酷似する弾琴譚が含まれている（但し、弾琴の部分は失われている）。前漢後期における、い弾琴譚の形を伝える資料として、非常に貴重なものなので、参考までに、その本文を掲げておく。『儒家者言』三の本文を示せば、次の通りである⑩（『文物』81・3に拠る）。

曾折援木撃曾子□（背）
者参得罪夫々子々得毋病乎退而就
曰参来勿内也曾子自
之未嘗可得也小箠則待笞大
□怒立壹（殪）而不去殺身以□（陥）父□
之民与
殺天子之民者其罪

なお、曾参の弾琴に関しては、例えば琴操に、その作と伝える「残形操」（巻上）、「曾子帰耕」「梁山操」（巻下）などを収めている⑪。また、後漢、伏無忌撰伏侯古今注に、

所謂赤烏者……曾参鋤㆑瓜、三足集㆓其冠㆒

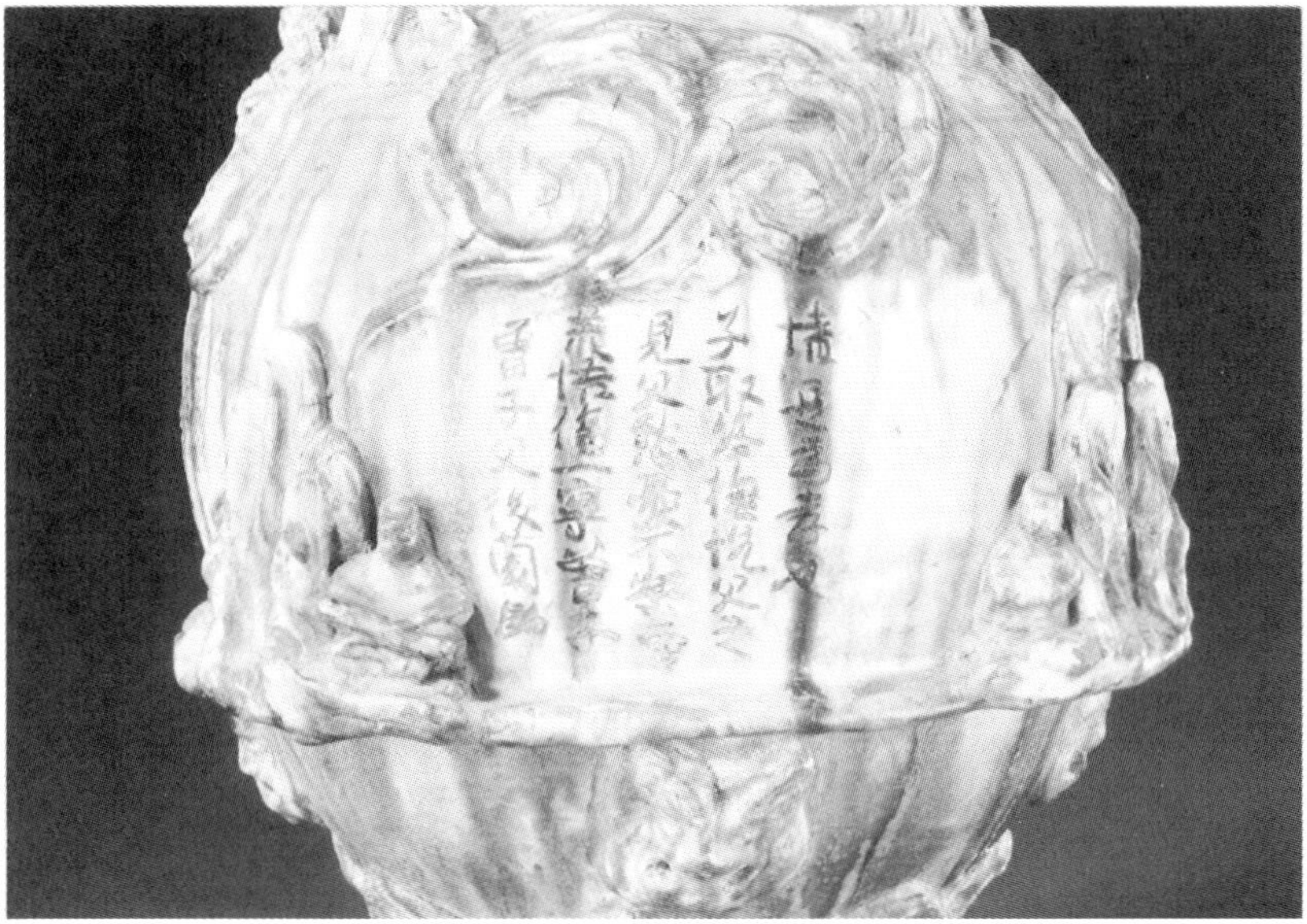

図一　三彩四孝塔式缶（一）

とあるのも（玉函山房輯佚書に拠る。初学記二十六、芸文類聚九十二、太平御覧九二〇所引初学記等に引かれる）、この話に関わるものらしい⑫（三足は、三足烏で、日の中にいると言われる、三本足の烏。瑞鳥とされる）。

さて、い弾琴譚を描いた孝子伝図として、管見に入ったものに、陝西歴史博物館蔵三彩四孝塔式缶がある⑬（図一）。

三彩四孝塔式缶は、唐、契苾明墓から出土したものとされ、七五〇年前後の制作に掛ると見られる遺品で、その缶体に造形された孝子伝図四面（曾参図二、郭巨、董永図各一）は、唐代の孝子伝図の資料として、極めて貴重なものとなっている。三彩四孝塔式缶の弾琴図には榜題があって、今その榜題を示せば、次の通りである（行取りを逆にする）

曾子父後薗鋤
芃悟〔悞〕傷一寧曾子
見父愁憂不楽曾
子取琴撫悦父之

情是為孝也

この榜題が興味深いのは、

・曾子父後薗鋤芷。悟傷一寗――曾参……与二父母一共鋤レ芷、誤傷二株一株一（陽明本）
・父愁憂――父憂悔（陽明本）
・悦父之情。是為孝也――自悦レ之。是一孝也（陽明本。船橋本「令二父心悦一。是一孝也」）

など、陽明本と酷似していることである。また、例えば注好選にしか見えない「行《ユク》薗」が、この榜題に「後薗」と見えていることも、極めて重要な問題とすべきであろう。そして、当図は、右の弾琴図と一連の曾参図となっている所から、三彩四孝塔式缶の曾参図のもととなったのは、い弾琴譚やは感泉譚を含む、例えば両孝子伝の如き孝子伝であった可能性が非常に高い。三彩四孝塔式缶の図は、榜題を挟んで左右両端に描かれ、左が坐して琴を弾く曾参、右が坐する父である。

ろ

陽明本
父使二入レ山採一レ薪、経停未レ還。時有二楽成子来覓一レ之、参母乃嚙（歯）二脚指一。参在二山中一、心痛恐二母乃不一レ和。即帰問レ母曰、太安善不。母曰、无レ他。遂具如レ向所説。参乃尺然。所謂孝感二心神一。是二孝也。

船橋本
参往レ山採レ薪、時朋友来也。乃嚙二自指一、参動レ心走還。問曰、母有二何患一。母曰、吾無レ事、唯来二汝友一。因レ茲吾馳レ心耳。是二孝也ろ嚙指譚である。本話に関しては、両孝子伝の他、陽明本と同じく、来訪者を楽成子とする逸名孝子伝の逸文が伝わっている（楽成子は、楽正子春のことで、魯の人、曾参の弟子。楽正は複姓）。まず太平御覧二七〇所引の逸名孝子伝の本文を示せば、次の通りである（繹史九十五之一にも引かれる）。

　孝子伝曰、楽正者曾参門人也。来候㆑参。参採㆑薪在㆑野。母嚙㆓右指㆒。旋㆑頃走帰、見㆑正不㆑語、入跪問㆑母、何患。母曰、無。参曰、負㆑薪、右臂痛、薪堕㆑地。何謂㆑無。母曰、向者客来、無㆑所㆑使。故嚙㆑指呼㆑汝耳。参乃悲然

陽明本の、「嚙㆓脚指㆒」と言うのは奇怪で（逸名孝子伝「嚙㆓右指㆒」、船橋本「嚙㆓自指㆒」）、誤写であろう。船橋本は、楽成子を「朋友」とする他、甚だ簡略である。嚙指譚については、例えば論衡に、「伝書言」として見えるものが、よく知られている（事文類聚後集四、広博物志十八等にも引かれる）。論衡五感虚の本文を示せば、次の通りである。

　伝書言、曾子之孝、与㆑母同㆑気。曾子出㆓薪於野㆒。有㆑客至而欲㆑去。曾母曰、願留。参方到。即以㆓右手㆒搤㆓其左臂㆒。曾子左臂立痛。即馳至問㆑母、臂何故痛。母曰、今者客来欲㆑去。吾搤㆑臂以呼㆑汝耳。蓋以㆓至孝㆒、与㆓父母㆒同㆑気。体有㆓疾病㆒、精神輒感……夫孝悌之至、通㆓於神明㆒。乃謂㆔徳化至㆓天地㆒。俗人縁㆑此而説、言孝悌之至、精気相動、如㆓曾母臂痛曾子臂亦輒痛㆒

論衡は、曾参が「出㆓薪於野㆒」時のこととし、来訪者を「客」とする。また、母の所作を、

　以㆓右手㆒搤㆓其左臂㆒

とし（搤《あく》は、つかむこと）、それに対する曾参の反応を、

　左臂立痛

としている所が特徴的と言えよう。「孝悌之至、通㆓於神明㆒」は、孝経応感章の、「孝悌之至、通㆓於神明㆒」を引いたものである。この話は、極めて簡略なものながら、捜神記にも見えている（太平御覧三七〇等にも引かれる）。二十

巻本捜神記十一の本文を示せば、次の通りである。

　曾子従二仲尼一在レ楚而心動、辞帰問レ母。母曰、思レ爾齧レ指。孔子曰、曾参之孝、精感二万里一

捜神記では、当話は、曾参が孔子と共に楚の国にいた折のこととされている。ところで、論衡の「伝書言」や捜神記の嚙指譚は、何らかの孝子伝に拠っている可能性がある⑭（漢代孝子伝の流れを汲む一本か）。嚙指譚は、鏡中釈霊実集（聖武天皇雑集99）「為人父母忌斎文」に、「董黯痛レ心而遄返」の対句として、⑮

　曾参嚙レ指而馳還

敦煌本籯金二仁孝篇二十九に、

　又曾参至孝。在レ外、母自噬レ指。乃《（順）》心驚而帰

とも見えている。また、ろ嚙指譚は、後世二十四孝に採られ、中国、朝鮮、日本に広く流布することとなった。その二十四孝系の内、前述御伽草子『二十四孝』6曾参の原拠となった、全相二十四孝詩選6曾参の本文を示せば、次の通りである⑯（竜大乙本に拠る）。

　曾参

母指纔方齧　児心痛不レ禁

負レ薪帰来晩　骨肉至情深

曾子名参、字恭輿。其母一日有二親客一至。家貧无レ具。母齧二其指一。参採二薪山中一、忽心痛。即負レ薪以帰、跪レ母問二其故一。母乃云

ろ嚙指譚を描いた孝子伝図は、管見に入らない（或いは、後掲ネルソン・アトキンズ美術館蔵北斉石床〈図十一〉の右端がそれか）。参考として、嚙指譚を題材とする二十四孝図を一点、掲げておく⑰（図二）。図二は、鞏義半個店石

図二　肇義半個店石棺

棺（宋代。河南省出土）の嚙指図で、左に母、右に曾参と二束の薪を描く。二十四孝図の曾参図の定型である。

三

い弾琴譚、ろ嚙指譚、また、五孝に続くへ投杼譚以下は、その出典ないし、源流が比較的明瞭で、それらは、西野氏の言われる「正統な古典と見られるもの」（前掲論文）と考えることが出来よう。ところが、これから述べるは感泉譚、に避境譚、ほ鵄梟譚の三つは、源流がはっきりせず、西野氏御指摘の、当時の「雑種の伝記類や小説」に基づくものの如く、取扱いの困難を極めるものばかりとなっている。両孝子伝の同じ曾参譚の内にあっても、話柄によってそのような全く異なる性格を示すことに留意した上で、は感泉譚以下の検討に移りたい。

は

> 陽明本
> 母患、参駕レ車往迎。帰中途渇之、遇見二枯井一、猶来无レ水。参以レ瓶臨、水為レ之出。所謂孝感二霊泉一。是三孝也。
> 船橋本
> 行レ路之人渇而愁レ之、臨レ井無レ水。参見レ之、以レ瓶下レ井。水満レ瓶出、以休二其渇一也。是三孝也

は感泉譚である。陽明本と船橋本との間に、大きな違いのあることが分かる。即ち、陽明本のそれは、母への孝養譚であるが、船橋本には母が登場せず、「行路之人」への施水譚となっており、むしろ仏教の福田思想における、「曠路作二好井一」（摩訶僧祇律四）などを思わせるものとなっている[18]。この話が中国においてもかつて孝子伝に収められていたことは、例えば敦煌本新集文詞九経鈔48に、

孝子伝云……曾参曰一於親、枯井涌二其甘醴一

また、清、程大中の四書逸箋六に、

曾子行孝、枯井湧レ泉〈孝子伝〉

清、王安定の曾子家語六に、

曾参行孝、枯井生レ泉〈右御覧引二孝子伝一〉

などとあることから分かる（敦煌本新集文詞九経鈔所引孝子伝の前半には存疑の部分があり、曾子家語に言う「御覧引二孝子伝一」は不審）。敦煌本語対二十六孝感「曾参至孝」に、

曾参……又与レ母行、々渇。曾参悲向二涸井一、々為レ之出

と言うものも、そのような孝子伝に拠ったものと思われる。そして、敦煌本語対や敦煌本新集文詞九経鈔所引孝子伝の感泉譚には、母や親が登場する点、船橋本よりむしろ、陽明本に近いものとなっていることに注目したい。同様に出典を記さぬものながら、降って明、陳耀文の天中記二十四に、

曾参行孝、枯井湧レ泉

同、陳禹謨の騈志十四「枯井湧泉」に、

曾参行孝、枯井湧レ泉

同、董斯張の広博物志十八に、

曾参行孝、枯井湧レ泉

等と見えるものも（四庫全書本広博物志に、「淮南子」と出典を注するが、誤りであろう）、孝子伝に拠ったものらしい。さて、この話がどの位溯るものか、目下の所、見当もつかない。或いは、晋、王嘉の拾遺記に、

曹曾、魯人也。本名平、慕二曾参之行一、改レ名為レ曾……時亢旱、井池皆竭。母思二甘清之水一、曾跪而操レ瓶、則甘泉自涌、清二美於常一

と、本話に酷似する話が載ることから、当話はその曹曾の説話を、曾参のものへと換骨奪胎したものとも考えられる。すると、は感泉譚の成立は、晋以降ということになり、それは、おそらく陽明本の南北朝期における、改編時に編入されたものとすべきこととなるが、なお一考を要する。

本話を図像化したものが、前述陝西歴史博物館蔵三彩四孝塔式缶の弾琴図の右に描かれた感泉図である[19]（図三）。管見に入った曾参の感泉図は、やはりこの一点のみとなっている。その榜題を示せば、次の通りである。

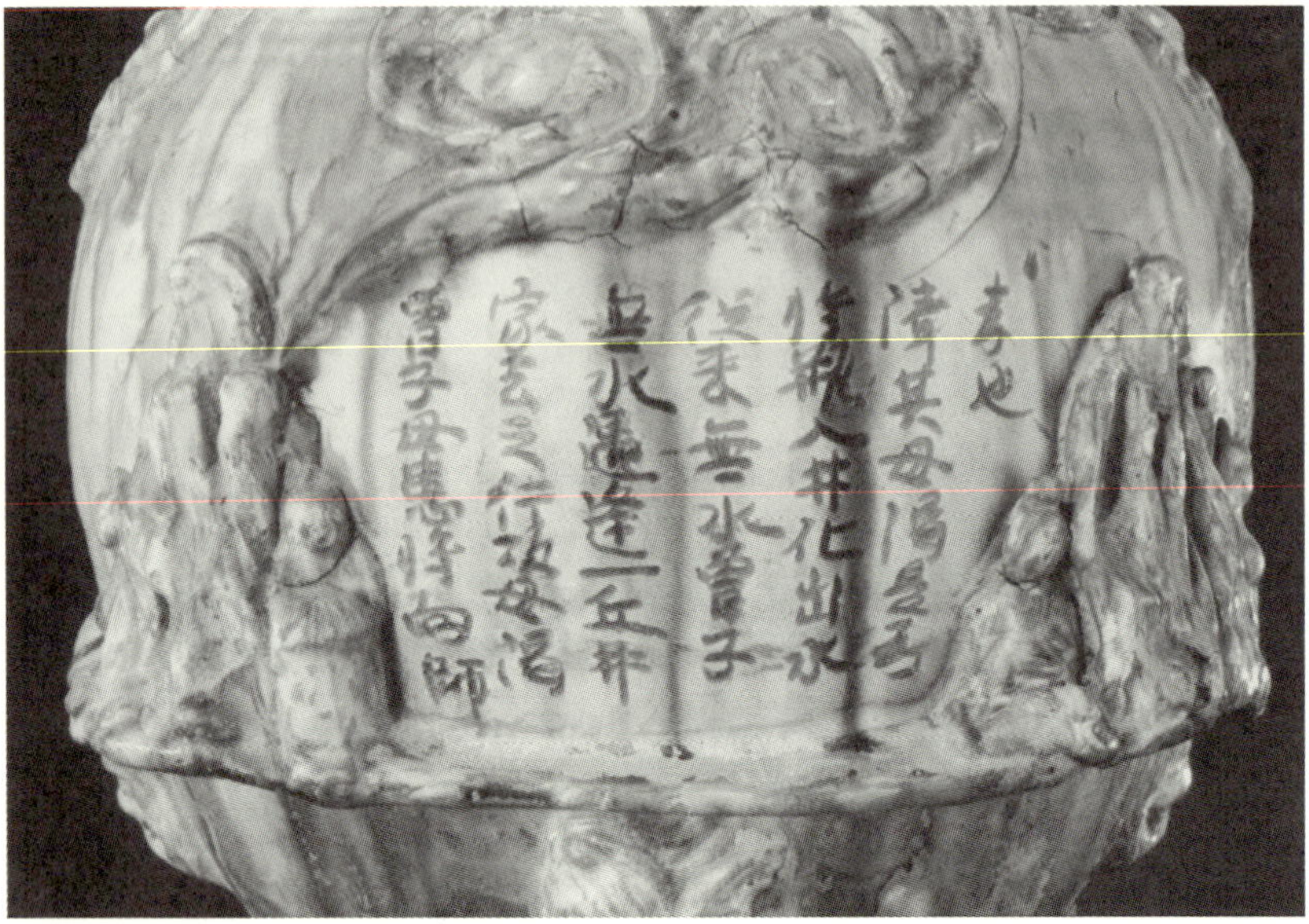

図三　三彩四孝塔式缶（二）

曾子母患将向師
家去之行次母渇
無水遇逢一丘井
従来無水曾子
将瓶入井化出水
済其母渇是為
孝也

右の榜題は、母が患ったとすることを始め、一見して陽明本と酷似していることに気付く。そこで、今仮に例えば両者の共通する部分を傍点で示してみると、以下のようになる。

陽明本
母患、参駕レ車往迎。帰中途渇之、遇見二枯井一、猶来无レ水。参以レ瓶臨、水為レ之出。所謂孝感二霊泉一。是三孝也

三彩四孝塔式缶
曾子母患。将向師家去之行次、母渇無水。遇逢一丘井。従来無水。曾子将瓶入井、化出水、済其母渇。是為孝也。

三彩四孝塔式缶には、「丘井《くしょう》」という仏教語が使われていることに、注意する必要があるが（丘井は、丘墟の枯井の意。維摩経などに見える。平野顕照氏教示）、弾琴図に続くこと等も併せ、その榜題は、陽明本系の孝子伝に拠ったものと考えて良いであろう。それにしても、三彩四孝塔式缶の感泉図は、上述の如く由来の不明な、両孝子伝35曾参の第三孝の、唐代以前における消息を伝える、極めて貴重な資料と言わねばならない。図は、左が拱手して立つ曾参、右が坐する母となっている。

に

陽明本
[a]時有㆓隣境兄弟二㆒。人更曰、食㆑母不㆑令㆓飴肥㆒。[b]参聞㆑之、乃廻㆑車而避、不㆑経㆓其境㆒。恐㆑傷㆓母心㆒。是四孝也。

船橋本
隣境有㆓兄弟二㆒。或人曰、此人等、有㆓飢饉㆒之時、食㆓己母㆒。参聞㆑之、乃廻㆑車而避、不㆑入㆓其境㆒。是四孝也

に避境譚である。この話も、は感泉譚と似たような状況にあって、特に陽明本aについては、その出所が判然とせず、西野氏の言われる、「現存の書に見えぬものがあること、北朝の俗説と思われるものがあること」に当たるものであろう[20]。また、b、

参聞㆑之、乃廻㆑車而避、不㆑経㆓其境㆒

に関わるものとして、例えば東観漢記十七鍾離意伝に、

曾参迴㆓車于勝母之閭㆒

などと見える、成句がある（玉函秘抄下、明文抄四に引かれる）。この句は、大変有名なものであって、種々のもの

に散見するが、その主要なものを列挙すれば、以下の如くである。

・里名二勝母一、而曾子不レ入（新序三雑事三）
・里名二勝母一、曾子不レ入（漢書鄒陽伝）
・里名二勝母一、曾子還レ軑（劉子新論三鄙名。軑《だい》は、車輪）
・里名二勝母一、曾子廉レ襟（論語撰考讖〈太平御覧一五七所引〉）
・里名二勝母一、曾子斂レ襟（顔氏家訓四文章）
・県名二勝母一、而曾子不レ入（史記鄒陽伝。世俗諺文「里名勝母」にも。文選三十九にも見え、それは玉函秘抄下、明文抄三等に引かれる）
・県名為二勝母一。曾子不レ入（新序七節士）
・邑名二勝母一、曾子不レ入（説苑十六談叢）
・曾子立レ孝、不レ過二勝母之閭一（淮南子十六説山訓）
・曾子不レ入二勝母之閭一（塩鉄論二晁錯）
・曾子不レ入二勝母之閭一（論衡九問孔）
・曾参回二車於勝母之閭一（後漢書鍾離意伝）

陽明本ａは、或いは、これらの成句の由来を説明する伝承であったものと思われる。しかし、その成立時期は定かでなく、なお後考に俟ちたい。

ほ

陽明本
魯有㆓鵄梟之鳥㆒。反食㆓其母㆒、恒鳴㆓於樹㆒。[c]曾子語㆓此鳥㆒曰、可㆑呑㆑音、去勿㆓更来㆑此。鳥即不㆓敢来㆒。所謂孝伏㆓禽鳥㆒。是五孝也。

船橋本
魯（曾）有㆓鵄梟㆒。聞㆓之声㆒者、莫㆑不㆑為㆑厭。参至㆑前曰、汝声為㆓諸人㆒厭。宜韜㆑之勿㆑出。鳥乃聞㆑之遠去、又不㆑至㆓其郷㆒。是五孝也

ほ鵄梟譚である。当話の成り立ちは若干複雑で、取扱いが厄介である。ほ鵄梟譚については、に避境譚と関わらせてその性格に言及された、西野氏の優れた論があるので、まずそれを紹介しておく。

今二例を文献によつて北朝に伝わつたと思われる説話と此の孝子伝の説話が符合するものがあることを指摘し度い。後魏の酈道元の水経（四（泗）水注）に「道西有道児君碑、是魯相陳君立、昔曾参居此、梟不入郭」がある。曾参のこの奇跡は他の書に見えぬ所で、これについて思起されるのは新序（雑事、節士）淮南子（説山訓）等に見える、勝母なる里名の里に曾子が入らなかつたという故事と、説苑（談叢）に見える悪声を憎まれた梟が転居しようとした時、鳩から悪声を更めねば転居しても無駄であると言われるという偶話である。然しこの二条から如何にして水経注に見える如き説話が生み出されるかは知るべくもなかつた。然るにこの孝子伝の曾参の条に「時有隣境兄弟二人、更曰食母不令飴肥、参聞之乃、廻車而避、不経其境、恐傷母心、……魯有鵄梟之鳥、反食其母、恒鳴於樹、曾子語此鳥曰、可呑音、去勿更来、此鳥即不敢来、所謂孝、伏禽鳥…」とあるのによつてはじめて、

「曾子立孝、不過勝母之閭」の句が如何に民間に解されていたかが判然とし、それを経て孝子伝に見える曾子が梟に再来するなと言渡したという記述によつて、水経注に見える曾子の奇跡が理解される。即ちこの孝子伝には

　北朝の俗説と符合するものを存するわけである

従うべき御論と思われるが、ここでは西野氏とは聊か別の観点から、今一度ほ鵄梟譚を考察してみよう。ところで、へ不娶譚の中に、伯奇についての言及があることから分かるように（尹吉甫は、伯奇の父）、両孝子伝36曾参は、その前条に当たる、35伯奇と関係が深い。両孝子伝の35伯奇における、ほ鵄梟譚と関わる記述は、次のようなものである。

・鳥即飛、上㆓後母頭㆒、啄㆓其目㆒。今世鵄梟是也。一名鵂鶹、其生児還食㆑母（陽明本）

・鳥則居㆓其頭㆒、啄（喙）㆓穿面目㆒。爾乃高飛也。死而報㆑敵、所謂飛鳥是也。鶵而不㆑眷㆓養母㆒、長而還食㆑母也（船橋本）

陽明本と船橋本とは、少し叙述が異なるが、今陽明本における伯奇の鵄梟の話と、ほ鵄梟譚を合わせて一つとし（c曾参が不孝鳥の鵄梟の声を嫌って追い払った挿話は、暫く別として、後述に従う）、

　㈠鵄梟の声が嫌われること

　㈡鵄梟が母を食うこと

　㈢鵄梟が母の目を啄むこと

という三つのモチーフに分けて述べよう（㈠は曾参譚に、㈡は伯奇譚、曾参譚の両方に、㈢は伯奇譚にのみ存するモチーフである）。㈠鵄梟の声が嫌われることについては、古く詩経陳風「墓門」の毛氏伝に、

　鴞、悪声之鳥也

等と見える（鴞《きょう》は、ふくろう）。取り分け興味深いのが、説苑十六談叢に、

梟逢レ鳩。鳩曰、子将二安之一。梟曰、我将二東徙一。鳩曰、何故。梟曰、郷人皆悪二我鳴一、以レ故東徙。鳩曰、子能更レ鳴可矣。不レ能レ更レ鳴、東徙、猶レ悪二子之声一

とある記述で、この記述はまた、魏、曹植の令禽悪鳥論（芸文類聚二十四所引。太平御覧九二三等所引には不見）に、

昔荊之梟、将レ巣二於呉一。鳩遇レ之曰、何去レ荊而巣レ呉乎。梟曰、荊人悪二予之声一。鳩曰、子如不レ能レ革二子之音一、則呉楚之民、不レ易レ情也。為レ子計者、莫レ若三宛レ頸戢レ翼終レ身勿二復鳴一也

と見え、令禽悪鳥論のそれは、説苑ないし、説苑と同源の資料から出たものであろうと思われるのである。㈡鴟梟が母を食うことに関しては、古く桓譚新論（太平御覧九二七所引）に、

余上二封章一言、宣帝時、公卿朝会。丞相語次曰、聞梟生レ子、長且食二其母一。寧然有レ賢者。応曰、但聞烏子反哺耳。丞相大慙

とある。このことはまた、前掲令禽悪鳥論（芸文類聚所引）の続きに、

昔会二朝議一者、有レ人問曰、寧有レ聞三梟食二其母一乎。有二答レ之者一曰、嘗聞二烏反哺一、未レ聞三梟食二其母一也。問者慙レ唱二不善一也

と見え、同じく令禽悪鳥論は、桓譚新論に拠ったものと思われる。[21] ㈢鴟梟が母の目を啄むことについては、禽経「梟鴟害レ母」に、

梟在レ巣、母哺レ之。羽翼成、啄二母目一翔去也

と見え、それもまた、令禽悪鳥論の載せる記述であったことは、太平広記所引の令禽悪鳥論に、

又云、鴟梟食二母眼精一。乃能飛

と見えることにより、明らかと言える（船橋本の、「鳥……啄二穿面目一。爾乃高飛」と酷似することに、注意すべきで

ある）。即ち、令禽悪鳥論は、禽経を引いているのである。すると、㈠㈡㈢三つの話は全て、令禽悪鳥論に備わっていたことになる。このことは、礼記月令や詩経豳風「七月」以下、数多の典籍句を集成する、令禽悪鳥論の類書的性格から見て、充分に考え得ることである。これらのことから、陽明本の伯奇譚における鴞梟の話、及び、ほ鴞梟譚は、全て令禽悪鳥論に拠ったものであろうと思われる。そして、陽明本は、伯奇譚における鴞梟の話を、令禽悪鳥論の㈡㈢に拠り、同じく令禽悪鳥論に拠る㈠㈡を、曾参のほ鴞梟譚へ配したものと結論出来よう。[22]従って、それを曾参五孝の第五孝とする、ほ鴞梟譚の成立は、魏の曹植以後、おそらく南北朝期の陽明本の改編時ではないかと推定されるのである。さて、前述陽明本c曾参が不孝鳥の鴞梟の声を嫌って追い払う件は、令禽悪鳥論に見えない。このことは、西野氏の指摘されたように、北魏、酈道元の水経注に見えている。改めて水経注二十五泗水注の本文を示せば、次の通りである（泗水《しすい》は、魯の川）。

昔曾参居ㇾ此、梟不ㇾ入ㇾ郭

これは、明らかにほ鴞梟譚における、曾参と鴞梟との一件の類話に違いない。しかし、曾参と鴞梟のことを伝える資料は、現在その水経注の泗水に関する記述一点が知られるのみであり、前後の消息は全く分からない。従って、その曾参と鴞梟の話の成立については、目下の所、少なくとも水経注以前の伝承と推測されるに留まるが、極めて興味深い資料を一つ上げておく。それは後漢、漢安二（一四三）年の北海相景君碑で（碑は山東省済寧市に現存）、その碑文に、次のような句が見える。

鴟梟不ㇾ鳴、分子還養

一字目の鴟は、隷釈六に「鴞」に作る。二句目の分子は、分家した子供のことで、その句意は、一旦分家した子供が、故景君の徳化により分家を解消し、再び親を養うようになったということである。漢代に分財（別居異財）が孝道に悖る行為とされるのは、一般的な事実で、従って、「鵄梟不レ鳴」の句も当然、孝道に関わる意味をもつ句と捉えるのが自然であろう。即ち、本句を例えば説苑や令禽悪鳥論によって、単に鵄梟が悪声を嫌われ、鳴くのを止めたという風に解釈するだけでは、景君や孝道との関わりが明らかでなく、意味が十分に通じないことになる。そして、本句は、陽明本のほ、

魯有二鵄梟之鳥一。反食二其母一、恒鳴二於樹一。曾子語二此鳥一曰、可レ呑レ音、去勿二更来一レ此。鳥即不二敢来一。所謂孝伏二禽鳥一

を踏まえる場合にのみ、母を食らう不孝鳥として、鳴くことも樹に留まることも、曾参によって禁じられた魯の鵄梟が、やはり故景君の孝徳により、鳴くことはなかったという意味に解釈し得るのである（船橋本では、母を食うことが省略され、鵄梟の不孝鳥たる理由が不分明となってしまっている）。加えて、北海が魯の故地を指し、碑が済寧即ち、任城の故地にあって、曾子廟の近いこと（曾参は武城の生まれ）などが思い併される。すると、驚くべきことに陽明本のほ鵄梟譚は、漢代以前に溯る魯の地方の伝承を、伝える可能性が高いことになるだろう。故に、西野氏が、ほ鵄梟譚と「北朝に伝わったと思われる説話」「北朝の俗説」即ち、水経注との符号を指摘された点は、なお古く漢代まで溯る問題らしいことを考慮すべきである。このことは、さらに後考を期したいが、その水経注、泗水注がまた、「高門一里余道西、有二道児君碑一、是魯相陳君立。昔曾参居レ此、梟不レ入レ郭」と、やはり石碑に関わる話であったことが、改めて想起される。そして、これまた碑文をめぐる、水経注四十漸江水注の曹娥譚及び、楊威譚と陽明本17曹娥、16陽威などとの関係から推して、問題の水経注、泗水注の曾参譚はむしろ、陽明本のほ鵄梟譚を引いたものと考えられるのである（泗水注の「道児君碑」のことは、よく分からない。施蟄存氏『水経注碑録』六、179道児君碑に、「此碑未レ聞。道児君亦不レ知二是何人一」等と言う。同書参照）。

四

へ

陽明本
孔子使二参往一レ斉、過レ期不レ至。有二人妄言一、語二其母一曰、曾参殺レ人。須臾又有レ人云、曾参殺レ人。如レ是至レ三、母猶不レ信。便曰、我子之至孝、践レ地恐痛、言レ恐レ傷レ人。豈有レ如レ此耶。猶織(識)如レ故。須臾参還至了、无二此事一。所謂讒(纔)言至レ此、慈母不レ投レ杼、此之謂也

へ投杼譚は、船橋本に見えず、陽明本にしか存しない。且つ、投杼譚を伝える古孝子伝は、他見がなく、陽明本の上記のみが目下、管見に入った唯一の孝子伝の本文となっている。その投杼譚に関する最も古い資料は、戦国策であろうか。戦国策四秦策の本文を示せば、次の通りである。

昔者曾子処レ費。費人有下与二曾子一同二名族一者上、而殺レ人。人告二曾子母一曰、曾参殺レ人。曾子之母曰、吾子不レ殺レ人。織自若。有レ頃焉、人又曰、曾参殺レ人。其母尚織自若也。頃レ之、一人又告レ之曰、曾参殺レ人。其母懼投レ杼、踰レ牆而走。夫以三曾参之賢与二母之信一也、而三人疑レ之、則慈母不レ能レ信也

陽明本は、母の投杼を、孔子が曾参を斉（山東省）に行かせた折の事件とするが、戦国策は、それを曾参が費（魯の地名。山東省費県）に居た時のこととしている。戦国策と同じく、投杼譚を費における出来事とするものに、史記と敦煌本春秋後語がある。史記甘茂伝（群書治要十二等にも引かれる）、敦煌本春秋後語（P二七〇二。孟説秦語中第二）の本文を併せ示せば、次の通りである。

・史記

昔曾参之処レ賚。魯人有下与二曾参一同二姓名一者上、殺レ人。人告二其母一曰、曾参殺レ人。其母織自若也。頃レ之一人又告レ之曰、曾参殺レ人。其母尚織自若也。頃又一人告レ之曰、曾参殺レ人。其母投レ杼下レ機、踰レ牆而走。夫以三曾参之賢与二其母之信一也、三人疑レ之、其母懼焉

・敦煌本春秋後語

昔曾参処レ費。々人有下与二曾参一同二姓名一者上、而殺レ人。々告二其母一曰、曾参殺レ人。其母投レ杼下レ機、踰レ牆而走。夫以二曾参之賢其母信一レ之、三人疑レ之、其母懼焉

敦煌本春秋後語は、簡略な文章ながら（曾参の殺人を母に告げる者が、一人しか記されないのは、省略或いは、脱落か）、史記とよく似ている。また、所謂敦煌本孝子伝には、出典を「出二史記一」とする投杼譚が載っている。[23] 敦煌本孝子伝（事森P二六二一）の本文を示せば、次の通りである。

始（相）投レ杼以傷懐。曾参為レ人孝。有人以二曾参同名一、忽有人告云、曾参殺レ人。其母自知二子孝一、必無二此事一。三度来告、母始投レ杼、踰レ牆（猛）而走観レ之。出二史記一

なお投杼の一件を、曾参が鄭（河南省新鄭県）に居た時のこととするものもある。劉向の新序である。新序二雑事二の本文を示せば、次の通りである。

昔者曾参之処レ鄭。人有下与二曾参一同二名姓一者上、殺レ人。人告二其母一曰、曾参殺レ人。其母織自若也。頃然一人又来告レ之。其母曰、吾子不レ殺レ人。有レ頃一人又来告。其母投レ杼下レ機、踰レ牆而走。夫以三曾参之賢与二其母信一レ之也、然三人疑レ之、其母懼焉

曾参の居場所を示さず、叙述も聊か簡略化しているのが、陸賈の新語である。新語上弁惑五の本文を示せば、次の通

りである[24]。

昔人有下与二曾子一同レ姓亦名上レ参。有人告二其母一、参殺レ人。母織如レ故。有人復来告、如レ是者三。曾子母乃投レ杼踰レ垣而去。曾子之母非レ不レ知二子不一レ殺レ人也。言レ之者、衆夫流言之並至、雖二真聖一不二敢自安一、況凡人乎

このように小異はあるものの、戦国策以下の投杼譚は、話の運びが全く同じであることなど、一系の説話と見られ、陽明本もそれに含めて良い。加えて、少しずつではあるが、諸資料の中で、投杼譚の変化しつつあることに、注意すべきであろう。そして、戦国策（新序）など、最初の告知者（新序では、二度目の告知者）に対し、「母曰、吾子不レ殺レ人」と答えている所が、陽明本に近く（但し、陽明本では、三度目）、また、新語の、「織如レ故……如レ是者三」という文言が、陽明本の、「如レ是至レ三……織如レ故」に近いこと等も、注意を惹く。さらに興味深いのが、「出二史記一」とする敦煌本事森で、その——線部、

曾参為レ人孝……其母自知二子孝一、必無二此事一

が、史記よりも却って陽明本の、

母猶不レ信。便曰、我子之至孝、践レ地恐痛、言レ恐レ傷レ人。豈有レ如レ此耶……无二此事一

に似ることである（「践レ地恐痛」は、蹐地《せきち》〈恐れ慎む様〉の意であろう）。しかし、陽明本には、冒頭の、孔子が曾参を斉に行かせたとすることを始め、戦国策以下と幾つかの点で相違があって、取り分けその最大のものは、曾参の母が、その子の殺人を三度告げられるに及んでも、

母猶不レ信……猶織如レ故

とし、また、

慈母不レ投レ杼

図四　後漢武氏祠画象石

とすることである。これは、「其母自知二子孝一」（敦煌本事森）、「母之信」（戦国策）を強調しようとする、陽明本の改変であろうと考えられる。

さて、へ投杼譚を題材とする孝子伝図としては、次の六つの遺品を上げることが出来る㉕（図四、五、六、七、九、十）。

・後漢武氏祠画象石（図四）
・村上英二氏蔵後漢孝子伝図画象鏡（図五）
・江蘇洪楼出土後漢画象石（図六）
・江蘇曹庄出土後漢画象石（図七）
・和林格爾後漢壁画墓（図九）
・ネルソン・アトキンズ美術館蔵北斉石床（図十）

以下簡単に、それらの孝子伝図と孝子伝との関係、また、各々の内容について、触れておく。図四は、有名な後漢武氏祠画象石の投杼図である。上下二箇所に榜題があって、上部に、

曾子質孝
以通神明

図五　後漢孝子伝図画象鏡

図六　江蘇洪楼出土後漢画象石

図七　江蘇曹庄出土後漢画象石

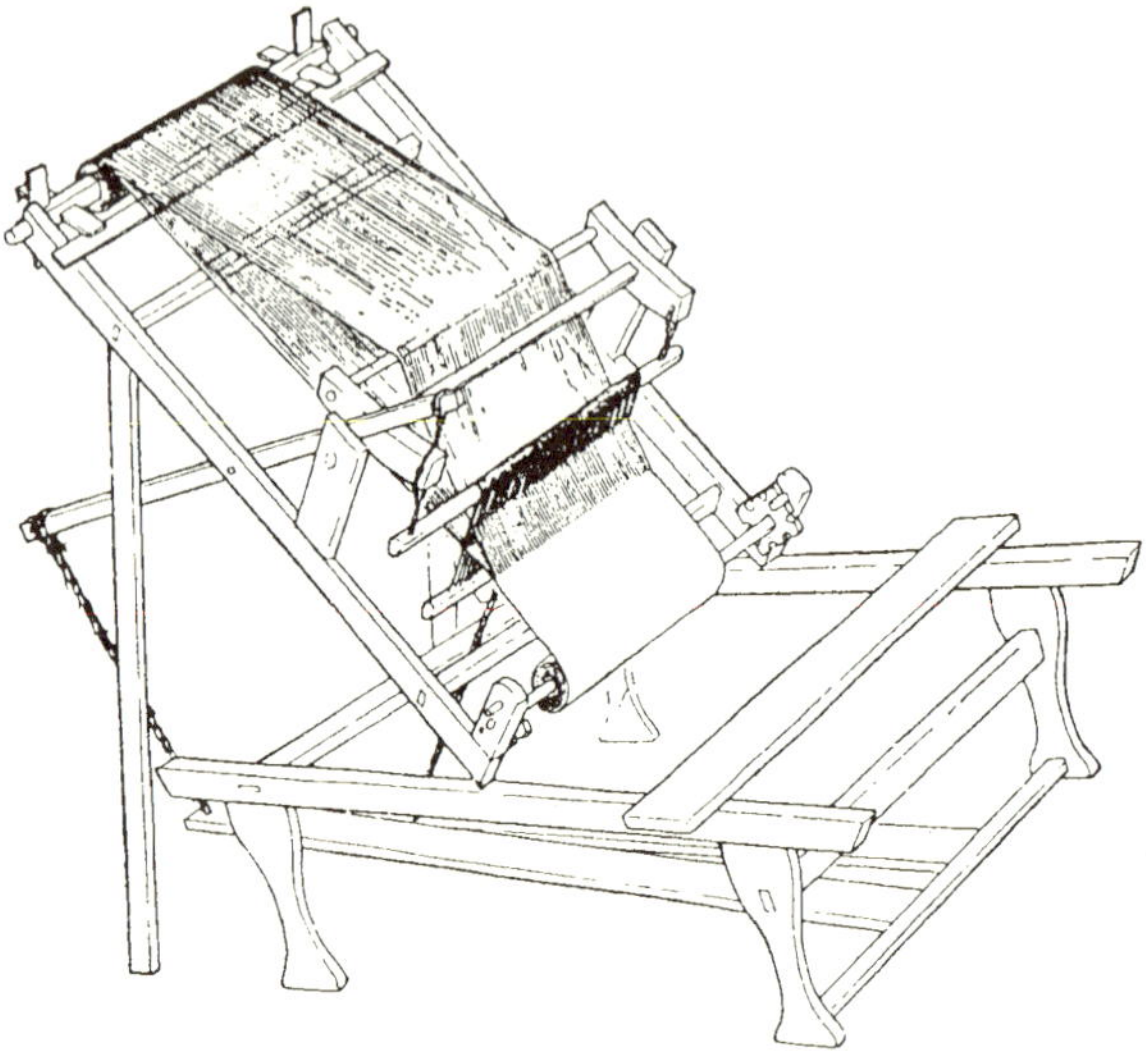

図八　漢代織機の復元図

図九　和林格爾後漢壁画墓

貫感神祇
著号来方
後世凱式
□□（以正）撫綱

また、下欄に、

　讒言三至、慈母投杼

と記す。上部のそれは、孝経応感章「孝悌之至、通二於神明一」を引く等、前述ろ嚙指譚を思わせる（その論衡参照）。

図四の図柄に関しては、例えば『漢代画象の研究』における、平岡武夫氏の解説に、

　母は機に坐つている。その左手と両脚は機にかかつているが、顔と右手は、何かに驚いてふり返つたすがたである。手から落ちた杼が描かれている。曾子は地上にひざまずき、拱手をして、いかにも孝子らしく、恭敬の情をあらわしている

図十　ネルソン・アトキンズ美術館蔵
北斉石床

と言われる通りであろう㉖（杼《ちょ》は、ひのことで、織物の横糸を通す道具）。また、続く平岡氏の次の指摘は、頗る示唆に富むものである。

　話は『戦国策』に見えている。この話は、本来、讒言の恐ろしさを述べたものである。曾子の孝行そのものに直接には関係しない。

また母が杼を落した時には、曾子は側にいない。したがって、この図柄は一おうは不都合な点をもつ

まず、氏が、「この話は、本来、讒言の恐ろしさを述べたものである。曾子の孝行そのものに直接には関係しない」と指摘されたことについては、い嚙指譚とも関わるが、曾参の「以通二神明一、貫感二神祇一」（後漢武氏祠画象石榜題）とされる至孝があって、それが「母之信」（戦国策）に呼応していること、即ち、前述論衡に、「曾子之孝、与レ母同レ気」とされたことが前提となって、本話が孝子譚としての位置付けを蒙っていることに、注意する必要があるだろう。次に、氏が、「母が杼を落した時には、曾子は側にいない」と言われたことに関しては、成程、戦国策によれば、曾参は費に居たのであり、図の如く母の側に居るのは、確かにおかしい。故に、図四左の人物を曾参とは見ず、曾参殺人の母への報告者と見る向きもある訳だが、[27]瞿中溶以下、左の人物を曾参と見る（『漢武梁祠画像考』三）のが正しいことは、明徴がある。それが図四（また、図六、七）と図柄の酷似する、図五の村上英二氏蔵後漢孝子伝図画象鏡である[28]（口絵参照）。後漢孝子伝図画象鏡には、榜題があって、

曾子母

曾子

とし、機を織りつつ後方を振り返っている母（図五下）及び、鏡の乳を挟み、その母に向かって跪き、拱手する曾参を描く（図五下）。織機は所謂高機《たかばた》で傾斜しており、二本の踏木《ふみき》がある。母の手前に描かれているのが筬《おさ》であろう。筬の上の二つのリングは、綜絖《そうこう》を上下するためのものらしい。母は右手に杼（刀杼《とうじょ》か）を持っている。[29]この後漢孝子伝図画象鏡の曾参図は、後漢武氏祠画象石の曾参図同様、閔子騫図（図五左下）に続くこと等、或いは、後漢武氏祠画象石と共通の粉本に基づくかと思しい、貴重な遺品であるが、乳を挟むものの、投杼図の左の人物に、「曾子」と榜題し、それが曾参であることを、動かぬものとしているのである。さて、図四後漢武氏祠画象石の曾参図は、孝子

伝図の一幅と見られるから、[30]その図像解釈には、戦国策以下でなく、まず孝子伝を用いるべきこと、言を俟たないであろう。そして、現存唯一の古孝子伝本文としての陽明本を見ると、

猶織如レ故。須臾参還至了。无二此事一

とあって（須臾は、少しの間。後に仏教語となり、刹那の意を表わす）、これは、陽明本の「過レ期不レ至」を受けたものながら、機を織る母と曾参が対面を果している点、後漢武氏祠画象石、後漢孝子伝図画象鏡とよく一致する。この合致が単なる偶然でないことは、続く閔子騫図における、後漢武氏祠画象石等と陽明本との一致からも、裏付けることが出来るのである。[31]最近、林聖智氏は、後漢武氏祠画象石及び、和林格爾後漢壁画墓の孝子伝図について、

武梁祠の孝子図の順序を内蒙古ホリンゴル新店子一号漢墓のものと比較すると、意外に類似する部分が多い。武梁祠の場合は、舜が古代帝王の図に配されており、孔子の弟子の曾子と閔子騫が孝子図の最初に登場している。新店子一号漢墓の孝子図では、最初から舜、閔子騫、曾子の順序となっており、続いて、場面が直接に接続するわけではないが、丁蘭、刑渠、孝烏の順序が武梁祠と一致している。しかも、新店子一号漢墓の列女図の順序が現行『古列女伝』とよく合っていることから見ると、その壁画の孝子図の順番には纏まった典拠があったと推定される。新店子一号漢墓に見られる孝子の順序は、孔子の弟子である閔子騫と曾子が、舜に続いて第二、三番目の孝子となる。もしこれが後漢時代の孝子伝の目次の順序を反映するとするならば、これは儒教支配の漢代において自然の成り行きと考えられる

と述べ、孝子伝図から漢代の孝子伝の形を推定する、優れた論攷を発表された。[32]すると、後漢孝子伝図画象鏡の曾参と閔子騫の図は、外ならぬ漢代孝子伝の冒頭部に取材したものということになるであろう。さらに後漢武氏祠画象石下欄の榜題、

　　讒言三至、慈母投杼

は、陽明本末尾「所謂」以下の、

　　讒言至レ此、慈母不レ投レ杼

と文辞が酷似している。[33]ここで改めて想起したいのは、陽明本が「慈母不レ投レ杼」とする点である。そもそも投杼譚は「本来、讒言の恐ろしさを述べたもので」「曾子の孝行そのものに直接には関係しない」（『漢代画象の研究』）という一面を有し、特に母が杼を投げたとする場合、「同気」（論衡）の筈の母が、曾参の殺人即ち、不孝を信じるという矛盾を招いてしまう（両孝子伝7魏陽などを参照）。故に、陽明本は、それを「不レ投レ杼」と変更して「母之信」（戦国策）を貫かせる措置により、投杼譚を孝子伝に採用するに至ったものと推測される。問題は、陽明本のその改変の時期である。後漢孝子伝図画象鏡（図五下。及び、図六の江蘇洪楼出土後漢画象石）の投杼図において、母が杼を手にしていることは、陽明本の改変時期が、早く漢代以前に溯る可能性を示している。そして、後漢武氏祠画象石以下、殊に後漢孝子伝図画象鏡や江蘇洪楼出土後漢画象石の曾参図など、陽明本の祖本段階の漢代孝子伝に基づくものと捉えて良いであろう。ともあれ、現在陽明本にしか伝存を見ない、へ投杼譚は、漢代孝子伝の形を考える上で、非常に重要な問題を孕むことに、重ねて注意を促しておきたい。なお、後漢孝子伝図画象鏡の投杼図に関しては、例えば平岡氏が、後漢武氏祠画象石の、

　　この機の図は、科学史の研究に貴重な資料を提供する

と指摘された点においても、同様に貴重な資料たり得ることを、申し添えるべきであろう。図八に、夏鼐氏『考古学和科技史』（一九七九年）七㈣に拠る、漢代織機の復元図を掲げておく。[34]図六の江蘇洪楼出土後漢画象石、図七の江蘇曹庄出土後漢画象石は、陳維稷氏編『中国紡織科学技術史（古代部分）』（一九八四年）三編五章一節が、その漢代

織機の研究過程で指摘された曾参図である。[35] 図六では、母が杼を手にしていること、前述の如くだが、図七では、杼が紡車の下に落ちている。[36] 図六左端の二人と右端の人物は、曾参殺人の母への三人の報告者であろう。図七右端に立っている人物も同様である。次いで、図九は、和林格爾後漢壁画墓の曾参図である（また、口絵図2参照）。榜題に、

曾子母

曾子

と記されるのが貴重で、それは正しく後漢孝子伝図画象鏡と一致している（和林格爾後漢壁画墓は左始まりなので、左右は逆となる）。曾参図が閔子騫図（榜題「騫父」「閔子騫」）と並ぶことも、後漢武氏祠画象石、後漢孝子伝図画象鏡と共通しており、林氏の指摘通り、それらが漢代孝子伝に基づくことを示している。[37] 図九の図柄は、織機に坐って踏木に足を掛け、振り返る母（中央）と、跪き拱手する曾参（右）を描くもので（本書I一2参照）、図四、図五に掲げた後漢武氏祠画象石、後漢孝子伝図画象鏡と、全く同じ漢代孝子伝図の一例と考えられる。

ところで、図十は、ネルソン・アトキンズ美術館蔵北斉石床の一幅（第三石左）である。当図については、かつて長廣敏雄氏が右の董永図（第三石中央）に続く「続・董永図」と認定し、

孝子董永説話の後段すなわち〝天の織女が董永の婦となり機織の功をしめす〟説話をあらわすのである

と説明されたことがある。[38] しかし、例えばまず左から右へと図の流れる第三石において、「続・董永図」から董永図に続くという図の並びからして、[39] 本図を「続・董永図」と見ることには無理がある。本図を右の董永図の続きと見ることは出来ないのである。とすると、当図は何を描いた図なのであろうか。この図は、上述漢代の孝子伝図を先蹤とする、曾参の図であろうと思われる。中央がその投杼図である。右端及び、左端は、ろ囓指譚（第二孝）に基づく、薪を採る曾参と曾参を捜す母であろう。そして、本図の背景には、ろ囓指譚やへ投杼譚などを擁する、例えば陽明本

のような孝子伝が、あったものと見ておきたい。

五

と

> 陽明本
> 父亡七日、漿水不レ歴レ口。孝切二於心一、遂忘二飢渇一也。
> 船橋本
> 参父死也。七日之中漿不レ入レ口、日夜悲慟也

と絶漿譚である（漿は、こんず）。本話の源泉は、礼記であろうと思われる。礼記檀弓上の本文を示せば、次の通りである（白氏六帖十九・二、太平御覧三六七、八六一、曾子全書外篇周礼四、曾子家語二慎終四等にも引かれる）。

曾子謂二子思一曰、伋、吾執二親之喪一也、水漿不レ入二於口一者七日

両孝子伝は、礼記の「親之喪」の「親」を、父と解したのであろう。因みに、それを母と解するものもある。敦煌本語対二十四喪孝「絶漿」の注を示せば、次の通りである。

曾参母亡。絶漿七日

なお、両孝子伝には採られていないが、と絶漿譚と趣旨を同じくする、逸名孝子伝の逸文が散見する。例えば敦煌本籝金二、仁孝篇二十九「食棗（棘）」の注を示せば、次の通りである。

孝子伝……曾参父折（圻）好食二羊棗（棘）一。及二父亡一、参思レ之、終身不レ食二羊棗（肉）一

この話は、孟子尽心下の、

曾晳嗜レ羊棗一。而曾子不レ忍レ食二羊棗一

に基づく（棗《そう》、羊棗は、なつめのこと。類林雑説十五、書言故事十、小学日記二等にも）。また、太平御覧には、曾参の母をめぐる絶食譚を記す、孝子伝が見えている。太平御覧八六二に引かれる逸名孝子伝の本文を示せば、次の通りである（繹史九十五之一にも引かれる）。

孝子伝曰、曾参食二生魚一、甚美因吐レ之。人問二其故一。参曰、母在之日、不レ知二生魚味一。今我美吐レ之。終身不レ食

と絶漿譚に類する孝子伝が、中国において盛んに行われた様を、窺い知ることが出来る。

ち

陽明本

妻死不二更求一レ妻。有人謂レ参曰、婦死已久、何不二更娶一。曾子曰、昔吉甫用（補）二後婦之言一、喪二其孝子一。吾非二吉甫一、豈更娶也。

船橋本

参妻死、守レ義不レ娶（嫁）。或人曰、何娶（嫁）耶。参曰、昔者吉甫、誤信二後婦言一、滅二其孝子一。吾非二吉甫一、豈更娶（聚子）乎。終身不レ娶云云

両孝子伝曾参譚の最後の話となる、ち不娶譚である。当話については、例によって西野氏に御論があるので（前掲論文）、まずそれを紹介しておく。氏は、

この孝子伝には六朝末期に北朝に成立した孝子伝の形態が承襲されていると推定される

論拠の一つとして、次のように述べられた。

また孔子家語（今本巻九、七十二弟子解）に見える曾子が、後母に藜を烝して熟せざるを供したとの理由で妻を出したという説話は白虎通諫諍篇にも見えるが、曾子の人物から見て或は妄誕とされ（孫子祖、家語疏証巻五）或は白虎通の所載は別に故あつてそれを隠すとする説がある（苑家相、家語証偽巻九。陳立、白虎通疏証）が、それは韓詩外伝（漢書王吉伝注）に「曾子喪妻、不更娶、人問其故、曰、以華元善也」とあるのをその論拠の一としているのである。ところで疏証も指摘するように顔氏家訓後娶篇にもこのことが「曾参婦死、謂其子曰、吾不及吉甫、汝不及伯奇」と見えて死別のことでは韓詩外伝の説に同じい。然し家訓では吉甫伯奇に言及する部分が、外伝よりも多い外に、我が子を伯奇に及ばずと貶す態度は外伝の善を称する態度と全く異つたものである。この点から見て、家訓は外伝に基けるものでないことほぼ明らかであるが、果して何によつたかは明らかでない。然るに此の孝子伝にまた「妻死不更求妻、有人謂参曰、婦死已久、何不更娶、曾子曰、昔吉甫用後妻之言、喪其孝子、吾非吉甫、豈更娶也」と見えることは家訓の説に近いかと思われる。伯奇のことは後述する如く、北朝の孝子伝画像にも見える所で北朝に流行した説話であるし、顔之推も永く北朝にあり隋に歿した人物であるから、他書と異る家訓の記載も北朝に存した書の説乃至は俗説を反影したとも考えられる

以下、氏の説を確認して、小論の結びとしたい。氏の言われるように、本話に関わる、最も古い資料は、韓詩外伝らしい。漢書王吉伝の、王吉の子、王駿に纏わる、

駿為㆓少府㆒時、妻死。因不㆓復娶㆒。或問㆑之。駿曰、徳非㆓曾参㆒、子非㆓華元㆒。亦何敢娶

という記述に対する注に引かれた、韓詩外伝の本文を示せば、次の通りである（白氏六帖六、繹史九十五之一、韻府群玉十三、天中記十九、淵鑑類函二四七等にも引かれる）。

韓詩外伝曰、曾参喪レ妻不二更娶一。人問二其故一。曾子曰、以二華元善人一也

華元は、曾参の二子、曾華、曾元を指すが、韓詩外伝は、曾参の言葉の内容が、確かに両孝子伝と異なっている。そして、それが両孝子伝により近いものとしては、孔子家語を上げることが出来る。孔子家語九、七十二弟子解の本文を示せば、次の通りである（太平御覧四一二、五一一、司馬温公家範三、事文類聚後集五、古今合璧事類備要前集二十五、繹史九十五之一、韻府群玉三、天中記十九、駢志二、山堂肆考九十五、淵鑑類函二四三、二四七などにも引かれる）。

ア参後母遇レ之無レ恩。而供養不レ衰。及下其妻以二藜烝不一レ熟因出上レ之。人曰、非二七出一也。参曰、藜烝小物耳。吾欲レ使レ熟、而不レ用二吾命一。况大事乎。遂出レ之。イ終身不レ娶レ妻。其子元請焉。告二其子一曰、高宗以二後妻一殺二孝己一、尹吉甫以二後妻一放二伯奇一。吾上不レ及二高宗一、中不レ比二吉甫一。庸知四其得三免二於非一乎

さて、右記の孔子家語はア、イ二つの話柄から成っている。アは、西野氏が、「曾子が、後母に藜を烝して熟せざるを供したとの理由で妻を出したという説話」と言われた、曾参の出妻譚（七出は、妻を離別する七つの理由で、七去とも言う。不順父母、無子、淫僻、嫉妒、悪疾、多口舌、窃盗〈孔子家語六〉の七つを指す）、イは不娶譚である（司馬温公家範三に引かれる）。イが、ち不娶譚と関わる。ア出妻譚は、例えば越絶書十五越絶篇叙外伝記十九に、

伝曰……曾子去レ妻、藜蒸不レ熟

白虎通義四諫諍に、

伝曰、曾去レ妻黎蒸不レ熟。問曰、婦有二七出一、不レ蒸亦預乎。曰、吾聞レ之也。絶交令レ可レ友、棄妻令レ可レ嫁也。黎蒸不レ熟而已。何問二其故一乎。此為レ隠レ之也

などと見え（繹史九十五之一にも引く）、この話を孝子伝に取り入れているもののあることに、注意すべきであろう。

虞盤佑孝子伝がそれである。太平御覧九九八所引、虞盤佑孝子伝の本文を示せば、次の通りである。

虞盤佑孝子伝曰、曾子以㆓藜蒸不㆒㆑熟遣㆑妻

孔子家語は、アとイの続き具合を、

遂㆑出㆑之。終身不㆑娶㆑妻

と説明するが、それは当然、

・妻死不㆓更求㆒㆑妻（陽明本。船橋本「参妻死、守㆑義不㆑娶」）

・曾参喪㆑妻不㆓更娶㆒（韓詩外伝）

とは一致しない。この点が前述曾参の言葉共々両孝子伝と酷似するのが、西野氏の指摘された顔氏家訓なのである。顔氏家訓一後娶四の本文を示せば、次の通りである（事文類聚後集五、古今合璧事類備要前集二十五にも引かれる）。

吉甫、賢父也。伯奇、孝子也。賢父御㆓孝子㆒、合㆑得㆑終㆓於天性㆒。而後妻間㆑之、伯奇遂放。曾参婦死、謂㆓其子㆒曰、吾不㆑及㆓吉甫㆒、汝不㆑及㆓伯奇㆒。王駿喪㆑妻。亦謂㆑人曰、我不㆑及㆓曾参㆒、子不㆑如㆓華元㆒。並終身不㆑娶、此等足㆓以為㆒㆑誡

顔氏家訓には、

曾参妻死

とあって、両孝子伝また、韓詩外伝と一致していることが分かる。西野氏は、それらのことを指して、陽明本が「家訓の説に近いかと思われる」と述べ、顔氏家訓は「死別のことでは韓詩外伝の説に同じい。然し家訓では吉甫伯奇に言及する部分が、外伝よりも多い外に、我が子を伯奇に及ばずと貶す態度は外伝の善を称する態度と全く異つたものである。この点から見て、家訓は外伝に基けるものでないことほぼ明らかであるが、果して何によつたかは明らかで

ない」、また、顔氏家訓の著者「顔之推も永く北朝にあり隋に歿した人物であるから、他書と異る家訓の記載も北朝に存した書の説乃至は俗説を反影したとも考えられる」として、「この〔陽明本〕孝子伝には六朝末期に北朝に成立した孝子伝の形態が承襲されていると推察される」論拠の一とされたのであった。

ところで、西野氏の取り上げられなかった文献で、両孝子伝また、顔氏家訓により近いものとして、ここで検討しておきたい資料が一つある。それは、後漢、応劭の風俗通義に見える、曾参の不娶譚である。その風俗通義二正失の本文を示せば、次の通りである。

曾子失レ妻而不レ娶。曰、吾不レ及二尹吉甫一、子不レ如二伯奇一。以二吉甫之賢伯奇之孝一、尚有二放逐之敗一、我何人哉

右は、袁元服の言中に見えるものであるが、西野氏の言われる、曾参と妻との「死別のこと」や、「吉甫伯奇に言及する部分が、外伝よりも多い」こと、「我が子を伯奇に及ばずと貶す態度」の見えることなど、顔氏家訓と殆ど変わりのないことが知られ、「果して何によつたかは明らかでない」とされる、顔氏家訓の原拠を考える上で、極めて重要な資料とすべきであろう。そして、両孝子伝のち不娶譚の場合についても、同じことが言えるのである。小さなことながら、両孝子伝と顔氏家訓の間には、気になる相違がある。それは例えば、伯奇の故事などの遣り取りが、両孝子伝では、「有人謂レ参曰……曾子曰」（陽明本。船橋本「或人曰……参曰」）と、「有人」と曾参のものとなっているのに対し、顔氏家訓ではそれが、「謂二其子一曰」と、曾参の子供に向けたものとされていることである（孔子家語「其子元請焉。告二其子一曰」）。両孝子伝は、明らかに上掲韓詩外伝の、

人問二其故一。曾子曰

と一致しており（風俗通義「曰」とのみ）、必ずしも顔氏家訓に近い訳ではない。さて、風俗通義を念頭におけば、両孝子伝のち不娶譚の源泉は、顔氏家訓に限られるものでもなく、また、その成立を敢えて北朝に関連付ける必要も

ないように思われる（但し、船橋本の、「終身不レ娶」の文言等、顔氏家訓の、「終身不レ娶」〈孔子家語「終身不レ娶レ妻」〉と近いものがある）。両孝子伝、特に陽明本のち不娶譚の成立は、おそらく顔氏家訓より古く、韓詩外伝から風俗通義に至る一流の辺りに、材を仰いだものと考えておきたい。

以上、い—ち八つの話柄から成る、両孝子伝の曾参譚について、二、三の問題を提示してみた。内で、は感泉譚、に避境譚など、源流の辿り難いものは勿論、その外のものに関しても、なお追究すべき点は数多い。

注

① 浅見和彦氏『十訓抄』（新編日本古典文学全集51、小学館、平成9年）二四四頁頭注一六。なお古今著聞集八・313に、

孔子の弟子曾参といひけるは、父のいかりて打けるに、逃ずしてうたれけるをば、孔子きゝ給て、もしうちもころされなば、父の悪名をたてん事、ゆゝしき不孝なりといましめ給ける、これもことはり也。おやの気色によるべきにや

寝覚記上「をんを可知事」の、

孔子の弟子に、曾参といひけるは、父のいかりてうちけるに、にげずしてうたれたりけるを、孔子聞給て、若うちもころされなば、ちゝのあくみやうをたてん事、ゆゝ敷ふかうなりといましめ給ひける。是もことはりなり。かやうの事ことによりてはからふべき事なり

類雑集五・三十四「曾参父打事」に、

十訓抄云、孔子之弟子曾参云《ト》ケルハ、父瞋リテ打チケルニ、不レ逃《シテ》打《ケレ》ケル、孔子聞給《テ》、若打殺サレナハ、親ノ悪名ヲ立テン事、ユ、シキ不孝也ト禁メ給ケル、是モコトハリ也。親ノ体ニヨルヘキニヤ

等とあるものは、十訓抄に拠ると見られる。

② 五孝とは、一般には天子、諸侯、卿大夫、士、庶人の五つの身分における孝道を言うが（「正義曰、五孝者、天子諸侯卿大

夫士庶人五等所レ行之孝也」〈唐玄宗孝経序疏〉）、両孝子伝の五孝は、それとは異なり、曾参の孝行に関する、五つの挿話を数えたものである。なお、両孝子伝については、拙著『孝子伝の研究』（佛教大学鷹陵文化叢書5、思文閣出版、平成13年）Ⅰ2、また、幼学の会『孝子伝注解』（汲古書院、平成15年）を参照されたい。

③ 大島建彦氏『御伽草子集』（日本古典文学全集36、小学館、昭和49年）に拠る（振り仮名を省く）。

④ 注②前掲拙著Ⅱ二一参照。海道記本文の類句は、十訓抄六・29に、「曾参車を勝母の里にさる」、太平記二十九に、「復《シ》二車《ヲ》於勝母之郷《ニ》一」等と見える。

⑤ 西野貞治氏「陽明本孝子伝の性格並に清家本との関係について」（『人文研究』7・6、昭和31年7月）

⑥ 両孝子伝1舜については、注②前掲拙著Ⅲ二及び、本書Ⅱ二一1、35伯奇については、本書Ⅱ二2参照。

⑦ 内外因縁集「曾参五孝又云、参登《カ》九仞。当由二仕一主一」に引かれる曾参譚は、へ投杼譚を欠く等、船橋本系孝子伝に拠るものと認められる。参考までにその本文を示せば、次の通りである。

魯人曾参、有五孝一。一、除花草一、誤損一枝一。父打頭一、破《テ》出血一。父憂《フ》。参弾琴一事、令悦父心《ヲ》一。二、取薪一往山一、時朋友来《リ》。母則嚙《カム》自《ノ》指一。参心動《カムネス》。走帰《テ》問母一。無別事一、友来不値《ヲ》一故、歎也云々。三、行路有渇人一、無《コトヲ》水一憂《フ》。参以瓶二下水一満水一、救行人《ノ》渇一。四、隣里《ノ》兄弟、飢饉時、食母助命一。参廻車一、不（永）入其里一。五、魯有鵄梟一。人皆厭其声一。参至鳥所二云、汝莫出声一。々々、鳥速去。参父亡。七日漿不入口、日夜悲泣。又、父存日、公録不過鍾釜一、尚悦養親一。亡後、行楚国一、得尊官高堂高九仞転（軒）轂百乗一。無親一悲《テ》、不仕公一、籠楚山一。参妻亡、更不娶（嫁）一。人問《ニ》答曰、参聞、昔吉補《ノ》誤信後母《ノ》語一、憾其孝子一。吾非吉補一、豈無其誤一哉。終身不娶云々

内外因縁集の——線部は、曾参の吏禄譚であるが、孝子伝に拠ったものでなく、と絶漿譚とち不娶譚の間に増補されたものであろう。吏禄譚は韓詩外伝七（芸文類聚二十、初学記十七、白氏六帖八・四、太平御覧四一四、事文類聚後集三等にも引かれる）、また、純正蒙求上「曾参吏禄」などに見える。

⑧ 唐、丘光庭の兼明書三に、

或曰、何知二曾参之父厳一者。答曰、孟子云、曾参之事レ父也、訓レ之以二小杖一則受、諭レ之以二大杖一則走者。恐レ虧二其体一。

非二孝之道一。常鋤レ瓜誤傷レ蔓、乃以二大杖一殴レ之、是其厳也

とある（繹史九十五之一等に引かれる）。今本の孟子にこのことは見えない。

⑨　説苑は、北堂書鈔一〇六、芸文類聚二十、太平御覧四一三、五七一、事類賦十一等に、孔子家語は、司馬温公家範五等にも引かれるが、その内、北堂書鈔、太平御覧五七一、事類賦等に引くものは、両孝子伝と同じ形をしていることが興味深い。

⑩　国家文物局古文献研究室、河北省博物館、河北省文物研究所、定県漢墓竹簡整理組「《儒家者言》釈文」（『文物』81・8）に拠る。表記等を一部、読み易いように改めた。なお『儒家者言』については、河北省文物研究所「河北定県40号漢墓発掘簡報」（『文物』81・8）、国家文物局古文献研究室、河北省博物館、河北省文物研究所、定県漢墓竹簡整理組「定県40号漢墓出土竹簡簡介」（同）、何直剛氏「《儒家者言》略説」（同）、王東明、馮景昶、羅揚氏「従定県漢墓竹簡看西漢隷書」（同）参照。その後の研究状況に関しては、楊朝明氏『孔子家語通解　附出土資料与相関研究』（出土文献訳注研析叢書19、万巻楼図書股份有限公司、二〇〇五年）などに詳しい。

⑪　参考までに、琴操上「残形操」、下「曾子帰耕」「梁山操」の本文を示せば、次の通りである（平津館叢書所収に拠る）。

残形操

残形操者、曾子所レ作也。曾子鼓レ琴、墨子立レ外而聴レ之。曲終、入曰、善哉。鼓レ琴身已成矣。而曾未レ得二其首一也。曾子曰、吾昼臥見二一狸一。見二其身一而不レ見二其頭一、起而為レ之弦。因而残レ形。

曾子帰耕

曾子帰耕者、曾子之所レ作也。曾子事二孔子一十有余年、晨覚眷然。念二二親年衰一、養レ之不レ備、於レ是援レ琴、而鼓レ之曰、往而不レ反者、年也。不レ可二以再事一者、親也。歔欷帰耕、来日安所レ耕、歴山盤欽崟。

梁山操

梁山操者、曾子之所作也。曾子幼少、慈仁質孝、在二孔子門一有二令誉一。居レ貧無レ業、以事二父母一。躬耕力則、随二五土之利一、四時惟宜、以進二甘脆一、嘗耕二泰山之下一、遭二天霖沢一。雨雪寒凍、旬月不レ得レ帰。思二其父母一、乃作二憂思之歌一

⑫　白氏六帖八・七に、

曾子至孝、三足烏棲㆓其冠㆒〈家語〉

とある（淵鑑類函二七一にも）。また、敦煌本籯金二仁孝篇二十九「烏冠」に、

曾参至孝、毎有㆓三《（尋）》足烏㆒接㆓於堂宇㆒。或上㆓参冠上㆒。時人遂作㆓梁山歌㆒、以詠㆓其徳㆒。悉在㆓琴典㆒

とある（敦煌本語対二十六孝感「日烏」に、「曾参至孝、三足烏栖㆓於冠㆒」、同二十二父母「梁山」に、「曾子耕㆓於梁山㆒、遇㆑雪不㆑得㆑還、作㆓梁山之歌㆒」とも見える。注⑪参照）。

⑬ 陝西歴史博物館蔵三彩四孝塔式缶については、注②前掲拙著Ⅱ二参照。また、孝子伝図については、同Ⅱ一、三参照。図一は、陝西歴史博物館提供の写真に拠る。

⑭ 本書Ⅰ二3、また、Ⅱ一5参照。

⑮ 合田時江氏『聖武天皇『雑集』漢字総索引』（清文堂出版、平成5年）に拠る。なお董黯譚は、両孝子伝37董黯に収められている（本書Ⅱ一3参照）。

⑯ 二十四孝については、注②前掲拙著Ⅰ二参照。現存二十四孝系の古資料は、大きく㈠全相二十四孝詩選系、㈡日記故事系、㈢孝行録系の三つに分けることが出来るが、参考までに㈡、㈢の本文を示せば、次の通りである（日記故事は内閣文庫蔵万暦三十九年版、孝行録は南葵文庫本に拠る。共に末尾の詩選系五言詩を省く）。

・日記故事3

齧㆑指心痛

曾参字子輿、事㆑母至孝。参嘗採㆓薪山中㆒。家有㆓親客㆒至。母無㆑所㆑措、望㆑参不㆑還。乃叩㆑歯齧㆑指、参忽心痛。負㆑薪以帰、跪問㆓其故㆒。母曰、有㆓急客㆒至。吾齧㆑指以悟㆓汝爾㆒。

・孝行録6

曾子覚㆑痛

曾参以㆓孝行㆒称。在㆑野拾㆑薪、忽心動。遽返以告㆓其母㆒。々曰、有㆑客至。齧㆑指使㆓汝知㆒㆑之。誠孝如㆑此。

曾子乾々、事㆑親養㆑志、在㆑野負㆑薪、有㆑客来止、心動遽帰、縁㆓母齧㆑指、誠乃天道、孝為㆓行原㆒、彼痛此覚、一体所㆑分、

豈惑㆓三告㆒、投㆑杼踰㆑垣

なお、㈠全相二十四孝詩選の我が国における注釈書の内に、曾参が母の指を噛んだとする、奇妙な説を記すものがある。所謂清家秘本と称されるもので、全相二十四孝詩選の五言詩第一、二句を誤解したらしい。今、静嘉堂本（二十四孝詩註）と竜大本（二十四孝注）との二つの曾参条を示せば、次の通りである。

十二曾参《サウシン》〈孔子ノ弟子、曾子カ事也。三千人ノ内、孔子ノ道ヲ続テ伝タル者也。或時山ニ登テ、薪ヲコツテ荷テ、母ヲ養タリ。山ヨリ帰レハ、イツモ母老耄シテ、途中ニ出テ逢テ、ヨイ辛労ト云テ、我カ指ヲ曾子カ口《クチ》ニ入テ、クヱト云。曾子モ、卒度カムヤウニスル也。無用ニ思ヘ共、ト、メヌカ孝心ナリ〉

母指《ボシ》纔方嚙《マサニカム》　児心痛《イタミス》不㆑禁《キンセ》　肩《ヲイ》㆑薪婦未《タ》㆑晩《サトラ》　骨肉至《ル》㆓情深《ニ》㆒〈曾子ノ孝ヲ、烏ニ喩ユ。烏ノ孝ヲ、曾子ニ喩ヘタリ。烏ニ百哺ノ有孝ト云ヨリソ、親ニ子孝行ノ心也。骨肉、同方儀ナリ〉（静嘉堂本）

○曾参　孔子の弟子道を続て、子思に伝へし者也。母を養て薪を荷ひ、山よりかへるたひことに、老ほれたる母、途中に出向ひ、辛労やといひ、我指を曾子か口中へ入て、くふへしといふ。曾子くふまねしたり。孔子三千人の第一の孝行の誉あり（竜大本）

⑰　二十四孝図については、注②前掲拙著Ⅱ三参照。図二は、中国画像石全集8石刻線画（中国美術分類全集、河南美術出版社、山東美術出版社、二〇〇〇年）図一九六に拠る。なお最近、趙超氏「〝樹下老人〟与唐代的屏風式墓中壁画」（『文物』03・2）が、太原金勝村四、六号唐墓などの「屏風式壁画」における、柴を背負った老人の図を、噛指譚に基づく曾参図とされていることに、注意すべきである。趙超論文は、従来遺品の極めて稀な、唐代の孝子伝図の形に光を当てる、非常に重要なものであるが、さらに今後の課題としたい。付図一、二にその曾参図を掲げておく（『考古』59・9図版伍5、『文物』59・8図版3に拠る。本書Ⅰ二5補記参照）。

⑱　仏教の福田思想と孝子伝との関係については、本書Ⅱ一5参照。

付図一　太原金勝村四号唐墓壁画（北壁中東）

⑲ 図三は、陝西歴史博物館提供の写真に拠る。

⑳ 西野氏は、注⑤前掲論文において、船橋本の避境譚に関し、次のように述べられている。

また説話の内容を改修した形跡のあるものが見られる……曾参と梟に関する説話で清家本〔船橋本〕では

「隣境有兄弟二、或曰、此人等有飢饉之時食己母、参聞之乃廻車而避、不入其境……曾有鵄梟、聞之声者、莫不為厭、参至前曰、汝声為諸人厭、宣韜之勿出、鳥乃聞之速去、又不至其郷」

としているが、これは陽明本の「食母不令飴肥」の食母をとりあげ母を養うことを、殺して食することに改め、次の梟の食母のことに結付けて、話を奇怪なものに変改したのである

付図二　太原金勝村六号唐墓壁画（西壁中西）

㉑ ㈡鵄梟が母を食うことについては、例えば説文解字〈和名類聚抄七所引〉等に、

梟、食二父母一。不孝鳥也

と見え、漢書郊祀志の孟康注に、

梟、鳥名、食レ母

とあり（漢書郊祀志は、令禽悪鳥論〈太平広記四六二所引〉にも見えている）、陸璣の毛詩草木鳥獣虫魚疏下「流離之子」に、

流離、梟也。自レ関而西、謂二梟為一流離一。其子適長大、還食二其母一。故張奐云、鶹鷅食レ母

と見え（流離、鶹鷅《りゅうりつ》は、共にふくろう）、後漢書朱浮伝注に、

梟鴟、即鴟梟也。其子適大、還食二其母一

等とある（梟鴟も、ふくろう）。

㉒ 西野氏は、例えば㈢鴟梟が母の目を啄むことについて、

そして伯奇の転生したと見られるその鳥が、父に射殺された継母の目を啄むことは、禽経（説郛巻十五）の、梟は羽翼が

はえると母の目を啄んで飛去るという説を引くのであろう
とされているが（注⑤前掲論文）、禽経の引用は、令禽悪鳥論を介してのものと見られる。なお伯奇譚については、本書Ⅱ二2参照。

㉓　敦煌本孝子伝については、注②前掲拙著Ⅰ一3参照。

㉔　へ投杼譚は、降って宋、林同の孝詩「閔子」の中に、「又曾子母投レ杼事。参寧殺レ人者、三至尚逾レ垣」、二十四孝系の孝行録6「曾子覚痛」に、「豈惑二三告一、投レ杼踰レ垣」等と見える。

㉕　図四は、容庚『漢武梁祠画像録』（考古学社専集13、北平燕京大学考古学社、民国二十五年）、図五は村上英二氏蔵の拓本、図六は、夏鼐氏「我国古代蚕、桑、糸、綢的歴史」（『考古』72・2、一九七二年3月）図八（『考古通訊』57・4参照）、図七は、陳維稷氏編『中国紡織科学技術史（古代部分）』（科学出版社、一九八四年）三編五章一節図Ⅲ5-1-2、図九は、内蒙古文物考古研究所提供の写真、図十は、長廣敏雄氏『六朝時代美術の研究』（美術出版社、昭和44年）図版53に拠る。

㉖　長廣敏雄氏編『漢代画象の研究』（中央公論美術出版、昭和40年）二部「武梁石室画象の図象学的解説」74頁

㉗　賈慶超氏『武氏祠漢画石刻考評』（山東大学出版社、一九九三年）189頁

㉘　村上英二氏蔵後漢孝子伝図画象鏡については、山川誠治「曾参と閔損―村上英二氏蔵漢代孝子伝図画像鏡について―」（『佛教大学大学院紀要』31、平成15年3月）参照。

㉙　織機については、前田亮氏『図説 手織機の研究』（京都書院、平成4年）参照。

㉚　後漢武氏祠画象石と孝子伝との関連については、本書Ⅰ二3、Ⅱ一5参照。

㉛　注②前掲『孝子伝注解』33閔子騫、注六及び、山川注㉘前掲論文参照。

㉜　林聖智（LIN, Sheng-chih）氏「北朝時代における葬具の図像と機能―石棺床囲屏の墓主肖像と孝子伝図を例として―」（『美術史』154〈52・2〉、平成15年3月）。林氏の説については、本書Ⅰ二3参照。

㉝　後漢武氏祠画象石の曾参図における二つの榜題について、佐原康夫氏は、次のように述べられている（「漢代祠堂画像考」〈『東方学報 京都』63、平成3年3月〉三章1③）。

18の曾子の話もわかりにくい。この画像には、曾子が跪く前で織機に向かった母が杼を取り落とした場面が描かれている。図の上には「曾子の質孝は、もって神明に通じ、神祇をも貫き感ぜしむ。……」という題記があるから、図は曾子の孝行を示すものである。下の欄外には「讒言三たび至れば、慈母も杼を投ず」と記され、有名な『戦国策』（秦策二）の故事で図を説明しているが、この題記は刻まれた位置からいって後刻の疑いもある。和林格爾漢墓中室の壁画では、曾子と母は向き合って座るだけだから、武梁祠の織機は、母が驚いたことを強調するための小道具と考えるべきである。『孝経援神契』の宋均注に「曾子の孝は千里にして母に感ず」とある。これは『捜神記』の「曾子が孔子に従って楚にあった時、急に胸騒ぎがしたので帰国して母に問うたところ、実は母が曾子を思って指を嚙んだのであった」という話に通ずる。「孝悌の至り、神明に通ず」とは『孝経』感応章の言葉だが、曾子は孝心のあまり一種の超能力を獲得したようである。『孝経』を踏まえた題記を持つ武梁祠の画像も、母の痛みを我が身に感じた曾子に母が驚いた、といった内容だったのではないだろうか

また、その注（118）には、次のようにある。

武梁祠画像の題記には、後刻の疑いのあるものもある。例えば15「梁節姑姉」は、文字の書体が異なる上に、人物の画像に直接彫りこまれている。同様に、20老萊子や26朱明には画像の下端欄外に題記があるが、文字の刻法が異なる。またこれらは人物の名前を補足しているだけで、なくても画像の解釈に支障のない題記である。したがって短冊型の題記スペースに入っていない題記は本来のものではない可能性が高い。曾子の場合も、明らかに本来のものである題記が画像中にあり、下端欄外の題記がこれと矛盾する以上、これを本来のものとみなす理由がない

佐原氏の言われる「疑い」や「矛盾」は、それぞれ理由のあることながら、例えば図中の織機は、単なる小道具でなく、漢代孝子伝図としての重要な要素であり（図五、図九参照）、また、図の上部の榜題は、曾参の孝行の常ならず大きく深いことを一般的に賛し、また、下欄のそれは、図の内容を記したものとして、特に矛盾はないように思われる。なお下見隆雄氏にも、下欄のそれを後世の付加と見る説がある（『儒教社会と母性—母性の威力の観点でみる漢魏晋中国女性史』〈研文出版、平成6年〉Ⅱ五章一節viii）。

㉞　図八は、夏鼐氏『考古学和科技史』（考古学専刊甲種14、科学出版社、一九七九年）七㈣図十三に拠る（初出『考古』72・2）。当図は、夏鼐氏が江蘇洪楼出土後漢画象石（図六）に基づき、宋伯胤、黎忠義氏「従漢画象石探索漢代織機構造」（『文物』62・3）の掲げる復元図を訂正されたものである。漢代の織機については、本書や陳維稷氏注㉕前掲書二編五章一節、三編五章一節、前田氏注㉙前掲書、趙承沢氏編『中国科学技術史　紡織巻』（科学出版社、二〇〇二年）二編六章二節二などに詳しい。例えば前田氏は、当図について次のように述べられている。

これも一つの説であって、中国でもいろいろな説が出ているという。そこで著者も検討してみた。画像甎の織機では、上端の棒から斜めにきた経糸が、中程で垂直になって下の棒に至っている。さらにもう一つ上から下の棒へ直接来ている経糸が描かれた織機が多い。後者の経糸に注目すると、次の疑問が出てくる。もし開口なら少し大きすぎる。下が布巻具なら、下端で織るのは作業性がよくないし、そうでないと織上がった布の部分がないことになる。上下が巻軸なら回転止めや支持機構が貧弱である。環経機であると総て解決する。しかも手前が垂直になっている。すでに古代エジプトに環経垂直枠機があって、綜絖を手で操作していた。中国で足操作に改良したことになる……垂直では、綜絖を足で操作するのが難しい。漢代中国で、前半を傾斜させて屈折させることで解決したのでなかろうか。画像甎に描かれた織機は、屈折点を利用して開口させる環経垂直機と考えてみよう。漢代に薄絹が流行したのも、シルクロードの影響があったはずである。環経垂直機も一緒に伝来したとすれば、以前にない新しい織機を画像甎に描いたのも諾ける。『王禎農書』や『天工開物』『永楽大典』に図示されている多くの中国の織機が、経巻具を製織作業位置より高く、柱の上に差し込まれているのが目立つ。経糸は経巻具から一旦下へ降ろして、手前に折れて布巻軸へ向かう。或はさらに下がって上へUターンしてから、手前へ折れて布巻軸へ向かう織機も多い。経巻具が上の方に設置されるのは、基本的に画像甎の織機の影響であろう。中国の文献に、経糸が経巻具から綜絖まで曲線に描いてある図が多くみられるのも、このような経糸を図示しているのかもしれない。現代でもほとんど同じ構造の織機があるが、華北では水平、江南では傾斜して経糸を張る点が違う。ところが清代の耕織図では、経巻具からまっすぐに張ってある。途中で新たな技術改良があったのであろう

㉟　陳維稷氏注㉕前掲書

㊱　宋伯胤、黎忠義氏注㉞前掲論文には、山東滕県宏道院出土後漢画象石以下、江蘇江楼出土後漢画象石に至る七例の織機図が掲げられているが、その六例目に当たる江蘇沛県留城鎮出土後漢画象石等、図六、七と図柄の酷似するものが幾つかある。よって、上述のもの以外にも投杼図の見出だされる可能性は極めて高く、なお後考を期したい。参考までに、付図三に江蘇沛県留城鎮出土後漢画象石を掲げておく（宋伯胤、黎忠義氏注㉞前掲論文24頁図6に拠る）。杼の上方に飛んでいることが、非常に面白い。

㊲　和林格爾後漢壁画墓の孝子伝図については、本書Ⅰ一2及び、口絵参照。

㊳　長廣氏注㉕前掲書九章二

㊴　林氏注㉜前掲論文及び、本書Ⅰ一3参照。

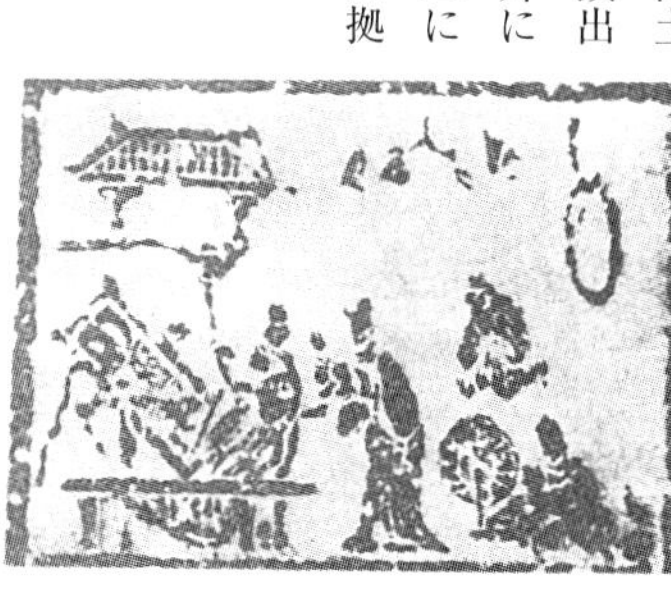

付図三　江蘇沛県留城鎮出土後漢画象石

2　金日磾賛語――失われた孝子伝――

一

小論は、漢武帝の離宮、甘泉宮（後掲図五上参照）に纏わる一孝子の図を、考察しようとするものである。その孝子とは、漢武帝の忠臣の一人、金日磾《きんじってい》のことであって、武帝の日磾に対する信任の厚さは、武帝が崩御に臨んだ時、枕頭にはべって、遺詔を受けたのは、二人の臣下であった。一人は霍光といい、霍去病の弟である。もう一人は、金日磾といい、匈奴の王子で漢に降参したものである。武帝の人物鑑識眼は、その最後において最も正しかった。まず後継の皇帝として選ばれた八歳の皇子は、成長するにつれて、はたして聡明の資質をあらわした。いわゆる昭帝である。また、幼帝の輔佐として遺詔を受けた霍光、金日磾の二人も、完全に皇帝の期待に答えた

（吉川幸次郎氏『漢の武帝①』）

とされる程のものであった。その金日磾の図については、現在二幅の孝子伝図の伝存が確認出来るが、小論においては、それらの金日磾図の孕む二、三の問題を、検討してみようと思う。まず始めに、図の検討に入るに先立ち、話の舞台となる甘泉宮のことを、少し述べておきたい。

世阿弥作とされる謡曲『花筐』の中に、シテ照日の前が、大和国へ行き向かう途中、出会った継体天皇の宣旨によ

り、狂い舞う場面がある。その詞章を示せば、次の通りである（謡曲大観に拠る）。

シテサシ『忝き御たとへなれども。如何なれば漢王は

地『李夫人の御別れを歎き給ひ。朝政神さびて。夜のおとども徒らに。唯思ひの涙御衣の。袂を濡らす

シテ『又李夫人は紅色の

地『花の粧ひ衰へて。萎るる露の床の上。塵の鏡の影を恥ぢて。終に帝に見え給はずして去り給ふ

地クセ『帝深く。歎かせ給ひつつ。その御形を甘泉殿の壁に写しわれも画図に立ち添ひて。明暮歎き給ひけり。されどもなかなか。御思ひは増されども。物いひ交はす事なきを。深く歎き給へば。李少と申す太子の。いとけなくましますが。父帝に奏し給ふやう

シテ『李夫人は本はこれ

地『上界の嬖妾。くわすゐこくの仙女なり。一旦人間に。生まるとは申せども終に本の仙宮に帰りぬ。泰山府君に申さく。李夫人の面影を。暫くここに招くべしとて。九華帳の内にして。反魂香をたき給ふ。夜更け人静まり。風すさましく。月秋なるにそれかと思ふ面影の。あるかなきかにかげろへば。猶いやましの思ひ草。葉末に結ぶ白露の。手にもたまらで程もなく唯徒らに消えぬれば。漂渺悠揚としては又。尋ぬべき方なし

シテ『悲しさのあまりに

地『李夫人の住みなれし。甘泉殿を立ち去らず。空しき床をうち払ひ。古き衾、古き枕ひとり袂を、かたしく

右は、観阿弥の作曲に掛る所謂、李夫人の曲舞を引いたものであることが、世阿弥の『五音』下に、「亡父曲」として見えることから知られる。『五音』所引のその本文を示せば、次の通りである（日本思想大系24『世阿弥 禅竹』に拠る）。

李夫人　亡父曲

【指声】カタジケナキ御タトエナレドモイカナレバ漢王ハ、（李夫人の御別れを嘆き給て、朝まつりごと神さびて、夜の大殿もいたづらに、たゞ思ひの涙御衣の袂を濡らす。又李夫人は好色の、花のよそほひ衰へて、しほるゝ露の床の上、塵の鏡の影を恥ぢて、つゐに御門に見え給はずして去り給。

【節曲舞】御門深く〔嘆き〕て、其御かたちを、甘泉殿の壁に写し、われも画図に立添ひて、明け暮れ嘆き給けり。されどもなか〳〵、御思ひはまされども、物言ひ交はすことなきを、深く嘆き給へば、李少と申太子の、いとけなくましますが、武帝に奏し給やう。【上】李夫人はもとはこれ、【しほる】じやう界の辟妾、くわすい国の仙女也。一旦人間に、【しほる】むまるゝとは申せども、つゐにもとの、仙宮に帰りぬ、泰山府君に申さく、【しほる】りふじんの面影を、しばらくこゝに、招くべしとて、九華帳の内にして、反魂香を焚き給。【下】夜ふけ人静まり、風すさまじく、月秋なるに、それと思ふ面影の、あるかなきかにかげろへば、なをいや増しの思ひ草、葉末に結ぶ白露の、手にも溜まらで程もなく、たゞいたづらに消えぬれば、へう〳〵悠々としては、又尋ぬべき方なし。【上】悲しさのあまりに、【しほる】りふじんの住み慣れし、甘泉殿を立去らず、空しき床を打払ひ、故き衾旧き枕、ひとり袂を片敷けり。）

李夫人の曲舞に、「李少と申太子」とされるのは後述、李少翁（漢武故事〈続談助三所収〉）のことである（漢書九十七上外戚伝六十七上、漢書二十五上郊祀志五上、史記二十八封禅書六、史記十二孝武本紀十二「少翁」。但し、史記は、李夫人でなく、王夫人としている）。例えば李夫人の曲舞に見る、漢武帝が愛する李夫人の亡き後、甘泉宮にその肖像画を掲げ、方士李少翁をして、夫人の魂を招かしめ、反魂香を焚いた話は、古来人口に膾炙する。さて、この反魂香の話を広める上で、圧倒的な力があったのは、何と言っても、白楽天による新楽府「李夫人」であろうと思われ、上掲の李夫人の曲舞も勿論、新楽府と深く関わっている[2]。

図一　李夫人墓（陝西省興平市）

白氏文集四新楽府36「李夫人」の本文を示せば、次の通りである。

李夫人　鑑二嬖惑一也

漢武帝

初喪二李夫人一

夫人病時不二肯別一

死後留得生前恩

君恩不レ尽念未レ已

甘泉殿裏令レ写レ真

丹青写出竟何益

不レ言不レ笑愁二殺人一

又令三方士合二霊薬一

玉釜煎錬金炉焚

九華帳中夜悄悄

反魂香降夫人魂

夫人之魂在二何許一

香煙引到焚香処

既来何苦不二須臾一

縹緲悠揚還滅去

去何速兮来何遅
是邪非邪両不レ知
翠蛾髣髴平生貌
不レ似二昭陽寝レ疾時一
魂之不レ来君心苦
魂之来兮君亦悲
背レ灯隔レ帳不レ得レ語
安用二暫来還見一レ違
傷レ心不二独漢武帝一
自レ古至レ今皆如レ斯
君不レ見穆王三日哭
重壁台前傷二盛姫一
又不レ見泰陵一掬涙
馬嵬坡下念二楊妃一
縦令妍姿豔質化為レ土
此恨長在無二銷期一
生亦惑
死亦惑

尤物惑レ人忘不レ得
人非二木石一皆有レ情
不レ如不レ遇二傾城色一

新楽府「李夫人」における、武帝が李夫人の肖像を甘泉殿に掲げたことなどは、左の漢書外戚伝の記述によったものであろう③。

李夫人少而蚤卒、上憐二閔焉一、図二画其形於甘泉宮一……上思二念李夫人一不レ已、方士斉人少翁言三能致二其神一。乃夜張二灯燭一、設二帷帳一、陳二酒肉一、而令下上居二他帳一遥望中見好女如二李夫人之貌一還幄坐而歩上。又不レ得二就視一、上愈益相思悲感、為作レ詩曰、是邪、非邪。立而望レ之、偏何姗姗其来遅。令三楽府諸音家絃二歌之一

ところで、名高い李夫人譚には、興味深い矛盾が幾つか含まれている。例えば上掲李夫人の曲舞の、「李少と申太子」に関し、謡曲大観の頭注に、「李少君といふ仙人」と言われることについては、漢書（「少翁」）などから見て、明らかに問題がある（新楽府「李夫人」は、単に「方士」とするのみ）。史記、漢書によれば、名前こそ似ているものの、李少君と李少翁とは別人だからである。また、李少君は、李少翁に先立って亡くなっているようである。但し、謡曲大観のその李少君説には根拠があって、頭注には「王子年拾遺記」の書名と本文が掲げられている。確かに晋、王嘉の拾遺記五には、

初、帝深嬖二李夫人一、死後常思夢レ之、或欲レ見二夫人一。帝貌顦顇、嬪御不レ寧。詔二李少君一与レ之語曰、朕思二李夫人一、其可レ得レ見乎。少君曰、可二遥見一、不レ可レ同二於帷幄一。帝曰、一見足矣、可レ致レ之。少君曰、暗海有二潜英之石一。其色青、軽如二毛羽一。寒盛則石温、暑盛則石冷。刻レ之為二人像一、神悟不レ異二真人一。使二此石像往一、則夫人至矣。此石人能伝二訳人言語一、有レ声無レ気。故知二神異一也……得二此石一、即命二工人一依二先図一刻作二夫人形一。刻成、置二於

軽紗幕裏一、宛若二生時一。帝大悦、問二少君一曰、可レ得レ近乎。少君曰、譬如二中宵忽夢一、而昼可レ得二近観一乎。此石毒、宜二遠望一、不レ可レ逼也。勿下軽二万乗之尊一惑中此精魅之物上。帝乃従二其諫一

とあって、李少君の名前が見えている。しかし、拾遺記には異文が存し、例えば太平広記七十一や太平御覧八一六等に引く「王子年拾遺記」では、件の李少君を董仲君に作るなどの問題がある。そもそも今本の拾遺記十巻は、一旦散逸した十九巻二百二十篇のそれを梁、蕭綺が再編したものと言われ（蕭綺序）、唐の劉知幾が、「逸事者、皆前史所レ遺、後人所レ記、求二諸異説一、為益レ実多。及二妄者為一レ之、則苟載二伝聞一、而無二銓択一。由レ是真偽不レ別、是非相乱。如二郭子横之洞冥王子年之拾遺一、全構二虚辞一、用驚二愚俗一。此其為レ弊之甚者也」と痛罵した書物に外ならず（史通十雑述）、或いは、かつて魯迅が明、胡応麟の少室山房筆叢三十二を引いて指摘したように、蕭綺撰、王嘉仮託の疑われる本なのである（『中国小説史略』六篇「六朝之鬼神志怪書（下）」）。そして、拾遺記今本の李少君説の基づく所は、どうやら古く桓譚新論（太平御覧六九九所引。後述）の、

李少君置二武帝李夫人神影於帳中一、令三帝観二見之一

辺りに溯るらしい。

一方、拾遺記の李少君（また、董仲君）説に対し、招魂の方士を「少翁」とする漢書の側にも、問題がない訳ではない。ここでまず、漢書の著者班固撰と伝えられる、漢武故事を示しておく（宋、晁載の談助三所収に拠る）。

斉人李少翁、上甚信レ之、拝為二文成将軍一、以レ客礼レ之。於二甘泉宮中一画二太一諸神像一祭二祀之一。少翁云、先致二太一一、然後升レ天。升レ天後可レ至二蓬萊一。歳余而術未レ験。会二李夫人死一、少翁云、能致二其神一。乃夜張レ帳明レ燭、令下上居二他帳中一遥中見李夫人上。不レ得二就視一也

漢武故事は、漢書とよく似ているが、当書にも早くから仮託説が存する（同じく班固撰と伝える漢武帝内伝にも、

「漢武内伝曰、李夫人既死。帝思レ之、命二工人一、作二夫人形状一、置二於軽紗幕中一、宛然如レ生。帝大悦」〈太平御覧七〇〇所引〉とするものがあったらしいが、方士の名を記さない）。

さて、吉川幸次郎氏は、名著『漢の武帝』において、「私はこの〔武帝の〕最後の時期を、三つの悲劇を叙述することによって、えがこう。第一の悲劇は、後宮におこる」と述べて、「李夫人のものがたり」を次のように描かれた④。

夫人の予感は正しかった。夫人の死後、武帝はその兄李延年を、楽部の長官である協律都尉に任命し、もう一人の兄李広利を弐師将軍に任命した。

李夫人のものがたりは、ここにつきない。

なき夫人に対する武帝の思慕は、いよいよつのった。

――夫人の魂を呼びもどしてまいらせましょうか。

修験者がそう奏上した。

灯籠に火が入れられ、中庭のこなたとかなたに二つの几帳が設けられた。天子はこちらがわの几帳の中にいる。

供物の酒肉が、つぎつぎにならべられた。

むこうがわの几帳の中に、何かが現れた。女である。すわっている。いつのまにか立ちあがって歩いている。

李夫人のようであった。しかし近よって見ることは、修験者から禁ぜられている。

武帝は悲しみにたえずして歌った。

是《まこと》なる邪《か》　非《にせ》なる邪《か》

立ちて之を望めば

偏《ひと》えに何ぞ姗姗《さんさん》として其れ来たること遅きや

歌は、楽部に下げ渡され、楽人たちは、楽器の伴奏を付して、皇帝の悲しみを歌った。

更にまた武帝は、李夫人の死をいたんで、みずから一篇の賦《ながうた》を作った。それも「漢書」に記録されている。

それによれば、ありし日の李夫人の美しさは、しべを含み花びらをさしのべた花が、風を待つがごとくであった。

くつろいで柱によりかかったときの流し目は、ことになやましかった。なぜうら若い身の、なぜかくも俄かに逝いたか。なぜ臨終の床では、返事もしてくれなかったか。

彼の昭昭を去りて
冥冥に就きぬ
既に新しき宮いに下りて
故き庭には復らず
嗚呼　悲しい哉
魂霊を想えば

と、その賦はむすばれている

右の叙述は、専ら漢書外戚伝に拠ったものであるが、注目すべきは、吉川氏が漢書の「少翁」の名を避けて、わざわざそれを「修験者」と言い換えられていることで、氏のその処置にはやはり理由がある。氏は、漢武帝の五十五年間に亙る治世を、十一を数える年号によって、下記の如く四つの時期に分けられている。⑤

Ⅰ建元（前一四〇―。武帝十七歳―）

　元光（前一三四―）

Ⅱ元朔（前一二八―。二十九歳―）

元狩（前一二二―）
Ⅲ元鼎（前一一六―。四十一歳―）
元封（前一一〇―）
Ⅳ太初（前一〇四―。五十三歳―）
天漢（前一〇〇―）
太始（前九六―）
征和（前九二―）
後元（前八八―前八七）

第一、二、三期の年号は全て六年間で、各十二年ずつと大変分かり易い。四期のみは、十八年となっていて、太初―征和の四つが四年間、最後の後元だけが二年間で終わっているのは、後元二（前八七）年に武帝が七十歳で崩御したためである。そして、吉川氏は、「李夫人のものがたり」の時期を、夫人の遺言による兄李延年や李広利に対する武帝の処遇から、第三期の終わりに位置付け、それを第四期開幕のエピソードとして描かれたのであった。ところが、夫人の魂を返したとされる方士、李少君（拾遺記等）は、第一期元光三（前一三二）年頃の人物であり、李少君に次ぐ李少翁（漢書等）は、第二期元狩四（前一一九）年に武帝により誅されてしまっており⑥、李夫人の反魂を行える筈がない。おそらくこれが、氏の「修験者」と言い換えられた理由である。すると、漢書や漢武故事なども、史実としては誤っていることになるだろう。

最後にもう一つ、今度は視点を少し引いて、李夫人譚それ自体の成り立ちを、眺めてみることにしたい。李夫人の招魂の話に関し、例えば史記ではそれを王夫人のこととする、異説の存することは、前に触れた。その史記封禅書の本文を示せば、次の通りである。

　其明年、斉人少翁、以二鬼神方一見レ上。上有レ所レ幸二王夫人一。夫人卒。少翁以レ方蓋夜致二王夫人及竈鬼之貌一云。
　天子自二帷中一望二見焉一。於レ是乃拝二少翁一為二文成将軍一、賞賜甚多、以二客礼一礼レ之

史記孝武本紀にも全く同文が見えるのは、孝武本紀が早く逸し、今のそれが漢、褚少孫の補作に掛るためである。さて、史記封禅書によれば、武帝の在世時、既に王夫人の招魂説があったことは間違いなさそうだ。このことは降って、王充の論衡自然篇五十四にも、

　武帝幸二王夫人一、王夫人死、思レ見二其形一。道士以二方術一、作二夫人形一、形成、出二入宮門一。武帝大驚、立而迎レ之、忽不二復見一。蓋非二自然之真一、方士巧妄之偽、故一見恍忽、消散滅亡。有為之化、其不レ可二久行一、猶二王夫人形不一レ可二久見一也

と見え、前述桓譚新論の異文中にも、

　桓子新論曰、武帝所レ幸王夫人死。帝痛二惜之一。方士李少君言三能致二其神魂一。乃夜設レ燭張レ幄、令丁帝居二於它帳中一遥望丙見好女似乙夫人甲（北堂書鈔一三二所引）

或いはまた、

　武帝有レ所レ愛二幸姫王夫人一、窈窕好容、質性嬛佞（史記集解十二所引）

などとするものがあって、注意を要する。⑦ところで、論衡にはもう一箇所、この話に言及する所があって、奇怪なことに、そちらでは夫人の名が李夫人となっているのである。その論衡乱竜篇四十七の本文を示せば、次の通りである。

　孝武皇帝幸二李夫人一。夫人死。思レ見二其形一。道士以レ術為二李夫人一。夫人歩入二殿門一、武帝望見、知二其非一也。然猶感動、喜二楽近一レ之

すると、論衡の場合など、結果的に李夫人説と王夫人説とを併存させていることとなって、両説のもつ矛盾が恰も一書の内に集約されている観を呈してくる⑧。

この王夫人は趙の人で（史記四十九外戚世家十九等）、斉懐王閎《こう》の母である（漢書六十三武五子伝三十三）。閎は元狩六（前一一七）年四月二十八日に斉王となっているので（史記六十三王世家三十等）、それは、吉川氏の言われる、武帝の第二期に当たる点、方士李少翁（李少君）の活躍した時期に近く（衛青が寧乗の勧めで王夫人の母堂の長寿を祝い、五百金を贈ったのは、元朔六〈前一二三〉年頃のことである〈史記一一一衛将軍列伝五十一、漢書五十五衛青伝二十五〉）、或いは、この王夫人は、李夫人譚の原型を形作った女性である可能性を、考えさせずにおかないものがある。すると、史記封禅書（孝武本紀）の王夫人譚が、所謂李夫人譚の原話ということになるのであろうか。ところが、面白いことに、その史記封禅書（孝武本紀）の王夫人譚にも、決定的な不審が存するのである。即ち、閎の斉王冊封と李少翁の没年の時期の問題である。史記の三王世家は、孝武本紀などと共に従来、褚少孫の補筆が指摘される巻であるが、その末尾、褚少孫の史記補の部分（「褚先生曰」）に、次のような王夫人に纏わるエピソードが録されている。

王夫人者、趙人也。与二衛夫人一並二幸武帝一。而生二子閎一。閎且二立為一レ王。時其母病。武帝自臨、問レ之曰、子当レ為レ王。欲二安所置一レ之。王夫人曰、陛下在。妾又何等可レ言者。帝曰、雖レ然、意所レ欲、欲二於何所王一レ之。王夫人曰、願置二之雒陽一。武帝曰、雒陽有二武庫敖倉一。天下衝阨、漢国之大都也。先帝以来、無三子王二於雒陽者一。去二雒陽一余尽可。王夫人不レ応。武帝曰、関東之国、無下大二於斉一者上。斉東負レ海、而城郭大。古時独臨菑中十万戸。天下膏腴地、莫下盛二於斉一者上矣。王夫人以レ手撃レ頭、謝曰、幸甚。王夫人死、而帝痛レ之。使二使者一拝レ之曰、皇帝謹使下使二太中大夫明一奉二璧一一賜二夫人一為中斉王太后上。子閎王レ斉。年少無レ有レ子。立不幸早死、国絶為レ郡。天下称斉

不レ宜レ王云

右によれば、武帝は、病気となった王夫人に、息子の閎を何処の王としたいかと尋ね、斉の王とすることを約束している。これは元狩六年三月以後のことである。その年三月二十八日、死を直前に控えた霍去病の上奏によって（去病は同年九月に没している〈漢書六武帝紀六〉）、翌四月二十八日、武帝は閎を斉王としたのである（史記三王世家）。そして、武帝はそれ以前には諸王の封冊を考えていなかった（同）。故に、王夫人が病を得たのは、元狩六年三、四月の間のことと思われるが、これは李少翁（史記）が死んで二年後のことである。史記（また、李夫人とする漢書）のこの矛盾については、早く宋の王益之が、

考異曰、史記封禅書以為二王夫人一、漢書外戚伝以為二李夫人一、二書不レ同。按、少翁之死在二元狩四年一、而褚先生在二元狩六年一、帝欲レ王二諸子一時、斉王閎母王夫人病。帝自臨問レ之曰、子当レ王。欲二安所置一レ之。王夫人曰、願居二雒陽一。帝曰、先帝以来、無下王二雒陽一者上。関東之国、莫レ勝二於斉一。乃立レ閎為二斉王一、是元狩六年。王夫人尚無レ恙、而少翁之死已二年矣。豈得レ云レ致三鬼如二王夫人之貌一乎。又外戚世家曰、及二衛后色衰一、而趙之王夫人幸。夫人早卒、而中山李夫人有レ寵。是李夫人又在二王夫人後一。史記以為二王夫人一、既不レ可。漢書以為二李夫人一、尤不レ可

（西漢年紀十四）

と指摘している通りである。

結局、史実的に見れば、武帝の反魂の主は、その名高さにも関わらず、不明とせざるを得ないであろう。さらに言えば、武帝の反魂そのものも、果して事実かどうか、定かでないのである。吉川氏がいみじくも、「李夫人のものがたり」とそれを呼ばれた所以である。この辺りの事実に関しては、例えば王益之が、「漢書以為二李夫人一、尤不レ可」と評した漢書の外戚伝など、班固が何らかの小説に基づいた可能性があり、それは史学よりもむしろ、文学が扱うべ

図二　和林格爾後漢壁画墓

き領野と言えよう。ともあれ、ここでは、漢書外戚伝が元狩（前一二二—前一一七）頃、武帝が亡き李夫人の肖像を甘泉宮に掲げ、李少翁をしてその魂を招かせたと伝えていることを、改めて確認しておきたい。その元狩二年こそ、小論のテーマとする金日磾が、漢に囚われた年なのである。

二

ここで、一枚の図を紹介しよう。図二は、これまで公開されたことのない、和林格爾《ホリンゴル》後漢壁画墓の孝子伝図における、金日磾図である。[9] 図二は、中央に二層の建物が描かれ、その建物中に右向きの一人の人物が立つのみの、比較的単純な図柄となっている。本図には、二つの榜題があって、左から、

甘泉

休屠胡

の墨書、五文字が確認出来る。「甘泉」は、二層目の屋根と左の柱との内角に、「休屠胡」は、建物中の人物の顔か

ら肩にかけての左側の辺に、それぞれ書込まれている。当図は、和林格爾後漢壁画墓における、舜（榜題「舜」）から始まる孝子伝図の最後の図像となっており、本図の前（左。和林格爾後漢壁画墓の孝子伝図は、左から始まる）には、趙苟図（「□《趙》句」）が描かれ、右には三老、仁姑等（「三老」「三老」「慈父」「孝子」「弟者」〈以上、上段〉「仁姑」「慈母」〈以上、下段〉）が置かれている。この二つの図も、やはり従来、公開されたことがない。

　和林格爾後漢壁画墓（内蒙古和林格爾県新店子）は、一九七一年の秋に発見されたもので、紀元後一六〇―一七〇年代に作られた、護烏桓校尉某の墓とされている（護烏桓校尉は、漢武帝が幽州に置いた、異民族の烏桓を監領し、その匈奴との往来を防いだ官）。当墓は東西三室（前、中、後室）から成り、前室は両側に、中室は片側（南側）に三つの耳室を擁するが、それらの殆ど全壁面に彩色画の描かれた、非常に貴重な、後漢時代二世紀の遺物である[10]。

　孝子伝図は、中室の西壁、北壁の第一層に描かれ、二層には孔子弟子図、三、四層には列女伝図その他が描かれている[11]。今、和林格爾後漢壁画墓中室、西、北壁一層に描かれた孝子伝図を、孝子名によって示せば、次のようである[12]（「　」内に、榜題を示す。参考までに、末尾に、陽明本、船橋本両孝子伝の条数を併せ掲げた。図は左始まりであるが、右始まりに改めてある）。

1舜（「舜」）1
2閔子騫（「騫父」「閔子騫」）33
3曾参（「曾子母」「曾子」）36
4董永（「孝子□《父》」「□」。以上西壁）2
5老萊子（「来子父」「来子母」／「老来子」）13
6丁蘭（「□《木》丈人」「□《野》王丁蘭」）9

7刑渠（「刑渠父」「刑渠」）　3
8慈烏（「孝烏」）　45船橋本44
9伯瑜（「伯禽」「伯禽母」）　4
10魏陽（「魏昌父」「魏昌」）　7
11原谷（「孝孫父」「孝孫」）　6
12趙苟（「□（趙）句」）
13金日磾（「甘泉」「休屠胡」）
14三老、仁姑等（「三老」「三老」「慈父」「孝子」「弟者」／「仁姑」「慈母」）

末尾の三老、仁姑等は、北壁の右端に位置し、東壁（居庸関を渡る図）に接している。その三老、仁姑等を暫く別として、ここで取り上げようとする金日磾図は、全十三面に及ぶ、孝子伝図の掉尾を飾るものである⑬。

ところで、孝子伝図としての金日磾図には、際立った特徴が一つあって、それは、図像の前提となる孝子伝の本文が今日、全く見出だせないことである。本墓における孝子伝図の場合も、それらの殆どの図像について、例えば両孝子伝中にその該当本文を見出だすことが出来るのに対し、金日磾の場合だけは、その孝子伝の本文が今に伝わらない⑭（12趙苟図も、両孝子伝には該当本文がないが、趙苟の場合は、師覚授孝子伝〈初学記十七等所引〉などに、その本文を見出だすことが出来る）。従って、金日磾図は、言わば孝子伝なき孝子伝図と捉えて良いであろう。実は、この特徴こそが、小論において金日磾図を取り上げるべく思い立った、最初の動機なのであって一体、金日磾に関しては何故、その孝子伝の本文が、現在に伝わらないのであろうか。

さらに興味深いことに、似たような問題は、その図像の方にも認められる。つまり金日磾図は、遺品が非常に少ないのである。殊に六朝期のそれは、管見に入った作例が一つもなく、或いは、金日磾図は、六朝期にはもはや描かれなくなっていたのではないかと思われる。和林格爾後漢壁画墓のそれを除けば、目下管見に入った金日磾図は、一点しか存しない。即ち、後漢武氏祠画象石のそれである。後漢武氏祠画象石の金日磾図（武梁祠第三石左端）を、図三に掲げた[15]。図三に見る如く、後漢武氏祠画象石の原石は、左下から右上へと斜めに走る破断により、図像の過半が失われてしまっている。そこで、図四に、宋、洪适の隷続六に収める、破断以前のその摸写図を、補い掲げておく（乾隆四十三〈一七七八〉年刊汪日秀本に拠る）。以下、後漢武氏祠画象石、和林格爾後漢壁画墓における両金日磾図を、併せ考えることとしよう。近時の我が国において、後漢武氏祠画象石の図像を本格的に考察されたものとして、まず上げるべきは、長廣敏雄氏編『漢代画象の研究』第二部「武梁石室画象の図象学的解説」であろう[16]。始めに、その28「騎都尉金日磾」図の解説を一見しておく。林巳奈夫氏の執筆による解説全文を示せば、次の通りである。

（銘）

休屠像

騎都尉

原石の右の方は欠けている。右側の銘文は石の欠ける以前の宋時代の写生図から転写した。画面の上に屋根があり、左に一本の柱だけが残存している。柱の右に、右向きにおじぎをしてゐる姿勢の人物の左半分がみえる。柱の左にも右に向いた人物が立つ。この画面は左に居る騎都尉、すなわち金日磾が母なる休屠王の妻閼《えん》氏の肖像をみて涙をこぼした話をえがいたものである。漢書巻六八の金日磾伝によれば、物語のあらましは次のごとくである。中国の北部にいて漢をなやました遊牧民族の匈奴は、漢の武帝の攻撃を受けて大敗した。匈奴の大王はこれを一族の昆邪王、休屠王が負けたせいにして、これを殺そうとした。二人は相談して漢に降服しようとはかったが、休屠王が意をひるがえしたので昆邪王は休屠王を殺した上で降服した。休屠王の妻閼氏とその子の金日磾は役所の奴隷にされ、金日磾は馬の飼育係をしていた。ある日武帝は沢山の女官をひきつれて馬を見物した。馬方たちはみな馬を引いて前を通りながら横目で女の方をちらちらみたが、長身の金日磾は謹厳な顔つきをしてわき見もせずに通つて行つた。その飼い馬も大層肥えていた。武帝は目にとめて、早速おそばの者に話をきき騎都尉の官にとりたてた。母親の閼氏の教育が良かつたのである。金日磾はその後気まじめ一本に武帝に仕え、甚だお気に入りであつた。母の閼氏が死ぬと、武帝はその肖像を甘泉宮の壁に画かせた。金日磾はこの肖像に向かうといつもおじぎをして涙を流した。画象の左手の騎都尉、すなわち金日磾の右の方、石の欠けた所には、宋時代の写生図によると、女の人が左向きに坐つた図があつたらしい。これが休屠王の妻の閼氏の像と思われ、金日磾がこれに向かつておじぎをして涙を流している図柄である。榜題に「休屠王像」というのは「休屠王閼氏像」とあるべきものである

上記、林巳奈夫氏による金日磾図の解説（以下、解説と呼ぶ）中に、「石の欠ける以前の宋時代の写生図」とか、「石の欠けた所には、宋時代の写生図によると」などとあるのは、図四に掲げた、隷続所収の摸写図を指している。

さて、始めに解説が、後漢武氏祠画象石の金日磾図の表わす「物語のあらまし」を、「漢書巻六八の金日磾伝」に求められたことは、既述の通り、孝子伝の本文に金日磾の記述が見当たらない現在、まずは正当な手順であろうと思われる。その漢書六十八金日磾伝三十八の本文を示せば、次の通りである。

金日磾字翁叔、本匈奴休屠王太子也。武帝元狩中、票騎将軍霍去病将レ兵撃二匈奴右地一、多斬レ首、虜二獲休屠王祭天金人一。其夏、票騎復西過二居延一、攻二祁連山一、大克獲。於レ是単于怨下昆邪休屠居二西方一多為中漢所上レ破、召二其王一欲レ誅レ之。昆邪休屠恐、謀レ降レ漢。休屠王後悔、昆邪王殺レ之、并二将其衆一降レ漢。封二昆邪王一為二列侯一。日磾以二

図三　後漢武氏祠画象石

図四　後漢武氏祠画象石（隷続六）

父不レ降見レ殺、与二母閼氏弟倫一倶没二入官一、輸二黄門一養レ馬、時年十四矣。久レ之、武帝游宴見レ馬、後宮満レ側。日磾等数十人牽レ馬過二殿下一、莫レ不二窃視一、至二日磾一独不レ敢。日磾長八尺二寸、容貌甚厳、馬又肥好、上異而問レ之、具以二本状一対。上奇レ焉、即日賜二湯沐衣冠一、拝為二馬監一、遷二侍中駙馬都尉光禄大夫一。日磾既親近、未三嘗有二過失一、上甚信二愛之一、賞賜累二千金一、出則驂乗、入侍二左右一。貴戚多窃怨、曰、陛下妄得二一胡児一、反貴二重之一。上聞、愈厚焉。日磾母教二誨両子一、甚有二法度一、上聞而嘉レ之。病死、詔図二画於甘泉宮一、署曰、休屠王閼氏。日磾毎レ見レ画常拝、郷レ之涕泣、然後乃去

二つの金日磾図は、間違いなく漢書の右の話を内容とするものであることが分かる。

例えば休屠《きゆうと》は、匈奴の王号であると共に、族名、地名（甘肅省武威県東北）でもある（休屠《きゆうちよ》とも言う。史記一一一驃騎列伝五十一の索隠に、「屠、音儲」等と見える）。従って、「休屠胡」（和林格爾後漢壁画墓）と言うのは、休屠族の胡《えびす》の意味であって（三国志二十六、魏書二十六に、「涼州休屠胡梁元碧」の用例が見える）、金日磾のことを指す榜題と考えて良い。

当時、匈奴は長城の北側に強大な帝国を築いていた。単于《ぜんう》（匈奴語で、匈奴の王の呼称。広大の意。正しくは撐犁《とうり》孤塗《ことぜんう》単于と言い、撐犁は天、孤塗は子の意。單于は、単于庭を本拠とし、左右の賢王、左右の谷蠡王《ろくりおう》（後漢書八十九南匈奴列伝七十九に、「謂二之四角一」とある）以下を周囲に配して、帝国の防禦に当たらせていた。[17] その西方を担当したのが、属王の渾邪王《こんやおう》と休屠王である（史記一一〇匈奴列伝五十）。内、休屠王は武威郡（甘粛省武威県）、渾邪王は張掖郡（甘粛省張掖県）を本拠としていたらしい（漢書二十八下地理志下）。元狩（一二一）年春、隴西（甘粛省臨洮県《りんとうけん》西南）から出撃した驃騎将軍霍去病は、焉支山《えんしさん》（甘粛省山丹県東南）を過ぎて、さらに西へ一千余里（約五〇〇キロメートル）進み匈奴と会戦、首級一万八

千及び、休屠王の祭天の金人を獲て、帰還した。さらにその夏、霍去病は隴西、北地（甘粛省環県南）から出撃し、二千里も進んで匈奴と対戦し、居延（甘粛省張掖県西北）を通過して祁連山《きれんさん》を攻略、首級三万余と裨小王《ひしょうおう》以下七十余人を捕虜とする（史記匈奴列伝）。ここに匈奴の西方防禦は壊滅的な打撃を受け、怒った伊稚斜単于は、その責任者である渾邪王と休屠王とを召喚、処刑しようとした。その年の秋のことである。恐れた両王は、共謀して漢に降ろうとするが、途中で休屠王が変心したため、単于への通報を疑った渾邪王は、休屠王を殺し、その衆四万人を率いて漢に降った（史記匈奴列伝、漢書金日磾伝）。後、所謂河西四郡が置かれる契機となった事件であり（まず元鼎二〈前一一五〉年に河西郡が設置され、次いで、元鼎六〈前一一一〉年頃に酒泉郡が開かれた。さらに元封年間〈前一一〇―前一〇五〉には河西郡が張掖郡と改名され、天漢年間〈前一〇〇―前九七〉に敦煌郡が設置されている。最後に宣帝の始め頃、張掖郡から武威郡が分置される）、以来、漢から西域への道が、ここに大きく拓かれた。さて、漢に降った渾邪王は、万戸に封ぜられ、漯陰侯となったが（史記驃騎列伝。漯陰《とういん》は、平原郡〈山東省平原県西南〉の県名）、一方の休屠王は、降人とは見做されず、敵対者と見られて、金日磾母子等は、王后、太子の身でありながら、奴隷の身分に落とされたものと考えられる。

また、和林格爾後漢壁画墓の金日磾図における、もう一つの榜題「甘泉」は、同様に、漢武帝の離宮、甘泉宮のことであって、ここでは、金日磾の母の肖像が掲げられた場所を指していることが明らかである。すると、両図に見える建物は、甘泉宮を表わしていることになる。そして、両図の構図の酷似している所から、両図はおそらく同源の漢代孝子伝から出たものと推定され、一方の後漢武氏祠画象石における金日磾図の過半が失われている現在、和林格爾後漢壁画墓の金日磾図の完存は、極めて価値の高いものであることが了解される。

ところで、上掲の解説において、不審の残るのが、後漢武氏祠画象石の榜題「騎都尉」についての説明である。その「騎都尉」の榜題が、画材の主人公金日磾を表わし示すものであることは、「〔図三（図四）の〕左手に居る騎都尉、すなわち金日磾」と言われる通りで、疑いがない。しかし、武帝の馬御覧の場面で、「その飼馬も大層肥えていた。武帝は目にとめて、早速おそばの者に話をきき騎都尉の官にとりたてた」とされる所は、聊か疑問とせざるを得ない。何故なら、例えば漢書金日磾伝を見ると、「馬又肥好、上異而問レ之、具以二本状一対。上……即日……拝為二馬監一、遷二侍中駙馬都尉光禄大夫一」とあって（光禄大夫は、宮門守備を掌る役所の次官）、武帝が金日磾を駙馬都尉《ふばとい》の官に取り立てたことは見えるものの、騎都尉《きとい》の官に就けたことが見当たらないからである。加えて、騎都尉と駙馬都尉とは、それぞれ別の官職なのであって、騎都尉は、宮中警護の騎馬兵を掌る武官、駙馬都尉は、天子の副車に付ける駙馬《そえうま》を掌る官とされている。両者は、乗輿車を掌る奉車都尉と共に、三都尉と呼ばれ、漢武帝の元鼎二（前一一五）年、始めて置かれた官職に外ならない（通典二十九職官十一武官下「三都尉」）。すると、後漢武氏祠画象石の榜題「騎都尉」は、漢書金日磾伝では説明出来ないことになるだろう。後漢武氏祠画象石の依拠した別伝承の存在が、想定される所以である。そして、金日磾を騎都尉とする、もう一つの伝承が確かに存在する。それが前述、漢書の著者班固とほぼ同時代の人、王充により編まれた論衡である。上掲、李夫人譚の前に並び記された、論衡乱竜篇の本文を示せば、次の通りである。

金翁叔、休屠王之太子也。与レ父倶来降レ漢。父道死、与レ母倶来、拝為二騎都尉一。母死、武帝図二其母於甘泉殿上一、署曰、休屠王焉提。翁叔従レ上上二甘泉一、拝謁起立、向レ之泣涕沾レ襟、久乃去

論衡の記述は、漢書に較べ、極めて簡潔なものながら、金日磾を「拝為二騎都尉一」とすることを始め、甘泉殿のこと等を過不足なく含み、孝子譚としての体裁も整っていて、二つの金日磾図とよく合う。また、「与レ父倶来降レ漢。父道死」と記すことなど、論衡は、父を昆邪(渾)王に殺されたとする漢書とは、明らかに別系統の伝承を受けた形跡があっ

図五　甘泉宮趾（上。陝西省淳化県鉄王郷梁武帝村）
金日磾墓（下。同興平市。右端は、霍去病墓）

て、それは或いは、漢代孝子伝であった可能性も十分に考え得る。もしそうでなければ、少なくとも論衡の記述と、二つの金日磾図の基づいた孝子伝のテキストとが、両者同源に出るかのいずれかであろう。さて、論衡に「署曰、休屠王焉提」と言う焉提《えんし》は、漢書の「署曰、休屠王閼氏」とする閼氏《えんし》と音が通じ、いずれも匈奴語で、匈奴の王后を指す言葉である（閼氏《あつし》とも言う。史記匈奴列伝の索隠に、「旧音於連、於曷反二音」等と見える）。このことは、後程また取り上げよう。およそ金日磾の話を記し留める文献というものは、数が限られている[18]。中で、後漢以前に溯る資料は目下、漢書（また、漢紀）と論衡の二つ以外、管見に入らない。その意味でも、論衡の金日磾譚は、大変重要なものであると言わなければならない。後漢武氏祠画象石の金日磾図と、論衡乱竜篇との深い関わりを早くに指摘したものとして、例えば清、瞿中溶の漢武梁祠堂石刻画像攷六を上げることが出来る。前掲解説が、論衡に言及されなかったことは、大変残念に思われる。

ところで、和林格爾後漢壁画墓の榜題「甘泉」が、甘泉宮を指すことは、論衡にも、

武帝図二其母於甘泉殿上一、署曰、休屠王焉提。翁叔従レ上上二甘泉一、拝謁起立、向レ之泣涕沾レ襟、久乃去

とあることによって明らかである。次に、二つの図像にその建物が描かれ、また、孝養譚としての金日磾譚の展開する舞台ともなった、甘泉宮という場の意味を、少し考えてみることにする。

三

ここに、甘泉宮をめぐる、興味深い一幅の図がある。この図はまた、金日磾とも深い関係をもっている。図六は、敦煌莫高窟三二三窟の北壁上部に描かれた、張騫鑿空図の一部で、その冒頭に当たる部分である[19]。図の中央上方に建

物が描かれており、やや見にくいが、扁額には、「甘泉宮」と記されている。建物の右下に、柄香炉を捧げて跪拝するのは、漢武帝である。さて、建物の中には、二つの立像らしきものが安置されているが、これは一体何であろうか。建物の正面階段の位置に記された榜題は、もはや読み取ることが出来ないが、武帝の下方に記された、四行の榜題には、

漢武帝将其部衆討
凶奴幷獲得二金〔人〕長丈
餘列之於甘泉宮帝為
大神常行拝謁時

図六　敦煌莫高窟323窟北壁

とあって、それこそは、かつて金日磾の父休屠王が、天を祭る際に用いた金人（銅像）に外ならないことが分かる[20]。本図は、初唐のものとされているが、右記榜題に酷似する文言が、北斉の魏収の撰んだ魏書一一四釈老志十に見える。両者を併せば、次の通りである[21]。

・榜題

漢武帝、将二其部衆一、討二凶奴一、幷獲二得二金〔人〕一。長丈餘。列二之於甘泉宮一。帝為二大神一、常行拝謁時。

・魏書

漢武元狩中、遣二霍去病一討二匈奴一、至二皐蘭一、過二

居延一、斬レ首大獲。昆邪王殺二休屠王一、将二其衆五万一来降。獲二金人一、帝以為二大神一、列二於甘泉宮一。金人率長丈餘、不二祭祀一、但焼香礼拝而已。此則仏道流通之漸也

ところで、その魏書釈老志の文が、例の班固撰と伝えられる漢武故事に拠ったものであることは、夙に先人の指摘がある。[22]漢武故事当該部分の本文を示せば、次の通りである。

乃大発卒二数十万一、遣二霍去病一討レ胡。殺二休屠王一、獲二天祭金人一。上以為二大神一、列二於甘泉宮一。人率長丈餘、不二祭祀一、但焼香礼拝。天祭長八尺、擎二日月一、祭以レ牛。上令下依二其方俗一礼上レ之。方士皆以為二夷狄鬼神一、不レ宜レ在二中国一。因乃止

漢武帝が元狩二（前一二一）年春、休屠王の祭天の金人を得たことは、前掲の漢書金日磾伝に、

武帝元狩中、票騎将軍霍去病将レ兵撃二匈奴右地一、多斬レ首、虜二獲休屠王祭天金人一

とあり、このことはまた、溯って例えば史記匈奴列伝に、

其明年〔元狩二年〕春、使下驃騎将軍去病将二万騎一出中隴西上。過二焉支山一一千餘里、撃二匈奴一、得二胡首虜騎万八千餘級一、破得二休屠王祭天金人一

と見える以下、史記驃騎列伝、漢書五十五霍去病伝二十五、匈奴伝上などにも普く記され、[23]事実であったと考えて良い。しかし、その金人が、例えば漢武故事に記す如く、甘泉宮に置かれていたというのは、果して本当のことなのであろうか。このことを詳細に論じたものに、白鳥庫吉氏の「匈奴の休屠王の領域と其の祭天の金人とに就いて」がある。[24]今、その論旨を簡単に辿ってみよう。白鳥氏は、藤田豊八氏の「支那に於ける刻石の由来」を参照しつつ、[25]上掲魏書釈老志及び、漢武故事の文章は、「大体『史記』の匈奴列伝と衛将軍列伝とに拠つて綴られたものである」とし、「原書には漢の方で金人を得たのを元狩二年の春とし、渾邪王の来降をその年の秋としてあるのに、『魏書』も『漢武

故事』も共に渾邪王来降の時に金人を得たこととしてゐる。是は云ふまでもなく誤りである」と指摘して、「又金人の長が一丈餘もあつて之に焼香礼拝したなどといふことは、『史記』にも『漢書』にも無いことで、皆作者の揑造妄談である」と述べ、さらに、

又金人を甘泉宮に列したといふことは『史記』にも『漢書』にも無いことであるが、『漢書』の地理志雲陽県の条に、甘泉山に休屠王の金人祠のあることが見えてゐるので、それを参考にしたのである

と言われた（雲陽は、陝西省涇陽県北。甘泉山があつて、山上に甘泉宮がある）。ところが、一方、揚雄（前五三―後一八）の甘泉賦（文選七所収）に、

金人仡仡其承二鍾虡一兮、嵌巖巖其竜鱗。揚二光曜之燎燭一兮、垂二景炎之炘炘一。配二帝居之県圃一兮、象二泰壱之威神一
（金人は仡仡《きつきつ》として其れ鍾虡《しょうきょ》を承け、嵌巖巖《かんがんがん》として其れ竜鱗のごとし。光曜の燎燭《りょうしょく》たるを揚げ、景炎の炘炘《きんきん》たるを垂る。帝居の県圃《けんぽ》に配し、泰壱《たいいち》の威神に象る）

とあつて㉖（仡仡は、勇壮な様。鍾虡は、鍾を懸ける台で、鍾〈鐘〉鐻とも書き、秦始皇帝の造った「鐘鐻金人」〈史記始皇本紀〉が夙に知られる。嵌巖巖は、開き張る様。燎燭は、篝火。景炎は、太陽。炘炘は、光り輝く様。県圃は、崑崙山上の神仙の住居を言う。泰壱は、太一で、天帝を意味する天神の名）、白鳥氏は、甘泉賦が、その序により、「前漢の孝成帝が甘泉山上の甘泉宮に行幸して天を祭つたときに、揚子雲（揚雄のこと。子雲は、その字）は陪従の恩命を蒙つて、親しくその儀式に参列し、還つて此の賦を奉つた」ものであり、また、甘泉賦の詠まれたのが、漢書十成帝紀十によれば、永始四（前一三）年正月であることから、

揚子雲の此の賦は彼が甘泉山に上り甘泉宮に這入つて、親しく目撃した光景を叙したものであるから、賦中に詠はれた金人が当時儼然と甘泉宮に存在したのは、確実な事実である

と考証されるに至ったのである。そして、白鳥氏は、漢書二十八上地理志上、「左馮翊」「雲陽」県の原注に、

　有㆓休屠金人及径路神祠三所㆒

とあるのを手掛り㉗、また、明文として、

　漢室に於いては高祖から成帝に至るまでの間に、曾て金人を鋳たといふ記録が無く、又始皇帝の鋳た金人が甘泉宮に移された事もなかつたとすれば、成帝の永始四年に揚子雲が甘泉宮に於いて目撃した金人は、休屠王の金人が移されたものと断定して差支はない

と断じ、さらに甘泉宮に通天台を築くなど（後述）、

　武帝が天神を招いて之と交会を欲する願望が此の如く熱烈であつたとすれば、休屠王の祭天の金人を得たときに、之を甘泉宮に安置したのは、蓋し当然の事である

と結論されたのである㉘。右の白鳥説に対しては、なお藤田豊八氏に異論はあるが、従うべき説であろうと思われる㉙。このことから、例えば前掲の漢武故事は、強ち出鱈目を書いたものではないことが分かる。すると、興味深いことに甘泉宮には、金日磾の母閼氏の像のみならず、父休屠王の祭天の金人も祀られていたことになるだろう（このことは、早く宋、程大昌の雍録十「祭天金人一」に指摘がある。なおその「祭天金人一―三」は、「〈休屠王〉祭天金人考」と題して明、程敏政の新安文献志三十二、唐順之の荊川稗編七十一などにも収められている）。そもそも金日磾が、休屠王の祭天の金人と深く関わっていたことは、日磾の姓を金と称することも、その金人に因むことが、漢書金日磾伝の賛に、

　本以㆘休屠作㆓金人㆒為㆗祭天主㆖、故因賜㆓姓金氏㆒云

と見えていたのである。

ところで、図六、敦煌莫高窟三二三窟に描かれた、甘泉宮裏の金人は、明らかに仏像の形をしている（二体とされることに関しては、一考の余地がある）。金人という語が後世、一般に仏像また、仏を意味する言葉となることから推して、それは分かり易い造型であるとも言えるが、休屠王の祭天の金人は、果して仏像だったのだろうか。ここで、休屠王の金人をめぐる仏、非仏説の問題に、触れておく必要がある。

実は、件の金人を仏像と見る説が、相当古くから存していた。例えば魏の張晏が、その金人に注して、

張晏曰、仏徒祠金人也

と言い（漢書霍去病伝所引。史記驃騎列伝の索隠にも〈「張晏云」と言う〉）、北魏の崔浩が、

崔浩云、胡祭以㆓金人㆒為㆑主、今浮図金人是也

と述べ（史記匈奴列伝の索隠所引。浮図《ふと》は、ブッダの音訳で、仏、仏教などの意）、降って唐の顔師古が、

師古曰、今之仏像是也

と言い（漢書霍去病伝所引）、また、

師古曰、作㆓金人㆒以為㆓天神之主㆒而祭㆑之、即今仏像是其遺法

と言う（漢書匈奴伝所引）などが、それである（史記匈奴列伝に引く唐、張守節の正義にも、「按、金人即今仏像、是其遺法、立以為㆓祭天主㆒也」と見える）。しかし、その一方で、魏の孟康（また、漢書音義）[30]のように、それを仏像とは捉えない、非仏説も早くから存したことは、例えば呉の韋昭が、

韋昭云、作㆓金人㆒以為㆓祭天主㆒

と言い（史記匈奴列伝の索隠所引）、魏の如淳が、

如淳曰、祭㆑天為㆑主

と述べ（史記驃騎列伝の集解所引）、また、

如淳云、祭レ天以二金人一為レ主也

と述べる（同索隠所引）が如き状況であったが、金人の仏、非仏説における前者即ち、件の金人を仏像と見る考えは、例えば魏書釈老志が、「此則仏道流通之漸也」と評するように、印度から中国への仏教伝来説と結び付いていたことから、莫高窟三二三窟における例の金人の造型も、そのような流れの中で、理解することが出来る。そして、仏教伝来の問題と絡む、件の金人をめぐる仏、非仏説は、近代の東洋史研究において、小さからぬ論争を呼ぶことになった。中で、休屠王の祭天の金人をめぐる仏、非仏説に対し、件の金人が仏像ではあり得ないことを証明して、その論争に終止符を打ったのが、羽渓了諦氏である。羽渓氏は、金人の仏、非仏説を吟味、批判した上で、次のように述べられた[31]。

今や、余自身の卑見を、開陳すべき順序となつた。余は休屠王の金人は、断じて、仏像でないと信ずるのである。その故如何といふに、霍去病が金人を獲た当時、即ち、元狩二年（西紀前一二一年）以前には、未だ仏像の製作が、なかつたからである。勿論比較的古い仏典中に於て、仏在世時代、すでに、仏像製作せられ、且崇拝せられてゐたもの丶如く、説いてあるが現存の遺物に徴すれば、此種の記録は、信じ難いのである。即ち、印度史上有名な、阿育（Aśoka）王時代（西紀前二七二―二三二年）に、建てられた、仏陀伽耶（Buddhagayā）の摩訶菩提寺（Mahābodhi-vihāra）の石垣内に残れる、彫刻を始めとして、其の後遠からざる時代即ち、西紀前一二世紀の製作に係る、Bharhūt 及び Sanchi の石垣石門の、彫刻を見るに、何れも、仏像の現はれ来るべき所に於て、前者に於ては、只仏座のみを示し、後者に於ては、只仏足形のみを表はし、仏の形像は、一として、現はれてゐない。惟ふに、之れは一般学者の認めてをるやうに、仏の形像は、神聖にして瀆すべからずとの、敬虔な心情よ

り殊更その表徴のみに止めて置いたのであらう。而して、其後 Peshāwar を中心として、勃興した、所謂犍陀羅（Gandhāra）美術に至つて、初めて仏像の製作を、見るに至つたのである。此美術興起の時期に就いては、学者の意見必ずしも、一定してゐないが、西紀後一・二世紀頃が、此美術の成熟期であつて、如何に遠く溯つても、西紀前一世紀より、以前に溯ることは出来ないのである。故に仏像の史的研究に基けば、何うしても、前漢武帝時代に既に仏像が印度に於て製作せられ、而も、それが、遥か東方の張掖塞外まで、伝来してゐたと、断定することは出来ぬ。従つて休屠王の金人は、決して、仏像でないと、言はねばならぬ

ここに、休屠王の祭天の金人は、仏像ではあり得ないことが、ほぼ確実になったものとして良い。すると、件の金人が仏像でないならば、一体それは何の像であったのだろうか。休屠王の金人の形については、従来幾つかの説が提出されているが、以下簡単に、三つの説を紹介、検討する。

まず羽渓了諦氏は、休屠王の属する匈奴が、「漢族の珍重する如き、美術品を、製作し得るやうな、能力を持つてゐなかつたこと」を前提として、件の金人は、「他の民族の宗教に関係せる神像が、匈奴へ伝来したのである」と考え、それは、月氏を媒介とした、大夏即ち、バクトリアの文化が匈奴に伝わったものと推論して、「元大夏に在つた、印度の神像が、彼れの手に入つたのであらう」と結論された。羽渓氏は、それが摩醯首羅《まけいしゅら》（大自在天）の像である可能性も含め、「兎に角、本来印度神の像であつたに、違ひないと思ふ」と言われている。(32)

次いで、白鳥庫吉氏は、かつて一度、「此の銅像はもと〳〵西域に淵源したもので、中国から輸出したものでなく、「波斯教の Teštar 神は東西交通の要衝に当る匈奴帝国の一角に伝播せられ、その表章として休屠王の金人は建立せられたのであらう」とされたが、(33)後にその説を改め、羽渓氏と同じく、

匈奴は元来馬上に於いて天下を横行する游牧の民で、国家を建設する能力は有してゐても、文化の程度は大体に

於いて未開の境域にあつたのであるから、金人のやうな巨大の偶像は到底自国で鋳造されるものでない。休屠王の金人が外国製のものであらうとは何人も想像する所である。その金人が已に外国から輸入したものだとすれば、それに由つて表はされた神そのものも亦外国のものでなければならぬ

ことを前提としつつ、羽渓説を否定した上で、

かやうにして休屠王の金人が已に仏像でなく、又それが波斯教の神でないとすれば、此の金人は漢土の方から伝へたものと見る外に途はなく、従つてそれが秦の始皇帝の鋳た金人と何等かの関係を有するものでは無いかと考へられるやうになつて来たのである

と述べ、前述揚雄の甘泉賦における、「金人仡仡其承二鍾虡一兮、嵌巌巌其竜鱗」云々の句に注目して、その金人の意匠を、

人が両手を差し上げて物を承けてゐる状態は、よく彫刻や絵画などに見る所であるから、此処のもそれと同じく、金人が鍾虡をさし上げてゐたのを形容した文辞では無からうか。さうあつてこそ金人の壮勇な姿も善く現はれるわけである。金人と鍾虡とを取り合せて一組とする製作法は、また秦の始皇帝の鋳た金人にも見える意匠ではなからうか

と捉え、件の金人は、秦始皇帝の「鍾鐻金人」（史記秦始皇帝本紀）と同一の意匠に出るものと考えられた[34]。そして、藤田藤八氏の「鍾鐻金人につきて」における考証を批判して[35]、

そこで藤田博士は金人そのものが鍾鐻である、即ち金人そのものが鍾鐻の用に供せられたものであると解し、此の如き製作法が周時代のものと大に趣を異にするのは、秦の鍾鐻は西方文化の影響を受けた結果であらうと疑はれるとまで説いてゐる。然し余輩は不幸にも博士の此の意見には賛成の意を表することが出来ない。已に前に引

用した班固の西都賦には鍾虡と金人とを引き離し、各〻別処に置かれた趣に書いてあり、又『史記正義』の引用した『魏志』の董卓伝には、銅人と鍾鐻とを椎破したと記してある。此等の例証から見ても、鍾鐻と金人とは自ら別物であつて、金人が鍾鐻の用を為したものでない。然るに前にも述べた如く、『史記』や『過秦論』に此の二物を宛も一物の如くに見て計算してゐるのは、何故であらうか。想ふに始皇帝の鋳造した鍾鐻金人の製作法は、全く揚雄が甘泉宮で見たものと同様で、金人が鍾鐻をさし上げてゐたものに相違ない。斯やうな仕組になつてゐる処から、鍾鐻と金人とを一組と見て数へたのであらう。此の解釈に誤がなく、甘泉宮の金人が始皇帝の鋳た金人と製作の意匠が同一であつたとすれば、休屠王の金人は漢人の手に成つたものと推断せんければならぬと述べ、その金人の形状に関し、

秦の徐福が始皇帝に語つたといふ蓬萊島の仙人は伏羲や女媧の如く竜身人首の形を具へてゐたものらしいが、始皇帝の鋳た金人と休屠王の金人とは其とは違つて、頭は云ふまでもなく四支も具足して、立派に人間の形を備へてゐたものらしい。たゞその皮膚には頭部を除き悉く竜の鱗が生えてゐたもののやうに思はれる……霊魂に関する思想が発達するに従つて、神祇は漸く禽獣の形を脱却して、人間の姿を取るやうになつてくる。徐福のいふ神仙が竜身人首であり、神農が人身牛首であり、また伏羲や女媧が蛇身人首であるのは、神霊の禽獣化から人間化に進んでゆく過程の中途に位するものである。然るに始皇帝と休屠王との金人になると全く人間の形になつてゐるが、なほその皮膚が竜鱗になつてゐるのは、その前身が竜形であつた痕跡を留めたものである

と推定されたのである。そして、

以上休屠王と始皇帝との金人に関する余輩の考察に誤がないとすれば、此の金人は北極紫微宮の十二星を表はしたもので、何処までも尊貴の神人と見るべきものである

とも、付け加えられている。

四

最後に第三の説即ち、江上波夫氏による、休屠王の祭天の金人についての説を紹介して、金人の形状に関する検討を終えることにする。さて、江上氏は、「匈奴の祭祀」と題する論攷において、匈奴の祭祀を「祭場と祭礼」と「神統と神像」との二面から考察されているが㊱、まずその内の、「祭場と祭礼」を垣間見ておきたい。匈奴の祭祀をめぐる基本史料としては従来、史記匈奴列伝（漢書匈奴伝上）の、

歳正月、諸長小二会単于庭祠一。五月、大二会蘢（竜）城一、祭二其先天地鬼神一。秋馬肥、大会蹛林、課二校人畜計一

及び、後漢書南匈奴列伝の、

匈奴俗、歳有二三竜祠一、常以二正月五月九月戊日一祭二天神一。南単于既内附、兼祠二漢帝一、因会二諸部一、議二国事一、走二馬及駱駝一為レ楽

が知られているが、江上氏は、前者に見える蹛林《たいりん》、蘢城《ろうじょう》なる語を取り上げ、白鳥説を継承しつつ㊲、以下の如く述べられた。氏はまず、蹛林とは「林木を遶《めぐ》る」（史記匈奴列伝の正義所引顔師古注に、「顔師古云、蹛林者、遶二林木一而祭也。鮮卑之俗、自レ古相伝、秋祭無二林木一者、尚竪二柳枝一、衆騎馳遶三周乃止、此其遺法也」と見える）ことであるとして、

さて、自然の林木を聖所としてそこに聚会し、祭祀宴楽を行い、あるいは樹枝を竪て、またはこれを積み上げて祭壇となし、会衆がその周囲を繞って天地の神々を祠る習俗は東は太平洋岸より西は東欧まで、北はシベリアよ

り南はヒマラヤ山中まで現在なおユーラシア諸民族の間に最も普遍的に実修されている宗教的行事の一である。そうして顔師古の引いた鮮卑の例と直接比較すべきものは、なかんずく蒙古、甘粛、満洲、シベリア、トルキスタン、コーカサス等の各地における狩猟遊牧民の祭場と祭礼であろう。以下その数例を挙げて、これを考察しよう

と言い、

まず蒙古の鄂博《オボ》（obu, obugu, obun）は周知の如く蒙古各地に存在する天地を祀る祭場であって、山頂、水辺、境界等に主として設置されており、その構造は塊石を堆積して壇を造り、ほとんど常にその上に柳枝を叢立したものである。すなわち師古のいわゆる「林木無き者は尚お柳枝を竪つ」というのによく当たる。尤も時には粗朶や乾草の類を積み上げたようなものもあり、また自然の大木をそのまま鄂博としている場合もある。そうして蒙古人は毎年一回あるいは二回鄂博に馬牛羊の犠牲を供し、その周囲を幾回か遶って、すなわち師古のいわゆる蹛林して、天神地祇を祭り、民衆の幸福、群畜の蕃殖、病魔の退散等を祈願するのである。そうして後、競馬、角抵等の神楽をなすのを以て通例としている。鄂博は独り蒙古のみならず、新疆、西蔵などのいわゆる中央アジアの各地に広く散在し、フッカー（J. D. Hooker）はヒマラヤ山中のルンゲエト渓谷において、そこのレプチャ人が鄂博を左から右に三回繞って礼拝したことを観察している。すなわち師古のいわゆる「三周して乃ち止む」は、その類例を遠く近時のヒマラヤ山中の原住民の間にも見出すことが出来るのである。また甘粛省甘州の南方にいるシェラ・ヨグールのいわゆる祈禱所なるものも鄂博の類と認められるもので、それは丸太の材木を一ヶ処に聚めて竪てたものである

こと以下、数例を上げて、

要するに、現在の北アジア、東アジア、中央アジアの狩猟遊牧諸民族の間に自然の林木を以て、あるいは樹枝を竪てて祭場となし、犠牲を捧げ、その周囲を廻繞して天地の神霊を祭る風習の存することは顕著な事実であって、これこそはシャマニズムの普遍的な祭祀形態と認められるものであり、それが顔師古の伝えた鮮卑の古俗によく対応することはほとんど明瞭であろう。しかもかくの如きシャマニズム的祭祀は更にさかのぼってほとんど各時代の北アジア、中央アジアの狩猟遊牧民の間に実修されていたことが、以下の文献によって確証される〔略〕

と結ばれている。一方、蘢城については、氏は例えば「燔㆓其蘢城㆒」（史記一一〇）、「燔㆓其竜城㆒」（漢書六十四上）、「焚㆓老上之竜庭㆒」（後漢書二十三。老上は、老上単于で、伊稚斜の先々代単于に当たる）などとある表現から見て、これらは全て、

前漢武帝時代匈奴の蘢城（竜城、竜庭）が漢軍の為め攻め焚かれた事件を伝えている。而してこれらの所伝は竜城が石造、土造の如き不可燃性のものでなく、おそらく自然の林木あるいは木や草で築造した可燃性のものであったことを暗示し、かくて竜城が上引の如く史記匈奴伝には「蘢城」に作られ、主父偃伝には「籠城」（会注考証本等、「蘢城」に作る）に作られている所以もおのずから氷解するであろう。すなわち竜城が植物的材料による自然物あるいは営造物であったのに依って、特に草あるいは竹に従うところの竜字を撰んで、蘢城あるいは籠城と書き、その実体を表現せんとしたものと解される

として、後者（後漢書南匈奴列伝）も含め、

かくて蘢城を以て自然の林木、あるいは樹枝を竪てた処、または粗朶、柴の類を積み上げた処、すなわち今日の蒙古の鄂博、契丹の柴冊殿の如きものであろうという推定が可能になり、その林木を遶ることが「蹛林」に他ならなく、顔師古説の妥当性が証明されるとともに、白鳥が史記の「五月大会蘢城」はすなわち後漢書の五月の

「竜祠」であり、「秋馬肥ゆ、大会蹛林」は九月の「竜祠」に他ならないと考えたのも実証を得た訳である。ここにおいて匈奴には春五月と秋九月の二回の大会があり、その時人々は自然の林木あるいは樹枝を竪てた鄂博の如きいわゆる蘢城（竜城、竜庭）に聚って、そこを繞回し、その祖先、天地鬼神を祭り、この時、前漢書によれば人畜の数を調べ、後漢書によれば諸部会して国事を議し、すなわち中世蒙古のいわゆるクリルタイを開き、また馬を走らし、駱駝を闘わしめて神楽となしたところの、匈奴の公共的祭場と祭礼の大要が初めて判明するのである……要するに、北方アジアの諸民族、ことに遊牧民族の間に春秋二回の公共的大祭が古来原則的に行われたことは充分認め得るところであって、匈奴の蘢城の大会もその通例に他ならないのである。これは思うに、彼ら北アジアの遊牧民の住地が気候上春夏期と秋冬期とに明確に二分され、そこにおいては牧草の生長と枯死の如き自然の変化も極めて急激・明瞭であって、おのずから彼らは春秋の季節に新なる牧地を求めて移住することを余儀なくされ、その集合離散の際にすなわち全部族あるいは全民族が最も集合し易い時期に、その結束親睦を新にする意味において、春秋二回共同祭祀を行ったのであろう

と纏めて、蘢城また、その蹛林との関係を説明、さらに四項目に亙るその内容（蹛林、供犠、祈願、神楽）の検討へと進まれたのである。(38)

引き続いて、匈奴の祭祀における「神統と神像」に関し、その神統を考察した江上氏は、次のように述べられている。

次に、匈奴の祭祀における神統（Pantheon）に就いて考察しよう。前引の如く史記及び前漢書の匈奴伝に、「其先天地鬼神を祭る」とあり、後漢書の南匈奴伝に、「天神を祭る、南単于既に内付し、兼ねて漢帝を祠る」と見えていて、匈奴の神統に天神、地（神）、鬼神がその主要なものとして認められていたことが窺われ、なお南匈

奴が漢に内属してからは漢帝をもその神統のうちに加えたことが知られるのである。一方、史記匈奴伝に、

　単于朝に営を出で、日の始めて生るを拝し、夕に月を拝す、

とあるのによれば、日月も匈奴の神統のうちに認められていたのに相違なく、更に匈奴がその剣「径路」を祀る風習を有したことは、前漢書匈奴伝に、単于の言として「胡故時兵を祠る」と見えており、また同書の地理志（巻二八）及び郊祀志下（巻二五）には、休屠王の径路神祠が金人祠とともに漢地に伝えられたことが記されていて、これによれば兵神すなわち径路神も亦匈奴神統のうちに加えられていたのである。さて、右の如き匈奴の神統のうちより特別な事情によって加えられた漢帝を除く時には、その内容が他の北アジアの諸民族の神統とほとんど全く一致して来ることが容易に観取されるのである……かくて匈奴の神統における天神、地（神）、鬼神、日月、祖先、兵神等が北アジアの狩猟遊牧民の神統においても古今を通じて見出されるところの本質的な神霊であることが判明し、且つ史記にいわゆる「天、地、鬼の神」がシャマニズムの世界観における天上界、地上界、地下界の三界の神霊を一言に簡述したものであることもほぼ感得されるであろう。すなわち匈奴の祭祀における神統はその内容において他の北アジアの諸民族のそれとほとんど全く同一であったことが考定されるのである

そして、如上の考察を経た氏は、「次に、匈奴の神統における種々なる神霊が、如何なる形象を以て観念されていたかの問題がある」と前置きして、匈奴の神像を問題化し、

　前述の如く天地鬼神を祀る匈奴の祭場蘢城が自然の林木あるいは樹枝の竪て積んだものに過ぎなく、しかもそこに神霊を招請する為めに、その林木もしくは樹枝を繞回するところのいわゆる蹛林の儀を必須としたのによれば、蘢城は恒常的な神霊の住処すなわち神殿では勿論なく、祭礼の際に臨時に神霊の憑依するところの一種の憑代《よりしろ》に他ならなかったと考察されるのである。こうして匈奴が馮代としての祭場を有して、神霊の常住する神殿を有し

なかったことは、諸々の神霊はそれぞれ天上、地上、地下の世界に各自の住処を保有していると思惟するシャマニズム的世界観に固より基いたものであろう。しかりとすれば、神殿を発達させなかった匈奴は、その諸々の神霊に対しても具体的な形象を賦与することが概して少なかったのではなかろうか

と、それを概観した後、

尤も匈奴の間に抱懐されたシャマニズム的観念は必ずしも一様でなく、素朴なものと、発展したものと、時代、地域あるいは部族を異にする毎に差異が有り得たであろうから、匈奴の一部において神霊を形象化し、偶像の類を有したとしても必ずしも怪しむに足らないであろう。かの有名な休屠王の祭天の金人の如きは、その著例と認めて差支えあるまいと考える

と指摘して、休屠王の祭天の金人について言及されたのである。

次いで、江上氏は、前述羽渓、白鳥両氏の説を検討して、両説の結論が共に、

匈奴に金人製作の能力なしという断定に基くのである。しかしながら、この断定は果して確実なものと言えるであろうか。私は匈奴及び匈奴と文化的に親縁な関係にあった北アジアの諸族が古来頻繁に金属製の偶像を製作した事実が、今日まで何故ほとんど不問に付されていたかを怪しむものである

と言い、反証として、北アジア諸民族間における、金属を用いた偶像製作の事実を列挙して、両説の前提を批判、

要するに、鮮卑、羯、契丹、蒙古、ヴォグーリチ等北アジアの諸民族が好んで金属を以て偶像を鋳、しかも外国の仏像あるいは神像の摸倣でなく、自己の信仰による造像をなした例が、以上の如く決して少なくなかったとすれば、彼らと文化的内容において大差なかった匈奴が独り金属の偶像を鋳造しなかったとは文献上よりも軽々に断じ難いと思われる。のみならず近時の考古学的知見によれば、匈奴が鋳銅の技術において必ずしも拙劣でなく、

且つ多量に青銅器を製作し、かの綏遠青銅器の名を以て総称される遺物の大部分が匈奴等自身の鋳造に係り、そのうちには釜鍑の如き相当大なる器物の存在した事実も判明したのである。従って匈奴が金人を鋳造し得ぬという前提の下に、休屠王祭天の金人を外国製と速断することは頗る危険といわねばならない。むしろ問題は匈奴が漢代中国人の伝えるように偶像を以て天を祭った場合があり得たか否か、その形体はどのようなものであったか等に懸っていると思われる。しからば果して匈奴に祭天の偶像があったであろうか

と述べて、羽渓、白鳥氏とは全く異なる前提の下、江上氏は、その祭天の金人に関する実体の考察を進められた。そして、氏は、漢書金日磾伝などに、「為二祭天主一」と記す用例に注目して、その意味内容を、

漢魏時代の学者は匈奴休屠王の祭天金人を以て祭天の主となすことに一致しており、金人それ自体は神像ではなくして、祭祀の際に天神が憑依するところの偶像すなわち主（神主）であったことが知られるのである。そうしてその主を銅を以て象ったものがすなわち祭天の金人であるというのが漢書音義の解釈であり、また「祭天金人」なる特異な名称を付した前漢人の真意でもあったと思われる。しかりとすれば、休屠の金人は（a）神霊の憑依物としての自然物より、（b）神霊の憑依物としての偶像へ、すなわち「神主」へ、更にそれより（c）神霊それ自体としての偶像へ、すなわち「神像」へと向うところのシャマニズム的神霊憑依観の発展段階において（b）に該当するものであり、（a）よりの直接的な移行の可能なものであって、（a）たる蘢城を有した匈奴の一部において、（b）たる金人を有したとしても決して不自然ではないであろう。のみならず、祭天に際し、その天神霊の憑依物として主（神主）を用いた実例は、北アジア・中央アジアの諸民族間に必ずしも珍しくない

と論じた上で、その諸実例を上げて、

かように北アジア・中央アジアで強大な騎馬民族として知られた人々の間でも祭天の儀があり、天神の憑依する

ところとして神主が作られており、その材質には時代や民族や領域などの関係で種々あって、木像であったり、石像であったり、氈像であったりして異っていても、すべて神主であって神像そのものではなかったということで一致しており、従って酉陽雑俎に言う如く祠廟すなわち神殿もなかったのである。そうしてそれらのことは匈奴の金人の場合も全く同様であったので、前引の孟康・如淳らの解説に「祭天の主を象る」あるいは「祭天の主と為す」等とあって、互に照応し、互証するのである

と指摘し、例えば揚雄の甘泉賦に詠じられた、その金人の具体的な形体について、左記の如く結論されたのである。

疑問の余地なく、そこに詩的に表現された休屠王の金人の形態的特徴は正にシベリアのイェニセイ河畔のミヌシンスク盆地に散在する、カラスク文化期（前一〇〇〇年—前五〇〇年）〈近年では前二千年紀後葉—前一千年紀初頭の年代が与えられている〉の石人〈現在これらの石柱はカラスク文化期に先立つオクネフ文化期のものと考えられている〉のそれを彷彿せしめるものである。すなわち第一に「金人仡仡其れ鐘虡を承く兮」とは、柱状の下部に顔面のある特殊な偶像の全貌を鐘虡に喩えることによって、最も巧妙に、しかも要領よくこれを表現したものと見ることが出来る。何故ならば、鐘と虡とは藤田豊八、白鳥、原田淑人らの考証によって明白な如く、鐘、鼓、磬等の楽器類を懸垂する立木であり、鐘虡とはすなわち鐘を支える虡に他ならなく、漢代においては怪獣がその立木の下部に造り出され、鐘虡を承けているのを以て通例とした。すなわち漢代「鐘虡を承く」と言えば、何人にも直ちに立木の下に蹲る怪獣が連想され、「金人仡仡其れ鐘虡を承く兮」と言えば、その怪獣の代りに金人が立木の下に在って、それを承けている状を最も容易に彷彿せしめ得たのに相違ないのである。従って、柱状の下部に顔面のある特殊な偶像の全貌を一言にして表現せんとすれば、漢代においてこれ以上に巧妙適切な比喩はない訳である。かくて揚雄の「金人仡仡其れ鐘虡を承く兮」の一句によって、休屠の金人の全形体が、柱状の

下部に顔面を付加したものであることが明確になるのである。第二に「嵌巌巌其れ竜鱗」とは、カラスク文化期石人の柱状上部においてしばしば表出されているところの有鱗の竜蛇の如きものを指したものではあるまいか。第三に「光曜之燎燭を揚ぐ兮」とは同じ石人にほとんど常に見られるところの不可思議な表象《サイン》、◎に関する詩句に相違あるまい。これを日月星辰の光の象徴《シンボル》と観ることは不自然でなく、しかも揚雄が「揚ぐ」と言っている一語は、この表象が幾個か浮揚している実際をことに巧みに表現したものと言い得よう。最後に「太一之威神を象る」とは、太一神すなわち天神に象るというのであって金人の祭天の主たることを言い、孟康の漢書音義に前引の如く「祭天の主に象る也」とあるのに全く合致するのである。かくて揚雄の甘泉賦に詩的に表現された休屠王の金人が、シベリアのカラスク文化期の石人に酷似した形体のものであったことが判明するのである。すなわちそれは柱状の石像下部に奇怪な顔面を現わし、その上部に細長い竜蛇の如きものや、不思議な同心円状の表象が浮揚しているような偶像であって、これが青銅を以て鋳造されたものであろう。而してかくの如き柱状の偶像はシャマニズム的神霊憑依観においてのみ有り得る形体であって、休屠の金人が中国、インド、イランあるいはギリシア等の外国の神像でないことは、これによっても明瞭である。要するに、有名な休屠王の祭天金人は漢魏時代の学者の説く如く、祭天の神主として匈奴自身の手で鋳造されたもので、その形体はシベリアのカラスク文化期の石人に酷似したものと思われるのである

図七に、カラスク文化期（オクネフ文化期）の石人の図像を掲げる。[39]加えて、氏は、

唯だ休屠王の金人に就いて最後に留意さるべき一事は、既に羽渓も指摘した如く、霍去病の金人獲得が史記に再三特筆されており、匈奴の内情に相当精通しておった漢人にも余程目新しいものであったに相違ないことである。このことは匈奴の神統における諸神霊は蘢城の例によって明瞭な如く、多くは材木あるいは樹枝等の自然物に憑

> 依し、偶像化された憑依物すなわち神主を有つことは比較的少かったことを暗示する。換言すれば匈奴は大体においで最も本源的な素朴なシャマニズムの信奉者に他ならなかったのであろう

と、匈奴の神統に対する、神像の一般的な形を再確認した後、さらに径路神にも言及し、(40)

> 要するに、匈奴の祭祀は自然の林木あるいは樹枝を竪て積んだ如きいわゆる蘢城において天上界、地上界、地下界の諸神霊を祭祀するのを以て根本となし、時に休屠の金人のように柱状の偶像を作って神主となした場合もあったが比較的稀であり、唯だ径路刀のみが軍神の神像として直接祭祀の対象となった。しかしこれは外国の宗教的習俗の流伝した結果に他ならなかったのである

と論攷を結んで、シャーマニズムを基本とする、匈奴の祭祀全体の中に、神主としての金人と、神像（神体、神霊）としての径路神とを位置付けられたのであった。この江上説は目下、休屠王の祭天の金人に関する、最も優れたもので、漢武帝の甘泉殿に祀られた、銅像の姿を彷彿とさせて余りがない。小論も暫くそれに従いたい。すると、やはり甘泉宮には、金日磾の母の像と共に、父休屠王の祭天の金人も祀られていたことになるであろう。そして、甘泉宮にはまた、反魂伝説を伴う、武帝の愛妃李夫人の像のあったことも、前述の通りである。このように見てくる時、和林格爾後漢壁画墓や後漢武氏祠画象石に描かれた金日磾

図七　カラスク文化期の石人

図八　甘泉宮・秦直道（上）、麻池古城（下）

図における、甘泉宮のもつ意味が、予想外に大きいことに気付くのである。ここで、漢武帝と甘泉宮の関係を簡単に顧みておこう。

甘泉宮は始め、雲陽県（陝西省涇陽県北）にある甘泉山上に、秦始皇帝が営んだ離宮で、雲陽宮、林光宮とも称し、そこはまた、黄帝（秦始皇帝）以来、祭天の圜丘《えんきゅう》（冬至に天子が天を祭る壇）とされた所でもある（括地志一）。即ち、当地は、黄帝がよろずの神霊と接見した所謂、明廷に外ならず、また、近くの谷口（陝西省醴泉県東北）は、黄帝が竜に乗って天に上った所謂、寒門に当たると伝えられている（史記封禅書、漢書郊祀志上）。なお秦の甘泉宮に関しては、八五〇キロメートルに及ぶ直線の軍用道路、直道が、甘泉宮を起点としている（甘泉宮から北へ、内蒙古自治区、東勝市の城梁古城を経て、包頭市の麻池古城に至る。図八参照）ことにも、注意すべきである[41]。さて、漢武帝と甘泉宮との関わりにおいて、従来最も有名なものの一は、元鼎五（前一一二）年十一月、武帝が泰畤を甘泉に立てたことであろう（漢書武帝紀）。泰畤は、天神の泰一神を祀る祭壇のことである。武帝は先立って、元光二（前一三三）年十月、雍（陝西省鳳翔県）に五畤を祀り（五畤は、五帝〈黄、青、赤、白、黒帝〉を祭る壇）、元鼎四年十一月、汾陰《ふんいん》の脽《すい》（山西省栄河県北）に后土を祀っているが（后土は、后土神で、地神）、甘泉の泰畤は、それらに次ぐもので、後に天壇、地壇として知られる南北郊祀の先駆をなした。なおその六月、后土祠の傍から宝鼎が出現し、それも甘泉宮に収められた。即ち、元鼎改元のきっかけとなった鼎である。さらに元封二（前一〇九）年四月には、甘泉宮に通天台が作られ、それは高さが三十丈もあったと言われている（漢書武帝紀の顔師古注所引漢旧儀。一丈は、二・二五米）。甘泉の泰畤、汾陰の后土祀における祭儀について、例えば西嶋定生氏が、

以後三年ごとにこの上で武帝みずから上帝を祀る燎祭の儀が行われた。上帝は天上にあり、皇帝みずから高きに登って上帝と交会するためである。燎祭とは、そのときの犠牲を焼いて、その煙を上帝に到達させるための祭祀であって、この煙は長安城からも遠望されたという。これに対して后土の祭祀では、そなえられた犠牲は地中に埋められて后土にとどかせる。それゆえこれを瘞祀《えいし》といった。瘞とは埋めるという意味である

と説明されていることは、極めて興味深いこととしなければならない㊷。武帝はまた、通天台を作った年、甘泉宮に益延寿観を建てている（史記封禅書。漢書郊祀志下「益寿、延寿館」）。或いは、これは直接甘泉宮に関わることではないが、長安の未央宮の傍に建てられた柏梁台に関し、吉川氏が、

神神への思慕とからみあいつつ行われたもう一つの大事業は、種種の大建造物の構築であった。かくてまず構築されたのは、皇帝四十二歳の元鼎二年の春、長安の皇居、未央宮の北やぐらの中に、かぐわしい柏《ひのき》の木で立てられた柏梁台である。それは神霊に近づかんとする皇帝の意志を、物質の形で示した高楼であった。武帝がこの高楼の上で、群臣たちと詩の会を催したというのは、七言の詩の創始として、有名な話柄であるが、「妃女の唇を齧めば飴の如く甘し」という奇抜な句をも含むこの七言の連歌は、後世の擬作であるといわれる。柏梁台についでは、銅製の仙人の巨像が作られた。高さ二十丈、まわりは七かかえ、仙人は、大きな皿をのせた手を空中にさしのべている。そこにたまった露に、玉の屑をまぜて、天子が飲むのである。いわゆる仙人掌、承露盤であるが、こうして銅製もしくは石造の、人もしくは動物の巨像は、このほかにもあちこちに作られた。それには匈奴

の習俗の影響があろうとするのは、藤田豊八博士の説である。霍去病が、第二回の遠征に、匈奴の「祭天の金人」

を持ち帰ったことは、前に……説いた

と指摘されていることは、武帝と休屠王の祭天の金人との関連を考える上で、非常に示唆的な事実とすべきである[43]。また、武帝はその最晩年、末子弗陵（後の昭帝）を皇太子としているが、立太子に先立って、母の鉤弋夫人《こうよくふじん》（趙倢伃）に、国母として若過ぎることを以って、さしたる罪のないまま、死を賜わっている（褚少孫補史記）。そして、武帝はその鉤弋夫人のために、甘泉宮に通霊台を作ったことが後漢、王褒の雲陽宮記（三輔黄図三所引）に、

王褒雲陽宮記曰、鉤弋夫人従至二甘泉一而卒。尸香聞十餘里、葬二雲陽一。武帝思レ之、起二通霊台于甘泉宮一。有二一青鳥一、集二台上一往来、至二宣帝時一乃不レ至

と見えるのである[44]。ところで、例えば和林格爾後漢壁画墓の金日磾図における、榜題「甘泉」の意味を考える上で、もう一つ上げておきたい事実がある。それは前述、漢武故事に、例の方士李少翁に纏わるエピソードとして、

斉人李少翁、上甚信レ之、拝為二文成将軍一、以レ客礼レ之。於二甘泉宮中一画二太一諸神像一祭二祀之一。少翁云、先致二太一一、然後升レ天。升天後可レ至二蓬萊一

と見えることである。これは、後に甘泉に泰畤が立てられることの、言わば前史に属する事柄であろうが、そのまんざら虚誕でないことは、史記封禅書に、

斉人少翁、以二鬼神方一見レ上……於レ是乃拝二少翁一為二文成将軍一、賞賜甚多、以二客礼一礼レ之。文成言曰、上即欲二与レ神通一、宮室被服非レ象レ神、神物不レ至……作二甘泉宮一。中為二台室一、画二天地太一諸鬼神一、而置二祭具一、以致二天神一

とあることからも知られよう（史記孝武本紀、漢書郊祀志上にも同文が見える）。即ち、甘泉宮には、李夫人の画像

のみならず、天神太一の像も掲げられていたのである。

このように、漢武帝と甘泉宮との関係を振り返ってみると、甘泉宮は、武帝にとって啻ならぬ施設であったことが、了解される。即ち、それは武帝にとって、天子として天を祭り、父たる天神に接見する場であり、また、時に招魂を伴う、神人交会の場に外ならなかった。故に、金日磾の母の肖像は、単に故母を偲ぶ縁として掲げられただけのものではない。当時、その肖像の掲げられた甘泉宮は、天子によって故人との邂逅を確約された場であり、日磾は、間違いなく亡き母との再会を果したものと考えられるのである。ところで、そのような武帝と甘泉宮との関わりは、武帝の神仙に対する傾倒の一端と捉えられようが、一方で、儒学の定立者とされる武帝像を思い描く時、その今日的理解の難しさについては、例えば吉川氏による、

ただここに、いささか考えるべきことは、武帝のころの儒学の姿である。当時の儒学は、過度に純粋化された宋以後の近世の儒学のごとく、強く神秘に反撥するものではなく、むしろ神秘と習合したものであったと考えられることは、はじめに述べた通りである。それはかの司馬相如風の美文が、宋以後の純化された儒学からは往往敵視されるにもかかわらず、武帝の時代にあっては、むしろ儒学的実践であったのと、似ている。当時の儒学が呪術的要素に富むことは、第一の儒者董仲舒がそうであるばかりではない。たとえば、夏侯始昌という「書経」の学者が、柏梁台の火災を、日時まで伴なって予言したというのも、その一例である。また呪術とむすびついた種の大建築も、一方では儒学的な文化主義をも満足するものであったであろう。儒学における文化の意識が、もっぱら精神的な方向に軸を傾けることになったのは、宋以後のことである。漢代の儒学は、そうではない。文化はかならず、はっきり目に見える物質的な徴証をもたねばならぬ。その意味からいえば、建章宮の建設は、武帝の懐抱する文化主義の総決算でもあった

という重要な指摘を、今一度想起する必要があるだろう㊺。そして、後漢武氏祠画象石、和林格爾後漢壁画墓に残された金日磾図の表現内容に関し、その挿話の舞台となった甘泉宮には当時、上述のような神人交会の場としての意味があったことを、両図像解釈における、欠くべからざる背景として、ここに提示しておきたく思うのである。

なおここで、後漢武氏祠画象石に見える榜題中の語句をめぐり、もう一つ付け加えておきたい事柄がある。それは、先に触れた、匈奴の王后を意味する閼氏（漢書）、焉提（論衡）という語句についてである。閼氏は、『漢代画象の研究』の解説末尾に、後漢武氏祠画象石の「榜題に「休屠王像」というのは「休屠王閼氏像」とあるべきものである」とされた言葉であった。最後に、この言葉の由来及び、後漢武氏祠画象石の榜題の問題を、少し考えてみたい。

そもそも閼氏が匈奴語であって、匈奴の王后を指す語とされることは、古来一定しているが、問題は、その閼氏と、紅《べに》或いは、紅を作る植物である燕脂《えんじ》（燕支、臙脂、焉支、胭脂などとも書く）という語、及び、それを特産とする焉支山（甘粛省山丹県東南にある山。大黄山。焉氏、胭脂、燕支、閼氏などとも書く）という呼称との関係である。因みに、この焉支山は、休屠王の故地にあった山で、藤田豊八氏は、元狩二年の春、霍去病による対匈奴戦出撃の際に記された用例が、「支那史上に焉支山の名が見えた初めである」と指摘されている㊻。さて、これらが互いに関連する語らしいことは、晋、習鑿歯による「習鑿歯与㆓燕王㆒書」（史記匈奴列伝の索隠所引）に、

山下有㆓紅藍㆒、足下先知不。北方人探㆓取其花㆒染㆓緋黄㆒、挼㆓取其上英鮮㆒作㆓煙肢㆒、婦人将用為㆓顔色㆒。吾少時再三過㆓見煙肢㆒、今日始視㆓紅藍㆒、後当㆘為㆓足下㆒致㆗其種㆖。匈奴名㆑妻作㆓閼支㆒、言㆔其可㆑愛如㆓煙肢㆒也。閼音煙。想㆕足下先亦不㆔作㆑此読㆓漢書㆒也

同「習鑿歯与㆓謝侍中㆒書」（爾雅翼三所引）に、

此有㆓紅藍㆒。北人采㆓取其花㆒作㆓煙支㆒。婦人粧時、作㆓頬色㆒用如㆓豆許㆒。按令㆑遍㆑頬殊覚㆓鮮明㆒。匈奴名㆓妻閼氏㆒、

言㆓可㆑愛如㆓燕支㆒也。故匈奴有㆓煙支山㆒

とあり、また、西河旧事（史記匈奴列伝の索隠等所引）に引く、匈奴が二山（祁連山と焉支山）を失った時の歌に、

匈奴失㆓二山㆒、乃歌云、亡㆓我祁連山㆒、使㆓我六畜不㆓蕃息㆒、失㆓我燕《（焉）》支山㆒、使㆓我嫁婦《（婦女）》無㆓顔色㆒

などとされることから（（ ）は北堂書鈔一三五等所引）、およその想像が付く。以下、閼氏の語義に関する、従来の研究史を、一瞥しておく。

まず白鳥庫吉氏は、右記の「習鑿歯与㆓燕王㆒書」について、

焉支は煙支《（肢）》の異訳にて、此の山中に煙支を産するが故に、その名を得たるなり。習鑿歯は匈奴語皇后の号閼氏を煙支に起れりと為せど、是れ固より俗解たるを免れず

とし、「yen-si と音ずべ」き閼氏に対して、漢書匈奴伝上（元狩二年春）に見える「焉耆山」の「前漢時代の訳名たる……音韻」を、漢書補注の「耆与㆑支同」によって、「焉耆と焉支とは同音なり……然らば焉支は yen-ki と発音せしもの」であるとして、

因つて想ふに、匈奴語の焉支・煙支は yen-ki と音じ、蒙古語の öngge, öngö, üngü、Turk 語の üng, öng, öngün の対音なるべし。而して此の言の原義は色・光彩なるべきが、其れより転じて或は顔色・容貌をいひ、或は顔色を粧飾する花粉・花英をもいひしなるべし。果して然らば、匈奴語にては焉支と閼氏とは全く関係なき言と知るべし

と断じられた[47]。即ち、白鳥氏は、染料の臙脂と焉支山の焉支との関連はともかく、それらと匈奴の皇后を意味する閼氏とは、全く関係のない、別の語句であるとされたのであった。

その白鳥説に異義を唱えられたのが、藤田豊八氏である。藤田氏は、白鳥説に反論して、

予輩は博士が焉支を yen-ki と音ずるを如何かと想ふのであつて、之を蒙古語の ünge, öngö, üngü, Turk 語の üng, öng, öngün の対音とせらる、に賛成し兼ぬるのである。況んや此語には色・光彩の義はあるが、顔色を粧飾する花粉・花英の義あるや否や疑はしく、これあるべしとは単に博士の想像に止まるに於いてをやである。いふまでもなく紅藍即ち safflower（*Carthamus tinclorius*）は極めて古代から埃及及び印度に栽培せられ、特に印度からは黄色及び紅色の染料として頗る多く輸出せられて居るのである

と言い、まず、「焉支山の焉支を婦女の顔色の出づるところと伝ふる西河旧事の所伝も、強ち後世の附会とすることは出来ない」とし、次に、「習鑿歯与二燕王一書」に関して、「習鑿歯は此〔煙肢〕を以て匈奴の后号閼氏を解釈せんとした」、「換言すれば閼氏は婦女の用ゆる顔色の名から来たといふ」ことも、論衡乱竜篇（「署曰、休屠王焉提」）を見れば、「焉提即ち閼氏は焉支と同音であるといふことが出来る」ことから、

焉提・焉支・燕支・煙支・燕脂等は閼氏と均しく es, eš, as, esi, eši, asi, aši などに対したものであるとして毫も不都合はないのである

として、

予輩は焉支・燕支・煙支・燕脂が閼氏・焉提と極めて相近似せる語なるを想ひ、閼氏・焉提が Turk 語の eš 或は yš 若くはその或る原形の対音と信ずるに於いて、焉支・燕支・煙支・燕脂は均しく、Turk 語 ašy 若くはそのある原形の対音であらうと信ずるのである

と述べられた。[48] つまり藤田氏は、臙脂、焉支山、閼氏三語間の密接な関係を認められた訳である。

臙脂、焉支山、閼氏三語、特に臙脂、焉支と閼氏との関係をめぐる論争に終止符を打たれたのが、江上波夫氏である。江上氏は、まず従前の研究史を概観して、

白鳥庫吉はこの習鑿歯の説を以て一個の俗解に過ぎずとして一蹴し、閼氏と煙支とは全く別個の音を有する別個の語、すなわち閼氏はトゥングース語で妻の義を有する asi の対音、焉支は yen-ki と音じ、蒙古語の öngö, üngü、トルコ語の üng, öngün の対音とした。しかるに銭大昕はつとに閼氏が王充の論衡（巻一六）乱竜篇に「焉提」と書かれていることに注意し〔十駕斎養新録四〕、ラウファーはこのことより、氏、支の同音（d'i, di, ti）を推定したが、藤田豊八も提には題の音があるとともに、是の音もあって支に通じ、焉提すなわち閼氏は焉支と同音ということが出来る、従って白鳥が焉支を yen-ki と音じて、蒙古語の öngö, üngü 等の対音としているのに賛成しかねると論じた。そうして私は藤田の所説を正当であると認定するものである

と言い、白鳥説を否定して藤田説を至当と認め、さらに史記五十六陳丞相世家二十六の集解及び、文選二十七石季倫「王明君詞」李善注に、

　蘇林曰、閼氏音焉支、如㆓漢皇后㆒

とあり、なお漢書八宣帝紀八の「閼氏」注に、

　服虔曰、閼氏音焉支

と見えることを上げて、

　漢代既に閼氏と焉支とは同音とされ、しかもそれが服虔の如き当時の字音学の大家によって説かれている以上、もはや両語の同音は疑う余地がないと思われる。しかりとすれば白鳥の焉支の古音 yen-ki 説は藤田が反対した如く不可であって、焉支は閼氏と均しく、es, eš, as, eši, asi 等の音に対したものでなければならないのである

とされた。[49] そして、氏は、

しからば何故匈奴の妻の呼称たる閼氏と彼らの顔面塗料たるsafflowerの名称焉支（煙支）が匈奴において同音

の語なのであろうか。これは単なる偶然の一致か、それとも両語の間に何等かの関係が存するのであろうかということが、次の問題となって来るのである

と指摘して、太平御覧七一九に、

班固曰、匈奴名レ妻作二閼氏一、言三可レ愛如二燕支一

と引かれる班固説に注目し、それは、

この問題解決に一の暗示を与えるものであろう、すなわちこの班固の解釈は、習鑿歯が烟支の説明の際に殊更に閼氏を引合いに出したのとともに、古く漢魏晋時代、匈奴の妻の呼称が燕支（煙支）すなわち、safflower に由来するという考説の存在を物語っており、しかも前述の如く閼氏の音と焉支、燕支等の音が同音であるとするならば、その説は充分考慮に値すると思われる

と述べて、西河旧事（「失二我燕（焉）支山一、使三我嫁婦（婦女）無二顔色一」）の「嫁婦」（「婦女」）から、「匈奴の間において焉支を顔面塗色となしたものは婦人のうちにあっても既婚の女であったらし」いと推定、「のみならず、蒙古地方においては近世まで婦人が煙支を両頰に塗飾する風が行われたが、それも既婚の婦人に限られていた」諸例を上げて、

この近世の蒙古貴婦人の風俗こそは、年代の距りこそあれ、匈奴の場合においても焉支を塗飾した婦人が既婚の女、ことに貴族階級の嫁婦であったろうという推測に導く民族誌的好資料と看做されよう。かくて文献的所伝並びに民族誌的事例によって焉支を顔面に塗施したのは匈奴の貴夫人に他ならなかったと推定可能で、匈奴がその妻を呼んで閼氏（焉支）といった所以もおのずから釈然とするように思われる。およそ服飾上の、ことに身体装飾上の特徴を以て人の性別、年齢、身分、階級等の差別的呼称となす例は古今東西決して少しとしない……かように服飾あるいは身体装飾上の特徴に基いて人を識別呼称する風が極めて普遍的なものであるとすれば、匈奴の

既婚の女、特に貴族の夫人が焉支を以て顔面に施した場合、それを以て既婚の女、特に貴夫人の呼称となしたということも大いに有り得ることであって、何ら異となすに足らないであろう。かくて匈奴の妻の名称閼氏が saf-flower の名称燕支、焉支に出でたという漢人の所説が信じられると同時に、焉支が匈奴の既婚の女の服飾、身体装飾中にあって特に目立ったもの、いわば貴人の妻たることの社会的標識とも認むべきものであったことも容易に想像し得られるのである。尤もそれが容色としても役立ったことは言うまでもないであろう

と論断されたのである。加えて、氏は、「焉支が匈奴の妻女の顔面に如何ように塗施されたか」という疑問についても、上掲「習鑿歯与謝侍中書」（爾雅翼所引）の記述を、「焉支塗施の大要を示している」ものと考え、この所伝において焉支を頬に施すという点は前述の近世蒙古婦人の胭脂飾に就いての記載に照応し、また豆形に塗色したという点は近代の蒙古貴婦人の間に全く同様な実例を見るのである。かように後世の例に徴し、この謝侍中に与える書の記事に大体信を措くことが出来るとすれば、焉支は匈奴の妻女の顔面のうち両頬に豆大の小円形に塗付されたものであろう

ことを明らかにして、なおその「風俗の起源」に関し、西方原産で、おそらく彼らが接触した西蔵系あるいはイラン系の人々（氐羌あるいは西域人）より受入したものであろうと推測される

と指摘されたのである。

かくして、匈奴の王后を指す、匈奴語から来た閼氏（焉提）が、彼の地にある焉支山同様、植物の臙脂を起源とする、非常に由緒深い言葉であったことが知られる。[50] 従って、閼氏（焉支）は、語史的にかつて大きな意味の広がりを有した語句であり、それは紅《べに》の一呼称として、実は我々日本人にも身近で馴染み深い言葉であったことに、私は今更

ながら深い驚きを覚えるのである。さて、後漢武氏祠画象石の金日磾図における榜題、「休屠（王閼氏）像」について、その「閼氏」なる語をめぐる如上の背景を、まずここで確認しておきたい。

ところで、前掲『漢代画象の研究』解説末尾に、後漢武氏祠画象石における、

　榜題に「休屠王像」というのは「休屠王閼氏像」とあるべきものである

とされることに関しては、さらに一考の余地がある。[51] その金日磾図の現状は、前述の如く右半を大きく欠いていて（図三参照）、右半の原姿については、「石の欠ける以前の宋時代の写生図」（解説）たる隷続等を参看せざるを得ない（図四）。ところが、隷続は、右半の榜題を、「休屠像」に作っているので（隷釈十六も同じ）、それでは日磾の父を指すことになって、話の辻褄が合わなくなってしまう。そこで、解説は、母を指すべく、「休屠王閼氏像」と三文字を補われた訳である。このことに関しては、夙に瞿中溶が、

　則像為二日磾之母一、当レ題二休屠王閼氏一、不レ当三但云二休屠像一

と指摘した通りである（漢武梁祠堂石刻画像攷六）。また、隷続を参看した石索三が、「今此図但称二休屠一、而不レ言二王閼氏一。或隷続省文耳」とも言うように、意味不通の「休屠像」（隷続）については、確かに何らかの省略を想定せざるを得ない。しかし、その省略部分を例えば解説の如く、「休屠王閼氏像」とすることには、聊か問題がある。まず解説の傍線部は、漢書の「署曰、休屠王閼氏」に基づいて補われたものである。ところが、後漢武氏祠画象石の今一つの榜題、「騎都尉」は、漢書（「駙馬都尉」）とは一致しなかった。それが一致するのは前述の通り、論衡に外ならない。故に、もし隷続の録した「休屠像」に何らかの省略を考えるとするならば、漢書ではなく、後漢武氏祠画象石の榜題と同じ系統に立つと見られる、論衡の「署曰、休屠王焉提」に拠って、

　休屠王焉提像

とすべきであろう。

一方、榜題「休屠像」（隷続）の纔か三文字に対し、「王焉提」などの省略を想定することは、省略文字数が多過ぎるように思われる。ここで興味深いのが宋、史縄祖の学斎佔畢三に録された、後漢武氏祠画象石の榜題で、学斎佔畢は、件の榜題を、

休屠象

と作っている。だから、「休屠像」（隷続）は、「休屠象」（学斎佔畢）であったかも知れないのである。すると、象の異体（為等）は、焉に似ている所から、[52]問題の榜題は、

休屠焉（提〈支〉）

であった可能性がある。四文字目（提、または、支など）は、宋代既に剝落、或いは、磨滅していたものであろう。そして、その意味は、休屠の王后、即ち、日磾の母を指すものとなる。焉支に様々な表記のあり得ることは、先に見た如くである。最後にここで、件の榜題を「休屠（王閼氏）像」とする旧説に対し、

休屠王焉提像

ないしは、

休屠焉提（支）

とする一説を示して、大方の教示を乞う。

さて、金日磾図また、その孝子伝は何故滅びてしまったのであろうか。それには二つの理由が考えられる。一つは、金日磾譚の舞台となった甘泉宮の意味が後世、見失われたことである。その結果、学的体系化の黎明期を迎えた儒学（例えば孝思想のイデオロギー化に大きな役割を果した、郡国による孝廉の制度は、漢武帝の元光元〈前一三四〉年

に始まる〈漢書武帝紀〉）を背景とする、甘泉宮をめぐる神人交会の物語は、姿を消し、そこに掲げられた日磾母の肖像は、単なる一枚の絵としか、理解出来なくなってしまった。甘泉宮についてさらに思い併すべきは、例えば漢成帝の建始元（前三二）年十二月、匡衡らの建議によって、始めて甘泉の泰畤が廃止され、翌年一月、長安南郊における郊祀が開始されていることである（漢書成帝紀、郊祀志下）。以後永始三（前一四）年及び、哀帝の建平三（前四）年に二度、その復活が企てられたが、最終的に平帝の元始五（後五）年、王莽らの建議によって、甘泉の泰畤は、汾陰の后土などと共に完全に廃止され、代わって長安における南北郊が定着を見るに至っている[53]。このことは、神人交会を中心とする甘泉宮史の閉幕を告げる出来事と捉えることが出来る。

もう一つの理由は、主人公の金日磾が、漢民族でなく異民族即ち、匈奴の出身者に外ならなかったことである。元匈奴の太子であったにも関わらず、武帝に対し生涯無比の忠臣であり続けた日磾は、決して分かり易い人物ではなかった。己れの長男が宮女と戯れているのを目にした日磾は、直ちに長男を殺している。また、日磾は、白刃を帯びて武帝に忍び寄る叛臣莽何羅に対し、単身これに挑み掛かり、殿下に投げ付けた（漢書金日磾伝）。これらの場面には、表面的に穏やかな日磾の性格の、奥深くに秘められた、尋常ならぬ激しさを窺わせるものがあるが、一方において日磾は、自らが匈奴であることを、片時も忘れることがなかったようだ。例えば武帝から賜った宮女に、日磾は決して近付こうとしなかったし、武帝が日磾の娘を後宮へ入れようとしても、頑として承知しなかった。また、武帝の晩年、少主（後の昭帝）の輔佐役を霍光から譲られた日磾は、「臣は外国人であり、かつ匈奴に漢を軽んじさせますので――（臣外国人、且使二匈奴軽一レ漢）」と述べて[54]、それを固辞している（同上）。一つは、このような主人公日磾の立場、性格の複雑さが、幼学の読者を遠ざけるに至ったものであろう。

それにしても、二千年近い時間を経て僅か二点、文化財として今日に伝わる金日磾図は、文字通り貴重な文化史的遺産と称するに足る。そして、驚くべきことに、それが一旦滅び去ったことも含め、二枚の金日磾図が古典として私達に語り掛けることは、甚だ多い。例えば異なった民族、文化が出会い、衝突した時、その渦中に巻き込まれた個人に何が起き、何を為し得るか、日磾の生涯は、なお現代の社会において、深く考えさせずにおかないものがある。小論は、金日磾図を残しつつ、失われた孝子伝の側面から、その謎の幾つかを解明しようとしたに過ぎない。

注

① 吉川幸次郎氏『漢の武帝』（岩波新書24、岩波書店、昭和24年。引用は、吉川幸次郎全集6〈筑摩書房、昭和43年〉に拠る）四章の下「望思」九

② 李夫人の曲舞の曲拠などについては、伊藤正義氏『謡曲集』下（新潮日本古典集成79回、新潮社、昭和63年）所収の『花筐』及び、その各曲解題を参照されたい。

③ また、漢書郊祀志にも、

明年、斉人少翁以レ方見レ上。上有下所レ幸李夫人上、夫人卒、少翁以レ方蓋夜致二夫人及竈鬼之貌一云、天子自二帷中一望二見焉一。乃拝二少翁一為二文成将軍一、賞賜甚多、以二客礼一礼レ之

とあり、さらに後漢、荀悦の漢紀十四、太初四年条にも、

及二〔李〕夫人卒一、上以二厚礼一葬レ之、図二画其形於甘泉宮一……上思二念李夫人一不レ已、有二方士少翁一言三能致二其神一。乃夜張レ燭、設二帷幄一、陳二酒食一、而令下上居二他帷一遥中見好女子如二李夫人一還帳坐上、而眇然不レ得二就視一

と見える。なお二十巻本捜神記二に、

漢武帝時、幸二李夫人一。夫人卒後、帝思念不レ已。方士斉人李少翁、言三能致二其神一。乃夜施二帷帳一、明二灯燭一、而令下帝居二他帳一遥望上之。見三美女居二帳中一、如二李夫人之状一、還幄坐而歩、又不レ得二就視一。帝愈益悲感、為作レ詩曰、是耶、非耶。立而望レ之、偏娜娜。何冉冉其来遅。令三楽府知音家弦二歌之一

抱朴子二論仙に、

按二漢書及太史公記一皆云斉人少翁、武帝以為二文成将軍一。武帝所レ幸李夫人死、少翁能令三武帝見レ之如二生人状一。又令三武帝見二竈神一、此史籍之明文也

などともある。なお、新楽府に言う「反魂香」のことは、漢書外戚伝等には見えない。反魂香については、例えば明、李時珍の本草綱目三十四「返魂香」の集解に、

珣曰、按二漢書一云、武帝時、西国進二返魂香一。内伝云、西海聚窟州有二返魂樹一、状如二楓柏一、花葉香聞二百里一。采二其根一于二釜中水一煮二取汁一、煉レ之如レ漆、乃香成也。其名有レ六、曰返魂、驚精、回生、振霊、馬精、却死。凡有二疫死一者、焼二豆許一薫レ之再活。故曰二返魂一。時珍曰、張華博物志云、武帝時、西域月氏国、度二弱水一貢二此香三枚一。大如二燕卵一、黒如二桑椹一。値二長安大疫一。西使請下焼二一枚一辟上レ之。宮中病者聞レ之即起。香聞二百里一、数日不レ歇。疫死未二三日一者、熏レ之皆活。乃返生神薬也

とある（前半「珣曰」の類文が宋、唐慎微の証類本草十二にも見える）。今本の博物志二異産には、類文があるが、漢武帝内伝には見えないようで、その類文は東方朔撰と伝える海内十洲記に、

聚窟洲……洲上有二大山一、形似二人鳥(神)之象一。因名レ之為二神鳥山一。山多二大樹一、与二楓木一相類。而花葉香聞二数百里一、名為二反魂樹(香)一。扣二其樹一亦能自作レ声、声如二群牛吼一。聞レ之者皆心震神駭。伐二其木根心一、於二玉釜中一煮二取汁一。更微火煎如二黒糖状一、令レ可レ丸レ之。名曰二驚精香一、或名レ之為二震霊丸一、或名レ之為二反生香一、或名レ之為二震檀香一、或名レ之為二人鳥精一、或名レ之為二却死香一。一種六名、斯霊物也。香気聞二数百里一。死者在レ地、聞二香気一、乃却活、不二復亡一也。以三香薫二死人一、更加二神験一。征和三年、武帝幸二安定一。西胡月支国王、遣レ使献二香四両一。大如二雀卵一、黒如二桑椹一。帝以三香非二中国所(日)レ有、以付二外庫一……到二後元元年一、長安城内、病者数百、亡者大半。帝試取二月支神香一、焼二之於城内一。其死未二三月一者皆活、芳気経二三月一不レ歇。於レ是信知二其神物一也

等と見えている（増訂漢魏叢書本に拠り、続談助一等を参照した）。さて、我が国の資料において、例えば注②前掲書の各曲解題に掲げられた、言泉集亡妻帖所収の、

反魂香事

或双紙云、唐土有二一国一、名二受久州一。有二一樹一、名二反魂香一、亦名二反生樹一。取二此木枝一火焼、其煙行、死人相具来也。漢王后李夫人死之後、此木焼、即相具来、漢王相見云々。瑩レ石造レ像、弥迷二恋慕悲哀之情一。焼レ香反レ魂、更残二縹眇悠揚之怨一。実定為亡室堂供養。

已上先師法印草

など（澄憲の作であろう）、「受久州」は聚窟洲の宛字であって、それ以下、海内十洲記を源泉とし、また、「瑩レ石造レ像」云々は、拾遺記へと溯り（河海抄宿木「むかしおほゆる人かたをもつくりゐにもかきとりておこなひ侍らんと」注に、「武帝以二董仲君一李夫人《ノ》皃《ヲ》作《ルニ》、以《ス》二温石一温石ハ和ナル石也」などとも見える。また、江談抄六49参照）、さらに標題を始め、「焼レ香反レ魂、更残二縹眇悠揚之怨一」等は、基本的に新楽府「李夫人」を踏まえることが明らかで、短文ながらその成り立ちの単純ではないことに注意する必要がある。

④　吉川氏注①前掲書四章の上「返魂」一―四

⑤　吉川氏注①前掲書二章の上「匈奴」一、三章の上「西域」一、四章の上「返魂」一

⑥　吉川氏注①前掲書巻末の年表による。

⑦　なお文選二十三潘安仁「悼亡詩」李善注の引く桓譚新論は、北堂書鈔所引のそれと同文ながら、前述太平御覧六九九のそれと同様、夫人の名を李夫人としている。参考までに、李善注所引の桓譚新論の本文を示せば、次の通りである。

桓子新論曰、武帝所レ幸李夫人死。方士李少君言二能致一其神一。乃夜設レ燭張レ幄、令下帝居二他帳一遥中見好女似二夫人之状一還帳坐上也。

⑧　このことについて、例えば黄暉氏は、

暉按、仲任（王充の字）述二漢事一、多本二史記一、則自然篇作二「王夫人」一是。此則後人妄改也

と言われ（『論衡校釈（附劉盼遂集解）』〈新編諸子集成一輯、中華書局、一九九〇年〉三、巻十六乱竜篇）、劉盼遂氏は、

盼遂案、「王夫人」当二是「李夫人」之誤一。本書乱竜篇紀二此事一正作二「李夫人」一。漢書外戚「李夫人死、方士少翁致二其神一」。

此仲任所レ本。惟史記封神書作二王夫人事一、後学径二拠史記一、改二本文一為二王夫人一矣と言われている（同巻十八自然篇）。

⑨　和林格爾後漢壁画墓における孝子伝図については、本書Ⅰ二2参照。また、その魏陽図のことは、本書Ⅱ一4に述べた。

⑩　和林格爾後漢壁画墓については、内蒙古文物工作隊、内蒙古博物館「和林格爾発現一座重要的東漢壁画墓」（『文物』74・1。当誌にはまた、金維諾氏「和林格爾東漢壁画墓年代的探索」など、本墓に関する四編の論文も載る）、蓋山林氏『和林格爾漢墓壁画』（内蒙古人民出版社、一九七八年）、内蒙古自治区博物館文物工作隊『和林格爾漢墓壁画』（文物出版社、一九七八年）などに詳しい。

⑪　本墓の孝子伝図の並びが、三、四層の列女伝図と列女伝との対比から推して、漢代孝子伝の配列また、内容を反映している可能性が高いことは、本書Ⅰ二3に述べた。

⑫　孝子伝図については、拙著『孝子伝の研究』（佛教大学鷹陵文化叢書5、思文閣出版、平成13年）Ⅱ一、陽明本、船橋本両孝子伝を始めとする孝子伝については、同書Ⅰ一及び、本書Ⅰ一をそれぞれ参照されたい。また、両孝子伝の内容その他に関しては、幼学の会『孝子伝注解』（汲古書院、平成15年）参照。

⑬　金日磾図及び、10魏陽、11原谷、また、14三老、仁姑等の榜題のみは、注⑩前掲の三書に報告されている。三書の内、文物出版社版『和林格爾漢墓壁画』は、本墓の壁画殆ど全てを収める大冊であるが、孝子伝図に関しては、北壁の5老萊子から10魏陽図の途中（左半）までが、原図のカラー図版の一部として収載されるのみである（91頁、「燕居、歴史人物（之二）」。90頁、「燕居、歴史人物（之一）」の原図の図版は、惜しいことに、孝子伝図の描かれた第一層が切れている。また、138、139頁上段、「歴史人物」には、1舜から9伯瑜までの摸写図のモノクロ図版が収載されていて、参考になる。この摸写図は、本墓の発見された翌一九七二年から七三年に掛けて制作されたもので、平成16年9月の訪中時、内蒙古自治区文物考古研究所、郭治中氏の御尽力により現在、内蒙古自治区博物館に所蔵されていることが判明した。その折のメモによれば、9伯瑜図の後は、摸写されていないようである。従って、本墓の孝子伝図原図について言えば、1舜から4董永までと、10魏陽図以下との図像が未紹介となっている。

⑭　逸文を中心とする孝子伝の本文については、注⑫前掲拙著Ⅰ一1及び、本書Ⅰ一2、3参照。

⑮　図三は、容庚『漢武梁祠画像録』（考古学社専集13、北平燕京大学考古学社、民国25年）に拠る。

⑯　長廣敏雄氏編『漢代画象の研究』（中央公論美術出版、昭和40年）

⑰　匈奴の国家については、護雅夫氏「北アジア・古代遊牧国家の構造」（岩波講座世界歴史6「内陸アジア世界の形成」3〈岩波書店、昭和46年〉所収）以下また、近時の、沢田勲氏『匈奴　古代遊牧国家の興亡』（東方選書31、東方書店、平成8年）、加藤謙一氏『匈奴「帝国」』（第一書房、平成10年）などに詳しい。また、後述河西四郡の設置に関しては、日比野丈夫氏「河西四郡の成立について」（同氏『中国歴史地理研究』〈東洋史研究叢刊30、同朋舎、昭和52年〉所収。初出昭和29年）参照。

⑱　後漢のものではあるが、漢紀十三（元狩二年条）は、漢書に基づいたものである。その本文を示せば、次の通りである。

休屠王子曰二日磾一、与二母閼氏及弟倫一倶没二入官一、輸二黄門一養レ馬。休屠王祭レ天作二金人一、故曰二金氏一。上遊二後庭一視レ馬、後宮満（レ側）。廄掌養事数十人莫レ不二窃視一、（日）磾独不二敢視一、馬又肥好。日磾長八尺二寸、容貌甚厳麗。上異而問レ之、以レ状対。即日拝為二馬監一、後為二光禄大夫侍中一。上甚信二愛之一、賞賜累二千金一、出則参乗、入則侍二帷幄一。貴戚左右皆曰、陛下（安妄）得二一胡児一、而反貴二重之一。上益厚焉。日磾母教二二子一有二法度一、母病死、上図二母形於甘泉宮一。日磾毎レ朝、見二母画像一、常拝泣而後去

中で、梁武帝の孝思賦に引かれた金日磾譚は、極めて興味深いものである。孝思賦の本文を示せば、次の通りである（全梁文一に拠り、広弘明集二十九を参照した）。

観二休屠之日磾一、豈教義之所レ及。見二甘泉之画像一、毎二下拝一而垂レ泣。忽心動而不レ安、遽入侍二於帝室一。値二何羅之作一レ難、乃捨《（検）》レ之以投レ瑟。超二王臣之称一レ首、冠二誠勇而無一レ匹

孝思賦の金日磾譚には、漢武帝の晩年、征和二（前九一）年七月に起きた巫蠱《ふこ》の獄（巫蠱は、桐の人形を地中に埋め、相手を呪殺しようとする術。戻太子〈皇太子拠。母は衛子夫〉が武帝を呪った疑いを掛けられ、自殺に追い込まれた事件。検察官の地位にいた江充の仕組んだもので、後に冤罪であることが判明、江充の一族は武帝によって皆殺しにされた）の余波として、後元元（前八八）年六月に、莽何羅（元、馬何羅という）と弟の通らの企てた謀叛についての言及があるが、漢書金日磾伝の

叙述とは、少し異なるようだ（漢紀十五も、漢書とほぼ同文）。孝思賦は孝子伝に拠っている可能性があり（序に、「毎㆑読㆓孝子伝㆒、未㆔嘗不㆓終㆑軸輟㆑書悲恨㆒、拊心嗚咽」とある）、右の金日磾がもし孝子伝に拠ったものであるとすると、それは当時の孝子伝の金日磾譚の消息を伝えるものとして、非常に貴重な資料としなければならない。参考までに、漢書金日磾伝の関連部分を掲げておく（末尾に、小竹武夫氏による現代語訳〈『漢書』中、列伝Ⅰ、筑摩書房、昭和53年〉を添えた）。

初、莽何羅与㆓江充㆒相善、及㆔充敗㆓衛太子㆒、何羅弟通用㆘誅㆓太子㆒時力戦㆖得㆑封。後上知㆓太子冤㆒、乃夷㆓滅充宗族党与㆒。何羅兄弟懼㆑及、遂謀為㆑逆。日磾視㆓其志意有㆒㆑非㆑常、心疑㆑之、陰独察㆓其動静㆒、与倶上下。何羅亦覚㆓日磾意㆒、以㆑故久不㆑得㆑発。是時上行㆓幸林光宮㆒、日磾小疾臥㆑廬。何羅与㆓通及小弟安成㆒矯㆑制夜出、共殺㆓使者㆒、発㆑兵。明旦、上未㆑起、何羅亡㆑何従㆑外入。日磾奏㆑廁心動、立入坐㆓内戸下㆒。須臾、何羅褎㆓白刃㆒従㆓東箱㆒上、見㆓日磾㆒、色変、走㆓趨臥内㆒欲㆑入、行触㆓宝瑟㆒、僵。日磾得㆑抱㆓何羅㆒、因伝曰、莽何羅反。上驚起、左右抜㆑刃欲㆑格㆑之、上恐㆔幷㆓中日磾㆒、止勿㆑格。日磾捽㆑胡投㆓何羅殿下㆒、得㆔禽㆓縛之㆒、窮治皆伏㆑辜。繇㆑是著㆓忠孝節㆒

（はじめ、莽何羅は江充と仲が善く、充が衛太子を打ち敗ると、何羅の弟通が太子を誅したとき力戦した功によって封爵を得た。後日、主上は太子の冤を知り、かくて江充の一族一党を平らげ滅ぼした。何羅兄弟は禍いのわが身に及ぶことを懼れ、ついに叛逆しようと謀った。日磾は彼らの志に異常なものがあるのを視、心中これを疑うて、独りひそかに彼らの動静を観察し、宮殿の上り下りまで彼らと共にした。何羅も日磾の意中をさとり、そのため久しく決行できなかった。このとき主上は林光宮に行幸し、日磾は体の具合が少し悪く、殿中の休み部屋で臥床していた。何羅は通および末弟の安成とともに詔といつわって夜、宮外に出、ともに使者を殺して兵を挙げた。翌朝、主上がまだ起き出さぬうちに、何羅はわけもなく外から宮内に入った。日磾は廁《かわや》におもむこうとして胸さわぎを覚え、立って御殿の部屋に入り、その戸口のもとに坐していた。しばらくすると何羅は白刃を袖の中にして東廂から上って来、日磾を見ると顔色を変え、走って主上の寝室に入ろうとしたが、途中で宝瑟に触れつまずき倒れた。日磾は追いついて何羅を抱きとめるなり、「莽何羅が謀叛した」と大声で呼ばわった。主上は驚いて起き、左右の者が刃を抜いて何羅を格《ころ》そうとしたが、主上は恐れて日磾によりそい何羅を格さぬよう止めた。日磾は頸すじをつかまえて何羅を御殿の下へ投げつけ、これを捕縛することができた。罪を徹底的に調べあげ、みな罪に伏した。日磾はこれによって忠

孝の節義をあらわした）

なお漢書、論衡の二書また、孝思賦以外に、これまで管見に入った金日磾譚として、敦煌本励忠節抄35孝親部や宋、林同の孝詩などを上げることが出来る。参考までに、それらの本文も掲げておく。

敦煌本励忠節抄（Ｐ三八七一）

金日磾母教二誨両子一、甚有二孝行法度一。母亡、詔図二画母於甘泉宮一。而日磾暑月因登レ台、忽見レ母、跪拝、即挙レ声号慟悲咽、殆将二気絶一。

孝詩

休屠王子金日磾

降レ漢牧レ馬甘泉宮見二母像一泣拝後受二遺詔一輔レ政。

牧レ馬一胡児

如何却受レ遺

多因漢宮裏

泣三拝画二閼氏一

⑲　図六は、敦煌石窟全集12仏教東伝故事画巻（商務印書館、一九九九年）図106に拠る。

⑳　原田淑人氏は、「支那上代の記録に金といふは、一二金属の義、若しくは黄金の義に用ゐられたる外は、皆銅を指したるものなり」と述べ、例えば秦始皇二十六年に、全国の武器を咸陽に集め、溶かして「鍾鐻金人十二」を作り、咸陽宮に置いたという（史記六秦始皇本紀六）、金人も、「銅像をいへるならむ」と指摘されている（「支那古代鉄刀剣考」〈『東洋学報』４・２、大正３年６月〉）。

㉑　図六には見えないが、張騫鑿空図における、もう一つの榜題、

前漢中宗、既獲二金人一、莫レ知二名号一。乃使下博望侯張騫往二西域大夏国一問中名号上時

も、魏書の続きの文、

及レ開二西域一、遣三張騫使二大夏一還、伝三其旁有二身毒国一、一名天竺、始聞二有浮屠之教一とやはり関わっている。史実に徴するならば、この話は、元狩四（一一九）年の張騫の第二次西域遠征に該当するだろう。

㉒　藤田豊八氏「支那に於ける刻石の由来—附「不得祠」とは何ぞや」（同氏『東西交渉史の研究　西域篇及附篇』〈岡書院、昭和8年〉所収。初出昭和2年）

㉓　参考までに、史記、漢書のその本文を掲げておく。

・史記匈奴列伝

其明年春、使下驃騎将軍去病将二万騎一出中隴西上。過二焉支山一千餘里、撃二匈奴一、得二胡首虜騎万八千餘級一、破得二休屠王祭天金人一。其夏、驃騎将軍復与二合騎侯一数万騎出二隴西北地一二千里、撃二匈奴一、過二居延一攻二祁連山一、得二胡首虜三万余人裨小王以下七十餘人一……其秋、単于怒下渾邪王休屠王居二西方一為レ漢所上レ殺二数万人一、欲二召誅一レ之。渾邪王与二休屠王一恐謀レ降レ漢。漢使二驃騎将軍往迎一レ之。渾邪王殺二休屠王一、并二将其衆一、降レ漢。凡四万餘人、号二十万一。於レ是漢已得二渾邪王一、則隴西北地河西益少二胡寇一。

・史記驃騎列伝

冠軍侯去病既侯三歳、元狩二年春、以二冠軍侯去病一為二驃騎将軍一、将二万騎一出二隴西一、有レ功。天子曰、驃騎将軍率二戎士一踰二烏盭一、討二遬濮一、渉二狐奴一、歴二五王国一、輜重人衆懾慴者弗レ取、冀レ獲二単于子一。転戦六日、過二焉支山一千有餘里、合二短兵一、殺二折蘭王一、斬二盧胡王一、誅二全甲一、執二渾邪王子及相国都尉一、首虜八千餘級、収二休屠祭天金人一、益二封去病二千戸一。其夏、驃騎将軍与二合騎侯敖一倶出二北地一、異レ道……而驃騎将軍出二北地一、已遂深入、与二合騎侯一失レ道、不二相得一、驃騎将軍踰二居延一至二祁連山一、捕二首虜一甚多……其秋、単于怒下渾邪王居二西方一数為レ漢所レ破亡二数万人一以中驃騎之兵上也。単于怒、欲二召誅二渾邪王一。渾邪王与二休屠王等一謀欲レ降レ漢、使二人先要一レ辺。是時大行李息将レ城二河上一、得二渾邪王使一、即馳レ伝以聞。天子聞レ之、於レ是恐二其以レ詐降而襲一レ辺、乃令二驃騎将軍将レ兵往迎一レ之。驃騎既渡レ河、与二渾邪王衆一相望。渾邪王裨将見二漢軍一而多レ欲レ不レ降者、頗遁去。驃騎乃馳入与二渾邪王一相見、斬二其欲レ亡者八千餘人一、遂独遣二渾邪王乗レ伝先詣二行在所一、尽将二其衆一渡レ河、降者数万、号称二十万一。既至二長安一、天子所二以賞賜一者数十巨万。封二渾邪王万戸一、為二漯陰侯一……減二隴西北地上郡戍卒之半一、以寛二天下之繇一。

・漢書霍去病伝

去病侯三歳、元狩二年春、為二票騎将軍一、将二万騎一出二隴西一、有レ功。上曰、票騎将軍率二戎士一踰二烏盭一、討二遬濮一、渉二狐奴一、歴二五王国一、輜重人衆摂讋者弗レ取、幾レ獲二単于子一。転戦六日、過二焉支山一千有餘里、合二短兵一、鏖二皐蘭下一、殺二折蘭王一、斬二盧侯王一、鋭悍者誅、全レ甲獲レ醜、執二渾邪王子及相国都尉一、捷二首虜八千九百六十級一、収二休屠祭天金人一、師率減二什七一、益二封去病二千二百戸一。其夏、去病与二合騎侯敖一倶出二北地一、異レ道……而去病出二北地一、遂深入、合騎侯失レ道、不二相得一。去病至二祁連山一、捕二首虜一甚多……其後、単于怒下渾邪王居二西方一数為レ漢所レ破亡二数万人一以中票騎之兵上也、欲三召誅二渾邪王一。渾邪王与二休屠王等一謀欲レ降レ漢、使三人先要二道辺一。是時大行李息将レ城二河上一、得二渾邪王使一、即馳レ伝以聞。上恐二其以レ詐降而襲一レ辺、乃令三去病将レ兵往迎一レ之。去病既度レ河、与二渾邪衆一相望。渾邪裨王将見二漢軍一而多欲レ不レ降者、頗遁去。去病乃馳入、得下与二渾邪王一相見上、斬二其欲レ亡者八千人一、遂独遣三渾邪王乗レ伝先詣二行在所一、尽将二其衆一度レ河、降者数万人、号称二十万一。既至二長安一、天子所三以賞二賜数十鉅万一。封二渾邪王万戸一、為二漯陰侯一……減二隴西北地上郡戍卒之半一、以寛二天下繇役一。

・漢書匈奴伝

明年春、漢使下票騎将軍去病将二万騎一出中隴西上、過二焉耆山一千餘里、得二胡首虜八千餘級一、得二休屠王祭天金人一。其夏、票騎将軍復与二合騎侯一数万騎出二隴西北地一二千里、過二居延一、攻二祁連山一、得二胡首虜三万餘級裨小王以下十餘人一……其秋、単于怒丁昆邪王休屠王居二西方一為レ漢所丙殺乙虜数万人甲、欲二召誅一レ之。昆邪休屠王恐、謀レ降レ漢、漢使二票騎将軍迎一レ之。昆邪王殺二休屠王一、幷二将其衆一降レ漢、凡四万餘人、号二十万一。於レ是漢已得二昆邪一、則隴西北地河西益少二胡寇一……減二北地以西戍卒半一。

㉔ 白鳥庫吉氏「匈奴の休屠王の領域と其の祭天の金人とに就いて」（白鳥庫吉全集5塞外民族史研究下〈岩波書店、昭和45年〉所収。初出昭和4年）

㉕ 藤田氏注㉒前掲論文

㉖　参考までに、小尾郊一氏による現代語訳を掲げておく〈全釈漢文大系26『文選（文章編）』一〈集英社、昭和49年〉に拠る〉。勇壮なる金人は鐘掛けを負い、その金人の体を覆ううろこは反り返っていて竜のそれのようだ。宮観は照り輝いて、太陽がその熱い光を放っているかのよう。崑崙にある天帝の住まいか、天上の太一神の紫微宮かと見まがうばかり

㉗　漢書の注に記される径路、また、径路神について、例えば江上波夫氏は、「「径路」は匈奴の宝刀の特称の如くであるが、しかし実際はしかく狭義の名称ではなく、匈奴の有した刀剣の普通名詞であったと解する諸家の説が固より妥当であろう」とし、径路の古音は、ギリシア語「アキナケスの対音として想定することが出来る」、即ち、「径路（king luk）を以て、akinak の対音と認めて不都合ないであろう。すなわち径路はその名称自体より見ても、アキナケス形短剣の呼称と解し得られるのである」と述べて、その径路刀は、「剣身が極めて短く、鞘口が一種のハート形状を呈し、鞘はその上部に突出した部分を有して、剣を吊る帯に連なる装置になっているのが特色である」所の、「アキナケス型短剣たることが確証される」と結論されている（「径路刀と師比―スキト＝シベリア金属文化東伝の二著例」、江波波夫文化史論集3匈奴の社会と文化〈山川出版社、平成11年。初出昭和23年〉所収）。なおアキナケス（akinakes）とは、「アケメネス朝ペルシア人の佩びた両刃の短剣名」のことである。また、江上氏は、径路刀の祭祀及び、雲陽県の径路神祠に関し、次のように論じられている。

アキナケス型短剣に関しては特殊な宗教的習俗が存する。しかも同様な習俗が径路刀にも存するのである。すなわち南ロシアのスキタイがその「古い鉄製のアキナケス」を軍神アレス（Ares）の表象として、多量の粗朶を積み上げた台上に立て、戦場で得た捕虜のうちより、百人毎に一人を屠り、それを犠牲に供して祀ったことはヘロドトスの記す所であって著名なことである。またプリスコス・パニテス（Priscus Panites）はフン（Huns）においても、アッティラ（Attila）の時代に古えのスキタイのそれと実際考えられた古剣が偶然発見されて崇拝の対象物となったと述べている。またアミアヌス・マルケリヌス（Ammianus Marcellinus）は、彼の時代すなわち西紀後四世紀のアラン（Alans）及びフン（Huns）の間における剣崇拝に関して記述している。かくアキナケス型短剣を帯びていた遊牧騎馬民族の間に広くその剣を祠る風習があり、径路刀も亦匈奴の間において祀られていた事実が存するのである。そのことは前漢書（巻二八）地理志上、左馮翊雲陽県の原註に、

休屠、金人及び径路神祠三所有り、

とあって、ここに「金人」とは言うまでもなく、元狩二年（前一二一）霍去病が休屠王を破って得たいわゆる祭天ノ金人のことであり、「径路神祠」とは径路刀を祀った祠であろう。そうしてこの径路神祠は固より漢地に創められたものではなく、金人と同様休屠王及びその部衆が元来祀っていたものに相違なく、それが休屠王が昆邪王に殺され、その部衆が漢に降るとともに漢地に伝えられ、漢は彼らを慰撫する為めに、これを雲陽県に祀ったもののようである。従って其処には彼ら部衆の長たる休屠王も併祀されていたので、前漢書（巻二五）郊祀志下に、

雲陽に径路神祠有り、休屠王を祭る也、

と見えている。要するに雲陽県の径路神祠は休屠王の部衆によって漢に伝えられたものであろう。而して同様の径路神祠は匈奴の単于庭にも存したらしく、征和三年（前九〇）弐師将軍李広利が匈奴に降り、単于より大いに歓待され、その尊重優遇が彼より以前に匈奴に降った衛律より上に在ったことを記した前漢書（巻九四）匈奴伝上の文に、更に語を継いで、

弐師（李広利）匈奴に在ること歳余、衛律其の寵を害わる、会《たまた》ま母閼氏病む、律胡巫に飭《ただ》して言わしむ、先に単于怒りて曰く、胡は故時兵を祠る、常に言う、弐師を得ば以て社せんと、今何故に用いざると、是に於いて弐師を収む、

弐師罵りて曰く、我死なば、必ず匈奴を滅さんと、遂に弐師を屠りて以て祠る、

と述べている。ここに「兵を祠る」とあるのは、おそらく径路刀を祠ったのに他ならなく、この記事は単于庭における径路神祠に関するものと推測される。しかりとすれば、その祠を祭るに李広利を屠って犠牲に供したということは、かのヘロドトス所記の戦場に得た捕虜を屠って剣を祠るというスキタイの習俗と全く一致し、アキナケス形短剣と径路刀との間に完全に同種の宗教的儀礼が存在したことを物語るのである。一方、結盟の儀式においても、スキタイにおいてはアキナケスが用いられ、匈奴においては径路刀が使用されて、その用法もほとんど同様であった。すなわちスキタイに在っては、まず結盟者がそれぞれ自分の身体から血液をとって酒にそそぎ、それにアキナケス、矢、斧、鎗等を浸して、しかる後、彼らはその重臣達とともに血液の混じった酒を飲みて盟約を誓う。ところが匈奴においても、白馬を刑して、その血を酒に和し、径路刀、金留犁を以てその酒を攪拌して、それを飲み血盟したこと前掲の前漢書匈奴伝の文の如く、かくて結盟

の儀式においてもアキナケスと径路とが同じ役割を演じていて、両者間に全然同一の宗教的且つ社会的習俗の存したことが窺われるのである

加えて、江上氏はまた、漢書の径路神祠について、次のようにも論じられた（同氏注㊱後掲論文）。

このことは匈奴の神統における諸神霊は龍城の例によって明瞭な如く、多くは材木あるいは樹枝等の自然物に憑依し、偶像化された憑依物すなわち神主を有つことは比較的少かったことを暗示する。換言すれば匈奴は大体において最も本源的な素朴なシャマニズムの信奉者に他ならなかったのであろう。しかるに、かくの如き匈奴が径路神祠なる径路すなわち匈奴の剣自体を神として祀った祠を有したことは特に注目に値する。径路神祠は、前漢書（巻二八）地理志、左馮翊雲陽県の原注に、

休屠、金人及径路神の祠三所有り、

と見え、同書（巻二五）郊祀志下に、

雲陽径路神祠有り、休屠王を祭る也、

と記されているものである。而してこの両文において、前者によれば休屠王、金人、径路神の祠が各一、併せて三所あったように解されるが、後者によれば休屠王は径路神祠に併祀されていたように読まれて、前後の所伝が必ずしも一致しない。しかしながら休屠王、金人、径路神の三匈奴祠が一ヶ処にあり、その代表的なもの、ないしその総称が径路神祠であったと解すれば前後矛盾しないのである。それはとにかく、休屠祠、金人祠、径路神祠の三所において径路のみが径路神と神名を以て呼ばれた所以は、径路が金人の如き神主とは異り、直接神霊と考えられたもの、すなわち神像に他ならなかったことによるのであろう。この径路神祠は単于庭にもあり、そこの胡巫が、

先に単于怒りて曰く、胡故時兵を祠る、常に言う、弐師（李広利）を得ば、以て社せんと、今何故に用いざる、

と言ったと前漢書（巻九四）匈奴伝上に伝えており、ここに「兵を祠る」という一語も文字通り「兵即ち径路を祠った」と読まれるから、径路がそれ自体神霊として、匈奴の間に直接祭祀の対象となっていたことはほとんど疑ないのである。しかりとすれば、径路こそ匈奴における唯一の神像と認められるが、これは既に私が考証したように、径路すなわち

akinakes形短剣がスキティア方面より、シベリアを経由して、匈奴に流伝したに際し、それに関連した宗教的習俗――すなわち軍神Aresの御神体・神像として、捕虜を犠牲にしてこれを祀る習俗等をも随伴してきた結果であって、匈奴自身のシャマニズム的神霊観から自生したものではなかったと思われる。すなわち概して最も素朴な、本源的なシャニズムの信奉者であり、神主さえ持つ場合が少なかった。匈奴に在っては径路の神像・径路の神祠はすこぶる異質的な、例外的な存在であったと認められるがしかもそれがスキタイ、アラン、匈奴、フン等でしばしば特筆された所以は、多く自然物を神霊の憑依するところとして、他にほとんど神主も神像も作らず、固より人工の社殿の類を造ろうともしなかった彼らの宗教が他の偶像崇拝教異民族から理解されず、唯だ彼らの祀剣のことのみが具体的なため、特に注意を惹いた結果であろう。例えばアムミアヌス＝マルケリヌスがアランの祭祀に関して、

　彼らの国には社殿も聖所も見られない、藁葺の小屋さえも何処にも認められない、ただ蛮人の習俗によって抜身の剣が地上に竪てられ、彼らはそれを軍神として恭しく奉祀する、

と述べているのは、その好例である。すなわちギリシア・ローマの人々には、古代北方ユーラシア民族が自然物をそのまま神霊の憑依処、彼らの社殿聖所となしていたことが全く理解されなかったのである

㉘　白鳥氏はまた、「仏教東漸の伝説（講演要旨）」（白鳥庫吉全集6西域史研究上〈岩波書店、昭和45年。初出昭和10年〉所収）において、次のように述べられている。

次にその二は、匈奴の休屠王の王庭で「金人」を祭つたといふ話であります。今夕は匈奴に就いての詳しい話をすることは、時間の関係上省略いたしますが、只今の甘粛省、支那の西の涯、西域から支那の方に這入らうと云ふ通り路、西方から支那に這入るには必ず通らなければなりません、その甘粛省西部の敦煌・陽関・玉門関・甘州・粛州と一連の交通路に沿うて、前漢の頃、匈奴の諸侯が封ぜられました。その東の方にゐたのは休屠王、西の方にゐたのは渾邪王であります。匈奴は西洋で云ふフンでありまして、もともと游牧民で、天幕を張り水草を逐つて移動し、牛・馬・羊・駱駝を放牧して生活を営んでゐる。何等の文化も有ち合せてゐない。蒙古の沙漠にゐる只今の蒙古人の類です。その匈奴の酋長に休屠王・渾邪王の二人が居りまして、漢の武帝の元狩二年、紀元前一二三年から一二一年に匈奴を根本的に討伐して了ふと云ふ考

から、此の西域の方への通路に拠つて居つた休屠王と渾邪王とを伐つたのであります。有名なる驃騎将軍霍去病と云ふ者が、休屠王を討つた時、色々な物を分捕つた中の一つに、休屠王の「祭天の金人」と云ふ物がありました。これは休屠王が竜庭に於いて、自ら天を祭る時に用ひた、青銅で鋳た大きな一つの像であつた。霍去病はこれを分捕つて来たのであります。これは目出度い物であると云ふので、武帝は長安城の北方、甘泉山に在る甘泉宮といふ霊廟に、休屠王の「金人」を祭りました……かの揚雄（子雲）が書いた甘泉賦と云ふものがあります。揚雄と云ふ人は文章家で、前漢の成帝・哀帝の両朝に仕へ、殊に成帝の知遇を受け、大変信用せられて居りましたが、この成帝（西暦紀元前三二—七年）には自分の子がなかつた。そこで子を授かりたいと云ふので、長安の北郊甘泉山の甘泉宮に於いて天を祭つた。この時揚雄も扈従して甘泉山に行つた。其の時の事を詠めといふ帝の命令に依つて書いて奉つたのが、即ちこの甘泉賦であります。それは成帝の永始四年紀元前一三年頃の事で、その賦の中に「金人」を歌つてゐます……これは確かに休屠王の「金人」を指して言つてゐるものであつて、決して他の「金人」ではないのであります……休屠王の「金人」を甘泉宮に移したことは『漢書』地理志に明文があります……その「金人」は揚雄の記載する所に依れば、前に示したやうであります。この人は「金人」を実際目撃して書いてゐるのであるから、その記録は間違なく、信を置くことが出来るのであります

㉙　藤田豊八氏は、白鳥氏と同じく、漢書地理志「左馮翊」「雲陽」県の原注、

有二休屠金人及径路神祠三所一

を根拠としつつ、さらに史記匈奴伝の宋、裴駰の集解所引、漢書音義及び、漢書匈奴伝の魏、孟康の注を考え併せて、左の如く、白鳥氏とは異なる結論を導かれた（藤田氏注㉒前掲論文）。

又た史記匈奴伝の宋裴駰の集解に「駰案漢書音義曰、匈奴祭レ天処、本在二雲陽甘泉山下一、秦奪二其地一、後徙二之休屠王右地一、故休屠有二祭レ天金人象一、祭二天主一也」といひ（象は即ち像である）、漢書匈奴伝注には「孟康曰」として同一の文を載せて居る。されば「漢書音義」の説は即ち孟康の説であり、孟康は三国時代の魏人である。その説の当否は別問題とし、三国時代にもなほ休屠王の金人を甘泉宮に列したなどの所伝はなかつたやうである。漢書巻二八上地理志に依ると、左馮翊に雲陽県があり、その原注に「有二休屠金人・及径路神祠三所、越巫䚗鄽祠三所一」とある。雲陽県は今の陝西省滈化県北に在

り、この地に甘泉山があり、秦漢共にこの山上に離宮があり、之を甘泉宮といつて居たといふ。而して漢時こゝに休屠金人祠があつたことは漢書地理志の所伝に依りて明白なる事実である。しかもこゝに休屠金人祠があつたとすると、その金人を甘泉宮に列したのでない事も亦た明白なる事実である。従つて魏書に「列二于甘泉宮一」といつて居るのは固より誤である

しかし、孟康注（漢書音義）の内容には問題があり、羽渓了諦氏は、それは孟康が漢書地理志の原注を誤解したものであるとして、次のように指摘されている（羽渓氏注㉛後掲論文）。

然るに曹魏の孟康は『前漢書』匈奴伝の註に於て「匈奴祭天処本在雲陽甘泉山下、秦奪其地、後徙之休屠右地、故休屠有祭天金人象也」と述べてをる。惟ふに、彼は『前漢書』地理志に於ける雲陽県の条下に「有休屠金人及径路神祠三所越巫〓〓祠三所」と記せる一節を誤解したから、斯る註釈を試みたのであらう。即ち彼はこの一節を雲陽県に休屠王の金人や匈奴の径路神祠などがあつたといふ意味に解したから、最初雲陽県に在つたものが後に至つて秦の勢力に逐はれて、焉支山より千餘里距つた休屠王の地に徙され、此処に於て霍去病の獲る所となつたと考察せざるを得ないやうになつたのである。而してかゝる考察は甚だしく歴史的事実と撞着してをる。既に沈欽韓の言つてをるやうに、雲陽が秦の領地と為つたのは久しい以前のことであつて、始皇十年には太后を甘泉宮に迎へ同十五年には韓非が雲陽で死んでをる。而も『史記』の匈奴伝に依ると、匈奴の冒頓単于が燉煌祁連（天山）の間にゐた月氏（Tukhāra）を撃破したのは、漢文帝前四年（西紀前一七六年）であり、更に月氏をして西方に走らしめたのは老上単于の時代（西紀前一七四―一六一年）であるから秦が雲陽を奪つた当時に於ては、未だ張掖塞外の地方は匈奴の領有する所となつてゐなかつたのである。さすれば孟康の説の如く秦が雲陽を奪ふた時匈奴がその地に在つた金人を未だその勢力範囲となつてゐない張掖塞外の地に移したといふやうなことのあり得べき筈がない。斯る見易い錯誤に満ちた註釈が其後『晋史』『隋史』などの正史に襲用せられたといふことは頗る怪しむべきことであると言はねばならぬ

㉚　孟康の説また、漢書音義については、注㉙参照。

㉛　羽渓了諦氏「休屠王の金人に就いて」（『史林』3・4、大正7年10月）

㉜ 羽渓氏注㉛前掲論文

㉝ 白鳥庫吉氏「粟特国考」〈白鳥庫吉全集7西域史研究下〈岩波書店、昭和46年〉所収。初出大正13年〉

㉞ 白鳥氏注㉔前掲論文。また、白鳥氏注㉘前掲論文にも、同じ主旨の発言がある。

㉟ 藤田豊八氏「錘鏤金人につきて」〈藤田氏注㉒前掲書所収。初出昭和3年〉参照。また、この金人の具体的な姿については、原田淑人氏「秦の金人の形体に就いて」〈『市村博士古稀記念 東洋史論叢』〈冨山房、昭和8年〉所収〉に詳しい。

㊱ 江上波夫氏「匈奴の祭祀」〈江上氏注㉗前掲書所収。初出昭和23年〉

㊲ 白鳥氏注㉔前掲論文参照。

㊳ なお三竜祠の内の正月の庭祠について、氏は、次のように説明されている。

次に、史記及び前漢書の匈奴伝に、前掲の如く「歳正月、諸長単于庭祠に小会す」とあるものに就いて考察しよう。この正月の庭祠は、後漢書南匈奴伝においては前述の如く、春秋の二竜祠とともに正月の竜祠として算えられており、これによれば単于庭祠の小会も竜祠に他ならなく、すなわち蘢城の場合と同じく、林木あるいは樹枝を竪て積んだものの周囲を繞回する祭祀であったのであろう。一方単于庭祠という名称から明かな如く、その祭場は単于庭内あるいはその付近に在り、そこに正月諸部の長が朝会して、単于とともに比較的小規模に天地その他の神々を祭祀したものと想像される。しかりとすれば、この単于庭祠は元来単于の一族攣鞮氏の私的な祭場であったものが、彼らの勢力増大とともに正月単于庭に朝会する諸部長もこれに参加することになったのではあるまいか。翻って考えるに、北方アジアの遊牧民は牧草の生長枯死を以て年を数える習慣があり、その春秋の大祭日を以て新年としたようで、中世蒙古人が秋の大祭を以て新年の祭となしたというマルコ・ポーロの所伝はその一例に他ならないであろう。従って匈奴の場合においても春あるいは秋の蘢城の大会の時を以て新年となした筈であるが、これが史記、前漢書及び後漢書に五月、九月等と記されているのは、固より中国側の月日、すなわち陰暦によったのである。同様に「歳正月諸長単于庭祠に小会す」とある正月も、「常に正月五月九月の戊日を以て天神を祭る」とある正月も、陰暦によったものであることは明かであろう。しかるに陰暦正月と言えば北方アジアにおいては寒気最も厳烈で、万物総べて荒涼たる季節であり、非社交的な蟄居の時期に他ならないのである。従ってかくの如き最悪の季節において、北方アジアの諸遊牧民族の間に社交的な行事が実際ほとんど行われないのは当然であって、その陰暦正月に匈奴の諸長が単于庭祠に小会し竜祠したということはむしろ異例のことと看做されるのである。しかしながらこのことは、匈奴の単于が中国の正月朝会の制に倣ったものとすれば、容易に了解されるであろう。すなわち陰暦正月の竜祠は元来匈奴になかったものであるが、単于が中国の制度を採用し朝会の儀を行うことになって、その儀式を単于庭の祭場に竜祠の形式によって挙行したのではあるまいか。而してそれが遂に春秋の蘢城の大会に次いで匈奴における重要な祭事となり、かくて三者を併せて匈奴の三竜祠として著聞するに至ったものであろうと思われる。要するに単于庭祠は単于一族、すなわち攣鞮氏の氏族的ないし部族的な祭場で、匈奴の国（ulus）のそれではなかったが、匈奴の諸長が陰暦正月単于庭に朝会することになって、国家的性格を帯びたものと考えられる

さらに氏は、蘢城の所在地に関しては、漠北（前漢）、漠南（後漢）における「地点を明確にし難い」とされている（江上氏注㊱前掲論文注（33））。

㊴ 図七は、江上氏注㉗前掲書、303頁図3に拠る。

㊵ 径路神については、注㉗を参照されたい。

㊶ 甘粛省文物局『秦直道考察』（蘭州大学出版社、一九九六年）に詳しい（中国社会科学院考古研究所、朱延平教授教示）。また、包頭市文物管理処、達茂旗文物管理所「包頭境内的戦国秦漢長城与古城」（『内蒙古文物考古』22〈00・2〉、二〇〇〇年5月）、内蒙古自治区文物考古研究所、鄂爾多斯市東勝区文物管理所「東勝城梁段秦直道遺址発掘簡報」（『内蒙古文物考古文集』3輯、科学出版社、二〇〇四年）参照。なお秦の直道について論じたものに、史念海氏「秦始皇直道遺跡的探索」（『文物』75・10）、卜昭文氏「靳之林徒歩考察秦直道記」（『瞭望』43、一九八四年10月）などがある。

㊷ 西嶋定生氏『秦漢帝国』（西嶋定生東アジア史論集2秦漢帝国の時代〈岩波書店、平成14年。初出昭和49年〉Ⅰ部所収）4七。なお甘泉宮の位置については、王根権氏「甘泉宮考弁」（『考古与文物』90・1、一九九〇年1月）に考証と異論がある。

㊸ 吉川氏注①前掲書三章の下「神仙」六。同様の仙人の像が、甘泉宮の通天台にもあったことは、漢旧儀（太平寰宇記三十一所引）に、

通天台……上有㆓承露盤仙人掌㆒。擎㆓玉杯㆒、承㆓雲表之露㆒。元鳳間、自毀。椽桷皆化為㆓竜鳳㆒、随㆓風雨㆒飛去

などと見えている。

㊹　この鉤弋夫人の賜死は、吉川氏をして、

以上は、褚少孫の「史記補」の記すところである。「漢書」には、そこまでの記載はない。何にしても、この話は、私をして、武帝に対するはげしい嫌悪を感じさせる。武帝のおおむねの行為に対して、私は同情者である。しかしこの話だけは、たまらない。またそれはひとり武帝に対してだけのことではない。私が古代の生活に対してよせる愛着と共に、古代の生活に対して抱く一般的な侮蔑、嫌悪、そうした感情の中心には、いつもこの挿話が、くろぐろとわだかまっている

と言わしめた事件である（注①前掲書四章の下「望思」八）。鉤戈夫人は、拳夫人とも呼ばれる如く、生まれてこの方武帝と会うまで、その両拳を握ったままであったとされることを始め、色々と不思議な話の伝えられている女性として、注意を惹く。その死に際しても例えば、

上疑㆑非㆓常人㆒、発㆑棺視㆑之、無㆑尸、衣履存焉（史記外戚世家の索隠所引漢武故事）

などという奇跡が録されている。

㊺　吉川氏注①前掲書三章の下「神仙」七

㊻　藤田豊八氏「焉支と祁連」（同氏注㉒前掲書所収。初出大正15年）

㊼　白鳥庫吉氏「西域史上の新研究」（同氏注㉘前掲書所収。初出明治44―大正2年）

㊽　藤田氏注㊻前掲論文

㊾　江上波夫氏「匈奴婦女の顔色「焉支」に就きて」（同氏注㉗前掲書所収。初出昭和15年）

㊿　閼氏はまた、単于の出身氏族である攣鞮氏（虚連題《きょれんだい》氏〈後漢書南匈奴列伝〉とも）に対し、その姻戚氏族に当たる「貴族たる氏族群」即ち、「はじめは呼衍《こえん》・蘭両氏族に限られ、ついでこれらに須卜《すぼく》氏族（『史記』匈奴列伝。『前漢書』匈奴伝上）、さらに丘林氏族が加わり、この四氏族が「つねに単于と婚姻」〔後漢書南匈奴列伝〕していた」（護氏注⑰前掲論文）とされる二ないし、四の氏族によって、具体的に構成されていたことに注意すべきである。

㊶ 『漢代画象の研究』の解説に、「榜題に「休屠王像」という」とされるのは誤りで、後漢武氏祠画象石の榜題は、正しくは「休屠像」（隷続による）である。図三参照。

㊷ 清、顧藹吉の隷弁四に、豫の旁りとして、「爲」が見える。また、漢代の印の篆刻にも、豫の旁りとして、同様の字形がある（『秦漢魏晋篆隷字形表』〈四川辞書出版社、一九八五年〉九。長尾秀則氏教示）。

㊸ 西嶋氏注㊷前掲書6一参照。

㊹ 小竹氏注⑱前掲書の現代語訳に拠る。

3　董黯贅語――孝道と復讐㈠――

一

古代幼学の一、孝子伝には、様々な出自を有する孝行譚が蒐集される。中で、取り分け特異な出自をもつのが、「ある時期に笑話として仮空に作為された」、「後の我国の馬鹿息子話にも一脈相通ずる」、「その目的はこの説話の読者に、その息子のあまりにも愚かな不道徳性にあきれて哄笑することを期待したものであ」るとされる（西野貞治氏「陽明本孝子伝の性格並に清家本との関係について」[1]）、董黯譚であろう。董黯譚は、我が国に伝存する、二種の古孝子伝完本（陽明本、船橋本。以下、両孝子伝と称する）第三十七条董黯に見えるが[2]（陽明本「薫黯」に作る）、それはまた、孝子伝に見える董黯譚として唯一の記述でもあって、非常に貴重な事例と言わなければならない。一方、董黯譚に関しては、西野氏も言及された如く、六朝期の孝子伝図二、三が今日に伝えられている。小論においては、両孝子伝に見える董黯譚を中心に、その出自と享受、さらに孝子伝図との関連をめぐって、これまで気の付いた一、二の事柄を点綴してみたい。

まず、両孝子伝に記載された董黯譚を、紹介しておく。陽明本孝子伝、船橋本孝子伝37董黯の本文を示せば、次の通りである（返り点、句読点を施す。船橋本の送り仮名等は省く）。

陽明本

董（薫）黯、家貧至孝。雖下与二王奇一並居上、二母不二数相見一。忽会二籬辺一、因語二曰黯母一、汝年過二七十一、家又貧。顔色乃得二怡悦一、如レ此何。答曰、我雖下貧食レ肉麁（鹿）衣薄上、而我子与レ人无レ悪。不レ使二吾憂一故耳。王奇母曰、吾家雖二富食レ魚又嗜一レ饌、吾子不孝、多与レ人恐、懼レ罹二其罪一。是以枯悴耳。於レ是各還。奇従レ外帰。其母語レ奇曰、汝不孝也。吾問二見董（薫）黯母一、年過二七十一、顔色怡悦。猶其子与レ人无レ悪故耳。奇大怒、即往二黯母家一、罵云、何故讒二言我不孝一也。又以レ脚蹴レ之。帰謂レ母曰、児已問二黯母一。其云、日々食二三斗一。阿母自不レ能レ食、導二児不孝一。黯在二田中一、忽然心痛、馳奔而還。又見二母顔色惨々一、長跪問レ母曰、何所不レ和。母曰、老人言多レ過矣。黯已知レ之。於レ是王奇日殺二三牲一。旦起取二肥牛一頭一、殺レ之取二佳肉十斤一、精米一斗熟而薦（鷹）レ之。日中又殺二肥羊一頭一、佳肉十斤精米一斗、熟而薦（鷹）レ之。夕又殺二肥猪一頭一、佳肉十斤精米一斗、熟而薦（鷹）レ之。便語レ母曰、食レ此令レ尽。若不レ尽者、我当下用レ鉾刺二母心一由（曲）レ戟鉤中母頭上。得二此言一終不レ能レ食、推レ盤擲レ地。故孝経云、雖三日用二三牲養一、猶為二不孝一也。黯母八十而亡、葬送礼畢。乃嘆曰、父母讎不二共戴一レ天。便至二奇家一斫二奇頭一、以祭二母墓一。須臾監司到縛レ黯。々乃請二以向レ墓別一レ母。監司許レ之。至レ墓啓レ母曰、王奇横苦二阿母一。黯承二天志（士）一、忘レ行二己力一。既得レ傷レ讎、身甘二葅醢一。甘二監司見一レ縛、応二当備一レ死。挙レ声悶（聞）哭、目中出レ血。飛鳥翳レ日、禽鳥悲鳴、或上二黯臂一、或上二頭辺一。監司具如レ状奏レ王。々聞レ之嘆曰、敬二謝孝子董（薫）黯一。朕寡徳統二荷万機一、而今凶人勃逆、又応二治剪一。令レ労二孝子一、助二朕除一レ患。賜二金百斤一、加二其孝名一也。

船橋本

董黯、家貧至孝也。其父早没也。二母並存。一者、弟王奇之母。董黯有レ孝也、王奇不孝也。於レ時黯在二田中一、忽然痛レ心。奔還二于家一、見二母顔色一。問曰、阿嬢有二何患一耶。母曰、無レ事。於レ時王奇母語レ子曰、吾家富而無レ寧。汝与レ人悪、而常恐レ離二其罪一。寝食不レ安、日夜為レ愁。董黯母者、貧而無レ憂。為レ人無レ悪。内則有レ孝、外

則有レ義。安心之喜、実過二千金一也。王奇聞レ之大忿、殺二三生一作レ食、一日三度、与二黯之母一。爾即曰、若不二喫尽一、当三以レ鋒突二汝胸腹一。転載二刺母頸一。母即悶(問悶)絶、遂命終也。時母年八十、葬礼畢。後黯至二奇家一、以二其頭一祭二母墓一。官司聞レ之曰、父母与レ君敵不レ戴レ天。則奏二具状一曰(四)、朕以二寛徳一総二荷万機一。今孝子致レ孝、朕可二助恤一。則賜以二金百斤一也

陽明本の、董黯の家から帰った王奇の言中、「其云、日々食二三斗一」は聊か分かりにくいが、王奇の母の痩せている点について、どのような悪口を言ったのかと、王奇に詰め寄られた董黯の母が、「(あなたの悪口を言ったのでなく、私の肥えているのは)毎日三斗もの食事をするからだ」と言っただけですよ、という意味であろう(後漢、北魏期の一斗は、約二リットル。また、隋唐期の一斗は、約六リットル)。ところで、同じ系統の孝子伝とは認められるものの、陽明本と船橋本との間には、看過し難い異同がある。例えば、陽明本の冒頭部、黯母と奇母の、一方が「顔色怡悦」し、対照的にもう一方が「枯悴」していることをめぐる、両母の対話場面が船橋本には欠け、同様に陽明本の末尾部、董黯の連行と最後の墓参の場面も、船橋本には存しない(陽明本「監司」は、州郡を監察する官のこと)。さらに注目すべきは、西野氏が、「清家本(即ち、船橋本)は……王奇が董黯の母を足蹴にし董黯がそのことを憂えて母と問答する部分を省略して、王奇が己が母に対する大食の強要を、董黯の母に振替えている点も同様な省略による変改である」と指摘されていることであろう③。この考察によって、船橋本が王奇を董黯の「弟」としていることは、「董黯……並居、二母」(陽明本)の誤読に基づく、船橋本の改変であることが了解出来る④(董黯は後に王奇を殺してしまうから、孝悌を旨とする孝道上、弟ではおかしい)。船橋本の、奇母が黯母に嘆く言葉、「寝食不レ安」等も、陽明本次条38申生の、「父食不レ得二麗姫一則不レ飲、臥……不レ安」を転用したものらしい(陽明本当条には不見)。

さて、董黯譚の原拠は晋、虞預の会稽典録に溯るようだ。会稽典録は今日散逸してしまっており、その原姿を窺う

ことは容易ではないが、どうも様々の形で伝えられたもののようだ。始めに西野氏の指摘される、芸文類聚三十三、太平御覧三七八、四八二の三者に引かれた会稽典録を示せば、次の如くである。

・会稽典録、董黯家貧、採レ薪供養、母甚肥悦。隣人家富、有二子不孝一、母甚痩小。不孝子疾二黯母肥一、常苦レ之、黯不レ報。及二母終一、負レ土成レ墳。竟殺二不孝子一、置二冢前一以祭（芸文類聚33）。

・会稽典録曰、董孝治、勾章人。家貧採レ薪供養、得二甘果一奔走以献レ母、母甚肥悦。隣人家富、有二子不孝一、母甚痩。不孝子疾二孝治母肥一、常苦二辱之一、孝治不レ報。及二母終一、負レ土成レ墳、鳥獣助二其悲号喪一。竟殺二不孝子一、置二冢前一以祭。詣レ獄自繋、会レ赦得レ免（太平御覧378）。

・又〔虞預会稽典録〕曰、董黯字孝治、家貧採レ薪供養、母甚肥悦。隣《(憐)》人家富、有二子不孝一、母甚痩。不孝子疾二黯母肥一、嘗苦レ之、黯不レ報。及二母終一、負レ土成レ墳。竟殺二不孝子一、置二冢前一以祭。詣レ獄自繋、会二赦免一

（太平御覧482）

西野氏が、右三点の会稽典録逸文を要約して、「董黯の家は貧しかつたがその孝行の為に母は肥えていた、隣家は富裕ながら不孝息子の為にその母はやせていた、不孝息子は、この事を憎んで董黯の母を侮辱したので、董黯は母の死後、不孝息子を殺して復讐したがその罪を問われなかつたという」と言われていることからも分かるように、芸文類聚以下の引く会稽典録は、いかにも簡略であって、不孝息子の名が記されないことを始め、三牲の挿話も見られないことなど、陽明本等との隔たりは大きい。ただ太平御覧三七八、四八二所引のそれに、董黯の字を孝治とし、太平御覧三七八所引に、その出身地を勾章（句章。浙江省慈谿県）と記す等は貴重である。会稽典録についてはもう一点、管見に入った逸文がある。三国志五十七呉書十二の虞翻伝裴松之注に引かれたそれである。その該当部分のみを摘記すれば、次の通りである。

・会稽典録曰……孝子句章董黯、尽心色養、喪致二其哀一。単身林野、鳥獣帰レ懐。怨二親之辱一、白日報レ讎。海内聞レ名、昭然光著

この逸文は、西野氏御指摘の三点と較べ、さらに簡略なものであって、黯母喪時における禽獣の奇瑞（太平御覧三七八にも。陽明本の董黯逮捕時における禽鳥のそれの源流か）の外、董黯譚の細部に関しては、全く記されておらず、その内容を考える上では、殆ど参考とならない。しかし、三国志裴松之注所引の会稽典録によれば、右は三国時代、呉の二代孫亮の時（二五二―二五八）、濮陽興に対する朱育の言葉の内、王朗の問いに答えた、虞翻の言として録されたものであり、既に三国期、董黯譚はよく知られていたらしいことを示す点、注意すべき逸文としなければならない。なお会稽典録の他、董黯譚に言及したものとして、東晋、咸康（三三五―三四二）年間における張虞の上疏文（晋書八十八所収）の中に見える、

窃謂蔡順董黯無二以過一レ之

等を上げることが出来る（晋書八十八、孝友伝序に、「蔡董烝烝、弘二七体一而垂二令跡一」とも見えている）。

二

唐、于立政の撰に掛るとされる類林は、疾くに散逸し、金、王朋寿編の類林雑説などを介して内容を推すしか、術がない。そして、問題の董黯譚は、どうやらその類林にも含まれていたようだ⑤。即ち、西野氏も指摘された如く、類林雑説巻一孝行篇第一に、「董黯」の名が見えるのである（西夏本欠）。類林雑説に見える董黯譚は、非常に興味深いもので、陽明本孝子伝等の成立を考えるに際し、種々の示唆に富む。その本文を、次に掲げる（嘉業堂叢書本に拠り、

陸氏十万巻楼本影金写本を参照した）。

董黯〈字孝治、会稽予章人也。少亡二其父一、独養レ母、孝敬甚篤。毎レ得二甘果美味一、輒即奔献二於母一。母常肥悦。比舎有二王寄者一、其家大富。寄為レ人不孝、毎為二非法悪事一。母懐二憂愁一、身体羸痩。寄母謂二黯母一曰、夫人家貧年高。有二何供養一、而常肥悦。黯母曰、我子孝順、不レ為二非法一。身不二憂愁一、故肥悦耳。遂問二寄母一曰、夫人大富、美味充饒。何為羸痩如レ此。寄母曰、我子不孝、出入往来、常使二我愁一。是以痩耳。寄聞レ之、候二黯不在一、遂入二黯室一。内捉二黯母一、拽二於牀下一、手摑脚踏、苦辱而去。黯帰、見二母在レ牀顔色不レ悦。跪問曰、老人不レ能三自慎二多言一。黯知レ之。恐二母憂一、嘿而不レ言。及二母亡一、葬送已訖。刀斬二寄頭一、祭二母墓一。乃自縛詣レ官、会レ赦得レ免。後漢時人也〉

類林雑説の董黯譚は、遺憾なことに出典注記を欠くが、類林を引いたものと考えてよいであろう。さて、類林のそれは、驚く程、陽明本に似ている。例えば、物語の書き出し、即ち、王奇の母が董黯の母に、その「怡悦（肥悦）」の理由を尋ねる場面から話が始まり、次いで黯母がそれに答え、さらに黯母が奇母にその「羸痩」の訳を聞くと（このことは陽明本にはない）、奇母が事情を明かすという構成で、物語が展開してゆくことは、両者全く同じである。以下、陽明本の、奇母が王奇に苦言を呈する場面や、王奇が黯母を罵倒すること、また、田中の董黯の心痛すること等が、類林には見えないなど、陽明本に較べて類林の記述は聊か簡略である。それにしても、王奇の暴行後の、

・黯……還。又見二母顔色惨々一、長跪問レ母曰、何所不レ和。母曰、老人言多レ過矣。黯已知レ之（陽明本）。

・黯帰、見二母……顔色不レ悦。跪問曰、老人不レ能三自慎二多言一。黯知レ之（類林）

などを見ると（類林の「跪問曰」の下には誤脱があるか）、黯母の繰り言（傍線部）まで合致しており、両者が無関係であるとは、一寸考え難いのである。一方、船橋本と類林とを較べてみることによって、二母の対話を持たない船

橋本が（船橋本はそれを、王奇への奇母の苦言中へ移している）、やはり西野氏の言われたように、独自の改変を経ていることも、確認出来るだろう。類林冒頭の「予章」は句章の誤記と見られ（予章は江西省南昌県）、或いは、末尾で董黯が「後漢時人也」と明かされる他、類林について注意を払うべきは、両孝子伝に備わる、三牲の挿話の欠落していることである。

前述の如く、類林雑説の当条には、出典注記が見当たらない。従って、類林の出所も不明とせざるを得ないことになる。しかしながら、興味深いことに、類林の出典を類推させる手掛りが、敦煌文書の中に存している。次に掲げるのは、かつて敦煌本「孝子伝」とも呼ばれた類書の一、事森の董黯譚である。⑥

董黶、字孝理、会〔稽〕越州勾章人也。小失其父、独養老母、甚恭(恭甚)敬。毎得甘菓美味、馳走献母。母常(毎)肥悦。比隣有王寄者、其家劇富。寄為人不孝、毎於外行悪。母常憂懐、形(刑)容羸瘦(廋)。寄母謂黶母曰、夫人家貧年高。有何供養、恒常肥悦如是。〔黶〕母曰、我子孝順、是故爾也。黶母後語寄母曰、夫人家富、美膳豊饒。何以羸瘦(廋)。寄母答曰、故瘦爾。寄後聞之、乃殺三牲、致於母前。抜刀脅抑(御)、令喫之。専伺候董黶出外、直入黶家。他母下母床、苦辱而去。黶尋知之、即欲報怨。恐母憂愁、嘿然含愛。及母寿終、葬送已訖。乃斬其頭、持祭於母。自(日)縛詣官、会赦得免。後漢人。出会稽録

右の記述において、まず目に付くのは、董黯の黯字に「黶《あん》」を宛て、字の孝治（会稽典録等）を「孝理」と改めることである。⑦そして、さらに注目すべきことに、その事森の行文は、類林に酷似する。一部を比較してみる。

・少亡二其父一、独養レ母、孝敬甚篤。毎レ得二甘果美味一、輒即奔献二於母一。母常肥悦。比舎有二王寄者一、其家大富。寄為レ人不孝、毎為二非法悪事一。母懐二憂愁一、身体羸瘦。寄母謂二黯母一曰、夫人家貧年高。有二何供養一、而常肥悦。黯母曰、我子孝順……（類林）。

・小失其父、独養老母、甚恭敬。毎得甘菓美味、馳走献母。母常肥悦。比隣有王寄者、其家劇富。寄為人不孝、毎於外行悪。母常憂懐、形容羸痩。寄母謂黶母曰、夫人家貧年高。有何供養、恒常肥悦如是。〔黶〕母曰、我子孝順……（事森）

類林と事森の両者は、ほぼ逐語的に一致していることが分かる。また、類林と事森との一致度は、類林と陽明本とのそれに勝る。例えば、黯母が奇母にその「羸痩」の訳を聞くことは、陽明本には存しないが、類林と事森にはそれがある（その問いに対する、事森の奇母の答え「故痩爾」の上には、脱落があろう）。逆に、陽明本に存する、奇母が王奇に苦言を呈すること、王奇が黯母を罵倒すること、田中の董黯の心痛すること等が、やはり類林、事森には見えず、両者共単に、「寄聞レ之」（類林）、「寄後聞之」（事森）とすることなども、両者のより親密な関係を示すものである。ところで、事森には末尾に出典注記があって、「出会稽録」とし、この「会稽録」が、会稽典録であろうことは、例えば敦煌本語対23孝養「献菓」に、

　董黯字孝治、少失父、孝養其母。毎得美味甘菓、輒奔走献母。出会稽典籙也

と記すことからも確認出来る。従って、敦煌本の語対や事森は、会稽典録を典拠とすることになるが、そのことは、両者が例えば先述、太平御覧三七八の、「会稽典録曰、董孝治、勾章人……供養、得二甘果一奔走以献レ母」と内容的に一致することからも、充分に首肯し得る。すると、事森（また、語対）とほぼ同文関係を有する、懸案の類林の出典についても、それを会稽典録と見做すことが出来よう。

　さて、事森において問題なのは、例えば芸文類聚などの会稽典録逸文に絶えて見ることの協わなかった、三牲の挿話が含まれていることである。つまり事森に、王奇が奇母による己の悪口を聞き付けて後、「乃殺三牲、致於母前。抜刀脅抑、令喫之」と記される箇所である。そもそも董黯譚に、三牲の挿話を伴うもののあったことは、例えば敦煌

本古賢集33句に、

　王奇三牲猶不孝、慈母懐愁鎮抱餓

と見えること等からも窺い知られようが、このことは、陽明本孝子伝と見事に一致する。但し、陽明本において、王奇の黯母への暴行の後に来る、三牲の挿話が、事森においては、黯母への暴行の前に来ていることは、三牲の挿話がやはり、「ある時期に笑話として仮空に作為され」、「特に不孝息子の愚かさを誇張した部分として挿入」⑧（西野氏）されたものであることを示す、面白い局面と言える。一方また、事森等によれば、王奇が三牲を強要したのは、自分の母に対してであり、それを董黯の母とする、船橋本の作為を指摘することも可能である。さて、董黯譚の場合、どうやら唐代以前、中国には様々な形の会稽典録が流布していたらしい。芸文類聚等のみならず、類林や敦煌本事森、語対等も、やはり会稽典録に拠ってそれを記している。そして、陽明本の董黯譚も、おそらくそのような会稽典録の一本を、典拠としたものと思われるのである。

なお唐代、董黯譚がかなり有名であったらしいことに関しては、幾つかの明徴がある。例えば道世の法苑珠林四十九に、

　高邁（柴）董黬之賢、反慢尊レ親、罪過二王寄之逆一

と見え、この記述によれば、道世は董黯譚を、孝が過ぎて軽侮を招く誓めとしているようで、董黬《あん》の、「黬」の宛字が珍しい。また、開元釈教録十八に、

　父母恩重経一巻〈経引二丁蘭董黯郭巨等一、故知二人造一、三紙〉

とあり（父母恩重経を偽経とすることは、大周刊定衆経目録十五、偽経目録に、「仏説父母恩重経一巻」とある）、確かに敦煌出土の丁蘭本父母恩重経に、

　孝順董黶、生義之報徳

と見えている⑨（黶を「壓《えん》」に作るものが多い）。或いは、雑集所収、鏡中釈霊実集の「為二人父母忌一斎文」に、

　董黯痛心而遄返

と言い（後藤昭雄氏教示）、また、大暦十二（七七七）年には、明州（浙江省鄞県）の刺史であった崔殷が、重修董孝子廟碑記（純徳彙編六上所収。純徳真君廟碣銘として全唐文五三六にも）を作っている。重修董孝子廟碑記は、冒頭「後漢至行董君、諱黯、字叔達、句章人也」と董黯の字を叔達とする説を載せ、「其徙レ居也、庭出二寒泉一」と記すのは、慈谿の地名伝説の所見とすべく、さらに王奇を斬った董黯に関して、「和帝聞二其異行一、特赦二専殺之罪一。召拝二郎中一不レ起、竟以レ寿終」と和帝（八八―一〇五）の名を上げていることなどは、陽明本の董黯譚の結び、「監司具如レ状奏レ王。々聞レ之嘆曰、敬二謝孝子董黯一……助二朕除レ患（朕可二助恤一船橋本）、賜二金百斤一、加二其孝名一也」との関わりにおいて（重修董孝子廟碑記には、「強レ名曰レ孝、加二於古之君子一数等」とも言う）、特に注意すべきものである⑩。重修董孝子廟碑記が、「六代祖仲舒」と述べるのも、董黯と董仲舒の繋がりを言う、最古の記録と見られよう。崔殷以降、董黯の事跡は、宋、羅璿の宝慶四明志八等を通じ、四明地方に定着してゆく⑪（清、董華鈞の純徳彙編〈四明叢書所収〉に詳しい）。董黯譚を題材とする戯曲、純孝記（明、張従懐）もあったようだが、伝わらない⑫。翻って、我が国における董黯譚の流伝の跡を留めるものとして、内外因縁集「董黯隣怨」（船橋本孝子伝の系統）、孝行集13（陽明本系）などを上げることが出来る⑬。

三

孝子伝図は、孝子伝を図像化したものである。後漢から六朝にかけて、石室、石棺、石床等に描かれた孝子伝図の遺品は、かなりの数に上り、往時その制作の盛んであった様を、なお今日に窺わせている。⑭ 孝子伝図が孝子伝に基づくものとするならば、研究史の視点から見る時、テキストと図像とが相互補完の関係にあることは、謂わば自明の理であろう。しかしながら、孝子伝また、孝子伝図の置かれた困難な研究状況下、止むを得ぬ種々の事情によって、ややもすればその関係の見失われ勝ちとなってしまうことは、甚だ残念なこととしなければならない。以下、董黯譚の場合を例に取り、孝子伝図と孝子伝との関わりについて、聊か思う所を述べてみよう。

孝子伝図としての董黯図に関しては、次の三つの作例を上げることが出来る。

(1)ボストン美術館蔵北魏石室
(2)ミネアポリス美術館蔵北魏石棺
(3)ネルソン・アトキンズ美術館蔵北斉石床

(1)(2)(3)を、図一、図二、図三に掲げる。⑮ 後漢時代のものは未だ管見に入らない。(1)(2)(3)の順に見てゆく。

(1)ボストン美術館蔵北魏石室は、一九三一年洛陽出土、孝昌三（五二七）年寧懋石室とされるもので、「董晏母供王寄母語時」の榜題がある（図一）。本図は、中国において、漢書東方朔伝などに記された、董偃と館陶公主の説話として説明されているが、⑯ 失考とすべきである。本図に描かれた内容を始めて、正確に読み解かれたのは、西野貞治氏であろう。⑰ 西野氏は、本図について、「この構図は如何なる説話を画題にするか未だ言及されたものがない。この

図一　ボストン美術館蔵北魏石室

図二　ミネアポリス美術館蔵北魏石棺

図三　ネルソン・アトキンズ美術館蔵北斉石床

図には「董晏母供王寄母語時」なる題が刻まれているが董晏とは後漢の孝子董黯のことである」として[18]、会稽典録、法苑珠林、重修董孝子廟碑記、宝慶四明志、類林雑説などを上げ、これらによっては、この図を説明出来ない。即ち、何れも、この画像の右半面に左を向いて室内に坐するのが王奇の母であり、董黯の母がそれに面して庭先に立つ、そして彼女の原の位置が図の右端、家の右側面に示されているということを明らかにするのみで、左半面の坐する人物と立つ人物の関係は明らかになし得ない
と述べた上で、

然るに此の孝子伝では、王奇が董黯の母を足蹴にして帰つた後に「帰謂母曰、児已問黯母、其云、日又食三斗、阿母自不能食、導児不孝、……於是王奇日殺三牲、旦起取肥牛一頭殺之、取佳肉十斤精米一斗、熟而薦之、日中又殺肥羊一頭、佳肉十斤精米一斗、熟而薦之、夕又殺肥猪一頭、佳肉十斤精米一斗、熟而薦之、便語母曰食此令尽、若不尽者、我当用鉾刺母心、由戟鉤母頭、得此言終不能食、推盤擲地、故孝経云、雖日用三牲養、猶為不孝也」という条があることが注意される。この孝子伝の記述によつて左半面の構図を説明すると、室内左手に右を向いて坐するのは王奇の母で、手にするの

は所謂団扇である。その団扇であることはこれと略同型の団扇はロンドン博物館蔵の西涼画稿（世界美術全集、中国一図版一二八）に見えるし、扇面両側に相対する曲線状図案はその二段に施されたものが北魏の大型団扇（原田淑人博士、漢六朝の服飾、図版四〇、四一、四二）に見えることで明らかである。その前に見える盤乃至盒の如きものの上に盛られたのは大食を強いられた三牲で、王奇の母はその前に前方を向いて立ち顔を母に向ける王奇に対し、扇面によつて顔を障つて困頓の状を呈するのである

として、

此の三牲は王侯の礼で庶人のなし能る所でなく、孝経の言う所も喩である事は言う迄もない。例えば太康起居注（御覧八六三）に「石崇崔亮母疾、日賜清酒粳米各五升、猪羊肉各一斤半」とある如く、重臣の母が病篤くして漸く二牲を賜つているに過ぎぬ。そして、此の説話で三牲を羅列するのは、いわば此の説話は、貧と富、孝と不孝を甚だ対照的に用いているので、特に不孝息子の愚かさを誇張した部分として挿入したもので〔ある〕

と付け加えられたのである。右は、始めて陽明本孝子伝を用い、従来説明の付かなかった左方屋内の場面を、王奇による三牲強要の場面と見るなど、ボストン美術館蔵北魏石室の董黯図に関する、最初の本格的な研究として、画期的な意義をもつものと評価することが出来る。氏は、本図を一種の異時同図と捉え、右端の女性（立っている）を黯母、その左の屋内の女性（坐っている）を奇母とし、また、左端の女性（立っている）も黯母、その右の屋内の女性（坐っている）も奇母とする。そして、画面中央の屋内の男性（立っている）を王奇、さらにその左の「盤乃至盒の」上の盛り物を三牲とされた訳である。但し、今一度本図を眺め直してみると、明らかに髪型の異なる左右両端の二女性を、同じ黯母と捉えることに、聊か躊躇を覚える。右端の双髻の少年は、おそらく董黯である。そして、その左の女性は、黯母であろう。黯母は丸々として、穏やかな顔付きをしている。すると、左右二つの家は文献に、例えば「董黯、家……

与二王奇一並居」（陽明本）、「董黯……比舎有二王寄一」（類林）、「董黶……比隣有王寄者」（事森）等と記された、王奇の家と董黯の家ということになる。左端の女性は、黯母とするには若過ぎるようで（「年過二七十一」〈陽明本〉）、侍女であろう。さらに注意すべきは、榜題「董晏母供王寄母語時」で、この榜題は（「供」は、「共」にも通じる）、陽明本の、「二母……忽会二籬辺一、因語二曰黯母一……答曰……王奇母曰」とする、二母の対話場面を指していることである。二母の対話場面は類林、事森にもあり、有名なものであったらしいが（華鈞による「六世祖純徳徴君伝」にも見え、「見二旧譜幷各志一」と言う〈純徳彙編二〉）、類林は三牲の挿話を欠き、事森は会稽（典）録を引いたものであるから、その榜題を説明し得る孝子伝は、陽明本のみなのである（船橋本欠）。

(3)ネルソン・アトキンズ美術館蔵北斉石床について紹介、論述されたのは、長廣敏雄氏である⑲（図三）。石床第四石2の、「不孝王寄」と榜題された董黯図を説明するに当たり、長廣氏は「〝不孝王寄〟については、『孝子伝』の董黯の伝記に述べられているが……『孝子伝』のうち陽明文庫本と京都大学図書館本〈船橋本〉とをくらべてみると、記述がかなり相違するが、だいたい次のようなはなしである」として、まず両孝子伝による董黯譚の粗筋を掲げられた。氏は、船橋本と陽明本とを交互に用いてその梗概を作成し、例えば三牲の挿話など、

一方、腹黒い王奇は、三牲（牛と羊と猪）をころして食物とし、一日に三度これを董黯の母にむりやりに食べさせようと、脅迫していった。「もし、みんな食べつくさなかったら、心臓に鉾をつきたて、頭を戈戟でかき切るぞ。」董黯の母は食べつくすことができず、悶絶して死んだ。ときに母の年八十

とあって、船橋本に拠られたことが明白である。そして、氏は、本図を説明して、

図は屋外のシーンとみえる。左なかほどに夫人が坐して、右の手にながい棒をもち、大きな丸盆上にならんだ食器にふれている。この婦人はおそらく董黯の母をあらわすのだろう。王奇におどされて、三牲（牛と羊と猪）を

むりやり食べさせられているのであろう。画面前方左寄りに、牛と羊と猪がならんでいるのは、三牲を意味することうたがいない。猪は小豚のようで、四肢を上にむけて、ひっくりかえっている。董黯の母のうしろには、四角な枠をつけた垂帳が張ってある。両脇には、すんなりと丈高い婦人が侍立する。背を向けている左端の婦女は双髻の髪型で、侍女かも知れないが、王奇の母をシムボライズしたのではないかという気もする。さて、右前方（この部分は石表面がひどく荒れている）には、うしろに馬をしたがえた武人風の男がいて、董黯の母の方に目をあてている。長剣をおびたこの男は王奇だとおもわれる。馬とのあいだに正面向きの男がみえるが、これは侍者であろう。豪華な飾りをつけた馬をえがいたのは、富裕な王奇の家を暗示するのかもしれない

と結論された。孝子伝図を解釈するに際し、氏が、孝子伝を用いられたことは、至当とすべきである。ところが、問題は、氏の説に従えば、本図の左から二人目の女性が黯母となることで、それは、氏が本図を読解する際、上記の梗概即ち、船橋本に拠られたことを意味している。そして、船橋本の董黯譚が、陽明本の誤読、省略、改変の上に成り立った、独自のものであることは、西野氏の指摘も含め、前述した通りであり、船橋本のそれは、董黯図一般の内容を考察する孝子伝テキストとして、適当なものとは言えない。まず拠るべきは、陽明本であろう。さて、陽明本（また、事森等）を用いて、本図を再検討してみると、長廣氏の黯母とされた女性は、奇母と訂正すべきことが明らかである。「右前方……長剣をおびた」（長廣氏）王奇に関しては、むしろ事森の、「抜刀脅抑」という記述を想起させるものがあるが、また、「画面前方寄りに、牛と羊と猪がならんでいる」ことについては、「日起取㆓肥牛一頭㆒、殺㆑之取㆓佳肉十斤㆒」以下、三牲を具体的に説明するのが、陽明本のみとなっていることに注意しなければならない。興味深いのは、西野氏御指摘の、ボストン美術館蔵北魏石室の董黯図における、奇母の手にした団扇で、本図においてそれがまた、奇母の左に立つ、侍女の手に見えていることだろう。このことなど、(1)(3)両図がやはり、緊密に繋がってい

ることを示している。ところで、長廣氏が、奇母の左の女性、つまり本図「左端の婦女は……王奇の母をシムボライズしたのではないか」と言われたのは、無論船橋本に拠ったからで、陽明本に拠れば、黯母となるが、奇母の左の女性は、ボストン美術館蔵北魏石室のそれと同様、黯母ではあるまい。とすると、黯母は一体何処にいるのだろうか。実は、本図の左右に、長廣氏が「不明」とし、仮に「母に孝養をつくす図」「塚にむかい拝礼する図」と呼ばれた、二面の図がある（四石3、1。図三参照）。私は、仮説として、本図の左に来る図の、左端の女性（坐っている）を黯母、手前の男性（跪いている）を董黯と見たいのである。図は無論、黯母の、「日々食㆓三斗㆒」（陽明本）場面だろう。黯母の顔は、奇母に較べ、ふっくらと穏やかである。すると、左図の家は、董黯の家となり（右半分に、二人の侍女を添える）、ボストン美術館蔵北魏石室の、右側の家と対応する。つまり当石床の二つの図は、ボストン美術館蔵北魏石室の董黯図を、左右に振り分けたものとなっているのである。一方、右の図は、董黯による黯母の葬礼の場面（「黯母……亡、葬送礼畢」〈陽明本〉）を描いたものと思われる。左上端の鳥や下方の獣は、陽明本の禽鳥の嘆き（「飛鳥翳㆑日、禽鳥悲鳴」等）、或いは、会稽典録などに見る、董黯の負土成墳の折の、鳥獣の奇瑞（太平御覧三七八等）を表わしたものかもしれない（下方左に、二人の狩人を添えるか）。このように、ネルソン・アトキンズ美術館北斉石床の四石は、その三面全てを董黯図に充てたものと考えられるが、同様に、三面を使って一話を描いた例として、和泉市久保物記念美術館蔵北魏石床の、右側石等を上げることも出来る[20]（口絵図1、2、3。平成十三年末出品、元、個人蔵、郭巨図を三面に描く。河田昌之氏教示）。ともあれ、(1)(3)が共に三牲の挿話を描くことや、殊に(1)の榜題が陽明本と対応することは、両孝子伝、取り分け陽明本の成立を考える上で、文学史的に重要な意義をもっている。即ち、(3)が北斉（長廣説）、(1)が北魏孝昌三年（寧懋墓誌による）の図であるならば、陽明本の成立は、北斉（五五〇―五七七）年以前、また、孝昌三（五二七）年以前に溯ることが確実となるからである。

(2)ミネアポリス美術館蔵北魏石棺は、一九三〇年洛陽出土、正光五（五二四）年元謐石棺とされるもので、その董黯図に関しても、幾つか問題がある㉑（図二、また、口絵図9参照）。例えば当石棺の董黯図には、榜題が存するのだが、当石棺に最も早く目を向けた奥村伊九良氏は、その榜題について、「董□」、また、「孝子董のことは不明である。董永のことではなさ相に思はれるが、これらのことは此方面の専門家に研究してもらふことにしておかう」と言い、「不明」扱いされた他㉒、その八字の榜題は、「孝子董晏?父□□」㉓（長廣敏雄氏）、「孝子董篤父贖身」㉔（黄明蘭氏）、「孝子董永篤父贖身」㉕（中国画像石全集）等とされているのである。当石棺を実見すると、その榜題は、

　孝子董慍与父犢居

と読める。董黯の表記に関しては、「董晏」（ボストン美術館蔵北魏石室）、「董黬」（法苑珠林）、「董黶」（事森）、「董壓」（丁蘭本父母恩重経）等、幾種類かあること、これまで見て来た通りであり、「孝子董慍」の「董慍」も、董黯の宛字の一つかと推測される。さて、本図の成り立ちは、少し複雑である。結論から先に述べよう。まずその榜題は、董永図の榜題から来たものらしいことが、例えば当榜題と酷似する董永図のそれが、C. T. Loo旧蔵北魏石床、PLATE XXXIに、

図四　C. T. Loo旧蔵北魏石床（董永）

　孝子董永与父犢（独）居

と見えることから確認される㉖（図四。「独居」の独字に、犢字を宛てることまで共通している。「与父独居」は、結婚せずに父を養うことであろう）。そして、当榜題は、その董永の永字を、慍（黯）に改めたものである。董黯の黯字が、晏、黶、壓、黬など

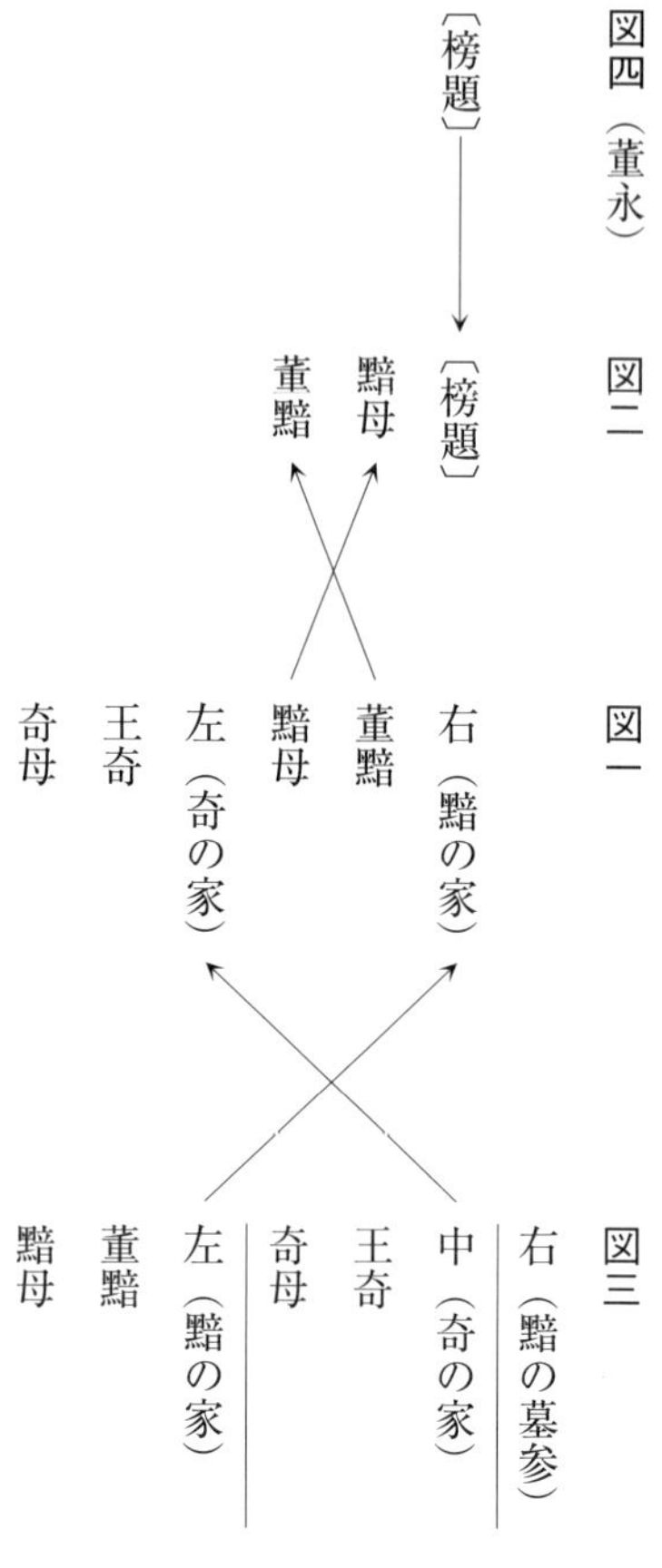

図五　三つの董黯図

種々に表記されることは、前述の通りで、ここもその一例と見られる。けれども、「与父独居」など、永字以外は、董永の榜題をそのまま使っているので、当榜題は、まるで董永図のそれを思わせるものとなっている㉗。一方、図像の内容は、董永図ではなく、明らかに榜題と矛盾する。

図二は、画面左に、跪き合掌する体の董黯を描く。右は、方形の牀に坐る黯母である。この人物は、髪の形が女性のそれなので、董永の父ではあり得ず（董永の母は早くに亡くなっている〈陽明本〉）、黯母と考えるべきである。母と榜題との間に、箪様の器が描かれているのは、「日々食二三斗一」（陽明本）の場面を表わすのかもしれない。さて、図二は、図一ボストン美術館蔵北魏石室の董黯図における、右の董黯の家の場面に該当し、恰もそれを切り取ったかの如き観がある（董黯は左に来て、跪く）。同時にまた、図二は、図三ネルソン・アトキンズ美術館蔵北斉石床の董黯図における、左端の場面にも該当し、現に図三左の董黯と黯母の左右を反転すれば、それがそのまま図二になってしまう程、両者の構図の酷似していることは、非常に驚くべき事実と言える。以上、図一―図三の三つの董黯図の関係を、分かり易く図示してみると、図五のようになる。すると、図二は、董永の榜題に董黯の図が描かれているという、一見極めて奇妙な成り立ちの図像とせざるを得ないであろう。董永の榜題と董黯の図像との間で、何故このよう

な矛盾が起きるのかという問題に関しては、図一ボストン美術館蔵の北魏石室のそれに着目された、西野貞治氏の卓論がある。西野氏は、該石室右石の董黯図（図一）の上に、董永図の描かれていることが（本書I二4、図七参照）、決して偶然でないことを指摘して、次のように述べられている。[28]

又先にあげたボストン美術館博物館の北魏画像石室の画象の直ぐ下に「董晏母供王奇母語時」と題した画像が見られる。この図は孝子董黯の話（御覧巻三七八・四八二、芸文類聚巻三三に引く会稽典録に、又本邦に伝はる孝子伝に見える。）を表すもので、董黯は唐の崔殷の重修董孝子廟記（純徳彙編巻六上に見える。）によれば漢の太中大夫董仲舒の六世の孫とされる人である。董永の直下に董黯の話を画題にしたものをかかげるといふこの構図は、いはば董永と董黯は同一家系に属する。したがつて董永と董仲舒との先後のつながりの深さといふ考を表白するものである

西野氏の指摘は、董永と董黯との家系的な深い関係を明らかとする、非常に重要なもので、氏の指摘によって、何故図二の董黯図に董永の榜題が書かれたかという問題が氷解しよう。即ち、ボストン美術館蔵北魏石室に見る如く、両図には元来、深い関わりがあったため、二つの図が関連付けて捉えられた結果、例えば図二のような両榜題の取り違え、混入などが起きたものと考えられるのである。漢代の董永図に既に子供（董仲）の描かれていることからすれば（後漢武氏祠画象石、泰安大汶口後漢画象石墓）、董永と董黯との関係は、随分と早い時期に溯る可能性が高い。また、両人の家系的関係をさて置くとしても、例えばボストン美術館蔵北魏石室の右石上下に描かれた董永、董黯図の現存は、本図の榜題、図像間に奇妙な矛盾の生じ得る環境を、具体的に想像させるに足るものがある。

注

① 西野貞治氏「陽明本孝子伝の性格並に清家本との関係について」（『人文研究』7・6、昭和31年7月）

② 陽明本、船橋本孝子伝、また、古孝子伝については、拙著『孝子伝の研究』（佛教大学鷹陵文化叢書5、思文閣出版、平成13年）Ⅰ一及び、本書Ⅰ一参照。

③ 西野氏注①前掲論文。なお船橋本の改修時期の問題については、注②前掲拙著Ⅰ四参照。

④ 注②前掲拙著Ⅲ三参照。

⑤ 類林については、注②前掲拙著Ⅰ二3、注59参照。

⑥ 敦煌本孝子伝の複雑な成り立ちについては、注②前掲拙著Ⅰ一3参照。

⑦ 例えば伏俊璉、伏麒鵬氏『石室斉諧─敦煌小説選析』（敦煌文化叢書、甘粛人民出版社、二〇〇〇年）の「孝子伝」に、「字孝治作〝孝理〟者、大概是避唐高宗李治的諱」と言う。

⑧ 西野氏注①前掲論文

⑨ 新井慧誉氏「敦煌本『父母恩重経』校異」（『二松学舎大学論集』昭和53年度、昭和54年3月）参照。

⑩ 純徳彙編一は、和帝の永元八（八九）年の「徴二孝子董黯一擢二議郎一詔」、安帝の延光三（一二四）年の「為二孝子董黯一立レ祠詔」が載る（また、唐、大暦十（七七五）年の「賜二漢孝子董黯廟一勅」、宋、大中祥符元（一〇〇八）年の「賜二漢孝子董黯号純徳徴君一勅」も収められる）。真偽はさておき、在地の伝承を窺う参考までに、その二詔を掲げておく。

・徴二孝子董黯一擢二議郎一詔。奉／天承レ運／皇帝詔曰、法者所二以禁レ暴衛レ善。故牧レ民而導レ之以レ善者吏也。既不レ能レ導、又以二不正之法一論レ之、則縁レ法以為レ暴、甚非二難レ犯易レ避之意一。句章董黯孝二養厥母一、仁以復二王寄之仇一。携レ首請二罪於吏一、疑不二敢決一具奏以聞。夫挙レ孝興レ廉勧レ善刑レ暴、五帝三王所二繇昌一也。董黯至行卓然可レ嘉。朕嘗聞レ之、孝者所二以事レ君也。遣二考工令邱霖一、釈二専殺罪一擢為二議郎一。使二居言責、以匡二朕之不レ逮。永元八年二月十五日。

・為二孝子董黯一立レ祠詔。奉／天承レ運／皇帝詔曰、導レ民以レ孝、則天下順。此治道之隆也。夫母子之情、天性也。句章董黯、承顔順志、蒙レ難不レ渝。誠孝子仁人之用心、為レ人所レ不レ能レ為、豈不レ休哉。先帝擢拝二議郎一、累徴不レ就、寿終二牖下一。朕

甚悼焉。今特勅、為二孝子一立二祠故居一、崇二表異レ倫之士一。宇内庶幾成レ風、布二告吏民一、使レ知二朕意一。其母黄氏、可レ贈二賢淑夫人一。延光三年六月六日

⑪ 宝慶四明志八、叙人上先賢事跡上を示せば、次の通りである。

董黯、字叔達、仲舒六世孫也。事レ母孝。母疾、嗜二句章渓水一、遠不レ能二常致一。黯遂築二室渓浜一、板輿就養二厥疾一、乃痊。比隣王寄之母、以風レ寄寄忌レ之。伺二黯出一辱二其母一、黯恨入レ骨。母死慟切、枕レ戈不レ言。一日斬二寄首一以祭レ母、自二白于官一。奏二聞和帝一、詔釈二其罪一。且旌二異行一、召拝二郎官一不レ就。由レ是以レ慈名レ渓、以二董孝一名レ郷……今子城東南有レ廟。旧誌謂二即其故居一。則黯本鄮人也。虞翻謂為二句章人一。拠三其徒二居慈渓一言レ之

なお華鈞による「六世祖純徳徴君伝」も、董黯の母を黄氏としている（「見二旧譜一」と言う。純徳彙編二所収）。

⑫ 荘一払氏『古典戯曲存目彙考』（上海古籍出版社、一九八二年）九参照。

⑬ 孝行集及び、その董黯譚については、拙著『中世説話の文学史的環境 続』（和泉書院、平成7年）Ⅰ三1、2、3参照。また、近世の勧孝記下31、孝道故事要略六7、古今二十四孝大成等における董黯譚の受容については、徳田進氏『孝子説話集の研究―二十四孝を中心に―近世篇』（井上書房、昭和38年。再刊、説話文学研究叢書〈クレス出版、平成16年〉5）五章一㈣などに詳しい。

⑭ 孝子伝図については、注②前掲拙著Ⅱ参照。

⑮ 図一は、注⑱後掲富田論文図5（Fig. 5）、図三は、長廣敏雄氏『六朝時代美術の研究』（美術出版社、昭和44年）図版54、55、56に拠る。

⑯ 郭建邦氏『北魏寧懋石室線刻画』（人民美術出版社、一九八七年）、また、中国画像石全集8石刻線画（中国美術分類全集、河南美術出版社、山東美術出版社、二〇〇〇年）等。なお近時、当石室について論じたものに、林聖智氏「北魏寧懋石室的図像与功能」（国立台湾大学『美術史研究集刊』18、民国94〈二〇〇五〉年3月）がある。

⑰ 西野氏注①前掲論文。なお最近、蘇哲氏が、董黯譚の資料として明、廖用賢の尚友録十三の董黯条を上げて、「京大〔船橋本〕と陽明文庫本の『孝子伝』より、『尚友録』の方は後代の粉飾が少なく、本来のものに近い姿の記録が残っていると思う」

（『魏晋南北朝壁画墓の世界—絵に描かれた群雄割拠と民族移動の時代—』〈白帝社アジア史選書8、白帝社、平成19年〉四章）と言われるのは当たらず、尚友録は新しい。尚友録は前掲、宝慶四明志などによったものと認められる。また、氏は、図一の解釈を誤って、図一右を王奇と奇母、左を董黯と黯母としている。

⑱ 但し、米国における富田幸次郎氏の一九四二年の論文（Kojiro Tomita, 'A Chinese Sacrifical Stone House of Sixth Century A.D.', in *Bulletin of the Museum of Fine Arts* 40, no. 242〈December, 1942〉, pp. 98-110）に、本図が董晏《（黯）》譚を描くことの指摘がある。本書Ⅰ二4、注㉝参照。

⑲ 長廣氏注⑮前掲書九章。当石床については、本書Ⅰ二3参照。

⑳ 和泉市久保惣記念美術館蔵北魏石床については、本書Ⅰ二5、また、その付及び、口絵を参照されたい。

㉑ 当石棺については、本書Ⅰ二4及び、口絵参照。

㉒ 奥村伊九良氏「鍍金孝子伝石棺の刻画に就て」（『瓜茄』5、昭和12年2月）

㉓ 長廣氏注⑮前掲書八章

㉔ 黄明蘭氏『洛陽北魏世俗石刻線画集』（人民美術出版社、一九八七年）図版説明四（119頁）

㉕ 注⑯前掲中国画像石全集8石刻線画、図版説明六三（17頁）

㉖ 図四は、C.T.Loo & Co, An Exhibition of Chinese Stone Sculptures（New York, 1940）PLATE XXXI（Catalogue No. 36）に拠る。

㉗ その意味で、例えばユージン・Y・ワン氏が近時、当石棺の本図を董永図と見做されたことも、理由のないことではない（Eugene Y. Wang, 'Coffins and Confucianism—The Northern Wei Sarcophagus in The Minneapolis Institute of Arts', in *Orientations* 30, no. 6 (June 1999), pp. 56-64.）。

㉘ 西野貞次氏「董永伝説について」（『人文研究』6・6、昭和30年7月）

4 魏陽贅語——孝道と復讐(二)——

一

後漢武氏祠画象石、後漢楽浪彩篋などに描かれた魏陽図と、孝子伝の魏陽譚との関わりについては、かつて簡単にそのあらましを述べたことがある。[①] そのことはまた、幼学の会による『孝子伝注解』「孝子伝図集成稿」7魏陽の解説に、纏めた通りである。[②] しかし、その後踵を接して、林聖智（Lin, Sheng-chih）氏による孝子伝図に関する画期的な論攷「北朝時代における葬具の図像と機能―石棺床囲屏の墓主肖像と孝子伝図を例として―」が公刊され、[③] 漢代の魏陽図について、さらに考察を進めることが可能となった。そこで、小論においては改めて、魏陽図と孝子伝との関わりをめぐる贅言を一、二、加えてみたいと思う。

魏陽（魏湯とも）に関する資料は、余り多くない。左にその文献資料を列記する。

・両孝子伝（陽明本、船橋本）7
・蕭広済孝子伝（太平御覧三五二、淵鑑類函二二四所引）
・逸名孝子伝（太平御覧四八二、淵鑑類函三一二所引）
・経国集二十
・大谷本言泉集「父料施主分」

・孝行集4
・金玉要集二

以下、まず中国の孝子伝関係資料の内容を、一瞥しておくことにしよう。

我が国にのみ奇跡的に現存する、完本古孝子伝二種（陽明本、船橋本）の中には、幸いなことに貴重な魏陽譚が含まれている。両孝子伝第7条、魏陽の本文を併せて示せば、次の通りである。

陽明本

沛郡人魏陽、至孝也。少失レ母、独与レ父居。孝養蒸々。其父有二利戟一、市南少年欲レ得レ之、於レ路打二奪其父一、陽乃叩頭。県(懸)令召問曰、人打二汝父一。何故不レ報、為力不レ禁耶。答曰、今吾若即報二父怨一、正有二飢渇之憂一。県(懸)令大諾レ之。阿父終没、即斬二得彼人頭一、以祭二父墓一。州郡上表、称二其孝徳一。官不レ問二其罪一、加二其禄位一也。

船橋本

魏(槐)陽者、沛郡人也。少而母亡、与レ父居也。養レ父蒸々。其父有二利戟一。時壮(牡)士、相二市南路一、打奪レ戟矣。其父叩頭。於時県令聞レ之、召レ陽問云、何故不レ報二父仇一。陽答云、如今報二父敵者一、令三父致二飢渇之憂一。父没之後、遂斬二敵頭一、以祭二父墓一。州県聞レ之、不レ推二其罪一、称二其孝徳一、加二以禄位一也

両孝子伝によれば、魏陽は沛郡（安徽省宿県西北）の人とされている。父が持っていたのは「利戟」、それを「打奪」ったのは、「市南少年」（陽明本）、「壮士」（船橋本）である。なお両孝子伝の記載において注意すべきは、陽明本の「州郡」を船橋本に「州県」と作ることで、このことは、船橋本の成立が隋以後に降ることを示す一証と見られる[4]。魏陽譚は、晋、蕭広済の孝子伝にも書き留められていたらしい（茆泮林の古孝子伝、陶方琦の蕭広済孝子伝輯本〈漢孳室遺著〉所収）。今、太平御覧三五二（淵鑑類函二二四）に引く所のその逸文の本文を示せば、次の通りである

（（　）内に淵鑑類函との異同を示す）。

蕭広済孝子伝曰、魏陽、不レ知二何処人一、独与レ父居。父有二刀戟一、市南少年求レ之。陽曰、老父所レ服、不二敢相許一。少年怒、道逢陽父打（撃殴之）。陽叩頭請レ罪。父没。陽断二少年頭一、以謝二父冢前一

魏陽は、蕭広済孝子伝では「不レ知二何処人一」とされており、既に晋代にはその出身地が見失われていたようである。魏陽の父が持っていたのは「刀戟」、それを奪ったのは「市南少年」とされ、後者は、陽明本の記述と一致している。さらにまた、蕭広済孝子伝は、父の生前における県令による、魏陽の召問を記さず、且つ、「陽断二少年頭一、以謝二父冢前一」で筆を止め、父の死後における州郡による、魏陽の顕彰を記さないことに注意する必要がある。魏陽の話はまた、中国における逸名孝子伝の一本にも記されていたらしい（茆泮林、古孝子伝所収）。太平御覧四八二（淵鑑類函三一二）に引く所の、その逸文の本文を示せば、次の通りである。

孝子伝曰、魏湯、少失二其母一、独与レ父居。色養蒸蒸、尽二於孝道一。父有レ所レ服刀戟、市南少年欲レ得レ之。湯曰、此老父所レ愛、不二敢相許一。於レ是少年、殴二撾湯父一。湯叩頭拝二謝之一、不レ止。行路書生牽二止之一、僅而得レ免。後父寿終。湯乃殺二少年一、断二其頭一、以謝二父墓一焉

逸名孝子伝においてまず目に付くのは、魏陽の名前が、魏湯となっていることであろう。そして、その出身地を記さないことや、父の持ち物を「刀戟」とすることは、蕭広済孝子伝に同じいが、父の持ち物を奪った者を「市南少年」とすることは、陽明本また、蕭広済孝子伝と共通している。加えて、父の殴撾《おうか》（撾は、打つこと。擿《てき》〈擲《なげうつ》こと〉に作る本もある）を止めない少年を、制止する「行路書生」の登場していることは、逸名孝子伝のみに見える特徴となっている。なお逸名孝子伝もまた、父の生前における県令の召問を記さず、且つ、「湯乃殺二少年一、断二其頭一、以謝二父墓一焉」とのみあって、父の死後における州郡の顕彰を記さないことは、両孝子伝とは異なり、蕭広済孝子伝と等しい。

図一　後漢武氏祠画象石

以上が、管見に入った魏陽関連資料の殆ど全てである。我が国伝存の両孝子伝の魏陽譚を除けば、中国に残るその資料は、僅か二条の古孝子伝逸文のみということになろう。魏陽に関する資料の極めて乏しいことが、痛感される。

二

孝子伝図における魏陽図として、管見に入ったものに、以下の三つの図像がある。

(1)後漢武氏祠画象石
(2)後漢楽浪彩篋
(3)和林格爾後漢壁画墓

内、前二者は従来より広く知られた遺品となっている。ここで、魏陽図に纏わる二、三の問題を検討しておきたい。

図一に掲げるのは、(1)後漢武氏祠画象石の武梁祠第二石に描かれた魏陽図である。[5] 図一には榜題があって、右から、

湯父
魏湯

と記す。本図の内容については、例えば長廣敏雄氏編『漢代画象の研究』二部「武梁石室画象の図象学的解説」31に、⑥右端に立っている人物は、杖または剣らしいものを振りあげている。上体はほぼ正面向きであるが、足は左向きであり、顔も左向きである。これは話に出てくる市南の若者であろう。しかし、冠をかぶった士人の姿をしめしている。中央に跪いて拱手している人物は「湯父」すなわち魏湯の父である。これは、ただしく側面形の姿をとっている。その左に、やはり顔は正側面に向け、長跪（腰をあげたまま膝を地に折る姿勢）をし、両手を高くあげ、おどろきの意を表しているのが、魏湯である

とあり（森三樹三郎氏執筆）、従うべきものと思われる。但し、該書が当図の故事を説明して、

この図の内容にあたる話が、晋の蕭広済の孝子伝（太平御覧巻三五二・四八二引）に見えている。魏湯は幼いときに母を失い、父とともに暮らしていたが、たいへん孝行者であった。あるとき、市南にすむ若者が、魏湯の父が持っている刀戟をみて、これをほしがった。父が「これは私の老父が大切にしていたもので、お譲りすることはできぬ」と断ると、その若者は怒って父に打ってかかった。これをみた魏湯は、若者に向かい、しきりに叩頭拝謝して赦しを乞うた。折りよく通りすがりの書生が引き留めてくれたので、その場を無事にすますことができた。のち父が天寿を終えてから、魏湯はその若者を殺し、その首を斬り取って父の墓に謝した

と言われているのは、「晋の蕭広済の孝子伝に見えている」としつつ、蕭広済孝子伝（太平御覧三五二所引）ではなく、逸名孝子伝（太平御覧四八二）を引いたもので、従い難い⑦。本図においてまず注目すべきは、その榜題の表記が、逸名孝子伝の「魏湯」とのみ一致していることであろう。魏陽の綴りに関しては、魏陽、魏湯二通りの表記がなされたものの如く、いずれ「陽」と「湯」との字形の類似による転訛と見られるが、ただどちらが本来なのか、不明である。また、「右端に立っている人物」が「市南の若者」（逸名孝子伝等「市南少年」）かどうか、「しかし、冠をかぶっ

図二　後漢楽浪彩篋

た士人の姿をしめしている」（前掲解説）点、若干の疑問が残る。そうだとすれば、むしろ船橋本の「壮士」の方がふさわしく思われるが、或いは、後述後漢楽浪彩篋との対比から、右端の人物は、「県令」（両孝子伝）を描いたものなのかもしれない。

次いで、図二に掲げるのは、昭和六年に出土した、(2)後漢楽浪彩篋の長方形の篋身上部、立ち上がりの両長側に描かれた孝子伝図中の魏陽図である⑧。図二には、刑渠（両孝子伝3）と魏陽（同7）との二つの孝子伝図が描かれている。図二の榜題を右から全て示せば、左のようである。

孝婦
渠孝子
侍郎
魏（巍）湯
湯父

令君
令妻
令女
青郎（書郎）

内、令君、書郎の読みは後述、東野治之氏の試読に従ったものであるが、その令君と青郎との二榜題については、戦前から幾通りかの試読がなされている。例えば吉川幸次郎氏は、それらを「令□」「□□」とし[9]、浜田青陵氏は、「令老」「青郎」とし[10]、柳宗悦氏は、「令○」「青郎」とされる如くである[11]。また、図二において、どの部分を魏陽図と認定するかという問題に関しても、上記の諸氏の間には微妙な揺れがある。例えば吉川氏は、「侍郎」「魏湯」「湯父」の三人を魏陽図とし（「図共三人」）、「令□」以下の三人を、未詳ながら別の故事図とされている[12]。また、浜田氏は、魏湯、湯父「二人の人物だけが描かれ」ている部分をその図とし、「蕭広済の『孝子伝』などに見え」る魏陽譚「の劇的光景は現はされて居りませぬ」と言われる。但し、浜田氏が、「なほ侍郎、侍者、青郎、使者、美女と云ふ様な榜記のある人物は、画面の必要上或は一人を二人にし、或は埋め草に使用したらしい形跡も認められるのであり、その辺は至極自由に全体の配置を考へて、画題の細かい事柄に囚はれてゐないのは、斯かる器物に附ける装飾といふことに目的を置いた自然の結果でありませう」とされていることは、今の問題とは直接関わらぬことながら、孝子伝図一般を考える上で、非常に重要な指摘としなければならない[13]。さらに柳氏は、「魏湯と湯父」及び、「令○」の三人を魏陽図とし、「因に云ふ、図では左方の老人は「令○」と記してあつて、此の物語りとは関係がない人物の様であるが、相対して描いてある所を見ると、或は老人は湯父であり、右にゐるのが魏湯ではないかとも思へる。何か手をつき老父に仕へてゐる如き風情である。或は出来事の一部始終を他人に語つてゐるのかも知れぬ」と述べて、「令女」

「令妻」「青郎」等は別の故事図であろうとされる⑭。このように見てくる時、後漢楽浪彩篋に描かれた魏陽図というものがどの部分を指すのか、実は判然としないことに気付かされるのである。

三

そのような、研究史的に判然としない、後漢楽浪彩篋における魏陽図の範囲について、新機軸を打ち出されたのが東野治之氏である。東野氏は上述、蕭広済孝子伝、逸名孝子伝（共に太平御覧等所引）に、両孝子伝7魏陽を加えた新見に基づき、次のように述べられた⑮（「律令と孝子伝—漢籍の直接引用と間接引用—」）。

ただこの彩篋の漆画の人物名については、釈読になお問題を残す箇所がある。令□がそれである。この部分は画面向かって左から、□□、令女、令妻、令□と、四人の人物が描かれ、その右に魏陽の故事として、陽父、魏陽、侍郎の三名が順に描かれている。人物に付けられた人名の字は隷書体であるが、装飾的に崩されているため、読みづらい部分があり、吉川幸次郎氏は左から四人の一群を、令□という孝子に関する故事として示されたものの、内容は不明とされた。しかしこの四人は独立の話柄ではなく、右側に続く魏陽の故事と一連のものであろう。魏陽の父と令□が向き合う形に描かれているのは、令□と魏陽の父及び魏陽が、対話する様を表わしていると見るべきである。伝えられる魏陽の故事では、市で若いならず者から魏陽の父が恥辱をうけ、魏陽が県令から召問される件りがある。その様を父を加えて描いたのがこの図で、魏陽の父と対座しているのは、その県令と解すべきであろう。「令」の下の字は、崩れているが「君」とみてよいのではなかろうか。「令君」は、尚書令をもさすが、この場合、県令の尊称であろう。また左端の男性は「青郎」と読みうるように思う。「郎」は他にみえる「侍郎」

のそれとは異なるが、軟かくくだけた書き方であろう。この「青郎」は恐らく若者、学生などの意で、魏陽の故事に、ならず者から魏陽の父を救ったと見える「書生」（「書生」は、『太平御覧』巻四八二所引『孝子伝』にみえる。なお彩篋の文字が、「書郎」の二字をくだけた書体で書いたものである可能性も考えられる）を表わしているのであろう。県令の妻や女、侍郎は故事中にみえないが、画面を多彩にするため添えられたと解して差支えあるまい。他の孝子についても、孝婦、侍郎など、故事に直接関係しない人物が現われている。こう考えると、彩篋の長辺の一つは七割方魏陽の故事だけで占められていることになるが、本来この彩画は全体として厳密な構成があったとはみえない。元になる材料があって、余白を勘案しつつ適宜故事を嵌込んだものと思われる。こうした画面構成上のアンバランスは、かえって作画の背景に、本格的な画巻形式の孝子伝図があったことを暗示するといえよう

即ち、氏は、「令□」（吉川氏）を令君とし、左端の人物を青郎または、書郎と読んで、図二の上図左の侍郎から、下図左端の青郎に至る全てを魏陽図と見做されたのである。東野氏の見解は、従来の後漢楽浪彩篋の孝子伝図の捉え方を一変させる、全く新しいもので、従うべき説と思われる[16]。しかし、東野説に立ってその魏陽図を眺める時、一方、後漢楽浪彩篋の依拠したであろう孝子伝（おそらく漢代孝子伝の一本）は、聊か謎めいた形を取ることになる。以下にそのことを若干補足しておきたい。

まずその孝子伝の人名表記は、魏陽でなく、後漢武氏祠画象石共々、魏湯と表記されたものであったろう。つまり前掲逸名孝子伝の系統のそれであって、魏陽と表記する蕭広済孝子伝や両孝子伝の系統ではあるまい。次に、湯父と向き合った人物が令君即ち、県令であるとすると、その話を記した文献は、中国においては現在全て失われ、辛うじて我が国に伝存する両孝子伝に、その片鱗を留めるのみということになるであろう。換言すれば、両孝子伝のその箇

所は、漢代孝子伝の形を今日に伝えているのである。また、図二の下図左端の人物が「青郎」或いは、「書郎」で、「魏陽の故事に、ならず者から魏陽の父を救ったと見える「書生」を表わしている」ものだとすると、そのことはまたもや、逸名孝子伝にしか見えない話ということになるであろう。これらのことは、現存する如何なる孝子伝も、後漢楽浪彩篋の魏陽図を完全には説明出来ないことを意味している。そして、両孝子伝や蕭広済孝子伝、逸名孝子伝の逸文は、いずれも漢代の孝子伝が枝分かれした後のものに過ぎず、その魏陽図の依拠した漢代孝子伝は、逸名孝子伝と両孝子伝とを併せた形をもっていたものと想像されるのである。さて、魏陽譚の場合、両孝子伝や逸名孝子伝が、予想外に漢代以来の古態を保っていることは、なお今後留意すべきことと言えよう。

(3)和林格爾後漢壁画墓は、一九七一年内蒙古和林格爾県新店子から出土したもので、中室西、北壁第一層に描かれた孝子伝図の内、北壁の、

魏昌父

魏昌

と榜題（左から）する一図である[17]（図三。また、口絵図10参照）。昌は、陽（または、湯）の訛伝であろう[18]。図三は、薄れているが、左に杖様のものを振り上げる人物、中央に立った父、右に跪いた魏陽を描く点、図一、後漢武氏祠画象石のそれと酷似することに、注意すべきである。両図の左右が逆になっているのは、当墓の孝子伝図が左始まりとなっているためだろう（後漢武氏祠画象石は右始まり）。ところで、当壁画における孝子伝図の下、第三、四層には列女伝図が描かれており、その配列が現行の列女伝とほぼ一致していることから、近時林聖智氏は、当壁画の孝子伝図の配列の背後に、その時代の孝子伝の存在を想定し、当壁画の孝子伝図の並びと、後漢武氏祠画象石における孝子伝図のそれとを比較して、両者の間でそれが一致する、「舜、閔子騫、曾子」「丁蘭、刑渠、孝烏の順序」を、「後漢

図三　和林格爾後漢壁画墓

時代の孝子伝の目次の順序」であろうと推測されている[19]。林氏の説は、これまで殆どその姿を知られることのなかった漢代孝子伝の形に迫るものであり、画期的なものと評価し得る。さて、私は、林氏の説をさらに一歩進めて、和林格爾後漢壁画墓の孝子伝図の並びを、そのまま漢代孝子伝の形と見たい[20]。今その並びを一覧として示せば、次の如くである[21]（原図は左始まりであるが、右始まりに改めてある。（　）内に榜題、その下に両孝子伝の条数を併せ掲げた）。

舜（「舜」）　1
閔子騫（「騫父」「閔子騫」）　33
曾参（「曾子母」「曾子」）　36
董永（「孝子父」）　2
老萊子（「来子父」「来子母」「老来子」）　13
丁蘭（「□（木）丈人」「□（野）王丁蘭」）　9
刑渠（「刑渠父」「刑渠」）　3
慈烏（「孝烏」）　45
伯瑜（「伯禽」「伯禽母」）　4

図四　後漢楽浪彩篋（二）

魏陽（「魏昌（陽）父」「魏昌（陽）」）　7
原谷（「孝孫父」「孝孫」）　6
趙荀（「□（趙）句」）
金日磾（「甘泉」「休屠胡」）

ここで、右の一覧を参考に、かつて浜田青陵氏が、「どの側が初めかが分かりませんので」と言われた[22]、後漢楽浪彩篋の孝子伝図の配置に関し、再考を試みておきたい。

図四は、図二に対する、もう一方の長側に描かれた孝子伝図である[23]。右から両孝子伝9丁蘭（榜題「丁蘭」「木丈人」）、41李善（「孝孫」「孝婦」「李善」「善大家」）、鄭真（「侍郎」「侍者」「使者」「鄭真」）を描く。図五の上、中図は、図二、図四の両長側に対する両短側を掲げたもので、上図は、紂帝伯夷（「侍郎」「使者」「紂帝」「伯夷」）、中図は、商山四皓（「孝恵

図五　後漢楽浪彩篋（三）

帝」「掌《（商）》山四浩《（皓）》」「六《（角）》里黄公」）を描いている。下図は、後漢楽浪彩篋の蓋上を掲げたものである[24]（「黄帝」「□□」「神女」等）。後漢楽浪彩篋の篋身上部、立ち上がりに描かれた図像（図二、図四、図五上中）を、概念図化して示せば、上のようになるであろう。

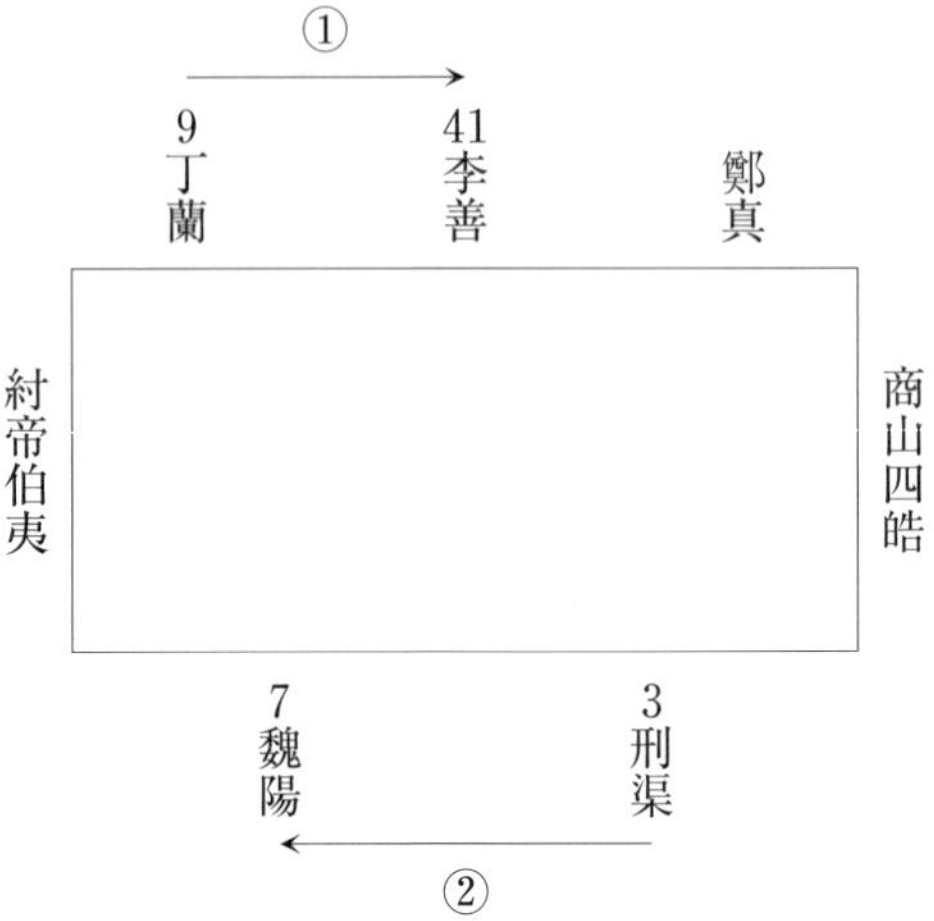

図四の上下には、「木丈人」と「孝孫」、「善大家」と「侍郎」との間に、それぞれ「雲形の衝立様のもの」、「漢式雲文を描いた障壁」（浜田氏。このことは柳氏も指摘されている）が置かれ、物語の区切りを表わしている。或いは、人物が背中合わせとなって、それが示されている。図二、図四を上掲一覧（また、復元案）と対照させて見ると、後漢楽浪彩篋の孝子伝図は、丁蘭→李善、そして、刑渠→魏陽という風に、漢代孝子伝の配列を踏襲していることが分かる。図四下の鄭真は、従来指摘されているように、鄭子真図で、その左の短側の四皓図（図五中）から続く、一種の高士図と見るべきである[25]。例えば吉川氏が、「此蓋写子真謝絶鳳使者之状也」と言われたように、「鄭真」の右の「使者」は、王鳳からの使いを表わすのであろう。図四下の「鄭真」から「侍郎」までの四人が鄭子真図で、区切り（障壁）の右の「善大家」からが孝子伝図となる。中で、図四上の孝孫、孝婦については、内容は「未詳」（吉川氏）ながら、これまで独立した話と捉えられてきたが、例えば「孝孫」の語を手掛りに原谷図とすると、父や祖父の描かれていないことが不審で、魏陽図との関連から、孝婦、孝孫は李善図に属するものと考えるべきである[26]。すると、後漢楽浪彩篋の孝子伝図は、概念図における矢印①から矢印②へと進む四面であることになる。後漢楽浪彩篋には、上下のあることが確かだから（図五

下、蓋上の図像参照。榜題、右から「黄帝」「□□」「神女」等）、丁蘭↓李善が上、刑渠↓魏陽が下に来るものと考えられる。故に、その篋身上部の立ち上がりの図像は、概念図左、紂帝伯夷と右の商山四皓（及び、鄭真）とが高士図の対をなし、次いで、上の丁蘭から李善、下の刑渠から魏陽へ進む孝子伝図が対をなす構成のように思われる。その全体は、おそらく左右と上下を組み合わせた、一種の忠孝図なのであろう。なお概念図右下隅の篋身短側に「呉王」、長側に「侍郎」、右上隅の長側に「美女」、左上隅の短側に「楚王」、長側に「侍者」、左下隅の短側に「皇后」、長側に「美女」が位置し、それぞれ全て概念図における各短側の側を向いている[27]。

和林格爾後漢壁画墓から導かれる漢代孝子伝の形により、従来その配置の原則が判然としなかった後漢楽浪彩篋の孝子伝図は、以上のように説明することが出来る。上記の仮説に関しては、なお大方の教示を乞いたい。それにしても、後漢楽浪彩篋が、その人物像を正面、横或いは、斜め前から肖像風（坐像、立像）に描く、様式化の進んだ特徴的画風を有することは、既に浜田氏も指摘されているが、それは例えば、和林格爾後漢壁画墓の画風と酷似していることに、留意すべきであろう。

四

最後に、我が国における魏陽譚の受容に一瞥を加えて、小論の結びとしたい。その最も古い例は、経国集二十策下に収められる、天平五年七月二十九日の大神虫麻呂による時務策に、

魏陽斬レ首、存二薦祭之心一

と見える、それであろう。このことを指摘したのは小島憲之氏であって、小島氏は、「作者虫麻呂は、種類のかなり

多い『孝子伝』の記事の何れか、或いは某類書所収の孝子説話などを通じて、魏陽説話を学んだものであろう」と言われた㉘。さて、虫麻呂の時務策は、「魏陽」と記すから、それは魏湯系の逸名孝子伝に拠ったのではない。また、「斬レ首」の「斬」字を用いるのは、両孝子伝のみであり（陽明本「斬二得彼人頭一」、船橋本「斬二敵頭一」。蕭広済孝子伝「断二少年頭一」、逸名孝子伝「断二其頭一」）、蕭広済孝子伝に拠ったものでもない。さらに、「薦祭之心」の「祭」字を有するのも、両孝子伝のみなのであって（薦は、供える意。両孝子伝「祭二父墓一」。蕭広済孝子伝「謝二父冢前一」、逸名孝子伝「謝二父墓一焉」）、やはり蕭広済孝子伝に拠ったものとは思われず、従って、大神虫麻呂の見た書物は、両孝子伝のいずれかであっただろうと考えられるのである（時務策中には丁蘭、高柴等への言及も見られる。両孝子伝9丁蘭、24高柴参照）。陽明本は、天平十（七三八）年以前に将来されていたものと推定し得るので㉙、その孝子伝は、陽明本であろうと思われる。一方、船橋本も、七〇〇年頃の制作とされる那須国造碑に参照されている所から㉚、虫麻呂の見たそれは、船橋本であった可能性も捨て難いが、ここでは仮に陽明本系と考えておく。すると、両孝子伝の我が国への将来は、共に八世紀以前となるであろう。

　魏陽の名は、注好選、今昔物語集、金沢文庫本言泉集（貴重古典籍叢刊6『安居院唱導集』上所収）などには見えないものの、それが幼学、唱導の地平に受け継がれ、人口に膾炙したものらしいことは、例えば大谷大学本言泉集「父料施主分」に、

　魏（魏）陽云《ト》人《ハ》、打敵能酬也

また、

　魏（魏）陽切《トモ》レ敵頭《ヲ》、更不レ切先考（孝）在纏《ノ》之縄《ヲハ》一

などと見えることから、窺い知られるのである㉛。その意味で、左に掲げる静嘉堂文庫蔵孝行集所収の魏陽譚や、金玉

要集所収の魏陽譚は、貴重且つ、頗る興味深いものと言うことが出来る。孝行集④「魏《クイ》《キ》陽《ノ》《ヤウ》孝行《ノ》事」の本文を示せば、次の通りである。㉜

魏《クイ》《キ》陽《ノ》《ヤウ》孝行《ノ》事

倩巨、彼《ノ》魏陽孝行深却《ニ》シテ、慈父《ヲ》養《フシ》志窮ネムコロ也キカ、然《ニ》、彼《レ》カ父一刀《ツヲ》秘蔵而持タリシカ、同郡之人於二途中《ニ》一无理奪取《ニヒリ》、剰打《エ》チヤクシケリ。去《ハ》、彼《ノ》魏見《レ》トモ、腹立《モ》セス。然《ニ》、供達《トモ》共、何迚汝《ニトテ》相当《ハ》不《ヲ》レ為《ルタ》ヤ、問ヱハ、答云、尤敵《ヲ》打《ンハ》事イト安《ス》ケレ共、吾相当《レ》セハ、定《テ》其《ノ》セメアルヘシ。然《ハ》、父《ニハ》誰人《カ》仕《ハレ》申《サン》ト思ヒテ、時節《チツヲ》奉《ル》レ待也云々。仍、此《ヲ》聞《ク》程《ノ》人々孝行《ヲ》不《ル》レ感《ノ》者ナシ。其后《チ》、父程无《ク》他界而ンケレハ、即父《ノ》敵《ヲ》殺《シ》、頸《ヲ》墓《ハカニ》カケ、リ。此由《ヲ》大王聞召、改《テ》賢孝至《ル》者《ノ》ナリト迚《テ》、被レ行二禄位《ニ》一ケリト云々。此意《ヲ》、古人哥、

キヘハツル跡《アト》ニソ見《ヘシ》タマホコ道《ノ》草《ノ》葉《ノ》露《ノ》報《ヒハ》

右は、陽明本に拠ったものと思しい。なおその簡略なものが、金玉要集二「一、慈父孝養之事」に、

魏揚殺敵一、称父孝王《ト》一、臣賜勧賞《ヲ》一

と見える。

ところで、そもそも孝思想との関わりにおける、魏陽譚の意義とは、一体どのようなものであったのだろうか。中国におけるそれについては、かつて森三樹三郎氏が、

それにしても、この話のどの部分が当時の人々の感興をそそったのであろうか。父が打たれるのを見て、相手の赦しを乞うただけでは、特別な孝行美談になりそうにも思われない。とすれば、やはり父の死後に仇討ちを遂げたことに話の中心があるのではないか。太平御覧がこの話を「仇讐」の部に収録しているのも、そのためであろう。親の仇討ちが、中国の古代でも美談とされていたことを示す一例である

と指摘されたことは首肯すべきであり[33]、さらに孝子伝における魏陽譚その他、当時の家族制度から見た、孝道と復讐との密接な関係については、以前に梗概を述べたことがあるので[34]、ここでは繰り返さないが、近時、我が国の曾我物語における敵討の意義を考察された佐伯真一氏が、「〈仇討文学＝『曾我物語』〉について真正面から論じた……山岸徳平論文〔「仇討文学としての曾我物語」（山岸徳平著作集Ⅳ『歴史戦記物語研究』所収、有精堂、昭和48年。初出昭和2年）〕は……問題は、〈東洋の忠孝思想から武士道へ〉という構図の中に『曾我物語』を位置づけていることで……「忠孝を根本思想とする武士道」などというものがこの時代に存在していたとは、とうてい考えられない……「武士道」がはっきりとした形をとるのは中世末期から近世のことであり……「武士道」が倫理的な装いを整えるのは、新渡戸稲造の『武士道』が明治三二年（一八九九）にアメリカで刊行されて以降の話であり、その後、「武士道」称揚が盛んになされた時代に、山岸論文は書かれた」ことを批判して、「近代の一時期に創作された倒錯的な歴史観が、基本的に疑われることなく導入されていること……を清算しておく必要がある」と述べ、「平安・鎌倉期の文献で確認し得る敵討について、具体的にわかりやすく整理したものとして……石井進『中世武士団』〔日本の歴史12、小学館、昭和49年〕を挙げるべきだろう……平安中期頃から鎌倉時代の日本社会とりわけ東国武家社会においては、私的復讐がある程度までは公認された慣習であったこと、また、『曾我物語』の京の小次郎の話に見るように、私的復讐を否定して公的裁判に従うべきだとする観念も現れてはいるものの、その比重は小さく、独立的なイエの支配権が認められた中で、裁判制度と私的復讐の慣習とは相補的に併存したことなどが論じられている。ここでは、父の敵・従者の敵・師の敵・妻敵（女敵）などが包括的に論じられており、〈私的復讐の慣習〉が〈忠孝〉に限定される問題でないことは一段と明らかである……親の敵を討つことは親への供養となるという論理は、東国の武士達の間には、ある程度幅広く存在したものだろう」と指摘されていることは[35]、非常に興味深い。例えば佐伯氏の言われる、「親の敵を討つことは親への供養となるという論理」は、古代より脈々と流れる魏陽譚などが幼学、注釈また、唱導を通じ、民衆間に浸透することにより、形成されていったものと考えられるからである。孝子伝に散見する復讐に関しては、日中双方における中世史、中世文学の問題として、今後再考する必要があろう。

注

① 拙著『孝子伝の研究』（佛教大学鷹陵文化叢書5、思文閣出版、平成13年）Ｉ四参照。
② 幼学の会『孝子伝注解』（汲古書院、平成15年）
③ 林聖智氏「北朝時代における葬具の図像と機能―石棺床囲屏の墓主肖像と孝子伝図を例として―」（『美術史』154〈52・2〉、平成15年3月）。なおその林聖智説については、本書Ｉ二3を参照されたい。
④ 注①前掲拙著Ｉ四参照。
⑤ 図一は、容庚『漢武梁祠画像録』（考古学社専集13、北平燕京大学考古学社、民国25年）に拠る。
⑥ 長廣敏雄氏編『漢代画象の研究』（中央公論美術出版、昭和40年）
⑦ 同様の誤りは、近時の賈慶超氏『武氏祠漢画石刻考評』（山東大学出版社、一九九三年）273頁にも見える。同書も、「《太平御覧》引蕭広済《孝子伝》云」としつつ、逸名孝子伝を引く。
⑧ 図二は、朝鮮古跡研究会『楽浪彩篋冢』（便利堂、昭和9年）図版四八に拠る。
⑨ 吉川幸次郎氏「楽浪出土漢篋図像考証」（注⑧前掲書附録。吉川幸次郎全集6〈筑摩書房、昭和43年〉に再録）。なお注⑥前掲書において、森三樹三郎氏は、吉川説に「令君」を加えた四人即ち、「侍郎」「魏湯」「湯父」「令君」を、魏陽図と見做されている（同書85頁下段挿絵）。牧野巽氏注㉞後掲書巻頭図版7も同じ。
⑩ 浜田青陵氏「楽浪の彩絵漆篋」（『思想』155、昭和10年4月）
⑪ 柳宗悦氏「楽浪彩篋略解」（『工芸』57、昭和10年10月）

⑫「未詳或曰即列女伝珠崖二義事似不甚合　右三事共在一面」とされている（吉川氏注⑨前掲論文）

⑬原話に登場しない人物が、孝子伝図に描き込まれる例としては、降って六朝期の安徽馬鞍山呉朱然墓出土伯瑜図漆盤の「孝婦」「楡子」「孝孫」や、ミネアポリス美術館蔵北魏石棺の「眉間赤妻」等を上げることが出来る。伯瑜図漆盤については、注①前掲拙著Ⅱ一のⅠ—16及び、その注㊵参照。また、ミネアポリス美術館蔵北魏石棺については、本書Ⅰ二4及び、口絵参照。

⑭柳氏注⑪前掲論文「挿絵小註」一一。また、同一二に、「令女。此の図には省いてあるが、右に「令妻」左に「青郎」が座り、都合三人の女が描かれてある。何の物語か知る由がないが、令の字が附してあることを思へば、何か敬ふべき一家の人達のことであつたと思へる。前掲の老人図に「令○」とあるが、或は是等の一家の主人であるのかも知れぬ」と言われている。

⑮東野治之氏「律令と孝子伝—漢籍の直接引用と間接引用—」（『万葉集研究』24、平成12年6月。同氏『日本古代史料学』〈岩波書店、平成17年〉一章に再録）

⑯すると、図二上、右端の「孝婦」は、当然刑渠図に属するものとなろう。東野氏がまた、漢代以来の孝子伝図というものについて、次の如く指摘されていることも、極めて重要である（注⑮前掲論文）。

確かに少なくとも南北朝時代には『孝子図』なる書が行われ、絵画と孝子の伝を合わせた形で流布したことは認めてよい。劉向という特定の人物に帰することはできないにせよ、そのはじまりは前漢まで溯ってもおかしくないであろう。中国の史料に具体的な作品の著録は見出せないが、有名な後漢王延寿の魯霊光殿賦（『文選』巻十一）の記述や、楽浪彩篋塚出土の彩篋に施された漆画、武氏祠画象石の主題などから、孝子伝図の存在を後漢代に認める見解も既に出されている。彩篋の漆画や画象石は、人物の横に榜題が付けられ、故事の内容を示すようになっているが、この形は南北朝時代の石棺の線刻画や屛風・漆棺の画などにも踏襲されてゆく。横に展開するこうした画面形式が、本格絵画の画巻の形式と類似するのは、いうまでもないところであろう。このような意味で、現存遺品中、年代も古く本格絵画に近い彩篋の漆画は注目すべき作例といえる……狭い画面であるため、人物の横に書入れられた文字も人物名のみであるが、画巻を彷彿させる画質の高さを備えている。北魏漆棺の彩画などから類推すれば、画巻においては、人物名以外にストーリーの展開に関わる文が画の間に挿入され、おそらく現存の伝顧愷之画『女史箴図』（大英博物館蔵）のような体裁をとっていたのであろう

⑰ 図三は、内蒙古文物考古研究所提供の写真に拠る。当墓の孝子伝図については、本書Ⅰ二2及び、口絵参照。

⑱ 陽、昌の字の紛れについては、魏昌県（水経注二十八。河北省無極県西）に関する、趙一清の水経注釈二十七に、「魏昌県界……一清按、晋志新城郡有㆓昌魏県㆒。宋志云、魏立、即魏昌也。而三国志魏明帝紀作㆓魏陽㆒。疑彼文為㆑誤」などと言う例がある。

⑲ 林氏注③前掲論文

⑳ 本書Ⅰ二2、3参照。さて、魏陽譚を始め両孝子伝、殊に陽明本と漢代孝子伝との関わりを考える時、例えば後掲和林格爾後漢壁画墓の孝子伝図に描かれた十三人の孝子は、趙荀、金日磾の二人を除いて、全て陽明本（また、両孝子伝）に含まれていることの意義を、まず第一に押さえておく必要がある。

㉑ なお本壁画の孝子伝図末尾、金日磾図の次には、「三老」「三老」「慈父」「孝子」「弟者」（上段）、「仁姑」「慈母」（下段）などと榜題される図も描かれている。本書Ⅰ二2及び、口絵図14参照。さて、本壁画の孝子伝図に基づき、さらに後漢武氏祠画象石その他の漢代の孝子伝図を加味して、次のような漢代孝子伝の復元案を推定することも出来る（†1、2は、位置不明のもので、暫く後漢武氏祠画象石の配置に従う。当復元案については、本書Ⅰ二2、3を参照されたい）。

舜1
伯奇35
中生38
曾参36
閔子騫33
董永2
老莱子13
丁蘭9
刑渠3

慈烏45
伯瑜4
魏陽7
原谷6
趙苟
　章孝母†1
朱明10
李善41
金日磾
　三州義士8†2
羊公42

㉒ 浜田氏注⑩前掲論文

㉓ 図四は、注⑧前掲書、図版四八に拠る。

㉔ 図五上中は、注⑧前掲書、図版四八に拠り、下は、注⑧前掲書、図版四七に拠る。

㉕ 吉川氏が、「此曰鄭真未詳」（注⑨前掲論文）とされた鄭真は、鄭子真の略称である。漢書一〇〇下に、「四皓遯ㇾ秦、古之逸民、不ㇾ営不ㇾ抜、厳平、鄭真」、皇甫謐の釈勧論（晋書五十一所引）に、「四皓潜二徳於洛浜一、鄭真躬耕以致ㇾ誉」、華陽国志十下に、「鄭真岳峙、確乎其清」等とある。鄭子真のことは、早く揚子法言五に、「谷口鄭子真不ㇾ屈二其志一、而耕二乎巌石之下一、名震二于京師一」と見え（谷口は、陝西省醴泉県東北）、鄭子真宅舎残碑（熹平四〈一七五〉年の年紀がある）が残る（隷釈十五）。鄭子真は、名を樸、字を子真と言い（漢書七十二顔師古注所引三輔決録等）、褒城の人（華陽国志）、前漢末成帝の時、成帝の母方の叔父、大将軍王鳳に招かれたが、応じなかった（漢書七十二、高士伝中、華陽国志等）。梁、陶弘景の真誥十に、「鄭子真則康成之孫也」と言うが、信じ難く、別人か。さて、後漢楽浪彩篋に描かれた、本図を始めとする両短側の高士図に

ついては、例えば漢書七十二の序文が、紂、伯夷、四皓（園公、綺里季、夏黄公、角里先生）、孝恵帝（皇太子）、鄭子真を列記していることが、参考となる。

㉖ 柳氏は、「孝婦と孝孫。物語りは詳かでない……（注意此の一画のみ列中で立像で描いてある。それにあいた空間を充たす心からか、唐草模様が添えてある。若し之が話のくぎりを示すとすれば、孝婦も孝孫も前述の李善の物語に関係する人物となる）」と言われている（注⑪前掲論文「挿絵小註」六と七）。なお注②前掲『孝子伝注解』「図像資料 孝子伝図集成稿」6原谷、図三に、この孝孫を原谷と見る一解を示したが、孝婦、孝孫は李善図に属するものであることを、謹んで訂正しておきたい。

㉗ 楚王の次の榜題「侍者」を、吉川氏は「使者」、浜田氏は「侍郎」と読み誤っている（注⑨、⑩前掲論文）。

㉘ 小島憲之氏『万葉以前―上代びとの表現―』（岩波書店、昭和61年）6章

㉙ 令集解所引の古記（天平十年以前成立）に、「孝子伝云」として引かれる原谷条が、陽明本6原谷と酷似することによる（注①前掲拙著Ⅰ三「令集解の引く孝子伝について」参照）。なお古記の引用形態における、「曰」と「云」の書き分けに注目された東野治之氏が、「曰」の形式のそれは、類書等を用いた間接引用と見られるのに対し、原谷条を引くそれは、「「孝子伝云」という引用形態からみても、『古記』が直接『孝子伝』より引証したと考えて差支えない」とされていることは（注⑮前掲論文）、極めて重要な指摘としなければならない。

㉚ 東野治之氏「那須国造碑と律令制―孝子説話の受容に関連して―」（池田温氏編『日中律令制の諸相』所収、東方書店、平成14年。同氏『日本古代金石文の研究』〈岩波書店、平成16年〉二部七章に再録）参照。なお当論攷において東野氏が、船橋本の成立を初唐頃と考証されていることも、孝子伝研究史上、特記すべき事実というべきである。

㉛ 高橋伸幸氏「宗教と説話―安居院流表白に関して―」（『説話・伝承学'92』、平成4年4月）二④参照。

㉜ 孝行集については、拙著『中世説話の文学史的環境 続』（和泉書院、平成7年）Ⅰ三参照。「静嘉堂文庫蔵孝行集」（『愛知県立大学文学部論集（国文学科編）』39、平成3年2月）は、その翻刻本文を収めたものである。金玉要集については、拙稿「金玉要集と孝子伝―孝子伝の享受―」（『京都語文』13、平成18年11月）参照。『磯馴帖』村雨篇（和泉書院、平成14年）に内閣文庫蔵本金玉要集の翻刻を収める。

㉝　長廣氏注⑥前掲書

㉞　注①前掲拙著Ⅰ四。この問題については、牧野巽氏「漢代における復讐」(『中国家族研究』下〈牧野巽著作集2、御茶の水書房、昭和55年〉八所収)に詳しい。

㉟　佐伯真一氏「敵討の文学としての『曾我物語』」(『国文学　解釈と鑑賞』別冊、平成15年1月)。また、同氏「復讐の論理—『曾我物語』と敵討—」(『京都語文』11、平成16年11月)参照。なお武士道については、『戦場の精神史—武士道という幻影』(NHKブックス998、日本放送出版協会、平成16年)が、思想史上の画期的な見解を示し、注目される。

5 羊公贅語——福田思想の先駆——

一

十一世紀頃成立の仲文章に先立つ幼学書、童子教第一二一句以下に[1]、「此等人者皆、父母致二孝養一、仏神垂二憐愍一、所望悉成就」（一三一、二句）の例として、次のような一連の句が見える[2]。

121 郭巨為レ養レ母、堀レ穴得二金釜一、
122 姜詩去レ婦自、汲レ水得二庭泉一、
123 孟宗哭二竹中一、深雪中握レ笋、
124 王祥歎叩レ氷、堅凍上踊レ魚、
125 舜子養二盲父一、涕泣開二両眼一、
126 刑渠養二老母一、嚙食成二齢若一、
127 董永売二一身一、備二孝養御器一、
128 楊威念二独母一、虎前啼免レ害、
129 顔烏墓負レ土、烏鳥来運埋、
130 許牧自作レ墓、松栢生作レ墓、

131 此等人者皆、父母致二孝養一、
132 仏神垂二憐愍一、所望悉成就

右が、我が国にのみ伝存する完本の古孝子伝二種、即ち、陽明本（伝来は、天平五〈七三三〉年以前）[3]、船橋本（伝来は、七〇〇年以前であろう）[4]両孝子伝の5郭巨条以下に拠ったものであることは、[5]次の対応などから直ちに明らかと言えよう（上段は童子教の句数、下段は両孝子伝の条数と孝子名）。

121――両孝子伝5郭巨
122――同28姜詩
123――26孟仁
124――27王祥
125――1舜
126――3刑渠
127――2董永
128――16陽威
129――30顔烏
130――31許孜（牧）

右の十条を含め、「童子教に引く中国故事全二十六条（勧学十四条、孝養十二条）中、十八条までが注好選集に収載されている」ことに注目した今野達氏が、

童蒙は童子教によって故事を学ぶが、必ずしも典拠の本文に接するわけではない。注好選集の編者は多分そうし

た実情を踏まえて、その欠を補うべく、童子教から要項を選び出してその典拠を注記したのであろうと指摘されていることを踏まえるならば⑥、両孝子伝が注好選上巻「舜父盲明」第四十六以下、今昔物語集巻九震旦付孝養「郭巨孝㆓老母㆒得㆓黄金釜㆒語」第一以下に収載され⑦（共に船橋本系）、また、日本霊異記⑧、東大寺諷誦文稿（85行以下）、安居院流表白⑨、及び、言泉集亡父帖「董永売身」以下、普通唱導集下末孝父篇「重花稟位」以下（概ね陽明本系）、内外因縁集「高柴泣血事」以下、私聚百因縁集巻六・七「董永事ノ父孝也」以下、さらに宇津保物語俊蔭巻⑩、宝物集巻一、沙石集巻三・6などに収録されるに至る⑪、幼学（注釈）、唱導、説話集を繋ぐ機制というものが見えて来よう。

童子教と共に、

㈠故事・成語等を学び覚えるもので、㈡詩形態――毎句定字数、有韻――であって、暗誦に適し、㈢その本文を引っかかりとして、詳細は注として説明されているのに就いて知ることを得る

ことを特徴、性質とする古代幼学書として、四部の書、三注と称されるものがある⑫。四部の書とは、千字文（または、新楽府）、百詠、蒙求、和漢朗詠を指し、三注は千字文、蒙求、胡曾詩の注を言うが、その四部の書の一、和漢朗詠集雑、懐旧に、

王子晋之昇㆑仙、後人立㆓祠於緱嶺之月㆒

羊太傅之早㆑世、行客墜㆓涙於峴山之雲㆒

という句が収められている（安楽寺序、源相規）。当句について、和漢朗詠集古注釈を代表するものの一で、鎌倉初期成立と見られる永済注は、次のように言う⑬。

此序ハ、筑紫ノ安楽寺、菅丞相ノ御廟ニテ、作文ハヘリケルニ、肥後ノ守源相規カ、ケル序也。文粋第十一ニア

リ。上句、王子晋カ事、上ニアリ。コノ人、仙ヲエテ、サリテノチ、緱氏山ニカヘリキタリテ、笙ヲフキタリシトコロニ、ノチノ人、カレカタメニ、祠《ヤシロ》ヲタテタリシ也。祠トイハ、廟堂ナリ。下句、羊太傅トイハ、羊祜《コ》、字、雍伯《キヨウハク》、洛陽安里ノ人也。此人、孝養ノコ、ロフカクシテ、又、ミノオモアリケリ。其名アラハレテ、ツヒニ太傅ニイタリニケリ。父母ウセニケレハ、无終山ト云山ニ葬シテ、チ、ハ、ノタメニコソ、イノチハオシカリツレ、イマハイキテナニ、カハセムトテ、身ヲナケテウセニケリ。其徳ヲ碑文ニツクリテ、峴山ト云山ノフモトニタテタリシカハ、ユキカフ人、ミナ碑ヲミテ、ナミタヲナカシケリ。仍《ヨテ》、堕《タ》涙ノ碑トソナツケタリケル。ナミタヲ、トス碑《ソトハ》トイフナリ。其心ヲツクレル也。スヘテ言ハ、今、菅丞相ノ廟モ、彼子晋、羊祜カアトノヤウニナムアルト云ナリ。世ハコトナレト、ヲモムキハ、カハラスト云也。或云、アル人、安楽寺ニテ、月ノアカキヨ、ナヲシキタル人ノ、此ノ句ヲ詠シテ、タチタリケル、タレナラムトミケレハ、カキケツヤウニウセニケリ。天神ノ、此句ヲ感シテ、形ヲアラハシテ、詠セサセタマヒケルトソ、時ノ人申シケル（永青文庫本）

ところが、上句はとにかく、下句傍線部に関しては今日、永済注の言うようには解されていない。例えば大曾根章介氏は、当句を、

菅公が太宰府の廟に祀られ徳を慕われることに比すものとし、

昔、王子晋は、仙人となって昇天したが後に一度緱氏《こうし》山《ざん》に来て留まったので、後《のち》の人達はここに祠《ほこら》を立ててその霊を祀《まつ》り、晋の太傅羊祜《ようこ》は、生前峴山《けんざん》の風景を愛したので彼が早死した後、土地の人々は碑を立て、旅人もそれを見て涙をおとした

と解釈されている（新潮日本古典集成『和漢朗詠集』）。そして、問題の下句「羊太傅」については、

晋の羊祜。死後侍中太傅を追贈されたが、生前峴山の風光を愛し終日置酒言詠した。死後、襄陽の百姓は彼が平生遊憩した所に碑を立てて祀り、碑を望む者は涙を流したので堕涙碑《だるいひ》と名づけられた（『晋書』羊祜伝）

と注されているのである。つまり永済注は、下句の羊太傅を、羊雍伯のことと誤解してしまっている（羊太傅即ち、羊祜の字は叔子〈晋書〉）。ともあれ、当句に関するこの誤解は影響が大きく、例えば書陵部本系の東洋文庫本朗詠注、また、日詮抄や京大菊亭本『郢曲』同注に踏襲される他[14]、何より永済注が寛文十一（一六七一）年北村季吟刊、和漢朗詠集註に用いられたことから、羊祜を羊雍伯とする説は近世を通じ、広く流布し続けることになった。そして、当説を受け継いだ亨和三（一八〇三）年刊、高井蘭山の『和漢朗詠国字抄』、天保十四（一八四三）年刊、山崎美成の『頭書講釈和漢朗詠集』などが、さらにその誤解を増幅する。永済注――部が、両孝子伝42の羊公を羊祜のことと勘違いしたらしいことは、例えば陽明本の、

羊公者、洛陽安里人也……公少好レ学、修二於善行一、孝義聞二於遠近一。父母終没、葬送礼畢、哀慕无レ及……人多諌レ公曰、公年既衰老、家業粗足、何故自苦。一旦損レ命、誰為慰レ情。公曰、欲二善行一損、豈惜二余年一

を見れば明らかであろう。朗詠注が孝子伝を参看したことは、例えば書陵部本系の書陵部本朗詠注雑、将軍「雄剣在腰」注末に、

孝子伝ニ見タリ

等とあることからも知られるが[15]、永済注――部は、陽明本系孝子伝に拠るものらしい。しかしながら、羊祜を羊雍伯とする永済注の勘違いは、まず雍伯の分かりにくさに加え、羊祜が羊公と称されること等もあって、強ちに責められるものでもない。例えば抱朴子内篇微旨に、

羊公積レ徳布施、詣二乎皓首一、乃受二天墜之金一

とされる羊公は、逆に雍伯のことに他ならないが、現代の王明氏による『抱朴子内篇校釈』のその注〔三四〕も、

羊公、晋羊祜

と[16]、永済注同様の勘違いをしていることは、羊公についての誤解の深刻さを物語るものであろう。羊公（雍伯）とは、一体どのような人物なのだろうか。小論においては、その羊公を中心に、孝子伝図と孝子伝をめぐる問題の一、二を取り上げてみたい。

二

後漢武氏祠画象石二石3層に、

義漿羊公

乞漿者

と榜題された図がある。

右の人は上に「義漿羊公」と銘記があるから、いうまでもなく主題の羊公、左の人は「乞漿者」とあって、漿を求める者である。二人の間に壺がある。漿の容器である。その上には大型の杓子がある。漿を汲むものであると内容の説明される図である[17]（図版参照）。当図は夙に西野貞治氏の指摘された如く[18]、両孝子伝42羊公と深く関わる。両孝子伝42羊公は、次のように言う（返り点、句読点を施す。船橋本の返り点は改め、送り仮名等を暫く省く）。

陽明本

羊公者、洛陽安里人也。兄弟六人、家以レ屠レ完為レ業。公少好レ学、修二於善行一、孝義聞二於遠近一。父母終没、葬送

後漢武氏祠画象石

礼畢、哀慕无レ及。北方大道、路絶二水漿一、人往来恒苦二渇之一。公乃於二道中一造レ舎、提レ水設レ漿、布二施行士一。如レ此積有二年載一。人多諫レ公曰、公年既衰老、家業粗足、何故自苦。一旦損レ命、誰為慰レ情。公曰、欲二善行一損、豈惜二余年一。如レ此累レ載。遂感二天神一化作二一書生一。謂レ公曰、何不レ種レ菜。答曰、无二菜種一。書生即以二菜種一与レ之。公掘レ地、便得二白璧一双金銭一万一。書生後又見レ公曰、何不レ求レ妻。公遂二其言一、乃訪二覓妻名家子女一。即欲二求問一、皆咲(嘆)レ之曰、汝能得二白璧一双金銭一万一者、与レ公為レ妻。公果有レ之、遂成二夫婦一、生二男女一育。皆有二令徳一、悉為二卿相一。故書曰、積善余慶、此之謂也。今北(比)平諸羊姓、並承《羊歎》二公後一也。

船橋本

羊公者、洛陽安里人也。兄弟六人、(屠害為業苐六人屠完為業)屠レ完為レ業。六少郎、名羊公。殊有二道心一、不レ似二諸兄一。爰以二北大路絶水之処一(施誠)、往還之徒、苦渇殊難。羊公見レ之、於二其中路一、建二布施舎一。汲レ水設レ漿、施二於諸人一。夏冬不㆑綏、自荷忍苦。有人謀曰、一生不㆑幾、何弊㆓身命㆒。公曰、我老年無㆑親、為㆑誰愛㆑力。累㆑歳弥懃。夜有㆓人声㆒曰、何不㆑種㆑菜。公曰、無㆓種子㆒。即与㆓種子㆒。公得㆑種耕㆑地、在㆓地中白璧二枚金銭一万㆒。又曰、何不㆑求㆑妻。公求（来）要之間、県家女子送㆑書。其書云、妾為㆓公婦㆒。公許㆓諾之㆒。女即来㆑之、為㆓夫婦㆒。羊公有㆑信、不㆑惜（借）㆓身力㆒。忽蒙㆓天感㆒、自然富貴。積善余慶、豈不㆑謂㆑之哉

この話は、孝子伝における孝と天との関係、取り分け親の無き後、孝を全うした孝子に現われる天感をテーマとする、古い物語であろうと思われる。そして、特に羊公が一旦本貫の地を捨てて流離し、その天感によって別の土地で新たな宗族の始祖となることが記される点、8三州義士と共通することが、非常に興味深い。ところで、後漢武氏祠画象石の羊公図と両孝子伝42羊公との関わりは、果してどうなっているのであろうか。両者の具体的な関係を明らかにすべく以下、両孝子伝羊公譚の源流を聊か溯ってみたい。

管見に入った羊公譚を記す文献としては、左の如きものがある。書名を列記すれば、次の通りである。

・史記貨殖伝
・漢書貨殖伝（文選西京賦及び、注、白氏六帖七・9、二十四・2等にも）
・二十巻本捜神記十一・285
・抱朴子内篇微旨、外篇広譬
・范通燕書（元和姓纂五所引）
・陽氏譜叙（水経注十四所引）

・水経注十四鮑丘水注（太平御覧四十五所引は異文）
・漢無終山陽雍伯天祚玉田之碑（東漢文紀三十二所引）
・庾信集二「道士歩虚詞」十首の七
・神異記（敦煌本不知名類書甲所引）
・梁元帝孝徳伝（太平広記二九二所引）
・梁元帝全徳志序（芸文類聚二十一、金楼子五等所引）
・陽瑾墓誌（仁寿元〈六〇一〉年十一月二十九日。『漢魏南北朝墓誌集釈』八隋、図版四〇七所収）
・釈彦琮「通極論」（広弘明集四所引）
・晋書孝友伝序
・白氏六帖二・57、五・5
・玄怪記（宛委山堂本説郛一一七所引）
・祥異記（宛委山堂本説郛一一八所引）
・仙伝拾遺（太平広記四所引）
・続仙伝（玉芝堂談薈十七所引）
・古今合璧事類備要続集五十六
・氏族大全二、八
・韻府群玉一、二、六、十九

・両孝子伝42
・逸名孝子伝（北堂書鈔一四四、芸文類聚八十二、敦煌本新集文詞九経鈔、太平御覧八六一、九七六、広博物志三十七、編珠四、淵鑑類函三九八等所引）
・徐広孝子伝10

羊公について最も早く言及するのは、史記及び、漢書であろうか。即ち、史記貨殖列伝に、

販レ脂、辱処也、而雍伯千金。売レ漿、小業也、而張氏千万（脂売《あぶらう》りは恥ずべき商売であるが、雍伯はそれによって千金を得た。飲み物売りは小さな商売であるが、張氏はそれによって千万長者になった⑲）

と言い、漢書貨殖伝に、

翁伯以二販脂一而傾二県邑一、張氏以二売醬一而隃レ侈（翁伯は脂を売って県邑の人々をしのぎ、張氏は醬を売って分に過ぎた贅沢をし〔た〕⑳）

と言う雍伯（史記）、翁伯（漢書）は、羊公のことであろうとされている（瞿中溶『漢武梁祠堂石刻画像攷』四）。しかし、両書共、それを決して羊公（武氏祠画象石、両孝子伝）とは言わないことに、注意すべきである。

両孝子伝羊公譚の記述と深い関わりをもつと見られるのは、晋、干宝撰の捜神記であろう。今、二十巻本捜神記十一285の本文を示せば、次の通りである。

楊公伯雍、雒陽県人也。本以二儈売一為レ業。性篤孝。父母亡、葬二無終山一、遂家焉。山高八十里、上無レ水、公汲レ水、作二義漿於坂頭一、行者皆飲レ之。三年、有二一人就レ飲、以二一斗石子一与レ之、使下至二高平好地有レ石処一種上レ之、云、玉当レ生二其中一。楊公未レ娶、又語云、汝後当レ得二好婦一。語畢不レ見。乃種二其石一。数歳、時時往視、見三玉子生二

石上一、人莫レ知也。有二徐氏者一、右北平著姓、女甚有レ行、時人求、多不レ許。公乃試求二徐氏一。徐氏笑以為レ狂、因戯云、得二白璧一双一来、当レ聴レ為レ婚。公至二所レ種レ玉田中一、得二白璧五双一、以聘。徐氏大驚、遂以レ女妻レ公。天子聞而異レ之、拝為二大夫一。乃於二種レ玉処一、四角作二大石柱一、各一丈、中央一頃地、名曰二玉田一（楊伯雍公は洛陽県〈河南省〉の人である。もとは仲買人をしていた。生まれつき孝心が篤く、父母が亡くなって無終山〈河北省薊《けい》県の北にある山〉に葬ってからは、そこに居を構えた。そこは十五里ものぼった山の上のこととて、水がない。公は水を汲んで来て坂道の途中に置き、ふるまい水としたので、通りかかる人はみな喉をうるおした。こうして三年たったある日、一人の男が立ち寄って水を飲むと、石ころを一斗くれて、これを高くて平らなよい土地で、石のあるところまで持って行き、そこへ播くようにと命じ、「そうすれば玉が生えて来るはずだ」と言う。当時楊公はまだ結婚していなかったが、その男はさらに、「お前さんはやがていい奥さんをもらうだろうよ」と言い終ると、見えなくなってしまった。そこでもらった石を播き、数年のあいだいつも見まわりに行っていた。すると玉の芽が石の上に生えて来たが、このことを知っているものはなかった。当時、徐氏という家があった。もとは右北平〈河北省〉の名家で、そこの娘はしごく行儀正しかったが、いろいろと縁談を持ちこむ人があるのに、なかなか承知しなかった。楊公はそこで、ものは試しと徐氏に申し込んでみたところ、徐氏はあざ笑ってきちがいあつかいにし、からかい半分に言った。「白璧一対を都合して来たら、娘との結婚を許してやろう」。すると公は玉のたねを播いた畑に行って五対の白璧を取り、それを結納品として贈ったので、徐氏はたいそう驚き、娘を公の嫁にした。天子はこの噂を聞いて、世にも珍しいことだと思い、公を大夫に任命した。そして玉が芽生えた土地の四隅に高さ一丈もある石柱を立て、その中央の一頃〈頃は面積の単位。一頃は一〇〇畝。一畝は二四〇歩。一歩は二五平方尺〉の地所を玉田と名づけたのであった）[21]

右記捜神記が両孝子伝と深く関わっていることは間違いない。しかしながら、武氏祠画象石、両孝子伝の羊公を、楊公伯雍とすることを始め、両孝子伝と二十巻本捜神記との微妙な食い違いも少なくない。例えば陽明本における、公が「安里」の生まれであることや、公に「兄弟六人」のいたこと、公の前に「天神」が「一書生」と化して現われたこと、また、公が壁のみならず「金銭一万」を得たことや、公の子孫の出世したこと等は、捜神記に見えない。逆に、捜神記における、公が父母を「無終山」に葬り住んだことや、公の求めた女子が「徐氏」の娘であったこと、また、公が「天子」に召されて「大夫」となったことや、「玉田」の謂われのこと等は、陽明本（船橋本）に見当たらない。また、公の業の「屠完」（両孝子伝）を「儈売」（捜神記。儈《かい》は、仲買い）とし、公の与えられた「菜種」（陽明本）を「一斗石子」（捜神記）とする等の異同も目立つ。中で、両孝子伝不見の「義漿」の語（義漿《ぎしよう》は、人に施す飲物）の捜神記に備わることは、武氏祠画象石榜題との関わりを示すものとして、注目すべきであろう。さて、二十巻本捜神記は、例えば西野氏が、「現存二十巻本は諸書所引の残文を綴合せ他説を加へたものであらうと思ふ。が捜神記全然佚亡してゐたのではなくて一部は残存してゐたものとではなからうか。そしてその残存した篇に、類書其他より捜神記の文と思はれるものを引抜いて綴合せその不足を補ふ為に他書の説話をも竄入し、晋書の本伝と符合せしめる為に二十巻に編輯したものであり、巻次は概ね太平広記の目に倣つてゐる様である……編輯の時期は明かではないが南宋以後で……二十巻本は以上の如き編輯経過を経てゐるが、その骨子をなす説話は……唐宋の類書よりの録出であれば、唐代の捜神記通行本の面影は二十巻本によつて充分に伺ひ得るものである」とされているように[22]、右記本文を、直ちに晋の干宝のものと見ることは出来ないであろう。そのことは、例えば二十巻本捜神記が、羊公（両孝子伝）を楊公伯雍に作ることについて、後述の如く諸書に引かれる捜神記に異同の甚だしいことからも（その内には、両孝子伝同様、羊公に作るものがある〈太平御覧八〇五所引等〉）、窺い知られるのである。諸書に引用された捜神記は、枚挙に遑がないが、その主なものを以下、一覧として掲げておく。

・水経注十四鮑丘水注
・芸文類聚八十三
・敦煌本類林Dx六一一六
・初学記八
・蒙求503古注（蒙求和歌五）、準古注、新注
・敦煌本語対二十・8
・太平御覧四十五、四七九、五一九、八〇五、八二八
・太平寰宇記七十
・事類賦九
・類説七
・紺珠集七
・錦繡万花谷前集十八
・古今事文類聚続集二十六
・古今合璧事類備要前集六十一
・古今合璧事類備要外集六十二
・海録砕事十五

・書言故事一
・施註蘇詩二十一（徐鉉捜神記）
・山谷内集詩注一
・山谷外集詩注一
・韻府群玉十九
・唐音四
・山堂肆考十六
・編珠三
・淵鑑類函二四六、三一一、三三五、三六三
・幼学指南鈔二十三

捜神記と同じく晋、葛洪撰抱朴子にも二箇所、羊公に関する記載がある。その内篇微旨に、

　羊公積レ徳布施、詣二乎皓首一、乃受二天墜之金一

外篇広譬に、

　羊公積レ行、黄髪不レ倦、而乃墜金雨(爾)集

と記されるものである（皓首、黄髪は、老いる意）。両者共に主人公を羊公に作り、羊公が老年まで善行を積み続けたことや、天が壁でなく「金」を授けたとすること、また、殊に内篇微旨に、羊公の行いに関し、「布施」の語を用いていることに、注意を払っておきたい。

元和姓纂五に引く范通燕書の記述は、実に興味深い（范通燕書は未詳。范享燕書か）。その本文を示せば、次の通りである。

周末陽翁伯適二北燕一、遂家二無終一。秦置二右北平一、因為二郡人一。漢有二陽雍一、於二無終山一立二義漿一、有人遺二白石一、令レ種レ之、生レ玉、因号二玉田陽氏一。見二范通燕書一

右によれば、陽翁伯は周末の人であり、陽雍は漢の人物であって、共に無終山（河北省玉田県）に移り住んではいるが、別人らしい。そして、所謂種玉譚は、漢の陽雍のこととされている。この范通燕書と同様の記述をもつのが、水経注十四鮑丘水注に引かれる陽氏譜叙である（鮑丘水は白河、旧察哈爾《チャハル》省〈現内蒙古自治区〉赤城県に源を発する）。その本文を示せば、次の通りである。

陽氏譜叙言、翁伯、是周景王之孫、食二采陽樊一。春秋之末、爰二宅無終一。因二陽樊一而易レ氏焉。愛レ人博施、天祚二玉田一。其碑文云、居二于県北六十里翁同之山一、後潞徙二于西山之下一、陽公又遷二居焉一。而受二玉田之賜一、情不レ好レ宝、玉田自去。今猶謂レ之為二玉田陽一

陽氏譜叙によると、翁伯は周景王（治、前五四四—前五二一）の孫で、春秋末（前五世紀末頃）無終山に移住して、陽樊（河北省玉田県）を知行し、因って、氏を陽に改めたと言う。また、その碑文によれば、翁伯（陽翁伯）は翁同山（無終山のこと。太平寰宇記七十に、「無終山、一名翁同山」とある）に住んだが、後に陽公もまた、そこに移り住んだようで、この陽公が范通燕書に言う漢の陽雍のことであろう。故に、水経注に言う、

無終山……山有二陽翁伯玉田一、在二県西北有二陽公壇社一、即陽公之故居也

の、陽翁伯と陽公とは、別人と見られる[23]。但し、陽氏譜叙においては、范通燕書とは逆に、種玉譚が翁伯に帰属させられている。また、陽公は宝を嫌い、ために玉田は消滅したと言う。なお太平御覧四十五に見える水経注の、

又水経云、翁伯、周末避レ乱、適二無終山一。山前有レ泉、水甚清。夏嘗澡浴、得二玉藻架一双於泉側一

は（今本不見）、范通燕書に酷似するが、一方、その種玉譚は、珍しい異伝となっていて、後述仙伝拾遺に通じる面がある。

降って、庾信集二「道士歩虚詩」十首の七に、

竜山種二玉栄一

の句がある。庾開府集箋註三等、その注として、捜神記の本話を引くものが多い。

目を南朝へ転じると、神異記（王浮神異記か）や梁元帝孝徳伝等、両孝子伝、殊に陽明本と関わりの深い資料が存するが、梁元帝孝徳伝等については後程検討することとして、引き続き隋唐期を中心とする羊公譚の流れを、点綴しておこう。広弘明集四に引かれる釈彦琮「通曲論」には、

羊公白玉

の句が見え、同様に晋書孝友伝序には、

陽雍標二蒔レ玉之祉一

の句があるが、共に何らかの孝子伝に拠った可能性が高い。また、白氏六帖二・57には、

種〈陽雍伯種レ石生レ玉〉

同五・5には、

義漿得玉〈雍伯〉

とも見える。

唐、徐鉉の玄怪記（宛委山堂本説郛一一七所収）に記された羊公譚を示せば、次の通りである。

陽雍伯嘗設二義漿一、以給二行旅一。一日有二行人一、飲訖、懐中出二石子一升一、与レ之曰、種レ此。可下生二美玉一并得中好婦上。如二其言一、種レ之。有二徐氏女一、極美。試求レ之、徐公曰、得二白璧一双一、即可。乃於二所レ種処一、得レ璧。遂妻レ之

及び、闕名祥異記（未詳。宛委山堂本説郛一一八所収）にも、次のような羊公譚が載る。

陽雍伯嘗設二義漿一、以給二行旅一。一日有人飲訖、懐中取二石子一升一、与レ之曰、種レ此。可下生二美玉一并得中好婦上

共に捜神記の系統のものと見て良いであろう。

太平広記四に引く仙伝拾遺（前蜀、杜光庭のそれか）の逸文は、同じく捜神記の系統のものながら、神仙色が一段と濃い。その本文を示せば、次の通りである。

陽翁伯者、盧竜人也。事レ親以孝。葬二父母於無終山一。山高八十里、其上無レ水。翁伯盧二於墓側一、昼夜号慟。神明感レ之、出二泉於其墓側一。因引レ水就二官道一、以済二行人一。嘗有二飲レ馬者一、以二白石一升一与レ之。令二翁伯種レ之、当レ生二美玉一。果生二白璧一、長二尺者数双。一日、忽有二青童乗レ虚而至一。引二翁伯一至二海上仙山一、謁二群仙一。曰、此種レ玉陽翁伯也。一仙人曰、汝以二孝於親一、神真所レ感。昔以二玉種一与レ之、汝果能種レ之。汝当二夫婦倶レ仙、今此宮即汝他日所レ居也。天帝将レ巡二省於此一、開二礼玉十班一、汝可レ致レ之。言訖、使二仙童与倶還一。翁伯以二礼玉十班一、以授二仙童一。北平徐氏有レ女、翁伯欲二求婚一。徐氏謂二媒者一曰、得二白璧一双一可矣。翁伯以二白璧五双一、遂婿二徐氏一。数年、雲竜下迎、夫婦倶昇天。今謂二其所居一為二玉田坊一。翁伯仙去後、子孫立二大石柱於田中一、以紀二其事一。出二仙伝拾遺一

陽翁伯を盧竜の人とするのが目に付き（盧竜は河北省盧竜県）、種玉譚に太平御覧四十五所引水経注へ通じるもののあることは、前述の如くである（陽翁伯を、楊雍伯に作るものがある〈錦繡万花谷前集十八所引〉。但し、出典は「太平広記」である）。もし陽翁伯が洛陽生まれ（捜神記等）でなく、盧竜生まれであるならば、その陽翁伯は、捜神

記の楊公伯雍等とは別人となろう（例えば王世貞の弇州四部稿一六二、宛委余編七などに、「種レ玉得レ妻之陽、前有二洛陽雍伯一、後有二盧竜翁伯一」と言う）。

仙伝拾遺に似るものに、玉芝堂談薈十七所引の続仙伝がある。その本文を示せば、次の通りである。

　続仙伝、盧竜陽翁伯引レ水、以済二行人一。有人遺以二白石一升一。種レ之、生二美玉一。後以二白璧五双一、婚二于北平徐氏一。数年、雲車下迎、夫婦倶昇天

続仙伝は南唐、沈汾撰のものかと思われるが、道蔵所収のそれ（三巻本）や旧小説所収のそれ（一巻本）には見当たらない㉔。

三

両孝子伝、取り分け、陽明本孝子伝羊公譚の成立を考える上で、看過し難い重要な資料の一が、太平広記二九二所引の梁元帝孝徳伝の逸文であろう。ここで、陽明本孝子伝と梁元帝孝徳伝との関係について、少し考えてみたい。まず梁元帝孝徳伝の本文を示せば、次の通りである。

　魏陽雍、河南洛陽人。兄弟六人、以二傭売一為レ業。公少修レ孝、敬遶二于遐邇一。父母歿、葬礼畢、長慕追思。不レ勝二心目一、乃売二田宅一。北徙下絶二水漿一処上、大道峻坂下為レ居。晨夜輦レ水、将給二行旅一。兼補二履屩一、不レ受二其直一。如レ是累レ年不レ懈。天神化為二書生一、問曰、何故不二種レ菜以給一。答曰、無レ種。乃与レ之数升。公大喜、種レ之。其本化為二白璧一、余為レ銭。書生復曰、何不レ求レ婦。答曰、年老、無二肯者一。書生曰、求二名家女一、必得レ之。有二徐氏一、右北平著姓。女有二名行一、多求不レ許。乃試求レ之。徐氏笑レ之、以為二狂僻一。然聞二其好善一、戯答レ媒曰、得二白璧一双

銭百万㆒者、与婚。公即具送。徐氏大愕、遂以妻㆑之。生㆓十男㆒。皆令徳俊異、位至㆓卿相㆒。今右北平諸陽、其後也。

出㆓孝徳伝㆒

梁元帝にはもう一つ、全徳志序（芸文類聚二十一、金楼子五等所引）において、本話に言及する箇所があるので、併せてそれを紹介しておく。梁元帝全徳志序の本文を示せば、次の通りである。

陽雍双璧、理帰㆓玄感㆒(元)

ところで、陽明本孝子伝と梁元帝孝徳伝との関係については、西野貞治氏に論があり、西野氏は、次のように述べられた㉕（私に(一)―(四)を付す）。

(一)そして此の孝子伝と孝徳伝では、兄弟が六人あつたこと、天神が書生に化けたこと、子が悉く卿相となつたこと、今の北平に公の家系が続いているという記述が共通し、而かもその文章の表現までも孝子伝の「公少好学、修於善行、孝義聞於遠近」が孝徳伝では「公修孝、敬達于遐邇」とする如く類似する部分が頻出し、孝子伝が孝徳伝を稍平易に書直したものかと疑われるのである。(二)ところで孝子伝に羊公とあるのが、孝徳伝で陽雍とあるのは如何な訳であろうか。羊字は古くから陽の外楊ともに通用される用例が多いが……この説話の羊公は正しくは陽公と書すべきであることが明らかである。そして北平の陽氏の一族は、累世北朝に仕えた漢族の望門であることは史伝で明らかであるから、南朝の元帝には勿論敵にあたる訳である。従つて、その陽氏の始祖とされる陽公雍伯の公・伯等一応敬称としての意味を持つ辞は省いたと思われ、陽雍とした所以も明らかとなるのである。(三)然しながら孝子伝と孝徳伝とを仔細に検討すると相当に異る部分も見出される。それは孝徳伝では、その家業を営売として捜神記の儈売とするのを略襲つているのに、孝子伝では屠肉を業とすることであり、(四)又孝徳伝では水漿を行人に給するとするのを孝子伝では布施するとすることである。更にこの孝子伝では、人々が羊公に対して布施の無意味なるを諫め羊公と問答する一齣が附加されていることである。布施は言う迄もなく財物を他に施与する意の仏語であるから、この変改された部分が仏教的意義を持つものであることは、容易に理解される……そしてこの孝子伝は六朝末期の北朝成立の孝子伝の形態を承襲していること、この羊公話は北朝名望の始祖伝説として北朝に伝播したこと、福田思想に基く社会事業が北朝の魏に盛に行われたこと……羊公の名が翁伯となるのは北朝に始まること等から、この説話は孝徳伝乃至その基いた伝承を、仏教の福田思想の影響を受け、或は漢書の翁伯のことを導入れて、かく変改したものに断じたい

今、上掲西野氏の陽明本に関する論点を、次の四点に分けて、考えることにしたい。

㈠梁元帝孝徳伝との関連
㈡「羊公」の表記
㈢羊公の家業
㈣「布施」の語について

以下、㈠―㈣の順を追って、検討してゆく。

㈠梁元帝孝徳伝との関連についての、氏の指摘は、非常に重要である。殊に氏が、「此の孝子伝と孝徳伝では、兄弟が六人あつたこと」以下の「記述が共通し、而かもその文章までも……類似する部分が頻出」するとされたことは看過し得ず、慎重に考察する必要がある。氏の指摘通り、確かに陽明本と梁元帝孝徳伝との関連は、例えば冒頭の、

・羊公者、洛陽安里人也。兄弟六人、家以レ屠レ完為レ業。公少好レ学、修二於善行一、孝義聞二於遠近一。父母終没、葬送礼畢、哀慕无レ及（陽明本）

・魏陽雍、河南洛陽人。兄弟六人、以二庸売一為レ業。公少修レ孝、敬遶二于遐邇一。父母歿、葬礼畢、長慕追思

（梁元帝孝徳伝）

から、結びの、

・遂成㆓夫婦㆒、生㆓男女㆒育。皆有㆓令徳㆒、悉為㆓卿相㆒……今北(比)平諸羊姓、並承《羊歟》㆓公後㆒也（陽明本）

・遂以妻㆑之。生㆓十男㆒。皆令徳俊異、位至㆓卿相㆒。今右北平諸陽、其後也（梁元帝孝徳伝）

に至るまで、ほぼ逐語的に両者の対応が認められ、また、両書には、氏御指摘の記述の他、天神の化した書生が二度、公を訪うこと（「書生。謂㆑公曰……書生後又見㆑公曰」〈陽明本〉、「書生、問曰……書生復曰」〈梁元帝孝徳伝〉）など、両書以外のものには見られないプロットが存し、陽明本孝子伝と梁元帝孝徳伝とが無関係であることは、一寸考え難いのである。且つ、両書の関連は、或いは、直接的なものである可能性が非常に高い。さて、氏は、両書の関連について、「孝子伝が孝徳伝を稍平易に書直したものか」とし、さらに、陽明本の「この説話は孝徳伝乃至その基いた伝承を……かく変改したものに断じたい」とされたが、何より陽明本の「羊公」の名が、梁元帝孝徳伝の「魏陽雍」（全徳志序には「陽雍」とある）から出たものとは思われず、また、後述の如く、後漢武氏祠画象石にも見える、陽明本の羊公の方が、むしろ本話の古い形を留めるものと見られること等から、氏の結論とは逆に、梁元帝孝徳伝が陽明本ないし、その源流に取材したものと考えたい。

(二)「羊公」の表記については、まず史記の雍伯、漢書の翁伯とのくい違いに始まって、その表記が実に多様であることを、確認しておく必要がある。その表記の異同のおよその数は、以下の通り二十種近くに及ぶ（（　）内に主な出典を示した）。

・雍伯（史記貨殖伝）

・翁伯（漢書貨殖伝）
・陽公雍伯（捜神記〈太平御覧五一九、書言故事一、唐音四等所引〉）
・楊公雍伯（捜神記〈敦煌本類林Dx六一一六、古今合璧事類備要前集六十一、淵鑑類函三一一等所引〉）
・楊公伯雍（二十巻本捜神記十一）
・羊公雍伯（捜神記〈芸文類聚八十三、太平御覧四七九、八〇五等所引〉、古今合璧事類備要続集五十六）
・陽雍伯（漢無終山陽雍伯天祚玉田之碑、捜神記〈太平寰宇記七十、類説七、紺珠集七等所引〉、白氏六帖二等）
・陽翁伯（范通燕書〈元和姓纂五所引〉、水経注十四鮑丘水注、仙伝拾遺〈太平広記四等所引〉等）
・楊雍伯（捜神記〈錦繡万花谷前集十八、淵鑑類函二四六所引〉）
・楊伯雍（捜神記〈初学記八、編珠三、淵鑑類函三三五所引〉）
・羊雍伯（神仙伝〈唐詩鼓吹六所引〉、韻府群玉十九）
・洛陽公（逸名孝子伝〈北堂書鈔一四四、芸文類聚八十二、広博物志三十七等所引〉）
・陽雍（范通燕書〈元和姓纂五所引〉、梁元帝孝徳伝〈太平広記二九二所引〉、梁元帝全徳志序〈芸文類聚二十一等所引〉等）
・楊雍（神異記〈敦煌本不知名類書甲所引〉、逸名孝子伝〈敦煌本新集文詞九経鈔所引〉）
・陽翁（捜神記〈太平御覧四十五所引〉）

・伯雍（捜神記〈初学記八、淵鑑類函三三五所引〉）
・陽公（捜神記〈太平御覧五一九、蒙求503古注、敦煌本語対二十・8《P二五二四》等所引〉、陽氏譜叙〈水経注十四鮑丘水注所引〉、逸名孝子伝〈太平御覧八六一等所引〉等）
・楊公（二十巻本捜神記十一、捜神記〈敦煌本類林Dx六一一六、敦煌本語対二十・8《S七八》、古今合璧事類備要前集六十一等所引〉、漢書〈類林雑説七等所引〉等）
・羊公（捜神記〈太平御覧八〇五、事類賦九、幼学指南鈔二十三等所引〉、抱朴子内篇微旨、外篇広譬、両孝子伝等）

陽明本の羊公の表記に関し、西野氏は、結論的に「この説話の羊公は正しくは陽公と書すべきであることが明らかである」と言われたが㉖、果してそうなのだろうか。この問題は、単純ではないようである。例えばまず、羊公譚の最古の記述と思しい史記の雍伯、漢書の翁伯と、羊公とが同じ人物を指そうことについては、早くに清、瞿中溶の『漢武梁祠堂石刻画像攷』四が、

今、雍伯之姓、石刻、芸文類聚〈所引捜神記〉皆作レ羊。捜神記作レ楊、而水経注又作レ陽。可レ知三羊楊陽三姓実同出二一原一……史記作二雍伯一、漢書作二翁伯一、正与二此楊雍伯一同

と指摘しているが、雍伯（史記）、翁伯（漢書）の姓などに関しては、事実上不明とすべきものであろう（雍、翁の姓もある〈元和姓纂一等〉）。羊公の姓が陽（楊）となるのは、六朝以降と見られるが、その最も早い部類に属する、二十巻本捜神記の本文そのものが、疑わしいものであることは、前述の如くである。従って、「楊公伯雍」（二十巻本捜神記）の表記も、捜神記本来のそれとは言い切れず、現に諸書に引かれた捜神記の内には、「羊公雍伯」（芸文類聚

八十三等所引）、「羊公」（太平御覧八〇五等所引）などと表記する、異文が存しているのである。六朝期になって史記、漢書の雍伯、翁伯を陽氏に結び付ける所説が現われ、陽翁伯と陽雍（陽公）を別人としたり（范通燕書、陽氏譜叙、水経注）、種玉譚をその陽翁伯や（陽氏譜叙、水経注）、或いは、陽雍に配したり（范通燕書）、また、種玉譚の異伝が生じて（太平御覧四十五所引水経注）、それが後の仙伝拾遺に繋がることなどは、先に見た通りである。そして、六朝以前に溯る、陽氏と本話を結び付ける文献というものは、管見に入らない。ところが、羊公の表記は、捜神記と同時代の晋、葛洪の抱朴子内篇、外篇に見え、さらに後漢武氏祠画象石に見える所から、古く漢代に溯るものであることが確かである。従って、氏の、「この説話の羊公は正しくは陽公と書すべきである」とは言えず、むしろ羊公の表記の方こそ原形を留めるものと思われるのである（「羊氏家伝」というものも古くあったらしいが〈姓解一所引〉、惜しむらくは伝わらない）。なお氏が、「そして北平の陽氏の一族は、累世北朝に仕えた漢族の望門であることは史伝で明らかであるから、南朝の元帝には勿論敵にあたる訳である。従つて、その陽氏の始祖とされる陽公雍伯の公・伯等一応敬称としての意味を持つ辞は省いたと思われ、陽雍とした所以も明らかとなるのである」と述べられた、梁元帝孝徳伝「魏陽雍」表記の原拠については（全徳志序に「陽雍」とあるので、梁元帝が本話を陽雍のものと認識していたことは間違いない。梁元帝は、陽雍を三国時代魏の人物と捉えたか）、陽明本の羊公、或いは、後述逸名孝子伝の「洛（北平）陽公」（芸文類聚八十二所引（（）は太平御覧九七六））、「洛陽陽公」（太平御覧八四一所引）などを、氏の言われる如く改めて范通燕書などと同形の称としたものと見ておきたい。

「孝子伝と孝徳伝とを仔細に検討」された西野氏が、両書に「見出される」「相当に異る部分」として上げられたのが、㈢羊公の家業、及び、㈣「布施」の語についての問題である。ここでは、氏が、「孝徳伝では、その家業を営売として捜神記の儈売とするのを略襲つているのに、孝子伝では屠肉を業とする」と言われた、㈢羊公の家業の問題を考えておきたい。羊公の家業に諸種の記載があることに関し、氏はまた、羊公についての論の結び近くで、陽明本が孝徳伝の「営売の代りに屠殺業を持ち来ら」したものとし、それを「この孝子伝」に「加えられた」「改編」と見て、次のように指摘されている。

類林雑説（報恩篇第四二）には漢書と称する俗書に見える羊公の説話を掲げているが、それにはこの孝子伝の屠肉とするのと異って売鱠としている。これは捜神記（御覧四七九）には儈売とあるその儈が鱠と同音であることから誤つて用いられたかとも思うが鱠は膾の通用字（干録字書）で、細切肉であるから、売鱠は屠肉と隔る事遠からぬ職業であつて、この孝子伝の記述への転移も考え得る。屠肉への転移については、尚一層近い経路として史記貨殖列伝の「販脂辱処也、而雍伯千金、売漿小業也、而張氏千万」とあり、漢書はそれを「翁伯以販脂而傾県邑、張氏以売醤而隃侈」とすることが注意される。即ち史記漢書の記述とこの羊公説話の共通点は、雍伯が翁伯へと変化し、また史記漢書は別人張氏のこととするが、漿のことに触れることである。瞿仲溶も此の事に着眼して史記漢書に見える所は羊公のことであつて、その相異は伝説の同じからぬことによるものとしている（瞿中溶前掲書巻四）。これは推論に止るが説話の発達を考える上で甚だ示唆に富むものである

陽明本を孝徳伝の改編と見ることはさておき、羊公の家業に関する氏の右の指摘は、概ね従うべきものと思われるが、今改めて羊公の家業を一覧として示せば、次の如くになるであろう。

(イ)販脂（油売り。史記、漢書）
(ロ)儈売（仲買い。捜神記）
(ハ)備売（身売り。梁元帝孝徳伝）
(ニ)屠肉《（完）》（屠殺業。両孝子伝）

㈭売鱠（なます売り。類林雑説所引「漢書」）

羊公の家業のことは、略して記さない文献も多い。

まず㈭に関し、少し説明しておく必要がある。唐、于立政撰類林（散逸）を再編したと見られる金、王朋寿の類林雑説七報恩篇四十二に、「出二漢書一」と言う、右のような羊公譚が見える。㉗その本文を示せば、次の通りである（嘉業堂叢書本に拠り、陸氏十万巻楼本影金写本を参照した）。

楊公〈字雍伯、洛陽人。少時売レ鱠為レ業。父母亡、葬二於〔無〕終山一。山高八十里、伯於二坡頭一、致二義漿一。経(終)二三年一、忽有人就レ伯飲。飲訖、出二懐中石子一、与レ之。謂レ伯曰、種二此石一、当レ得レ玉。君必富、又得二好婦一。語訖而去。伯如二其言一、経二二年一。伯往二所レ種地一、看三地中有二玉子生一。北(致)平徐氏有二好女一、未レ嫁。伯試求レ之。徐氏笑曰、但得二玉一双一、与レ子為レ婚。伯於レ是於二田中一、得二美玉一双一、与二徐氏一。徐氏大驚、遂以レ女妻レ之。出二漢書一〉

右の末尾注記に見える「漢書」について、氏は、「漢書と称する俗書」とされたが、㉘その「漢書」は、どうやら捜神記を指すものらしい。敦煌本類林Dx六一一六には、右の「漢書」に酷似する記述が、「出二捜神記一」として見える。敦煌本類林の本文を示せば、次の通りである。

楊公、字雍伯、洛陽人。父母終、葬二於無終山一。高□(八)十里、公於二阪頭一置二義漿一、以給二行人一。経二三年一、有二一人一就レ公飲。々訖、出(出出)二懐中石子一升一、与レ之。謂レ公曰、種二此石一、当レ生レ玉。又富貴、幷得二好婦一。語訖即去。公種レ之一年、往看二地有レ玉状一。北平徐公大富。有レ女未レ嫁。陽公故往求レ之。徐氏笑曰、卿得二璧玉一□(双)一、可二与為レ婚。陽公於レ是至レ田、取得二白璧一双一、以遺レ之。徐公大驚、遂以レ女妻二陽公一。北平陽、即其□□(後也)。□(後)漢人。出二捜神記一

類林雑説の楊公条は、敦煌本類林の如きものを出所としようと思われ、従って、その「漢書」はやはり、捜神記の一

伝を言うものと見て良いであろう。すると、捜神記には、(ロ)儈売（二十巻本等）の他、(ホ)売鱠とするものもあったことになる（但し、敦煌本類林には不見。また、西夏本類林七報恩篇三十五「楊公」（「此事漢書中説」）には、「売㆓魚鱠㆒」とする。[29]敦煌本語対二十・8の乙巻S七八所引捜神記は、「繪買」に作る）。

両孝子伝における羊公の家業、(ニ)屠肉は、氏の指摘の如く、おそらく捜神記の一伝を承けたと見られる、類林雑説の(ホ)売鱠に近い（鱠《なます》は、膾で、細切れの生肉のこと。共に肉屋の意。但し、西夏本類林「売㆓魚鱠㆒」なら、魚屋）。そして、それらはまた、当然史記、漢書の(イ)販脂（油売り）に通じるであろう（脂は、獣の油）。それに対し、梁元帝孝徳伝の(ハ)傭売（傭売は、売庸で、身を売って働くことであろう。また、傭売は、儈売の誤写とも見得る）、捜神記の(イ)儈売（仲買い。敦煌本語対S七八「繪買」は、その訛伝か。或いは、「繪」は、繒《そう》か。売繒《ばいそう》、販繒《はんそう》なら、絹売りの意）は、やや遠い。中で、氏が、羊公の論の結びにおいて、「羊公の名が翁伯となるのは北朝に始まること」を踏まえ（前掲、陽氏譜叙等参照）、陽明本が「漢書の翁伯のことを導入れて」、傭売（梁元帝孝徳伝）を屠肉へと「変改した」とされることは、氏による陽明本が「六朝末期の北朝成立の孝子伝の形態を承襲している」という、重大な問題提起とも関わることながら、陽明本が南朝に行われていた可能性も視野に入れ（梁元帝孝徳伝等）、認めることは出来ない。さて、羊公の家業に関しては、漢代以降、六朝にかけて、

販脂――屠肉――売鱠（売魚鱠）

という一流を形成しつつ、なお儈売、傭売等、多様な諸説を生じたものであろう。

四

陽明本孝子伝と梁元帝孝徳伝との「相当に異る部分」の第二として、西野氏は、陽明本に見える、㈣「布施」の語についての問題を取り上げ、「又孝徳伝では水漿を行人に給するとするのを孝子伝では布施するとする……布施は言う迄もなく財物を他に施与する意の仏語であるから、この変改された部分が仏教的意義を持つものであることは、容易に理解される」と言われる。加えて、仏教史上における福田の意義を始めて闡明した、常盤大定氏による不朽の論攷「仏教の福田思想」を援用しつつ㉚、氏は続けて、次のように述べられた。

そして羊公の慈善の行を布施と見る時に、屠肉業をかかげた謂も亦明かとなる。六朝末仏教の興隆に伴い、南北朝共に戒律が厳密を極め、殺生を事とする屠殺・狩猟等の業が罪悪視されたことは、広弘明集慈済篇に見られる、沈約の究竟慈悲論、同顒の与何胤論止殺書、梁武帝の断殺絶宗廟犠牲詔、断酒肉文、顔之推の誡殺家訓等の諸篇によつて察せられる。そしてかかる時期に営売の代りに屠殺業を持ち来らす事は、仮令屠肉の如き罪業の深い仕事に従事しても、一旦発心して布施の善行を積めば、やがてその施物が福田となつて無上の福を得ることを説くもののようである。福田とは、之を供養する事によつて我が将来の福を生ずること、猶田地の収穫あるが如きに喩えた語である。仏教に於て福田と言われるのは本来は出世間道にある、施さるべき聖賢に対して起つたものであるが、次第にその範囲を広め、施物を直接福田と呼ぶようになつた（常盤大定博士、続支那仏教研究所収、仏教の福田思想）。その福田と見られるものについて東晋仏陀跋陀羅訳、摩訶僧祇律四には、功徳日夜に増し、常に天人中に生れしめる人法四条を挙げるが、第一条の曠路に好井を作ること、第二条の園果を種植することは羊公の義漿の行がその第一条に、また種菜のことが第二条に当るが如くであり、玉田の賜を得て好婦を娶るを得たことを以て、天人中に生れる福徳の平俗な解釈をなしたものと思う……そして屠殺業者の如く、仏教の教からは悪者と見られる職業に従つた人物が贖罪の為に布施を行つた例は、屠殺しようとした猪が命乞をし、その声に隣人等は兄弟の争かと来て見れば猪であつたという奇跡から、発心して宅舎をすてて寺として合家入道した劉胡兄弟の話（洛陽伽藍記巻二）がある。そしてその布施の為に大福を得た例は、若い時狩猟好きであつたが、一旦仮死して地獄の苦報を見てから発心し、出家して福業に勤めた結果、皇帝建立の三層塔下から阿育王の塔を発見したという慧達の話（高僧伝巻十三）等が見られる。かかる例から見て羊公の説話もこのような時代には容易にこの孝子伝の如き改編が加えられたかと思考する

そして、氏は、陽明本に見える布施の語を、「仏教の福田思想の影響を受け」たことによる、梁元帝孝徳伝からの「変改」と結論付けられたのである。最後に、氏のこの布施をめぐる御論を検討しておく。まず氏の説は、陽明本の、

北方大道、路絶㆓水漿㆒、人往来恒苦㆓渇之㆒。公乃於㆓道中㆒造㆑舎、提㆑水設㆑漿、布㆓施行士㆒。如㆑此積有㆓年載㆒

と、梁元帝孝徳伝の、

不㆑勝㆓心目㆒、乃売㆓田宅㆒。北徒㆘絶㆓水漿㆒処㆖、大道峻坂下為㆑居。晨夜輦㆑水、将給㆓行旅㆒。兼補㆓履屩㆒、不㆑受㆓其直㆒。

如㆑是累㆑年不㆑懈

とを比較して、陽明本が、梁元帝孝徳伝の「将給㆓行旅㆒」を、「布㆓施行士㆒」と改変したとされるものである。梁元帝孝徳伝にある、羊公が田地や家宅を売り払ったことや（陽明本は後に、「家業粗足」と言っている。羊公が財産家であったことを推測させる、興味深い部分である）、履屩《りきやく》（わらぐつ）を無料で修理したこと（太平御覧九七六等所引逸名孝子伝に、「補㆓履屩㆒、不㆑取㆓其直㆒」、太平御覧五一九所引捜神記に、「常為㆑人補㆑履、終不㆑取㆑価」と見える）

が、陽明本に見えないなど、小異はあるが、両書は概ね同じことを記したものと言って良いであろう。さて、陽明本は、態々仏教語である「布施」を用いて、梁元帝孝徳伝の「将給二行旅一」を言い換えたのであろうか。そうとは考え難い明徴がある。それが、先に触れた晋、葛洪撰の抱朴子である。前述の如く、抱朴子には二箇所、羊公に言及した部分があって、一つは内篇微旨に、

羊公積レ徳布施、詣二乎皓首一、乃受二天墜之金一

と記すものであり、もう一つは外篇広譬に、

羊公積レ行、黄髪不レ倦、而乃墜金雨（爾）集

と記すものである。二者は共に羊公が老年に至るまで、善行を積み続けたことに対し、天が金を降し報いたことを言うが、特に内篇微旨に、

羊公積レ徳布施

と記すことは、羊公譚に布施の語を用いることが、晋代以前に溯ることを示し、貴重とすべきであろう。布施《ふし》は、そもそもが漢語なのであり（人に物を与える意。墨子九、荘子雑篇外物、荀子二十、韓非子十九等に用例がある）、それが後に仏教語、布施《ふせ》として広く用いられるようになったものである。後述のように、仏教の布施を裏付ける福田思想が一般化するのは、六朝末期のことであり、また、抱朴子と原拠との関係から、抱朴子の「布施」の語を、仏教語と見ることは出来ないのである[31]。そして、陽明本の「布二施行士一」は、抱朴子の「積レ徳布施」と同じ流れにあるもの、ないし、それに先立つものと捉えられ、梁元帝孝徳伝を変改したものとは、一寸考え難い。以下、このことを少し具体的に考察してみよう。

西野氏は、前述羊公の家業が、陽明本で「屠肉（完）」とあることに関し、「そして羊公の慈善の行を布施と見る時に、

屠肉業をかかげた謂も亦明かとなる」として、「六朝末仏教の興隆に伴い……営売〔梁元帝孝徳伝〕の代りに屠殺業を持ち来らす事は、仮令屠肉の如き罪業の深い仕事に従事しても、一旦発心して布施の善行を積めば、やがてその施物が福田となつて無上の福を得ることを説くもののようである」と述べ、陽明本が傭売（梁元帝孝徳伝）を屠肉に改めた根拠として、布施を代表とする福田思想を据えられたのであった。そして、その福田思想と陽明本との具体的な関わりについては、

　その福田と見られるものについて東晋仏陀跋陀羅訳、摩訶僧祇律四には、功徳日夜に増し、常に天人中に生れしめる人法四条を挙げるが、第一条の曠路に好井を作ること、第二条の園果を種植することは羊公の義漿の行が第一条に、また種菜のことが第二条に当るが如くであり、玉田の賜を得て好婦を娶るを得たことを以て、天人中に生れる福徳の平俗な解釈をなしたものと思う

と説明されたのである。しかし、まず摩訶僧祇律の「第一条の曠路に好井を作ること」（「曠路作㆓好井㆒」）が、「羊公の義漿の行」「に当る」と言うことは出来ない。例えば陽明本の「提㆑水設㆑漿」、梁元帝孝徳伝の「輦㆑水、将給」、捜神記の「汲㆑水、作㆓義漿㆒」などは、皆同じことを言っているが、それは羊公が水を運び、人々に施したことを言うのであって、所謂曠路好井、義井を作ることとは違う（敢えてそれに近いものを上げるとすれば、常盤氏の指摘された、「施食与漿」〈宋高僧伝二十九〉か）。取り分け、捜神記の「義漿」は珍しい言葉であり、晋代の表現と見られるが、義漿の語はまた、後漢武氏祠画象石榜題に記されているから、漢代に溯る内容をもつ語なのであって、羊公譚におけるそれは、晋の訳経の浸透後に成立してくる福田思想（常盤論文を閲するに、義井の最も早い例は、天監十五〈五一六〉年の梁天監井とされている）ないし、仏教とは無関係の行為としなければならない。常磐氏は、「然し、仁義を以て人生経綸の根本義とする儒教を有する支那にあつては、仏教の福田思想によらずとも、義を冠する種々の施

設があるべきである。義穀・義倉・義田・義荘の如きが、それである」と言い、例えば「義穀については……これは、仏教の影響より来たものであるとは思はれぬ」、「義倉については……これもまた必ずしも福田思想と言ふの要がない」、「義田・義荘は……これまた特に仏教の福田思想といふに及ばぬと思ふ」とされているが、[32] 義漿は、その一例と見ることが出来る。次に、摩訶僧祇律「第二条の園果を種植すること」（「種二植園果一施」）が、「羊公の……種菜のこと」「に当る」とされることも、彼は果物を言い、此れは野菜を言う点、正確には一致しない（捜神記は石とする）。梁元帝孝徳伝には、書生の言葉として、「何故不二種レ菜以給一」とあるから、菜も行人に供されたものらしいが、西夏本類林の「菜漿飲水（菜汁水）」によると、[33] その菜はスープの素材のようだ。第三に、氏が、「玉田の賜を得て好婦を娶るを得たことを以て、天人中に生れる福徳の平俗な解釈をなしたものと思う」と述べられたことは、陽明本、梁元帝孝徳伝、捜神記等、大筋に殆ど差がないから、またしても、捜神記の「玉田の賜を得て好婦を娶るを得た」話を、福田思想の影響下にあるものと想定することとなり、始めの場合同様、そのことには無理が生じる。常盤氏によれば、「福田思想……が支那に実現せられたのは、恐らくは仏教流伝の当初からであらうが、確実な文献の見らるゝのは、斉梁時代の義井・義橋・施薬・福徳舎・無尽蔵などからである」とされていることに注意すべきであろう。[34] 従って、陽明本また、梁元帝孝徳伝の羊公譚は、未だ福田思想の影響を受けていないものと結論付けたい。

　すると、西野氏が、陽明本と梁元帝孝徳伝との「相当に異る部分」の第三として上げた、

　更にこの孝子伝では、人々が羊公に対して布施の無意味なるを諌め羊公と問答する一齣が附加されている部分、即ち、陽明本のみに見える、

人多諌レ公曰、公年既衰老、家業粗足、何故自苦。一旦損レ命、誰為慰レ情。公曰、欲二善行一損、豈惜二余年一。如レ此累レ載

に関し、氏が、

このように、仏教の影響の濃い説話であると見る時に、先に述べた孝子伝にのみ附加された部分にも仏典の影響が認められる。「公年既襄老、家業粗足、何故自苦、一旦損命、誰為慰情」は、慈父長者が家出をした我子のことを懐う「自念老朽多有財物、金銀珍宝倉庫盈溢、無有子息、一旦終没、財物散失、無所委付」（妙法蓮華経信解品第四）あたりに発想を得たかと思われるし、羊公の返答の「豈惜余年」というのは、法華経に見える「不惜身命」即ち法の為に己が身命を惜しまぬという仏典語を意識したものであらう。そして、その上の句「欲善行損」の善は仏典に見える善業に発想を持つものとすれば、それは死後天上に生まれる果を持つものであるから、この返答の中にも福田の思想を伺い得る

と指摘されたことについても、当部分が陽明本の増補か、梁元帝孝徳伝の省略かは不明ながら、強いて法華経の影響を見る必要はないであろう。但し、成立の降る船橋本に関しては[35]、氏の、

また羊公の条は、陽明本に於て布施の語があり、仏典の影響の濃厚な説話であることは既に指摘した所であるが、清家本には一層その傾向が顕著となる。陽明本の「公少好学修於善行」とあるのが清家本では「六少郎名羊公、殊有道心」とされるが、道心とは仏道を修行せんとする心の意を持つ仏典語である。その稍下の「公曰、無種子、即与種子」の種子は陽明本では種とあつたもので、色身諸法が転変して無限の自果を生ずる功能を言い、種はその略である。また「羊公有信、不借〔惜〕身力」は陽明本では「公曰、欲善行捐、豈惜余年」とあつたもので、陽明本の句にも不惜身命の意あることは述べておいたが、清家本の不惜身力と命を力に作るのは、上の句の羊公有信の信と対せしめて、仏典語の五力の一の信力を表現したかと思われる。その身命を誤つたものではないことは、曹娥の条で「女人悲父、不惜身命」と正しく表現されていることで傍証される

との指摘に従いたい。もし孝子伝に福田思想が及んでいるとするならば、それはむしろ、隋以降の改変と仏教の影響下にあることが確実な船橋本の方であろうと思われ、改めて船橋本における福田思想の問題を捉え直してみることが必要となろう[36]。さて、以上のことから、西野氏が陽明本孝子伝の羊公譚に関し、

そしてこの孝子伝は六朝末期の北朝成立の孝子伝の形態を承襲していること、この羊公話は北朝名望の始祖伝説として北朝に伝播したこと、福田思想に基く社会事業が北朝の魏に盛に行われたこと……羊公の名が翁伯となるのは北朝に始まること等から、この説話は孝徳伝乃至その基いた伝承を、仏教の福田思想の影響を受け、或は漢書の翁伯のことを導入れて、かく変改したものに断じたい

と結論されたことは、むしろ逆に、梁元帝孝徳伝が陽明本ないし、その源流に拠ったものと見たい。

後漢武氏祠画象石の「義漿羊公」「乞漿者」と榜題する図は孝子伝図であり、「羊公」の表記をもつ孝子伝は陽明本（また、船橋本）のみであることから、武氏祠画象石の羊公図は、陽明本系統の本文に基づくものと思われる。しかしながら、陽明本の羊公表記は武氏祠画象石と一致するものの、一方例えば武氏祠画象石において、羊公に冠せられた「義漿」の文字は、陽明本には見当たらない（船橋本また、梁元帝孝徳伝にも不見）。そして、その義漿の語は、二十巻本捜神記に見えている。このことは、どのように捉えたらよいのであろうか。ここで、両孝子伝も含めた逸名孝子伝の問題について、少し触れておく。

羊公のことを記す孝子伝逸文は、上掲の如く、管見に入ったものとして九つ程あるが（逸名孝子伝八と徐広孝子伝）、それらは大別して、

㈠芸文類聚八十二、太平御覧九七六所引以下

(二)太平御覧八六一所引

(三)敦煌本新集文詞九経鈔所引

の三種に纏めることが出来る（徐広孝子伝は、太平御覧九七六所引と殆ど同じ。本書Ⅰ一1参照）。今その三種の本文を示せば、次の通りである（(一)は、芸文類聚八十二所引に、太平御覧九七六所引を対校して示す）。

(一)孝子伝曰、洛(北平)陽公輦レ水作レ漿、兼以給二過者一。公補二(履)屩一、不レ取二其直一。天神化為二書生一問、公(云)何不レ種レ菜。曰、無二(菜)種一。即遺二(与)数升一。公種レ之、化為二白璧一、余皆為レ銭。公得二以娶一レ婦

（芸文類聚八十二所引（　）太平御覧九七六所引）

(二)孝子伝曰、洛陽陽公輦二義漿一、以給二過客一（太平御覧八六一所引）

(三)孝子伝云……楊雍感通、田収二白璧(壁)一（敦煌本新集文詞九経鈔所引）

主人公を羊公とするもののないことが分かるであろう。重要なのが、(二)太平御覧八六一所引の逸文で、それは、(一)の芸文類聚八十二等所引と殆ど同じものながら、(一)の「輦レ水作レ漿」を、

輦二義漿一

と作っている。即ち、(二)太平御覧八六一所引のそれは、古く逸名孝子伝の内にも、「義漿」の語をもつもののあったことを証しており、延いては、陽明本の「提レ水設レ漿」、梁元帝孝徳伝の「晨夜輦レ水」等が、義漿の語を含んでいた可能性を示唆する。両書と逸名孝子伝、殊に梁元帝孝徳伝と逸名孝子伝とが深く関わっていたらしいことは、

・兼補二履屩一（梁元帝孝徳伝）

兼……補二(履)屩一（逸名孝子伝(一)）

・乃与レ之数升（梁元帝孝徳伝）

即遣㆓（与）数升㆒（逸名孝子伝㈠）

等の例から明らかである（共に陽明本不見）。

さて、陽明本孝子伝の本文の成立は、一体どの辺りまで溯るのであろうか。陽明本自体には上巻末、下巻初に、劉宋の孝子が何人か含まれているので、（21劉敬宣、22謝弘微、23朱百年、25張敷）、陽明本が六朝期の改編を蒙っていることは疑いないが、羊公条について言えば、例えば梁元帝孝徳伝との関係から、陽明本ないし、その源流に当たる本文の成立は、六朝梁以前としなければならないであろう。また、天神の化した書生が登場したり（捜神記は、「有一人」）、菜種を与えたり（捜神記は、石）するのは、孝子伝の特徴と見られるが（稀に、書言故事一所引捜神記など、「菜子一升」とする）、ここに面白い資料が一点あって、それは敦煌本不知名類書甲所引の神異記である。その本文を示せば、次の通りである。

神異記云、楊雍父母倶喪。葬訖、天神化㆓書生㆒、問㆑雍曰、孝子何不㆑種㆑菜。雍答曰、無㆑子。天神遂与㆓種子㆒。雍乃種㆑之、悉生㆓璧玉㆒。中最上者曰㆓璧玉㆒、夜放㆓神光㆒。以㆓玉不㆒㆑同也。

末尾はとにかく、書生の言葉に、「孝子何不㆑種㆑菜」とあって陽明本、梁元帝孝徳伝に酷似し、これは孝子伝に基づく記述と見られる。神異記の作者は定かでないが、もし右が、王浮神異記の逸文であるとするならば（魯迅『古小説鉤沈』の王浮神異記には不見）、その成立は、劉宋以前に溯ることになるだろう。

陽明本の羊公譚における本文の成立を考える上で、一つ問題となるのは、その結尾文の、

今北（比）平諸羊姓、並承㆓公《羊歟》後㆒也

であろう。同様のものが、梁元帝孝徳伝の末尾にも見え、

今右北平諸陽、其後也

と言う。西野氏の指摘されたように、陽氏は北平の有力氏族であり、一見、梁元帝孝徳伝の方が正しいかに見えるが、羊公譚をめぐる問題の単純でないことは、前述の如くである。実は、二十巻本捜神記には見えないが、同様の結びをもつ捜神記があったようだ。今その一、二を示せば、左の如くである。

・北平陽、即其□□（後也）（敦煌本類林所引）
・北平楊氏、即其後也（敦煌本語対P二五二四所引）
・今北平陽氏、是其後也（古注蒙求所引）

西野氏が、

羅氏前掲書の類書二には捜神記の文としてこの説話を引き、その文尾に小字で「北平陽氏即其後也」と割注するが、後人の附加であらう

と言われたのは、羅振玉氏『鳴沙石室古籍叢残』[37]に収める敦煌本語対P二五二四を指すが（王三慶氏『敦煌本古類書語対研究』に言う原巻。陽は、楊が正しい）、恰も「文尾に小字で」「割注する」ように見えるのは、単に行末が詰まったために過ぎず、例えばS七八には（乙巻。甲巻P二五八八は欠損）、

北平陽氏、即其後也（也也）

と正書するから、それは「後人の附加」などではない。興味深いのは、蒙求注に引かれる捜神記で、「陽公、字雍伯」を主人公とする古注所引の文末は前掲の如くだが、「羊公雍伯」を主人公とする、徐子光注所引の捜神記には、

今北平王氏、即其後也

としている（箋注本も同じ。準古注所引は、件の一文を欠く）。その「王氏」は、或いは、もと羊氏とあったものかと思われ、陽明本の「今北（比）平諸羊姓、並承（羊歟）㆓公後㆒也」と類同のものであった可能性がある。このことは、徐注所引の

捜神記を始め、太平御覧八〇五等所引の捜神記が、主人公を羊公とすることと共に、陽明本と捜神記とが、どこかで繋がっていたことを意味する。[38] 武氏祠画象石の羊公の右には、両孝子伝8三州義士が描かれている。陽明本8三州義士の末尾には、羊公譚と同様、

今三州之氏、是也。後以二三州一為レ姓也

なる結びを置く（船橋本「以二三州一為レ姓也」）。同話は、蕭広済孝子伝〈太平御覧六十一所引〉、逸名孝子伝〈太平広記一六一所引〉等に見えるが、このような文言が記されるのは、両孝子伝のみ）。この三州氏は、元和姓纂五「三州」に、「三州孝子之後、亦単姓州」、同「三邸」に、「孝子伝有二三邸氏一」、通志二十七に、「三州氏、孝子伝有二三州昏一」などと見える、「孝子伝」を出典とするらしい、謎の一族で、その「今」は、羊公譚の「今」共々、何時の時代を指すのか、目下判然としない。唐、荊渓湛然（七一一—七八二）の頃には、よく分からぬものとなっていたらしく（止観輔行伝弘決四之三に、摩訶止観四下「更結二三州一還敦二五郡一」の「三州」を注して、「孝〔子〕伝」、「蕭広済孝子伝」を引いている）、なお後考を期したい。

ところで、陽明本（逸名孝子伝）が捜神記と深く関わろうことは、前述の通りであるが、翻って捜神記を見渡すに、両書の関係は一人羊公譚に留まらないものであることに気付く。その陽明本（船橋本）孝子伝と二十巻本捜神記との関連を一覧にして示せば、次の如くである。

捜神記	両孝子伝
巻一・28董永	2董永
八・227舜	1舜

十一・266三王墓　44眉間尺
276曾子　36曾参
278王祥　27王祥
283郭巨　5郭巨
285楊伯雍　42羊公
291犍為孝女　29叔先雄
（逸文）丁蘭（太平御覧482所引）　9丁蘭

なお両孝子伝以外、逸名孝子伝に名の見えるものとして、279王延、284劉殷、287羅威、288王裒等を上げることが出来る。また、敦煌本句道興捜神記にも、元覚（元穀とも。「史記曰」とある。両孝子伝6原谷）、郭巨、丁蘭、董永（「劉向孝子図曰」）の話を収めるが、さて、捜神記は一体、何に基づいてそれらの条々を成したのであろうか㊴。各条の検討の必要なことは勿論ながら、仮説として、その典拠に孝子伝を想定してみたい。

その仮説を支持するのが前述、抱朴子である。重ねて内篇微旨の本文を示せば、次の通りである。

夫天高而聴㆑卑、物無㆑不㆑鑑。行㆑善不㆑怠、必得㆓吉報㆒。羊公積㆑徳布施、詣㆓乎皓首㆒、乃受㆓天墜之金㆒。蔡順至孝、感神応㆑之。郭巨殺㆓子為㆒㆑親、而獲㆓鉄券之重賜㆒

ここにも、羊公（両孝子伝42）、蔡順（同11）、郭巨（同5）が連ねられ、それも孝子伝に拠ったものと思われる㊵。すると、抱朴子の「布施」の語は、「行㆑善不㆑怠、必得㆓吉報㆒」の句共々（陽明本「積善余慶」〈易経坤に基づく〉）、陽明本系の孝子伝から出た可能性が高い。羊公が老年に至るまで義漿を続けたことは（外篇広譬にも、「黄髪不㆑倦」

とある）、陽明本（船橋本）、梁元帝孝徳伝にしか記されず（上述西野氏の問題化された陽明本の、人々が羊公に布施の無意味なことを諫める問答中に、「公年既衰老」とある）、また、天が金を降したことは、陽明本（船橋本）にしか見えない（「金銭一万」。梁元帝孝徳伝等、「銭」とのみ）。これらのことから、羊公譚の場合、陽明本孝子伝の本文ないし、その源流の成立は、西晋以前に溯るものと考えられるのである。

さて、有名な後漢武氏祠画象石は、数多の孝子伝図を収めることで知られるが、今その武梁祠の第一石―三石の2、3層に描かれたそれを、第一石の右から両孝子伝と対照して示せば、次のようになる（帝舜、京師節女は、帝皇図、列女伝図の内。中生は、三石4層）。

武梁祠画象石	両孝子伝
○帝舜（一石2層）帝皇図の内	1舜
（一石3層）	
○曾子	36曾参
○閔子騫	33閔子騫
老萊子	13老萊之
丁蘭	9丁蘭
（三石2層）	
○柏楡	4伯瑜
○邢渠	3刑渠

董永	2董永
章孝母	
○朱明	10朱明
李善	41李善
金日磾	
（二石3層）	
三州孝人	8三州義士
○羊公	42羊公
魏湯	7魏陽
○孝烏	45慈烏
・趙荀	
・孝孫	6原谷
○京師節女（二石2層）	43東帰節女
○中生（三石4層）	38中生

右の、整然と体系的に並べられた武梁祠の孝子伝図を通観すると、個々の話材を各々の典籍から捜し出したものとは思われず、その粉本となった何らかの「孝子伝」が漢代、既に存在していたものと思われる（中で、章孝母は未詳。金日磾譚を記す孝子伝は、管見に入らないが、序に「毎レ読二孝子伝一、未三嘗不二終レ軸輟レ書悲恨一、拊心嗚咽」と言う、

梁武帝孝思賦に、「休屠之日磾」が見えるから、やはり金日磾を載せる孝子伝があったのだろう。趙苟は、師覚授孝子伝〈初学記十七、太平御覧四一四所引〉、逸名孝子伝〈錦繍万花谷後集十五所引〉に見える）。そして、例えば右記一覧の対応関係を数えてみると、武梁祠に描かれた孝子伝図二十の内、九割近い十七図まで、両孝子伝と対応していることが知られるのである。かつて中国においては、六朝以前、十種を越える孝子伝が存在していたが[41]、後その全てが散逸し、現在完本として伝わるのは、我が国伝存の陽明、船橋二本のみに過ぎない。故に、もしその二本の両孝子伝を用いないとするならば、間接的にはともかく直接的には、右の武梁祠の孝子伝図を、孝子伝から解明する手立てはないと言えよう。六朝以前に行われた孝子伝を考えようとする際、私達の前には、晋、蕭広済孝子伝以下、百六十種近い逸文が存在している[42]（劉向孝子伝4、蕭広済孝子伝31、王歆孝子伝1、王韶之孝子伝3、周景式孝子伝3、師覚授孝子伝9、宋躬孝子伝19、虞盤佑孝子伝2、鄭緝之孝子伝5、梁元帝孝徳伝6、逸名孝子伝72）。ところで、後漢武氏祠画象石において、例えば上掲武梁祠の孝子伝図を、孝子伝から解明しようとする時、上記逸文の劉向孝子図を六朝の仮託とするならば[43]、厳密な意味で晋、蕭広済孝子伝以下の、作者名を冠する孝子伝は、全てが後世の産物なのであって、あくまで参考資料に留まることを想起したい。すると、例えば武梁祠の孝子伝図を本格的に解明する鍵は、むしろ蕭広済孝子伝以前、漢代に溯る逸名孝子伝の中にこそ、隠されている可能性が高い。そして、両孝子伝は、正にその逸名孝子伝なのであって、共に六朝期における改編を経ていようことはさりながら、特に陽明本の本文の有する意義及び、価値というものを、改めて考えてみる必要があるように思われる。

右記一覧、武氏祠画象石に付した○印は、目下その孝子伝図に対応する逸名孝子伝本文が、陽明本（船橋本）にしか存しないことを示している。その数は驚くべきことに、対応関係にある十七図の内の十図に達している。中で、まず朱明については、孝子伝の逸文はおろか、物語そのものが失われていて、現在の所、陽明本（船橋本）を通じてしか、その図像は解析出来ない㊹。柏瑜、孝烏、京師節女（列女伝図）に関しては、両孝子伝のみが唯一、孝子伝としての本文を伝えている。近時発見、解明された申生についても、類林雑説一を例外として、両孝子伝のみが孝子伝としての本文を伝える㊺。羊公に関しては、伝存する逸名孝子伝本文の甚だ不完全であること、前述の如くである。曾参については、太平御覧三七〇等に数種の逸名孝子伝の本文を伝えるが（また、蕭広済孝子伝、虞盤佑孝子伝にも）、武梁祠に描かれた投杼図に対応する投杼譚は、陽明本に存するのみである㊻（船橋本欠）。閔子騫に関しても、曾参と同様の事情にあるが、武梁祠の閔子騫図（また、前石室七石、後石室八石の同図）における、継子が車を御している構図（開封白沙鎮出土後漢画象石に、「後母子御」の榜題がある）に対応する本文、「〔父〕仍使㆓後母子御㆒㆑車」は、陽明本にしか存しない（船橋本欠）。師覚授孝子伝（太平御覧四一三所引）にも、同じ文言が見えるが（「後母子御」）、武氏祠画象石が、劉宋の師覚授のそれに拠った筈はない㊼。早く宋代にその存在が知られ、以来考証の積み重ねられて来た、武氏祠画象石の孝子伝図に対し、一本で九割近い対応本文を有する両孝子伝、殊に陽明本の価値は、甚だ大きいと言えよう。陽明本が六朝期の改編を経ていることは、疑い様のない事実であるが、その各条が漢代孝子伝の古態を留めていることは、改編とはまた、別の問題としなければならない㊽。ほぼ同じことは、六朝期に制作された孝子伝図の遺品についても当て嵌められようが㊾、陽明本の公刊されていない現在、例えば武氏祠画象石の孝子伝図に関し、それを用いた本格的な研究というものは、未だ存在しない㊿。この度の両孝子伝の注解公刊が、例えば後漢武氏祠画象石を始めとする孝子伝図の解明の、端緒となることを心から願いつつ、筆を擱く。

注

① 仲文章が、大谷大学蔵三教指帰成安注（寛治二〈一〇八八〉年序、長承二、三〈一一三三、四〉年写）に引用され、また、

永延二（九八八）年成立の尾張国解文を引用する所から、十一世紀頃の成立と考えられようことについては、拙著『中世説話の文学史的環境　続』（和泉書院、平成7年）Ⅲ三1、2参照。その仲文章が、童子教の影響下にあることに関しては、山崎誠氏『中世学問史の基底と展開』（和泉書院、平成5年）Ⅰ五「『仲文章』瞥見」五、また、後藤昭雄氏「仲文章・注好撰」（説話の講座4、『説話集の世界』Ⅰ、勉誠社、平成4年）に詳しい。なお実語教も図書寮本類聚名義抄に引用され、その成立の十一世紀以前へ溯ろうことが、酒井憲二氏によって指摘されている（同氏「わが国における実語教の盛行と終焉」（『図書館情報大学研究報告』1・1、昭和57年6月）。

② 童子教本文は、酒井憲二氏「実語教童子教の古本について」（山田忠雄氏編『国語史学の為に』第一部往来物〈笠間叢書198、笠間書院、昭和61年〉所収）に拠る。

③ 拙著『孝子伝の研究』（佛教大学鷹陵文化叢書5、思文閣出版、平成13年）Ⅰ四参照。

④ 東野治之氏「那須国造碑と律令制―孝子説話の受容に関連して―」（池田温氏編『日本律令制の諸相』所収、東方書店、平成14年。同氏『日本古代金石文の研究』〈岩波書店、平成16年〉二部七章に再録）参照。

⑤ 両孝子伝については、注③前掲拙著Ⅰ一2参照。なお童子教の上掲句と三教指帰との関わりについては、三木雅博氏「『童子教』の成立と『三教指帰』」（『梅花女子大学文学部紀要』31比較文化編1、平成9年12月）参照。

⑥ 今野達氏「童子教の成立と注好選集―古教訓から説話集への一パターン―」（『説話文学研究』15、昭和55年6月）。なお仲文章、童子教、実語教、注好選については、後藤氏注①前掲論文、三木雅博氏「教訓書『仲文章』の世界（上、下）―平安朝漢学の底流―」（『国語国文』63・5、6、平成6年5月、6月）に詳しい。

⑦ 今野達氏「陽明文庫蔵孝子伝と日本説話文学の交渉　附　今昔物語出典攷」（『国語国文』22・5、昭和28年5月）、「古代・中世文学の形成に参与した古孝子伝二種について―今昔物語集以下諸書所収の中国孝養説話典拠考―」（『国語国文』27・7、昭和33年7月）参照。

⑧ 日本霊異記の孝子伝受容を論じようとしたものに、矢作武氏「『日本霊異記』雑考―中国説話と関連して―」（『宇治拾遺物語―説話文学の世界―二集』〈笠間選書120、笠間書院、昭和54年〉所収、「『日本霊異記』と陽明文庫本『孝子伝』―朱明・帝

舜・三州義士―」（『相模国文』14、昭和62年3月）、「日本霊異記と漢文学―孝子伝を中心に・再考―」（『記紀と漢文学』〈和漢比較文学叢書10、汲古書院、平成5年〉所収）がある。

⑨ 高橋伸幸氏「宗教と説話―安居院流表白に関して―」（『説話・伝承学'92』、平成4年4月）参照。

⑩ 笹淵友一氏「仲忠の人物描写にあらはれたる宇津保物語作者の思想」（『国語・国文』6・4、昭和11年4月）、林実氏「宇津保物語の超自然」（『国文学攷』3・1、昭和12年10月）、笹淵友一氏「宇津保物語俊蔭巻と仏教」（『比較文化』4、昭和33年2月）、阿部恵子氏「仲忠孝養譚について―その出典及び俊蔭巻での構想上の位置―」（『実践国文学』3、昭和48年3月）、山本登朗氏「親と子―宇津保物語の方法―」（『森重先生喜寿記念ことばとことのは』〈和泉書院、平成11年〉所収）などに詳しい。

⑪ 今野氏注⑦前掲論文

⑫ 太田晶二郎氏「「四部ノ読書」考」（『歴史教育』7・7、昭和34年7月。太田晶二郎著作集一〈吉川弘文館、平成3年〉に再録）参照。

⑬ 永済注については、拙著『中世説話の文学史的環境』（和泉書院、昭和62年）Ⅳ三、また、朗詠注諸本の系統、所在等については、同Ⅳ四を参照されたい。

⑭ 参考までに、東洋文庫本朗詠注の同注該当部を示せば、次の通りである。

注云、羊太傅《トハ》云、洛陽安里人《ノ》也。孝行人《ノ》ナリ。才智有レハ、太傅至《ニル》。然《シカルニ》、父母死《ス》。无終山葬《ニサウシテ》 後、峴山《ト》云処《ニ》居《セリ》。貧人《キニ》宝《ヲ》施《シ》、後、命《ヲ》惜《モ》父母《ノ》為也。今無用《ハ》也トモ餓死《ス》。是万《ヲ》人哀《テ》、碑《ノ》文《ニ》顕《ス》。是見《ヲ》人《ル》、落涙《シ》ケルト云々

なお、この話は、降って惟高妙安（一四八〇―一五六七）の玉塵（玉塵抄）に見える。玉塵は後掲元、陰時夫編、陰中夫注に掛る韻府群玉二十巻の巻六までの注釈書で、所謂抄物として名高い。参考までに、玉塵五、八、十四、五十五に見えるそれを、以下に掲げておく（叡山文庫本に拠り、国会図書館本を参照した）。捜神記（玉塵巻五、十四）、漢書（巻八）等の参看されていることに注意すべきであろう。

・○双、陽雍伯、得《テ》二璧《ヲ》五一聘《ヘイスヲ》レ女、詳レ璧《ニ》。入声ノ陌勻ノ璧ノ字ノ所ニアリ。雍伯ガ父母トモニ死タソ。无終山ニウヅンタ

ソ。此《ノ》山八十里ノアイタ、水ガナイソ。雍ーガ義漿ヲコシラエテ、坂口ニヲイテ、人ニノマセタソ。漿ハ、コンツトヨムソ。白《ロ》水ノヤウナ者ナリ。粢ヲニテ、ソノ汁ヲ水ニマセテ、水ヲチツトニコイタカ、食ノタヨリニセウ為カ。コレヤウナヲ、義漿ト云カ。又、別ニ義漿ト云者アルカ。山ニ入者カ、皆此ヲノウタソ。ヨイコトヲシタソ。コレヤウニスルコト、三年ナリ。一人アリキテ、此ノ坂口ノ漿ヲノウタソ。ノウタ者ガ、石ヲ一升フトコロカラトリタイテ、雍ーニトラセテ云コトハ、此ヲ地ニウエタラハ、ヨイ玉ヲ得ウソ。又、ミメノヨイ女房ヲモ得ウズルゾト云テ、クレニミエナンタソ。ソノ後ニ、徐氏ニヨイ女房アリ。人ガホシガレトモ、ドコエモヤラヌソ。雍ガ此ヲコウタソ。徐氏ノ女ガ、雍カ所エイカウト云タソ。女ノヲヤノ徐氏カ、ジヤレニ、璧ヲ二モチキタラハ、夫婦ノ約束ヲ定《サ》メウト云タソ。石ヲウエタラハ、ヨイ玉ニナラウト、化（他）人云タヲ思イアワセテ、石ウエタ所エイタレハ、玉カアツタソ。五双ノ璧ヲ得タソ。ソノ玉ヲ以テ、徐カ所エイテヤツタソ。徐ガジヤレニ云タレハ、マコトニ以テキタホドニ、ヲドロイタソ。ソコテ夫婦ニナツタソ。此モ、義漿ヲ三年、山ノ坂口ニヲイテ、イキ、ノ人ニノマセタ徳ニヨツテ、カウアルコトソ。ソコノイタ所ヲ、玉田ト云タソ。此《ノ》コトハ、捜神記ト云書ニアルトシタソ。此書ハアルソ。二、三冊アルソ。モトミタソ（巻五）。

・販レ脂。ーーレー辱《ヲ》処《シテ》也、而雍伯千金。殖貨。前漢書《ノ》殖ー志ヲミルニ、此ノコトミエヌソ。フシンナソ。此ハ、油ウリシテ、イヤシイワサヲシテイタソ。辱処ハ、身ヲイヤシウモツテ、ハヅカシメテイタ心ソ。雍ーハ、人ノ名デアラウソ。雍ーカ、アフラウリシテイタレドモ、千金《ノ》トミヲタクワエテ、タノシカツタト云コトソ（巻八）。

・ー氏、雍伯種《テ》レ玉《ヲ》、得《リ》二徐氏《ノ》美女《ヲ》一。詳《ニ》レ璧（壁）。匀府《ノ》入声陌《ノ》匀《ノ》（壁）璧ノ所《ニ》アリ。双璧（壁）トダイテ、ソノ下ニネンコロニアリ。雍伯ガ父母死ダヲ、无終山ト云フ（ソ）山ニカクイタソ。ソノ山、前後八十里ノアヒタ、カツテ水ナイソ。雍ガ義漿《ヲ》コシラエテ、坂ノ入口《ニ》ヲイテ、山人《ヤマウト》キコリニノマセタソ。漿ハ、コンヅトヨムソ。白水（泉）《ノ》ヤウニ、チツトニコラシテ、食物ノ汁ナリ、米ナドカシイタ水ナドヲ云ソ。義漿ノ、義ノ心《ハ》シラヌソ。父母《ヲ》ウツンタ山チヤホトニ、山エ入《ル》者ニ、志ノ心テホトコスホトニ、義理孝行義《ノ》以《ヲテ》、コシラエタカ（心）。カ〔ウシ〕（ン）タコト、三年ナリ。一日人アリキテ、此コンツヲノウタソ。小イ石一升ホト（三）、雍ニ礼ニタイタソ〔タトエタソ〕。云コトハ、此《ノ》石ヲウエテヲイタラハ、ヨイキズモナイ玉《ニ》ナラウソ。徐氏ノミメノヨイ女ヲ得ウト云タソ。云イハテ、、クラリトシテ、ミエザツタソ。ソノ後、徐氏《ニ》美女ガアツタソ。方々カラ人ガホシカツタソ。ツイニ同心セヌソ。雍ガ徐ニコウタレハ、アウコ、ニアルホトニ、ヤラウト同心シタソ。ジヤレテ云コトハ、ヨイキズ無（モ）玉《ヲ》、二以《テ》ワセタラハ、女《ヲ》マラセウト云タソ。吾カ所エ帰テ、前ニ石ヲウエタ所ヲホツタレハ、ミゴト白璧《ノ》玉《ヲ》二、ホリタイタソ。徐カ所エ玉《ヲ》以《テ》イテ、女ニカエタソ。徐ガ大ニヲトロイテ、夫婦《ニ》ナイタソ。ソノ所ヲ、玉田ト云タソ。捜神記《ヲ》引タソ。モト此記ヲミタガ、此コトハヲホエヌソ。捜《ソウ》神記モ、アマタアルケナソ。雍ガ孝行ニシテ、漿ヲ三年施ニ、天カ感シテ、石ヲ玉ニナイテ、女ヲアタエタコトソ（巻十四）。

・陽雍伯○藍田ニ種㆑壁、詳㆑壁。排匂下平、陽匂《ノ》陽《ニ》アリ。漢陽雍伯、義漿ヲコシラエテ、路トヲル者ノ、ノドノカワク者ニノマセタソ。義漿ハ、仁義アイヲ〔ソ〕メグミ、慈悲《ノ》心テ、シロ水ヲコシラエテ、路バタニヲイテ、ユキ、ノ人ニノマセタソ。カウスルコト、三年ノアイダソ。アル時、人アリ、石ヲフトコロニ入テ、陽伯ニトラセテ、此《コレ》ヲウエタラバ、ヨイ玉ト、ミメノヨイ女房トヲ、得ウスト云タソ。後ニ、北平ト云所ニ、徐氏ノ者アリ、ミメノヨイ女子ヲ持タソ。此ヲ女房ニセウト思テ、云タレハ、北平ノ徐カ云タソ。白璧ノ玉二ヲ以テキタラハ、ムスメヲヤラウト云タソ。陽伯カ玉ヲウエタ所ニヲイテ、一双ヲ得タソ。ソコテ、婚姻ノ礼ヲナイタソ。ソコヲ名テ、玉田ト云タソ。入声ノ陌匂ノ璧ニアリ。排匂ト同ソ

（巻五十五）

また、一韓智翃の山谷抄一にも、次のような話が見える（山谷内集詩注一「送㆔劉季展従㆓軍雁門㆒」第二首の抄。両足院本に拠り、丁亥版癸卯本〈抄物小系14〉を参照した）。

石｜ハ、玉カ有処ソ。捜神記ニ、無終山ト云処ニ、玉カ有ソ。羊雍伯ト云者ハ、洛陽人ソ。孝々〔行〕ナ者ソ。父母ヲ無終山ニ葬テ、塚之傍ニ家ヲ造リテ居ソ。其山八十里、上ニ水ナシ。下へヲリテ、水ヲトリテ、タビウトニ飲スルソ。或時、人此水ヲ飲了《ヲワッテ》テ、石子一升ヲ出テ、是ヲウヘヨ。好玉ヲ生ト云ソ。数年シテ、玉子生ソ

⑮　両孝子伝44眉間尺を指す。注⑬前掲拙著Ⅱ二2参照。

⑯　王明氏『抱朴子内篇校釈』（中華書局、一九八〇年）。因みに、楊明照氏『抱朴子外篇校箋』下（中華書局、一九九七年）384頁注〔四〕は、「王明微旨篇釈「羊公」為羊祜、杜撰堙責、無乃自欺欺人乎？」と言う。

⑰　長廣敏雄氏編『漢代画象の研究』（中央公論美術出版、昭和40年）二部30、吉田光邦氏解説。図版は、容庚『漢武梁祠画像

録』（考古学社専集13、北平燕京大学考古学社、民国25年）に拠る。

⑱　西野貞治氏「陽明本孝子伝の性格並に清家本との関係について」（『人文研究』7・6、昭和31年7月）

⑲　口語訳は、野口定男氏訳『史記』下（中国古典文学大系12、平凡社、昭和46年）に拠る。

⑳　小竹武夫氏訳『漢書』下巻列伝Ⅱ（筑摩書房、昭和54年）に拠る。

㉑　竹田晃氏訳『捜神記』（東洋文庫10、平凡社、昭和39年）に拠る。

㉒　西野貞治氏「捜神記攷」（『人文研究』4・8、昭和28年8月）。なお氏には、「敦煌本捜神記の説話について」（『人文研究』8・4、昭和32年4月）、「敦煌本捜神記について」（『神田博士還暦記念書誌学論集』、平凡社、昭和32年）等の論考もある。

㉓　陽公の名を雍伯とするものがある。東漢文紀三十二に収められる、漢無終山陽雍伯天祚玉田之碑である。参考までにその本文を示せば、次の通りである。

玉田県西北有二陽公壇社一、即陽公之故居也。陽公名雍伯、雒陽人。是周景王之孫、食二采陽樊一。春秋之末、爰二宅無終一。至性篤孝。父母終没、葬二之于無終山一。山高八十里、而上無レ水。雍伯置レ飲焉。有人就レ飲、与二石一斗一、令レ種レ之、玉生二其田一。北平徐氏有レ女、雍伯求レ之。要以二白璧一双一、媒氏致レ命。雍伯至二玉田一求二五双一。徐氏妻レ之、遂嫁焉。性不レ好レ宝、玉田自去。今猶謂レ之為二玉田一。

右は、水経注に拠ったものと認められる。

㉔　金、元好問撰、元、郝天挺注の唐詩鼓吹六に引く神仙伝にも見える（晋、葛洪の神仙伝には不見）。参考までに、その本文を掲げておく。

神仙伝、羊雍伯、有人与二石子一斗一、使レ種レ之。後種二其石一時、有二徐氏一、北平著姓。有二女子一、求不レ許。雍伯試求レ之。徐曰、得二白璧一双一、当レ聴二之為レ婚。雍伯乃至二種所一、得二白璧五双一。徐氏遂妻レ之

なお注⑰前掲書、吉田光邦氏解説に、「太平御覧八〇五引の神仙伝には同じ説話があり、羊公雍伯に作つている」と言われるのは、太平御覧の出典の「捜神記」を、その前行に記される「神仙伝」と見誤ったもので、右に示した神仙伝のことではない。

㉕　西野氏注⑱前掲論文

㉖　西野氏は、先立って次のように言われている（注⑱前掲論文）。
羊字は古くから陽の外楊ともに通用される用例が多いが、捜神記に於てもその引用書乃至その箇所の異るに従い、羊公雍伯（芸文八三、御覧四七九、八〇五）・陽雍伯（御覧四五）・楊公雍伯（御覧五一九）・楊伯雍（初学記八）と異る。然し、羊・陽・楊の姓の混同すべからざることは既に顧炎武も指摘（日知録二十三姓）する所である。而かも孝子伝も孝徳伝も共に、北平にその後裔が存する事に言及している。そして、この羊陽楊の三姓を史伝で検すると、羊氏は大山、楊氏は弘農に籍を有し北平籍は陽氏のみである。そして水経の鮑丘水注にもこの捜神記の説話を引用するが、それには陽翁伯としているし、また陽氏譜敍なるものを引いて陽公の事に言い及んで陽公を陽氏の始祖としている。この陽氏譜敍という家譜は水経注のこの一条が知られるのみで隋志にも見られぬ所であつてその引用の態度から、恐らくは酈道元が陽氏の一族について見るを得たものと思われる。そして、北平無終の出身で北魏の孝文帝の時に博学を以て知られ、国子祭酒となつた陽尼、またその従孫で大学博士となつた陽承慶、また承慶の従弟で前軍将軍になつた陽固等の一族の家譜であろうと推定する。陽氏とこの説話の結付を立証するものに今一つ、范陽郡正故陽君墓誌銘（趙万里氏、漢魏南北朝墓誌集釈、図版四〇七）が存する。これは前述の陽氏の一族と見られる陽瑾なる人物に関するものであるが、その家系を述べる所を、やや磨滅のあるのを判読すると「若夫才異挺生、琳瑯間出金、天有命、玉田斯啓」とあるのが注意せられる。これは捜神記のこの説話を述べて玉の出た地を玉田としたとし、水経注にもそのことが述べられているのと符合する。この墓誌銘は隋の仁寿元年十一月二十九日と誌されているから、北朝末期にも陽氏にはこの説話が始祖伝説として信ぜられていたことが判明する
氏が、「而かも孝子伝も孝徳伝も共に、北平にその後裔が存する事に言及している」と指摘されたことについては後述に従う。
㉗　類林については、注③前掲拙著Ⅰ二3、注59参照。
㉘　なお西野氏は、類林雑説の引く漢書について、次のように言われている（「琱玉集と敦煌石室の類書―スタイン蒐集漢文々書中の琱玉集残巻をめぐって―」、『人文研究』8・7、昭和32年8月）。
「類林雑説」報恩篇には、慈善事業の為に、楊公雍伯なる人物が天から玉田を授けられるという説話を漢書のこととして

引いている。そして楊公雍伯の説話が漢書のこととして引かれるのは、所謂のないことではない。漢書の貨殖伝には翁伯という人物が巨富を積むことが見え、それが史記では雍伯として記載されていることである。敦煌石室の俗文学資料には、史記の引用として見えて、司馬遷の史記にないものが往々にしてあるが、この漢書の場合も同じことが言えるのでないかと思う

また、淵鑑類函三五七には、「後漢書曰」とする、次のような羊公譚が見える。

後漢書曰、羊公字雍伯、性孝。本以㆓儈売㆒為㆑業

㉙ 史金波、黄振華、聶鴻音氏『類林研究』（寧夏人民出版社、一九九三年）漢訳文通訳に拠る。

㉚ 常盤大定氏「仏教の福田思想」（同氏『続支那仏教の研究』〈春秋社松柏館、昭和16年〉12所収）

㉛ 仏教語の布施は、梵語ダーナ dāna の訳、「無貪の心を以て仏及び、僧並びに、貧窮の人に衣食等を施与する」（望月仏教大辞典）意。それが元来漢語であることは、岩波仏教辞典「布施」に、「なお、漢語〈布施《ふし》〉も人に物を施し与えることで、先秦諸子の書に用例は多く見える」と言う通りである。例えば荀子二十哀公篇三十一の、

富有㆓天下㆒而無㆓怨罪㆒、布㆓施天下㆒而不㆑病㆑貧。如㆑此則可㆑謂㆓賢人㆒矣（富は世界に冠たるほどに持ちながらも私財は蓄えず、施しは世間にあまねく行いながら貧乏になることを気にしない。このようであれば賢人と言われるのです）

などが、抱朴子、陽明本等の用法に近い（訳は、全釈漢文大系8『荀子』下〈集英社、昭和49年〉に拠る）。抱朴子に引かれた羊公譚については、例えば本田済氏が、葛洪の「地仙の概念」に関し、

抱朴子に言わせれば、身体髪膚を傷つけぬことが孝の始めなら、不老不死になることは大変な親孝行ではないか。地仙は妻子を持って構わないから、先祖の祭を絶やす惧れもない。不忠というのも当たらぬ非難で、黄帝は仙人であると同時にすぐれた為政者でもあった。老子・琴高は臣として仕えてもいた（対俗・釈滞）

また、仙道について、

ところで……方術だけで仙人になれるかというに、抱朴子は、それだけでは足りないと言う。日常の善行を積まなければいけない。人間の腹中には三尸虫がおり、人間の行動を監視していて、庚申の夜、人が寝ている隙に天に昇り司命神に報

告する。竈の神は晦日の夜に報告する。司命神は小悪については三日、大悪については三百日の寿命を縮める。だから善行を積んで逆に寿命を延ばすよう努力せねばならぬ。『玉鈐経』に「徳行なしに方術だけでは不老不死になれない。忠孝・和順・仁信をもととせよ」とあるのもそれだ、と（微旨）

とされる（中国古典文学大系8『抱朴子・列仙伝・神仙伝・山海経』〈平凡社、昭和44年〉解説）、およそ非仏教的な文脈で上げられた説話であることに、注意しなければならない。さて、抱朴子と仏教の関係については、古く妻木直良氏が、

外篇疾謬篇に於て、当時の婦女が仏寺に参拝するに、多くの奢侈を競ふを罵り、『仏祖統記』や『霊隠寺志』に、僧慧理の為に葛洪が其霊隠寺の額を記したことを伝へて居る所を見ると、当時、呉越の地に既に寺院の盛んであつたことが明らかなると同時に、凡夫又は衆生、或は信心不ㇾ篤施用之亦不ㇾ行（遐覧）といふ如き語を用て居るのは、幾分か仏教の影響を受たものとも見らる、のであつて、三教合一の素質が、是の『抱朴子』中に含まれて居ると云ふても可なりである。殊に六朝頃の古密教が伝へたる天地山川の鬼神と、『抱朴子』に云へる諸神諸鬼とが、其発生地を異にして居るとは云へ、
　同一の性質を有して居るのであるから、密教徒と『抱朴子』との思想が甚しく接近して居る

と指摘され（「道教之研究（承前）」〈『東洋学報』1・2、明治44年6月〉二章五節）、福井康順氏「葛氏道と仏教」（『印度学仏教学研究』2・2、昭和29年3月）なども、それを確認しているが、例えば抱朴子の寿命論など、「三世輪廻の仏教思想の影響をあまり受けていない道教の初期の寿命論を示す」ものとされている（宮沢正順氏「道教の寿命論―『抱朴子』内篇を中心として―」、『那須政隆博士米寿記念仏教思想論集』、成田山新勝寺、昭和59年）。なお仏教学の方面からは、藤野立然氏「曇鸞大師管見」（『支那仏教史学』1・2、昭和12年7月）以来、曇鸞（四七六―五四二）の浄土論註における、抱朴子摂取の問題が今日まで盛んに取り上げられ、また、廬山の慧遠（三三四―四一六）における礼、戒律に継承された、抱朴子の逸民思想の問題などが早くに指摘されている（板野長八氏「慧遠に於ける礼と戒律」、『支那仏教史学』4・2、昭和15年8月）。ところで、小論は、後述の如く、抱朴子の羊公譚の原拠を漢代の孝子伝と見、布施の語もそこから来た表現と措定する立場から、その布施の語を暫く漢語と捉えるものである。そして、もしそれが仏教語であったとしても、なおその背景に福田思想を置くことには、相当の無理があるように思われる。

㉜ 常盤氏注㉚前掲論文

㉝ 注㉙前掲書、漢訳文通訳（対訳）に拠る。

㉞ 常盤氏注㉚前掲論文

㉟ 船橋本孝子伝の成立が隋以降であることについては、注③前掲拙著Ⅰ四参照。

㊱ 西野氏注⑱前掲論文。常盤氏が、「初唐までは、義井・義橋の設備は、相当に新味を有つて居た……事実上に於て義井のあつた事を証する資料がある……例せば、『佩文韻府』〔巻五十三之一〕の中に、張説撰の唐の玉泉大通禅師碑を引いて、負レ土成レ墳、結二盧其域一、置二義井一、取レ施無レ求レ報、鋳二洪鐘一、取レ聞而悟レ道と言つて居る」と指摘された例は（注㉚前掲論文）、孝子伝に福田思想の及んだものとして、非常に興味深い（両孝子伝30顔烏、31許孜、34蔣詡参照）。しかし、常盤氏が唐文粋七十五所収、崔祐甫の「汾河義橋記」について、「汾河義橋記は、某孝子の成せるもので、特に仏教によつたものでは無いけれど」と言われている如く、その見極めが非常に難しい。また、例えば、船橋本に、「羊公……於二其中路一、建二布施舎一」（陽明本「公乃於二道中一造レ舎……布二施行士一」）とある布施舎は、常盤氏もその山崎の架橋に触れられた、我が国における行基の建立した「布施屋九所」（行基年譜、七十四歳条）に酷似する（東野治之氏教示）。なお後考に俟ちたい。

㊲ 西野氏注⑱前掲論文、四十三頁註②

㊳ 冒頭で紹介した和漢朗詠集永済注は、羊公を「洛陽安里ノ人也」とするから、両孝子伝に基づくことは間違いないが（両孝子伝の、「洛陽安里人也」は、他に所見がない）、永済注の、「字、雍伯」、「无終山ト云山ニ葬シテ」などは、両孝子伝に見えない。捜神記（太平御覧八二八所引等）に接した可能性もあるが、また、永済注の拠った孝子伝に、それらが備わっていた可能性もある。例えば、陽明本にそのような部分的欠落が存しようことについては、注③前掲拙著Ⅲ二また、本書Ⅱ二1参照。

㊴ 捜神記における孝子譚を論じたものに、大橋由治氏「『捜神記』と孝子説話について」（『大東文化大学漢学会誌』36、平成9年3月）がある。

㊵ 抱朴子の郭巨譚に記される「鉄券」の語は、両孝子伝に見えない（「々〔釜〕上題云」とのみ）。鉄券は、劉向孝子図（太平御覧四一一等所引）、宋躬孝子伝（初学記二十七等所引）、逸名孝子伝（敦煌本事森等所引）に見え、また、三教指帰成安注上末

等所引のそれに、「上有㆓鉄銘㆒云」とある。本書Ⅰ二5参照。

㊶ 西野氏注⑱前掲論文及び、注③前掲拙著Ⅰ一1参照。

㊷ 注③前掲拙著Ⅰ一参照。その後、このデータは改訂を経（本書Ⅰ一2、付、3参照）、逸文の種類はさらに増える。

㊸ 西野貞治氏は、劉向孝子図（伝）について、「漢志にも隋唐志にも著録されず、六朝の仮託かと思われる」とされている（注⑱前掲論文）。劉向孝子図と捜神記との関連については、本書Ⅰ一1参照。

㊹ 西野氏注⑱前掲論文

㊺ 注③前掲拙著Ⅱ一及び、注⑬前掲拙著Ⅱ二1また、本書Ⅱ二3参照。

㊻ 本書Ⅱ一1参照。

㊼ 本書Ⅰ二3参照。

㊽ 例えば、魏湯図について、後漢楽浪彩篋には、「令君」と榜題する人物が描かれているが、令君即ち、県令の登場するのは、両孝子伝のみである。本書Ⅱ一4参照。

㊾ 注③前掲拙著Ⅱ一参照。

㊿ 長廣氏注⑰前掲書二部「武梁石室画象の図象学的解説」は、その先駆的研究として優れたものであるが、その解説は、専ら劉向孝子図、蕭広済孝子伝、師覚授孝子伝また、船橋本以下の諸書に拠られたもので、陽明本を使ったものではない。なお陽明本（及び、船橋本）は、幼学の会による『孝子伝注解』として影印、翻刻、注解また、図像資料を付し、平成15年に汲古書院から公刊された。

二　貴種流離断章

1　重華贅語

一

太平記巻三十二に収められる「虞舜孝行事」（西源院本）が、専ら史記五帝本紀に基づき、時に孟子万章上などを補塡しつつ、書かれていることは、増田欣氏による名論文、「虞舜至孝説話の伝承―太平記を中心に―」に詳しい。[1]そして、もう一点、太平記における史記に見えない記述、即ち、太平記の、

> 堅牢地神モ孝行之志ヲ哀トヤ思召ケン、井ヨリ上ケケル土ノ中ニ、半金ヲ交リケル。父瞽瞍弟ノ象、欲ニ万事ヲ忘ケレハ、土ヲ揚ル度毎ニ、是ヲ諍《ア》事無レ限《リ》（西源院本）

という記述が、「『史記』のみならず、陽明文庫本・船橋家本の両『孝子伝』にも、『普通唱導集』『五常内儀抄』『三国伝記』等にもないものである。この説話要素を含んでいるのは、敦煌出土の『孝子伝』と『舜子変』とだけであ」るという[2]、驚くべき事実を示すことに関する問題提起も、前記の増田論文に尽くされていると言って良いであろう。中で、例えば、氏が、「陽明文庫本とは遠く、むしろ船橋家本との親近を示しているのは、『注好選集』……である……

『注好選集』（上巻「舜父盲明第四十六」）について見ると……船橋家本よりも、敦煌乙本にいっそう近いということができる。事実、『注好選集』ははなはだ簡潔な叙述であるけれども、それでもなお陽明文庫本や船橋家本の叙述からはみ出る要素を多く持っており、そのはみ出た要素は敦煌甲・乙両本や、同じく敦煌出土の『舜子至孝変文』の叙述と共通しているのである……陽明文庫本よりは船橋家本に近似する『注好選集』の叙述も、これを微細に検討すれば、船橋家本よりも敦煌出土の『孝子伝』にいっそう近い関係にあり、しかも、説話要素の出入りという点では敦煌乙本に近いけれども細部においてはむしろ敦煌甲本と近似する要素を含んでいるということがわかるのである」とされた③。注好選の重華譚について、大谷大学蔵、寛治二（一〇八八）年序、長承二、三（一一三三、四）年写、三教指帰成安注巻下、「虞舜周文、行之登位」注所引の逸名孝子伝が注好選の重華譚に酷似することを、かつて述べたことがある④（拙稿「重華外伝—注好選と孝子伝—」）。その後、幼学の会による『孝子伝注解』の公刊準備に携わる過程で、孝子伝の重華譚に関する、新たな二、三の事実に気付いた。そこで、小論においては、重ねて増田氏の驥尾に付し、重華譚の我が国における伝播、また、翻って重華譚の成立、その孝子伝図との関わりのことなどを、前稿とは聊か異なる視点から、改めて考えてみることとしたい。

前稿において紹介した成安注所引逸名孝子伝は、次のようなものである（大谷本に拠り、天理本、尊経閣本を参照した。句読点を施し、返り点を改め、送り仮名等を省く）。

孝子伝云、虞舜字重花。父名二鼓叟一。々更娶二後妻一生レ象。々敖。舜有二孝行一。後母疾レ之、語レ叟曰、与レ我殺レ舜。叟用二後妻之言一、遣二舜登一レ倉。舜知二其心一、手持二両笠一而登。叟等従レ下放レ火焼レ倉。舜開レ笠飛下。又使二舜濤一レ井。舜帯二銀銭五百文一、入二井中一穿レ泥、取レ銭上レ之。父母共拾レ之。舜於二井底一鑿二匿孔一、遂通二東家井一。便仰告二父母一云、井底銭已尽。願得レ出。爰父下レ土塡レ井、以二一盤石一覆レ之。駆レ牛践二平之一。舜従二東井一出。父坐レ塡レ井、以

両眼失明。亦母頑愚、弟復失レ音。如レ此経二十余年一。家弥貧窮無レ極。後母負レ薪、〔詣レ〕市易レ米。値三舜糴二米於市一。舜見レ之、便以レ米与レ之、以レ銭納二母帒米中一而去。叟怪レ之曰、非二我子舜一乎。妻曰、百大《丈歟》井底、大石覆至、以レ土塡レ之。豈有レ活乎。叟曰、卿将レ我至二市中一。妻牽二叟手一詣レ市、見二糴レ米年少一。叟曰、君是何賢人、数見二饒益一。舜曰、翁年老故、以相饒耳。父識二其声一曰、此正似二吾子重花声一。舜曰、是也。即前攬二父頭一、失レ声悲号。以レ手拭二父眼一、両目即開。母亦聡レ耳、弟復能言。市人見レ之、莫レ不二悲歎一也。史記云、尭老、令三舜摂二行天子之政一。尭知下子丹朱不肖不上レ足レ授二天下一。於レ是権授レ舜。則天下得二其利一、而丹朱病。授二丹朱一則天下病、而丹朱得二其利一。卒授レ舜以二天下一。舜践二天子位一。是為二虞舜一。廿以レ孝聞。年卅尭挙レ之。在位卅九年也

殆ど同じものが、三教指帰覚明注五にも見える。⑤ 併せて、我が国にのみ伝存する完本の古孝子伝二種、即ち、陽明本、船橋本孝子伝の本文も紹介しておく。⑥ 両孝子伝1舜の本文を示せば、次の通りである。

陽明本

帝舜重花、至孝也。其父瞽瞍、頑愚不レ別二聖賢一。用二後婦之言一、而欲レ殺レ舜。便使レ上レ屋、於レ下焼レ之。乃飛下、供養如レ故。又使レ治レ井没レ井、又欲レ殺レ舜。々乃密知、便作二傍穴一。父畢以二大石一塡レ之。舜乃泣東家井出。因投二歴山一、以躬耕種レ穀。天下大旱、民無二収者一、唯舜種者大豊。其父塡レ井之後、両目清盲。至レ市就レ舜羅米、舜乃以レ銭還置二米中一。如レ是非レ一。父疑二是重花一。借レ人看二朽井一、子无レ所レ見。後又羅米、対在二舜前一。論レ賈未レ畢、父曰、君是何人、而見レ給レ鄙。将非二我子重花一耶。舜曰、是也。即来二父前一、相抱号泣。舜以レ衣拭二父両眼一、即開明。所謂為二孝之至一。尭聞レ之、妻以二二女一、授二之天子一。故孝経曰、事二父母一孝、天地明察、感二動乾霊一也。

船橋本

舜字重華、至孝也。其父瞽叟、愚頑不レ知二凡聖一。爰用二後婦言一、欲レ殺二聖子一。舜或上レ屋、叟(聖)取レ橋、舜直而落如二

鳥飛一。或使下掘二深井一出上。舜知二其心一、先掘二傍穴一、通二之隣家一。父以二大石一塡レ井。舜出二傍穴一、入遊二歴山一。時父塡レ石之後、両目精盲也。舜自耕為レ事。于レ時天下大旱。黎庶飢饉、舜稼独茂。於レ是糴米之者如レ市。舜後母来買。然而不レ知レ舜。々不レ取二其直一、毎レ度返也。父奇而所レ引二後婦一、来至二舜所一問曰、君降レ恩再三、未レ知有二故旧一耶。舜答云、是子舜也。時父伏レ地、流涕如レ雨。高声悔叫、且奇且恥。爰舜以レ袖拭二父涕一。而両目即開明也。舜起拝賀。父執二子手一、千哀千謝。孝養如レ故、終無二変心一。天下聞レ之、莫レ不二嗟嘆一。聖徳無レ匿、遂践二帝位一也

前掲成安注所引の逸名孝子伝と両孝子伝とを較べてみると、話柄において両者（三者）に殆ど違いはないものの、成安注――線部が両孝子伝に見えないことを始め⑦、両者は微妙に異なっていることが分かる。そして、両孝子伝不見のその成安注――線部こそ、舜子変に、

天界の帝釈天密かに銀銭五百文を降し、井戸の中に入れたもう。舜子は泥罇《どろがめ》の中に銀銭を入れ、継母に引き上げさせる（上界帝釈、密降銀銭伍伯文、入於井中。舜子便於泥樽中置銀銭、令後母挽出）

と見え⑧、また、太平記に、

堅牢地神モ孝行之志ヲ哀トヤ思召ケン、井ヨリ上ケケル土ノ中ニ、半金ヲ交リケル。父瞽瘦弟ノ象、欲ニ万事ヲ忘ケレハ、土ヲ揚ル度毎ニ、是ヲ諍ア事無レ限リ

と見えていた、所謂銀銭のプロットに外ならない。

さて、例えば陽明本孝子伝と舜子変との関連について、西野貞治氏はかつて、

〔舜子変は〕この孝子伝を手もとにして書かれた事を信じ得る殆んど同一の句が頻出している

と指摘されたことがある⑨。西野氏のこの指摘は、敦煌出土の変文研究史上、特にその成立に関わる、極めて重要なものとしなければならないが、氏は、右の指摘の例証として、陽明本と「類似句の著しい変文の末尾の一部をかかげ」

られた。その、氏の掲げられた舜子変の末尾を重ねて示せば、次の通りである（入矢義高氏による訳文を添える）。

舜来歴山、俄経十載。便将米往本州、至市之次、見後母負薪、詣市易米。値舜糶於市、舜識之、便糶与之、舜得母銭、佯忘安着米嚢中而去。如是非一、瞽叟怪之、語後妻曰、非吾舜子乎。妻曰、百丈井底埋却、大石擂之、以土塡却、豈有活理。瞽叟曰、卿試（識試）牽我至市。妻牽叟詣市、還見糶米少年。叟謂曰、君是何賢人、数見饒益。舜曰、見翁年老、故以相饒。叟耳識其音声曰、此正似吾舜子声乎。舜曰、是也。便即前抱父頭、失声大哭。舜子拭其父涙、与舌舐（詆）之、両目即明……尭帝聞之、妻以二女。大者娥皇、小者女英。尭遂卸位与舜帝……（舜は歴山へ来てから、またたく間に十年。そこで米をもって州の都へ出かけ、市場に着きました時、見れば継母が薪を背負い、市場へ米との交易に来ております。ちょうど舜が米を売っている所へ参りましたゆえ、それと知って米を売ってやり、母から銭をもらうと、忘れたふりして米袋の中へ入れてやりました。そういうことが何度かあって、瞽叟は怪しみ、後妻に言うよう、「わしの舜子じゃあるまいか」。妻「百丈の井戸の底に埋め、大石で圧《おさ》えこみ、土を詰め込んだのが、生きているわけもあるまいに」。瞽叟「おまえ試しにわしを市場へ連れてってくれ」。妻は瞽叟の手を引き市場へ来れば、やはり米売りの若者がおります。瞽叟が申すよう、「あなたはどこのお方でおいでなさる。たびたびお恵みくだされて」。舜の申すよう、「爺さまがお歳を召しておられるのを見て、おまけ申した次第です」。瞽叟その声に聞き覚えあり、「その声はわしの舜子の声そっくりじゃ」。「そうですよ」と舜は言うなり進み寄り、父の頭をかき抱き、わっとばかりに泣き出します。やがて父の涙を拭い、舌で目を舐めてやれば、父の両眼は元通り回復……尭帝これを聞かれ、二人の娘をおめあわせ。上のが娥皇、下のが女英。かくて、尭は、位を舜帝に譲られました……）

例えば右記の舜子変末尾において、西野氏が、舜子変と陽明本との「著しい」「類似句」ないし、「頻出」する「同一

の句」として、圏点（左側圏点で示した）を付されたのは、

・著米嚢中（陽明本「還置二米中一」）

・如是非一（同「如レ是非レ一」）

・君是何賢人（同「君是何人」）

・舜曰、是也（同「舜曰、是也」）

・両目即明（同「両眼、即開明」）

・尭帝聞之、妻以二女（同「尭聞レ之、妻以二二女一」）

の六箇所である。ところが、右記舜子変末尾と成安注所引の逸名孝子伝とを比較してみると、成安注所引逸名孝子伝には、歴山に耕す条こそないものの（省略ないし、脱落であろう）、両者は、例えば舜子変に施した——部に見られるように、直接的対応を示していることが分かる。即ち、両者には、陽明本における六箇所所ではない、甚だしい近似が認められるのであり、両者は殆ど同じものと言って良いであろう。加えて、成安注所引の逸名孝子伝は、敦煌本孝子伝（『敦煌変文集』〈人民文学出版社、一九五七年〉下集による命名。敦煌本事森）とも、

・下レ土塡レ井、以二一盤石一覆レ之。駆レ牛践二平之一（逸名孝子伝）

・与大石鎮之、将土塡塞、駆牛而践（事森）

等、興味深い対応を示すが、[10]ともあれ、舜子変の作者が「手もとにして書」いた「孝子伝」（西野氏）とは前述、銀銭のプロットを有する点も含め、むしろ成安注所引逸名孝子伝の如きものに外ならなかったと考えられるのである。

変文の作者と言えば、例えば舜子変の掩井譚に、

父は聞き入れず、石を抱えて井戸に投げ込んでしまう。帝釈天は黄竜に姿を変え、舜を引っぱって、東の家の井

戸へ穴を通して出してやった。舜が上に向かって叫ぶと、折よく水汲みに来た老婆が、「井戸の中のは誰じゃな」。「西隣りの不孝者です」と舜子の答え。舜と知って、老婆すぐさま引っぱり出してやれば、舜は涙ながらのお辞儀。老婆は舜に着物を与え、身に着せてやりますと、ご飯を食べさせます。老婆は舜に申すよう、「あんた家へは帰らずに、実の母さんの墓へ行きなされ、きっと母さんの現身《うつしみ》に会えますぞ」（阿耶不聴、拽手埋井。帝釈変作一黄竜、引舜通穴往東家井出。舜叫声上報、恰値一老母取水、応云、井中是甚人乎。舜子答云、是西家不孝子。老母便知是舜、牽挽出之。舜即泣涙而拝。老母便与衣裳、串着身上、与食一盤喫了。報舜云、汝莫帰家、但取你親阿嬢墳墓去、必合見阿嬢現身）

と記される「東の家の井戸（東家井）」（成安注所引逸名孝子伝、陽明本「東家井」。敦煌本事森、変文系断簡乙、丙巻にも）について、西野氏が、「そして東家の井より逃れた事が舜の郷里で伝ったことは唐の封演の記録によっても窺われる」と指摘されていることは、非常に興味深い。氏の指摘された、唐、封演の封氏聞見記八「歴山」には、

斉州城東有二孤石一。平地聳出、俗謂二之歴山一。以二北有レ泉号二舜井一。東隔二小街一、又有二石井一。汲レ之不レ絶、云二是舜東家之井一。乾元中有二魏炎者一、於レ此題レ詩曰、

斉州城東舜子郡　邑人雖レ移レ井不レ改

時聞三洶洶動二淥波一　猶謂二重華井中在一

又曰、

西家今為二定戒寺一　東家今為二練戒寺一

一辺井中投二一瓶一　両井相揺響汗瀼

又曰、

図一　舜井（上）、歴山（下。共に済南市）

済南郡裏多二沮洳一　娥皇女英汲レ井処
窈向二池中一潜レ𣅁来　澆二茆畦上一平流去
炎雖二文士一其意如レ是。則誠以為二舜之所
居一也

とあり⑪（斉州は、山東省歴城県。乾元は、七五八―七六〇）、その魏炎の詩によれば、唐代八世紀中頃、重華の生家（「西家」）が定戒寺、東家が練戒寺という寺院になっていたことが分かる。そして、このことは当時、重華の掩井譚が仏家の管理下にあったことを示している。変文と仏教との深い関係は、変文研究史上、言われて久しい問題であるが、封氏聞見記は、重華譚と仏家との関わりが、敦煌の変文に限らぬ当時の事実であったことを、如実に物語っている。因みに、文中の斉州は、唐に置かれた州で、現在の山東省済南市周辺に当たり、済南市内の舜井街には、舜井が残る（図一上）。それが封演の言う「舜井」で、舜の生家の井戸であろう。当地一帯は、七十二泉を称されるように、湧泉に富み、孝子伝に、「鑿二匿孔一、遂通二東家井一」（成安注所引）とあるのも、魏炎が、「一辺井中投二一瓶一、両井相揺響」と歌った通り、強ち虚構でなく、事実を反映した記述と考えるべきである。また、市の南には、歴山（千仏山）が残り（図一下）、麓を舜耕路、歴山路が廻って、往事の伝説を偲ばせる。

二

今般幼学の会による『孝子伝注解』の取り纏めに当たり、その収穫の一つとして、昔話と孝子伝との関わりの輪郭を、おぼろげながら捉え得たことが上げられる。[12] ここで、昔話と重華譚の関係について、一瞥しておく。

我が国の昔話に採り入れられた重華譚に関し、それを始めて昔話の体系の中に位置付けたのは、柳田国男の『日本昔話名彙』（昭和二十三年）であろう。[13]『名彙』完形昔話、まゝ子の話「継子の井戸掘り」には、「継子話の一。鹿児島県・喜界島（大島郡）……「横穴」」として、

井戸に入れられた継子が、下から上げる畚の土に、近所の爺から教えられた通り金を一つずつのせて上げ、そのひまに横穴を掘って逃げる話

と言う。また、『日本昔話大成』11資料篇、一昔話の型、本格昔話十継子譚二一〇A・B「継子と井戸」には、

1、継母が継子に井戸を掘らせる。

2、隣の爺が金をくれたので、それを土の中に入れてやる。

3、継母が喜んでいる間に横穴を掘ってのがれ、爺に助けられる。

4、旅に出て侍になり、後に爺に金をやる。継母はこれを知って後悔する

とされ、[14] それらはいずれも重華の掩井譚に基づいており、且つ、驚くべきことに所謂銀銭のプロットを有しているのである。また、『日本昔話通観』28昔話タイプ・インデックス、むかし語りⅧ継子話一八二「継子の井戸掘り」には、

①継母が継子に井戸堀りを命じると、継子は神の教えのままにもっこにお金を入れて継母の気をそらし、横穴を

　掘って、落とされた石をのがれる。
　②継母が継子に屋根をふかせて火をかけると、継子は隣人の教えで持参した傘で飛び去る。
　③継子は飛び降りた広野で爺に会い、教えに従い広野を拓いて成功する。
　④盲目となった父は継子と再会して目が開き、父子は幸せに暮らす

とあり⑮、さらに、

　⑴援助者には神の他に亡母・隣人なども登場する。⑵継子は井戸の横穴を掘り進んで広野に出、そこで成功することも多い。異郷への脱出と思われる。また、②のモチーフはもっぱら沖縄で付け加えられる。離れ島へ飛行する点は、やはり異郷へおもむくのである。⑶継子の名は「シャイン」「シュン」「スン」などで、伝承の経過が推測される

と注されているが、これは、掩井譚のみならず焚廩譚以下を備え、孝子伝の重華譚をほぼ完全に伝えるものとなっていることに、注意しなければならない。そのような沖縄における昔話「継子の井戸掘り」を一つ、紹介しておく。『通観』26沖縄むかし語り、七一「継子の井戸掘り　出世型」の本文を示せば、次の通りである⑯。

那覇市真嘉比・女

　昔はね、継親と継子との大変な区別があったって。それでね、この継親はね、いつでも自分が生んだ子はかわいがってね、継子は憎んでね、それでどうしたら、この継子（殺せる）かねーといってね、いつもこの継親はこの子殺す（計画）しているわけさ。
　それで、井戸を掘らせてね、井戸掘り、井戸を掘らせたらね、この者達の子は、とても頭が切れ者だったわけ。「私の親は、また私を殺そうとしているな」と思いながら井戸を掘っていたら、神がね、「お前はね、井戸掘るな

らね、井戸は掘って、それから側にまた穴を掘っておきなさいよ、上から石を落とされたらね、そこに入りなさいよ」と、このようにいったらしい。「はい」といって、神様が教えた通りに、この子はね穴を掘ったわけ。すると、いわれた通り、井戸掘って、井戸は掘って、また逃げ道を作って、また井戸を掘って逃げ道を作っているわけ。そしたら、「どのくらいまで掘ったか」といっては、見たりしいしいしているわけ、実子と手を取っている悪魔（意地悪者）は、そして、三尋掘った時に、また側に逃げ道は作ってはあるんだけどね、三尋掘った時、上から、まー石を、パンといって落とされたわけ。「ああ、やっぱりだ」といって、側になってかくれてね、そこで助かって、それから、外が静かになってから這い出したって。

それで、（そのまま）そこにいたら、その後から、今度は、屋根を葺かせたって。茅葺き屋、葺かせたって。そして、茅葺き屋、葺かせてね、継子は屋根の上に登っているさーね、下から火をつけたらすぐバーバーバー燃えるさーね。それで、屋根を上まで葺いた時に、下から火をつけたので、「ああー、やっぱりだ」といって、パンと飛びおりて、その時からずーと逃げっぱなしだったって。ずーと逃げてね、それからこれは田舎に行ってそこで学問をして妻を娶って、大きな店をかまえているわけ。

すると、継子をいじめたあの親はね、貧乏人になって、また、男親は、目がみえなくなったって、目くらになったって。そして継母は毎日、店に買物に行くわけ。するとね、この店で物を買うのだが、この子がわかるわけね、子がわかるわけ、「これは、私の継親だなー」とわかるからね、金を持って買物はするのだが、これが買うだけの品物はわたしてね、お金は（取らないで）そのまま入れてあるって。それで、「珍しいことだ。この店は、私がいうだけ品物は持たせるがね、お金は取ってないさ」というと、「そうか」といって、この男の親がね、「それでは、これは、私の子ではないかな」といって、「そこに、私をつれていってくれ」というので、そこにつれていったら、男の親がこのようにしてね、〈ここに、小さなこぶがあったって。小さな印が小さい時からあったって。〉それで、「あなたの頭、私に調べさせて下さい」と、この男の親はいったらしい。すると、「はい」といって調べさせたわけ、すると、こんなこんなしてみると、小さなこぶがあるので、「すん」と呼んだって。この子は「すん」という名前だったらしいさ。

そして、はい、その時にね、親子の名のりを上げてね、この男の親は悪くはないのだがね、女の親がすべて悪だくみしたのだから。それで、親子名のりをして泣いている間に、その目が開いたという話があった

右記を見ると、それのほぼ両孝子伝を襲うことが分かる。

昔話「継子の井戸掘り」を通覧して気付くことの一は、舜子変と一致することの多いことである。共に民衆の文芸であるためであろうが、それにしても前述、銀銭のプロットを有することなど、例えば岩手県遠野市における「継子の井戸掘り」の、

継母が井戸がえをするから井戸に入れという。隣の爺が変に思って継子に百文やり、井戸の中に銭がたくさんあるといって釣瓶の中に一文ずつ入れて引き上げさせろという。継母が銭に気をとられているすきに隣の爺が横穴を掘って逃がす。継母は銭が出なくなったので、大石を井戸に落として子が死んだと空泣き

等にもそれが備わっているから、[17]銀銭のプロットは、昔話に固有のものと見られ、それらを単なる偶然の一致と考えることは難しい。また、舜子変には象の他、舜の義妹つまり「継母の娘（後母一女）」が登場するが（後述列女伝に、義妹「敤手」のことが載る。なお、越絶書には、「兄」のことも記される）、昔話にも、継母の「実子の妹」の登場するものがある（『大成』5、二二〇A、山形県最上郡など）。或いは、舜子変では、重華が実母の霊に会っているが、昔話にも、

継子は隣の婆の家に行って、「後生の実母に会いにいきたい」と言い、婆に教えられて屋敷のまわりを目をつぶってまわると、実母に会えるが、「後生に住まわせるわけにはいかない。どこかに行って芋を作れ」と言って帰される（『通観』26沖縄、七一類話4）

などとするものがある。また、舜子変における、

天その至孝を見そなわしたもうや、群なす猪が口で耕やし畝《うね》作り、百鳥は種子をくわえて畑に播き、天は雨ふらせて灌漑してくれます（天知至孝、自有群猪与觜耕地開壟、百鳥銜子抛田、天雨澆漑）

こそは、重華の歴山における象耕鳥耘譚に外ならないが、昔話にあっても、例えば、

しゅんは土地を拓き田をつくると鳥が援助し、たくさんの米をとり、後に偉くなる
（『大成』5、一二〇A、鹿児島県大島郡沖永良部島）

等の形を取るものが、甚だ多いのである。(18) 或いは、舜子変末尾、瞽叟の開眼が、

やがて父の涙を拭い、舌で目を舐めてやれば、父の両眼は元通り回復（舜子拭其父涙、与舌舐(詆)之、両目即明）

とされるのも（変文系断簡乙、丙巻にも。事森「以手拭其父涙」、成安注所引、逸名孝子伝「以レ手拭二父眼一」、陽明本「以レ衣拭二父両眼一」、船橋本「以レ袖拭二父涕一」）、昔話の、

父は盲目になる。継子（のしゃいん）は後に出世し継母に父を連れてこさせ目を吸ってやるとあく
（『大成』5、一二〇A、広島県深安郡）

などと共通する（法苑珠林四十九等所引、劉向孝子伝「舜前舐レ之、目霍然開」）。

さて、昔話「継子の井戸掘り」には、孟仁譚（両孝子伝26）に続くもの（『通観』26沖縄、一三九類話1、4など）、閔子騫譚（両孝子伝33）を挿入するもの(19)（『城辺町の昔話』上、本格昔話一八「継子の泰信」）、伯奇譚（両孝子伝35）

に続くもの（同上、一九「継子と蜻蛉」）、申生、東帰節女譚（両孝子伝38、43）を挿入するもの（『大成』5、二二○A本文、山形県最上郡など）があって、⑳昔話と孝子伝との関連の深さを窺わせ、「継子の井戸掘り」の粉本にも、何らかの孝子伝のあったことを考えさせるのである。しかしながら、「継子の井戸掘り」の原拠を探るためには、重華譚資料として従来よく知られたものの他、謡曲尭舜、草子尭舜絵巻等、㉑そして、幼学（注釈）としての、

・纂図附音本注千字文23、24句注㉒
・合譬集上54（纂図本注千字文をを引く）
・童子教諺解末（「見《タリ》二于千字文注一」とある）
・東大本孝行伝一
・静嘉堂本二十四孝詩註1㉓

等、唱導としての、

・鏡中釈霊実集㉔（聖武天皇雑集99）
・東大寺諷誦文稿89行
・澄憲作文集33
・言泉集亡父帖（「史記第一云」）
・真如蔵本言泉集亡父帖㉕（「報恩伝云」。陽明本系）
・普通唱導集下末孝父篇1（陽明本系）
・内外因縁集
・西教寺正教蔵本因縁抄7㉖

・日光天海蔵本直談因縁集二25㉗

等の流れに留意する必要があるだろう。

三

両孝子伝、取り分け、陽明本の重華譚について、西野貞治氏は、「既存の他の諸書と著しく異る記載を持つ」説話の一つとし、「尚書・孟子・史記などの正確な古典と著しい対照をなす」ものであるとされている（前掲論文）。陽明本また、成安注所引、逸名孝子伝と先行文献との関係は、一体どうなっているのであろうか。幸い陽明本の重華譚については西野論文に、また、重華譚一般に関しては青木正児氏の古典的労作「尭舜伝説の構成」㉘に、それぞれ卓論がある。それらに導かれつつ以下、陽明本及び、成安注所引、逸名孝子伝の重華譚の成立、また、その孝子伝図との関わりについて、一、二、気の付いたことを述べてみたい。今、陽明本の重華譚を、左の六つの話柄に分ける。

い焚廩
ろ掩井
は歴山で耕すこと
に易米、開眼
ほ尭の二女を娶ること
へ帝位を譲られること

以下、い―への話柄に沿って、幾つかの贅注を加えてみたい（成安注所引、逸名孝子伝は、は歴山で耕すことを欠く。

脱落であろう）。

重華譚に関する最古の資料は、尚書であるが、その舜典は失われたとされ、孝子伝と関わる今本の記述は、次の二箇条に過ぎない。

1岳曰、瞽子。父頑、母嚚、象傲。克諧、以レ孝烝烝、乂不二格姦一。帝曰、我其試哉。女二于時一、観二厥刑于二女一。釐二降二女于嬀汭一、嬪二于虞一。帝曰、欽哉。慎二徽五典一、五典克従。納二于百揆一、百揆時叙。賓二于四門一、四門穆穆。納二于大麓一、烈風雷雨弗レ迷。帝曰、格、汝舜、詢レ事考レ言、乃言底レ可レ績三載。汝陟帝位（虞書堯典）。

2帝初于二歴山一、往二于田一、日号二泣于旻天于父母一。負レ罪引レ慝、祗レ載見二瞽瞍一、夔夔斉慄。瞽亦允若（虞書大禹謨）

前者が、ほ堯の二女を娶ること（及び、へ）、後者が、は歴山で耕すことと関わる（後述）。い焚廩、ろ掩井等、孝子伝と深く関わる記述をもつのが、孟子である。孟子万章上の二つの記述を示せば、次の如くである。

1万章問曰、舜往二于田一、号二泣于旻天一。何為其号泣也。孟子曰、怨慕也……我竭レ力耕レ田、共二為レ子職一而已矣。父母之不二我愛一、於レ我何哉……帝使三其子九男二女百官牛羊倉廩備以事二舜於畎畝之中一。天下之士多二就レ之者一。帝将下胥二天下一而遷上レ之焉。

2万章曰、父母使二舜完一レ廩、捐レ階。瞽瞍焚レ廩。使レ浚レ井。出。従而揜レ之。象曰、謨レ蓋二都君一、咸我績。牛羊父母、倉廩父母。干戈朕、琴朕、弤朕、二嫂使レ治二朕棲一。象往入二舜宮一。舜在レ牀琴。象曰、鬱陶思レ君爾。忸怩

さらに太平記の重華譚の典拠とされた史記五帝本紀及び、列女伝一母儀伝1「有虞二妃」の該当部分も併せ掲げよう[29]。

史記

衆皆言二於堯一曰、有三矜在二民間一曰二虞舜一。堯曰、然。朕聞レ之。其何如。岳曰、盲者子、父頑母嚚弟傲、能和以レ孝、烝烝治不レ至レ姦。堯曰、吾其試哉。於レ是堯妻二之二女一、観二其徳於二女一。舜飭二下二女於嬀汭一、如二婦礼一。堯

善レ之。乃使三舜慎和二五典一。五典能従。乃遍入二百官一。百官時序。賓二於四門一。四門穆穆。諸侯遠方賓客皆敬。尭使三舜入二山林川沢一。暴風雷雨、舜行不レ迷。尭以為レ聖、召レ舜曰、女謀レ事至、而言可レ績三年矣。女登二帝位一……尭立七十年得レ舜……是為二帝舜一。虞舜者、名曰二重華一。重華父曰二瞽叟一……舜父瞽叟盲。而舜母死。瞽叟更娶レ妻而生レ象。象傲。瞽叟愛二後妻子一、常欲レ殺レ舜。舜避逃。及レ有二小過一則受レ罪。順二事父及後母与レ弟、日以篤謹、匪レ有レ解。舜冀州之人也。[a]舜耕二歴山一、漁二雷沢一、陶二河浜一、作二什器於寿丘一、就二時於負夏一。舜父瞽叟頑、母嚚、弟象傲。皆欲レ殺レ舜。舜順適不レ失二子道一。兄弟孝慈。欲レ殺不レ可レ得。即求嘗在レ側。舜年二十以レ孝聞。三十而帝尭問二可レ用者一。四岳咸薦二虞舜一曰、可。於レ是尭乃以二二女一妻レ舜、以観二其内一、使二九男与処一以観二其外一。舜居二嬀汭一、内行弥謹。尭二女不二敢以貴驕一、事二舜親戚一、甚有二婦道一。尭九男皆益篤。[b]舜耕二歴山一。歴山之人皆譲レ畔。漁二雷沢一。雷沢上人皆譲レ居。陶二河浜一。河浜器皆不二苦窳一。一年而所レ居成レ聚、二年成レ邑、三年成レ都。尭乃賜二舜絺衣与レ琴、為築二倉廩一、予二牛羊一。瞽叟尚復欲レ殺レ之、使二舜上塗レ廩。瞽叟従レ下縦レ火焚レ廩。舜乃以二両笠一自扞而下去、得レ不レ死。後瞽叟又使二舜穿レ井。舜穿レ井、為二匿空一旁出。舜既入深。瞽叟与レ象共下レ土実レ井。舜従二匿空一出去。瞽叟象喜、以レ舜為二已死一。象曰、本謀者象。象与二其父母一分。於レ是曰、舜妻尭二女与レ琴、象取レ之。牛羊倉廩、予二父母一。象乃止二舜宮一居、鼓二其琴一。舜往見レ之。象鄂不レ懌。曰、我思レ舜正鬱陶。舜曰、然。爾其庶矣。舜復事二瞽叟一愛レ弟弥謹。於レ是尭乃試二舜五典百官一。皆治……以揆二百事一、莫レ不二時序一……舜賓二於四門一……於レ是四門辟、言レ毋二凶人一也。舜入二于大麓一。烈風雷雨不レ迷。尭乃知二舜之足レ授二天下一……舜年二十以レ孝聞。年三十尭挙レ之。年五十摂二行天子事一。年五十八尭崩。年六十一代レ尭践二帝位一。

列女伝

有虞二妃者、帝尭之二女也。長娥皇、次女英。舜父頑、母嚚、父号二瞽叟一。弟曰レ象、敖游於嫚。舜能諧二柔之一、承二事瞽叟一以レ孝。母憎レ舜而愛レ象、舜猶内治、靡レ有二姦意一。四岳薦二之於堯一。堯乃妻以二二女一、以観二厥内一。二女承二事舜於畎畝之中一、不下以二天子之女故一而驕盈怠嫚上。猶謙譲恭倹、思レ尽二婦道一。瞽叟与レ象謀レ殺レ舜、使レ塗レ廩。舜帰告二二女一曰、父母使二我塗一レ廩。我其往。二女曰、往哉。時唯其戕レ汝。時唯其焚レ汝。鵲二如汝裳衣一、鳥工往。舜既治レ廩。乃桄二旋階一、瞽叟焚レ廩。舜往飛出。象復与二父母一謀、使二舜浚一レ井。舜乃告二二女一。二女曰、俞。往哉。時亦唯其戕レ汝。時唯其掩レ汝。去二汝裳衣一、竜工往。舜往浚レ井。格二其出入一、従掩。舜潜出二其旁一。時既不レ能レ殺レ舜。瞽叟又速レ舜飲レ酒。酔将レ殺レ之。舜告二二女一。二女乃与二舜薬浴汪一。遂往。舜終日飲レ酒不レ酔。舜之女弟斅手憐レ之。与二二嫂一諧。父母欲レ殺レ舜、舜猶不レ怨。怒レ之不レ已、[c]舜往二于田一、号泣、日呼二旻天一、呼二父母一。惟害若レ茲、思慕不レ已。不レ怨二其弟一。篤厚不レ怠。既納二於百揆一、賓二於四門一、選二於林木一、入二於大麓一。堯試二之百方一、毎レ事常謀二於二女一。舜既嗣レ位、升為二天子一。娥皇為レ后、女英為レ妃

ところで、西野氏は、陽明本の重華譚が「既存の他の諸書と著しく異る記載を持」ち、「尚書・孟子・史記などの正確な古典と著しい対照をなす」点として、

即ち比較をなし得る共通点について考察をすると史記（五帝本紀）では先ずその徳行を認められて堯の二女を娶り、堯の試をうけて歴山に耕し、次いで焚廩掩井の厄を経た後で帝位を譲られるのであり、孟子（万章上）は歴山に耕するの記載を欠く外は史記に等しい。即ち、堯の譲位を受けることの外は悉く孝子伝とは順序が逆であることが注意される

と述べ、前述陽明本のい―ほの順が、孟子、史記においては、

ほ堯の二女を娶ること

は歴山で耕すること（孟子欠）

い焚廩
ろ掩井
へ帝位を譲られること

となっている（即ち、両者共、に易米、開眼を欠く）ことを指摘された。また、増田欣氏は、孟子、史記と陽明本におけるこのような違いを指して、それらを「史記型」「孝子伝型」と呼ばれたのである（前掲論文）。孟子、史記と陽明本に見られるその相違は、一体どのように捉えればよいのであろうか。この問題に光を当てられたのが、青木正児氏である。青木氏は、重華譚について、次のように言われている㉚。

舜に就いては斉か魯あたりの一地方で民間に行はれてゐた伝説を拉し来つたものかも知れぬと思はれる……之に依つて舜の伝説が斉魯（山東）の地方に関係深いことが知り得られる。乃ち其の地方の民間伝説であつたであらうと想像されるのである……舜の伝説はなか〳〵活躍してゐる。其中には民間伝説的分子も可なり多量に含まれてゐるやうである。既に述べて置いた「墨子」「孟子」に見ゆる舜が諸馮の生れで、歴山に耕し、河兵に土器を造り、雷沢に漁し、具さに辛酸を甜めたと云ふ如き物語は、恐らく民間伝説のま丶であらう。又「孟子」（万章上）に見ゆる舜の父母が弟の象を愛して舜を虐待し、之に倉廩を治めしめて梯子を取り除き、井を浚へしめて弟が上から蓋をして之を殺さんと謀つたと云ふ一条の如きは、「楚辞」（天問）にも『舜厥の弟に服す、終に然れども害を為す』と詠じてあつて、如何にも民間伝説らしき面影が存してゐる。「孟子」の此段の文体は他の文に比して古色あり、或は「舜典」の逸文で無いかとさへ疑はしめる。此話の前章にある舜が田に往き旻天に号泣したと云ふ事も民間の伝説で、是も「書」に見えて居た事柄かも知れない。遂に舜が出世して帝に用ひられ、帝の厚遇を受けて其の二女を降嫁さる丶に至つたと云ふ話も、民間伝説の旧であらう。但其の仕へた帝が尭であると云ふ事は「書」の作者の創作であらう。舜が帝に用ひらるゝ以前に関する説話は略ぼ民間伝説と認められるが、其れ以後の事になると段々怪しくなつて来る。「尭典」の舜が登用せらるゝ際の記事、『帝曰、我其試哉。女二于時《コレ》一、観三厥刑二于二女一。』の如き、幾ら群臣が鰥《やもめ》の舜と云ふ者が、民間に居ますと曰つて推薦したからとて、何等功績を顕はさぬ前から二女を嫁するは突飛すぎる。是は「詩」の「思斉」（大雅）に『刑二于寡妻一、至二于兄弟一、以御二于家邦一。』とあるなどから思ひついて、書いたものかも知れぬ。亦以て伝説修飾の一例と為すことが出来よう

氏はまず、重華譚がそもそも斉魯（山東）地方の民間伝説であった可能性を示唆される。次に、「『墨子』……に見ゆる……歴山に耕し」云々の「如き物語は、恐らく民間伝説そのまゝであらう」、また、孟子万章上の、「舜が田に往き旻天に号泣したと云ふ事も民間の伝説で、是も「書」に見えて居た事柄かも知れない」と言われていることに注意したい。それはまず、墨子尚賢中に、

古者舜耕二歴山一、陶二河瀕一、漁二雷沢一

とあることを言うが（呂氏春秋十四慎人等にも）、当句は、史記のは歴山で耕すこと、即ち、――線部aに当たり（史記にはもう一箇所、歴山で耕すことが見え〈――線部b〉、bは、韓非子難一に、「歴山之農者侵レ畔。舜往耕焉。期年甽畝正。河浜之漁者争レ坻。舜往漁焉。期年而譲レ長。東夷之陶者器苦窳。舜往陶焉。期年而器牢」とある〈淮南子原道訓等にも〉）、史記ではそれが、いろ焚廩掩井に先立つ話となっている。しかし、墨子等、史記以前の古資料にあっては、は歴山で耕す話は重華譚における何時の時点の話であるか明示されず、その焚廩掩井との前後は不明とすべきである。史記は、青木氏によれば、「「尚書」に本づき旁ら先秦の古書中に散見する其他の伝説の比較的現実に近いと思はれるものを採つて集大成したまでである」とされ、史記のは歴山で耕すことに関する位置付けも、一伝に過ぎないものと見るべきであろう。重華譚にあって余りに有名な話でありながら、最も元来の位置の分かりにくいのが、

この歴山に耕す話で、例えば西野氏が、「孟子（万章上）は歴山に耕するの記載を欠く」とされた孟子の1を、実は歴山で耕す折のこととする一解がある。それが尚書1の大禹謨である（孟子にも、「竭レ力耕レ田」とある。但し、大禹謨は後人の偽作とされている）。その一解は、どうやら継子いじめ（即ち、焚廩掩井）を前提にするものの如く、瞽叟夫婦の許を逃げ出した重華が、歴山で耕し且つ、父母を偲んで嘆いたという話が、確かに漢代にあったであろうことは、例えば琴操下「思親操」の、

舜耕二歴山一、思二慕父母一。見二鳩与レ母倶飛鳴相哺食一、益以感思。乃作レ歌曰、

陟二彼歴山一兮崔嵬、有レ鳥翔兮高飛、瞻二彼鳩一兮徘徊、河水洋洋兮青泠、深谷鳥鳴兮嚶嚶、設レ罝張レ罝兮思二我父母一力耕、日与レ月兮往如レ馳、父母遠兮吾将二安帰一（平津館叢書に拠る）

などに明らかである。そして、劉向の列女伝は、

ほ尭の二女を娶ること

い焚廩

ろ掩井（飲酒が加わる）

へ帝位を譲られること

という話順は孟子、史記を襲いつつ、――線部cにおいて、同じような理解をしていることが分かる[31]。ともあれ、は歴山で耕すことについては、再度取り上げることとして、ここでは、史記のそれが一伝に過ぎないこと、また、陽明本に連なるような、は歴山で耕すことの理解も、既に漢代にあったらしいこと、そして、墨子や孟子などに見られる記述は、そもそもが民間伝説の断片であろうことを、確認しておこう。

因みに、後世の二十四孝、大舜における象耕鳥耘譚は、そのは歴山で耕すことから派生したものである。今、二十

四孝系の一、全相二十四孝詩選1大舜の注文を重ねて示せば、次の通りである。

舜耕二於歴山一、有レ象為レ之耕、鳥為レ之耘。其孝感如レ此（竜大本）

このことが、前述舜子変に見えることは（但し、猪と鳥）、二十四孝の発生を考える上で、非常に興味深いこととしなければならない（象耕鳥耘譚を記す孝子伝は、管見に入らない）。象耕鳥耘譚が唐代、民間に行われたであろうことは、例えば陸亀蒙の「象耕鳥耘弁」（笠沢叢書三所引）に、

世謂舜之在レ下也、田二於歴山一、象為レ之耕、鳥為レ之耘

などと言い、二十四孝はこのような伝承に取材したものと思われるのである。ところが、この話は元来、史記に、「舜……践二帝位一三十九年。南巡狩崩二於蒼梧之野一。葬二於江南九疑一」などとされる、舜の葬時の奇跡であったらしいことが、例えば越絶書（文選「呉都賦」李善注所引。今本巻八越絶外伝記地伝に類文）の、

舜葬二蒼梧一、象為レ之耕

とか（晋、左思「呉都賦」に、「象耕鳥耘、此之自与」とある）、論衡の、

伝曰、舜葬二蒼梧一、象為レ之耕（偶会）

伝書曰、舜葬二於蒼梧一、象為レ之耕（書虚）

とか、皇甫謐の帝王世紀の、

舜葬二蒼梧一、下有二群象一、常為レ之耕

などに窺われ（なお稽瑞に、「墨子曰」とする類句が見える。また、括地志の道州営道県〈湖南省寧遠県〉に、「鼻亭神在二営道県北六十里一。故老伝云、舜葬二九疑一、象来至レ此。後人立レ祠、名為二鼻亭神一」ともある〈輯校本巻四〉。また、拾遺記一には、その折の、「在レ木則為レ禽、行レ地則為レ獣、変化無レ常」という、馮霄雀《ひょうしょうじゃく》の話や、冀州の西に

ある「孝養之国」の鳥獣の話が載る)、それが歴山で耕す時の奇跡に転訛したものと思しい㉜。

四

西野氏が、「尭の譲位を受けることの外は悉く孝子伝とは順序が逆であ」り、「元来実に不自然な叙述であ」るとされた㉝。孟子、史記の重華譚について、青木氏は、「舜が帝に用ひらる丶以前に関する説話は略ぼ民間伝説と認められるが、其れ以後の事になると段々怪しくなつて来る。「尭典」の舜が登用せらる丶際の記事……の如き、幾ら群臣が鰥《やもめ》の舜と云ふ者が、民間に居ますと曰つて推薦したからとて、何等功績を顕はさぬ前から二女を嫁するは突飛すぎる。是は「詩」の「思斉」(大雅)……などから思ひついて、書いたものかも知れぬ。亦以て伝説修飾の一例と為すことが出来よう」と言われており㉞、従うべき明断な見解とすべきである。すると、孟子、史記よりもむしろ陽明本孝子伝(また、成安注所引逸名孝子伝)などの重華譚の方が、本来の民間伝説の旧を留めている可能性があることになるだろう。ならば、陽明本の重華譚というものは、実際問題としてどれ位、その成立が溯るものなのであろうか。

「この孝子伝と前述の順序のほぼ一致するもの」(西野氏)として、従来知られるのは、後漢、王充の論衡二吉験の、

舜未レ逢レ尭、鰥在二側陋一。瞽瞍与レ象、謀欲レ殺レ之。使二之完一レ廩、火燔二其下一。令二之浚一レ井、土掩二其上一。舜得レ下レ廩、不レ被二火災一。穿レ井旁出、不レ触二土害一。尭聞徴用、試二之於職一、官治職脩、事無二廃乱一。使レ入二大麓之野一、虎狼不レ搏、蝮蛇不レ噬、逢二烈風疾雨一、行不二迷惑一。夫人欲レ殺レ之、不レ能レ害、之二毒螫之野一、禽虫不レ能レ傷。卒受二帝命一、践二天子祚一

である(同二十六知実にも、「瞽叟与レ象、使二舜治レ廩浚一レ井、意欲レ殺レ舜」と見える)。右は、「舜が歴山に於ける豊

作を得たこと、瞽叟がその悪業の為に盲目になること、また舜の孝心によって盲眼が開かれること等の記述は見られない」（西野氏）ものの、森氏が「舜が未だ尭に逢はぬ時の事と明言してゐる」と述べられたように、㉟陽明本と一致するのである。

陽明本の如き重華譚の成立が、或いは、前漢まで溯る可能性を示唆するのは、前述劉向の新序一雑事である。新序の本文を示せば、次の通りである。

昔者舜自耕稼陶漁而躬孝友、父瞽瞍頑、母嚚及弟象傲、皆下愚不レ移。舜尽二孝道一、以供二養瞽瞍一。瞽瞍与レ象為二浚井塗廩之謀一、欲二以殺一レ舜、舜孝益篤、出レ田則号泣、年五十、猶二嬰児慕一、可レ謂二至孝一矣。故耕二於歴山一、歴山之耕者譲レ畔。陶二於河浜一、河浜之陶者、器不二苦窳一。漁二於雷沢一、雷沢之漁者分均。及三立為二天子一、天下化レ之……莫レ不レ慕レ義、麟鳳在レ郊。故孔子曰、孝弟之至、通二於神明一、光二于四海一。舜之謂也

上記は、森氏が、「井廩の事を新序は未だ天子とならぬ時の事と」すると言われたように、論衡、陽明本の重華譚とよく似た形をしている。㊱殊に新序の末尾に、「孔子曰」として引かれるのは、古文孝経応感章の、「孝悌之至、通二於神明一、光二于四海一、無レ所レ不レ通」であり、当句はまた、陽明本の序や、2董永の末尾に引かれていることが、大変面白い。或いは、劉向が列女伝とは系譜の異なる、重華譚に拠った可能性もあるだろう。

さて、陽明本（また、成安注所引逸名孝子伝）の重華譚の成立を考える上で、注目すべき資料の一つが、越絶書三越絶呉内伝である。その「尭有二不慈之名一。尭太子丹朱倨驕、懐二禽獣之心一、尭知レ不レ可レ用、退二丹朱一而以二天下一伝レ舜。此之謂三尭有二不慈之名一」に続く本文を示せば、次の通りである。

舜有二不孝之行一。舜親父仮母、母常殺レ舜、舜去耕二歴山一、三年大熟、身自外養、父母皆饑。舜父頑、母嚚、兄狂、弟敖、舜求レ為二変心易志一。舜為二瞽瞍子一也、瞽瞍欲レ殺レ舜、未二嘗可一レ得。呼而使レ之、未二嘗不一レ在レ側。此舜有二

不孝之行一。舜用二其仇一而王二天下一者、言舜父瞽瞍、用二其後妻一、常欲レ殺レ舜。舜不レ為レ失二孝行一、天下称レ之、尭聞二其賢一、遂以二天下一伝レ之。此為レ王二天下一。仇者舜後母也

越絶書の重華譚は、尭の「不慈」、舜の「不孝」をめぐる議論の中で記されたものである。その議論は、例えば荘子雑篇盗跖に、「尭不慈、舜不孝」、呂氏春秋十一当務に、「尭有二不慈之名一、舜有二不孝之行一」、同十六挙難に、「尭以二不慈之名一、舜以二卑父之号一」等と見える、古いものらしいが、舜の「不孝」の内容は定かでない（呂氏春秋十一の後漢、高誘注に、「尭妻レ舜、舜遂不レ告而娶。故曰レ有二不孝之行一也」等と言う）。越絶書のそれは、舜が父母の許を逃れ、歴山に去ったことを指すようだ。越絶書に関し、まず注意すべきは、例えば論衡の場合、陽明本「に見える如き舜が歴山に於ける豊作を得たこと……等の記述は見られない」（西野氏）のに対し、越絶書には、そのはの記述が、

舜耕二歴山一、三年大熟、身自外養、父母皆饑

と見えることである。越絶書の記述は簡略であり、重華の「父母皆饑」とする以後のことは述べられないが、当然それは、後に瞽叟、後母達の、重華の豊作によって救われることを、前提とする記述であろうと考えられる。次に、越絶書が、「舜用二其仇一而王二天下一者、言」として、

舜父瞽瞍、用二其後妻一、常欲レ殺レ舜

と記すのは、例えば陽明本の、

帝舜……其父瞽瞍……用二後婦（妻）之言一、而欲レ殺レ舜

に酷似する。即ち、越絶書の上記は、陽明本の如き所伝に基づく可能性が高いのである。越絶書の作者は、子貢また、後漢の袁康などと言われ、不明とせざるを得ないが、陽明本に見るような重華譚の根幹は、少なくとも後漢以前、既に漢代には成立していたのではなかろうか。

後漢、南北朝期に盛んに描かれた孝子伝図において、重華図はやはり重要な位置を占めたようで、今日に残る同図の遺品の数は十指に余る。そして、それらの中には孝子伝の重華譚の成立ないし、漢代孝子伝のその形を示唆するものが含まれている。最後に、孝子伝図として伝わる重華図について、概説を試みておく。まず、管見に入った後漢、南北朝期の重華図を一覧として示せば、以下の通りである（榜題を「　」として併せ掲げる）。

(1)後漢武氏祠画象石（「帝舜名重華、耕於歴山、外養三年」。帝皇図の内）
(2)後漢武氏祠画象石（左石室七石）
(3)嘉祥南武山後漢画象石（二石3層）
(4)嘉祥宋山一号墓（四石中層）
(5)同　　（八石2層）
(6)松永美術館蔵後漢画象石（上層）
(7)南武陽功曹闕東闕（西面1層。「孺子」「信夫」「□《子》士」）
(8)ボストン美術館蔵北魏石室（「舜従東家井中出去時」）
(9)ミネアポリス美術館蔵北魏石棺（「母欲殺舜々即得活」）
(10)ネルソン・アトキンズ美術館蔵北魏石棺（「子舜」）
(11)C. T. Loo旧蔵北魏石床（「舜子入井時」、「舜子謝父母不在《死》」）
(12)和林格爾後漢壁画墓（「舜」）
(13)北魏司馬金竜墓出土木板漆画屏風（「虞帝舜」「帝舜二妃娥皇女英」「舜父瞽叟」、「与象敖填井」「舜後母焼廩」）

⒁固原博物館蔵寧夏固原北魏墓漆棺画（「舜後母将火焼屋欲殺舜時」、「使舜逃井灌徳（得）金銭一枚銭賜□石田（塡）時」、「舜徳急従東家井里（裏）出去」、「舜父開萠（盲）去」、「舜後母負蒿互易市上売」、「舜来売蒿」「応直米一斗倍徳二十」、「舜母父欲徳見舜」「市上相見」、「舜父（共舜語）」「父明即聞時」）

⑴後漢武氏祠画象石は、帝皇図の内[37]（図二）。その榜題「帝舜名重華、耕於歴山、外養三年」は、従来明確に説明したものを見ないが、それは明らかに前述、越絶書の、

舜去耕㆓歴山㆒、三年大熟、身自外養、父母皆饑

と関わっている。意味は、重華は自分を殺そうとする両親の許を去って歴山に耕し、三年間我と我が身を養ったということであろう。即ち、陽明本におけるは歴山で耕すことに該当する。

⑵後漢武氏祠画象石、左石室七石は、近時重華図として知られるに至ったもので[38]（図三）、賈慶超氏『武氏祠漢画石刻考評』（一九九三年）一三九頁に、

擬可認作舜修穀倉的故事。身着鳥衣、肩扛工具登梯者為舜

蔣英炬、呉文祺氏『漢代武氏墓群石刻研究』（一九九五年）五章三に、

図二　後漢武氏祠画象石

此層画像似為虞舜登梯治廩故事、荷畚登梯的人即為舜

等と指摘される[39]。図三の左半が重華図で、陽明本い焚廩を描く。図三の右半は、例えば曹植の令禽悪鳥論に、「吉甫命㆓後妻㆒載弩㆓射之㆒」（太平御覧九二三所引）などと記される場面を描いた、伯奇図（両孝子伝35）であ

図三　後漢武氏祠画象石（左石室七石）

ろう。[40]図三の左端が瞽瞍（屋内）、柱を挟んでその右が象、そして、梯子を登るのが重華である。重華の上に鳥が描かれているのは、或いは、賈慶超氏も指摘されたように、劉向の列女伝における娥皇、女英二女の助言、「鵲二如汝裳衣一、鳥工往」（楚辞補注三所引に拠る。梁武帝通史〈史記正義所引〉等にも。今本欠。衣裳を鵲の形とし、鳥の技を使え、の意）と関わるか。[41]

(3)―(6)の重華図は、図三と殆ど同じ構図をしている。[42]しかし、(7)南武陽功曹闕東闕の西面一層のみは、やや図柄が異なり、右から「孺子」「信夫」「□士（子）」と榜題する、三人の人物を描く。[43](2)―(6)の左右を逆にした構図だが、やはりそれらの一類と見られ、右端の子供（「孺子」）が重華らしい。左（「信夫」「□士（子）」）は、伯奇図と見たい。

(8)ボストン美術館蔵北魏石室の重華図は、掩井図で、その図柄は、西野氏が、「その構図は左半面には左端に家があり、その右、樹下の井の縁に一組の男女が立ち、男が石を手にしている。これが舜の父母を表すのであろう。樹下にある少年は弟象であろう。右半面には右端に家がある。これが東家であろう。その中に坐するのは変文の東家の老母であろう。その左、家の前の井戸から出る若者が舜を表すと思われる」と説かれた通りである。[44]榜題「舜従東家井中出去時」の「東家井」が、陽明本や成安注所引の逸名孝子伝などに見えることは、前述の如くであるが、当石室は六世紀前半、北魏孝昌三（五二七）年の寧懋のものと考えられるから、[45]その

「東家井」に関する伝承の成立も、六世紀前半以前に溯ることが知られるのである㊻。

⑼ミネアポリス美術館蔵北魏石棺の重華図は、「母欲殺舜々即得活」と榜題し、左に跪いて合掌する重華、右に坐す後母を描くのみの、シンプルな図柄となっている㊼（口絵図11）。

⑽ネルソン・アトキンズ美術館蔵北魏石棺のそれは、榜題を「子舜」とするが（図四）、本図の内容については奥村伊九良氏がかつて、「図の左半は、舜が逃げ出す所、象が井戸を埋めて踏んでゐる所、瞽瞍が大石で蓋はうとしてゐる場面、右半は舜とその妻、娥皇と女英であらう」（「孝子伝石棺の刻画」）と述べられた通りである㊽。但し、孝子伝には娥皇、女英が登場しないので、尭の二女とすべきか。

⑾C. T. Loo旧蔵北魏石床の重華図は、二面から成り、右からそれぞれ、「舜子入井時」、「舜子謝父母不在《（死）》」と榜題する㊾（図五）。右面に、大石で井戸を覆う瞽瞍（右）と後母（左）、左面に、跪き合掌する重華（右）と牀上に坐す父母（左）を描く。「舜子謝父母不在《（死）》」と榜題する右面は、重華が父母に不在を詫びている図らしく、前述越絶書の議論また、その「瞽瞍欲レ殺レ舜、未二嘗可一レ得。呼而使レ之、未二嘗不一レ在レ側。此舜有二不孝之行一」、「舜親父仮母、母常殺レ舜、舜去耕二歴山一……身自外養」と密接に関わる。⑾C. T. Loo旧蔵北魏石床は、⑼ミネアポリス美術館蔵北魏石棺同様の古様を感じさせ、制作時期も同じ頃のものと思われ、このことは越絶書と孝子伝の関係また、今に伝わらぬ孝子伝の重華譚の一伝を窺わせる点、非常に興味深い資料と言える。

⑿和林格爾後漢壁画墓の重華図は、榜題「舜」、右が閔子騫図（両孝子伝33）、曾参図（両孝子伝36）などへと続いているから、孝子伝図と見て間違いない㊿（図六。また、口絵図1参照）。後漢期の明徴を有する唯一の、極めて貴重な重華図の遺品である。左に瞽瞍、右に重華を立像風に描く。

⒀北魏司馬金竜墓出土木板漆画屏風の重華図は、「虞帝舜」「帝舜二妃娥皇女英」「舜父瞽叟」、「与象敖塡井」「舜後

図四　ネルソン・アトキンズ美術館蔵北魏石棺

図五　C.T.Loo旧蔵北魏石床

図六　和林格爾後漢壁画墓

図七　北魏司馬金竜墓出土木板漆画屏風

母焚廩」と榜題する、焚廩掩井図である[51]（図七）。当屛風の図像は、列女伝図が多く、本図も列女伝図かと捉えられ易い。しかし、本図は、むしろ孝子伝図と捉えるべき一、二の徴証が存する。一つは、本図（第一、二塊表）の裏（第一、二塊裏）に李善図が描かれ、その李善図は、孝子伝図としか考えられないことである[52]（加えて、李善図の榜題には、陽明本孝子伝41李善条としか、一致しない文言が見られる）。もう一つは、本図の左端に焚廩の一部が見え、その右に掩井が描かれているので、本図は、

　い焚廩→ろ掩井→ほ尭の二女を娶ること→へ帝位を譲られること

と、左から見るべき図と考えざるを得ない。すると、本図右に描かれているのは、ほ、へであって、その順序は、劉向の列女伝の順序（ほ→い→ろ→へ）とは異なり、孝子伝と合致することも、本図が孝子伝図であることの一証となるだろう（注㉛参照）。第三に、本図は、図四の左上及び、右と酷似し（但し、い焚廩を欠く）、両図は同じ粉本から出たらしいことなども上げられる。これらの事実から、本図は孝子伝図であろうと見ておきたい。

⒁寧夏固原北魏墓漆棺画の重華図は、山形の三角で区切られた8面を残す（それぞれに榜題がある）、格段に詳しい孝子伝図である[53]（図八―十五）。発端（焚廩以前）及び、掩井図（2面目）の一部を欠くが、重華図のほぼ全体を伝える、極めて貴重な遺品となっている。まず図八は、「舜後母将火焼屋欲殺舜時」と榜題する焚廩図で（第1面。前欠）、倉を焼く瞽叟と、屋根から裸で飛び降りる重華を描く。異民族風の服装が特徴的である。図九は、「使舜逃井灌《(得)》徳金銭一枚銭賜□石田《(塡)》時」、「舜徳急従東家井里《(裏)》出去」、「舜父開萌《(盲)》去」と榜題する掩井図で（2―4面）、図十は、その部分図（3面）である。2面に井戸（前欠）、3面に右から瞽叟、後母、井戸、重華を描く。井戸の左の重華もやはり裸で（列女伝「去㆓汝裳衣㆒、竜工往」と関わるか）、上半身を地上に出しているのは、「東家井」から脱出した場面であろう。4面に盲いて屋内に坐す瞽叟を描く。2面は右半を破損で失うが、榜題に「得金銭一枚銭」の文辞が

図八　寧夏固原北魏墓漆棺画（一）第１面

図九　寧夏固原北魏墓漆棺画（二）２、３、４面

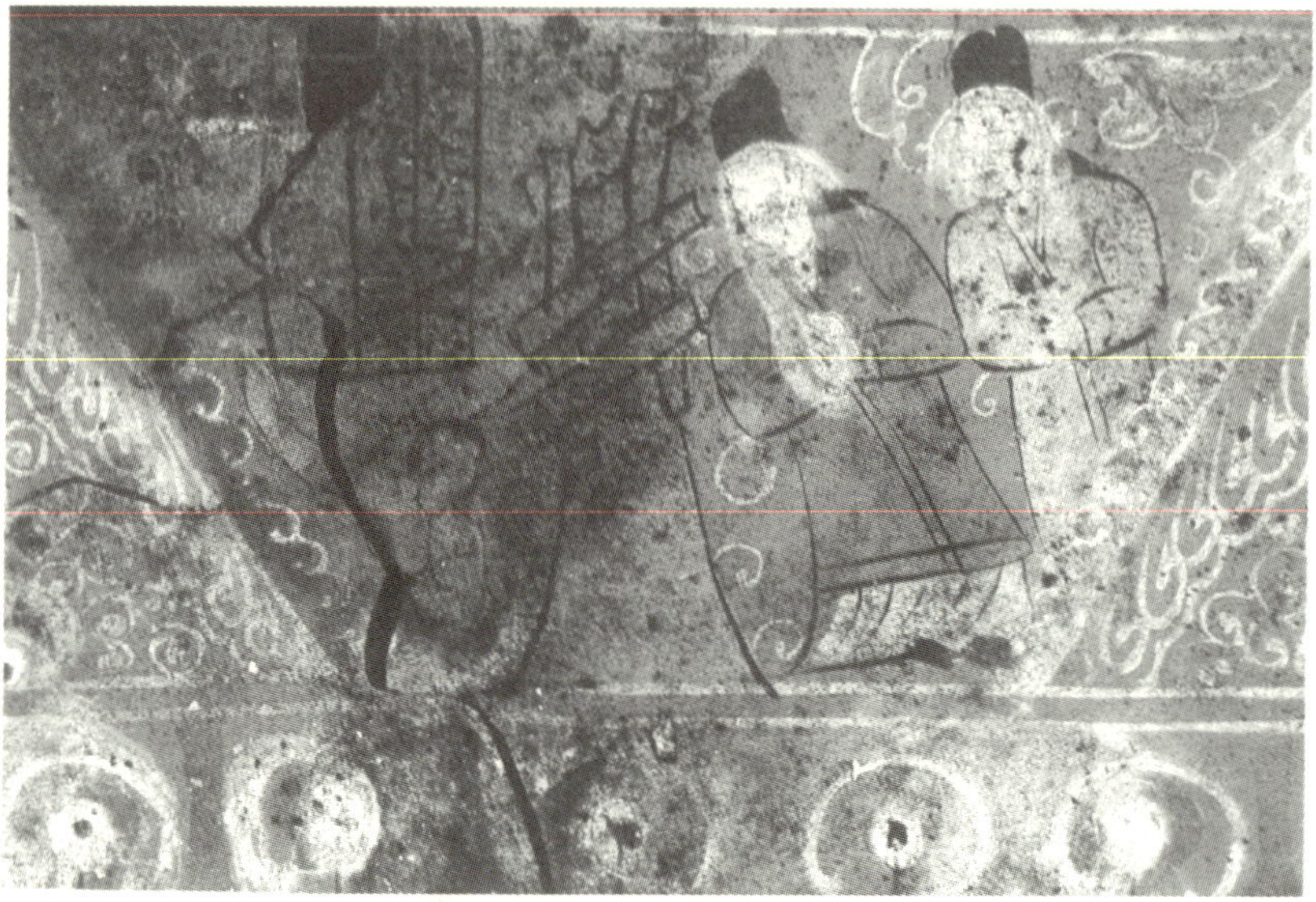

図十　寧夏固原北魏墓漆棺画（三）3面

図十一　寧夏固原北魏墓漆棺画（四）5、6面

図十二　寧夏固原北魏墓漆棺画（五）6 面

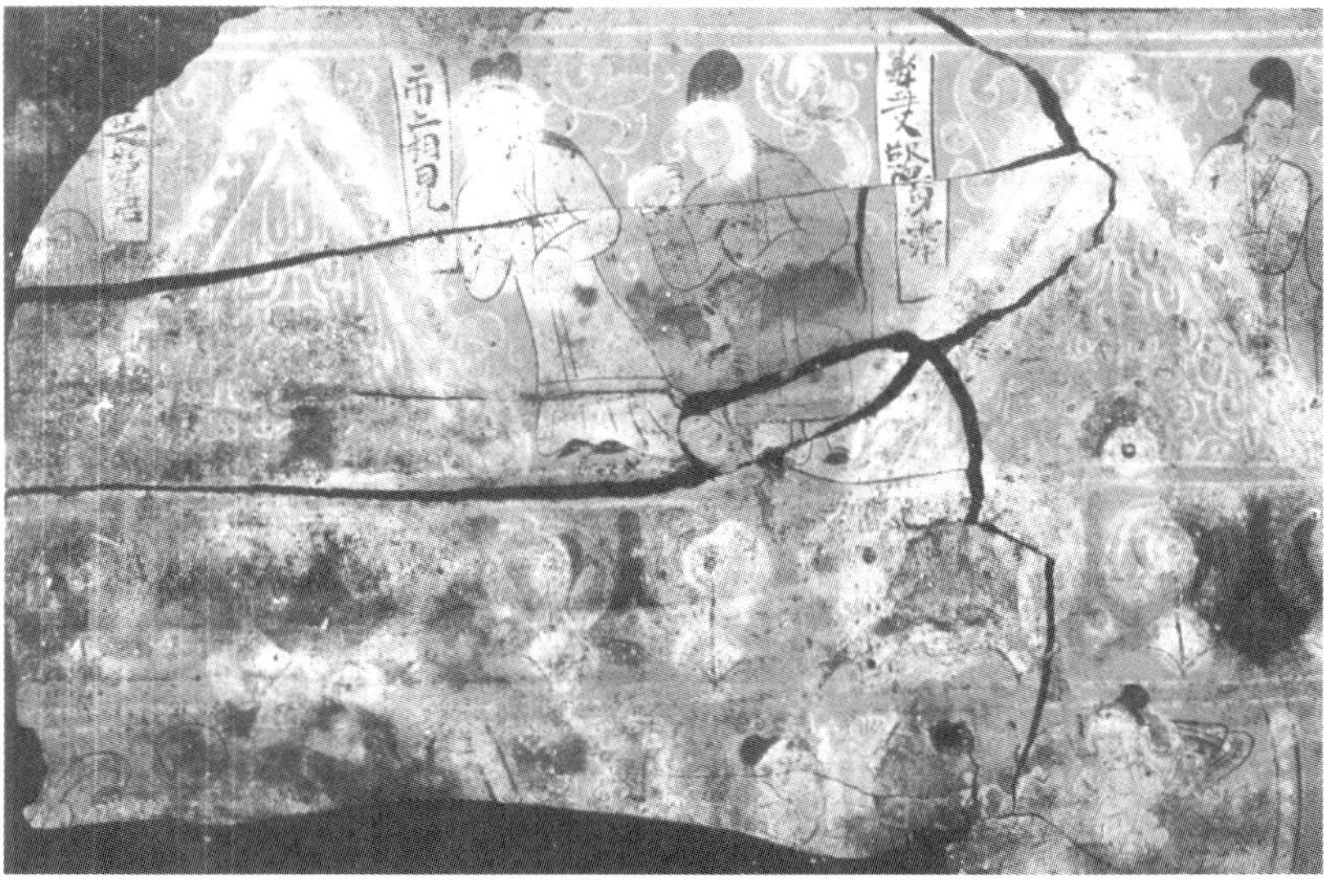

図十三　寧夏固原北魏墓漆棺画（六）7 面

図十四　寧夏固原北魏墓漆棺画（七）7面

図十五　寧夏固原北魏墓漆棺画（八）8面

残るのは、驚くべきことで、これは、前述成安注所引逸名孝子伝（「舜帯二銀銭五百文一」）や舜子変（「密降銀銭伍伯文」）に見えていた、所謂銀銭のプロットに外ならない。そして、当漆棺画は北魏太和（四七七―九九）頃のものとされるから、(54) その銀銭のプロットの成立も、五世紀以前に溯るものとしなければならない。また、全く同じことが、次の3面の榜題に記される、「東家井」の伝承に関しても指摘出来る。図十一は、「舜後母負菑互易市上売」、「舜来売菑」「応直米一斗倍徳二十」と榜題し（5、6面）、図十二は、その部分図（6面）である。5面に菑（菑《ふく》は、昼顔。藁か。成安注所引逸名孝子伝「負レ薪」）を負い市に赴く後母、6面に重華、後母、瞽瞍を描く。6面中央の後母が、右手に黒い袋を持っているのは、或いは、成安注所引逸名孝子伝の、「舜……以レ銭納二母帒米中一」と言う場面を表わすか。なお『固原北魏墓漆棺画』が、この6面を説明して尚書尭典により、「舜袖手側、其他両人応為年軽女子……両青年女子、当為尭之二女、長女娥皇、次女女英」と記すのは、失考とすべく、孝子伝の重華譚において、この場面に娥皇、女英の登場する例はない。図十三は、「舜母父欲徳見舜」「市上相見」と榜題し（7面）、重華に会いに市に赴く瞽瞍と後母を描く。図十四は、その部分図である。図十五は、「舜父（共舜語）」「父明即聞時」と榜題し（8面）、重華と再会した瞽瞍の眼が、回復する場面を描く（次面は郭巨図）。右端が後母、中央が瞽瞍、左が重華であろう。

さて、⒁寧夏固原北魏墓漆棺画の重華図の基づいたであろう孝子伝に関して、二つの点に留意しておきたい。まず、当図がは歴山で耕すこと、ほ尭の二女を娶ること、へ帝位を譲られることを欠く点である。この点は成安注所引の逸名孝子伝と一致する。特に、は歴山で耕すことが両者共通して存しないことは、成安注所引逸名孝子伝の成立を考える上で、頗る興味深い事実と言うべきだろう。次に、当図の図九以下（4面―）に、に易米開眼譚の描かれていることに留意すべきである。に易米開眼譚は、西野氏が、「例えば漢志にも隋唐志にも著録されず、六朝の仮託かと思われる」とされた、劉向孝子伝に、

舜父有二目失一、始時微微。至二後妻之言一、舜有二井穴一之(乏)。舜父在(扗)レ家貧厄、邑市而居。舜父夜臥、夢見二一鳳皇(凰)一。自名為レ鶏、口銜レ米以哺已。言鶏為二子孫一。視レ之是鳳皇(凰)。黄帝夢書言レ之、此子孫当レ有二貴者一。舜占猶也。比年羅稲、穀中有レ銭。舜也乃三日三夜、仰レ天自告レ過。因至レ是聴下常与二市者一声上、故一(二)人。舜前（舐レ）之、目霍然開。見三舜感二傷市人一。大聖至孝道、所二神明一矣。……〈出二劉向孝子伝一〉

とある他（法苑珠林四十九〈大正蔵経所収〉に拠る（ ）は万暦辛卯版）、目下の所僅か真源賦（天中記二十四等所引）に、

舜糶二於平陽中一、父認レ之、乃舐(䑛)二其目一、目以光明

と見えるのみの、珍しい話となっている[55]（平陽は、山西省臨汾県で、尭の都のあった所〈史記正義所引帝王紀、括地志等〉。歴山を山西省永済県のそれとする説〈史記正義所引括地志〉が想起される）。その劉向孝子図について、西野氏は、「この〈陽明本〉孝子伝の舜の伝は、孟子・史記等の記載がいつか変容を加えられた、例えば論衡に見える如きものに劉向孝子伝に見える説話を加へ、更に舜が東家の井から脱れたというような当時の民間伝承をも参照しつつ構成したもので」あると述べられているが、前述、陽明本や成安注所引逸名孝子伝の重華譚の根幹は、越絶書の例などから見て、後漢以前の成立と考えられ、また、青木氏の指摘されたように、むしろ陽明本や成安注所引逸名孝子伝の重華譚の形の方こそが、本来の民間伝説の旧を留めているらしいことなどから考えて、西野説は訂正すべきものの如く思われる。おそらく劉向孝子伝も、漢代以降の孝子伝の一伝なのであろう。そして、当図に易米開眼譚の見えることは、その易米開眼譚の成立が、やはり五世紀以前に溯ることを物語っているのである。

以上、贅語を冠して、成立の複雑な重華譚をめぐる、孝子伝と孝子伝図の問題一、二に関する整理、検討を試みた。陽明本孝子伝の成立時期（改編時期）は、おそらく梁代辺りであろうが、その根幹は、例えば羊公譚（両孝子伝42）などにも顕著に窺われるように[56]、底知れず古いものがある。

注

① 増田欣氏「虞舜至孝説話の伝承―太平記を中心に―」（『中世文芸』22、昭和36年8月。後、増田欣氏『『太平記』の比較文学的研究』〈角川書店、昭和51年〉一章二節に、補筆の上再録。以下、引用は著書に拠る）。

② 増田氏注①前掲書135頁

③ 増田氏注①前掲書137、138頁

④ 拙著『孝子伝の研究』（佛教大学鷹陵文化叢書5、思文閣出版、平成13年）Ⅲ二参照。

⑤ 注④前掲拙著Ⅲ二、注⑯参照。

⑥ 両孝子伝については、注④前掲拙著Ⅰ一2参照。なお孝子伝の重華譚について論じられたものに、徳田進氏「舜の孝子説話の発展と拡大」（『高崎経済大学論集』10・1、2、3合併号、昭和42年11月）、細田季男氏「舜孝子説話をめぐって―本邦残存二種古孝子伝を中心に―」（『史料と研究』26、平成9年6月）などがある。

⑦ 但し、陽明本系孝子伝を引いたと見られる、普通唱導集下末孝父篇1「重花稟位」には、成安注――線部に該当する、「帯《シテ》二銀銭五百文（一）」の文言が見え（注④前掲拙著Ⅲ二参照）、陽明本には本来、この文言の備わっていた可能性が高い。なお太平御覧八一二所引「大宛伝（太史伝とも）」に、「舜為二父母一淘レ井、将二銀銭一安二缶中一与二父母一」とある。

⑧ 舜子変の訳は、入矢義高氏訳『舜子変』（中国古典文学大系60『仏教文学集』〈平凡社、昭和50年〉「変文」所収）に拠る。

⑨ 西野貞治氏「陽明本孝子伝の性格並に清家本との関係について」（『人文研究』7・6、昭和31年7月）。なお舜子変に関する参考文献については、幼学の会『孝子伝注解』（汲古書院、平成15年）1舜の「文献資料」の項を参照されたい。

⑩ 敦煌本孝子伝については、注④前掲拙著Ⅰ一3参照。

⑪ 舜井については、史記正義所引の括地志に、次のように見える。

・括地志云、嬀州有二嬀水一、源出二城中一。耆旧伝云、即舜釐二降二女於嬀汭一之所。外城中有二舜井一。城北有二歴山一。山上有二舜廟一。未レ詳。

・括地志云、蒲州河東県雷首山……亦名歴山……歴山南有二舜井一。又云、越州餘姚県有二歴山舜井一、濮州雷沢県有二歴山舜井一、二所又有二姚墟一。云二生レ舜処一也。及嬀州歴山舜井、皆云二舜所レ耕処一。未詳也。

・括地志云、舜井在二嬀州懐戎県西外城中一。其西又有二一井一。耆旧伝云、並舜井也。舜自レ中出。帝王紀云、河東有二舜井一。未レ詳

嬀州は、河北省懐来県、蒲州河東県は、山西省永済県、越州餘姚県は、浙江省餘姚県、濮州雷沢県は、山東省濮県に当たる。

⑫　本書序章参照。

⑬　柳田国男『日本昔話名彙』（日本放送出版協会、昭和23年）。昔話「継子の井戸掘り」について論じたものに、澤田瑞穂氏「厄井の話」（『中国の伝承と説話』〈研文選書38、研文出版、昭和63年〉Ⅲ口碑拾遺）、伊藤清司氏「継子の井戸掘り」（『昔話伝説の系譜―東アジアの比較説話学―』〈第一書房、平成3年〉Ⅲ章Ⅲ。初出昭和60年）などがある。伊藤氏の論考は、昔話「継子の井戸掘り」に関し、舜子変を上げつつ、それを孝子伝でなく、孟子、史記、列女伝等で説明されている点が、甚だ遺憾に思われる。

⑭　関敬吾、野村純一、大島廣志氏『日本昔話大成』11資料篇（角川書店、昭和55年）

⑮　稲田浩二氏『日本昔話通観』28昔話タイプ・インデックス（同朋舎出版、昭和63年）

⑯　稲田浩二、小澤俊夫氏『日本昔話通観』26沖縄（同朋舎出版、昭和58年）に拠る。

⑰　関敬吾氏『日本昔話大成』5（角川書店、昭和53年）本格昔話四に拠る。当話の原文は、同氏『日本昔話集成』二部の2（角川書店、昭和28年）二二〇A参照。

⑱　このことについては、「鶴その他の鳥が稲などの穀物を人間にもたらした穂落しモチーフ」が、「シュン伝説の一部になっている」という指摘のあることに、注目したい（平山輝男氏編『薩南諸島の総合的研究』〈明治書院、昭和44年〉2編6章2）。同書にはまた、「法苑珠林49巻所引の劉向孝子伝でも、舜の父は夢に鳳凰を見、それが口に米をふくんで来て口うつしに食べさせてくれたといい、中国の舜も、決して穂落しモチーフと無縁でない」との重要な指摘もある。象耕鳥耘譚は勿論、例えば全相二十四孝詩選1大舜の、

舜耕二於歴山一、有レ象為レ之耕、鳥為レ之耘。其孝感如レ此（竜大本）

や、草子『二十四孝』1大舜の、

ある時歴山と云所に耕作しけるに、かれが孝行を感じて、大象が来つて田を耕し、又、鳥飛来つて田の草をくさぎり、耕作の助をなしたるなり（渋川版）

等、二十四孝系と密接な関わりがある（二十四孝については、注④前掲拙著Ⅰ二参照）。但し、二十四孝系は、掩井譚等を含まず、象耕鳥耘譚のみを内容とするものなので、昔話「継子の井戸掘り」の粉本とはなり得ない。しかしながら、孝子伝、二十四孝は幼学であり、例えばその注釈等はその限りでない。重華譚に関する、非常に興味深い例を一つ掲げておく。次に示すのは、竜大本廿四孝注（元亀三〈一五七二〉年清原枝賢写本）1大舜である。

大舜。父を瞽叟と云。盲目也。弟を象といへり。継母にて、父母弟三人ににくまる。舜、父母に孝行を尽し、弟をれんみんす。此時に唐尭《ケウ》と申帝王おはします。孝心のいたれる事《コト》をかんして、帝尭の御むすめにかくわう女英とて、二人を舜にあはせて、むこにとり給ふ。帝王のむこにておはせし人なりといへ共、おろかなる身のはかなさは、父母弟、舜《シユン》を殺さんとのみはかれり。或時は倉をつくらせて、火をつけ焼殺さんとしたり。舜心得て、火中をのかれ出給ふ。又、或時は井をほらせ、土中に入をき、上より埋殺さんとたくみたり。舜ぬけ穴をして出給ふ。初幼稚成《ナリ》し時、身にかなはさる田地を、作り給ふへきよし、父母かたくの給ふ。舜辞退する事なく、恨怒り給はす、田土に行向て、天に祈給。孝心を天感して、黒白の二の象来、鼻にて耕して田地となし、耘時には衆鳥来て、はくさをくいきれり。かゝる孝行により、帝尭の御位を譲給ひて、天子と成給ふ

右記には銀銭のプロットは見えないが、本書と関わる静嘉堂本二十四孝詩註1大舜には、「此時黄金ヲ持テ入、土ニマセテ上ル。其間ニヌケ穴ヲホリテニクル」とある。さて、右記の抄者枝賢は、天正八（一五八〇）年に船橋本孝子伝を写した人物であることに、注意する必要がある（竜大本廿四孝注は、上田憲子氏「清原枝賢撰『二十四孝注』考」〈『国文学論叢』39、平成6年2月〉に翻刻が収められている）。

⑲ 福田晃氏他編『城辺町の昔話』上（南島昔話叢書7、同朋舎出版、平成3年）

⑳　両孝子伝35伯奇については、本書Ⅱ二2、38申生については、拙著『中世説話の文学史的環境』（和泉書院、昭和62年）Ⅱ二1及び、本書Ⅱ二3、43東帰節女については、拙著『中世説話の文学史的環境 続』（和泉書院、平成7年）Ⅰ三2参照。

㉑　尭舜絵巻は、中野幸一氏編『奈良絵本絵巻集』10（早稲田大学出版部、昭和63年）に影印が、中野幸一氏「資料紹介『尭舜絵巻』」（『鈴木弘道教授退任記念 国文学論集』、奈良大学文学部国文学研究室、昭和60年）に翻刻が、それぞれ収められる。

㉒　注④前掲拙著Ⅲ二参照。

㉓　静嘉堂本二十四孝詩注は、山内洋一郎、永尾章曹氏編『近代語の成立と展開』（継承と展開2、和泉書院、平成5年）に影印が収められる。また、同書所収、柳田征司氏「静嘉堂文庫蔵『二十四孝詩註』について」の㈡には、大舜に関する二十四孝諸抄が収集分類されているので、是非参照されたい。

㉔　合田時江氏『聖武天皇『雑集』漢字総索引』（清文堂出版、平成5年）に影印、翻刻等を収める。なお、東大寺諷誦文稿89行に、「重華担《ハオヒモテ》二盲父一、而耕《タカヘ》二歴山一、而作養二盲父一」なる奇怪な文言が見えるが、後述尚書大禹謨や、孟子尽心上の、「瞽瞍殺レ人……舜……窃負而逃」等の誤解によるものか。

㉕　畑中栄氏『言泉集 東大寺北林院本』（古典文庫639、古典文庫、平成12年）翻刻篇資料3三参照。

㉖　阿部泰郎氏『因縁抄』（古典文庫495、古典文庫、昭和63年）参照。

㉗　廣田哲通氏他編『日光天海蔵 直談因縁集 翻刻と索引』（和泉書院、平成10年）参照。

㉘　青木正児氏「尭舜伝説の構成」（青木正児全集2所収、春秋社、昭和45年。初出昭和2年）。なお、森鹿三氏「舜伝説の一面」（『歴史と地理』31・6、昭和8年6月）は、重華譚の焚廩掩井等を、入団式（入団の儀礼、initiation ceremony）の視点から捉えようとする、興味深い論攷である。また、重華譚について論じたものに、中村忠行氏「帝舜伝説攷―主としてその至孝説話について―㊤㊦」（『台大文学』4・1、2、昭和14年4月、6月）、大谷邦彦氏「『孟子』における舜説話」（『中国古典研究』14、昭和41年12月）、土居淑子氏「舜伝説をめぐって」（同氏『古代中国考古・文化論叢』〈言叢社、平成7年〉所収。初出昭和60年）、佐藤長氏『中国古代史論考』（朋友書店、平成13年）第三「尭舜禹伝説の成立について」などがある。

㉙　列女伝の本文は、山崎純一氏『列女伝』上（新編漢文選 思想・歴史シリーズ、明治書院、平成8年）に拠る。

㉚ 青木氏注㉘前掲論文

㉛ 但し、同じ劉向の著作ながら、後述新序一の重華譚においては、ろ掩井、い焚廩、は歴山で耕すこと、へ帝位を譲られることの順となっている点に注意する必要がある。新序には、「瞽瞍与レ象為二浚井塗廩之謀一、欲二以殺レ舜、舜孝益篤、出レ田則号泣……故耕二於歴山一、歴山之耕者譲レ畔。陶二於河浜一、河浜之陶者、器不二苦窳一。漁二於雷沢一、雷沢之漁者分均。及三立為二天子一、天下化レ之」とある。一方、その「浚井塗廩」を「浚廩塗井」に作る本もあり、例えば石光瑛氏『新序校釈』（中華書局、二〇〇一年）上一1に、「或又言二本書浚廩塗井一、当レ作二塗廩浚井一」と言う。

㉜ 象耕鳥耘譚については、中村氏注㉘前掲論文、鳥居龍蔵氏「遼代の画像石墓」（鳥居龍蔵全集5、朝日新聞社、昭和51年。初出昭和17年）Ⅰd、注23、早川光三郎氏「変文に繋がる日本所伝中国説話」（『東京支那学報』6、昭和35年6月）、徳田氏注⑥前掲論文、坪井直子「舜子変文と『二十四孝』―「二十四孝」の誕生―」（『佛教大学大学院研究紀要』29、平成13年3月）参照。象耕のことは、藤田豊八氏「象」（同氏『東西交渉史の研究　南海篇』〈国書刊行会、昭和49年。初出大正13年〉）参照。

㉝ 西野氏注⑨前掲論文

㉞ 青木氏注㉘前掲論文

㉟ 森氏注㉘前掲論文

㊱ 中村氏は、「新序では、未だ帝位に上らぬ以後のこととして語つてゐるのであるが、同じ劉向の古列女伝にいふ所からみると、或いは之も結婚後のこととしてゐたのではあるまいか」と言われる（注㉘前掲論文㊤）。

㊲ 図二は、容庚『漢武梁祠画像録』（考古学社専集13、北平燕京大学考古学社、民国25年）に拠る。なお、後漢、南北朝の孝子伝図については、注④前掲拙著Ⅱ一参照。その重華図について論じたものに、土居氏注㉘前掲論文また、同氏「二、三の漢代画象の題材について」（同氏注㉘前掲書所収。初出昭和47年）があるが、氏は、後述⑻ボストン美術館蔵北魏石室の重華図と、⑽ネルソン・アトキンズ美術館蔵北魏石棺の重華図とを混同されている（また、ネルソン・アトキンズ美術館蔵の北魏石棺と北斉石床も混同されているようである）。また、氏は、「山東肥城建初八年銘画象」（土居氏注㉘前掲書215頁図9。本書Ⅱ二3図五に同じ）を重華図と見る可能性を示されているが（194―195頁、211―212頁）、これは、王恩田説に指摘される如く、

中生図と見るべき図であろう（本書Ⅱ二3参照）。さて、漢代孝子伝の冒頭は、舜、曾参、閔子騫であろうとの卓説が、近時提示された（林聖智氏「北朝時代における葬具の図像と機能―石棺床囲屏の墓主肖像と孝子伝図を例として―」（『美術史』154〈52・2〉、平成15年3月）。その冒頭は、さらに舜、伯奇、申生、曾参、閔子騫、董永と考えられようこと、また、漢代孝子伝の具体的な形などについては、本書Ⅰ二2、3参照。

㊳ 図三は、劉興珍、岳鳳霞氏編、邱茂氏訳『中国漢代の画像石―山東の武氏祠』（外文出版社、一九九一年）図一七六に拠る。

㊴ 賈慶超氏『武氏祠漢画石刻考評』（山東大学出版社、一九九三年）、蔣英炬、呉文祺氏『漢代武氏墓群石刻研究』（山東美術出版社、一九九五年）

㊵ 伯奇図については、本書Ⅱ二2参照。

㊶ 娥皇、女英については、「尭の舜に対する二女降嫁の記事は『書経』虞書・尭典まで溯れるが、娥皇・女英の名はどこにも見えない……劉向が……創造した可能性がある」（山崎氏注㉙前掲書一1校異）、「舜の度重なる試錬に対する二女の内助の記事は『書経』『史記』二書のどこにも見えない」（同校異8）、「二女に主体的な働きをあたえ、みずから「婦道」につくす賢女、舜の良導役・救援者として描いた文献は『古列女伝』をもって嚆矢とする」（同余説）とされることに、注意する必要がある。森氏は、「舜伝説に於けるこの鳥工・竜工の考へは派生的なもの、如くではあるが、その原初的形態に於いては、入団式に用ひられる仮面異装であらうと思はれる」と言われる（注㉘前掲論文）。なお、中鉢雅量氏による、「舜は田神が基になって形象せられた神であると言われるが……この話（列女伝）全体が田間で演じられる田神と女神との結婚儀礼を説話化したものと考えられる」（『中国の祭祀と文学』〈東洋学叢書、創文社、平成元年〉Ⅰ部六章四）との興味深い指摘がある。

㊷ (2)―(6)については、本書Ⅱ二2図六―図十を参照。泰安大汶口後漢画象石墓六石にも同様の図がある（本書Ⅱ二2図十二）。

㊸ (7)については、本書Ⅱ二2図十一を参照されたい。

㊹ (8)については、本書Ⅰ二4図八（左石下）を参照されたい。

㊺ ボストン美術館蔵北魏石室については、本書Ⅰ二4参照。

㊻ 例えば陽明本孝子伝37董黯に基づく、当石室の董黯（晏）図に関しても、全く同様のことが指摘出来る。本書Ⅱ一3参照。

㊼ (9)については、本書口絵図11を参照されたい。なおミネアポリス美術館蔵北魏石棺に関しては、本書Ⅰ二4及び、口絵参照。

㊽ 奥村伊九良氏「孝子伝石棺の刻画」（『瓜茄』4、昭和12年5月。同氏『古拙愁眉 支那美術史の諸相』〈みすず書房、昭和57年〉に再録）。図四は、同図版一に拠る。

㊾ 図五は、C. T. Loo & Co. An Exhibition of Chinese Stone Sculptures (New York, 1940) Plate XXXI, Catalogue No.36に拠る。

㊿ 和林格爾後漢壁画墓の孝子伝図については、本書Ⅰ二2及び、口絵参照。

(51) 図七は、中国美術全集絵画編1原始社会至南北朝絵画（人民美術出版社、一九八六年）図一〇〇之一に拠る。

(52) 李善図については、本書Ⅰ二1付及び、その注㉓参照。なお当屏風に関する近時の図像考証に、揚之水氏「北魏司馬金竜墓出土屏風発微」（『中国典籍与文化』05・3）がある。

(53) 図八—十五は、寧夏固原博物館『固原北魏墓漆棺画』（寧夏人民出版社、一九八八年）に拠る。榜題は、平成十二年九月実見時の試読に基づく。土居氏注㉘前掲論文は、当漆棺画における重華図についての先駆的研究である。なお当漆棺画について論じたものに、Patricia Eichenbaum Karetzky and Alexander Coburn Soper 'A Northen Wei Painted Coffin' in *Artibus Asiae* 51, no.1/2 (1991), pp.5-29（邦訳、カレッキー、ソーパー〈谷川博美訳〉「北魏漆画棺」㈠㈡、『佛教大学大学院紀要』34、35、平成18年3月、19年3月）がある。

(54) 蘇哲氏「北魏孝子伝図研究における二、三の問題点」（実践女子大学『美学美術史学』14、平成11年10月）。また、同氏『魏晋南北朝壁画墓の世界—絵に描かれた群雄割拠と民族移動の時代—』（白帝社、平成19年）三章五に、太和十八（四九四）年を下限とされる。

(55) 劉向孝子伝については、本書Ⅰ一1参照。また、真源賦のことは、未詳。宋、羅泌の路史に引用されているので、宋以前のものと思われるが、大方の教示を乞いたい。

(56) 本書Ⅱ一5参照。

2　伯奇贅語

一

鎌倉幕府を滅ぼした後醍醐天皇は、元弘四年正月十一日（二十九日に改元、建武となる）、新政の一環として、大内裏の造営に着手した（太平記）。太平記は、この度の造営が必要とされるに至る、そもそもの遠因として、「回禄《ロク》度々ニ及」ぶことを上げるが、中で特に、

其後程ナク造営セラレタリシヲ、又、北野天神ノ御眷属、火雷気《ライケ》毒《トク》神、清涼殿ノ坤《ヒツシサル》ノ柱ニ落懸リ給シ時、焼ケルトソ承ル

と述べて、北野天「神ノ御怨《ウラミ》」に言及した太平記は、

彼天満天神ト申ハ、風月之本主、文道ノ大祖タリ

とする以下、長大な北野天神縁起の引用に入っている[1]（西源院本太平記巻十二「公家一統政道事付菅丞相事」）。ところが、太平記による北野天神縁起の引用中、時平の讒言が功を奏し、道真が失脚、大宰権帥として筑紫へ流される場面を見ると、非常に面白い現象が目に付く。太平記の本文を掲げる。

サラハ、讒ヲ構テ、罪科ニ沈メントヲホシテ、本院ノ大臣ヨリ〳〵、菅丞相天下ノ世務ニ私有テ、民ノ愁ヲ不レ知、非ヲ以テ理トスル由ヲ讒ニ申サレケレハ、帝、サラハ、世ヲ乱リ、民ヲ害スル逆政也。非ヲ諫メ、邪ヲ禁ス

ル忠臣ニ非スト思食レケルソ浅増キ。A誰《カ》知《ムキ》偽《ケム》言巧《ミニシテ》似《ニタルコトクワウニ》レ簧、勧《ヲヲ、ウハシムトモ》レ君掩レ鼻《ヲ》君莫《レ》レ掩《ヲ、ウコトシテ》、使レ夫婦《ヲ》而為二参《ナラシムシム》商《ト》一、請《コフ》君掇《ミトラシム》レ蜂《ヲ》君莫《ルコトシテ》レ掇、使《シム》二母《ホ》子《ヲ》一而成《ラ》二豺狼《サイラウ》一。Bサシモムツマシカルヘキ夫婦父子ノ中ヲタニモ避《サクル》、讒者之偽也。況ヤ君臣ノ間ニ於哉。遂ニ昌泰四年正月廿九日、菅丞相大宰権帥《ソツ》ニ遷サレテ、筑紫ヘ流サレサセ給フヘキニ定ケレハ、左遷ノ悲ニ堪ス、一首ノ歌ニ千般《タヒ》ノ恨ヲ述テ、亭《テイ》子院ヘ奉リ給フ。

流レ行我ハモクツト成ヌトモ君シカラミト成テト、メヨ（西源院本）

北野天神縁起には、――線部ABがない。故に、――線部ABは、太平記が加筆したものと見て良い。そして、その――線部Aの出典は、例えば太平記鈔が早く、「白氏文集第三全文也」と指摘する如く、白氏文集三、四所収、新楽府五十首47「天可度」の、

誰知偽言巧似レ簧、勧二君掩一レ鼻君莫レ掩、使三君夫婦為二参商一、勧二君掇一レ蜂君莫レ掇、使三君父子成二豺狼一

である。②ところで、右太平記の――線部Aを正確に解釈しようとすると、聊か厄介なことにならざるを得ないのだが、注意すべきは、その厄介さの背後に、頗る重要な問題が見え隠れしていることである。まず、――線部Aの「勧レ君掩レ鼻」と言うのは、韓非子十や戦国策の楚策等に見える、鄭袖（褏）譚を指している。③次に、「請《（勧）》君掇レ蜂」は、説苑等に見える伯奇譚を指すが、④新楽府におけるその「掇レ蜂」句はまた、太平記鈔に、「文選第二十八陸士衡楽府曰」とあるように、文選二十八、陸機「君子行」の、

掇レ蜂滅二天道一

を踏まえた表現となっている。つまり太平記のこの部分は、北野天神縁起の引用中に新楽府が引かれ、その新楽府がまた、文選に基付くという風に、引用に引用が重なっているため、解釈がどうしても厄介なものとならざるを得ないのである。そして、そのような引用関係をいくら追おうと、例えば「掇レ蜂」句の意味は、遂に明らかとならないこ

とが、まず問題とされるべきである。ならば、中世人は、どのようにして「掇レ蜂」句の内容を知ったのだろうか。それは、注釈に就くこと以外、殆ど考えられないだろう。――線部A「掇レ蜂」句について、そのことを簡単に図式化すると、

太平記――新楽府――文選
└注　　　└注　　　└注

となる。「掇レ蜂」句の指す伯奇譚は、太平記鈔等の太平記注、白氏新楽府略意等の新楽府注、李善注等の文選注などに、一貫して記され続けたものであり、上の図式の左列には、注釈の形成する地平が看取される。例えば新楽府注が、四部の書の一であることから知られるように、その地平は、幼学（また、中世史記の世界）と呼んで差し支えないもので、その裏面を唱導が占める。――線部A「掇レ蜂」句は中世、そのような幼学に棹さすことによって、命脈を保ち得たものと思われ、併せて、伯奇譚というものが、幼学、唱導に伝承され続けたらしいことに、まず注意を払っておきたい。

さて、太平記は何故、北野天神縁起の引用中に、新楽府を挿入するという、面倒なことを試みたのであろうか⑤。太平記は始め、北野天神縁起における、讒言のモチーフに関連して、新楽府「天可度」の「偽言巧似レ簧」句を繋げたに違いない（簧《こう》は、笙のリード。吹き様でどのようにもなることから、弁舌の巧みさを例えたもの）。また、新楽府の当句は、詩経小雅「巧言」の「巧言如レ簧」に基づき、その小雅「巧言」は、伯奇と深い関わりをもっていることに、注目しておく必要がある（韓詩外伝七）。しかしながら、続く「掩レ鼻」「掇レ蜂」句の指す二つの妬婦譚は、北野天神縁起における話の流れと合致しないことになる。――線部B「サシモムツマシカルヘキ夫婦父子ノ中ヲタニモ避《サクル》、讒者之偽也。況ヤ君臣ノ間ニ於哉」は、その破綻を繕う、太平記の作文であろう。面白いのは、新楽府の、「使三君父子

成二豺狼一」（文選六臣注、劉良注「父子之道、天性之常、由レ此而滅之」を踏むか）を、太平記が、「使二母子一而成二豺狼一」と言い換えていることで、新楽府の「父子」ならば、なお北野天神縁起における宇多、醍醐父子と関連付けることも出来ようが、太平記の「母子」の場合、それも全く不可能である。すると、太平記のこの無理な言い換えは、「掇レ蜂」句の指す、継子譚の典型としての伯奇譚を、意識したものと解さざるを得なくなるが、ではここで、伯奇譚を強調しようとする太平記の目的は、一体何であったのか。伯奇譚は、孝子伝を源流の一とする説話である。太平記巻十二の本条「公家一統政道事付菅丞相事」前段には、足利尊氏との対立を深めつつある大塔宮護良親王が、将軍号の宣旨を賜って、六月十三日に入洛を果したことが述べられている。この一件は、十月、護良親王の拘禁と翌月の鎌倉への護送（巻十二「兵部卿親王事」）、及び、建武二年七月、中先代の乱に際する親王の弑殺（巻十三「中先代事付兵部卿親王奉害事」「干将鏌鎁事」「驪姫事」）へと展開する。そして、例えばこの親王の拘禁、鎌倉への護送という事件に関して、太平記はそれらを、親王の継母准后（藤原廉子）の、後醍醐天皇に対する讒言によって起きたものと見、

孝子其父ニ誡有ト云共、継《ケイ》母其子ヲ讒スル時ハ、国ヲ傾ケ、家ヲ失事古ヨリ其類多シ

と述べて、継子譚として有名な孝子伝の中生譚を引き（「驪姫事」）、また、親王の弑殺事件に関しては、孝子伝の眉間尺譚を引くのである（「干将鏌鎁事」）。このように、太平記が一貫して、大塔宮を孝子と解釈する視点をもつことについては、かつて論じたことがある。[6] すると、太平記が新楽府を引用、ここで伯奇譚を強調しているのは、建武新政に臨んだ後醍醐の抱える親子関係の矛盾を突き、特に継母廉子の讒言と護良親王の末路を予言しようとしたもので、中生、眉間尺へと続く、一連の措置の一環と解釈出来よう。太平記における孝子伝の文学史的意義を、再確認すべき所以である。

上記新楽府、文選等に指された伯奇譚を説話化したものに、今昔物語集巻九「震旦周代臣伊尹子伯奇、死成レ鳥(鳴)報二継母怨一語」第二十がある。小論は、その今昔物語集の背景に展開した、孝子伝を中心とする伯奇譚の流れを点綴し、その我が国における受容や、中国における成立について、贅注を加えつつ、併せて、孝子伝図との関連に言及しようとするものである。

まず、今昔物語集九・20の本文を示せば、次の通りである（岩波新日本古典文学大系に拠る。一部表記を改める）。

今《ハ》昔、震旦ノ周ノ代ニ伊尹ト云フ大臣有ケリ。一人ノ男子有リ。伯奇ト［　］、形皃端正也。其ノ母死テ後、伊尹他ノ妻ニ嫁テ、其ノ継母、亦一人ノ男子ヲ生ゼリ。伯奇童子ノ時、継母此レヲ憎ミ悪ム事無限《かぎりな》シ。或ル時ニハ、蛇ヲ取テ、瓶ニ入レテ伯奇ニ令持《もたし》メテ、継母ガ子ノ小児ノ所へ遣ル。小児此レヲ見テ恐ヂ怖レテ、泣キ迷テ音ヲ高クシテ叫ブ。其ノ時ニ、継母父ノ大臣ニ告テ云ク、伯奇常ニ我ガ子ノ小児ヲ殺サムトス。君此ノ事ヲ不知《しら》ズヤ。若シ此レヲ疑ハヾ、速ニ行テ其ノ実否ヲ可見《みるべ》シト云テ、瓶ノ中ノ蛇ヲ令見《み》シム。父此レヲ見テ云ク、我ガ子伯奇、幼シト云ヘドモ、人ノ為ニ悪キ事ヲ未ダ不見《み》ズ。豈ニ此レ僻事ナラムト。其ノ時ニ、継母ノ云ク、君若シ此ノ事ヲ不信《しんぜ》ズハ、伯奇ガ所為ヲ慥ニ令見《みし》メム。我レト伯奇ト、後ノ薗ニ行テ菜ヲ採ム。君蜜□レ□可見《みるべ》シト云テ、継母蜜ニ蜂ヲ取テ、袖ノ内ニ裹ミ持テ、薗ノ中ニ伯奇ト共ニ行テ、菜ヲ採テ遊ブ間、継母俄ニ地ニ倒レテ云ク、我ガ懐ニ蜂有テ我ヲ螫スト。伯奇此レヲ見テ、継母ノ懐ヲ捜テ、蜂ヲ揮ヒ捨テツ。父此ノ事ヲ見テ、遠キ間ニテ、継母ノ音ヲバ不聞《きか》ズシテ、伯奇謀ノ心ロ有ケリト信ジツ。継母ハ、起テ家ニ帰テ父ニ云ク、君見ツヤト。父ノ云ク、慥ニ見ツト云テ、伯奇ヲ召テ云ク、汝ハ我ガ子也。上ハ天ニ恐リ、下ハ地ニ恥ヅ。何ゾ汝ヂ継母ヲ犯サムト為ルヤト。伯奇此ノ事ヲ聞テ、諍フト云ヘドモ、父更ニ不信《しんぜ》ズ。然レバ、伯奇思ハク、我レ不誤《あやまた》ズト云ヘドモ、継母ノ讒謀ニ依テ、父此レヲ深ク信ズ。只如不《しか》ジ、我レ自害ヲ為ムト。人有テ、此ヲ聞テ哀テ、伯奇ニ教ヘテ云ク、君罪ミ無クシテ徒ニ死ナムヨリハ、不如《しか》ジ、只他国ニ逃ゲ行テ住セヨト。而ル間、伯奇遂ニ逃ゲ去ケ〔リ〕。父猶此ノ事ヲ思惟スルニ、継母ノ讒言ナラムト疑ヒ思フ間、伯奇逃ゲ去ル由ヲ聞テ、驚キ騒テ車ニ乗テ、馳セテ伯奇ヲ追フ。川ノ有ル岸ニ至テ、其ノ津ニ有ル人ニ、父問テ云ク、b此ヨリ童子ヤ過ツルト。其ノ人答テ云ク、形皃美麗ナル児、泣キ悲ムデ、此ノ河ヲ渡ツル間、河中ニ至テ天ニ仰テ歎テ云ク、我レ不慮《おもわ》ザル外ニ、忽ニ継母ノ讒言ニ依テ、家ヲ離テ流浪ス。行キ着ム所ヲ不知《しら》ズト歎テ、即チ河ノ中ニ身ヲ投テ死ヌト。父此レヲ聞テ、心騒ギ肝迷テ、泣々ク悔ヒ悲ム事無限《かぎりな》シ。其ノ時ニ、一ノ鳥飛テ父ノ前ニ来ル。父此ノ鳥ヲ見テ云ク、此レ若シ我ガ子伯奇ガ鳥ト化セルカ。然ラバ、来テ我ガ懐ニ入レ。我レ汝ヲ恋テ、悔ル心深クシテ追テ来レリト。其ノ時ニ、鳥即チ飛テ父ノ手ニ居テ、其ノ懐ニ入テ、袖ヨリ出ヌ。其ノ時ニ、父ノ云ク、我ガ子伯奇ガ鳥ト成タラバ、我ガ車ノ上ニ居テ、我レニ随ヒテ家ニ還レト。鳥、即チ車ノ上ニ居ヌ。然レバ、父家ニ帰ヌ。既ニ家ニ入ル時ニ、継母出デ、、此ノ鳥ノ車ノ上ニ居タルヲ見テ云ク、此□心□悪シキ怪鳥也。何ゾ速ニ不射殺《いころさ》ザルゾト。父亦、継母ノ云フニ随テ、弓ヲ取テ鳥ヲ射ルニ、其ノ箭鳥ノ方ヘハ不行《ゆか》ズシテ、継母ノ方ニ行テ、継母ノ胸ニ当テ死ヌ。其ノ時ニ、鳥飛テ継母ノ頭ニ居テ、面眼ヲ啄ミ穿テ後、高ク飛テ失ヌ。c然レバ、死テ後ニ、敵ヲ報ズル、所謂ル鳴鳥ハ、即チ此レ也。雛ニシテハ継母に被養《やしなわ》レ、長テハ還テ継母ヲ食ス。此レ互ニ敵トシテ世々ニ不絶《たえ》ズトナム語リ伝ヘタルトヤ

この今昔物語集九・20は、我が国にのみ伝存する、完本の古孝子伝二種（陽明本、船橋本）の内、⑦船橋本を出典とすると言われる⑧（以下、二本を一括して、両孝子伝と呼ぶ）。船橋本孝子伝35伯奇の本文を示せば、次の通りである（返り点、句読点を施し、送り仮名等を省いた）。

伯奇者、周丞相尹吉甫之子也。為レ人孝慈、未二嘗有一レ悪。於レ時後母生二一男一、始而憎二伯奇一。或取レ蛇入レ瓶、令レ

賷二伯奇一、遣二小児所一。小児見レ之、畏怖泣叫。後母語レ父曰、伯奇常欲レ殺二吾子一。若君不レ知乎、往見二畏物一。父見二瓶中一、果而有レ蛇。父曰、吾子為レ人、一無レ悪。豈有レ之哉。母曰、若不レ信者、妾与二伯奇一、往二後園一採（取）レ菜。君窺可レ見。於レ時母蜜取レ蜂、置二袖中一至レ園。乃母倒レ地云、吾懐入レ蜂。伯奇走寄、探レ懐掃レ蜂。於レ時母還問、君見以乎。父曰、信レ之。父召二伯奇一曰、汝我子也。上恐二于天一、下恥二乎地一。何汝犯二後母一耶（砌）。伯奇聞レ之、五内無（至）レ主、既而知レ之。後母讒謀也、雖レ諍難レ信。不レ如自殺。有レ人誨云、無レ罪徒死、不レ若逃二奔他国一。伯奇遂逃。於レ時父知二後母之讒一、馳レ車逐（遂）行至二河津一。問二津史一、々曰、可レ愛童子、渡至二河中一。仰レ天嘆曰、我不レ計之外、忽遭二蜂難一、離レ家浮蕩無レ所レ帰、心不レ知レ所レ向。謂已、即身投二河中一、没死也。父聞レ之、悶絶悲痛無レ限。爾乃曰、吾子伯奇、含レ怨投レ身。嗟々焉悔々哉。於レ時飛鳥来、至二吉甫之前一。甫曰、我子若化レ鳥歟。若有レ然者、当レ入二我懐一。鳥即居二甫手一、亦入二其懐一、従レ袖（甫）出也。又父曰、吾子伯奇之化、而居二吾車上一、順レ吾還レ家。鳥居二車上一、還到二於家一。後母出見曰、噫悪鳥也。何不二射殺一。父張レ弓射、箭不レ中レ鳥。当二後母腹一、忽然死亡。鳥則居二其頭一、啄（喙）二穿面目一。爾乃高飛也。死而報レ敵、所謂飛鳥是也。鴞而不レ眷二養母一、長而還食レ母也

今昔物語集の伯奇譚は、船橋本孝子伝のそれと深く関連していることが、一見して明らかである。ところが、或る面で、船橋本より今昔物語集に近いと見られるものに、注好選の伯奇譚がある。注好選巻上「佰奇払《ハフ》レ蜂《ヲ》」第六十六の本文を示せば、次の通りである（岩波新日本古典文学大系に拠り、末尾に原文を添えた）。

此の人は、周の丞相伊尹吉補が子なり。人の為に孝慈あり。未だ嘗にも悪有らず。時に後母、一男を生みて、始めて佰奇を憎む。或いは蛇を取りて瓶に入れて佰奇に賷たしめて、小児の所に遣る。小児之を見て、畏怖して泣き叫ぶ。爰に母父に語りて云はく、佰奇は常に吾が子を殺さむと欲《す》。君見知らずや。往きて畏しき物を見よと。父瓶の中の蛇を見て曰はく、吾が子は、若うより人の為に悪無し。豈之有らんやと。母が曰はく、若し君信ぜず

[a]は、慥に其の所為等を見せしめむ。妾と佰奇と彼の薗に往きて菜を採まむ。君窺ひて佰奇の所為を見るべしと。即ち後母、密かに蜂を取りて、袖の中に裹むで薗に至りぬ。乃ち母地に倒れて云はく、吾が懐に蜂入れりと。爰に佰奇走り寄りて、懐を採《あさ》り蜂を掃ふ。時に母起ちて、家に走り還りて云はく、君見ずや否やと。父之を信じて佰奇を召して云はく、汝は吾が子なり。上には天に恐り、下には地に恥づ。何ぞ汝後母を犯すやと。佰奇之を聞きて、五内に主無し。既に後母が讒謀を知りて、諍がふと雖も信ぜじ。如かじ、自ら殺害してむと。人有りて誨へて云はく、罪無くして徒に死なむよりは、如かじ、逃げて他の国に住まむにはと。時に佰奇遂に逃げ去りぬ。父猶後母が讒謀を知りて、車を馳せて遂ひ行く。河の岸に至りて、史に逢ひて問ひて云はく、[b]此より童子過ぎつるやと。史答へて云はく、可愛げなる童子涙たり、河の中に至りて天に仰ぎて嘆きて曰はく、我計らざる外に忽ちに蜂の難に遭ひ、家を離れて浮蕩して帰する所無し。心に向ふ所を知らずと。歎き已つて、即ち身を河の中に投げて没《しづ》み死にぬと。父之を聞きて悶絶し、悲しみ痛むこと限り無し。乃ち曰はく、吾が子佰奇、怨を含みて身を投げたり。嗟々《なげか》しきかなや、悔々《くや》しきかなやと。時に飛鳥、吉補が前に来至せり。吉補が曰はく、吾が子の若し鳥に化せるか。若し然らば当に我が懐に入れと。鳥即ち吉補が手に居て、亦其の懐に入りて袖より出でぬ。又父が曰はく、吾が子佰奇が化せるならば、吾が車の上に居て、吾に順ひて家に還れと。即ち鳥車の上に居て家に還り到る。後母出でて見て曰はく、噫、悪しき怪鳥なり。何ぞ射殺さざると。父弓を張りて之を射るに、箭鳥には中らずして、母が胸に当中《あた》りて死亡しぬ。鳥則ち其の頭に居て、面目を啄み穿ちて、乃ち高く飛びぬ。死にても敵を報ゆるは、所謂《いわゆ》る鵙鳥是なり。雛にして母に養はれ、長じては還りて母を食す。[c]世々に此の怨、敵を施《ゆる》さざる所、以て此の如きか（此人周丞相伊尹去《吉イ》補之子也。為レ人孝慈。未ニ嘗有一レ悪。時後母生ニ一男一、始憎ニ佰奇一。或取レ蛇入レ瓶、令レ賷ニ佰奇一、遣ニ小児之所一。小児見レ之、畏怖泣叫。爰母語レ父云、佰奇常欲レ殺ニ吾子一。君不ニ見知一

乎。往見二畏物一。父見二瓶中蛇一曰、吾子若為レ人無レ悪。豈有レ之哉。母曰、若君不レ信者、慥令レ見二其所為等一。妾与二佰奇一往二彼薗一採レ菜。君窺可レ見二佰奇之所為一。即後母蜜取レ蜂、裹二袖中一至レ薗。乃母倒レ地云、吾懐入レ蜂。爰佰奇走寄、採レ懐掃レ蜂。時母起、走二還家一云、君不レ見否。父信レ之召二佰奇一云、汝吾子也。上恐二于天一、下恥二于地一。何汝犯二後母一乎。佰奇聞レ之、五内（肉）無レ主。既知二後母讒謀一也、雖レ諍不レ信。不レ如自殺害。有レ人誨云、無レ罪徒死、不レ如逃住二他国一。時佰奇遂逃去。父猶知二後母讒謀一、馳レ車遂行。至二河岸一、逢レ史問云、従レ此過二童子一耶。史答云、可愛童子涙、至二河中一仰レ天嘆曰、我不レ計之外忽遭二蜂難一、離レ家浮蕩無二帰所一。心不レ知レ所レ向。歎已、即身投二河中一死也。父聞レ之悶絶悲痛無レ限。乃曰、吾子佰奇、含レ怨投レ身。嗟々焉、悔々焉。時飛鳥、来二至吉補之前一。吉補曰、吾子若化レ鳥耶。若然者当レ入二我懐一。鳥即居二吉補之手一、亦入二其懐一従レ袖出也。又父曰、吾子佰奇之化、而居二吾車上一、順レ吾還レ家。即鳥居二車上一還二到於家一。後母出見曰、噫悪怪鳥也。何不二射殺一。父張レ弓射レ之、箭不レ中レ鳥、当二中母胸一死亡。鳥則居二其頭一、啄（喙）二穿面目一、乃高飛也。死而報レ敵、所謂鵙鳥是也。雛而所レ養レ母、長而還食レ母也。世々此怨、適所レ不レ施、以如レ此乎）

注好選の佰奇譚も、船橋本との関わりが深い[9]。今昔物語集と船橋本との関係に較べ、注好選の船橋本に対する依拠度は、一層高く、注好選の佰奇譚は、殆ど船橋本の敷き写しと言ってよい。そして、今昔物語集と注好選について注意すべきは、船橋本に見えない注好選の独自部分、――線部a、b、c等が、今昔物語集にそのまま見えていることである（a、cに関しては、岩波新日本古典文学大系『今昔物語集』二、二一二頁脚注九、二一四頁脚注一一に指摘がある）。ところで、今昔物語集の、

父問テ云ク、b此ヨリ童子ヤ過ツルト

について、岩波新日本古典文学大系『今昔物語集』二、二一三頁脚注三六に、「本集のみ会話化」と記すのは、失考

とすべく、注好選の、

　父……問ひて云[b]はく、此より童子過ぎつるやと

を受けたものである。また、それに続く津史の言葉、

　児、泣キ悲ムデ

について、同二一三頁脚注三九に、「本集の付加。悲嘆の強調」と記すのも、注好選の、

　童子涙たり

の言い換えと見るべきである。その他、今昔物語集、注好選共に、伯奇の父を伊尹とし（注好選「伊尹去《吉イ》補」、陽明本「伊尹吉甫」。周の尹吉甫を、殷の湯王の賢臣、伊尹と混同している）、父の射た矢は、後母の「胸」に当たったとすることなど（陽明本、船橋本「腹」）、今昔物語集の船橋本への直接依拠は、一寸考え難い。今昔物語集は、

　孝子伝をいくつかまとめてのせた『注好選』に類する二次的資料によったのであろう（同四〇〇頁解説四）

と言われた辺りを穏当とすべきであろう。それにしても、今昔物語集の冒頭、

　其ノ母死テ後、伊尹他ノ妻ニ嫁テ

など、「「嫁テ」まで孝子伝なし。本集の説明的付加」（同二一一頁脚注三九）とされるものの、例えば内外因縁集を見ると、

　幼而母亡

とあり、さらに琴操上に、

　伯奇母死。吉甫更娶㆓後妻㆒

等とあって、尹吉甫が後妻を娶った話は、孔子家語九、顔氏家訓一等を通じても知られた話となっており、なお一考

の余地がある。また、注好選の冒頭、

　伊尹去《吉イ》補

は、内外因縁集の「吉補」と、用字の共通することが気に掛かる。その「伊尹去《吉イ》補」に対する、岩波新日本古典文学大系『注好選』の二六〇頁脚注六、「船橋家本「尹吉補」、陽明文庫本「伊尹吉補」。正しくは尹吉補か」は、ひどく混乱している。船橋本は「尹吉甫」、陽明本は「伊尹吉甫」であり（但し、陽明本孝子伝36曾参に、「吉補」の「補」に訂正記号を付して、「甫」と頭書した例がある）、尹吉甫が正しい。注好選の基づいた船橋本系孝子伝は、現陽明本と共通する表記を有していた可能性がある。疑問の残るのが、注好選の末尾、

　所謂鵩鳥《イム》是也

で、「鵩鳥」に関しては、今昔物語集の、「所謂ル鳴鳥ハ、即チ此レ也」（表題「成レ鳴」）の、「鳴鳥」等を参考にしても、同二六二頁脚注七に、「「鵩」字、辞書に見えず……「鴞」の変か……鴞鳥《きょうちょう》ならフクロウ」と指摘される如く、今昔物語集の「鳴鳥」共々、鴞鳥辺りの誤写と思われる。船橋本は、

　所謂飛鳥是也

とするが、その「飛鳥」がそもそも存疑の表記となっており、例えば注好選、今昔物語集――線部cの祖型を推定することなども含め（注好選「敵を施《ゆる》さざる所〈敵所不施〉」は、今昔物語集「敵トシテ世々ニ不絶《たえ》ズ」に従えば、「敵として絶えざる所」か）、現船橋本孝子伝の本文の校勘、再建が容易でないことを物語る、恰好の例となっている。

ともあれ、注好選については、同五四七頁解説に、

〔注好選〕撰者が出典を明記する場合も多いが、それらについて原典と対照してみても、一つとして直接的引用を首肯させる例がなく、両者の間に第三、第四の文献の介在を想定させるものばかりであった……出典を明記し

ない場合も、船橋家（清家）本孝子伝のごときは、同文的同話性においてまさに上巻の中国孝子譚の直接出典たる資格を持つかに見えるが、各話の伝承系譜を子細に検討する時には、遂に両者間の直接関係を否定せざるを得なくなる

と述べられたことを重く受け止め、なお今後の研究課題とすべきであろう。

ここで、我が国における伯奇譚の受容について、一瞥しておきたい。我々が極めて早くから伯奇譚を受容していたことを窺わせるものに、那須国造碑がある。那須国造碑は、七〇〇年頃の制作に掛る、在栃木の石碑だが、東野治之氏によれば、その碑文の、

六月童子、意香助レ坤

は、「六月」が、尹吉甫のことを歌った詩経小雅「六月」を指す所から、「六月童子」は伯奇を意味し、「坤」は母の意で、当句は、孝子伝の伯奇譚に基づくものと考えられるという[10]。当句に先立つ、

銘二夏尭心一、澄レ神照レ乾

も同様に、「乾」は父の意で、孝子伝の重華譚に基づくものである（両孝子伝1舜、船橋本序「重華忍レ怨至孝、而遂膺二尭譲一得レ践二帝位一也」等）。或いは、「坤」が伯奇の継母に当たるものとすれば、「澄レ神照レ乾」は、重華の盲目の父、瞽叟の眼の開いたことを言うか。また、

立二碑銘一偲云レ爾……無レ翼長飛、无レ根更固

等も、船橋本序の、「則嘉声無レ翼而軽飛也……編二孝子碑銘一也……永伝二不朽一云レ爾」を参照した可能性がある（原拠は、唐高宗撰、述聖記〈所謂雁塔三蔵聖教序記における、記に当たる。全唐文十五所収〉の、「名無レ翼而長飛、道無レ根而永固」。管子十などにも見える）。

伯奇譚を載せる古い文献としては、源為憲の世俗諺文が上げられ、その「令レ搦レ蜂」には、二種類の説苑が引かれている。また、注好選との関連が指摘される、流布本系仲文章の吏民篇には、

　白奇握レ蜂、已放二於吉甫一

という句が見える[11]（古本系不見）。そして、内外因縁集「伯奇殺二後母一」には、非常に興味深い伯奇譚が引かれている。その本文を示せば、次の通りである（古典文庫337に拠る）。

　伯奇、周丞相吉補之子也。天性至孝也。幼而母亡。後母生二一男一、嫉二伯奇一。或時取レ蛇入レ瓶、令レ置二児辺一。小児見怖。母語レ父云、奇所レ作。但父不レ信。母又語レ父曰、若不レ信者、密於二後園一、窺二見奇共取一レ菜。母懐故入レ蜂。則倒レ地、告レ奇。々早寄、探レ懐取レ蜂。母還問レ父、今所作見否。父信レ之。父問レ奇云、汝吾子也。上恐レ天、下恥レ地。何犯レ母。奇始知二母讒一、欲二自害一。隣人教、令レ逃了。父知二母讒一、追至二河津一。没死。父聞歎悲。于レ時飛鳥来、有二吉補前一。父曰、我子若化レ鳥者、可レ入二吾懐一。自レ袖出、則居レ車、帰レ家。後母曰、可二悪鳥一。早可二射殺一。而射、不レ当レ鳥。々遂当二後母腹一、後母忽死。鳥居二其頭上一、啄。其後飛レ天去。所謂生母欲レ報レ敵、化レ鳥来由、高悲鳴也

右は、甚だしく簡略化されてはいるが、船橋本系孝子伝に拠るものであることは明らかで、「吉補」の「補」字を注好選、陽明本と共有することを始め、今昔物語集とも相互る性格をもつことは、前述の通りである。末尾「所謂」以下に不審を残すものの、船橋本の本文を考える上で、参考とすべき文献であることは間違いない。以下、管見に入った、伯奇譚を収める資料を列記する。

・日蓮御書「上野殿御返事建治三年五月、五十六歳御作」（蜂の話。岩波新日本古典文学大系『今昔物語集』二、二一一頁脚注指摘）

・醍醐寺本白氏新楽府略意下（真福寺本新楽府略意七。琴操を引く）
・真福寺本新楽府注（春秋後（紛）語を引くが、存疑）
・白氏長慶集諺解十（事文類聚を引く。同後集五人倫部後母〈列女伝を引く〉に拠るものであろう）
・塵袋三（また、塵添壒嚢鈔八。兼名苑を引く）
・金玉要集「一、慈父孝養之事⑫」
・語園上・71「蜂ヲ以テ継子ヲ讒スル事⑬」（出典は「事文」とあり、事文類聚後集五所引列女伝であろう）
・碧山日録応仁二年三月二十二日条（文選「君子行」、六臣注、列女伝を引く。岩波新日本古典文学大系『今昔物語集』二、二一一頁脚注指摘。但し、同書に、「応安二年」とあるのは、「応仁二年」の誤り）
・帳中香一之下、山谷抄一（山谷詩集鈔一。黄山谷「演雅」の抄として、それぞれ「曹子建悪鳥論」、「魏曹植悪鳥論」を引く）
・玉塵五、四十五⑭（韻府群玉一、二冬「蜂」、五、四豪「労」「禽名〈伯労〉」の抄。それぞれ列女伝、及び、「曹植悪鳥伝」「排勻」〈氏族大全五であろう〉以下を引く）
・太平記賢愚鈔（列女伝を引く。韻府群玉一に拠るか）
・太平記鈔十二（列女伝〈韻府群玉一所引〉、文選「君子行」、六臣注、韓愈「履霜操」を引く）
・譬喩尽はの部⑮（「白氏文集」〈新楽府「掇レ蜂」句〉を引く）等
・昔話「継子と王位⑯」（『日本昔話通観』28昔話タイプ・インデックス、むかし語りⅧ継子話一八三）

内、中国関係の資料については、それぞれ後述に従う。さて、岩波新日本古典文学大系『注好選』の二六〇頁脚注は、その原拠としての両孝子伝を上げ、

なお文選李善注、世俗諺文・令撝蜂に引く説苑収載話は別系の異伝で、伯奇譚の日本文学への投影は、溯源すればこの二伝に帰する

と記されるが、実態はもう少し複雑そうである。

二

漢の景帝の子、魯の恭王餘の建てた霊光殿には、孝子伝図が描かれていたらしい。そのことは、文選十一に収める後漢、王延寿の「魯霊光殿賦一首幷序」に、

下及二三后婬妃乱主忠臣孝子烈士貞女一、賢愚成敗、靡レ不二載叙一

と見える。そして、晋の張載が、その「孝子」に注し、

孝子、申生伯奇之等

と述べている所からして（李善注所引に拠る）、晋以前、申生、伯奇譚を収める孝子伝が存在していたことは、ほぼ疑いない。ところが、中国本土においては、その後全ての孝子伝というものが滅びてしまい、殊に申生、伯奇については、目下類林の逸文を僅かな例外として、⑰その孝子伝としての所伝を聞かない。このような状況を見る時、申生、伯奇の所伝を二つながら有し、我が国にのみ殆ど奇跡的に伝存する、完本の古孝子伝二種の文学史的価値が、改めて知られることになる。

その古孝子伝二種の内、船橋本孝子伝35伯奇の本文は、既に紹介した。ここで、残る一本、陽明本のそれを、紹介しておく。陽明本孝子伝35伯奇の本文を示せば、次の通りである。

伯奇者、周茙相尹(伊尹)吉甫之子也。為人慈孝。[a]而後母生一男、仍憎嫉伯奇。[い]乃取毒蛇、納瓶中。[b]呼伯奇将殺、小児戯。小児畏蛇、便大驚叫。母語吉甫曰、伯奇常欲殺我小児。君若不信、試往其所看之。果見之、伯奇在瓶蛇焉。[ろ]又讒言、伯奇乃欲非法於我。[c]父云、吾子為人慈孝、豈有如此事乎。母曰、君若不信、令伯奇向後薗取菜。君可密窺之。母先賷蜂置衣袖中、[d]母至伯奇辺白、蜂螫我。即倒地、令伯奇為除。奇即低頭捨之。母即還白吉甫、君伺見否。父因信之。乃呼伯奇曰、為汝父上不慙天、娶後母如此。伯奇聞之、嘿然无気、因欲自殞。[は]有人勧之、乃奔他国。[e]父後審定、知母奸詐。即以素車白馬、追伯奇。至津所向、曰津吏曰、向見童子赤白美皃至津所不。吏曰、童子向者、而度至河中。仰天歎曰、[f]飄風起兮吹素衣、遭世乱兮无所帰、心欝結兮屈不申、為蜂厄即滅我身。歌訖、乃投水而死。父聞之、遂悲泣曰、吾子枉(狂)哉。[g]即於河上祭之。[に]有飛鳥来。父曰、若是我子伯奇者、当入吾懐。鳥即飛上其手、入懐中従袖出。父之曰、是伯奇者、当上吾(五)車随吾還也。鳥即上車、随還到家。母便出迎曰、向見君車、上有悪鳥。何不射殺之。父即張弓取矢、便射其後母、中腹而死。父罵曰、誰殺我子乎。[ほ]鳥即飛、上後母頭、啄其目。今世鵄梟是也。[h]一名鵂鶹、其生児還食母。[へ]詩云、知我者、謂我心憂、不知我者、謂我何求、悠々蒼(倉)天、此(如)何人哉、此之謂也。[i]其弟名西奇

両孝子伝の伯奇譚は、複雑な話柄から成り立っているため、今仮に、陽明本のそれを、い―への六つの話柄に分ける。そのい―への六つの話を、簡単に項目化すると、次のようになる。

い蛇の話

ろ蜂の話

は伯奇の流離の話

に化鳥の話
ほ鴉梟の話
へ「詩云」

以下、い—への順序に従い、それぞれに贅注を加える形で、陽明本孝子伝伯奇譚の成立というものを、考えてみたい。陽明本と船橋本の関係について、一言しておくと、二本の措辞は、各々異なるが、話柄において、両本間に大きな相違はない。強いて上げれば、船橋本は二つの点で、陽明本と区別されよう。一つは、は伯奇の流離の話において、船橋本の歌が、崩れていると見られることである。もう一つは、船橋本が、へ「詩云」を欠くことである。総じて陽明本は、右の二つの点を始めよく古態を保ち、六朝以前の古孝子伝の面影を今に伝えるものと思われる⑱。

い蛇の話は、極めて稀覯に属し、目下の所、類林の逸文に引かれる孝子伝以外、全く管見に入らない。或いは、この話は孝子伝独自の説話かと推測され、そのことは、逆に両孝子伝の貴重さを示す、一証左となっている。い蛇の話は、ミネアポリス美術館蔵北魏石棺などに描かれており、いについては、孝子伝図との関連において、再度取り上げることにする。

ろ蜂の話は、劉向の説苑に載るものが古い。今本の説苑には欠けているが、漢書馮奉世伝の顔師古注、後漢書黄瓊伝注、文選「君子行」李善注、世俗諺文「令レ掇レ蜂」等に、その逸文が見える。今、向宗魯氏『説苑校証』佚文輯補により、その本文を示せば、次の通りである⑲。

王国君（子）前母子伯奇、後母子伯封、兄弟相重。後母欲レ令三其子立為二太子一。説レ王曰、伯奇好レ妾。王不レ信。其母曰、令三伯奇於二後園一、王上レ台視レ之、即可レ知。王如二其言一。伯奇入レ園、後母陰取二蜂十数一、置二単衣中一、往過二伯奇辺一、曰、蜂螫レ我。伯奇就二衣中一取レ蜂殺レ之。王見、譲二伯奇一、伯奇出。使者就二袖中一有二死蜂一。使者白レ王。王見レ蜂、

追レ之、已自投二河中一

「王国君」は、尹吉甫のことである。吉甫が畿内諸侯であったことから言う（向宗魯氏前掲書）。従って、説苑の、「王国君前母《（子）》子伯奇」は、尹吉甫の先妻の子伯奇の意で、文選「君子行」劉良注には、「尹吉甫前妻子伯奇」、列女伝逸文、琴清英、琴操などには、「尹吉甫（之）子伯奇」等と見える。また、尹吉甫に関しては、例えば琴操に、「吉甫、周上卿也」と言い、周の宣王が登場していることから分かるように、実在の人物である。宣王の北伐に従って、玁狁《けんいん》を伐った名相として知られ（詩経小雅、六月等）、名は兮甲、字は伯吉父（伯吉甫）といい、周の宣王五（前八二三）年の北伐のことを記した、兮甲盤が伝わっている（兮甲盤銘文）。尹は、姓また、官名である（「尹……風俗通云、師尹、三公官也。以レ官為レ姓」〈元和姓纂六〉）。陽明本の「伊尹吉甫」が、周の尹吉甫と殷の伊尹を混同したものであることは、前に述べた。説苑については、伯奇の弟を伯封とし、また、話の末尾を、「〔伯奇〕自投二河中一」と結んでいること等に注意すべきである。特に、陽明本ろにおける――線部d、

母至二伯奇辺一白、蜂螫レ我

は、説苑の――線部d、

往過二伯奇辺一曰、蜂螫レ我

を受けた表現であろうと思われる。説苑に酷似した伯奇譚が、文選「君子行」劉良注に引かれている（碧山日録応仁二年三月二十二日条、太平記鈔十二等にも見える）。その本文を示せば、次の通りである。

尹吉甫前妻子伯奇、後妻子伯封。後妻欲三其子為二太子一、言二於吉甫一曰、伯奇好レ妾。若不レ信、王上レ台観レ之。後母取レ蜂除二其毒一、而置二於衣領之中一。使二伯奇視而殺一レ之。吉甫使レ譲二伯奇一。使者見三袖有二死蜂一、以白二吉甫一。吉甫使レ追レ之、以投二于河一矣

右は、おそらく説苑に拠ったものであろう。蜂から「除二其毒一」とするのが面白く、話の結びを、「〔伯奇〕投二于河一矣」としている。また、源為憲の世俗諺文には、二種類の説苑が引かれるが、その題下割注に録される「説|」は、同じろ蜂の話を内容とするものながら、措辞がやや異なる。その本文を示せば、次の通りである。

説|云、呼二吉甫家伯奇一、後母譖《（潜）》レ之曰、伯奇好レ我。父不レ信。上レ台望レ之。後母取レ蜂置二懐《（坏）》中一、語二伯奇一、蜂螫レ我。奇来殺レ之。父信レ之。遂殺二伯奇一

話の結びは、「〔尹吉甫〕遂殺二伯奇一」となっている。さて、伯奇譚は、列女伝にも採られていたらしい。今本の列女伝には見えないが（但し、今本巻六・9に、「伯奇放レ野」の言がある）、太平御覧九五〇、事類賦三十、事文類聚後集五、韻府群玉一（太平記鈔十二等にも）、碧山日録応仁二年三月二十二日条等に逸文が引かれ、その内容は、やはりろ蜂の話となっている。太平御覧九五〇所引列女伝の本文を示せば、次の通りである。[20]

尹吉甫子伯奇至孝。事二後母一。母取レ蜂去レ毒、繫二於衣上一。伯奇前、欲レ去レ之。母便大呼曰、伯奇牽レ我。吉甫見疑レ之。伯奇自死

説苑に較べ、甚だ簡略なもので、末尾を「伯奇自死」とする。

は伯奇の流離の話は、まず漢、揚雄の琴清英（水経注三十三江水注所引）に見える（太平寰宇記八十八剣南東道七瀘州にも。瀘州は四川省瀘県）。琴清英の本文を示せば、次の通りである。

尹吉甫子伯奇至孝。後母譖レ之。自投二江中一、衣レ苔帯レ藻。忽夢見二水仙一、賜二其美薬一。思二惟養レ親、揚レ声悲歌。船人聞レ之而学レ之。吉甫聞二船人之声一、疑似二伯奇一。援レ琴作二子安之操一

右は、陽明本はの、――線部g「〔尹吉甫〕即於二河上一祭レ之」とある場面に該当し、その「自投二江中一」以下、伯奇投水後の悲話を扱ったものと見て良いであろう。「吉甫聞二船人之声一」云々は、伯奇の歌声を真似て歌う、船人の歌

声を開いた尹吉甫が、それを伯奇のものかと思い、琴を弾いて「子安之操」を作った、ということらしい（子安は仙人の名〈水経注二十九沔水注〉。操は琴曲、操《ひ》くことから言う）。伯奇譚は、琴清英を始め、しばしば琴曲の歌詞に取り上げられたようで、そのろ蜂の話、は流離の話を内容とするものに、後漢、蔡邕撰、琴操上に収める「履霜操」がある。今、清、孫星衍の平津館叢書所収の琴操に拠って、その本文を示せば、次の通りである。(21)

履霜操

履霜操者、尹吉甫之子伯奇所レ作也。吉甫、周上卿也。有二子伯奇一。伯奇母死。吉甫更娶二後妻一、生レ子曰二伯邦一。ろ乃譖二伯奇於吉甫一曰、伯奇見三妾有二美色一、然有二欲心一。c吉甫曰、伯奇為レ人慈仁、豈有レ此也。妻曰、試置二妾空房中一、君登レ楼而察レ之。後妻知二伯奇仁孝一。乃取二毒蜂一綴二衣領一、伯奇前持レ之。於レ是吉甫大怒、放二伯奇於野一。は伯奇編二水荷一而衣レ之、采二楟花一而食レ之。清朝履レ霜、自傷二無レ罪見レ逐。乃援レ琴而鼓レ之曰、履二朝霜一兮採二晨寒一、考不明其心兮聴二讒言一、孤恩別離兮摧二肺肝一、何辜皇天兮遭二斯愆一、痛殁不同兮恩有レ偏、誰説顧兮知二我冤一。宣王出遊、吉甫従レ之。伯奇乃作レ歌、以レ言感二之於宣王一。宣王聞レ之曰、此孝子之辞也。吉甫乃求二伯奇於野一而感悟。遂射二殺後妻一。

右は、伯奇の死を記さないが、例えば黄奭が「知二我冤一」下に注し、

案二楽府一、引二知我冤下一、作二曲終投レ河而死一

と言っているように、文選十八、馬融「長笛賦」六臣注、楽府詩集五十七所引等の琴操を見ると、

〔曲終楽府詩集〕投レ河而死

とあり、琴操にもやはり、伯奇の投水を記すもののあったことが知られる。琴操は後世、中国、日本における伯奇譚の流布に与って、大きな力をもったものの如く、それを引用する文献は、世説新語一言語二「尹吉甫放二孝子伯奇一」

劉孝標注を始め、文選「長笛賦」李善注、六臣注、初学記二、太平御覧十四、五一一、楽府詩集五十七等、また、我が国の醍醐寺本白氏新楽府略意下（真福寺本新楽府略意七）等、枚挙に遑がない。唐の韓愈にも、「履霜操」の作がある[22]（韓昌黎集一、琴操十首所収）。さて、琴操について、まず注意すべきは、「履霜操」を伯奇の作とすることと共に、ろ蜂の話において、弟の名を「伯邦」と記すことである（説苑「伯封」、陽明本――線部i「西奇」。但し、陽明本の「西奇」は、諸書不見）。次いで、は流離の話における、有名な「履二朝霜一兮」歌が、陽明本はの――線部f「飄風起兮」歌と一致せず、陽明本の「飄風起兮」歌は、「西奇」同様、諸書不見の特異な歌となっていることである。また、周の宣王の登場なども見過ごせないが、殊に注意を払うべきは、結びを、

　吉甫……遂射二殺後妻一

とすることで、琴操を初見とするこの文は、勿論陽明本に化鳥譚末尾と、深い関わりをもっている。また、それは、実質上にの一部をなすものと見られ、或いは、琴操の結びの背後に、化鳥譚が存していた可能性を、強く示唆する。さらに、琴操ろ蜂の話における――線部c、

　吉甫曰、伯奇為レ人慈仁、豈有レ此也

等、陽明本ろの――線部c、

　父云、吾子為レ人慈孝、豈有二如レ此事一乎

と酷似しており、その出自を窺わせるに足るものがある。このようなことから、上掲琴操は、後に陽明本孝子伝などを生む、直接母胎となった重要な資料と位置付けることが出来る。

　に化鳥の話は、これまで魏、曹植の令禽悪鳥論（貪禽悪鳥論とも）の記述を通じ、広く知られてきたものである。しかし、令禽悪鳥論は、テキストとして完全な本が伝わらず、その全体像を思い描くことは容易でない。辛うじて芸

文類聚二十四（「令禽悪鳥」）、毛詩正義豳風「七月」（「悪鳥論」）、太平御覧九二三（「貪悪鳥論」）、太平広記四六二（「悪鳥論」）等に残された断片により、本文を再構成することになるが、それら全ての逸文を合わせても、なお完整なものとはならない。上記の諸書中、伯奇譚を収めるのは、芸文類聚と太平御覧であり、試みに両者のそれを併せ示せば、次のようになる㉓（芸文類聚を底本とし、太平御覧を対校して、〔 〕内にその異同を掲げた。×は、その文字が御覧にないことを表わす）。

（前略）昔尹吉甫用《〔信〕》二後妻之讒一、〔而〕殺二孝子伯奇一。〔其弟伯封求而不レ得、作二黍離之詩一。俗《に》伝云、〕吉甫後悟、追二傷伯奇一。出二游《〔遊〕》于田一、見三〔異〕鳥鳴二于《〔於〕》桑一。其声噭然、吉甫動レ心《〔心動〕》曰、〔無二乃〕伯奇一乎。鳥乃撫《〔拊〕》レ翼、其音《〔声〕》尤切。吉甫〔曰、果吾子也。〕乃顧曰、伯〔奇〕労乎。是吾子、栖二吾輿一。〔非二〕吾子一、飛勿レ居。〔言未レ卒、〕鳥尋レ声而栖二于《〔其〕》蓋一、〔帰入レ門。集二于井幹之上一、向レ室而号。〕吉甫〔命二後妻一載弩二射之一。〕遂射二殺後妻一以謝レ之。故俗悪二伯労之《〔×〕》鳴一、言所レ鳴之家、必有レ尸也。此《〔×〕》好事者《〔×〕》附レ名為二之説一、而今普《〔令俗人〕》伝悪レ之（後略）

に化鳥の話は、令禽悪鳥論を初見とする。令禽悪鳥論は、そのにが陽明本――線部e以下、及びにと酷似しており、両者の関連の深さを窺わせることを始め、注意すべき点が多い。その一、二を上げてみる。まず弟を「伯封」とすることは、説苑と密接な関係がある。次に、令禽悪鳥論にの末尾、

遂射二殺後妻一

は、前述琴操の末尾、

遂射二殺後妻一

また、陽明本にの末尾と一致する。或いは、令禽悪鳥論に、

俗悪二伯労之《〔×〕》鳴一

等と言われることは、陽明本にが、それを「悪鳥」と呼んでいること、及び、後述ほ鵄梟の話と、明らかに関連する。さらに、令禽悪鳥論が、弟伯封の名と共に、その作として詩経王風「黍離」の詩を上げていることは、勿論陽明本へ「詩云」と深く関わるのである。

ところで、陽明本孝子伝35伯奇の成立については、西野貞治氏「陽明本孝子伝の性格並に清家本との関係について」に、令禽悪鳥論をめぐる優れた論がある。㉔そこで、以下その西野氏の論を紹介、検討しつつ、筆を進めたい。氏はまず、陽明本の本文を掲げた後、

この中、吉甫が伯奇を求めて後母を射殺する部分は、魏の曹植の貪禽悪鳥論（御覧九二三）に見え、そこではその鳥の声のかなしげなのを聞いて吉甫が「伯奇労乎」と言つたとあるが、曹植が此の説話を「俗伝」の言う所とし、又好事家がその名に附会して説をなすとするのは、その説話の民間伝承なることを証するものである。伯奇に関する哀しい伝説は漢の揚雄の琴清英（水経江水注）や後漢の王褒の琴操（世説言語注）に見えるが、それが民間では伯労に関する説話として伝えられたのである

と述べ㉕、陽明本伯奇譚と民間伝承との関わり、また、陽明本の令禽悪鳥論からの取材を指摘されたことは、大変重要である。さて、西野氏のこの指摘を理解するには、令禽悪鳥論の構成を知る必要がある。そこで、令禽悪鳥論と深く関わる、陽明本ほ鵄梟の話を検討することによって、そのことを少し具体的に考えてみよう（鵄梟《しきょう》は、鴟梟に同じく、ふくろうのこと〈鵄は、鴟の別体字〉。鵄鴞《しきょう》等とも言う）。

ほ鵄梟の話は、陽明本と船橋本の表現が、やや異なっている。船橋本の本文を示せば、次の通りである。

鳥則居㆓其頭㆒、喙㆓穿面目㆒。爾乃高飛也。死而報㆑敵、所謂飛鳥是也。鶵而不㆑眷㆓養母㆒、長而還食㆑母也

少し厄介なのは、ほ鵄梟の話が、両孝子伝次条に当たる36曾参の、曾参五孝における、鵄梟の話（第五孝）と関わっ

ていることである。その両孝子伝36曾参に見える、鵄梟の話の本文を、併せて示せば、次の通りである。

・魯有二鵄梟之鳥一。反食二其母一、恒鳴二於樹一。曾子語二此鳥一曰、可レ呑レ音。去勿二更来一レ此。鳥即不二敢来一（陽明本）。

・魯有（曾）二鵄梟一。聞二之声一者、莫レ不レ為レ厭。参至レ前曰、汝声為二諸人一厭。宜韜レ之勿レ出。鳥乃聞レ之遠去、又不レ至二其郷一（船橋本）

今便宜的に、曾参譚の鵄梟の話と、陽明本ほ鵄梟の話を合わせて一つとし、それを仮に、

㈠鵄梟の声が嫌われること

㈡鵄梟が母を食うこと

㈢鵄梟が母の目を啄むこと

という三つのモチーフに分けて、そのモチーフ毎に考えてみる（㈠は曾参譚に、㈡は伯奇譚、曾参譚〈船橋本不見〉の両方に、㈢は伯奇譚にのみ見えるモチーフ）。

㈠鵄梟の声が嫌われることについては、古く詩経陳風「墓門」の毛氏伝に、

鴞、悪声之鳥也

等と見える（鴞《きよう》も、ふくろう）。取り分け興味深いのが、説苑十六談叢に、

梟逢レ鳩。鳩曰、子将二安之一。梟曰、我将二東徙一。鳩曰、何故。梟曰、郷人皆悪二我鳴一、以レ故東徙。鳩曰、子能更レ鳴可矣。不レ能レ更レ鳴、東徙、猶レ悪二子之声一

とある記述で、㉖この記述はまた、令禽悪鳥論（芸文類聚所引。太平御覧等不見）に、

昔荊之梟、将レ巣二於呉一。鳩遇レ之曰、何去レ荊而巣レ呉乎。梟曰、荊人悪二予之声一。鳩曰、子如不レ能レ革二子之音一、則呉楚之民、不レ易レ情也。為レ子計者、莫レ若二宛レ頸戢レ翼終レ身勿二復鳴一也

と見え、令禽悪鳥論のそれは、説苑ないし、説苑と同源の資料から出たものであろうと思われるのである。加えて、次の㈡を踏まえると見られる、㈠鴟梟の声の嫌われることが、後漢、漢安二（一四三）年の北海相景君碑の碑文に、

　鴟梟不レ鳴、分子還養

とあることに、注意すべきである（一字目の鴟は、隷釈六に「鴞」に作る）。

㈡鴟梟が母を食うことについては、一種のタブーとして、古く桓譚新論（太平御覧九二七所引）に、

　余上二封章一言、宣帝時、公卿朝会。丞相語次曰、聞梟生レ子、長且食二其母一。寧然有レ賢者。応曰、但聞烏子反哺耳。丞相大慙

と見える。このことはまた、前掲令禽悪鳥論（芸文類聚所引）の続きに、

　昔会二朝議一者、有レ人問曰、寧有レ聞三梟食二其母一乎。有二答レ之者一曰、嘗聞二烏反哺一、未レ聞三梟食二其母一也。問者慙レ唱二不善一也

とあり、同じく令禽悪鳥論は、桓譚新論に拠ったものと思われる（八巻本捜神記四に、「泰山皇帝」の時、崔皓が陳竜文への策に、「鴟梟何以食レ母」等と問うた所答えず、却って陳竜文に、「慈烏返哺」等と問わないことを詰られる、類話が載る）。なお、㈡鴟梟が母を食うことに関しては、例えば説文解字（和名類聚抄七所引等）に、

　梟、食二父母一。不孝鳥也

と見え、漢書郊祀志の孟康注に、

　梟、鳥名、食レ母

とあり（漢書郊祀志は、令禽悪鳥論〈太平広記所引〉にも見えている）、陸璣の毛詩草木鳥獣虫魚疏下「流離之子」に、

流離、梟也。自レ関而西、謂レ梟為二流離一。其子適長大、還食二其母一。故張奐云、鶹鷅食レ母

と見え（流離、鶹鷅《りゅうりつ》は、共にふくろう）、後漢書朱浮伝注に、

梟鴟、即鴟梟也。其子適大、還食二其母一

等とある㉗（梟鴟も、ふくろう）。

㈢鵄梟が母の目を啄むことについては、西野氏が、

そして伯奇の転生したと見られるその鳥が、父に射殺された継母の目を啄むことは、禽経（説郛巻十五）の、梟は羽翼がはえると母の目を啄んで飛去るという説を引くのであろう

と指摘されたように（前掲論文）、禽経「梟鴟害レ母」の、

梟在レ巣、母哺レ之。羽翼成、啄二母目一翔去也

と関わりがあろうことは、間違いない。しかし、それもまた、令禽悪鳥論の載せる記述であったことは、太平広記所引令禽悪鳥論の、

又云、鴟梟食二母眼精一。乃能飛

によって、明らかと言える（船橋本の、「鳥……啄二穿面目一。爾乃高飛」と酷似する）。即ち、令禽悪鳥論は、禽経を引いているのである。すると、㈠㈡㈢三つの話は全て、令禽悪鳥論に備わっていたことになる。このことは、礼記月令や詩経豳風「七月」以下、数多の典籍句を集成する、令禽悪鳥論の類書的性格から考えて、充分に考えられることである。陽明本ほ及び、曾参譚における鵄梟の話は、全て令禽悪鳥論に拠ったものであろうと思われる（但し、曾参譚の鵄梟の話における令禽悪鳥論は、淵源の一。その直接的な出典は、例えば水経注二十五泗水注に、「昔曾参居レ此。梟不レ入レ郭（境）」と見える話）。即ち、陽明本は、そのほを令禽悪鳥論の㈡㈢に拠り、同じく令禽悪鳥論に拠る㈠㈡を、

五孝の第五として、曾参譚へ配したものと結論出来る㉘。そもそも陽明本孝子伝36曾参の結尾には、

妻死不㆓更求㆒㆑妻。有人謂㆑参曰、婦死已久、何不㆓更娶㆒。曾子曰、昔吉甫用㆓（補）後婦之言㆒、喪㆓其孝子㆒。吾非㆓吉甫㆒、豈更娶也

とされる、曾参の不娶譚が置かれ㉙（船橋本にも。不娶譚は、韓詩外伝〈漢書王吉伝注所引。白氏六帖六等にも引かれる〉、風俗通義二、孔子家語九〈太平御覧四一二、五一一、司馬温公家範三、事文類聚後集五等にも〉、顔氏家訓一〈事文類聚後集五等にも〉などに見える）、そこに外ならぬ、尹吉甫に関する言及のあることから考えても、36曾参が35伯奇を強く意識したものであることは、確かである。

ところで、陽明本ほ鵄梟の話が、に化鳥の話へと続くについては、一つ不可解なことがある。伯奇の化した鳥は、例えば令禽悪鳥論（太平御覧所引）が、「鶪、則博労也」、「伯労以㆓五月㆒鳴」（毛詩正義所引にも）等と言うように（鶪《げき》、博労、伯労は、もず）、もずなのであり、ふくろう（鵄梟）ではないことである。伯奇がもずに化したことは、唐、段成式の酉陽雑俎十六に、

百労、博労也。相㆓伝伯奇所㆒㆑化

と見え、南宋、羅願の爾雅翼十四に、

世伝㆓伯奇化為㆒㆑鶪

とあり、また、輔仁本草下に、

百労、一名鶪〈或云、伯奇化作也。故有㆓伯字㆒〉。和名、毛須

等と見えている。ほ鵄梟の詰も載せる令禽悪鳥論が、伯労を悪鳥とするのは、伯労の鳴き声の故である。そのことは、

吉甫……見㆔〔異〕鳥鳴㆓于〔於〕桑㆒。其声噭然……其音〔声〕尤切……帰入㆑門……向㆑室而号

と言い（噭然は、大声で泣く様）、また、伯奇譚の発端を、

侍臣〔謂〕曰、世同悪㆓伯労之鳴㆒、〔××〕敢問何謂也

とし、結びを、

故俗悪㆓伯労〔×〕之鳴㆒

としていること等から分かる。さらに、伯労と鵄梟の話とが並ぶのは、㈠鵄梟の声が嫌われることの発端に、

梟鵙之鳴、弗㆑可㆑更者、天性然也

とあって、やはり鵙と梟との鳴き声によるものであることが知られる。そして、令禽悪鳥論は、伯奇の化した鳥を、

伯〔奇〕労乎

等と言い、もず（伯労）と認識していることが明らかで、一方、ふくろう（鵄梟）を扱う際には、それらを「梟鵙之鳴」等と呼んで、その二鳥を明確に区別している。にも関わらず、陽明本ほは、伯奇の化した鳥を、ふくろう（鵄梟）とする。このように、陽明本がに化鳥の話（伯労譚）に、ほ鵄梟の話を添えることは筋が通らず、陽明本は、二鳥を混同、ないし、同一視していることになる。このような伯労と鵄梟との混同ないし、同一視については、唐、釈遠年の兼名苑（塵袋三、塵添壒嚢鈔八等所引）に、非常に興味深い記事が見える。塵袋三所引のそれは、十巻本和名抄七所引の、「兼名苑云、鵙、一名鶪、伯労也」の前後の逸文らしいが、その塵袋所引兼名苑の本文を示せば、次の通りである。

兼名苑《ニハ》、服鳥《フクテウ》、一名《ハ》伯趙《ハクテウ》、一名鶪《ハヘン》、博労《ハクラウ》也。其生《レムマレテ》長大《シテ》、便反《チカヘテ》食《フ》㆓其《ノ》母《ヲ》㆒。一名梟《ハケウ》《フクロウ》、不孝鳥《ナリ》。尹吉甫前《ヰンキツフカサキノ》婦子《メカコ》伯奇《ハクキ》、
為㆓後母《ノ》㆒所㆑讒《ラレテ》、遂《セ》身投《ヰニ　ヲナク》㆓津《（律）》河《ニ》㆒。其霊《ノ》為㆓悪鳥《ヲ》㆒、今《ト》伯労鳥之《ノ》　《コレナリ》ト云ヘリ

兼名苑に言う服鳥（鵩鳥《ふくちょう》）、梟は、ふくろうのことであり、また、伯趙、鶪《ばん》、博労、伯労鳥は、もずのことである。

塵袋が、

　伯労鳥トハ、ナニ鳥ソ。打任テハ、モスト云《フ》トリ也

として兼名苑を引き、結句、

　此説《ノ》如《ク》ナラハ、フクロウト云《フ》トリ《ニ》コソ。両説《ノ》是非、ハカリカタシ

と困惑を隠せなかったように、兼名苑においては、陽明本と同様の二鳥の混同ないし、同一視が認められる。この兼名苑逸文が貴重なのは、陽明本の如き二鳥の混同ないし、同一視が、決して陽明本固有の誤りなどでなく、既に唐代以前、中国において起きた訛伝らしいことが、知られることである。加えて、兼名苑が引く伯奇譚は、誠に短い記述ながら、陽明本のは流離の話、に化鳥の話と、ほの㈡鴟梟が母を食うことから成っていて、陽明本孝子伝後半（はにほ）の形は、おそらく唐代以前に溯ろうことが、判明することである。或いは、兼名苑の伯奇譚は、陽明本系孝子伝を典拠とする可能性もある。さて、陽明本は、民間より発するそのような訛伝に基づき、伯労と鴟梟を同一視して、伯奇の化した鳥を鴟梟と見做し、令禽悪鳥論において、声が嫌われることにより伯労の話と連なる、鴟梟の話㈠㈡㈢の、㈡㈢（即ち、ほ）を35伯奇に留め、(30)㈠㈡を36曾参へ回したものと思われる。陽明本ほにおける——線部h「樢鶑」は、存疑とすべきである。伯労（博労）とあるのが自然だが、或いは、鶹鷅、鵂鶹（これも、ふくろう）等を写し誤るか。

　鴟梟の話に関しては、もう一つ不可解なことがある。古来久しく「不孝鳥」（説文解字）とされる鴟梟だが、そもそも鴟梟には、例えば陽明本ほに、

　㈡鴟梟が母を食うこと

　㈢鴟梟が母の目を啄むこと

などと記されるような、習性がないらしいことである。にも関わらず、鴟梟について、「梟生レ子、長且食二其母一」（桓譚新論）等と言われるのは、何故であろうか。思うに、郭公には託卵という習性があって、伯労などの巣に己の卵を産み付けることが、広く知られている。伯労に哺育された郭公の子は、すぐに親より大きくなって、やがて巣立ちゆく。その、子として親を凌ぐ様が、伯労の不孝とされ（実は郭公）、それがいつしか、鳴き声の嫌われる鴟梟へと、転訛されたのではなかろうか㉛。

へ「詩云」は、詩経王風「黍離」の一聯、

知レ我者、謂二我心憂一、不レ知レ我者、謂二我何求一、悠悠蒼天、此何人哉

を引いたものである（船橋本不見）。陽明本が伯奇譚の結びに詩経王風「黍離」を引き、なお伯奇の弟に言及すること（——線部i「其弟名西奇」）については、考えておくべき問題が存する。それは、古くから有名な、伯奇と詩経との関係である。例えば伯奇のことを記す、最古の文献の一、漢の韓嬰撰、韓詩外伝七に、

伝曰、伯奇孝而棄二於親一……詩曰、予慎而無レ辜

とあって、「詩曰」として引かれるのが、冒頭で触れた詩経小雅「巧言」なのである。韓嬰は、漢文帝の時の博士、景帝の時の常山王太傅として、三家詩の韓詩を伝えた人物に外ならず（漢書八十八）、伯奇と詩経の関わりは、随分早い時代に溯るものであることが知られる。以下、へ「詩云」をめぐる、伯奇と詩経との関係を、簡単に纏めておく。

へをめぐる、伯奇と詩経の関係については、西野氏に、次のような指摘がある（前掲論文）。

又文尾に詩経の王風黍離の詩を引く所を見れば、この詩が貪禽悪鳥論も説く如く、尹吉甫が後妻の譏を信じて孝子伯奇を殺し、その弟の伯封は兄を求めたが得ることが出来ず黍離の詩を作つたという韓詩の説（御覧四六九、八四二に見える）をとつたものであろう

氏の指摘通り、まずへは、令禽悪鳥論の、

　昔尹吉甫用〔信〕後妻之讒、〔而〕殺孝子伯奇。〔其弟伯封求而不得、作黍離之詩〕

と関わることが確かで、その作者曹植は、韓詩を学んだ人物とされることが、思い併される。[32] 令禽悪鳥論の当説は、韓詩（太平御覧四六九所引）の、

　韓詩曰、黍離、伯封作也

と一致し、また、説苑の、「前母子伯奇、後母子伯封」、琴操の、「吉甫更娶後妻、生子曰伯邦」等とも、密接に関連しているが、陽明本へは、令禽悪鳥論に基づくものと考えられる。陽明本への如く、伯奇譚が黍離の詩を伴うことは、例えば論衡、累害に、

　後母毀孝子、伯奇放流……而黍離興

等と見え、それは、韓詩以来の由緒正しい流れを汲むものであることが分かる。韓詩外伝七が、伯奇譚に詩経小雅「巧言」を引用することは、前述の通りであるが、また、伯奇譚は、詩経小雅「小弁」と関連させられることがある。例えば漢書中山靖王伝に、

　斯伯奇所以流離……詩云、我心憂傷、惄焉如擣、仮寐永歎、唯憂用老、心之憂矣、疢如疾首

と見え、同馮奉世伝に、

　故伯奇放流……小弁之詩作……経曰、心之憂矣、涕既隕之

とあり（注に説苑を引く）、論衡書虚に、

　伯奇放流、首髪早白。詩云、惟憂用老。伯奇用憂

と見える等（清、范家相の三家詩拾遺八に、「魯詩王充曰」として、右を引く）、それらの「詩云」や「経曰」は、い

ずれも詩経小雅「小弁」を引いたものである。さらに、孟子告子の趙岐注は、

　小弁、小雅之篇。伯奇之詩也

また、

　伯奇仁人而父虐レ之。故作二小弁之詩一。曰、何辜二于天一

と言い、「小弁」の詩を伯奇の作としている。[33]このように、へ「詩云」をめぐる、伯奇譚と詩経との関わりは、予想外に深く広いことの一端が、窺い知られるのである。[34]さて、陽明本の——線部ｉ、

　其弟名西奇

とする説は珍しく、——線部ｆ「飄風起兮」歌共々、目下他に所見がない。暫く西野氏の、

　又韓詩の説をとつた以上伯奇の弟の名を伯封とせねばならぬのを西奇と誤る

と言われる意見（前掲論文）に、従っておきたい。

三

い蛇の話は、通常の文献に記載を見ない、孝子伝固有の特異な話のように思われる。なお興味深いことは、後漢以来の孝子伝図の中に、ミネアポリス美術館蔵北魏石棺など、その場面を描くものが散見することである（後掲(1)(2)）。また、陽明本に化鳥の話の末尾、「吉甫が伯奇を求めて後母を射殺する部分」について、西野氏は、その箇所を令禽悪鳥論に拠るものと判断された如くである（前掲論文）。ところが、令禽悪鳥論以前、後漢の孝子伝図の中に、やはりその場面を描く図像が散見するのである(4)—(9)。また、(3)。後漢、北魏期における孝子伝図の内、管見に入っ

た伯奇図を掲げれば、次のようになる。㉟

⑴ミネアポリス美術館蔵北魏石棺
⑵洛陽古代芸術館蔵北魏石床
⑶固原博物館蔵寧夏固原北魏墓漆棺画
⑷後漢武氏祠画象石（左石室七石）
⑸嘉祥南武山後漢画象石（二石3層）
⑹嘉祥宋山一号墓（四石中層）
⑺同　　　（八石2層）
⑻松永美術館蔵後漢画象石（上層）
⑼南武陽功曹闕東闕（西面1層）

これらの伯奇図と陽明本孝子伝35伯奇との関係は、一体どうなっているのだろうか。さらにその関わりは、文学史的に何を意味することになるのであろうか。以下、少し視点を変えて、孝子伝図と孝子伝との関連を中心に、陽明本孝子伝の成立というものについて考えてみたい。

い蛇の話に関しては、非常に興味深い文献資料が一、二、伝存しており、まずそれを紹介しておく。一つは唐、于立政撰、類林である。逸書類林には、陽明本孝子伝とよく似た、逸名孝子伝の伯奇譚が引用されていたらしく、類林雑説巻一孝友篇四及び、西夏本類林二・九（冒頭欠）に、その逸文が見える。今、類林雑説に引かれたその本文を示せば、次の通りである㊱（嘉業堂叢書本に拠り、陸氏十万巻楼本影金写本を参照する）。

尹伯奇〈周之上卿吉甫之子。父吏娶二後妻一、[i]又生レ圭。伯奇至孝、後母嫉レ之、欲レ殺レ奇。[い]乃取レ蛇、密安二瓮中一、命レ奇圭視レ之。圭年小、見レ蛇乃驚、便号叫走。称二奇打レ我、母問二吉甫一、甫不レ信。[ろ]又謂レ甫曰、奇存二非法一向レ我。君不レ信、今与レ奇遊二後園一、君遥観レ之。甫信二其言一。於レ是母与レ奇至二園中一、詐云、[j]被レ刺レ脚。令二奇看レ之。父遥見、謂レ如二母言一、呼レ奇責レ之。奇恐レ傷二母意一、終不二自治一。[は]遂自抱レ石投レ河而死。周宣王時人。出二孝子伝一〉

もう一つは、敦煌本北堂書鈔体甲（P二五〇二）である。㊲ 本書には、類林所引の孝子伝と酷似する、伯奇譚が引かれている（引用書名欠）。併せて、敦煌本北堂書鈔体甲の本文を示せば、次の通りである。

伯奇抱石、空□伯奇者、周時之上卿尹吉甫之子。少□心奉侍、過於親母。[i]々生一子、字子圭。伯奇□[A]姤、欲却伯奇。[い]謂夫曰、伯奇無慈、打伯子圭□[B]有此。後母屢度讒言、其父遂不信。[ろ]母謂夫曰□挽。甫便取言、謂伯奇曰、既是汝母、因何有此不仁。汝若□雪。汝若無理、速即出矣。伯奇得責、終不自理。[は]徘徊内慙□遂詣河（何）曲、被髪行啼。束身投河（何）、々伯不受。仰天嘆曰、[f′]我□天不覆我、地不載我、父母不容、河（何）伯不受、如此苦我、将何□一老母詣河。遇見伯奇曰、吾今無子、与我為児。奇曰、我事一親、□不得所。今当事母、如不称（秤）意。悔将何及。遂抱石、沈河而死。[k]於後父知子枉、[l]為子殺其婦也

陽明本へにおける――線部ｉ「其弟名西奇」を、類林所引孝子伝に、「又生レ圭」、敦煌本北堂書鈔体甲に、「々〔母〕生一子、字子圭」（それぞれ――線部ｉ）とすることは、韓詩、説苑、令禽悪鳥論などに見える伯封を受け継いだものので（琴操「伯邦」）、圭、子圭の由来については、西野氏による、

伯奇の弟の名は類林雑説の引用では圭とする。これは伯封の封の寸扁を落したものである。羅氏前掲書の古類書三〔即ち、敦煌本北堂書鈔体甲〕では伯子来とするが、俗間では種々に転訛したことが分る

との指摘が、それをよく説明している（前掲論文。但し、氏が、敦煌本北堂書鈔体甲のそれを「伯子来」とされるのは、伯子圭と訂正すべきであろう）。弟の名は、類林所引孝子伝等の位置に記されるのが自然で、陽明本――線部ｉ

がへの末尾にあることは、その弟の名がやはり、へ「詩云」と関わるものであることを傍証する。

い蛇の話は、陽明本を除けば、類林所引の孝子伝いのみが、目下管見に入った唯一の文献となっており、極めて貴重な資料と言うべきであろう。類林所引孝子伝は、やはりい蛇の話が、彼の土において行われた孝子伝の、主要な話柄の一であったことを示している（同じことは、ろ蜂の話についても指摘出来るが、類林所引孝子伝ろは、蜂に関して——線部ｊ「被レ刺レ脚」と言うだけで、蜂への言及がないことに注意すべきである）。敦煌本北堂書鈔体甲は、下部の破損が甚だしいが、空格□Ｂの前の「打伯子圭」句が、類林所引孝子伝いの「称二奇打レ我」句に対応するものである所から、空格□Ａ（または、空格□Ｂ）に、蛇の話の記されていた可能性が高い[38]（空格□Ｂの後の「有此」句は、船橋本の蛇の話における、尹吉甫の言「豈有レ之哉」〈陽明本「豈有二如レ此事一乎」。但し、ろ〉に対応する）。

さて、孝子伝を図像化したと考えられる孝子伝図の中に、伯奇譚におけるい蛇の話を扱うものがある。それが上掲、

(1)ミネアポリス美術館蔵北魏石棺

(2)洛陽古代芸術館蔵洛陽北魏石床

である。(1)は、一九三〇年洛陽出土、正光五（五二四）年元謐石棺とされるもので（鍍金孝子伝石棺、Ｍ本などとも呼ばれる）、その左幇右端に、

孝子伯奇耶父

孝子伯奇母赫児

と榜題する、二面の伯奇図を描き[39]（耶父は、父耶〈父爺〉で、父のこと。図一、二。また、口絵図7、8参照）、左図が、い蛇の話を描いたものとなっている。(2)は、一九七七年洛陽出土、石床の左右に六面ずつ、計十二面の孝子伝

図一　ミネアポリス美術館蔵北魏石棺（伯奇〈一〉）

図二　ミネアポリス美術館蔵北魏石棺（伯奇〈二〉）

図三　洛陽古代芸術館蔵北魏石床

図が描かれ、その左端の一面が、同様に い蛇の話を描いている[40]（榜題剥落。図三）。類林所引の孝子伝や、ミネアポリス美術館蔵北魏石棺などについては、それらを通して、陽明本孝子伝の成立に迫る、西野氏の重要な論がある。ここで、その内容を吟味すべく、氏の論を示せば、次の通りである。

　そして、この孝子伝のはじめの方に見える蛇と蜂による継母の邪謀は類林雑説にも孝子伝の引用として見えるが、この引用に符合するものが東魏の頃の石棺の画像に見られる（瓜茄鶯字第一、三五九頁折込図）。この画像も二面からなり、一は「孝子伯奇母赫児」と題するもので、その構図は左に右を向いて坐する人物、それは伯奇の継母であり、その横の壺から蛇がとぐろを巻いて首を出しており、母の右に母を向いて坐る少年は伯奇と見られる。その隣の画像は「孝子伯奇恥父」と題せられるが、その構図は左に右を向いて牀上に坐するのが伯奇の父であり、その前に父に面して立つのは伯奇であろう。そしてその左の面の図は幾分この孝子伝と異るようであるが、類林雑説に引く孝子伝とは適合するのである。更に敦煌出土の唐写本古類書にも、伯奇のことが見える（羅振玉、鳴沙石室古籍叢残所収唐写本類書三〔P二五〇二〕。敦煌本北堂書鈔体甲）。そしてそれは脱落を判読すると類林雑説に引く孝子伝に大体等しく、この孝子伝の説話の前半だけが見え投身の場面が幾分詳しくなる。即ち古い孝子伝はそのような型であつたかと思う。とすれば、この孝子伝の編者は、それに曹植の貪禽悪鳥論・禽経・韓詩等の伯奇に関する説を結付けたものであろうと推定される

右の「東魏の頃の石棺」は、⑴ミネアポリス美術館蔵北魏石棺を指している。その時代を東魏（五三四―五五〇）とするのは、奥村伊九良氏の説、「当石棺も……大体六世紀中頃或は東魏といふことになる」（『瓜茄』5）を受けるが、[41]⑴は、北魏正光五（五二四）年のものであるから、東魏は北魏が正しい。図一の榜題「孝子伯奇恥父」は、実見するに、「孝子伯奇耶父」となっている。さらに図二の登場人物を「〔継〕母の右に母を向いて坐る少年は伯奇と見られる」とされるのは、図一の右が伯奇であり、それと較べて図二の右は、明らかに子供っぽいので、むしろ弟と見た方がよい（図三は、左が伯奇）。また、氏が、「そしてその左の面の図（図二）は幾分この孝子伝（陽明本）と異るようであるが、類林雑説に引く孝子伝とは適合するのである」と言われる、「幾分……異る」は、陽明本の――線部b、

呼伯奇将殺、小児戯

を指すようである。ここに「将殺」二字の入ることは、いかにも不可解で、類林所引孝子伝の、「後母嫉レ之、欲レ殺レ奇」を参考にすれば、「将殺」は元、「仍憎二嫉伯奇一」の下にあったものと思われ、「伯奇」に続く目移りが原因で、ここに竄入したものと考えられる（東野治之氏教示）。すると、陽明本いと類林所引の孝子伝いは、殆ど違いのないものとなり、陽明本も「左の面の図」（図二）と「適合する」ものとなる。そして、このことは、陽明本や類林所引孝子伝における、いの所伝の成立が、北魏の正光五（五二四）年以前に溯ることを意味する。なお氏が、「そしてそれ〔北堂書鈔体甲〕は脱落を判読すると類林雑説に引く孝子伝に大体等しく、この孝子伝の説話の前半だけが見え投身の場面が幾分詳しくなる」と述べられたのは、類林所引孝子伝のは、

遂自抱レ石投レ河而死

が、陽明本のはを簡略にしたもので、且つ、陽明本のに、ほ、へを欠いたものとなっていることを言う。敦煌本北堂書鈔体甲のはは、「投身の場面が幾分詳しくなる」との氏の指摘通り、——線部f′「我□」歌が、陽明本——線部f「飄風起兮」歌、琴操「履霜操」などと全く異なる、珍しい歌であることや、河伯、老母などの人物が登場すること等、他に類を見ない、貴重な資料とすべきである。おそらく民間に流伝する、伯奇譚の変容を示す、一つの形であろうが、我が国の伯奇譚に、それと共通するもののあることは、驚くべき事実と言えよう（注⑫参照）。

ところで、問題は、氏が、上記の類林所引孝子伝や敦煌本北堂書鈔体甲を、陽明本の「前半だけが見え」るものとし、「古い孝子伝はそのような型であったかと思う」とすること、及び、陽明本の成立に関し、「とすれば、この孝子伝の編者は、それに曹植の貪禽悪鳥論・禽経・韓詩等の伯奇に関する説を結付けたものであろう」とされることである。即ち、氏は、陽明本以前の「古い孝子伝」の原「型」を、

い蛇の話
ろ蜂の話
は伯奇の流離の話

という三つの話から成るものとし、陽明本は「それに」、

に化鳥の話
ほ鴟梟の話
(一)鴟梟の声が嫌われること)
(二)鴟梟が母を食うこと
(三)鴟梟が母の目を啄むこと

へ「詩云」の三つを増補したものであるとして、陽明本に（及び、ほ㈡）の典拠に令禽悪鳥論、ほ㈢の典拠に禽経、へ「詩云」の典拠に韓詩を、それぞれ擬されたのである。ところが、既に確認したように、令禽悪鳥論は、ほ㈠㈡㈢とへを含み、陽明本は、それに拠るものと考えられるから（令禽悪鳥論が参照されたのは、おそらく陽明本〈の祖本〉に、劉宋の孝子〈21劉敬宣、22謝弘微等〉などが増補された時であろう）、禽経、韓詩を、その出典と見ることは出来ない。すると、残された問題は、陽明本に化鳥の話の典拠を、令禽悪鳥論と見ることの可否のみとなる。果して陽明本には、氏の説かれる如く、令禽悪鳥論から出たものなのであろうか。

　このことを検討する上で、非常に興味深い孝子伝図が一点現存する。それが、

(3)固原博物館蔵寧夏固原北魏墓漆棺画

である。当漆棺は、一九八一年固原出土、北魏太和（四七七—九九）頃の作とされるもので、破損が甚だしいが（修理、復元が施される）、その右幫上欄に、

①尹吉符(甫)詣聞／□喚伯奇化作非(飛)鳥、上肩上

②将仮鳥□□□樹／上射入□

と榜題する（平成十二年秋、実見時の試読による）、三面の伯奇図を描く[42]（図四、五）。榜題①の画面は、鳥を肩にする、騎上の尹吉甫を描き（「上肩上」は、その鳥に付された、榜のない画中詞）、前後を欠く（図四、また、図五参照）。①に言う「非鳥」は、飛鳥の音通による表記で、船橋本「爾乃高飛也……所謂飛鳥是也」を見ると、飛鳥も、伯奇の化した鳥の一称とされたらしい。②の画面は、弓を引く尹吉甫（左端）と鳥（右端）を描き、その中央を欠く（図五参照）。①②間のもう一面は、右端のみを残し（榜題欠）、区切りに添って、右上から左下に流れる白い帯（河であろ

う）と、その上方の白地四角中の鳥を描いている（図五参照）。本来の画面の数は不明ながら、当漆棺に残る三面の伯奇図が、に化鳥の話を扱ったものであることは、一見して明らかである。さらに当漆棺には、伯奇図の他、重華、郭巨、丁蘭、蔡順図などが描かれ、それらは全て、孝子伝図と見做すことが出来る。また、に化鳥の話は、類林所引の孝子伝には見当たらないから、当漆棺に描かれた、伯奇図三面の内容を説明し得るのは、陽明本孝子伝のみとなる。そして、そのことはまた、陽明本にの所伝の成立が、五世紀以前に溯ることを意味するのである。

西野氏の論は、陽明本のに、ほ、へを後の増補とする、一種の増補説と捉えてよいだろう。しかし、一般的に或る説話の成立について、その増補、省略を見極めることは、非常に難しい。今問題とする類林所引孝子伝など、陽明本のに、ほ、へを綺麗に欠くので、一見「古い孝子伝」の「型」を留めるように見えるが、例えばそのは、

遂自抱レ石投レ河而死

の、「抱レ石」とする箇所は、陽明本に見えない、伯奇の特異な動作となっている。しかも類林所引孝子伝は、その動作の理由を全く説明しない。ところが、その動作は、敦煌本北堂書鈔体甲を見ると、

東身投河（何）、々伯不受。仰天嘆曰……遂抱石、沈河而死

とあって、一旦河に身を投じたものの、河伯が承知せず、体が浮いてしまうことに対する、伯奇の動作であったことが判明する。そして、類林所引孝子伝の「抱レ石」は、敦煌本北堂書鈔体甲の如きものの省略と考えざるを得ない。すると、類林所引孝子伝には、既に省略の手が入っていることになる。また、類林所引孝子伝と関わる、敦煌本北堂書鈔体甲は、そのはの末尾、——線部k、l、

[k]於後父知子枉、[l]為子殺其婦也

など、琴操の末尾、

図四　寧夏固原北魏墓漆棺画

図五　寧夏固原北魏墓漆棺画（摸図）

吉甫……感悟。遂射㆓殺後妻㆒

と酷似し、古態を残す印象が強い。加えて、それは、恰も陽明本に以下を欠くかのように見えるが、実はその――線部l「為子殺其婦也」は、琴操について見た如く、陽明本にの一部に外ならないのである。――線部kは、さらに微妙である。――線部k「於後父知子枉」は、陽明本はにおける、

父後審走、知㆓母奸詐㆒……父聞㆑之、遂悲泣曰、吾子枉哉

とする記述と、明らかに関係がある（陽明本は、「枉」を「狂」に誤る）。その――線部kも、陽明本はの省略形と見ておきたい。

陽明本にの成立を考える上で、大きな価値をもつのが、令禽悪鳥論の「俗伝云」である。出典の問題はともかく、令禽悪鳥論と陽明本との深い関わりは、例えば琴操の、

・尹吉甫が伯奇を追う――→事実を知る

という叙述順序を、両者が逆にすることなど、随所にその明徴を見ることが出来る。そして、令禽悪鳥論の結び、

命㆓後妻㆒載弩㆓射之㆒（太平御覧所引）

という場面を描く、後漢の孝子伝図が現存する。それが、

(4)後漢武氏祠画象石（左石室七石）
(5)嘉祥南武山後漢画象石（二石3層）
(6)嘉祥宋山一号墓（四石中層）
(7)同　（八石2層）
(8)松永美術館蔵後漢画象石（上層）

⑼南武陽功曹闕東闕（西面1層）
⑽泰安大汶口後漢画象石墓（六石）

である㊸（図六、七、八、九、十、十一、十二）。⑷に三箇所、⑸に二箇所、⑽に九箇所、榜題の跡を残すが、読むことは出来ない。⑼には、三箇所榜題があって、右から「孺子」「信夫」「□□（亠士）」と読めるが、訛伝があろうか㊹。ところで、近時、⑷後漢武氏祠画象石の当図が、重華の焚廩の図であろうことを指摘したのは、蔣英炬、呉文祺氏の『漢武氏墓群石刻研究』である㊺。同書の五章三は、図六の左、臿《すき》を担ぎ、梯子を登る人物を、重華に比定する。また、その注96は、図六の右、弓を引く女性を、重華の後母に擬しているが（さらに左の屋内の二人を、瞽叟、象とする）、重華の後母が弓を引く話というものは見当たらず、その女性は、おそらく伯奇の後母なのであって、図六（及び、図七、八、九、十、十二）の右及び、図十一の左は、令禽悪鳥論の、「命㆓後母㆒載弩㆓射之㆒」と言う場面を描いたものと思われる。⑷—⑽を通観すると、面白いことに、鳥が⑷に一羽㊻、⑸に二羽、⑺に三羽描かれている（⑹⑻⑼は不見。⑽は羽人）。興味深いのが⑺（図九）で、後母の左の鳥は恰も矢を避けるかの如く、右の鳥は後母を襲うかのようである。この図の右の鳥は、或いは、陽明本ほにおける、「鳥即飛、上㆓後母頭㆒、啄㆓其目㆒」という記述の先蹤をなす、場面を描いたものかもしれない。一連の図の登場人物は、⑸（図七）で言えば、左から瞽叟、重華の後母、重華、象、また、伯封、伯奇の後母、侍女、尹吉甫となるであろう。さて、上掲⑷—⑽が、鳥と化した伯奇を射る、後母を描いたものであるならば、その前提として、に化鳥の話を備える孝子伝があった筈である。そして、陽明本のような、にを有する孝子伝の成立は、後漢以前に溯るものとせねばならず、外ならぬ陽明本は、そのような漢代孝子伝の、末裔に当たる一本と捉えることが出来る。従って、陽明本には、令禽悪鳥論から出たものとは考えられない。むしろ逆に、令禽悪鳥論の「俗伝云」が、孝子伝ないし、その同源に出るものと思われるのである。後漢以前のに化鳥の話につい

図六　後漢武氏祠画象石（左石室七石）

図七　嘉祥南武山後漢画象石

図八　嘉祥宋山一号墓（四石）

図九　嘉祥宋山一号墓（八石）

図十　松永美術館蔵後漢画象石

図十一　南武陽功曹闕東闕

図十二　泰安大汶口後漢画象石墓

ては、唐、劉知幾の史通十八雑説下が、劉向を批判して、

又有下甚二於此一者上、至レ如下伯奇化レ鳥対二吉甫一以哀鳴上……此則不レ附二於物理一者矣

と述べており、或いは、劉向の説苑、列女伝、孝子図（文苑英華五〇二等）などに、それが録されていた可能性を示唆している。また、類林所引孝子伝や敦煌本北堂書鈔体甲は、やはり陽明本の如きものの省略形と見られ、それを西野氏の言われるような、「古い孝子伝」の「型」と見ることは出来ない。

なお、(4)—(10)の図像における重華、伯奇図の組合わせは、孝子伝図として、左程珍しいものではない。重華、伯奇図については上掲、

(1)ミネアポリス美術館蔵北魏石棺

(3)固原博物館蔵寧夏固原北魏墓漆棺画

などに、両者を併せ描く例が見える。また、文献において、重華、伯奇譚を並記することは、漢書六十三武五子伝の、

昔者虞舜、孝之至也、而不レ中二於瞽叟一……伯奇放流、骨肉至親、父子相疑、何者

等の例がある。このように、重華と伯奇が組合わされるのは、周知の如く、両者が継子譚として、共通の母胎をもつことによる。重華、伯奇譚の思い掛けない関係を示す、面白い例が、類林所引孝子伝ろにおける、――線部ｊである。そのろは、蜂の話であることを明記せず、ただ単に――線部ｊ「被レ刺レ脚」と言うに過ぎない。ところが、その――線部ｊは、例えば敦煌本舜子変の、

抜取金釵(芆)手裏、刺(次)破自家脚上（〔後母は〕金のかんざし抜き取って、おのれの脚をば突き刺し）

と酷似する。㊼舜子変の右記については、入矢義高氏が、

中国の継子いじめの話には、亭主を怒らせる最も効果ある方法として、継子をこのようなませた悪者に仕立て

る筋書が古くから よく見られる

と、その民間伝承との密接な関連を指摘されている。[48] 類林所引孝子伝の――線部ｊに関しても、背後に働く民間伝承の力というものを、視野に入れる必要がある。中国において、重華、伯奇と並び知られた継子譚が、申生譚である。従来報告されたことのない、その申生図が、

(4)後漢武氏祠画象石

(6)(7) 嘉祥宋山一号墓

等に見出だされることについては、かつて述べたことがある。[49] 同じ山東の地にあって、魯の霊光殿に描かれていた「孝子」伝図が、「申生伯奇」図であるとすれば(「魯霊光殿賦」及び、張載注)、その伯奇図は、図六―十二のような図ではなかったか。

加うるに、西野氏は、次の如く述べて、氏の論を結ばれた(前掲論文)。

然しながらこの改編された此の孝子伝の説話は、継母に虐殺された男の子が小鳥に転生し、その囀る悲歌で母の悪業を父に告げ、やがてその啄ばむ碾臼を継母の頭上に落して復讐するという杜松樹 Juniper tree (グリム四七番) 型民話に似ている。この型の民話は広く世界に分布するが、かかる類型の存することは、この書の編者によるこの説話の改変と考え合せて、頗る興味のあることである

氏が着目されたのは、伯奇譚とグリム童話集52柏槇《びゃくしん》の話 (KHM 47. 岩波文庫版に拠る。一般に、ねずの木の話として知られる) との関係である。興味深いのは、グリム童話集のそれが、主人公の変身 (化鳥) と後母への復讐とを、民話として不可欠の要素としていることであろう。このことは、民間伝承の段階における、伯奇譚のに化鳥の話が、後世の増補 (改編) などであり得ないことを示唆している。さて、氏の指摘は、伯奇譚の発生という、新たな問題を

提起する。しかし、民衆の想像力から生まれた、型としての伯奇譚を眺めるためには、今一つ別の視点を必要としよう。

注

① 太平記の引く北野天神縁起については、例えばかつて高橋貞一氏が、「但し、現在、北野天神縁起には異本が極めて多く、北野神社蔵の根本縁起を始め、建久本（北野社蔵）、荏柄天神縁起（前田家蔵）、飛鳥井本（群書類従所収）、安楽寺本（続群書類従所収）等があつて、太平記の文辞が修飾を重ねて、そのよつた縁起をにはかに推定し難い様である」と言われたように（『太平記諸本の研究』〈思文閣出版、昭和55年〉六章二のへ、初出昭和34年）、なお一考を要するが、今は立ち入らない。北野天神縁起の諸本等については、拙者『中世説話の文学史的環境』（和泉書院、昭和62年）Ⅲ一参照。

② 参考までに、高木正一氏『白居易』上（中国詩人選集12、岩波書店、昭和33年）による書下しを、次に示す。

誰れか知らん偽言巧みなること簧《こう》に似るを、君に鼻を掩《おお》えと勧むるも君掩うこと莫《な》かれ、君が夫婦をして参商と為らしめん、君に蜂を掇《と》れと勧むるも君掇ること莫かれ、君が父子をして豺狼と成らしめん

③ その話の内容は、「昔、魏王が荊王に一人の美人をおくった。これをにくんだ荊王の夫人鄭袖が言うに、「王さまはあなたを愛していられるが、あなたの鼻がおきらい。そこで王さまにあう時は鼻を手でかくしなさい、そしたらいつまでも可愛がってもらえます」と。美人言われた通りにしたところ、王がこれを怪しんでそばのものにたずねた。すると鄭袖こたえていうに、「王さまの悪臭をきらってああするのです」と。怒った王はついに美人の鼻をきりおとしたという」（高木氏注②前掲書に拠る）というものである。なお、この話は、語園上・32「鼻ヲ掩テ讒スル事」にも見える（出典は、題下に「事文」とあり、事文類聚前集二十一、帝系部宮嬪「掩レ鼻進レ讒」に拠るか）。

④ その話の内容は、「周の尹吉甫の子に伯奇というものがいた。その母が早死にしたので、吉甫は後妻を迎えたところ、後妻は伯奇がおのれに不倫の心ありとわるつげをした。吉甫これを信じなかったので、じゃ証拠をと、ある日毒蜂をえりにとまら

せて伯奇につまみとらせた。二階からこれを眺めていた吉甫は、許せぬせがれと、伯奇を勘当したという」（高木氏注②前掲書に拠る）というものである。

⑤　太平記諸本において、例えば天正本等、

御帝も、さては世を乱り民を害する逆政なり。非を諫め邪を禁ずる忠臣にあらずと思し食しけるこそあさましき。Bさしもむつまじき夫婦父子の中をだにも離《さ》くるは讒者の偽りなり。いはんや君臣の間においてをや。つひに昌泰四年正月廿九日に菅丞相……（小学館新編日本古典文学全集に拠る）

と、西源院本等における——線部Aを欠くものがある。しかし、天正本等も、新楽府——線部Aを受けた——線部Bを残しているので（「夫婦父子の中」は、それぞれ「勧二君掩レ鼻一」「勧二君掇レ蜂一」の故事から出たものである）、やはり北野天神縁起から見た、文脈の乱れに気付いた天正本等による、——線部Aの省略と捉えることが出来る。但し、北野天神縁起諸本においても、例えば安楽寺本などに、

帝皇彼事聞食、逆鱗不レ閑。菅丞相可二流罪一之由、被レ下二勅宣一……然而妬婦破レ家、讒臣傾レ国云理、無レ禍《トガ》賢臣、昌泰四年正月廿五日、移二大宰権帥一……

と言う如く、やはりこの箇所に、増補（——線部）を試みている場合のあることは、留意する必要がある（——線部は、源平盛衰記五「山門落書」等に頻出する出典未詳句）。

⑥　注①前掲拙著Ⅱ二1、2、また、拙著『中世説話の文学史的環境　続』（和泉書院、平成7年）Ⅱ二1参照。

⑦　陽明本、船橋本孝子伝については、拙著『孝子伝の研究』（佛教大学鷹陵文化叢書5、思文閣出版、平成13年）Ⅰ一2参照。また、その本文は、幼学の会『孝子伝注解』（汲古書院、平成15年）に収められる。

⑧　今野達氏「古代・中世文学の形成に参与した古孝子伝二種について—今昔物語集以下諸書所収の中国孝養説話典拠考—」（『国語国文』27・7、昭和33年7月）。今野氏には、先立って、「陽明文庫蔵孝子伝と日本説話文学の交渉　附　今昔物語出典攷」（『国語国文』22・5、昭和28年5月）もある。

⑨　今野氏注⑧前掲論文、また、同氏「東寺観智院本「注好選」管見—今昔研究の視角から—」（『国語国文』52・2、昭和58年

2月）参照。

⑩ 東野治之氏「那須国造碑と律令制―孝子説話の受容に関連して―」（池田温氏編『日本律令制の諸相』所収、東方書店、平成14年。同氏『日本古代金石文の研究』〈岩波書店、平成16年〉二部七章に再録）参照。なお小雅「六月」の末尾句に、「侯誰在矣、張仲孝友」と歌われる張仲は、尹吉甫の親友で、孝友を以って知られる人物だが（毛伝に、「張仲賢臣也。善二父母一為レ孝、善二兄弟一為レ友」とある）、この張仲については、例えば初学記十七に「朱明張臣尉讃」が上げられ、

詩詠張仲、今也朱明。輶レ財敦レ友、衣不レ表レ形。寡妻屛レ穢、棠棣増レ栄。臣尉邈然、醜類感レ誠

とある（矢作武氏「『日本霊異記』と陽明文庫本『孝子伝』―朱明・帝舜・三州義士―」〈『相模国文』14、昭和62年3月〉、同氏「日本霊異記と漢文学―孝子伝を中心に・再考―」〈『記紀と漢文学』所収、和漢比較文学叢書10、汲古書院、平成5年〉参照）。ところで、この讃に関しては、初学記の「朱明張臣尉讃」という表記に誤りがあり、正しくは、

張仲朱明王巨尉讃

とあるべき、作者不明の讃と考えられようこと、西野貞治氏の論がある（注⑱後掲「陽明本孝子伝の性格並に清家本との関係について」）。そして、この讃に登場する朱明、王巨尉の二人は、我が国伝存の両孝子伝にのみ記事を存する、特異な兄弟関連の孝子達であることに、注目する必要がある（両孝子伝10朱明、12王巨尉。但し、12王巨尉については、太平御覧五四八に、逸名孝子伝逸文の一部別伝が伝わっている）。詩経小雅「六月」は、このような形においても後世の孝子伝と関わってくることに、注意を喚起しておきたい。

⑪ 仲文章については、幼学の会『諸本集成仲文章注解』（勉誠社、平成5年）参照。本句に関しては、その吏民篇一一二頁校異18参照。注好選と仲文章との関連については、山崎誠氏「「仲文章」瞥見」（同氏『中世学問史の基底と展開』〈和泉書院、平成5年〉Ⅰ所収。初出昭和63年）に詳しい。

⑫ 金玉要集「一、慈父孝養之事」の本文を示せば、次の通りである（内閣文庫本に拠る）。

大唐《ニ》、吉甫云人、有孝父事二無限一子、名二云伯奇《ト》一。彼母厭之一、如レ入《スカ》二眼《ニ》塵《ノ》一。或時、瓶《ニ》入蛇一、当腹《ノ》弟《ノ》少《キニ》持之一、讒言《トモ》、又不用之一。後母懐《ニ》入蜂一、伯奇云助一。伯胸《ヨリ》入手一謀《ハカリコトハ》、見父一。々思実《ト》一、不孝《シテ》子問之一。無物言《コト》一。将殺逃去《ル》。父追廻、河伯（泊）神哀之、

成国智臣《ト》一云々

唱導書である金玉要集の本話は、三州義士譚（「一、養父」）。両孝子伝8）や張敷譚（「同悲母事」）。両孝子伝25）などと共に、孝子伝との関連において殊に注意すべきものであり、加えて、「河伯(泊)神」の登場する点（後述、敦煌本北堂書鈔体甲参照）、頗る特異である。金玉要集と孝子伝の関連については、拙稿「金玉要集と孝子伝―孝子伝の享受―」（『京都語文』13、平成18年11月）参照。なお金玉要集は、伊藤正義氏監修『磯馴帖』村雨篇（和泉書院、平成14年）説話唱導資料に翻刻が収められる。

⑬ 西鶴の本朝二十不孝四「木陰の袖口」は、語園に基づき、その伯奇の蜂の話を振ったものである（佐竹昭広氏『絵入本朝二十不孝』、シリーズ古典を読む26、岩波書店、平成2年）。本朝二十不孝と伯奇譚との関わりについては、今野達氏注⑧前掲「古代・中世文学の形成に参与した古孝子伝二種について―今昔物語集以下諸書所収の中国孝養説話典拠考―」論文、徳田進氏『孝子説話集の研究―二十四孝を中心に―』近世篇（井上書房、昭和38年。再刊、説話文学研究叢書〈クレス出版、平成16年〉5）本論八章二の四㈡などにも指摘がある。なお浅井了意の新語園七・二十三「伯労付尹伯奇」にも、伯奇譚が引かれる（題下に、「劉向列女伝、曹植悪鳥論」とある。同七・十八「鴟梟」には、「曹植《サウショクカ》　悪鳥《ノ》論」等の鴟梟に関する諸説を集め、題下に、「太平広記」と記す）。

⑭ 玉塵五、四十五の本文を示せば、次の通りである（叡山文庫本に拠り、国会図書館本〈〔　〕〉を参照した）。

・去《サケ》レ毒《ヲ》繋《カク》レ蜂《ヲ》。尹伯奇母、取蜂｜｜｜衣上。伯奇前欲去之。母大呼曰、伯奇牽衣。父吉甫見疑。伯奇自死。[列女伝]。尹吉甫、ノチニ妻ヲムカエタソ。尹伯奇ガ為ニハ、マ、母ナリ。マ、母カ伯奇ヲコロサウドテ、蜂ヲトラエテ、キル者ノ中ニ入タソ。伯奇ガ見テ、毒ヲトツテステウトテ、ソハエヨツテ、衣ヲヒイタレハ、マ、母カ大ニヨハワツテ、伯奇ガ吾ヲ犯《ヲカ》ウドテ、衣ヲヒキヨセタト云タソ。ヲヤノ吉甫ノミテ、フシンシタソ。伯奇カザンゲンヲカウムツテハ、ハル、コトアルマイト思テ、自害《ガイ》シタソ。去レ毒ハ、伯奇ガ蜂ヲトツテ、ステウトシタコトソ。繋レ｜ハ、マ、母カワザトシタコトソ（巻五）。

・○尹吉甫信《シテ》二後妻《ノ》讒《ヲ》一、殺《ス》二孝子伯奇《ヲ》一。吉甫後見《ニ》二伯労《ヲ》一、其音切《ノ》、吉甫曰《カ》、是吾子。棲二吾輿《ニ》一。尋飛棲二其蓋一、帰二入門《ニ》一。集《イル》二于井幹《カン》之上《ニ》一、白《テ》レ室《ニ》而号《ス》。吉甫遂射《ニ》二殺《ス》妻《ヲ》一。故俗号《ニ》二伯労鳴《ハ》有《ス》レ凶也。[曹植悪鳥伝《ノ》]尹吉甫カ伯奇ヲ殺タコト、排匀ノ尹《ニ》アリ。尹｜｜ハ、周ノ時ノ卿ノ位ノ者ナリ。毛詩ニ、崧《スウ》高ト韓奕《エキ》ト江漢ト烝民トノ四ノ詩、吉甫カ作タソ。烝民ノ詩、六月ノ詩ニハ、吉甫ヲホメタカ、後妻ニマドウテ孝子ヲ、俳匂ニ、伯奇、後母ママ母ニツカエテ、孝行ナソ。衣ナク履ナクシテ、霜ヲ履テ、後母ノ車ヲ挽タソ。韓文ノ第一《ニ》、履霜操ノ琴ノ詞ヲ作テ、伯奇ヲアワレミ傷タソ。履霜操ノ題下《ノ》註《ニ》、履霜《ノ》詞ハ、伯奇カ作タトアリ。韓カ作トハナイソ。吉甫カ後ニムカエタ妻〔ノ〕、讒シテ云タコトヲ、信シテ聴テ、孝子ヲ逐イウシナウタソ。聴ト云ハ、信シテキ、入レタコト、又ハ、ユ（ワ）ルストモヨムソ。ケニモトキ、入レテ、ユルイタソ。ソチノ云コトカ、サウチヤ、領納スルヲ、ユルスト云ソ。伯奇ヲイウシナワレテ、キルモノナシ。水荷ヲ編デ、衣トシ、椁花ヲ按テ食タソ。アサ〱ニ、キヨイ晨タニ、霜ヲ履デアルイタソ。琴ヲヒイテ、无レ罪逐レタコト（リ）ヲ作テ、曲ニ入タソ。曲ノ詞カアルソ。曲ヲウタイハテ、、河エ身ヲナゲテ死タソ。家語ヲ引タソ。曾参妻ヲ遣テ、其子ニ告テ云タソ。高宗ハ後妻ヲ以テ、孝己（巴）ヲ殺シ、吉甫ハ後妻ヲ以、伯奇ヲ殺ウトシタ。伯奇亡《ニケテ》、走《ル》二山林一タソ。劉向《カ》説苑《ニ》、王国子奇事、此ト同アリ。匂府ニハ、伯奇ヲ殺イタトアリ。又ハ、伯奇身ヲ河エ、吾トナケテ死タトアリ、山林エニゲ走タトアリ、マチ〱ニシルイタソ。履霜持ノ詞ノ末（木）ノ註ニ、蔡曰トアリ。吉甫カ継室（ノ）ノウンタ子ヲ、伯封ト云タソ。此ヲ立ウトテ、先腹ノ伯奇ヲ譖《シコチ》テ、ナイコトヲ云タソ。後妻カ吉甫《ニ》云コトハ、伯奇カ、吾ヲヒソカニ寵愛スソ。高イ楼ニ上テ、ミサシメト云タソ。蜂ヲトラエテ、衣ノエリ、ムネノアタリニヲイテ、伯奇カ方ヲ見テ、我ヲサイテカナシイソ。取テクレヨト云タソ。手ヲフトコロエ入テ、トラウトスルソ。ヒキフセウスナリニ似タソ。此ヲ楼上カラミテ、妻カコトヲ信ジタ。吉甫、ノチニトツテヲイタ妻カ讒ヲ信シテ、孝子ノ伯奇ヲ殺タソ。吉甫後見《ニ》二伯労《ヲ》一、其音《ノ》切《ノナリ》。吉甫曰、是吾子。棲吾輿。尋飛楼吾蓋《ニ》、帰《テ》入レ門《ニ》。集《テ》二于井幹之上《ニ》一、向レ室而号《ス》。吉甫遂《ニ》射殺妻一。故俗《ニ》号《シテ》二伯労鳴《ハ》有《ト》レ凶也。曹植《カ》悪鳥《ノ》伝《ニ》アリ。尹吉甫後ノ妻ガ、吾（カ）カウンタ子ノ、伯封ト云ヲ立《ウ》ドテ、一立ノ女房生《ノ》夕子《ノ》伯奇ヲ、讒言シテコロイタソ。伯奇カ、伯労ト云鳥コナツタト鳴ク声カ、切ニ恨ミ、カナシウダ声ヲシタソ。吉甫カ、（此カ）此ヲ見テ、心エテ云タソ。此ハ吾カ子ヂヤソ。吾カ輿エキテ棲タソ。尋《ツイテ》飛テトヨマウカ。尋《タツ》トハ、ヨミサウモナイソ。ノルコシニ、スンタト云タホトニソ、トコゾニ吉甫カ出テ行トキニ、コンノ蓋《ニ》棲タソ。蓋ハ、ヲ、ウトヨムソ。輿ノヤネノ心カ。吉甫カコシニノツテ、内エ帰テ、門ノ内エ入タレハ、伯労ノ鳥カ、門ノ内ニ井アリ。ツルヘヲカクル井幹ト云テ、木ヲ立ソ。ヤネヲ、ヲ、イナドヲモスルソ。轆轤ヲシテツルヘヲカケテ、クル〱ト引テ、井ノ水ヲ汲ソ。ソノ柱ノヤウナ高イ木ヲ、井幹ト云ソ。幹ハ、コアシトヨムソ。コワシ、ツヲリノ心ソ。人ノソノ国ノ柱、ツヲリニナリ、国ノシン木ニナル、可然人ヲ、国ノ楨幹ト云ソ。柱ノ国トモ云タソ。国ノ柱ト云心ソ。此ノ鳥カ、井幹ノ木ノ上ニトマツテ、内ノ家ノ方エムイテ鳴タソ。吉甫カ、讒言シタ妻〔虎ナトヲ、ヲク家ヲ云タソ〕ノヲ射コロイタソ。サルホトニ、伯労ノ鳥〔カ〕カ、家エキテ鳴ハ、必凶事ニ立ツト云伝タソ。此ノ事ハ、魏ノ曹植、陳〔思王カカイタ、悪鳥伝ニアルトシタソ。悪鳥伝ハ、文選ナドニアルヤウ、ミヌ伝ナリ」（巻四十五）

⑮　譬喩尽はの部に、

　掇レ蜂莫レ掇成ニ豺狼一

　白氏文集出《ニ》。コレハ、継母、蜂ヲ取クレヨ臥《ト》所《ヘ》継子《ヲ》招。サテ、父讒《ニ》曰、我犯《ヲントスルト》

とある。また、ふの部には、後述、

・梟他に移らんといふ人此鳥《ノ》悪声をにくむゆへ。鳩の曰、汝鳴を更ば可ならん。説苑出《ニ》。

・梟は悪鳥なり家に入れば禍出来る。

　梟食《ハフ》レ母《ヲ》鳥也

なども見える。また、その鵄梟の声の嫌われる話の、実語教稚絵解に見えることが、中野真麻理氏「梟山伏考」（『成城国文学』18、平成14年3月）に指摘されている。

⑯　伯奇譚における後述、蜂の話が人口に膾炙したらしいことは、それが譬喩尽に採られていること等からも知られるが（注⑮参照）、昔話「継子と王位」は、その蜂の話に基づくものと思われる。稲田浩二氏『日本昔話通観』28昔話タイプ・インデックス（同朋舎出版、昭和63年）、むかし語り一八三「継子と王位」は、モチーフを①―④の四つに分けるが、その①に、

　①継母の妃が体に蜜を塗り、継子がそれにとまった蜂を払うと、継母は王に、継子が乳房をつかむ、と讒言する

とあるものが、それである（妃が蜜を体に塗る一件は、頻婆娑羅王のために身に酥蜜を塗った妃、韋提希夫人の故事〈観無量寿経〉と関わるか）。『通観』26沖縄（稲田浩二、小澤俊夫氏編、同朋舎出版、昭和58年）、むかし語り三三二「継子と王位」の梗概を示せば、次の通りである（原題「継子話」）。

具志川市赤道・女

後妻が自分の子供に王の位を継がせようと思い、自分の体に蜂蜜を塗る。親思いの継子が母親の体にとまった蜂を追い払うと、継母は王に「継子が自分の乳をつかもうとする」と言いつける。王は家来に長男を殺しにいかせるが、家来は長男を山奥に連れていき人に養わせる。人々が次男に王位を継がせることを非難したので、王が「長男を殺さなければよかった」と言うと、家来は長男が生きていることを告げる。王は使いをやって長男に「もどってくれ」と頼むが、長男は「殺された立場だから」とことわる。王があまり何度も願ったので、長男は「死にに行く道と生きていく道とが一つではいけない」と言って一日で橋を作らせ、その橋を渡っていった。その橋が「一日橋」だ

重華譚（両孝子伝1舜）の「継子の井戸掘り」（柳田国男『日本昔話名彙』〈日本放送協会、昭和23年〉完形昔話、ま丶子の話、関敬吾氏『日本昔話大成』5本格昔話4〈角川書店、昭和53年〉、10継子譚二二〇A「継子と井戸」、『通観』28昔話タイプ・インデックス、むかし語りⅧ継子話一八二。本書Ⅱ二1参照）と並び、伯奇の蜂の話が民話化していることは、驚くべきことと言えよう。伯奇譚と昔話との関わりについては、昔話「継子と笛」（『名彙』完形昔話、ま丶子の話）等との関連など、さらに一考を要する。孝子伝と昔話との関係については、本書序章を参照されたい。

⑰　かつて奥村伊九良氏が、「丹鉛総録にも琴操の……極一部が孝子伝からとして引いてある」と指摘されたように（同氏「鍍金孝子伝石棺の刻画に就て」〈『瓜茄』5、昭和14年2月〉）、明、楊慎の丹鉛総録四にも、次のような孝子伝の逸文が見える（広博物志四十二、淵鑑類函四〇三などにも）。

　孝子伝、尹伯奇採㆓楟花㆒以為㆑食。注、楟花、山梨也。山梨、今名㆓棠梨㆒。其花春開。採㆑之日乾淪㆑之、可㆑充㆑蔬

⑱　西野貞治氏「陽明本孝子伝の性格並に清家本との関係について」（『人文研究』7・6、昭和31年7月）参照。また、船橋本の成立時期に関しては、注⑦前掲拙著Ⅰ四参照。なお西野氏は、船橋本の成立時期について、船橋本37董黯に見える「阿嬢」という語を取り上げ、「阿嬢は母親の意の嬢に親愛を表す接頭語の阿が附着したもので……現存する所では中唐以前の鈔本の見られぬ敦煌出土の変文の中に多く見られるのが最も早い用例のようで……かかる俗語の使用される所から、清家本〔船橋本〕の改修の時期は中唐以降と考えられ」るとされたが（上掲論文）、阿嬢の用例は、既に隋書四十五列伝十文四子に、隋文帝（楊堅）の長子勇が叔父衛王（爽）に対し、語った言葉として、「阿嬢不㆑与㆓我一好婦女㆒、亦是可㆑恨」と見え（北史七十一に

も）、船橋本の改修時期を考える指標とはならない（東野氏注⑩前掲論文）。董黯譚に関しては、本書Ⅱ一3参照。

⑲ 向宗魯氏『説苑校証』（中華書局、一九八七年）参照。

⑳ 漢書中山靖王伝の顔師古注に

伯奇、周尹吉甫之子也。事二後母一至孝。而後母譖二之於吉甫一。吉甫欲レ殺レ之。伯奇乃亡走二山林一

と記すのは、或いは、列女伝に拠るか。なお伯奇譚への言及が、漢、焦延寿の易林巻一需五「大有」に、

尹氏伯奇、父子生離、無レ罪被レ幸、長舌所レ為

と見え（類文は、巻三家人三十七「謙」、巻四中孚六十一「井」にも）、また、巻四豊五十五「鼎」に、

讒言乱レ国、覆レ是為レ非、伯奇乖離、恭子憂哀

と見えている（類文は、同旅五十六「観」にも）。

㉑ 琴操の旧本二巻は、清、阮元の宛委別蔵所収の二巻本が始まりで、それが顧修の読画斎叢書、黄奭の漢学堂叢書（黄氏逸書攷）等に採られるに至ったものとされる（孫啓治、陳建華氏『古佚書輯本目録 附考証』〈中華書局、一九九七年〉243頁）。宛委別蔵所収の琴操は、平津館叢書所収のそれと較べ、本文に若干の異同がある。参考までに、宛委別蔵所収本の本文を示せば、次の通りである。

履霜操

履霜操者、尹吉甫之子伯奇所レ作也。吉甫、周上卿人也。有二子伯奇一。伯奇母死。吉甫更娶二後妻一、生二伯邦一。乃譖二伯奇於吉甫一曰、伯奇見二妾美一、欲レ有二邪心一。吉甫曰、伯奇為レ人慈仁。豈有レ此也。妻曰、試置二妾空房中一、君登レ楼而察レ之。後妻知二伯奇仁孝一。乃取二毒蜂一綴二衣〈綴、一作レ縁〉領一、伯奇前持レ之〈一云、令二伯奇掇レ之〉。於レ是吉甫大怒、放二伯奇於野一。伯奇編二水荷一〈一云、集二芰荷一〉而衣レ之、采二停花一〈停、音亭、山黎木也。一作レ楟〉而食レ之。清朝履レ霜、自傷二無レ罪見レ逐。乃援レ琴而鼓レ之曰、履二朝霜一兮採二晨寒一、考不明其心兮聴二讒言一、孤恩別離兮摧二肺肝一、何辜皇天兮遭二斯愆一、痛歿不同兮恩有レ偏、誰説顧兮知二我冤一。宣王出遊、吉甫従レ之。宣王聞レ歌曰、此孝子之辞也。吉甫乃求二伯奇一而感悟。遂射二殺後妻一。

㉒ 楽府詩集五十七、事文類聚後集五等にも引かれる。韓愈の「履霜操」の本文を示せば、次の通りである（韓昌黎集一、琴操十首に拠る）。

履霜操

尹吉甫子伯奇、無レ罪、為二後母一譖而見レ逐、自傷作。父兮児寒、母兮児飢、児罪当レ笞、逐レ児何為、児在二中野一、以宿以処、四無二人声一、誰与レ児語、児寒何衣、児飢何食、児行二于野一、履レ霜以レ足、母生二衆児一、有二母憐一レ之、独無二母憐一、児寧不レ悲

また、南宋、林同の孝詩に、

伯奇

尹吉甫子。履霜操云、無レ衣兮児寒、無レ食兮児飢、児罪当レ笞、逐レ児奚為。無レ食又無レ衣、逐児安所之、不レ辞二履レ霜苦一、猶謂二罪当一レ笞

とあるのは、韓愈の「履霜操」に基づく。

㉓ 参考までに、今日知られる令禽悪鳥論の全文を、左に掲げておく。清、丁晏の曹集銓評九を底本とし、朱緒曾の曹集考異十を対校した。〔 〕が曹集考異である。×は、その文字が考異にないことを示す（宋本曹子建文集十、明活字本曹子建集十、また、近時のものとして、趙幼文氏『曹植集校注』〈人民文学出版社、一九八四年〉巻二、『曹植集逐字索引』〈魏晋南北朝古籍逐字索引叢刊集部9、中文大学出版社、二〇〇一年〉原文巻十等を併せて参照した）。

令禽〔貪〕悪鳥論

国人有下以二伯労鳥生一献〔諸廷〕者上。王召見レ之。侍臣〔謂〕曰、世人同悪二伯労之鳴一、敢問何謂也。王曰、月令、仲夏鶪始鳴。詩云、七月鳴鶪。七月夏五月、鶪則博〔伯〕労也。昔尹吉甫用二〔信〕後妻之讒一、而殺二孝子伯奇一。其弟伯封求而不レ得、作二黍離之詩一。俗伝云、吉甫後悟、追二傷伯奇一。出二游〔遊〕於田一、見三異鳥鳴二於桑一。其声噭然、吉甫動レ心〔心動〕曰、無二乃伯奇一乎。鳥乃撫レ翼、其音尤切。吉甫曰、果吾子也。乃顧謂曰、伯奇労乎。是吾子、棲二吾輿一。非二吾子一、飛勿レ居。言未レ卒、鳥尋レ声而棲二於蓋一、帰入レ門。集二於井幹之上一、向レ室而号。吉甫命二後妻一載〔×〕弩二射之一。遂射二殺後妻一以謝レ之。故俗悪二伯労

之鳴一、言二所レ鳴之家必有レ尸也。此好事者附レ名為二之説一、令二俗人悪レ之、而今〔俗人〕普伝悪レ之、斯実否也。伯労以二五月一而鳴、応二陰気之動一。陽為二人養一〔生仁〕。陰為二〔殺残〕賊害一、伯労蓋賊害之鳥也。〔故悪鳥鳴二於人家一、則有二死亡之徴一。〕屈原曰、〔恐〕鶗鴂之先鳴、使二百草為レ之不レ芳。〔此鳥者応レ陰而鳴。陰気寖進、則草木零落、騒人預見二其兆一矣。〕其声鶪鶪然、故以レ音名也。〔故俗憎レ之。〕若三其為二人災害一、愚民之所レ信、通人之所レ略也。鳥鳴之悪自取レ憎、人言之悪自取レ滅、不有三能〔能有〕累二於当世一也。而凶人之行〔事〕弗レ可レ易、梟鳥〔鶪〕之鳴、不レ〔弗〕可レ更者、天性然也。昔荆之梟将レ徙二巣於呉一、鳩遇レ之曰、子将二安之一。梟曰、将レ巣二於呉一。鳩曰、何去レ荆而巣レ呉乎。梟曰、荆人悪二予之声一。鳩曰、子能革二子之声一則免、無為去レ荆而巣レ呉也。〔子〕如不三能革二子之音一、則呉楚之民不レ異レ情也。為レ子計者、莫レ若三宛レ頸戢レ翼終レ身勿二復鳴一也。〔鵄梟食二母睛一、乃能飛。〕昔会二朝議一〔者〕、有レ人問曰、寧有レ聞三梟食二其母一乎。有三答レ之者一曰、嘗聞二烏〔鳥〕反哺一、未レ聞三梟食レ母也。問者慚レ唱二不善一也。孟春之日、従二太陽方一、貴下放二〔於〕鳥雀一者上、加二其禄一也。得レ蟢（蟢宋本、善明本）者、莫レ不二訓〔馴〕而放レ之、為レ利レ人也。得レ蚤者、莫レ不レ糜二之歯牙一、為レ害レ身也。鳥獣昆虫猶以二名声一見レ異、況夫吉士之与二凶人一乎

さて、例えば太平広記四六二には、次のような「曹植悪鳥論」逸文が引用されている。

夏至陰気動為二残殺一。蓋賊害之候。故悪鳥鳴二於人家一、則有二死亡之徴一。又云、鵄梟食二母眼精一、乃能飛。郭璞云、伏土為レ梟。漢書郊祀志云、古昔天子、嘗以レ春祠二黄帝一、用二一梟破鏡一。出曹植悪鳥論

右の太平広記の逸文を、令禽悪鳥論の本文校訂に用いているのは、朱緒曾の曹集考異のみのようであり、その曹集考異も右の後半（「郭璞云」以下）を採っておらず、令禽悪鳥論本文の再建の極めて困難なことが分かる。

㉔ 西野氏注⑱前掲論文

㉕ 西野氏が、琴操の編者を「後漢の王褒」と言われるのは、何かの誤解か。清、馬端辰「琴操校本序」参照。

㉖ 説苑のこの記述については、西野氏注⑱前掲論文に言及がある。注㉘参照。なおこの話もよく知られたものの如く、例えば延命地蔵菩薩経直談鈔十一・十九「人悪《ムノ》二梟声《ヲ》一之説」に、

梟《フクロ》ノ悪声ナルハ、人是《レ》ヲニクム。或トキ、梟鳩《フクロハトニ》謂《テ》云、郷人《サトビト》ミナ吾ヲ悪《ニク》ム。吾マサニ是ヨリ東ニ行《ン》ト欲スト。鳩ノ云、汝

チ鳴《ナク》事ヲ改《アラタ》メ替《カヘ》ズンバ、東《ヒカシ》ニ行《ク》トモ、又《タ》東方ニテモ汝《チ》ガ声ヲニクマント〈叢説ニ見エタリ〉

などと見える。

㉗　鴟梟が母を食うことは、例えば桃源瑞仙の史記抄六に、

食㆑母悪鳥ソ（書陵部本）

とか、清原宣賢の毛詩抄二に、

流離ハ、梟ソ。不孝鳥テ、大ニナツタレハ、母ヲ食フ鳥ソ（書陵部本）

などとも見える（譬喩尽ふに、「梟《ハ》食《フ》㆑母《ヲ》鳥也」とあることについては、注⑮参照）。このことに言及するものに、中野真麻理氏注⑮前掲論文及び、同氏「梟の懸想文—越後米山薬師のこと—」（『説話論集』11、清文堂出版、平成14年）がある。

㉘　西野氏は、注⑱前掲論文において、

北朝に伝わつたと思われる説話と此の孝子伝の説話が符合するものがあることを指摘し度い。後魏の酈道元の水経（泗水注）に「道西有道児君碑、是魯相陳君立、昔曾参居此、梟不入郭」がある。曾参のこの奇跡は他の書に見えぬ所で、これについて思起されるのは新序（雑事、節士）淮南子（説山訓）等に見える、勝母なる里名の里に曾子が入らなかつたという故事と、説苑（談叢）に見える悪声を憎まれた梟が転居しようとした時、鳩から悪声を更めねば転居しても無駄であると言われるという偶話である。然しこの二条から如何にして水経注に見える如き説話が生み出されるかは知るべくもなかつた。然るにこの孝子伝の曾参の条に、「時有隣境兄弟二人、更曰食母不令飴肥、参聞之乃、廻車而避、不経其境、恐傷母心、……魯有鴟梟之鳥、反食其母、恒鳴於樹、曾子語此鳥曰、可呑音、去勿更来、此鳥即不敢来、所謂孝、伏禽鳥…」とあるのによつてはじめて、〔淮南子〕「曾子立孝、不過勝母之閭」の句が如何に民間に解されていたかが判然とし、それを経て孝子伝に見える曾子が梟に再来するなと言渡したという記述によつて、水経注に見える曾子の奇跡が理解される。即ちこの孝子伝には北朝の俗説と符合するものを存するわけである

とされている。卓見とすべき説であるが、前述、北海相景君碑の、「鴟梟不㆑鳴」句は、続く「分子還養」が、分財（別居異財）を嫌う句であることから、当句も、母を食う不孝鳥たる鴟梟の鳴き声が嫌われたものと考えられる。すると、㈡鴟梟が母を食

うことを前提とした、㈠鴞梟の声が嫌われること、即ち、陽明本孝子伝36曾参の鴞梟譚のような話は、既に漢代にあった可能性がある。そして、北海が魯の故地を指し、碑が済寧即ち、任城に現存する事実が興味深く、「鴞梟不レ鳴」句が、曾参に託された、魯の地方の古い伝説を背景に踏まえていることも、十分にあり得ることだろう。従って、西野氏が、陽明本36曾参の鴞梟譚を、「北朝に伝わったと思われる説話」或いは、「北朝の俗説」に限定された点は、なお一考の余地があり、その鴞梟譚は、さらに漢代に溯ることを、考慮すべきである。本書Ⅱ一1参照。

㉙　曾参の不娶譚について、西野氏は、注⑱前掲論文において、

また孔子家語（今本巻九、七十二弟子解）に見える曾子が、後母に藜を烝して熟せざるを供したとの理由で妻を出したという説話は白虎通諫諍篇にも見えるが、曾子の人物から見て或は妄誕とされ（孫子租、家語疏証巻五）或は白虎通の所載は別に故あつてそれを隠すとする説がある（范家相、家語証偽巻九。陳立、白虎通疏証）が、それは韓詩外伝（漢書王吉伝注）に「曾子喪妻、不更娶、人問其故、曰、以華元善也」とあるのをその論拠の一としているのである。ところで疏証も指摘するように顔氏家訓後娶篇にもこのことが「曾参婦死、謂其子曰、吾不及吉甫、汝不及伯奇」と見えて死別のことでは韓詩外伝の説に同じい。然し家訓では吉甫伯奇に言及する部分が、外伝よりも多い外に、我が子を伯奇に及ばずと貶す態度は外伝の善を称する態度と全く異つたものである。この点から見て、家訓は外伝に基けるものでないことほぼ明らかであるが、果して何によつたかは明らかでない。然るに此の孝子伝にまた、「妻死不更求妻、有人謂参曰、婦死已久、何不更娶、曾子曰、昔吉甫用後妻之言、喪其孝子、吾非吉甫、豈更娶也」と見えることは家訓の説に近いかと思われる。伯奇のことは後述する如く、北朝の孝子伝画像にも見える所で北朝に流行した説話であるし、顔之推も永く北朝にあり隋に歿した人物であるから、他書と異る家訓の記載も北朝に存した書の説乃至は俗説を反影したとも考えられる

とされている。なお、この西野説及び、両孝子伝36曾参については、本書Ⅱ一1参照。

㉚　西野氏は、陽明本のに、ほについて、注⑱前掲論文において、「その編纂の粗雑さを露す点」として、

例えば、孝子として聞えた伯奇を、不孝鳥として聞える伯労に転生したとする俗説を採り、更に父に誅せられたとは言え嘗ての義母の目を啄ませる等、孝子伝の説話として不適当な改編をしている

とされるが、「不孝鳥」として知られる鳥は、伯労でなく、鵄梟である（説文解字等）。

㉛　郭公の託卵は、例えば万葉集九、一七五五、高橋虫麻呂の「霍公鳥《ほととぎす》を詠む一首」の、「うぐひすの卵《かいご》の中にほととぎすひとり生れて汝《な》が父に似ては鳴かず汝が母に似ては鳴かず」（小学館新編日本古典文学全集に拠る）以来、有名である（注⑥前掲拙著『中世説話の文学史的環境　続』Ⅲ五参照）。ところで、和語としてのふくろう（ふくろふ）の語源は、はっきりしない。従来、一説として、「梟《ふくろふ》は不孝の鳥なり。雛《ひな》にして父母を啖《くらは》んとするの気ありといふ。和名ふくろとは、父食《ふくらふ》にて父を食《くら》ふの義ならん歟」（燕石雑志五下冊追加十八）、「梟《フクロ》……一説、ははくらふ也。梟は悪鳥にて其母をくらふもの也。ふは、はゝ也。はとふと通ず。らとろと通ず」（日本釈名中十）、「梟《フクロフ》〈父《フ》母《ト》喰《クロフ》、見和名抄〉」（言元梯）などとする説が、よく知られているが、或いは、ふくろうの語は、伯労の字音に基づくか。

㉜　伊藤正文氏『曹植』（中国詩人選集3、岩波書店、昭和33年）解説参照。

㉝　「小弁」の詩は、周の幽王（宣王の子）の后褒姒が、先妻の子の宜臼（後の平王）を斥け、我が子の伯服を太子に立てようとした時のものとするのが、一般である（毛氏伝等）。

㉞　なお伯奇に言及するものとして、漢書六十三（「伯奇放流」。前漢紀十五にも）、七十七（「伯奇孝而棄二於親一」）、後漢書二十九（「吉甫賢臣、及レ有二纖介一放二逐孝子一」。注に孔子家語を引く）、六十一（黄瓊伝。「伯奇至賢、終二於流放。一」注に説苑を引く）、及び、論衡感虚、案書、また、嵆中散集五（「伯奇之悲」）、抱朴子内篇二（「而云三古無二伯奇孝己一也」）、外篇一（「後母仮継、非レ密二於伯奇一……袖蜂之誑、破二天性之愛一」）、外篇十六（「南山伯奇、弁二訟有無一」）、釈彦琮「通極論」（広弘明集五所引。「業之所レ運人畜何准……伯奇之類」）等を上げることが出来る。さらに明、胡時化の孝経列伝二、士庶人孝伝之六章「伯奇履霜」に、

尹伯奇、吉甫之子也。為二後母一所レ讒而見レ逐。乃編二芰荷一以為レ衣、采二楟花一以為レ食。清朝履レ霜援レ琴而歌。従二親之令一不二敢有一レ怨

とあるのは、琴操と関わりが深い（孝経列伝については、徳田進氏「孝経列伝の覆製とその影響」〈『高崎経済大学論集』4、昭和36年4月〉参照）。徳田進氏は、淵鑑類函二一四三後母三「撃蜂」に、伯奇譚の見えることを指摘されるが（注⑬前掲書本

論三章二の三）、淵鑑類函のそれは、明、彭大翼の山堂肆考九十二「撃蜂」を引いたものである。参考までに、山堂肆考の本文を掲げておく。

周尹伯奇、事二後母一至孝。母不仁、常欲レ害レ奇。乃取レ蜂去二其毒一、繫二於衣上一、故令二伯奇見一レ之。奇恐三蜂傷二其母一、以レ手取レ之。母便大呼曰、伯奇牽レ我。吉甫大怒、令二伯奇死一。伯奇遂自縊。父命レ人出二其屍一、手中猶有二死蜂一。父大傷痛、恨二其妻一。時人聞レ之、皆為二慟哭一

㉟ 孝子伝図については、注⑦前掲拙著Ⅱ一参照。なお伯奇図に関しては、趙超氏「関于伯奇的古代孝子図画」（『考古与文物』二〇〇四・3）が、(1)—(9)の他、後漢武氏祠画象石（左石室五石1層）また、太原金勝村六号唐代墓壁画（北壁）、太原金勝村三三七号唐墓壁画（東壁北）を加え、新見に富む。同氏「関于漢代的幾種古孝子図画」（『中国漢画学会第九届年会論文集』上所収、中国社会出版社、二〇〇四年）と併せ、是非参照されたい。趙超氏の指摘される三図を、付図一—三として次頁に掲げる。取り分け付図二、付図三の両図は、唐代における伯奇図として、非常に重要なものである。付図一は、北京魯迅博物館、上海魯迅記念館『魯迅蔵漢画象』（上海人民美術出版社、一九九一年）図六三、付図二は、山西省文物管理委員会「太原市金勝村第六号唐代壁画墓」（『文物』59・8）図版5、付図三は、山西省考古研究所、太原市文物管理委員会「太原金勝村337号唐代壁画墓」（『文物』90・12）図版伍1に拠る。

㊱ 類林については、注⑦前掲拙著Ⅰ二3、注㊴参照。なお、西夏本類林の本文について、史金波、黄振華、聶鴻音氏『類林研究』（寧夏人民出版社、一九九三年）に拠り、その漢訳対訳文を示せば、次の通りである。

□分別石抱水中自投死周宣□是此事孝子記文中説

漢訳通訳文は、「……分別、自抱石投水中而死。周宣王時人。此事《孝子伝》中説」とされる。現存西夏本の以前を欠くことが惜しまれる。

㊲ 北堂書鈔体甲の呼称は、王三慶氏『敦煌類書』（麗文文化事業股份有限公司、一九九三年）による。伯奇譚は、三二一—〇一—〇四に翻字されるが、誤りがあり、注意を要する（図版篇一三五二頁に就くことも出来るが、その版面も非常に見辛い）。

㊳ なお、伯奇譚は、敦煌本古賢集37にも、「思思可念復（護）思思、孝順無過尹伯奇」等と見える。

付図一　後漢武氏祠画象石（左石室五石）

付図二　太原金勝村六号唐墓壁画

付図三　太原金勝村三三七号唐墓壁画

㊴ ミネアポリス美術館蔵北魏石棺については、本書Ⅰ二4及び、口絵参照。図一、二は、写真に拠る。

㊵ 洛陽古代芸術館蔵洛陽北魏石棺床については、中国画像石全集8石刻線画（中国美術分類全集、河南美術出版社、山東美術出版社、二〇〇〇年）参照。図三は、黄明蘭氏『洛陽北魏世俗石刻線画集』（人民美術出版社、一九八七年）図版82に拠る。

㊶ 奥村氏注⑰前掲論文

㊷ 図四、五は、寧夏固原博物館『固原北魏墓漆棺画』（寧夏人民出版社、一九八八年）に拠る（図五は、摸写図）。

㊸ 図六は、劉興珍、岳鳳霞氏編、邱茂氏訳『中国漢代の画像石—山東の武氏祠』（外文出版社、一九九六年）図版176に拠り、図七は、朱錫禄氏『嘉祥漢画像石』（山東美術出版社、一九九二年）図版79に拠る。図八、図九は、拓本に拠る（『山東漢画像石選集』〈斉魯書社、一九八二年〉図版八二〈図187〉、図版八一〈図185〉にも載る）。図十は、『中央研究院歴史語言研究所蔵漢代石刻画象拓本精選集』〈中央研究院歴史語言研究所、民国93年〉79山東画象十六に拠り（長廣敏雄氏編『漢代画象の研究』〈中央公論美術出版、昭和40年〉一部五章図94に写真が載る）、図十一は、『漢代画象全集』初編（巴黎大学北京漢学研究所、一九五〇年）図版217に拠る。図十二は中国画像石全集1山東漢画像石（中国美術分類全集、山東美術出版社、河南美術出版社、二〇〇〇年）図版二三二に拠る。

㊹ ⑼は、後漢章帝の章和元（八七）年のものである（西闕銘）。図十一について、長廣敏雄氏は、「三人の立像があり、いずれも向かつて右を向いている……孺子は童形で背に荷を負う。そのうしろに単闕が立ち、そのうしろに孺子に向かつて弓を射ている婦人「信夫」が立つている。矢は孺子の荷物に突きささつている。婦人のうしろには士人が立つが、□〔士〕子と榜題に記してあるけれども、誰であるか分からない……後漢ではよく知られた故事であろうが、内容は明かでない」と説明されている（注㊸前掲書）。孺子や弓で知られるのは、衛の庾公之斯が鄭の子濯孺子を、鏃を外した四本の矢で射た故事（孟子離婁下）であるが、図十一には合わないようである。暫くその榜題には訛伝があるものと見ておく。

㊺ 蔣英炬、呉文祺氏『漢代武氏墓群石刻研究』（山東美術出版社、一九九五年）。また、賈慶超氏『武氏祠漢画石刻考評』（山東大学出版社、一九九三年）139頁にも、「武氏祠左石室第七石第一層、擬可認作舜修穀倉的故事」との指摘がある（重華の右の二人を、娥皇、女英とし、後母の右の二人を、尭並びに、使者等とする）。なお重華譚については、注⑦前掲拙著Ⅲ二及び、

本書Ⅱ二1参照。

㊻ この一羽の鳥は、列女伝（楚辞補注三所引。今本欠）に見える重華譚中の、焚廩に際する重華への娥皇、女英二女の助言、

鵲二如汝裳衣一、鳥工往

と、おそらく関わりがある（梁武帝の通史〈史記正義所引〉にも見える）。右は、衣裳を鵲の形とし、鳥の技を使えの意で、民間呪術の一種らしい。山崎純一氏『列女伝』上（新編漢文選、明治書院、平成8年）一章巻一・一校異4参照。賈慶超氏注㊺前掲書には、「身着鳥衣」とある。

㊼ 舜子変の訳は、入矢義高氏『仏教文学集』（中国古典文学大系60、平凡社）「変文」所収に拠る。なお舜子変のそれは、儺戯《なぎ》（宗教色の強い仮面舞踊、仮面劇）の一種として現在に伝わる、広西壮（チュアン）族自治区の師公戯『舜児』において、

〔後母は〕竹の釘をまいた。ところが反って自分の脚を傷つけてしまった

という話として、今も行われている（金文京氏「舜子至孝変文と広西壮《チュアン》族師公戯「舜児」」〈『慶応義塾大学言語文化研究所紀要』26、平成6年12月〉参照）。

㊽ 入矢氏注㊼前掲書133頁注二

㊾ 注⑦前掲拙著Ⅱ一及び、本書Ⅱ二3参照。なお、申生譚については、注①前掲拙著Ⅱ一1参照。また、後漢武氏祠画象石と陽明本との関係や、陽明本の有する漢代孝子伝としての側面などについては、本書Ⅱ一5参照。

3 中生贅語

一

漢の恵帝の子、魯の恭王餘の建てた霊光殿には、孝子伝図が描かれていた。そのことは、後漢の王延寿の作った「魯霊光殿賦一首并序」（文選巻十一所収）の中に、

下及㆓三后婬妃乱主忠臣孝子烈士貞女㆒、賢愚成敗、靡㆑不㆓載叙㆒

と詠まれていることから分かる。そして、魯（山東省）の霊光殿に描かれた「孝子」の図が、如何なる内容をもつ図であったかということについては、幸い晋、張載の賦注が伝わり（文選、李善注所引）、そこに賦の「孝子」の図の注として、

孝子、中生伯奇之等

と記されている所から、その図が中生、伯奇などの、孝子としての行状を描いたものであったらしいことが、確認出来るのである。中国には、有名な後漢武氏祠画象石を代表とする、孝子伝図の長く歴史的な伝統があり、魯の霊光殿に描かれていたそれも、孝子伝図の一種であろうと考えられる。さて、中国においては六朝以前、十種類を越える孝子伝が著され、幼学書としての盛行を見たが、宋代以降、それらは悉く湮滅に帰し[1]、その内容に関しては目下、諸書の内に断片的に残る逸文を通してしか、窺う術がない[2]。ところが、我が国には現在、殆ど奇跡的に散逸を免れた完本

の古孝子伝が二種（陽明本、船橋本。以下二本を一括して両孝子伝と呼ぶ）伝存しており[3]、それら両孝子伝の記述を通じ、辛うじて六朝以前の孝子伝の姿というものを、窺い知ることが出来る。例えば魯の霊光殿に描かれていたであろう「孝子」図の申生、伯奇について、両孝子伝を閲するに、その下巻第35条に伯奇、38条に申生に関する記載を見出だすのである。なお興味深いことに、現在の中国においては伯奇、申生の両者共、類林所引の孝子伝を僅かな例外として、その逸文さえ伝わっておらず、両孝子伝の貴重さを物語るかの如くである[4]。ところで、魯の霊光殿に描かれていた申生図については従来、全くその内容が知られていなかった。ところが、近時榜題を有する後漢の申生図が、霊光殿の建てられていたのと同じ、山東の地から発見されるに及び、或る程度まで確実にその図柄、また、話柄というものを、推定することが可能な状況となっている。小論では、最近の中国における、そのような発掘成果を踏まえつつ、さらに孝子伝図の基づいたであろう、テキストとしての孝子伝を併せて検討することにより、例えば魯の霊光殿に描かれた申生図を始めとする、漢代の申生図の形というものに、思いを廻らせてみたい[5]。

七、八年程前のこととなるが、孝子伝を図像化した孝子伝図のリストを作っていて、当初その申生図の項目は、暫く空白の期間が続き、孝子伝に基づく申生の図というものは、これまで描かれたことがないように思われた。実際、後漢武氏祠画象石を筆頭とする、後漢から六朝にかけての孝子伝図の研究において、申生図なるものは従来、全く知られることがなかったのである。ところが、そんな或る日、山東石刻芸術博物館編『山東石刻芸術選粋』漢画像石巻、漢画像石故事巻を繰っていて、その漢画像石巻に「驪姫計殺太子申生図」（第九輯図二十四）、漢画像石故事巻に「趙荀哺父・晋沙公図」（六輯図三十）と題する拓本の収められていることに気付き[6]、心底驚いた（図四、図三）。調べてみると、それらの申生図であることを始めて明らかにされたのは、王恩田氏の「泰安大汶口漢画像石歴史故事考」（一九九二年）であった[7]（東野治之氏教示）。今、それらの申生図を、図版として掲げる。王氏が現存を確認された申生の図は、次の五幅である。[8]

(1)後漢武氏祠画象石（武梁祠三石4層。図一、二）

(2)泰安大汶口後漢画象石墓（二石〈三幅の孝子伝図の右辺〉。図三）

(3)嘉祥宋山一号墓（二石3層。図四）

(4)嘉祥宋山二号墓（一石3層。図五、六）

(5)山東肥城後漢画象石墓（東壁4層。図七）

右の五幅の内、(2)は一九六〇年、(3)は一九七八年、(4)は一九七九年、(5)は一九五六年に、それぞれ出土している。[9] (1)図一―(5)図七においてまず注意を払うべきは、(2)泰安大汶口後漢画象石墓に描かれた中生図（図三）であろう。(2)の中生図には三つの榜題があって、それらは、

此浅（献）公前婦子

此晋浅（献）公見離（麗）算

此後母離居（麗姫）

と判読し得る。例えばその「晋浅公」とは「晋献公」、「離居」とは「麗（また、驪、孋）姫」などの、音通による宛字に外ならず、この榜題の存することを以って、(2)が中生図であることを、ほぼ完璧に証明することが出来る。そして、(2)と図柄の酷似する(1)及び、(3)―(5)に関しても、それらを中生図と同定することが、併せて可能となる訳である。ところで、(1)に掲げた後漢武氏祠画象石と言えば、宋代以来早くからその存在を知られた、余りに著名なものであるにも関わらず、例えばその武梁祠三石4層の図柄が、これまで中生図と認識されなかったのは、何故であろうか。それは偏に、榜題が備わらなかったためと思われる。このことは、孝子伝図における榜題というものの重要さを、改

図一　後漢武氏祠画象石

図二　後漢武氏祠画象石（石索三）

図三　泰安大汶口後漢画象石墓

図四　嘉祥宋山一号墓

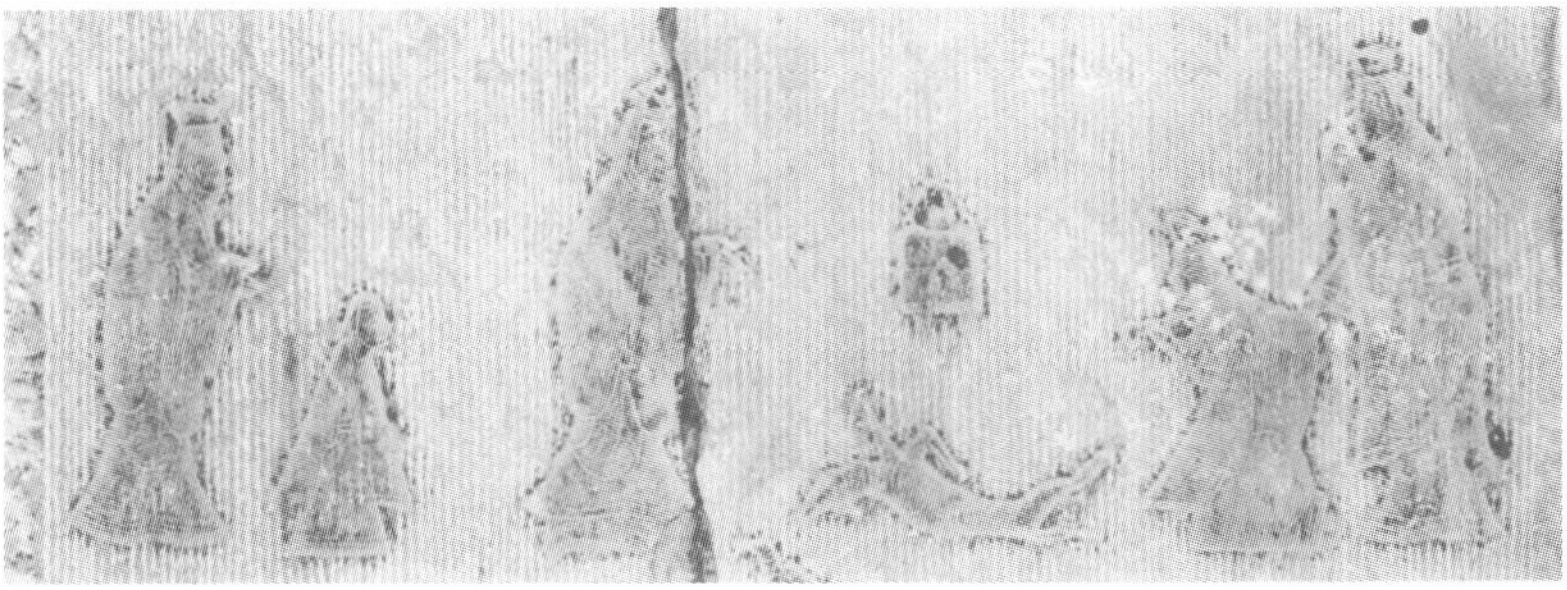

図五　嘉祥宋山二号墓

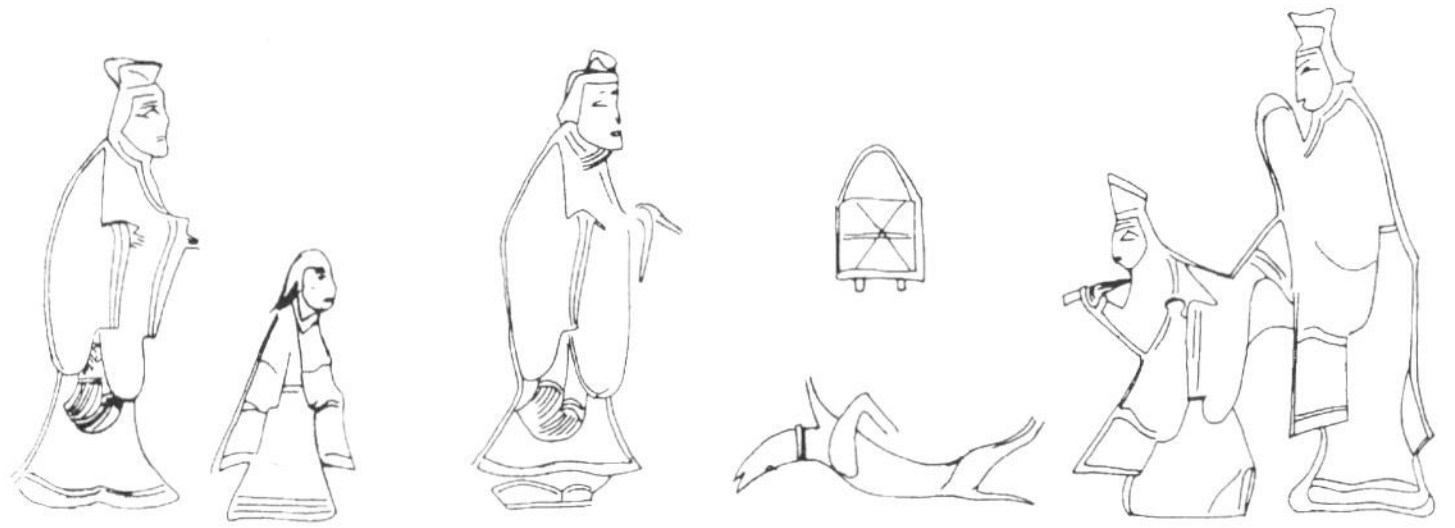

図六　嘉祥宋山二号墓（『文物』92・12）

図七　山東肥城後漢画象石墓

めて示唆しているが、それにしても、⑵の如く榜題を有する申生図の出現によって、⑴後漢武氏祠画象石のような有名な遺品を含め、一挙に五例もの申生図の伝存の明らかとなったことは、孝子伝図の研究史上、画期的な出来事としなければならない。分けても、王恩田氏の業績の非常に大きいことを、ここに特記しておくべきであろう。

二

さて、図一―図七を申生図と見た場合、それぞれが互いに酷似する、上掲五幅の図は、共に同じ場面を表わしていると考えて良いであろう。ならば、図一―図七の場面は、一体何を描いたものなのであろうか。

そのことを述べる前に、極めて基本的なことながら、取り敢えず図一―図七が、孝子伝図であろうことを、確認しておく必要がある。そして、この問題を確認するに当たっても、やはり第一に注意しなければならないのが、⑵泰安大汶口後漢画象石墓である。上述の如く、⑵の申生図の左には、さらに二幅の孝子伝図があって、右から、

a孝子丁蘭父

b此丁蘭父

また、

c孝子趙苟

d此苟毾父

という榜題が残っている⑩（図八）。榜題によると、その二図は一見、abが丁蘭図（「父」とあることに留意すべきである）、cdが趙苟図〈後漢武氏祠画象石にも〈図九〉。哺父の話で、師覚授孝子伝〈初学記十七等所引〉に物語が載

図八　泰安大汶口後漢画象石墓（趙苟、董永）

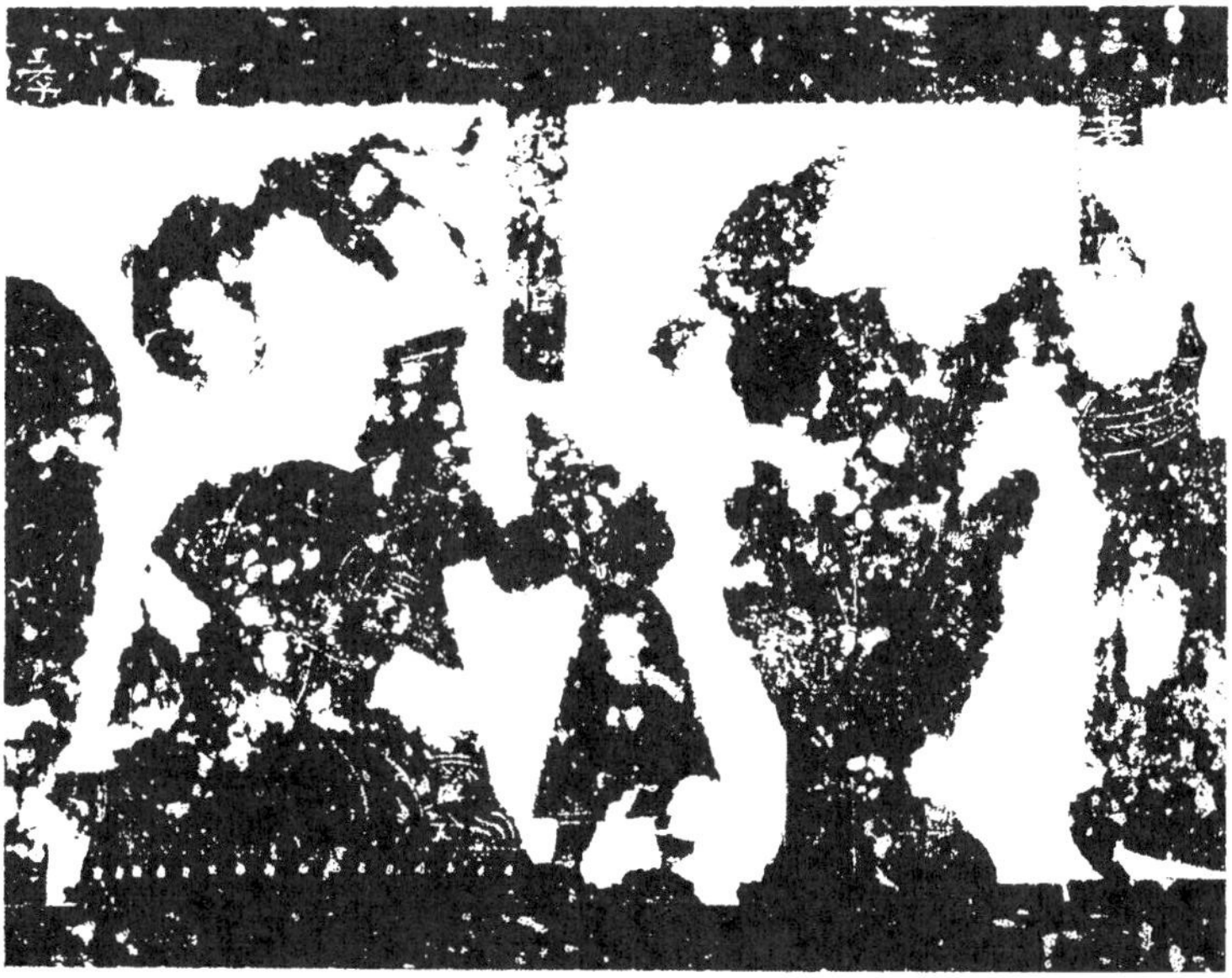

図九　後漢武氏祠画象石（慈烏、趙苟）

る。dの諮字は、䍃《とう》の、異体字で、歠、即ち、哺に同じとされる）のように見えるが、[11] 実はその二つの図と榜題との関係は、単純ではない。今、王恩田氏の指摘する所を、二点に要約して紹介する。第一に、図に対応する榜題が入れ替わっている。即ち、abに趙苟が描かれ、cdに丁蘭（実は、董永）が描かれているのである。第二に、abの榜題が間違って記されている。即ち、左のcdに描かれるのは、榜題に丁蘭とあるにも関わらず、丁蘭図でなく、董永図となっているのである（図八）。つまり記すべき董永の榜題を、丁蘭のそれと取り違えて記したものと考えられる。また、王氏が、申生図の中央上部に描かれる、向き合って嘴を接する二羽の鳥について、それを烏鴉反哺（即ち、両孝子伝45慈烏）とし、趙苟図に掛るものであるとされていることも、非常に重要な指摘とすべきである[12]（図三参照）。するとと、⑵泰安大汶口後漢画象石墓二石には、

申生
丁蘭（榜題のみ）
董永
慈烏
趙苟

の五図が描かれていることになる。そして、その五つの図は、全て孝子伝に記載をもつものばかりである（両孝子伝38申生、45慈烏、9丁蘭、2董永、及び、師覚授孝子伝）。このことから、例えば⑵泰安大汶口後漢画象石墓に描かれた申生図は、孝子伝図であることが、明らかと言えよう。[13] そして、孝子伝図は、その粉本となった筈の孝子伝によって、解釈することを第一義とすべきであろう。申生譚は後述のように、史記などを通じ、幅広く民間に喧伝する説話であるが、例えば王恩田氏が申生図を解釈するに際し、専ら春秋左氏伝や国語等によられていることは、孝子伝の滅

びてしまった中国においては、止むを得ないこととは言いながら、甚だ遺憾に思われる。

以下に、三種の孝子伝を紹介する。両孝子伝及び、類林所引逸名孝子伝（類林雑説一・1所引）の本文を併せ示せば、次の通りである（類林雑説の本文は、嘉業堂叢書本に拠り、陸氏十万巻楼本影金写本〈（ ）で示す〉を参照した。西夏本類林欠）。

陽明本

申生者晋献公之子也。兄弟三人、中者重耳《(呵)》、少者夷吾。母曰二斉《(晉)》姜一、早亡。而申生至孝。父伐二麗戎《(娘)》一、得二女一人一、便拝為レ妃。賜《い》二姓驥氏一、名曰二麗姫一。々《ろ》生レ子《(孝)》、名曰二奚斉卓《(晉)》子一。姫懐二妬之心一、欲下立二其子斉《(晉)》一以為中家嫡上。因欲レ譏レ之、謂二申生一曰、吾《は》昨夜夢二汝母飢渇弊一。汝今宜下以二酒礼一至レ墓而祭上レ之云。申生涕泣、具二弁肴饌一。姫密以二毒薬一置二祭食中一、謂《に》二言申生一、祭訖食レ之則礼《(死)》。而申生孝子、不レ能二敢飧一。将還献レ父、々欲レ食レ之。麗姫恐三薬毒中二献公一、即投レ之曰、此《ほ》物従レ外来。焉得二輒食一レ之。乃《へ》命二青衣一、嘗レ之入レ口、即死。姫乃詐啼叫曰、養レ子反欲レ殺レ父。中《と》生聞レ之、即欲二自殺一。其《ち》臣諫曰、何不二自理一。黒白誰明。中《り》生曰、我若自理、麗姫必死。父食不レ得二麗姫一則不レ飽《(飲)》、臥不レ得二麗姫一則不レ安。父今失二麗姫一、則有二憔悴之色一。如レ此、豈為二孝子一乎。遂感激而死也。

船橋本

申生晋献公之子也。兄弟三人、中者重耳、小者夷吾。母云二斉姜一、其身早亡也。申生孝。於レ時父王伐二麗戎一、得二一女一、便拝為レ妃。賜《い》レ姓則驥氏、名即麗姫。々生レ子、名曰二奚斉一。奚姫懐二妬心一、謀却二申生一、欲レ立二奚斉一。姫語二申生一云、吾《は》昨夜夢見二汝母飢渇之苦一。宜下以レ酒至二墓所一祭上レ之。申生聞レ之、泣涕弁備。姫密《(蜜)》以レ毒入二其酒中一、乃《に》語二申生一云、祭畢即飲二其酒一、是礼也。申生不二敢飲一、其前将来献レ父。々欲〔レ飲〕レ之、姫抑而云、外物不二輒用一。乃《へ》試令レ飲二青衣一、即死也。於レ時姫詐泣叩曰、父養レ子、々欲レ殺レ父耶。申生聞レ之、即欲二自殺一。其臣諫云、死而

入レ罪、不レ如二生而表一レ明也。申生云、我自理者、麗姫必死(、、)。無二麗姫一者、公亦不レ安。為レ孝之意、豈有レ趨乎。遂死也。

類林所引逸名孝子伝

晋申生〈献公先娶二斉女一為レ后。生二太子申生一。斉女卒。乃立二孋姫一為レ后。生二子奚斉(×)《ろ》及卓子一。孋姫欲下立二奚斉一為中太子上。譏二申生於公(王)一曰《は》、妾昨夜夢二申生之母従レ妾乞一レ食。公(王)信レ之。即令下申生往二其母墓一祭上レ之。申生祭還。孋姫潜以二毒薬一安二肉中一。申生欲レ上二公祭肉一。姫謂レ公曰、蓋聞、食従レ外来、可レ令三人嘗二試之一《へ》。公以レ肉与レ犬、犬死。与レ婢、婢死。姫曰、為二人之子一者、乃如レ此乎。公以二垂老之年一、不レ得二終天之年一。而欲三毒薬殺而早図二其位一。此時非二但殺一レ公、亦当レ及二于諸子一。請下将二二子一自殞中於狐狢之地上。無為被三太子見二其魚肉一也。公大怒、賜二申生死一《ち》。大夫李克謂二申生一曰、何不二自治一《り》。申生曰、吾父老矣。臥不レ得レ姫則不レ安、食不レ得レ姫則不レ飽。吾若自治、公則殺レ姫。為二人之子一者、殺二父所(所父)一レ安、非レ孝也。遂自縊而死。出二孝子伝一〉

図と孝子伝とを対照させてみると、犬が登場し（図四、図五、図七）、申生が短剣を喉に擬して自殺しようとしている所から（図三、図四、図五）、それらの申生図は、驪姫の毒を仕込んだ祭食を、太子申生が父献公に献った時、太子による父の毒殺を驪姫が告発、申生が自殺に追い込まれた場面を、描いたものと知られよう。そこで、以下、もう少し具体的に、申生を主人公とする、孝子伝図と孝子伝をめぐる、一、二の問題を考えてみることにしよう。

三

史記晋世家に見える申生、重耳の物語について、かつて宮崎市定氏は、晋世家に見える文公の記述は、春秋左伝に基づいているが、正に一篇の小説である。父の献公は後妻の驪姫に惑わされ、その子奚斉に位を譲ろうとし、太子を殺したので、次子の重耳、後に文公となる人は難を避けて出奔し、諸国を遍歴する。このような遍歴談は元来は娯楽的な語り物であったので、どこまで史実を伝えたものか分らない（『史記を語る』Ⅳ世家）

と指摘されたことがある。[14] 申生の話は継子譚、重耳の話はさらに貴種流離譚としての、典型的な特徴を備えており、それは中国の古代以来、民間に人気を博した物語であったに違いない。幼学としての孝子伝が申生譚を採用した主要な動機も、おそらくその辺にあったものと思われる。有名な話であるだけに、申生譚を載せる文献は、枚挙に遑がないが、その主要なもののみを列記すれば、先記の如くである。[15]

・春秋穀梁伝僖公十年
・春秋左氏伝荘公二十八年、僖公四年
・国語晋語
・呂氏春秋十九上徳
・礼記檀弓上
・史記晋世家
・説苑四立節
・列女伝七・7等

ここで、上掲三種の孝子伝本文の出自について、先行諸書との間に認められる、顕著な特徴の幾つかを上げておきたい。

まず三種の孝子伝本文に関して一言しておくと、陽明本と船橋本とは一系に属し、且つ、陽明本の方が古態を留めるものと認められる⑯。例えば両孝子伝い、驪姫が驪氏の姓を賜ったことや、に、毒の入った祭食（酒）を申生に勧める条りなどは、諸書に見えない、両孝子伝のみの特異なプロットとなっている。また、類林所引逸名孝子伝も、小異はあるものの、例えばそのは、り、

・妾昨夜夢二申生之母従レ妾乞フ食

・申生曰、吾父……臥不レ得レ姫則不レ安、食不レ得レ姫則不レ飽。吾若自治、公則殺レ姫

などが、陽明本のは、り、

・吾昨夜夢二汝母飢渇弊一

・申生曰、我若自理、麗姫必死。父食不レ得二麗姫一則不レ飽、臥不レ得二麗姫一則不レ安

等と酷似し（はについては、後述。りは、春秋左氏伝僖公四年に、「君非二姫氏一、居不レ安、食不レ飽。我辞、姫必有レ罪」、その杜預注に、「吾自理、則姫死」、礼記檀弓上孔穎達疏に、「正義曰……我若自理、驪姫必誅」等と見える）、やはり両孝子伝と同源に出るものと見て良いであろう。

ところで、両孝子伝と前掲諸書の関わりについては、一つ気になる書物がある。それが春秋穀梁伝である⑰。今、陽明本を例に取って述べよう。例えば陽明本ろの、

々〔姫〕生レ子、名二奚斉卓子一

は、穀梁伝の、

〔麗姫〕有二二子一、長曰二奚斉一、稚曰二卓子一

と一致し（春秋公羊伝僖公十年、列女伝も）、春秋左氏伝等が、奚斉を驪姫の子、卓子をその娣《いもうと》の子とするのと一

致しないのである。また、陽明本はの、

吾昨夜夢㆓汝母飢渇弊㆒

というプロットに関しては、非常に興味深い事実が窺われる。即ち、申生の生母斉姜を夢に見たのは、左伝僖公四年以下、国語、呂氏春秋、列女伝、史記等、驪姫ではなく献公（「君」）とされ、且つ、それらには、斉姜が飢えに苦しんでいるという、夢の内容も記されない。それに対し、陽明本と一致するプロットが見られるのは、穀梁伝の、

吾夜者夢㆔夫人〔斉姜〕趨而来曰㆓吾苦飢㆒

のみとなっている。⑱また、陽明本ほに、

此物従㆑外来。焉得㆓輙食㆑之

とあるのは、穀梁伝の、

食自㆓外来㆒者、不㆑可㆑不㆑試也

と酷似する（列女伝も略同。左伝、国語等不見。呂氏春秋「所㆑由遠。請使㆓人嘗㆑之」、史記「胙所㆓従来㆒遠。宜㆑試㆑之」）。また、陽明本ちに、

其臣諫曰、何不㆓自理㆒。黒白誰明

と記す、「其臣」に関しては、類林所引逸名孝子伝ちに、

大夫李克謂㆓申生㆒曰、何不㆓自治㆒

と、「大夫李《(里)》克」とすることに、注目すべきであろう。そして、この場面において、申生に諫言した者を、里《(李)》克としているのは、やはり穀梁伝に、

世子傅里克、謂㆓世子㆒曰、入自明。入自明、則可㆓以生㆒。不㆓入自明㆒、則不㆑可㆓以生㆒

とする記述のみなのであって（世子は、世嗣で、太子申生を指す。傅は、守役。左伝僖公四年、史記「或謂二太子一〈曰〉」、国語「人謂二申生一曰」、礼記、説苑「公子重耳謂レ之〈申生〉曰」。列女伝「太傅里克曰」は、穀梁伝に拠ったものであろう）、陽明本と穀梁伝との密接な関わりから推すに、陽明本ちの「其臣」は、里克のことと考えるべきであろう（或いは、陽明本の祖本段階における改変か）。また、陽明本りの前半、

　申生曰、我若自理、麗姫必死

とあるものは、穀梁伝の、

　世子曰……吾若……自明、則麗姫必死

と酷似し、特に陽明本の、「麗姫必死」なども、穀梁伝に見える表現となっている（列女伝「太子曰……若……自明、則驪姫死」）。このように、陽明本の申生譚は、その成立過程において、穀梁伝と非常に深く関わっていることが確認出来る。そして、陽明本のは以下を共有する船橋本、ろ以下を共有する類林所引逸名孝子伝に関しても、同じことが言えるであろう。すると、日中における、目下知られる孝子伝申生譚の本文は、いずれも穀梁伝系のそれであることになる。このことを念頭において、図一—図七の申生図の内容を、もう少し具体的に検討してみよう。

　まず榜題のある図三から見てゆくと、左端が驪姫、その右が献公（背後に奚斉がいるか）、申生である。申生は短剣を喉に擬していて、例えば陽明本のと、

　申生聞レ之、即欲二自殺一

また、「遂感激而死也」という場面を描いたものであろう（穀梁伝に、「吾寧自殺……刎レ脰而死」、また、呂氏春秋に、「遂以レ剣死」、説苑に、「遂伏レ剣死」とある。脰《とう》は、首）。この場面について問題なのは、類林所引逸名孝子伝に、

　遂自縊而死

とあることで（縊は、首をくくること）、これは類林所引逸名孝子伝が、穀梁伝以外の何か他系統のものと接触した結果らしい⑲（左伝僖公四年「縊二于新城一」、国語「雉二経于新城之廟一」、列女伝「遂自二経於新城廟一」等。雉経、経も、首をくくること）。さて、図三の右端は、孝子伝によれば、里克となる（類林所引逸名孝子伝。王氏は、「杜原款或里克」とされるが、杜原款は孝子伝に登場しない）。次に、図一は、中央右が献公、その右が奚斉、中央左が申生、その左が驪姫らしい。左右両端は、里克と侍者か（王氏は、夷吾、重耳とされている）。図四―図七には、いずれも犬が見え、特に図四、図五のそれは倒れて死んでいる。これは、類林所引逸名孝子伝のへ、

公以レ肉与レ犬、犬死。与レ婢、婢死

という、犬に関する場面を描いたものに相違ない（穀梁伝「覆二酒於地一、而地賁」、左伝僖公四年「公祭二之地一、地墳。予レ犬、犬斃。予二小臣一、小臣亦斃」、国語「公祭二之地一、地墳……驪姫与二犬肉一、犬斃。飲二小臣酒一、亦斃」、呂氏春秋「嘗レ人、人死。食レ狗、狗死」、史記「祭レ地、地墳。与レ犬、犬死。与二小臣一、小臣死」、列女伝「覆二酒於地一、地墳……驪姫与レ犬、犬死。飲二小臣一、小臣死レ之」等）。ところで、陽明本また、船橋本のへには、犬のことが見えない。故に、犬の描かれない図一、図三は両孝子伝と一致し、犬を描く図四、図五、図七は類林所引逸名孝子伝と一致することになる。そもそも穀梁伝には犬のことが見えないので、両孝子伝や図一、図三が元の形かと思しく、類林所引逸名孝子伝や図四―図七は、穀梁伝以外の記述を拠り所とすることが確かであって、図四―図七の犬は、描き加えられた可能性がある。とは言え、漢代孝子伝の申生譚が、既に類林所引逸名孝子伝のような形をしていたことも想定され、例えばかつて我が国において、類林所引逸名孝子伝の如き孝子伝の行われたことを示す徴証があって、東大本和漢朗詠集見聞上、春、躑躅「寒食家応」注に、

献公大《ニ》喜テ、服セントシ玉フ。時《ニ》后《ノ》玉ヒケルハ、外ヨリ来リタルニ、何ナル物ニテカ有覧。先犬《ニ》与テミ玉ヘトテ、

犬ニ与ニ、后兼毒ヲ入玉ヒシカハ、死ヌ。サレハコソトテ、小臣与ル、小臣則死

と言い、「七十余人ノ孝子伝ノセタリ」と記すものなどがそれである。すると、例えば重華譚にあって、寧夏固原北魏墓漆棺画の重華図に描かれた、「金銭一枚」のモチーフが、両孝子伝に見えず、三教指帰成安注上末（「舜帯二銀銭五百文一」）や、明らかに陽明本系を引いたと思しい普通唱導集下末（「帯二銀銭五百文一」）などの逸名孝子伝に見えるのと同じことが、起きていることになる。そして、陽明本の早い段階における脱落の可能性も、十分に考えられるのである。ともあれ、漢代孝子伝における申生譚の形については、なお今後の課題とすべきであろう。聊か余談めくが、この犬の話は、孝子伝の重華譚を民話化した昔話の「継子と井戸」において、例えば山形県最上郡のものなどに、継母が毒を入れた握り飯を、継子の食べようとするのを「寺子屋のお師匠さま」が制止して、

「お前、だめだ。その弁当食わねでおげよ。」て、いうけど。「そごの犬こさ食えろ」て、いうど。ほんで、庭前の犬こ、やったれば、ペロッと、食ったけ、クリクリど、回ったけど、ひっくりけって、トンと死んだけど

とする以下に散見し⑳、人々によく知られた話であった事情の一端を、窺うことも出来る。昔話と申生譚との関わりについては、さらに別途の考察を要するが、その犬の話が昔話に定着する、一過程を示すと見られる興味深い例を、二つ上げておく。まず、その一つは、中世女訓書、女訓抄三・四に記される申生譚で、「しからは、まつ犬にくらはせてみるへしとて、いぬにくはす。すなはち、死する。つきに、人にくはするに、人しする」（穂久邇文庫本）と見える㉑。次に、左に掲げるのは、御伽草子『熊野の本地』に基づく御岳縁起を、改作したとされる同縁起の一本、開藤本御岳蔵王権現縁起（延享五〈一七四八〉年写）の一節である㉒。

角ていろ〳〵の御まつり事も過けれは、供物《ぐぶつ》を取集、種々《しゆしゆ》の菓子《くわし》をそへ、父うへの方へおくらるゝ。折節《おりふし》父少将殿は、御門《みかど》へ参内《さんだひ》奉りけれは、北の方へ送らるゝ。去程に、北の方とめのとは、かゝる処の幸《さいわい》とこそ、待請た

る物かなとて、おくり給ひし菓子《くわし》の内へ、ひそかに毒《ぶす》を入、つつみおく……すでに少将帰り給へは、おくり物をとりあつめ、少将殿に奉る。斜《なのめ》に思召、菓子《くわし》をとらんとし給へば、北の方申けるやうは、外より来ル物なれは、左右《そう》なくいかゞまいるへき。たれ人ぞ心み仕れとて、御前に有ける童《わらへ》にこそ給りける。かの童《わらは》、くふより早く心かわり、物にくるい血をはき、ついにむなしく成にけり。少将ふしきに思召、又御前の白砂《しすな》に而、犬にくわせて見給へは、立所にぞし丶てけり

ともあれ、右記は、後漢に描かれた申生譚の一齣が、二千年近い時を経て、思い懸けず我々の身近な所に命脈を保っている、非常に印象的な光景である。

さて、図四は、右から驪姫、奚斉、献公、申生、里克、侍者（二人。劉敦愿氏は、国語を引いて、右から驪姫、小臣、献公、中生、杜原款、二人の廷臣或いは、侍者と解される㉓）、図五は、右から里克、申生、献公、奚斉、驪姫であろう。両図共、図三同様、申生が短剣を喉に擬している。図七は、右から驪姫、奚斉、里克、申生、献公（中央）、侍者（三人）となろうか。

これら五図の申生図が、一定の形式に従い、互いに高い共通性をもつことは、先に述べた通りである。その理由は、おそらく漢代孝子伝に基づいて作られた、孝子伝図の粉本というものが、それぞれの工人の手許にあったためと考えられる。そして、「魯霊光殿賦」の詠まれたのと同じ時代、その霊光殿と同じ地域に見出だされた、五図の申生図は、霊光殿に描かれたその図の内容を彷彿とさせる、極めて貴重な孝子伝図の遺品と言うべきであろう。

近時、林聖智氏による「北朝時代における葬具の図像と機能―石棺床囲屏の墓主肖像と孝子伝図を例として―」と題する、大変優れた論攷に接した㉔。林氏はその論文の中で、和林格爾後漢壁画墓、後漢武氏祠画象石（武梁祠）における、孝子伝図の順序に着目、漢代孝子伝の目次冒頭の順序が、

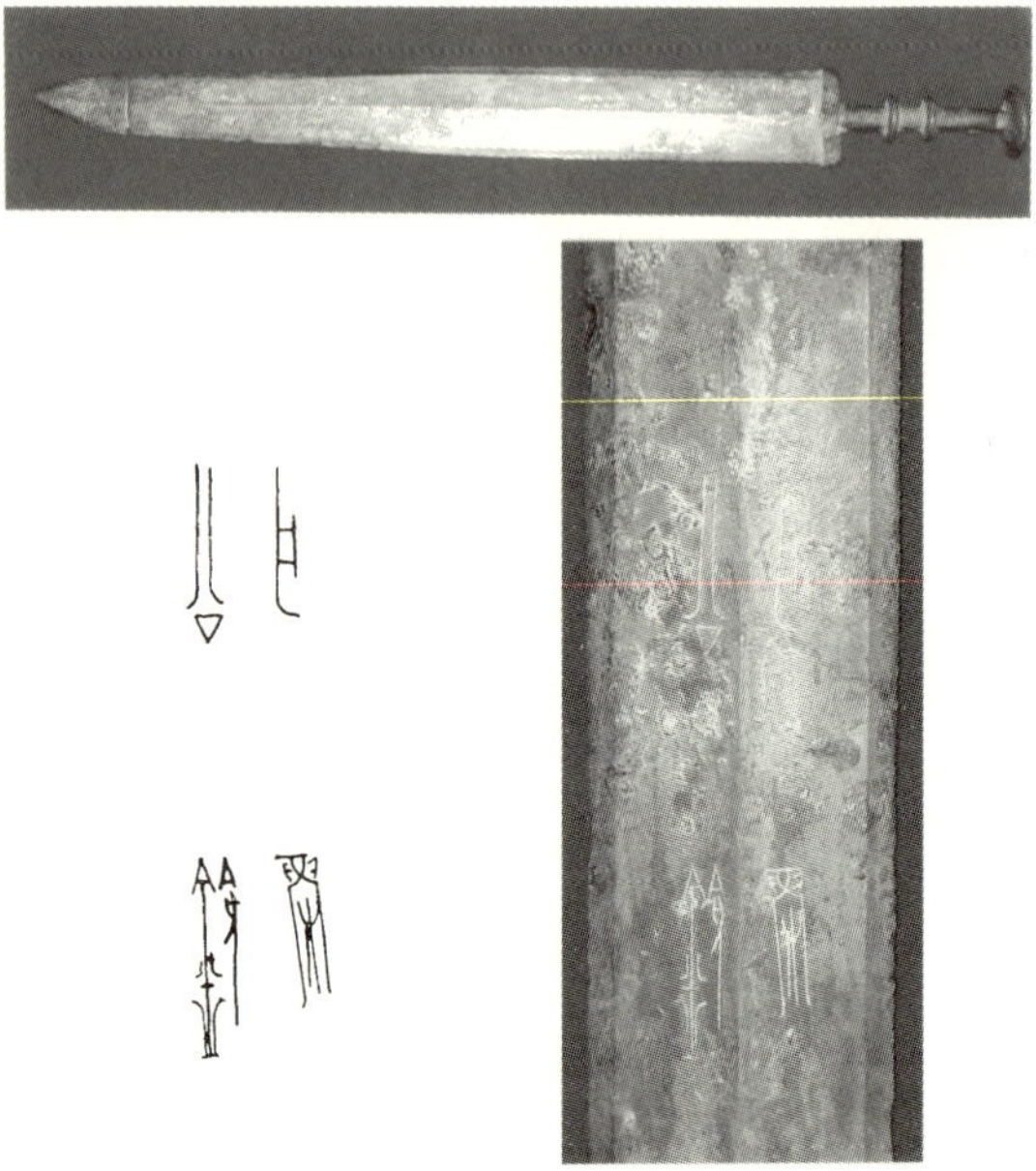

図十　重耳の剣（「耳鋳公剣」）

孔子の弟子である閔子騫と曾子が、舜に続いて第二、三番目の孝子となる

との、画期的な推定を試みておられる㉕。すると、前掲図⑵泰安大汶口後漢画象石墓の中生図（図三）は、丁蘭図（董永図）などに先立っている（図八）等の所から、漢代孝子伝は、

　　舜、伯奇、中生

の継子譚三話に始まり、

　　曾参、閔子騫

へ続いていたのではないか、との推測が成り立つが、それらのことは、また機会を改めて述べたい㉖。

最後に、中生の弟重耳（後の晉文公）のものとされる、珍しい剣を図十に掲げる㉗（剣銘に、「耳鋳公剣」とある）。中生が死んだ時、驪姫の難を避けて、狄に逃げた重耳の作らせた剣かとされ（史記晉世家に「重耳遂奔ㇾ狄。狄其母国也」と見える）、これがもし重耳の剣であるならば、今から約二千六百五十年程前のものとなる。

注

① 西野貞治氏「陽明本孝子伝の性格並に清家本との関係について」（『人文研究』7・6、昭和31年7月）

② 孝子伝の残存逸文の状況等、また、それら逸文から再構成された所謂古孝子伝（清、茆泮林によるものが名高い）については、拙著『孝子伝の研究』（佛教大学鷹陵文化叢書5、思文閣出版、平成13年）Ⅰ一1及び、本書Ⅰ一2、付、3参照。

③ 陽明本、船橋本孝子伝については、注②前掲拙著Ⅰ一2参照。なおそれらの本文に関しては、幼学の会『孝子伝注解』（汲古書院、平成15年）参照。

④ このことについては、既に西野貞治氏が、「増広分門類林雑説」に関し、「金の王朋寿が、唐の于立政の類林十巻を増益したもの。この書に孝子伝として引く眉間尺・申生の伝は、ほぼ陽明本の所載に近い。申生の条を孝子伝として引く類書は他にない」と指摘されている（注①前掲論文34頁註④）。

⑤ 例えば張載注に言う、魯の霊光殿における、もう一つの孝子伝図である、伯奇図については、本書Ⅱ一2を参照されたい。

⑥ 山東石刻芸術博物館『山東石刻芸術選粋』漢画像石巻、漢画像石故事巻（共に、浙江文芸出版社、一九九六年）

⑦ 王恩田氏「泰安大汶口漢画像石歴史故事考」（『文物』92・12）。なお、先立って劉敦愿氏「『山東漢画像石選集』中未詳歴史故事考釈」（『東岳論叢』84・2）は、『山東漢画像石選集』（斉魯書社、一九八二年）図版八〇（図一八二）の嘉祥宋山一号墓二石3層、及び、『文物』82・5、64頁図二の嘉祥宋山二号墓一石3層が、「晋献公殺太子申生」図であろうことを指摘する（後掲図四、図五）。また、佐原康夫氏「漢代祠堂画像考」（『東方学報 京都』63、平成3年3月）三章1③にも、嘉祥宋山一号墓のそれが、申生図であることの指摘がある。さらに、土居淑子氏『古代中国考古・文化論叢』（言叢社、平成7年）194―195頁、211―212頁に、山東肥城後漢画象石墓（後掲図七）を、重華（舜）図と見る考えを示されているが、その図七は、後掲図一以下との図柄の類似から、王恩田説の如く申生図と見ておきたい。なお、『山東漢画像石選集』図版一九八（図四七一）、図版二〇〇（図四七三）には、泰安大汶口後漢画象石墓、山東肥城後漢画象石墓の申生図も収められる（後掲図三、図七）。

⑧ 図一は、容庚『漢武梁祠画像録』（考古学社専集13、北平燕京大学考古学社、民国25年）に拠る。原石に破損があるため、参考までに、図二に石索三による摸図を掲げる。また、図三は、注⑥前掲書、漢画像石故事巻、六輯図三十、図四は架蔵の拓本に拠る。図五は、写真に拠り、図六に、『文物』92・12、76頁図三に拠る、その摸図を掲げる。図七は、『文物参考資料』58・4、36頁図二に拠る（注⑨参照）。

⑨　(2)については、泰安市文物局、程継林氏「泰安大汶口漢画像石墓」（『文物』89・1）、(3)については、嘉祥県武氏祠文管所「山東嘉祥宋山発現漢画像石」（『文物』79・9）、(4)については、済寧地区文物組、嘉祥県文管所「山東嘉祥宋山一九八〇年出土的漢画像石」（『文物』82・5）、(5)については、王思礼氏「山東肥城漢画象石墓調査」（『文物参考資料』58・4）などに、それぞれ報告がある。

⑩　図八は、注⑥前掲書、漢画像石故事巻、六輯図三十に拠る。

⑪　師覚授孝子伝の趙苟譚を示せば、以下の如くである（初学記十七所引に拠る）。

趙狗幼有二孝性一。年五六歳、時得二甘美之物一、未三嘗敢独食二、必先以レ哺レ父。出輒待レ還而後食。過レ時不レ還、則倚レ門啼以俟レ父。至数年父没。狗思慕羸悴、不レ異二成人一。哭泣哀号、居二於塚側一。郷族嗟称、名聞流著。漢安帝時、官至二侍中一。

同じものが、太平御覧四一四、錦繡万花谷後集十五（「孝子伝」）、また、茆泮林古孝子伝（趙苟を「趙徇」に作っている）などにも見える（師覚授については、本書Ⅰ一1参照）。さて、長廣敏雄氏編『漢代画象の研究』（中央公論美術出版、昭和40年）二部「武梁石室画象の図象学的解説」61頁に、「いまだに解明できない二、三の画象（……「趙□□」）、86頁に、「この説話は不明である」とされた、後漢武氏祠画象石における「趙□□」図（図九左）は、二人の人物が互に向き合って顔を近付ける、(2)泰安大汶口後漢画象石墓の趙苟図に酷似した図柄であること等から、趙苟図と断定して良い。榜題三字目の残画は、「貉」らしく（蒋英炬、呉文祺氏『漢代武氏墓群石刻研究』〈山東美術出版社、一九九五年〉五章一、55頁に、「趙□屠」と「屠」字を宛てるのは、存疑）、元は、「趙苟（狗）貉父」とあったものであろう。右から慈烏図（図九右）に続いていることも、注意する必要がある（注⑫参照）。図九は、注⑧前掲『漢武梁祠画像録』に拠る。

⑫　慈烏図は、後漢武氏祠画象石（榜題「孝烏」）、和林格爾後漢壁画墓（「孝烏」）などにも描かれ、共に、哺父をテーマとする趙苟、邢渠図へ続いていることに、注意すべきである（本書Ⅰ二2参照）。烏は、古くから反哺孝行の鳥として知られているが、孝子伝に立項された慈烏の本文は、両孝子伝以外、管見に入らない。参考までに、両孝子伝45慈烏の本文を示せば、次の通りである。

陽明本

慈烏者烏也。生二於深林高巣之表一。銜レ食供二鶵口一、不レ鳴自進。羽翮労悴、不二復能飛一。其子毛羽既具、将レ到二東西一、取レ食反二哺其母一。禽鳥尚爾。況在二人倫一乎。鴈亦銜レ食飴レ児。〔児〕亦銜レ食飴レ母。此鳥皆孝也。

船橋本

鴈烏〔者〕烏也。知二恩与レ義之。鶵時哺レ子、老時哺レ母。反哺之恩、猶能識哉。何況人乎。不レ知二恩義一者、不レ如二禽鳥（象）一耳也

右記などは、その慈烏図との関連から、例えば陽明本の当条が漢代孝子伝の面影を留めることを示す、一証と見ることが出来よう。なお長廣敏雄氏編『漢代画象の研究』86頁に、後漢武氏祠画象石の慈烏図について、「画面としてまとまりが悪いが、独立の情景とみるほかない」として、船橋本孝子伝30顔烏を引くのは失考とすべく、船橋本の慈烏条が43東帰節女に続け書きされ、見分け難くなっている上、その書出しを「鴈烏」とすることによる勘違いかと思われる。近時の巫鴻（Wu Hung）氏“The Wu Liang Shrine: The Ideology of Early Chinese Pictorial Art”（Stanford University Press, Stanford, California, 1989. 中国語版『武梁祠―中国古代画像芸術的思想性』〈柳揚、岑河氏訳、三聯書店、二〇〇六年〉）付録A303頁（中国語版、附録一311―312頁）も、その誤りを踏襲している。

⑬ なお、⑶嘉祥宋山一号墓の三石2層左には趙苟（または、両孝子伝3刑渠。両者は話柄が全く同じであるため、榜題がないと区別し難い）、四石2層、八石2層には、両孝子伝1重華、35伯奇の描かれていることも、考え併せるべきであろう。孝子伝図については、注②前掲拙著Ⅱ一参照（重華図については、本書Ⅱ二1、伯奇図については、本書Ⅱ二2参照）。

⑭ 宮崎市定氏『史記を語る』（岩波新書黄84、岩波書店、昭和54年。後、宮崎市定全集5史記〈岩波書店、平成3年〉Ⅰに再録）

⑮ 太平記の申生譚（驪姫譚）については、かつて述べたことがある（拙著『中世説話の文学史的環境』〈和泉書院、昭和62年〉Ⅱ二1参照）。なお申生譚を論じたものに、増田欣氏「驪姫説話の伝承と太平記」（『国文学攷』28、昭和37年5月。同氏『『太平記』の比較文学的研究』〈角川書店、昭和51年〉一章三節に再録）、小助川元太氏「申生説話考―『孝子伝』とその影響について」（『伝承文学研究』46、平成9年1月）などがある。

⑯　西野氏注①前掲論文。また、船橋本が隋以降の改修を経ていようことについては、注②前掲拙者Ⅰ四参照。

⑰　西野氏も、注①前掲論文における陽明本の出典一覧表で、列女伝、説苑などと共に、穀梁伝を上げておられる。

⑱　なお、「七十余人ノ孝子伝《ニ》ノセタリ」と言う、東大本和漢朗詠集見聞上、春、躑躅「寒食家応」注に、「継《ケイ》母太子ヲ呼、御母ノ今夜夢《ニ》見《ヘ》玉ツルカ、ヨニヤセ衰テ食ヲ求《キ》」等と見える。また、和漢朗詠註抄、同注所引「列異伝」にも、「々〔後〕母詐《イテ》告《テ》申生《ニ》二云、昨夜《スキヌルヨ》《キノウノヨ》、夢《ニ》見《ル》君《カ》母霊《レイ》示《メシテ》云《ク》、可祭《ル》我《ヲ》一云々」とある。朗詠注については、注⑮前掲拙著Ⅳ四参照。東大本和漢朗詠集見聞は、伊藤正義氏監修『磯馴帖』村雨篇（和泉書院、平成14年）和漢注釈資料に、三木雅博氏による翻刻が、和漢朗詠註抄は、『和漢朗詠集古注釈集成』一（大学堂書店、平成9年）に翻刻が、それぞれ収められる。

⑲　例えば、類林所引逸名孝子伝の驪姫の言葉、

公以二垂老之年一、不レ得二終天之年一。而欲三毒薬殺而早図二其位一。此時非二但殺レ公、亦当レ及二于諸子一。請下将二一子一自殞中於狐狢之地上。無為被三太子見二其魚肉一也

等、史記の、

其父而欲二弑代レ之。況他人乎。旦君老矣。旦暮之人、曾不レ能レ待、而欲レ弑レ之……太子所二以然一者、不レ過レ以二妾及奚斉之故一。妾願子母辟二之他国一、若早自殺。毋五徒使四母子為二太子所二魚肉一也

に似る。

⑳　関敬吾氏『日本昔話大成』5（角川書店、昭和53年）本格昔話、10継子譚二二〇A「継子と井戸」本文に拠る。孝子伝と昔話との関連については、本書序章参照。

㉑　美濃部重克、榊原千鶴氏『女訓抄』（伝承文学資料集成17、三弥井書店、平成15年）に拠る。その朗詠注など幼学書との関わりは、同書所収の榊原氏の解説に詳しい。また、寛永十九年刊本の女訓抄が、日本教科書大系往来編15女子用（講談社、昭和48年）一(1)一に収められる。

㉒　『修験道史料集』〔Ⅰ〕東日本篇（山岳宗教史研究叢書17、名著出版、昭和58年）所収に拠り、表記を一部改めた。本書と申生譚との関わりについては、小助川氏注⑮前掲論文に指摘がある。

㉓ 劉敦愿氏注⑦前掲論文

㉔ 林聖智氏「北朝時代における葬具の図像と機能―石棺床囲屏の墓主肖像と孝子伝図を例として―」（『美術史』154〈52・2〉、平成15年3月）

㉕ 後世「曾閔」と併称される、曾参と閔子騫との二人が、漢代孝子伝の冒頭部に置かれていたらしいことは、例えば村上英二氏蔵後漢孝子伝図画象鏡のその画象が、後漢武氏祠画象石に酷似した曾参と閔子騫の二図から構成されていることも、そのことの傍証となるであろう（口絵参照）。当画象鏡は、漢代孝子伝の冒頭部を図像化したものと思われる。

㉖ 本書Ⅰ二3参照。

㉗ この剣は、一九八六年、内蒙古自治区和林格爾県土城子郷土城子村で蒐集されたものである。重耳の母孤姫の出た狄は、当時内蒙古南部に居住していたらしい。銘にある铸（𨱇）字は、周金文「铸」の省声とされている。李興盛氏「内蒙古和林格爾県征集的青同剣和銅印」（『考古与文物』89・6、一九八九年11月）に詳しい。図十上、右下は、内蒙古文物考古研究所、陳永志教授提供の写真に拠る。左下は、上掲『考古与文物』89・6、図一の拓本に拠る（この剣のことを御教示、また、貴重な図版を御提供下さった陳永志教授に対し、心から御礼申し上げる）。

Afterword

Keith Knapp

In the six years that I have known him, Professor Kuroda Akira has quickly become the world's paramount expert on premodern Chinese filial piety stories and their illustrations. In that short time, he has published a monograph (*Kôshiden no kenkyû* 孝子伝の研究 2001), led a team in producing an annotated critical edition and translation of the two *Accounts of Filial Children* preserved in Kyoto (*Kôshiden chukai* 孝子伝注解 2003), and written a plethora of articles on the subject. This volume contains many of his most recent essays. As the chapters of this work have undoubtedly shown, Professor Kuroda has an encyclopedic knowledge of and a passionate interest in these stories and their images. One of my professional life's greatest pleasures has been accompanying Professor Kuroda to various museums in America and Japan to examine Chinese artifacts adorned with filial piety stories. Each time, he has taught me a considerable amount about the particular artifact, the identity of the stories depicted thereon, and the version of a particular story that is portrayed.

In this volume, Professor Kuroda looks at both the history of the collections of filial piety stories, usually known as *Accounts of Filial Children* (*Xiaozi zhuan* 孝子伝), and the development of the most popular individual stories. The persuasiveness of Professor Kuroda's scholarship comes from its combination of a penetrating knowledge of each version of every story with an extensive inventory of each image and its iconographical details. For example, Professor Kuroda has gone further than anyone in proving that an *Accounts of Filial Children* was already in circulation in the Han dynasty. In fact, by looking at the order of the filial piety stories at both the Wu Liang shrine 武梁祠 and

the tomb at Helinge'er 和林格爾, he has reconstructed the order of stories in that work. By then comparing that order with the *Accounts of Filial Children* preserved in Kyoto, he has further established that these later texts, to a certain extent, reflect the sequential order of stories found in their Han dynasty predecessors. In this manner, he has also furnished compelling evidence that these two manuscripts originated in early medieval China.

In his chapters on the individual stories, Professor Kuroda has performed the most complete textual analyses of these stories in any language. He has repeatedly demonstrated the importance of doing close readings of the text. In his careful analysis of the eight anecdotes that constitute the *Yômei bunko Kôshiden*'s 陽明文庫本孝子伝 account of Zengzi 曾子, he has discovered that the wording of two of the anecdotes strikingly resembles versions of the anecdotes carved on a pottery stupa-jar unearthed in a Tang dynasty tomb, thereby proving that the *Yômei bunko Kôshiden* is indeed a Chinese text that dates to at least the early part of the Tang dynasty. As this example confirms, Kuroda's examination of each story is especially incisive because he thoroughly integrates textual with pictorial evidence, which allows him to solve both literary and iconographical questions. A telling example of the latter once again involves the figure of Zengzi. One of the most common anecdotes told about Zengzi is one in which, while working at a loom, his mother is thrice informed that her son has murdered a man. Fully confident in her son's goodness, the first two times she hears the news, she merely continues to work. However, upon hearing the news the third time, she throws her shuttle away and flees. Obviously, this story has little to say about Zengzi's filiality; instead, it suggests that slander is so powerful that it can shed doubt on even the best of people. Nevertheless, in Han dynasty pictorial depictions of this tale, inevitably Zengzi is shown kneeling before his mother who is working at the loom. How can one reconcile this image with the narrative? Kuroda

notes that the Han pictorial depiction of this tale well accords with one of the anecdotes incorporated into the *Yômei bunko Kôshiden*'s account of Zengzi. In this version, even though his mother is thrice told that he is a murderer, she never believes it because she knows he is perfectly filial. Shortly thereafter Zengzi appears before his mother and confirms that the rumor was baseless. With one stroke of his pen, he thereby indicates that this version of the story already existed in the Han and was the basis of the depictions of it as a filial tale.

Through his meticulous research, Kuroda has resurrected the lost works known as *Accounts of Filial Offspring*. He has used both literary and archaeological evidence to demonstrate that the two manuscripts found in Kyoto are indeed early medieval Chinese texts that retain the traces of their much earlier predecessors. He has further proved beyond doubt that the narratives cannot be studied merely as written texts — one must also be attentive to their pictorial renderings. Professor Kuroda has shown in an exemplary manner the importance of these long lost manuscripts, but also that the puzzles posed by them can only be solved through a truly interdisciplinary approach.

あとがき

本書は、ここ四、五年に亙る私の孝子伝図、孝子伝関係の論攷を纏め、一、二の未発表稿を加えて一書としたものである。孝子伝関連の書物としては、『孝子伝の研究』（佛教大学鷹陵文化叢書5、思文閣出版、平成13〈二〇〇一〉年）に次ぐ、二冊目に当たっている。

私が孝子伝のことを知ったのは、平成一、二年の頃に、静嘉堂文庫蔵孝行集を読んだことがきっかけで、かれこれ二十年近く前のことになる（拙著『中世説話の文学史的環境　続』〈和泉書院、平成7年〉Ｉ三参照）。そして、日本にのみ伝存する完本古孝子伝二種（陽明本、船橋本孝子伝）に本格的に取組むこととなったのは、幼学の会（メンバーは後藤昭雄、東野治之、三木雅博、山崎誠氏及び、私）による輪読会が、平成九（一九九七）年四月から、その両孝子伝を取り上げて以来のことであり、これも十年程前のことになる。その成果は、幼学の会『孝子伝注解』（汲古書院、平成15〈二〇〇三〉年）として結実する。『孝子伝注解』が成るまでの経過については、三木雅博氏の心温まる名文（「あとがき」）に詳しい。さて、両孝子伝の注解は一通り完了したものの、その「あとがき」に、

しかも、『孝子伝』には、これに関連する漢魏六朝——場合によっては隋・唐に及ぶ——の数多くの図像資料が存在し、これらの図像との関係にも慎重に目配りして行かねばならないことも次第に明らかになってきた

と記される通り、孝子伝図の問題が大きな宿題として残された。両孝子伝の輪読過程においても可能な限り、例えばミネアポリス美術館蔵北魏石棺などの図像蒐集に努めたが（本書口絵及び、Ｉ二4参照）、漢代孝子伝図の最重要資

料、和林格爾後漢壁画墓の孝子伝図が未確認の状態であることなど、輪読会の或る日、東野治之氏と、「ゆくゆく孝子伝図集成をしなければなりませんね」と話し合いつつ、なお『孝子伝注解』公刊の段階ではそれらの図像を欠いたまま、「孝子伝図集成稿」を仕上げるのが精一杯だったのである（その孝子伝図集成は、今春原稿が漸く完成した）。さらにもう一つ、宿題が残っていた。そのことに関してもやはり三木氏が的確に、

この書物〔両孝子伝〕を読むのは、これまで取り組んできた三つの書物〔注千字文、仲文章、口遊〕とは比べ物にならない大変な仕事であった……『孝子伝』は中国古代のなまの形の伝承が、そのまま文字化されている「原産物」であった

と指摘される通り、両孝子伝が日本文学に大きな影響を与えた書物であるばかりか、それはまた、中国古代史、特に文学史、思想史、美術史などの領域における一級資料だったことである。にも関わらず、両孝子伝、殊に陽明本については従来、西野貞治氏による名論文「陽明本孝子伝の性格並に清家本との関係について」（『人文研究』7・6、昭和31〈一九五六〉年7月。因みに大阪市立大学出身の三木氏は、直接その謦咳に接しておられる）を唯一の例外として、殆ど本格的な論究がなされてこなかったことは、極めて遺憾且つ、不思議なことである。一直線には進まない、人文学の特徴と面白さをよく示す現象である。思うに、その最大の原因は何といっても、これまで両孝子伝の本文が未公刊だったことによる（船橋本のみは、昭和34〈一九五九〉年に少部数、影印されたことがある）。そのため、『孝子伝注解』公刊後もなお、注解の枠を越えた幾つかの課題が疑問符の付いたまま、私の前に残されることになった。例えば、陽明本孝子伝17曹娥の末尾に記された曹娥碑のことが、私は今も気になって仕方がない（古来極めて名高いものながら、原碑が存在せず、碑帖として伝わるその実体の複雑さは、書道全集26補遺・中国〈平凡社、昭和29年〉43 44「孝女曹娥碑」の中田勇次郎氏による解説に審らかである）。

聊か余談めくが、ここで、先に上げた西野氏の「陽明本孝子伝の性格並に清家本との関係について」のことに触れておきたい（以下、西野論文と呼ぶ）。当該論文は大変な労作で、決してそれが一朝一夕に成ったものでないことは、冒頭に掲げられた陽明本全条に亙る人物、時代、出典の一覧表を見れば、直ちに見当が付くし、西野論文の一一を追確認してみると、具体的に納得がゆくだろう。それだけに、西野論文に対し異を唱えることは、容易なことではない。しかしながら、西野論文のレベルに留まったままではまた、研究史の進展を望むことは出来ない。故に、幼学の会による輪読会において、西野論文は常に越えるべき目標であったし、そのことは現在の私にとっても変わりがない。無論、西野論文の達成した前人未踏の研究成果は、偉大な先学の遺産として、正当にそれらを受け継ぐべきである。とは言えやはり西野説にも、訂正を要する部分がある。私が近時、西野説を想起するのは、例えば陽明本の成立を梁陳隋の間（五〇二—六一八）とされていることである。このことが図像の制作時期と屢々抵触する。或いは、陽明本の本文が漢代の図像と一致することも一再ならず、しかもそれが陽明本のみに限られることは、何故なのか。西野氏が言われるように、陽明本が六世紀に成立したとは、どうも考え難い気がする。同様のことは、西野氏が陽明本本文の成立を、類書の拾い読みに措定する（28頁）説にも感じるのである（木島史雄氏に、所謂類書の出現を、五一六年の華林遍略以後とする、最新の論がある〈「類書の発生—『皇覧』の性格をめぐって—」、『汲古』26、平成6年11月〉）。陽明本と図像との体系的な対応や、古い図像との関連は、類書からは説明出来ない。従って、近い将来において西野論文を新たに書き改めることが、孝子伝の研究に真の一時期を画すことになるように思われる。そして、本書の研究史的な出発点は、正しくそこにあった。

ところで、図像研究に関して言えば、偶々京都大学の木田章義氏のお誘いにより、平成十二—十四（二〇〇一—二）年度に特定領域研究、公募研究の一班員として、科学研究費補助金の交付を受けることが出来た。それは幼学の会に対するもので、会の了解の下、私と三木氏とがその窓口を引き受けた。お蔭で、ボストン美術館を始めとする在米の孝子伝図、寧夏回族自治区固原博物館など在中国の孝子伝図の本格的な調査を緒に就け、軌道に乗せることが可能となった。続いて平成十五（二〇〇三）年、平成十八（二〇〇六）年には、幼学の会に対する科学研究費補助金（基盤研究B）が交付され、懸案の日米中に散在する孝子伝図蒐集を、格段に充実させることが叶う。中で、私にとって忘れ難いのが、平成十六（二〇〇四）年九月における、内蒙古文物考古研究所副所長、陳永志氏との出会いである（朱延平氏、郭治中氏の紹介による）。陳氏は、今後の中国の学術界を背負って立たれる気鋭の一人で、その人柄、考え方には互いに共鳴するものが多かった。その後、幼学の会と内蒙古文物考古研究所との間で、和林格爾後漢壁画墓を中心とする、平成十八（二〇〇六）年からの共同研究を発足させることが出来たのは、陳氏の御尽力と幼学の会のメンバーの温かい理解の賜物に外ならない。また、内蒙古文物考古研究所を通じ、陳氏が提供して下さった貴重な資料の数々は、本書の骨格に当たる、重要な論攷（Ⅰ二1、同付、2また、Ⅱ一2、4など）の基礎を形成する核となっている。陳氏との出会いがなければ、おそらくそれらの諸編が成ることは、叶わなかったに違いない。

さて、本書は、上記のような経緯から生まれたものであり、その諸編の萌芽は全て、幼学の会による輪読中に種蒔かれたものばかりである。その意味で、本書は幼学の会のメンバーの友情から生まれ、育まれたものであることを、ここに銘記しておきたい。特に三木雅博氏には、種々の無理難題を押し付けたが、三木氏は何時もにこやかに、それを引受けて下さった。氏の助力は本書の序章以下、随所に及んでいる。また、日本、中国、米国という広範囲に亙る、息の長いこのプロジェクトは、例えば後述、昨年六月の説話文学会大会における国際シンポジウムの企画にせよ、三木氏が司会としてテーマを統括して下さったことで、漸くそれを実現し得たのである。三木氏から、当プロジェクト推進の鍵となる知恵を、私が授かったことは、一度や二度に止まらない。なお三木氏は、物語を中心とする日本文学に与えた孝子伝の影響を一貫して追究され、最新の「『竹取物語』と孝子董永譚―日中天女降臨譚における『竹取物語』の位置づけの試み―」（『国語国文』76・7、平成19年7月）を始め、「説教「しんとく丸」「あいごの若」の成立と中国伝来の〈継子いじめ譚〉―クナラ太子譚と舜譚・伯奇譚の接合による物語形成の可能性について―」（『説話論集』13、清文堂出版、平成15年12月）、「『うつほ物語』忠こその〈継子いじめ譚〉の位相―『孝子伝』の伯奇譚・クナラ太子譚との比較考察から―」（『国語国文』73・1、平成16年1月）、「〈継子いじめ〉の物語と中国文学―『うつほ』忠こそ・落窪・住吉の成立を考えるために―」（『国文学　解釈と教材の研究』50・4、平成17年4月）など、一連の労作がある。私見によれば、それらの氏の論は文学史における中古物語の見方を根底から変える可能性を孕むものである。

　加えて、今般本書の成るに際しては、その具体的な基盤となった前述、陳永志氏を始めとする、海を越えたもう一つの友情があった。それは中国社会科学院考古研究所教授、趙超氏と、米国シタデル大学歴史学系教授、キース・N・ナップ（Kieth Nathaniel Knapp）氏との友情である。

　まず趙超氏との出会いは、氏の労作「山西壺関南村宋代甎雕墓甎雕題材試析」（『文物』98・5）をきっかけとするもので（当該論文が二十四孝図の研究にとって画期的なものであることは、前掲『孝子伝の研究』Ⅱ三参照）、当時学位の取得を目差していた梁音君を介し、一九九九年夏のことであったと記憶する。北京駅頭で温かく出迎えて下さった趙氏の姿は忘れ難く、その折、蔣英炬氏を紹介、同道して山東嘉祥の後漢武氏祠画象石の原石を見せて頂いたことは、大きな感動を私に与えると共に、武梁祠画象への深い愛情を私の内に芽生えさせた。一方、超氏は中国古代石刻の第一人者であり（氏の名著『中国古代石刻概論』〈中国伝統文化研究叢書、文物出版社、一九九七年〉は私の座右の書となって久しい）、その素晴らしい学識は例え様がない（一昨年夏、済南市において氏に舜の誕生地を尋ねた時、氏の手許のメモ用紙に史記五帝本紀の本文が何気なく書き付けられてゆくのを、私は驚嘆を以って見詰めていた)。幸運なことに、氏は私の孝子伝図集成の夢に賛同下さり、その後氏の助力によってここ十年程の間に、後漢武氏祠画象石を始めとする、在中国の孝子伝図の殆ど全てを親ら紹介、遺品を保管する現地へと御案内下さったのである。前述、陳永志氏と出会うことが出来たのも、元はと言えば氏の御高配によるものであり、また、ニラン論文のことを教えて下さったのも氏であって(本書I二1及び、付。二〇〇四年秋のことである。しかし、氏の、武梁祠偽刻説をどう思うかという問いは、文字通り私を窮地に立たせた)、且つ、その問題との関連で昨年十二月、日本に殆ど流通しなかった金石学の古典たる宋、洪适の隷釈、隷続善本の北京、上海における諸本調査に協力し、剰え多忙の中を何日間も調査に付き合って下さるなど爾来、氏から受けた学恩の甚大さは、それこそ筆舌に尽くし難い。中でも、昨年六月十七日に開催された説話文学会大会における、「孝子伝研究の現在」をテーマとする国際シンポジウムのパネラーを、趙氏とナップ氏のお二人に依頼した所、快諾の上、シンポジウム当日の氏の「太原金勝村唐墓屏風式壁画と唐代孝子伝図(太原金勝村唐墓屏風式壁画与唐代的孝子図)」と題する発表は、私が以前、氏に質問した、隋唐期の孝子伝図はどうなっているのだろうか、という問いに答える内容であったことも、私を二重に感激させた(氏のその論文は、陳齢愛知文教大学准教授の邦訳により、『説話文学研究』42号に掲載される。なお氏の知見の一端を、本書I二5の補記に記しておいたので、参照されたい)。

次いで、キース・ナップ氏との出会いは二〇〇〇年六月、氏が佛教大学の私の研究室を尋ねて下さったことに始まる。趙氏の勧めによるもので、ナップ氏が夫人と令嬢を同道されたこと、中国の固原博物館の漆棺を調査された帰途であることも、私を驚かせたが、米国人である氏が日本の両孝子伝に興味をもち、殊に陽明文庫本孝子伝の英訳を手掛けておられるというお話しは、私を心底驚かせた。氏の流暢な日本語(中国語はさらに上手い)の向こうに、米国のアカデミズムの懐の深さと共に、それこそ地球の反対側に知音を見出だした予感がしたのだが、果してその感覚は違わなかった。ナップ氏も私の孝子伝図集成の夢にその場で賛同し、以後、氏の居住されるサウスカロライナのチャールストンからの遠路を厭わず、度々私を迎え、在米の孝子伝図の遺品一つ一つを見せて下さった。ボストン美術館、ネルソン・アトキンズ美術館、ミネアポリス美術館などに所蔵される、北魏期の孝子伝図の優品を、心ゆくまで鑑賞し得たのは、偏に氏の御好意による。氏の献身的な助力のお蔭で、私は在米国の孝子伝図の遺品を殆ど全て、目にすることが出来た。一方氏は、孝子伝図集成のため、在米孝子伝図の現地における撮影の交渉に当たり、また、各美術館が有する写真資料を入手、加えて、それらの掲載許可まで取って下さったのである（本書Ⅰ二4など。『孝子伝注解』の「孝子伝図集成稿」は、そのような氏の理解に支えられて、上梓の運びとなった）。取り分けネルソン・アトキンズ美術館蔵北魏石床の董黯図（本書Ⅱ一3）などは、当時公開されておらず、収蔵庫においてその原石を目にしたことが、今も記憶に新しい。また、カレッキー、ソーパー論文を始めとする、欧米の数多くの重要文献の教示に与ったのも氏を通じてであり、公刊直後のニラン論文を逸速く私の手元に届けて下さったのも、氏に外ならない（本書Ⅰ二1及び、付参照）。思い起こせば、9・11同時多発テロ直後の十二月、米国を訪れた折も（飛行機がもの凄く空いていた）、氏が温かく迎えて下さった。その時の余りに物々しい空港警備と、緊張した雰囲気に、私と三木氏は震え上がり、世界情勢を何時になく身近に感じて、パスポートを握り締めていた覚えがある。昨年の説話文学会の国際シンポジウムのパネラーを、氏に依頼したことは上記の如く、氏は態々米国から駆け付けて下さったのである。その席上における氏の発表「欧米における孝子伝研究の現状」は、これも『説話文学研究』四十二号に掲載される（氏御自身の日本語原稿）。氏はまた、ニラン論文に対する私の反論（本書Ⅰ二1付。国際シンポジウムの発表論文として、『説話文学研究』42に投稿）を英訳して下さり、一昨日、その英訳の完成原稿が届いたことは、最近の私の最も喜ばしい出来事の一つとなっている。さて、ナップ氏は二〇〇五年、ハワイ大学出版局から労作『無私の孝子―中国中世における孝子と社会秩序（Selfless Offspring : Filial Children and Social Order in Medieval China）』を刊行し、米国における東洋学の水準を示す当書を、近く日本の読者に向けて邦訳、公刊したいと思っている。

かねてから私は、もし孝子伝図に纏わる本を出すのであれば、その序文と跋文の執筆を、趙、ナップ両氏にお願いしようと決めていた。本書は、二氏に負う所が極めて大きいためである。そこで、昨年本書公刊の目途が立った時、まず序跋の執筆を両氏に懇請した所、二氏は、快くそれを了承して下さった。かくして本書の巻頭には趙超氏による中文の序文を、巻尾にはキース・ナップ氏による英文の跋文を戴くことが叶ったのである。拙い本書のために、私には過ぎた立派な序跋をお寄せ頂いた趙、ナップ両氏に対し、この場を借りて、心から御礼申し上げる。なお趙氏の序文は、悠久の中国文明史における、孝思想の成立と展開、また、その発露としての孝子伝、孝子伝図を位置付けられたもので、その内容は学問上、極めて有益な価値をもつものと判断される。そこで、日本の読者にも是非、当序文を理解して貰うべく急遽、陳齢女史に邦訳をお願いした所、女史が直ぐに立派な邦訳を届けて下さった（女史はまた、国際シンポジウムにおける趙氏の発表を同時通訳するなど、幼学の会による当プロジェクトの日中の懸橋として、掛け替えのない重要な役割を果されている）。序文の原文の次に掲げた訳文がそれである。私及び、日本の読者のために大切な時間を割き、訳出の労を惜しまれなかった陳女史に対し、衷心から御礼申し上げたい。

学問には国境のないことがよく分かる。孝子伝図の研究は、私に国内外の旧い友人の大切さを改めて教えてくれた。そして、学問はまた、思い掛けない知己を齎すことがある。ニラン論文に対する批評（本書Ⅰ二1）を契機として昨年秋、私に便りを下さったボストン大学の白謙慎（Bai Qianshen）氏との出会いがそれである。白氏の私に示された論文「黄易とその友人達の残した知的遺産―*Recarving China's Past* の提起した諸問題への反論（The Intellectual

Legacy of Huang Yi and His Friends: Reflections on Some Issues Raised by *Recarving China's Past*）」は、本当に興味深いものであった（I二1の補記参照）。白論文を読んで、その雄大且つ、深遠な内容に、夜も眠れぬ程の感動を覚えつつ（幾度か隷釈の夢も見た）、そこから得た多岐の示唆により、旧稿をさらに一段、深めることが出来た（本書I二1の三）。そして、ここにまた掛け替えのない知己を一人、得ることが叶った。学問とはつくづく不思議なものであり、比類なく面白いものだと思う。そのような友情の結晶としての本書が世に出るに当たり、最後に国内外の私の大切な友人に対し、重ねて謝意を捧げる次第である。

本書が孝子伝図の研究書である性質上、本書には多数の図版が使用してある。特に口絵に関し、その原版を提供、掲載を許可された村上英二氏、内蒙古文物考古研究所（陳永志氏）、ミネアポリス美術館（DeAnn M. Dankowski 女史）、和泉市久保惣記念美術館に対し、心から御礼申し上げる。中で、ミネアポリス美術館蔵北魏石棺の口絵図版は、原石棺の色調を考え、昨年八、九月に再撮影した写真を用いた。口絵原版の作成に際しては、宇田カメラ代表の宇田英毅氏を度々煩わせた。その他、本文中に用いた図版については、各編においてその旨を断ってある関係上、ここで改めて一々の名称を上げることはしないが、関係各位に対し、改めて御礼申し上げたい。

本書の公刊に当たっては、『孝子伝注解』に引き続き汲古書院、代表取締役の石坂叡志氏、取締役相談役の坂本健彦氏から快諾を賜った。取り分け同編集部の飯塚美和子氏には、内校や図版の割付けなど、言い知れぬ面倒をお掛けした。飯塚女史の内校は、著者校正を殆ど必要としない精度をもつもので、その指摘には却ってこちらが何回も赤面させられた。本書がどうにか一書としての体裁を整え得たことは、専ら女史の心遣いの賜物に外ならない。汲古書院の各位に対し、重ねて御礼申し上げる。

本書の末尾に、孝子名による簡単な索引を付けた。本書における孝子の名とその主要な関連人物名を拾って、五十音順とし、孝子名下にその記載頁数を示したものである。また、孝子伝の逸文検索の便を考え、本書Ⅰ一3「改訂古孝子伝逸文一覧」における、逸文所在を示す孝子の記載頁は、それをゴチック数字とした。従って、ゴチックの頁数を辿れば、その古孝子伝逸文の所在を知ることが出来る。なお必要に応じて、項目末尾に（↓）で、参考項目を上げる場合がある。

「孝子名索引」の作成には、教え子の坪井直子及び、堀内裕子、中村直美、筒井大祐、服部成子五名の手を煩わせた。また、本書全般の校正には、坪井直子、岡田美穂、堀内裕子、中村直美、長坂恵子の五名が当たってくれた。

本書の上梓に際し、一つ心残りなのは、終章が立てられなかったことである。当初の目論見では前述、西野説における幾つかの疑問に対する、私なりの答えを示した終章「陽明本孝子伝の成立」を組版中に何とか書き上げて、本書の結論部とする積もりでいた。しかし、諸般の事情で、遂にその執筆を断念せざるを得なかった。本書が大団円を欠く形となっているのはそのためで、それも天の然らしむる所らしい。

次に初出一覧を掲げる。本書へ編入するに際し、旧稿の誤りを訂し、書き加えた部分や、稀に章立てを変えたもの（Ⅰ二1）もあるが、元の形を保たせたものが殆どである。また、必要に応じ、末尾に補記を置いたものもある。その内、未発表のもの（†を付した）は、Ⅰ二2及び、Ⅱ一2の二—四章分の二つとなっている。

なお本書は、平成十九年度科学研究費補助金（研究成果公開促進費）学術図書の交付を受けて刊行されるものである。

平成十九年七月七日

黒　田　彰

初出一覧

†未公刊

序章「昔話と孝子伝―孝子伝の受容―」、『論集「伝承と受容（日本）」』（平成10―14年度文部科学省科学研究費補助金特定領域研究(A)118「古典学の再構築」研究成果報告書Ⅶ、B02「伝承と受容（日本）」調整班研究報告、「古典学の再構築」総括班、平成15年3月）「日中幼学書の比較文化的研究」所収

Ⅰ

一1「古孝子伝作者攷㈠㈡」、『京都語文』11、平成16年11月。『佛教大学文学部論集』89、平成17年3月

2「新出の古孝子伝逸文について」、『和漢比較文学』34、平成17年2月

付「新出古孝子伝逸文一覧」（同右）

3「改訂 古孝子伝逸文一覧」（木村明子と共編）、『京都語文』11、平成16年11月

二1（一、二、四）「武氏祠画象石の基礎的研究―Michael Nylan "Addicted to Antiquity" 読後―」、『京都語文』12、平成17年11月

（三）「武氏祠画象石の基礎的研究㈡―Michael Nylan "Addicted to Antiquity" 読後」、『総合人間学叢書』3、平成19年9月、東京外国語大学アジア・アフリカ言語文化研究所共同研究プロジェクト「地球文明時代の世界理解と新しい倫理・人間観の研究」

付「武氏祠画象石は偽刻か―Michael Nylan "Addicted to Antiquity" への反論―」、『説話文学研究』42、平成19年7月

2「漢代孝子伝図攷―和林格爾後漢壁画墓について―」†

3「孝子伝図と孝子伝㈠㈡―林聖智氏の説をめぐって―」、『京都語文』10、平成15年11月。『佛教大学文学部論集』88、平成16年3月

4「鍍金孝子伝石棺続貂―ミネアポリス美術館蔵北魏石棺について―」、『京都語文』9、平成14年10月

5「和泉市久保惣記念美術館蔵 北魏石床攷」、『北魏棺床の研究 和泉市久保惣記念美術館 石像人物神獣図棺床研究』所収、和泉市久保惣記念美術館、平成18年

付「真刻と偽刻―偽毛宝石函について―」、島津忠夫著作集10月報、和泉書院、平成18年

Ⅱ

一1「曾参贅語―孝子伝図と孝子伝―」、『説話論集』13、清文堂出版、平成15年

2（一）「注釈史のために―李夫人について、または、金日磾贅語への序章―」、『日本文学』54・7、平成17年7月

（二―四）「金日磾贅語―失われた孝子伝―」†

3「董黯贅語―孝子伝図と孝子伝―」、『日本文学』51・7、平成14年7月

4「魏陽贅語―孝子伝図と孝子伝―」、『密教図像』23、平成16年12月

5「孝子伝図と孝子伝―羊公贅語―」、幼学の会『孝子伝注解』解題、汲古書院、平成15年

二
1「重華贅語―孝子伝図と孝子伝―」、『論集 太平記の時代』、新典社、平成16年
2「伯奇贅語―孝子伝図と孝子伝―」、『説話論集』12、清文堂出版、平成15年
3「申生贅語―孝子伝図と孝子伝―」、『密教図像』22、平成15年12月

著者略歴

黒 田　彰（くろだ　あきら）

1950年三重県生。
1976年愛知県立大学文学部国文学科卒業。
1981年関西大学大学院文学研究科国文学専攻博士課程満期退学。
愛知県立大学教授を経て現在、佛教大学教授。文学博士（関西大学）。

【主要著書】『中世説話の文学史的環境』正、続（和泉書院、1987、95年）、
『孝子伝の研究』（佛教大学鷹陵文化叢書５、思文閣出版、2001年）など。

孝子伝図の研究

二〇〇七年十一月二十二日　発行

著　者　黒　田　　彰
発行者　石　坂　叡　志
整版印刷　富士リプロ㈱

発行所　汲　古　書　院
〒102-0072 東京都千代田区飯田橋二-五-四
電　話　〇三（三二六五）九七六四
ＦＡＸ　〇三（三二二二）一八四五

ISBN978 - 4 - 7629 - 3563 - 3　C3090

KYUKO-SHOIN, Co., Ltd. Tokyo.

孝子名索引

†ゴチック数字……「改訂 古孝子伝逸文一覧」頁数

き

く

け

こ

さ

て

と

は

ろ